AtV

Boleslaw Prus (eigentlich Aleksander Głowacki) wurde 1847 bei Hrubieszów geboren, starb 1912 in Warschau; Prus war Sohn eines Gutsverwalters und nahm 1863 am Polnischen Aufstand teil. Aus finanziellen Gründen mußte er das Studium der Naturwissenschaften in Warschau aufgeben, arbeitete danach in verschiedenen Berufen. Seine literarische Tätigkeit begann er mit Feuilletons und Humoresken, zunächst als reinen Broterwerb; später folgten Erzählungen und Novellen. 1885 erschien der erste große Roman, „Vorposten". Prus ist einer der bedeutendsten Romanciers und Publizisten in der polnischen Literatur des 19. Jahrhunderts.

Wichtige Werke: Die Welle strömt zurück (Novellen, 1880, dt. 1959), Vorposten (Roman, 1885, dt. 1947), Die Puppe (Roman, 1887/89, dt. 1954), Die Emanzipierten (Roman, 1890/93, dt. 1957), Pharao (Roman, 1895, dt. 1952).

Das erregende Schicksal des letzten Herrschers der XX. Dynastie des Neuen Reiches gestaltet Prus zu einem farbenprächtigen Bild Ägyptens vor 3000 Jahren. Der junge Pharao Ramses XIII. sagt bald nach seiner Thronbesteigung der Priesterkaste des Landes den Kampf an. Ihr Sturz soll die unterminierte Herrschaft der Pharaonen wiederherstellen, soll das einst glanzvolle ägyptische Reich zu neuer Blüte bringen, soll es befreien von Willkür und drückender Verschuldung an Tempel und phönizische Bankiers. Doch bricht der vernichtende Schlag gegen die Priesterkaste durch Intrigen und Provokationen im entscheidenden Augenblick zusammen.

Dieses historische Kolossalgemälde aus dem alten Kulturland am Nil, das auch verfilmt wurde, ist vergleichbar mit Klassikern wie „Ein Kampf um Rom" oder „Ben Hur".

Bolesław Prus

PHARAO

Roman

Erstes Buch

Aus dem Polnischen von
Kurt Harrer

Aufbau Taschenbuch Verlag

Titel der Originalausgabe
Faraon

ISBN 3–7466–1030–3

1. Auflage 1994
Aufbau Taschenbuch Verlag Berlin

Reihengrundlayout Sabine Müller, FAB Verlag, Berlin
Umschlaggestaltung Bert Hülpüsch, Berlin
Druck Elsnerdruck, Berlin
Printed in Germany

ERSTES BUCH

EINLEITUNG

In der nordöstlichsten Ecke Afrikas liegt Ägypten, das Vaterland der ältesten Zivilisation der Welt. Vor drei-, vier-, ja fünftausend Jahren, als in Mitteleuropa die mit rohen Fellen bekleideten Barbaren sich noch in Höhlen verbargen, blühten in Ägypten schon eine hohe soziale Organisation, Landwirtschaft, Handwerk und Literatur. Vor allem aber führte man dort bereits riesige technische Bauten aus und errichtete mächtige Bauwerke, deren Überreste bei den neuzeitlichen Technikern Bewunderung erregen.

Ägypten ist ein fruchtbarer Hohlweg zwischen der Libyschen und der Arabischen Wüste. Er liegt einige hundert Meter tief eingebettet; seine Länge beträgt einhundertdreißig Meilen und die durchschnittliche Breite knapp eine Meile. Die Wände dieses Korridors, in dessen Tiefe der Nil strömt, werden von Westen her durch die sanften, doch kahlen libyschen Höhen gebildet, auf der Ostseite durch die fast senkrecht abfallenden und zerklüfteten arabischen Felsen.

Längs des Flußlaufs nach Norden senken sich die Hänge des Hohlweges, und erst fünfundzwanzig Meilen vom Mittelmeer entfernt treten sie plötzlich auseinander, so daß der Nil, statt in einem engen Korridor zu fließen, sich in vielen Armen in Dreiecksform über die breite Ebene ergießt.

Zu diesem Dreieck – dem Nildelta – bildet das Ufer des Mittelmeeres die Basis, die Spitze aber, am Austritt des Flusses aus dem Hohlweg, die Stadt Kairo sowie die Trümmer der uralten Hauptstadt Memphis.

Würde man aus zwanzig Meilen Höhe auf Ägypten niederschauen, so überblickte man die seltsame Form des Landes und die eigentümlichen Schattierungen seiner Farben. Ägypten erschiene einem auf dem Grunde des weißen und orangefarbenen

Sandes wie eine Schlange, die in energischen Windungen durch die Wüste zum Mittelmeer strebt und dort schon ihren dreieckigen Kopf eintaucht, den zwei Augen zieren: das linke Alexandria, das rechte Damietta.

Diese lange Schlange erglänzte im Oktober, wenn der Nil ganz Ägypten überschwemmt, in der blauen Farbe des Meeres. Im Februar, wenn die Wasser fallen und lenzliches Wachstum herrscht, erschiene die Schlange grün mit einem sich auf ihrem Körper entlangziehenden blauen Streifen und einer Unzahl bläulicher Äderchen auf dem Kopf – den Kanälen, die das Delta durchschneiden. Im März würde der blaue Streifen dünner und der Leib der Schlange, weil das Korn reift, goldgelb aussehen. Anfang Juni schließlich wäre der Nilstreifen sehr schmal, und der Leib der Schlange schimmerte grau, wie mit Flor verschleiert, weil Dürre und Staub darüber lagern.

Charakteristisch für das ägyptische Klima ist die Hitze; im Januar herrschen zehn, im August siebenundzwanzig, manchmal sogar siebenundvierzig Grad, was bei uns der Temperatur der römischen Bäder entsprechen würde. Zudem fällt in unmittelbarer Nähe des Mittelmeeres, über dem Delta, nicht mehr als zehnmal im Jahr Regen, in Oberägypten sogar nur einmal in zehn Jahren.

Unter diesen Bedingungen wäre Ägypten, anstatt die Wiege der Zivilisation zu sein, eine Wüstenschlucht, deren es in der Sahara viele gibt, würden es nicht alljährlich die Wasser des heiligen Flusses Nil auferstehen lassen. Von Ende Juni bis Ende September schwillt der Strom an und überschwemmt fast ganz Ägypten; von Ende Oktober bis Ende Mai des folgenden Jahres fällt er und gibt immer tiefer liegende Bodenflächen frei. Der Nil ist dann so stark mit Mineralien und organischen Teilchen gesättigt, daß er braun gefärbt wird, und im selben Maße, in dem seine Wasser fallen, sinkt auf die überschwemmten Felder ein fruchtbarer Schlamm, der den besten Dünger abgibt. Der Schlamm und das heiße Klima ermöglichen dem Ägypter, der von Wüsten eingeschlossen lebt, im Verlauf eines Jahres drei Ernten einzubringen und gegen dreihundert Körner aus einem Samenkorn zu gewinnen.

Doch ist Ägypten keine gleichförmige Ebene, sondern eine wellige Landschaft, in der nur ein Teil der Kulturen zwei bis drei Monate lang das segensreiche Wasser trinkt, während andere Felder ein ganzes Jahr hindurch dürsten; denn die Überschwemmung erreicht nicht alle höher gelegenen Flächen. Außerdem gibt es in manchen Jahren nur schwache Überschwemmungen, und dann erhält ein noch größerer Teil Ägyptens nichts von dem befruchtenden Schlamm. Endlich trocknet infolge der Hitze das Erdreich sehr schnell aus und muß wie Blumentopferde begossen werden.

All das brachte es mit sich, daß die Bewohner des Niltales entweder zugrunde gehen mußten, falls sie untätig abwarteten, oder sie mußten die Wasser regulieren, wenn sie dazu fähig waren. Die alten Ägypter entwickelten diese Fähigkeit, und sie schufen die Zivilisation.

Schon vor sechstausend Jahren beobachteten sie, daß der Nil anschwoll, wenn die Sonne im Zeichen des Sirius stand, und daß er zu fallen begann, wenn sie sich dem Sternzeichen der Waage näherte. Diese Entdeckungen bewogen die Ägypter zu astronomischen Beobachtungen und Zeitrechnungen.

Um das Wasser das ganze Jahr hindurch nutzen zu können, schufen sie in ihrem Lande ein Tausende von Meilen umfassendes Kanalnetz. Zum Schutz vor übermäßigen Überschwemmungen hingegen erbauten sie gewaltige Dämme und hoben mächtige Reservoire aus. Der künstliche See Moeris beispielsweise erstreckte sich über dreihundert Quadratkilometer, und seine Tiefe erreichte die Meterzahl eines zwölfstöckigen Hauses. Außerdem bedienten sich die Ägypter längs des Nils und der Kanäle einer Unmenge einfacher, doch wirksamer hydraulischer Maschinen, mit deren Hilfe man das Wasser schöpfen und die um ein oder zwei „Stockwerke“ höher gelegenen Felder bewässern konnte. Außerdem mußten sie alljährlich die verschlammten Kanäle säubern, die Deiche ausbessern und hoch gelegene Wege für das Heer anlegen, damit es zu jeder Jahreszeit ungehindert marschieren konnte.

Diese riesigen Projekte erforderten neben Kenntnissen in Astronomie, Vermessungswesen, Mechanik und Baukunst auch eine ausgezeichnete Organisation. Sei es die Befestigung der Gräben, sei es das Reinigen der Kanäle, alles mußte in befristeter Zeit und über große Räume ausgeführt werden. Darum wurde es notwendig, eine Arbeitsarmee zu schaffen, die Zehntausende von Händen zählte und für ein bestimmtes Ziel unter einheitlicher Führung wirkte – eine Armee, die viel Proviant, Mittel aller Art und Hilfskräfte brauchte.

Es scheint, daß dieses Arbeitsheer von den Priestern gegründet wurde, von den ägyptischen Weisen, die später auch die Kriegspläne entwarfen.

Ägypten hat sich eine Arbeitsarmee geschaffen, und ihr verdankt es seine Jahrtausende überdauernden Werke. Befehlsgewalt über sie hatten allerdings die Könige, das heißt die Pharaonen. So kann man das ägyptische Volk in seiner Blütezeit mit einem Menschen vergleichen, dessen Gedanken der Priesterstand verkörperte, den Willen der Pharao, den Leib das Volk, und Gehorsam war der Mörtel.

Auf diese Weise schuf die Natur Ägyptens, die eine große, stete und fachkundige Arbeit verlangte, das Skelett des Gesellschaftssystems selbst: das Volk arbeitete, der Pharao lenkte, und die Priester entwickelten die Pläne. Solange diese drei Faktoren nach den Zielen, die ihnen die Natur wies, vereint strebten, solange konnte die Gemeinschaft blühen und ihre Werke von ewiger Dauer vollenden.

Das sanftmütige und fröhliche, keineswegs kriegerische ägyptische Volk teilte sich in zwei Klassen, Bauern und Handwerker. Unter den Bauern gab es zwar einige kleine Besitzer, doch in der Mehrzahl waren sie Pächter der den Pharaonen, Priestern und Aristokraten gehörenden Äcker. Die Handwerker, die Bekleidung, Gerät, Gefäße und Werkzeuge fertigten, waren selbständig; die Menschen aber, die an den großen Bauten arbeiteten, bildeten gleichsam eine Armee.

All die Arbeiten, besonders im Bauwesen, erforderten Zugkräfte und Motoren. Da mußte man nun tagelang Wasser aus den Kanälen schöpfen oder Steine aus den Bergwerken dorthin transportieren, wo sie gebraucht wurden. Diese schwersten mechanischen Arbeiten, vor allem in den Steinbrüchen, führten Sträflinge oder kriegsgefangene Sklaven aus.

Die eingeborenen Ägypter waren von kupferner Hautfarbe, deren sie sich rühmten, sie verachteten die schwarzen Äthiopier, die gelben Semiten und die weißen Europäer. Die Hautfarbe, die es ermöglichte, sofort Einheimische von Fremden zu unterscheiden, festigte die nationale Einheit mehr als die Religion, die man annehmen, oder die Sprache, die man erlernen konnte.

Im Laufe der Zeit jedoch, als das staatliche Gebäude brüchig wurde, strömten immer mehr fremde Elemente ins Land ein. Sie schwächten die Einheit, sprengten die Gemeinschaft, und schließlich zersetzten sie die früheren Einwohner des Landes und saugten sie in sich auf.

Der Pharao regierte den Staat, unterstützt von einem stehenden Heer und einer Miliz oder Polizei sowie von zahllosen Beamten, aus denen allmählich die Geschlechteraristokratie entstand. Dem Titel nach war er der Gesetzgeber, der oberste Heerführer, der reichste Eigentümer, der höchste Richter und Priester, ja – sogar Gottes Sohn und Gott selbst. Göttliche Verehrung erfuhr er nicht nur vom Volk und von den Beamten, sondern manchmal setzte er sich selbst Altäre und verbrannte vor seinen eigenen Ebenbildern Weihrauch.

Neben dem Pharao, und sehr häufig über ihm, standen die Priester; sie bildeten einen Orden der Weisen, der die Geschicke des Landes lenkte.

Heute kann man sich kaum vorstellen, welche hervorragende Rolle der Priesterstand in Ägypten spielte. Die Priester waren Lehrer der jungen Generation, Propheten und damit Berater der Erwachsenen, Richter der Verstorbenen, denen ihr Wille und Wissen Unsterblichkeit garantierte. Die Priester verrichteten nicht nur auf das sorgfältigste die religiösen Übungen vor den Göttern und Pharaonen, sondern heilten auch als Ärzte die Kranken, beeinflußten als Ingenieure die öffentlichen Arbeiten, als Astrologen die Politik und waren vor allem Kenner des eigenen Landes und seiner Nachbarn.

In der ägyptischen Geschichte sind die Beziehungen zwischen dem Priesterstand und den Pharaonen von größter Bedeutung. Meist brachte der Pharao den Göttern reiche Opfer dar und erbaute Tempel. Dann lebte er lange, und sein Name wie sein in Stein gehauenes Ebenbild wurden von Generation zu Generation rühmend überliefert. Viele Pharaonen jedoch herrschten nur kurze Zeit, und wie oft wurden nicht nur ihre Taten vergessen, sondern auch ihre Namen. Einige Male geschah es auch, daß die Dynastie verfiel; dann setzte sich ein Priester den „Klaff" auf, jene mit einer Schlange umwundene Kopfbedeckung der Pharaonen.

Ägypten entwickelte sich, solange ein einiges Volk, energische Könige und weise Priester zugunsten der Allgemeinheit zusammenwirkten. Doch es kam eine Epoche, in der das Volk durch Kriege dezimiert wurde, in Unterdrückung und Ausbeutung die Kraft verlor, eine Epoche, in der das Einströmen Fremder die nationale Einheit untergrub. Als nun noch in den Fluten des asiatischen Luxus die Energie der Pharaonen und die Weisheit der Priester schwanden und beide Mächte miteinander den

Kampf um das Monopol zur Ausbeutung des Volkes aufnahmen, unterlag Ägypten der Macht der Fremdlinge, und das Licht der Zivilisation, das einige tausend Jahre über dem Nil geleuchtet hatte, erlosch.

Die nachstehende Erzählung spielt im elften Jahrhundert vor Christus, als die zwanzigste Dynastie unterging und nach dem Sohn der Sonne, dem ewig lebenden Ramses XIII., der ewig lebende Sonnensohn Sem-amen-Herihor, der Erzpriester Amons, sich des Thrones bemächtigte und seine Stirn mit dem „Uräus" schmückte.

I

Im dreiunddreißigsten Jahr der glücklichen Herrschaft Ramses' XII. beging Ägypten zwei Festtage, die seine rechtgläubigen Einwohner mit Stolz und Freude erfüllten.

Im Monat Mehir, im Dezember, kehrte die mit kostbaren Gaben überschüttete Gottheit Chonsu nach Theben zurück. Sie war drei Jahre und neun Monate durch das Land Buchten gereist, hatte dort die Königstochter Bent-res geheilt und den bösen Geist nicht nur aus der Familie des Königs, sondern sogar aus der Festung Buchten ausgetrieben.

Und im Monat Farmuti, im Februar, ernannte der Beherrscher des oberen und unteren Nils, Herrscher von Phönizien und neun Völkern, Mer-amen-Ramses XII., nachdem er sich mit den Göttern, denen er gleich ist, beraten hatte, seinen zweiundzwanzigjährigen Sohn Cham-sem-merer-amen-Ramses zu seinem Erpatre, dem Thronfolger.

Diese Wahl erfreute die frommen Priester, die würdigen Nomarchen, die tapfere Armee, das getreue Volk und alle auf ägyptischer Erde lebenden Geschöpfe außerordentlich. Die älteren Söhne des Pharao nämlich, die die hethitische Prinzessin geboren hatte, waren infolge eines Zaubers, den man nicht ergründen konnte, vom bösen Geist besessen. Der erste, jetzt siebenundzwanzigjährige Sohn vermochte seit der Zeit seiner Volljährigkeit nicht mehr zu gehen, der zweite hatte sich die Adern durchschnitten und war gestorben, und der dritte, der dem Alkohol nicht entsagen konnte, verfiel durch vergifteten Wein dem Wahnsinn, glaubte, daß er ein Affe sei, und verbrachte ganze Tage in den Wipfeln der Bäume. Erst der vierte Sohn, Ramses, den die Königin Nikotris, die Tochter des Erzpriesters Amenhotep, geboren hatte, war stark wie der Stier Apis, kühn wie ein Löwe und klug wie die Priester. Von Kindheit an umgab er sich mit Soldaten, und schon als einfacher Prinz sagte er: „Wenn die

Götter mich statt zum jüngsten Königssohn zum Pharao gemacht hätten, so würde ich – wie Ramses der Große – neun Völker besiegen, Völker, von denen bisher in Ägypten niemand gehört hat, einen Tempel erbauen, größer als ganz Theben, und für mich eine Pyramide errichten, neben der das Grab Cheops wie ein Rosenbusch neben einer Dattelpalme aussähe."

Als der junge Prinz den so begehrten Titel eines Erpatre erhielt, bat er den Vater, ihn gütigst zum Befehlshaber des Menfe-Korps zu ernennen. Nachdem Seine Heiligkeit Ramses XII. sich mit den Göttern, denen er gleich ist, beraten hatte, versprach er, diese Bitte zu erfüllen, wenn der Thronfolger den Beweis erbrächte, daß er ein Heer im Kampf zu führen verstände.

Zu diesem Zweck wurde unter dem Präsidium des Kriegsministers Sem-amen-Herihor, dem Erzpriester des großen Amontempels in Theben, ein Rat einberufen. Der Rat beschloß:

„Der Thronfolger wird Mitte des Monats Misori, Anfang Juni, zehn Regimenter versammeln, die längs der Linie zwischen den Städten Memphis und Pi-Uto im Sebennytischen Meerbusen stationiert sind. Mit diesem zehntausend Mann starken Korps, das kampfbereit und mit Troß und Kriegsmaschinen versehen ist, begibt sich der Thronfolger nach Osten auf die Heerstraße, die von Memphis nach Chetem führt, an die Grenze des Landes Gosen und der ägyptischen Wüste.

Zur gleichen Zeit soll General Nitager, der oberste Armeeführer, der an den Toren Ägyptens das Land vor dem Einfall asiatischer Völker schützt, von den Bitterseen her dem Thronfolger entgegenziehen.

Die beiden Armeen, die asiatische und die westliche, begegnen sich in der Nähe der Stadt Pi-Bailos, jedoch in der Wüste, damit der fleißige Bauer des Landes Gosen in seiner Tätigkeit nicht behindert werde.

Der Thronfolger siegt, wenn er sich nicht von Nitager überraschen läßt, das heißt, wenn er alle Regimenter versammelt und sich in Kampfordnung zum Treffen mit dem Feinde aufstellt.

Im Lager des Prinzen Ramses wird sich Seine Hoheit Herihor, der Kriegsminister, befinden und über den Verlauf der Ereignisse dem Pharao Bericht erstatten."

Die Grenze zwischen dem Lande Gosen und der Wüste bildeten zwei Verbindungswege. Der eine war der Transportkanal von Memphis zum See Timsah, der zweite die Chaussee. Der

Kanal befand sich noch im Lande Gosen, die Chaussee bereits in der Wüste, die beide Verbindungswege im Halbkreis umgab. Von der Chaussee aus konnte man fast auf der ganzen Strecke den Kanal übersehen.

Auch ohne diese künstlichen Grenzen unterschieden sich die benachbarten Gebiete voneinander in jeder Beziehung. Das Land Gosen erschien trotz seiner Bodenwellen wie eine Ebene, die Wüste hingegen bestand aus Kalkhügeln und sandigen Tälern. Das Land Gosen sah wie ein riesiges Schachbrett aus, dessen grüne und gelbe Felder sich durch die Farbe des Getreides voneinander abhoben und durch die auf den Rainen wachsenden Palmen begrenzt wurden; auf dem rötlichen Wüstensande hingegen und auf den weißen Hügeln nahmen sich ein Flecken Grün, eine Baum- oder Buschgruppe wie verirrte Wanderer aus.

Der fruchtbaren Erde Gosens entsprossen auf jedem Hügel ein dunkler Akazienhain, Sykomoren und Tamarinden, die von fern her an unsere Linden erinnern. Unter ihnen bargen sich kleine Paläste mit niedrigen Säulenreihen oder auch gelbe Bauernhütten. Manchmal lag an einem Hain ein weißes Städtchen mit flachdachigen Häusern, oder es ragten über die Bäume hinweg wuchtige pyramidenförmige Tore von Tempeln, Doppelfelsen gleich und mit sonderbaren Zeichen verziert. In der Wüste lugten hinter der ersten Reihe der karg begrünten Hügel nackte, mit Felsenbrocken übersäte Höhen hervor.

Es schien, als ob das der Lebensfülle überdrüssige westliche Land in königlicher Freigebigkeit an das andere Ufer des Kanals sein Grün und seine Blumen hinüberwerfe, daß aber die ewig hungrige Wüste im nächsten Jahre alles wieder verschlänge und zu Asche zerstäubte.

Eine Spur von Pflanzen, in Fels und Wüstenei vertrieben, hielt sich in niedrigeren Regionen, wohin durch die Gräben, welche die Dämme der Chaussee durchzogen, Wasser aus dem Kanal geleitet werden konnte. Zwischen den kahlen Hügeln in der Nähe der Chaussee tranken verborgene Oasen himmlischen Tau. Hier wuchsen Gerste und Weizen, Weinreben, Palmen und Tamarinden.

An solchen Orten lebten auch Menschen in einzelnen Familien. Wenn sie einander auf dem Markt in Pi-Bailos trafen, kam es vor, daß sie nicht einmal voneinander wußten, obwohl sie in der Wüste Nachbarn waren.

Am 16. Misori war die Konzentration der Truppen fast abgeschlossen. Neun Regimenter des Thronfolgers, welche die asiatischen Truppen Nitagers ablösen sollten, hatten sich bereits mitsamt dem Nachschub und einem Teil des Kriegsgerätes auf der Heerstraße oberhalb der Stadt Pi-Bailos versammelt.

Ihre Bewegungen lenkte der Thronfolger selbst. Er organisierte zwei Kundschafterlinien, von denen die am weitesten vorgeschobene den Feind beobachten sollte, während die näher gelegene die eigene Armee vor einem überraschenden Überfall schützen sollte, der in der hügel- und hohlwegreichen Gegend leicht möglich war. Ramses selbst hatte sich im Verlauf einer Woche persönlich zu den von verschiedenen Seiten her nahenden Regimentern begeben, sie inspiziert und peinlichst darauf geachtet, daß die Soldaten über ordentliche Waffen und warme Mäntel für die Nächte verfügten und daß sich im Lager ausreichende Mengen Zwieback, Fleisch und getrocknete Fische befanden. Er befahl, die Frauen, Kinder und Sklaven der Truppen, die zur Ostgrenze marschierten, auf dem Kanal zu befördern; das entlastete den Troß und erleichterte die Bewegung der Armee.

Die ältesten Generale bewunderten das Wissen, den Eifer und die Vorsicht des Thronfolgers, vor allem aber seinen Fleiß und seine Schlichtheit. Seinen vielköpfigen Hofstaat, das fürstliche Zelt, Wagen und Sänften hatte er in Memphis gelassen. Er selbst ritt in der Uniform eines einfachen Offiziers von Regiment zu Regiment, nach der Art der Assyrer nur von zwei Adjutanten begleitet.

So ging der Aufmarsch des eigentlichen Korps sehr schnell vonstatten, und die Truppe stand zur vorgesehenen Zeit vor Pi-Bailos.

Anders war es mit dem Stab des Prinzen, mit dem griechischen Regiment, das ihn begleitete, und mit einigen Kriegsmaschinen.

Der Stab, der sich in Memphis sammelte, hatte den kürzesten Weg, rückte daher am spätesten aus, und es schloß sich ihm eine riesige Troßkolonne an. Fast jeder Offizier – sie waren Söhne bedeutender Geschlechter – führte eine Sänfte mit vier Negern, einen zweirädrigen Streitwagen, ein Prunkzelt und eine große Anzahl Kisten mit Kleidern und Proviant sowie Krüge voller Bier und Wein mit sich. Außerdem hatte sich nach den Offizieren eine vielköpfige Truppe von Sängerinnen und Tänzerinnen mit Musikanten auf den Weg gemacht; jede von ihnen mußte als große Dame einen Wagen haben, der von einem oder zwei Paar Ochsen gezogen wurde, und eine Sänfte.

Als diese Menschenmenge aus Memphis strömte, nahm sie auf der Heerstraße mehr Platz ein als die Armee des Thronfolgers. Sie marschierte zudem so langsam, daß das Kriegsgerät, das hinter der Kampftruppe befördert wurde, um einen Tag später ausrückte, als befohlen war. Zu allem Überfluß bekamen es die Sängerinnen und Tänzerinnen beim Anblick der Wüste, die hier noch gar nicht so schrecklich war, mit der Angst zu tun und begannen zu weinen. Um sie zu beruhigen, mußte man vorzeitig das Nachtlager aufschlagen, die Zelte aufbauen, eine Vorstellung geben und anschließend noch einen Festschmaus.

Das nächtliche Fest in der Kühle unter dem Sternenhimmel, inmitten der freien Natur, gefiel den Tänzerinnen und Sängerinnen so gut, daß sie erklärten, von nun an nur noch in der Wüste auftreten zu wollen. Indessen befahl der Thronfolger, der während des Marsches von den Geschehnissen in seinem Stabe erfahren hatte, die Frauen schnellstens in die Stadt zurückzuschicken und den Vormarsch zu beschleunigen.

Beim Stab befand sich Seine Hochwürden Herihor, der Kriegsminister, aber nur als Beobachter. Er selbst führte zwar keine Sängerinnen mit, doch machte er den Angehörigen des Stabes deshalb keinerlei Vorwürfe. Er befahl, seine Sänfte an die Spitze der Kolonne zu tragen, und rückte, sich ihren Bewegungen anpassend, vorwärts oder ruhte im Schatten des großen Fächers, den ein Adjutant über ihn breitete.

Seine Hochwürden Herihor war ein Mann in den Vierzigern, kräftig gebaut und sehr verschlossen. Selten nur sagte er ein Wort, und ebenso selten blickte er die Menschen an.

Wie jeder Ägypter hatte er Arme und Beine entblößt, seine Brust war ebenfalls unbekleidet, an den Füßen trug er Sandalen, um die Hüfte das kurze Röckchen und vorn den blau und weiß gestreiften Schurz. Als Priester rasierte er Bart und Haar und schlang über die linke Schulter ein Pantherfell. Als Soldat bedeckte er das Haupt mit dem kleinen Gardehelm, von dem über den Nacken ein gleichfalls weiß und blau gestreiftes Tuch herabhing.

Um seinen Hals wand sich eine dreifache goldene Kette, von der linken Schulter herab hing ein kurzes Schwert in kostbarer Scheide über seiner Brust.

Seiner Sänfte, die von sechs schwarzen Sklaven getragen wurde, folgten ständig drei Männer: der eine trug den Fächer, der zweite das Beil des Ministers und der dritte eine Truhe mit Papyri. Das war Pentuer, Priester und Schreiber des Ministers, ein magerer Asket, der selbst bei der größten Hitze das rasierte Haupt nicht bedeckte. Er stammte aus dem Volk, doch bekleidete er dank seiner hervorragenden Fähigkeiten, trotz seiner niedrigen Abstammung eine wichtige Stellung im Staat.

Obwohl sich der Minister mit seinen Beamten an der Spitze der Stabskolonne befand und sich nicht in ihre Kommandogewalt einmischte, kann man nicht behaupten, er sei schlecht informiert gewesen.

Allstündlich, manchmal sogar alle halben Stunden, näherten sich der Sänfte des Würdenträgers bald ein niederer Priester, ein gewöhnlicher „Diener Gottes", bald ein Marodeur, bald ein Händler oder ein Sklave, die scheinbar gleichmütig vorübergingen, doch insgeheim der schweigenden Begleitung des Ministers ein Wörtchen zuwarfen.

Diese Informationen schrieb Pentuer manchmal nieder, meistens aber behielt er sie im Gedächtnis, denn sein Gedächtnis war unvergleichlich.

Auf diese Kleinigkeiten achtete im lärmenden Haufen des Stabes niemand. Die Offiziere, diese großen Herrensöhne, waren viel zu sehr damit beschäftigt, umherzurennen, sich laut zu unterhalten und zu singen, um bemerken zu können, wer sich dem Minister näherte; um so mehr, als ja ständig viele Menschen auf der Chaussee entlangzogen.

Am 15. Misori verbrachte der Stab des Thronfolgers gemeinsam mit Seiner Hochwürden dem Minister die Nacht unter freiem Himmel in etwa einer Meile Entfernung von den Regimentern, die sich hinter der Chaussee bei der Stadt Pi-Bailos formierten.

Vor ein Uhr morgens, diese Stunde entspricht unserer sechsten, färbten sich die Wüstenhöhen violett. Hinter ihnen schaute die Sonne hervor. Das Land Gosen wurde von Morgenröte überflutet, und die Städtchen und Tempel, die Paläste der Magnaten und die Lehmhütten der Bauern glichen im Augenblick Funken und Flammen, die plötzlich in all dem Grün aufleuchteten.

Bald färbte sich der westliche Horizont golden, und es war, als ob das grüne Land Gosen in Gold zerfließe und die unzähligen Kanäle statt Wasser geschmolzenes Silber führten. Die

Höhen der Wüste aber tauchten noch tiefer ins Violette und warfen lange Schatten in den Sand, wodurch die Pflanzen schwarz erschienen. Die entlang der Chaussee aufgestellten Wachen konnten ausgezeichnet die mit Palmen umstandenen Felder jenseits des Kanals erkennen. Auf manchen grünten Flachs, Weizen und Klee, auf anderen glänzte golden die Gerste der zweiten Saat. Jetzt traten aus den Hütten, die unter Bäumen verborgen lagen, bronzefarbene Menschen heraus und gingen aufs Feld. Ihre ganze Bekleidung bestand aus einem kurzen Röckchen über den Hüften und einer Mütze auf dem Kopf. Einige wandten sich den Kanälen zu, um sie vom Schlamm zu säubern oder Wasser zu schöpfen und auf die Felder zu sprengen, wozu sie Geräte benutzten, die an Brunnenschwengel erinnern; andere ernteten reife Feigen und Weintrauben. Dort tummelte sich eine Menge nackter Kinder und Frauen in weißen, gelben oder roten ärmellosen Kitteln.

Die ganze Gegend war in Bewegung. Hoch in der Luft jagten Raubvögel der Wüste auf Tauben und Dohlen des Landes Gosen. Längs des Kanals wurden knarrende Kräne mit Kübeln voll fruchtbaren Wassers auf und ab bewegt, und die Menschen, die Früchte sammelten, erschienen und verschwanden im Grün der Bäume wie farbige Schmetterlinge.

Auf der Chaussee in der Wüste hingegen wimmelte es schon von Soldaten und deren Dienern. Eine berittene Abteilung – lanzenbewehrt – stob vorüber. Hinter ihr marschierten die Bogenschützen in Hauben und Kitteln; sie trugen die Bogen in den Fäusten, die Köcher auf dem Rücken und breite Äxte an der rechten Hüfte. Den Bogenschützen zur Seite schritten die Schleuderer, mit Taschen voller Geschosse und mit kurzen Schwertern ausgerüstet.

Hundert Schritt hinter ihnen marschierten zwei kleine Abteilungen Fußvolk: die eine mit Spießen, die andere mit Beilen bewaffnet. Die Soldaten beider Formationen trugen in den Händen rechteckige Schilde, auf dem Oberkörper dicke, Brustpanzern ähnliche Kaftane und auf den Köpfen Hauben mit Tüchern, die ihre Nacken vor der Hitze schützten. Die Hauben und Kaftane waren weiß und blau oder gelb und schwarz gestreift, so daß die Soldaten wie große Wespen aussahen.

Hinter der Vorhut wurde inmitten einer Eskorte von Beilträgern die Sänfte des Ministers getragen. Ihr folgten in kupfernen Helmen und Panzern die griechischen Rotten, deren Gleichschritt an die Schläge schwerer Hämmer erinnerte. Am Ende war das Knarren der Wagen zu hören, und am Rande der Chaussee drückte sich ein bärtiger phönizischer Händler in einer Sänfte vorüber, die zwischen zwei Eseln aufgehängt war. Über alldem stand eine Wolke aus goldenem Staub und Hitze.

Plötzlich kam von der Vorhut her ein berittener Soldat angeprescht und meldete dem Minister, daß sich der Thronfolger nähere. Seine Hochwürden verließ die Sänfte, und im gleichen Augenblick tauchte auf der Chaussee eine Handvoll Berittener auf, sprangen von ihren Pferden. Ein Reiter und der Minister gingen aufeinander zu, blieben ein über das andere Mal nach einigen Schritten stehen und verneigten sich voreinander.

„Sei gegrüßt, Sohn des Pharao, der ewig leben möge!" sprach der Minister.

„Sei gegrüßt und lebe lange, heiliger Vater", erwiderte der Thronfolger und fügte hinzu: „Ihr marschiert so langsam, als hätte man euch die Beine abgeschnitten, und Nitager wird spätestens in zwei Stunden vor unserem Korps stehen."

„Du sprichst die Wahrheit, dein Stab marschiert sehr langsam."

„Auch sagte mir Eunana", hier zeigte Ramses auf einen hinter ihm stehenden, mit Amuletten behangenen Offizier, „daß ihr keine Patrouillen in die Hohlwege ausgesandt habt; dabei könnte euch doch im Falle eines wirklichen Krieges der Feind von dieser Seite her überfallen."

„Ich bin nicht der Führer, sondern der Richter!" entgegnete ruhig der Minister.

„Und was tat Patrokles?"

„Patrokles eskortiert mit dem griechischen Regiment das Kriegsgerät."

„Und mein Verwandter und Adjutant Thutmosis?"

„Schläft wahrscheinlich noch."

Ramses stampfte ungeduldig mit dem Fuß auf und schwieg. Er war ein schöner Jüngling mit fast mädchenhaften Zügen. Sein Gesicht, das jetzt zornig und sonnengebräunt war, wirkte noch anmutiger. Er trug einen enganliegenden Kaftan mit blauen und weißen Streifen, ein ebenso gestreiftes Tuch unter dem Helm, eine goldene Kette um den Hals und ein kostbares Schwert an der linken Schulter.

„Ich sehe", ließ sich der Prinz vernehmen, „daß allein du, Eunana, um meine Ehre besorgt bist."

Der mit Amuletten behangene Offizier verneigte sich bis zur Erde.

„Thutmosis ist ein Tagedieb!“ rief der Thronfolger. „Eunana, kehre auf deinen Posten zurück. So hat wenigstens die Vorhut ihren Führer.“

Dann blickte er seine Begleitung an, die ihn, als wäre sie plötzlich aus der Erde gewachsen, umringte, und fügte hinzu: „Man bringe mir die Sänfte. Ich bin müde wie ein Steinträger.“

„Können denn Götter ermüden?“ flüsterte Eunana, der noch hinter ihm stand.

„Geh auf deinen Platz!“ rief Ramses.

„Vielleicht befiehlst du mir, Ebenbild des Mondes, jetzt die Hohlwege zu durchsuchen?“ fragte leise der Offizier. „Ich bitte dich, gebiete, denn wo ich auch bin, jagt mein Herz dem deinen nach, um deinen Willen zu erraten und ihm zu gehorchen.“

„Ich weiß, daß du wachsam bist“, antwortete Ramses, „geh schon und achte auf alles.“

„Heiliger Vater“, wandte sich Eunana an den Minister, „ich empfehle mich Eurer Ehrwürden als untertänigster Diener.“

Kaum war Eunana davongeritten, als am Ende der marschierenden Kolonne ein Tumult entstand. Die Sänfte des Thronfolgers wurde gesucht – doch fand man sie nicht. Indessen erschien ein eigenartig aussehender Jüngling und stieß die griechischen Soldaten auseinander. Er trug ein Hemd aus Seidenmusselin, einen reich bestickten Schurz und eine goldene Schärpe über der Schulter. Vor allem aber fielen seine riesige Perücke auf, die sich aus einer Unmenge Zöpfchen zusammensetzte, und sein künstlicher Bart, der einem Katzenschwanz ähnelte.

Das war Thutmosis, der erste Stutzer von Memphis, der sich sogar während des Marsches putzte und mit wohlriechenden Essenzen begoß.

„Sei gegrüßt, Ramses!“ rief er und drängte sich rücksichtslos durch den Kreis der Offiziere. „Stelle dir vor, deine Sänfte ist irgendwo verschwunden. Du mußt dich also in meine setzen; sie ist zwar nicht würdig, dich zu tragen, aber sie ist nicht schlecht.“

„Du hast mich erzürnt“, antwortete der Prinz. „Du schläfst, anstatt dich um das Heer zu kümmern!“

Der Stutzer blieb erstaunt stehen. „Ich schlafe?“ rief er. „Die Zunge möge dem verdorren, der dir so etwas berichtet hat. Da ich dich erwartete, habe ich mich seit einer Stunde angekleidet und dir ein Bad und Balsame bereitet.“

„Inzwischen rückte die Truppe ohne Kommando weiter."

„Sollte ich denn Kommandant einer Abteilung sein, in der sich Seine Hochwürden der Kriegsminister und ein Führer wie Patrokles befinden?"

Der Thronfolger verstummte, Thutmosis aber näherte sich ihm und flüsterte: „Wie siehst du aus, Sohn des Pharao? Du trägst keine Perücke, Haare und Kleidung sind staubbedeckt, deine Haut ist schwarz und rissig wie die Erde im Sommer? Die allerehrwürdigste Königinmutter würde mich vom Hofe vertreiben, sähe sie dein Elend."

„Ich bin nur ermüdet."

„Also steige in die Sänfte. Dort findest du frische Rosenkränze, gebratene Vögelchen und einen Krug Zypernwein. Ich habe auch", fügte er noch leiser hinzu, „Senura im Troß verborgen."

„Sie ist hier?" fragte der Prinz. Seine eben noch glänzenden Augen verschleierten sich.

„Soll die Truppe vorrücken", rief Thutmosis, „wir werden hier auf Senura warten!"

Es war, als ob Ramses erwache.

„Laß mich in Ruh, führe mich nicht in Versuchung! In zwei Stunden soll die Schlacht beginnen."

„Ach was – die Schlacht!"

„Sie wird die Entscheidung bringen, ob ich zum Führer geeignet bin."

„Gib nichts darauf", lächelte der Stutzer. „Ich könnte schwören, daß der Kriegsminister bereits gestern den Bericht an Seine Heiligkeit mit der Bitte gesandt hat, dir das Menfe-Korps zuzuteilen."

„Das ist mir gleich. Heute kann ich an nichts anderes denken als an die Armee."

„Du hast einen schrecklichen Hang zum Kriege, in dem sich der Mensch monatelang nicht wäscht, um eines schönen Tages zu fallen. Brr! Wenn du jedoch Senura sehen würdest! Schau sie an."

„Ebendeswegen werde ich es nicht tun", erwiderte Ramses entschieden.

Im selben Augenblick, da hinter den griechischen Reihen acht Männer die riesige Sänfte des Thutmosis für den Thronfolger herantrugen, kam von der Vorhut her ein Reiter gesprengt. Er glitt vom Pferde und lief so schnell, daß die Götterbilder und ihre Namenstafeln auf seiner Brust klirrten. Es war der erhitzte Eunana.

Alle wandten sich ihm zu, was ihm angenehm zu sein schien. „Erpatre, höchster Mund!“ rief Eunana, sich vor Ramses verneigend. „Als ich, Eurem göttlichen Befehl folgend, an der Spitze der Abteilung ritt und dabei auf alles aufmerksam achtete, sah ich auf der Chaussee zwei herrliche Skarabäen. Jeder der heiligen Käfer wälzte vor sich her ein Lehmkügelchen quer über die Straße dem Sande zu.“

„Na, und?“ unterbrach ihn der Thronfolger.

„Es versteht sich“, fuhr Eunana mit einem Blick auf den Minister fort, „daß ich und meine Leute, wie es die Religion befiehlt, den goldenen Abbildern der Sonne huldigten und den Vormarsch verhielten. Bei solch einer wichtigen Prophezeiung würde keiner von uns wagen, ohne Befehl vorwärts zu gehen.“

„Ich sehe, du bist ein wahrhaft frommer Ägypter, obgleich du hethitische Züge hast“, erwiderte der ehrwürdige Herihor. Dann sagte er zu dem neben ihm stehenden Würdenträger: „Wir wollen nicht auf der Heerstraße weiterziehen, denn wir könnten die heiligen Käfer zertreten. Pentuer, kann man durch den Hohlweg dort rechts die Chaussee umgehen?“

„Man kann es“, bestätigte der Schreiber des Ministers. „Der Hohlweg ist eine Meile lang und führt wieder auf die Chaussee, fast gegenüber von Pi-Bailos.“

„Ein ungeheurer Zeitverlust!“ warf zornig der Thronfolger ein.

„Ich möchte schwören, es sind keine Skarabäen, sondern die Geister meiner phönizischen Wucherer“, murmelte der Stutzer Thutmosis. „Da sie als Tote nicht mehr ihr Geld zurückfordern können, zwingen sie mich, zur Strafe durch die Wüste zu pilgern!“

Das Gefolge des Prinzen erwartete voller Unruhe die Entscheidung. So wandte sich denn Ramses an Herihor: „Wie denkst du darüber, heiliger Vater?“

„Sieh die Offiziere an“, erwiderte der Priester, „und du wirst verstehen, daß wir den Hohlweg wählen müssen.“

Da schob sich der Anführer der Griechen, General Patrokles, vor und sagte zum Thronfolger: „Wenn du es erlaubst, Prinz, marschiert mein Regiment weiter auf der Chaussee. Unsere Soldaten fürchten keine Skarabäen.“

„Eure Soldaten fürchten nicht einmal die Gräber der Könige“, entgegnete der Minister. „Doch muß es wohl dort nicht ungefährlich sein, da keiner zurückgekehrt ist!“

Der Grieche zog sich verlegen unter das Gefolge zurück.

„Gib zu, heiliger Vater", flüsterte in höchstem Zorn der Thronfolger, „daß solch ein Hindernis nicht einmal einen Esel abgehalten hätte!"

„Und deshalb wird ein Esel auch niemals Pharao werden", erwiderte ruhig der Minister.

„In diesem Fall wirst du, Minister, die Abteilung durch den Hohlweg führen", rief Ramses. „Ich kenne mich in der Priestertaktik nicht aus, und schließlich muß ich ausruhen. Komm mit, Vetter", sagte er zu Thutmosis und wandte sich den kahlen Hügeln zu.

II

Seine Hochwürden Herihor befahl sofort seinem Adjutanten, der das Beil trug, die Führung der Vorhut an Eunanas Stelle zu übernehmen. Dann ordnete er an, die schweren Steinschleudern von der Chaussee zum Hohlweg hinabzuführen. Die griechischen Soldaten sollten ihnen an schwierigen Stellen den Weg ebnen. Alle Wagen und Sänften der Offiziere aus dem Gefolge aber sollten erst den Schluß bilden.

Als Herihor die Befehle erteilte, trat der fächertragende Adjutant dicht an Pentuer heran und flüsterte ihm zu: „Diese Chaussee wird man wohl nie mehr benutzen dürfen . . ."

„Nun?" meinte der junge Priester. „Da zwei heilige Käfer unseren Weg kreuzten, gehört es sich nicht, ihn weiter zu begehen. Es könnte ein Unglück geschehen."

„Es ist auch so schon ein Unglück, oder hast du nicht bemerkt, daß sich Prinz Ramses über den Minister ärgerte? Und unser Herr gehört nicht zu denen, die vergessen."

„Nicht der Prinz über unseren Herrn, sondern unser Herr hat sich über den Prinzen geärgert und ihn zurechtgewiesen", erwiderte Pentuer. „Daran hat er gut getan, denn der junge Prinz bildet sich heute schon ein, einmal ein zweiter Menes zu werden."

„Sicher ein Ramses der Große?" warf der Adjutant ein.

„Ramses der Große gehorchte den Göttern, wofür ihn in allen Tempeln lobende Inschriften preisen, doch Menes, der erste Pharao Ägyptens, war ein Zerstörer der Ordnung, und nur der väterlichen Güte der Priester verdankt er, daß sein Name nicht vergessen wurde. Trotzdem würde ich nicht einen Uten Kupfer dafür geben, daß die Mumie des Menes existiert."

„Mein Pentuer", sprach der Adjutant, „du bist ein Weiser, also wirst du verstehen können, daß es uns gleichgültig ist, ob wir zehn Herren dienen oder elf."

„Doch dem Volk ist es nicht gleich, ob es in jedem Jahr nur einen Berg Gold für die Priester oder zwei Berge für die Priester und für die Pharaonen zusammentragen muß", erwiderte Pentuer, und seine Augen funkelten.

„Du hast gefährliche Gedanken", flüsterte der Adjutant.

„Und hast du dich selber nicht oft genug geärgert über die Verschwendung am Hofe der Pharaonen und der Nomarchen?" fragte erstaunt der Priester.

„Still, still! Wir werden noch darüber sprechen, doch nicht jetzt."

Trotz des Sandes rollten die Kriegsmaschinen, vor die man je zwei Ochsen gespannt hatte, schneller durch die Wüste als über die Chaussee. Bei der ersten ging Eunana, verwirrt und grübelnd, weshalb ihn der Minister von der Führung der Vorhut enthoben habe. Hatte man ihn etwa für eine höhere Stellung ausersehen?

Von einer glanzvollen Karriere träumend, vielleicht aber auch von Befürchtungen gequält, die sein Herz bedrängten, half er an tiefen Sandkuhlen mit einem Knüppel beim Stützen der Wurfmaschine oder spornte die Griechen mit Geschrei an. Diese jedoch achteten nur wenig auf ihn.

Schon eine gute halbe Stunde schob sich der Heerzug durch den gewundenen Hohlweg zwischen nackten und steil abfallenden Wänden, als die Vorhut erneut anhielt. Hier wurde die Marschroute von einem anderen Hohlweg gekreuzt, dessen Mitte ein ziemlich breiter Bewässerungsgraben durchzog.

Der Läufer, der dem Minister von dem Hindernis berichtet hatte, kehrte mit dem Befehl zurück, den Kanal sofort zuzuschütten.

An hundert griechische Soldaten gingen mit Keilhauen und Schaufeln an die Arbeit. Die einen hieben Steine von den Felsen, die anderen warfen sie in den Graben und schütteten Sand darüber.

Da trat aus der Tiefe des Hohlweges ein Mann mit einer Hacke hervor, welche die Form eines Storchenhalses mit Schnabel hatte. Es war ein alter und völlig nackter ägyptischer Bauer. Einen Augenblick lang betrachtete er verdutzt die Arbeit der Soldaten, plötzlich aber sprang er auf sie zu und rief: „Was tut ihr, ihr Heiden? Das ist doch ein Kanal!"

„Und du, was erdreistest du dich, den Kriegern Seiner Heiligkeit zu fluchen?" fragte ihn Eunana, der dabeistand.

„Wie ich sehe, mußt du ein großer Herr und ein Ägypter sein", antwortete ihm der Bauer, „laß dir also sagen, daß dieser Kanal einem mächtigen Herrn gehört: er ist Landaufseher bei einem Schreiber, einem Mann, der den Fächer Seiner Hochwürden, des Nomarchen von Memphis, trägt. Seht also zu, daß euch kein Unglück trifft!"

„Tut eure Pflicht!" rief Eunana in gönnerhaftem Ton den griechischen Soldaten zu, die den Bauern aufmerksam betrachteten.

Seine Sprache verstanden sie nicht, doch der Ton machte sie stutzig.

„Ach, sie schütten weiterhin zu!" rief der Bauer mit wachsendem Entsetzen. „Wehe euch, ihr Hundesöhne!" schrie er und stürzte mit hoch erhobener Hacke vor.

Ein Grieche entriß sie ihm und schlug ihn ins Gesicht, daß ihm das Blut über die Lippen floß. Danach machte sich der Soldat wieder ans Sandschaufeln.

Der vom Schlag betäubte Bauer verlor den Mut und begann zu flehen.

„Herr", sprach er, „ich selbst habe diesen Kanal in zehn langen Jahren bei Tag und Nacht und an den Feiertagen gegraben! Für den Fall, daß es mir gelänge, Wasser in das Tal zu leiten, versprach mir unser Herr, mich zum Knecht zu machen, mir den fünften Teil der Ernte abzutreten und die Freiheit zu schenken. Hört ihr? Die Freiheit – mir und meinen drei Kindern! O Götter!"

Er hob die Hände empor und wandte sich von neuem an Eunana: „Sie verstehen mich nicht, diese überseeischen Langbärte, diese Nachkommen von Hunden, Brüder der Phönizier und Juden! Doch du, Herr, wirst mich anhören. – Seit zehn Jahren, wenn andere zum Jahrmarkt gingen oder zum Tanz oder auch zu einer heiligen Prozession, habe ich mich in diesen ungastlichen Hohlweg fortgestohlen. Ich bin nicht an das Grab meiner Mutter gegangen, ich habe nur geschaufelt; ich vergaß die Verstorbenen, um meinen Kindern und mir selbst – und sei es erst einen Tag vor meinem Tode – die Freiheit und Land zu erringen. Die Götter sind meine Zeugen, wie viele Male mich hier die Nacht überraschte! Und wie oft ich hier die wimmernden Stimmen der Hyänen hörte und die grünen Augen der Wölfe sah! Doch floh ich nicht, wohin hätte ich Unglücklicher auch fliehen können, wo doch auf jedem Pfade das Grauen lauerte, während doch an diesem Kanal die Freiheit meine Füße fesselte? Einmal kam aus jener Schlucht dort ein Löwe, der Pharao aller Tiere, auf mich zu. Die Hacke entfiel meinen Händen; so kniete ich nun vor ihm nieder und bat – so wahr ich hier stehe: ‚Herr, solltest du mich denn verspeisen wollen? Ich bin ja nur ein Sklave!' Der raubgierige Löwe erbarmte sich meiner; der Wolf umging mich; sogar die verräterischen Fledermäuse verschonten mein armes Haupt, du aber, Ägypter! . . ."

Der Bauer verstummte. Er bemerkte den sich nähernden Heerzug des Ministers Herihor. Am Fächer erkannte er, daß er ein großer Herr, und am Pantherfell, daß er ein Priester war. Er lief also zu ihm, kniete nieder und beugte sein Haupt in den Sand.

„Was willst du, Mann?" fragte der Würdenträger.

„Sonnenlicht, erhöre mich!" rief der Bauer aus. „O daß es niemals in deiner Kammer Stöhnen gäbe und daß dir niemals Unglück folge! O daß deine Pläne nie scheitern mögen und daß dich der Strom nicht mit sich reiße, wenn du über den Nil ans andre Ufer setzt."

„Ich frage dich, was du willst?" ermahnte der Minister.

„Bester Herr", jammerte der Bauer, „du Führer ohne Launen, der du die Lüge bekämpfst und die Wahrheit schöpfst, der du den Armen ein Vater bist, den Witwen der Mann und der Schirmherr der Waisen. Erlaube mir, bei dieser Gelegenheit, deinen Namen zu preisen als den des Rechts im Lande. Nimm das Wort meines Mundes gnädig auf . . . höre und laß Gerechtigkeit walten, Edelster der Edlen."*

„Er will, daß dieser Graben nicht zugeschüttet wird", warf Eunana ein.

Der Minister zuckte mit den Schultern und bewegte sich auf den Kanal zu, über den man einen Steg gelegt hatte. Da packte ihn der verzweifelte Bauer bei den Füßen.

„Fort mit ihm!" schrie Seine Hochwürden, wie vor einem Schlangenbiß zurückweichend.

Der Schreiber Pentuer wandte sich ab; sein schmales Gesicht wurde grau. Eunana aber packte den Bauern am Genick und würgte ihn; da er ihn jedoch von den Füßen des Ministers nicht losreißen konnte, rief er Soldaten herbei. Einen Moment später gelangte Seine Hochwürden, nunmehr befreit, auf die andere

* Das Klagelied des Bauern ist authentisch.

Seite des Grabens. Die Soldaten indessen beförderten den Bauern fast nur durch die Luft an das Ende der marschierenden Abteilung.

Sie versetzten ihm eine Tracht Prügel, und die immer mit einem Rohrstock bewaffneten Unteroffiziere zählten ihm ebenfalls noch ein paar Dutzend Schläge auf den Buckel, um ihn schließlich am Eingang des Hohlwegs zu Boden zu werfen.

Das geprügelte, blutende, vor allem aber verstörte Häufchen Elend saß ein Weilchen im Sande, wischte sich die Augen, schnellte plötzlich hoch und floh laut stöhnend zur Heerstraße.

„Verschlinge mich, o Erde! Verflucht sei der Tag, an dem ich das Licht der Welt erblickte, und die Nacht, in der man sagte: ‚Ein Mensch wurde geboren.' Im Mantel der Gerechtigkeit findest du nicht einmal einen Flicken für die Sklaven, und selbst die Götter übersehen ein Geschöpf, das die Hände nur zur Arbeit, das Maul nur zum Wehgeschrei und den Buckel nur für die Prügel hat. O Tod, zerstäube meinen Leib zu Asche, damit ich dort im Lande des Osiris nicht zum zweiten Male als Sklave geboren werde."

III

Prinz Ramses kletterte zornschnaubend auf einen Hügel, Thutmosis folgte ihm. Dem Stutzer saß die Perücke verrutscht, der künstliche Bart war abgefallen, so trug er ihn denn in der Hand, und sein Antlitz wäre vor Müdigkeit blaß gewesen, wenn nicht eine Schicht rosa Schminke darauf gelegen hätte.

Auf dem Gipfel endlich hielt der Prinz an. Aus dem Hohlweg herauf drang zu ihnen das Gemurmel der Soldaten und das Gepolter der voranrollenden Wurfmaschinen; vor ihren Augen dehnte sich ein großer Teil des Landes Gosen im Sonnenglanz. Es schien, als sei es nicht Erde, sondern eine goldene Wolke, auf die ein Traum die Landschaft mit Farben von Smaragden, Silber, Rubinen, Perlen und Topasen gemalt habe.

Der Thronfolger streckte die Hand aus.

„Schau", rief er Thutmosis zu, „das dort soll mein Land sein und dies hier mein Heer. Sieh nur, die höchsten Gebäude dort sind Paläste der Priester, und der oberste Führer der Truppen hier ist auch ein Priester! – Soll man dergleichen dulden?"

„So war es immer", entgegnete Thutmosis, sich ängstlich umschauend.

„Das ist Lüge! Ich kenne doch die Geschichte des Landes, die man euch verhüllt hatte. Die Führer des Heeres und Herren der Beamten waren nur die Pharaonen, zumindest die energischen unter ihnen. Diesen Herrschern vergingen die Tage nicht unter Opfern und Gebeten, sondern sie regierten das Land."

„Wenn das aber der Wille Seiner Heiligkeit ist...", warf Thutmosis ein.

„Es geschieht nicht nach dem Willen meines Vaters, wenn die Nomarchen eigenmächtig in ihren Hauptstädten regieren, und es ist nicht der Wille meines Vaters, daß sich der äthiopische Regent fast dem König der Könige gleich dünkt. Und es kann nicht nach dem Willen meines Vaters geschehen, wenn seine Armee um zwei goldene Käfer herummarschiert, nur weil der Kriegsminister ein Priester ist."

„Er ist ein großer Krieger!" flüsterte immer verängstigter Thutmosis.

„Was für ein Krieger ist der schon! Vielleicht, weil er eine Handvoll libyscher Strauchdiebe geschlagen hat, die bereits beim Anblick der Kaftane ägyptischer Soldaten fliehen müßten? Bedenke einmal, was sich unsere Nachbarn erlauben. Israel zögert mit der Ablieferung des Tributes und zahlt immer weniger. Der listige Phönizier zieht jedes Jahr einige Schiffe aus unserer Flotte heraus. Gegen die Hethiter müssen wir im Osten eine große Armee unterhalten, und in Babylon und Ninive gärt es, daß man es in ganz Mesopotamien spürt.

Was ist denn letzten Endes der Erfolg der Priesterherrschaft? Während noch mein Urgroßvater über hunderttausend Talente jährliche Einnahmen und hundertsechzigtausend Soldaten verfügte, besitzt mein Vater kaum noch fünfzigtausend Talente und hundertzwanzigtausend Soldaten.

Und was ist das für ein Heer! Wenn nicht das griechische Korps die ägyptischen Soldaten zusammenhielte wie ein Hund die Schafe, so würden sie heute nur noch den Priestern gehorchen und der Pharao sänke zu einem armseligen Nomarchen herab."

„Woher weißt du das? Wie kommst du auf solche Gedanken?" wunderte sich Thutmosis.

„Stamme ich denn nicht aus dem Geschlecht der Priester! Schließlich haben sie selbst mich unterrichtet, als ich noch nicht Thronfolger war. Oh, wenn ich nach meinem Vater, der ewig leben möge, Pharao werde, setze ich ihnen den Fuß in einer ehernen Sandale auf den Nacken. Zunächst jedoch werde ich in ihre Schatzkammern greifen, die schon immer stattlich waren, seit den Zeiten Ramses' des Großen aber überzuquellen begannen und heute mit Gold so angefüllt sind, daß man hinter ihnen die Schätze des Pharao nicht mehr zu sehen vermag."

„Wehe mir und dir!" stöhnte Thutmosis. „Du hast Gedanken, unter denen der Hügel einstürzen würde, wenn er sie hören und verstehen könnte. Wo sind deine Kräfte? Deine Helfer? Die Soldaten? Gegen dich würde sich unter der Führung einer mächtigen Kaste das ganze Volk erheben! Wer aber steht hinter dir?"

Der Prinz wurde nachdenklich. Endlich erwiderte er: „Das Heer."

„Ein bedeutender Teil wird den Priestern folgen."

„Das griechische Korps."

„Ein Faß Wasser im Nil."

„Die Beamten."

„Die Hälfte gehört zu ihnen."

Ramses schüttelte traurig das Haupt und verstummte.

Über einen nackten, steinigen Hang stiegen sie vom Gipfel nach der anderen Seite hinab. Da rief Thutmosis, der ein wenig vorangegangen war: „Hat denn ein Zauber meine Augen befallen? Oh, schau doch, Ramses! Zwischen den Felsen hier versteckt sich ein zweites Ägypten!"

„Es muß das Gut eines Priesters sein, der keine Steuern zahlt", antwortete der Prinz mit Bitterkeit.

In der Tiefe zu ihren Füßen lag ein fruchtbares Tal, das wie eine Gabel geformt war, deren Zinken zwischen den Felsen verliefen. In einer solchen Schlucht standen einige Hütten für die Dienerschaft und das schöne Haus des Eigentümers oder Verwalters. Hier wuchsen Palmen, Wein, Oliven, Feigenbäume mit Luftwurzeln, Zypressen, ja sogar junge Affenbrotbäume. In der Mitte floß ein Rinnsal, und an den Hängen der Höhenzüge lagen alle paar hundert Schritt kleine Teiche.

Als sie durch traubenschwere Weinberge hinabstiegen, hörten sie eine Frauenstimme, deren Rufen wie eine sehnsüchtige Melodie klang: „Wo bist du, mein Hühnchen? Ach, wo bist du, Liebes? Du flohst vor mir, obgleich ich dich eigenhändig tränke und mit reinem Korn speise, so daß die Sklaven seufzen. Wo bist du? Antworte doch! Bedenke, daß dich die Nacht überraschen kann und du nicht nach Hause finden wirst, wo dich alle umsorgen; oder es kommt aus der Wüste der rote Habicht geflogen und zerreißt dir das Herz. Dann wirst du deine Herrin umsonst rufen, so wie ich jetzt dich. Antworte, weil ich sonst böse werde und fortgehe und du mir dann nachlaufen mußt."

Der Singsang näherte sich den beiden. Schon war die Sängerin nur noch wenige Schritte von ihnen entfernt, als Thutmosis durch die Sträucher lugte und rief: „Schau nur, Ramses, welch ein bildschönes Mädchen!"

Der Prinz – statt erst lange zu schauen – stürzte auf den Pfad und versperrte der Sängerin den Weg. Sie war wirklich ein reizvolles Mädchen, eine griechische Schönheit mit elfenbeinerner Hautfarbe. Unter dem Kopfschleier quoll üppiges, zu einem Knoten gestecktes schwarzes Haar. Sie trug ein weißes, nachschleppendes Kleid, das sie auf einer Seite mit der Hand raffte; unter dem durchsichtigen Stoff sah man die jungfräulichen Brüste, deren Form an Äpfel erinnerte.

„Wer bist du, Mädchen?" rief Ramses.

Die drohenden Falten auf seiner Stirn hatten sich geglättet, seine Augen sprühten.

„O Jehova! Vater!" schrie sie erschreckt auf und blieb wie angewurzelt auf dem Pfad stehen.

Langsam beruhigte sie sich jedoch, und ihre Samtaugen nahmen wieder den ihr eigenen Ausdruck sanfter Trauer an.

„Wie kommst du hierher?" fragte sie Ramses mit leicht bebender Stimme. „Du bist Soldat, doch Soldaten dürfen sich hier nicht aufhalten."

„Warum dürfen sie das nicht?"

„Weil das Land dem großmächtigen Herrn Sezofris gehört."

„Ho! ho!" schmunzelte Ramses.

„Lache nicht, denn bald wirst du erblassen. Herr Sezofris ist der Schreiber des Herrn Chaires, der dem würdigsten Nomarchen von Memphis den Fächer trägt. Mein Vater hat ihn gesehen und fiel vor ihm aufs Antlitz."

„Ho, ho, ho!" wiederholte Ramses, noch immer lachend.

„Du bist sehr kühn!" meinte stirnrunzelnd das Mädchen. „Wenn aus deinem Antlitz nicht Güte leuchtete, könnte ich annehmen, du seist ein griechischer Söldner oder ein Bandit."

„Noch ist er es nicht, aber einstmals könnte er der größte Bandit werden, den diese Erde je getragen hat", warf der elegante Thutmosis ein und rückte dabei seine Perücke zurecht.

„Wirst wohl ein Tänzer sein", gab das bereits mutiger gewordene Mädchen zurück. „Oh, ich bin sogar sicher, dich auf dem

Jahrmarkt in Pi-Bailos als Schlangenbeschwörer gesehen zu haben."

Beide Jünglinge befiel eine fast unbändige Heiterkeit. „Wer bist du denn?" fragte Ramses das Mädchen und griff nach ihrer Hand, die sie zurückzog.

„Sei nicht so kühn. Ich bin Sara, die Tochter Gedeons, des Verwalters dieses Vorwerks."

„Eine Jüdin?" rief Ramses, und ein Schatten flog über sein Gesicht.

„Was schadet das? Was macht das?" sagte Thutmosis. „Denkst du, eine Jüdin sei weniger süß als eine Ägypterin? Sie sind nur bescheidener und komplizierter, was ihrer Liebe besonderen Reiz verleiht."

„Also seid ihr Heiden", sprach Sara mit Würde. „Ruht aus, wenn ihr müde seid, pflückt euch Wein und geht mit Gott, unsere Dienerschaft liebt solche Gäste wie euch nicht."

Sie wollte davongehen, doch Ramses hielt sie fest.

„Halt, du hast mir gefallen und darfst uns so nicht verlassen."

„Du bist wohl vom bösen Geist besessen. Niemand in diesem Tale würde es wagen, in solcher Weise zu mir zu sprechen", empörte sich Sara.

„Hör einmal", warf Thutmosis ein, „dieser Jüngling ist ein Offizier vom Priesterregiment Ptah und Schreiber bei dem Schreiber eines Herrn, der den Fächer über dem Fächerträger des Nomarchen Habu trägt."

„Ja, ja, ein Offizier", erwiderte Sara, Ramses gedankenvoll betrachtend. „Vielleicht ist er sogar selbst ein großer Herr?" fügte sie – den Finger auf den Lippen – hinzu.

„Wer ich auch sei, deine Schönheit übersteigt meine Würde", rief Ramses plötzlich. „Doch sage mir, ist es wahr, daß ihr... daß ihr Schweinefleisch eßt?"

Sara sah ihn beleidigt an, und Thutmosis warf ein: „Da sieht man's, daß du die Jüdinnen nicht kennst! Ein Jude würde eher sterben als Schweinefleisch essen, welches ich übrigens gar nicht schlecht finde."

„Doch ihr erschlagt Katzen?" fragte Ramses, indem er ihr die Hände drückte und in die Augen sah.

„Auch das ist ein Märchen... ein gehässiges Märchen!" rief Thutmosis. „Du hättest nach diesen Dingen mich fragen können, anstatt Unsinn zu schwatzen. Ich hatte immerhin drei Jüdinnen als Geliebte."

„Bisher hast du die Wahrheit gesprochen, doch jetzt lügst du", unterbrach ihn Sara. „Eine Jüdin gibt sich nie dazu her!" fügte sie stolz hinzu.

„Würde sie nicht einmal die Geliebte des Schreibers eines Herrn werden, der den Fächer über dem Nomarchen von Memphis trägt?" fragte Thutmosis höhnisch.

Sara zögerte, erwiderte aber: „Nicht einmal."

„Also würde sie auch nicht die Geliebte des Nomarchen selber werden?"

Das Mädchen ließ die Hände sinken. Verwirrt schaute sie von einem zum andern; ihre Lippen bebten, und die Augen füllten sich mit Tränen.

„Wer seid ihr?" fragte sie verschüchtert. „Ihr kamt von den Bergen herab wie Wanderer, die Wasser und Brot wollen, aber ihr sprecht mit mir wie höchste Herren. Was seid ihr für Leute? Dein Schwert", wandte sie sich an Ramses, „ist mit Smaragden besetzt – und um den Hals trägst du eine kunstvolle Kette, wie sie selbst unser Herr, der hochgeehrte Sezofris, in seiner Schatzkammer nicht besitzt."

„Sag lieber, ob ich dir gefalle?" fragte Ramses eindringlich, wobei er ihre Hand drückte und ihr zärtlich in die Augen sah.

„Du bist schön wie der Engel Gabriel, doch ich fürchte mich vor dir, weil ich nicht weiß, wer du bist."

Im gleichen Augenblick erklang hinter den Bergen ein Horn.

„Du wirst gerufen!" rief Thutmosis.

„Und wenn ich solch ein großer Herr wäre wie euer Sezofris?" fragte der Prinz.

„Das wäre möglich", flüsterte Sara.

„Und wenn ich den Fächer über dem Nomarchen von Memphis hielte?"

„Du könntest sogar von so hohem Range sein!"

Irgendwoher ertönte ein zweites Horn.

„Laß uns gehen, Ramses!" drängte der beunruhigte Thutmosis.

„Und wenn ich gar ... der Thronfolger selbst wäre, kämst du zu mir, Mädchen?" fragte der Prinz.

„O Jehova!" schrie Sara und fiel auf die Knie.

Jetzt erschollen aus verschiedenen Richtungen zahlreiche Hörner und kündeten Alarm.

„Laß uns laufen!" rief verzweifelt Thutmosis. „Hörst du nicht, daß im Lager Alarm gegeben wird?"

Der Thronfolger nahm schnell seine Kette ab und legte sie Sara um den Hals.

„Gib sie deinem Vater“, sagte er, „ich kaufe dich ihm ab. Bleibe gesund!“

Leidenschaftlich küßte er sie auf den Mund; sie umfaßte seine Beine. Er riß sich los, lief ein paar Schritte davon und kam wieder zurück, um von neuem ihr schönes Antlitz zu küssen und ihr rabenschwarzes Haar zu kosen, als höre er nicht die ungeduldigen Rufe zu den Waffen.

„Im Namen Seiner Heiligkeit des Pharao fordere ich dich auf, komm mit!“ schrie Thutmosis und packte den Thronfolger bei der Hand.

Sie liefen in Richtung der Hornlaute. Ramses torkelte manchmal wie ein Trunkener und wandte das Haupt. Endlich erstiegen sie die gegenüberliegende Höhe.

Und dieser Mensch, dachte Thutmosis, will die Priester bekämpfen!

IV

Der Thronfolger und sein Begleiter liefen wohl eine Viertelstunde den felsigen Höhenkamm entlang, immer näher klangen die Hörner, immer mächtiger scholl das Alarmsignal. Endlich erreichten die Jünglinge einen Platz, von dem aus sie die ganze Gegend überblicken konnten.

Links zog sich eine Chaussee, hinter der sie deutlich die Stadt Pi-Bailos erkannten sowie auch die Regimenter des Thronfolgers und die mächtige Staubwolke, die sich über dem von Osten her angreifenden Gegner erhob.

Rechts lag ein breiter Hohlweg, durch den das griechische Regiment die Kriegsmaschinen zog. Unfern der Chaussee mündete der Hohlweg in einen zweiten, breiteren, der aus der Tiefe der Wüste kam.

An dieser Stelle ging etwas Ungewöhnliches vor. Die Griechen hielten unschlüssig an der Kreuzung, denn hier zwischen der Chaussee und dem Stab des Thronfolgers zogen vier Reihen einer anderen Truppe durch: in exakter Ordnung, vier Zäunen ähnlich und starrend von blitzenden Lanzen. Trotz des stark abschüssigen Weges rannte der Prinz rasch zu seiner Abteilung, an die Stelle, wo, von Offizieren umringt, der Kriegsminister stand.

„Was geht hier vor?“ rief er grollend. „Warum blast ihr Alarm, statt zu marschieren?“

„Wir sind abgeschnitten“, rief Herihor.

„Wer? Durch wen?“

„Unsere Abteilung durch drei Regimenter Nitagers, die aus der Wüste heraustraten.“

„Also, dort, nah der Chaussee, steht der Feind?“

„Ja, der unbesiegbare Nitager selbst.“

Da schien den Thronfolger ein Tobsuchtsanfall zu packen. Seine Lippen verzerrten sich, seine Augen traten aus den Höhlen. Er riß das Schwert aus der Scheide, eilte zu den Griechen und schrie mit heiserer Stimme: „Mir nach, auf die, die uns den Weg versperren!“

„Lebe ewig, Erpatre!“ rief Patrokles, gleichfalls sein Schwert ziehend. „Vorwärts, Söhne des Achilles!“ wandte er sich an seine Soldaten. „Zeigen wir den ägyptischen Kuhhirten, daß uns niemand aufhalten darf!“

Die Hörner bliesen zur Attacke. Vier kurze, gut ausgerichtete Reihen der Griechen drangen vorwärts, eine Staubwolke erhob sich, es erscholl der Feldruf zu Ramses’ Ehren.

Einige Minuten später stießen die Griechen auf die ägyptischen Regimenter und – machten unentschlossen halt.

„Vorwärts!“ rief der Thronfolger. Er schwang im Laufen sein Schwert.

Die Griechen senkten die Lanzen. In den Reihen der Gegner entstand eine Bewegung, man hörte ein Gemurmel, und die Lanzen wurden dort ebenfalls gesenkt.

„Wer seid ihr, Wahnsinnige?“ ließ sich eine mächtige Stimme vernehmen.

„Der Thronfolger!“ antwortete Patrokles.

Da wurde es still.

„Platz machen!“ befahl dieselbe mächtige Stimme.

Die Regimenter der Ostarmee traten langsam auseinander wie ein schweres Doppeltor, durch das die griechische Abteilung nun hindurchmarschierte.

Da näherte sich dem Thronfolger ein ergrauter Krieger in goldglänzendem Helm und Panzer und rief, sich tief verneigend: „Du hast gesiegt, Erpatre, nur ein großer Kriegsherr zieht sich so aus der Schlinge!“

„Du bist Nitager, der Tapferste der Tapferen!“ erwiderte der Prinz.

In dem Augenblick näherte sich ihnen der Kriegsminister, der das Gespräch gehört hatte, und bemerkte säuerlich: „Wenn sich auf eurer Seite ein ebenso widerspenstiger Führer befunden hätte wie der Erpatre, wie würden wohl dann die Manöver geendet haben?"

„Laß doch den jungen Krieger in Ruhe!" entgegnete Nitager. „Genügt es dir denn nicht, daß er die Löwenklauen gezeigt hat, wie es einem Pharaonenkind ansteht?"

Thutmosis, der hörte, welche Wendung das Gespräch nahm, wandte sich an Nitager: „Wie kamst du hierher, würdiger Heerführer, wo doch deine Hauptmacht vor unserer Armee steht?"

„Ich wußte, wie undiszipliniert die Abteilung aus Memphis abmarschierte, während der Thronfolger die Regimenter bei Pi-Bailos versammelte. Nun, zum Spott wollte ich euch, Herrchen, fangen. Zu meinem Pech aber befand sich der Thronfolger selbst hier und verdarb mir meinen Plan. So gehe immer vor, Ramses, gegen einen wirklichen Feind."

„Und wenn er, wie heute, auf eine dreifach stärkere Streitmacht stößt?" fragte Herihor.

„Ein kühner Verstand bedeutet mehr als Kraft", erwiderte der alte Heerführer. „Der Elefant ist fünfzigmal stärker als der Mensch, und doch unterliegt er ihm oder stirbt von seiner Hand."

Herihor hörte schweigend zu.

Die Manöver waren damit beendet. Der Thronfolger begab sich in Gesellschaft des Ministers und der Heerführer zur Truppe bei Pi-Bailos, begrüßte die Veteranen Nitagers, verabschiedete seine Regimenter mit dem Marschbefehl nach Osten und wünschte ihnen Erfolg.

Danach kehrte der Prinz, von einem großen Gefolge begleitet, auf der Chaussee nach Memphis zurück. Ihn umjubelten die Einwohner des Landes Gosen, die mit grünen Zweigen und in Festtagsgewändern den Sieger grüßten.

Als die Straße in die Wüste führte, lichtete sich die Menschenmenge; und als sie sich der Stelle näherten, wo der Stab des Thronfolgers der Skarabäen wegen in den Hohlweg abgeschwenkt war, stand niemand mehr auf der Chaussee. Da winkte Ramses Thutmosis heran, wies auf den kahlen Hügel und flüsterte: „Du gehst dorthin, zu Sara ..."

„Ich verstehe."

„... und bestellst ihrem Vater, daß ich ihm das Vorwerk bei Memphis vermache."

„Ich verstehe. Morgen wird sie dein sein."

Nach diesem Zwiegespräch zog sich Thutmosis zum Heerhaufen zurück, der hinter dem Gefolge marschierte, und verschwand.

Dem Hohlweg fast gegenüber, durch den am Morgen die Wurfmaschinen gefahren waren, und nur etliche Schritte von der Chaussee entfernt, wuchs ein kleiner, wenn auch alter Tamarindenbaum. Hier hielt die Vorhut des prinzlichen Gefolges an.

„Sind wir wieder auf Skarabäen gestoßen?" fragte der Thronfolger lachend den Minister.

„Das werden wir sehen", gab Herihor zurück.

Und sie sahen: An dem kümmerlichen Baum hing ein nackter Mensch.

„Was bedeutet das?" rief der Thronfolger erschüttert.

Die Adjutanten liefen zum Baum und erkannten in dem Erhängten den alten Bauern, dem die Truppe den Kanal zugeschüttet hatte.

„Er hat recht daran getan, sich aufzuhängen!" übertönte der laute Ruf Eunanas die Stimmen der Offiziere. „Ist es doch kaum zu glauben, daß dieser elende Sklave die Unverschämtheit besaß, sich an die Beine Seiner Hoheit des Ministers zu klammern!"

Als Ramses das hörte, hielt er sein Pferd an, stieg ab und näherte sich dem unheilvollen Baum.

Der Bauer hing mit vorgerecktem Kopf, weit geöffnetem Mund, die Handflächen den Stehenden zugewandt. In seinen Augen stand das Grauen. Er sah aus wie ein Mensch, der etwas sagen wollte, dem jedoch die Stimme versagte.

„Unglücklicher!" seufzte der Prinz voll Mitgefühl.

Als er wieder zu seinem Gefolge zurückgekehrt war, ließ er sich die Geschichte des Bauern erzählen und ritt danach noch lange Zeit in Schweigen versunken.

Vor seinen Augen stand immer noch das Bild des Selbstmörders, und im Herzen keimte die Ahnung, daß dem verachteten Sklaven großes Unrecht widerfahren war; solch unermeßliches Unrecht, daß darüber sogar er, der Sohn und Nachfolger des Pharao, nachdenklich wurde.

Die Hitze war unerträglich und hatte alle Feuchtigkeit aufgesogen. Staub dörrte die Lippen aus und brannte Menschen und Tieren in den Augen. Die Abteilung durfte für kurze Zeit rasten, Nitager beendete gerade sein Gespräch mit dem Minister.

„Meine Offiziere", sagte der alte Heerführer, „schauen nicht auf die Füße, sondern nur geradeaus. Darum vielleicht hat mich noch nie ein Feind überrascht."

„Damit erinnert mich Eure Hoheit daran, daß ich noch eine gewisse Schuld zu begleichen habe", erwiderte Herihor und hieß die Offiziere und Soldaten in seiner Nähe, sich zu sammeln.

„Jetzt ruft Eunana!" befahl der Minister.

Der mit Amuletten behangene Offizier fand sich so schnell ein, als hätte er seit langem schon auf die Einladung gewartet. Auf seinem Antlitz spiegelte sich, nur mühsam durch Unterwürfigkeit verhüllt, Freude.

Als Eunana vor ihm stand, begann Herihor: „Im Sinne Seiner Heiligkeit geht gleichzeitig mit der Beendigung der Manöver der Oberbefehl über die Truppe wieder in meine Hände über."

Die Umstehenden neigten die Köpfe.

„Diese Macht habe ich vor allen Dingen zur Übung der Gerechtigkeit zu nutzen."

Die Offiziere sahen einander an.

„Eunana", fuhr der Minister fort, „ich weiß, daß du immer einer der eifrigsten Offiziere warst."

„Die Wahrheit fließt aus Eurem Munde", erwiderte Eunana, „wie die Blume auf den Tau wartet, so harre ich auf die Befehle der Obrigkeit. Wenn ich sie nicht erhalte, gleiche ich einer Waise, die in der Wüste ihren Weg sucht."

Die narbenbedeckten Offiziere Nitagers vernahmen voller Bewunderung die geschmeidigen Worte Eunanas und dachten: Der wird über die anderen erhöht werden!

„Eunana", sagte der Minister, „du bist nicht nur fleißig, sondern auch fromm; nicht nur fromm, sondern auch wachsam wie der Ibis über dem Wasser. Die Götter haben dich mit Wohltaten überschüttet: sie gaben dir die Klugheit der Schlange und den Blick des Falken."

„Die reinste Wahrheit fließt aus dem Munde Eurer Hoheit!" warf Eunana ein. „Ohne mein wunderbares Auge hätte ich die zwei heiligen Skarabäen nicht erspäht."

„Ja", sprach der Minister, „und du hättest unser Lager nicht vor Gotteslästerung bewahren können. Für diese des frömmsten Ägypters würdige Tat überreiche ich dir ..." – hier nahm der Minister einen goldenen Reif vom Finger –, „überreiche ich dir diesen Ring mit dem Namen der Göttin Muth, deren Güte und Vernunft dich bis an das Ende deiner Erdentage begleiten sollen, wenn du sie verdienst."

Seine Hoheit überreichte Eunana den Ring, und die Anwesenden brachen in Hochrufe auf den Pharao aus und klirrten mit den Waffen.

Da der Minister sich nicht bewegte, blieb auch Eunana stehen und schaute ihm aufmerksam in die Augen – wie ein treuer Hund, der aus der Hand des Herrn einen Bissen erhalten hat und nun noch mit dem Schwanze wedelt und wartet.

„Jetzt aber, Eunana“, begann von neuem der Minister, „gestehe, weshalb du nicht sagtest, wohin der Thronfolger gegangen war, als die Truppe mühsam durch den Hohlweg marschierte? Du hast schlecht gehandelt, denn wir mußten nun in die Alarmhörner stoßen, während sich der Feind in der Nähe befand.“

„Die Götter sind meine Zeugen, daß ich nichts vom durchlauchten Prinzen wußte!“ gab Eunana erstaunt zurück. Herihor schüttelte den Kopf.

„Es ist nicht möglich, daß ein Mensch, der ein so scharfes Auge wie du besitzt und damit viele Schritte weit entfernt im Sande heilige Skarabäen sieht, einen so großen Mann wie den Thronfolger aus dem Blickfeld verliert.“

„Ich habe ihn wirklich nicht gesehen!“ verteidigte sich Eunana und schlug sich an die Brust. „Schließlich hat mir niemand befohlen, auf den Prinzen zu achten.“

„Habe ich dich nicht von der Führung der Vorhut entbunden? Habe ich dich durch einen Befehl behindert?“ fragte der Minister. „Du warst völlig frei, wie ein Mensch, der zur Beobachtung wichtiger Dinge ausersehen ist. Doch wie hast du deine Aufgabe gelöst? In der Tat, für einen derartigen Fehler hättest du in Kriegszeiten den Tod verdient.“

Der unglückliche Offizier erblaßte.

„Aber mein Herz schlägt väterlich für dich, Eunana“, sagte der würdige Herr, „und da ich den großen Dienst zu schätzen weiß, den du der Armee durch das Erspähen der Symbole der heiligen Sonne, der Skarabäen, geleistet hast, verhänge ich über dich nicht als strenger Minister, sondern als gütiger Priester eine sehr kleine Strafe. Du erhältst fünfzig Rutenhiebe.“

„Eure Hoheit ...“

„Eunana, du hast es verstanden, glücklich zu sein, sei jetzt ein Mann und nimm die kleine Verwarnung so hin, wie es sich für einen Offizier der Armee Seiner Heiligkeit geziemt.“

Kaum hatte der würdige Herihor geendet, da legten auch schon die Offiziere der höheren Dienstgrade Eunana an einer bequemen Stelle neben der Chaussee auf den Erdboden. Dann setzte sich ihm einer auf den Nacken, ein zweiter auf die Beine, und zwei andere zählten ihm auf den entblößten Körper fünfzig sausende Rutenhiebe.

Der unerschrockene Krieger gab keinen Jammerlaut von sich, im Gegenteil, er summte ein Soldatenlied, und nach Beendigung der Prozedur wollte er allein wieder aufstehen. Doch die wunden Beine versagten ihm den Dienst. So fiel er mit dem Gesicht in den Sand und mußte mit einem zweirädrigen Karren nach Memphis gefahren werden.

Da lag er nun, lächelte den Soldaten zu und dachte bei sich, daß nichts veränderlicher sei als der Wind in Unterägypten, als Fortuna im Leben eines armen Offiziers!

Als das Gefolge des Thronfolgers sich nach kurzem Aufenthalt wieder auf den Weg machte, bestieg Seine Hoheit Herihor sein Roß, ritt weiter neben Seiner Hoheit Nitager und sprach über die asiatischen Völker, vor allem aber über das Erwachen Assyriens.

Da begannen die beiden Diener des Ministers, der fächertragende Adjutant und der Schreiber Pentuer, folgendes Gespräch:

„Was hältst du vom Erlebnis Eunanas?“ fragte der Adjutant.

„Und was denkst du über den Bauern, der sich erhängt hat?“ fragte der Schreiber zurück.

„Mir scheint, daß für den Bauern der heutige Tag der beste und der Strick um den Hals der weicheste war, den er je in seinem Leben fand“, erwiderte der Adjutant. „Ich denke auch, daß Eunana von Stund an sehr sorgfältig auf den Thronfolger achten wird.“

„Du irrst!“ meinte Pentuer. „Eunana wird nie wieder Skarabäen erspähen, und wären sie so groß wie Ochsen. Was aber den Bauern betrifft – glaubst du nicht, daß es ihm sehr, sehr schlecht... sehr, sehr schlecht ergangen sein muß auf der heiligen ägyptischen Erde?“

„Du kennst die Bauern nicht, deshalb sprichst du so.“

„Wer kennt sie besser als ich?“ erwiderte der Schreiber finster. „Bin ich denn nicht unter ihnen aufgewachsen? Ich habe ja selbst erlebt, wie mein Vater die Felder bewässerte, die Kanäle säuberte, wie er säte, erntete und vor allem – Steuern zahlte! Oh, du hast keine Ahnung vom Los der Bauern in Ägypten!“

„Dafür weiß ich“, erwiderte der Adjutant, „was es heißt,

Ausländer zu sein. Mein Urgroßvater oder Ururgroßvater war einer der Größten unter den Hyksos, doch blieb er hier, weil er das Land liebgewann. Was sagst du dazu: Ihm wurde nicht nur das Gut genommen, auch auf mir lastet immer noch der Fluch meiner fremdländischen Abstammung! Du erlebst ja selbst, was ich oft von den einheimischen Ägyptern erdulden muß, obgleich ich eine bedeutende Stellung bekleide. Wie also könnte ich Mitleid mit einem ägyptischen Bauern empfinden, der schon beim Anblick meiner gelblichen Haut vor sich hin murmelt: ‚Heide! Fremdling!' Er ist ja keines von beiden."

„Nur ein Sklave!" warf der Schreiber ein. „Ein Sklave, den man verheiratet, scheidet, prügelt, verkauft, manchmal sogar totschlägt, dem man ständig zu arbeiten befiehlt, mit dem schönen Versprechen, daß er auch in jener Welt weiterhin ein Sklave sein wird."

Der Adjutant zuckte die Schultern.

„So klug wie du bist, so sonderbar bist du auch!" rief er. „Du weißt doch, daß ein jeder von uns irgendeine Tätigkeit ausüben muß – eine niedrige, weniger niedrige oder eine sehr niedrige. Betrübt es dich etwa, daß du kein Pharao bist und daß dein Grab keine Pyramide sein wird? Daran denkst du doch überhaupt nicht, weil dir klar ist, daß die Weltordnung so und nicht anders sein kann. Ein jeder tut eben seine Pflicht: Der Ochse pflügt, der Esel trägt den Reisenden, ich fächle Seiner Hoheit Kühlung zu, du denkst für ihn und erinnerst dich an seiner Stelle aller wichtigen Dinge; der Bauer aber bestellt den Boden und zahlt Steuern. Was haben wir also davon, daß irgendein Ochse als Apis geboren wurde, dem man Ehren erweist, oder irgendein Mensch als Pharao oder Nomarch?"

„Jenem Bauern wurde seine schwere Arbeit von zehn Jahren vernichtet ...", flüsterte Pentuer.

„Ja, und deine Arbeit ... vernichtet sie der Minister vielleicht nicht?" fragte der Adjutant. „Wer weiß denn, daß du die Geschicke des Landes lenkst und nicht der ehrwürdige Herihor?"

„So ist es nicht", rief der Schreiber. „Er regiert in Wirklichkeit. Er hat die Macht, er hat den Willen, und ich habe nur die Kenntnisse. Schließlich schlägt man weder mich noch dich so wie jenen Bauern."

„Dafür hat man Eunana geschlagen, und auch uns kann es passieren. Bleiben wir also mannhaft, und bescheiden wir uns mit den Verhältnissen, unter denen wir Menschen leben müssen.

Um so mehr, da unser Geist, das unsterbliche Ka, im selben Maße, in dem er sich läutert, immer höhere Stufen ersteigt, um schließlich in tausend oder Millionen Jahren zusammen mit den Geistern der Pharaonen und der Sklaven, ja sogar mit den Göttern, sich im namenlosen und allmächtigen Vater des Lebens aufzulösen."

„Du sprichst wie ein Priester", erwiderte Pentuer mit Bitterkeit. „Viel eher müßte ich diese Gelassenheit besitzen! Doch an ihrer Statt trage ich Schmerz in der Seele, denn ich empfinde das Elend von Millionen."

„Wer zwingt dich dazu?"

„Meine Augen und mein Herz. Es gleicht einem Tal in den Bergen, das nicht schweigen kann, wenn es einen Schrei hört, sondern mit seinem Echo antworten muß."

„Ich sage dir, Pentuer, du denkst zuviel an gefährliche Dinge! Man darf nicht ungestraft am Rande der Abgründe in den östlichen Bergen wandeln, denn eines schönen Augenblicks stürzt du ab; auch darf man nicht in der westlichen Wüste umherirren, dort, wo hungrige Löwen umherstreunen und wo der wütende Chamsin ausbricht."

Indessen verlangte der tapfere Eunana, den die Schmerzen wach hielten, nach Essen und Trinken, um zu zeigen, wie mannhaft er sei. Als er den mit Knoblauch eingeriebenen trockenen Fladen gegessen und dazu säuerliches Bier aus einem schlanken Gefäß getrunken hatte, bat er den Fuhrmann, ihm mit einem Zweig die Fliegen vom wunden Körper abzuwehren.

Dann begann der arme Eunana, bäuchlings auf den Säcken und Ballen des quietschenden Karrens liegend, mit ächzender Stimme das schwere Los des niederen Offiziers zu besingen:

„Mit welchem Recht behauptest du, es sei besser, ein Offizier denn ein Schreiber zu sein? Komm und betrachte meine blauen Striemen und den zerschundenen Leib. Ich aber will dir indessen die Geschicke eines geplagten Offiziers erzählen.

Ich war noch ein Knabe, als man mich in die Kaserne brachte.

Als Frühstück erhielt ich die Faust in den Bauch, daß mir übel wurde. Zum Mittag einen Stoß zwischen die Augen, bis mein Maul sich sperrte, und am Abend war mein Schädel mit Wunden bedeckt und fast zerspalten.

Komm, laß dir erzählen, wie ich nach Syrien gereist bin. Speise und Trank mußte ich, wie ein Esel beladen, in der Hand tragen – mein Genick wurde steif wie ein Eselsgenick, und mein

Rückgrat war fast gebrochen. Faules Wasser trank ich, und angesichts des Feindes war ich wie ein gefangener Vogel.

Ich kam nach Ägypten zurück, doch lebe ich hier wie ein Baum, den der Wurm anfrißt. Für nichts und wieder nichts warf man mich auf die Erde. Man schlägt mich wie ein Buch, worauf man Blattgold schmiedet, so daß ich von den Prügeln fast zerbrochen bin. Ich bin siech und muß liegen. Ich muß mit dem Wagen fahren, unterdessen stiehlt mir der Diener den Mantel und flieht.

Deshalb, o Schreiber! Ändere deine Meinung vom Glück des Offiziers."*

So sang der mannhafte Eunana, und sein tränenschweres Lied überdauerte den ägyptischen Staat.

V

Je mehr sich das Gefolge des Thronfolgers Memphis näherte, desto tiefer neigte sich die Sonne gen Westen, und von den unzähligen Kanälen wie vom fernen Meere her kam ein Wind auf, der von kühler Feuchtigkeit gesättigt war. Die Chaussee führte wieder in fruchtbare Gegenden. Auf den Feldern und in den Hainen sah man noch weithin lange Reihen arbeitender Menschen, obwohl die Wüste schon in rosiges Licht getaucht war und die Gipfel der Berge bereits in Flammen standen.

Plötzlich hielt Ramses an und wandte das Pferd. Sofort umringte ihn sein Gefolge, die höheren Heerführer sprengten herzu, langsam, im Gleichschritt, näherten sich die Reihen der marschierenden Regimenter.

In den Purpurstrahlen der untergehenden Sonne glich der Prinz einem Götterbild; die Soldaten schauten voller Stolz und Liebe zu ihm auf, die Heerführer mit Bewunderung.

Er hob die Hand, alle verstummten, und er begann: „Achtbare Heerführer, tapfere Offiziere und gehorsame Soldaten! Heute hatten mir die Götter das Glück beschieden, Männern wie euch befehlen zu dürfen. Freude erfüllt mein königliches Herz. Und da es mein Wille ist, daß ihr, Heerführer, Offiziere und Soldaten, immer mein Glück teilt, so bestimme ich eine Drachme jedem Soldaten, der nach Osten zog, sowie auch jedem, der mit uns von der östlichen Grenze zurückkehrt. Außerdem

* Authentisch.

bekommen die griechischen Soldaten, die heute unter meinem Kommando den Hohlweg öffneten, je eine Drachme und ebenfalls die Soldaten der Regimenter des hochverehrten Nitager, die uns den Weg auf die Heerstraße abschneiden wollten."

Aus der Truppe erschollen Jubelrufe.

„Sei gegrüßt, du unser Führer! Sei gepriesen, Nachfolger des Pharao, der ewig leben möge!" riefen die Soldaten, die Griechen am lautesten.

Der Thronfolger fuhr fort: „Zur Verteilung unter die niederen Offiziere meiner Armee und der des hochverehrten Nitager bestimme ich fünf Talente. Endlich verfüge ich zur Teilung zwischen Seiner Hoheit, dem Minister, und den obersten Heerführern zehn Talente."

„Ich verzichte auf meinen Teil zugunsten der Truppe", antwortete Herihor.

„Sei gegrüßt, Thronfolger! Sei gegrüßt, Minister", riefen die Offiziere und Soldaten.

Die rote Sonnenscheibe berührte schon den Sand der westlichen Wüste. Ramses verabschiedete die Truppe und galoppierte gen Memphis. Seine Hochwürden Herihor aber bestieg unter freudigen Zurufen die Sänfte und befahl, die marschierenden Abteilungen zu überholen.

Als sie sich so weit entfernt hatten, daß die einzelnen Stimmen im allgemeinen Stimmengewirr untergingen, das dem Rauschen eines Wasserfalles ähnelte, neigte sich der Minister zum Schreiber Pentuer und fragte ihn: „Wirst du dir das alles merken?"

„Ja, ehrwürdiger Herr."

„Dein Gedächtnis gleicht dem Granit, in den wir die Geschichte meißeln, und deine Weisheit dem Nil, der alles überflutet und fruchtbar macht!" sprach der Minister. „Zudem haben dich die Götter mit der größten aller Tugenden ausgestattet – mit vernünftiger Ergebenheit."

Der Schreiber schwieg.

„Du vermagst also besser als andere das Vorgehen und den Verstand des Thronfolgers, der ewig leben möge, zu beurteilen!"

Der Minister verstummte einen Augenblick. So viel zu sprechen war gegen seine Gewohnheit.

„Sag mir also, Pentuer, und schreibe es auf: Gehört es sich, daß der Thronfolger der Truppe gegenüber seinen Willen zum Ausdruck bringt? Das gebührt nur dem Pharao, einem Verräter oder ... einem unbesonnenen Jüngling, der mit gleicher Leichtfertigkeit Gewalttaten verübt, wie er gotteslästernde Reden führt ..."

Die Sonne war untergegangen, und gleich darauf brach die sternklare Nacht herein. Über den unzähligen Kanälen Unterägyptens verdichtete sich ein silbriger Nebel. Ein sanfter Wind trieb ihn bis in die Wüste hinein, er kühlte die ermüdeten Soldaten, und die Pflanzen, die vor Durst beinahe umkamen, belebte er wieder.

„... oder sage mir, Pentuer", fuhr der Minister fort, „und prüfe: Woher wird der Thronfolger die zwanzig Talente nehmen, um das Versprechen zu halten, das er heute so unvorsichtig der Truppe gegeben hat? Schließlich, wo er auch das Geld auftreiben möge – jedenfalls scheint es mir und sicherlich auch dir gefährlich, daß der Thronfolger am selben Tag der Armee Geschenke macht, an dem Seine Heiligkeit nicht weiß, wie er den aus dem Osten heimkehrenden Soldaten Nitagers den Sold auszahlen soll. Ich frage dich nicht weiter nach deiner Meinung, weil ich sie ebenso kenne, wie du meine geheimsten Gedanken errätst. Ich bitte dich nur, dir zu merken, was du gesehen hast, um es vor dem Kollegium der Priester wiedergeben zu können."

„Wird es bald einberufen?" forschte Pentuer.

„Noch liegt dafür kein Anlaß vor. Zunächst werde ich versuchen, das übermütige Stierkalb mit Hilfe der väterlichen Hand Seiner Heiligkeit zu beruhigen. Es wäre sonst schade um den Jungen, denn er hat große Fähigkeiten und die Energie des südlichen Sturmwinds. Wenn aber dieser Sturmwind, anstatt Ägyptens Feinde hinwegzufegen, beginnen sollte, seinen Weizen niederzuschlagen und Palmen zu entwurzeln ..."

Der Minister schwieg, seine Begleitung tauchte in der dunklen Baumallee unter, die nach Memphis führte.

Unterdessen erreichte Ramses den Palast des Pharao.

Das Gebäude stand auf einem Hügel hinter der Stadt inmitten eines Parks. Hier wuchsen seltene Bäume: Affenbrotbäume aus dem Süden, Zedern, Fichten und Eichen aus dem Norden. Dank hoher Gärtnerkunst grünten sie viele Jahre lang und wurden sehr groß.

Eine schattige Allee führte zum Tor empor, das die Höhe eines dreistöckigen Hauses erreichte und auf jeder Seite von einem gewaltigen turmartigen Gebäude flankiert wurde, das einer abgeschnittenen Pyramide ähnelte und vierzig Schritt breit und fünf Stockwerke hoch war. Nachts glichen diese beiden Bauwerke zwei riesigen Zelten aus Sandstein. Im Parterre und in den Stockwerken hatten sie quadratische Fenster, die Dächer waren flach. Vom First der einen Pyramide beobachtete eine Wache das Land, vom anderen der wachhabende Priester die Sterne.

Rechts und links von diesen Türmen, die Pylonen genannt wurden, erstreckten sich Mauern oder vielmehr stockwerkhohe Bauten mit schmalen Fenstern und flachen Dächern, auf denen die Wachen entlangschritten. Auf beiden Seiten des Haupttores befanden sich zwei sitzende Figuren, deren Köpfe das erste Geschoß erreichten; vor ihren Sockeln schritten gleichfalls Wachen.

Als sich der Prinz in Begleitung einiger Reiter dem Palast näherte, erkannte ihn der Wächter trotz der Dunkelheit. Alsbald trat aus einem der Pylonen ein in ein weißes Gewand gekleideter Höfling, mit dunklem Umhang und einer Perücke, die einer Kapuze ähnelte.

„Ist der Palast schon geschlossen?“ fragte ihn der Thronfolger.

„Ihr sprecht die Wahrheit, hoher Herr!“ gab der Beamte zurück. „Seine Heiligkeit kleidet die Götter zum Schlaf.“

„Und was wird er danach tun?“

„Dann geruht er, den Kriegsminister Herihor zu empfangen.“

„Und?“

„Später wird sich Seine Heiligkeit im großen Saal das Ballett anschauen, dann ein Bad nehmen und die Abendgebete verrichten.“

„Mich zu empfangen befahl er nicht?“ erkundigte sich der Thronfolger.

„Morgen, nach dem Kriegsrat.“

„Und was tun die Königinnen?“

„Die erste Königin betet im Zimmer des verstorbenen Sohnes. Eure hochachtbare Mutter empfängt gerade den phönizischen Gesandten, der ihr Geschenke von den Frauen aus Tyros brachte.“

„Sind auch Mädchen darunter?“

„Angeblich ja, jede soll für zehn Talente Schmuck an sich tragen.“

„Und wer treibt sich dort mit Fackeln umher?“ fragte der Prinz und wies mit der Hand hinunter in den Park.

„Man holt den Bruder Eurer Hoheit vom Baum, wo er seit Mittag sitzt.“

„Will er wieder nicht herunterkommen?"

„Jetzt wird er es schon tun, denn der Hofnarr der ersten Königin versprach ihm gerade, ihn in die Schenke zu führen, in der die Wasenmeister trinken, die die Leiber der Verstorbenen öffnen."

„Habt ihr über die heutigen Manöver schon was gehört?"

„Man sprach im Ministerium davon, daß der Stab vom Korps abgeschnitten wurde."

„Was noch?"

Der Beamte zauderte.

„Sprich, was sagte man noch?"

„Nun, es wurde gemunkelt, Eure Durchlaucht hätte aus diesem Grunde befohlen, einem Offizier fünfhundert Stockprügel zu verpassen und den Wegeführer aufzuhängen."

„Alles erlogen!" knirschte einer der Adjutanten des Thronfolgers.

„Die Soldaten halten es auch für eine Verleumdung", sagte der Beamte kühner.

Der Thronfolger wandte sein Roß und ritt in den unteren Teil des Parkes, wo sich sein Schlößchen befand. Es war eigentlich ein großer einstöckiger, aus Holz erbauter sechseckiger Pavillon. Zwei auf zahlreichen Säulen ruhende Galerien, eine zu ebener Erde und eine am ersten Stockwerk, umgaben des Gebäude. Da im Hause Hängeleuchter brannten, konnte man die holzgetäfelten Wände erkennen und die verschiedenfarbigen Vorhänge, die vor der Zugluft schützen sollten. Das Dach des Gebäudes, auf dem etliche Zelte standen, war flach und von einer Balustrade umsäumt.

Herzlich begrüßt von seinen halbnackten Dienern, die ihm zum Teil mit Fackeln auf den Vorplatz entgegengeeilt waren, betrat der Thronfolger das Haus. In seiner Wohnung im Parterre legte er das bestaubte Gewand ab, badete in einer steinernen Wanne und warf sich eine weiße Toga über, eine Art großes Tuch, das er am Halse schloß und am Gürtel mit einer Schnur zusammenraffte. Im ersten Stock verzehrte er sein Abendbrot: einen Weizenfladen, eine Handvoll Datteln und einen Kelch voll leichten Bieres. Danach begab er sich auf die Terrasse, legte sich dort auf eine mit einem Löwenfell bedeckte Bank und entließ die Dienerschaft mit dem Befehl, Thutmosis, sobald er käme, zu ihm zu schicken.

Gegen Mitternacht hielt vor dem Hause eine Sänfte; ihr entstieg der Adjutant Thutmosis. Als er schwer und gähnend die Terrasse betrat, sprang der Prinz von der Bank auf.

„Bist du da? Wie stehen die Dinge?" rief Ramses.

„Du schläfst also noch nicht?" gab Thutmosis zurück. „Oh, Götter, nach dieser vieltägigen Quälerei! Ich hoffte, ich könnte nun wenigstens bis Sonnenaufgang ein Schläfchen halten."

„Was ist mit Sara?"

„Sie wird übermorgen hier sein oder du bei ihr auf dem Vorwerk jenseits des Flusses."

„Erst übermorgen!"

„Erst? Ich bitte dich, Ramses, schlafe dich aus. Zuviel schwarzes Blut hat sich in deinem Herzen angesammelt, deshalb steigt dir Feuer in den Kopf."

„Und was ist mit ihrem Vater?"

„Er ist ein anständiger und vernünftiger Mensch und heißt Gedeon. Als ich ihm mitteilte, daß du seine Tochter nehmen willst, warf er sich auf die Erde und begann sich das Haar zu raufen. Es versteht sich, daß ich den Ausbruch väterlichen Schmerzes erst abwartete. Ich aß inzwischen ein wenig, trank ein wenig Wein – dann erst begannen wir miteinander zu handeln. Der verweinte Gedeon schwur erst, er wolle seine Tochter lieber tot, denn als irgendeines Menschen Geliebte sehen. Da bot ich ihm dein Vorwerk am Nil bei Memphis, das jährlich zwei Talente Einkünfte bringt, und volle Steuerfreiheit dazu. Er empörte sich; da versprach ich ihm noch ein weiteres Talent in Gold und Silber alljährlich. Er seufzte und erwähnte, daß seine Tochter drei Jahre lang in Pi-Bailos ausgebildet worden sei. Ich legte noch ein Talent drauf. Jetzt befürchtete der immer noch untröstliche Gedeon, seine gute Stellung als Verwalter bei Herrn Sezofris zu verlieren. Ich erklärte ihm, daß er die Stellung durchaus nicht zu verlieren brauchte, und sagte ihm noch zehn Milchkühe aus deinen Ställen zu. Seine Stirn hellte sich etwas auf, und er gestand mir im Vertrauen, daß bereits ein sehr mächtiger Herr Chaires, der den Fächer über dem Nomarchen von Memphis halte, seine Aufmerksamkeit auf Sara gelenkt habe. Ich aber versprach ihm noch ein Stierlein, eine kleine goldene Kette und ein größeres Armband. Somit wird deine Sara dich kosten: ein Vorwerk und zwei Talente jährlich in bar, dazu einmalig zehn Kühe, einen jungen Stier, eine Kette und ein Armband aus Gold. Das gibst du ihrem Vater, dem ehrbaren Gedeon; ihr selbst hingegen – was dir gefällt."

„Und was sagt Sara dazu?“ fragte der Prinz.

„Während der Verhandlungen wandelte sie unter den Bäumen. Als wir die Angelegenheit zum Abschluß gebracht und mit einem guten jüdischen Wein besiegelt hatten – was meinst du wohl, was sie zu ihrem Vater sagte? Wenn er sie dir nicht gegeben hätte, sagte sie, so wäre sie auf einen Felsen gestiegen und hätte sich kopfüber hinabgestürzt. – Jetzt wirst du wohl ruhig schlafen können!“ schloß Thutmosis.

„Das bezweifle ich noch!“ antwortete der Thronfolger. Er lehnte an der Balustrade und starrte in die dunkelste Ecke des Parks. „Weißt du, daß wir unterwegs einem erhängten Bauern begegnet sind?“

„Oh! Das ist noch schlimmer als die Skarabäen!“ zischte Thutmosis.

„Er erhängte sich aus Verzweiflung, weil ihm die Truppe den Kanal zuschüttete, an dem er zehn Jahre lang in der Wüste gegraben hatte.“

„Nun, dieser Mensch schläft schon fest; es wird auch für uns Zeit, schlafen zu gehen.“

„Ihm wurde Unrecht getan!“ sprach der Prinz. „Man muß seine Kinder suchen, sie freikaufen und ihnen ein Stück Land in Pacht geben.“

„Ja, aber völlig im geheimen“, warf Thutmosis ein, „denn sonst könnten sich alle Bauern erhängen, und uns, ihren Herren, würde kein Phönizier mehr auch nur einen kupfernen Uten borgen.“

„Scherze nicht; wenn du das Antlitz dieses Menschen gesehen hättest, könntest du genausowenig einschlafen wie ich.“

Plötzlich rief aus dem Dickicht von unten her eine gedämpfte, doch deutlich vernehmbare Stimme: „Es segne dich, Ramses, der alleinige und allmächtige Gott, der in der menschlichen Sprache keinen Namen und in den Tempeln keine Ebenbilder hat!“

Beide Jünglinge neigten sich erstaunt vor.

„Wer bist du?“ rief Ramses.

„Ich bin das gequälte ägyptische Volk“, kam langsam und ruhig die Antwort.

Dann blieb alles still. Keine Bewegung, kein Rascheln von Zweigen verriet die Anwesenheit eines Menschen.

Auf Befehl des Prinzen kamen die Diener mit Fackeln gelaufen, ließen die Hunde los und durchsuchten alle Büsche, die das Haus des Thronfolgers umstanden. Doch fand man niemanden.

„Wer mag das gewesen sein?“ wandte sich der Prinz erregt an Thutmosis. „Vielleicht der Geist des Bauern?“

„Der Geist?“ wiederholte der Adjutant. „Noch nie habe ich Geister sprechen hören, obwohl ich so manches Mal bei Tempeln und Gräbern Wache hielt. Ich vermute eher, daß es einer deiner Freunde war.“

„Weshalb aber verbarg er sich dann?“

„Nun, was schadet es dir?“ rief Thutmosis. „Jeder von uns hat Dutzende, wenn nicht gar Hunderte unsichtbarer Feinde. So danke also Gott, daß du wenigstens einen unsichtbaren Freund hast.“

„Ich werde heute nicht einschlafen“, flüsterte der erregte Prinz.

„Laß gut sein! Statt auf der Terrasse herumzulaufen, höre besser auf mich und lege dich nieder. Sieh, der Schlaf ist ein ernstes göttliches Wesen und pflegt nicht denen nachzujagen, die ihm enteilen wie ein Hirsch. Wenn du dich aber auf eine Ruhebank legst, so wird der Schlaf, der die Bequemlichkeit liebt, sich bei dir niederlassen und seinen großen Mantel über dich breiten, mit dem er nicht nur die Augen der Menschen bedeckt, sondern auch ihr Denken.“

Mit diesen Worten drückte Thutmosis Ramses auf ein Kanapee, brachte eine elfenbeinerne, halbmondförmig geschwungene Unterlage heran und bettete dessen Haupt auf die Stütze.

Darauf ließ er die leinenen Zeltwände herab, legte sich selbst auf den Boden, und einige Minuten später waren beide fest eingeschlafen.

VI

In den Palast des Pharao bei Memphis führte ein von zwei fünfstöckigen Pylonen umrahmtes Tor. Die äußeren Wände dieser Bauwerke aus grauem Sandstein waren von unten bis oben mit Basreliefs bedeckt.

Über dem Torbogen prangte ein Wappen, das Symbol des Staates: eine geflügelte Kugel, hinter der zwei Schlangen hervorlugten. Etwas tiefer sah man eine Reihe von Göttern, denen die Pharaonen Opfer darbrachten. Auf den Seitensäulen waren gleichfalls in fünf übereinanderlaufenden Reliefreihen mit Hieroglyphen Götterbilder in Stein gehauen.

An den Wänden jedes Pylonen stand im Mittelpunkt das

Basrelief Ramses' des Großen, dessen eine Hand ein erhobenes Beil trug, während die andere eine Menschenmenge, die wie ein Bündel Petersilie zusammengebunden war, an den Haaren hielt. Über dem König standen oder saßen in zwei Reihen Götter; darüber wieder brachte eine Menschenmenge Opfer dar, während dicht unter dem First der Pylonen die Abbildungen von geflügelten Schlangen und von Skarabäen zu sehen waren.

Diese fünfstöckigen, sich nach oben verjüngenden Pylonen und der dreistöckige Torbogen machten mit ihren Basreliefs, in denen sich Ordnung mit finsterer Phantasie und Frömmigkeit mit Grausamkeit mischten, einen niederdrückenden Eindruck. Es schien schwer, hier einzutreten, unmöglich, herauszukommen, und mühevoll, dort zu leben.

Durch das Tor, vor dem Soldaten und eine große Anzahl niederer Beamter standen, gelangte man in den Hof, den säulenreiche Kreuzgänge umgaben. Ihn schmückte ein Ziergarten voller kleiner Aloen, Palmen, Orangenbäume und Zedern, die man reihenweise in Kübeln zog und im Wuchs aufeinander abgestimmt hielt; in der Mitte sprühte eine Fontäne, die Wege waren mit buntem Sand bestreut.

In den Kreuzgängen saßen oder wandelten höhere Staatsbeamte und unterhielten sich flüsternd miteinander.

Vom Hof aus führte ein Portal in einen von zwölf dreistöckigen Säulen gestützten Saal, der zwar sehr groß war, aber der wuchtigen Schwere der Säulen wegen eng erschien. Durch kleine Fensterchen in den Wänden und eine große rechteckige Öffnung in der Decke drang nur spärlich das Tageslicht. Hier herrschten Kühle und Schatten, beinahe Dämmerung, doch konnte man die gelben Wände und die mit Malereien bedeckten Säulen noch deutlich erkennen. Die oberen Partien der Säulen zierten Blätter und Blüten, die Mitte Götter und weiter unten Menschen, die diese Götterbilder trugen oder ihnen Opfer darbrachten; zwischen diesen Bildreihen sah man Hieroglyphenbänder.

Alle Abbildungen waren in klaren, beinahe grellen Farben gemalt: grün, rot und blau.

In diesem Saal, dessen Boden mit Mosaik ausgelegt war, standen in weißen Gewändern still die barfüßigen Priester, die höchsten Beamten des Staates, der Kriegsminister Herihor und die Heerführer Nitager und Patrokles, die der Pharao zu sich befohlen hatte.

Seine Heiligkeit Ramses XII. opferte – wie gewöhnlich vor

einer Beratung – in seinem Tempel den Göttern. Das dauerte stets lange Zeit. Alle Augenblicke kam aus den entfernteren Gemächern ein Priester oder Beamter gelaufen, der über den Ablauf des Götterdienstes berichtete.

„Der Herr hat bereits die Siegel zum Tempel aufgebrochen! – Jetzt wäscht er die heilige Gottheit! – Nun kleidet er sie! – Soeben schloß er die Tür!"

Auf den Gesichtern der Anwesenden malten sich trotz ihrer Würde Unruhe und Bedrücktheit. Allein Herihor gab sich gleichmütig, Patrokles war ungeduldig, und hin und wieder durchdröhnte Nitager die feierliche Stille mit seiner gewaltigen Stimme. Jedesmal, wenn sich der alte Heerführer so ungehörig vernehmen ließ, bewegten sich die Höflinge wie aufgescheuchte Schafe und sahen einander an, als wollten sie sagen: Dieser Grobian! Sein ganzes Leben lang jagt er den Barbaren nach, man kann ihm also verzeihen!

Von den entfernteren Räumen her ertönten Glockenklang und Waffenklirren. In zwei Reihen betraten mehr als ein Dutzend Gardisten mit goldenen Helmen, Brustpanzern und entblößten Schwertern den Saal, danach erschienen zwei Reihen Priester, und schließlich, in Weihrauchwolken gehüllt, wurde der Pharao zu seinen Thron getragen.

Ramses XII., der Herrscher Ägyptens, war ein beinahe sechzigjähriger Mann mit welkem Antlitz. Er trug eine weiße Toga, auf dem Kopf den rot-weißen Helm mit der goldenen Schlange und in der Hand einen langen Stab.

Als der Zug eintrat, warfen sich alle zur Erde und neigten das Haupt. Patrokles verbeugte sich als Barbar nur tief, und Nitager ließ sich auf ein Knie nieder, erhob sich aber gleich wieder.

Die Sänfte hielt vor dem Baldachin, unter dem auf einer Erhebung der Ebenholzthron stand. Der Pharao verließ die Sänfte langsam, blickte einen Augenblick auf die Anwesenden und ließ sich dann auf dem Thron nieder. Er richtete die Augen auf das Gesims des Saales, worauf eine rosa Kugel mit himmelblauen Flügeln und grünen Schlangen gemalt war.

Rechts vom Pharao stand der oberste Schreiber, zu seiner Linken hingegen der Richter mit einem Stab; beide trugen riesige Perücken. Auf ein vom Richter gegebenes Zeichen setzten sich oder knieten alle auf den Boden nieder, und der Schreiber wandte sich an den Pharao: „Du unser Herr und mächtiger Herrscher! Euer Diener Nitager, der starke Wächter der östlichen Grenzen, ist gekommen, um Euch seine Huldigung darzubringen und den Tribut der unterworfenen Völker zu übergeben: eine mit Gold gefüllte Vase aus grünem Stein, dreihundert Ochsen, einhundert Pferde und wohlriechendes Sandelholz."

„Ein elender Tribut, Herr", ließ sich Nitager vernehmen. „Wirkliche Schätze würden wir erst am Euphrat finden, wo man die eitlen, doch schwachen Könige einmal kräftig an die Zeiten Ramses' des Großen erinnern müßte."

„Sage meinem Diener Nitager", bemerkte der Pharao zum Schreiber, „daß seine Worte sehr beachtet werden. Jetzt frage ihn, was er von den militärischen Fähigkeiten meines Sohnes und Thronfolgers hält, dem gestern bei Pi-Bailos im Manöver zu begegnen er die Ehre hatte."

„Unser Herrscher, der Herr von neun Völkern, fragt Euch, Nitager ...", begann also der Schreiber.

Zum Mißfallen der Höflinge unterbrach hier der Heerführer rauh: „Ich höre selbst, was mein Herr spricht, und wenn ein anderer an seiner Statt zu mir spräche, so gebührte das allein dem Thronfolger, nicht aber dir, Schreiber!"

Der Schreiber starrte den Tollkühnen erschrocken an, der Pharao aber warf ein: „Mein treuer Diener Nitager spricht die Wahrheit."

Der Kriegsminister verneigte sich.

Nun verkündete der Richter allen anwesenden Priestern, Beamten und der Garde, es sei ihnen erlaubt, in den Hof hinabzugehen.

Er selbst verließ – sich tief vor dem Thron verneigend und von dem Schreiber gefolgt – als erster den Saal. Zurück blieben nur der Pharao, Herihor und die beiden Heerführer.

„Neigt Euer Ohr, Herrscher, und hört meine Klage an", begann Nitager. „Heut morgen gebot mir der Priester, der auf Euren Befehl kam, um mir das Haar zu salben, ich hätte für diese Audienz meine Sandalen im Vorraum zurückzulassen. Indessen ist nicht nur in Ober- und Unterägypten bekannt, sondern auch bei den Hethitern, in Libyen, bei den Phöniziern und im Lande Punt, daß Ihr mir vor zwanzig Jahren das Recht zuerkanntet, vor Euch in Sandalen zu erscheinen."

„Du sprichst die Wahrheit", bestätigte der Pharao. „An meinem Hof hat sich mancherlei Unordnung eingeschlichen."

„Befehlt nur, König, und meine Veteranen werden sofort Ordnung schaffen", antwortete Nitager.

Auf ein Zeichen des Kriegsministers kamen etliche Beamte gelaufen. Der eine brachte Nitagers Sandalen und zog sie ihm an, andere stellten dem Thron gegenüber kostbare Schemel für den Minister und die Heerführer auf.

Als die drei Würdenträger Platz genommen hatten, fragte der Pharao: „Glaubst du, Nitager, daß aus meinem Sohn einmal ein guter Heerführer wird? Sprich aber die reine Wahrheit."

„Ich schwöre beim Namen Amons aus Theben und beim Ruhm meiner Vorfahren, in deren Adern königliches Blut floß, daß Ramses, Euer Nachfolger, ein großer Heerführer werden wird, so es den Göttern gefällt. Er ist zwar ein junger Bursche, fast ein Knabe noch, doch hat er mit großer Umsicht die Regimenter gesammelt, sie mit allem versehen und ihnen den Marsch erleichtert. Am meisten jedoch gefällt mir, daß er nicht den Kopf verlor, als ich ihm den Weg abschnitt, sondern seine Leute zum Angriff führte. Er wird ein großer Heerführer werden und die Assyrer besiegen, die man bereits heute schlagen muß, wenn nicht unsere Enkel sie am Nil sehen sollen."

„Was sagst du dazu, Herihor?" fragte der Pharao.

„Was die Assyrer betrifft, so denke ich, daß der würdige Nitager sich zu früh ihretwegen Sorgen macht. Noch sind wir von den letzten Kriegen erschöpft und müssen uns zunächst gut stärken, bevor wir einen neuen Krieg beginnen", sprach der Minister. „Was jedoch den Thronfolger angeht, so behauptet Nitager mit Recht, daß der Jüngling die Vorzüge eines Heerführers besitzt: Er ist vorsichtig wie ein Fuchs und heftig wie ein Löwe. Dennoch hat er gestern viele Fehler begangen."

„Wer von uns ist ohne Fehl?" warf der bisher schweigende Patrokles ein.

„Der Thronfolger", fuhr der Minister fort, „führte zwar das Hauptkorps klug, doch vernachlässigte er seinen Stab; daher marschierte er so langsam und ohne genügend Disziplin, so daß Nitager uns den Weg abschneiden konnte."

„Vielleicht hat Ramses auf Eure Hoheit vertraut?" warf Nitager ein.

„Beim Regieren und im Kriege verläßt man sich auf niemanden: über einen Stein, den man übersehen hat, kann man stolpern und fallen", rief der Minister.

„Wenn Eure Hoheit", ließ sich Patrokles vernehmen, „nicht die Kolonnen von der Heerstraße gedrängt hätten, weil irgendwelche Skarabäen ..."

„Euer Würden ist ein Fremdling und Heide“, gab Herihor zurück, „deshalb sprecht Ihr so. Wir Ägypter hingegen bedenken: Wenn das Volk und die Soldaten aufhören, die Skarabäen zu achten, so werden sich ihre Söhne nicht einmal mehr vor dem Uräus fürchten; aus der Nichtachtung der Götter wird die Empörung gegen den Pharao geboren.“

„Wozu gibt es denn Beile?“ unterbrach ihn Nitager. „Wer den Kopf auf den Schultern behalten will, gehorcht schon der höchsten Autorität.“

„Was hältst also du vom Thronfolger?“ fragte der Pharao Herihor.

„Lebendes Ebenbild der Sonne, Sohn der Götter!“ entgegnete der Minister. „Befehlt, Ramses zu salben, gebt ihm eine große Kette und zehn Talente, doch ernennt ihn noch nicht zum Führer des Menfe-Korps. Der Prinz ist für dieses Amt noch zu jung, zu heißblütig und zu unerfahren. Können wir ihn denn Patrokles gleichstellen, der in zwanzig Schlachten die Äthiopier und Libyer schlug? Oder gleicht er etwa Nitager, dessen Name allein seit zwanzig Jahren all unsere Feinde in Osten und Norden erblassen läßt?“

Der Pharao stützte das Haupt in die Hand, überlegte und sprach: „So gehet denn in Frieden und seid meiner Gnade versichert. Ich werde tun, was Vernunft und Gerechtigkeit gebieten.“

Die Würdenträger verneigten sich tief, Ramses XII. jedoch wartete nicht auf das Gefolge, sondern begab sich sogleich in die entfernteren Gemächer.

Als sich die beiden Heerführer im Gang allein befanden, sagte Nitager zu Patrokles: „Ich sehe schon, hier herrschen die Priester wie im eigenen Haus. Welch ein Kopf ist Herihor! Er schlug uns, ehe wir zu Worte kamen, und er hat verhindert, daß der Thronfolger das Korps erhält.“

„Mich lobte er derart, daß mir der Mut fehlte aufzubegehren“, gab Patrokles zurück.

„Immerhin hat er eine weise Voraussicht, doch er sagt nicht alles. Mit dem Thronfolger zusammen könnten sich gewisse Leute in das Korps drängen, die mit Sängerinnen in den Krieg ziehen, und jene Herrchen würden die höchsten Stellen bekleiden. Natürlich wären darüber die älteren Offiziere erzürnt und würden gleichgültig werden, weil sie ihre Beförderung umgangen sähen; die Stutzer würden ihrer Feste wegen den Dienst vernachlässigen, und das Korps würde zerfallen, bevor es auf den Feind gestoßen ist. Oh, Herihor ist ein Schlaukopf!"

„Wenn Euch seine Klugheit bloß nicht einmal teurer zu stehen kommt als des Ramses Unerfahrenheit!" flüsterte der Grieche.

Durch mit Gemälden geschmückte Säulenhallen, vor denen Priester und Palastbeamte ihn mit tiefen Verneigungen grüßten, gelangte der Pharao in sein Gemach. Dieser zweistöckige Saal hatte Alabasterwände, auf denen in Gold und grellen Farben die hervorragendsten Ereignisse aus der Regierungszeit Ramses' XII. dargestellt waren: die Huldigung seitens der Bürger Mesopotamiens, die Gesandten des Königs von Buchten und die triumphale Reise der Gottheit Chonsu durch das Land Buchten.

Es stand dort auch eine Malachitstatue des Horus, dessen Vogelkopf Gold und Edelsteine schmückten, davor befanden sich der Altar, der wie eine abgeschnittene Pyramide aussah, die königlichen Waffen, kostbare Sessel und Bänke sowie Tische, mit Nippes überladen.

Als der Pharao erschien, schwenkte vor ihm einer der anwesenden Priester Weihrauch; einer der Beamten meldete den Thronfolger, der alsbald eintrat und sich vor dem Vater tief verneigte. In dem ausdrucksvollen Gesicht des Prinzen malte sich brennende Ungeduld.

„Ich freue mich, Erpatre", sagte der Pharao, „daß du gesund von der schweren Reise zurückkehrst."

„Möge Eure Heiligkeit ewig leben und mit seinen Werken beide Welten bereichern", gab der Prinz zurück.

„Eben erst", sprach der Pharao, „haben mir meine Kriegsräte von deinem Eifer und deiner Umsicht berichtet."

Das Gesicht des Thronfolgers zuckte und veränderte sich. Seine großen Augen hingen am Pharao, und er horchte begierig.

„Deine Verdienste sollen nicht ungelohnt bleiben. Du erhältst zehn Talente, eine große Kette und – zwei griechische Regimenter, mit denen du üben kannst."

Der Prinz erstarrte. Nach einer Weile fragte er mit erstickter Stimme: „Und das Menfe-Korps?"

„In einem Jahre werden wir erneut ein Manöver abhalten. Wenn du dann bei der Heeresführung keinen Fehler begehst, erhältst du das Korps."

„Ich weiß, das habe ich Herihor zu verdanken!" rief der Thronfolger, kaum seinen Zorn meisternd.

Er blickte sich um und fügte hinzu: „Niemals kann ich mit

dir, mein Vater, allein sein, immer stehen zwischen uns fremde Menschen."

Der Pharao bewegte leicht die Brauen, und sein Gefolge verschwand wie eine Versammlung von Schatten.

„Was hast du mir zu sagen?"

„Nur eines, Vater: Herihor ist mein Feind. Er klagte mich vor dir an und bereitete mir solch eine Schande!"

Bei aller Beherrschung biß sich der Prinz auf die Lippen und ballte die Fäuste.

„Herihor ist mein treuer Diener und dein Freund. Seine Fürsprache bewirkte, daß du Thronfolger wurdest. Ich selbst bin nicht gewillt, das Korps einem jungen Heerführer anzuvertrauen, der sich von seiner Armee abschneiden ließ."

„Ich habe mich mit ihr vereint!" entgegnete der deprimierte Thronfolger. „Herihor befahl ja, zwei Käfer zu umgehen."

„Willst du also, daß ein Priester vor den Augen der Truppe die Religion mißachtet?"

„Mein Vater", flüsterte Ramses mit bebender Stimme, „um nicht beim Vormarsch die Käfer zu zertreten, wurde ein im Bau befindlicher Kanal zugeschüttet und ein Mensch in den Tod getrieben."

„Dieser Mann hat selbst Hand an sich gelegt."

„Aber durch Herihors Schuld."

„In den Regimentern, die du bei Pi-Bailos so geschickt zu sammeln verstanden hast, starben dreißig Menschen vor Erschöpfung, und etliche hundert sind krank."

Der Prinz senkte das Haupt.

„Ramses", fuhr der Pharao fort, „aus deinem Munde spricht nicht ein Würdenträger des Landes, der um die Kanäle und um das Leben der Arbeiter besorgt ist, sondern ein erzürnter Mensch. Zorn aber verträgt sich genausowenig mit Gerechtigkeit wie der Habicht mit der Taube."

„Oh, mein Vater!" brach es aus dem Thronfolger hervor, „mich packt der Zorn nur darum, weil ich sehe, daß mir Herihor und die Priester mißgünstig gesonnen sind."

„Bist du nicht selbst der Enkel eines Erzpriesters? Die Priester haben dich unterrichtet, du hast mehr von ihren Geheimnissen kennengelernt als irgendein anderer Prinz."

„Ich kenne ihren unersättlichen Stolz und ihre Herrschsucht. Weil ich sie darin hindern will, sind sie heute schon meine Feinde. Herihor will mir nicht einmal ein Korps abtreten, weil er die ganze Armee allein befehligen will."

Der Thronfolger erschrak, als ihm diese unvorsichtigen Worte herausgerutscht waren.

Doch der Herrscher richtete seinen hellen Blick auf ihn und erwiderte ruhig: „Der Armee und dem Staate befehle ich. Von mir kommen alle Anordnungen und Urteile. In dieser Welt bin ich die Waage des Osiris. Ich wäge selbst die Angelegenheiten meiner Diener: des Thronfolgers, des Ministers, des Volkes. Unvorsichtig wäre jemand, der behaupten wollte, daß mir nicht alle Gewichte bekannt seien."

„Vater, wenn du aber den Verlauf der Manöver mit eigenen Augen verfolgt hättest ..."

„... dann hätte ich vielleicht einen Heerführer gesehen", unterbrach der Pharao, „der im entscheidenden Augenblick in den Büschen einem jüdischen Mädchen nachlief. Doch von solchen Kleinigkeiten will ich gar nichts wissen."

Der Prinz fiel dem Vater zu Füßen und flüsterte: „Thutmosis erzählte dir davon, Herr ...?"

„Thutmosis ist ein Kind wie du. Er macht bereits Schulden als Stabschef des Menfe-Korps und denkt insgeheim, daß das Auge des Pharao sein Treiben in der Wüste nicht erblickt."

VII

Einige Tage später wurde Prinz Ramses zu seiner allerhöchsten Mutter Nikotris gerufen. Sie war zwar die zweite Frau des Pharao, spielte jedoch heute in Ägypten die erste Rolle.

Die Götter hatten sie mit Recht zur Mutter des Thronfolgers ausersehen. Sie war eine hochgewachsene Frau, stattlich und trotz ihrer vierzig Jahre noch schön. Vor allem strahlte aus ihrem Blick, ihrem Antlitz und ihrer ganzen Gestalt so viel Majestät, daß die Menschen vor ihr die Häupter neigten, selbst wenn sie einsam im bescheidenen Gewand einer Priesterin wandelte.

Die würdige Herrin empfing ihren Sohn in einem mit Majolikaplatten ausgelegten Gemach. Sie saß unter einer Palme in einem inkrustierten Sessel. Zu ihren Füßen lag auf einem niedrigen Hocker ein Hündchen; auf der anderen Seite kniete eine schwarze Sklavin mit dem Fächer. Die königliche Frau trug einen goldbestickten Musselinmantel, und ihre Perücke zierte ein Reif mit einer Lotosblüte aus Edelsteinen.

Als sich der Prinz verneigte, beschnupperte ihn das Hündchen und legte sich wieder. Seine Herrin jedoch nickte mit dem Kopf und fragte: „Warum verlangtest du von mir Gehör, Ramses?“

„Ich warte bereits zwei Tage, Mutter.“

„Ich wußte, daß du beschäftigt bist. Doch heute haben wir beide Zeit, und ich kann dich anhören.“

„Deine Worte, Mutter, wirken auf mich wie ein starker Wind aus der Wüste, und ich finde nicht den Mut, dir meine Bitte vorzutragen.“

„Es handelt sich also gewiß um Geld?“

Ramses senkte verwirrt den Kopf.

„Brauchst du viel?“

„Fünfzehn Talente.“

„O Götter!“ rief Nikotris. „Du hast doch erst vor ein paar Tagen zehn Talente aus dem Schatz erhalten. – Geh ein wenig in den Garten, mein Mädchen, du mußt ermüdet sein“, wandte sich die Monarchin zu ihrer schwarzen Sklavin. Als sie dann mit ihrem Sohn allein war, fragte sie ihn: „Stellt deine Jüdin so hohe Ansprüche?“

Ramses errötete, sah ihr aber in die Augen. „Du weißt, Mutter, daß dies nicht der Fall ist“, erwiderte er. „Aber ich versprach der Truppe Belohnung und kann sie nicht zahlen!“

Die Königin betrachtete ihn mit ruhigem Stolz.

„Es ist eben nicht gut, wenn der Sohn Entschlüsse faßt, ohne sich vorher mit der Mutter zu beraten. Ich wollte dir gerade eine phönizische Sklavin schenken, die mir Tyros mit zehn Talenten Mitgift gesandt hat, doch du ziehst ja die Jüdin vor.“

„Sie hat mir gefallen. So eine Schönheit ist unter deinen Dienerinnen nicht zu finden, Mutter, ja nicht einmal unter den Frauen Seiner Heiligkeit.“

„Aber sie ist doch eine Jüdin!“

„Mutter, ich flehe dich an, befreie dich von dem Vorurteil! Es ist eine Lüge, daß die Juden Schweinefleisch essen und Katzen erschlagen.“

Die hohe Frau lächelte.

„Du sprichst wie ein Knabe aus der untersten Priesterschule“, sprach sie verärgert, „doch du vergißt, was Ramses der Große gesagt hat: ‚Das gelbe Volk ist zahlreicher und wohlhabender als das unsere; wir wollen ihm entgegenwirken, jedoch mit Vorsicht, damit es nicht noch stärker werde.‘ Ich kann deshalb nicht einsehen, daß ein Mädchen dieses Volkes als erste Geliebte des Thronfolgers geeignet sein sollte.“

„Kann man denn jene Worte Ramses' auf die Tochter eines ärmlichen Pächters beziehen?“ rief der Prinz. „Wo gibt es denn bei uns überhaupt noch Juden? Es ist drei Jahrhunderte her, seit sie Ägypten verlassen haben, und sie bilden heute einen lächerlich kleinen Staat, der von Priestern regiert wird.“

„Ich sehe“, antwortete Nikotris mit leichtem Runzeln der Brauen, „daß deine Geliebte ihre Zeit zu nutzen weiß. Sei vorsichtig, Ramses! Vergiß nicht, ihr Führer Messu ist ein abtrünniger Priester, der in unseren Tempeln bis zum heutigen Tag verflucht wird. Vergiß nicht, daß die Juden mehr Schätze aus Ägypten fortgetragen haben, als die Arbeit von einigen ihrer Generationen ausmacht! Sie nahmen nicht nur unser Gold, sondern auch den Glauben an den Einzigen und unser heiliges Recht, das sie heute für das ihre erklären. Endlich bedenke“, fügte sie mit Nachdruck hinzu, „daß die Töchter dieses Volkes eher den Tod erleiden, als das Lager eines fremden Mannes zu teilen. Wenn sie sich dennoch hingeben, dazu einem feindlichen Heerführer, so sicher nur mit dem Ziel, ihn ihrer Politik geneigt zu machen oder – um ihn zu erschlagen.“

„Glaube mir, Mutter, die Priester verbreiten absichtlich solche Gerüchte. Sie wollen niemanden, der anderen Glaubens ist, an die Stufen des Thrones heranlassen, niemanden, der ihren Interessen beim Pharao entgegenwirken könnte.“

Die Monarchin erhob sich von ihrem Sessel und betrachtete bestürzt ihren Sohn, die Hände über der Brust gekreuzt.

„So ist denn wahr, was man mir erzählte; du bist wirklich ein Feind der Priester! Du, ihr geliebter Schüler?“

„Noch trage ich die Spuren ihrer Prügel auf meinem Rücken!“ erwiderte der Prinz.

„Doch war dein Großvater Amenhotep, mein Vater, der jetzt bei den Göttern weilt, Erzpriester und besaß große Macht im Lande.“

„Gerade weil mein Großvater ein mächtiger Mann war und mein Vater Pharao ist, will ich Herihors Macht nicht dulden.“

„Zu seiner Stellung verhalf ihm aber eben dein Großvater, der heilige Amenhotep.“

„Dennoch werde ich ihn stürzen.“

Seine Mutter zuckte die Schultern.

„Und du“, ließ sie sich traurig vernehmen, „willst ein Korps führen? Du benimmst dich wie ein verwöhntes Mädchen, nicht aber wie ein Mann, geschweige denn ein Führer!“

„Wieso?“ Der Prinz unterdrückte mühsam einen Zornesausbruch.

„Ich erkenne meinen Sohn nicht mehr – ich sehe in dir nicht den zukünftigen Herrscher Ägyptens. In deiner Person wäre die Dynastie einem steuerlosen Boot auf dem Nil vergleichbar. Wenn du die Priester vom Hofe vertreibst – wer bleibt dir dann? Wer wird dein Auge im Unteren und Oberen Lande sein, wer im Ausland? Und der Pharao muß ja um alles wissen, worauf der göttliche Strahl des Osiris fällt.“

„Die Priester werden meine Diener, nicht Minister sein.“

„Sie sind auch die treuesten Diener. Dank ihrer Gebete herrscht dein Vater schon dreiunddreißig Jahre und vermeidet Kriege, die zum Untergang führen könnten.“

„Zum Untergang der Priester!“

„Nein, zum Untergang des Pharao! Des Reiches!“ unterbrach Nikotris. „Weißt du, wie es um unseren Schatz steht, aus dem du an einem Tage zehn Talente entnimmst und fünfzehn weitere forderst? Weißt du, daß ohne die Opferbereitschaft der Priester – die für den Staatsschatz sogar die echten Kleinodien der Götter gegen Imitationen vertauschen – die königlichen Güter sich längst in den Händen der Phönizier befänden?“

„Ein glücklicher Krieg ließe unsere Kassen überfließen, wie der anschwellende Nil unsere Felder überschwemmt.“

Die hohe Frau lachte.

„Nein, Ramses!“ rief sie, „du bist noch ein solches Kind, daß man dir nicht einmal deine gottlosen Worte als Sünde anrechnen kann. Ich bitte dich, beschäftige dich mit den griechischen Regimentern, entledige dich so schnell wie möglich des jüdischen Mädchens, doch die Politik ... überlasse uns.“

„Weshalb soll ich mich Saras entledigen?“

„Wenn du von ihr einen Sohn bekämst, könnte es im Staate Verwirrung geben. Wir haben ohnehin Sorgen genug. Den Priestern“, fügte sie hinzu, „magst du von mir aus zürnen, wenn du sie nur nicht öffentlich beleidigst. Sie wissen, daß man einem Thronfolger gegenüber nachsichtig sein muß, insbesondere, wenn er einen so stürmischen Charakter hat wie du. Die Zeit aber beruhigt alles – zum Wohle der Dynastie und zum Nutzen des Staates.“

Der Prinz überlegte. Plötzlich fragte er: „So brauche ich also auf Geld aus dem Staatsschatz nicht zu rechnen?“

„Auf keinen Fall. Der Großkämmerer hätte heute bereits die

Auszahlungen einstellen müssen, wenn ich ihm nicht vierzig Talente gegeben hätte, die mir Tyros sandte."

„Womit soll ich nur die Truppe belohnen?" grübelte der Prinz und rieb sich ungeduldig die Stirn.

„Schicke die Jüdin fort und bitte die Priester ... vielleicht werden sie dir etwas leihen."

„Niemals! Da gehe ich lieber zu den Phöniziern."

Die Königin schüttelte das Haupt.

„Du bist der Erpatre, verfahre also nach deinem Willen, aber ich warne dich. Du wirst ein großes Pfand geben müssen, und wenn ein Phönizier erst einmal dein Gläubiger ist, läßt er dich nicht mehr los. Die Phönizier sind hinterhältiger als die Juden."

„Zur Deckung solcher Schulden genügt ein kleiner Teil meiner Einnahmen."

„Wir werden's sehen. Ich würde dir gern helfen, aber ich habe nichts mehr", sagte Nikotris betrübt und ließ ihre Hände sinken. „Tu also, was du nicht lassen kannst, bedenke aber, daß die Phönizier auf unseren Gütern wie die Ratten im Speicher hausen: Schlüpft eine durch die Ritze, folgen ihr die anderen nach."

Ramses zauderte mit dem Aufbruch.

„Hast du noch etwas?" fragte die Königin.

„Ich wollte nur wissen ... Mutter, mein Herz sagt mir, daß du mit mir irgend etwas vorhast; was ist es?"

Da streichelte sie sein Gesicht.

„Jetzt noch nicht ... jetzt noch nicht! Heute bist du frei wie die anderen jungen Edelmänner des Landes. Genieße das. Doch, Ramses, es kommt die Zeit, da du ein Weib freien mußt, deren Kinder von königlichem Blut sein müssen und deren Sohn dein Nachfolger werden wird. An diese Zeiten denke ich."

„Ja?"

„Ich plane noch nichts Bestimmtes. Auf jeden Fall wäre es politisch klug von dir, die Tochter eines Priesters zu wählen."

„Vielleicht Herihors Tochter?" rief der Prinz lachend.

„Warum nicht? Herihor wird sehr bald Erzpriester in Theben werden, und seine Tochter ist erst vierzehn."

„Und sie wäre einverstanden, den Platz an meiner Seite mit einer Jüdin zu teilen?" fragte Ramses ironisch.

„Du müßtest dich bemühen, daß man dir deinen augenblicklichen Fehltritt verzeiht."

„Ich küsse deine Füße, Mutter, und gehe", rief Ramses und faßte sich an den Kopf. „Ich habe hier so viel verwunderliche

Dinge zu hören bekommen, daß ich zu fürchten beginne, der Nil könnte plötzlich die Richtung wechseln und zu den Katarakten hinfließen oder die Pyramiden würden jäh in die östliche Wüste abwandern!"

„Lästere nicht, mein Kind!" flüsterte Nikotris mit besorgtem Blick auf ihren Sohn. „In diesem Lande sind schon erstaunlichere Wunder geschehen."

„Spielst du etwa darauf an", fragte Ramses bitter lächelnd, „daß die Wände des königlichen Palastes ihre Herren belauschten?"

„Es gab Pharaonen, die schon nach wenigen Monaten ihrer Herrschaft starben; und es kam vor, daß eine Dynastie, die über neun Nationen herrschte, jäh stürzte."

„Weil jene Pharaonen um des Weihrauchfasses willen ihr Schwert vergaßen!" erwiderte der Prinz, verneigte sich und ging hinaus.

Als die Schritte des Thronfolgers im riesigen Gang verhallten, veränderte sich das Antlitz der Königin. An die Stelle der Majestät traten Leid und Furcht, in den großen Augen erglänzten Tränen.

Sie eilte zum Bild der Göttin, kniete nieder, und nachdem sie auf die glühende Kohle indischen Weihrauch gestreut hatte, begann sie zu beten: „O Isis, Isis, Isis! Dreimal rufe ich deinen Namen. O Isis, die du Schlangen, Krokodile und Strauße gebärst, sei dreimal gepriesen. O Isis, die du das Korn vor den vernichtenden Stürmen schützt und die Leiber unserer Väter vor der zerstörenden Kraft der Zeit bewahrst, o Isis, erbarme dich und beschütze meinen Sohn! Dreimal werde dein Name gerufen, hier – und dort – und da – und heute und immer und in allen Zeiten, solange sich die Tempel unserer Götter in den Wassern des Nils spiegeln."

Betend und schluchzend neigte sich die Monarchin und berührte mit der Stirn die Erde. Da hörte sie plötzlich von oben her ein Flüstern: „Die Stimme des Gerechten wird immer erhört."

Nikotris fuhr auf und sah sich verwundert um, aber es war niemand im Raum. Von der Wand herab leuchteten die gemalten Blumen, und vom Altar blickte das Bild der Göttin in überirdischer Ruhe auf sie nieder.

VIII

Der Prinz kehrte sorgenvoll in sein Haus zurück und ließ Thutmosis zu sich rufen.

„Du mußt mir zu Geld verhelfen!" rief er.

„Haha!" lachte der Stutzer. „Das ist eine Weisheit, die selbst in den höchsten Schulen der Priester nicht gelehrt wird; ich allerdings könnte darin ein Prophet sein!"

„Dort wird gelehrt, daß man kein Geld borgen soll", warf der Prinz ein.

„Wenn ich nicht befürchten müßte, meine Lippen mit einer gottlosen Rede zu beflecken, so würde ich sagen, daß so mancher Priester seine Zeit vertrödelt. Sie sind zwar fromme, doch arme Menschen! Sie essen kein Fleisch, sie begnügen sich mit einer einzigen Frau oder meiden überhaupt den Umgang mit Frauen und borgen sich nie Geld. Ramses, ich freue mich, daß du jene Weisheit durch mich kennenlernen wirst. Du erlebst bereits heute, daß Geldmangel eine Quelle des Leidens ist. Ein Mensch, der Geld braucht, hat keinen Appetit, ist schlaflos und betrachtet die Frauen mit Verwunderung, als wollte er fragen: ‚Wozu sind sie erschaffen?' Im kühlsten Tempel schlägt es ihn wie mit Flammen ins Antlitz, und in der größten Hitze, mitten in der Wüste, überrieseln ihn kühle Schauer. Er starrt vor sich hin, als sei er irre, und hört nicht, was man zu ihm spricht. Er trägt oft eine verrutschte Perücke, vergißt, sie mit Wohlgerüchen zu parfümieren, und findet höchstens bei einem Kruge starken Weins Ruhe, wenn auch nur für kurze Dauer. Kaum faßt der Unglückselige wieder einen klaren Gedanken, so fühlt er von neuem den Boden unter seinen Füßen schwinden.

Ich erkenne deutlich", fuhr der Stutzer fort, „an deinem unruhigen Gang und dem wirren Gestikulieren deiner Hände, daß du im Augenblick infolge des Geldmangels verzweifelt bist. Doch bald wird dir anders zumute sein, so als hätte man einen auf deiner Brust lastenden großen Sphinx endlich entfernt. Danach winkt dir die Wonne des Vergessens, des Nicht-mehr-denken-Müssens an vergangene Sorgen und augenblickliche Gläubiger, und dann ... Ach, glücklicher Ramses! Unerhörte Überraschungen erwarten dich! Denn wenn der Termin herankommt und deine Gläubiger unter dem Vorwand, dir zu huldigen, dich zu besuchen beginnen, wirst du dir wie ein von Hunden gehetzter Hirsch vorkommen oder wie ein ägyptisches Mädchen, das beim Wasserschöpfen plötzlich den buckligen Rücken eines Krokodils erblickt."

„Das hört sich alles sehr lustig an", unterbrach Ramses lachend, „aber es bringt mir nicht eine Drachme ein."

„Halt, sprich nicht weiter!" fiel ihm Thutmosis ins Wort. „Ich mache mich sofort zum phönizischen Bankier Dagon auf den Weg. Heute abend, auch wenn du noch kein Geld bekommen hast, wirst du deine Ruhe wiedergefunden haben."

Er eilte davon, bestieg seine kleine Sänfte und verschwand – von seinen Dienern begleitet und von Stutzern, die ihm ähnelten – in den Alleen des Parkes.

Vor Sonnenuntergang erschien im Hause des Thronfolgers der Phönizier Dagon, der berühmteste Bankier von Memphis, ein Mann in besten Jahren, gelb, mager, doch von gutem Wuchs. Er trug eine himmelblaue Tunika, darüber einen weißen Mantel aus dünnem Gewebe, hatte sehr starkes, von einem goldenen Reifen zusammengehaltenes Haar und einen großen schwarzen, ebenfalls echten Bart.

Sein prächtiger Haarwuchs machte im Vergleich zu den Perücken und angeklebten Bärten der ägyptischen Stutzer einen imposanten Eindruck.

In der Wohnung des Thronfolgers wimmelte es von aristokratischer Jugend. Die einen badeten im Erdgeschoß und salbten sich, andere spielten Schach und Dame im ersten Stock, und wieder andere tranken in Gesellschaft einiger Tänzerinnen in den Zelten auf der Terrasse.

Der Thronfolger trank nicht, spielte nicht und sprach auch nicht mit den Frauen, sondern ging auf der einen Seite der Terrasse auf und ab und hielt ungeduldig nach dem Phönizier Ausschau. Als er in der Allee die von Eseln getragene Sänfte erblickte, begab er sich in ein menschenleeres Gemach im ersten Stock.

Bald erschien Dagon an der Tür, kniete auf der Schwelle nieder und rief: „Ich grüße Euch, neue Sonne Ägyptens! Ihr sollt ewig leben, und Euer Ruhm möge bis zu den fernsten Ufern dringen, an denen phönizische Schiffe anlegen!"

Auf Befehl des Prinzen erhob er sich und sprach unter erregten Gesten: „Als der würdige Thutmosis vor meiner Hütte – denn nichts anderes ist mein Haus, gemessen an deinen Palästen, Erpatre – seiner Sänfte entstieg, bewog mich der Glanz seines Blickes, meinem Weibe zuzurufen: ‚Tamara, der würdige Thutmosis kommt nicht in eigener Sache, ihn sandte ein Höherer, der ihn so sehr an Rang und Würde überragt, wie sich der Libanon über die Dünen des Strandes erhebt.' Da fragte mich mein Weib: ,Woran erkennst du das, mein Gebieter?'

,Er kann kein Geld bringen, weil er keines hat, und nicht um Kredit bitten, da mir im Augenblick keine Mittel zur Verfügung stehen.' Wir verneigten uns dann beide vor dem würdigen Thutmosis. Als er uns mitteilte, daß Ihr, allerehrwürdigster Herr, fünfzehn Talente von Eurem Sklaven heischt, fragte ich mein Weib: ,Tamara, hat mich mein Herz schlecht beraten?' – Darauf erwiderte sie: ,Dagon, du bist so weise, daß du der Ratgeber des Thronfolgers sein solltest.' "

Ramses bebte zwar vor Ungeduld, aber er hörte den Bankier an, er, der gegen die eigene Mutter und den Pharao aufbegehrte.

„Als uns", fuhr der Phönizier fort, „klar wurde, daß Ihr, Herr, meine Dienste begehrt, erfüllte uns so große Freude, daß ich der Dienerschaft zehn Krüge Bier spendierte und mein Weib Tamara von mir neue Ohrringe verlangte. So groß war meine Freude, daß ich auf meiner Herfahrt dem Treiber nicht erlaubte, die Esel zu schlagen. Als dann aber meine unwürdigen Füße Euren Boden betraten, o Prinz, da zog ich einen goldenen Ring hervor, größer als der Reif, den der würdige Herihor Eunana gab! – und schenkte das Schmuckstück Eurem Sklaven, der mir das Wasser über die Hände goß. Verzeiht, Hoheit, wenn ich frage, woher der silberne Krug stammt, aus dem man mir die Hände begoß?"

„Azarias, der Sohn Gabers, verkaufte ihn mir für zwei Talente."

„Ein Jude? Euer Hoheit handeln mit Juden! Was sagen die Götter dazu?"

„Azarias ist Kaufmann wie du", gab der Thronfolger zurück.

Als Dagon das hörte, griff er sich mit beiden Händen an den Kopf und begann zu geifern und zu jammern: „O Baal Tammuz! O Baaleth! O Astoreth! Mit Azarias, dem Sohn Gabers, einem Juden, setzt man mich gleich! Oh, meine Füße, warum habt ihr mich hierhergetragen? O mein Herz, wofür erleidest du solchen Schmerz und Spott? Allergnädigster Prinz", schrie der Phönizier, „schlagt mich, schneidet mir die Hände ab, wenn ich Gold fälschen sollte, doch sagt nicht, ein Jude könne Kaufmann sein. Eher wird Tyros stürzen, eher wird der Ort Sidon vom Sande verschüttet werden, als daß ein Jude ein Kaufmann würde. Sie können ihre mageren Ziegen melken oder unter dem ägyptischen Prügel Stroh mit Lehm mischen, doch niemals verstehen sie zu handeln. Pfui, pfui! Unreines Sklavenpack! Räuber, Diebe!“

Der Thronfolger geriet aus unerfindlichen Gründen in Zorn, aber er beruhigte sich bald. Darüber staunte er selbst, denn er hatte es bis zur Stunde noch nie und niemandem gegenüber für nötig befunden, sich zu beherrschen.

„Also, geschätzter Dagon“, ließ er sich plötzlich vernehmen, „leihst du mir nun die fünfzehn Talente?“

„O Astoreth! Fünfzehn Talente? Das ist eine so riesige Last, daß ich mich setzen müßte, um gut darüber nachdenken zu können.“

„So setze dich.“

„Für ein Talent“, sprach der Phönizier und ließ sich bequem in einen Sessel nieder, „erhält man zwanzig goldene Ketten oder sechzig herrliche Milchkühe, zehn Arbeitssklaven oder einen Sklaven, der Flöte spielen oder malen kann, vielleicht sogar zu heilen versteht. Ein Talent ist ein riesiges Vermögen!“

Die Augen des Prinzen blitzten.

„Wenn du also keine fünfzehn Talente hast...“, unterbrach er den Bankier.

Der erschreckte Phönizier rutschte plötzlich vom Sessel auf den Fußboden.

„Wer in dieser Stadt“, rief er, „brächte nicht auf Euren Befehl Geld, o Sohn der Sonne? – Es ist wahr, daß Gold, Kleinodien und alle Pachtungen, die mir Elendem gehören, nicht eines Eurer Blicke wert sind, o Prinz, doch wenn ich all unsere Kaufleute aufsuchen und ihnen sagen werde, wer mich sendet, dann treiben wir gemeinsam bis morgen fünfzehn Talente auf, und wenn wir sie aus der Erde graben müßten. Wenn Ihr, Erpatre, unter einem verdorrten Feigenbaum stündet und fordertet: ‚Gib mir Geld!‘, so würde der Feigenbaum Lösegeld zahlen. – Aber schaut mich nicht so an, Sohn des Horus, denn ich fühle Schmerz in der Herzgrube, und mein Verstand verwirrt sich“, flehte der Phönizier.

„Setze dich nur wieder“, beschwichtigte lächelnd der Prinz.

Da erhob sich Dagon vom Fußboden, lümmelte sich noch bequemer in den Sessel und fragte: „Für wie lange, Prinz, wollt Ihr die fünfzehn Talente geliehen haben?“

„Sicher für ein Jahr.“

„Nun, sagen wir gleich für drei Jahre. Allein Seine Heiligkeit könnte im Laufe eines Jahres fünfzehn Talente wiedergeben, aber kein junger Prinz, der täglich lustige Edelleute und schöne Frauen empfangen muß. Ach, die Frauen! Wenn ich Eure Hoheit fragen darf – ist es wahr, daß Ihr Gedeons Tochter, Sara, zu Euch genommen habt?"

„Wieviel Prozente verlangst du?" unterbrach der Thronfolger.

„Eine Kleinigkeit, über die zu sprechen sich für Eure heiligen Lippen nicht verlohnt. Für fünfzehn Talente Kredit zahlt Ihr fünf Talente Zinsen pro Jahr, und im Verlauf von drei Jahren werde ich alles selbst zurückholen, und zwar so zurückholen, daß Eure Hoheit nicht einmal etwas davon merken wird."

„Du willst für fünfzehn Talente, die du mir heute leihst, in drei Jahren dreißig zurückerhalten?"

„Das ägyptische Recht erlaubt, daß die Summe der Prozente der Schuld entspricht", antwortete verwirrt der Phönizier.

„Ist das aber nicht zuviel?"

„Zuviel?" rief Dagon. „Jeder große Herr unterhält einen stattlichen Hof, ein großes Gut und zahlt nur hohe Zinsen. Ich würde mich schämen, vom Thronfolger weniger zu fordern! Ihr selbst solltet befehlen, mich zu prügeln und fortzujagen, wenn ich es wagen würde, weniger zu nehmen."

„Wann bringst du das Geld?"

„Bringen? O ihr Götter! Das vermag kein Mensch. Ich werde besser alle Eure Verpflichtungen begleichen, damit Ihr nicht an solch elende Dinge zu denken braucht."

„Ja, kennst du denn meine Schulden?"

„Ein wenig", erwiderte der Phönizier nachlässig. „Ihr, Prinz, wollt sechs Talente der Ostarmee senden, was unsere Bankiers in Chetem und Migdol erledigen werden. Je drei Talente erhalten der würdige Nitager und der würdige Patrokles; das begleichen wir an Ort und Stelle. Sara aber und ihrem Vater Gedeon könnte ich durch den schäbigen Azarias auszahlen lassen. Das wäre wohl sogar das beste, denn sie selber würden Eure Hoheit bei der Rechnung betrügen."

Ramses begann ungeduldig im Raum auf und ab zu gehen.

„Also soll ich dir einen Revers über dreißig Talente unterschreiben?" fragte er.

„Was für einen Revers? Wozu einen Revers? Was hätte ich von einem Revers? Ihr verpachtet mir für drei Jahre Eure Güter in den Nomen: Takens, Ses, Neha-Ment, Neha-Pechu, in Sebt-Het und in Habu."

„Verpachten?“ rief der Prinz. „Das gefällt mir nicht.“

„Wie werde ich also wieder zu meinem Gelde kommen, zu meinen dreißig Talenten?“

„Warte. Ich muß erst einmal die Aufseher der Speicher befragen, wieviel meine Güter jährlich einbringen.“

„Weshalb, Hoheit, wollt Ihr Euch soviel Mühe machen? Was weiß schon ein Aufseher? Gar nichts! Bei der Ehrlichkeit eines Phöniziers! In jedem Jahre fallen Ernte und Einkommen anders aus. Ich könnte bei dem Geschäft Verluste erleiden, die mir kein Aufseher ersetzen wird.“

„Mir scheint aber, Dagon, daß die Güter weit mehr einbringen als jährlich zehn Talente.“

„So will Eure Hoheit mir also nicht vertrauen? Nun gut! Ich kann auf Euern Befehl auf das Gut in Ses verzichten. Seid Ihr meiner Aufrichtigkeit noch nicht gewiß? Schön, dann trete ich auch noch Sebt-Het ab. Doch wozu den Aufseher fragen? Er soll Euch Weisheit lehren? O Astoreth! Ich würde Schlaf und Appetit verlieren, wenn irgendein Aufseher, ein Untergebener und Sklave sich erkühnte, meinen liebenswertesten Herrn zu korrigieren. Wir brauchen nur einen Schreiber, der protokolliert, daß Ihr, würdigster Herr, mir für drei Jahre die Güter in diesem und jenem Nomos in Pacht gebt. Außerdem brauchen wir sechzehn Zeugen dafür, daß mir solch eine Ehre von seiten des Prinzen zuteil ward. Wozu aber sollte denn die Dienerschaft wissen, daß ihr Herr von mir Geld borgt?“

Gelangweilt zuckte der Thronfolger mit den Schultern und sprach: „Bringet mir morgen das Geld, den Schreiber und die Zeugen. Ich habe keine Lust, daran zu denken.“

„Welch kluge Worte!“ rief der Phönizier. „O daß Ihr, allerehrwürdigster Herr, ewig leben mögt!“

IX

Auf der linken Seite des Nils, am nördlichen Ufer der Vorstadt von Memphis, lag das Vorwerk, das der Thronfolger Sara, der Tochter des Juden Gedeon, zum Wohnsitz gegeben hatte.

Das quadratische Grundstück zählte fünfunddreißig Morgen, die man vom Hausgiebel aus mit einem Blick überschauen konnte, als lägen sie auf der flachen Hand. Die Felder zogen sich auf einen Hügel hinauf und waren in vier Äcker unterteilt. Die beiden untersten und größten, die der Nil regelmäßig überschwemmte, wurden mit Korn und Gemüse bebaut. Auf dem dritten Acker, den die Überschwemmung manchmal nicht erreichte, wuchsen Palmen, Feigen- und andere Obstbäume. Der vierte und höchstgelegene hingegen war mit Oliven- und Nußbäumen, mit Wein und Edelkastanien bepflanzt, in deren Schatten das Haus stand.

Dieses einstöckige Holzhaus hatte eine Terrasse, über der sich ein leinenes Zelt wölbte. Im Erdgeschoß wohnte Ramses' schwarzer Sklave, im ersten Stockwerk Sara mit ihrer Verwandten und Dienerin Tafet. Das Haus war von einer Mauer aus ungebrannten Ziegeln umgeben, hinter der sich in einigem Abstand die Stallungen und die Gebäude für die Knechte und die Aufseher befanden.

Saras Zimmer waren nicht groß, doch mit erlesenem Geschmack eingerichtet. Auf den Fußböden lagen Teppiche, an den Türen und Fenstern hingen buntgestreifte Vorhänge. Da waren geschnitzte Betten und Sessel, inkrustierte Kleidertruhen, drei- und einbeinige Tische, auf denen Vasen mit Blumen standen, schlanke Weinkrüge, Schatullen mit Parfümflaschen, goldene und silberne Becher und Kelche, Steingutvasen und -schüsseln sowie Bronzeleuchter. Alles, selbst der kleinste Gegenstand oder das winzigste Geschirr, war mit einer Schnitzerei oder einer farbigen Zeichnung verziert, jedes Kleidungsstück mit Stickerei oder Fransen geschmückt.

Zehn Tage schon wohnte Sara in dieser Einsamkeit. Sie verbarg sich aus Furcht und Scham vor den Menschen, so daß selbst die Dienerschaft sie kaum zu sehen bekam. In ihrem verhangenen Boudoir nähte sie, webte Leinen oder wand Blumenkränze für Ramses. Zuweilen schlüpfte sie auf die Terrasse hinaus, lüftete vorsichtig ein wenig die Zeltbahnen und spähte auf den Nil, auf dem es von Booten wimmelte, deren Ruderer lustige Lieder sangen. Oder sie betrachtete bang die grauen Pylonen des königlichen Schlosses, das schweigend und finster das jenseitige Flußufer beherrschte. Dann huschte sie wieder an ihre Arbeiten und rief Tafet.

„Komm zu mir, Muttchen", bat sie, „was tust du denn dort unten?"

„Der Gärtner brachte eben Früchte, und aus der Stadt sandte man dir Brote, Wein und Vögel; die mußte ich in Empfang nehmen!"

„Setz dich hier nieder und plaudere mit mir, denn mir ist bang zumute."

„Du bist ein dummes Kindchen!" gab Tafet lachend zurück. „Am ersten Tage lauerte auch auf mich aus jeder Ecke die Angst; doch als die Mauer erst hinter mir lag, war alles vorüber. Wen sollte ich hier fürchten, wo alle vor mir auf die Knie sinken? Vor dir würde man sicherlich auf dem Kopf stehen! Geh in den Garten, er ist schön wie ein Paradies! Schau zum Feld hinüber, wo gerade der Weizen geerntet wird. Setz dich in ein geschnitztes Boot, dessen Fährmann sich danach sehnt, dich zu sehen und auf dem Nil spazierenzufahren."

„Ich fürchte mich."

„Wovor?"

„Weiß ich's denn? Solange ich nähe, ist mir, als sei ich in unserem Tal und der Vater käme gleich nach Hause. Wenn aber der Wind den Vorhang hebt und ich vom Fenster aus dies weite, große Land überschaue, dann scheint mir ... weißt du was? ..., daß mich ein Falke in sein Felsennest entführt habe, aus dem ich nie wieder entrinnen kann."

„Ach, du Dummerchen! Wenn du die Wanne gesehen hättest, die der Prinz heute bringen ließ, eine kupferne Wanne! ... und den Dreifuß für das Feuer, die Töpfe und Bratspieße! Und wenn du wüßtest, daß ich heute zwei Glucken gesetzt habe und wir in Kürze kleine Kücken bekommen!"

Nach Sonnenuntergang, wenn niemand Sara sehen konnte, war sie kühner. Dann ging sie auf die Terrasse und schaute auf den Fluß. Erschien von weit her ein fackelerleuchtetes Boot und warf blutig rote, feurige Streifen auf das schwarze Wasser, dann drückte Sara beide Hände gegen ihr armes Herz, das wie ein gefangenes Vögelchen zitterte. Nun kam Ramses zu ihr! Sie aber vermochte nicht zu sagen, was in ihr vorging. War es Freude, daß sich wieder dieser schöne Mann näherte, den sie im Tal kennengelernt hatte, oder war es Furcht, dem Herrscher und Herrn gegenüberzutreten, der sie so verschüchterte?

Eines Tages, am Vorabend des Sabbats, kam zum erstenmal, seitdem sie sich an diesem Ort niedergelassen hatte, ihr Vater zu Besuch. Sara warf sich weinend an seine Brust; sie wusch ihm selbst die Füße, benetzte seinen Kopf mit wohlriechenden Essenzen, bedeckte ihn mit Küssen. Gedeon war ein ergrauter Mann mit strengem Gesicht. Er trug ein bis zu den Knöcheln reichendes Hemd, dessen Saum bunt bestickt war, darüber einen ärmellosen gelben Kaftan, eine Art Überwurf, der ihm über Brust und Rücken fiel. Seinen Kopf bedeckte eine kleine Mütze, die sich nach oben spitz verengte.

„Du bist da? Du bist es!“ rief Sara, und wieder küßte sie ihm Hände und Haupt.

„Ich wundere mich selbst, daß ich hier bin!“ erwiderte Gedeon traurig. „Ich schlich mich wie ein Dieb in den Garten; auf dem ganzen Wege von Memphis war mir zumute, als zeige jeder Ägypter mit dem Finger auf mich und als spucke jeder Jude vor mir aus.“

„Hast du mich denn nicht selbst dem Prinzen gegeben?“ flüsterte Sara.

„Ja, ich habe dich ihm gegeben, denn was sollte ich sonst tun? Übrigens bilde ich mir nur ein, daß man auf mich zeigt und nach mir spuckt. Ägypter, die mich kennen, verneigen sich vor mir um so tiefer, je höher ihr eigener Rang ist. Während der Zeit, die du hier weilst, erklärte mir unser Herr Sezofris, daß er mein Haus vergrößern müsse; Herr Chaires schenkte mir eine Sendung besten Weines, und unser allerehrwürdigster Herr Nomarch sandte mir einen vertrauten Diener, um sich zu erkundigen, ob du gesund seist und ob ich nicht bei ihm Verwalter werden wollte.“

„Und die Juden?“ fragte Sara.

„Tja, die Juden! Sie wissen, daß ich nicht freiwillig nachgegeben habe, im Grunde genommen wäre jeder froh, wenn man ihm ebenso Gewalt antun würde. Uns allen soll lieber der Herrgott das Urteil sprechen. Aber sage mir lieber: wie fühlst du dich?“

„In Abrahams Schoß wird es ihr nicht besser ergehen“, warf Tafet ein. „Den ganzen Tag über bringt man uns Früchte, Wein, Brot und Fleisch, – was nur das Herz begehrt. Und was für eine Wanne haben wir! ... ganz aus Kupfer. Und was für Küchengeschirr!“

„Vor drei Tagen“, unterbrach Sara, „war der Phönizier Dagon hier; ich wollte ihn nicht sehen, doch drängte er sich so sehr auf.“

„Mir hat er einen goldenen Ring gegeben“, warf Tafet ein.

„Er erklärte“, erzählte Sara, „daß er Pächter bei meinem Herrn sei, und er schenkte mir zwei Fußreifen, Perlenohrringe und einen kleinen Schrein voll Duftessenzen aus dem Lande Punt.“

„Wofür gab er dir das?“ fragte der Vater.

„Für nichts. Er bat mich nur, von ihm Gutes zu denken und gelegentlich meinem Herrn zu sagen, daß Dagon sein treuester Diener sei."

„Du wirst sehr bald eine ganze Kiste voll Ohrringe und Reifen besitzen", erwiderte Gedeon lächelnd. „Ach", setzte er nach einer Weile hinzu, „sammle schnell ein großes Vermögen und laß uns in unser Land entfliehen, denn hier wird uns immer das Elend verfolgen! Elend in schlechten Zeiten, noch größeres Elend, wenn es uns gut geht."

„Doch was würde mein Herr dazu sagen?" wandte Sara traurig ein. Ihr Vater schüttelte den Kopf.

„Eh noch ein Jahr vergangen ist, wird dein Herr dich auf fremde Veranlassung verstoßen. Ja, wenn du eine Ägypterin wärst, könnte er dich in sein Haus nehmen, doch eine Jüdin ..."

„... verstoßen?" wiederholte Sara mit einem Seufzer.

„Weshalb sich um die Zukunft sorgen, da alles in Gottes Hand liegt! Ich kam, um bei dir den Sabbat zu verbringen."

„Ich habe ausgezeichnete Fische, Fleisch, Kuchen und koscheren Wein", warf Tafet rasch dazwischen. „Ich habe auch in Memphis einen siebenarmigen Leuchter und Wachskerzen gekauft. Bei uns wird es heute ein besseres Abendbrot geben als sogar bei Herrn Chaires."

Gedeon ging mit der Tochter auf die Terrasse hinaus. Als sie allein waren, sagte er: „Tafet hat mir berichtet, daß du immer im Hause sitzt. Warum? Du solltest wenigstens in den Garten gehen."

Sara begann zu zittern.

„Ich habe Angst", flüsterte sie.

„Warum solltest du dich vor deinem Garten fürchten? Du bist doch hier die Herrin, eine hohe Herrin."

„Einmal bin ich tagsüber in den Garten gegangen ... da sahen mich einige Menschen und sprachen über mich: ‚Seht, das ist die Jüdin des Thronfolgers, derentwegen sich die Überschwemmung verzögert!'"

„Dumm sind sie", warf Gedeon ein. „Als wenn sich der Nil nicht schon öfter um eine volle Woche mit der Überschwemmung verspätet hätte. Gehe also wenigstens abends hinaus."

Sara erbebte noch heftiger.

„Ich mag nicht ... ich mag nicht!" rief sie. „Ein andermal ging ich am Abend dort unter den Olivenbäumen. Plötzlich traten aus einem Seitenweg schattengleich zwei Frauen hervor. Erschreckt wollte ich fliehen ... da packte mich die jüngere und kleinere bei der Hand und sagte: ‚Fliehe nicht, wir müssen dich anschauen ...‘, und die andere, die ältere und größere, blieb einige Schritte vor mir stehen und blickte mir in die Augen. Ach, Vater, ich dachte, ich würde mich in einen Stein verwandeln. Was war das für eine Frau? Und was sie für einen Blick hatte!“

„Wer kann das gewesen sein?“ forschte Gedeon.

„Die ältere sah wie eine Priesterin aus.“

„Und sie sagte nichts zu dir?“

„Nein, nur als sie beim Fortgehen hinter den Bäumen verschwanden, hörte ich eine Stimme sagen, es war gewiß die Stimme der älteren: ‚Wirklich, sie ist schön.‘ “

Gedeon versank in Nachdenken.

„Vielleicht“, rief er, „waren es irgendwelche große Damen vom Hofe.“ Die Sonne versank. An beiden Ufern des Nils standen dichtgedrängt die Menschen und warteten ungeduldig auf das Signal der Überschwemmung, die sich tatsächlich verspätete. Schon seit zwei Tagen wehte der Wind vom Meere her, und der Fluß färbte sich grün; die Sonne hatte den Sternkreis Sotis bereits passiert, doch im Brunnen der Priester in Memphis war das Wasser auch nicht einen Fingerbreit gestiegen. Die Menschen waren um so mehr beunruhigt, als die Überschwemmung in Oberägypten bereits zum gewohnten Zeitpunkt eingetreten war, ja sogar günstiger begonnen hatte als je zuvor.

Was hält die Wasser oberhalb von Memphis auf? fragten sich die besorgten Bauern, die voller Ungeduld auf das Signal warteten.

Als am Himmel die Sterne erschienen, deckte Tafet im Speisezimmer den Tisch mit einem weißen Tuch, stellte den Leuchter mit sieben brennenden Kerzen darauf, rückte drei Sessel zurecht und sagte, daß sie gleich das Sabbatmahl reichen werde.

Da bedeckte Gedeon das Haupt, breitete beide Hände über den Tisch, erhob seine Augen zum Himmel und sprach:

„Gott Abrahams, Isaaks und Jakobs, der Du unser Volk aus dem Lande der Ägypter geleitet, der Du uns Sklaven und Vertriebenen ein Vaterland gegeben, der Du mit den Söhnen Judäas einen ewigen Bund geschlossen hast ... Gott Jehova, Gott Adonai, erlaube uns, sündenfrei die Früchte der feindlichen Erde zu genießen, befreie uns von Trauer und Angst, in die wir versanken, und führe uns zurück an die Ufer des Jordan, den wir zu Deinem Ruhme verließen.“

In diesem Augenblick ertönte hinter der Mauer eine Stimme:

„Seine Hoheit Thutmosis, der treueste Diener Seiner Heiligkeit und des Thronfolgers ..."

„... der ewig leben möge!" ließen sich mehrere Stimmen aus dem Garten vernehmen.

„Seine Hoheit", begann die einzelne Stimme wieder, „sendet der schönsten Rose des Libanon Grüße!"

Dann erklangen eine Harfe und eine Flöte.

„Ist das eine schöne Musik!" rief Tafet und klatschte in die Hände. „Wir werden den Sabbat mit Musik feiern!"

Sara und ihr Vater waren zuerst erschrocken, begannen dann aber zu lachen und ließen sich am Tisch nieder.

„Mögen sie spielen!" rief Gedeon. „Ihre Musik verdirbt uns nicht den Appetit."

Flöte und Harfe spielten zunächst eine Strophe, dann sang eine Tenorstimme:

„Schöner bist du als alle Mädchen, die sich in den Wassern des Nils spiegeln. Dein Haar ist schwärzer als Rabenfedern, deine Augen blicken sanfter als die Augen der Hirschkuh, die sich nach dem Hirsch sehnt. Dein Wuchs ähnelt dem der Palme, und der Lotos neidet dir deine Anmut. Deine Brüste gleichen den Weintrauben, an deren Saft sich Könige laben."

Erneut tönten Flöte und Harfe, danach weiter das Lied:

„Komm und ruhe im Garten. Die Diener, deine Sklaven, werden viele Gefäße und alle Arten Met bringen. Komm, laß uns die Nacht und den Sonnenaufgang heiligen. In meinem Schatten, im Schatten des Feigenbaumes, der süße Früchte trägt, wird dein Geliebter dir zur Rechten ruhen; und du wirst ihn berauschen und allen seinen Wünschen gefügig sein."

Flöte und Harfe; dann wieder das Lied:

„Ich bin von schweigender Sinnesart; was ich erblicke, verrate ich nie, und ich verderbe nicht mit leerem Geschwätz die Süße meiner Früchte."*

X

Da erstickte der Gesang im Lärm und im Rascheln vieler Schritte.

„Heiden, Feinde Ägyptens!" rief jemand. „Ihr singt, während wir alle vor Sorgen vergehen; ihr lobpreist eine Jüdin, die mit ihrem Zauber den Lauf des Nils aufhält!"

* Authentisch.

„Weh euch!" rief ein anderer. „Ihr zertretet die Erde des Thronfolgers! Der Tod droht euch und euren Kindern."

„Gut! Wir geben nach, doch soll die Jüdin zu uns herauskommen, damit wir ihr das Unrecht, das uns traf, schildern!"

„Laßt uns fliehen!" schrie Tafet.

„Wohin?" fragte Gedeon.

„Bleibt!" sprach Sara. In ihr sanftes Antlitz stieg Zornesröte. „Gehöre ich nicht dem Thronfolger, vor dem diese Menschen auf das Antlitz fallen?"

Ehe sich's noch der Vater und die Dienerin versahen, war Sara auf die Terrasse geeilt und rief der Menge hinter der Mauer zu:

„Hier bin ich! Was verlangt ihr von mir?"

Das Gemurmel erstarb für einen Augenblick, doch wieder ertönten drohende Stimmen: „Sei verflucht, Fremde, deren Sünde die Wasser des Nils aufhält!"

Durch die Luft pfiffen etliche blindlings geschleuderte Steine. Einer traf Sara an die Stirn.

„Vater!" rief sie und griff sich an den Kopf.

Gedeon riß sie hoch und trug sie von der Terrasse. Im Dunkel der Nacht sah man halbnackte, nur mit Schurzen und weißen Kopfbedeckungen bekleidete Menschen über die Mauer steigen.

Tafet schrie jammervoll; der schwarze Sklave jedoch ergriff ein Beil, stellte sich vor die Haustür und versicherte, jedem, der sich erdreisten würde einzudringen, den Schädel zu spalten.

„Steinigt den nubischen Hund!" riefen die Leute auf der Mauer der Menge zu.

Doch verstummten die Empörer plötzlich, denn aus der Tiefe des Gartens trat ein mit einem Pantherfell bekleideter, kahlgeschorener Mann.

„Ein Prophet! Ein heiliger Vater!" raunte es in der Menge.

Die auf der Mauer hockten, sprangen herab.

„Ägypter", sprach der Priester ruhig, „mit welchem Recht erhebt ihr die Hand gegen das Eigentum des Thronfolgers?"

„Dort wohnt eine unreine Jüdin, die die Überschwemmung des Nils aufhält. Weh uns! Elend und Hunger werden Unterägypten heimsuchen!"

„Ungläubige oder Schwachsinnige", sprach der Priester, „wo habt ihr je gehört, daß eine Frau den Willen der Götter zu hemmen vermag? Jedes Jahr beginnt der Nil im Monat Tot anzuschwellen, bis er im Monat Choiak seinen höchsten Wasserstand erreicht. Ist es nur einmal anders gewesen, obwohl unser Land immer voller Fremdlinge war? Wie oft schon hätten fremde Priester und Fürsten, die in Unfreiheit und schwerer Arbeit schmachteten, vor Kummer und Zorn die furchtbarsten Flüche auf uns herabbeschwören können! Sie wünschten sicherlich jedes nur mögliche Unglück auf unsere Häupter hernieder, und mancher von ihnen gäbe gar sein Leben dafür hin, daß die Sonne nicht mehr zur Morgenstunde über Ägypten aufgehe oder der Nil im Frühjahr nicht mehr anschwelle. Was aber erreichten ihre Gebete und Flüche? – Entweder wurden sie vom Himmel nicht erhört, oder die fremden Götter besaßen über die unseren keine Macht. Wie könnte denn ein Weib, das sich bei uns wohl fühlt, ein Unglück beschwören, das unsere mächtigsten Feinde nicht herbeizuführen vermochten?"

„Der heilige Vater spricht die Wahrheit! Weise sind die Worte des Propheten!" klang es aus der Menge.

„Doch hat Messu, der Prophet der Juden, Finsternis und Seuchen über Ägypten gebracht!" widersprach eine Stimme.

„Wer das behauptet, trete vor!" rief der Priester. „Ich fordere ihn auf vorzutreten, wenn er nicht ein Feind des ägyptischen Volkes ist!"

In der Menge begann es zu rauschen, wie von Wipfeln, die ein von fernher heranbrausender Sturm berührt; doch trat keiner vor.

„Ich aber sage euch", fuhr der Priester fort, „unter euch wüten, wie Hyänen im Schafstall, böse Menschen. Euer Elend dauert sie nicht. Sie wollen euch nur zur Zerstörung des Thronfolgerhauses und zur Empörung gegen den Pharao verleiten. Wenn aber ihr verbrecherisches Vorhaben gelingen und aus eurer Brust Blut fließen würde, dann würden sich diese Menschen vor den Lanzen genauso verbergen wie jetzt vor meinem Ruf."

„Hört auf den Propheten! Sei gelobt, du Mann Gottes!" rief die Menge, und alle Köpfe neigten sich.

Die Frömmeren warfen sich auf die Erde nieder.

„Hört mich an, Ägypter! Für euern Glauben an meine Priesterworte, für euren Gehorsam gegenüber dem Pharao und dem Thronfolger, für die Ehre, die ihr mir, einem Gottesdiener, erweist, wird euch eine Gnade zuteil werden. Kehrt in Frieden heim, und ehe ihr von diesem Hügel hinabgestiegen seid, wird der Nil vielleicht schon zu schwellen beginnen."

„Oh, daß es wahr würde!"

„So geht denn! Je größer euer Glaube und eure Frömmigkeit

sind, um so eher werdet ihr das Zeichen der göttlichen Gnade erblicken."

„Wir gehen! Wir gehen! Sei gesegnet, Prophet, Sohn der Propheten!"

Sie begannen auseinanderzugehen und küßten das Gewand des Priesters. Da schrie einer auf: „Ein Wunder! Es geschieht ein Wunder!"

„Auf dem Turm zu Memphis flammt ein Licht auf! Der Nil steigt! Schaut, immer mehr Lichter! Wirklich, ein großer Heiliger hat zu uns gesprochen! O lebe ewig!"

Sie wollten sich wieder dem Priester zuwenden, aber der war im Schatten verschwunden.

Die anfangs so erregte, vor einem Augenblick noch erstaunte und dankerfüllte Menge vergaß ihren Zorn und den wundertätigen Priester. Eine rasende Freude ergriff die Menschen, sie liefen dem Flußufer zu, an dem schon zahlreiche Feuer entfacht worden waren, und bald erscholl weithin der mächtige Gesang des versammelten Volkes:

„Sei gegrüßt, o Nil, o heiliger Fluß, der du dich dieser Erde offenbart hast! Du kommst im Frieden und bringst Ägypten Leben. O du verborgener Gott, der du die Dunkelheit zerstreust, der du den Wiesen Tau schenkst, auf daß sie den stummen Tieren Nahrung geben! O Weg, der du vom Himmel führst, um die Erde zu tränken, o Freund des Brotes, der du die Hütten erfreust! Du bist der Herr der Fische, und wenn du über unsere Felder kommst, erkühnt kein Vogel sich, die Ernte zu berühren. Du bist der Schöpfer des Korns und der Vater der Gerste; du gibst Ruhe den Händen von Millionen Unglücklicher und läßt die Tempel ewig dauern."*

Indessen schwamm das erleuchtete Boot des Thronfolgers unter Rufen und Gesängen von der anderen Uferseite heran. Dieselben Menschen, die noch vor einer halben Stunde in das Haus des Prinzen eindringen wollten, warfen sich jetzt vor ihm nieder oder stürzten sich ins Wasser, um die Ruder und die Planken des Bootes zu küssen, das den Sohn des Herrschers trug.

Heiterer Laune und von Fackeln umgeben betrat Ramses in Thutmosis' Begleitung Saras Haus. Bei seinem Anblick flüsterte Gedeon Tafet zu: „Ich ängstige mich sehr um meine Tochter, doch mehr noch vor einer Begegnung mit ihrem Herrn."

* Authentisch.

Er sprang über die Mauer und wanderte in der Dunkelheit durch Gärten und Felder nach Memphis.

Auf dem Hofe rief Thutmosis: „Sei gegrüßt, schöne Sara! Ich hoffe, daß du uns für die Musik, die ich dir schickte, gut aufnehmen wirst!"

Auf der Schwelle erschien Sara mit verbundenem Kopf, gestützt auf den Schwarzen und die Dienerin.

„Was bedeutet das?" fragte der Prinz erstaunt.

„Es ist etwas Schreckliches geschehen!" rief Tafet. „Die Heiden überfielen dein Haus, und einer von ihnen traf Sara mit einem Stein."

„Was für Heiden?"

„Nun, die ... Ägypter!" erläuterte Tafet.

Der Prinz warf ihr einen Blick voller Verachtung zu; doch dann übermannte ihn die Wut.

„Wer hat Sara geschlagen? Wer hat den Stein geworfen?" schrie er und packte den Schwarzen bei der Schulter.

„Jene dort am Flußufer", antwortete der Sklave.

„He, Aufseher!" rief der zornentflammte Prinz. „Bewaffnet alle Leute auf dem Vorwerk, und drauf auf die Bande!"

Der Schwarze ergriff wieder sein Beil, Aufseher riefen die Knechte aus den Gebäuden, und etliche Soldaten der Begleitung des Prinzen lockerten ihre Schwerter.

„Um Gottes willen, was willst du tun?" flüsterte Sara und warf sich Ramses an die Brust.

„Ich will dich rächen", erwiderte er. „Wer mein Eigentum schlägt, schlägt auch mich."

Thutmosis erblaßte und wehrte ab: „Höre, Herr, wie willst du bei Nacht aus der Menge die Schuldigen herausfinden?"

„Das ist mir gleich! Der Pöbel hat es getan, und der Pöbel muß es verantworten!"

„So würde kein Richter sprechen", wies ihn Thutmosis zurecht, „und dabei sollst du der Oberste Richter werden."

Der Thronfolger wurde nachdenklich, sein Begleiter aber fuhr fort: „Bedenke, was morgen unser Herr, der Pharao, dazu sagen würde! Und welche Freude würde wohl unter den Feinden Ägyptens in Ost und West ausbrechen, wenn sie davon hörten, daß der Thronfolger vor den Mauern des königlichen Palastes bei Nacht über sein Volk herfällt?"

„Oh, wenn mir mein Vater wenigstens die halbe Armee geben wollte, dann würden unsere Feinde in allen Teilen der Erde für immer verstummen!“ flüsterte der Prinz, mit dem Fuß aufstampfend.

„Oder denke an den Bauern, der sich erhängt hat. Es tat dir leid, weil ein Unschuldiger starb, und jetzt ... Solltest du denn jetzt selber Unschuldige erschlagen wollen?“

„Genug!“ unterbrach der Thronfolger dumpf. „Mein Zorn gleicht einem vollen Wasserkrug! Weh dem, über den er sich ergießt! Laß uns ins Haus gehen!“

Thutmosis zog sich erschreckt zurück. Ramses ergriff Saras Hand und ging mit ihr die Treppe zum ersten Stock hinauf. Er setzte sie an den Tisch, auf dem das angebrochene Abendbrot stand, holte den Leuchter und riß ihr die Binde ab.

„Ach!“ rief er, „das ist ja gar keine Wunde – nur eine Beule!“

Aufmerksam betrachtete er das Mädchen und murmelte: „Ich habe nie daran gedacht, daß du einmal eine Beule bekommen könntest. Das verändert dein Gesicht sehr.“

„Gefalle ich dir nicht mehr?“ fragte Sara leise und richtete ihre großen Augen angstvoll auf ihn.

„Ach wo. Schließlich geht das ja vorüber.“

Dann rief Ramses Thutmosis und den Schwarzen und befahl ihnen, über die abendlichen Vorfälle zu berichten.

„Er hat uns beschützt“, rief Sara, „und mit dem Beil die Tür bewacht.“

„Das hast du wirklich getan?“ fragte der Prinz den Sklaven und sah ihn scharf an.

„Herr, hätte ich denn zulassen können, daß fremde Menschen in dein Haus eindringen?“

Der Prinz strich über seinen Krauskopf.

„Du hast gehandelt wie ein Mann, ich schenke dir dafür die Freiheit. Morgen erhältst du deinen Lohn und kannst zu den Deinen zurückkehren.“

Der Schwarze wankte und rieb sich die Augen, in denen das Weiße glänzte. Plötzlich warf er sich auf die Knie, stieß mit der Stirn auf die Erde und bat: „Jage mich nicht von dir, Herr!“

„Einverstanden!“ antwortete der Thronfolger, „bleibe also bei mir – aber als freier Krieger. Soldaten wie ihn brauche ich“, sagte er, sich zu Thutmosis wendend. „Er kann zwar nicht sprechen wie der Aufseher in der Rechnungskammer, dafür ist er bereit zu kämpfen.“

Dann begann er nach den Einzelheiten des Überfalles zu fragen. Als ihm der Schwarze vom Erscheinen des Priesters und dem Wunder berichtete, faßte sich der Prinz an den Kopf und rief:

„Ich bin der unglücklichste Mensch Ägyptens! Bald werde ich sogar in meinem Bett Priester finden! Wo kam er her? Wer war das?"

Das konnte ihm der Schwarze auch nicht erklären. Er erzählte jedoch, daß der Priester dem Prinzen und Sara sehr wohlgesonnen war und daß nicht Ägypter den Überfall leiteten, sondern Menschen, die der Priester als Ägyptens Feinde bezeichnet und die er aufgefordert hatte vorzutreten, freilich vergebens.

„Wunder über Wunder!" murmelte der Thronfolger und warf sich gedankenversunken auf das Bett. „Mein schwarzer Sklave ist ein tapferer Krieger und ein sehr verständiger Mensch. Ein Priester verteidigt eine Jüdin, weil sie meine ... Welch merkwürdiger Priester! Das ägyptische Volk, das vor den Hunden des Pharao niederkniet, überfällt das Haus des Thronfolgers unter Führung irgendwelcher Feinde Ägyptens? Das muß ich selbst ergründen."

XI

Der Monat Tot war vergangen, und nun begann der Monat Paophi, die zweite Hälfte des Juli. Die Wasser des Nils, die erst grün geschimmert hatten, färbten sich dann weiß, danach rötlich, und immer noch schwoll der Fluß an. Das königliche Meßbecken in Memphis stand fast bis zu doppelter Mannesgröße gefüllt, und der Nil stieg täglich weiter um zwei Zoll. Die untersten Felder waren bereits überschwemmt, von den höheren erntete man eilig Flachs, Wein und eine Baumwollsorte. Was am Morgen noch trocken lag, überspülten schon gegen Abend die Wellen.

In den Tiefen des Flusses schien ein mächtiger, wenn auch unsichtbarer Sturmwind zu toben. Er pflügte breite Furchen in die Fluten und überschüttete die Erdschollen mit Schaum. Danach glättete er zeitweilig wieder die Wasseroberfläche, um sie einen Augenblick später in abgründige Strudel zu verwandeln.

Erneut wirbelt und glättet er die Flächen, dreht und treibt neue Wasserberge heran, neue Schaumstreifen, und immer wieder hebt er den rauschenden Fluß, der immer weiteres Ackerland erobert. Manchmal, wenn das Wasser eine bestimmte Höhe erreicht hat, wallt es über, ergießt sich im Handumdrehen ins Tal und schafft einen glänzenden, blitzenden See, wo eben noch dürres Gras zu Staub zerfiel.

Obwohl der steigende Nil kaum erst den dritten Teil seiner für diesen Zeitpunkt üblichen Höhe erreicht hatte, war schon das gesamte Ufer überschwemmt. In jeder Stunde wurde irgendein kleines Vorwerk auf seinem Hügel zu einer Insel. Anfänglich blieb es von den Nachbarhöfen nur durch einen schmalen Kanal getrennt, doch verbreiterte sich der Wasserarm stufenweise und rapid.

So mancher, der zu Fuß zur Arbeit gegangen war, kehrte auf einem Boot zurück.

Die Boote und Flöße auf dem Nil wurden immer zahlreicher. Von den einen aus fischte man mit Netzen, auf anderen wurde die Ernte in die Scheunen oder das brüllende Vieh in die Ställe gebracht, und mit noch anderen besuchte man Bekannte, um ihnen unter Lachen und Geschrei mitzuteilen – was ja doch alle sahen –, daß der Nil steigt. Manchmal schossen die wie ein Entenschwarm zusammengetriebenen Boote nach allen Seiten auseinander, weil ein breites Floß aus Oberägypten gewaltige Steinblöcke, die man aus den Gruben am Ufer gebrochen hatte, stromabwärts brachte.

In der Luft brauste, so weit man hören konnte, das Geräusch des steigenden Wassers, das Geschrei der erschreckten Vogelwelt und der fröhliche Gesang der Menschen. Der Nil nimmt zu, dann gibt es viel Brot!

Einen ganzen Monat währte nun schon die Untersuchung des Überfalls auf das Haus des Thronfolgers. Jeden Morgen schwamm ein Boot mit Beamten und Miliz zu irgendeinem Vorwerk. Die Menschen wurden von der Arbeit fortgerissen, mit listigen Fragen überschüttet und mit Stöcken geprügelt. Gegen Abend kehrten zwei Boote nach Memphis zurück. Das eine trug die Beamten, das zweite die Gefangenen.

Auf diese Art hatte man bereits einige hundert „Verbrecher" gefangen. Viele von ihnen wußten gar nichts. Anderen drohten Gefängnis oder einige Jahre Zwangsarbeit in den Steinbrüchen. Doch konnte man nichts Näheres erfahren, weder über die Anführer des Aufruhrs noch über den Priester, der die Menge zum Auseinandergehen bewogen hatte.

In Prinz Ramses vereinigten sich widerspruchsvolle Eigenschaften. Er war heftig wie ein Löwe und hartnäckig wie ein

Stier. Daneben aber besaß er einen hervorragenden Verstand und ein tiefes Gerechtigkeitsempfinden.

Als er sah, daß die Untersuchung erfolglos blieb, begab er sich eines Tages selbst nach Memphis und befahl, ihm das Gefängnis zu öffnen.

Es lag von hohen Mauern umgeben auf einem Hügel und bestand aus einer größeren Anzahl von Stein-, Ziegel- und Holzbauten. Die Bauwerke waren zum größten Teil nur Torbogen oder Wohnungen der Aufseher. Die Gefangenen hingegen hatte man in unterirdischen, in den Kalkfelsen getriebenen Höhlen untergebracht.

Als der Thronfolger durch das Tor trat, erblickte er ein paar Frauen, die einen Gefangenen wuschen und fütterten. Dieser nackte, einem Skelett ähnliche Mensch hockte auf der Erde. Seine Hände und Füße waren in vier Öffnungen eines quadratischen Brettes gespannt.

„Leidet er schon lange so?" fragte der Prinz.

„Seit zwei Monaten", antwortete der Aufseher.

„Und wie lange noch muß er so sitzen?"

„Noch einen Monat."

„Was hat er verbrochen?"

„Er hat einen Steuerbeamten beleidigt."

Der Prinz wandte sich ab und sah eine zweite Gruppe von Frauen und Kindern. Unter ihnen befand sich ein alter Mann.

„Sind das auch Gefangene?"

„Nein, würdigster Herr, das ist eine Familie, die auf den Leichnam eines Verbrechers wartet, der erdrosselt werden soll. Seht, dort führt man ihn schon in die Kammer!" antwortete der Aufseher und wandte sich danach an die Wartenden: „Habt noch ein Weilchen Geduld, liebe Leute, gleich bekommt ihr den Leichnam."

„Wir danken sehr, ehrwürdiger Herr", entgegnete der alte Mann, sicher der Vater des Delinquenten. „Gestern abend schon sind wir aus dem Hause gegangen, der Flachs liegt auf dem Feld, und der Fluß steigt!"

Der Prinz erblaßte und trat näher.

„Weißt du", fragte er den Aufseher, „daß ich das Recht habe zu begnadigen?"

„Gewiß, Erpatre", antwortete der Aufseher, sich verneigend, und fügte hinzu: „Dem Gesetz zufolge sollen Häftlinge mit guter Führung, die wegen Gotteslästerung und Majestätsbeleidigung verurteilt sind, zum Gedenken Eures Besuches, o Sohn der Sonne, Vergünstigungen erhalten. Die Namensliste dieser Leute wird im Verlaufe des Monats zu Euren Füßen niedergelegt werden."

„Und der Mann, der gleich erdrosselt werden soll, – darf er nicht meine Gnade genießen?"

Der Aufseher breitete die Arme aus und verneigte sich schweigend.

Sie durchschritten einige Höfe. In hölzernen Käfigen auf blanker Erde drängten sich eng die zu Gefängnisstrafen Verurteilten. Aus einem Gebäude ertönte schreckliches Geschrei. Dort wurde, um Geständnisse zu erpressen, geprügelt.

„Ich will die Menschen sehen, die des Überfalls auf mein Haus angeklagt sind", verlangte Ramses tief erschüttert.

„Es sind mehr als dreihundert", antwortete der Aufseher.

„So sucht die nach eurer Meinung Schuldigsten heraus und befragt sie in meiner Gegenwart. Ich will aber nicht von ihnen erkannt werden." Dem Thronfolger wurde eine Kammer geöffnet, in der ein Untersuchungsrichter seines Amtes waltete. Der Prinz befahl ihm, seinen gewohnten Platz einzunehmen, und verbarg sich selbst hinter einer Säule.

Alsbald erschienen einzeln vorgeführt die Angeklagten. Alle waren abgemagert; Haar und Bärte waren ihnen lang gewachsen, und ihre Augen hatten den Ausdruck stumpfen Irrsinns.

„Dutmose", gebot der Beamte, „erzähle! Wie seid ihr über das Haus des allergnädigsten Erpatre hergefallen?"

„Ich will, wie auf dem Gericht des Osiris, die Wahrheit sagen. Es war an dem Abend, an dem der Nil steigen sollte. Da sagte mein Weib zu mir: ‚Komm, Alter, laß uns auf den Hügel gehen, auf dem man das Signal aus Memphis früher erkennen kann.' So gingen wir also zu der Stelle, von der aus man das Signal aus Memphis am besten erkennt. Da näherte sich meinem Weibe ein Soldat und sagte: ‚Komm mit mir in den Garten, dort finden wir Weintrauben und noch etwas anderes.' So ging denn mein Weib mit dem Soldaten in den Garten. Mich aber packte darüber großer Zorn, und ich sah ihnen über die Mauer nach. Ob aber Steine auf das Haus des Prinzen geworfen wurden, kann ich nicht sagen, denn Bäume und Dunkelheit verwehrten mir die Sicht."

„Warum hast du denn dein Weib mit dem Soldaten gehen lassen?" fragte der Beamte.

„Ja, hoher Herr, was sollte ich denn machen? Ich bin doch nur ein Bauer, er aber ist Krieger und Soldat Seiner Heiligkeit."

„Hast du den Priester gesehen, der zu euch sprach?"

„Das war kein Priester", antwortete der Bauer überzeugt. „Es muß der Gott Num selber gewesen sein, denn er trat aus einem Feigenstamm und hatte einen Hammelkopf."

„Hast du genau gesehen, daß er einen Hammelkopf hatte?"

„Verzeiht, ich kann mich nicht so genau entsinnen, ob ich es nun selbst gesehen oder ob das nur die Leute gesagt haben. Meine Augen waren vor Sorge um mein Weib umdunkelt."

„Hast du Steine in den Garten geworfen?"

„Wozu sollte ich das getan haben, Herr über Leben und Tod? Hätte ich mein Weib getroffen, so würde ich mir selbst gewiß für eine ganze Woche Unruhe bereitet haben, hätte ich aber gar den Soldaten getroffen, dann hätte er mir sicher die Faust so in den Bauch gestoßen, daß mir die Zunge noch jetzt heraushängen würde. Ich bin doch nur ein Bauer, er aber ist ein Krieger unseres ewig lebenden Herrn."

Der Thronfolger lugte hinter der Säule hervor; Dutmose wurde abgeführt, und herein kam Anupa, ein kleiner Bauersmann, dessen Rücken noch die Narben der Prügel trug.

„Anupa", begann von neuem der Beamte, „erzähle einmal, wie der Überfall auf den Garten des Thronfolgers verlaufen ist!"

„O Sonnenauge", antwortete der Bauer, „Gefäß der Klugheit! Du weißt am besten, daß ich niemanden überfallen habe. Es kam nur mein Nachbar zu mir und sagte: ‚Anupa, komm auf den Hügel, denn der Nil nimmt zu.' Ich fragte: ‚Nimmt er zu?' Darauf sagte er: ‚Du bist noch dümmer als ein Esel, denn der würde die Musik hören, die von dort oben herübertönt; du aber hörst nichts.' Da sagte ich: ‚Dumm bin ich, weil ich nicht schreiben gelernt habe, aber mit Verlaub, etwas anderes ist Musik, und noch etwas anderes die Überschwemmung.' Darauf sagte er: ‚Wenn keine Überschwemmung käme, würden die Menschen sich nicht freuen und musizieren und singen.' Also gingen wir – sage ich Eurer Gerechtigkeit – auf die Höhe. Dort hatten sie aber die Musik schon auseinandergetrieben und warfen Steine in den Garten."

„Wer hat geworfen?"

„Das konnte ich nicht sehen, diese Leute sahen nicht aus wie Bauern, eher wie unreine Wasenmeisterknechte, die Leichname zum Balsamieren öffnen."

„Den Priester hast du gesehen?"

„Mit Verlaub, Eure Aufmerksamkeit, das war kein Priester, sondern gewiß ein Geist, der das Haus des Thronfolgers – o daß er ewig leben möge! – bewacht."

„Warum ein Geist?"

„Weil ich ihn manchmal sah, und manchmal wieder verschwand er."

„Vielleicht haben ihn zeitweilig die Menschen verdeckt?"

„Sicher haben ihn zeitweilig die Menschen verdeckt; er war aber einmal größer, ein andermal kleiner."

„Vielleicht trat er einmal auf einen Hügel und dann wieder herunter?"

„Zweifellos ist er herauf- und heruntergeklettert, vielleicht aber machte er sich einmal lang und dann wieder kurz. Denn er war ein großer Wundertäter; kaum sagte er: ‚Gleich wird der Nil anschwellen' – da begann er schon zu steigen."

„Hast du Steine geschleudert, Anupa?"

„Woher nähme ich die Kühnheit, Steine in den Garten des Thronfolgers zu werfen? Ich bin ja nur ein einfacher Bauer, und der Arm würde mir für solch eine Gotteslästerung bis über den Ellbogen verdorren."

Der Prinz befahl, die Untersuchung abzubrechen. Als der Angeklagte abgeführt worden war, wandte sich Ramses an den Beamten: „Diese Leute hatten also die meiste Schuld?"

„Ihr sagt es, Herr", antwortete der Richter.

„So muß man sie alle heute noch freilassen. Die Menschen dürfen keineswegs nur darum gefangen bleiben, weil sie sich vom Anschwellen des heiligen Nils überzeugen oder Musik hören wollten!"

„Die höchste Klugheit spricht aus Eurem Munde, Erpatre", erwiderte der Beamte. „Mir wurde befohlen, die Schuldigsten zu finden, also holte ich, wen ich fand. Es liegt aber nicht in meiner Macht, ihnen die Freiheit wiederzugeben."

„Warum nicht?"

„Betrachtet, Allergnädigster, diese Truhe. Sie ist angefüllt mit Papyrus, mit den Akten des Vorfalls. Der Richter aus Memphis erhält täglich Rapporte über den Fortgang der Untersuchung und unterrichtet darüber Seine Heiligkeit. Was würde aus der Arbeit so vieler gelehrter Schreiber und großer Männer werden, wenn man die Angeklagten freiließe?"

„Aber sie sind ja unschuldig!" rief der Prinz.

„Es ist ein Überfall verübt worden; also handelt es sich um ein Verbrechen. Wo ein Verbrechen geschah, muß es auch Verbrecher geben. Und wer erst einmal in die Hände der Behörden fiel und in den Akten registriert wurde, kann nicht ohne irgendein Resultat davongehen. Wer in der Schenke trinkt, zahlt dafür; wer auf dem Jahrmarkt verkauft, erhält einen Gegenwert; wer auf dem Felde sät, der erntet auch; in den Gräbern noch segnen den Menschen die dahingegangenen Vorfahren. Wie also könnte ein Mann, der vors Gericht kommt, ergebnislos zurückkehren, wie ein Reisender, der auf der Hälfte seines Weges unentschlossen haltmacht und wieder heimkehrt, ohne sein Ziel erreicht zu haben?"

„Klug sprichst du", antwortete der Thronfolger. „Sage mir jedoch, ob Seine Heiligkeit das Recht hat, die Leute freizulassen?"

Der Beamte kreuzte die Arme und neigte das Haupt.

„Er, der Göttergleiche, darf alles, was er will: die Angeklagten befreien, sogar die Verurteilten, ja selbst die Akten vernichten, was, wenn es ein gewöhnlicher Sterblicher täte, einer Gotteslästerung gleichkäme."

Der Prinz verabschiedete den Beamten und wies den Aufseher an, die des Überfalls Angeklagten auf seine Kosten besser zu ernähren. Gereizt begab sich Ramses dann auf die andere Seite des immer noch anschwellenden Flusses, um den Pharao um Niederschlagung der unseligen Angelegenheit zu bitten.

An jenem Tage jedoch hatte Seine Heiligkeit viele religiöse Zeremonien und einige Beratungen mit den Ministern, so daß ihn der Thronfolger nicht sprechen konnte. Daher begab er sich zum Großkämmerer, der nach dem Kriegsminister der bedeutendste Mann bei Hofe war. Dieser alte Beamte, Priester einer der Tempel in Memphis, empfing Ramses zwar äußerst höflich, doch kalt, und antwortete, nachdem er ihn angehört hatte: „Es wundert mich, Eure Durchlaucht, daß Ihr mit derlei Angelegenheiten unseren Herrn behelligen wollt. Es wäre dasselbe, als wenn Ihr ihn ersuchtet, nicht die Heuschrecken zu vernichten, die in unsere Felder einfallen."

„Es handelt sich aber um unschuldige Menschen!"

„Würdiger Herr, das können wir nicht wissen. Über Schuld oder Unschuld entscheiden Gesetz und Gericht. Eins aber steht für mich fest: der Staat kann nicht dulden, daß jemand in einen fremden Garten eindringt, geschweige denn die Hand gegen das Eigentum des Thronfolgers erhebt."

„Damit hast du recht, doch – wo sind die Schuldigen?" fragte der Prinz.

„Wo keine Schuldigen zu finden sind, muß es wenigstens Bestrafte geben. Nicht die Schuld, sondern die Strafe gibt ein abschreckendes Beispiel."

„Ich sehe", unterbrach der Thronfolger, „daß Euer Hochwürden meine Bitte bei Seiner Heiligkeit nicht unterstützen werden."

„Die Klugheit fließt aus Eurem Munde, Erpatre", antwortete der Würdenträger. „Nie werde ich meinem Herrn einen Rat erteilen, dessen Befolgung dem Ansehen der Regierung schaden würde."

Der Prinz kehrte leidvoll und erstaunt heim. Er hatte erlebt, wie einigen hundert Menschen Unrecht geschah, und mußte gleichzeitig erkennen, daß er sie nicht zu retten vermochte, genausowenig wie es ihm gelingen würde, einen Menschen unter einem gestürzten Obelisk oder einer Tempelsäule hervorzuziehen.

Meine Hände sind zu schwach, solch ein Werk zu vollbringen! dachte Ramses in seiner Gewissensqual.

Zum erstenmal spürte er, daß über seinem eigenen Willen eine andere, unendlich größere Macht stand: das Wohl des Staates, das selbst der allmächtige Pharao respektieren und dem auch er, der Thronfolger, sich beugen mußte.

Die Nacht sank herab.

Ramses befahl der Dienerschaft, niemand einzulassen, und wandelte einsam und in Gedanken versunken auf der Terrasse seines Hauses.

Furchtbar! – Dort wichen vor mir die unbesiegten Regimenter Nitagers zurück und gaben den Weg frei, hier aber versperren mir ein Gefängnisaufseher, ein Untersuchungsrichter und der Großkämmerer den Weg. Was sind sie denn? Elende Diener meines Vaters (er möge ewig leben!), der sie in jedem Augenblick zu Sklaven erniedrigen und in die Steinbrüche verbannen kann. Mein Vater sollte die Unschuldigen nicht begnadigen dürfen, weil es das Wohl des Staates verbietet? Wer ist der Staat? Was ißt er, wo schläft er, und wo sind seine Hände und das Schwert, vor dem sich alle fürchten?

Er schaute in den Garten und erblickte zwischen den Baumreihen auf dem Gipfel des Hügels die beiden riesigen Silhouetten der Pylonen, auf denen die Wachtfeuer brannten. Da ging ihm durch den Sinn, daß diese Wacht nie unterbrochen wurde und daß die Pylonen niemals aßen, und doch waren sie Wirklichkeit. Diese ewigen Pylonen, mächtig wie der Gewaltige, der sie erbaute: Ramses der Große.

Sie und hundert ähnliche Bauten zu erschüttern; sie und tausend andere Wachen zu täuschen, die für die Sicherheit Ägyptens sorgten; den Gesetzen, die Ramses der Große und vor ihm andere, noch größere Herrscher schufen und die zwanzig Dynastien mit ihrer Ehrfurcht heiligten, diesen Gesetzen zu trotzen – oh, wenn er das vermöchte!

Dem Prinzen wurde zum ersten Male in seinem Leben ein unklarer, doch mächtiger Begriff bewußt: der Staat. Der Staat, das war etwas Prächtigeres als die Tempel von Theben, etwas Größeres als die Cheopspyramide, etwas Älteres als die Unterwelt des Sphinx, etwas Dauerhafteres als Granit. In diesem unermeßlichen, wenn auch unsichtbaren Gebäude glichen die Menschen Ameisen in einem Felsspalt und der Pharao einem wandernden Baumeister, der kaum, daß er einen Felsbrocken in die Wand gefügt hatte, schon von hinnen scheiden mußte. Die Wände aber wuchsen von Generation zu Generation, und der Aufbau ging ewig weiter.

Niemals hatte er, der Königssohn, so sehr seine Nichtigkeit gespürt wie in jenem Augenblick, da seine Augen in der Nacht zwischen den Pylonen des Pharaonenschlosses und den undeutlichen, doch übermächtigen Silhouetten der Tempel von Memphis über den Nil irrten.

Da ertönte zwischen den Bäumen, deren Wipfel die Terrasse berührten, eine Stimme: „Ich kenne deine Sorge und segne dich dafür. Das Gericht kann die angeklagten Bauern nicht freisprechen, aber es ist möglich, das Verfahren niederzuschlagen, wenn der Aufseher deines Vorwerks die Klage zurücknimmt. Dann werden die Gefangenen in Frieden heimkehren."

„So hat also mein Aufseher Klage erhoben?" fragte der Prinz erstaunt.

„Du sagst die Wahrheit. Er erhob sie in deinem Namen. Doch wenn er bei Gericht nicht erscheinen wird, gibt es keinen Geschädigten; und wo kein Geschädigter ist, ist auch kein Verbrechen geschehen."

Im Gebüsch raschelte es.

„So bleib doch!" rief Ramses. „Wer bist du?"

Niemand antwortete. Dem Prinzen schien es nur, daß in dem Lichtschein, den eine Fackel aus dem ersten Stockwerk warf, ein kahler Kopf und ein Pantherfell vorüberhuschten.

„Ein Priester?" flüsterte der Thronfolger. „Weshalb verbirgt er sich?"

Doch da fiel ihm ein, daß jener Priester für die Erteilung eines Ratschlages, dessen Befolgung den Rechtsspruch verhinderte, schwer zu büßen hätte.

XII

Den größten Teil der Nacht verbrachte Ramses in fiebrigen Träumen. Einmal erschien ihm das Gespenst des Staates als ein unermeßliches Labyrinth mit gewaltigen, unüberwindlichen Mauern. Ein andermal erblickte er den Schatten des Priesters, der ihm mit einem klugen Satz die einzige Möglichkeit wies, aus dem Labyrinth herauszufinden. So erstanden vor ihm unerwartet die beiden Mächte: die Autorität des Staates, die er, der Thronfolger, bisher nicht voll erfaßt hatte, und – das Priestertum, das er zertrümmern und sich gefügig machen wollte.

Es war eine schwere Nacht. Der Prinz wälzte sich auf seinem Lager und stellte sich die Frage, ob er denn blind gewesen sei und erst heute das Augenlicht wiedergewonnen habe, um sich von seinem Unverstand und seiner Nichtigkeit überzeugen zu können. Wie anders erschienen ihm in diesen Stunden die Warnungen der Mutter, die maßvolle und vorsichtige Politik des Vaters, ja sogar das strenge Vorgehen des Ministers Herihor!

„Staat und Priestertum!" murmelte schweißgebadet im Halbschlaf der Prinz.

Nur die Götter wissen, welche Folgen sich daraus ergeben hätten, wären die Gedanken, die in jener Nacht im Hirn des Prinzen keimten, zu Entwicklung und Reife gelangt. Vielleicht hätte Ramses als Pharao zu den allerglücklichsten und langjährigsten Herrschern gehört, und sein Name wäre, in den unter- und überirdischen Tempeln in Stein gehauen, der Nachwelt überliefert und von höchstem Ruhm verbrämt worden. Vielleicht hätten er und seine Dynastie nicht den Thron verloren, und Ägypten wäre den gewaltigen Erschütterungen in diesen schlimmen Zeiten entgangen.

Das Morgenlicht aber vertrieb den Alp und löste den Druck

vom glühenden Haupt des Thronfolgers, und in den nächsten Tagen veränderten sich seine Begriffe von der Unantastbarkeit des Staatswohles außerordentlich.

Der Besuch des Prinzen im Gefängnis blieb für die Angeklagten nicht ohne Folgen. Der Untersuchungsrichter sandte dem Obersten Richter sofort einen Bericht, der überprüfte nochmals den Fall, vernahm selbst einige Gefangene und entließ im Verlauf etlicher Tage den größten Teil von ihnen. Die übrigen aber übergab er dem Gericht.

Als dort aber kein Kläger erschien, obwohl man im Gerichtssaal und auf dem Markt dazu öffentlich aufgefordert hatte, wurde das Verfahren niedergeschlagen und der Rest der Angeklagten auf freien Fuß gesetzt.

Einer der Richter erwähnte zwar, daß laut Gesetz dem Aufseher des Vorwerks wegen falscher Beschuldigung der Prozeß gemacht werden und er im Falle des Schuldbeweises die gleiche Strafe erdulden müsse, wie sie den Angeklagten gedroht hatte. Doch wurde diese Feststellung mit Schweigen übergangen.

Der Aufseher des Vorwerks verschwand aus dem Bereich des Gerichtes; denn der Thronfolger hatte ihn in den Nomos Takens geschickt. Bald verschwand auch die Truhe mit den Akten über die Affäre.

Als Prinz Ramses davon erfuhr, begab er sich zum Großkämmerer und fragte lächelnd: „Nun, würdiger Herr, die Unschuldigen sind frei, ihre Akten auf gotteslästernde Weise vernichtet, und trotzdem ist das Ansehen der Regierung nicht verletzt worden?"

„Mein Prinz", gab mit der ihm eigenen Kühle der Großkämmerer zurück, „ich konnte nicht verstehen, daß Ihr mit einer Hand eine Klage einreichtet und sie mit der anderen zurücknehmen wolltet. Eure Hoheit wurde durch den Pöbel beleidigt, so war es denn unsere Sache, ihn zu bestrafen. Habt Ihr jedoch verziehen, so hat der Staat dem nichts mehr hinzuzufügen."

„Der Staat! Der Staat!" wiederholte der Prinz. „Der Staat, das sind *wir*", fügte er augenzwinkernd hinzu.

„Ja, der Staat, das ist der Pharao mit seinen treuesten Dienern", antwortete der Großkämmerer.

Das Gespräch mit diesem hohen Würdenträger genügte schon, um die noch nicht ganz klaren Vorstellungen des Prinzen von der Bedeutung des Staates wieder völlig zu verwirren.

Der Staat war also doch nicht das ewige und beständige Gebilde, dem die Pharaonen jeweils einen Stein des Ruhmes zur Erhöhung und Festigung beifügen sollten, sondern er glich vielmehr einem Sandhaufen, den jeder Herrscher nach eigenem Gutdünken umschütten konnte. Im Staat gab es nicht nur die einzige niedrige Pforte des Rechtes, der sich ein jeder – ob Bauer oder Thronfolger – beugen mußte.

In diesem großen Bau befanden sich verschiedene Ein- und Ausgänge: enge für die Kleinen und Schwachen, sehr breite und hohe, ja sogar recht bequeme für die Starken.

Wenn das so ist, keimte ein neuer Gedanke im Prinzen, dann will ich eine Ordnung errichten, die mir gefällt!

Im selben Augenblick mußte er an zwei Menschen denken: an den freigelassenen Mohren, der freiwillig bereit war, sein Leben für das Eigentum des Prinzen zu opfern, und an den unbekannten Priester.

Wenn ich mehr solche Leute hätte, gewänne mein Wille in und über Ägypten hinaus Bedeutung, erwog Ramses und spürte einen unbezwingbaren Drang, jenen Priester zu suchen.

Aller Wahrscheinlichkeit nach ist es derselbe, der die Menge von meinem Hause abgehalten hatte. Einerseits muß er ausgezeichnet die Gesetze kennen, andererseits verstand er es nicht weniger gut, die Masse zu lenken.

Ein schätzbarer Mensch! Ich muß ihn finden!

Von da an besuchte der Prinz in einem kleinen Nachen, der nur von einem Ruderer geführt wurde, die Hütten in der Nähe seines Vorwerks. Bekleidet mit einer Tunika, eine große Perücke auf dem Kopf, einen Stab in der Hand, in den Maßstriche eingekerbt waren – sah der Prinz wie ein Ingenieur aus, der das Steigen des Nils beobachtet.

Die Bauern erteilten ihm gern alle Auskünfte über Veränderungen des Bodens infolge der Überschwemmung. Zugleich baten sie, die Regierung möge eine leichtere Art des Wasserschöpfens erfinden als die bisher gebräuchliche durch Ziehbrunnen. Sie sprachen auch vom Überfall auf das Vorwerk des Thronfolgers und erzählten, daß sie die Menschen, die mit Steinen geworfen hatten, nicht kannten. Endlich erwähnten sie den Priester, der die Menschenansammlung so glücklich zerstreut hatte. Wer er aber war, wußten sie auch nicht.

„Es lebt“, berichtete ein Bauer, „in unserer Gegend ein Priester, der Augen heilt. Es gibt einen Priester, der Wunden heilen und gebrochene Arme und Beine wieder gerade zusammenwachsen lassen kann. Und dann gibt es noch Priester, die das Schreiben und Lesen lehren. Einer spielt sogar die doppelte Flöte, und zwar sehr schön. Der aber im Garten des Thronfolgers erschien, ist keiner von denen, und sie kennen ihn selber nicht. Gewiß war das der Gott Num oder ein guter Geist des Prinzen, welcher ewig leben möge und dem alle Speisen bekommen mögen!"

Vielleicht ist er wirklich ein Geist! dachte Ramses. In Ägypten war es immer leichter, böse oder gute Geister zu finden als Regen.

Die roten Wasser des Nils wurden braun, und im August, dem Monat Hathor, erreichten sie die Hälfte des höchsten Wasserstandes. An den Uferdämmen wurden die Schleusen geöffnet. Das Wasser strömte mit Wucht in die Kanäle und in den riesigen künstlichen See Moeris in der Provinz Fayum, die ihrer schönen Rosen wegen berühmt war. Unterägypten glich nun einem Meerbusen, der dicht mit Inseln voller Gärten und Häuser besät war. Die Verbindung auf dem Landwege war gänzlich unterbrochen, doch schwammen so viele weiße, gelbe, rote und dunkle Boote auf dem Wasser wie Blätter im Herbst. Auf den höchstgelegenen Flächen des Landes war die Ernte einer Baumwollart und die zweite Kleemahd eingebracht worden. Man begann nun die Früchte der Tamarinden und Oliven zu pflücken.

Als der Prinz eines Tages an überschwemmten Vorwerken vorbeifuhr, bemerkte er eine ungewöhnliche Bewegung. Von einer der vorübergleitenden Inseln drangen laute Frauenschreie.

Gewiß ist dort jemand gestorben, dachte Ramses.

Von einer zweiten Insel stießen einige Nachen, mit Getreide und etlichen Stücken Vieh beladen, vom Ufer ab, während die Menschen, die vor den Wirtschaftsgebäuden standen, denen in den Booten Drohungen und Flüche nachschickten.

Ein Nachbarstreit, sagte sich der Thronfolger.

Auf einigen Vorwerken war alles ruhig. Die Einwohner aber, anstatt zu arbeiten oder zu singen, saßen schweigend auf der Erde.

Die sind wohl mit ihrer Arbeit schon fertig und ruhen sich jetzt aus, meinte Ramses.

Dafür stieß von einem anderen Inselchen ein Nachen mit etlichen weinenden Kindern ab. Ein Weib lief ihm bis an den Gürtel ins Wasser nach und drohte mit den Fäusten.

Man fährt die Kinder zur Schule, wähnte Ramses.

Die Vorfälle begannen ihn zu interessieren.

Von der Nachbarinsel ertönten wieder Schreie. Der Prinz überschattete die Augen mit der Hand und sah, wie ein Mohr einen auf der Erde liegenden Menschen mit einem Stock prügelte.

„Was geht hier vor?" fragte Ramses den Ruderer.

„Seht Ihr denn nicht, Herr, daß man einen erbärmlichen Bauern schlägt?" gab der Fährmann lachend zurück. „Er hat sicher etwas ausgefressen; dafür fährt ihm nun der Schmerz in die Glieder."

„Ja, was bist denn du?"

„Ich", antwortete stolz der Ruderer, „ich bin ein freier Fischer. Wenn ich an Seine Heiligkeit abliefere, was ihm gebührt, kann ich über den ganzen Nil fahren, vom ersten Katarakt bis hin zum Meer. Ein Fischer ist frei wie ein Fisch oder eine Wildgans, doch der Bauer gleicht einem Baum, der mit seinen Früchten die Herren nährt und, da er festgewurzelt ist, nur ächzen kann, wenn der Aufseher seine Rinde zerreißt.

Oh! Hoho! – Schaut einmal dorthin!" rief der Fischer zufrieden. „He! Väterchen! Saufe nicht das ganze Wasser, sonst gibt es eine Mißernte!"

Sein kecker Zuruf galt einer Gruppe, die etwas Sonderbares tat. Ein paar nackte Menschen hielten einen Mann an den Beinen hoch und tauchten ihn kopfüber bis zum Hals, dann bis zur Brust und schließlich bis an den Gürtel in das Wasser. Daneben stand ein Mann mit einem Stab, der eine befleckte Tunika und auf dem Kopf eine Lammfellperücke trug.

Ein Stückchen weiter schrie ein Weib, dem einige Leute die Hände festhielten, zum Gotterbarmen.

Prügel waren im glücklichen Lande der Pharaonen so alltäglich wie Speise, Trank und Schlaf. Man schlug Kinder und Erwachsene, Bauern, Handwerker, Soldaten, Offiziere und Beamte. Wer lebte, bekam Prügel, mit Ausnahme der Priester und der höchsten Würdenträger; denn wer hätte die schlagen sollen? Der Prinz sah also ziemlich ruhig zu dem geprügelten Bauern hinüber; daß man aber einen Menschen so in den Nil tauchte, machte ihn stutzig.

„Hoho!" lachte indessen der Ruderer, „den tränken sie aber! Der wird so dick werden, daß ihm sein Weib gewiß den Gürtel anstücken muß."

Der Prinz befahl, ans Ufer zu fahren. Inzwischen hatte man den Bauern aus dem Fluß herausgeholt, ihm erlaubt, das Wasser auszuspeien, dann packte man ihn wieder bei den Füßen, trotz des unmenschlichen Geschreies seines Weibes, das wild um sich biß.

„Haltet ein!" schrie der Prinz.

„Tut eure Pflicht!" befahl näselnd der Mann mit der Lammfellperücke. „Wer bist du, Dreister, daß du dich erkühnst..."

Im selben Moment schlug ihn der Prinz mit seinem Maßstab, der zum Glück leicht war, über den Schädel. Da setzte sich der Geschlagene in seiner schmutzigen Tunika auf die Erde, befühlte Perücke und Kopf und starrte mit glasigen Augen seinen Angreifer an.

„Ich errate", rief er mit natürlicher Stimme, „daß ich die Ehre habe, mit einer hohen Persönlichkeit zu sprechen. O daß dich, mein Herr, immer gute Laune begleiten und dir nie Galle in die Eingeweide fließen möge."

„Warum tut ihr das jenem Manne an?" unterbrach der Prinz.

„Du fragst, mein Herr", erwiderte der andere, von neuem durch die Nase sprechend, „wie ein Fremdling, der weder die hiesigen Gebräuche noch die Menschen kennt, denen er sich so vertraulich naht. Erfahre denn, daß ich der Steuereinnehmer des ehrwürdigen Dagon bin, des ersten Bankiers in Memphis. Wenn du noch nicht blaß geworden bist, so höre, daß der würdige Dagon der Pächter, Bevollmächtigte und Freund des Thronfolgers ist – der ewig leben möge! – und daß du dir – was meine Leute bezeugen werden – auf dem Boden des Prinzen Ramses eine Gewalttat erlaubt hast..."

„Das ist also...", unterbrach der Prinz, doch besann er sich plötzlich. „Mit welchem Recht martert ihr auf diese Weise einen Bauern des Thronfolgers?"

„Weil der Lump die Steuern nicht zahlen will, die für den Prinzen bestimmt sind."

Die Helfer des Beamten standen der Katastrophe, die über ihren Herrn hereingebrochen war, ratlos gegenüber. Sie ließen ihr Opfer los und schienen hilflos wie die Gliedmaßen eines Körpers, den man des Kopfes beraubt hat. Der befreite Bauer spie und schüttelte das Wasser aus den Ohren; sein Weib aber stürzte zu dem Retter hin.

„Wer du auch sein magst", jammerte sie und faltete dabei die Hände vor dem Prinzen, „ein Gott oder vielleicht sogar ein Gesandter des Pharao, so erfahre denn von unserer Not. Wir sind Bauern des Thronfolgers – der ewig leben möge! – und haben alle Steuern bezahlt in Hirse, Weizen, Blumen und Tierhäuten. Nun kam in der letzten Dekade dieser Mann zu uns und forderte weitere sieben Maß Weizen. ‚Mit welchem Recht?' fragte mein Mann, ‚die Steuern sind doch schon bezahlt.' Er aber wirft meinen Mann zu Boden, tritt ihn mit Füßen und schreit: ‚Mit dem Recht, daß es der würdige Dagon befahl.' – ‚Wo soll ich das Korn hernehmen?' erwidert mein Mann, ‚ich habe doch kein Getreide mehr, und wir leben bereits seit einem Monat von Lotossamen und -wurzeln, die auch schon rar werden, weil die großen Herren gern mit Lotosblumen spielen!'"

Sie stockte und weinte. Der Prinz wartete geduldig, bis sie sich wieder beruhigt hatte. Der Bauer aber knurrte: „Das Frauenzimmer wird mit seinem Geschwätz noch Unglück über uns bringen, dabei habe ich ihr ausdrücklich gesagt, daß ich es nicht mag, wenn sich Weiber in meinen Kram mischen!"

Inzwischen fragte der Beamte, auf Ramses weisend, leise den Ruderer: „Wer ist der Lümmel?"

„Daß dir die Zunge verdorre!" antwortete der Ruderer. „Siehst du nicht, daß er ein großer Herr sein muß: er zahlt gut und schlägt kräftig."

„Ich habe gleich erkannt", flüsterte der Beamte, „daß er ein Mächtiger sein muß. Ich habe in meiner Jugend viele Feste bei bedeutenden Herren mitgemacht."

„Aha! Die Soßen von diesen Banketten sind ja noch auf deinem Kleide zu sehen", knurrte der Ruderer.

Das Weib, das zu weinen aufgehört hatte, klagte weiter: „Heute aber kam dieser Schreiber mit seinen Leuten wieder und sagte zu meinem Mann: ‚Wenn du keinen Weizen hast, dann gib uns zwei Söhne, und der würdige Dagon wird dir nicht nur die Steuer erlassen, sondern noch für jeden Jungen im Jahr eine Drachme zahlen.'"

„Weh mir und dir!" brüllte verzweifelt der Bauer. „Du wirst uns mit deiner Schwätzerei noch alle zugrunde richten! Höre nicht auf sie, guter Herr!" wandte er sich an Ramses. „Wie die Kuh glaubt, daß sie mit ihrem Schwanz die Fliegen verscheuchen kann, so hofft mein Weib, mit der Zunge die Einnehmer zu verjagen – und beide wissen nicht, wie dumm sie sind."

„Du bist dumm!" unterbrach ihn das Weib. „O sonniger Herr, der du von königlicher Gestalt bist..."

„Ihr seid Zeugen, daß das Weib die Majestät beleidigt", raunte der Beamte halblaut zu seinen Leuten.

„O duftende Blume, deren Stimme dem Flötenklang gleicht, hör mich an!" beschwor die Frau Ramses. „So sagte denn mein Mann zu diesem Beamten: ‚Wenn ich sie hätte, gäbe ich lieber zwei Stierkälber her als meine Jungen – und wenn ihr mir für jeden vier Drachmen im Jahr zahlen wolltet! Geht ein Kind erst einmal aus dem Hause fort in fremde Dienste, dann sieht man's nicht mehr wieder.'"

„O wäre ich doch vorhin erstickt! O hätten die Fische auf dem Grund des Nils schon meinen Leib gefressen!" stöhnte der Bauer. „Weib, du richtest doch das ganze Vorwerk mit deinen Klagen zugrunde!"

Als der Beamte sah, daß er bei dem am meisten Betroffenen Unterstützung fand, trat er vor und näselte von neuem: „Seit sich die Sonne hinter dem königlichen Palast erhebt und hinter den Pyramiden versinkt, sind in diesem Lande viele Wunder geschehen. – Zu Zeiten des Pharao Semempses zeigten sich bei den Pyramiden von Kochom wunderliche Erscheinungen, und die Pest fiel in Ägypten ein. Zu Zeiten des Boetos öffnete sich die Erde bei Bubastis und verschlang viele Menschen. – Als Neferches herrschte, waren die Wasser des Nils elf Tage lang süß wie Honig. Das und vieles andere hat sich ereignet, was mir bekannt ist, weil ich weise bin. Aber noch niemals erlebte man, daß ein unbekannter Mensch aus dem Wasser stieg und auf den Gütern des allergnädigsten Thronfolgers die Steuern einzuziehen verbot."

„Schweig!" schrie Ramses. „Mach, daß du von hier fortkommst! Und euch wird niemand die Kinder fortnehmen", versicherte er dem Weib.

„Es fällt mir nicht schwer, mich davonzumachen", erwiderte der Einnehmer, „denn ich habe ein schnelles Boot und fünf Ruderer. Doch gebt Ihr mir, Euer Würden, irgendein Zeichen für meinen Herrn Dagon?"

„Nimm die Perücke ab und weise ihm das Zeichen auf deinem Schädel vor", rief der Prinz, „und bestelle ihm dazu, daß ich ihn ebenso am ganzen Körper zeichnen werde."

„Habt ihr diese Lästerung gehört?" flüsterte der Einnehmer seinen Leuten zu. Unter tiefen Verneigungen zog er sich ans Ufer zurück.

Er stieg in den Nachen. Als die Ruderer abgestoßen hatten

und das Boot ein Stück vom Gestade entfernt war, rief er, die Hand reckend: „O daß Euch der Krampf ins Gedärm fahre, Empörer! Gotteslästerer! Geradewegs fahre ich zum Thronfolger hin und werde ihm erzählen, was auf seinen Gütern geschieht!"

Dann packte er den Knüppel und prügelte seine Leute, weil sie nicht für ihn Partei ergriffen hatten.

„So wird es dir später ergehen!" drohte er Ramses.

Der Prinz sprang aufgebracht in sein Boot und befahl dem Ruderer, den frechen Beamten des Wucherers zu verfolgen. Da warf der Mann in der Lammfellperücke den Knüppel fort, ergriff selbst ein Ruder, und seine Leute halfen ihm so eifrig, daß keine Aussicht bestand, ihn einzuholen.

„Eher wird eine Eule eine Schwalbe einholen als wir die da vorn, mein schöner Herr", rief Ramses' Ruderer lachend. „Ihr aber werdet wohl kein Vermesser, sondern ein Offizier sein; vielleicht gehört Ihr sogar der Garde Seiner Heiligkeit an, Ihr schlagt gleich über den Schädel! Ich kenne das, ich war ja selber fünf Jahre lang Soldat. Immer habe ich über den Schädel gedroschen oder über den Bauch, und mir ist es dabei nicht schlecht ergangen in der Welt. Wenn mich aber jemand schlug, begriff ich gleich, daß es ein Großer sein mußte. In unserem Ägypten – o daß es nie die Götter verlassen mögen! – herrscht eine furchtbare Enge: Stadt an Stadt, Haus bei Haus und Mensch an Mensch. Wer sich nur ein wenig wenden will, muß den anderen über den Schädel hauen."

„Bist du verheiratet?" fragte der Prinz.

„Püh! Wenn ich eine Frau habe und Platz für anderthalb Menschen, dann bin ich verheiratet, sonst aber bleibe ich Junggeselle. War ich doch beim Heer und weiß, daß ein Weib einmal am Tage gut ist, und auch das nicht immer. Es ist im Wege."

„Vielleicht möchtest du in meine Dienste treten? Ich glaube nicht, daß du es bedauern würdest."

„Erlaubt, Euer Würden, ich habe ja gleich bemerkt, daß Ihr trotz Eures jungen Gesichts wohl ein Regiment führen mögt, aber ich trete in niemandes Dienste. Ich bin ein freier Fischer; mein Großvater war Hirte in Unterägypten, unser Geschlecht aber stammt von den Hyksos ab. Zwar spotten die dummen Bauern Ägyptens über uns, doch darüber kann ich nur lachen. Ein Bauer und ein Hyksos, sage ich Euer Würden, das ist wie ein Ochse zu einem Stier. Ein Bauer kann hinter dem Pfluge gehen oder auch vor dem Pfluge, doch ein Hyksos wird niemandem dienen, es sei denn in der Armee Seiner Heiligkeit, denn das ist ein Heer!"

Der redselige Ruderer sprach und sprach, doch der Prinz hörte nicht mehr zu. Ihn beschäftigten ständig neue, immer quälendere Fragen. Die Inselchen, an denen er vorüberfuhr, gehörten also zu seinen Gütern? Sonderbar, er wußte überhaupt nicht, wo seine Güter lagen und wie sie aussahen. In seinem Namen nun bürdete Dagon den Bauern neue Steuern auf; und die merkwürdigen Vorfälle, die er im Vorbeifahren beobachtet hatte, bezogen sich darauf. Der Bauer, den man am Ufer geprügelt hatte, konnte anscheinend nicht bezahlen. Die Kinder, die so rührend im Boot weinten, waren für eine Drachme pro Kopf jährlich verkauft worden, und das Weib, das bis zum Gürtel ins Wasser rannte und fluchte, war eine verzweifelte Mutter gewesen ...

Frauen sind sehr laut, dachte der Prinz. Sara ist die ruhigste von allen. Die meisten aber lieben es zu schwatzen, zu heulen und zu schreien.

Er besann sich wieder auf den Bauern, der die Erregung seines Weibes zu dämpfen versuchte. Ihn hatte man getaucht, aber er ließ sich nichts anmerken; ihr hatte man nichts getan, und trotzdem schrie sie.

„Die Frauen sind sehr unruhig", murmelte Ramses. „Ja, sogar meine ehrwürdige Mutter. Welch ein Unterschied zwischen Vater und Mutter! Seine Heiligkeit kümmert es überhaupt nicht, daß ich um eines Mädchens willen die Armee allein ließ, die Königin aber beliebt sich darüber zu erregen, daß ich eine Jüdin ins Haus nahm. – Sara ist das ruhigste Weib, das ich kenne; dafür schwatzt, heult und schreit Tafet für vier."

Dann entsann sich der Prinz des Berichtes der Bauernfrau, wonach sie schon einen Monat lang aus Mangel an Getreide nur Samen und Wurzeln des Lotos aßen. Jene Körner sind klein wie Mohn; die Wurzeln – nun ja, es geht. Er würde das nicht einmal drei Tage hintereinander essen. Schließlich empfahlen die Priester, die etwas von der Heilkunst verstanden, Abwechslung in der Ernährung. Schon in der Schule hatte man ihm gesagt, daß man Fleisch neben Fisch, Datteln neben Weizen und Feigen neben Gerste essen soll. Doch einen ganzen Monat lang von Lotoskörnern leben! ... Nun ja, aber Pferde und Rinder lieben

Heu; Gerstenklöße indessen muß man ihnen mit Gewalt in den Schlund stopfen. So wollen sicherlich auch die Bauern lieber Lotossamen essen als Weizen- oder Gerstenfladen; Fisch und Fleisch wissen sie nicht zu schätzen. Schließlich rühren auch die frömmsten Priester, die Wundertäter, niemals Fleisch oder Fisch an. Offensichtlich brauchen die Magnaten und Königssöhne Fleisch wie Löwen und Adler, die Bauern aber Gras wie Ochsen.

Aber das Untertauchen des mittellosen Bauern wegen der Steuern ... Doch hatte er nicht so manches Mal, wenn er mit seinen Gefährten badete, Freunde getaucht oder war selbst von ihnen unter Wasser gedrückt worden? Wie hatten sie dabei gelacht! Tauchen ist doch ein Vergnügen. Und was die Stockschläge anbelangt – wie viele Male hatte er in der Schule Prügel bekommen! Das war schmerzhaft, doch offensichtlich nicht für alle Geschöpfe. Ein geprügelter Hund heult und beißt, ein geschlagener Ochse schaut sich nicht einmal um. Genauso kann ein großer Herr Prügel peinvoll empfinden, während der Bauer nur schreit, um die Gelegenheit zu nützen, sich auszuschreien. Soldaten aber und Offiziere singen unter dem Knüppel.

Diese Betrachtungen vermochten aber nicht die leichte, doch bohrende Unruhe im Herzen des Thronfolgers zu ersticken; denn sein Pächter Dagon hatte ungerechte Steuern auferlegt, die die Bauern nun nicht mehr zahlen konnten!

In dem Augenblick ging es dem Prinzen nicht mehr so sehr um die Bauern als um seine Mutter. Sie wußte gewiß, wie der Phönizier wirtschaftete. Was wird sie dem Sohn darauf sagen! Wie wird sie ihn anschauen, wie höhnisch wird sie lächeln. Und sie wäre kein Weib, wenn sie ihn nicht erinnerte: Ramses, habe ich dir nicht vorausgesagt, daß der Phönizier deine Güter zugrunde richten wird?

Wenn die Priester, diese Verräter, für mich zwanzig Talente auftreiben würden, dachte der Prinz, könnte ich morgen noch Dagon davonjagen. Meine Bauern würden keine Prügel mehr bekommen und nicht mehr ins Wasser getaucht werden. Die Mutter aber hätte keinen Anlaß, über mich zu spotten. Der zehnte, der hundertste Teil der Reichtümer, die in den Tempeln zur Augenweide der gierigen Kahlköpfe lagern, würde mich auf Jahre hinaus von den Phöniziern unabhängig machen.

Ramses erkannte blitzartig, daß zwischen Bauern und Priestern ein tiefer Gegensatz bestand.

Herihors wegen, dachte er, hat sich jener Bauer an der Grenze der Wüste erhängt. Um Priester und Tempel zu erhalten, leisten zwei Millionen ägyptische Menschen schwerste Arbeit. Wenn die Pharaonen über den Besitz der Priester verfügen könnten, brauchte ich nicht fünfzehn Talente zu borgen, und meine Bauern würden nicht so furchtbar drangsaliert werden. Hier liegt die Ursache für das Unglück Ägyptens und die Schwäche seiner Könige!

Der Prinz fühlte instinktiv, daß den Bauern Unrecht widerfuhr, und es erleichterte ihn, festzustellen, daß die Priester daran schuld seien. Es fiel ihm nicht im entferntesten ein, daß seine Ansicht falsch und ungerecht sein könnte.

Schließlich richtete er ja nicht, sondern entrüstete sich nur. Nun wendet sich der Ärger eines Menschen nie gegen die eigene Person – genauso wie der hungrige Panther nicht seinen eigenen Leib frißt, sondern schweifwedelnd und mit angelegten Ohren nach einem Opfer ausspäht.

XIII

Ramses' Suche nach dem Priester, der Sara gerettet und ihm selbst so gute Ratschläge erteilt hatte, sollte unerwartet schnell von Erfolg gekrönt werden.

Zwar wurde der Priester noch nicht gefunden, doch begannen unter den ägyptischen Bauern Legenden über Ramses umzugehen.

Ein unbekannter Mann fuhr des Abends in einem kleinen Kahn von Ort zu Ort und erzählte den Bauern, daß der Thronfolger die Menschen, denen wegen des Überfalls auf sein Haus Zwangsarbeit im Bergwerk drohte, befreit habe. Außerdem hätte der Thronfolger einen Beamten verprügelt, der von den Bauern eine ungerechte Steuer erheben wollte. Endlich erklärte noch der Unbekannte, Prinz Ramses stünde unter dem besonderen Schutz des Gottes Amon aus der westlichen Wüste, der sein Vater sei.

Das einfache Volk lauschte begierig diesen Nachrichten; einmal, weil sie mit den Vorfällen übereinstimmten, zum anderen, weil der Erzähler ein Geist zu sein schien, der plötzlich irgendwoher auftauchte und genauso plötzlich irgendwohin verschwand.

Der Prinz Ramses hatte mit Dagon nicht gesprochen, ja, er hatte ihn nicht einmal zu sich berufen. Er fühlte dem Phönizier gegenüber eine gewisse Scham, da er von ihm Geld geliehen hatte und ihn vielleicht noch so manches Mal brauchen würde.

Einige Tage nach der Begegnung mit dem Schreiber Dagons besuchte jedoch der Bankier von sich aus den Thronfolger. Er verbarg dabei etwas in seinen Händen. Als er das Gemach des Prinzen betrat, kniete er nieder, knüpfte ein weißes Tuch auf und entnahm ihm einen herrlichen goldenen Kelch. Dieser Pokal war mit verschiedenfarbigen Steinen geschmückt und mit Verzierungen versehen: am Fuß waren die Weinlese und das Keltern der Weintrauben dargestellt, am Kelch – ein Gelage.

„Würdiger Herr, nehmt ihn von Euerm Sklaven an", sprach der Phönizier, „und bedient Euch seiner hundert ... tausend Jahre, bis in alle Ewigkeit."

Der Prinz verstand sofort, worum es dem Phönizier ging. Deshalb sprach er, ohne das goldene Geschenk zu berühren, mit ernstem Gesicht: „Dagon, siehst du den Purpurschein im Innern des Kelches?"

„Wahrhaftig", antwortete der Bankier, „warum sollte ich ihn nicht sehen: zeugt er doch davon, daß der Pokal von reinstem Gold ist."

„Ich sage dir aber, dies ist das Blut der Kinder, die den Eltern geraubt wurden!" rief zornig der Thronfolger.

Er wandte sich ab und verließ das Gemach.

„O Astoreth!" stöhnte der Phönizier.

Seine Lippen verfärbten sich grau, seine Hände begannen so zu zittern, daß er den Kelch kaum wieder in das weiße Tuch einzuschlagen vermochte.

Einige Tage später ruderte Dagon mit seinem Geschenk zum Vorwerk Saras. Er hatte goldbestickte Gewänder an, verbarg eine gläserne Kugel, der Wohlgerüche entströmten, in seinem dichten Bart und trug auf seinem Kopf zwei Federn.

„Schöne Sara", begann er, „möge Jehova über dein Geschlecht soviel Segen ergießen, soviel Wasser heute im Nil fließt! Wir Phönizier und ihr Juden sind doch Nachbarn und Brüder. Ich selber bin in solcher Liebesglut zu dir entbrannt, daß, wenn du nicht unserem allergnädigsten Herrn gehörtest, ich Gedeon – o daß er gesund bleibe! – zehn Talente zahlen und dich zu meiner rechtmäßigen Gemahlin machen würde. So heiß ist meine Leidenschaft!"

„Gott bewahre mich davor, je einem anderen anzugehören als Ramses! Was aber, ehrbarer Dagon, bewog dich, heute die Dienerin unseres Herrn zu besuchen?“

„Ich will dir die Wahrheit sagen, als wärst du mein Weib Tamara, die als Tochter Sidons geboren wurde. Obwohl sie mir eine große Mitgift brachte, ist sie nun schon alt und nicht wert, dir die Schuhriemen zu lösen.“

„Im Honig, der über Eure Lippen fließt, ist viel Wermut enthalten“, warf Sara ein.

„Der Honig“, sprach Dagon und setzte sich, „gilt dir. Der Wermut aber entspricht der Bitternis meines Herzens. Unser Herr, Prinz Ramses – der ewig leben möge! –, besitzt den Mund eines Löwen und die List eines Geiers. Er geruhte, mir seine Güter zu verpachten, was mich mit Freude erfüllte; doch vertraut er mir so wenig, daß ich vor Sorgen ganze Nächte nicht schlafen kann, sondern seufze und mit Tränen mein Bett nässe, das du, o Sara, an Stelle meiner Gemahlin Tamara, die in mir kein Verlangen mehr zu wecken vermag, mit mir teilen mögest.“

„Nicht das wolltet Ihr mir sagen“, unterbrach ihn Sara errötend.

„Ich weiß nicht mehr, was ich sagen wollte, seit ich dich wieder gesehen habe und seit unser Herr meine Maßnahmen auf den Gütern kontrollierte. Dabei hat er meinen Steuereintreiber mit einem Prügel geschlagen und seiner Gesundheit beraubt. Die Steuer ist doch nicht für mich bestimmt, Sara, sondern für unseren Herrn. Nicht ich werde Feigen und Weizenbrot von diesen Gütern essen, sondern nur du und er. Ich habe ja ihm Geld und dir Kleinodien gegeben; weshalb also sollte das elende ägyptische Bauernvolk unseren Herrn und dich, Sara, arm machen? Um dir zu beweisen, wie gewaltig du mein Blut in Wallung bringst und daß ich von dem Vermögen des Herrn nichts abhaben will, sondern alles nur euch gebe, schenke ich dir diesen mit Steinen und Figuren verzierten Kelch aus reinem Gold, der selbst die Götter in Erstaunen versetzen würde.“

Nun entnahm Dagon dem weißen Tuche den Pokal, den der Prinz verschmäht hatte, und sprach weiter: „Ich will nicht einmal, Sara, daß du dieses goldene Gefäß im Hause behältst und daraus unserem Herrn zu trinken reichst. Gib diesen Kelch aus purem Golde deinem Vater Gedeon, den ich wie einen Bruder liebe, und bestelle ihm meine Worte: ‚Dagon, dein Zwillingsbruder, der unglückliche Pächter des Thronfolgers, ist ruiniert.

So trinke denn aus diesem Kelch und gedenke deines Zwillingsbruders Dagon, bitte auch Jehova, daß Prinz Ramses ihm nicht die Schreiber erschlage und die Bauern rebellisch mache, die auch so schon nicht zahlen wollen.' Wenn du aber, Sara, mir einmal eine Vertraulichkeit gestatten wolltest, würde ich dir zwei Talente und deinem Vater ein Talent geben und mich noch schämen, daß es so wenig Geld ist, denn du bist wert, daß dich der Pharao selbst und der Thronfolger und der würdige Minister Herihor und der tapfere Nitager und die reichsten phönizischen Bankiers verwöhnten. Ich begehre dich so sehr, daß ich bei deinem Anblick schwach werde. Bin ich aber nicht in deiner Nähe, so schließe ich die Augen und lecke meine Lippen. Du bist süßer als Feigen und duftest lieblicher als die Rosen. Ach – ich würde dir sogar fünf Talente geben. Nimm den Kelch, o Sara."

Sie aber wich mit niedergeschlagenen Augen zurück.

„Ich will ihn nicht haben", erwiderte sie, „denn mein Herr hat mir verboten, von Fremden Geschenke anzunehmen."

Dagon erstarrte und schaute sie verwundert an.

„Sara, du weißt sicherlich nicht, was der Kelch wert ist? Schließlich gebe ich ihn deinem Vater, meinem Bruder."

„Ich kann ihn nicht annehmen", flüsterte Sara.

„O weh!" schrie Dagon. „So wirst du mir den Kelch auf andere Art bezahlen und deinem Herrn nichts davon sagen. Ein so herrliches Weib wie du muß Gold und Kleinodien besitzen. Du solltest auch einen Bankier haben, der dir Geld gibt, wann es dir beliebt, und nicht nur, wenn es dein Herr gestattet!"

„Ich kann nicht!" flüsterte Sara und verbarg dabei nicht ihren Abscheu vor Dagon.

Der Phönizier änderte sofort den Ton und rief lachend: „Sehr gut, Sara! Ich wollte mich nur überzeugen, ob du unserem Herrn treu bist. Und das sehe ich nun, obwohl dumme Menschen reden ..."

„Was?" Sara fuhr hoch und stürzte mit geballten Fäusten auf Dagon zu.

„Hahaha!" lachte der Phönizier. „Wie schade, daß das unser Herr nicht sehen und hören konnte. Doch werde ich ihm, wenn er gut gelaunt ist, erzählen, daß du ihm nicht nur treu bist wie ein Hund, sondern dir nicht einmal einen goldenen Kelch schenken ließest, weil er dir verboten hat, Geschenke anzunehmen. Dieser Kelch aber – glaube es mir, Sara – hat schon manches

Weib in Versuchung geführt, so manches Weib von hohem Rang."

Dagon blieb noch eine Weile. Laut rühmte er Saras Tugend und Gehorsam, bis er sich schließlich sehr zärtlich von ihr verabschiedete, sein Zeltboot bestieg und nach Memphis zu rudern befahl. Je weiter sich das Boot vom Vorwerk entfernte, um so mehr schwand das Lächeln aus dem Antlitz des Phöniziers und machte einer zornigen Miene Platz. Als aber erst Saras Haus hinter den Bäumen verschwunden war, stand Dagon auf, reckte die Hände empor und rief: „O Baal Sidon, o Astoreth! Rächt die Mißachtung, die mir durch die verfluchte Tochter Judäas widerfuhr! Vernichtet ihre verräterische Schönheit wie den Regentropfen in der Wüste! Krankheit höhle ihren Leib, und Wahnsinn umgarne ihre Seele! Ihr Herr möge sie aus dem Hause treiben wie eine räudige Sau! Und so wie sie heute meinen Kelch zurückwies, sollen einst die Menschen ihre verdorrte Hand zurückstoßen, wenn sie dürstend um einen Becher trüben Wassers bettelt!"

Dann spuckte er aus und murmelte unverständliche, doch furchtbare Flüche, so daß für eine Weile eine schwarze Wolke die Sonne verdunkelte und das Wasser sich in der Nähe des Bootes zu trüben begann und große Wellen aufkamen. Als er geendet hatte, schien die Sonne wieder, der Fluß aber blieb unruhig, als steige er erneut.

Dagons Ruderer erschraken und hörten auf zu singen; da sie durch Zeltwände getrennt von ihrem Herrn saßen, war ihnen sein Gebaren entgangen.

Von Stund an vermied der Bankier, dem Thronfolger unter die Augen zu kommen. Doch eines Tages, als der Prinz sein Haus betrat, fand er in seinem Schlafzimmer eine schöne sechzehnjährige phönizische Tänzerin vor, deren gesamte Kleidung nur aus einem goldenen Stirnreif und einem spinnwebfeinen Schal bestand, der die Schultern bedeckte.

„Wer bist du?" fragte Ramses.

„Ich bin eine Priesterin und deine Dienerin. Mich sandte Herr Dagon, damit ich deinen Zorn verscheuche."

„Wie willst du das erreichen?"

„Oh, so ... setze dich hier nieder", sprach sie und zwang ihn in einen Sessel, „ich werde mich auf die Zehenspitzen stellen, um mich größer zu machen, als dein Zorn ist. Mit diesem geweihten Schal kann ich die bösen Geister von dir jagen. –

A ksch, a ksch!" flüsterte sie, Ramses umtanzend. „Laß meine Hände die dunklen Wolken von deiner Stirn verscheuchen, meine Küsse mögen dir die Klarheit deines Blickes wiedergeben – und das Klopfen meines Herzens soll deine Ohren mit Musik erfüllen, o Herr Ägyptens! – A ksch, a ksch! Nicht euer ist er, sondern mein! Die Liebe braucht solche Stille, daß ihr gegenüber sogar der ärgste Zorn schweigen muß."

Im Tanz spielte sie mit Ramses' Haar, umschlang ihn mit ihren Armen und küßte seine Augen. Endlich setzte sie sich ermüdet zu seinen Füßen nieder, stützte ihren Kopf auf seine Knie und beobachtete Ramses eindringlich. Sie atmete hastig mit leichtgeöffnetem Mund.

„Zürnst du nun nicht mehr deinem Diener Dagon?" fragte sie und streichelte dabei das Gesicht des Prinzen.

Ramses wollte sie auf die Lippen küssen, da aber sprang sie von seinen Knien fort und rief: „O nein, das darf man nicht!"

„Warum?"

„Ich bin eine Jungfrau und Priesterin der großen Göttin Astarte. Du müßtest meine Patronin schon sehr lieben und verehren, ehe es dir erlaubt würde, mich zu küssen."

„Du aber darfst?"

„Ich darf alles, denn ich bin Priesterin und habe geschworen, Reinheit zu bewahren."

„Wozu bist du dann hierhergekommen?"

„Um deinen Zorn zu verjagen. Das habe ich getan, und nun gehe ich. Lebe wohl und bleibe immer gut!" fügte sie mit rührenden Blicken hinzu.

„Wo wohnst du? Wie heißt du?" fragte der Prinz.

„Mein Name ist Liebkosung. Und ich wohne ... ach, wozu soll ich's sagen? So bald wirst du nicht zu mir kommen."

Sie winkte und verschwand; der Prinz aber war wie benommen und rührte sich nicht von seiner Stelle. Als er nach einer Weile zum Fenster hinausblickte, sah er eine Prunksänfte, die vier Nubier schnell zum Nil hinabtrugen.

Ramses bedauerte nicht ihr Fortgehen. Sie hatte ihn in Erstaunen versetzt, doch nicht gefangen.

Sara ist ruhiger als sie, dachte er, und schöner. Auch scheint mir diese Phönizierin kalt zu sein, und ihre Liebkosungen kommen mir erlernt vor.

Doch von Stund an hörte er auf, Dagon zu zürnen, um so mehr, als einmal Bauern zu ihm auf Saras Vorwerk kamen, sich für seinen Schutz bedankten und ihm mitteilten, daß der Phönizier sie nicht mehr zum Zahlen neuer Steuern zwinge.

So war es bei Memphis. Doch der Pächter machte seinen Verlust auf anderen Gütern des Prinzen wieder wett.

XIV

Im Monat Choiak, von Mitte September bis Mitte Oktober, hatten die Wasser des Nils ihren höchsten Stand erreicht. Dann begannen sie kaum merklich zu fallen. In den Gärten sammelte man die Früchte der Tamarinden, Datteln und Oliven, und die Bäume erblühten zum zweitenmal.

Zu dieser Zeit verließ Seine Heiligkeit Ramses XII. seinen sonnigen Palast bei Memphis, um mit großem Gefolge auf mehr als zehn prächtig geschmückten Schiffen nach Theben zu reisen, den Göttern dort für die gute Überschwemmung zu danken und zugleich an den Gräbern seiner ewig lebenden Ahnen zu opfern.

Der allergnädigste Herrscher verabschiedete sich sehr freundlich von seinem Sohn und Thronfolger; die Leitung der Staatsgeschäfte aber vertraute er für die Zeit seiner Abwesenheit Herihor an.

Prinz Ramses war durch diesen Beweis des Mißtrauens so stark gekränkt, daß er drei Tage lang weder sein Haus verließ noch Nahrung zu sich nahm, sondern nur weinte. Dann hörte er auf, seinen Bart zu schaben, und begab sich auf Saras Vorwerk; denn er wollte ein Zusammentreffen mit Herihor vermeiden und außerdem seine Mutter, der er die Schuld an seinem Unglück zuschrieb, kränken.

Am nächsten Tage besuchte ihn Thutmosis in seiner Einsamkeit. Er brachte zwei Boote mit Musikern und Tänzerinnen mit und ein drittes mit Körben voller Speisen, Blumen und Weinkrüge. Der Prinz befahl jedoch den Musikern und Tänzerinnen, wieder zurückzufahren. Dann ging er mit Thutmosis in den Garten und fragte ihn: „Gewiß hat dich meine Mutter – o daß sie ewig leben möge! – hierhergesandt, um mich von der Jüdin zu trennen? So richte denn Ihrer Hoheit aus: Selbst wenn Herihor nicht nur Stellvertreter des Pharao, sondern gar Thronfolger werden würde, handle ich weiter nach meinem Ermessen. Ich sehe schon, was gespielt wird. Heute wollen sie mir Sara nehmen und morgen meine Macht. Ich werde ihnen zeigen, daß ich auf nichts verzichte."

Der Prinz war gereizt. Thutmosis zuckte mit den Schultern. Endlich erwiderte er: „Wie der Sturm den Vogel in die Wüste abtreibt, so verschlägt der Zorn den Menschen an die Ufer der Ungerechtigkeit. Was ist daran verwunderlich, wenn die Priester nicht darüber erfreut sind, daß der Thronfolger sein Leben mit dem einer Frau anderen Blutes und anderen Glaubens verbunden hat? Natürlich gefällt ihnen Sara nicht, um so mehr, da sie deine einzige Geliebte ist. Wenn du, wie alle jungen Edelleute, mehrere Frauen besäßest, würde man die Jüdin nicht beachten. Aber haben sie ihr denn jemals etwas Böses angetan? Nein. Im Gegenteil, ein Priester war es, der sie vor der aufrührerischen Menge der Angreifer schützte, die du dann aus dem Gefängnis wieder herauszuholen beliebt hast."

„Und meine Mutter?" warf der Thronfolger ein.

Thutmosis lachte.

„Deine ehrwürdige Mutter", sagte er, „liebt dich wie die eigenen Augen und das eigene Herz. Auch ihr gefällt Sara nicht; doch willst du wissen, was mir Ihre Hoheit einmal sagte? – Ich solle dir doch Sara ausspannen! So scherzte sie. Ich antwortete ihr darauf ebenfalls mit einem Scherz: ‚Ramses hat mir einst eine Meute Jagdhunde und zwei syrische Pferde geschenkt, als sie ihm über geworden waren; vielleicht gibt er mir auch seine Geliebte, die ich dann gewiß mit einer Dreingabe annehmen muß.'"

„Rechne nicht damit. Niemandem würde ich Sara heute geben, schon deshalb nicht, weil mich mein Vater ihretwegen nicht zu seinem Statthalter gemacht hat."

Thutmosis schüttelte den Kopf.

„Du irrst sehr", gab er zurück. „Du irrst dich so sehr, daß ich darüber erschrocken bin. Solltest du wirklich die Ursachen der Ungnade nicht kennen, die jedem erleuchteten Menschen in Ägypten bekannt sind?"

„Nichts weiß ich."

„Um so schlimmer", sprach Thutmosis verwirrt. „Du weißt also nicht, daß seit den Manövern die Soldaten, besonders die griechischen, in jeder Schenke auf deine Gesundheit trinken?"

„Dazu gab ich ihnen doch das Geld."

„Ja, zum Trinken; aber nicht, damit sie lauthals rufen: ‚Wenn der Prinz nach Seiner Heiligkeit – die ewig leben möge! – den

Thron besteigt, will er einen großen Krieg beginnen und danach in Ägypten Reformen durchführen!' Reformen! Wer darf sich erdreisten, zu Lebzeiten des Pharao von den Plänen seines Nachfolgers zu sprechen?"

Da verfinsterte sich das Antlitz des Prinzen.

„Das wäre das eine. Doch will ich dir auch das andere berichten", fuhr Thutmosis fort, „weil das Böse wie die Hyäne niemals allein kommt. Weißt du, daß die Bauern über dich Lieder singen, in denen geschildert wird, wie du die Angreifer aus dem Gefängnis befreit hast? Was aber noch schlimmer ist – sie singen auch, daß du nach deiner Thronbesteigung die Steuern abschaffen würdest ... Das ist eine ernste Angelegenheit, denn sooft unter den Bauern von Unrecht und von Steuern die Rede war, folgten immer Aufstände. Danach fiel ein Feind in das geschwächte Reich ein, oder Ägypten zerfiel in so viele Teile, wie es Nomarchen hatte. – Nun urteile selbst: ist es angebracht, daß in Ägypten ein anderer Name häufiger ausgesprochen wird als der des Pharao, daß jemand zwischen dem Volke und unserem Herrn steht? Wenn du erlaubst, werde ich dir auch erzählen, wie die Priester darüber denken."

„Gewiß, sprich."

„So höre. Ein weiser Priester, der vom First des Amontempels aus die Bewegungen am Himmel beobachtet, hat folgende Parabel erdacht: ‚Der Pharao gleicht der Sonne und der Thronfolger dem Mond. Wenn hinter dem Gott des Lichtes ferne der Mond folgt, so haben wir Helle am Tag und Helle in der Nacht. Wenn der Mond der Sonne zu nahe kommen will, verschwindet er, und die Nächte sind dunkel. Wenn es aber geschieht, daß der Mond vor der Sonne steht, so kommt es zu einer Finsternis und zu großen Wirren in der Welt."

„Und all dies Gewäsch", unterbrach ihn Ramses, „gelangt zu den Ohren Seiner Heiligkeit? O weh, mein armer Kopf! O daß ich niemals Königssohn geworden wäre!"

„Der Pharao als irdischer Gott weiß von allen Dingen, doch ist er zu mächtig, um auf das trunkene Geschrei der Söldner oder das Geflüster der Bauern zu achten. Er weiß, daß jeder Ägypter sein Leben für ihn hingeben würde, und du als erster."

„Du sagst die Wahrheit!" erwiderte der Prinz besorgt. „Aus alldem ersehe ich erneut die Niedertracht und Heuchelei der Priester", fügte er lebhafter hinzu. „Ich verdunkle also die Majestät unseres Herrn, weil ich Unschuldige aus dem Gefängnis befreie und meinem Pächter nicht erlaube, die Bauern mit ungerechten Steuern zu quälen? Wenn aber Seine Hoheit Herihor das Heer befehligt, Führer ernennt, mit fremden Fürsten Verträge schließt und meinem Vater befiehlt, seine Tage im Gebet zu verbringen ..."

Thutmosis hielt sich die Ohren zu und rief, mit den Füßen aufstampfend: „Schweige schon, schweig! Jedes deiner Worte ist eine Gotteslästerung. Allein Seine Heiligkeit regiert den Staat, und was immer auf Erden geschieht, entspringt seinem Willen. Herihor ist nur ein Diener des Pharao und tut, was ihm der Herr befiehlt. Einmal wirst du dich selbst davon überzeugen. O daß meine Rede nicht mißverstanden würde!"

Der Prinz wurde so finster, daß Thutmosis das Gespräch unterbrach und den Freund auf schnellstem Wege verließ. Als er sein mit Baldachin und Vorhängen versehenes Boot betrat, atmete er tief auf. Nachdem er einen ansehnlichen Kelch Wein getrunken hatte, murmelte er vor sich hin: „Brr! Wie danke ich den Göttern, daß sie mir nicht einen Charakter gaben wie Ramses. Der Prinz ist der unglücklichste Mensch in den glücklichsten Verhältnissen. Die schönsten Frauen von Memphis könnte er besitzen und hält sich an die eine, um seine Mutter zu kränken! Dabei ärgert er nicht Nikotris, sondern alle tugendhaften Mädchen und junge Ehefrauen, die vor Sehnsucht nach dem Thronfolger vergehen, weil ihnen dieser bildschöne Junge nicht einmal die Unschuld raubt oder sie zur Untreue zwingt. Er könnte, wenn er wollte, nicht nur den besten Wein trinken, sondern darin baden, statt dessen zieht er den elenden Soldaten-Met und trockene, mit Knoblauch eingeriebene Fladen vor. Woher stammt dieser bäuerliche Geschmack? Das verstehe ich nicht. Sicher hat sich die würdige Frau Nikotris in der gefährlichsten Zeit in essende Arbeiter verguckt.

Ramses brauchte vom Morgen bis in die Nacht hinein überhaupt nichts zu tun. Wenn er wollte, würden ihn selbst die bedeutendsten Herren, ihre Frauen, Schwestern und Töchter füttern. Doch nicht genug, daß er selbst die Hand nach der Speise ausstreckt, nein, zum Kummer der jungen Edelleute wäscht er sich selbst, zieht sich allein an, und sein Friseur stellt ganze Tage hindurch nur Vogelnetze und verliert dabei seine Geschicklichkeit.

O Ramses! Ramses!" seufzte der Stutzer. „Unmöglich kann sich bei einem solchen Prinzen die Mode entwickeln. Wir tragen schon seit einem Jahr dieselben Schurze, und Perücken bleiben nur modern, weil sie auch von den Würdenträgern des Hofes getragen werden; Ramses aber liebt überhaupt keine Perücken. Das ist doch eine große Erniedrigung für den Adel.

Und alles das – brr! – verursacht die verfluchte Politik! O wie glücklich bin ich, daß ich nicht zu erraten brauche, was man in Tyros denkt oder in Ninive; daß ich mich nicht um den Sold für das Heer sorgen oder berechnen muß, um wieviel Menschen sich Ägyptens Bevölkerung verringerte oder vermehrte und welche Steuern man erheben könnte. Schrecklich, wenn man sich sagen muß: Mein Bauer – zahlt mir nicht so viel, wie ich brauche, sondern – nur so viel, wie es das Steigen des Nils erlaubt. Der Vater Nil fragt doch nicht meine Gläubiger, was ich ihnen schuldig bin."

So sinnierte der vornehme Thutmosis und stärkte sein sorgenbeladenes Gemüt mit goldenem Wein. Ehe noch sein Nachen Memphis erreichte, überwältigte ihn ein schwerer Schlaf, so daß die Sklaven ihren Herrn zur Sänfte tragen mußten.

Nach Thutmosis' Fortgang, der eher nach einer Flucht aussah, versank der Thronfolger in tiefes Nachdenken, ja er fühlte sogar Furcht.

Der Prinz war als Zögling der höheren Priesterschule und Mitglied der Hocharistokratie Skeptiker. Er wußte: Wenn einige Priester durch vielmonatiges Fasten und Abtöten des Fleisches sich auf Geisterbeschwörungen vorbereiteten, nannten andere das Gespenstersehen oder Betrug. Er hatte auch erlebt, wie der heilige Stier Apis, vor dem ganz Ägypten auf das Antlitz niederfiel, oft von den niedersten Priestern, die ihm das Futter reichten oder Kühe zuführten, heftige Prügel bekam. Er verstand auch schließlich, daß sein Vater Ramses XII., der beim gemeinen Volk für einen ewig lebenden Gott und allgewaltigen Herrn der Welt galt, in Wirklichkeit ein Mensch war wie alle anderen, nur ein wenig kränker als andere Greise und von den Priestern in seiner Macht beschränkt.

All das war dem Prinzen bekannt; vieles verspottete er im Geiste, manches sogar öffentlich. Sein ganzer Libertinismus aber brach angesichts der Tatsache zusammen, daß niemandem gestattet war, über den Pharao zu spotten.

Ramses kannte die Geschichte seines Landes und wußte, daß in Ägypten den Großen vieles verziehen wurde. Ein mächtiger Herr durfte einen Kanal zerstören, insgeheim einen Menschen töten, verstohlen der Götter spotten oder Geschenke von Gesandten fremder Mächte annehmen. Zwei Sünden aber waren nicht erlaubt: Verrat der Geheimnisse der Priester und Verrat am Pharao. Ein Mensch, der eines dieser beiden Verbrechen beging, verschwand – zuweilen erst nach einem Jahr – sogar mitten aus dem Kreis von Dienern und Freunden. Doch wo er blieb und was mit ihm geschah, darüber wagte man nicht einmal zu sprechen.

Darum war Ramses, seit die Soldaten und Bauern von seinen angeblichen Staatsreformen und von künftigen Kriegen sprachen, so zumute, als befände er sich vor einem ähnlichen Abgrund. Bei diesem Gedanken drängte sich dem Prinzen folgende Vorstellung auf: Die namenlose Masse der Elenden und Empörer hob ihn, den Thronfolger, mit Macht auf die Spitze des höchsten Obelisken, von dem man nur herabstürzen und zerschmettern konnte.

Später, wenn er nach dem Ableben seines Vaters Pharao werden würde, besäße er Recht und Mittel, um vieles zu tun, woran zur Zeit in Ägypten niemand ohne Schaudern auch nur denken durfte. Heute aber mußte er streng darauf achten, daß man ihn nicht für einen Verräter und Empörer gegen die Grundgesetze des Staates hielt.

In Ägypten gab es einen einzigen, souveränen Herrscher: den Pharao. Er regierte, er wollte und dachte für alle, und wehe dem Kühnen, der gewagt hätte, die Allmacht des Pharao laut anzuzweifeln oder überhaupt nur von eigenen Plänen oder den geringsten Änderungen zu sprechen.

Pläne wurden nur an einer Stelle geschmiedet: im Saal, in dem der Pharao die Meinungen der Mitglieder seines Rates anhörte und ihnen seine Entscheidungen verkündete. Alle Änderungen konnten nur von dort kommen. Dort brannte die einzige sichtbare Lampe der Staatsweisheit, deren Schein ganz Ägypten erleuchtete. Doch war es besser, auch darüber zu schweigen.

Diese Überlegungen bedrängten den Thronfolger, als er in Saras Garten auf der Steinbank unter der Kastanie saß und in die Landschaft blickte.

Die Wasser des Nils waren schon etwas gefallen und wurden durchsichtig wie Kristall. Doch immer noch glich das ganze Land einem Meerbusen, aus dem Inseln mit Gebäuden, Gemüse- und Obstgärten und großen Zierbäumen herausragten.

Rings an den Ufern all dieser Inseln sah Ramses Schwingbäume mit Eimern. Mit ihrer Hilfe schöpften nackte Leute von kupferner Hautfarbe in schmutzigen Lendentüchern und Kopfbedeckungen Wasser aus dem Nil. Sie reichten es von Mann zu Mann in einer Kette weiter, um damit höher angelegte Brunnen zu füllen.

Ein Ort blieb Ramses besonders im Gedächtnis haften. Es war ein steiler Hügel, auf dessen Abhang mit drei Schwingbäumen gearbeitet wurde. Mit dem ersten holte man das Flußwasser in den untersten Brunnen, mit dem zweiten schöpfte man es dort wieder heraus und hob es ein paar Ellen hoch in den mittleren Brunnen, und aus dem dritten leitete man das Wasser in den höchstgelegenen, der auf dem Gipfel des Hügels stand. Dort nun füllten nackte Menschen große Krüge, begossen dann die Gemüsebeete oder besprengten mit Handpumpen die Bäume.

Das Heben und Senken der Schwengel, das Neigen der Kübel, das Sprühen der Spritzen – alle Bewegungen verliefen so rhythmisch, daß die Menschen, die diesen Rhythmus hervorriefen, für Automaten gehalten werden konnten. Keiner sprach mit seinem Nachbarn, keiner wechselte den Platz oder schaute sich um, sondern jeder bückte und streckte sich in ewig gleichbleibender Bewegung vom Morgen bis zum Abend, von Monat zu Monat und gewiß von Kindheit an bis zu seinem Tode.

Und solche Geschöpfe, dachte der Prinz bei seiner Betrachtung, solche Geschöpfe erwarten von mir die Verwirklichung ihrer Wünsche und Anliegen? Welche Änderungen im Staate können sie verlangen? Vielleicht die, daß der Mensch, der das Wasser aus dem tiefsten Brunnen schöpft, an dem höheren arbeiten oder, statt die Beete mit der Kanne zu begießen, die Bäume mit der Spritze besprühen darf?

Zorn und Scham erfüllten den Thronfolger bei dem Gedanken, daß er – dank dem Geschwätz solcher Geschöpfe, die sich ihr ganzes Leben lang nur über Brunnen voll trüben Wassers beugten – nicht Statthalter geworden war.

Da vernahm er plötzlich zwischen den Bäumen ein leises Geräusch, und zarte Hände stützten sich auf seine Schultern.

„Was gibt's, Sara?" fragte Ramses, ohne den Kopf zu wenden.

„Bist du traurig, mein Herr?" fragte sie. „Moses war beim Anblick des Gelobten Landes nicht froher als ich bei deiner Mitteilung, daß du jetzt eine Weile bei mir bleiben willst. Schon einen vollen Tag sind wir zusammen, doch immer noch nicht habe ich dich lächeln sehen. Du sprichst nicht einmal mit mir und gehst finster umher. In der Nacht liebkost du mich nicht und seufzt nur."

„Ich habe Kummer!"

„Erzähle ihn mir. Kummer gleicht einem Schatz, den man in Verwahrung bekam. Solange wir unsere Sorgen allein behüten, flieht uns sogar der Schlaf, und es wird erst dann leichter, wenn wir einen zweiten Wächter finden."

Ramses umfaßte sie und zog sie neben sich auf die Bank nieder.

„Wenn der Bauer", sagte er lächelnd, „vor der Überschwemmung nicht allein die Ernte vom Felde hereinzuholen vermag, so hilft ihm sein Weib. Sie hilft ihm auch die Kühe melken, trägt ihm die Speisen aufs Feld und wäscht ihn, wenn er von der Arbeit heimkehrt. Daher stammt der Glaube, daß ein Weib dem Mann die Sorgen abnehmen kann."

„Du glaubst nicht daran, Herr?"

„Gegen die Sorgen eines Thronfolgers kann kein Weib an, nicht einmal dann, wenn es so klug und mächtig wäre wie meine Mutter."

„Ach Gott! Erleichtere doch dein Herz!" drängte Sara und lehnte sich an den Prinzen. „Nach unseren Überlieferungen verließ Adam Evas wegen das Paradies; und er war doch sicher der größte König des schönsten Königreiches."

Der Prinz überlegte eine Weile und antwortete: „Auch unsere Weisen lehren, daß so mancher Mann um eines Weibes willen Rang und Würden entsagte . . . Doch habe ich noch nie erzählen hören, einer hätte durch ein Weib Großes erreicht; höchstens, daß der Pharao einem Heerführer seine Tochter vermählte und diese Heirat mit einer großen Mitgift und der Verleihung eines Amtes verband. Aber dem Mann zu einer höheren Stellung verhelfen oder ihn wenigstens von seinen Sorgen befreien, das vermag eine Frau nicht."

„Vielleicht, wenn sie ihn nicht so liebt wie ich dich, Herr", flüsterte Sara.

„Ich weiß, daß du mich über alle Maßen liebst. Nie hast du von mir Geschenke verlangt und niemals Menschen gefördert, die nicht einmal zaudern, unter den Betten der Fürstenliebchen Karriere zu machen. Du bist sanftmütiger als ein Lämmlein und leise wie die Nacht über dem Nil. Deine Küsse gleichen Wohlgerüchen aus dem Lande Punt, und deine Umarmung ist süßer als der Schlaf eines Ermüdeten. Deine Schönheit ist unermeßlich, und ich finde keine Worte für deine Vorzüge. Du bist ein Wunder unter den Frauen, deren Lippen voller Unruhe sind und deren Liebe teuer ist. Doch bei all deiner Vollkommenheit: Wie könntest du mir meine Sorgen erleichtern? Bringst du es zuwege, daß Seine Heiligkeit einen großen Feldzug nach Osten unternimmt und mich zum Führer ernennt? Kannst du mir wenigstens zum Menfe-Korps, um das ich bat, verhelfen oder mich im Namen des Pharao zum Statthalter von Unterägypten ernennen? Vermagst du etwa zu erreichen, daß alle Untertanen Seiner Heiligkeit so denken und fühlen wie ich, sein treuester?"

Sara ließ die Hände in den Schoß sinken und flüsterte: „Es stimmt, daß ich das nicht kann; nichts kann ich!"

„Doch, du kannst viel, zum Beispiel mich erheitern", erwiderte Ramses lächelnd. „Ich weiß, daß du tanzen und spielen gelernt hast. Lege also die Schleppkleider ab. Sie stehen einer Priesterin zu, die das Feuer hütet. Kleide dich in durchsichtigen Musselin, so wie ... phönizische Tänzerinnen, und tanze so und liebkose mich so wie sie."

Sara ergriff seine Hand und schrie mit brennenden Augen: „Du läßt dich mit solchen Dirnen ein? Antworte, damit ich von meinem Elend erfahre, und dann schick mich zurück zum Vater in unser Wüstental, in dem ich dir am besten nie begegnet wäre!"

„Nun, nun, beruhige dich", sprach der Prinz und spielte mit ihrem Haar. „Ich muß doch Tänzerinnen sehen; wenn nicht auf Banketten, dann eben auf königlichen Festen oder während der Gottesdienste in den Tempeln. Doch sie alle zusammen kümmern mich nicht soviel wie du allein, schließlich ... Welche von ihnen könnte sich mit dir messen? Dein Körper gleicht einem elfenbeinernen Denkmal der Isis, von jenen aber hat jede einen Fehler. Die einen sind zu fett, andere haben magere Beine oder häßliche Hände, und noch andere tragen künstliches Haar. Welche von ihnen könnte es mit dir aufnehmen? Wenn du eine Ägypterin wärst, würden alle Tempel wetteifern, dich, die Schönste von allen, zu besitzen. Was sage ich: Wenn du dich jetzt in Memphis im durchsichtigen Kleide zeigtest, würden sich die Priester mit dir sofort abfinden – falls du nur an ihren Prozessionen teilnehmen wolltest."

„Wir Töchter Judäas dürfen nur schlichte Kleider tragen."

„Ist es euch auch verboten zu tanzen und zu singen? Wozu hast du das dann gelernt?"

„Unsere Frauen und Mädchen tanzen nur, wenn sie unter sich sind, zum Lobe des Herrn, und nicht, um in Männerherzen feurige Samen der Begierde zu säen. Und wir singen ... warte, mein Herr, ich werde dir etwas vorsingen."

Sie erhob sich von der Bank und ging in Richtung des Hauses. Bald erschien sie wieder. Es folgte ihr ein junges Mädchen mit scheuen schwarzen Augen, das eine Harfe trug.

„Wer ist sie?" fragte der Prinz. „Warte, wo hab ich den Blick schon einmal gesehen? Aha, als ich das letztemal hier war, blinzelte das verschüchterte Ding aus dem Gebüsch."

„Sie ist meine Verwandte und Dienerin Esther", erwiderte Sara, „und wohnt schon einen Monat bei mir. Aber sie fürchtet dich, Herr, und flieht immer. Es ist gut möglich, daß sie sich einst vor dir im Gebüsch versteckt hat."

„Du kannst gehen, mein Kind", wendete sich der Prinz an das Mädchen, das wie versteinert dastand. Als sie hinter den Bäumen verschwunden war, fragte er weiter: „Ist sie auch eine Jüdin? Und der Wächter deines Hauses, der mich anstarrt wie ein Hammel das Krokodil?"

„Das ist Samuel, der Sohn des Esdreas, ebenfalls mein Verwandter. Ich nahm ihn an Stelle des Mohren, dem du, Herr, die Freiheit gabst. Du hast mir doch erlaubt, meine Diener selbst auszusuchen!"

„Aber ja! So wird sicher auch der Aufseher der Knechte ein Jude sein, weil er gelbe Haut hat und mich so unterwürfig anblickt, wie das kein Ägypter fertigbrächte."

„Das ist Ezechiel", antwortete Sara, „der Sohn von Ruben, aus der Sippe meines Vaters. Gefällt er dir nicht, mein Geliebter? Sie alle sind deine treuen Diener."

„Ob er mir gefällt!" rief der Prinz mürrisch und trommelte mit den Fingern auf die Bank. „Er ist doch nicht hier, um mir zu gefallen, sondern um dein Hab und Gut zu bewachen. Diese Leute interessieren mich nicht weiter. Komm, Sara, sing schön!"

Sara kniete sich zu Füßen des Prinzen auf dem Rasen nieder, schlug auf der Harfe ein paar Akkorde an und sang:

„Wo gibt es einen Menschen, der keine Sorgen hätte? Der sich beim Schlafengehen sagen könnte: Dieser Tag hat mir keinerlei Kummer gebracht?

Wo lebt jemand, der am Rande seines Grabes festzustellen vermöchte: Mein Leben verlief ohne Schmerz und Schauder, gleich einem friedvollen Abend am Jordan!

Wie viele hingegen netzen jeden Tag ihr Brot mit Tränen, und ihre Häuser klingen von Seufzern wider!

Weinen ist der erste Laut des Menschen auf dieser Erde und ein Stöhnen sein letzter Abschied. Sorgenbeladen tritt er ins Leben, leidvoll geht er von hinnen zu jenem Ort der ewigen Ruhe; niemand fragt ihn, wo er bleiben will.

Wo gibt es jemanden, der nicht die Bitternis des Daseins erfuhr? Etwa ein Kind, dem der Tod die Mutter entriß? Ein Säugling, dessen Mutter der Hunger die Brust austrocknete, ehe er die Lippen ansetzen konnte?

Wo lebt ein Mensch, dessen Dasein gesichert ist, so daß er sorglos den nächsten Tag erwarten kann? Vielleicht ein Bauer, der das Land bearbeitet und weiß, daß er keine Macht über Regen und Heuschrecken besitzt? Oder ein Kaufmann, der seinen Reichtum der Willkür der Winde anvertraut und sein Leben den Wellen über der Tiefe, die alles verschlingt und nichts zurückgibt?

Wo finde ich einen Menschen ohne Unrast im Herzen? Ist es der Jäger, der dem raschen Reh folgt und unterwegs einem Löwen begegnet, der seines Pfeiles spottet? Oder der Soldat, der unter Strapazen dem Ruhm entgegenzieht und einen Wald scharfer Lanzen und erzener Schwerter vorfindet, die nach seinem Blut dürsten? Vielleicht gar der große König, der unter dem Purpur schwere Wehr trägt, schlaflosen Auges die mächtigen Heere der Nachbarn beobachtet und dessen Ohr jedes Rascheln des Vorhanges belauscht, auf daß ihn im eigenen Zelt nicht Verrat ereilt?

So ist denn das Herz des Menschen an jedem Ort und zu jeder Zeit bis zum Überlaufen von Sehnsucht erfüllt. In der Wüste drohen ihm der Löwe und der Skorpion, in der Höhle der Drachen, unter Blumen die giftige Schlange. In der Sonne grübelt der gierige Nachbar, wie er ihm Land abgaunern könnte, und in der Nacht ertastet der listige Dieb die Tür zu seiner Kammer. In seiner Kindheit ist er hilflos und im Alter schwach, in der Fülle seiner Kraft aber umgibt ihn Gefahr wie die unergründliche Tiefe des Wassers den Walfisch.

So wendet sich denn Dir, o mein Herr und Schöpfer, die gequälte Seele des Menschen zu. Du hast sie auf die ränkevolle Welt versetzt. Du hast in sie die Todesfurcht gepflanzt. Du hast alle Wege der Ruhe gesperrt, bis auf den einen, der zu Dir führt. Und wie das Kind, das noch nicht stehen kann, sich am

Kleid der Mutter festhält, um nicht zu fallen, so streckt der elende Mensch seine Hände nach Deinem Erbarmen aus..."

Sara schwieg, der Prinz versank in Nachdenken und sprach nach einer Weile: „Ihr Juden seid ein trübsinniges Volk. Wenn man in Ägypten dächte wie in euerem Lied, so könnte an den Ufern des Nils niemand mehr lachen. Die Mächtigen würden sich furchtsam in den Kellern der Tempel verbergen, und das Volk, anstatt zu arbeiten, würde in die Höhlen fliehen und dort auf ein Erbarmen harren, das vergeblich auf sich warten ließe.

Unsere Welt ist anders: in ihr kann man alles erreichen, doch muß man selbst schaffen. Unsere Götter helfen nicht dem Tölpel. Sie kommen erst dann auf die Erde, wenn ein Held, der sich zu einer übermenschlichen Tat erkühnte, alle eigenen Kräfte erschöpft hat.

So war es bei Ramses dem Großen, als er sich gegen zweitausendfünfhundert feindliche Streitwagen warf, von denen jeder drei Krieger trug. Erst dann reichte ihm der unsterbliche Vater Amon die Hand und führte den Sieg herbei. Wenn er aber kampflos auf den Schutz eures Gottes gewartet hätte, dann würden die Ägypter an den Ufern des Nils längst nur mit Kübeln und Ziegeln arbeiten müssen, während die elenden Hethiter Papyrus und Stöcke trügen.

Deshalb wird wohl deine Anmut schneller meine Sorgen verjagen als dein Lied. Wenn ich nach dem Rat der jüdischen Weisen handelte und auf die Hilfe des Himmels wartete – so würden der Wein meinen Mund und die Frauen meine Häuser fliehen.

Vor allem aber wäre ich nicht der Nachfolger des Pharao, sowenig wie meine Stiefbrüder, von denen der eine nur mit Unterstützung von zwei Sklaven seine Kammer durchschreiten kann, während der andere auf den Ästen der Bäume herumturnt."

XV

Am nächsten Tage schickte Ramses seinen Mohren mit Befehlen nach Memphis. Gegen Mittag näherte sich von der Stadt her Saras Vorwerk ein großes Boot mit griechischen Soldaten in hohen Helmen und glänzenden Panzern.

Auf ein Kommando stiegen sechzehn mit Schilden und kurzen Lanzen bewaffnete Männer an Land und formierten sich in zwei

Reihen. Schon wollten sie zum Hause marschieren, als ein zweiter Bote des Prinzen ihnen befahl, am Ufer zu bleiben, und nur ihren Kommandeur Patrokles zum Thronfolger rief.

Die Griechen blieben bewegungslos stehen wie zwei Säulenreihen von glänzendem Metall. Patrokles hatte einen Federbusch am Helm, über einer purpurnen Tunika trug er einen goldenen Panzer, der in Brusthöhe mit einem Medusenhaupt verziert war.

Der Prinz empfing den berühmten General am Gartentor. Er lächelte nicht wie gewöhnlich und antwortete nicht einmal auf die tiefe Verneigung des Heerführers, sondern sagte kühl: „Euer Würden, bestellt den griechischen Soldaten in meinen Regimentern, daß ich mit ihnen so lange keine Übungen mehr abhalten werde, bis Seine Heiligkeit, unser Gebieter, mich zum zweitenmal zu ihrem Führer ernennen wird. Sie verloren die Ehre meines Oberbefehls, weil sie in den Schenken Säuferreden geführt haben, die mich beleidigen. Auch mache ich Euer Würden darauf aufmerksam, daß die griechischen Regimenter nicht genügend diszipliniert sind. Die Soldaten des Korps sprechen an öffentlichen Orten über Politik, insbesondere von einem möglichen Kriege. Das sieht nach Hochverrat aus. Über solche Prognosen dürfen sich nur Seine Heiligkeit der Pharao und die Mitglieder des höchsten Rates äußern. Wir Soldaten und Diener unseres Herrn aber dürfen – welche Stellung wir auch immer bekleiden – nur die Befehle unseres gnädigsten Herrschers ausführen und immer schweigen. Ich bitte, diese Worte meinen Regimentern mitzuteilen, und wünsche Euer Würden viel Erfolg."

„Zu Befehl, Hoheit!" erwiderte der Grieche.

Er machte eine exakte Kehrtwendung und ging aufrecht und klirrend zu seinem Boot zurück.

Er wußte um die Gespräche der Soldaten in den Schenken und verstand sofort, daß dem Thronfolger, den das Heer vergötterte, etwas Unangenehmes widerfahren war. Als er die am Ufer wartenden Bewaffneten erreichte, machte er ein zorniges Gesicht, fuchtelte wütend mit den Händen und rief: „Meine tapferen griechischen Soldaten! Räudige Hunde! Möge euch die Pest verschlingen! Wenn von dieser Stunde an ein Grieche in der Schenke den Namen des Thronfolgers ausspricht, dann zertrümmere ich an seinem Schädel einen Weinkrug, stopfe dem Halunken die Scherben in den Schlund und – fort aus dem Regiment!

Dann kann er bei einem ägyptischen Bauern Schweine hüten, und in seinen Helm werden die Hühner ihre Eier legen. Das blüht jedem blöden Söldner, der seine Zunge nicht zügeln kann. Und nun – kehrt! – und marsch zum Boot, daß euch das Donnerwetter hole! Ein Soldat Seiner Heiligkeit sollte vor allen Dingen auf die Gesundheit des Pharao und das Wohl des würdigen Kriegsministers Herihor trinken; daß sie ewig leben!"

„Ewig sollen sie leben!" wiederholten die Soldaten.

Finster bestiegen sie alle das Schiff. Doch in der Nähe von Memphis glättete Patrokles die gerunzelte Stirn und befahl, das Lied von der Tochter des Priesters zu singen, die die Soldaten so sehr liebte, daß sie, um selber die ganze Nacht im Wachhäuschen zubringen zu können, in ihr Bett eine Puppe legte.

Bei diesem Lied marschierte es sich am besten, und lebhaft zerteilten dabei auch die Ruder das Wasser.

Gegen Abend legte bei Saras Vorwerk ein zweites Boot an, dem der Oberste Gutsverwalter des Prinzen entstieg.

Ramses empfing auch diesen Würdenträger am Gartentor. Mag sein, daß es aus Strenge geschah, vielleicht aber auch wollte er ihn nicht zwingen, das Haus einer Kebse, einer Jüdin, zu betreten.

„Ich habe dich rufen lassen", sagte der Thronfolger, „um dir zu sagen, daß unter meinen Bauern haltlose Gerüchte umgehen. Sie betreffen eine Herabsetzung der Steuern oder etwas Ähnliches. Ich verlange, die Bauern darüber aufzuklären, daß ich ihnen keine Steuern ermäßigen werde. Wenn aber trotz dieser Warnung jemand in seiner Dummheit verharrt und weiterhin solchen Unsinn schwatzt, so bekommt er mit dem Knüppel ..."

„Vielleicht ist es besser, solche Leute Strafe zahlen zu lassen – einen Uten oder eine Drachme, wie Hoheit befehlen", warf der Oberste Verwalter ein.

„Einverstanden; sie können auch Strafe zahlen", erwiderte der Prinz nach anfänglichem Zögern.

„Und jetzt kann man vielleicht einigen der Widerspenstigsten Prügel erteilen, damit sie den Befehl Eurer Hoheit besser im Gedächtnis behalten", flüsterte der Verwalter.

„Einverstanden."

„Ich erkühne mich, die Aufmerksamkeit Eurer Hoheit darauf zu lenken", flüsterte der immer noch gebeugt stehende Verwalter, „daß die Bauern tatsächlich eine gewisse Zeit lang von Steuerabschaffung sprachen, wozu sie von einem unbekannten

Menschen verleitet wurden. Doch seit einigen Tagen schon sind sie plötzlich still geworden."

„Nun, dann können wir uns die Prügel sparen", meinte Ramses.

„Es sei denn, um vorzubeugen", warf der Verwalter ein.

„Ist es nicht schade um die Knüppel?"

„An dieser Ware wird es uns niemals fehlen."

„Auf jeden Fall – mit Mäßigung", ermahnte ihn der Prinz. „Ich will nicht . . ., will nicht, daß es Seiner Heiligkeit zu Ohren kommt, daß ich unnötig die Bauern quäle. Für rebellische Reden muß man prügeln und Geldstrafen auferlegen. Wenn aber kein Anlaß vorliegt, darf man sich großmütig zeigen."

„Ich verstehe", sprach der Verwalter und blickte dem Prinzen in die Augen, „lassen wir sie schreien, soviel notwendig ist, damit sie keine Gotteslästerungen raunen."

Beide Anweisungen, die an Patrokles und die an den Verwalter, wurden bald in ganz Ägypten bekannt.

Nachdem der Beamte gegangen war, gähnte der Prinz, schaute mit gelangweilten Blicken umher und sprach vor sich hin: „Alles, was ich konnte, habe ich getan – und jetzt will ich einmal nichts tun, wenn ich das fertigbringe."

Im selben Moment drang von den Wirtschaftsgebäuden her ein leises Stöhnen und das Geräusch sausender Schläge. Ramses wandte den Kopf. Er sah den Aufseher Ezechiel, den Sohn Rubens, einen seiner Untergebenen mit einem Stock prügeln und hörte ihn dazu zischeln: „Wirst du ruhig sein! Willst du wohl schweigen, du niederträchtiges Vieh!"

Der auf dem Boden liegende Knecht hielt sich mit den Händen den Mund zu, um nicht laut zu schreien.

Im ersten Augenblick sprang der Prinz wie ein Panther auf, doch blieb er plötzlich stehen.

„Wozu soll ich mich einmischen?" murmelte er. „Es ist doch Saras Vorwerk, und der Jude gehört zu ihrer Sippe."

Er biß sich auf die Lippen und verschwand zwischen den Bäumen. Die Exekution war inzwischen sowieso zu Ende.

So wirtschaften nun die demütigen Juden? dachte der Prinz, um mich scharwenzeln sie wie eingeschüchterte Hunde, aber die Knechte prügeln sie. Ob sie wohl alle so sind?

Zum erstenmal regte sich in Ramses der Verdacht, daß auch hinter Saras Güte Heuchelei lauern könnte.

In Sara war wirklich eine Veränderung vor sich gegangen, vor allem in moralischer Hinsicht.

Anfangs, als sie dem Prinzen im Wüstental begegnete, gefiel ihr Ramses. Doch schwand dies Gefühl bald angesichts der betäubenden Erkenntnis, daß der hübsche Junge ein Sohn des Pharao und Thronfolger sei. Als dann Thutmosis mit Gedeon vereinbart hatte, daß sie dem Prinzen angehören sollte, war Sara wie in einen Rausch verfallen. Für keine Schätze der Welt, nicht um den Preis ihres Lebens wollte sie mehr auf Ramses verzichten, doch kann man nicht sagen, daß sie ihn zu jener Zeit geliebt hätte. Liebe braucht Freiheit und Zeit, um ihre schönsten Blumen zum Erblühen zu bringen. Sara aber bekam weder Zeit noch Freiheit. An einem Tage hatte sie den Prinzen kennengelernt, und am nächsten Tag schon entführte man sie – kaum daß man sie um ihre Meinung fragte – in das Haus bei Memphis. Nach ein paar weiteren Tagen wurde sie zur Geliebten, war erstaunt, entsetzt und verstand nicht, was ihr widerfuhr.

Noch ehe sie mit ihren neuen Lebensumständen hatte vertraut werden können, ängstigte sie bereits das Verhalten der fremden Menschen zu ihr, der Jüdin. Dazu kamen noch die unverhoffte Begegnung mit den ihr unbekannten Damen und der Überfall auf das Vorwerk.

Daß Ramses sie verteidigen und sich auf die Angreifer stürzen wollte, erschreckte sie noch mehr. Ihr schwanden fast die Sinne bei dem Gedanken, sich in der Hand eines so jähzornigen und mächtigen Menschen zu befinden, der das Recht hatte, nach eigenem Ermessen fremdes Blut zu vergießen und zu töten.

Sara drohte in Verzweiflung zu verfallen; sie fürchtete, wahnsinnig zu werden, als sie die drohenden Befehle des Prinzen hörte, der die Dienerschaft zu den Waffen rief. Dann aber ernüchterte sie jäh ein geringfügiger Vorfall, ein Wörtchen, das ihre Gefühle in eine neue Richtung lenkte.

Der Prinz, der glaubte, daß sie verletzt worden sei, riß ihr den Verband vom Kopf. Als er aber lediglich eine Schwellung sah, rief er: „Das ist ja nur eine Beule! Wie sie dein Gesicht verändert!"

Bei diesen Worten vergaß Sara Schmerz und Angst. Eine neue Unruhe packte sie: sie hatte sich demnach so verändert, daß es den Prinzen verwunderte? Und er wunderte sich nur! weiter nichts.

Die kleine Beule war nach ein paar Tagen verschwunden, doch in Saras Seele keimte und wucherte ein bisher ungekanntes

Gefühl. Sie wurde eifersüchtig und fürchtete, daß Ramses sie verlassen könne.

Und noch etwas bedrückte sie: sich dem Prinzen gegenüber als Dienerin und Sklavin zu fühlen. Sie war und wollte seine treueste Dienerin, seine ergebenste Sklavin und anhänglich wie sein Schatten sein. Sie wünschte aber auch, daß er sich manchmal wenigstens, wenn er sie liebkoste, nicht wie ihr Herr und Gebieter benahm.

War sie doch sein und er der Ihre. Warum zeigte er ihr nicht, daß auch er ein wenig ihr gehörte? Warum gab er in jedem Wort und mit jeder Bewegung immer wieder zu erkennen, daß ein Abgrund beide voneinander trennte? Was für ein Abgrund? Hat er sie denn nicht in seinen Armen gehalten, hat er denn nicht ihre Lippen und ihre Brüste geküßt?

Eines Tages war der Prinz mit einem Hund zu ihr gekommen. Er blieb nur ein paar Stunden. Die ganze Zeit über lag jedoch der Hund an Saras Stelle dem Prinzen zu Füßen. Als sie sich dennoch dort niederlassen wollte, knurrte er sie an. Ramses aber lachte und vergrub seine Hände genauso im Fell des unreinen Tieres wie in ihrem Haar. Der Hund schaute dem Prinzen ebenso in die Augen, wie sie es tat, nur mit einem Unterschied, er blickte dreister als Sara.

Sie konnte sich nicht beruhigen und haßte das kluge Tier, das ihr einen Teil der Liebkosungen wegnahm, ohne ihrer zu achten. Zudem erlaubte sich der Hund seinem Herrn gegenüber eine Vertraulichkeit, die sie nie gewagt hätte. Sie hätte es nie fertiggebracht, ein so gleichgültiges Gesicht zu machen oder in eine andere Richtung zu schauen, wenn Ramses seine Hand auf ihren Kopf legte!

Vor kurzem hatte der Prinz wieder von Tänzerinnen gesprochen.

Da empörte sich Sara: Wie denn! So erlaubte er also diesen nackten, schamlosen Dirnen, ihn zu liebkosen? Und Jehova, der das aus hohem Himmel sah, schleuderte keine Blitze auf die abscheulichen Weiber?

Zwar hatte ihr Ramses versichert, sie sei ihm teurer als alle anderen, doch beruhigten seine Worte Sara nicht, sondern hatten nur einen Erfolg: sie beschloß, an nichts zu denken, was nicht unmittelbar ihre Liebe berührte.

Was morgen wird? Es komme, was da wolle. Als sie dem Geliebten damals das Lied von den Sorgen sang, die das Menschengeschlecht von der Wiege bis zum Grabe verfolgen, hatte sie darin dem Zustand ihrer eigenen Seele Ausdruck gegeben, ihre letzte Hoffnung – auf Gott gesetzt.

Wenn Ramses aber bei ihr war, so gab sie sich jetzt zufrieden. Er war ihr der liebste Mensch und verkörperte für sie das höchste Glück, das sie vom Leben erwartete. Aber gerade hieraus erwuchs für sie ein großer Kummer.

Der Prinz wohnte mit Sara unter einem Dach, wandelte mit ihr im Garten, fuhr mit ihr im Nachen auf dem Nil spazieren. Aber er wurde dabei auch nicht um ein Haar zugänglicher als damals, wie er noch am anderen Flußufer im königlichen Park wohnte.

Zwar weilte er bei ihr, doch gingen seine Gedanken andere Wege, und Sara konnte nicht einmal erraten, welche. Er umarmte sie oder spielte mit ihrem Haar, sein Blick aber suchte Memphis, die riesigen Pylonen des Pharaonenschlosses oder ... wer kann wissen, was noch ...

Manchmal antwortete er nicht einmal auf ihre Fragen, oder er betrachtete sie verwundert, als sei er jäh aus einem Traum erwacht und staune darüber, bei ihr zu sein.

XVI

So sahen also die immer seltener werdenden Stunden des Beisammenseins aus. Nachdem Ramses seine Befehle an Patrokles und den Obersten Verwalter der Güter erteilt hatte, verbrachte er den größten Teil des Tages fern vom Vorwerk, gewöhnlich im Nachen. Entweder fischte er mit einem Netz auf dem Nil, der in seinen gesegneten Wassern einen unermeßlichen Fischreichtum barg, oder er begab sich in die Sümpfe, um – unter hohen Lotosstengeln verborgen – mit dem Bogen nach wilden Vögeln zu schießen, die in dichten Scharen schreiend über ihm kreisten. Aber auch dann verließen ihn nicht seine ehrgeizigen Gedanken, und er machte aus jeder Jagd eine Art Orakel, eine Frage an das Schicksal. Oftmals, wenn er einen Schwarm gelber Gänse auf dem Wasser erspähte, spannte er den Bogen und murmelte: „Wenn ich treffe, werde ich einstmals ein bedeutender Herrscher wie Ramses der Große."

Der Pfeil schwirrte leise durch die Luft. Getroffen, durchbohrt schrie der Vogel auf, schlug mit den Flügeln, und dann entstand über dem ganzen Sumpf Bewegung. Wolken von Gänsen, Enten und Störchen stoben in die Luft, zogen große Kreise über dem sterbenden Gefährten und wendeten ihren Flug einer entfernteren Stelle zu.

Wenn sich alles wieder beruhigt hatte, stakte der Prinz vorsichtig seinen Nachen weiter und richtete sich dabei nach dem Schwanken des Schilfes und den abgerissenen Vogelrufen. Wenn er dann unter dem Röhricht einen Streifen klaren Wassers und einen neuen Schwarm erblickte, spannte er wieder den Bogen und flüsterte zu sich selbst: „Wenn ich jetzt treffe, werde ich Pharao, wenn nicht ..."

Der Pfeil schlug diesmal aufs Wasser, sprang etliche Male über die Oberfläche und verschwand im Lotos. Der gereizte Prinz verschoß einen Pfeil nach dem anderen. Manchmal traf er Vögel, manchmal aber scheuchte er sie nur hoch. Auf dem Vorwerk konnte man jeweils an den schreienden Vogelwolken, die alle Augenblicke emporstiegen und über seinem Boote kreisten, erkennen, wo sich Ramses gerade befand.

Wenn er am Abend ermüdet zurückkehrte, erwartete ihn Sara schon auf der Schwelle des Hauses mit einem Wasserbecken, einem Krug voll leichten Weines und mit Rosenkränzen. Der Prinz lächelte ihr zu, streichelte ihr Gesicht. Doch wenn er in ihre zärtlichen Augen schaute, mußte er denken: Ich gäbe was drum, wenn ich wüßte, ob sie genau wie ihre ewig ängstlichen Verwandten ägyptische Bauern zu schlagen fertigbrächte. Oh, meine Mutter hat recht, wenn sie den Juden nicht traut; trotzdem – Sara könnte anders sein!

Einmal, als er unerwartet zurückkehrte, sah er auf dem Hof vor dem Hause eine stattliche Anzahl nackter, fröhlich spielender Kinder. Sie waren alle gelbhäutig. Als sie ihn bemerkten, stoben sie schreiend davon wie die Wildgänse in den Sümpfen. Ehe Ramses noch die Terrasse des Hauses betrat, waren sie spurlos verschwunden.

„Was ist das für ein Kroppzeug", fragte er Sara, „das so vor mir flieht?"

„Es sind die Kinder deiner Diener", erwiderte sie.

„Der Juden?"

„Meiner Brüder."

„O Götter! Wie fruchtbar ist doch dieses Volk!" lachte der Prinz. „Und wer ist der dort?" wollte er wissen und wies auf einen Menschen, der ängstlich über die Mauer lugte.

„Das ist mein Verwandter Aod, der Sohn Baraks; er will dir dienen, Herr. Darf ich ihn aufnehmen?"

Der Prinz zuckte mit den Schultern.

„Das Vorwerk gehört dir, du kannst holen, wen du willst. Nur – wenn sich die Menschen weiter so vermehren, werden sie bald Memphis beherrschen."

„Kannst du meine Brüder nicht leiden?" flüsterte Sara furchtsam und sank Ramses zu Füßen.

Der Prinz blickte sie erstaunt an.

„Ich denke nicht einmal über sie nach!" sagte er stolz.

Diese kleinen Vorfälle, die wie feurige Tropfen an Saras Seele rührten, veränderten nicht im geringsten Ramses' Verhältnis zu ihr. Er behandelte sie gleich freundlich und liebkoste sie wie gewöhnlich, obwohl seine Augen immer häufiger auf die andere Seite des Nils schweiften, um dort an den gewaltigen Pylonen des Schlosses hängenzubleiben.

Bald bemerkte er, daß nicht nur er – in seiner freiwilligen Verbannung – Sehnsucht hatte. Eines Tages stieß vom anderen Ufer eine geschmückte königliche Barke ab, überquerte den Nil in Richtung Memphis und schwamm so nah an das Vorwerk heran, daß Ramses die Insassen erkennen konnte.

Er erblickte unter einem Purpurbaldachin seine Mutter im Kreise von Hofdamen, ihr gegenüber auf einer niedrigen Bank saß der Statthalter Herihor. Zwar spähten sie nicht zum Vorwerk herüber, doch der Prinz erriet, daß auch sie ihn bemerkten.

Aha! dachte er schmunzelnd, meine ehrwürdige Mutter und ihr würdiger Minister möchten mich vor der Rückkunft Seiner Heiligkeit von hier fortlocken.

Es kam der Monat Tobi, der von Ende Oktober bis Anfang November währt. Der Nil hatte nur noch einen Wasserstand von etwa anderthalbfacher Menschenlänge und gab täglich neue Flächen schwarzer, morastiger Erde frei. Wo das Wasser zurückgeflutet war, begann man sofort mit einem schmalen, von zwei Ochsen gezogenen Pflug zu arbeiten. Den Pflug lenkte ein nackter Pflüger, neben den Ochsen ging ein Treiber mit kurzer Peitsche, hinter ihm schritt dann der Sämann, der bis an die Knöchel in den Schlamm einsank und den Weizen, den er in seiner Schürze trug, mit vollen Händen ausstreute.

Die schönste Jahreszeit Ägyptens begann: der Winter. Die Temperatur überstieg nicht fünfzehn Grad Wärme, der Boden trug ein smaragdgrünes Kleid, war von Narzissen und Veilchen übersät. Ihr Duft verdrängte immer mehr den herben Geruch von Erde und Wasser.

Etliche Male schon hatte sich das Schiff mit der ehrwürdigen Frau Nikotris und dem Statthalter Herihor in der Nähe von Saras Wohnung sehen lassen. Jedesmal sah der Prinz seine Mutter fröhlich mit dem Minister plaudern und mußte sich davon überzeugen, daß beide in auffälliger Weise jeden Blick zu ihm vermieden, als wollten sie ihm dadurch Geringschätzung erweisen.

„Wartet nur!" flüsterte der Thronfolger erzürnt. „Ich werde euch schon zeigen, daß auch ich mich nicht langweile."

Als eines Tages kurz vor Sonnenuntergang wieder vom anderen Ufer her das vergoldete königliche Boot erschien, dessen Purpurzelt an den Ecken mit Straußenfedern geschmückt war, befahl Ramses, einen Nachen für zwei Personen bereitzumachen, und forderte Sara auf, mit ihm einzusteigen.

„Jehova", rief sie händeringend, „dort sind doch Eure Mutter und der Statthalter!"

„Und hier ist der Thronfolger. Nimm deine Harfe, Sara."

„Auch noch die Harfe?" fragte sie zitternd. „Wenn aber Eure ehrwürdige Mutter mit Euch zu sprechen wünscht? Ich stürze mich gewiß ins Wasser!"

„Sei kein Kind, Sara", erwiderte der Prinz lachend. „Seine Hoheit der Statthalter und meine Mutter lieben Gesang sehr. Du kannst sie dir also geneigt machen, wenn du eine schöne jüdische Weise singst, am besten ein Liebeslied."

„Ich kenne aber keins", antwortete Sara. Die Worte des Prinzen weckten in ihr Mut: Vielleicht wird ihr Gesang wirklich den mächtigen Herrschern gefallen und dann . . .?

Auf dem königlichen Schiff hatte man bemerkt, daß der Thronfolger ein einfaches Boot bestieg und sogar selbst ruderte.

„Seht nur, Hochwürden", flüsterte die Königin dem Minister zu, „er fährt uns mit seiner Jüdin entgegen!"

„Der Thronfolger hat seinen Soldaten und den Bauern gegenüber so korrekt gehandelt und, indem er sich aus der Nähe des Palastes entfernte, so viel Reue gezeigt, daß Eure Majestät ihm diese geringe Entgleisung verzeihen können", antwortete Herihor.

„Oh – wenn nicht er in dieser Schale säße, würde ich befehlen, sie zu zertrümmern!" rief die erlauchte Frau zornig.

„Wozu?" fragte der Minister. „Der Prinz wäre kein echter

Nachkomme von Erzpriestern und Pharaonen, wenn er nicht an den Zügeln reißen würde, die ihm, leider!, unsere Gesetze beziehungsweise unsere vielleicht überstrengen Bräuche anlegen. Auf jeden Fall hat er bewiesen, daß er sich in wichtigen Fällen zu beherrschen vermag. Daß er auch noch eigene Verfehlungen einsieht, ist eine seltene und bei einem Thronfolger unschätzbare Eigenschaft. Wenn der Prinz uns mit seiner Geliebten ärgern will, beweist dies nur, daß ihn die Ungnade schmerzt, in die er sich letzten Endes aus edelsten Motiven selber hineinlaviert hat."

„Aber die Jüdin!" flüsterte die Monarchin und preßte ihren Federfächer zusammen.

„Heute mache ich mir ihretwegen schon weniger Sorgen", sagte der Minister. „Sie ist ein schönes, doch dummes Geschöpf, das weder den Ehrgeiz noch die Fähigkeit besitzt, den Prinzen ernsthaft zu beeinflussen. Sie nimmt keine Geschenke an und sieht in ihrem nicht allzu kostbaren Käfig, in dem sie förmlich eingeschlossen ist, keinen Menschen. Mit der Zeit würde sie vielleicht lernen, aus ihrer Stellung als Geliebte des Thronfolgers Nutzen zu ziehen und wenigstens seinen Schatz um ein Dutzend Talente ärmer zu machen. Ehe das jedoch eintritt, wird Ramses ihrer überdrüssig werden."

„Oh, wenn doch aus Euch Amon, der Allwissende, spräche!"

„Ich bin der Sache sicher. Der Prinz hat doch nicht einen Augenblick lang ihretwegen den Kopf verloren, wie das so häufig geschieht bei unseren jungen Edelleuten, denen eine geschickte Intrigantin Gut und Gesundheit zu nehmen, ja, sie sogar in den Gerichtssaal zu bringen vermag. Der Prinz spielt mit ihr wie ein reifer Mann mit einer Sklavin. Indessen, da Sara gesegnet ist..."

„Tatsächlich?" rief die Königin. „Woher wißt Ihr das?"

„Was übrigens weder der Thronfolger noch Sara selbst wissen", sagte Herihor lächelnd. „Wir müssen über alles orientiert sein. Dieses Geheimnis ist schließlich nicht schwer zu entdekken. Bei Sara wohnt ihre Verwandte Tafet, ein unvergleichlich geschwätziges Weib."

„Hat man schon den Arzt gerufen?"

„Ich wiederhole, daß Sara nichts davon weiß. Die biedere Tafet aber würde – aus Angst, daß der Prinz an ihrem Liebling die Lust verlieren könnte – dem Ungeborenen gern den Garaus machen. Das erlauben wir jedoch nicht; denn es wird ein fürstliches Kind werden."

„Wenn es aber ein Sohn sein wird? Ihr wißt, Euer Hoheit, daß sich dann Komplikationen ergeben", wandte die Monarchin ein.

„Haben wir alles bereits erwogen", sprach der Priester. „Einer Tochter gewähren wir Mitgift und Erziehung, wie sie einer Jungfrau von hoher Geburt gebühren. Bekommt Sara aber einen Sohn, so wird er für einen Juden gelten."

„Ach, mein Enkel ein Jude!"

„Herrin, verstoßt ihn nicht zu früh aus Eurem Herzen. Unsere Gesandten berichten, daß das israelitische Volk nach einem König zu verlangen beginnt. Wenn das Kind erwachsen ist, werden diese Wünsche gereift sein und dann ... gewähren wir den Juden einen Herrscher, einen von gutem Geblüt."

„Ihr gleicht einem Adler, der mit einem Blick Auf- und Untergang erspäht", erwiderte die Königin voller Bewunderung. „Ich fühle, daß meine Abneigung gegen das Mädchen schwächer wird."

„Der geringste Tropfen Pharaonenblut muß sich über die Völker erheben", rief Herihor.

Im selben Augenblick schwamm der Nachen des Thronfolgers zehn Schritt entfernt an der königlichen Barke vorüber, und die Gemahlin des Pharao betrachtete Sara verstohlen durch die Federn ihres Fächers.

„Wirklich, sie ist schön!" flüsterte Nikotris.

„Ihr sagt das bereits zum zweitenmal, ehrwürdige Gebieterin."

„Das wißt Ihr also auch?" lächelte Ihre Hoheit.

Herihor senkte die Lider.

Im Nachen erklang die Harfe, und Sara sang mit bebender Stimme:

„Wie groß ist der Herr, wie groß ist der Herr, dein Gott, Israel!"

„Eine wunderbare Stimme!" flüsterte die Königin.

Der Erzpriester horchte auf.

„Seine Tage haben keinen Anfang", sang Sara, „und Sein Haus hat keine Grenzen. Unter Seinen Blicken wandeln sich die ewigen Himmel wie die Kleidung, die der Mensch anzieht und fortwirft; und die Erde ähnelt einem Stein, den der Fuß des vorüberschreitenden Wanderers flüchtig berührt.

Wie groß ist dein Herr, Israel, es gibt niemanden, der Ihm befehlen könnte: ‚Tu das!' Auch keinen Schoß, aus dem Er hervorging. Er schuf unermeßliche Abgründe, über denen Er nach eigenem Willen schwebt. Er verwandelt die Dunkelheit in Licht und erschafft aus dem Staub der Erde lebende Geschöpfe.

Den mächtigen Löwen achtet Er wie eine Heuschrecke, der riesige Elefant bedeutet Ihm nichts, und der Walfisch gleicht angesichts Seiner Größe einem Säugling.

Sein dreifarbiger Bogen teilt die Himmel in zwei Hälften und stützt sich auf den Rand der Erde. Wo ist das Tor, das Ihm an Größe gleichkäme? Beim Donner Seines Wagens schaudern die Völker, und du findest keine Kreatur unter der Sonne, die Seinen blitzenden Pfeilen widerstünde.

Sein Atem ist der Mitternachtswind, der die ohnmächtigen Bäume belebt, und Sein Haupt vermag wie der Chamsin die Erde zu verbrennen.

Wenn Er Seine Hände über die Wasser reckt, so verwandeln sie sich zu Stein. Er schüttet das Meer an neue Orte wie die Frau den Teig in den Backtrog. Er zerreißt die Erde wie mürbes Leinen, und die kahlen Gipfel der Berge bedeckt Er mit silbernem Schnee.

Er verbirgt in einem einzigen Weizenkorn hundert andere Körner und läßt die Vögel ausschlüpfen. Aus der trägen Raupe ruft Er den goldenen Schmetterling hervor, und den Leibern der Menschen befiehlt Er, in den Gräbern der Auferstehung zu harren."

Die Sklaven lauschten versunken dem Gesang und ließen die Ruder ruhen, so daß die königliche Purpurbarke langsam mit der Strömung des Flusses trieb.

Plötzlich sprang Herihor auf und rief: „Zurück nach Memphis!"

Die Ruder tauchten ein, das Schiff wendete auf der Stelle und schwamm schäumend gegen den Strom. Immer leiser vernahmen sie Saras Lied:

„Er sieht den Herzschlag der Blattlaus und die verborgensten Pfade der einsamsten Gedanken der Menschen, doch gibt es keinen, der Ihm ins Herz schauen und Seine Pläne erraten könnte.

Vor dem Glanz Seines Gewandes verhüllen die großen Geister ihr Angesicht. Vor Seinem Blick weichen die Götter der gewaltigen Städte und Völker und verdorren wie welke Blätter.

Er ist die Macht, Er ist das Leben, Er ist die Wahrheit, Er ist dein Herr, dein Gott, Israel!"

„Weshalb, Eure Hoheit, habt Ihr zurückrudern lassen?“ fragte die ehrwürdige Nikotris.

„Wollt Ihr wissen, was das für ein Lied ist?“ antwortete Herihor in einer Geheimsprache der Priester. „Singt doch das dumme Mädchen mitten auf dem Nil ein Gebet, das nur in der geheimsten Kammer unserer Tempel gesprochen werden darf.“

„Das ist also Gotteslästerung?“

„Zum Glück befindet sich auf diesem Schiff nur ein Priester“, sagte der Minister, „ich habe nichts gehört, und wenn ich etwas gehört habe, vergesse ich es wieder. Doch fürchte ich, daß die Götter Hand an das Mädchen legen werden.“

„Doch woher kennt sie das schreckliche Gebet? – Ramses konnte es sie doch nicht lehren?“

„Der Prinz ist gewiß unschuldig. Vergeßt nicht, Herrin, daß die Juden mehr als einen solchen Schatz aus unserem Ägypten herausgetragen haben. Deshalb behandeln wir sie vor allen Völkern der Erde wie Tempeldiebe.“

Die Königin packte den Erzpriester bei der Hand.

„Wird meinem Sohn nichts Böses geschehen?“ flüsterte sie und sah ihm in die Augen.

„Ich versichere Euch, daß niemandem etwas Böses geschehen wird, denn ich habe nichts gehört und weiß von nichts. Doch muß man den Prinzen von dem Mädchen trennen.“

„Behutsam trennen – nicht wahr, Statthalter?“ fragte die Mutter.

„So behutsam wie möglich, so unmerklich wie möglich, doch es muß geschehen. Mir ist“, sprach der Erzpriester wie zu sich selbst, „als hätte ich alles vorausgesehen. Alles, mit Ausnahme des Prozesses wegen Gotteslästerung, der durch das sonderbare Weib über dem Haupt des Thronfolgers schwebt!“ Herihor versank in Nachdenken und fuhr fort: „Ja, ehrbare Gebieterin! Man kann über viele unserer Vorurteile lächeln; eines aber steht fest: Der Sohn des Pharao sollte sich nicht mit einer Jüdin vereinen.“

XVII

Seit jenem Abend, da Sara im Nachen gesungen hatte, erschien die königliche Barke nicht wieder auf dem Nil, und Prinz Ramses begann sich recht zu langweilen.

Es kam der Monat Mehir, der Dezember. Die Wasser fielen

weiterhin und gaben immer größere Erdflächen frei. Das Gras wuchs von Tag zu Tag höher und dichter. In seiner smaragdenen Flut entbrannten Blumen in den prächtigsten Farben wie bunte Funken und verströmten köstliche Düfte. Wie Inseln auf grünem Meere tauchten im Verlauf eines Tages blühende Hügel auf: weiße, himmelblaue, gelbe, rosa oder bunte Teppiche von betäubendem Duft.

Trotzdem langweilte sich der Prinz, ja er war sogar äußerst beunruhigt. Seit der Abreise seines Vaters war er selbst noch nicht wieder im Palast gewesen, und es hatte ihn auch niemand vom Hofe besucht. Nicht einmal Thutmosis, der nach der letzten Zusammenkunft wie eine Schlange im Grase verschwunden war. Respektierten sie seine Zurückgezogenheit, oder wollten sie ihn reizen? Vielleicht scheuten sie sich auch, den in Ungnade gefallenen Prinzen zu besuchen? Ramses wußte es nicht.

Vielleicht will mich der Vater wie meine älteren Brüder vom Thron fernhalten? dachte er zuweilen, und der Schweiß trat auf seine Stirn, während seine Füße kalt wurden.

Was sollte er in diesem Falle tun?

Zu allem Überfluß war Sara nicht gesund; sie magerte ab, wurde blaß, die großen Augen sanken ein, und zuweilen klagte sie über Übelkeit.

„Gewiß hat jemand die Unglückliche behext!“ stöhnte die schlaue Tafet, die der Prinz ihrer Geschwätzigkeit und ihrer Unaufrichtigkeit wegen nicht leiden konnte.

Zum Beispiel hatte der Thronfolger ein paarmal gesehen, daß Tafet abends riesige Körbe mit Speisen, Wäsche, ja sogar mit Gefäßen nach Memphis schickte. Am nächsten Tag aber lamentierte sie, daß es im Hause an Mehl, Wein oder Töpfen fehle. Seit nämlich der Thronfolger auf dem Vorwerk wohnte, war der Verbrauch von verschiedensten Bedarfsgütern plötzlich auf das Zehnfache gestiegen. Ich bin sicher, dachte Ramses, daß mich dieses geschwätzige Scheusal zugunsten ihrer Juden bestiehlt. Diese Juden, die am Tage aus Memphis verschwinden, des Nachts aber wie Ratten in den schmutzigsten Winkeln umherwimmeln.

Zur Zeit bestand die einzige Unterhaltung des Prinzen darin, bei der Dattelernte zuzusehen.

Ein nackter Bauer trat unter eine hohe, astlose Palme, umgürtete sich mit einer Schnur wie mit einem losen Reifen, umschlang den Stamm und stemmte seine Fersen dagegen, bog seinen ganzen Körper weit zurück und kletterte so empor, wobei ihn nur die Leine vor einem Absturz sicherte. Dann, von Zeit zu Zeit, schob er sie am Stamme um einige Zoll höher, stemmte sich selbst wieder nach und schob aufs neue das Seil weiter. Auf diese Art, in ständiger Lebensgefahr schwebend, erklomm der Erntende oft Stämme von der Höhe mehrerer Stockwerke bis zum Wipfel, wo große Blätterbüschel und Datteln wuchsen.

Nicht allein der Prinz war Zeuge dieser halsbrecherischen Akrobatik, sondern auch die Judenkinder. Anfänglich sah man sie nicht, dann beugten sie sich aus den Sträuchern hervor, und ihre krausen Köpfe mit den schwarzen, glänzenden Augen schoben sich neugierig über die Mauer. Als die Kinder merkten, daß der Prinz sie nicht verjagen wollte, kamen sie aus ihren Verstecken hervor und näherten sich sehr langsam dem Baum, auf dem gepflückt wurde. Das kühnste Mädchen hob eine schöne Dattel auf und reichte sie Ramses. Ein Bub aß selbst die kleinste Dattel, und die anderen Kinder begannen bald auch zu essen oder dem Prinzen Früchte zu bringen. Anfangs boten sie ihm die besten, später mittelmäßige und schließlich halb verdorbene Früchte an.

Der zukünftige Herrscher überlegte und sprach in Gedanken: Die werden sich überall hereindrängen und werden mir auf diese Art immer etwas anzubieten haben: das Gute als Köder, das Verdorbene zum Dank!

Ramses stand auf und ging finster von dannen, die Kinder Israels aber fielen wie ein Vogelschwarm über die Ernte des ägyptischen Bauern her, der hoch über ihren Köpfen ein Lied summte und weder an seine Knochen dachte noch daran, daß er nicht für sich erntete.

Saras rätselhafte Krankheit, ihre häufigen Tränen, das Schwinden ihrer Anmut und vor allem die Juden, die aufhörten, sich zu verbergen, und immer aufdringlicher auf dem Vorwerk wirtschafteten, verleideten dem Prinzen diesen schönen Erdenwinkel vollkommen.

Er ruderte weder mehr seinen Nachen, noch jagte er oder schaute bei der Dattelernte zu, sondern irrte finster im Garten umher oder starrte von der Terrasse zum königlichen Schloß hinüber.

Er wollte niemals unaufgefordert an den Hof zurückkehren, und er erwog bereits, ob er nicht auf seine unterägyptischen Güter am Meere reisen solle.

In dieser Stimmung traf ihn Thutmosis an, der eines schönen Tages auf dem Paradeschiff des Hofes kam, um den Thronfolger zum Pharao zu berufen.

Seine Heiligkeit kehrte gerade aus Theben zurück und wünschte, daß Ramses ihm zur Begrüßung entgegenkäme.

Der Prinz erbebte und wurde abwechselnd blaß und rot, als er den gütigen Brief seines Herrn und Gebieters las. Ramses war so ergriffen, daß er weder Thutmosis' neue, kolossale Perücke bemerkte, der fünfzehn verschiedene Wohlgerüche entströmten, noch seine Tunika und seinen Mantel, der zarter als Nebel schien, noch die mit goldenen Ringen verzierten Sandalen.

Nach einiger Zeit wurde Ramses wieder ruhiger und fragte, ohne Thutmosis anzuschauen: „Warum hast du mich so lange nicht mehr besucht? Hat es dich abgeschreckt, daß ich in Ungnade gefallen war?"

„O Götter", rief der Stutzer. „Wann warst du denn in Ungnade und bei wem? Jeder Läufer Seiner Heiligkeit fragte nach deinem Ergehen; die ehrwürdige Herrin Nikotris jedoch und Seine Ehrwürden Herihor ließen sich einige Male nah an dein Haus heranrudern und rechneten damit, daß du ihnen wenigstens hundert Schritte entgegenkämst, wenn sie sich dir schon um ein paar tausend nähern. Vom Heer will ich erst gar nicht sprechen. Die Soldaten deiner Regimenter schweigen während der Übungen wie die Palmen, verlassen nicht ihre Kaserne, und der achtbare Patrokles säuft und flucht aus Kummer den ganzen Tag."

So hatte sich der Prinz also nicht in Ungnade befunden, und wenn es doch der Fall gewesen sein sollte, war das nun vorbei! Dieser Gedanke wirkte auf Ramses wie ein Kelch guten Weines. Rasch badete er und salbte sich, zog neue Wäsche, eine neue Uniform an, setzte einen federgeschmückten Helm auf und begab sich zu Sara, die, von Tafet betreut, blaß auf ihrem Bett lag.

Als Sara den Prinzen so gekleidet sah, schrie sie auf, richtete sich empor und schlang die Arme um seinen Hals und flüsterte: „Du verläßt mich, mein Geliebter? Du kommst nicht mehr zurück!"

„Wie kommst du denn darauf?" wunderte sich der Thronfolger. „Bin ich nicht schon manches Mal fortgegangen und doch jedes Mal wiedergekommen?"

„Da stehst du nun vor mir in einer Kleidung wie damals in unserem Tal", sprach Sara. „Wo ist die Zeit geblieben? Es ist damals alles so rasch gekommen, und nun ist es schon wieder so lange her!“

„Ich werde wiederkommen und dir den berühmtesten Arzt mitbringen.“

„Wozu denn?“ warf Tafet ein. „Sie ist gesund, das Pfauenweibchen, sie muß lediglich ausruhen. Die ägyptischen Ärzte werden ihr nur eine wirkliche Krankheit aufhalsen.“

Der Prinz würdigte das geschwätzige Weib keines Blickes.

„Das war mein glücklichster Monat mit dir“, sprach Sara und schmiegte sich an Ramses, „doch war mein Glück nicht von langer Dauer.“

Vom königlichen Schiff her erklangen Hörner; sie wiederholten ein am Oberlauf des Flusses gegebenes Signal.

Sara erbebte.

„Mein Gebieter, hörst du die furchtbaren Stimmen? Ja, du vernimmst sie und lächelst, und – wehe mir! – du reißt dich aus meinen Armen los! Wenn die Hörner rufen, hält dich nichts zurück, am wenigsten deine Sklavin.“

„Willst du etwa, daß ich immer nur dem Hühnergegacker auf dem Hof lausche?“ unterbrach ungeduldig der Prinz. „Bleib gesund und warte frohen Mutes auf mich.“

Sara ließ ihn aus ihren Armen und schaute so traurig zu ihm auf, daß Ramses sanfter wurde und sie streichelte.

„Nun, sei jetzt ruhig. Du fürchtest die Stimme unserer Hörner. Waren sie dir denn damals eine schlechte Prophezeiung?“

„Herr“, antwortete Sara, „ich weiß, daß sie dich dort festhalten werden. Schenk mir also noch eine letzte Gunst. Ich gebe dir“, sprach sie schluchzend, „ich gebe dir einen Käfig mit Tauben; sie sind hier geboren und groß geworden. Sooft du an deine Dienerin denkst, öffne den Käfig und laß einen Vogel fliegen. Er wird mir Nachricht von dir bringen, und ich ... ich will ihn küssen ... liebkosen ... wie ... Nun gehe schon!“

Der Prinz drückte sie an sich und begab sich dann zum Schiff. Er beauftragte seinen Mohren, auf Saras Tauben zu warten und ihm dann mit einem leichten Nachen nachzueilen.

Beim Erscheinen des Thronfolgers erklangen Flöten und Trommeln, und die Schiffsbesatzung stieß einen gewaltigen Schrei aus.

Als sich der Prinz unter den Soldaten befand, atmete er tief auf und breitete die Arme aus, als sei er von Fesseln befreit.

„Jetzt“, sprach er zu Thutmosis, „jetzt habe ich sie aber satt, die Weiber und die Juden! Osiris! Befiehl lieber, mich auf langsamem Feuer zu braten, doch sperre mich nicht ein zweites Mal auf einem Vorwerk ein!"

„Natürlich", bestätigte Thutmosis. „Die Liebe gleicht dem Honig; man kann mit Behagen davon kosten, doch ist es unmöglich, darin zu baden. Brr! ... wenn ich daran denke, daß du nur mit Küssen am Abend, Datteln am Morgen und Eselsmilch zu Mittag nahezu zwei Monate verbracht hast – so packt mich das Grauen."

„Sara ist ein vorzügliches Mädchen", warf der Prinz ein.

„Von ihr spreche ich ja gar nicht – sondern von den Juden, die auf dem Vorwerk wuchern wie Papyrus in den Sümpfen. Siehst du, wie sie dir nachschauen und dir vielleicht sogar noch Grüße senden?" schwatzte der Lobhudler.

Der Prinz wandte unmutig den Kopf zur anderen Seite, indes Thutmosis fröhlich den Offizieren zuzwinkerte, als wollte er ihnen zu verstehen geben, daß Ramses ihre Gesellschaft nicht so bald wieder verlassen würde.

Je weiter sie stromaufwärts fuhren, desto dichter stand das Volk an beiden Ufern, und desto zahlreicher schwammen Nachen auf dem Nil. Immer mehr Blumen, Kränze und Blumengebinde, die man vor das Schiff des Pharao geworfen hatte, trieben auf dem Wasser.

Etwa eine Meile hinter Memphis wogte eine riesige Menschenmenge mit Fahnen, Götzenbildern und Musik, und es erhob sich plötzlich ein großer Lärm, der dem Grollen eines Gewitters glich.

„Sieh, dort kommt schon Seine Heiligkeit!" rief Thutmosis freudig.

Allen Zuschauern bot sich ein einzigartiger Anblick. Mitten auf dem breiten Flußbogen schwamm das riesige Boot des Pharao heran. Sein Bug war wie ein Schwanenhals erhoben. Ihm zur Rechten und Linken – wie zwei gewaltige Flügel – trieben unzählige Boote der Untertanen, während weiter hinten, einem prunkvollen Fächer gleich, das Gefolge des ägyptischen Herrschers fuhr.

Alles, was atmen konnte, schrie, sang, klatschte oder warf dem Herrn Blumen zu Füßen, ihm, den jedoch keiner zu sehen bekam. Es genügte, daß über dem goldenen Zelt und den Straußenfederbüscheln die rot-blaue Flagge wehte als Zeichen für die Anwesenheit des Pharao.

Die Menschen in den Booten benahmen sich wie trunken, die am Ufer wie besessen. Alle Augenblicke rammte ein Nachen einen anderen oder warf ihn um. Die Insassen fielen ins Wasser, aus dem die Krokodile zum Glück durch den nie gehörten Lärm verscheucht worden waren. An den Ufern drängten sich die Leute, niemand achtete auf den Nachbarn, den Vater, das Kind, sondern alle hefteten wie irr ihre Augen auf den goldenen Bug und auf das Königszelt. Menschen wurden zu Boden gerissen, die entfesselte Menge trat ihnen achtlos die Rippen ein, renkte ihnen die Gelenke aus – trotzdem tönte es aus jedem Mund: „Lebe ewig, du unser Herrscher! Strahle, du Sonne Ägyptens!"

Der Begrüßungstaumel griff alsbald auch auf das Schiff des Thronfolgers über: Offiziere, Soldaten und Ruderer, alle dichtgedrängt, schrien um die Wette, und Thutmosis, der Ramses darüber vergaß, erkletterte den hohen Bug und wäre um Haaresbreite ins Wasser gestürzt.

Da erklang vom königlichen Schiff her ein Fanfarensignal, und sogleich antwortete eine Fanfare vom Schiff des Thronfolgers. Das wiederholte sich, und Ramses' Boot legte längsseits des großen Schiffes des Pharao an.

Es erschien ein Beamter, um Ramses zu begleiten. Eine Brücke aus Zedernholz mit geschnitztem Geländer wurde von einem Schiff zum anderen gelegt, und bald stand der Prinz seinem Vater gegenüber.

Der Anblick des Pharao oder das Brausen der lärmenden Rufe ringsum machte Ramses so benommen, daß er kein Wort zu sagen vermochte.

Er fiel dem Vater zu Füßen, und der Herr der Welt zog ihn an seine göttliche Brust.

Einen Augenblick später wurden die Seitenwände des Zeltes hochgezogen, und das Volk auf beiden Ufern des Nils erblickte seinen Herrscher auf dem Thron und auf der höchsten Stufe den knienden Prinzen Ramses, sein Haupt an der väterlichen Brust.

Da entstand eine so große Stille, daß man das Flattern der Schiffswimpel vernahm. Plötzlich aber brach ein Schrei empor, lauter als je zuvor. Mit diesem Schrei ehrte das ägyptische Volk die Versöhnung des Vaters mit dem Sohne, feierte den gegenwärtigen und grüßte den künftigen Herrscher Ägyptens.

Wenn irgend jemand mit Unstimmigkeiten im heiligen Geschlecht des Pharao gerechnet haben sollte, so konnte er sich heute davon überzeugen, daß der neue königliche Zweig fest mit dem Stamm verwachsen war.

Seine Heiligkeit sah sehr elend aus.

Nachdem er seinen Sohn zärtlich begrüßt hatte, befahl er ihm, neben dem Thron Platz zu nehmen, und sprach: „Meine Seele ruft nach dir, Ramses, um so glühender, als mich immer bessere Nachrichten über dich erreichten. Heute sehe ich, daß du nicht nur ein Jüngling bist, sondern auch ein Mann von Vernunft, der eigene Verfehlungen einsieht, sich Zügel anzulegen vermag und sich um das Staatswohl sorgt."

Als der Prinz ergriffen schwieg und stumm die väterlichen Füße küßte, sprach der Herrscher weiter: „Du tatest gut daran, auf die zwei griechischen Regimenter zu verzichten. Dir gebührt nämlich das Menfe-Korps, das du von Stund an führen wirst."

„Mein Vater!" flüsterte bebend der Thronfolger.

„Außerdem brauche ich für Unterägypten, das nach drei Seiten feindlichen Angriffen offensteht, einen tüchtigen und verständigen Mann, der ringsum alles beobachtet, in seinem Herzen erwägt und im Notfall schnell zu handeln vermag. Aus diesem Grunde ernenne ich dich für jene Hälfte des Königreiches zu meinem Statthalter."

Ramses' Augen entströmten Tränen. Damit nahm er Abschied von seiner Jugend und begrüßte die Macht, die er seit vielen Jahren voller Sehnsucht und Unruhe erstrebte.

„Ich bin schon ein müder und kränklicher Mensch", sprach der Herrscher, „und hielte mich nicht die Sorge um dein jugendliches Alter und um die Zukunft des Staates, so würde ich heute noch meine ewig lebenden Vorfahren bitten, mich zu ihrem Ruhme heimzuberufen. Mit jedem Tage fällt mir alles schwerer, und deshalb, Ramses, sollst du nun die Bürde der Herrschaft mit mir zu teilen beginnen. Wie die Glucke ihre Kücken lehrt, Körner zu suchen und sich vor dem Habicht zu schützen, so werde ich dich die mühevolle Kunst lehren, das Reich zu regieren und die Feinde zu beobachten. Ach, daß du einmal über sie herfallen mögest wie der Adler über die scheuen Rebhühner!"

Das königliche Schiff und sein prächtiges Gefolge legten unterhalb des Palastes an. Der ermüdete Herrscher bestieg die Sänfte. Im selben Augenblick näherte sich Herihor dem Thronfolger.

„Gestattet, würdigster Prinz", begann er, „daß ich Euch als erster aus aufrichtigem Herzen zu Eurer Ernennung gratuliere.

Mögt Ihr mit demselben Glück das Heer führen wie über die wichtigste Provinz des Reiches zum Ruhme Ägyptens herrschen!"

Ramses drückte ihm kräftig die Hand.

„War das dein Werk, Herihor?" fragte er.

„Es gebührte Euch", erwiderte der Minister.

„Sei meiner Dankbarkeit gewiß! Du wirst dich davon überzeugen können, daß sie etwas wert ist."

„Mit diesen Worten habt Ihr mich bereits belohnt", lautete Herihors Antwort.

Der Prinz wollte weitergehen, Herihor aber hielt ihn auf.

„Auf ein Wort noch", rief er. „Bitte, Hoheit, warnt Euer Weib, Sara, daß sie keine religiösen Lieder mehr singt."

Als Ramses ihn verwundert ansah, fügte er hinzu: „Damals, während der Fahrt auf dem Nil, sang das Mädchen unsere heiligste Hymne, die nur der Pharao und die Erzpriester hören dürfen. Das arme Kind hätte womöglich für seinen Gesang bei all seiner Unwissenheit schwer büßen können."

„So hat sie also Gott gelästert?" fragte der Prinz verwirrt.

„Unbewußt", antwortete der Erzpriester. „Zum Glück weiß allein ich davon und nehme an, daß zwischen dem Lied und unserer Hymne nur eine sehr entfernte Ähnlichkeit besteht. Auf alle Fälle sollte sie es niemals wiederholen."

„Nun, dafür muß sie Buße tun", entschied der Prinz. „Genügt es, wenn sie als Fremde dem Tempel der Isis dreißig Kühe opfert?"

„Gewiß, mag sie opfern", antwortete Herihor mit leichter Grimasse, „die Götter sind nie eines Geschenkes wegen beleidigt."

„Du aber, edler Mann", sprach Ramses, „geruhe, den wunderbaren Schild anzunehmen, den ich von meinem heiligen Ahn erhielt."

„Ich? ... den Schild Amenhoteps?" rief der Minister gerührt. „Wäre ich denn seiner würdig?"

„Deine Weisheit gleicht der meines Ahns, und auch in deiner Stellung wirst du ihm gleichen."

Schweigend und tief verneigte sich Herihor. Dieser goldene Schild, der mit kostbaren Steinen besetzt war, besaß außer seinem großen Wert noch die Bedeutung eines Amuletts. Es war ein königliches Geschenk.

Viel bedeutungsvoller aber waren Ramses' Worte, wonach Herihor in seiner Stellung Amenhotep gleichkommen sollte.

Amenhotep war der Schwiegervater des Pharao. Hatte sich der Thronfolger bereits entschieden, Herihors Tochter zu ehelichen?

Das war der sehnliche Wunschtraum des Ministers und der Königin Nikotris. Es muß jedoch gesagt werden, daß Ramses bei seinem Ausspruch über die künftigen Würden Herihors nicht im entferntesten daran dachte, dessen Tochter zu heiraten, sondern lediglich vorhatte, ihm nur neue Ämter zu verleihen, deren es in den Tempeln und am Hofe genug gab.

XVIII

Seit Ramses Statthalter von Unterägypten geworden war, begann für ihn ein unerhört beschwerliches Leben, wie nicht einmal er selbst es vermutet hätte, obwohl er am königlichen Hofe geboren und aufgewachsen war.

Er wurde geradezu tyrannisiert, und die ihn bedrängten, waren Leute von unterschiedlichstem Rang und unterschiedlichster sozialer Herkunft.

Schon am ersten Tag forderte der Thronfolger eine Wache für sein Haus, als er erlebte, daß eine ungeduldige Menschenmenge ihm beim Gedränge unwillkürlich den Rasen zertrat, Bäumchen umbrach, ja selbst die das Haus umgebende Mauer beschädigte. Am dritten Tag aber mußte er sogar aus seinem Heim in den Palast des Pharao flüchten, in dessen Bereich der zahlreichen Wachen und vor allem der höheren Mauern wegen der Zugang für die gewöhnlichen Sterblichen schwieriger war.

Im Verlauf der Dekade vor seiner Abreise zogen vor Ramses Vertreter von ganz Ägypten, wenn nicht der ganzen damaligen Welt, vorüber.

Zunächst wurden die Vornehmsten vorgelassen; da erschienen, um ihn zu grüßen: die Erzpriester der Tempel, Minister, phönizische, griechische, jüdische, assyrische und nubische Gesandte, die er nicht einmal an ihrer Kleidung erkennen konnte. Dann kamen die Obersten der benachbarten Nomen, Richter, Schreiber, die höheren Offiziere des Menfe-Korps und die Großgrundbesitzer.

Diese Menschen verlangten nichts, sondern gaben nur ihrer Freude Ausdruck; dem Prinzen aber, der sie vom Morgen bis zum Mittag und vom Mittag bis zum Abend anhörte, schwirrte vor Anstrengung der Kopf und zitterten die Glieder.

Dann suchten ihn die Vertreter der niederen Klassen mit Geschenken auf: Kaufleute mit Gold, Bernstein, mit ausländischen Stoffen, duftenden Ölen und Früchten. Danach Bankiers und Wucherer. Ferner Architekten mit Plänen für neue Bauten, Bildhauer mit Entwürfen von Denkmälern und Bildwerken, Steinmetzen, Fayence-Fabrikanten, gewöhnliche Tischler und Kunsttischler, Schmiede, Gießer, Gerber, Weinhändler, Weber, ja sogar die Verfemten, die die Leiber der Verstorbenen zum Balsamieren vorbereiteten.

Noch war die Prozession der Huldigenden nicht zu Ende, als bereits eine Armee von Bittstellern kam. Invaliden, Witwen und Waisen gefallener Offiziere, Renten verlangend, und Edelleute, die um höfische Ämter für ihre Söhne baten; Ingenieure brachten Projekte neuer Bewässerungsanlagen, Ärzte wiesen Mittel gegen allerlei Krankheiten vor, Wahrsager boten Horoskope an. Angehörige von Gefangenen reichten Bittgesuche um Strafminderung ein, Verwandte der zum Tode Verurteilten Gnadengesuche, und die Kranken baten den Thronfolger, sie zu berühren oder ihnen seinen Speichel zu schenken.

Endlich meldeten sich schöne Frauen sowie Mütter stattlicher Töchter und baten den Statthalter untertänig oder aufdringlich, diese in sein Haus zu nehmen. Manche nannten die Höhe des verlangten Lohnes, priesen ihre Unschuld oder ihre Erfahrung an.

Nach zehn Tagen, an denen er jeden Augenblick neue Menschen und Gesichter anschauen und Bitten anhören mußte, die nur hätte erfüllen können, wer die ganze Welt und göttliche Gewalt zur Verfügung gehabt hätte, war Prinz Ramses völlig erschöpft. Er konnte nicht schlafen und war so nervös, daß ihn das Summen einer Fliege reizte, und manchmal verstand er nicht, was zu ihm gesprochen wurde.

Aus dieser Verfassung rettete ihn wieder Herihor. Er befahl, den Mächtigen zu sagen, daß der Prinz keine weiteren Besucher empfange. Gegen das einfache Volk aber, das trotz mehrfacher Aufforderung zum Auseinandergehen weiter wartete, schickte er eine Kompanie mit Stöcken versehener nubischer Söldner. Diesen gelang es unvergleichlich leichter als Ramses, die menschlichen Bedürfnisse zu stillen. Ehe auch nur eine Stunde vergangen war, verschwanden die Besucher wie Nebel vom Platz, und der eine oder andere kühlte in den folgenden Tagen seinen Schädel oder einen anderen Körperteil mit Wasser.

Nach diesem ersten Regierungsversuch erfüllte Ramses eine tiefe Verachtung für die Menschen, und er verfiel in Apathie.

Zwei Tage lang lag er auf der Ruhebank, die Arme unter dem Kopf verschränkt, und starrte resigniert zur Decke empor. Er wunderte sich nicht mehr darüber, daß sein heiliger Vater seine Zeit vor den Altären verbrachte. Doch blieb ihm rätselhaft, wie Herihor mit dem Übermaß ähnlicher Geschäfte fertig wurde, die wie ein Unwetter plötzlich hereinbrachen und nicht nur die Kräfte eines Menschen überstiegen, sondern ihn sogar vernichten konnten.

Wie kann man denn seine Pläne durchführen, wenn einem die Menge der Besucher den Willen in Fesseln schlägt, die Gedanken verzehrt und das Blut aus den Adern saugt? Nach zehn Tagen werde ich krank – dachte Ramses –, nach einem Jahr gewiß blöde sein. Es ist einfach unmöglich, in diesem Amt Pläne zu verwirklichen. Man braucht alle Kraft, um sich selbst vor dem Wahnsinn zu bewahren. Ramses war von der Machtlosigkeit seiner Stellung als Regent derart beunruhigt, daß er Herihor rief und ihm stöhnend seinen Kummer schilderte.

Der Staatsmann hörte sich das Klagelied des jungen Steuermannes auf dem Staatsschiff lächelnd an und sagte schließlich: „Wißt Ihr, Hoheit, daß dieser riesige Palast, in dem wir wohnen, von nur einem Baumeister errichtet wurde, von Senebi, der sogar vor der Vollendung seines Werkes starb? Sicher werdet Ihr jetzt verstehen, warum dieser über Lebenszeit hinaus berühmte Architekt seinen Plan erfüllen konnte, ohne je müde zu werden, und dabei immer frohen Mutes war."

„Fahr fort, ich bin neugierig."

„Nun, weil er nicht alles allein machte; er hat weder eigenhändig Balken gehobelt noch Steine geformt, Ziegel gestrichen noch auf das Gerüst getragen, er hat sie weder gesetzt noch verbunden. Er zeichnete nur den Plan, und auch dazu hatte er seine Helfer.

Ihr indessen, Prinz, wolltet alles allein bewältigen, alle persönlich anhören und sämtliche Geschäfte selber erledigen. Das übersteigt die menschliche Kraft."

„Wie sollte ich anders handeln, da sich unter den Bittstellern Unschuldige befanden, denen man Unrecht angetan, oder manch verdienter Mann, den man nicht belohnt hat? Das Fundament des Staates ist doch die Gerechtigkeit", erwiderte der Thronfolger.

„Mein Prinz, wieviel Menschen könnt Ihr täglich anhören, ohne zu ermüden?“ fragte Herihor.

„Nun ... zwanzig.“

„So seid Ihr glücklich dran; ich kann höchstens sechs oder zehn empfangen, das sind allerdings keine Besucher, sondern Oberschreiber, Aufseher und Minister. Sie berichten mir keine Kleinigkeiten, sondern nur höchst wichtige Dinge: was in der Armee, auf den Gütern des Pharao, in Religionsangelegenheiten, bei den Gerichten und in den Nomen geschieht und wie es sich mit dem jeweiligen Wasserstand des Nils verhält. Sie alle tragen mir darum nichts Nebensächliches zu, weil ein jeder von ihnen, ehe er zu mir kam, zehn niedere Schreiber gehört hatte. Jeder niedere Schreiber wiederum sammelte zuvor die Nachrichten von zehn Unterschreibern und Unteraufsehern, und diese hörten ihrerseits die Berichte von zehn noch niedrigeren Beamten.

Auf diese Art sprechen Seine Heiligkeit und ich mit höchstens zehn Menschen täglich, und wir wissen dabei genau, was sich an hunderttausend Orten des Landes und der Welt an Wesentlichem ereignete.

Der Wächter, der ein Stück Straße in Memphis bewacht, sieht nur einige Häuser, der Führer von zehn Wächtern kennt die ganze Straße, der Centurio ein Stadtviertel, der Oberste aber die ganze Stadt. Der Pharao indessen besitzt eine Übersicht, als stünde er auf dem höchsten Pylon des Tempels Ptah und überblicke nicht nur Memphis, sondern auch die Städte Sechem, On, Cherau, Turra, Tetaui einschließlich ihrer Umgebung und ein Stück der westlichen Wüste.

Aus solcher Höhe erspäht Seine Heiligkeit zwar nicht jene, denen Unrecht widerfährt oder denen Belohnung zukäme, doch bemerkt er sofort eine Masse von untätigen Arbeitern. Er kann nicht den einzelnen Söldner in der Schenke sehen, aber er weiß, ob das Regiment exerziert. Er sieht nicht, was Bauer oder Bürger zu Mittag speisen, doch erblickt er das Feuer, das in einem Stadtviertel ausgebrochen ist.

Diese Staatsordnung“, sprach lebhaft Herihor, „verbürgt unseren Ruhm und unsere Macht. Als einst Snofru, ein Pharao der ersten Dynastie, einen Priester fragte, was für ein Denkmal er sich errichten lassen solle, erhielt er zur Antwort: ‚Herr, zeichne auf die Erde ein Quadrat und lege darauf sechs Millionen Felsblöcke: sie sollen das Volk darstellen. Darauf schichte sechzigtausend behauene Steine als Symbol für die niederen Beamten, darüber lege sechstausend geglättete Steine, um die Schicht der höheren Beamten zu versinnbildlichen. Türme darüber sechzig mit Steinmetzarbeiten verzierte Quader zum Gleichnis für deine nächsten Ratgeber und Heerführer. Den Gipfel aber kröne mit einem Block, den das goldene Abbild der Sonne schmückt: Sinnbild deiner selbst.'

So handelte denn auch Pharao Snofru, und auf diese Weise entstand die älteste Stufenpyramide – das getreue Abbild unseres Staates. Nach ihrem Vorbild entstanden alle anderen Pyramiden, jene unerschütterlichen Bauten, von deren Spitze aus man die Grenzen der Welt erblicken kann und die gewiß noch von allen späteren Generationen bewundert werden.

Darauf", fuhr der Minister fort, „beruht auch unsere Überlegenheit gegenüber unseren Nachbarn. Die Äthiopier waren ebenso zahlreich wie wir. Ihr König aber kümmerte sich persönlich um sein Vieh, schlug eigenhändig seine Untertanen mit dem Stock und wußte weder, wie viele er überhaupt besaß, geschweige, daß er sie zu versammeln verstand, als unser Heer einfiel. Es gab dort kein Äthiopien, sondern einen großen ungeordneten Haufen Menschen. Darum sind sie heute unsere Vasallen.

Der libysche Fürst entscheidet jede Angelegenheit selbst, besonders die Affären der Reichen, und er widmet ihnen so viel Zeit, daß er kaum noch etwas unternehmen kann. So kommt es, daß unter seinen Augen ganze Räuberbanden entstehen, die bei uns ausgerottet werden.

Sieh einmal, Herr: Wenn Phönizien einen Regenten hätte, der erfahren und umsichtig wäre und Befehlsgewalt über alle Städte besäße, so würde uns dieses Land keinen Tribut mehr zahlen. Und welches Glück ist es für uns, daß die Könige von Ninive und Babel nur je einen Minister haben und vom Übermaß ihrer Staatsgeschäfte so erschöpft sind, wie Ihr es heute seid! Sie wollen alles selbst sehen, entscheiden und befehlen, wodurch sie auf hundert Jahre hinaus Unordnung im Staate hervorgerufen haben. Wenn sich aber irgendein niederträchtiger ägyptischer Schreiber fände, der den Königen ihre Fehler beim Regieren erklärte und dort unsere Beamtenhierarchie einführte, unsere Pyramide, dann würden in knapp zehn Jahren Judäa und Phönizien in die Hände der Assyrer fallen, und einige Dutzend Jahre später würden von Ost und Nord über Land und Meer gewaltige Armeen über uns herfallen, denen wir nicht mehr gewachsen wären."

„Also sollten wir ihre Unordnung nutzen und sie heute überfallen!" rief der Prinz.

„Noch haben wir uns von unseren letzten Siegen nicht erholt", antwortete Herihor kühl und wandte sich zum Gehen.

„Haben uns denn unsere Siege geschwächt?" rief der Prinz. „Haben wir denn keine Schätze erobert?"

„Die Axt, mit der wir Bäume fällen – wird sie nicht stumpf?" fragte Herihor zurück und ging hinaus.

Der Prinz verstand, daß der große Minister um jeden Preis den Frieden erhalten wollte, obwohl er selbst Oberbefehlshaber des Heeres war.

„Warten wir ab!" murmelte der Thronfolger vor sich hin.

Ein paar Tage vor seiner Abreise wurde Ramses zu Seiner Heiligkeit berufen. Der Pharao saß auf seinem Thron im Marmorsaal, in dem sich weiter niemand befand als die nubischen Wächter, die alle vier Eingänge behüteten.

Neben dem königlichen Thron standen eine Bank für den Prinzen und ein kleiner Tisch voller auf Papyrus geschriebener Dokumente. Von den Wänden herab schimmerten farbige Flachreliefs, Feldarbeiten darstellend, die Ecken schmückten steife Denkmäler des Osiris, mit melancholischem Lächeln auf den Lippen.

Als sich der Prinz auf Befehl seines Vaters niedergelassen hatte, ließ sich Seine Heiligkeit vernehmen:

„Hier übergebe ich dir, dem Heerführer und Statthalter, die Dokumente. Wie ich hörte, haben dich die ersten Tage der Herrschaft sehr angestrengt?"

„Im Dienst für Eure Heiligkeit werde ich Kraft finden."

„Schmeichler!" lächelte der Monarch. „Ich möchte nicht, daß du dich überarbeitest, vergiß es nicht. Du sollst dich vergnügen, denn Jugend braucht Unterhaltung. Das heißt jedoch nicht, daß du keine wichtigen Dinge zu erledigen hättest."

„Ich bin bereit."

„Als erstes ... will ich dir meine Sorgen mitteilen. Um unsern Schatz ist es schlecht bestellt: der Steuereingang, besonders aus Unterägypten, wird mit jedem Jahre geringer, während die Ausgaben wachsen."

Der Pharao versank in Nachdenken.

„Die Weiber ... die Weiber, Ramses, verschlingen ein Vermögen; nicht nur die der einfachen sterblichen Männer, sondern auch meine eigenen. Ich besitze einige hundert, und jede will möglichst viel Dienerinnen, Modistinnen, Friseure, Sklaven für die Sänfte, Sklaven für die Räume, Pferde, Ruderer, ja sogar ihre Liebhaber und Kinder haben. Kleine Kinder! ... Als ich aus Theben zurückkehrte, versperrte meinen Weg eine Dame, derer ich mich nicht einmal entsinne. Sie zeigte mir einen kräftigen, dreijährigen Jungen und verlangte, ich sollte ihm ein Gut vermachen, weil er mein Sohn sei. Ein dreijähriger Sohn, hörst du? Natürlich konnte ich mit diesem Weib nicht streiten, noch dazu in solch einer delikaten Angelegenheit. Aber es fällt einem Hochgeborenen leichter, höflich zu sein, als für jedes derartige Vergnügen Geld aufzubringen ..."

Er nickte mit dem Kopf, ruhte eine Weile und fuhr fort:

„Meine Einkünfte haben sich seit Beginn meiner Regierungszeit um die Hälfte verringert, vornehmlich wieder in Unterägypten. Wenn ich nach den Ursachen frage, bekomme ich zur Antwort: Das Volk ist verarmt, die Bevölkerungszahl hat sich vermindert, das Meer hat im Norden eine ganze Menge Ackerland fortgeschwemmt, die Wüste im Osten hat Felder verschlungen, unfruchtbare Jahre bewirkten ein übriges, mit einem Wort: ein Mißerfolg nach dem anderen – und der Schatz wird immer magerer.

Ich bitte dich nun, genau nachzuforschen, ob jene Auskünfte auf Wahrheit beruhen. Schau dich um, mach gut informierte und ehrliche Menschen ausfindig und setze aus ihnen eine Prüfungskommission zusammen. Wenn sie dir dann Bericht erstatten, so glaube den Papyri nicht übermäßig, sondern überprüfe dies und jenes selbst. Man sagte mir, daß du das scharfe Auge eines Heerführers besäßest; wenn das stimmt, wird dich ein Blick lehren, wieweit die Berichte der Kommissionsmitglieder den Tatsachen entsprechen. Doch urteile nicht voreilig und behalte deine Meinung für dich. Jede wichtige Folgerung, die du ziehst, schreib nieder, überprüfe nach einigen Tagen deine Notizen und schreibe deine Meinung wiederum auf. Diese Methode wird dich ein vorsichtiges Urteil und genaueste Beobachtung lehren."

„Was du befiehlst, Heiligkeit, wird geschehen", versicherte der Prinz.

„Die zweite Mission, die du zu erledigen hast, ist schwieriger. In Assyrien geschieht etwas, was meine Regierung zu beunruhigen beginnt.

Wie unsere Priester berichten, liegt hinter dem Nördlichen Meer ein grünbewachsener Pyramidenberg mit schneebedecktem Gipfel, der seltsame Erscheinungen zeigt. Nach jahrelanger Ruhe beginnt er plötzlich zu rauchen, zu beben, zu grollen und speit dann soviel flüssiges Feuer aus, wie der Nil Wasser führt. Dieses Feuer ergießt sich in etlichen Bahnen über seine Hänge hinunter und vernichtet auf gewaltigen Flächen die Arbeit der Landleute. Sieh, Ramses, Assyrien gleicht jenem Berg. Ganze Jahrhunderte hindurch herrschen dort Frieden und Ruhe. Doch unvermittelt bricht ein innerer Sturm los, und dann kommen – wer weiß woher – große Armeen und überfluten und vernichten die friedlichen Nachbarn.

Heut brodelt es in Ninive und Babel: der Berg raucht. Du mußt also erfahren, ob ein Ausbruch zu erwarten ist, und überlegen, was dagegen zu tun sei."

„Werde ich dazu imstande sein?" fragte der Prinz leise.

„Du mußt sehen lernen", sprach der Pharao. „Wenn du etwas bis ins letzte erkennen willst, so begnüge dich nicht mit den eigenen Augen, sondern sichere dir auch fremde.

Beschränke dich nicht nur auf die Meinungen der Ägypter, denn jedes Volk und jeder Mensch hat eine besondere Art zu urteilen und erfaßt nicht die ganze Wahrheit. So erkunde also, was die Phönizier, Juden, Hethiter und Ägypter über die Assyrer denken, und erwäge gründlich im eigenen Herzen, was an ihren Urteilen über Assyrien übereinstimmt.

Wenn sie alle sagen, daß von Assyrien her Gefahr droht, so weißt du, daß es stimmt. Sind die Aussagen unterschiedlich, dann sei ebenfalls wachsam, denn die Klugheit gebietet, eher auf Böses denn auf Gutes gefaßt zu sein."

„Eure Heiligkeit spricht wie die Götter", murmelte Ramses.

„Ich bin alt, und von der Höhe des Thrones sieht man manches, wovon die Sterblichen nichts ahnen. Wenn du die Sonne fragtest, was sie von den Verhältnissen auf der Welt hält, würde sie dir noch interessantere Aufschlüsse geben."

„Unter den Völkern, deren Meinung über Assyrien ich erforschen soll, hast du nicht die Griechen erwähnt, mein Vater", warf der Thronfolger ein.

Der Pharao schüttelte gutmütig lächelnd den Kopf.

„Die Griechen! Die Griechen!" sprach er. „Ja, diese Nation hat eine große Zukunft. Mit uns verglichen sind sie noch Kinder, aber welch eine Seele besitzen sie!

Entsinnst du dich meines Denkmals, das ein griechischer Bildhauer schuf? Es ist mein Ebenbild, es gleicht einem lebendigen Menschen! Einen Monat lang habe ich es im Palast behalten, dann aber schenkte ich es dem Tempel in Theben. Glaube mir, mich packte die Furcht, daß dieses steinerne Ich sich von seinem Thron erheben und die Hälfte der Regierungsgewalt fordern könnte. Welch eine Verwirrung hätte das in Ägypten gegeben!

Die Griechen! Hast du die Vasen gesehen, die sie formen, die Paläste, die sie bauen? Aus dem Ton und dem Stein strömt etwas, was mein Alter erfreut und mich meine Krankheit vergessen läßt.

Und ihre Sprache! O Götter, sie ist gleichermaßen Musik, Bildhauerei und Malerei! Wahrlich, ich sage dir, wenn Ägypten einst wie ein Mensch sterben könnte, so würden seine Erben die Griechen sein. Und sie würden der Welt noch einreden, daß alles ihr Werk sei und daß wir – niemals existiert hätten. Dennoch sind sie nur Schüler unserer Vorschulen, denn wie du weißt, haben wir nicht das Recht, Fremdlingen unsere Wissenschaft zugänglich zu machen."

„Trotzdem scheinst du den Griechen nicht zu trauen, Vater?"

„Weil sie ein besonderes Volk sind: weder auf die Phönizier noch auf sie ist Verlaß. Wenn der Phönizier es will, sieht und sagt er die Wahrheit, die wirkliche, ägyptische. Doch du weißt niemals, wann er dazu bereit ist. Der wie ein Kind urwüchsige Grieche hingegen würde immer aufrichtig sein, aber er kann das nicht.

Sie sehen die ganze Welt anders als wir. In ihren sonderbaren Augen glänzt jedes Ding, wird farbig und schillert wie der Himmel Ägyptens und seine Wasser. Kann man also ihrem Urteil vertrauen?

Zu Zeiten der thebanischen Dynastie lag weit im Norden Troja, ein Städtchen, wie es ihrer bei uns zwanzigtausend gibt. Über dieses Nest fielen verschiedene griechische Vagabunden her und quälten die wenigen Einwohner so, daß diese nach zehnjähriger Belagerung die Festung niederbrannten und an einen anderen Ort zogen.

Eine gewöhnliche Banditengeschichte! Indessen – was für Lieder singen die Griechen vom Trojanischen Krieg! Wir lachen über diese Wunder- und Heldentaten, weil unsere Regierung über den wahren Sachverhalt durch zuverlässige Berichte genau informiert war. Wir erkennen die augenfällige Lüge, und doch lauschen wir den Liedern wie das Kind den Märchen seiner Amme und können uns von ihnen nicht losreißen!

Das sind die Griechen: geborene Lügner, doch angenehme und mannhafte Menschen. Ein jeder von ihnen wird eher sein Leben hingeben als die Wahrheit sagen, und zwar nicht aus Geschäftstüchtigkeit wie der Phönizier, sondern auf Grund seines Wesens."

„Was aber soll ich von den Phöniziern halten?" fragte der Thronfolger.

„Das sind kluge Menschen, tüchtig in der Arbeit und von großem Mut, aber Händlernaturen; ihr ganzer Lebenszweck ist der Verdienst, wenn er nur groß, möglichst groß ist. Der Phönizier gleicht dem Wasser, das viel bringt und viel hinwegnimmt und das überallhin einsickert. Man darf dem Phönizier nur sowenig wie möglich gewähren und muß vor allem darauf achten, daß er nicht insgeheim wie durch Zaunlücken nach Ägypten eindringt. Wenn du ihn gut bezahlst und ihm einen noch größeren Verdienst in Aussicht stellst, wird er ein ausgezeichneter Agent sein. Alles, was wir heute von den geheimen Bewegungen in Assyrien wissen, haben wir durch Phönizier erfahren."

„Und die Juden?" flüsterte der Prinz mit gesenkten Augen.

„Ein scharfsinniges Volk, aber finstere Fanatiker und geborene Feinde Ägyptens. Erst wenn sie in ihrem Nacken die eisenbeschlagenen Sandalen Assyriens fühlen, werden sie sich an uns wenden. O daß es dann nicht zu spät wäre! Doch darfst du dich ihrer bedienen. Natürlich nicht hier, sondern in Ninive und Babel."

Der Pharao war nun ermüdet. So warf sich also der Prinz vor ihm aufs Antlitz und begab sich, nachdem er die väterliche Umarmung erhalten hatte, zur Mutter.

Sie saß in ihrem Gemach und wob dünnes Leinen für die Gewänder der Götter. Die ihr dienenden Frauen nähten und bestickten Kleider oder wanden Sträuße. Ein junger Priester verbrannte vor der Statue der Isis Weihrauch.

Ramses sagte: „Mutter, ich bin gekommen, um dir zu danken und mich zu verabschieden."

Die Königin erhob sich, umfaßte den Sohn und sprach unter Tränen: „Wie hast du dich verändert! Du bist zum Manne geworden! Ich sehe dich so selten, daß ich deine Züge vergessen könnte, trüge ich sie nicht stets in meinem Herzen. Du Böser ...

So oft bin ich mit dem höchsten Würdenträger des Staates zum Vorwerk hingefahren und hoffte, daß du endlich deinen Groll begraben würdest, du aber fuhrst mit deiner Geliebten an mir vorbei."

„Verzeih ... verzeih!" rief Ramses und küßte die Mutter.

Nikotris geleitete ihn in den Garten, in dem seltene Blumen wuchsen, und als kein Zeuge mehr zugegen war, sprach sie: „Weil ich ein Weib bin, liegt mir die Frau und Mutter am Herzen. Willst du das Mädchen mit auf die Reise nehmen? Denke daran, daß Lärm und Unruhe, die dich umgeben werden, ihr und dem Kinde schaden könnten. Für gesegnete Frauen ist Ruhe und Stille das beste."

„Sprichst du von Sara?" fragte Ramses erstaunt. „Sie ist gesegnet? Davon hat sie mir nichts gesagt."

„Vielleicht schämt sie sich oder weiß es selbst nicht", antwortete seine Mutter. „Auf jeden Fall ist die Reise ..."

„Ich habe gar nicht die Absicht, sie mitzunehmen", rief der Prinz. „Nur ... warum verheimlicht sie es ... als wäre das Kind nicht von mir?"

„Sei nicht so mißtrauisch!" schalt ihn Nikotris. „Das ist die übliche Scham junger Mädchen. Vielleicht hat sie auch ihren Zustand verborgen, weil sie fürchtet, von dir verstoßen zu werden."

„Ich will sie doch nicht etwa an meinen Hof nehmen!" unterbrach sie der Prinz mit einer Ungeduld, daß die Augen der Königin, hinter den Wimpern verborgen, lächelten.

„Nun, es gehört sich nicht, daß du eine Frau, die dich liebte, allzu schroff von dir stößt. Ich weiß, daß du ihre Zukunft gesichert hast. Auch wir werden ihr etwas geben. Und ein Kind königlichen Blutes muß gut erzogen werden und über ein Vermögen verfügen."

„Natürlich", erwiderte Ramses. „Wenn mein erster Sohn auch keine fürstlichen Rechte besitzt, soll er aber so gestellt sein, daß ich mich seiner nicht schämen müßte und er mir keinen Vorwurf machen könnte."

Nachdem sich Ramses von seiner Mutter verabschiedet hatte, wollte er zu Sara fahren und ging zunächst in seine Gemächer zurück.

In ihm tobten zwei widerstreitende Gefühle. Zorn auf Sara, weil sie vor ihm die Ursache ihrer Schwäche verbarg, und der Stolz, Vater zu werden.

Er! Vater! Dieser Titel festigte seine Würde als Heerführer und Statthalter. Ein Vater ist kein Jüngling mehr, der mit Ehrfurcht zu älteren Leuten aufblicken muß.

Der Prinz war entzückt und gerührt. Er wollte Sara besuchen, sie schelten und dann umarmen und beschenken. Als er jedoch in den von ihm bewohnten Teil des Palastes zurückkehrte, erwarteten ihn dort zwei Nomarchen aus Unterägypten, um ihm über ihre Nomen Bericht zu erstatten. Nachdem er sie angehört hatte, war er müde. Außerdem stand ihm ein abendlicher Empfang bevor, zu dem er sich nicht verspäten wollte.

Nun werde ich wieder nicht bei ihr sein, dachte Ramses. Das arme Mädchen hat mich nahezu zwei Dekaden nicht gesehen.

Er rief den Mohren.

„Hast du den Käfig, den dir Sara damals übergab, als wir zur Begrüßung Seiner Heiligkeit fuhren?"

„Er ist da", erwiderte der Schwarze.

„Entnimm ihm eine Taube und lasse sie sofort fliegen."

„Die Tauben sind schon verspeist."

„Wer hat sie gegessen?"

„Eure Hoheit! Ich sagte dem Koch, daß diese Vögel von Frau Sara stammen; so hat er also nur für Eure Hoheit daraus Braten und Pasteten gemacht."

„Ach, daß euch ein Krokodil fressen möge!" rief der Prinz verlegen.

Dann ließ er Thutmosis rufen und schickte ihn auf der Stelle zu Sara. Er erzählte ihm die Geschichte mit den Tauben und befahl: „Bringe ihr Smaragdohrringe, Arm- und Beinreifen und zwei Talente. Sage ihr, ich zürnte, weil sie mir verbarg, daß sie gesegneten Leibes sei. Doch will ich ihr verzeihen, wenn das Kind gesund und schön wird. Und wenn sie einen Jungen zur Welt bringt, werde ich ihr ein zweites Vorwerk schenken!" sprach Ramses lachend.

„Überrede sie jedoch auch, wenigstens ein paar Juden fortzuschicken und sie durch Ägypter und Ägypterinnen zu ersetzen. Ich will nicht, daß mein Sohn in jener Gesellschaft auf die Welt kommt und vielleicht gar mit jüdischen Kindern spielt. Sie würden ihn lehren, seinem Vater die schlechtesten Datteln zu reichen."

XIX

Das Fremdenviertel von Memphis lag am nordöstlichen Stadtrand, dicht am Nil. Man zählte dort einige hundert Häuser und mehr als zehntausend Einwohner: Assyrer, Juden, Griechen und am meisten Phönizier. Es war ein begüterter Stadtteil; seine Hauptverkehrsader bildete eine dreißig Schritt breite, ziemlich gerade Straße, die mit flachen Steinplatten gepflastert war. Zu beiden Seiten standen drei- bis fünfstöckige Häuser aus Ziegeln, Sandstein oder Kalkstein. In ihren Kellern lagerte man Rohstoffe, in den Parterreräumen befanden sich Geschäfte, in den ersten Etagen die Wohnungen der Wohlhabenden, darüber die Weber-, Schuhmacher- und Juwelierwerkstätten und dicht unter den Dächern die engen Wohnungen der Tagelöhner.

Wie auch in der übrigen Stadt waren die Gebäude dieses Viertels überwiegend weiß. Doch konnte man auch Steinhäuschen sehen, die grün wie Gras, gelb wie ein Weizenfeld, blau wie der Himmel oder rot wie Blut leuchteten.

Die Straßenfronten vieler Häuser waren mit Malereien geschmückt, die die Tätigkeit der Bewohner versinnbildlichten.

Am Hause des Goldschmiedes kündeten lange Reihen von Abbildungen, daß sein Eigentümer die von ihm gearbeiteten Ketten und Armreifen Königen fremder Nationen verkaufte und mit seinem Schmuck deren Bewunderung erregte. Der riesige Palast des Kaufmanns war über und über mit Malereien bedeckt, die von den Mühen und Gefahren des Handelslebens erzählten: Auf dem Meere schnappen nach den Menschen furchtbare Ungeheuer mit Fischschwänzen, in der Wüste geflügelte und feuerspeiende Drachen, auf fernen Inseln werden sie von Riesen verfolgt, deren Sandalen größer sind als ein phönizisches Schiff.

Der Arzt hatte an der Wand seiner Wohnung Menschen darstellen lassen, die dank seiner Hilfe verlorene Arme und Beine, ja sogar Zähne und Jugend zurückerhielten. Auf dem Gebäude, in dem sich die Verwaltungsbehörde des Viertels befand, waren ein Faß zu sehen, in das die Menschen goldene Ringe warfen, ein Schreiber, dem jemand etwas ins Ohr flüsterte, und ein auf der Erde liegender Sträfling, dem zwei Männer das Fell gerbten.

Die Straße war sehr belebt. Längs der Gehsteige standen Sänftenträger, Fächerträger, Boten und Arbeiter, die ihre Dienste feilboten. In der Mitte des Dammes zog eine nicht abreißende Kette von Lastträgern und beladenen Esel- und Ochsengespannen dahin. Auf den Fußsteigen drängten sich schreiende Wasserverkäufer, Händler mit Weintrauben, Datteln, geräucherten Fischen, Krämer, Blumenhändlerinnen, Musikanten und Zauberkünstler verschiedenster Art.

In diesem Menschenstrom, der sich breit ergoß, in dem verkauft und gekauft und mit hellen und dunklen Stimmen geschrien wurde, fielen die Polizisten auf. Sie trugen braune Hemden, die bis zu den Knien reichten, hatten nackte Füße, blau und rot gestreifte Schurze, kurze Schwerter an der Seite und gewaltige Knüppel in den Fäusten. Sie spazierten auf dem Gehsteig, verständigten sich zuweilen mit Kollegen, standen aber am häufigsten auf Steinen am Wegrand, um die wogende Menschenmenge zu ihren Füßen besser übersehen zu können.

Bei so einer Wachsamkeit mußten die Straßendiebe sehr listig vorgehen. Gewöhnlich begannen zwei miteinander eine Prügelei, und wenn sich dann ein Auflauf gebildet hatte und der Polizist gleicherweise die Streitenden wie auch die Zuschauer mit dem Knüppel schlug, machten sich die anderen Gauner ans Mausen.

Fast in der Mitte des Straßenzugs stand die Herberge des Phöniziers Assarhaddon aus Tyros, wo alle zugereisten Fremden zu wohnen verpflichtet waren, damit man sie leichter kontrollieren konnte. Es war ein großes, quadratisches Haus, das an jeder Front mehr als zehn Fenster hatte. Da es separat stand, konnte man es umgehen und von allen Seiten betrachten. Über seinem Haupteingang hing die Nachbildung eines Schiffes, an der Straßenfront stellten Bilder dar, wie Seine Heiligkeit Ramses XII. den Göttern opferte oder schirmend über den Fremdlingen stand, unter denen sich die Phönizier durch ihren hohen Wuchs und ihre kräftig rote Farbe auszeichneten.

Die Fenster waren schmal, immer geöffnet und wurden nur bei Bedarf mit Leinenjalousien und farbigen Stäbchen verhängt. Die Wohnräume des Wirtes und der Reisenden nahmen drei Stockwerke ein; zu ebener Erde befanden sich der Weinschank- und der Speiseraum. Matrosen, Träger, Handwerker, kurz, alle ärmeren Reisenden aßen und tranken im Hof, der mit Mosaik gepflastert und von Leinenplanen überdacht war, die von Pfeilern gestützt wurden. Man konnte so alle Gäste gut im Auge behalten. Die Reichen indessen und die Wohlgeborenen speisten auf der den Hof umrahmenden Galerie. Im Hofe hockte man auf der Erde und hatte Steine vor sich an Stelle von Tischen. Auf den Galerien, wo es kühler war, befanden sich Tischchen, Bänke und Sessel, sogar niedrige, aus Kissen zusammengesetzte Liegestätten, auf denen der Gast schlummern konnte.

Außerdem standen dort große Tische mit Brot, Fleisch, Fischen und Früchten sowie stattliche Gefäße voller Bier, Wein und Wasser. Schwarze Männer und Frauen trugen den Gästen die Speisen auf, entfernten leere Fäßchen, holten volle aus den Kellern herauf, und die die Tische beaufsichtigenden Schreiber notierten genauestens jedes verzehrte Stück Brot, jede Zehe Knoblauch und jeden Becher Wasser.

In der Mitte des Hofes standen auf einer Erhebung zwei Aufseher mit Stöcken, die einerseits die Dienerschaft und die Schreiber im Auge behielten und andererseits die Zwistigkeiten unter den ärmeren Gästen der verschiedenen Nationen mit ihren Knüppeln schlichteten. Daher kamen hier unten Diebstähle oder Prügeleien seltener vor als auf den Galerien.

Der Herbergswirt, der weithin bekannte Phönizier Assarhaddon, ein grauhaariger Mann über Fünfzig, trug ein langes Hemd und einen Musselinüberwurf; er ging selbst zwischen den Gästen umher, um nach dem Rechten zu sehen.

„Eßt und trinkt, meine Söhne“, sagte er zu den griechischen Matrosen, „denn solch Schweinefleisch und Bier gibt es in der ganzen Welt nicht wieder. Ich habe gehört, daß euch bei Rafah ein Unwetter ereilte? Ihr solltet den Göttern ein reiches Opfer bringen, daß sie euch errettet haben! In Memphis erlebt man ein ganzes Menschenalter lang kein Unwetter, auf dem Meere aber trifft einen eher ein Blitz, als daß man einen kupfernen Uten fände. Ich führe Honig, Mehl und Weihrauch fürs heilige Opfer, und dort im Winkel stehen die Götter aller Nationen. In meiner Herberge kann der Mensch für wenig Geld satt werden und fromm sein.“

Er wandte sich zu den Kaufleuten auf der Galerie.

„Speist und trinkt, achtbare Herren!“ forderte er sie unter Verbeugungen auf. „Die Zeiten sind gut. Der allergnädigste Thronfolger, o daß er ewig lebe!, fährt mit gewaltigem Gefolge nach Pi-Bast, und aus dem oberen Königreich ist ein Goldtransport eingetroffen, woran so mancher von euch schön verdienen wird. Ich habe Rebhühner, junge Gänse, Fische, frisch aus dem Fluß, und ausgezeichneten Rehbraten. Auch herrlichen Wein sandte man mir aus Zypern! Wenn ein Becher dieser Köstlichkeit nicht zwei Drachmen wert ist, so will ich auf der Stelle zu einem Juden werden! Doch euch, meinen Vätern und Wohltätern, gebe ich ihn zu einer Drachme ab. Nur heute, um den Anfang zu machen."

„Laß uns den Becher für eine halbe Drachme, so werden wir ihn versuchen", warf einer der Kaufleute ein.

„Eine halbe Drachme?" wiederholte der Wirt. „Eher flösse der Nil aufwärts nach Theben, als daß ich solch einen Hochgenuß für eine halbe Drachme verkaufe! ... höchstens dir, Herr Belezis, da du die Zierde Sidons bist. He, Sklaven, reicht doch unseren Wohltätern einen großen Krug Zyprischen!"

Als er gegangen war, sagte der als Belezis Angesprochene zu seinen Tischgenossen: „Die Hand soll mir verdorren, wenn der Wein eine halbe Drachme wert ist! Doch laßt ihn! So werden wir weniger Ärger mit der Polizei haben."

Seine Gespräche mit Gästen aller Nationen und Stände hinderten den Wirt nicht, auf die Schreiber zu achten, die Speise und Trank notierten, auf die Aufseher, die die Dienerschaft und die Schreiber bewachten, und vor allem auf einen Reisenden, der an der Frontseite der Galerie mit untergeschlagenen Beinen auf den Kissen saß und über einer Handvoll Datteln und einem Becher reinen Wassers eingeschlummert war. Dieser Gast mochte ungefähr vierzig Jahre alt sein, hatte volles Haar und einen rabenschwarzen Bart, versonnene Augen und ungewöhnlich edle Züge, die anscheinend niemals von Zorn gefurcht noch von Angst verzerrt wurden.

Das ist eine gefährliche Ratte! dachte der Wirt, als er ihn vom Parterre her betrachtete. Er hat das Antlitz eines Priesters und trägt eine dunkle Kutte. Schmuck und Gold im Werte von einem Talent hat er bei mir hinterlegt, aber weder Fleisch gegessen noch Wein getrunken. Entweder ist er ein großer Prophet oder ein nicht minder großer Spitzbube!

Zwei nackte Schlangenbeschwörer, die sogenannten Psyllen, betraten den Hof von der Straße her mit einem Beutel voll giftiger Reptilien und gaben eine Vorstellung. Der jüngere spielte die Flöte, und der ältere umwand sich mit kleinen und großen Schlangen, von denen eine in Freiheit genügt hätte, die Gäste aus der Herberge „Zum Schiff" zu vertreiben. Die Flöte ertönte immer schriller, der Schlangenbeschwörer wand sich und schäumte, bebte wie im Krampf und reizte die Reptilien in einem fort. Endlich biß ihn eine der Schlangen in den Arm, die zweite ins Gesicht, und die dritte – die kleinste – verschlang der Psyllo lebendigen Leibes.

Gäste und Dienerschaft schauten dem Spiel des Schlangenbeschwörers unruhig zu. Sie zitterten, als er das Gezücht reizte, schlossen die Augen, als die Tiere ihn bissen; als der Mann jedoch die Schlange hinunterschlang, kreischten sie vor Freude und Bewunderung.

Nur der Reisende an der Stirnseite der Galerie verließ nicht seine Kissen und geruhte nicht einmal, einen Blick auf das Spiel zu werfen. Als der Schlangenbeschwörer auch ihn um seinen Lohn bat, warf der Fremde zwei kupferne Uten auf die Steinplatten und bedeutete dabei mit einer Handbewegung, daß er sich ihm nicht nähern solle.

Das Schauspiel hatte eine halbe Stunde gewährt. Als die Psyllen den Hof verließen, kam ein Mohr, der in dem Gastzimmer bediente, zum Wirt gelaufen und flüsterte ihm etwas aufgeregt zu. Danach – man wußte nicht, woher – erschien plötzlich der Anführer einer Zehnergruppe von Polizisten und sprach in einer entfernten Fensternische lange mit Assarhaddon. Der achtbare Herbergswirt schlug sich an die Brust, rang die Hände oder faßte sich an den Kopf. Schließlich trat er den Mohren in den Bauch, befahl, dem Polizeiaufseher eine gebratene Gans und einen Krug Zypernwein zu geben, und näherte sich dann dem Gast auf der Galerie, der immer noch zu dösen schien, obwohl seine Augen offenstanden.

„Ich bringe dir, geehrter Herr, eine traurige Nachricht", sagte der Wirt und nahm neben dem Reisenden Platz.

„Die Götter senden Regen und Trauer über die Menschen, wann es ihnen gefällt", erwiderte der Gast gleichmütig.

„Während wir hier den Psyllen zuschauten", fuhr der Wirt fort und zauste seinen grauen Bart, „sind Spitzbuben in das zweite Stockwerk meines Hauses eingedrungen und haben deine Sachen gestohlen ... Drei Säcke und eine Truhe, die gewiß sehr kostbar war!"

„Du mußt das Gericht benachrichtigen."

„Wozu das Gericht?" flüsterte der Wirt. „Bei uns haben die Spitzbuben ihre Innung. Wir werden ihren Anführer kommen lassen und dein Gut abschätzen. Du mußt ihm zwanzig Prozent des Wertes bezahlen, dann wird sich alles finden. Ich kann dir dabei behilflich sein."

„In meinem Lande", sprach der Reisende, „verhandelt man nicht mit Dieben, und auch ich werde das nicht tun. Ich wohne bei dir, dir habe ich mein Gut anvertraut, so bist du mir dafür auch verantwortlich."

Der ehrbare Assarhaddon kratzte sich zwischen den Schultern.

„Reisender aus fernem Lande", sprach er mit gedämpfter Stimme, „ihr Hethiter und wir Phönizier sind Brüder; drum rate ich dir ehrlich, das ägyptische Gericht zu meiden, denn es hat nur eine Tür, durch die man eintritt, doch keine, durch die man wieder herauskäme."

„Die Götter geleiten den Unschuldigen durch die Mauer", erwiderte der Gast.

„Den Unschuldigen! Wer von uns gilt im Lande der Sklaverei als unschuldig?" raunte der Wirt. „Sieh nur – dort ißt der Polizeiaufseher den Rest der Gans: ein auserwähltes Gänschen, das ich gern selber verspeist hätte. Und weißt du, weshalb ich es ihm gab, warum ich mir das Leckerbißlein vom eigenen Munde stahl? Weil der Aufseher mich nach dir ausfragen wollte."

Dabei warf der Phönizier einen Seitenblick auf den Reisenden, der jedoch auch nicht für einen Augenblick die Ruhe verlor.

„Er fragte mich", fuhr der Wirt fort, „‚wer ist der Schwarze dort, der seit zwei Stunden über einer Handvoll Datteln sitzt?' Ich antwortete ihm: ‚Ein sehr anständiger Mensch, der Herr Phut.' – ‚Woher kommt er?' – ‚Vom Lande Hethitien, aus der Stadt Harran; er besitzt dort ein ansehnliches Haus von drei Stockwerken und viele Felder.' – ‚Wozu kam er her?' – ‚Er kam', sagte ich, ‚um von einem Priester fünf Talente abzuholen, die jener sich einst von seinem Vater geliehen hatte.'

Willst du nun wissen, achtbarer Herr", sprach der Wirt weiter, „was mir darauf der Aufseher antwortete? ‚Assarhaddon, ich weiß, daß du ein treuer Diener Seiner Heiligkeit des Pharao bist und gute Speisen und ungefälschte Weine führst. Deshalb rate ich dir – nimm dich in acht! Hüte dich vor Fremdlingen, die keine Bekanntschaften machen, die Wein und jede Freude meiden und schweigen. Dieser Phut aus Harran könnte ein assyrischer Spion sein.'

Da stockte mir der Herzschlag! Dich aber berührt es gar nicht!" erregte sich der Wirt, als er sah, daß sogar der schreckliche Verdacht der Spionage die Ruhe des Hethiters nicht trübte.

„Assarhaddon", sprach nach einer Weile der Gast, „ich habe mich und mein Gut dir anvertraut. Sorge also dafür, daß man mir meine Säcke und die Truhe wiedergibt, weil ich dich sonst bei demselben Polizeiaufseher anzeigen werde, der die für dich bestimmte Gans aufgegessen hat."

„Erlaube doch, daß ich den Dieben fünfzehn Prozent des Wertes deiner Sachen bezahle!" rief der Wirt.

„Dazu hast du kein Recht."

„Gib ihnen wenigstens dreißig Drachmen."

„Auch nicht einen Uten."

„So spende den Armen zehn Drachmen."

„Geh in Frieden, Assarhaddon, und bitte die Götter, dir deinen Verstand wiederzugeben", entgegnete der Reisende mit gleichbleibender Ruhe.

Zornschnaubend sprang der Wirt von den Kissen auf.

Das ist ein Vieh! dachte er. Der ist nicht nur wegen der fünf Talente hierhergekommen. Er wird hier noch ein Geschäft machen. Mein Herz sagt mir, daß er ein reicher Kaufmann sein muß, vielleicht sogar ein Gastwirt, der in Gemeinschaft mit den Priestern und Richtern hier irgendwo in nächster Nähe eine zweite Herberge eröffnen will ... O daß dich eher das himmlische Feuer verschlingen möge! Daß dich die Pest befalle! Geizhals, Betrüger, Spitzbube, an dem ein anständiger Mensch nichts verdienen kann!

Der biedere Assarhaddon hatte sich noch nicht von seiner Wut erholt, da ertönte auf der Straße Flöten- und Tamburinklang, und nach einer Weile liefen vier fast nackte Tänzerinnen in den Hof. Die Lastträger und Matrosen begrüßten sie mit Freudenrufen, und sogar die ernsten Kaufleute auf der Galerie betrachteten sie neugierig und tauschten Bemerkungen über ihre Schönheit. Die Tänzerinnen begrüßten die Anwesenden mit Lächeln und Händewinken. Eine begann die Doppelflöte zu spielen, die zweite begleitete sie auf dem Tamburin, und die beiden jüngsten tanzten derartig über den Hof, daß kaum ein Gast von ihren Musselinschleiern unberührt blieb.

Die Zechenden begannen zu singen, zu schreien und die Tänzerinnen zu sich zu rufen, und unter dem gemeinen Volk entstand ein Streit, den aber die Aufseher leicht schlichteten, indem sie mit den Rohrstöcken drohten. Nur ein Libyer, den der Anblick des Prügels reizte, zog das Messer. Da packten ihn jedoch zwei Mohren bei den Händen, nahmen ihm etliche kupferne Ringe als Bezahlung für die Zeche fort und warfen ihn auf die Straße. Eine Tänzerin blieb bei den Matrosen, zwei andere mischten sich unter die Kaufleute, die ihnen Wein und Kuchen anboten, die älteste aber ging von Tisch zu Tisch und sammelte.

„Für den Tempel der göttlichen Isis", rief sie. „Gebt, fromme Fremdlinge, für den Tempel der Isis, der Göttin, die alle Geschöpfe beschützt! Je reichlicher ihr spendet, desto mehr Glück und Segen werdet ihr erhalten! Für den Tempel der Mutter Isis!"

Man warf ihr kleine Knäuel Kupferdraht, manchmal auch ein Körnchen Gold ins Tamburin. Ein Kaufherr fragte: „Darf man euch besuchen?", worauf sie lächelnd nickte.

Als sie die Stirnseite der Galerie betrat, griff der Harrane Phut in seinen ledernen Beutel, entnahm ihm einen goldenen Ring und sprach: „Istar ist eine mächtige und gute Göttin. So nimm das für ihren Tempel."

Die Priesterin sah ihn scharf an und flüsterte:

„Anael, Sachiel."

„Amabiel, Abalidot", antwortete der Reisende im gleichen Tonfall.

„Ich sehe, du liebst die Mutter Isis", rief die Priesterin laut. „Du scheinst reich zu sein und bist freigebig. So bist du auch wert, daß ich dir wahrsage."

Sie setzte sich zu ihm, aß ein paar Datteln und begann, auf seine Hände blickend: „Du stammst aus einem fernen Lande, von Bretor und Hagit*. Deine Reise ist gut verlaufen. Seit etlichen Tagen verfolgen dich die Phönizier", fügte sie leise hinzu.

„Du kommst, um Geld zu holen, doch du bist kein Kaufmann. Komm heute nach Sonnenuntergang zu mir.

Deine Wünsche", sprach sie wieder laut, „werden in Erfüllung gehen.

Ich wohne in der Straße der Gräber im Hause ‚Zum Grünen Stern'", flüsterte die Tänzerin. „Hüte dich vor Dieben, die auf dein Eigentum lauern", endete sie, als sie bemerkte, daß der biedere Assarhaddon lauschte.

„In meinem Hause gibt es keine Diebe!" wetterte der Phönizier los. „Es stehlen höchstens diejenigen, die von der Straße kommen."

„Reg dich nicht auf, Alterchen", antwortete die Priesterin höhnisch, „denn gleich zeigt sich an deinem Hals ein roter Striemen, was einen unglücklichen Tod bedeutet."

Als Assarhaddon das hörte, spie er dreimal aus und mur-

* Die Geister der nördlichen und östlichen Erdteile.

melte eine Beschwörung gegen böse Prophezeiungen. Nachdem er sich jedoch in die Tiefe der Galerie zurückgezogen hatte, begann die Priesterin mit dem Harranen zu kokettieren. Sie reichte ihm eine Rose aus ihrem Kranz, umarmte ihn zum Abschied und trat dann an einen anderen Tisch.

Der Reisende winkte dem Wirt.

„Ich möchte", rief er, „dieses Weib bei mir behalten, laß sie in mein Zimmer führen."

Assarhaddon sah ihm in die Augen, klatschte in die Hände und brach in Lachen aus.

„Du bist wohl vom Typhon besessen, Harrane! Wenn etwas Derartiges in meinem Hause mit einer ägyptischen Priesterin vorkäme, würde man mich aus der Stadt jagen. Hier darf man nur Ausländerinnen empfangen."

„Dann werde ich sie besuchen", antwortete Phut. „Denn sie ist eine kluge und fromme Frau und wird mich in vielen Dingen beraten. Gib mir nach Sonnenuntergang einen Führer, damit ich mich nicht verirre."

„Alle bösen Geister haben dein Herz befallen", erwiderte der Wirt. „Weißt du, daß dich diese Bekanntschaft zweihundert bis gar dreihundert Drachmen kosten wird, abgesehen von der Summe, die du den Dienerinnen und dem Tempel geben mußt? Für soviel Geld, sagen wir für fünfhundert Drachmen, kannst du meine junge, tugendhafte Tochter kennenlernen, die schon vierzehn Jahre alt ist und als vernünftiges Mädchen für eine Mitgift spart. Treibe dich also nicht bei Nacht an unbekannten Orten herum. Du könntest in die Hände der Polizei oder der Spitzbuben fallen. Nimm lieber wahr, was dir die Götter im Hause bieten. Einverstanden?"

„Wird deine Tochter mit mir nach Harran gehen?" fragte Phut.

Der Wirt sah ihn erstaunt an. Plötzlich schlug er sich vor die Stirn, als hätte er ein Geheimnis erraten, ergriff dann den Fremden an der Hand und zog ihn in einen versteckten Winkel.

„Jetzt habe ich alles erraten!" flüsterte er erregt. „Du ... handelst mit Frauen ... bedenke aber, daß du für die Entführung einer Ägypterin dein Hab und Gut verlierst und in das Bergwerk kommst. Es sei denn ... daß du mich zum Teilhaber machst. Ich kenne hier jeden Weg und Steg."

„Dann wirst du mir den Weg zum Hause der Priesterin beschreiben", erwiderte Phut. „Vergiß nicht, daß ich nach Sonnenuntergang einen Führer brauche und morgen meine Säcke und die Truhe, sonst werde ich dich vor Gericht verklagen."

Danach verließ Phut die Schenke und begab sich in sein Zimmer.

Wutentbrannt näherte sich Assarhaddon dem Tisch, an dem die phönizischen Kaufleute tranken, und bat einen von ihnen, Kusch, auf die Seite.

„Schöne Gäste führst du mir zu!" rief er und konnte das Beben in seiner Stimme nicht meistern. „Dieser Phut ißt fast gar nichts, befiehlt mir, die ihm gestohlenen Sachen selbst von den Dieben loszukaufen, und jetzt – wie um mein Haus zu verspotten – macht er sich zu einer ägyptischen Tänzerin auf den Weg, anstatt meine Weiber zu beschenken."

„Was ist daran Verwunderliches?" erwiderte Kusch lachend. „Phönizierinnen konnte er in Sidon kennenlernen, hier aber sind ihm die Ägypterinnen lieber. Es wäre auch dumm, wer auf Zypern keinen Landeswein tränke, sondern bei tyrischem Bier bliebe."

„Ich sage dir aber", unterbrach ihn der Wirt, „daß er ein gefährlicher Mensch ist. Er gibt sich als Kaufmann aus, dabei sieht er aus wie ein Priester."

„Und du, Assarhaddon, siehst wie ein Erzpriester aus und bist doch nur ein Schankwirt! Eine Bank bleibt eine Bank, auch wenn sie mit Löwenfell bedeckt ist."

„Warum geht er aber zu der Priesterin? Ich möchte schwören, es ist nur eine Finte, und dieser hethitische Lümmel geht nicht zu einem Gelage mit Weibern, sondern zu einer Versammlung von Verschwörern."

„Ärger und Geiz haben deine Sinne umnebelt", sprach Kusch ernst. „Du gleichst einem Menschen, der auf einem Feigenbaum Kürbisse sucht und deshalb nicht die Feigen sieht. Jeder Kaufmann versteht, daß Phut, um fünf Talente von einem Priester zurückzuerhalten, die Gunst aller gewinnen muß, die zu den Tempeln gehören. Du begreifst auch rein gar nichts."

„Mein Herz sagt mir, daß er ein assyrischer Gesandter ist, der für Seine Heiligkeit Verderben sinnt."

Kusch schaute Assarhaddon mit Verachtung an.

„So verfolge ihn doch und bewache jeden seiner Schritte. Und wenn du etwas entdeckt hast, erhältst du zur Belohnung vielleicht einen Teil seines Eigentums."

„Da hast du ein kluges Wort gesprochen!" rief der Wirt.

Mag die Ratte zur Priesterin gehen und von ihr aus weiter an einen mir unbekannten Ort. Ich aber werde ihm meine Augen, denen nichts verborgen bleibt, nachsenden!"

XX

Gegen neun Uhr abends verließ Phut die Herberge „Zum Schiff" in Begleitung eines Mohren, der eine Fackel trug. Eine halbe Stunde zuvor hatte Assarhaddon in die Straße der Gräber einen Vertrauten gesandt, der scharf zu beobachten hatte, ob der Harrane nicht aus dem Hause „Zum Grünen Stern" hinausschlüpfte, und ihm dann nachzugehen hatte.

Ein zweiter Vertrauter des Wirtes folgte Phut in einiger Entfernung. Er verbarg sich in engeren Gäßchen an den Hauswänden, auf breiteren Straßen spielte er den Betrunkenen.

Die Gassen waren schon leer, die Lastträger und Händler schliefen bereits. Licht brannte nur in den Wohnungen der noch arbeitenden Handwerker oder bei den reichen Leuten, die auf flachen Dächern schmausten. Aus verschiedenen Häusern der Stadt drangen Musik von Harfen und Flöten, Gesang und Gelächter, Hammerschläge, das Kreischen von Tischlersägen, zuweilen ein Grölen Betrunkener, manchmal auch ein Hilferuf.

Die Gassen, die Phut und der Sklave durchschritten, waren meist eng, krumm und uneben. Je mehr sie sich ihrem Ziele näherten, desto niedriger wurden die Gebäude, einstöckige Häuser herrschten vor und Gärten, richtiger gesagt Palmen, Feigenbäume und kümmerliche Akazien, die über die Mauern lugten, als hätten sie die Absicht, von hier zu fliehen.

In der Straße der Gräber änderte sich plötzlich das Bild. An Stelle der Steinhäuser dehnten sich weite Gärten, die vornehme Villen umgaben. Der Mohr blieb vor einem Tor stehen und löschte die Fackel.

„Hier ist der ‚Grüne Stern'", sagte er, und nachdem er sich vor Phut tief verneigt hatte, kehrte er um.

Der Harrane klopfte an. Nach einer Weile erschien der Pförtner. Aufmerksam betrachtete er den Ankömmling und murmelte: „Anael, Sachiel."

„Amabiel, Abalidot", antwortete Phut.

„Sei gegrüßt!" rief der Pförtner und öffnete sofort.

Nachdem sie ein paar Schritte zwischen Bäumen zurückgelegt

hatten, befand sich Phut im Vorraum des kleinen Palastes, wo ihn die bekannte Priesterin begrüßte. Im Hintergrund stand ein Mann mit schwarzem Haar und Bart, der dem Harranen so ähnlich sah, daß der Ankömmling sein Erstaunen nicht verbergen konnte.

„Er wird dich in den Augen deiner Verfolger vertreten", sagte die Priesterin lächelnd.

Der als Harrane verkleidete Mann setzte sich einen Rosenkranz auf das Haupt und begab sich in Gesellschaft der Priesterin in den ersten Stock, wo alsbald Flötentöne und Becherklirren erklangen. Phut aber wurde von zwei Priestern in das Bad im Garten geführt. Dort wuschen sie ihn, salbten ihm das Haar und legten ihm weiße Kleider an.

Vom Bad aus begaben sich alle drei wieder in den Park, durchschritten einige Gärten und gelangten schließlich auf einen leeren Platz.

„Dort drüben", sprach ein Priester, „liegen die ehemaligen Gräber, dort ist die Stadt und hier der Tempel. Geh, wohin du willst. Klugheit möge dir den Weg weisen, heilige Worte mögen dich vor Gefahren schützen."

Die beiden Priester zogen sich in den Garten zurück, Phut blieb allein. Die mondlose Nacht war ziemlich hell. Von fernher glitzerte der in Nebel gehüllte Nil, hoch oben strahlte in sieben Sternen der Große Bär. Zu Häupten des Reisenden funkelte der Orion, und über den dunklen Pylonen flammte der Sirius.

Bei uns leuchten die Sterne heller, dachte Phut. Er begann Gebete in einer fremden Sprache zu murmeln und wandte sich dem Tempel zu.

Als er einige Schritte gegangen war, trat aus einem der Gärten ein Mann und folgte dem Reisenden. Doch fast im selben Augenblick fiel ein so dichter Nebel, daß auf dem Platz nichts außer den Tempeldächern zu erkennen war.

Nach einiger Zeit stieß der Harrane auf eine hohe Mauer. Er blickte zum Himmel und ging gen Westen. Nachtvögel und große Fledermäuse flogen fortwährend über ihm. Der Nebel wurde so dicht, daß er sich mit den Händen an der Mauer entlang tasten mußte, um sich nicht zu verirren. Es dauerte ziemlich lange, bis sich Phut plötzlich vor einer niedrigen Pforte befand, die mit einer großen Anzahl von Bronzenägeln gespickt war. Er begann sie von links oben her zu zählen, wobei er einige kräftig drückte und andere drehte.

Als er auf diese Weise den letzten Nagel unten bewegt hatte, öffnete sich leise die Tür. Der Harrane trat einige Schritte vor und befand sich in einer engen, vollkommen dunklen Nische.

Vorsichtig prüfte er den Boden unter seinen Füßen, bis er auf eine Art Brunnenrand stieß, woraus ihm Kühle entgegenwehte. Hier kauerte er nieder und ließ sich kühn hinabgleiten, obwohl er zum erstenmal an diesem Ort und in diesem Lande weilte. Der Abgrund war jedoch nicht tief. Phut erreichte mit beiden Füßen den abschüssigen Boden und ging mit so großer Sicherheit einen Gang hinunter, als kenne er den Weg seit langem. Am Ende des Korridors befand sich eine Tür. Der Ankömmling tastete nach dem Türring und klopfte dreimal. Zur Antwort sprach jenseits eine Stimme: „Der du zu nächtlicher Stunde die Ruhe des heiligen Ortes störst, hast du das Recht, hier einzudringen?"

„Ich habe weder Mann noch Weib, noch Kind unrecht getan. Kein Blut hat meine Hände befleckt. Ich aß keine unreinen Speisen, ich raubte kein fremdes Gut, ich log nicht und verriet niemals das große Geheimnis", antwortete der Harrane ruhig.

„Bist du der Erwartete oder der, für den du dich ausgibst?" fragte nach einer Weile die Stimme.

„Ich bin der von den Brüdern aus dem Osten Gesandte; doch auch der zweite Name ist mein eigen. In einer Stadt der Mitternacht besitze ich Haus und Land, wie ich es den Fremden erzählt habe", antwortete Phut.

Die Tür öffnete sich, und der Harrane betrat ein geräumiges Gewölbe, das durch eine kleine Lampe erhellt wurde, die auf einem Tisch vor einem Purpurvorhang brannte. Dieses Gewebe war mit einer goldenen Kugel mit zwei Flügeln und zwei Schlangen bestickt.

Daneben stand ein ägyptischer Priester in weißem Gewand.

„Der du hier eingetreten bist", sprach der Priester und wies dabei mit der Hand auf Phut, „weißt du, was das Zeichen auf dem Vorhang bedeutet?"

„Die Kugel ist das Abbild der Erde, auf der wir leben, und die Flügel bedeuten, daß diese Erde dem Adler gleich im All schwebt."

„Aber die Schlangen?" fragte der Priester.

„Die beiden Schlangen erinnern den Weisen: Wer das große Geheimnis verrät, stirbt einen zweifachen Tod, am Leib und an der Seele."

Nach einem Augenblick des Schweigens fragte der Priester weiter: „Wenn du wirklich Beroes bist", hier beugte er das Haupt, „der große Prophet Chaldäas", wieder neigte er das Antlitz, „für den es keine Geheimnisse gibt, weder auf Erden noch im Himmel, so lasse deinen Diener wissen: Welcher Stern ist der seltsamste?"

„Seltsam ist Hor-set*, der in zwölf Jahren den Himmel umwandert, seltsam, weil ihn vier kleinere Sterne umkreisen. Doch am seltsamsten ist Horka**, der den Himmel in dreißig Jahren umschwebt, denn er besitzt nicht nur ihm untertane Sterne, sondern auch einen großen Ring, der zuweilen verschwindet."

Als der ägyptische Priester das hörte, warf er sich vor dem Chaldäer nieder. Dann reichte er ihm eine Purpurschärpe und einen Musselinschleier, zeigte ihm, wo der Weihrauch stand, und verließ unter tiefen Verneigungen die Höhle.

Der Chaldäer blieb allein zurück. Er legte die Schärpe über die rechte Schulter, bedeckte das Gesicht mit dem Schleier, ergriff einen goldenen Löffel, füllte ihn mit Weihrauch und entzündete diesen an der Lampe vor dem Vorhang. Dann drehte er sich flüsternd dreimal im Kreis, und die Schwaden des Weihrauchs umgürteten ihn wie mit einem dreifachen Ring.

Währenddessen entstand in der leeren Höhle eine merkwürdige Unruhe. Die Decke schien plötzlich in die Höhe zu weichen, und auch die Wände wichen scheinbar auseinander. Der Purpurvorhang über dem Altar wogte, als würde er von verborgenen Händen bewegt. Die Luft durchwehte ein Hauch wie vom Flug unsichtbarer Vögel.

Der Chaldäer öffnete sein Gewand in Brusthöhe und holte ein mit geheimnisvollen Zeichen bedecktes Medaillon hervor. Die Höhle erbebte, der heilige Vorhang bewegte sich stürmisch, und an verschiedenen Stellen des Raumes erschienen Flämmchen.

Da hob der Magier die Hände empor und sprach: „Himmlischer Vater, Du Gütiger und Barmherziger, reinige meine Seele. Schenke Deinem unwürdigen Diener Deinen Segen und recke Deinen allmächtigen Arm über die rebellischen Geister, damit ich Deine Macht zeigen kann.

Hier ist das Zeichen, das ich in eurer Gegenwart berühre ... Hier stehe ich, gestützt auf Gottes Hilfe, vorausschauend und unerschrocken ... so bin ich mächtig und rufe euch und be-

* Der Planet Jupiter.

** Der Planet Saturn.

schwöre euch ... kommt hierher, gehorcht – im Namen Aye, Saraye, Aye, Saraye!"

In diesem Augenblick ließen sich aus verschiedenen Richtungen Stimmen vernehmen.

An der Lampe vorbei flog ein Vogel, dann ein Gewand von rostroter Farbe, danach ein geschwänzter Mensch und schließlich ein gekrönter Hahn, der sich auf dem Tischchen vor dem Vorhang niederließ.

Der Chaldäer sprach weiter: „Im Namen des allmächtigen und ewigen Gottes, Amorul, Tanecha, Rabur, Latisten ..."

Zum zweitenmal vernahm man die fernen Stimmen.

„Im Namen des wahrhaftigen und ewig lebenden Eloy, Archim, Rabur beschwöre und rufe ich euch ... Im Namen des Gestirns, das Sonne heißt, im Namen ihres Zeichens hier, im furchtbaren Namen des gelobten, lebendigen Gottes ..."*

Plötzlich trat Stille ein. Vor dem Altar erschien ein gekrönter Geist, der ein Zepter in der Hand trug und rittlings auf einem Löwen saß.

„Beroes! Beroes!" rief der Geist dumpf. „Warum rufst du mich?"

„Ich wünsche, daß mich meine Brüder aus diesem Tempel mit offenen Herzen empfangen und mir für die Worte, die ich ihnen von den Brüdern aus Babylon überbringe, ihr Ohr leihen", antwortete der Chaldäer.

„Es geschehe", sprach der Geist und verschwand.

Der Chaldäer stand mit zurückgebogenem Kopf und hoch emporgehobenen Händen bewegungslos wie ein Denkmal. Er verharrte länger als eine halbe Stunde in dieser für einen gewöhnlichen Sterblichen unerträglichen Stellung. Unterdessen wich ein Teil der Höhlenwand zurück, und es traten drei ägyptische Priester herein. Beim Anblick des Chaldäers, der, mit dem Rücken an eine unsichtbare Stütze gelehnt, in der Luft zu schweben schien, sahen die Priester einander erstaunt an. Der älteste sagte: „Früher vermochten das viele bei uns, doch heute ist dessen keiner mehr fähig."

Sie gingen um ihn herum, berührten seine erstarrten Glieder und betrachteten unruhig sein Antlitz, das gelb und blutleer wie das einer Leiche war.

„Ist er tot?" fragte der jüngste.

Nach diesen Worten kehrte der zurückgebogene Körper des

* Beschwörung der Magier.

Chaldäers zu senkrechtem Stand zurück. Sein Gesicht rötete sich leicht, die erhobenen Hände fielen herab. Er seufzte, fuhr sich über die Augen wie ein Mensch, der aus tiefem Schlaf erwacht, sah die Hinzugekommenen an und sagte nach einer Weile zum ältesten: „Du bist Mefres, Erzpriester des Tempels Ptah in Memphis. Du bist Herihor, Erzpriester Amons in Theben und in diesem Staat der einflußreichste Machthaber nach dem König. Und du", dabei wies er auf den jüngsten, „bist Pentuer, der zweite Prophet im Tempel Amons und Berater Herihors."

„Und du bist zweifellos Beroes, der große Priester und babylonische Weise, dessen Besuch uns vor einem Jahr angekündigt wurde", erwiderte Mefres.

„Du sprichst die Wahrheit", bestätigte der Chaldäer.

Er umarmte sie, und sie neigten vor ihm die Häupter.

„Ich bringe euch wichtige Kunde aus unserem gemeinsamen Vaterland, dem der Weisheit", sprach Beroes. „Hört zu und handelt danach."

Auf ein Zeichen Herihors holte Pentuer aus der Tiefe der Höhle drei leichte Holzsessel für die Älteren und einen niedrigen Hocker für sich. Er setzte sich in der Nähe der Lampe nieder und zog aus dem Gewand ein kleines Stilett hervor sowie eine mit Wachs bedeckte Tafel. Als alle drei in den Sesseln Platz genommen hatten, begann der Chaldäer: „Dir, Mefres, läßt das Höchste Priesterkollegium in Babylon bestellen: Der heilige Stand der Priester in Ägypten verfällt, viele von ihnen horten Geld, halten Weiber und führen ein ausschweifendes Leben. Die Weisheit schwindet bei euch. Ihr besitzt keine Macht mehr über die unsichtbare Welt, ja nicht einmal über die eigenen Seelen. Manche von euch verloren den höheren Glauben, und euren Augen bleibt die Zukunft verborgen. Es geschieht sogar noch Schlimmeres! Viele Priester, die fühlen, daß ihre Geisteskräfte erschöpft sind, haben den Weg der Lüge betreten und verführen die einfachen Menschen mit geschickten Tricks.

So spricht der Höchste Rat: Wenn ihr auf den richtigen Weg zurückkehren wollt, dann bleibt Beroes etliche Jahre bei euch, um mit Hilfe des vom großen Altar Babylons gebrachten Funkens das wahre Licht über dem Nil zu entzünden."

„Alles, was du gesagt hast, entspricht den Tatsachen", erwiderte Mefres betrübt. „So bleib denn einige Jahre hier, damit die heranwachsende Jugend zu eurer Weisheit findet."

„Jetzt die Worte des Höchsten Rates an dich, Herihor!"

Herihor neigte das Haupt.

„Weil eure Priester die größten Geheimnisse vernachlässigten, haben sie nicht bemerkt, daß Ägypten schlimme Jahre bevorstehen. Es drohen euch innerpolitische Niederlagen, die nur durch Tugend und Weisheit aufgehalten werden können. Was aber noch schlimmer ist: Wenn ihr im Laufe der nächsten zehn Jahre einen Krieg mit Assyrien beginnt, wird euch das Heer der Assyrer schlagen, über den Nil dringen und alles vernichten, was hier seit Jahrhunderten besteht.

Dieselbe böse Konstellation der Gestirne, die heute auf Ägypten lastet, trat zum erstenmal zu Zeiten der vierzehnten Dynastie ein, als die Hyksos euer Land eroberten und ausplünderten. Zum drittenmal wird sich das in fünfhundert oder sechshundert Jahren wiederholen, und zwar von Assyrien her wie vom Volke Paras, das östlich von Chaldäa wohnt."

Die Priester lauschten erschüttert. Herihor wurde blaß, Pentuer fiel die Tafel aus der Hand. Mefres umkrampfte das auf seiner Brust hängende Amulett und murmelte mit seinen verdorrten Lippen ein Gebet.

„Hütet euch also vor den Assyrern", fuhr der Chaldäer fort, „denn sie haben jetzt ihre große Stunde. Sie sind ein grausames Volk! Sie scheuen die Arbeit und leben vom Kriege, pfählen die Besiegten oder ziehen ihnen die Haut vom Leibe. Sie vernichten die eroberten Städte und führen die Bevölkerung in die Sklaverei. Zur Erholung jagen sie reißende Tiere, und sie machen sich daraus einen Spaß, mit dem Bogen auf ihre Gefangenen zu schießen und ihnen die Augen auszustechen. Fremde Tempel verwandeln sie in Trümmer, Gefäße der Götter benutzen sie zu ihren Festen, und die Priester und Weisen machen sie zu ihren Narren. Den Schmuck ihrer Wände bilden Menschenhäute und ihren Tischschmuck die blutigen Schädel ihrer Feinde."

Als der Chaldäer schwieg, ließ sich der ehrwürdige Mefres vernehmen: „Großer Prophet, mit Schrecken hast du unsere Seelen erfüllt und keine Rettung gezeigt. Es kann und wird – da du es sagst – sicher eintreffen, daß uns das Schicksal eine gewisse Zeit lang heimsuchen wird, wie aber sollen wir dem entrinnen? Im Nil gibt es gefährliche Strudel, aus denen sich kein Boot zu retten vermag. Ein kluger Steuermann umschifft deshalb jene gefährlichen Wirbel. Genauso verhält es sich mit dem Unglück der Völker. Das Volk gleicht dem Boot und die Zeit dem Fluß, den in gewissen Stunden Stürme peitschen. Wenn nun ein kleiner

Fischernachen seinem Untergang entrinnen kann, weshalb sollten dann Millionen Menschen unter ähnlichen Bedingungen nicht der Vernichtung entgehen können?"

„Deine Worte sind klug", erwiderte Beroes, „doch vermag ich sie nur zu einem Teil zu beantworten."

„Kannst du etwa nicht alles voraussehen?" fragte Herihor.

„Frage mich nicht nach künftigen Ereignissen, die ich kenne, aber keinem mitteilen darf. Für euch ist es jetzt das wichtigste, mit Assyrien einen zehnjährigen Frieden zu halten, und das liegt im Bereich eurer Macht. Noch fürchten die Assyrer Ägypten. Sie ahnen nichts von den verhängnisvollen innerpolitischen Unruhen, die euch bevorstehen, und wollen mit den am Meere ansässigen Völkern des Nordens und Ostens einen Krieg beginnen. Heute könntet ihr also noch ein Bündnis mit Assyrien schließen."

„Unter welchen Bedingungen?" wollte Herihor wissen.

„Unter sehr günstigen. Assyrien wird euch das Land Israel bis zur Stadt Akko und das Land Edom bis zur Stadt Elath abtreten. So könnten sich eure Grenzen ohne einen Krieg um zehn Tagesmärsche nach Mitternacht und um zehn Tagesmärsche nach Sonnenaufgang erweitern."

„Und Phönizien?" fragte Herihor.

„Hütet euch vor der Versuchung!" rief Beroes. „Wenn der Pharao heute die Hand nach Phönizien ausstrecken sollte, so würden die für Norden und Osten vorgesehenen assyrischen Armeen in Monatsfrist nach Süden aufbrechen und vor Ablauf eines Jahres bereits ihre Pferde im Nil tränken."

„Ägypten kann aber nicht auf seinen Einfluß in Phönizien verzichten!" rief Herihor erregt.

„Allein durch diesen Verzicht werdet ihr eurem eigenen Untergang entrinnen", sprach der Chaldäer. „Schließlich wiederhole ich die Worte des Höchsten Rates: ‚Bestelle Ägypten', befahlen die Brüder aus Babylon, ‚daß es sich für zehn Jahre wie ein Rebhuhn an die Erde drücken soll, weil es vom Habicht eines bösen Schicksals belauert wird. Sag auch, daß wir Chaldäer die Assyrer mehr hassen, als es die Ägypter tun, denn wir spüren den Druck ihrer Herrschaft; trotzdem empfehlen wir Ägypten Frieden mit diesem Volk der Blutsauger. Zehn Jahre, das ist eine geringe Zeitspanne, nach der ihr nicht nur eure alte Stellung wiedergewinnen, sondern auch uns retten könnt.'"

„Das ist wahr!" rief Mefres.

„Überlegt einmal selbst", fuhr der Chaldäer fort, „wenn Assyrien gegen euch in den Krieg zieht, wird es Babylon, das den Krieg verabscheut, mit sich reißen, unseren Reichtum erschöpfen und die Weisheit knebeln. Selbst wenn euer Volk nicht unterliegen sollte, würde es dennoch auf lange Jahre hinaus geschwächt sein und nicht nur viele Menschen verlieren, sondern auch eure fruchtbare Erde, die ohne eure ständige Arbeit in einem Jahre vom Sande verschlungen wäre."

„Das ist uns schon klar", meinte Herihor, „und deshalb denken wir nicht daran, Assyrien anzugreifen. Doch Phönizien ..."

„Was schadet es euch", sprach Beroes, „wenn der assyrische Räuber den phönizischen Dieb bedrängt? Daran verdienen unsere und eure Kaufleute, und wenn ihr die Phönizier nicht missen wollt, so erlaubt ihnen doch, sich an euern Ufern niederzulassen. Ich bin überzeugt, daß die reichsten und die geschicktesten aus der Gewalt der Assyrer zu euch fliehen werden."

„Was würde aus unserer Flotte werden, falls sich die Assyrer in Phönizien breitmachten?" fragte Herihor.

„Es ist nicht eure Flotte, sondern die phönizische", erwiderte der Chaldäer. „Wenn euch also die tyrischen und sidonischen Schiffe fehlen sollten, werdet ihr eben eigene bauen und die Ägypter segeln lehren. Wenn ihr nur Verstand und Energie daransetzt, so könnt ihr den Phöniziern den Handel im ganzen Westen entwinden."

Herihor winkte ab.

„Ich habe ausgerichtet, was mir befohlen worden ist", sprach Beroes, „handelt nun nach eurem Ermessen. Doch denkt daran, daß euch zehn unheilvolle Jahre drohen."

„Heiliger Mann", fragte Pentuer, „du hast zukünftige innerpolitische Unruhen in Ägypten angedeutet. Welchen Charakter werden sie haben? ... falls es dir beliebt, deinem Diener darauf zu antworten!"

„Fragt mich nicht danach. Das solltet ihr besser mutmaßen können als ein Ausländer wie ich. Vorsicht wird euch die Krankheit enthüllen und Erfahrung die Arznei reichen."

„Das Volk leidet unter dem Druck seiner Großen", murmelte Pentuer.

„Die Frömmigkeit schwindet ständig", meinte Mefres.

„Es gibt viele Menschen, die sich nach einem Kriege auf fremdem Boden sehnen", setzte Herihor hinzu. „Ich aber habe seit langem erkannt, daß wir ihn nicht führen können. Es sei denn, in zehn Jahren."

„So werdet ihr also mit Assyrien einen Vertrag schließen?" fragte der Chaldäer.

„Amon, der mein Herz kennt", antwortete Herihor, „weiß, wie sehr mir so ein Bündnis widerstrebt. Es ist noch gar nicht lange her, daß uns die elenden Assyrer Tribut zahlten! Wenn aber du, heiliger Vater, und der Höchste Rat es uns dringend empfehlen, wird es nicht anders gehen."

„Es ist wahr, wir müssen uns mit den Assyrern verbünden", ergänzte Mefres.

„So benachrichtigt den Rat in Babylon von diesem Beschluß; dann wird er dafür sorgen, daß König Assar euch eine Gesandtschaft schickt. Glaubt mir, daß dieser Vertrag sehr günstig ist, da ihr ohne einen Krieg euer Besitztum vergrößern werdet! Schließlich hat unser Priesterkollegium gründlich darüber nachgedacht."

„O daß euch jedweder Segen widerfahren möge: Wohlstand, Macht und Weisheit!" sprach Mefres. „Ja, wir müssen unseren Priesterstand heben, und du, heiliger Mann Beroes, sollst uns dabei helfen."

„Vor allem ist es geboten, die Not des Volkes zu lindern", warf Pentuer ein.

„Die Priester! Das Volk!" sprach Herihor wie zu sich selbst, „hier müssen vor allem diejenigen gezügelt werden, die den Krieg erstreben. Es stimmt, Seine Heiligkeit der Pharao steht hinter mir, und es scheint, daß ich auch einen gewissen Einfluß auf das Herz unseres erlauchten Nachfolgers – der ewig leben möge! – gewonnen habe. Doch Nitager, dem der Krieg dasselbe bedeutet wie dem Fisch das Wasser ... und die Anführer unserer Söldnerheere, die erst im Kriege bei uns etwas bedeuten ... oder unsere Aristokratie, die damit rechnet, daß der Krieg ihre phönizischen Schulden begleicht und ihnen Vermögen einbringen wird ..."

„Indessen ersticken die Landleute unter der Last der Arbeit, und die Arbeiter empören sich gegen die Ausbeutung durch ihre Vorgesetzten", warf Pentuer ein.

„Ein jeder muß sein Augenmerk auf seinen eigenen Bereich richten", sprach nachdenklich Herihor. „Du, Pentuer, denke an die Bauern und Arbeiter. Du, Mefres, an die Priester. Ich weiß nicht, was ihr erreichen werdet, aber ich schwöre, wenn mein eigener Sohn Ägypten in einen Krieg treiben wollte, so würde ich ihn auslöschen."

„Richtig so!“ rief der Chaldäer. „Übrigens, wer will, soll ruhig Krieg führen! Nur nicht in einer Richtung, in der man auf Assyrien stoßen würde.“

Damit war die Sitzung beendet. Der Chaldäer schlug die Schärpe über die Schulter und zog den Schleier vor das Gesicht; Mefres und Herihor traten an seine Seite, Pentuer stellte sich hinter ihn, wobei sich alle dem Altar zuwandten.

Als Beroes die Arme über die Brust kreuzte und dabei murmelte, entstand erneut Unruhe im Gewölbe, und es wurde ein fernes Geräusch hörbar, das die Assistenten verwunderte. Da ließ sich der Magier laut vernehmen: „Baralanensis, Baldachiensis, Paumachiae, ich rufe euch zu Zeugen unserer Beschlüsse und bitte euch um Unterstützung unserer Pläne.“

Da erklang so deutlich ein Fanfarenton, daß Mefres sich bis zur Erde verneigte, Herihor sich erstaunt umsah und Pentuer niederkniete, zu beben anfing und sich die Ohren zuhielt.

Die Purpurdecke über dem Altar bewegte sich, und ihre Falten nahmen eine Form an, als wollte ein Mensch daraus heraustreten.

„Seid Zeugen“, rief der Chaldäer mit veränderter Stimme, „ihr himmlischen und höllischen Mächte! Und wer den geheimen Beschluß bricht oder verrät, der sei verflucht!“

„Verflucht!“ wiederholte eine Stimme.

„... und vernichtet ...“

„... und vernichtet ...“

„... in diesem sichtbaren und im jenseitigen unsichtbaren Leben und beim unaussprechlichen Namen Jehovas, bei dessen Klang die Erde bebt, das Meer entweicht, Feuer verlöscht und sich die Elemente der Natur entfesseln.“

In der Höhle herrschte ein förmliches Unwetter. Die Fanfarenklänge mischten sich mit fernem Donnergrollen. Der Altarvorhang hob sich beinahe waagerecht, und hinter ihm erschienen unter flammenden Blitzen merkwürdige Geschöpfe, halb Mensch, halb Pflanze oder Tier, verschlungen und durcheinanderwimmelnd.

Plötzlich wurde es wieder ruhig, und Beroes erhob sich langsam über die Häupter der drei assistierenden Priester in die Luft.

Um acht Uhr früh kehrte der Harrane Phut in die phönizische Herberge „Zum Schiff“ zurück, wo sich seine gestohlenen Säcke sowie die Truhe wieder eingefunden hatten. Ein paar Minuten nach ihm kam der vertraute Diener Assarhaddons, den der Wirt in den Keller hinabführte und kurz befragte:

„Nun?"

„Ich war die ganze Nacht über auf dem Vorplatz vom Tempel Seths. Gegen zehn Uhr abends traten aus dem Garten, der fünf Grundstücke entfernt vom Hause ‚Zum Grünen Stern' liegt, drei Priester heraus. Einer von ihnen, mit schwarzem Haar und Bart, schritt über den Platz dem Tempel zu. Ich lief ihm nach, aber es fiel plötzlich ein Nebel, so daß ich ihn aus den Augen verlor. Ob, wann und wie er in den ‚Grünen Stern' zurückgekehrt ist, weiß ich nicht."

Der Herbergswirt schlug sich bei diesem Bericht an die Stirn und murmelte vor sich hin: „Wenn mein Harrane Priesterkleidung anlegt und darin einen Tempel aufsucht, muß er ein Priester sein; und wenn er Bart und Haare trägt, ist er ein chaldäischer Priester. Trifft er sich nun heimlich mit ägyptischen Kollegen, dann muß es wichtige Hintergründe haben. Der Polizei werde ich darüber nichts melden, denn ich könnte dabei hereinfallen. Aber ich werde einen von den mächtigen Sidoniern benachrichtigen, weil daraus vielleicht ein Geschäft zu schlagen ist – wenn nicht für mich, so doch für die Unseren."

Bald kehrte auch der andere Bote zurück. Assarhaddon ging mit ihm ebenfalls in den Keller und hörte folgenden Bericht: „Die ganze Nacht hindurch habe ich gegenüber dem ‚Grünen Stern' aufgepaßt. Der Harrane war dort, betrank sich und lärmte so übermäßig, daß der Polizist den Pförtner ermahnen mußte."

„He", fragte der Wirt, „der Harrane war die ganze Nacht lang im ‚Grünen Stern', und du hast ihn bestimmt gesehen?"

„Gewiß, und nicht nur ich, sondern auch der Polizist."

Assarhaddon rief nochmals den ersten Diener und stellte beide einander gegenüber. Sie wiederholten getreulich ihre Aussagen, woraus hervorging, daß der Harrane Phut sich die ganze Nacht hindurch im ‚Grünen Stern' vergnügt hatte, ohne das Haus auch nur für einen Augenblick zu verlassen, und gleichzeitig am späten Abend in den Tempel Seths gegangen war, aus dem er nicht zurückkehrte.

„Oh", knurrte der Phönizier, „dahinter steckt ein großes Schelmenstück! Ich muß so schnell wie möglich die Ältesten der phönizischen Gemeinde davon benachrichtigen, daß sich der Chaldäer zu gleicher Zeit an zwei Orten aufgehalten hat. Auch werde ich ihn ersuchen, sofort meine Herberge zu verlassen. Ich kann zwielichtige Menschen, die ein Doppelspiel betreiben, nicht vertragen. Solch ein Kerl ist entweder ein großer Dieb, ein Zauberer oder gar ein Verschwörer."

Da Assarhaddon sich vor dem unheimlichen Gast fürchtete, versicherte er sich in Gebeten zu allen Göttern, die seine Schenke zierten, gegen Zauberei. Dann lief er in die Stadt, wo er den Ältesten der phönizischen Gemeinde und den Ältesten der Diebesinnung in Kenntnis setzte. Schließlich, als er wieder nach Hause gekommen war, ließ er den Aufseher der Zehnergruppe von Polizisten zu sich rufen und deutete ihm an, daß Phut ein gefährlicher Kerl sein könne. Am Ende verlangte er von dem Harranen, seine Herberge, der er weniger Gewinn als Verdacht und Verlust einbrächte, zu verlassen.

Phut war mit dem Vorschlag sofort einverstanden und erklärte dem Wirt, daß er noch am selben Abend nach Theben fahren werde.

O daß du von dort nie zurückkehrtest! wünschte im Herzensgrunde der gastfreundliche Wirt. Lieber sollst du in den Bergwerken verfaulen oder den Krokodilen zum Fraß in den Fluß fallen!

XXI

Die Reise des Thronfolgers begann in der schönsten Jahreszeit, und zwar im Monat Famenut, von Ende Dezember bis Anfang Januar.

Das Wasser war bis zur Hälfte der Überschwemmungshöhe gefallen und gab immer mehr Landflächen frei. Von Theben her schwammen viele mit Weizen beladene Flöße zum Meere hin; in Unterägypten wurden Klee und Sennesblätter geerntet. Apfelsinen- und Granatapfelbäume bedeckten sich mit Blüten, und auf den Feldern wurden Lupine gesät, Flachs, Gerste, Saubohnen sowie alle anderen Hülsenfrüchte, Gurken und viele Gemüsearten mehr.

Von den Priestern, höchsten Staatsbeamten, der Garde Seiner Heiligkeit des Pharao und von großen Menschenmassen begleitet, bestieg im Flußhafen von Memphis der Prinz und Statthalter Ramses gegen zehn Uhr eine goldene Barke. Unter dem Deck, auf dem kostbare Zelte standen, ruderten zwölf Matrosen. Vor dem Mast, an Bug und an Heck der Barke hatten die besten Ingenieure ihre Plätze eingenommen. Manche beaufsichtigten die Segel, andere kommandierten die Ruderer, die übrigen steuerten.

Ramses hatte den allerehrwürdigsten Erzpriester Mefres und den heiligen Vater Mentezufis, die ihn auf seiner Reise begleiten und ihm bei den Regierungsgeschäften helfen sollten, auf sein Schiff gebeten. Auch den ehrwürdigen Nomarchen von Memphis, der dem Thronfolger bis an die Grenze seiner Provinz das Geleit gab, berief der Prinz an seine Seite.

Etliche hundert Schritt vor dem Statthalter fuhr das schöne Boot des achtbaren Otoes, des Nomarchen von Aa, der Nachbarprovinz von Memphis. Hinter dem Prinzen aber ruderten unzählige Boote, die mit Höflingen, Priestern, Offizieren und Beamten besetzt waren.

Proviant und Dienerschaft waren bereits vorausgeschickt worden.

In Richtung Memphis fließt der Nil zwischen zwei Gebirgszügen. Weiter stromabwärts treten die Berge nach Osten und Westen zurück, und der Fluß bildet mehrere Arme, die durch eine große Ebene dem Meere zustreben.

Als das Schiff die Anlegestelle verließ, wollte der Prinz mit dem Erzpriester Mefres sprechen; im gleichen Augenblick aber brach ein derartiges Jubelgeschrei aus, daß der Thronfolger aus seinem Zelt hervortreten mußte, um sich dem Volk zu zeigen.

Der Lärm verringerte sich jedoch nicht, sondern schwoll ständig an. Zu beiden Ufern des Nils stand eine riesige Menschenmenge, die sich ständig vergrößerte: halbnackte Tagelöhner und in Festgewänder gekleidete Bürger. Viele von ihnen trugen Kränze auf den Köpfen, und fast alle hielten grüne Zweige in den Händen. In einigen Gruppen wurde gesungen, in anderen ertönten Trommelwirbel und Flötenklänge.

Die am Flusse dicht beieinanderstehenden Brunnen mit ihren Eimern hatten Feiertag. Auf dem Nil kreiste ein Schwarm kleiner Nachen, von denen aus Blumen vor die Barke des Thronfolgers geworfen wurden. Manche Ägypter sprangen sogar ins Wasser und schwammen hinter dem Schiff des Prinzen her.

Sie grüßen mich ja genauso wie Seine Heiligkeit, dachte der Prinz.

Da ergriff ein großer Stolz sein Herz beim Anblick der vielen schmucken Schiffe, die er mit einem Handzeichen hätte aufhalten können, sowie der Tausende von Menschen, die ihre

Arbeit im Stich ließen, sich Verletzungen, ja sogar dem Tode aussetzten, um nur sein göttliches Antlitz zu schauen.

Besonders der unermeßliche Jubelruf der Menge, der auch nicht für einen einzigen Augenblick nachließ, berauschte Ramses, stieg ihm zu Kopfe, hob ihn förmlich empor. Der Prinz meinte: „Wenn ich jetzt von Deck spränge, würde ich nicht einmal das Wasser erreichen, weil mich die Begeisterung der Menschen emporreißen und wie einen Vogel gen Himmel tragen würde."

Das Schiff näherte sich ein wenig dem linken Ufer, die Gestalten in der Menge zeichneten sich deutlicher ab, und Ramses bemerkte plötzlich, was er nicht erwartet hätte. Während die Menschen in den ersten Reihen klatschten und sangen, wurden hinter ihnen Prügel sichtbar, die dicht und rasch auf unsichtbare Buckel niedersausten.

Der Thronfolger wandte sich erstaunt an den Nomarchen von Memphis.

„Schaut nur, Euer Würden, dort wird ja geprügelt!"

Der Nomarch legte die Hand über die Augen, und sein Nacken rötete sich. „Verzeiht, allergnädigster Gebieter, doch ich sehe schlecht."

„Man prügelt ... ganz gewiß, man prügelt", beharrte der Prinz.

„Das ist schon möglich", erwiderte der Nomarch. „Gewiß hat die Polizei eine Diebesbande gefaßt."

Unmutig begab sich der Thronfolger zum Heck des Schiffes, mischte sich unter die Ingenieure und schaute nach Memphis hinüber. Die Ufer nilaufwärts waren beinahe leer, die Nachen verschwunden, die wasserschöpfenden Brunnen arbeiteten, als wäre es nie anders gewesen.

„Ist die Feier schon zu Ende?" fragte der Prinz einen der Ingenieure und wies dabei flußaufwärts.

„Ja, die Menschen sind wieder an die Arbeit gegangen", lautete die Antwort.

„Sehr rasch!"

„Sie müssen die verlorene Zeit wieder aufholen", sagte unvorsichtigerweise der Ingenieur.

Der Thronfolger zuckte zusammen, sah den Sprecher scharf an. Doch bald beruhigte er sich und kehrte in sein Zelt zurück. Die Rufe kümmerten ihn nicht mehr. Er wurde finster und schwieg. Der Stolz schlug um in Verachtung für die Menschen, die so schnell aus ihrer Begeisterung an die schlammschöpfenden Kräne zurückgekehrt waren.

Jetzt teilte sich der Nil. Das Schiff des Nomarchen von Aa wandte sich gen Westen und legte nach einstündiger Fahrt am Ufer an. Die wartende Menschenmenge war noch zahlreicher als bei Memphis. Man hatte eine große Anzahl fahnengeschmückter Säulen und mit frischem Grün umwundener Triumphbogen errichtet. Auch sah man immer häufiger fremdartige Gesichter und Bekleidung.

Als der Prinz an Land ging, näherten sich ihm Priester mit einem Baldachin, und der ehrwürdige Nomarch Otoes hielt eine Ansprache: „Sei gegrüßt, Statthalter des göttlichen Pharao, auf dem Boden des Nomos Aa. Zum Zeichen deiner Gnade, die dem himmlischen Tau gleicht, geruhe, dem Gotte Ptah, unserem Schutzherrn, ein Opfer darzubringen, und nimm bitte diesen Nomos mit seinen Tempeln, Beamten, Menschen, Vieh, Korn und allem, was dazu gehört, gnädig unter deinen Schutz und Schirm."

Dann stellte er ihm eine Gruppe junger, geschminkter Stutzer vor, die parfümiert und in goldbestickte Gewänder gekleidet waren. Es waren die näheren und entfernteren Verwandten des Nomarchen, die ortsansässige Aristokratie.

Ramses betrachtete sie aufmerksam.

„Aha!" rief er. „Es schien mir, daß den Herren etwas fehle, nun weiß ich, was: Sie tragen keine Perücken."

„Weil du, allergnädigster Prinz, keine Perücke trägst, hat auch unsere Jugend beschlossen, darauf zu verzichten", erklärte der Nomarch.

Dann traten ein junger Mann mit einem Fächer, ein zweiter mit einem Schild und ein dritter mit einer Lanze hinter den Prinzen. An der Spitze des Zuges ging ein Priester mit einem Weihrauchfaß, ihm folgten junge Mädchen, die den Weg mit Rosen bestreuten, und hinter ihnen schritt der Thronfolger unter seinem Baldachin.

Die feiertäglich gekleideten und Zweige in den Händen tragenden Menschen bildeten Spalier und schrien, sangen oder warfen sich vor dem Stellvertreter des Pharao auf das Antlitz. Der Prinz bemerkte aber, daß die Gesichter trotz der lauten Freudenrufe teilnahmslos und bekümmert blieben. Ihm fiel weiter auf, daß die Menge aus Gruppen bestand, die von irgendwelchen Leuten dirigiert wurden, kurz, daß der Jubel befohlen war.

Wiederum erfüllte sein Herz kalte Verachtung für den Pöbel, der sich nicht einmal freuen konnte.

Langsam näherte sich das Gefolge der Grenzsäule zwischen dem Nomos Aa und dem Nomos Memphis. In die Säule waren an drei Seiten Schrifttafeln gehauen, die Aufschluß gaben über Ausdehnung, Bevölkerung und die Anzahl der Städte der Provinzen. Auf der vierten Seite prangte ein Bildnis des Gottes Ptah, der vom Fuß bis zur Brust umwickelt war, eine gewöhnliche Kopfbedeckung trug und in der Hand einen Stab hielt.

Einer der Priester reichte dem Prinzen einen goldenen Löffel mit glimmendem Weihrauch. Der Thronfolger sprach die vorgeschriebenen Gebete, hob das duftende Kraut in Höhe des göttlichen Antlitzes und verneigte sich einige Male tief.

Die Hochrufe der Zuschauer und Priester verstärkten sich, obwohl die aristokratische Jugend lächelte und spöttische Mienen zeigte. Der Prinz, der, seit er sich wieder mit Herihor vertrug, den Göttern und Priestern große Achtung erwies, runzelte leicht die Brauen, und im selben Augenblick änderte die Jugend ihre Haltung. Alle wurden ernster, einige warfen sich sogar vor der Säule nieder.

Da dachte Ramses: Die Adligen sind wirklich besser als der Pöbel! Was sie auch tun, es kommt von Herzen. Sie handeln nicht wie jene, die mir zu Ehren zwar schreien, in Wirklichkeit aber froh wären, wenn sie schnell zu ihren Trögen und Werkstätten zurückkehren könnten.

Jetzt erkannte er gründlicher als zu jedem anderen Zeitpunkt den Abstand, der ihn von den Gemeinen trennte. Er verstand, daß ihn nur mit der Klasse der Aristokratie gemeinsame Gefühle verbanden. Wenn plötzlich die eleganten Jünglinge und schönen Frauen, die mit feurigen Blicken jede seiner Bewegungen verfolgten, um ihm sofort dienen und seine Befehle ausführen zu können, – wenn sie plötzlich verschwunden wären, hätte sich der Prinz in der zahlreichen Volksmenge einsamer gefühlt als in der Wüste.

Acht Mohren trugen eine Sänfte herbei, deren Baldachin mit Straußenfedern geschmückt war. Der Prinz bestieg sie und begab sich nach Sechem, der Hauptstadt des Nomos, in den Regierungspalast, der zu seinem zeitweiligen Wohnsitz bestimmt worden war.

Ramses' Aufenthalt in der Provinz, die kaum einige Meilen von Memphis entfernt lag, währte über einen Monat. Seine Zeit war ausgefüllt mit der Entgegennahme von Bittgesuchen, dem Empfang von Huldigungen, der Vorstellung von Beamten und mit Festen.

Die Feste hatten zweierlei Charakter: die einen fanden im Palast statt, und nur die Aristokratie durfte an ihnen teilnehmen. Die anderen richtete man im Außenhof, wo ganze Ochsen gebraten, Hunderte von Broten gegessen und dazu Hunderte von Bierkrügen geleert wurden. Hier vergnügten sich die fürstliche Dienerschaft und die niederen Beamten des Nomos.

Ramses bewunderte die Freigebigkeit des Nomarchen und die Verbundenheit der großen Herren, die Tag und Nacht den Statthalter umgaben, auf jeden seiner Winke achteten und stets bereit waren, seinen Befehl zu befolgen.

Als der Prinz endlich der Feste müde geworden war, erklärte er dem würdigen Otoes, er wünsche das Wirtschaftsleben der Provinz näher kennenzulernen. Den Befehl hierzu hatte er von Seiner Heiligkeit, dem Pharao, erhalten.

Daraufhin bat der Nomarch den Prinzen in eine Sänfte, die von nur zwei Männern getragen wurde, und führte ihn mit großem Gefolge in den Tempel der Gottheit Hathor. Dort blieb das Geleit im Vorraum zurück, während der Nomarch den Trägern Ramses bis zur Spitze eines Pylonen zu tragen befahl und ihn selbst dorthin begleitete.

Von der Höhe des sechsstöckigen Turmes aus, wo sonst die Priester den Himmel beobachteten und sich mit farbigen Fahnen mit den Nachbartempeln in Memphis, Athribis und Anu verständigten, umfaßte der Blick im Umkeis von etlichen Meilen beinahe die ganze Provinz.

Otoes zeigte dem Prinzen von weitem die Felder und Weingärten des Pharao, Kanäle, die zur Zeit gesäubert, und Dämme, die gerade ausgebessert wurden. Schmelzöfen für Bronze, königliche Speicher, von Lotos und Papyrus überwucherte Sümpfe, mit Sand überwehte Felder und vieles mehr.

Ramses war über den Anblick entzückt und bedankte sich bei Otoes herzlich. Als er aber in den Palast zurückgekehrt war und – dem Rate seines Vaters folgend – die Eindrücke zu notieren begann, wurde ihm bewußt, daß sich seine Kenntnisse über die wirtschaftliche Lage des Nomos Aa nicht erweitert hatten.

Nach einigen Tagen bat er Otoes um Aufklärung über die Verwaltungsverhältnisse der Provinz. Da befahl der Nomarch allen Beamten, sich zu versammeln und vor dem Prinzen, der im Haupthof auf einer Erhöhung saß, vorbeizudefilieren.

So zogen denn vor dem Statthalter die großen und kleinen Schatzmeister vorüber, Verwalter von Getreide, Wein, Vieh und Stoffen, Obermaurer und Bergleute, Land- und Wasseringenieure, Ärzte für verschiedene Krankheiten, Aufseher der Arbeitsbrigaden, Polizeisekretäre, Richter, Gefängniswärter, sogar Wasenmeister und Henkersknechte. Nach ihnen stellte der Nomarch Ramses seine eigenen Provinzbeamten vor. Der Prinz erfuhr jetzt zu seinem nicht geringen Erstaunen, daß er im Nomos Aa und in der Stadt Sechem einen eigenen Kutscher sowie Bogenschützen, Schild-, Lanzen- und Taxtträger, über zehn Sänftenträger, verschiedene Köche, Mundschenke, Friseure und viele andere Diener besaß, die sich durch „Verbundenheit und Treue auszeichneten", obwohl Ramses sie weder kannte noch jemals ihre Namen gehört hatte.

Ermüdet und gelangweilt von dieser nüchternen Besichtigung der Beamten wurde der Prinz mutlos. Ihn erschreckte, daß er nichts, aber auch gar nichts begriff. Darum glaubte er, er sei unfähig, einen Staat zu regieren. Er fürchtete jedoch, sich das selbst einzugestehen.

Wenn er einst Ägypten tatsächlich nicht zu regieren verstünde – was bliebe ihm dann? Nur der Tod. Ramses fühlte, daß es für ihn kein anderes Glück gab, als Pharao zu werden, wozu große Fähigkeiten unerläßlich waren.

Schließlich, nachdem er einige Tage ausgeruht hatte – soweit man das im Chaos des Hoflebens überhaupt vermag –, berief er erneut Otoes zu sich und sprach: „Ich habe dich, Ehrwürden, darum gebeten, mich in die Geheimnisse der Regierung deines Nomos einzuweihen. Daraufhin hast du mir das Land und die Beamten gezeigt – doch ich weiß noch nichts. Im Gegenteil, ich gleiche einem Menschen, der in die Kellergewölbe unserer Tempel gerät und ringsumher so viele Wege erblickt, daß er letzten Endes nie wieder ans Licht zurückfindet..."

Der Nomarch wurde verwirrt.

„Was soll ich denn tun?" rief er. „Was verlangt Ihr von mir, Gebieter? Sagt nur ein Wort, und ich gebe Euch mein Amt, mein Vermögen, sogar meinen Kopf."

Als er sah, daß der Prinz die Versicherung freundlich anhörte, redete er weiter: „Während Eurer Reise habt Ihr die Bevölkerung dieses Nomos gesehen. Ihr könnt einwenden, daß es nicht die gesamte war. Einverstanden. Ich werde befehlen, daß sich alle Einwohner, nämlich gegen zweihunderttausend Männer, Frauen, Greise und Kinder versammeln sollen. Von der Höhe des Pylonen aus habt Ihr unser Territorium zu betrachten geruht. Wenn Ihr aber ein jedes Feld näher anschauen wollt, jedes Dorf und jede Straße der Stadt Sechem, so kann das geschehen.

Schließlich habe ich Euch die Beamten vorgeführt, unter denen allerdings die niedrigsten fehlten! Befehlt nur, und es werden alle morgen vor Eurem Antlitz stehen und sich vor Euch auf ihre Bäuche werfen.

Was soll ich noch mehr tun? Antwortet, allergnädigster Gebieter!"

„Ich bin von deiner Treue überzeugt", sprach der Prinz. „Erkläre mir also zweierlei. Erstens: Weshalb haben sich die Einkünfte Seiner Heiligkeit des Pharao verringert? Und zweitens: Was tust du selbst im Nomos?"

Otoes wurde verlegen, und der Prinz fügte deshalb schnell hinzu: „Was du hier tust und wie du regierst, will ich wissen, weil ich jung bin und erst zu regieren beginne..."

„Doch besitzt Ihr die Weisheit eines Greises!" flüsterte der Nomarch.

„Es ist wichtig", sprach Ramses, „daß ich die Erfahrenen befrage und mich von dir belehren lasse."

„Ich werde Eurer Hoheit alles zeigen und erklären", antwortete Otoes, „doch dann müssen wir einen Ort aufsuchen, wo nicht soviel Lärm herrscht."

Tatsächlich drängten sich auf dem inneren wie auf dem äußeren Hof des Palastes, den der Prinz bewohnte, Menschenmassen wie auf einem Jahrmarkt. Alle aßen, tranken, sangen, rangen oder liefen um die Wette, und all das geschah zu Ehren des Statthalters, dessen Diener sie waren.

Gegen drei Uhr nachmittags etwa befahl also der Nomarch, zwei Pferde vorzuführen, um mit dem Prinzen gemeinsam aus der Stadt gen Westen zu reiten. Das Gefolge blieb im Palast zurück und vergnügte sich weiter.

Der Tag war schön, kühl und die Erde mit Grün und Blumen bedeckt. Zu Häupten der Reiter zwitscherten die Vögel, die Luft war duftgeschwängert.

„Wie angenehm ist es hier!" sprach Ramses. „Zum erstenmal seit einem Monat kann ich meine Gedanken sammeln, und ich glaubte schon, in meinem Kopf hätte sich ein ganzes Regiment

Kriegswagen versammelt und hielte dort vom Morgen bis in die Nacht Übungen ab."

„Das ist das Schicksal der Mächtigen dieser Welt", erwiderte der Nomarch.

Auf einer Höhe machten sie halt. Ihnen zu Füßen lag eine weite Wiese, durch die sich ein blauer Bach schlängelte. Im Norden und Süden leuchteten die weißen Mauern der Städtchen. Vom Ende der Wiese bis zum Horizont hin erstreckten sich die roten Sandflächen der westlichen Wüste; von dort wehte zuweilen der heiße Atem des Windes wie aus einem Ofen.

Auf der nahen, saftigen Grasfläche weideten unzählige Herden von Haustieren: Ziegen, Esel, Antilopen, sogar Nashörner.

In den Sümpfen, die hie und da von Wasserpflanzen und Sträuchern bewachsen waren, wimmelte es von wilden Gänsen, Enten, Störchen, Ibissen und Pelikanen.

„Schaut, Gebieter", rief der Nomarch, „dies ist das Bild unseres Landes Kanaan in Ägypten. Osiris hat diesen Landstreifen zwischen den Wüsten liebgewonnen und mit Pflanzen und Tieren gesegnet, damit er Nutzen bringe. Dann nahm der gute Gott menschliche Gestalt an und wurde zum ersten Pharao. Als er aber seinen Leib welken fühlte, verließ er ihn, ging über in seinen Sohn, später den Enkel und so weiter von Generation zu Generation. So lebt Osiris seit Jahrhunderten als Pharao unter uns und zieht Nutzen aus Ägypten und seinen Reichtümern, die er selbst erschaffen hat. Der Gewaltige wuchs wie ein mächtiger Baum. Seinen Wipfel bilden alle ägyptischen Könige, die Zweige unsere Nomarchen und Priester und die kleinen Ästlein die Ritter. Der sichtbare Gott sitzt auf dem irdischen Thron und erhebt seinen Teil aus den Einkünften, die dieses Land hervorbringt. Der unsichtbare Gott hingegen empfängt in den Tempeln Opfer und tut durch den Mund der Priester seinen Willen kund."

„Du sagst die Wahrheit", sprach der Prinz. „So steht es geschrieben."

„Da der Osiris-Pharao", fuhr der Nomarch fort, „sich nicht selbst mit der irdischen Wirtschaft beschäftigen kann, gebot er uns, sein Gut zu verwalten, uns, den Nomarchen, die wir aus seinem Blut stammen."

„Das ist wahr", bestätigte Ramses. „Zuweilen sogar verwandelt sich der Sonnengott in einen Nomarchen, mit dem eine neue Dynastie beginnt. So entstanden die memphische Dynastie, die elephantinische, die thebanische und die der Hyksos."

„Ihr sagt es, Gebieter“, sprach Otoes weiter, „und jetzt werde ich Eure Fragen beantworten.

Ihr wolltet wissen, was ich hier im Nomos tue. Ich verwalte das Gut des Osiris-Pharao einschließlich meines Anteils. Betrachtet diese Herden. Ihr seht da verschiedene Tiere, die einen geben Milch, andere Fleisch, weitere Wolle und Häute. Ähnlich verhält es sich mit den Einwohnern Ägyptens, die einen liefern Getreide, andere Wein, Gewebe, Geräte, oder sie errichten Gebäude. Meine Sache ist es, von jedem einzelnen seinen Satz an Abgaben zu erheben und dem Pharao zu Füßen niederzulegen.

Ich wäre jedoch nicht imstande, allein solch zahlreiche Herden zu hüten. Darum habe ich wachsame Hunde und kluge Hirten dafür eingesetzt. Diese melken die Tiere, scheren sie oder ziehen ihnen das Fell ab, andere wachen, damit kein Dieb oder Raubtier ihre Herde vermindert. Eine ähnliche Methode wende ich im Nomos an. Ich könnte nicht alle Steuern persönlich einnehmen oder allein die Menschen vor Bösem bewahren; so habe ich denn dafür Beamte, die mir über ihre Tätigkeit Rechenschaft abstatten müssen.“

„Das stimmt schon alles“, unterbrach ihn der Prinz. „Ich weiß das auch. Mir ist aber nicht klar, warum sich die Einnahmen Seiner Heiligkeit trotz treuer Verwaltung verringert haben.“

„Ich will Eure Hoheit daran erinnern, daß der Gott Seth – obgleich er der leibliche Bruder des sonnengleichen Osiris ist – diesen haßt, mit ihm kämpft und all seine Werke zerstört. Er schickt tödliche Krankheiten auf Mensch und Vieh herab, er bewirkt, daß die Überschwemmungen des Nils zu gering oder zu mächtig ausfallen, und er sendet über Ägypten in der heißen Zeit Sandstürme. In guten Jahren erreicht der Nil die Wüste, in schlechten aber wächst die Wüste dem Nil entgegen, und dann müssen auch die königlichen Einnahmen geringer werden.

Seht, Hoheit“, sprach Otoes weiter und zeigte auf die Wiesen, „dort weiden zwar viele Herden, doch waren sie in meiner Jugend weit zahlreicher. Wer aber ist daran schuld? Kein anderer als Seth, dem sich menschliche Kraft nicht zu widersetzen vermag. Die Wiese hier, so riesig sie heute auch ist, war einst noch größer, und man konnte damals noch nicht von diesem Ort aus die Wüste erblicken, die uns heute erschreckt.

Wenn die Götter kämpfen, ist der Mensch machtlos; wenn Seth seinen Bruder Osiris besiegt – wer kann ihm da noch in den Arm fallen?“

Der würdige Otoes hatte geendet. Der Prinz senkte das Haupt. Wieviel hatte er schon in den Schulen von der Gnade des Osiris gehört und von der Bösartigkeit Seths! Als er noch ein Kind gewesen war, hatte ihn der Zorn gepackt, daß man nicht mit Seth abrechnen konnte.

Wenn ich groß bin, träumte er damals, und nur erst einen Bogen zu tragen vermag, werde ich Seth suchen und mich mit ihm messen!

Heute blickte er nun zur unermeßlichen Weite der Sandwüste hinüber, zum Reich des bösen Gottes, der die Einnahmen Ägyptens verringerte; an den Kampf mit ihm aber dachte er nicht. Wie könnte man auch mit der Wüste kämpfen? Es bleibt einem nur übrig, sie zu meiden oder in ihr umzukommen.

XXII

Der Aufenthalt im Nomos Aa hatte den Thronfolger derart ermüdet, daß er, um ein wenig auszuruhen und seine Gedanken sammeln zu können, befahl, alle zu seinen Ehren veranstalteten Feiern zu unterlassen; auch ordnete er an, die Bevölkerung möge auf seinem Reiseweg nirgends zu Begrüßungsszenen erscheinen.

Das Gefolge des Prinzen wunderte, ja ärgerte sich sogar ein wenig. Doch wurde der Befehl ausgeführt, und Ramses fand wieder ein wenig Ruhe in seinem Leben. Jetzt hatte er Zeit, mit seinen Soldaten zu exerzieren, was seine Lieblingsbeschäftigung war, und er konnte auch wieder ein wenig Ordnung in seine Gedanken bringen.

Der Prinz schloß sich im entferntesten Winkel des Palastes ein und überlegte, wieweit die Befehle seines Vaters von ihm ausgeführt worden waren.

Mit eigenen Augen hatte er den Nomos Aa besichtigt, seine Felder und Städte, seine Bevölkerung und die Beamten. Er hatte auch festgestellt, daß die östlichen Grenzgebiete dem Einfall der Wüste preisgegeben waren. Und er hatte gesehen, wie die Arbeitsleute sich gleichgültig und dumm anstellten und nur taten, was man ihnen ausdrücklich befahl, und selbst das noch mit Unlust. Schließlich war er davon überzeugt worden, daß sich wahrhaft treue und gute Untertanen nur unter der Aristokratie befanden. Sie waren entweder mit dem Geschlecht der Pharaonen verwandt oder gehörten dem Ritterstande an und waren Enkel von Soldaten, die unter Ramses dem Großen gekämpft hatten.

Jedenfalls zeigten sich diese Menschen der Dynastie aufrichtig verbunden und bereit, ihr mit wirklichem Eifer zu dienen. Die Bauern hingegen begrüßten ihn zwar mit Jubelrufen, liefen jedoch so schnell wie möglich zu ihren Schweinen und Rindern zurück.

Die Hauptaufgabe seiner Mission war aber keineswegs erfüllt. Ramses war sich über die Ursachen des Schwindens der königlichen Einnahmen noch lange nicht im klaren, ja, er konnte nicht einmal die Frage formulieren: Warum steht es schlecht, wie kann man es besser machen? Er hatte nur das Gefühl, daß der legendäre Kampf des Gottes Seth gegen den Gott Osiris nichts erklärte und nicht weiterhalf.

Nun wollte Ramses als künftiger Pharao genauso große Einnahmen wie die früheren Herrscher Ägyptens zur Verfügung haben. Allein der Gedanke, nach der Thronbesteigung ebenso arm zu sein wie sein Vater, wenn nicht gar noch ärmer, erfüllte ihn mit unbändigem Zorn.

„Niemals!" rief der Prinz, die Fäuste ballend.

Um die königlichen Schätze zu vergrößern, wäre er bereit gewesen, sich selber mit dem Schwerte auf den Gott Seth zu stürzen und ihn in Stücke zu hauen, wie dieser es mit seinem eigenen Bruder Osiris getan hatte.

An Stelle des grausamen Gottes und seiner Legionen aber traf er Leere, Stille und Ungewißheit.

Unter dem Einfluß dieser inneren Kämpfe wandte sich Ramses einmal an den Erzpriester Mefres.

„Sagt mir, weiser, heiliger Vater, warum verringern sich die Einnahmen des Staates, und auf welche Weise kann man sie vergrößern?"

Der Erzpriester reckte die Hände empor.

„Gesegnet sei der Geist, der Euch, Hoheit, diese Gedanken eingab! O möget Ihr in den Spuren der großen Pharaonen wandeln, die Ägypten mit Tempeln übersäten und mit Hilfe von Dämmen und Kanälen die Fläche der fruchtbaren Felder vergrößerten!"

Der Greis war so ergriffen, daß er weinte.

„Vor allem", bat der Prinz, „beantwortet mir bitte meine Fragen. Kann man denn an den Bau von Kanälen und Tempeln denken, wenn die Schatzkammern leer sind? Ägypten ist das größte Unglück widerfahren: seinen Herrschern droht Armut, Das muß vor allen Dingen untersucht und geändert werden, alles übrige wird sich finden."

„Darüber, Prinz, könnt Ihr nur in den Tempeln am Fuße der Altäre etwas erfahren", sprach der Erzpriester. „Nur dort kann Euer edler Wissensdurst gestillt werden."

Ramses brach ungeduldig los:

„Euch, Euer Würden, verdecken die Tempel das ganze Land und sogar die Schatzkammern des Pharao! Da ich ein Priesterschüler bin, der im Schatten der Tempel erzogen wurde, kenne ich die geheimnisvollen Spiele, in welchen man die bösen Taten Seths wie auch den Tod und die Wiedergeburt des Osiris aufführt, was nützt mir das aber? Wenn mich mein Vater fragt, auf welche Weise man die Schatzkammern füllen kann, weiß ich darauf keine Antwort. Es sei denn, ich versuchte ihn zu überreden, noch länger und häufiger zu beten, als er es bereits tut!"

„Ihr lästert, Prinz, weil Euch noch manche Geheimnisse unserer Religion unbekannt sind. Wenn Ihr mit ihnen vertraut wäret, so würdet Ihr auf viele Fragen, die Euch quälen, Antwort finden. Und wenn Ihr gesehen hättet, was ich sah, dann wüßtet Ihr, daß es für Ägypten das wichtigste ist, seine Tempel und Priester zu fördern."

Greise werden eben wieder zu Kindern, dachte der Prinz und brach die Unterhaltung ab. Der Erzpriester Mefres war schon immer sehr fromm gewesen; in letzter Zeit aber wurde er vor lauter Frömmigkeit recht sonderbar.

„Das hätte mir noch gefehlt!" murmelte Ramses vor sich hin. „Ich soll mich in die Hände der Priester begeben, um bei ihren naiven Zeremonien zu assistieren. Vielleicht würde mir Mefres befehlen, stundenlang mit flehend erhobenen Händen vor dem Altar zu stehen, wie er das angeblich selber tut, irgendwelche Wunder erwartend."

Im Monat Farmuti, Ende Januar bis Anfang Februar, verabschiedete sich der Prinz von Otoes, um den Nomos Hak aufzusuchen. Er dankte dem Nomarchen und den Herren für die prächtige Aufnahme, in der Seele aber fühlte er Trauer, weil die Aufgabe, die ihm sein Vater auferlegt hatte, nicht gelöst worden war. Ramses ließ sich zum anderen Nilufer übersetzen, wo ihn der würdige Nomarch Ranuzer mit herrschaftlichem Gefolge und Priestern empfing. Als der Prinz das Land Hak betrat, hoben die Priester die Figur des Gottes Atmu, des Schirmherrn der Provinz, empor, die Beamten warfen sich nieder, der Nomarch aber reichte ihm eine goldene Sichel und bat ihn, als Statthalter des Pharao mit der Ernte zu beginnen. Zu der Zeit sollte nämlich die Gerste gemäht werden.

Ramses ergriff die Sichel, schnitt einige Ähren, vermischte sie mit Weihrauch und verbrannte alles zusammen vor dem Gott, der die Grenzen schützt. Der Nomarch und die großen Herren taten ihm das nach, und schließlich begannen die Bauern mit der Ernte. Sie sammelten nur die Ähren und stopften sie in Säcke, während das Stroh auf dem Felde blieb.

Nachdem der Prinz den Gottesdienst, der ihn langweilte, angehört hatte, bestieg er einen zweirädrigen Wagen. Eine Abteilung Soldaten setzte sich an die Spitze, dann kamen die Priester, zwei Edelleute führten die Pferde des Thronfolgers. Auf einem zweiten Wagen hinter Ramses fuhr der Nomarch Ranuzer, danach folgte ein riesiges Geleit von Herren und Dienern. Die Bevölkerung war, weil Ramses es gewünscht hatte, nicht zur Begrüßung erschienen. Die auf den Feldern arbeitenden Bauern aber warfen sich beim Anblick des Zuges mit den Gesichtern zur Erde nieder.

Der Prinz passierte etliche über die Arme des Nils geschlagene Pontonbrücken und erreichte gegen Abend Anu, die Hauptstadt der Provinz.

Die Begrüßungsfeiern währten einige Tage. Dem Statthalter wurde gehuldigt, und man stellte ihm die Beamten vor. Endlich forderte Ramses, die Feste abzubrechen, und bat den Nomarchen, ihn mit den Reichtümern des Nomos vertraut zu machen.

Am anderen Morgen begann die Vorführung, und sie dauerte ein paar Wochen. Jeden Tag kamen auf den Hof des Palastes, in dem der Thronfolger wohnte, verschiedene Handwerksinnungen unter Anführung ihrer Innungsoffiziere, um dem Prinzen ihre Erzeugnisse zu zeigen.

So zogen der Reihe nach an ihm vorüber Waffenschmiede mit Schwertern, Lanzen und Äxten, Instrumentenbauer mit Flöten, Fanfaren, Trommeln und Harfen. Ihnen folgte die große Tischlerinnung, mitführend Sessel, Tische, Ruhebänke, Sänften und reich mit Abbildungen verzierte Wagen, die mit verschiedenfarbigen Hölzern, Perlmutt und Elfenbein ausgelegt waren. Dann trug man metallenes Küchengerät herbei: Roste für Feuerstellen, Spieße, Töpfe mit zwei Henkeln und flache Tiegel mit Deckeln. Die Goldschmiede rühmten sich ihrer wunderbaren goldenen Ringe, der Arm- und Fußreifen aus einem Gemisch von Gold und Silber sowie ihrer Ketten; dieser Schmuck war kunstvoll geschmiedet und mit kostbaren Steinen und verschiedenfarbigen Emaillen verziert.

Danach erschienen die Töpfer, die über hundert Arten Fayencegefäße trugen. Darunter befanden sich Vasen, Töpfe, Schüsseln, Krüge und Becher von verschiedensten Formen und Größen, die mit Malereien bedeckt und mit irdenen Tier- und Vogelköpfen geschmückt waren.

Jede Innung verehrte dem Prinzen ihre schönsten Arbeiten. Diese Geschenke füllten den großen Saal, und auch nicht zwei davon glichen einander.

Als diese interessante und doch ermüdende Schau zu Ende war, fragten Seine Würden Ranuzer den Prinzen, ob er zufrieden sei.

Der Thronfolger überlegte.

„Schönere Dinge", erwiderte er, „habe ich wohl nur in den Tempeln oder in den Palästen meines Vaters gesehen. Da aber nur begüterte Menschen sie kaufen können, weiß ich nicht, ob sie dem Staatsschatz große Einnahmen bringen."

Der Nomarch wunderte sich über die Gleichgültigkeit des jungen Prinzen gegenüber den Kunstwerken, und es beunruhigte ihn dessen Sorge um Einnahmen. Da er jedoch Ramses zufriedenstellen wollte, führte er ihn von Stund an durch die königlichen Fabriken.

So zeigte er ihm eines Tages Mühlen, wo Sklaven in einigen hundert Handmühlen und mit Stampfen Mehl bereiteten. Sie suchten die Bäckereien auf, wo man Brot und Zwieback für das Heer buk, und auch die Fabriken, in denen Fleisch- und Fischkonserven hergestellt wurden.

Sie besichtigten die großen Gerbereien und Schuhmacherwerkstätten, die Hütten, in denen man aus Bronze Geschirr und Waffen goß, danach Ziegeleien, Webereien und Schneiderwerkstätten.

Diese Betriebe befanden sich im östlichen Teil der Stadt. Anfangs besichtigte Ramses sie mit Interesse, bald aber erfüllte ihn der Anblick der Arbeiter mit Ekel, weil sie verschüchtert und mager waren, eine ungesunde Gesichtsfarbe und von vielen Prügeln narbenbedeckte Rücken hatten.

Seitdem verweilte er immer nur für kurze Zeit in den Fabriken; lieber sah er sich die Umgebung der Stadt an. Fern im

Osten lag die Wüste, in der im vergangenen Jahr die Manöver zwischen seinen und Nitagers Soldaten stattgefunden hatten. Zum Greifen nah erstreckte sich vor ihm die Heerstraße, auf der seine Regimenter marschiert waren, und der Ort, wo man die Skarabäen gefunden hatte und die Kriegsmaschinen durch die Wüste gefahren werden mußten, ja, vielleicht stand dort sogar der Baum, an dem sich der Bauer erhängte, der den Kanal gegraben hatte.

Von jenem Gipfel drüben hatte er damals gemeinsam mit Thutmosis auf das blühende Land Gosen geschaut und die Priester verwünscht und dort, zwischen den Hügeln, Sara getroffen, für die sein Herz entbrannt war.

Wie anders ist alles geworden! Seit der Zeit, da er dank Herihor das Menfe-Korps und den Titel des Statthalters erhielt, hatte er aufgehört, die Priester zu hassen. Sara war ihm als Geliebte gleichgültig geworden, dafür aber kümmerte ihn um so lebhafter das Kind, dessen Mutter sie werden sollte.

Wie mag es ihr gehen? dachte der Prinz. Ich habe schon lange keine Nachricht von ihr.

Und als er so zu den östlichen Hügeln hinüberschaute und in Gedanken die jüngstvergangene Zeit durchwanderte, war der an der Spitze seines Gefolges wartende Nomarch Ranuzer fest überzeugt, daß der Prinz irgendwelche Veruntreuungen in den Fabriken bemerkt hätte und nun darüber nachdenke, wie er ihn bestrafen solle.

Ich bin neugierig, was er hat, grübelte der würdige Nomarch. Ob er weiß, daß die Hälfte der Ziegel an phönizische Kaufleute verkauft wurde oder daß zehntausend Sandalen im Lager fehlen, oder hat ihm vielleicht ein elender Schuft etwas von den Hüttenbetrieben zugeflüstert?

Große Unruhe erfüllte Ranuzers Herz.

Plötzlich wandte sich der Prinz dem Gefolge zu und rief Thutmosis, der verpflichtet war, immer in seiner Nähe zu sein. Er kam sofort, und Ramses ging mit ihm noch ein paar Schritte abseits.

„Sag", rief er, auf die Wüste zeigend, „siehst du jene Höhen?"

„Dort waren wir im vergangenen Jahr", seufzte der Höfling.

„Sie haben mich an Sara erinnert."

„Sogleich werde ich den Göttern Weihrauch opfern!" rief Thutmosis. „Ich glaubte schon, daß du seit der Zeit, da du Statthalter geworden bist, deine treuen Diener vergessen hast."

Der Prinz blickte ihn an und zuckte mit den Schultern.

„Thutmosis, wähle unter den Geschenken, die ich bekommen habe, etliche der schönsten Geschirre, Gewebe und vor allem Reifen und Ketten aus und bringe sie Sara."

„Lebe ewig, Ramses", flüsterte der Stutzer, „denn du bist ein edler Herr!"

„Bestelle ihr", fuhr der Prinz fort, „daß mein Herz für sie immer voller Güte ist, sage ihr, sie solle auf meinen ausdrücklichen Wunsch auf ihre Gesundheit achten und auf die des Kindes, das sie gebären soll. Wenn aber erst die Zeit der Entbindung herangekommen sein wird und ich die Befehle meines Vaters ausgeführt habe, wünsche ich, daß sie zu mir in meinen Palast zieht. Ich kann es nicht dulden, daß die Mutter meines Kindes sehnsuchtsvoll in Einsamkeit harrt. Reite, führe meine Befehle aus und kehre mit guten Nachrichten zurück."

Thutmosis fiel vor dem edlen Herrscher nieder und machte sich dann sofort auf den Weg. Das Gefolge des Prinzen, das den Inhalt des Gespräches nicht erraten konnte, neidete Thutmosis die Gnade seines Herrn, während die Unruhe im Herzen des würdigen Ranuzer ständig wuchs.

„Ach", murmelte er besorgt, „daß ich doch nicht Hand an mich legen müßte in der Blüte meiner Jahre, daß mein Haus nicht verwaiste! Warum habe ich, Unglücklicher, als ich mir das Eigentum Seiner Heiligkeit des Pharao aneignete, denn nicht an die Stunde des Gerichtes gedacht?" Sein Gesicht wurde gelb, und die Beine versagten ihm den Dienst. Der Prinz aber, in Erinnerungen schwelgend, bemerkte Ranuzers Furcht nicht.

XXIII

Dann gab es in der Stadt Anu eine Reihe von Feiern und Festen. Der würdige Ranuzer holte die besten Weine aus den Kellern, ließ aus den drei Nachbar-Nomen die schönsten Tänzerinnen, die berühmtesten Musiker und die originellsten Künstler kommen. Die Zeit des Prinzen Ramses war ausgezeichnet ausgefüllt. Des Morgens exerzierte er mit dem Heer und empfing Würdenträger, es folgten ein Bankett, Theater, Vorstellungen, Jagd und wiederum ein Festmahl.

Doch in dem Augenblick, da der Nomarch von Hak sicher war, daß Verwaltungs- und Wirtschaftsfragen den Statthalter schon langweilten, rief ihn der Prinz zu sich und fragte: „Der Nomos Eurer Würden gehört zu den reichsten in Ägypten?"

„Ja ... wir hatten allerdings etliche schwere Jahre", antwortete Ranuzer, und wieder stockte ihm der Herzschlag und zitterten ihm die Beine.

„Das eben wundert mich", sprach der Prinz. „Von Jahr zu Jahr verringern sich die Einnahmen Seiner Heiligkeit. Kannst du mir das nicht erklären?"

„Herr", rief der Nomarch, den Kopf zur Erde neigend, „ich sehe, daß meine Feinde Zweifel in Eure Seele gesät haben. Was ich auch sagen könnte, mir fehlen die Worte, Euch zu überzeugen. Erlaubt mir daher, meine Stimme nicht mehr erheben zu müssen. Laßt lieber die Schreiber kommen und Euch Dokumente vorlegen, die Ihr eigenhändig berühren und prüfen könnt."

Der Prinz war über diesen unerwarteten Ausbruch ein wenig verwundert, doch ging er auf den Vorschlag ein. Ja, er freute sich sogar über ihn. Er glaubte nämlich, daß ihm die Berichte der Schreiber über die Verwaltung genauen Aufschluß geben würden.

So kam denn am anderen Tage der Großkämmerer des Nomos Hak mit seinen Helfern. Sie brachten ein gutes Dutzend Rollen beiderseitig beschriebener Papyri mit. Als man diese öffnete und aneinanderlegte, bildeten sie ein drei Spannen breites Band von sechzig Schritt Länge. Zum erstenmal sah der Prinz ein so riesiges Dokument, auf dem sich lediglich der Jahresbericht einer einzigen Provinz befand.

Der Großkämmerer setzte sich mit untergeschlagenen Beinen auf den Fußboden und begann: „Im dreiunddreißigsten Jahr der Herrschaft Seiner Heiligkeit Mer-amen-Ramses verspätete sich der Nil mit der Überschwemmung. Die Bauern, die das Unglück der Hexenkunst der in der Provinz Hak wohnenden Fremden zuschrieben, zerstörten die Häuser der unschuldigen Juden, Hethiter und Phönizier, wobei etliche Personen erschlagen wurden. Auf Befehl Seiner Würden des Nomarchen stellte man die Täter vor Gericht; fünfundzwanzig Bauern, zwei Maurer und fünf Schuhmacher wurden ins Bergwerk geschickt und ein Fischer erwürgt."

„Was ist das für ein Dokument?" unterbrach der Prinz.

„Eine Gerichtsschrift, die Seiner Heiligkeit zu Füßen gelegt werden soll."

„Laß sie beiseite und lies den Bericht über die Einnahmen vor."

Die Gehilfen des Großkämmerers rollten das Dokument zusammen und reichten ihm ein anderes. Der Würdenträger begann von neuem zu lesen: „Am fünften Tag des Monats Tot wurden in die königlichen Speicher sechzig Maß Weizen gebracht, worüber der Oberaufseher eine Quittung ausgestellt hatte.

Am siebenten Tage des Monats Tot bekam der Schatzmeister gemeldet, daß von der vorjährigen Ernte hundertachtundvierzig Maß Weizen fehlten, was er sofort kontrollierte. Während der Überprüfung stahlen zwei Arbeiter ein Maß Korn und verbargen es unter den Ziegeln. Als man dies entdeckte, wurden sie vor Gericht geführt und ins Bergwerk geschickt, weil sie sich am Eigentum Seiner Heiligkeit vergriffen hatten."

„Und jene hundertachtundvierzig Maß?" fragte der Thronfolger.

„... haben die Mäuse gefressen", antwortete der Schreiber und las weiter. „Am 8. Tot wurden zwanzig Kühe und vierundachtzig Schafe zum Schlachten gesandt, die der Aufseher der Rinderherden dem Regiment von Krogul gegen entsprechende Quittung zu liefern befahl ..." Auf diese Weise erfuhr der Statthalter, welche Mengen an Gerste, Weizen, Bohnen und Lotossamen Tag um Tag in die Speicher gebracht wurden, wieviel davon an die Mühlen ging, was gestohlen worden war und wie viele Arbeiter zur Strafe in die Bergwerke geschickt wurden. Der Bericht war so langweilig und chaotisch, daß der Prinz befahl, das Vorlesen in der Mitte des Monats Paophi abzubrechen.

„Sage mir, Großkämmerer", fragte Ramses, „was ersiehst du daraus? Was weißt du darüber?"

„Alles, was Euer Würden befehlen."

Und wieder begann er von Anfang an, doch bereits aus dem Gedächtnis: „Am fünften Tage des Monats Tot wurden in die königlichen Speicher ..."

„Genug!" rief der Prinz erzürnt und befahl allen, sich zu trollen.

Die Schreiber warfen sich auf das Antlitz, sammelten dann schnell ihre Papyri, warfen sich erneut nieder und hasteten zur Tür hinaus. Der Prinz ließ den Nomarchen Ranuzer rufen. Er kam mit über der Brust gekreuzten Armen und ruhigem Antlitz; denn er hatte von den Schreibern erfahren, daß der Statthalter aus den Berichten nichts ergründen konnte und sie nicht einmal zu Ende angehört hatte.

„Sag mir, Euer Würden", begann der Thronfolger, „liest man auch dir die Berichte vor?"

„Täglich."

„Und du verstehst sie?"

„Verzeiht, allergnädigster Gebieter, doch ... könnte ich den Nomos regieren, wenn ich das nicht verstünde?"

Wiederum wurde der Prinz von Sorge erfaßt, und er fragte sich, ob wirklich er allein so unfähig sein konnte. Was sollte dann nur aus seiner Regentschaft werden!

„Setz dich", rief Ramses nach einer Weile und wies Ranuzer einen Sitz. „Setze dich und erzähle mir, wie du den Nomos regierst."

Der Würdenträger erblaßte, und das Weiße in seinen Augen trat hervor. Ramses bemerkte es und begann sich zu entschuldigen: „Denke nicht, daß ich deiner Weisheit mißtraue. Fürwahr, ich kenne keinen Menschen, der seine Herrschaft besser auszuüben vermöchte als du. Doch ich bin jung und begierig, die Kunst des Regierens zu lernen. So bitte ich dich also, mir Krumen deiner Erfahrungen mitzuteilen. Du regierst den Nomos – das weiß ich! Jetzt aber erkläre mir, wie man das macht."

Der Nomarch atmete auf und begann: „Ich werde Eurer Hoheit erzählen, wie ich meinen Tag verbringe, damit Ihr seht, welch schweres Amt ich habe.

Des Morgens nach dem Bade opfere ich dem Gotte Atmu, danach rufe ich den Schatzmeister und befrage ihn, ob die Steuern für Seine Heiligkeit gebührend erhoben wurden. Sagt er ja – lobe ich ihn; berichtet er jedoch, daß dieser oder jener nicht bezahlt hat, gebe ich den Befehl, die Ungehorsamen einzusperren.

Dann rufe ich den Aufseher der königlichen Scheuern, um zu erfahren, wieviel Korn dazugekommen ist. Ist es eine große Menge, lobe ich ihn; wenn es wenig ist, befehle ich, die Schuldigen zu prügeln.

Später kommt der Großkämmerer und meldet, wieviel das Heer, die Beamten und die Arbeiter von den Gütern Seiner Heiligkeit brauchen – und ich ordne an, gegen Quittung herauszugeben. Liefert er weniger aus, so lobe ich ihn, wenn er mehr herausgibt, veranlasse ich eine Untersuchung.

Am Nachmittag suchen mich die phönizischen Kaufleute auf, denen ich Korn verkaufe. Den Erlös gebe ich an den Schatz des

Pharao ab. Dann bete ich und bestätige die Gerichtsurteile, abends erstattet mir die Polizei von allen Vorfällen Bericht. Vor kurzem sind Menschen aus meinem Nomos in das Territorium der Provinz Ka eingefallen und haben das Bild des Gottes Sebak geschmäht. Innerlich freute ich mich darüber, weil er nämlich nicht unser Patron ist; ich befahl aber natürlich, einige Schuldige zu erwürgen, viele in die Bergwerke zu schicken und allen Prügel zu verabfolgen.

So herrschen denn in meinem Nomos Ruhe und gute Sitten, und die Steuern gehen täglich ein."

„Trotzdem sind auch bei Euch die Einkünfte für den Pharao geringer geworden?" warf der Prinz ein.

„Ihr sprecht die Wahrheit, Herr", seufzte der würdige Ranuzer. „Die Priester erklären zwar, daß die Götter wegen des Eindringens von Fremdlingen nach Ägypten erzürnt waren; aber ich sehe, daß dieselben Götter phönizisches Gold und Edelsteine nicht verachten ..."

In dem Augenblick trat nach Ankündigung durch den diensthabenden Offizier der Priester Mentezufis in den Saal, um den Statthalter und den Nomarchen zu einem öffentlichen Gottesdienst zu bitten. Beide Würdenträger kamen der Einladung nach, und Ranuzer trug hierbei so viel Frömmigkeit zur Schau, daß es den Prinzen in Erstaunen versetzte. Als der Nomarch unter Verneigungen die Versammlung verlassen hatte, wandte sich der Statthalter an den Priester: „Heiliger Prophet, da du bei mir die Stelle des allerehrwürdigsten Herihor vertrittst, bitte ich dich, mir etwas zu erklären, was mein Herz mit Sorge erfüllt."

„Werde ich das können?" fragte der Priester.

„Ja, du kannst es, denn du bist von Weisheit durchdrungen. Erwäge nur gründlich, was ich dir sagen werde. Du weißt, wozu mich Seine Heiligkeit, der Pharao, hergeschickt hat?"

„Damit Ihr, Prinz, Euch mit dem Reichtum und der Regierung des Landes vertraut macht", antwortete Mentezufis.

„Das tue ich auch. Ich befrage die Nomarchen, sehe mir das Land und die Leute an, höre die Berichte der Schreiber, aber – ich vermag daraus keine Schlüsse zu ziehen. Das vergällt mir das Leben und betrübt mich.

Wenn ich es mit dem Heer zu tun habe, weiß ich alles: wieviel Soldaten, Pferde und Wagen es gibt; welche Offiziere saufen oder ihren Dienst vernachlässigen, welche ihren Pflichten nachkommen. Ich weiß auch, wie ich handeln muß. Wenn auf freier

Ebene ein feindliches Korps erschiene, müßte ich, um es sicher schlagen zu können, zwei Korps in den Kampf führen. Stünde der Feind in Verteidigungsstellung, so würde ich mit weniger als drei Korps nicht angreifen. Wenn der Feind unerfahren ist und in ungeordneten Haufen kämpft, so kann ich gegen tausend seiner Soldaten fünfhundert der unseren stellen und damit siegen. Wenn die Gegenseite tausend Streitaxtträger hat und ich habe genausoviel und hundert Schleuderer dazu, so stürze ich mich auf den Feind und überwinde ihn.

Im Heer, heiliger Vater", fuhr Ramses fort, „übersieht man alles so klar wie die Finger der eigenen Hand, und auf jede Frage gibt es eine Antwort, die mein Verstand erfaßt. Von der Verwaltung eines Nomos aber kann ich nicht nur nichts begreifen, sondern werde sogar so verwirrt, daß ich manchmal vergesse, wozu ich überhaupt hierhergekommen bin.

Antworte mir deshalb offen als Priester und Offizier: Was bedeutet das? Betrügen mich die Nomarchen, oder bin ich unfähig?"

Der heilige Prophet versank in Nachdenken und antwortete dann: „Ob sie es wagen würden, Eure Hoheit zu betrügen, weiß ich nicht, denn ich habe sie nicht beobachtet. Mir scheint jedoch, daß sie Euch nur deshalb nichts zu erklären vermögen, weil sie selbst nichts davon verstehen.

Die Nomarchen und ihre Schreiber gleichen den Anführern der Zehnerschaften im Heer: Ein jeder kennt seine eigene Gruppe und erstattet über sie den höheren Offizieren Bericht. Ein jeder besitzt auch über seine Abteilung eine gewisse Befehlsgewalt. Den Gesamtplan aber, den die Heerführer fassen, kennen diese niederen Offiziere nicht.

Die Obersten der Nomen und ihre Schreiber notieren alles, was sich in ihrer Provinz ereignet, und legen diese Berichte dem Pharao vor. Doch erst der Höchste Rat entnimmt ihnen den Honig der Weisheit."

„Eben nach diesem Honig verlange ich!" rief der Prinz. „Weshalb wird er mir nicht zuteil?"

Mentezufis schüttelte den Kopf.

„Die Staatsweisheit", erklärte er, „gehört zu den Geheimnissen der Priester. Nur ein den Göttern geweihter Mensch kann sie erwerben. Ihr, Hoheit, haltet Euch aber – obwohl Ihr von den Priestern erzogen worden seid – nachdrücklich von den Tempeln fern."

„Das heißt also: wenn ich nicht Priester werde, gebt ihr mir keine Aufklärung?"

„Es gibt Dinge, die Eure Hoheit als Erpatre schon jetzt erkennen darf, und andere, die Ihr erst erfahren werdet als Pharao. Manches Wissen jedoch ist nur einem Erzpriester vorbehalten."

„Jeder Pharao ist Erzpriester", unterbrach ihn der Prinz.

„Nicht jeder, und auch zwischen den Erzpriestern gibt es Unterschiede."

Da rief der Thronfolger erzürnt: „Ihr enthaltet mir also die Geheimnisse der Staatsregierung vor! ... So werde ich den Befehlen meines Vaters nicht nachkommen können!"

„Was Euch zukommt, Prinz", sprach Mentezufis ruhig, „vermögt Ihr schon zu erkennen, weil Ihr die niederen Priesterweihen empfangen habt. Größere Geheimnisse und Weisheit aber sind in den Tempeln hinter dem Vorhang verborgen, den niemand ohne entsprechende Vorbereitungen lüften darf."

„Ich werde ihn lüften!"

„Die Götter mögen Ägypten vor solch einem Unglück bewahren!" erwiderte der Priester und reckte die Arme empor. „Weiß denn Eure Hoheit nicht, daß der Blitz jeden erschlägt, der ohne gehörige Andacht den Schleier berührt? Befehlt doch, Prinz, einen Sklaven oder einen Verurteilten in den Tempel zu führen, damit er nur die Hand ausstrecke, und er wird auf der Stelle sterben."

„Weil ihr ihn erschlagen werdet."

„Jeder von uns wäre genauso wie der gewöhnlichste Verbrecher des Todes, wenn er auf tempelschänderische Weise an den Altar träte. Den Göttern gegenüber, mein Prinz, bedeuten ein Pharao und ein Priester ebensoviel oder sowenig wie ein Sklave."

„Was also soll ich tun?" fragte Ramses.

„Antwort auf Eure Sorgen im Tempel suchen, Euch durch Gebete und Fasten reinigen", erwiderte der Priester. „Solange Ägypten Ägypten ist, hat noch kein Herrscher auf andere Art die Staatsweisheit errungen."

„Ich werde darüber nachdenken", sagte Ramses. „Allerdings sehe ich daraus, daß der allerehrwürdigste Mefres und du, heiliger Prophet, mich unbedingt in den Gottesdienst hineinziehen wollt, wie ihr es mit meinem Vater getan habt."

„Durchaus nicht. Wenn Eure Hoheit sich später als Pharao darauf beschränkten, das Heer zu befehligen, so brauchtet Ihr nur zuweilen an den Gottesdiensten teilzunehmen, weil Euch bei anderen Malen die Erzpriester vertreten würden. Wollt Ihr aber die Geheimnisse der Tempel kennenlernen, so müßt Ihr den Göttern Ehrfurcht erweisen, da sie die Quelle der Weisheit sind."

XXIV

Nun wußte Ramses, daß er entweder den Befehl des Pharao nicht ausführen konnte oder sich den Priestern unterordnen mußte. Das erfüllte ihn mit Zorn und Abneigung gegen die Priester.

Darum beeilte er sich nicht, die in den Tempeln verborgenen Geheimnisse zu ergründen. Er hatte noch genug Zeit, zu fasten und frommen Zeremonien nachzukommen. Um so eifriger nahm er an den Festlichkeiten teil, die ihm zu Ehren veranstaltet wurden.

Thutmosis, ein Meister von Festen, kam gerade zurück und brachte dem Prinzen gute Nachrichten von Sara. Sie war gesund. Auch sah sie schön aus, was Ramses jetzt allerdings kaum noch interessierte. Aber die Priester stellten seinem Erstgeborenen ein so gutes Horoskop, daß der Prinz entzückt war.

Sie behaupteten mit Sicherheit, das Kind würde ein Sohn und bekäme den Segen der Götter. Wenn sein Vater es lieben würde, dann käme es im Leben gewiß zu hohen Ehren.

Der Prinz lachte über den zweiten Teil der Prophezeiung.

„Eigentümlich ist ihre Weisheit!" sprach er zu Thutmosis. „Sie schwören darauf, daß es ein Sohn wird, was selbst ich als Vater noch nicht wissen kann; doch sind sie im Zweifel, ob ich ihn lieben werde, obwohl das leicht zu erraten ist, auch wenn mein Kind eine Tochter sein sollte.

Und was seine zukünftigen Ehren anbetrifft, so mögen sie beruhigt sein. Dafür werde ich sorgen!"

Im Monat Pachono, Januar–Februar, besuchte der Thronfolger den Nomos Ka, wo ihn der Nomarch Sofra empfing. Zwar lag die Stadt Anu nur sieben Stunden Fußweg weit von Atribis entfernt, doch brauchte der Prinz drei Tage für die Reise. Beim Gedanken an die Gebete und Fasten, die ihn bei der Einweihung in die Geheimnisse der Tempel erwarteten, spürte Ramses immer mehr Lust, sich zu vergnügen. Das erriet sein Gefolge, und so folgte eine Lustbarkeit der anderen.

Die Straßen, auf denen der Prinz nach Atribis fuhr, umstanden wieder jubelnde Menschenmassen mit Blumen und Musik. Vor der Stadt erreichte der Begrüßungstaumel seinen Höhepunkt. Es geschah sogar, daß sich ein riesiger Arbeiter vor den Wagen des Statthalters warf. Als Ramses darauf die Pferde anhalten ließ, traten etwa zehn junge Frauen aus der Menge hervor und umwanden den ganzen Wagen mit Blumen.

Und sie lieben mich doch! dachte der Prinz.

In der Provinz Ka fragte er nicht mehr den Nomarchen nach den Einnahmen des Pharao, besuchte keine Fabriken und befahl auch nicht, ihm Bericht vorzulesen. Er wußte, all das konnte ihm doch nicht weiterhelfen. Darum verzichtete er bewußt darauf bis zu dem Zeitpunkt, wo er eingeweiht sein würde. Nur einmal, als er den Tempel des Gottes Sebak auf einem hohen Hügel stehen sah, äußerte er den Wunsch, von der Höhe des Pylonen die Umgebung zu betrachten.

Der würdige Sofra ging sofort darauf ein, und Ramses brachte auf dem Turm einige Stunden zu, die ihm großes Vergnügen bereiteten.

Die Provinz Ka war eine einzige fruchtbare Ebene. Mehr als zehn Kanäle und Nilarme durchschnitten sie in allen Richtungen und bildeten gleichsam ein aus silbernen und lazurfarbenen Schnüren geknüpftes Netz. Die Melonen und der im November gesäte Weizen waren bereits reif. Auf den Feldern wimmelte es von nackten Menschen, die Gurken ernteten oder Baumwolle säten. Er sah zahllose Häuser. An mehr als zehn Stellen standen sie dichter beisammen und bildeten kleine Städte.

Besonders auf den Feldern herrschten Lehmhütten vor, mit Stroh und Palmenblättern gedeckt, in den Städten hingegen standen Steinhäuser, weißen Würfeln ähnlich; sie hatten flache Dächer und an Stelle von Fenstern und Türen nur Mauerdurchbrüche. Häufig stand auf einem solchen Würfel ein etwas kleinerer zweiter und darauf gar noch ein dritter, wobei jedes Stockwerk in einer anderen Farbe gestrichen war. Unter der flammenden Sonne Ägyptens glichen diese Gebäude großen Perlen, Rubinen und Saphiren, die man über die grünen, von Palmen und Akazien gesäumten Felder verstreut hatte.

Von dem Pylonen aus erblickte Ramses etwas Bemerkenswertes. In der Nähe der Tempel standen die schönsten Häuser, und auf den angrenzenden Feldern arbeiteten die meisten Menschen.

Die Priester besitzen die reichsten Vorwerke! stellte er fest und überflog mit dem Blick noch einmal die Tempel und Kapellen, deren mehr als zehn zu seinen Füßen lagen.

Da er sich jedoch mit Herihor versöhnt hatte und der Dienste der Priester bedurfte, wollte er sich nicht länger damit befassen.

Im Verlauf der nächsten Zeit veranstaltete der achtbare Sofra für den Prinzen eine Reihe von Jagden. Die Teilnehmer zogen von der Stadt Atribis nach Osten. An den Kanälen schossen sie Vögel mit Pfeil und Bogen, fingen sie in riesigen, netzartigen Fallen, die auf einen Schlag unzählige der Tiere erfaßten, oder ließen Falken auf frei fliegende Vögel stoßen. Als das Gefolge des Prinzen die östliche Wüste betrat, wurde mit Hunden und zahmen Panthern Jagd auf vierbeinige Raubtiere gemacht. Sie konnten in wenigen Tagen mehrere hundert erlegen oder fangen.

Als der achtbare Sofra bemerkte, daß der Prinz nun von der Jagd unter freiem Himmel und den Nachtlagern in Zelten genug hatte, brach er das Jagen ab und kehrte mit seinen Gästen auf dem kürzesten Wege nach Atribis zurück.

Gegen vier Uhr nachmittags trafen sie dort ein, und der Nomarch lud alle zu einem Festmahl in seinen Palast.

Er führte den Prinzen selbst in das Bad, assistierte ihm dabei und entnahm seiner eigenen Truhe duftende Öle, um Ramses damit zu salben. Dann beaufsichtigte er den Friseur, der dem Statthalter das Haar ordnete, und schließlich kniete er nieder und bat den Prinzen gnädigst, von ihm neue Gewänder anzunehmen.

Er bot ihm einen frischgewebten, mit Stickereien bedeckten Kittel, einen mit Perlen benähten Schurz und einen golddurchwirkten Mantel, der zwar aus festem Gewebe, jedoch so fein war, daß man ihn in zwei Händen bergen konnte.

Der Thronfolger nahm alles gnädig an und erklärte, noch nie so schöne Geschenke erhalten zu haben.

Nach Sonnenuntergang führte der Nomarch den Prinzen in den Festsaal.

Das war ein großer mosaikgeschmückter Hof, mit einem Säulengang umgeben. Seine Wände zierten Malereien mit Szenen aus dem Leben der Vorfahren Sofras, Darstellungen von Kriegen, Seefahrten und Jagden. An Stelle des Daches schwebte hoch oben ein riesiger künstlicher Schmetterling mit bunten Flügeln. Verborgene Sklaven bewegten sie und sorgten so für frische Luft.

In den bronzenen Leuchtpfannen an den Säulen brannten helle

Flammen und verbreiteten duftenden Rauch. Die Halle bestand aus zwei Teilen, von denen der eine leer, der zweite aber mit Tischen und Sesseln für die Feiernden eng gefüllt war. In der Tiefe des Raumes erhob sich eine Estrade, auf der unter einem kostbaren Zelt ein Tisch und eine Ruhebank für Ramses standen.

An jeden Tisch wurden große Kübel mit Palmen, Akazien und Feigen gestellt. Den Tisch des Thronfolgers umgaben Nadelhölzer, die balsamische Düfte in die Halle verströmten.

Die versammelten Gäste begrüßten den Prinzen mit lauten Freudenrufen, und als Ramses unter dem Baldachin, von wo aus er die gesamte Halle übersehen konnte, Platz genommen hatte, ließ sich sein Gefolge an den Tischen nieder.

Harfen erklangen, und dann traten Frauen ein. Sie trugen reiche Musselingewänder, ihre Brüste waren entblößt und von Kleinodien überglitzert. Die vier schönsten stellten sich zu Ramses, während andere neben den Würdenträgern seines Gefolges Platz nahmen.

Die Luft durchdrang ein Duft von Rosen, Maiglöckchen und Veilchen, und der Prinz fühlte das Blut in den Schläfen pochen.

In weiße, rosa und himmelblaue Kittel gekleidete Sklavinnen und Sklaven trugen Kuchen, gebratenes Geflügel und Wild, Fische, Wein und Früchte sowie Blumenkränze herbei, mit denen sich die Feiernden die Stirn bekränzten. Der riesige Falter bewegte die Flügel immer schneller, und in dem leerstehenden Teil des Saales begann eine Vorführung. Der Reihe nach traten Tänzerinnen, Turner, Narren, Gaukler und Fechtmeister auf; wenn einer eine ungewöhnlich gute Darbietung zeigte, warfen ihm die Zuschauer Blumen aus ihren Kränzen oder goldene Ringe zu.

Unter Jubelrufen zu Ehren des Prinzen, des Nomarchen und seiner Familie zog sich das Fest über einige Stunden hin. Ramses, der auf seiner von einem Löwenfell mit goldenen Krallen bedeckten Bank lagerte, wurde von den vier Frauen bedient. Die eine fächelte ihm Kühlung zu, die zweite wechselte die Kränze auf seinem Haupt, während ihm die beiden anderen die Speisen reichten. Zum Schluß des Gelages kredenzte ihm die Schöne, mit der er am liebsten plauderte, einen Kelch Wein. Ramses leerte ihn zur Hälfte, reichte ihr den Rest und küßte sie, nachdem sie getrunken hatte, auf den Mund. Da löschten die Sklaven schnell die Fackeln, der Falter hörte auf, die Flügel zu bewegen, und im Saale verbreiteten sich Nacht und Stille, die nur von nervösem Frauenlachen unterbrochen wurde.

Plötzlich erschollen hastige Schritte vieler Menschen und ein schrecklicher Schrei.

„Laßt mich!" rief eine heisere Männerstimme. „Wo ist der Thronfolger? Wo ist der Statthalter?"

Im Saal entstand Unruhe. Die erschreckten Frauen weinten, die Männer riefen: „Was ist das? Ein Attentat auf den Thronfolger? He, Wache!"

Man hörte das Klirren zerspringender Gefäße und das Krachen zerbrechender Stühle.

„Wo ist der Thronfolger?" wiederholte der Fremde.

„Wache! Schützt den Thronfolger!" hallte es im Saale wider.

„Entzündet das Licht!" ertönte da seine jugendliche Stimme. „Wer sucht mich? Hier bin ich!"

Fackeln wurden herbeigetragen; im Saale türmten sich umgeworfene oder zerbrochene Gegenstände, unter denen sich die Feiernden verbargen. Auf der Estrade entwand sich der Prinz den Frauen, die ihm schreiend Arme und Beine umschlangen. Neben Ramses stand Thutmosis mit zerzauster Perücke, einen Bronzekrug in der Hand, bereit, jedem den Schädel zu zerschmettern, der sich nähern würde. In den Türen der Halle erschienen Soldaten mit blanken Schwertern.

„Was ist los? Wer ist hier?" rief der erschrockene Nomarch.

Endlich sah man den Urheber der Verwirrung. Ein nackter, schmutzbedeckter Riese mit blutigen Striemen auf dem Rücken kniete auf den Stufen der Estrade nieder und reckte seine Arme zum Thronfolger empor.

„Da ist der Mörder!" brüllte Sofra. „Greift ihn!"

Thutmosis erhob seinen Krug, die Soldaten liefen herbei. Der verwundete Eindringling stieß schreiend seine Stirn auf die Stufen nieder: „Barmherzigkeit, Sonne Ägyptens!"

Schon wollten ihn die Soldaten ergreifen, als Ramses zu dem armen Teufel trat.

„Rührt ihn nicht an!" rief er den Soldaten zu. „Was willst du, Mann?"

„Dir von dem Unrecht berichten, das uns widerfahren ist, Gebieter."

In diesem Augenblick näherte sich Sofra dem Prinzen und flüsterte: „Das ist ein Hyksos ... Hoheit, seht seinen wirren Bart und die Haare ... Schließlich beweist schon die Frechheit, mit der er hier eindrang, daß der Verbrecher kein gebürtiger Ägypter ist."

„Wer bist du?“ fragte der Prinz.

„Bakura, ein Arbeiter aus der Brigade der Kanalgräber in Sechem. Ich habe jetzt keine Arbeit, deshalb befahl uns der Nomarch Otoes ...“

„Das ist ein Säufer, ein Wahnsinniger!“ flüsterte Sofra empört. „Wie spricht er zu Euch, Hoheit ...“

Der Prinz blickte den Nomarchen so an, daß der zusammensackte und sich zurückzog.

„Was hat euch der würdige Otoes befohlen?“ fragte der Statthalter Bakura.

„Herr, er befahl uns, am Ufer des Nils entlangzugehen, im Fluß zu schwimmen, auf den Straßen zu stehen und zu deinen Ehren Lärm zu vollführen. Dafür versprach er uns, was uns zusteht ... wir haben nämlich schon zwei Monate nichts bekommen ... weder Gerstenfladen noch Fisch oder Öl.“

„Was sagt Ihr dazu, würdiger Herr?“ fragte der Prinz den Nomarchen.

„Ein gefährlicher Säufer ... ein häßlicher Lügner!“ antwortete Sofra.

„Wie habt ihr denn den Lärm zu meinen Ehren vollführt?“

„Wie man es uns befahl“, erzählte der Riese. „Mein Weib und meine Tochter schrien mit anderen zusammen: ‚Daß er ewig lebe!‘ Ich aber sprang ins Wasser und warf in die Schiffe Eurer Hoheit Kränze, weil man mir für jeden einen Uten versprochen hatte. Und als Eure Hoheit gnädigst geruhten, in die Stadt Atribis einzufahren, wurde mir aufgetragen, mich vor die Pferde zu werfen und den Wagen dadurch zum Halten zu bringen ...“

Der Prinz mußte lachen. „Ich hätte mir nie im Leben träumen lassen, daß wir das Bankett so lustig beschließen würden! Nun, und wieviel hat man dir gezahlt, damit du dich vor den Wagen stürztest?“

„Drei Uten Belohnung wurden mir zwar zugesagt, doch weder ich noch meine Frau oder meine Tochter hatten je etwas bekommen. Außerdem hat unsere ganze Brigade seit zwei Monaten nichts zu essen erhalten.“

„Wovon lebt ihr?“

„Vom Betteln oder von Gelegenheitsarbeiten bei den Bauern. Wir haben dieses schweren Elends wegen dreimal rebelliert und wollten heimkehren. Die Offiziere und Schreiber aber versprachen, uns zu bezahlen, oder befahlen, uns zu schlagen ...“

„Für den Begrüßungsjubel zu meinen Ehren?" warf der Prinz lachend ein.

„Ihr sagt die Wahrheit, Eure Hoheit... Seht, gestern ereignete sich der größte Aufruhr, weshalb Seine Würden, der Nomarch Sofra, uns eine Strafe auferlegte..., jeder Zehnte bekam Prügel, ich aber die meisten, weil ich groß bin. Dabei habe ich doch drei Mäuler zu stopfen, hab mein Weib noch und meine Tochter... Zerschlagen bin ich ihnen fortgelaufen, um vor Euch, mein Herr, zu Boden zu fallen und von unserem Leid zu berichten. Ihr mögt uns prügeln, wenn wir schuldig sind, doch sollen die Schreiber herausgeben, was uns gebührt, weil wir sonst Hungers sterben – wir, unsere Frauen und Kinder."

„Der Mensch ist besessen!" rief Sofra. „Hoheit, geruht nur einmal zu betrachten, wieviel Schaden er mir angerichtet hat... zehn Talente reichen nicht aus für die zerstörten Tische, Schüsseln und Krüge."

Die Gäste, die wieder zur Besinnung gekommen waren, begannen zu raunen.

„Er ist ein Bandit!" sprach man. „Seht nur, das ist wirklich ein Hyksos. Noch immer wallt in ihm das verfluchte Blut seiner Ahnen, die einst Ägypten überfallen und zerstört haben... Solch kostbare Gegenstände... die schmucken Gefäße – in Scherben zerschlagen!"

„Ein Aufruhr der nicht entlohnten Arbeiter fügt dem Staate mehr Schaden zu, als all diese Kostbarkeiten wert sind", sagte Ramses streng.

„Heilige Worte! Man sollte sie in Stein hauen", riefen sofort einige Gäste. „Aufruhr reißt die Menschen von ihrer Arbeit fort und betrübt das Herz Seiner Heiligkeit... Ja, es ist nicht recht, wenn die Arbeiter zwei Monate lang keinen Lohn bekommen."

Mit unverhohlener Verachtung blickte der Prinz auf die Höflinge, die ihre Meinung so schnell änderten wie die Wolken ihre Gestalt. Er wandte sich dem Nomarchen zu und sprach drohend: „Ich übergebe dir diesen gepeinigten Menschen. Ich erwarte, daß ihm kein Haar gekrümmt wird. Morgen will ich die Brigade sehen, der er angehört, und mich vergewissern, ob der Kläger die Wahrheit sagte."

Nach diesen Worten verließ der Statthalter den Saal und ließ den Nomarchen und die Gäste in großer Sorge zurück.

Am nächsten Tage, als sich der Prinz mit Thutmosis' Hilfe ankleidete, fragte er ihn:

„Sind die Arbeiter gekommen?"

„Ja, Herr. Sie warten seit dem Morgen auf deine Befehle."

„Und der ... der Bakura, ist er dabei?"

Thutmosis verzog das Gesicht und antwortete: „Es hat sich ein sonderbarer Zufall ereignet. Der würdige Sofra befahl, den Arbeiter im leeren Keller des Palastes einzuschließen. Dieser Lump, der starke Mensch, hat die Tür zum Weinkeller aufgebrochen, dort etliche Krüge voll kostbaren Weines umgeworfen und sich so betrunken, daß ..."

„Nun?" fragte der Prinz.

„Daß er starb."

Der Thronfolger sprang auf.

„Glaubst du wirklich, daß er sich totgesoffen hat?"

„Ich muß es glauben, denn ich habe keine Gegenbeweise", antwortete Thutmosis.

„Ich werde sie suchen!" brauste der Prinz auf.

Er lief im Raum umher und fauchte wie ein gereizter junger Löwe. Als er sich ein wenig beruhigt hatte, sagte Thutmosis: „Hoheit, suche keine Schuld, die du nicht nachweisen kannst, da du nicht einmal Zeugen finden wirst. Wenn wirklich jemand auf Befehl des Nomarchen den Arbeiter erwürgt hat, so wird er das nicht eingestehen. Der Tote kann nichts mehr aussagen, und schließlich – was würde schon seine Klage gegen den Nomarchen bedeuten? Unter solchen Umständen wäre kein Gericht bereit, eine Untersuchung durchzuführen."

„Wenn ich sie aber befehle?" fragte der Statthalter.

„In einem solchen Fall wird man zwar gehorchen, aber sicher Sofras Schuldlosigkeit feststellen. Du jedoch, mein Gebieter, wirst dann beschämt sein und dir alle Nomarchen, ihre Sippen und Dienerschaft zu Feinden gemacht haben."

Der Prinz stand in der Mitte des Raumes und überlegte.

„Außerdem", sprach Thutmosis, „scheint alles dafür zu sprechen, daß der unglückliche Bakura ein Säufer oder Wahnsinniger war, vor allem aber ein Mensch fremder Herkunft. Würde denn ein vernünftiger, gebürtiger Ägypter, selbst wenn er ein ganzes Jahr hindurch keinen Lohn und doppelt soviel Prügel erhalten hätte, würde so einer sich erdreisten, in den Palast des Nomarchen einzudringen und dich unter solchem Gebrüll anzurufen?"

Ramses neigte den Kopf. Als er bemerkte, daß im Nebenraum

Höflinge standen, sprach er leise: „Weißt du, Thutmosis, seit Beginn meiner Reise kommt mir Ägypten verändert vor. Manchmal frage ich mich selbst, ob ich mich in einem fremden Land befinde. Dann wieder wird mein Herz unruhig, mir ist, als hätte ich einen Schleier vor den Augen, der alle möglichen Schuftereien verdeckt, die ich nicht erkennen kann."

„So versuche auch nicht, sie zu entdecken; sonst wird es dir am Ende noch scheinen, daß wir alle in die Bergwerke gehen müßten", antwortete Thutmosis lachend. „Denke daran, daß die Nomarchen und Beamten die Hirten deiner Herden sind. Wenn jemand ein Maß Milch für sich melkt oder einen Hammel schlachtet, so wirst du ihn deswegen nicht erschlagen und auch nicht fortjagen. Du hast zwar viele Hammel, Hirten aber sind knapp."

Der Statthalter ging nun zum Vorraum hinüber, in dem sich sein Gefolge von Priestern, Offizieren und Beamten versammelt hatte. Dann verließ er mit ihnen gemeinsam den Palast und begab sich in den Außenhof.

Auf diesem ausgedehnten Platz standen Akazien, in deren Schatten die Arbeiter auf den Prinzen warteten. Beim Ruf der Fanfaren sprangen sie von der Erde hoch und stellten sich in fünf Reihen auf.

Ramses, den das glänzende Gefolge der Würdenträger umgab, blieb plötzlich stehen, weil er die Brigade der Kanalgräber zuerst einmal von fern betrachten wollte. Es waren nackte Menschen, die weiße Kopfbedeckungen und ebensolche Lendenschurze trugen. In ihren Reihen konnte man gut die braunen Ägypter, die dunklen Mohren und die gelben Asiaten von den weißen Bewohnern Libyens und der Mittelmeerinseln unterscheiden.

In der ersten Reihe trugen die Arbeiter Keilhauen, in der zweiten Hacken und in der dritten Schaufeln. In der vierten standen Träger, von denen jeder eine Tragestange und zwei Eimer bei sich hatte, während die Träger in der fünften Reihe große, von zwei Menschen getragene Kästen mit sich führten. Darin transportierten sie das ausgeschachtete Erdreich.

Zehn Schritt vor den Arbeitern hatten sich die Meister aufgestellt, von denen jeder einen kräftigen Prügel und einen großen hölzernen Zirkel oder ein ebensolches Dreieck in der Hand hielt.

Als der Prinz sich ihnen näherte, riefen sie im Chor: „O daß du ewig leben mögest!" und knieten, mit der Stirn die Erde berührend, vor ihm nieder. Der Thronfolger befahl ihnen aufzustehen und schaute sie wieder aufmerksam an.

Es waren gesunde und kräftige Menschen, die keineswegs so aussahen, als ob sie sich seit zwei Monaten vom Betteln ernährten.

Der Nomarch Sofra trat mit seinem Gefolge zum Statthalter heran. Ramses aber tat, als sähe er ihn nicht, und wandte sich an einen der Meister.

„Seid ihr die Kanalgräber aus Sechem?" fragte er.

Der Meister warf sich – so lang er war – vor ihm nieder, neigte das Gesicht zur Erde und schwieg.

Der Prinz zuckte mit den Schultern und rief den Arbeitern zu: „Seid ihr aus Sechem?"

„Wir sind die Kanalgräber aus Sechem!" antworteten sie im Chor.

„Habt ihr Löhnung erhalten?"

„Ja! Wir sind satte und glückliche Diener Seiner Heiligkeit!" rief die Schar unter Betonung jedes einzelnen Wortes.

„Dreht euch um!" kommandierte der Prinz.

Sie gehorchten. Fast jeder Rücken war von tiefen und dichten Prügelnarben bedeckt; frische Striemen aber fehlten.

Sie betrügen mich! dachte der Thronfolger. Er befahl den Arbeitern, in die Kasernen zu gehen, und kehrte, ohne den Nomarchen zu begrüßen oder sich zu verabschieden, in den Palast zurück.

„Willst du auch behaupten", fragte er unterwegs Thutmosis, „daß diese Menschen Arbeiter aus Sechem sind?"

„Sie haben es doch selbst gesagt", murmelte der Höfling.

Der Prinz ließ sich sein Pferd bringen und ritt zu den außerhalb der Stadt lagernden Truppen.

Den ganzen Tag lang exerzierte er mit den Regimentern. Gegen Mittag erschienen auf dem Übungsplatz unter Anführung des Nomarchen einige Dutzend Träger mit Zelten, Geräten, Speisen und Wein. Doch der Prinz schickte sie nach Atribis zurück. Als die Soldaten aßen, verlangte er von ihrer Kost und aß Haferfladen mit gedörrtem Fleisch.

Abends stellten die libyschen Söldnerregimenter die Waffen zusammen, und der Prinz verabschiedete sich von ihnen. Da konnte man meinen, die Soldaten und ihre Offiziere seien toll geworden.

Sie schrien begeistert: „Lebe ewig!", küßten seine Hände und Füße, bildeten aus Lanzen und Mänteln eine Sänfte und trugen Ramses singend in die Stadt, wobei sie sich auf dem Wege um die Ehre stritten, ihn auf ihren Schultern tragen zu dürfen.

Angst befiel den Nomarchen und die Beamten der Provinz, als sie die Begeisterung der Libyer und des Thronfolgers huldvolles Verhalten zu den Barbaren sahen.

„Das ist ein Herrscher!" flüsterte der Großkämmerer Sofra zu. „Wenn er es wollte, würden diese Menschen uns und unsere Kinder mit ihren Schwertern erschlagen."

Der bekümmerte Nomarch seufzte zu den Göttern und empfahl sich ihrem gnädigen Schutz.

Spät in der Nacht erst traf Ramses in seinem Palast ein, wo ihm die Dienerschaft ausrichtete, daß man sein Schlafzimmer gewechselt habe.

„Warum denn?"

„Weil in dem anderen Schlafgemach eine Giftschlange gesehen wurde, die sich jedoch so verkroch, daß wir sie nicht finden konnten."

Das neue Schlafzimmer befand sich in einem Flügel, der an das Haus des Nomarchen angrenzte. Es war ein viereckiger, von Säulen umstandener Raum. An den Alabasterwänden befanden sich bemalte Flachreliefs; unten waren Topfpflanzen, etwas höher Girlanden aus Öl- und Lorbeerzweigen dargestellt.

Fast in der Mitte des Zimmers stand ein großes, mit Ebenholz, Elfenbein und Gold verziertes Bett. Zwei duftende Fackeln erhellten das Gemach.

Unter der Kolonnade standen Tische mit Wein, Speisen und Rosenkränzen.

In der Decke befand sich eine große, viereckige und mit Leinen verkleidete Öffnung.

Der Prinz badete und legte sich auf die weiche Ruhestatt, während seine Diener in die anschließenden Räume gingen. Die Fackeln verlöschten, und es strömte ein kühler, von Blumenduft gesättigter Wind hernieder. Zur gleichen Zeit ertönte aus der Höhe leise Harfenmusik.

Ramses hob den Kopf. Das Leinendach wich beiseite, so daß man durch die Öffnung in der Decke die Konstellation des Löwen und in ihr den hellen Stern Regulus erblickte. Die Harfenmusik wurde lauter.

Machen sich die Götter auf, um mich zu besuchen? dachte Ramses lächelnd.

Da erglänzte in der Deckenöffnung ein breiter, kräftiger, doch matter Lichtstrahl. Eine kleine Weile danach erschien oben eine Sänfte in der Form eines goldenen Nachens mit einem Blumenaltan. Die Säulen waren mit Rosen, das Dach mit Veilchen- und Lotosgirlanden umwunden.

Geräuschlos senkte sich der goldene Nachen an gründurchflochtenen Schnüren in das Schlafgemach. Als er auf dem Boden stand, trat aus den Blumen ein nacktes Weib von ungewöhnlicher Schönheit hervor. Ihr Körper glich prachtvollem weißem Marmor; der Bernsteinflut ihres Haares entströmte betäubender Duft.

Das Weib stieg aus der Sänfte, die vom Himmel herabgeschwebt war, und kniete vor dem Prinzen nieder.

„Bist du Sofras Tochter?“ fragte der Thronfolger.

„Du sprichst die Wahrheit, Gebieter.“

„Und trotzdem kamst du zu mir!“

„Dich zu bitten, daß du meinem Vater verzeihst. Er ist unglücklich! Seit Mittag vergießt er Tränen und wälzt sich im Staube.“

„Und wenn ich ihm nicht vergebe – gehst du dann fort?“

„Nein“, flüsterte sie leise.

Ramses zog sie an sich und küßte sie leidenschaftlich. Seine Augen funkelten.

„Darum verzeihe ich ihm“, rief er.

„O wie gut du bist!“ sprach sie, schmiegte sich an den Prinzen und fügte dann schmeichelnd hinzu: „Wirst du auch befehlen, daß er den Schaden ersetzt bekommt, den ihm der tolle Arbeiter zugefügt hat?“

„Ich werde es tun!“

„Und wirst du mich auch zu dir in dein Haus nehmen?“

Ramses betrachtete sie.

„Ja, denn du bist schön.“

„Wirklich?“ fragte sie und umschlang ihn. „Sieh mich genauer an... denn unter den Schönen Ägyptens nehme ich erst die vierte Stelle ein.“

„Was soll das heißen?“

„In Memphis oder bei Memphis wohnt deine Erste... zum Glück nur eine Jüdin! In Sechem die Zweite...“

„Davon weiß ich nichts“, widersprach der Prinz.

„O du Täubchen! Also ahnst du sicher auch nichts von der Dritten in Anu?“

„Gehört sie etwa ebenfalls zu meinem Hause?“

„Undankbarer!“ rief sie und schlug ihn mit einer Lotosblüte. „Du bist fähig, in einem Monat über mich genauso zu sprechen ... ich lasse mir aber nichts gefallen.“

„Genau wie dein Vater.“

„Du hast es ihm noch nicht vergessen? Bedenke, daß ich fortgehen könnte.“

„Bleib schon ... bleibe!“

Am nächsten Tage geruhte der Statthalter, die Huldigungen und die Einladung zu einem Bankett beim Nomarchen anzunehmen. Er lobte öffentlich die Verwaltung seiner Provinz, und um den von dem Arbeiter angerichteten Schaden wiedergutzumachen, schenkte er Sofra die Hälfte des Geschirrs und der Gegenstände, die er in der Stadt Anu erhalten hatte. Die andere Hälfte der Geschenke erhielt die Tochter des Nomarchen, die schöne Abeb, nunmehr Dame des Hofes. Außerdem ließ sie sich aus Ramses' Kasse fünf Talente für Gewänder, Pferde und Sklavinnen auszahlen.

Am Abend meinte der Prinz gähnend zu Thutmosis: „Seine Heiligkeit mein Vater hat mir eine große Weisheit gesagt: Weiber kosten viel!“

„Noch schlimmer ist es, keine zu haben“, antwortete der Stutzer.

„Und ich besitze vier und weiß nicht einmal, wie ich dazu komme. Ich könnte dir zwei abtreten.“

„Auch Sara?“

„Nein! Erst recht nicht, wenn sie einen Sohn bekommen sollte.“

„Falls Eure Hoheit diesen Turteltäubchen eine schöne Mitgift aussetzen würde, könnte man gewiß auch Männer für sie finden.“

Der Prinz gähnte erneut.

„Ich mag nichts von Mitgift hören!“ rief er. „Ah! Welches Glück, daß ich mich nun von euch trennen und unter die Priester gehen werde.“

„Willst du das wirklich tun?“

„Ich muß. Vielleicht erfahre ich dann endlich, warum die Pharaonen verarmen. Ah! – und ich werde mich ausruhen.“

XXV

Am selben Tag lag in Memphis der Phönizier Dagon, der ehrbare Bankier des Thronfolgers, auf einem Diwan in der Veranda seines Palastes. Duftende, in Kübeln gezogene Nadelhölzer umgaben ihn. Zwei schwarze Sklaven fächelten dem Wucherer Kühlung zu, während er mit einem Äffchen spielte und dabei seinem Schreiber zuhörte, der ihm Rechnungen vorlas.

Da meldete ihm ein mit Schwert, Helm, Lanze und Schild bewaffneter Sklave (der Bankier liebte militärische Ausstattung) den würdigen Rabsun, einen phönizischen Kaufmann, der sich in Memphis niedergelassen hatte.

Der Gast trat ein, verneigte sich tief und senkte so auffällig die Wimpern, daß der würdige Dagon dem Schreiber und dem Sklaven befahl, sich von der Veranda fortzuscheren. Danach sah er als vorsichtiger Mensch prüfend in alle Ecken und sagte zu seinem Gast: „Wir sind ungestört."

Rabsun begann ohne Einleitung: „Weiß Euer Würden, daß Fürst Hiram aus Tyros gekommen ist?"

Dagon fuhr vom Diwan hoch.

„Daß die Pest über ihn und sein Fürstentum käme!" brüllte er.

„Er hat mir erzählt", fuhr der Gast ruhig fort, „daß zwischen euch ein Mißverständnis besteht."

„Was heißt Mißverständnis?" schrie Dagon. „Dieser Räuber hat mich bestohlen, vernichtet, ruiniert. Als ich meine Schiffe hinter einigen tyrischen gen Westen nach Silber schickte, haben die Steuerleute des Strolches Hiram Feuer hinübergeworfen und wollten sie auf eine Sandbank drängen. Meine Schiffe kehrten leer zurück, angebrannt und zertrümmert ... Daß ihn das himmlische Feuer versenge!" wütete der Bankier.

„Und wenn Hiram Euch einen guten Handel anzubieten hat?" fragte der Gast phlegmatisch.

Der Entrüstungssturm in Dagons Brust legte sich sogleich.

„Was für ein Geschäft kann er für mich haben?" fragte er vollkommen ruhig.

„Das wird er Euer Würden persönlich sagen, doch dazu muß er sich erst mit Euch treffen."

„Na, dann soll er hierherkommen."

„Er meint, daß Ihr zu ihm kommen solltet. Er ist doch Mitglied des Höchsten Rates in Tyros."

„Er mag eher verrecken, als daß ich zu ihm gehe!" schrie der Bankier, aufs neue erzürnt.

Der Gast schob den Sessel zum Diwan und schlug dem Wucherer auf die Schenkel.

„Dagon", mahnte er, „sei vernünftig."

„Warum soll ich nicht vernünftig sein, und weshalb nennst du mich nicht ‚Euer Würden', Rabsun?"

„Dagon, stell dich nicht so töricht an!" wies ihn der Gast zurecht. „Wenn du nicht zu ihm gehst und er nicht zu dir, wie könnt ihr dann miteinander ein Geschäft machen?"

„Du bist töricht, Rabsun!" brauste der Bankier wieder auf. „Denn ... ginge ich zu Hiram – dann soll mir die Hand verdorren, wenn ich nicht dieser Höflichkeit wegen die Hälfte des Gewinnes einbüßte."

Der Gast überlegte und sagte dann: „Jetzt hast du ein kluges Wort gesprochen. Ich mache dir also folgenden Vorschlag: Triff dich mit Hiram bei mir, um das Geschäft zu besprechen."

Dagon neigte den Kopf und fragte mit listig zwinkernden Äuglein: „He, Rabsun, sag mir doch gleich, wieviel er dir dafür gegeben hat?"

„Wofür?"

„Daß ich zu dir kommen und mit diesem Aussätzigen ein Geschäft machen soll?"

„Es ist ein Geschäft für ganz Phönizien, also brauche ich daran nichts zu verdienen", entgegnete Rabsun beleidigt.

„O daß dir deine Schuldner so zahlten, wie das wahr ist!"

„Gar nichts sollten sie mir zahlen, falls ich daran verdiente! Wenn nur Phönizien nichts einbüßt!" schrie Rabsun zornig.

Sie verabschiedeten sich voneinander.

Gegen Abend bestieg der würdige Dagon eine von sechs Sklaven getragene Sänfte. Zwei Läufer mit Knüppeln und zwei mit Fackeln liefen ihm voran; hinter der Sänfte aber folgten vier von Kopf bis Fuß bewaffnete Diener, nicht der Sicherheit wegen, sondern nur, weil Dagon sich seit einiger Zeit wie ein Ritter mit Bewaffneten zu umgeben liebte.

Er stieg mit großer Würde aus der Sänfte und schritt, von zwei Männern gestützt (der dritte hielt einen Schirm über ihn), in das Haus Rabsuns.

„Wo ist dieser ... Hiram?" fragte er stolz den Hausherrn.

„Er ist nicht hier."

„Wieso? Soll ich etwa auf ihn warten?"

„Er weilt nicht in diesem Raum, sondern im dritten bei meinem Weibe", antwortete der Hausherr. „Er macht gerade meiner Frau seine Aufwartung."

„Ich gehe nicht dorthin!" erklärte der Bankier und ließ sich auf dem Diwan nieder.

„Du mußt dich in das zweite Gemach begeben, dann wird er im selben Augenblick auch dort eintreten."

Nach kurzem Widerstand gab Dagon nach, und einen Augenblick später betrat er auf ein Zeichen des Hausherrn den bezeichneten Raum. Gleichzeitig erschien in der gegenüberliegenden Tür ein mittelgroßer, in eine goldschimmernde Toga gekleideter Mann mit grauem Bart und einem goldenen Reifen auf dem Kopf.

Der in der Mitte stehende Hausherr rief: „Das ist Ihre Gnaden Fürst Hiram, Mitglied des Höchsten tyrischen Rates ... und hier ist der würdige Dagon, Bankier des Prinzen, des Thronfolgers und Statthalters von Unterägypten."

Die beiden Würdenträger verneigten sich, wobei sie die Arme über der Brust kreuzten, und setzten sich an zwei Tischchen, die in der Mitte des Saales gesondert voneinander standen. Hiram schob die Toga ein wenig beiseite, um die große goldene Medaille auf seiner Brust zu zeigen. Als Antwort darauf spielte Dagon mit der dicken goldenen Kette, die er von Prinz Ramses erhalten hatte.

„Ich, Hiram", ließ sich der Greis vernehmen, „begrüße Sie, Herr Dagon, und wünsche Ihnen ein großes Vermögen und Erfolg bei allen Geschäften."

„Ich, Dagon, begrüße Sie, Herr Hiram, und wünsche Ihnen dasselbe, was Sie mir wünschen."

„Wollen Sie sich schon streiten?" brauste Hiram auf.

„Wieso streite ich? Rabsun, sag du, ob ich das tue!"

„Sprecht lieber über eure Geschäfte, Euer Würden", erwiderte der Hausherr.

Nach einer Weile des Überlegens begann Hiram:

„Ihre Freunde aus Tyros lassen Sie durch mich auf das herzlichste grüßen."

„Ist das alles, was sie mir geschickt haben?" meinte Dagon spöttisch.

„Was haben Sie denn erwartet?" fragte Hiram scharf.

„Ruhig! Frieden!" beschwichtigte der Hausherr.

Hiram holte einige Male tief Luft und sprach: „Es ist wahr,

wir bedürfen des Friedens. Für Phönizien kommen schwere Zeiten."

„Hat das Meer Euch Tyros oder Sidon verschlungen?" fragte Dagon grinsend.

Hiram spie aus und fragte: „Warum sind Sie heute so böse?"

„Ich bin immer böse, wenn man mich nicht ‚Euer Würden' nennt."

„Und warum nennen Sie mich nicht ‚Euer Gnaden'? Ich bin doch ein Fürst!"

„Vielleicht in Phönizien", erwiderte Dagon. „Doch schon in Assyrien müßt Ihr bei jedem gewöhnlichen Satrapen drei Tage auf dem Korridor warten, um überhaupt vorgelassen zu werden. Wenn man Euch schließlich empfängt, dann liegt Ihr wie jeder andere phönizische Händler auf dem Bauch."

„Und wie würden Sie sich zu einem Wilden verhalten, der Sie pfählen könnte?" schrie Hiram.

„Was ich in dem Fall machen würde, weiß ich nicht", erwiderte Dagon. „In Ägypten aber sitze ich mit dem Thronfolger, der heute Statthalter ist, auf einer Ruhebank."

„Vertragt Euch, Euer Würden! Vertragt Euch, Euer Gnaden!" ermahnte der Hausherr.

„Vertragen! Vertragen! Wo mir dieser Herr, der bloß ein gewöhnlicher phönizischer Händler ist, keine Achtung erweisen will", rief Dagon.

„Ich besitze hundert Schiffe!" schrie Hiram.

„Aber Seine Heiligkeit der Pharao hat zwanzigtausend Städte, Städtchen und Niederlassungen."

„Euer Würden gefährdet das Geschäft und ganz Phönizien!" ließ sich Rabsun mit Nachdruck vernehmen.

Hiram preßte die Fäuste, aber er schwieg und wartete ab.

„Ihr müßt jedoch zugeben, Euer Würden", sagte er nach einer Weile zu Dagon, „daß Seine Heiligkeit von diesen zwanzigtausend Städten wirklich nicht viel hat."

„Damit wollt Ihr, Euer Gnaden, wohl sagen, daß etwa siebentausend Städte den Tempeln und siebentausend den großen Herren gehören? Da bleiben Seiner Heiligkeit aber immer noch genau sechstausend."

„Nicht ganz! Denn wenn Euer Würden davon dreitausend abrechnen, die an die Priester verpfändet sind, und gegen zweitausend, die unsere Phönizier in Pacht haben . . ."

„Das stimmt, Euer Gnaden", räumte Dagon ein. „Immerhin

bleiben Seiner Heiligkeit noch gegen zweitausend sehr reiche Städte."

„Seid Ihr von Typhon besessen?" schrie nunmehr Rabsun. „Jetzt werdet Ihr noch die Städte des Pharao zählen, den doch der ..."

„Pst!" flüsterte Dagon, vom Sessel aufspringend.

„Wenn nun aber über Phönizien Unglück schwebt!" endete Rabsun.

„So sag doch endlich, was für ein Unglück!" verlangte Dagon.

„Laß also Hiram sprechen, dann wirst du es erfahren", erwiderte der Hausherr.

„Soll er reden!"

„Weiß Euer Würden, was bei unserem Bruder Assarhaddon in der Herberge ‚Zum Schiff' geschah?" begann Hiram.

„Ich habe keine Brüder unter den Schankwirten!" fuhr Dagon höhnisch dazwischen.

„Schweig!" brüllte Rabsun erzürnt und packte den Griff seines Dolches. „Du bist so dumm wie ein Hund, der im Schlaf bellt."

„Worüber ärgert sich dieser ... Knochenhändler?" gab Dagon zurück und griff ebenfalls zum Messer.

„Ruhe! Vertragt euch!" beruhigte sie der greise Fürst und tastete ebenfalls mit seiner dürren Hand zum Gürtel hin.

Eine Weile lang bebten allen dreien die Nasenflügel, und ihre Augen blitzten. Hiram, der sich als erster beruhigte, begann endlich, als wäre nichts geschehen, wieder zu sprechen: „Vor einigen Monaten hielt sich in der Herberge des Assarhaddon ein gewisser Phut aus Harran auf."

„Er hatte von irgendeinem Priester fünf Talente wiederzubekommen", mischte sich Dagon ein.

„Was weiter?" fragte Hiram.

„Nichts. Er erwarb sich die Gunst einer Priesterin und fuhr auf ihren Rat hin zu seinem Schuldner nach Theben."

„Ihr besitzt den Verstand eines Kindes und die geschwätzige Zunge einer Frau", rief Hiram. „Der Harrane ist kein Harrane, sondern ein Chaldäer und heißt nicht Phut, sondern Beroes."

„Beroes? Beroes?" wiederholte Dagon sinnend. „Wo habe ich den Namen nur schon gehört?"

„Gehört!" sprach verächtlich Hiram. „Beroes ist der weiseste Priester in Babylon, der Berater der assyrischen Fürsten, ja sogar des Königs selbst."

„Von mir aus kann er Berater sein, wo er will, nur nicht beim Pharao. Was geht mich das an?“ wollte der Bankier wissen.

Rabsun stand auf, hielt Dagon die Faust unter die Nase und rief: „Du mit Spülicht vom Tische des Pharao gemästetes Schwein! Dich kümmert Phönizien soviel wie mich Ägypten. Wenn du könntest, würdest du für eine Drachme dein Vaterland verkaufen ... Hund ... räudiger!“

Dagon erblaßte, antwortete aber ruhig: „Was schwätzt der Krämer? In Tyros leben meine Söhne und erlernen dort die Schiffahrt; in Sidon wohnt meine Tochter mit ihrem Mann. Die Hälfte meines Vermögens habe ich dem Höchsten Rat geborgt, obwohl ich dafür nicht einmal zehn Prozent erhalte – und dieser Krämer behauptet, mich kümmerte Phönizien nicht!

Höre, Rabsun“, setzte er nach einer Weile hinzu, „ich wünsche deiner Frau und deinen Kindern wie den Schatten deiner Väter, daß du dich soviel um sie sorgtest, wie ich mich um jedes einzelne phönizische Schiff, jeden Stein in Tyros, Sidon und sogar Zarpath und Achsibu sorge.“

„Dagon hat recht“, mischte sich Hiram in das Gespräch.

„Ich sorgte mich nicht um Phönizien!“ ereiferte sich der Bankier. „Wieviel Phönizier habe ich hierhergebracht, um ihnen zu helfen, und was habe ich davon? Ich kümmere mich nicht! Hiram hat mir zwei Schiffe zerstören lassen und mich um große Gewinne gebracht. Trotzdem, da es um Phönizien geht, war ich bereit, mit ihm in einem Raum zusammenzukommen.“

„Weil du wähntest, mit ihm gemeinsam jemanden betrügen zu können“, rief Rabsun.

„Denke lieber an dein Ende, du Dummkopf!“ zischte Dagon. „Ich bin doch kein Kind, daß ich nicht verstünde: Wenn Hiram persönlich nach Memphis kommt, geschieht das nicht wegen eines Handels. O Rabsun! Du solltest bei mir zwei Jahre lang Stalljunge sein und die Ställe ausmisten.“

„Genug!“ rief Hiram und schlug mit der Faust auf den Tisch.

„Wir werden niemals über diesen chaldäischen Priester ins reine kommen“, knurrte Rabsun mit einer solchen Ruhe, als wäre nicht er soeben beschimpft worden.

Hiram räusperte sich und begann: „Jener Mann besitzt wirklich in Harran ein Haus und Land und nennt sich dort Phut. Er erhielt von den Kaufleuten der Stadt Briefe an sidonische Händler, also hat ihn unsere Karawane mit auf die Reise genommen. Er sprach gut Phönizisch, zahlte anständig, verlangte nichts Besonderes, und so haben ihn unsere Leute sogar liebgewonnen.

Aber", sprach Hiram und zauste sich dabei seinen Bart, „wenn sich ein Löwe in einem Ochsenfell versteckt, so wird ihm doch immer etwas, wenn auch nur das Schwanzende, herausschauen. Dieser Phut tat schrecklich weise und selbstbewußt, darum revidierte der Karawanenführer heimlich seine Sachen. Er fand nichts, außer einem Medaillon der Göttin Astoreth. Das stach ihm in die Augen. Woher hat ein Hethiter ein phönizisches Medaillon?

In Sidon benachrichtigte der Karawanenführer sofort die Ältesten, und unsere Geheimpolizei begann Phut zu bewachen.

Er ist aber so klug, daß er schon nach ein paar Tagen in Sidon beliebt war. Er betete und brachte der Göttin Astoreth Opfer, bezahlte in Gold, borgte kein Geld und gab sich nur mit Phöniziern ab. Er täuschte alle und erreichte schließlich, daß unser Verdacht nachließ. So konnte er ungeschoren nach Memphis gelangen.

Hier haben ihn unsere Ältesten wieder beobachtet. Doch konnten sie nichts feststellen, sondern sie vermuteten nur, daß er ein großer Herr und kein einfacher Bürger aus Harran wäre. Erst Assarhaddon entdeckte durch Zufall eine Spur. Der angebliche Phut hat eine ganze Nacht in dem alten Tempel Seths zugebracht, der hier viel bedeutet ..."

„Dort treffen sich nur die Erzpriester zu wichtigen Beratungen", warf Dagon ein.

„Und auch das hätte noch nichts zu sagen", meinte Hiram, „aber da ist einer von unseren Kaufleuten im vergangenen Monat mit sonderbaren Nachrichten aus Babylon zurückgekehrt. Für ein großes Geschenk hatte ihm ein Höfling des babylonischen Satrapen verraten, daß über Phönizien Unheil schwebe!

‚Euch werden die Assyrer verschlingen', sagte der Höfling zu unserem Kaufmann, ‚und die Ägypter werden sich über die Israeliten hermachen. In dieser Angelegenheit ist der große chaldäische Priester Beroes persönlich zu den thebanischen Priestern gefahren, um mit ihnen einen Vertrag zu schließen.'

Ihr müßt wissen", sprach Hiram weiter, „daß die chaldäischen Priester die ägyptischen als ihre Brüder betrachten. Und da Beroes am Hofe des Königs Assar großen Einfluß besitzt, so kann die Nachricht über den Vertrag schon wahr sein."

„Wozu brauchen die Assyrer Phönizien?" fragte Dagon und kaute an seinen Fingernägeln.

„Wozu braucht denn der Dieb einen fremden Speicher?" gab Hiram zurück.

„Was kann der Vertrag des Beroes mit den ägyptischen Priestern zu bedeuten haben?" fragte Rabsun nachdenklich.

„Du Dummkopf!" fuhr Dagon auf. „Der Pharao tut doch nur, was die Priester raten."

„Seid gewiß, es wird auch zu einem Vertrag mit dem Pharao kommen!" versicherte Hiram. „In Tyros wissen wir genau, daß der assyrische Gesandte Sargon mit einem großen Gefolge und Geschenken nach Ägypten unterwegs ist. Angeblich will er das Land kennenlernen und mit den Ministern verhandeln, damit Assyriens Tribute an die Pharaonen aus den ägyptischen Akten verschwinden. In Wirklichkeit aber ist er beauftragt, einen Vertrag über die Aufteilung der zwischen unserem Meere und dem Fluß Euphrat gelegenen Länder zu schließen."

„Daß die Erde sie verschlingen möge!" fluchte Rabsun.

„Was haltet Ihr von der Lage, Dagon?" fragte Hiram.

„Und was wollt Ihr tun, wenn Assar Euch wirklich überfällt?" forschte der Bankier.

Hiram wurde von Zorn geschüttelt.

„Wir besteigen unsere Schiffe mitsamt unseren Familien und Reichtümern und lassen diesen Hunden die Trümmer der Städte mit den faulenden Leichen der Sklaven zurück. Gibt es denn keine größeren und schöneren Länder und Städte als Phönizien, wo man ein neues und reicheres Vaterland gründen könnte?"

„Die Götter mögen uns vor dem Äußersten bewahren!" rief Dagon.

„Darum eben geht es – das heutige Phönizien vor der Vernichtung zu retten", sprach Hiram, „und Ihr, Dagon, könntet viel dazu tun."

„Was denn?"

„Etwa von den Priestern erfahren, ob Beroes sie aufgesucht und solch einen Vertrag mit ihnen geschlossen hat?"

„Eine sehr schwierige Aufgabe!" flüsterte Dagon. „Aber vielleicht finde ich einen Priester, der mir das sagt."

„Vermögt Ihr", fuhr Hiram fort, „am Hofe des Pharao einen solchen Vertrag mit Sargon zu verhindern?"

„Sehr schwer. Allein kann ich das nicht schaffen."

„Ich werde bei Euch sein, das erforderliche Gold liefert uns Phönizien. Schon heute erheben wir dafür eine Steuer."

„Ich gebe zwei Talente dazu", murmelte Rabsun.

„Und ich zehn", sagte Dagon. „Doch was erhalte ich für meine Arbeit?"

„Nun – zehn Schiffe", erwiderte Hiram.

„Wieviel verdient denn Ihr?" fragte Dagon.

„Ist's Euch zuwenig? Also bekommt Ihr fünfzehn."

„Ich habe gefragt, was Ihr verdient", drängte Dagon.

„Wir geben Euch ... zwanzig ... genug?"

„Belassen wir es dabei, doch – zeigt Ihr mir den Weg in das Land, wo es Silber gibt?"

„Wir zeigen ihn."

„Auch den zu den Zinnvorkommen?"

„Nun, es sei ..."

„Und zum Schluß noch die Bernsteinküste?"

„Daß Ihr krepiert!" antwortete der liebenswürdige Fürst und hielt ihm die Hand hin. „Doch werdet Ihr nicht mehr der beiden Kähne wegen mit Haß im Herzen an mich denken?"

Dagon seufzte: „Ich werde mir Mühe geben zu vergessen, aber ... welch Vermögen besäße ich, wenn Ihr mich damals nicht verjagt hättet!"

„Genug!" rief Rabsun. „Sprecht über Phönizien."

„Wen wollt Ihr über Beroes und den Vertrag ausforschen?" fragte Hiram.

„Laßt mich in Ruhe. Darüber zu sprechen ist gefährlich, denn ich muß mich an Priester wenden."

„Wen könntet Ihr beeinflussen, den Vertrag scheitern zu lassen?"

„Ich denke ... ich denke, den Thronfolger. Ich habe viele seiner Quittungen in der Hand."

Hiram hob die Hand und sagte: „Der Thronfolger – sehr gut, denn er wird – vielleicht schon bald ... Pharao werden."

„Pst!" zischte Dagon und hieb mit der Faust auf den Tisch. „Daß Ihr für solches Geschwätz mit Stummheit geschlagen würdet!"

„Du bist ein Schwein!" rief Rabsun und hielt dem Bankier die Faust unter die Nase.

„Und das ist ein dummer Krämer!" antwortete Dagon mit höhnischem Lachen. „Du, Rabsun, solltest lieber gedörrten Fisch und Wasser auf der Straße verkaufen, anstatt dich in Staatsgeschäfte einzumischen. Ein in den Dreck Ägyptens getauchter Ochsenfuß hat mehr Verstand als du, obwohl du schon fünf Jahre in der Hauptstadt Ägyptens wohnst! Daß dich doch gleich die Säue fräßen!"

„Ruhig! Ruhig!" beschwichtigte Hiram. „Ihr laßt mich ja nicht zu Ende reden."

„Sprecht, denn Ihr seid weise, und Euch versteht mein Herz", rief Rabsun.

„Wenn Ihr, Dagon, Einfluß auf den Thronfolger besitzt, so ist das sehr günstig. Denn falls er ein Bündnis mit Assyrien wünscht, so wird es geschlossen und noch dazu mit unserem Blut auf unser Fell geschrieben werden. Will der Thronfolger aber Krieg mit Assyrien führen, dann setzt er ihn auch durch, selbst wenn die Priester die Hilfe aller Götter gegen ihn herbeirufen würden."

„Pst!" ließ sich Dagon vernehmen. „Wenn die Priester es wollen, dann wird der Vertrag gültig bleiben ... aber – vielleicht wollen sie das gar nicht."

„Darum, Dagon", sprach Hiram, „müssen wir alle Führer hinter uns haben ..."

„Das ist möglich ..."

„... und die Nomarchen ..."

„... auch das kann man erreichen ..."

„... und den Thronfolger. Doch wenn nur Ihr allein ihn zum Kriege mit Assyrien zu treiben versucht, so wird alles umsonst sein. Der Mensch gleicht einer Harfe: er hat viele Saiten; um darauf zu spielen, muß man zehn Finger haben. Und Ihr, Dagon, seid nur einer."

„Ich kann mich nicht in zehn Teile zerreißen."

„Doch wie eine Hand mit fünf Fingern handeln. Niemand darf ahnen, daß Ihr den Krieg wollt, doch muß jeder Koch des Thronfolgers ihn wünschen, jeder seiner Friseure, alle Bademeister, Sänftenträger, Schreiber, Offiziere, Fuhrleute, kurz, jedermann muß den Krieg mit Assyrien herbeisehnen, so daß der Thronfolger vom Morgen bis in die Nacht hinein nur davon hört, ja selbst dann noch, wenn er schläft."

„Das geht."

„Kennt Ihr eigentlich seine Geliebten?" fragte Hiram.

Dagon winkte ab.

„Das sind dumme Mädchen", antwortete er. „Sie haben nur im Sinn, sich zu schmücken, zu schminken und mit wohlriechenden Ölen einzusalben. Woher die duftenden Öle aber kommen und wer sie nach Ägypten bringt, darüber wissen sie nichts."

„Man müßte ihm eine neue Geliebte zuschieben ...", rief Hiram.

„Aber woher nehmen?" fragte Dagon. „Ah ... ich hab's", rief er und schlug sich vor die Stirn. „Kennt Ihr Kama, die Priesterin der Astoreth?"

„Was?" unterbrach ihn Rabsun. „Die Priesterin der heiligen Göttin Astoreth sollte die Geliebte eines Ägypters werden?"

„Du möchtest sie wohl lieber selber haben?" höhnte Dagon. „Sie wird sogar Erzpriesterin werden, wenn es nötig sein sollte, um ihr den Weg zu Hofe zu ebnen."

„Ihr habt recht!" rief Hiram.

„Das ist doch Tempelschändung!" empörte sich Rabsun.

„Darum kann auch die Priesterin zur Strafe sterben", warf der greise Hiram ein.

„Daß uns nur nicht die Sara in die Quere kommt, diese Jüdin", meinte nach kurzem Schweigen Dagon. „Sie erwartet ein Kind, an dem der Prinz heute schon hängt. Und wenn sie ihm gar einen Sohn schenkt, dann wären alle anderen abgemeldet."

„Wir werden auch für Sara Geld finden", schlug Hiram vor.

„Die nimmt nichts!" brauste Dagon auf. „Das Scheusal hat sogar einen kostbaren goldenen Kelch zurückgewiesen, den ich ihr persönlich gebracht habe!"

„Weil sie dachte, daß du sie übertölpeln willst", warf Rabsun ein.

Hiram nickte.

„Es lohnt nicht, sich darüber Sorgen zu machen", meinte er, „wo Gold nicht hilft, dort finden der Vater, die Mutter oder die Geliebte einen Weg. Und wenn die Geliebte nichts ausrichtet, dann bleibt noch ..."

„Der Dolch!" zischte Rabsun.

„Gift", flüsterte Dagon.

„Der Dolch ist zu vulgär", äußerte Hiram seine Meinung. Er strich sich den Bart und überlegte. Endlich stand er auf und zog aus seinem Gewand ein Purpurband, woran drei goldene Amulette mit dem Abbild der Göttin Astoreth geknüpft waren. Er nahm seinen Dolch aus dem Gürtel, schnitt das Band in drei Teile und gab je eines davon mit einem Amulett Dagon und Rabsun.

Dann begaben sich alle drei aus der Mitte des Raumes in den

Winkel, wo das geflügelte Bild der Göttin stand, kreuzten die Hände über der Brust, und Hiram begann mit gedämpfter Stimme, aber deutlich zu sprechen: „Dir, Mutter des Lebens, schwören wir, treu unser Gelöbnis zu halten und nicht zu rasten noch zu ruhen, bis alle Anschläge der Feinde – die Hunger, Seuche und Feuer vernichten möge – von der heiligen Stadt abgewehrt sind.

Wenn einer von uns die Verpflichtung nicht einhält oder das Geheimnis verrät, so möge über ihn alles Unglück und Mißgeschick kommen. Der Hunger verkrampfe seine Gedärme, der Schlaf fliehe seine entzündeten Augen. Es verdorre die Hand eines jeden, der aus Erbarmen mit seinem Elend ihm zu Hilfe eilt. Das Brot auf seinem Tisch mag verfaulen und der Wein sich in stinkende Jauche verwandeln. Seine Kinder sollen aussterben und sein Haus von Bastarden wimmeln, die ihn bespeien und vertreiben. Eines einsamen, qualvollen Todes soll er stöhnend sterben, und seinen geschändeten Leichnam soll weder die Erde noch das Wasser aufnehmen, das Feuer nicht verbrennen und auch keine wilde Bestie fressen!"

„So geschehe es!"

Nach dem schrecklichen Schwur, den Hiram begonnen hatte und den von der Mitte an alle drei wutzitternd schrien, ruhten die drei Phönizier schnaubend aus. Dann führte Rabsun seine Gäste zu einem Festschmaus, wo sie bei Wein und Musik und Tänzerinnen für eine Weile die Mühen vergaßen, die ihrer harrten.

AtV

Bolesław Prus (eigentlich Aleksander Głowacki) wurde 1847 bei Hrubieszów geboren, starb 1912 in Warschau; Prus war Sohn eines Gutsverwalters und nahm 1863 am Polnischen Aufstand teil. Aus finanziellen Gründen mußte er das Studium der Naturwissenschaften in Warschau aufgeben, arbeitete danach in verschiedenen Berufen. Seine literarische Tätigkeit begann er mit Feuilletons und Humoresken, zunächst als reinen Broterwerb; später folgten Erzählungen und Novellen. 1885 erschien der erste große Roman, „Vorposten". Prus ist einer der bedeutendsten Romanciers und Publizisten in der polnischen Literatur des 19. Jahrhunderts.

Wichtige Werke: Die Welle strömt zurück (Novellen, 1880, dt. 1959), Vorposten (Roman, 1885, dt. 1947), Die Puppe (Roman, 1887/89, dt. 1954), Die Emanzipierten (Roman, 1890/93, dt. 1957), Pharao (Roman, 1895, dt. 1952).

Das erregende Schicksal des letzten Herrschers der XX. Dynastie des Neuen Reiches gestaltet Prus zu einem farbenprächtigen Bild Ägyptens vor 3000 Jahren. Der junge Pharao Ramses XIII. sagt bald nach seiner Thronbesteigung der Priesterkaste des Landes den Kampf an. Ihr Sturz soll die unterminierte Herrschaft der Pharaonen wiederherstellen, soll das einst glanzvolle ägyptische Reich zu neuer Blüte bringen, soll es befreien von Willkür und drückender Verschuldung an Tempel und phönizische Bankiers. Doch bricht der vernichtende Schlag gegen die Priesterkaste durch Intrigen und Provokationen im entscheidenden Augenblick zusammen.

Dieses historische Kolossalgemälde aus dem alten Kulturland am Nil, das auch verfilmt wurde, ist vergleichbar mit Klassikern wie „Ein Kampf um Rom" oder „Ben Hur".

Bolesław Prus

PHARAO

Roman

Zweites Buch

Aus dem Polnischen von
Kurt Harrer

Aufbau Taschenbuch Verlag

Titel der Originalausgabe
Faraon

ISBN 3-7466-1030-3

1. Auflage 1994
Aufbau Taschenbuch Verlag Berlin

Reihengrundlayout Sabine Müller, FAB Verlag, Berlin
Umschlaggestaltung Bert Hülpüsch, Berlin
Druck Elsnerdruck, Berlin
Printed in Germany

ZWEITES BUCH

I

Unfern der Stadt Pi-Bast befand sich der große Tempel der Göttin Hathor.

Im Monat Paoni, März–April, standen am Tage der Frühlingsgleiche, gegen neun Uhr abends, als der Stern Sirius schon im Untergehen strahlte, vor dem Tor des Tempels zwei wandernde Priester mit einem Büßer. Er war barfuß gekommen, hatte Asche auf sein Haupt gestreut und sich in ein rauhes Tuch gehüllt, das auch sein Gesicht verbarg.

Trotz der hellen Nacht konnte man die Gesichter der Reisenden nicht erkennen; denn sie standen im Schatten zweier riesiger Statuen der Gottheit mit dem Kuhkopf, die den Tempeleingang bewachte und mit gnädigen Augen den Nomos Habu vor Seuchen, bösen Überschwemmungen und Südwinden behütete.

Nachdem der Büßer sich ein wenig erholt hatte, warf er sich mit der Brust zur Erde und betete lange. Dann erhob er sich, ergriff den kupfernen Torring und klopfte an. Der gewaltige metallene Klang durchdröhnte die Höfe, hallte von den dicken Mauern des Tempels wider und schwang über die Weizenfelder, die Lehmhütten der Bauern und die silbernen Wasser des Nils, wo ihm die schlaftrunkenen Rufe der aufgeschreckten Vogelwelt antworteten.

Nach einer geraumen Weile drangen vom Innern des Tempels Geräusche.

Dann fragte eine Stimme: „Wer weckt uns?"

„Gottes Sklave Ramses", rief der Büßer.

„Was suchst du?"

„Das Licht der Weisheit."

„Welche Rechte hast du?"

„Ich habe die niederen Weihen erhalten und trage bei großen Prozessionen innerhalb des Tempels die Fackel."

Das Tor öffnete sich weit. In seiner Mitte stand ein Priester in weißem Gewand, der die Hände ausstreckte und langsam und deutlich sprach: „Tritt ein. Beim Überschreiten dieser Schwelle ziehe göttlicher Friede in deine Seele, und deine Wünsche, um deren Erfüllung du die Götter in demütigem Gebet bittest, mögen dir erfüllt werden!"

Als der Büßer ihm zu Füßen fiel, beschrieb der Priester geheimnisvolle Zeichen über seinem Haupt und flüsterte: „Im Namen dessen, der da ist, war und sein wird ... der alles erschuf ... dessen Atem die sichtbare und unsichtbare Welt erfüllt und der das ewige Leben ist ..."

Als sich das Tor wieder geschlossen hatte, nahm der Priester Ramses bei der Hand und führte ihn im Dunkeln zwischen den riesigen Säulen des Ganges in die für ihn bestimmte Unterkunft, eine kleine, von einem Leuchter erhellte Zelle. Auf dem Steinfußboden lag ein Bündel trockenen Grases, im Winkel stand ein Krug Wasser, daneben lag ein Gerstenfladen.

„Ich sehe, daß ich hier nach den Empfängen bei den Nomarchen wirklich ausruhen werde!" rief Ramses fröhlich.

„Denke an die Ewigkeit!" erwiderte der Priester und ging.

Den Prinzen berührte die Mahnung unangenehm. Obwohl er hungrig war, mochte er weder den Fladen essen noch Wasser trinken. Er ließ sich auf das Grasbündel nieder, betrachtete seine von der Wanderung wunden Füße und fragte sich: Wozu bin ich hierhergekommen? Weshalb habe ich mich freiwillig meiner Würden begeben?

Er betrachtete die ärmlichen Zellenwände und entsann sich seiner in der Priesterschule verlebten Kinderjahre. Wieviel Prügel hatte er dort bekommen! Wieviel Nächte zur Strafe auf dem steinernen Fußboden zugebracht! Ramses fühlte auch jetzt noch den Haß und die Furcht, die er damals den gestrengen Priestern gegenüber empfunden hatte, die auf alle seine Fragen und Bitten stets nur das eine antworteten: „Denke an die Ewigkeit!"

Nach lärmerfüllten Monaten in solch eine Stille fallen ... den fürstlichen Hof gegen Dunkelheit und Einsamkeit eintauschen und an Stelle von Banketten, Frauen, Musik – nur die Wucht der Mauern um und über sich spüren ...

„Wahnsinn! Wahnsinn!" murmelte Ramses vor sich hin.

Es gab einen Augenblick, da er den Tempel sofort wieder verlassen wollte; dann kam ihm aber der Gedanke, daß man ihm das Tor wohl nicht öffnen würde. Der Anblick der eigenen schmutzigen Füße, der Asche, die ihm aus den Haaren stäubte, des rauhen Büßergewandes – all das erfüllte ihn mit Abscheu. Wenn er wenigstens sein Schwert hätte! Aber würde er sich denn erkühnen, es in diesem Kleide und an diesem Orte zu gebrauchen?

Er fühlte eine unüberwindliche Furcht, und das ernüchterte ihn. Er entsann sich, daß die Götter die Menschen in den Tempeln mit Furcht erfüllen und daß die Furcht der Eingang zur Weisheit sei.

Ich bin doch Statthalter und Nachfolger des Pharao, dachte er. Wer kann mir hier etwas tun?

Ramses stand auf und verließ seine Zelle. Er befand sich in einem großen, von Säulen umstandenen Hof; die Sterne leuchteten hell, und an einem Ende des Hofes sah er riesige Pylonen, am anderen den offenen Eingang in den Tempel.

Dorthin ging er. In der Nähe der Tür herrschte Dämmerlicht, und von ferne her leuchteten irgendwo etliche Lampen, die in der Luft zu schweben schienen. Als er genauer hinsah, unterschied er zwischen dem Eingang und den Lichtern einen ganzen Wald dicht nebeneinanderstehender dicker Säulen, deren Kapitelle in der Dunkelheit hoch droben verschwammen. Im Hintergrund, vielleicht ein paar hundert Schritt weit entfernt, sah er undeutlich die riesigen Beine der sitzenden Göttin und ihre auf die Knie gestützten Hände, die nur schwach den Glanz der Lampen zurückstrahlten.

Plötzlich hörte er ein Geräusch. Weit hinten trat aus dem Seitenschiff eine Reihe paarweis schreitender, weißgekleideter Gestalten. Das war die nächtliche Prozession der Priester, die dem Bild der Göttin huldigten. Ihr Wechselgesang ertönte:

Chor I: „Ich bin der Schöpfer von Himmel und Erde und allen Lebewesen."

Chor II: „Ich habe das Wasser und die große Überschwemmung erschaffen und die Mutter des Stieres, des Vaters allen Lebens."

Chor I: „Ich schuf den Himmel und das Geheimnis seines Horizonts und legte darein die Seelen der Götter."

Chor II: „Beim Öffnen meiner Augen wird es Licht, und wenn ich sie schließe, bricht die Nacht herein."

Chor I: „Die Wasser des Nils fließen, wenn er es befiehlt."

Chor II: „Aber die Götter kennen nicht seinen Namen."*

* Authentisch.

Der anfangs undeutliche Gesang schwoll so mächtig an, daß jedes Wort zu hören war. Als die Prozession dann verschwand, verklang er zwischen den Säulen, schwand ... und erstarb endlich.

Diese Menschen – überlegte Ramses – essen und trinken nicht nur und sammeln nicht nur Reichtümer, sie verrichten sogar mitten in der Nacht einen Dienst. Doch was hat das Götterbild davon?

Der Prinz hatte so manches Mal an den Grenzen Statuen von Göttern gesehen, die von den Bewohnern eines anderen Nomos mit Schmutz beworfen oder von Soldaten fremdländischer Regimenter mit Pfeilen und Schleudern beschossen wurden. Wenn also die Götter nicht einmal eine solche Mißachtung rächten, wieviel weniger würden sie dann auf Gebete und Prozessionen achten!

Wer hat schließlich schon Götter gesehen? fragte sich der Prinz.

Die Mächtigkeit des Tempels, seine unzähligen Säulen, die vor der Statue brennenden Lichter, all das zog Ramses an. Er wollte sich in dieser geheimnisvollen Unermeßlichkeit umschauen und schritt vorwärts.

Plötzlich schien es ihm, als ob eine Hand seinen Kopf zart von hinten berühre ... er sah sich um ... konnte aber niemanden entdecken und ging weiter. Dann faßten ihn zwei Hände am Kopf, und eine dritte, große, stützte sich auf seine Schulter.

„Wer ist hier?“ rief der Prinz und entwich unter die Säulen.

Da stolperte er und wäre fast gestürzt, denn es hatte ihn plötzlich etwas bei den Beinen gepackt.

Wiederum wurde Ramses von Furcht ergriffen, stärker noch als in der Zelle. Er begann zu fliehen, war wie von Sinnen, stieß gegen Säulen, die ihm den Weg versperrten, von allen Seiten fiel die Dunkelheit über ihn her.

„Oh, heilige Göttin, hilf!“ flüsterte der Thronfolger.

Im selben Augenblick blieb er stehen: Einige Schritte vor sich erblickte er die große Tür des Tempels, durch die der sternenbesäte Himmel hereinschaute. Er wandte den Kopf. Im Wald der gewaltigen Säulen brannten ruhig die Lampen, ihr Licht lag schwachglänzend auf den bronzenen Knien der heiligen Hathor.

Der Prinz kehrte aufgewühlt und zugleich niedergeschlagen in seine Zelle zurück; sein Herz schlug wie ein im Netz gefangener Vogel. Zum erstenmal seit vielen Jahren neigte er sein Antlitz zur Erde und flehte heiß um Gnade und Vergebung.

„Du wirst erhört werden!" ertönte über ihm eine süße Stimme.

Ramses hob jäh den Kopf, aber es befand sich außer ihm niemand in der Zelle, die Tür stand verschlossen, die Mauern waren dicht. So betete er noch inbrünstiger und schlief endlich ein – mit dem Gesicht auf den Steinen und ausgebreiteten Armen ...

Als er am nächsten Tag erwachte, war er bereits ein anderer Mensch geworden. Er hatte die Macht der Götter gespürt und das Versprechen der Gnade erhalten.

Von nun an widmete er sich eine lange Reihe von Tagen bereitwillig frommen Übungen. Er verbrachte viele Stunden in seiner Zelle mit Gebeten, ließ sich die Haare scheren, trug das Priestergewand und ging täglich viermal zum Chor der jüngsten Priester.

Sein vergangenes, an Vergnügungen reiches Leben erfüllte ihn nachträglich mit Abscheu, und der Unglaube, der ihn inmitten der verderbten Jugend und der Fremdlinge erfaßt hatte, erschreckte ihn nun. Wenn man ihn heute jedoch zwischen dem Thron oder dem Amt eines Priesters wählen ließe, so wäre er wankend geworden.

Eines Tages ließ ihn der große Prophet des Tempels zu sich rufen und erinnerte Ramses daran, daß er nicht ausschließlich der Gebete wegen hergekommen sei, sondern auch, um höchste Weisheit kennenzulernen. Er lobte des Prinzen frommes Leben, meinte, er sei nun vom Schmutz der Welt gereinigt, und befahl ihm zugleich, sich mit den Schulen, die dem Tempel unterstanden, vertraut zu machen.

Eher aus Gehorsam als aus Wissensdurst begab sich Ramses sofort zum äußeren Hof, wo Schreiben und Lesen gelehrt wurde.

In einem großen Saal, der durch eine Öffnung im Dach erhellt wurde, saßen auf Matten einige Dutzend nackte Schüler mit Wachstafeln in den Händen. Eine Wand bestand aus glattem Alabaster; vor ihr stand ein Lehrer und schrieb mit verschiedenfarbigen Kreiden Zeichen.

Als der Prinz eintrat, warfen sich die Schüler (fast alle waren im gleichen Alter wie er) vor ihm nieder. Der Lehrer verneigte sich und begann einen Vortrag über die große Bedeutung des Lernens.

„Meine Lieben!" sprach er. „Ein Mensch, der kein Herz für die Weisheit besitzt, muß Handarbeit verrichten und die Augen quälen. Wer aber den Wert der Lehren versteht und sich bildet, kann große Macht und alle höfischen Ämter erlangen. Denkt daran.

Betrachtet das elende Leben der Menschen, die die Schrift nicht kennen. Der Schmied ist schwarz, beschmutzt, hat Hände voller Schwielen und arbeitet Tag und Nacht. Der Steinträger verrenkt sich die Schulter, um den Magen zu füllen, den Maurer, der die Lotos-Kapitelle baut, reißt der Sturm vom Dach, der Weber hat krumme Knie, der Waffenschmied ist immer unterwegs, kaum kommt er am Abend in sein Haus, so muß er es wieder verlassen. Dem Stubenmaler stinken die Finger, und die Zeit verrinnt ihm beim Schneiden der Lappen. Der Schnelläufer hingegen muß, wenn er sich von der Familie verabschiedet, sein Testament hinterlassen, denn er begibt sich in Gefahr, wilde Tiere oder Asiaten zu treffen.

Ich habe euch das Los verschiedener Handwerke geschildert, weil ich will, daß ihr die Kunst des Schreibens, die eure Mutter ist, liebgewinnt – und jetzt werde ich euch ihre Schönheit schildern. Sie ist kein leeres Wort auf Erden, sie ist wichtiger als alle anderen Beschäftigungen. Wer sich der Kunst des Schreibens bedient, wird von Kindheit an geehrt; er erfüllt eine große Mission. Wer sie aber weder beherrscht noch übt, muß im Elend leben.

Der Schulunterricht ist schwer wie ein Berg; doch ein Tag genügt euch für eine ganze Ewigkeit. Also schnell, so schnell ihr könnt, lernt ihn kennen und liebet ihn. Der Stand der Schreiber ist ein fürstlicher Stand, Schreibzeug und Buch verhelfen zu Annehmlichkeiten und Reichtum!"

Nach dieser eindringlichen Ansprache über den Wert des Unterrichts, den seit dreitausend Jahren alle ägyptischen Schüler unverändert zu hören bekamen, nahm der Meister die Kreide zur Hand und schrieb auf die Alabasterwand das Alphabet. Jeder Buchstabe wurde mit Hilfe einiger hieroglyphischer Symbole oder durch etliche demotische Zeichen ausgedrückt. Die Zeichnung eines Auges, eines Vogels oder einer Feder bedeutete A, ein Schaf oder eine Schale B, ein stehender Mensch oder ein Nachen K, eine Schlange R, ein sitzender Mensch oder ein Stern S. Die Menge der möglichen Bezeichnungen für jeden einzelnen Buchstaben machte das Lesen und Schreiben zu einer mühseligen Beschäftigung.

So wurde Ramses allein schon beim Zuhören müde, wobei es eine einzige Abwechslung gab: Ab und zu befahl der Lehrer einem Schüler, einen Buchstaben zu zeichnen oder ihn zu benennen, und wenn der Gefragte sich irrte, prügelte er ihn mit einem Stock.

Der Prinz verließ den Lehrer und seine Zöglinge und besuchte anschließend die Schule der Vermesser. Hier wurde die Jugend in der Anfertigung von Lageplänen für Felder unterrichtet, die zum größten Teil die Form von Rechtecken hatten. Hier lernten sie auch, den Boden mit Hilfe von zwei Latten und einem Winkel zu nivellieren. In dieser Abteilung wurde, in einer nicht weniger verzwickten Art als das Schreiben von Hieroglyphen oder von demotischen Zeichen, das Zahlenschreiben gelehrt. Die einfachsten Rechnungsarten waren nämlich erst einem höheren Kursus vorbehalten und wurden dort unter Zuhilfenahme von Kugeln erläutert.

Ramses hatte davon bald genug und war erst nach einigen Tagen bereit, die Schule der Ärzte zu besuchen.

Sie war zugleich ein Spital oder vielmehr ein großer Garten mit vielen Bäumen, der mit duftenden Kräutern bepflanzt war. Die Kranken verbrachten oft ganze Tage in Luft und Sonne. Ihre Betten hatten keine Matratzen, sondern waren mit Leinenstoff ausgespannt.

Als der Prinz hier eintrat, herrschte größte Regsamkeit. Einige Patienten badeten in einem großen Becken mit fließendem Wasser, manche rieb man mit wohlriechenden Salben ein, andere wurden beräuchert. Verschiedene Kranke hatte man mit starren Blicken und Händestreichen eingeschläfert. Einer stöhnte laut, man hatte ihm sein ausgerenktes Bein wieder eingerenkt.

Einer schwerkranken Frau reichte ein Priester in einem Becher irgendeine Mixtur mit folgenden Worten: „Komm, Gesundheitstrank, komm, treibe aus meinem Herzen, aus diesen meinen Gliedern den starken Zauber hinaus."*

Der Prinz begab sich in Begleitung des Oberarztes in die Apotheke, wo ein Priester aus Kräutern, Honig und Öl, Schlangen- und Eidechsenhaut sowie aus Knochen und Tierfetten Arzneien bereitete. Trotz der Fragen des Thronfolgers hob der Laborant seine Augen nicht von der Arbeit. Er wog und zerrieb die verschiedenen Substanzen und murmelte dabei Gebete:

„Isis wurde geheilt, Isis wurde geheilt, Horus wurde geheilt. O Isis, große Zauberin, mach mich gesund, befreie mich von allen bösen, schädlichen roten Dingen, vom Fieber Gottes und

* Authentisch.

vom Fieber der Göttin. O Schanagat, eenagate Sohn! Erukate! Krauaruschagate! Paparuka, paparaka, paparura."*

„Was sagt er?" fragte der Prinz.

„Ein Geheimnis ...", erwiderte der Oberarzt und legte einen Finger auf die Lippen.

Als sie in den freien Hof traten, fragte Ramses seinen Begleiter: „Sage mir, heiliger Vater, was vermag die Heilkunst, und worauf beruhen ihre Mittel? Ich habe gehört, daß Krankheit ein böser Geist sei, der in den Menschen fährt und ihn so lange mit Hunger quält, bis er seine Lieblingsspeise erhält. Der eine böse Geist soll sich von Honig, der andere von Öl oder von Sekreten der Tiere nähren. Der Arzt muß also wohl zunächst wissen, welcher Geist in den Kranken gefahren ist und welche Speise er erhalten muß, damit er den Menschen nicht länger quält?"

Der Priester überlegte und antwortete dann: „Was Krankheit eigentlich ist und auf welche Weise sie den menschlichen Körper befällt, das kann ich dir nicht sagen, Ramses. Doch da du gereinigt bist, will ich dir erklären, wonach wir uns bei der Verordnung von Arzneien richten.

Stell dir einen Menschen vor, der leberkrank ist. Wir Priester wissen, daß die Leber unter dem Einfluß des Sternes Peneter-Dewa** steht und die Heilung von diesem Stern abhängig sein muß.

Hier aber scheiden sich die Weisen in zwei Schulen. Die einen behaupten, dem Leberkranken müsse all das gegeben werden, worauf der Stern Peneter-Dewa Einfluß hat, also Kupfer, Lapislazuli, Extrakte aus Blüten, vor allem aus Eisenkraut und Baldrian, und schließlich verschiedene Körperteile von Turteltauben und Ziegenböcken. Andere Ärzte meinen dagegen: Wenn die Leber krank ist, muß sie gerade mit entgegengesetzten Mitteln geheilt werden. Da nun Sebeg*** der Gegner Peneter-Dewa's ist, so wären Quecksilber, Smaragde und Achate, Haselnüsse und Holunder geraten, sowie Körperteile von Kröten und Eulen, zu Pulver zerrieben.

Das ist jedoch noch nicht alles. Man muß außerdem den Tag, den Monat und die Tageszeit beachten, weil jeder dieser Zeitabschnitte unter dem Einfluß eines jeweiligen Sternes steht, der die Wirkung des Heiltrankes zu stärken oder zu schwächen ver-

* Authentisch.
** Der Planet Venus.
*** Der Planet Merkur.

mag. Endlich muß man in Betracht ziehen, unter welchem Stern und welchem Tierkreiszeichen der Kranke geboren wurde. Erst wenn der Arzt all das berücksichtigt hat, kann er ein unfehlbares Mittel verschreiben."

„Könnt ihr allen Kranken im Tempel helfen?"

Der Priester schüttelte den Kopf.

„Nein", antwortete er. „Der menschliche Verstand, der soviel Einzelheiten erfassen muß, wie ich eben erwähnt habe, kann leicht irren. Was aber noch schlimmer ist: Neidische Schutzgeister anderer Tempel, die eifersüchtig über ihren eigenen Ruhm wachen, stören sehr oft den Arzt und vereiteln die gute Wirkung der Arznei. Darum kann also der Erfolg völlig verschieden sein. Der eine Kranke erhält seine volle Gesundheit zurück, bei einem anderen tritt nur Besserung ein, und der Zustand des dritten bleibt völlig unverändert. Ja, und es gibt auch Fälle, wo sich die Krankheit verschlimmert oder die Patienten sogar sterben. Das ist dann eben der Wille der Götter!"

Der Prinz hörte aufmerksam zu und gestand sich dabei insgeheim ein, daß er nicht viel davon begriffen hatte. Zugleich aber fiel ihm ein, weshalb er eigentlich in den Tempel gekommen war. Darum fragte er plötzlich den obersten Arzt: „Ihr, heilige Väter, solltet mir doch eigentlich das Geheimnis der Schatzkammer des Pharao eröffnen?"

„Wir verstehen aber nichts von Staatsdingen", antwortete der Arzt. „Erst wenn der heilige Priester Pentuer, der große Weise, hierherkommt, wirst du Klarheit erlangen."

Als Ramses den Arzt verließ, hatte sich seine Spannung noch erhöht.

II

Im Tempel der Göttin Hathor wurde Pentuer mit großer Ehrerbietung empfangen. Die niederen Priester waren dem hervorragenden Gast zur Begrüßung eine halbe Stunde Fußweg weit entgegengeeilt. Viele Propheten, Tempelväter und Gottessöhne aus allen herrlichen Städten Unterägyptens waren gekommen, die Worte der Weisheit zu vernehmen.

Einige Tage nach ihnen trafen der Erzpriester Mefres und der Prophet Mentezufis ein.

Man huldigte Pentuer nicht nur, weil er der Berater des Kriegsministers und trotz seiner Jugend Mitglied des Höchsten

Rates war, sondern weil diesen Priester ganz Ägypten rühmte. Die Götter hatten ihm ein hervorragendes Gedächtnis, eine unübertreffliche Redegabe und vor allem die wunderbare Fähigkeit des Hellsehens geschenkt. In jedem Ding nämlich und in jeder Angelegenheit sah er Seiten, die den andern verborgen blieben, und vermochte sie in einer allen verständlichen Art darzulegen.

So mancher Nomarch oder hohe Beamte des Pharao beneidete den geringsten Priester, weil er an der religiösen Feier zu Ehren der Göttin Hathor teilnahm, die Pentuer, dieser von Gott erleuchtete Mensch, zelebrierte.

Die Geistlichen, die Pentuer zur Begrüßung auf der Straße entgegengegangen waren, glaubten, daß dieser Würdenträger auf einem Wagen des Hofes oder in einer von acht Sklaven getragenen Sänfte reisen würde. Wie groß war ihr Erstaunen, als sie einen mageren Asketen mit entblößtem Kopf trafen, der in rauhes Tuch gehüllt war, ohne Begleitung auf einer Eselin ritt und die Ankommenden mit großer Demut begrüßte.

Als man ihn in den Tempel geführt hatte, opferte er der Gottheit und ging dann sofort den Ort besichtigen, wo die Feierlichkeit stattfinden sollte.

Von diesem Zeitpunkt an bekam man ihn nicht mehr zu sehen, doch es herrschte im Tempel und auf seinen Höfen eine ungewöhnliche Geschäftigkeit. Verschiedene kostbare Geräte, Korn und Gewänder wurden angefahren, einige hundert Bauern und Arbeiter zusammengetrieben, und Pentuer schloß sich mit ihnen in dem vorgesehenen Hof ein und traf seine Vorbereitungen.

Nach acht arbeitsreichen Tagen verständigte er den Erzpriester der Göttin Hathor, daß alles bereit sei.

Während der ganzen Zeit gab sich Prinz Ramses in seiner Zelle Gebeten und Fasten hin. Endlich suchten ihn eines Tages gegen drei Uhr nachmittags mehr als ein Dutzend paarweise schreitender Priester auf, um ihn zur Feierlichkeit zu rufen.

Im Vorraum des Tempels begrüßten die Erzpriester den Prinzen und verbrannten mit ihm gemeinsam vor dem riesigen Standbild der Göttin Weihrauch. Dann betraten sie einen engen und niedrigen Seitengang, an dessen Ende ein Feuer brannte. Die Luft dort war mit dem Geruch von Pech durchtränkt, das in einem Kessel über den Flammen siedete.

In der Nähe des Kessels drang aus einer Öffnung im Fußboden schauerliches menschliches Stöhnen und Fluchen.

„Was hat das zu bedeuten?" fragte Ramses einen Priester seiner Begleitung.

Der Gefragte antwortete nicht; auf den Gesichtern aller Anwesenden – soweit man sie erkennen konnte – malten sich Ergriffenheit und Schaudern.

In dem Augenblick nahm Mefres eine große Kelle, schöpfte damit heißes Pech und rief mit erhobener Stimme:

„So möge jeder Verräter an den heiligen Geheimnissen enden!"

Mit diesen Worten goß er das Pech in die Fußbodenöffnung, und aus der Tiefe herauf erscholl Gebrüll.

„Erschlagt mich, wenn ihr auch nur eine Spur von Barmherzigkeit im Herzen tragt!" flehte eine Stimme.

„Die Würmer mögen deinen Leib fressen!" rief Mentezufis und schleuderte ebenfalls siedendes Pech hinab.

„Hunde! Schakale!" ächzte die Stimme.

„Dein Herz verbrenne, und deine Asche verwehe in der Wüste!" sagte der nächste Priester bei der gleichen Zeremonie.

„O Götter! Kann man denn soviel leiden?" drang die Antwort herauf.

„Deine mit den Zeichen der Schande und des Verbrechens gebrandmarkte Seele soll an Orten, wo glückliche Menschen leben, umherirren!" rief ein anderer Priester und goß auch eine Kelle voll heißes Pech in das Loch hinunter.

„O daß euch die Erde verschlänge! Barmherzigkeit! So laßt mich einmal aufatmen!"

Ehe die Reihe an Ramses kam, war die Stimme aus dem Keller bereits verstummt.

„So strafen die Götter einen Verräter!" sprach der Erzpriester des Tempels zum Prinzen.

Ramses blieb stehen und durchbohrte ihn mit einem zornigen Blick. Es schien, daß er sich offen empören und diese Schar von Henkern sofort verlassen würde; doch es überkam ihn Furcht vor der Gottheit, und so folgte er den anderen schweigend.

Jetzt begriff der stolze Thronfolger, daß es eine Macht gab, vor der sich die Pharaonen beugten. Ihn packte fast Verzweiflung, er wollte fliehen, auf den Thron verzichten ... aber er schwieg und schritt, von Gebete singenden Priestern umringt, weiter.

Nun weiß ich, dachte Ramses, wo die Menschen bleiben, die den Gottesdienern im Wege sind!

Dieser Gedanke verringerte seinen Schauder natürlich nicht.

Die Prozession hatte den engen, raucherfüllten Gang verlassen, trat wieder unter freien Himmel und gelangte auf eine Erhebung. Unten lag der gewaltige Hof, den von drei Seiten einstöckige Gebäude begrenzten. Von der Stelle aus, an der die Priester standen, senkte sich das Gelände, ähnlich wie bei einem Amphitheater, in fünf breiten Rängen, auf denen man auf und ab wandeln oder hinabgehen konnte.

Auf dem Platz befand sich niemand, aus den umliegenden Gebäuden aber schauten Menschen heraus.

Erzpriester Mefres, der Ehrwürdigste unter den Anwesenden, stellte Pentuer dem Prinzen vor. Das gütige Antlitz des Asketen vertrug sich so wenig mit dem schrecklichen Geschehen im Korridor, daß der Prinz staunte. Nur um etwas zu sagen, fragte er Pentuer: „Mir scheint, daß ich Euch schon einmal getroffen habe, frommer Vater?"

„Im vergangenen Jahr während der Manöver bei Pi-Bailos. Ich begleitete dort Seine Hoheit Herihor", antwortete der Priester.

Die wohlklingende und ruhige Stimme Pentuers machte den Prinzen stutzig. Er hatte sie schon unter irgendwelchen ungewöhnlichen Umständen gehört. Aber wann und wo?

Auf alle Fälle machte der Priester auf ihn einen angenehmen Eindruck. Wenn er nur die Schreie des Menschen, den man mit siedendem Pech begossen hatte, vergessen könnte.

„Es ist soweit!" ließ sich der Erzpriester Mefres vernehmen.

Pentuer begab sich in den Vordergrund des Amphitheaters und klatschte in die Hände. Aus dem Parterre der Gebäude lief eine Gruppe von Tänzerinnen heraus, dann erschienen unter Musikbegleitung Priester, die eine kleine Statue der Göttin Hathor trugen. Es bildete sich ein Zug. An der Spitze formierten sich die Musikanten, dann folgten die Tänzerinnen, die einen heiligen Tanz aufführten, und dahinter schließlich die von Priestern getragene und von Weihrauch umgebene Statue der Göttin. Auf diese Weise wurde der Hof umschritten, wobei man nach einigen Metern immer wieder verhielt und die Göttin um ihren Segen bat. Die bösen Geister aber beschwor man, den Platz zu verlassen, auf dem die geheimnisvolle religiöse Feierlichkeit stattfinden sollte.

Als die Prozession in die Gebäude zurückgekehrt war, trat Pentuer vor. Die anwesenden Würdenträger, etwa zwanzig bis dreißig Personen, umringten ihn.

„Nach dem Willen Seiner Heiligkeit des Pharao", begann Pentuer, „und im Einverständnis mit den höchsten Würdenträgern unter den Priestern haben wir den Thronfolger Ramses in gewisse Einzelheiten des Lebens im ägyptischen Staate einzuweihen, die nur den Göttern, den Herrschern des Landes und den Priestern in den Tempeln bekannt sind. Ich weiß, ehrwürdige Väter, daß ein jeder von euch dem Prinzen bessere Aufklärung über diese Dinge geben könnte, da ihr voller Weisheit seid und da durch euren Mund die Göttin Muth spricht. Da aber ich den Auftrag erhalten habe, der ich an euch gemessen nur ein Schüler bin und dem Staub gleiche, erlaubt mir, unter eurer geschätzten Leitung und Aufsicht, meiner Aufgabe nachzukommen."

Ein Gemurmel der Genugtuung durchlief die Reihen der auf diese Weise geehrten Priester. Pentuer wandte sich dem Prinzen zu: „Seit einigen Monaten suchst du, Gottesdiener Ramses, wie der verirrte Wanderer in der Wüste den Weg sucht, Antwort auf die Frage: Weshalb verringerten und verringern sich noch immer die Einkünfte des heiligen Pharao? Du hast die Nomarchen danach gefragt, und wenn sie dir auch im Bereich ihrer Möglichkeit Auskunft gaben, so warst du damit nicht zufrieden, obwohl diesen Würdenträgern die höchste menschliche Weisheit zuteil ward. Du hast dich an die Oberkämmerer gewandt, aber auch diese Menschen haben dich trotz ihrer Bemühungen nicht von den Unklarheiten befreien können – ebenso wie die Vögel sich nicht des Fangnetzes zu entledigen vermögen –, da der Verstand eines Menschen, der sogar in der Schule der Schreiber unterrichtet worden sein mag, die Ausmaße und Zusammenhänge solcher Fragen zu erfassen außerstande ist. Von den unfruchtbaren Erklärungen schließlich ermüdet, begannst du, die Ländereien der Nomen, ihre Menschen und das Werk ihrer Hände zu betrachten, aber du hast auch daraus keine Erkenntnisse gewonnen. Es gibt nämlich Dinge, über die Menschen wie Steine schweigen, von denen dir ein Stein aber sogar erzählen könnte, wenn der Lichtstrahl der Götter auf ihn fiele.

Als du auf diese Weise von allem irdischen Verstand und aller irdischen Kraft enttäuscht worden warst, hast du dich an die Götter gewandt. Barfuß, das Haupt mit Asche bestreut, bist du als Büßer in diesen großen Tempel gekommen, wo du mit Hilfe von Gebeten und Kasteiungen deinen Leib gereinigt und den Geist gestärkt hast. Die Götter und vor allem die mächtige

Göttin Hathor haben deine Bitten erhört und werden dir durch meinen unwürdigen Mund die Antwort geben, die du dir tief ins Herz schreiben mögest!"

Der Prinz dachte unterdessen: Woher weiß er, daß ich die Schreiber und die Nomarchen gefragt habe? Aha, Mefres und Mentezufis werden es ihm erzählt haben ... schließlich wissen sie alles!

„Höre", sprach Pentuer, „ich werde dir mit Erlaubnis der hier anwesenden Würdenträger erklären, was Ägypten vor vierhundert Jahren, zu Zeiten der Herrschaft der berühmtesten und frömmsten, der neunzehnten, der Thebanischen Dynastie, war und was es heute ist.

Als der erste Pharao jener Dynastie, Ramen-pehuti Ramessu, die Regierung des Landes übernahm, betrugen die Staatseinkünfte an Getreide, Vieh, Bier, Fellen, Erzen und verschiedenen anderen Erzeugnissen den Wert von hundertdreißigtausend Talenten. Wenn es damals ein Volk gegeben hätte, das uns all diese Waren in Gold umzutauschen fähig gewesen wäre, so würde der Pharao jährlich einhundertdreiunddreißigtausend Minen* Gold besessen haben. Und da ein Soldat auf seinem Rücken die Last von sechsundzwanzig Minen tragen kann, hätte man für den Transport dieses Goldes gegen fünftausend Soldaten gebraucht."

Die Priester vermochten ihr Erstaunen nicht zu verbergen und flüsterten miteinander. Sogar der Prinz vergaß den Unglücklichen, der im Keller zu Tode gequält worden war.

„Heute", sprach Pentuer, „entspricht das Einkommen Seiner Heiligkeit lediglich der Summe von achtundneunzigtausend Talenten, also einer Menge Goldes, für deren Transport nur viertausend Soldaten nötig wären."

„Daß sich die Staatseinkünfte verringert haben, weiß ich", warf Ramses ein. „Warum aber?"

„Bleib geduldig, Diener Gottes", erwiderte Pentuer, „nicht allein das Einkommen Seiner Heiligkeit hat sich vermindert.

Unter der neunzehnten Dynastie besaß Ägypten ein Heer von hundertachtzigtausend Mann. Wenn sich durch den Willen der Götter jeder damalige Soldat in einen Stein von der Größe einer Weintraube verwandelt hätte ..."

„Das wäre unmöglich", flüsterte Ramses.

„Die Götter vermögen alles", verwies ihn der Erzpriester Mefres streng.

* Mina = 1½ kg.

„Oder besser", sprach Pentuer, „wenn jeder Soldat ein Steinchen auf die Erde gelegt hätte, dann wären es einhundertachtzigtausend Steine gewesen, gerade soviel, um diesen Platz einzunehmen..."

Er bezeichnete mit der Hand ein rötliches Rechteck auf dem Hofe.

„Diese Fläche also würden die Steinchen von jedem einzelnen Soldaten aus der Zeit Ramses' I. gemeinsam ausfüllen. Sie ist zehn Schritt lang, fünf breit und rot wie die Hautfarbe der Ägypter, da zu jener Zeit all unsere Soldaten gebürtige Ägypter waren."

Die Priester begannen wieder miteinander zu raunen. Der Prinz wurde mißmutig, denn er empfand die letzten Worte als Vorwurf, weil er fremdländische Söldner liebte.

„Heute", fuhr Pentuer fort, „würde man schwerlich auch nur hundertzwanzigtausend Krieger zusammenbekommen. Sollte nun ein jeder von ihnen einen Stein auf die Erde werfen, so könnte man bloß jene Fläche damit bedecken..."

Neben dem ersten befand sich ein zweites Rechteck von der gleichen Breite, doch war es bedeutend kürzer und nicht einfarbig, sondern es setzte sich aus verschiedenen Streifen zusammen.

„Diese Fläche ist etwa fünf Schritt breit, aber nur sechs Schritt lang. Der Staat büßte also eine große Anzahl Soldaten, etwa den dritten Teil seines ehemaligen Heeres ein."

„Dem Staat nützt die Weisheit von Propheten, wie du einer bist, mehr als eine Armee", bemerkte der Erzpriester Mefres.

Pentuer verneigte sich vor ihm und fuhr fort: „In dieser Fläche, die das heutige Heer der Pharaonen darstellen soll, seht ihr neben der roten Farbe, die die eingeborenen Ägypter bezeichnet, noch drei andere: Schwarz, Gelb und Weiß. Gemeint sind die Söldner: Äthiopier, Asiaten, Libyer und Griechen. Das sind insgesamt dreißigtausend Mann, doch kosten sie soviel wie fünfzigtausend Ägypter."

„Die fremden Regimenter müssen so schnell wie möglich abgeschafft werden!" rief Mefres. „Sie sind kostspielig, unbrauchbar und lehren unser Volk Gottlosigkeit und Dreistigkeit. Heute schon werfen sich viele Ägypter nicht mehr vor den Priestern aufs Antlitz. Bah! So mancher hat sich schon zu Tempeldiebstahl und Gräberschändung verleiten lassen.

Deshalb: Nieder mit den Söldnern!" rief Mefres aufbrausend.

„Dem Lande bringen sie nur Schaden ein, und die Nachbarn verdächtigen uns feindlicher Absichten."

„Nieder mit den Söldnern! Verjagt die rebellischen Heiden!" schrien nun auch die Priester.

„Ramses, wenn du nach Jahren den Thron besteigen wirst, mußt du diese heilige Pflicht vor Staat und Göttern erfüllen!" verlangte Mefres.

„Folge deiner Pflicht! Befreie dein Volk von den Ungläubigen!" mahnten die Priester.

Ramses neigte den Kopf und schwieg. Das Blut strömte ihm zum Herzen, er fühlte die Erde unter seinen Füßen schwanken. Er soll den besten Teil des Heeres auflösen! Er, der eine um ein Zweifaches größere Armee mit viermal soviel tapferen Söldnerregimentern schaffen wollte!

Sie kennen mir gegenüber kein Erbarmen, dachte er.

„Sprich du, Pentuer, den uns der Himmel gesendet hat!" sprach Mefres.

„Heilige Männer", fuhr Pentuer fort, „wir haben also zwei Mißgeschicke Ägyptens kennengelernt: Sowohl die Einkünfte des Pharao als auch seine Armee haben sich vermindert."

„Was bedeutet schon die Armee!" murmelte der Erzpriester mit einer verächtlichen Handbewegung.

„Und jetzt laßt mich euch mit der Gnade der Götter und mit eurer Erlaubnis zeigen, auf welchen Ursachen diese Entwicklung beruht", setzte Pentuer seine Erläuterungen fort.

Der Prinz blickte auf und sah den Sprecher an. Er dachte nicht mehr an den gemordeten Menschen.

Pentuer trat ein Dutzend Schritte vor, die Würdenträger folgten ihm.

„Seht ihr zu euren Füßen den langen und schmalen Streifen Grün, der in ein breites Dreieck ausläuft? Beiderseits neben ihm liegen Kalk-, Sand- und Granitsteine und dahinter Sandflächen. In der Mitte fließt ein Bach, der sich im Dreieck in mehrere Arme spaltet."

„Das ist der Nil! Das ist Ägypten!" riefen die Priester.

„Paßt auf", unterbrach der ergriffene Mefres, „ich entblöße meinen Arm. Betrachtet die zwei blauen Adern, die vom Ellbogen zur Faust verlaufen. Ist nicht auch das ein Abbild des Nils mit seinem Kanal, der gegenüber den Alabasterbergen beginnt und bis nach Fayum fließt? Schaut nun auf meinen Handrücken. Hier sind so viele Adern wie der heilige Strom hinter

Memphis Arme bildet. Und meine Finger – erinnern sie nicht an die Zahl der Flußläufe, die der Nil in das Meer ergießt?"

„Eine große Wahrheit!" riefen die Priester und betrachteten ihre Hände.

„So sage ich euch denn", fuhr der Erzpriester flammend fort, „Ägypten ist der Abdruck des Armes des Osiris. Auf dieses Land hier hat der große Gott seinen Arm gestützt. In Theben lag sein göttlicher Ellbogen, die Finger erreichten das Meer, der Nil aber entspricht den Adern ... und da wundert ihr euch, daß wir dieses Land das gesegnete nennen!"

„Wahrhaftig", sprachen die Priester, „Ägypten ist der deutliche Abdruck vom Arm des Gottes Osiris."

Da warf der Prinz ein: „So hätte Osiris also sieben Finger an seiner Hand, denn der Nil strömt doch in sieben Armen zum Meer?"

Dumpfes Schweigen folgte.

„Jüngling", erwiderte Mefres mit gütiger Ironie, „glaubst du nicht, daß Osiris, wenn es ihm gefiele, sieben Finger haben könnte?"

„Gewiß", bejahten die Priester.

„Fahre fort, edler Pentuer", meinte Mentezufis.

„Ihr habt recht, Würdenträger", begann Pentuer von neuem. „Dieser Bach soll mit seinen Abzweigungen den Nil darstellen; der schmale, in Steine und Sand gefaßte Streifen Grün ist Oberägypten und das von Wasseradern durchschnittene Dreieck Unterägypten, der größte und reichste Teil unseres Landes.

Zu Beginn der neunzehnten Dynastie hatte ganz Ägypten vom Katarakt des Nils bis zum Meere hin eine Ausdehnung von fünfhunderttausend Ackern Land, und auf jedem Acker lebten sechzehn Menschen: Männer, Frauen und Kinder. Während der folgenden vierhundert Jahre aber hat unser Land in jeder Generation ein Stück fruchtbarer Erde verloren."

Der Redner gab ein Zeichen. Ein Dutzend junger Priester kam aus dem Gelände gelaufen und begann auf verschiedene Stellen der Grünfläche Sand zu schütten.

„In jeder Generation also", fuhr der Priester fort, „ging fruchtbares Land verloren, und der grüne Streifen wurde immer schmaler.

Heute", hier erhob Pentuer seine Stimme, „besitzt unser Vaterland statt fünfhunderttausend nur vierhunderttausend Acker, mit anderen Worten: im Verlauf der Herrschaft zweier

Dynastien verlor Ägypten soviel Anbaufläche, wie man zur Ernährung von zwei Millionen Menschen braucht!"

In der Versammlung entstand von neuem ein Gemurmel des Entsetzens.

„Und weißt du auch, Gottesdiener Ramses, wo die Felder, auf denen einst Weizen und Gerste wuchsen oder Viehherden weideten, geblieben sind? Ja, der Sand der Wüste hat sie verschlungen. Warum aber konnte das geschehen? Weil es zuwenig Bauern gab, die mit Eimern und Pflügen vom Morgendämmern bis in die Nacht hinein mit der Wüste kämpften. Weshalb jedoch gingen uns Arbeiter Gottes verloren? Wo sind sie geblieben? Was vertrieb sie aus dem Lande? Es waren die Kriege mit dem Ausland. Zwar haben unsere Ritter die Feinde besiegt, unsere Pharaonen ihre ehrwürdigen Namen bis an die Ufer des Euphrat hin verewigt, doch unsere Bauern haben ihnen wie Zugtiere Proviant, Wasser und andere Lasten nachgetragen und sind zu Tausenden am Wege gestorben.

Für diese Knochen, die in der östlichen Wüste verstreut liegen, hat der Sand des Westens unsere Felder verschlungen. Heute bedarf es nun unermeßlicher Arbeit und vieler Generationen, um die schwarze ägyptische Erde unter den Sandhügeln wieder hervorzugraben."

„Hört, hört!" rief Mefres. „Durch den Mund dieses Menschen spricht Gott selbst. Ja, unsere ruhmreichen Kriege wurden zum Grabe Ägyptens!"

Ramses vermochte nicht, seine Gedanken zu sammeln. Ihm war zumute, als ob sich die Sandberge über ihn stürzten.

„Ich habe gesagt", sprach Pentuer, „daß es großer Arbeit bedürfe, um Ägypten wieder vom Wüstensand zu befreien und ihm seinen ehemaligen Reichtum, der in Kriegen verlorenging, wiederzugeben. Aber besitzen wir die Kraft, diese Absicht zu verwirklichen?"

Er trat wiederum etliche Schritte vor, und die ergriffenen Zuhörer folgten ihm. Solange Ägypten Ägypten war, hatte noch niemand die verhängnisvolle Entwicklung des Landes so gründlich geschildert, obgleich sie allen bekannt war.

„Zu Zeiten der neunzehnten Dynastie besaß Ägypten acht Millionen Einwohner. Wenn alle damals lebenden Männer, Frauen, Greise und Kinder je eine Bohne zur Erde geworfen hätten, so würden die Hülsenfrüchte soviel Platz bedeckt haben."

Er wies mit der Hand auf acht große, aus roten Bohnen zusammengesetzte Quadrate.

„Die gesamte Fläche ist sechzig Schritt lang, dreißig breit, und wie ihr seht, fromme Väter, setzt sie sich aus gleichfarbigen Bohnen zusammen, da die damalige Bevölkerung aus alteingesessenen Ägyptern bestand.

Nun betrachtet einmal die heutigen Verhältnisse!" Er schritt weiter und zeigte auf eine andere Gruppe von verschiedenfarbigen Quadraten.

„Dieses gesamte Rechteck hier ist ebenfalls dreißig Schritt breit, aber nur fünfundvierzig lang. Warum? Weil es von lediglich sechs Quadraten gebildet wird, denn das heutige Ägypten hat nicht mehr acht, sondern nur sechs Millionen Einwohner.

Beachtet bitte außerdem: Während die erste Figur ausschließlich aus roten ägyptischen Bohnen bestand, zeigt das die gegenwärtige Struktur darstellende Rechteck riesige Streifen aus schwarzen, gelben und weißen Bohnen. Denn wie in unserer Armee befinden sich heute auch unter unserer Bevölkerung sehr viele Fremdlinge: schwarze Äthiopier, gelbe Syrier und Phönizier, weiße Griechen und Libyer."

Er wurde unterbrochen. Die Priester umarmten ihn, Mefres weinte.

„Noch nie gab es einen solchen Propheten!" riefen sie.

„Es will mir nicht in den Kopf, wie er solche Berechnungen anstellen konnte!" sagte der beste Mathematiker des Hathor-Tempels.

„Väter!" rief Pentuer. „Überschätzt nicht meine Verdienste. In unseren Tempeln hat man früher immer schon auf diese Weise die wirtschaftlichen Verhältnisse des Staates dargestellt. Ich habe nur auf eine Methode zurückgegriffen, die von einigen Generationen vergessen worden war."

„Woher aber stammen die Grundlagen für die Berechnungen?" fragte der Mathematiker.

„In jedem Nomos und in jedem Tempel wird unablässig Buch geführt", erwiderte Pentuer. „Die Gesamtsummen aber kann man im Palast Seiner Heiligkeit ermitteln."

„Und die Figuren? Die Figuren!" rief der Mathematiker.

„In solche Formen sind unsere Felder aufgeteilt. Das lernen die staatlichen Vermesser in den Schulen."

„Man weiß nicht, was man an ihm mehr bewundern soll: seine Weisheit oder seine Bescheidenheit", rief Mefres. „Oh, die

Götter haben uns nicht vergessen, solange wir Männer wie ihn besitzen."

In diesem Augenblick rief der Wächter vom Tempelturm die Anwesenden zum Gebet.

„Am Abend werde ich meine Erklärungen zu Ende führen", sprach Pentuer. „Ich will euch aber jetzt noch ein paar Worte sagen. Ihr werdet wissen wollen, warum ich zu den Darstellungen Bohnen benutzt habe. Wie in jedem Jahr das in die Erde geworfene Samenkorn dem Bauern vielfachen Ertrag bringt, so bezahlt der Mensch jährlich Steuern an den Staat.

Wenn also in einem Nomos zwei Millionen Bohnen weniger als in den vorhergehenden Jahren gesät werden würden, so fiele die nächste Ernte bedeutend geringer aus, und die Bauern hätten weniger Einnahmen. Ebenso verhält es sich im Staat: Wenn sich die Bevölkerung um zwei Millionen vermindert, muß auch die Summe der Steuern sinken."

Ramses hatte aufmerksam zugehört und ging nun schweigend davon.

III

Als dann am Abend die Priester und der Thronfolger in den Hof zurückkehren, wurden etliche hundert Fackeln entzündet, die fast Tageshelle verbreiteten. Auf ein Zeichen von Mefres erschien wieder die Prozession der Musikanten, Tänzerinnen und jüngeren Priester, die die Statue der Göttin Hathor mit dem Kuhkopf trugen. Als schließlich die bösen Geister vertrieben worden waren, ergriff Pentuer von neuem das Wort: „Ihr habt gesehen, daß wir seit den Zeiten der neunzehnten Dynastie hunderttausend Acker Erde und zwei Millionen Menschen eingebüßt haben. Hieraus erklärt sich das Zusammenschmelzen der Staatseinkünfte um zweiunddreißigtausend Talente, wie wir inzwischen alle wissen. Diese Tatsachen aber haben nicht allein die schlechten Wirtschafts- und Finanzverhältnisse in unserem Vaterlande bewirkt. Seiner Heiligkeit verbleiben nur dem Scheine nach noch achtundneunzigtausend Talente an Einnahmen. In Wirklichkeit aber erhält der Pharao nicht die gesamten Staatseinkünfte. Als Beispiel dafür will ich euch erzählen, was Seine Würden Herihor im Hasenbezirk entdeckt hat.

Während der Regierungsdauer der neunzehnten Dynastie wohnten dort zwanzigtausend Menschen, die jährlich dreihundertfünfzig Talente Steuern entrichteten. Heute leben dort kaum noch fünfzehntausend Einwohner, die natürlich nur zweihundertsiebzig Talente zahlen. Aber der Pharao erhält statt zweihundertsiebzig nur einhundertsiebzig Talente! ‚Warum?' fragte der würdige Herihor. Die Untersuchung ergab folgendes:

Unter der neunzehnten Dynastie gab es im Bezirk gegen einhundert Beamte, von denen jeder jährlich tausend Drachmen Gehalt erhielt. Heute arbeiten auf demselben Territorium – obwohl die Bevölkerungszahl zurückgegangen ist – zweihundert Beamte, die im Jahr je zweitausendfünfhundert Drachmen bekommen. Seine Würden weiß nicht, ob das in jedem Bezirk so ist. Jedenfalls fließen dem Schatz des Pharao statt achtundneunzigtausend Talente jährlich nur vierundsiebzigtausend zu."

„Fünfzigtausend, heiliger Vater", berichtigte Ramses.

„Ich bin noch nicht fertig, Prinz", erwiderte der Priester. „Merkt euch jedenfalls, daß dem Schatz des Pharao heute vierundzwanzigtausend Talente für Beamtengehälter entnommen werden, wogegen während der neunzehnten Dynastie nur zehntausend dafür aufgewendet wurden."

Unter den Würdenträgern herrschte betretenes Schweigen. So mancher war mit einem Beamten verwandt – und noch dazu mit einem gut bezahlten.

Pentuer fuhr unerschrocken fort: „Jetzt werde ich dir, Thronfolger, das Leben der Beamten und das Los des einfachen Volkes von früher und von heute zeigen."

„Ist es nicht schade um die Zeit? Das weiß doch jeder selbst", murmelten die Priester.

„Ich will es aber sehen!" rief Ramses entschieden.

Das Gemurmel verstummte. Pentuer schritt auf den Stufen des Amphitheaters in den Hof hinab. Ihm folgten der Prinz, danach der Erzpriester Mefres und zum Schluß die übrigen Priester. Sie blieben vor einem großen, aus Matten geflochtenen, zaunähnlichen Vorhang stehen. Auf ein Zeichen Pentuers eilte ein Dutzend junger Priester mit brennenden Fackeln herbei. Nach einem zweiten Zeichen wich ein Teil des Stoffes beiseite.

Den Lippen aller Zuschauer entrang sich ein Schrei der Verwunderung. Ihren Augen bot sich eine hell erleuchtete Szene, die von etwa einhundert Menschen dargestellt wurde.

Das Bild war in drei Abstufungen aufgeteilt: zuunterst befanden sich die Landleute, etwas höher die Beamten, und hoch droben stand der goldene Thron des Pharao, gestützt von zwei Löwen, deren Köpfe die Armlehnen bildeten.

„So war es unter der neunzehnten Dynastie", sagte Pentuer. „Betrachtet die Landwirte. Vor ihren Pflügen seht ihr Ochsen oder Esel. Ihre Hacken und Schaufeln bestehen aus Bronze, also aus dauerhaftem Material. Schaut, was das für stämmige Menschen sind! Heute findet man nur in der Garde Seiner Heiligkeit solche Männer, Männer mit so kraftvollen Armen und Beinen und so mächtigen Brustkörben. Sie machen hier alle frohe Gesichter und sind gesalbt und gebadet. Ihre Frauen beschäftigen sich mit der Zubereitung der Speisen und der Anfertigung von Gewändern oder mit dem Reinigen der Haushaltsgeräte. Die Kinder spielen oder gehen zur Schule.

Der damalige Bauer aß, wie ihr seht, Weizenbrot, Bohnen, Fleisch, Fische und Früchte, er trank Bier und Wein, und – seht, wie schön die Krüge und Schüsseln waren! Betrachtet die Kopfbedeckungen, die Schurze und die Umhänge der Männer. Alles ist mit verschiedenfarbigen Stickereien verziert. Noch schöner sind die herrlich bestickten Hemden der Frauen ... und habt ihr schon bemerkt, wie sorgfältig sie sich kämmten, was für Nadeln sie trugen, was für Ohrgehänge, Ringe und Armreifen? Diese Schmuckstücke sind aus Bronze und farbiger Emaille angefertigt worden; doch findet man an ihnen – zwar nur zu dünnen Drähten verarbeitet – auch Gold.

Richtet eure Augen nun bitte auf die Beamten. Sie tragen Umhänge, doch zieht jeder Bauer feiertags genauso einen Umhang an. Die Beamten ernähren sich nicht anders als die Bauern, das heißt also – gut und auskömmlich, aber bescheiden. Ihre Haushaltsgeräte sind etwas reichlicher verziert als die der Landleute, und öfter findet man in ihren Truhen goldene Ringe. Ihre Reisen unternehmen sie auf Eseln oder auf Ochsenwagen."

Pentuer klatschte in die Hände, und in das lebende Bild kam Bewegung. Die Bauern reichten den Beamten Weinkörbe, Säcke voller Gerste, Erbsen und Weizen, Krüge mit Wein, Bier, Milch und Honig, viel Vieh und zahlreiche Posten weißer oder farbiger Stoffe. Die Beamten nahmen die Erzeugnisse ab, behielten einen Teil für sich, schoben aber die schönsten und kostbarsten Gegenstände nach oben vor den Thron. Die Plattform, auf der sich das Symbol der Herrschaft des Pharao befand, wurde von Waren bald überhäuft.

„Seht, Ehrwürdige", sagte Pentuer, „wie in jenen Zeiten, als die Bauern satt und begütert waren, der Schatz Seiner Heiligkeit die Gaben der Untertanen kaum fassen konnte. Nun aber will ich euch vor Augen führen, wie es heute aussieht!"

Auf ein neues Zeichen fiel der zweite Teil des Vorhangs, und es wurde ein anderes, nur in den Grundzügen dem vorhergehenden ähnliches Bild sichtbar.

„Da habt ihr die heutigen Bauern", sprach Pentuer, und aus seiner Stimme klang Erregung. „Ihr Körper besteht nur aus Haut und Knochen. Sie sehen wie Kranke aus, sind schmutzig und nicht mehr mit Öl gesalbt. Dafür zeigen ihre Buckel Striemen von Prügeln. Man sieht bei ihnen weder Ochsen noch Esel – wozu auch, wenn Weiber und Kinder den Pflug ziehen? Ihre Hacken und Schaufeln bestehen aus Holz, sind also nicht haltbar, und sie haben mehr Arbeit. Kleidung besitzen sie gar nicht, nur die Weiber gehen in groben Hemden und träumen nicht einmal mehr von den Stickereien, mit denen sich ihre Großväter und Großmütter geschmückt hatten.

Seht nur, was die Bauern essen! Zuweilen etwas Gerste und getrockneten Fisch, sehr selten Weizenfladen und als tägliche Nahrung Lotossamen – aber niemals Fleisch. Auch kennen sie weder Bier noch Wein. Ihr werdet fragen: wo sind denn ihre Geschirre und Geräte geblieben? Sie haben keine – außer einem Wasserkrug, denn mehr hätte auch in den Höhlen, die sie bewohnen, nicht Platz.

Verzeiht mir das, worauf ich jetzt eure Aufmerksamkeit lenken werde: Dort liegen etliche Kinder auf der Erde, was bedeuten soll, daß sie gestorben sind. Sonderbar, wie häufig jetzt Bauernkinder vor Hunger und Überarbeitung sterben! Dabei sind sie noch glücklich zu nennen. Die anderen nämlich, die am Leben blieben, wandern unter den Knüppel der Aufseher, oder man verkauft sie wie Lämmer an die Phönizier."

Ergriffenheit erstickte seine Stimme. Er ruhte eine Weile und fuhr unter dem zornigen Schweigen der Priester fort: „Und jetzt seht euch die Beamten an. Wie rüstig sehen sie aus! Ihre Wangen sind geschminkt, und ihre Kleidung ist prächtig! Ihre Frauen tragen goldene Armreifen und Ohrgehänge und so dünne Gewänder, daß Fürsten sie ihnen neiden könnten. Bei den Bauern seht ihr weder Ochsen noch Esel, dafür reisen die Beamten auf Pferden oder in Sänften. Sie trinken nur Wein, und zwar vom besten!"

Er klatschte in die Hände, und wieder entstand Bewegung. Die Bauern reichten den Beamten Säcke mit Getreide, Körbe mit Früchten, reichten Wein und Vieh. Die Beamten hoben wie zuvor Abgaben zum Thron hinauf, doch – in bedeutend kleinerer Menge. Auf der königlichen Stufe bildete sich kein Hügel mehr. Dafür wurde die Stufe der Beamten überhäuft.

„Hier habt ihr das heutige Ägypten: ärmliche Bauern, reiche Schreiber und ein zusammengeschrumpfter Staatsschatz! Und jetzt ..."

Er gab ein Zeichen. Da geschah etwas Unerwartetes... Flinke Hände räumten Getreide, Früchte und Stoffe von der Plattform des Pharao und der Stufe der Beamten. Als sich die Menge der Waren aufs äußerste verringert hatte, griffen dieselben Hände nach den Bauern, ihren Frauen und Kindern und führten sie davon.

Die Zuschauer starrten verblüfft auf die Szene mit den geheimnisvollen Personen. Plötzlich rief einer:

„Das sind die Phönizier! So schröpfen sie uns!"

„Ja, heilige Väter", sprach Pentuer. „Das sind die Hände der unter uns verborgenen Phönizier. Sie schröpfen den König und die Schreiber, und wenn bei den Bauern nichts mehr zu holen ist, führen die Phönizier sie in die Sklaverei."

„Diese Schakale! Verflucht sollen sie sein! Fort mit den Elenden!" riefen die Priester. „Sie fügen dem Staat den meisten Schaden zu."

Doch schrien nicht alle so.

Als es wieder still geworden war, befahl Pentuer, die Fackeln auf die andere Seite des Hofes zu tragen, und führte seine Zuhörer dorthin. Hier befand sich eine Art Gewerbeausstellung.

„Geruht bitte herzublicken", bat Pentuer. „Unter der neunzehnten Dynastie sandten uns die Fremdlinge folgende Dinge: aus dem Lande Punt Balsam, aus Syrien Gold, Eisen, Waffen und Kriegswagen. All das erhielten wir.

Doch wurden damals in Ägypten selbst zum Beispiel diese riesigen Krüge hergestellt; seht nur, wie verschiedenartig sie sind und von welch unterschiedlichen Farben!

Oder betrachtet diesen Sessel, der mit zehntausend Stückchen Gold, Perlmutter und farbigen Hölzern verziert ist. Schaut die damaligen Gewänder an: welche Stickereien, welche Zartheit des Gewebes, welche Vielfalt der Farben! Und die Bronzeschwerter, die Nadeln, Armreifen, Ohrgehänge und die Werkzeuge der Landwirte und Handwerker! All das wurde bei uns unter der neunzehnten Dynastie hergestellt."

Er trat zu den anderen Auslagen.

„Heute aber – wie ihr hier seht – sind die Krüge klein und schmucklos. Das Gerät ist einfach, jedes Gewebe grob und einförmig. Auch nicht eines dieser Erzeugnisse kann man in puncto Haltbarkeit oder Schönheit mit den früheren vergleichen. Warum?"

Wieder ging er, von Fackeln umgeben, ein paar Schritte vor und sprach: „Hier ist eine Auswahl der vielfältigen Waren ausgestellt, die uns die Phönizier aus den verschiedenen Gegenden der Welt bringen. Ein paar Dutzend Sorten Balsam, buntes Glas, Geräte, Gefäße, Gewebe, Wagen, Schmuckgegenstände, all das stammt aus Asien und wird von uns gekauft.

Versteht ihr jetzt, wofür die Phönizier den Schreibern und dem Pharao Getreide, Früchte und Vieh entreißen? Eben für jene Erzeugnisse, deren Einfuhr unsere Handwerker zugrunde gerichtet hat, wie die Heuschrecken das grüne Gras zugrunde richten."

Einen Moment schwieg der Priester und fuhr dann fort: „Unter den Waren, die Seiner Heiligkeit, den Nomarchen und Schreibern von den Phöniziern geliefert werden, steht an erster Stelle Gold. Diese Art des Handels spiegelt genau den Niedergang wider, der Ägypten von den Asiaten droht. Für ein Talent in Gold muß man ihnen nach drei Jahren zwei Talente zurückzahlen. Meistens aber kommen die Phönizier dem Schuldner unter einem Vorwand bei der Bezahlung entgegen: Sie behaupten, einem jegliche Mühe abnehmen zu wollen, und verlangen dafür pro Talent auf drei Jahre zweiunddreißig Menschen und zwei Acker Land in Pacht.

Schaut dorthin, ihr Würdigen", sagte Pentuer und wies zu dem besser erleuchteten Teil des Hofes hinüber. „Dieses Erdquadrat, das einhundertachtzig Schritt lang und genauso breit ist, stellt zwei Acker dar; und ihr seht darauf acht Familien: Männer, Frauen und Kinder. All das zusammen: Menschen und Land erwartet für drei Jahre eine furchtbare Knechtschaft. Währenddessen hat ihr Besitzer – Pharao oder Nomarch – keinerlei Nutzen von ihnen. Nach Ablauf der Zeit erhält er die ausgelaugte Erde wieder und höchstens noch zwanzig Menschen ... die übrigen nämlich sind unter Qualen gestorben!"

Unter den Anwesenden entstand ein Gemurmel des Grauens.

„Ich habe gesagt, daß der Phönizier für ein geliehenes Talent in Gold zwei Acker Land und zweiunddreißig Menschen auf drei Jahre in Pacht beansprucht. Blickt nun einmal auf meine Hand. Dieses Stück Gold, das ich hier halte, dieser Brocken, kleiner als ein Hühnerei, ist ein Talent!

Erfaßt ihr die ganze Niederträchtigkeit der Phönizier bei dem Handel? Das kleine Stück Gold besitzt in Wirklichkeit keinerlei schätzbare Vorzüge: es ist gelb, schwer, rostet nicht und – damit Schluß. Doch kann der Mensch sich weder in Gold kleiden, noch davon Hunger und Durst stillen. Wenn ich einen Klumpen Gold von der Größe einer Pyramide besitzen würde, so bliebe ich allein damit in der Wüste genauso hilflos und armselig wie der Libyer, der sich im Sandmeer verirrt, wo es weder Datteln noch Wasser gibt.

Doch verlangt der Phönizier für einen Brocken dieses toten Metalls ein Stück Land, das zweiunddreißig Männer, Frauen und Kinder ernähren und kleiden kann, und fordert diese Zahl an Einwohnern noch dazu! Drei Jahre lang nutzt er seine Macht über die Menschen aus, die Land bestellen können, Korn ernten, Mehl und Bier bereiten, Kleidung weben und Häuser bauen wie auch Geräte herstellen. Für die gleiche Zeit entbehrt der Pharao oder der Nomarch die Dienste dieser Bauern. Sie zahlen ihm weder Steuern, noch tragen sie dem Heere Lasten nach, sondern sie arbeiten für den habgierigen Phönizier.

Wißt ihr denn, ihr Würdenträger, daß gegenwärtig kein Jahr vergeht, in dem nicht in diesem oder jenem Nomos eine Empörung unter den Bauern ausbricht, die vom Hunger gequält, mit Arbeit überlastet und mit Knüppeln geschlagen werden? Ein Teil der Menschen kommt um, einen anderen schickt man ins Bergwerk, und das Land wird immer ärmer an Menschen, allein deshalb, weil irgendein Phönizier irgend jemandem einen Brokken Gold gab! Kann man sich ein größeres Unglück vorstellen? So verliert Ägypten jahraus, jahrein Land und Einwohner. Glückliche Kriege haben unseren Wohlstand untergraben, doch der phönizische Handel mit Gold gibt unserem Land den Rest."

Die Gesichter der Priester zeigten Zufriedenheit. Sie hörten lieber klagen über das Unwesen der Phönizier als über den Luxus der Schreiber.

Nach einer Weile wandte sich Pentuer an den Prinzen: „Gottesdiener Ramses, du fragst dich seit einigen Monaten voller Sorge, warum sich die Einnahmen Seiner Heiligkeit verringern?

Die Götter ließen dir erklären, daß nicht nur der Schatz, sondern auch das Heer kleiner geworden ist und diese beiden Quellen der königlichen Macht sich auch weiterhin vermindern werden. Diese Entwicklung wird entweder mit dem völligen Niedergang des Staates enden, oder die Himmel werden Ägypten einen Herrscher senden, der die Unglücksfluten aufhält, die seit etlichen hundert Jahren unser Vaterland überschwemmen. Die Schatzkammern des Pharao waren solange gefüllt, solange wir noch viel Land und Leute besaßen. Deshalb müssen wir der Wüste den fruchtbaren Boden – den sie verschlungen hat – wieder entreißen und das ägyptische Volk von den Lasten befreien, die es schwächen und verringern."

Wieder wurden die Priester unruhig, weil sie fürchteten, Pentuer könnte zum zweitenmal die Schreiberklasse erwähnen.

„Du hast mit eigenen Augen und vor Zeugen gesehen, Prinz, daß in der Epoche, in der das Volk satt, wohlhabend und zufrieden lebte, die königlichen Schatzkammern gefüllt waren, als aber unsere Bevölkerung elend wurde, Frauen und Kinder sich vor den Pflug spannen mußten und Lotossamen statt Weizen und Fleisch dem Bauern als Nahrung dienten, daß da der Staatsschatz langsam und stetig zusammenschmolz. Wenn du also den Staat wieder zu der Macht bringen willst, die er vor den Kriegen während der neunzehnten Dynastie besaß, und dabei wünschst, daß der Pharao, seine Schreiber und das Heer im Überfluß leben mögen, so sichere Ägypten einen lang anhaltenden Frieden und der Bevölkerung Wohlstand. Die Erwachsenen sollen dann wieder Fleisch essen und sich in gestickte Gewänder kleiden, die Kinder aber, statt unter Prügeln zu stöhnen und in den Sielen zu sterben, wieder spielen oder die Schule besuchen. Vergiß auch nicht, daß Ägypten eine giftige Schlange am Busen nährt."

Die Anwesenden lauschten voller Neugierde und Angst.

„Diese Schlange, die das Blut des Volkes, die Güter der Nomarchen und die Macht des Pharao aufsaugt, das sind die Phönizier!"

„Nieder mit ihnen!" riefen die Zuhörer. „Streicht alle Schulden! Laßt ihre Kaufleute und ihre Schiffe nicht herein!"

Der Erzpriester Mefres wandte sich mit Tränen in den Augen an Pentuer und hieß alle verstummen.

„Ich zweifle nicht", sprach er, „daß sich uns durch deinen Mund die heilige Hathor selbst offenbart. Nicht nur deshalb, weil kein Mensch so weise sein könnte wie du, sondern ich habe über deinem Haupte wie Hörner geformte Flämmchen bemerkt. Ich danke dir für die großen Worte, mit denen du uns Unwissende aufgeklärt hast. Ich segne dich und bitte die Götter, dich, wenn sie mich zu sich rufen, zu meinem Nachfolger zu machen."

Der lang anhaltende Jubel der übrigen Zuhörer gab dem Segen des höchsten Würdenträgers Nachdruck. Die Priester waren um so zufriedener, als sie bis dahin noch immer befürchtet hatten, daß Pentuer ein zweites Mal auf die Schreiber zu sprechen kommen könnte. Der Weise aber übte Zurückhaltung. Er zeigte zwar die innere Wunde des Staates, aber er reizte sie nicht und trug deshalb einen vollkommenen Sieg davon.

Prinz Ramses dankte Pentuer nicht mit Worten, aber er preßte dessen Kopf an seine Brust. Niemand zweifelte, daß die Rede des großen Propheten die Seele des Thronfolgers im Innersten erschüttert habe und das Samenkorn sei, aus dem neuer Ruhm und Wiederaufstieg Ägyptens sprießen könnten.

Am nächsten Tage, bei Sonnenaufgang, verließ Pentuer ohne Abschied den Tempel und begab sich nach Memphis.

Einige Tage lang sprach Ramses mit niemandem. Er saß in seiner Zelle oder wandelte in den schattigen Gängen und überlegte. Sein Geist arbeitete.

Im Grunde genommen hatte Pentuer nichts Neues gesagt. Es wurde allgemein geklagt über den Verlust an Land und Leuten, das Elend der Bauern, die Korruption unter den Schreibern und die Ausbeutung durch die Phönizier. Die Predigt des Propheten aber hatte seine bisher vagen Kenntnisse geordnet, ihnen greifbare Gestalt und gewissen Tatsachen einen deutlicheren Umriß gegeben.

Die verhängnisvolle Rolle der Phönizier erschreckte ihn. Der Prinz hatte bisher die ungeheuren Ausmaße des Schadens, den sie dem Staate zufügten, nicht zu beurteilen vermocht. Seine Sorge war um so größer, als er seine eigenen Untertanen an Dagon verpachtet hatte und Zeuge davon gewesen war, auf welche Weise der Bankier von ihnen seine Forderungen eintrieb! Aber die Tatsache, daß der Prinz mit der phönizischen Ausbeutung persönlich verflochten war, hatte eine sonderbare Wirkung: Ramses wollte nicht über die Phönizier nachdenken. Sobald in ihm der Zorn gegen sie entbrannte, sooft wurde er durch das Gefühl der Scham wieder gelöscht. Im gewissen Sinne war ja der Prinz selbst ihr Bundesgenosse.

Der Thronfolger erfaßte jedoch die volle Bedeutung des ständigen Verlustes an Land und Einwohnern und legte darauf in seinen einsamen Meditationen den größten Nachdruck.

Wenn wir, sagte er sich, die zwei Millionen Menschen besäßen, die Ägypten verloren hat, so könnte man mit ihrer Hilfe die fruchtbaren Ländereien der Wüste wieder abgewinnen, ja sogar die ursprüngliche Fläche vergrößern. Dann würden unsere Bauern – trotz der Phönizier – besser leben, und die Einkünfte des Staates würden wieder anwachsen.

Woher aber Menschen nehmen?

Der Zufall gab ihm die Antwort. Als er eines Abends im Garten des Tempels wandelte, traf er eine Schar Sklaven, die General Nitager an der östlichen Grenze gefangen und der Göttin Hathor geschenkt hatte. Sie waren von ausgezeichnetem Wuchs, arbeiteten mehr als die Ägypter, und da man sie gut ernährte, gaben sie sich sogar mit ihrem Schicksal zufrieden.

Bei ihrem Anblick erhellte den Thronfolger blitzartig ein Gedanke; vor Erschütterung verlor er fast das Bewußtsein. Ägypten brauchte Menschen, viele Menschen, Hunderttausende, ja sogar eine, zwei Millionen ... da sind sie ja! Man mußte nur in Asien einfallen, alles, was man am Wege trifft, mitnehmen und nach Ägypten schicken ... Der Krieg müßte so lange dauern, bis jeder ägyptische Bauer seinen Sklaven hätte.

So wurde ein einfacher, doch ungeheurer Plan geboren, bei dessen Verwirklichung der Staat Menschen gewinnen konnte, die Bauern Helfer bei der Arbeit erhalten sollten und den Schatzkammern des Pharao eine unerschöpfliche Geldquelle erschlossen werden würde.

Der Prinz war begeistert, obwohl ihm am nächsten Tage neue Zweifel kamen.

Pentuer hatte mit demselben großen Nachdruck wie früher schon Herihor erklärt, die Wurzeln des ägyptischen Unglücks wären die siegreichen Kriege.

Daraus folgte, daß ein neuer Krieg Ägypten nicht aufrichten konnte.

Pentuer und Herihor sind weise Männer, dachte der Prinz. Wenn sie und auch der Erzpriester Mefres und die übrigen Priester einen Krieg für schädlich halten, dann muß ein Krieg für uns wirklich gefährlich sein.

Der Prinz war zutiefst besorgt. Er hatte eine einfache Methode ersonnen, um Ägypten vor dem endgültigen Untergang zu retten, doch gerade in diesem Ausweg sahen die klügsten und frommsten Menschen, die Priester, den völligen Ruin des Landes.

Bald aber ereignete sich etwas, was Ramses' Vertrauen in die Wahrheitsliebe der Priester erschütterte, ja, sein früheres Mißtrauen gegen sie wieder weckte.

Er ging eines Tages mit einem der Ärzte zur Bibliothek. Der Weg führte durch einen engen und dunklen Gang, vor dem der Thronfolger entsetzt zurückwich.

„Da gehe ich nicht durch!" sagte er.

„Warum?" fragte der Arzt erstaunt.

„Erinnert Ihr Euch nicht, heiliger Vater, daß sich am Ende des Ganges das Kellerloch befindet, in dem Ihr einen Verräter grausam zu Tode gequält habt?"

„Aha!" erwiderte der Arzt. „Ja, das Loch, in das wir vor Pentuers Predigt siedendes Pech gegossen haben, ist wohl hier."

„Ihr habt da einen Menschen getötet!"

Der Arzt lächelte. Er war ein guter und fröhlicher Mensch. Deshalb und weil er die Empörung des Prinzen sah, sagte er nach einer kleinen Weile der Überlegung: „Gewiß, man darf niemandem die heiligen Geheimnisse verraten, das versteht sich. Vor jeder größeren Feierlichkeit rufen wir das den jungen Novizen, die Priester werden, ins Gedächtnis."

Sein Ton war so eigenartig, daß Ramses Aufklärung verlangte.

„Es ist mir zwar strengstens verboten, doch – wenn Eure Hoheit versprechen, die Geschichte für sich zu behalten, so werde ich sie Euch erzählen."

Ramses versprach es, und der Arzt erzählte: „Als einmal ein ägyptischer Priester die Tempel im heidnischen Lande Aram besuchte, traf er dort einen Menschen, der, obwohl sehr schlecht gekleidet, sehr wohl genährt, ja fett und zufrieden erschien.

‚Sag mir doch', fragte der Priester den fröhlichen Armen, ‚wie kommt es, daß bei deiner unverkennbaren Armut dein Leib dennoch aussieht, als wärest du der Vorsteher eines Tempels?'

Der Mann sah sich um, ob sie niemand belausche, und antwortete dann: ‚Weil ich eine außerordentlich wehklagende Stimme habe, braucht man mich im Tempel der Märtyrer. Wenn sich das Volk zu den Gottesdiensten versammelt, steige ich in das Loch und stöhne, so laut ich eben kann. Dafür erhalte ich das ganze Jahr hindurch reichliches Essen und für jeden Tag meines Märtyrertums einen Krug Bier.'

So ist es im heidnischen Lande Aram", sprach der Arzt und legte den Finger auf die Lippen. „Halte, Prinz, was du mir versprochen hast, und denke nun über unser siedendes Pech, was du willst."

Die Erzählung versetzte den Prinzen von neuem in Erregung. Er fühlte eine gewisse Erleichterung, daß man im Tempel keinen Menschen ermordet hatte, aber es erwachten alle seine früheren Zweifel gegenüber den Priestern. Daß sie das Volk täuschten, wußte er. Er erinnerte sich ja noch genau an die Zeit, da er in der Priesterschule war, und an die Prozessionen des heiligen Stieres Apis. Das Volk glaubte, daß Apis die Priester führe; indessen wußte jeder Schüler, wie die Priester das göttliche Tier nach ihrem Willen lenkten.

Wer wußte also, ob Pentuers Predigt nicht dasselbe war wie jene Apisprozessionen. Es ist doch leicht, rote und bunte Bohnen auf die Erde zu streuen und lebende Bilder zu stellen. Wieviel prächtigere Schauspiele und Vorstellungen hatte Ramses schon gesehen, zum Beispiel den Kampf Seths mit Osiris, an dem einige hundert Menschen teilnahmen ... Und hatten nicht auch in diesem Falle die Priester die Zuschauer getäuscht? Es sollte ein Kampf der Götter sein, doch fochten ihn verkleidete Menschen aus. Osiris ging in diesem Kampf scheinbar zugrunde, aber der Priester, der den Gott spielte, blieb gesund wie ein Fisch. Was für Wunder waren dort gezeigt worden! Wasser schwoll an, Blitz und Donner wüteten, die Erde bebte und spie sogar Feuer! Und alles war Schwindel. Weshalb also sollte die Vorstellung Pentuers der Wahrheit entsprechen?

Außerdem hatte der Prinz deutliche Anzeichen dafür bemerkt, daß man ihn betrügen wollte. Schon die schauerliche Episode mit dem Menschen, der im Keller gestöhnt und geächzt hatte, weil ihn die Priester zum Schein mit siedendem Pech begossen, war ein Betrugsmanöver gewesen. Doch das blieb zunächst nebensächlich. Wichtiger schien Ramses, daß Herihor wie Mefres keinen Krieg wollten und daß Pentuer der Helfer des einen und der Liebling des anderen war.

In dem Prinzen tobte ein Kampf. Einmal glaubte er, alles zu verstehen, dann aber wieder erfüllte ihn Ungewißheit; heute war er hoffnungsvoll, morgen zweifelte er an allem. Von Stunde zu Stunde, von Tag zu Tag erhob sich seine Seele und sank wieder in die Tiefe wie die Wasser des Nils in ihrem Jahresablauf.

Langsam jedoch gewann Ramses sein seelisches Gleichgewicht

zurück, und als die Zeit kam, da er den Tempel verlassen sollte, hatte er schon einige Pläne klar vor Augen.

Vor allem wußte er endgültig, was Ägypten brauchte: Mehr Land und mehr Menschen.

Zum zweiten glaubte er, daß die einfachste Art, Menschen zu gewinnen, der Krieg mit Asien sei. Pentuer jedoch hatte ihm zu beweisen versucht, daß dieser Weg nur den Untergang des Staates beschleunigen könne. Daher stand er vor der neuen Frage: Hatte Pentuer die Wahrheit gesprochen oder gelogen?

Wenn es Wahrheit war, bedeutete das für den Prinzen einen Abgrund der Verzweiflung. Ramses sah nämlich keine andere Möglichkeit als seine Methode. Ohne Krieg würde Ägypten von Jahr zu Jahr weiter Menschen verlieren, der Pharao ständig verschulden und dieser gesamte Prozeß in einer furchtbaren Katastrophe enden – vielleicht bereits unter dem nächsten Herrscher. Wenn aber Pentuer gelogen hatte? Aus welchem Grunde sollte er es getan haben? Selbstverständlich war er dazu von Herihor, Mefres und der ganzen Körperschaft der Priester überredet worden. Aus welchem Grunde jedoch wollten die Priester keinen Krieg? Welche Interessen hatten sie, ihn zu verhindern? Brachte nicht jeder Feldzug ihnen und dem Pharao größten Nutzen?

Konnten die Priester ihn überhaupt in einer so wichtigen Angelegenheit betrügen? Sie taten es zwar sehr oft in geringfügigen Fällen, aber hier ging es um die Zukunft und die Existenz des Staates! Man konnte auch nicht behaupten, daß sie stets logen. Sie waren ja Diener Gottes und Hüter großer Geheimnisse. In ihren Tempeln wohnten die Geister, wovon sich Ramses in der ersten Nacht, als er diesen Ort aufgesucht hatte, persönlich überzeugen konnte.

Und wenn die Götter den Profanen nicht erlaubten, sich ihren Altären zu nähern, wenn sie so eifrig die heiligen Stätten schirmten, weshalb sollten sie dann nicht auch über ihren größten Tempel, über Ägypten, wachen?

Als Ramses einige Tage später nach feierlichem Gottesdienst unter dem Segen der Priester den Tempel der Hathor verließ, nagten in ihm zwei Fragen:

Könnte ein Krieg mit Asien für Ägypten wirklich verhängnisvoll ausgehen?

Waren die Priester imstande, ihn, den Thronfolger des Pharao, in dieser Frage zu betrügen?

IV

In Begleitung einiger Offiziere ritt der Prinz nach Pi-Bast, der berühmten Hauptstadt des Nomos Habu.

Der Monat Paoni verging, Epifi begann (April–Mai). Die Sonne stand hoch, sie kündete für Ägypten die schlechteste Jahreszeit an, die Hitzeperiode. In diesen Tagen hatte sich schon oft der schreckliche Wüstenwind erhoben; Mensch und Vieh fiel um vor Hitze, und auf Felder und Bäume legte sich der graue Staub, unter dem die Pflanzen verdorrten.

Man pflückte die Rosen und gewann aus ihnen duftendes Öl; das Getreide und der zweite Schnitt Klee wurden geerntet. Die Ziehbrunnen mit den Eimern mußten mit doppeltem Tempo bedient werden, um das schmutzige Wasser über die Erde zu gießen und sie zur neuen Saat bereit zu machen. Es begann die Erntezeit für Feigen und Weintrauben.

Das Wasser des Nils fiel, niedrig und stinkig stand es in den Kanälen. Über dem ganzen Land flimmerte feiner Staub in der glühenden Sonne. Das aber kümmerte den Prinzen auf seinem Ritt nicht. Nach dem Büßerleben im Tempel sehnte er sich nach Banketten, Frauen und Trubel.

Die Umgebung war interessant, wenn sich die Landschaft auch flach und einförmig dehnte und nur von einem Netz von Kanälen durchschnitten wurde. Im Nomos Habu wohnte aber eine besondere Bevölkerung: keine gebürtigen Ägypter, sondern Nachkommen der tapferen Hyksos, die einst Ägypten erobert und es etliche Jahrhunderte beherrscht hatten.

Die echten Ägypter verachteten diese Ururenkel der bereits seit Hunderten von Jahren vertriebenen Eroberer; doch Ramses betrachtete sie mit freundlichen Augen. Es waren hochgewachsene kräftige Menschen von stolzer Haltung und männlicher Energie. Vor dem Prinzen und den Offizieren warfen sie sich nicht wie die Ägypter nieder, sondern blickten die Würdenträger freimütig ohne Argwohn und Furcht an. Ihre Rücken waren nicht mit Prügelnarben bedeckt; die Schreiber achteten sie nämlich, weil sie wußten, daß sich ein geschlagener Hyksos rächt und so manches Mal seinen Unterdrücker erschlägt. Endlich besaßen die Hyksos die Gunst des Pharao, weil sie die besten Soldaten abgaben.

Je mehr sich das Gefolge des Thronfolgers Pi-Bast näherte, dessen Tempel und Paläste durch den Staubnebel wie durch einen Schleier verhangen waren, um so belebter wurde die Gegend. Auf der breiten Heerstraße und den nahen Kanälen transportierte man Vieh, Weizen, Früchte, Wein, Blumen, Brote und eine Unmenge anderer Waren für den täglichen Bedarf. Der stadtwärts strebende Strom von Menschen und Lasten, dichtgedrängt wie in Memphis an Feiertagen, war hier eine alltägliche Erscheinung. Rings um Pi-Bast herrschte das ganze Jahr hindurch Marktlärm, der nur in den Nächten verebbte.

Die Ursache hierfür war einfach: Die Stadt erfreute sich des Besitzes des alten und berühmten Tempels der Astarte, die von dem ganzen westlichen Asien verehrt wurde und Massen von Pilgern heranzog. Ohne Übertreibung durfte man sagen, daß bei Pi-Bast täglich etwa dreißigtausend Fremdlinge lagerten: Saschus oder Araber, Phönizier, Juden, Philister, Hethiter, Assyrer und andere. Die ägyptische Regierung zeigte sich den Pilgern wohlgesonnen, da sie bedeutende Einkünfte brachten; die Priester tolerierten sie, und die Bevölkerung einiger benachbarter Nomen führte mit ihnen lebhaften Handel.

Schon eine Stunde Weges vor der Stadt traf man auf die Lehmhütten und Zelte, die die Wallfahrer auf blanker Erde errichtet hatten. Je näher man an Pi-Bast herankam, um so zahlreicher wurden diese Behelfsquartiere und um so dichter wimmelte es von ihren zeitweiligen Bewohnern. Die einen bereiteten unter freiem Himmel ihre Mahlzeiten, andere kauften von den immer neu zuströmenden Waren, noch andere schritten in Prozessionen zu den Tempeln. Hie und da stauten sich große Mengen vor den Belustigungsplätzen, wo Tierbändiger, Schlangenbeschwörer, Athleten, Tänzerinnen und Zauberkünstler auftraten.

Über den Menschenansammlungen herrschte Hitze und Lärm.

Am Stadttor wurde Ramses von seinen Höflingen und dem Nomarchen von Habu und dessen Beamten begrüßt. Die Begrüßung verlief jedoch trotz aller Freundlichkeit so kühl, daß der Statthalter Thutmosis erstaunt zuraunte: „Wie kommt es, daß ihr mich anstarrt, als wäre ich gekommen, um Strafen auszuteilen?“

Der Favorit antwortete: „Weil Ihr, Hoheit, das Antlitz eines Menschen tragt, der mit den Göttern Umgang hatte.“

Er sagte die Wahrheit. War es die Folge des asketischen Lebens, der Gesellschaft von gelehrten Priestern oder vielleicht der langen Meditationen – der Prinz hatte sich verändert. Er war magerer geworden, seine Haut war gedunkelt, und seine

Haltung wie sein Auftreten strahlten großen Ernst aus. In wenigen Wochen war er um Jahre gealtert.

Auf einer Hauptstraße der Stadt drängte sich eine so dichte Menschenmenge, daß die Polizisten Ramses und seinem Gefolge den Weg bahnen mußten. Doch das Volk begrüßte nicht den Prinzen, sondern drängte sich um ein Schlößchen, als erwarte es jemanden.

„Was hat das zu bedeuten?“ fragte Ramses den Nomarchen, von der Gleichgültigkeit der Menge unangenehm berührt.

„Hier wohnt der tyrische Fürst Hiram, ein Mensch voll großer Barmherzigkeit. An jedem Tag verteilt er reichliche Almosen; darum versammeln sich hier die Armen.“

Der Prinz wandte sich um, schaute und sprach: „Ich erkenne aber darunter auch königliche Arbeiter. Brauchen sie etwa auch Almosen des phönizischen Reichen?“

Der Nomarch schwieg. Zu seinem Glück näherten sie sich gerade dem Regierungspalast, und Ramses vergaß Hiram.

Einige Tage lang währten die Bankette zu Ehren des Statthalters; doch der Prinz war von ihnen nicht begeistert. Es fehlte die Fröhlichkeit, und es ereigneten sich unangenehme Vorfälle.

Einmal brach eine der Geliebten des Prinzen, als sie vor ihm tanzte, in Weinen aus. Ramses schloß sie in seine Arme und fragte: „Was hast du?“

Anfangs zauderte sie mit ihrer Antwort, aber von der Güte ihres Gebieters ermutigt, erwiderte sie schließlich, noch stärker schluchzend: „Wir, deine Frauen, Prinz, sind alle edler Abstammung, darum gebührte uns Achtung.“

„Da hast du recht“, bestätigte Ramses.

„Nun schränkt aber dein Schatzmeister unsere Ausgaben ein. Er geht sogar so weit, daß er uns unsere Dienerinnen entziehen will, ohne die wir uns doch weder waschen noch kämmen können.“

Ramses ließ den Schatzmeister zu sich rufen und befahl ihm mit aller Strenge, den Frauen alles zu gewähren, was ihrer Abstammung und ihrer vornehmen Stellung zukäme.

Der hohe Beamte warf sich vor dem Prinzen nieder und versprach, den Wünschen der Frauen nachzukommen. Doch ein paar Tage später empörten sich die höfischen Sklaven. Sie beklagten sich darüber, daß man ihnen den Wein vorenthalte. Der Statthalter befahl, ihnen das Gewünschte zu geben. Am nächsten Tage, als er die Truppen besichtigte, beschwerte sich bei ihm eine Abordnung der Regimenter demütig, daß ihnen die Fleisch- und Brotrationen gekürzt worden seien.

Der Prinz gab auch diesmal Anweisung, die Forderungen der Bittenden zu erfüllen.

Kurze Zeit später wurde Ramses morgens durch einen großen Lärm vor dem Palast geweckt. Der Prinz fragte nach der Ursache und erfuhr vom wachhabenden Offizier, daß die königlichen Arbeiter sich versammelt hätten, um ihre rückständige Löhnung zu fordern.

Der Schatzmeister wurde gerufen und von dem Prinzen zornig angefahren. „Was geht hier vor?“ rief Ramses. „Seit meiner Ankunft vergeht kein Tag, an dem man sich nicht über irgendein Unrecht beklagt. Wenn sich noch einmal etwas Derartiges wiederholt, lasse ich alles strengstens untersuchen und mache euren Diebereien ein Ende!“

Der zitternde Schatzmeister warf sich wieder zur Erde nieder und ächzte: „Erschlage mich, Gebieter! Doch was kann ich tun, wenn deine Schatzkammern, Scheuern und Speicher leer sind?“

Trotz des Zorns spürte der Prinz, daß der Mann unschuldig sein könnte. Er schickte ihn fort und ließ Thutmosis rufen.

„Höre zu“, sprach Ramses zu seinem Liebling, „hier ereignen sich Dinge, die ich nicht verstehe und die ich nicht gewohnt bin. Meine Frauen, die Sklaven, Soldaten und Arbeiter des Königs erhalten entweder gar nicht, was ihnen gebührt, oder werden in ihren Ausgaben beschränkt. Als ich den Schatzmeister gefragt habe, wie ich mir das erklären soll, antwortete er, daß unser Schatz und unsere Scheuern leer seien.“

„Er hat die Wahrheit gesagt.“

„Wieso?“ empörte sich der Prinz. „Für meine Reise hat Seine Heiligkeit zweihundert Talente in Waren und Gold ausgesetzt. Sollte das alles schon verschwendet sein?“

„Ja, es ist so“, erwiderte Thutmosis.

„Wie ist das möglich? Wofür?“ rief der Statthalter. „Wir wurden doch überall von den Nomarchen aufgenommen!“

„Aber wir haben sie bezahlt.“

„So sind sie also Halunken und Spitzbuben, wenn sie uns angeblich als Gäste aufnehmen und uns nachher das Fell vom Leibe ziehen!“

„Zürne nicht“, meinte Thutmosis, „ich werde dir alles erklären.“

„Setz dich.“

Thutmosis folgte der Aufforderung und sagte: „Weißt du, daß ich seit einem Monat aus deiner Küche esse, Wein aus deinen Krügen trinke und mich aus deiner Kammer kleide?"

„Du hast ein Recht, das zu tun."

„Ich hatte das nie zuvor getan. Früher hatte ich stets auf eigene Kosten gelebt, gefeiert und mich selbst gekleidet, um deinen Schatz nicht zu belasten. Du hast zwar manchmal meine Schulden bezahlt, doch betrugen sie nur einen Teil meiner Ausgaben."

„Deine Schulden spielen keine Rolle."

„In ähnlicher Lage", sprach Thutmosis weiter, „befindet sich ein Dutzend edler Jünglinge deines Hofes. Sie haben sich selbst unterhalten, um den Glanz des Herrschers strahlen zu lassen; doch heute leben sie wie ich auf deine Kosten, denn sie besitzen nichts mehr, was sie ausgeben können."

„Ich werde es ihnen einmal lohnen."

„Wir nehmen aus deiner Schatzkammer, weil uns die Not dazu zwingt, und die Nomarchen tun dasselbe. Wenn sie könnten, würden sie für dich Bankette und Empfänge auf eigene Kosten veranstalten; da sie aber selbst nichts haben, so lassen sie es sich bezahlen. Nennst du sie auch jetzt noch Spitzbuben?"

Der Prinz schritt nachdenklich auf und ab.

„Ich habe sie voreilig verurteilt", antwortete er. „Der Zorn hat mir den klaren Blick vernebelt. Ich schäme mich dessen, was ich gesagt habe. Trotzdem: ich will, daß weder die Menschen bei Hofe noch die Soldaten und Arbeiter Not leiden.

Da jedoch meine Reserven erschöpft sind, müssen wir borgen ... sicherlich genügen hundert Talente, was meinst du?"

„Ich fürchte, daß uns niemand hundert Talente borgen wird", murmelte Thutmosis.

Der Statthalter blickte ihn hochmütig an.

„So antwortet man dem Sohn des Pharao?" fragte er.

„Verstoße mich doch", sagte Thutmosis traurig, „aber ich sage die Wahrheit. Heute borgt uns niemand, denn niemand ist dazu in der Lage."

„Wozu gibt es einen Dagon?" wunderte sich der Prinz. „Weilt er nicht an meinem Hofe, oder ist er gestorben?"

„Dagon wohnt zwar in Pi-Bast, aber er verbringt den ganzen Tag zusammen mit anderen phönizischen Kaufleuten im Tempel der Astarte in Buße und Gebeten."

„Woher plötzlich diese Frömmigkeit? Weil ich im Tempel

gewesen bin, hält es wohl mein Bankier ebenfalls für nötig, sich mit den Göttern zu beraten?"

Thutmosis wand sich auf seinem Sitz.

„Die Phönizier", sagte er, „sind durch gewisse Nachrichten beunruhigt, ja sogar niedergeschlagen."

„Worüber?"

„Es hat jemand das Gerücht verbreitet, daß Eure Hoheit nach der Thronbesteigung die Phönizier austreiben will und daß ihr Eigentum an den Staatsschatz fallen soll."

„Nun, dann haben sie ja noch genug Zeit", lächelte der Prinz.

Thutmosis zögerte immer noch.

„Man munkelt", flüsterte er, „daß die Gesundheit Seiner Heiligkeit – der ewig lebe! – zur Zeit sehr erschüttert sei."

„Das ist eine Lüge!" unterbrach der Prinz beunruhigt. „Sonst wüßte ich davon."

„Die Priester halten aber im geheimen Gottesdienste ab und beten um die Gesundheit des Pharao", flüsterte Thutmosis. „Ich weiß das bestimmt."

Der Prinz stand verblüfft auf.

„Wie denn?" rief er. „Mein Vater ist schwerkrank, die Priester beten für ihn, und mich unterrichtet man nicht darüber?"

„Man sagt, daß Seine Heiligkeit nur noch etwa ein Jahr zu leben hätte."

Ramses winkte ab.

„Eh! Du hast Märchen gehört und beunruhigst mich. Erzähle mir lieber von den Phöniziern, das ist interessanter."

„Ich habe", fuhr Thutmosis fort, „nur das gehört, was alle sagen. Es heißt, Gebieter, du seist im Tempel von der Schädlichkeit der Phönizier überzeugt worden und hättest dich verpflichtet, sie auszutreiben."

„Im Tempel?" wiederholte der Thronfolger. „Wer kann denn wissen, wovon ich mich wirklich überzeugt und was ich beschlossen habe?"

Thutmosis zuckte die Schultern und schwieg.

„So herrscht auch dort Verrat?" flüsterte der Prinz. „Auf alle Fälle laß Dagon zu mir kommen", sagte Ramses laut, „ich muß die Quelle dieser Lügen kennenlernen und, bei Gott, ihnen ein Ende machen!"

„Daran tust du gut, Gebieter", antwortete Thutmosis, „denn ganz Ägypten ist beunruhigt. Jetzt schon gibt es niemanden mehr, bei dem man Geld borgen könnte, und wenn die Gerüchte länger anhalten, hört jeder Handel auf. Bereits heute ist unsere Aristokratie in einer Notlage, aus der es keinen Ausweg zu geben scheint, und dein Hof, Herr, leidet Mangel. In einem Monat kann dasselbe im Palast Seiner Heiligkeit eintreten."

„Schweig", unterbrach ihn der Prinz, „und rufe sofort Dagon!"

Thutmosis eilte davon, doch der Bankier erschien erst am Abend beim Statthalter. Er trug einen weißen, schwarzgestreiften Überwurf.

„Bist du wahnsinnig geworden?" rief der Thronfolger bei seinem Anblick aus. „Ich werde dich gleich aufheitern. Ich brauche sofort hundert Talente. Geh und komm nicht eher zurück, bis du das erledigt hast."

Doch der Bankier verhüllte sein Antlitz und weinte.

„Was soll das heißen?" fragte der Prinz ungeduldig.

„Herr", erwiderte Dagon niederkniend, „nimm mein Vermögen, verkaufe mich und meine Familie ... alles nimm, sogar unser Leben ... aber hundert Talente ... wo sollte ich heute solch ein Vermögen auftreiben? Das bekomme ich weder in Ägypten noch in Phönizien", sprach er schluchzend.

„Du bist von Seth besessen, Dagon!" lachte der Thronfolger auf. „Glaubst du etwa auch, daß ich an eure Austreibung denke?"

Der Bankier warf sich ihm ein zweites Mal zu Füßen.

„Ich weiß nichts ... ich bin ein gewöhnlicher Kaufmann und dein Sklave ... es genügt die Zeit zwischen dem Neumond und dem Vollmond, um mich zu Staub und mein Vermögen zu Speichel zu machen."

„Erkläre mir doch, was das alles bedeuten soll!" sagte der Thronfolger ungeduldig.

„Ich kann Euch das nicht sagen, und wenn ich es könnte – mir verschließt ein großes Siegel die Lippen. Heute bete ich nur und weine."

Beten die Phönizier auch? überlegte der Prinz.

„Ich kann Euch nicht helfen, mein Gebieter", fuhr Dagon fort, „aber ich will Euch wenigstens einen guten Rat geben. Hier in Pi-Bast weilt zur Zeit der berühmte tyrische Fürst Hiram, ein alter, weiser und furchtbar reicher Mann. Ruft ihn, Erpatre, und verlangt hundert Talente, vielleicht vermag er Eure Hoheit zufriedenzustellen."

Da Ramses dem Bankier keinerlei Erklärungen entlocken konnte, entließ er ihn und versprach, eine Abordnung zu Hiram zu schicken.

V

Am Morgen des nächsten Tages stattete Thutmosis mit einem großen Gefolge von Offizieren und Höflingen dem phönizischen Fürsten einen Besuch ab und bat ihn zum Statthalter.

Am Nachmittag erschien Hiram vor dem Palast in einer einfachen Sänfte, die von acht armen Ägyptern, die von ihm Almosen erhielten, getragen wurde. Es umringten ihn bedeutende phönizische Kaufleute und dieselbe Menschenmenge, die jeden Tag vor seinem Hause stand.

Ramses grüßte den Greis, aus dessen Augen und Haltung Klugheit strahlte, mit einem gewissen Erstaunen. Hiram trug einen weißen Mantel und auf dem Kopf einen goldenen Reif. Er verneigte sich mit Würde vor dem Statthalter, erhob seine Hände über Ramses' Haupt und sprach einen kurzen Segen. Die Anwesenden waren zutiefst gerührt.

Als der Statthalter ihm einen Sessel wies und den Höflingen befahl, sich zu entfernen, begann Hiram zu sprechen: „Gestern hat mir der Diener Eurer Hoheit, Dagon, gesagt, daß Ihr, Prinz, hundert Talente braucht. Sogleich habe ich meine Kuriere nach Sabne-Chetam, Sethroe, Pi-Uto und in andere Städte, wo phönizische Schiffe liegen, gesandt, damit sie alle Waren entladen; ich denke, daß Eure Hoheit in ein paar Tagen dieses geringe Sümmchen erhalten wird!"

„Geringes Sümmchen!" unterbrach der Prinz lachend. „Glücklich bist du, Ehrwürdiger, wenn du hundert Talente ein geringes Sümmchen nennst!"

Hiram nickte.

„Der Großvater Eurer Hoheit", sprach er nach einigem Überlegen, „der ewig lebende Ramesses-sa-Ptah, hatte mich durch seine Freundschaft geehrt; ich kenne auch Seine Heiligkeit, Euren Vater – der ewig leben möge! –, und ich will sogar versuchen, ihm zu huldigen, falls ich zu ihm vorgelassen werde."

„Zweifelst du daran?" fragte der Prinz.

„Es gibt Menschen", erwiderte sein Gast, „die manchen vor das Antlitz des Pharao vorlassen und manchen nicht, doch das ist bedeutungslos. Eure Hoheit ist nicht daran schuld. Deshalb erdreiste ich mich, Euch eine Frage zu stellen ... als alter Freund Eures Großvaters und Vaters."

„Ich höre."

„Wie ist es möglich", sprach Hiram langsam, „daß der Thronfolger und Statthalter des Pharao hundert Talente borgen muß, wenn seinem Staate über hunderttausend Talente ausstehen?"

„Woher?" rief Ramses.

„Wieso woher? Aus dem Tribut von den asiatischen Völkern. Allein Phönizien schuldet Euch fünftausend, nun, und ich bürge, daß es sie zahlen wird, wenn nicht irgendwelche Ereignisse dazwischenkommen. Außerdem aber schulden Euch Israel dreitausend, die Philister und die Moabiter zweitausend, die Hethiter dreißigtausend Talente. Genau entsinne ich mich nicht der einzelnen Posten, aber ich weiß, daß die Summe hundertunddreitausend oder hundertundfünftausend ausmacht."

Ramses biß sich auf die Lippen; in seinen lebhaften Zügen spiegelte sich machtloser Zorn. Er senkte die Augen und schwieg.

„So ist es wahr!" seufzte Hiram plötzlich und starrte den Thronfolger an. „So ist es wahr? Armes Phönizien, aber auch armes Ägypten!"

„Was meinst du, Ehrwürden?" fragte Ramses, die Brauen runzelnd, „ich verstehe deine Klagen nicht."

„Ihr wißt schon, wovon ich spreche, Prinz, da Ihr auf meine Frage nicht antwortet", erwiderte Hiram und erhob sich, als beabsichtige er zu gehen. „Trotzdem nehme ich mein Versprechen nicht zurück ... Ihr werdet hundert Talente bekommen."

Er verneigte sich tief, der Statthalter aber zwang ihn, wieder Platz zu nehmen.

„Ehrwürden, du verbirgst etwas vor mir", sprach er in einem Tonfall, der deutlich erkennen ließ, daß er beleidigt war. „Ich wünsche, von dir erklärt zu bekommen, welches Elend Phönizien oder Ägypten bedroht."

„Solltet Ihr das wirklich nicht wissen, Eure Hoheit?" fragte Hiram zögernd.

„Ich weiß nichts; denn ich habe über einen Monat im Tempel verbracht."

„Ebendort konnte man alles erfahren."

„Euer Würden wird es mir sagen!" rief der Statthalter und hieb mit der Faust auf den Tisch. „Ich liebe es nicht, daß man sich über mich lustig macht."

„Ich will es ja erzählen, wenn Eure Hoheit mir fest verspricht, es niemandem zu verraten, obwohl ... obwohl ich es kaum glauben kann, daß der Prinz, der Thronfolger, darüber nicht unterrichtet sein soll."

„Du traust mir nicht?" fragte der Prinz erstaunt.

„In solch einer Angelegenheit würde ich das Versprechen sogar vom Pharao verlangen", erwiderte Hiram entschieden.

„Also ... ich schwöre bei meinem Schwerte und den Standarten unserer Truppen, daß ich mit niemandem über das sprechen werde, was mir Ehrwürden offenbart."

„Genug!" rief Hiram.

„Ich höre."

„Wißt Ihr, Prinz, was zur Stunde in Phönizien geschieht?"

„Selbst davon weiß ich nichts!" unterbrach der erregte Statthalter.

„Unsere Schiffe", flüsterte Hiram, „ziehen aus allen Enden der Welt in die Heimat, um auf das erste Signal hin die Bevölkerung und die Schätze fortzuschaffen. Irgendwohin ... übers Meer ... nach Westen."

„Warum?" wunderte sich der Statthalter.

„Weil Assyrien uns unter seine Herrschaft nehmen soll."

Der Prinz brach in Lachen aus.

„Du bist wahnsinnig geworden, ehrwürdiger Mann!" rief er. „Assyrien soll Phönizien besetzen! Und was sagen wir dazu? Wir – Ägypter?"

„Ägypten hat sich damit bereits einverstanden erklärt."

Dem Statthalter stieg das Blut zu Kopfe.

„Die Hitze verwirrt deine Gedanken, alter Herr", verwies er Hiram mit ruhiger Stimme, „du vergißt sogar, daß so etwas nicht ohne die Erlaubnis des Pharao und ... die meinige geschehen könnte!"

„Nun, das kommt noch. Die Priester haben bereits den Vertrag darüber geschlossen."

„Mit wem? Welche Priester?"

„Mit dem chaldäischen Erzpriester Beroes, und der Vertrag ist schon durch den König Assar bestätigt worden", berichtete Hiram. „Wer auf Eurer Seite verhandelt hat? Ich kann das zwar nicht mit Bestimmtheit behaupten, aber ich glaube, es war Seine Würden Herihor, Seine Würden Mefres und der heilige Prophet Pentuer."

Der Prinz erblaßte.

„Bedenke, Phönizier", rief er, „daß du die höchsten Würdenträger des Verrats bezichtigst!"

„Ihr irrt, Prinz, das ist durchaus kein Verrat. Der oberste Erzpriester Ägyptens und der Minister Seiner Heiligkeit haben das Recht, mit den Nachbarstämmen Verhandlungen zu führen. Woher weiß Eure Hoheit übrigens, daß dies nicht alles nach dem Willen des Pharao geschieht?"

Ramses mußte im Innersten zugeben, daß solch ein Vertrag kein Hochverrat wäre, sondern nur – Nichtachtung seiner Person, des Thronfolgers. So behandeln ihn nun die Priester, ihn, der in einem Jahr Pharao sein kann? Deshalb also verurteilte Pentuer den Krieg und wurde dabei von Mefres unterstützt!

„Wann soll das geschehen sein? Und wo?" erkundigte sich der Prinz.

„Angeblich wurde der Vertrag nachts im Tempel Seths bei Memphis geschlossen", antwortete Hiram; „und wann? Ich weiß es nicht genau, glaube aber, an dem Tage, als Eure Hoheit Memphis verlassen hat."

Oh, diese Elenden! dachte der Statthalter. So achten sie meine Stellung! Dann haben sie mich wohl auch mit der Darstellung der Situation betrogen, in der sich der Staat befinden soll? Meine Zweifel im Tempel der Hathor hat ein guter Gott wachgerufen.

Nach einem kurzen inneren Kampf sagte er laut: „Unmöglich! Und ich werde das so lange nicht glauben, bis du, Ehrwürden, es mir beweisen kannst."

„Der Beweis wird nicht lange auf sich warten lassen", antwortete Hiram. „Tagtäglich erwartet man in Pi-Bast die Ankunft des großen assyrischen Herrn Sargon, eines Freundes des Königs Assar. Er reist unter dem Vorwand einer Pilgerfahrt in den Tempel der Astoreth, wird Euch, Prinz, und auch Seiner Heiligkeit, Geschenke bringen, und dann – werdet Ihr den Vertrag schließen ... oder eigentlich nur das besiegeln, was die Priester zum Untergang Phöniziens bereits beschlossen haben, und damit vielleicht auch Euer eigenes Unglück heraufbeschwören."

„Niemals!" rief der Prinz. „Welch eine Entschädigung müßte Assyrien Ägypten geben!"

„Eine solche Sprache ist eines Königs würdig: Welche Entschädigung erhielte Ägypten? – Denn für den Staat ist jeder Vertrag gut, wenn er an ihm nur gewinnt. Und das eben wundert mich", fuhr Hiram fort, „daß Ägypten ein schlechtes Geschäft macht. Assyrien nämlich soll neben Phönizien fast ganz Asien besetzen; und Euch überläßt es dann wie aus Gnade die Israeliten, Philister und die Halbinsel Sinai. Es versteht sich, daß Ägypten in diesem Falle die ihm gebührenden Tribute verlorengehen und der Pharao niemals jene hundertundfünftausend Talente erhalten wird."

Der Statthalter schüttelte den Kopf.

„Ehrwürdiger, du kennst nicht die ägyptischen Priester; keiner von ihnen würde einen solchen Vertrag eingehen."

„Warum nicht? Ein phönizisches Sprichwort sagt: ‚Besser Gerste in der Scheuer als Gold in der Wüste.' Es könnte also geschehen, daß Ägypten – wenn es sich sehr schwach fühlte – lieber umsonst Sinai und Palästina nehmen würde, als Krieg mit Assyrien zu führen. Aber eben das macht mich stutzig. Nicht Ägypten, sondern Assyrien ist heute leicht zu überwinden. Es hat Konflikte im Nordosten, besitzt wenig Truppen, und auch die sind schlecht. Wenn Ägypten jetzt einfallen würde, könnte es den Staat zerstören, unermeßliche Schätze in Ninive und Babel erbeuten und ein für allemal seine Herrschaft in Asien festigen."

„Du siehst also selbst, daß solch ein Abkommen unmöglich bestehen kann", warf Ramses ein.

„Nur in einem einzigen Falle würde ich einen ähnlichen Vertrag verstehen können: Wenn die Priester die königliche Herrschaft in Ägypten beseitigen wollten ... wonach sie schließlich seit den Zeiten Eures Großvaters, mein Prinz, streben."

„Du lenkst schon wieder ab", unterbrach der Statthalter. Im Herzen aber beschlich ihn Unruhe.

„Vielleicht irre ich mich", erwiderte Hiram und blickte ihm scharf in die Augen. „Doch hört einmal, Hoheit!" Er schob seinen Sessel zum Prinzen heran und flüsterte: „Wenn der Pharao Assyrien den Krieg erklären und siegen würde, gewänne er:

eine große Armee, die seiner Person verbunden wäre,

einhunderttausend Talente rückständigen Tributes,

gegen zweihunderttausend Talente aus Ninive und Babel und endlich gegen einhunderttausend Talente jährlich aus den eroberten Ländern.

Solch ein riesiges Vermögen würde es ihm erlauben, die den Priestern verpfändeten Güter auszulösen und ein für allemal ihre Einmischung in die Politik zu unterbinden."

Ramses' Augen leuchteten auf. Hiram fuhr fort:

„Heute jedoch ist die Armee von Herihor abhängig, also von den Priestern, und der Pharao kann im Falle eines Krieges – mit Ausnahme der ausländischen Regimenter – nicht auf sie rechnen.

Außerdem aber ist die Schatzkammer des Pharao leer, und der größte Teil seiner Güter gehört den Tempeln. Der König muß alljährlich, wenn auch nur zur Unterhaltung des Hofes, neue Schulden machen; da Euch aber die Phönizier nicht mehr zur Verfügung stehen werden, müßt Ihr Euch an die Priester wenden ... auf diese Weise wird Seine Heiligkeit – auf daß er ewig lebe! – den Rest seiner Güter in zehn Jahren verloren haben. Und was wird dann?"

Auf Ramses' Stirn standen Schweißtropfen.

„Ihr seht also, würdiger Gebieter", sprach Hiram, „die Priester könnten den schändlichsten Vertrag mit Assyrien schließen, ja, ihn sogar annehmen müssen, nämlich dann, wenn es ihnen um die Erniedrigung des Pharao oder gar um die Beseitigung seiner Herrschaft ginge. Nun – es wäre auch eine zweite Möglichkeit denkbar, nämlich daß Ägypten so schwach wäre, um für jeden Preis Frieden halten zu müssen."

Der Prinz sprang auf.

„Schweig!" rief er. „Lieber möchte ich Verrat der treuesten Diener erleben als eine solche Ohnmacht des Landes! Ägypten müßte Asien an Assyrien abtreten ... ein Jahr später bereits würde es selbst unter Assyriens Herrschaft fallen; denn diesen Schandvertrag unterschreiben hieße Machtlosigkeit bekennen!"

Im Innersten aufgewühlt, schritt Ramses auf und ab; Hiram aber folgte ihm mitfühlend oder auch mitleidig mit seinen Blikken.

Plötzlich blieb der Prinz vor dem Phönizier stehen und rief: „Das ist alles Lüge! Ein geschickter Gauner hat dich, Hiram, unter dem Schein der Wahrhaftigkeit getäuscht, und du hast ihm geglaubt. Wenn solch ein Vertrag bestände, hätte man ihn unter größter Geheimhaltung geschlossen. Dann wäre einer der vier Priester, die du genannt hast, nicht nur ein Verräter am König, sondern sogar an seinen Mitverschwörern."

„Es konnte sie ja ein fünfter belauscht haben", warf Hiram ein.

„Um dir dann das Geheimnis zu verkaufen?"

„Es wundert mich, Prinz, daß Ihr noch nicht die Macht des Goldes kennengelernt habt."

„Bedenkt doch, Ehrwürdiger, unsere Priester besitzen mehr Gold als du, obwohl du einer der Reichsten bist!"

„Ich ärgere mich aber auch nicht, wenn ich eine Drachme dazugewinne; weshalb sollten andere Talente zurückweisen?"

„Weil sie Diener der Götter sind", sprach der erregte Prinz, „und weil sie deren Strafe fürchten würden."

Der Phönizier lächelte.

„Ich habe", erwiderte er, „Tempel vieler Völker gesehen und in ihnen große und kleine Statuen: hölzerne, steinerne, ja sogar einige aus reinem Gold. Doch traf ich Götter nie."

„Gotteslästerer!" rief Ramses. „Ich habe selbst eine Gottheit gesehen, ihre Hand auf mir gefühlt und ihre Stimme vernommen."

„Wo war das?"

„Im Tempel der Hathor: im Wandelgang und in meiner Zelle."

„Am Tage?" fragte Hiram.

„In der Nacht", erwiderte der Prinz und dachte nach.

„In der Nacht hat der Prinz die Stimme der Götter gehört und eine Götterhand gefühlt", wiederholte der Phönizier, jede Silbe betonend. „Bei Nacht kann man viel sehen. Wie hat sich das denn abgespielt?"

„Im Tempel faßte mich etwas am Kopf, packte mich an der Schulter, an den Füßen, und ich schwöre ..."

„Pst!" unterbrach Hiram lächelnd. „Man darf nicht einen unsinnigen Schwur leisten."

Unverwandt blickte er Ramses mit seinen scharfen und klugen Augen an, und als er sah, daß in dem Jüngling Zweifel wach wurden, sagte er: „Ich werde Euch etwas sagen, Herr. Ihr seid unerfahren und von einem Intrigennetz umgeben. Ich aber war der Freund Eures Großvaters und Vaters. So will ich Euch einen Dienst erweisen. Kommt einmal nachts in den Tempel der Astoreth, jedoch ... Ihr müßt mir versprechen, es geheimzuhalten. Kommt allein, und Ihr werdet sehen, was das für Götter sind, die uns ansprechen und uns in den Tempeln berühren."

„Ich werde kommen", entschied Ramses nach einigem Überlegen.

„Teilt mir morgens mit, wann Ihr kommen wollt, Prinz, und ich werde Euch das abendliche Losungswort des Tempels nennen, damit man Euch dort einläßt. Aber verratet weder Euch noch mich“, sprach mit gutmütigem Lächeln der Phönizier. „Götter verzeihen zuweilen den Verrat ihrer Geheimnisse, Menschen niemals.“

Er verneigte sich, hob dann die Augen, reckte die Arme empor und murmelte Segensworte.

„Heuchler!“ rief Ramses. „Du betest zu den Göttern, an die du nicht glaubst?“

Hiram sprach seinen Segen zu Ende und sagte: „So ist es. Ich glaube nicht an die ägyptischen und assyrischen Götter, nicht einmal an die phönizischen, doch glaube ich an den Einzigen, der nicht in Tempeln wohnt und dessen Namen niemand kennt.“

„Unsere Priester glauben auch an den Einzigen“, warf Ramses ein.

„Und die chaldäischen ebenfalls. Sie haben sich dennoch miteinander gegen uns verschworen. Es gibt keine Wahrheit auf der Welt, mein Prinz!“

Nachdem Hiram gegangen war, schloß sich Ramses in der entferntesten Kammer ein unter dem Vorwand, die heiligen Papyri zu lesen.

Mit Blitzesschnelle ordneten sich in seiner maßlos erregten Phantasie die neuen Nachrichten zu einem Plan.

Vor allem verstand er, daß sich zwischen den Phöniziern und den Priestern ein stiller Kampf auf Tod und Leben abspielte. Worum? Natürlich um Einfluß und Schätze. Hiram hatte die Wahrheit gesagt: wenn es in Ägypten keine Phönizier gäbe, würden alle Güter der Pharaonen, ja sogar der Nomarchen und der gesamten Aristokratie unter die Herrschaft der Tempel geraten.

Ramses hatte nie die Priester geliebt, er wußte seit langem und sah, daß der größte Teil Ägyptens ihnen bereits gehörte, daß ihre Städte die reichsten waren, ihre Felder am besten bestellt wurden und die Bevölkerung ihrer Ländereien zufrieden war. Er erkannte auch, daß sich der Pharao durch die Übereignung der Schätze an die Tempel von seinen ständigen Sorgen befreit und seine Macht, allerdings nur scheinbar, erhöht hatte.

Der Prinz wußte das alles und sprach früher so manches Mal voller Bitterkeit darüber. Als er aber auf Veranlassung Herihors Statthalter und Führer des Menfe-Korps geworden war, versöhnte er sich mit den Priestern und unterdrückte im eigenen Herzen seine alte Abneigung.

Heute wurde alles wieder wach.

So hatten die Priester ihm also nicht nur ihre Verhandlungen mit Assyrien verschwiegen, sondern ihn nicht einmal von der Mission jenes Sargon unterrichtet?

Möglicherweise war übrigens diese Frage das größte Geheimnis der Tempel und auch ein Staatsgeheimnis. Warum aber verheimlichte man ihm die bei den verschiedenen asiatischen Nationen ausstehenden Tribute? Hunderttausend Talente, das wäre doch eine Summe, mit der man die Vermögenslage des Pharao mit einem Schlage wieder sichern könnte! Warum verschwiegen sie, was sogar der tyrische Fürst, eines der Mitglieder im Rate dieser Stadt, wußte?

Was für eine Schande für ihn, den Thronfolger und Statthalter, daß ihm erst Fremde die Augen öffnen mußten!

Doch da war noch eine schlimme Sache: Pentuer und Mefres versuchten ihm eindringlich zu beweisen, daß Ägypten einen Krieg vermeiden müsse.

Schon im Tempel der Hathor war ihm dieser Nachdruck verdächtig vorgekommen. Ein Krieg nämlich konnte dem Staate Hunderttausende von Sklaven einbringen und den allgemeinen Wohlstand des Landes heben. Heute aber erschien ihm ein Feldzug noch notwendiger, da Ägypten rückständige Summen zu erhalten hatte und die Möglichkeit bekam, neue zu gewinnen.

Der Prinz stützte sich auf den Tisch und rechnete:

Wir haben, überlegte er, hunderttausend Talente Tribut zu bekommen. Hiram schätzte, daß die Beute aus Babylon und Ninive gegen zweihunderttausend einbringen würde, das wären also insgesamt dreihunderttausend. Mit dieser Summe könnte man die Kosten des größten Krieges decken. Es blieben aber noch als Gewinn etliche hunderttausend Sklaven und hunderttausend Talente jährlicher Tribute aus den neueroberten Ländern. Dann aber, schloß der Prinz, würden wir mit den Priestern abrechnen können.

Ramses war in Hitze geraten, trotzdem kamen ihm Zweifel: Und wenn Ägypten nicht imstande wäre, Assyrien zu besiegen?

Bei der Frage geriet sein Blut in Wallung. Wie denn? Mußte Ägypten nicht Assyrien zertreten, wenn an der Spitze der Truppen er stände, er, Ramses, der Nachkomme Ramses' des Großen, der sich doch allein auf die hethitischen Streitwagen gestürzt und sie zertrümmert hatte!

Der Prinz konnte alles begreifen, ausgenommen, daß er selbst hätte besiegt werden können oder nicht fähig sein sollte, den Mächtigsten den Sieg zu entreißen. Er fühlte ein Übermaß an Mut und hätte sich gewundert, wenn in einer Schlacht nicht jeder Feind bereits beim Anblick seiner entfesselten Pferde davongelaufen wäre. Standen doch auf den Streitwagen des Pharao die Götter selbst, um ihn mit ihrem Schild zu schirmen und den Feind mit himmlischen Blitzen zu zerschmettern.

Nur – was hat mir doch Hiram über die Götter gesagt? überlegte der Prinz. Und was wird er mir im Tempel der Astoreth zeigen? Nun, wir werden sehen.

VI

Hiram hielt sein Versprechen. Tag für Tag kamen Scharen von Sklaven zum Palast des Prinzen in Pi-Bast und lange Züge von Trageseln, die Weizen, Gerste, gedörrtes Fleisch, Stoffe und Wein heranbrachten. Gold und Edelsteine aber trugen die phönizischen Kaufleute unter Aufsicht der Beamten des Hauses Hiram herbei.

Auf diese Weise erhielt der Statthalter im Verlauf von fünf Tagen die versprochenen hundert Talente. Hiram verlangte nur einen geringen Prozentsatz Zinsen: auf vier Talente pro Jahr eines. Er forderte auch kein Pfand, sondern beließ es bei einer Quittung des Prinzen, die vom Gericht bestätigt wurde.

Der Bedarf des Hofes wurde reichlich gedeckt. Die drei Geliebten des Statthalters erhielten neue Gewänder, eine Menge wohlriechender Öle und etliche Sklavinnen verschiedener Hautfarbe. Die Dienerschaft schwelgte in Speisen und Wein, die königlichen Arbeiter bekamen ihre rückständige Löhnung, den Soldaten wurden Extraportionen ausgeteilt.

Der Hof war entzückt, um so mehr, als Thutmosis und die anderen adligen Jünglinge auf Befehl Hirams von den Phöniziern ziemlich hohe Anleihen erhielten und dem Nomarchen der Provinz Habu und seinen höheren Beamten kostbare Geschenke überreicht wurden.

So folgten denn auch Bankette und Feste eins auf das andere, obwohl die Hitze zunahm. Als der Statthalter die allgemeine Fröhlichkeit sah, wurde er selbst zufrieden. Nur eines beunruhigte ihn: das Verhalten Mefres' und der übrigen Priester. Der Prinz hatte geglaubt, die Würdenträger würden ihm vorhalten, daß er entgegen allen Lehren, die er im Tempel erhalten hatte, eine so große Schuld bei Hiram aufnahm. Aber die heiligen Väter schwiegen und ließen sich nicht einmal bei Hofe sehen.

„Was hat es zu bedeuten", fragte Ramses eines Tages Thutmosis, „daß uns die Priester keine Vorhaltungen machen? Wir haben doch niemals solche Verschwendung getrieben wie jetzt. Die Musik spielt vom Morgen bis in die Nacht hinein, und wir saufen vom Sonnenaufgang an und schlafen mit den Weibern im Arm oder dem Krug unter dem Kopf ein."

„Weshalb sollten sie uns das vorwerfen?" erwiderte Thutmosis empört. „Wohnen wir denn nicht in der Stadt der Astarte, für die es den schönsten Gottesdienst bedeutet, wenn wir feiern, und der die Liebe das willkommenste Opfer ist? Schließlich verstehen die Priester, daß dir nach solch langen Kasteiungen und Fasten eine Erholung zukommt."

„Haben sie vor dir etwas Ähnliches geäußert?" fragte der Prinz beunruhigt.

„Des öfteren. Gestern erst sagte mir der heilige Mefres lachend, daß sich ein junger Mann wie du mehr zu Festen denn zu Gottesdiensten oder Regierungssorgen hingezogen fühlen muß."

Ramses versank in Nachdenken. Also hielten ihn die Priester für einen leichtsinnigen Grünschnabel, obwohl er schon heute oder morgen Vater werden wird? Eine um so größere Überraschung aber wird es für sie, wenn er erst mit ihnen in seiner eigentlichen Sprache reden wird.

Allerdings machte der Prinz sich selbst leichte Vorwürfe. Seit dem Verlassen des Tempels der Hathor hatte er sich auch nicht einen Tag mit den Angelegenheiten des Nomos Habu beschäftigt. Die Priester konnten also vermuten, daß er durch die Aufklärung Pentuers entweder völlig zufriedengestellt worden war oder daß ihn die Regierungstätigkeit langweilte.

„Um so besser!" murmelte er. „Um so besser!" In seinem jungen Herzen erwachte unter dem Einfluß der ewigen Intrigen seiner Umgebung oder des Verdachtes von Intrigen die Heuchelei. Ramses fühlte, daß die Priester nicht ahnten, worüber er mit Hiram gesprochen hatte und mit welchen Plänen er sich trug. Diesen Verblendeten genügte es, daß er sich belustigte; woraus sie schlossen, die Regierung des Staates würde in ihren Händen verbleiben.

Die Götter haben ihren Verstand so verwirrt, sagte sich Ramses, daß sie nicht einmal fragen, warum Hiram mir eine so große Anleihe gab. Oder vielleicht hat auch der listige Tyrer ihre mißtrauischen Herzen einzuschläfern verstanden? Um so besser! Um so besser!

Es bereitete ihm eine sonderbare Genugtuung, sich vorzustellen, wie die Priester sich in ihm verrechnet hatten. Er beschloß, sie auch weiterhin in ihrem Irrtum zu lassen, und vergnügte sich deshalb so ausgelassen wie möglich.

Die Priester – vor allen Dingen Mefres und Mentezufis – hatten sich tatsächlich in Ramses und in Hiram getäuscht. Der schlaue Tyrer spielte ihnen gegenüber die Rolle eines Menschen, der auf seine Verbindung zum Thronfolger sehr stolz ist, und der Prinz mimte mit nicht geringem Erfolg den verschwenderischen Jüngling.

Mefres glaubte sogar, Ramses denke ernstlich an die Austreibung der Phönizier und mache deshalb mit seinen Höflingen Schulden, die er nie zu bezahlen gedächte.

Zu jenem Zeitpunkt wimmelte es in dem Tempel der Astoreth und ihren zahlreichen Gärten und Höfen von Frommen. Täglich, wenn nicht sogar stündlich, kamen aus Innerasien trotz der fürchterlichen Hitze ganze Karawanen von Pilgern zu der großen Göttin gezogen.

Es waren sonderbare Pilger. Ermüdet, schweißgebadet, staubbedeckt kamen sie musizierend, tanzend und zuweilen sogar sehr anstößige Liedlein singend. Der Tag verfloß ihnen mit lasterhaften Orgien zu Ehren der Göttin Astoreth. Jeden dieser Pilgerzüge konnte man nicht nur schon von weitem erkennen, sondern auch – riechen. Sie trugen nämlich immer riesige Sträuße von frischen Blumen in den Händen und außerdem bündelweise – die im letzten Jahre verreckten Katzen. Diese Tiere gaben die Frommen den bei Pi-Bast wohnenden Wasenmeistern zum Einbalsamieren oder Ausstopfen, um sie dann als geachtete Reliquien wieder mit nach Hause zu nehmen.

Eines Tages zu Beginn des Monats Misori, Mai bis Juni, benachrichtigte Fürst Hiram den Thronfolger, daß er an diesem Abend in den phönizischen Tempel der Astoreth kommen könne.

Als es nach Sonnenuntergang dunkel in den Straßen wurde, legte der Statthalter einen Mantel mit Kapuze an, hängte sein kurzes Schwert in den Gürtel und begab sich – von der

Dienerschaft unbemerkt – aus dem Palast in das Haus Hirams.

Der alte Magnat erwartete ihn schon.

„Na", fragte er lächelnd, „fürchtet Ihr nicht, Hoheit, den phönizischen Tempel zu betreten, auf dessen Altar die Grausamkeit predigt, der die Heimtücke als Ministrant dient?"

„Mich fürchten?" fragte Ramses und blickte ihn beinahe verächtlich an. „Astoreth ist nicht Baal, und ich bin kein Kind, das man in den glühenden Bauch eures Gottes werfen könnte."

„Und Ihr, Prinz, glaubt daran?"

Ramses zuckte die Schultern.

„Ein glaubwürdiger Augenzeuge", erwiderte er, „hat mir von euren Kinderopfern berichtet. Einst, als euch ein Sturm ein Dutzend Schiffe zertrümmerte, riefen die tyrischen Priester zu einem Gottesdienst auf, zu dem sich eine große Anzahl von Menschen versammelte."

Der Prinz sprach mit offensichtlicher Empörung.

„Vor dem Tempel des Baal saß auf einer Erhebung eine riesige Erzstatue mit einem Stierkopf. Ihr Bauch war bis zur Rotglut erhitzt. Da legten auf Befehl eurer Priester die dummen phönizischen Mütter die schönsten Kinder zu Füßen des grausamen Gottes nieder."

„Ausschließlich Knaben", warf Hiram ein.

„Ja, nur Knaben", wiederholte der Prinz. „Die Priester besprengten jedes Kind mit wohlriechenden Essenzen, schmückten es mit Blumen, und dann packte die Statue es mit erzenen Klauen, öffnete den Rachen und verschlang das laut schreiende Wesen. Jedesmal danach spie das Maul des Gottes Flammen."

Hiram lachte leise.

„Und Ihr, Hoheit, glaubt das?"

„Ich wiederhole: ein Mensch, der niemals lügt, hat es mir berichtet."

„Er schilderte, was er wirklich sah", antwortete Hiram. „Hat es ihn jedoch nicht stutzig gemacht, daß keine der Mütter, deren Kind verbrannt wurde, weinte?"

„Tatsächlich verwunderte ihn die Gleichgültigkeit der Weiber, die doch immer bereit sind, selbst um ein verrecktes Huhn Tränen zu vergießen. Aber das beweist nur, wie grausam euer Volk ist."

Der alte Phönizier wiegte den Kopf.

„Ist das schon lange her?" fragte er.

„Es trug sich vor einigen Jahren zu."

„Nun", sagte Hiram langsam, „wenn Eure Hoheit einmal Tyros besuchen sollte, werde ich die Ehre haben, Euch solch eine Feier zu zeigen."

„Ich will sie nicht sehen!"

„Anschließend aber gehen wir dann auf einen anderen Hof des Tempels, wo Ihr eine sehr schöne Schule sehen und dort gesund und froh dieselben Knaben antreffen werdet, die man vor einigen Jahren scheinbar verbrannt hatte."

„Wie?" rief Ramses. „So sind sie nicht getötet worden?"

„Sie leben und werden kräftige, tüchtige Matrosen. Wenn Eure Hoheit Pharao wird – daß Ihr ewig leben möget! –, mag vielleicht manch einer von ihnen Eure Schiffe lenken."

„So betrügt ihr also euer Volk?" Der Prinz brach in Lachen aus.

„Wir betrügen niemanden", erwiderte der Tyrer ernst. „Nur wer nicht nach dem Sinn dieser Feierlichkeit fragt und sie darum nicht versteht, betrügt sich selbst."

„Ich bin neugierig", rief Ramses.

„Es gibt bei uns den Brauch, daß arme Mütter, die ihren Söhnen ein gutes Schicksal sichern wollen, diese Knaben dem Staatsdienst weihen. Tatsächlich werden ihnen die Kinder von der Statue des Baal, in der ein glühender Ofen steht, entrissen. Sie werden nicht verbrannt, sondern auf symbolische Weise Eigentum des Tempels und gehen somit ihren Müttern verloren, als wären sie ins Feuer gefallen.

In Wirklichkeit kommen sie nicht in den Ofen, sondern zu Ammen und Pflegerinnen, die sie einige Jahre erziehen. Wenn sie dann größer werden, nimmt die Schule der Priester Baals sie zur weiteren Erziehung auf. Die fähigsten Zöglinge werden Priester oder Beamte. Die weniger Begabten kommen zur Seefahrt und erwerben manchmal großen Reichtum.

Nun, mein Prinz, werdet Ihr Euch sicherlich nicht mehr wundern, daß die tyrischen Mütter ihre Kinder nicht beweinen. Ich will Euch noch mehr sagen. Jetzt, Gebieter, werdet Ihr verstehen, warum unsere Gesetze Strafen für Eltern enthalten, die ihre Nachkommen töten, wie das in Ägypten vorkommt."

„Bösewichte gibt es überall", warf der Statthalter ein.

„Doch es gibt bei uns keine Kindermörder", fuhr Hiram fort, „weil die phönizischen Kinder, deren Mütter sie nicht ernähren können, vom Staat und von den Tempeln aufgenommen werden."

Der Prinz dachte nach. Plötzlich umarmte er Hiram und rief ergriffen: „Ihr seid um vieles besser als diejenigen, die über euch solche Greuelmärchen verbreiten. Ich freue mich darüber sehr."

„Zwar haben auch wir schlechte Seiten", meinte Hiram, „doch werden wir, wenn du uns rufst, allesamt deine treuen Diener sein, Herr."

„Wirklich?" fragte der Prinz und blickte ihn scharf an.

Der Greis legte die Hand aufs Herz.

„Ich schwöre dir, Ägyptens Thronfolger und künftiger Pharao: sobald du einen Kampf mit unseren gemeinsamen Feinden beginnst, wird ganz Phönizien dir wie ein Mann zu Diensten stehen. Und das nimm zur Erinnerung an unsere heutige Unterredung."

Er nestelte aus seinem Gewand eine goldene, mit geheimnisvollen Zeichen bedeckte Medaille hervor und hängte sie, Gebete murmelnd, Ramses um.

„Mit diesem Amulett", sprach Hiram, „kannst du durch die ganze Welt reisen, und wo immer du einen Phönizier triffst, so wird er dir mit Rat, Geld, ja sogar mit dem Schwerte dienen. – Jetzt aber laß uns gehen."

Seit Sonnenuntergang waren schon einige Stunden verstrichen, doch die Nacht wurde hell, weil der Mond aufging. Die schreckliche Hitze des Tages wich der Kühle; in der klaren Luft schwebte kein grauer Staub mehr, der den Atem vergiftete und die Augen entzündete.

Am blauen Himmel flimmerten hier und da Sterne, die in der Flut des Mondscheins schwammen.

Auf den Straßen war es ruhig geworden. Doch die Dächer aller Häuser waren von fröhlichen Menschen belebt. Pi-Bast schien ein einziger Saal zu sein, erfüllt von Musik, Gesang, Lachen und Becherklang.

Der Prinz und der Phönizier verließen raschen Schrittes die Stadt, wobei sie auf den weniger erhellten Straßenseiten gingen. Trotzdem wurden sie zuweilen von den feiernden Menschen auf den Terrassen bemerkt und eingeladen, oder man warf ihnen Blumen hinunter.

„He, ihr nächtlichen Vagabunden!" rief man den beiden zu. „Wenn ihr nicht Diebe seid, die die Nacht zum Raubzug lockt, so kommt doch zu uns. Wir haben guten Wein und fröhliche Frauen."

Die Männer antworteten nicht auf die höflichen Einladungen und setzten ihren Weg fort. Endlich gelangten sie in den Stadtteil, in dem sich weniger Häuser, aber viele Gärten befanden, deren Bäume dank der feuchten Seewinde höher und üppiger wuchsen als in den südlichen Provinzen Ägyptens.

„Es ist nicht mehr weit", sagte Hiram.

Der Prinz erblickte über dem dichten Grün der Bäume einen quadratischen bläulichen Turm und darauf noch einen schmaleren, weißen. Dort stand der Tempel der Astoreth. Bald hatten sie den Garten betreten und konnten den gesamten Bau betrachten. Er bestand aus mehreren Terrassen. Die erste bildete ein Quadrat von vierhundert Schritt Länge und ruhte auf einer Mauer von etlichen Metern Höhe, die schwarz bemalt war. An der Ostwand befand sich ein Vorbau, zu dem von zwei Seiten breite Stufen hinaufführten. Auf den anderen Wänden prangten Türmchen, an jeder Seite zehn, und zwischen je zweien befanden sich fünf Fenster.

Ziemlich in der Mitte der Terrasse erhob sich ein gleichfalls quadratischer, purpurfarbener Bau von zweihundert Schritt Länge mit Treppen und Ecktürmen.

Auf dem flachen Dach des Gebäudes dehnte sich eine zweite quadratische Terrasse, die ein paar Meter hoch und goldfarben war, und darauf befanden sich zwei aufeinandergemauerte Türme: der eine war blau, der andere weiß.

Das Gesamtbild wirkte, als hätte jemand einen riesigen schwarzen Würfel auf die Erde gestellt, darauf einen kleineren Purpurwürfel gesetzt und dann einen goldenen, einen blauen und ganz oben einen weißen hinaufgetürmt. Zu jedem dieser Gebäudeteile führten Treppen hinauf, entweder seitlich doppelte oder einfache Frontstufen, immer aus der östlichen Richtung.

Neben den Stufen und Türen standen große ägyptische Sphinxe aus Stein oder geflügelte assyrische Stiere mit Menschenköpfen.

Der Thronfolger betrachtete das Gebäude mit Wohlgefallen. Im Mondschein und in der üppigen Vegetation sah es bezaubernd aus. Das Bauwerk war in chaldäischem Stil erbaut und hob sich von den ägyptischen Tempeln durch die Einteilung in Terrassen und die senkrechten Wände entschieden ab. Bei den

Ägyptern hatte jedes größere Gebäude schräge Seiten, die aussahen, als wollten sie oben zusammenlaufen.

Der Garten war keinesfalls leer. Hier und da sah man kleine Häuser und Schlößchen und Lichter, man hörte Gesang und Musik. Unter den Bäumen huschten zuweilen die Schatten eines verliebten Pärchens.

Plötzlich näherte sich den beiden Besuchern ein alter Priester; er wechselte mit Hiram einige Worte und sagte mit einer tiefen Verbeugung zu Ramses: „Geruht, Herr, mir zu folgen."

„Mögen die Götter Euch begleiten, Hoheit", fügte Hiram hinzu und blieb zurück.

Ramses folgte dem Priester. Seitlich des Tempels stand unter dem dichtesten Gebüsch eine steinerne Bank, und vielleicht hundert Schritt weiter befand sich ein kleiner Palast, von wo Gesang herübertönte.

„Betet man dort?" fragte der Prinz.

„Nein!" gab der Priester zurück und verbarg nicht seinen Unmut. „Dort sammeln sich die Verehrer Kamas, unserer Priesterin, die das Feuer auf dem Altar der Astoreth hütet."

„Welchen von ihnen empfängt sie heute?"

„Keinen! Niemals!" erwiderte der Führer entrüstet. „Wenn eine Priesterin des Feuers nicht das Gelübde der Reinheit bewahrte, wäre sie des Todes."

„Ein grausames Gesetz!" rief der Prinz.

„Geruht, Herr, auf dieser Bank zu verweilen", sagte der phönizische Priester kühl, „und wenn Ihr drei Schläge auf das Erzbecken hört, so kommt zum Tempel und begebt Euch über die Terrasse in den Purpurbau."

„Allein?"

„Ja."

Der Prinz ließ sich auf der Bank im Schatten der Oliven nieder und lauschte dem Lachen der Frauen, das aus dem Palast herüberklang.

Kama? dachte er, ein schöner Name! Sie muß jung sein, vielleicht ist sie schön; und die dummen Phönizier drohen ihr mit dem Tode, wenn sie ... Wollen sie sich vielleicht auf diese Art wenigstens ein Dutzend Jungfrauen im ganzen Staat sichern?

Er lachte, aber es war ihm traurig zumute. Er wußte nicht, warum, aber er bedauerte das unbekannte Weib, für das die Liebe den Tod bedeutete.

Ich stelle mir Thutmosis als Priester der Astoreth vor! Der

Ärmste müßte sterben, bevor auf dem Altar der Göttin auch nur eine Lampe zu Ende gebrannt wäre.

In dem Augenblick tönte aus der Richtung des Schlößchens der Klang einer Flöte; sie spielte eine sehnsüchtige Melodie, dazu Frauengesang: „Aha-a! Aha-a!", als wiege man ein Kind in den Schlaf.

Die Flöte schwieg, die Frauen verstummten, und eine schöne Männerstimme ließ sich in griechischer Sprache vernehmen:

„Wenn auf der Vortreppe dein Gewand erglänzt, erblassen die Sterne, verstummen die Nachtigallen, und in mein Herz zieht eine Stille, wie sie über der Erde liegt, wenn sie die weiße Morgendämmerung grüßt."

„Aha-a! Aha-a! Aha-a!" summten die Frauen, und die Flöte spielte wieder eine Strophe.

„Und wenn du betend in den Tempel gehst, umgeben dich Veilchen mit Duftwolken, Falter umkreisen deine Lippen, und die Palmen neigen die Wipfel vor deiner Schönheit."

„Aha-a! Aha-a! Aha-a!"

„Wenn ich dich nicht sehe, schaue ich zum Himmel auf, um mich der süßen Ruhe deines Antlitzes zu erinnern. Vergeblich! Der Himmel hat nicht deine Stille, und seine Glut ist kalt im Vergleich zu den Flammen, die mein Herz zu Asche verbrannt haben."

„Aha-a! Aha-a!"

„Eines Tages stand ich bei den Rosen, die der Glanz deiner Blicke mit Weiß, Purpur und Gold überzieht. Jedes Blütenblatt erinnerte mich an eine Stunde und jede Blume an einen Monat, den ich zu deinen Füßen verbracht habe. Die Tautropfen aber gleichen meinen Tränen, die der grausame Wind der Wüste aufsaugt.

Gib mir ein Zeichen, und ich entführe dich und trage dich fort in meine wonnige Heimat. Das Meer wird uns von den Verfolgern trennen, Myrtenhaine werden unsere Liebkosungen verbergen und Götter, die den Verliebten geneigt sind, über unser Glück wachen."

„Aha-a! Aha-a!"

Ramses schloß die Augen und träumte. Durch die gesenkten Lider konnte er nicht mehr den Garten erkennen, nur noch die Flut des Mondlichtes, in dem die schwarzen Schatten und der Gesang des unbekannten Mannes an die unbekannte Frau verschwammen. Zuweilen ergriff ihn dieser Sang und drang so tief in seine Seele, daß Ramses sich fast fragte: Bin ich nicht selbst der Sänger, ja – bin ich nicht selbst dieses Liebeslied?

In diesem Augenblick schienen ihm sein Titel, seine Macht und die schweren Staatsprobleme ein lächerliches Nichts zu sein, verglichen mit der Mondnacht und dem Rufen eines verliebten Herzens. Ließe man ihm die Wahl zwischen der ganzen Macht eines Pharao und der seligen Stimmung, in der er sich gerade befand, so würde er sich für seine Träumerei entscheiden, in der die ganze Welt, er selbst, sogar die Zeit versank und nur die auf den Schwingen des Liedes in die Ewigkeit fliegende Sehnsucht zurückblieb.

Plötzlich erwachte der Prinz, der Gesang war verstummt, die Lichter im Palast waren erloschen, und von den weißen Wänden zeichneten sich scharf die leeren Fenster ab. Man hätte meinen können, hier habe nie ein Mensch gewohnt. Sogar der Garten wurde leer und still, ja, selbst der leichte Wind hörte auf, die Blätter zu bewegen.

Eins! Zwei! Drei! dröhnten im Tempel drei gewaltige Schläge auf das Erzbecken.

Aha! Ich muß gehen, dachte der Prinz und wußte nicht recht, wohin und zu welchem Zweck er gehen sollte.

Und doch schritt er dem Tempel zu, dessen weißer Turm die Bäume überragte, als rufe er ihn.

Er ging wie betäubt, von den sonderbarsten Gelüsten erfüllt. Unter den Bäumen wurde es ihm eng; er hatte das Bedürfnis, auf die Spitze des Turmes zu steigen, aufzuatmen und mit seinen Blicken einen ferneren, weiteren Horizont zu erfassen. Dann erinnerte er sich, daß jetzt gerade der Monat Misori war, daß also schon ein Jahr seit den Manövern in der Wüste vergangen war, und er fühlte Sehnsucht nach der Wüste. Wie gern würde er seinen leichten, mit zwei Pferden bespannten Wagen besteigen und irgendwohin jagen, wo es nicht so schwül war und die Bäume nicht den Horizont verbargen!

Schon stand er am Fuße des Tempels und überquerte die Terrasse. Still und verlassen, wie ausgestorben, lag sie da; nur von fern plätscherte das Wasser des Springbrunnens. Auf der zweiten Treppe warf Ramses seinen Burnus und sein Schwert fort, überschaute noch einmal den Garten, als täte es ihm leid um das Mondlicht, und betrat den Tempel. Über ihm erhoben sich noch drei getürmte Bauten.

Das eiserne Tor stand offen. Zu beiden Seiten des Eingangs

standen Statuen, geflügelte Stierfiguren mit Menschenköpfen, deren Antlitz eine stolze Ruhe ausstrahlte.

Das sind assyrische Könige, dachte der Prinz, als er ihre in kleine Zöpfe geflochtenen Bärte betrachtete.

Das Innere des Tempels lag düster wie die schwärzeste Nacht; die Dunkelheit kontrastierte mit den weißen Strahlen des Mondlichtes, die durch die schmalen und hohen Fenster fielen.

In der Tiefe des Raumes brannten zwei Lichter vor dem Standbild der Göttin. Ein unbestimmbares Leuchten von oben hob das Standbild deutlich hervor. Ramses betrachtete es. Astoreth war ein riesiges Weib mit Straußenflügeln und trug ein langes, in Falten fallendes Gewand und auf dem Kopf eine spitze Haube. In der rechten Hand hielt sie ein Taubenpaar. Ihr schönes Antlitz und die gesenkten Augen hatten den Ausdruck einer solchen Süße, einer solchen Unschuld, daß der Prinz überrascht war. Sie war nämlich die Patronin der Rache und des perversesten Lasters.

Phönizien entdeckte ihm noch eins seiner Geheimnisse.

Ein merkwürdiges Volk! dachte er. Ihre menschenfressenden Götter fressen nicht, und jungfräuliche Priesterinnen und Göttinnen mit kindlichen Gesichtern schirmen die schlimmsten Ausschweifungen.

Da fühlte er, daß ihm etwas schnell über die Füße huschte. etwa wie eine große Schlange. Ramses wich zurück und stand im Scheine des Mondlichtes.

Täuschung! sagte er sich.

Fast im selben Augenblick hörte er es flüstern: „Ramses! Ramses!"

Er konnte nicht erkennen, war es eine Männer- oder eine Frauenstimme, auch nicht, woher sie kam.

„Ramses! Ramses!" kam das Raunen, als stiege es vom Fußboden.

Der Prinz trat in den Schatten und beugte sich lauschend nieder. Plötzlich fühlte er auf seinem Kopf zwei zarte Hände.

Er fuhr hoch, sie festzuhalten, doch griff er ins Leere.

„Ramses!" raunte es nun von oben.

Er hob das Haupt und fühlte auf seinen Lippen eine Lotosblüte.

Als er die Hände nach ihr ausstreckte, stützte sich jemand leicht auf seine Schultern.

„Ramses!" rief es vom Altar.

Der Prinz wandte sich um und erstarrte. In einem Lichtstrahl stand ein paar Schritte vor ihm ein wunderschöner Mann, der ihm vollkommen ähnlich war. Das Gesicht, die Augen, der jünglinghafte Flaum, die Gestalt, die Bewegungen und das Gewand! – alles wie bei Ramses.

Der Prinz glaubte einen Augenblick vor einem großen Spiegel zu stehen, wie ihn nicht einmal der Pharao besaß. Bald aber erkannte er, daß sein Doppelgänger kein Spiegelbild, sondern ein lebendiger Mensch war.

In dem Augenblick fühlte er einen Kuß im Nacken. Wieder wandte er sich um, aber da stand niemand, und inzwischen war auch sein Doppelgänger verschwunden.

„Wer ist hier? Ich will es wissen!" rief der Prinz erzürnt.

„Das bin ich ... Kama", antwortete eine zarte Stimme.

In einem Lichtstrahl erschien eine wunderschöne nackte Frau mit einem goldenen Gürtel um die Hüften.

Ramses eilte zu ihr hin und faßte sie bei der Hand. Sie floh nicht.

„Du bist Kama? Nein, du bist ... ja, dich hat einmal Dagon zu mir geschickt, doch damals nanntest du dich Liebkosung."

„Weil ich auch Liebkosung bin", antwortete sie naiv.

„Hast du mich mit den Händen berührt?"

„Ja, das war ich."

„Wie hast du das gemacht?"

„Ah! So ...", antwortete sie, schlang ihre Arme um seinen Nacken und küßte ihn.

Ramses riß sie an sich, aber sie entwand sich mit einer Kraft, die er dieser zierlichen Gestalt niemals zugetraut hätte.

„Also du bist die Priesterin Kama? Und für dich hat heute dieser Grieche gesungen?" sprach der Prinz und drückte dabei leidenschaftlich ihre Hände. „Was ist das für ein Mensch, dieser Sänger?"

Kama zuckte verächtlich die Schultern.

„Er gehört zu unserem Tempel", antwortete sie.

Ramses' Augen glühten, seine Nüstern bebten, und in seinem Kopf rauschte es. Dasselbe Weib hatte ihn vor einigen Monaten noch kaum beeindruckt, doch heute wäre er bereit gewesen, ihretwegen eine Tollheit zu begehen. Er beneidete den Griechen, doch gleichzeitig fühlte er unbeschreibliches Leid bei dem Gedanken, daß sie, wenn sie seine Geliebte würde, sterben müßte.

„Wie schön du bist!“ sprach er. „Wo wohnst du? Ach, ich weiß, in jenem Schlößchen. Darf man dich besuchen? Natürlich, wenn du den Besuch von Sängern empfängst, so mußt du auch mich empfangen. Bist du wirklich die Priesterin, die das Feuer hütet?“

„Ja.“

„Und eure Gesetze sind so grausam, daß sie dir nicht erlauben zu lieben? Ach, das sind Drohungen! Für mich wirst du eine Ausnahme machen.“

„Ganz Phönizien würde mich verfluchen, und die Götter würden sich rächen“, erwiderte sie lachend.

Ramses zog sie von neuem an sich, sie entwand sich ihm wieder.

„Hüte dich, Prinz“, warnte sie mit herausfordernden Blicken. „Phönizien ist mächtig, und seine Götter ...“

„Was kümmern mich deine Götter, was kümmert mich Phönizien! Wenn man dir auch nur ein Haar krümmen sollte, würde ich Phönizien wie ein böses Gewürm zertreten.“

„Kama! Kama!“ ließ sich vom Standbild her eine Stimme vernehmen.

Sie erschauerte.

„Oh, siehst du, man ruft mich. Vielleicht hat man sogar deine Gotteslästerung gehört.“

„Daß sie nur nicht meinen Zorn zu spüren bekommen“, brauste der Prinz auf.

„Der Zorn der Götter ist gefährlicher!“

Sie riß sich los und verschwand in den Schatten des Tempels. Ramses stürzte ihr nach und fuhr jäh zurück. Im ganzen Raum zwischen dem Altar und ihm zuckte eine riesige blutrote Lohe empor, in der abscheuliche Figuren sichtbar wurden: große Fledermäuse, Echsen mit Menschengesichtern, Schemen.

Die Flamme züngelte ihm entgegen, ergoß sich über die ganze Breite des Baues. Von dem ihm unerklärlichen Anblick benommen, wich der Prinz zurück.

Plötzlich umwehte ihn frische Luft. Ramses wandte den Kopf – er befand sich schon außerhalb des Tempels, und im selben Moment schloß sich hinter ihm krachend und hallend die eherne Tür.

Er strich sich über die Augen und blickte sich um. Der Mond war vom höchsten Punkt am Himmel herabgestiegen und sank gen Westen. Neben einer Säule fand Ramses das Schwert und den Burnus. Er hob beides auf und taumelte wie ein Trunkener die Treppen hinab.

Als er spät in den Palast zurückkehrte, rief Thutmosis – der sein blasses Antlitz und den trüben Blick bemerkte – erschrokken: „Bei den Göttern, wo warst du, Erpatre? Dein ganzer Hof kann vor Sorge um dich nicht schlafen."

„Ich habe mir die Stadt angeschaut. Eine prächtige Nacht."

„Weißt du", fügte Thutmosis eilig hinzu, als fürchte er, daß ihm ein anderer zuvorkommen könne, „weißt du, Sara hat dir einen Sohn geboren."

„Wirklich? Ich will nicht, daß sich irgend jemand aus meinem Gefolge meinetwegen beunruhigt, wenn ich einmal einen Spaziergang mache."

„Allein?"

„Wenn ich nicht allein ausgehen könnte, wohin es mir gefällt, wäre ich der unglücklichste Sklave in diesem Staat", erwiderte der Statthalter säuerlich.

Er reichte Thutmosis Schwert und Burnus und begab sich – ohne noch jemanden zu sich zu rufen – in sein Schlafgemach. Noch gestern hätte ihn die Nachricht von der Geburt eines Sohnes mit Freude erfüllt. Im Augenblick aber nahm er sie gleichgültig auf. Seine ganze Seele war erfüllt von der Erinnerung an seine nächtlichen Erlebnisse, die merkwürdigsten, die ihm in seinem bisherigen Leben widerfahren waren. Immer noch sah er das Mondlicht, immer noch klang ihm das Lied des Griechen im Ohr. Und dann der Tempel der Astoreth ...

Er konnte bis zum Morgengrauen nicht einschlafen.

VII

Am nächsten Morgen stand der Prinz spät auf, badete und kleidete sich allein an. Dann ließ er Thutmosis zu sich rufen.

Der geschmückte, mit Balsam gesalbte Stutzer erschien sofort. Eifrig beobachtete er den Prinzen, um zu erkunden, was für Laune Ramses hatte, damit er sich dementsprechend verhalten könnte.

Doch das Antlitz des Thronfolgers spiegelte nur Müdigkeit.

„Sag", fragte er Thutmosis gähnend, „bist du sicher, daß ich einen Sohn bekommen habe?"

„Die Nachricht stammt vom heiligen Mefres."

„Oho! Seit wann beschäftigen sich die Propheten mit meinem Hause?"

„Seit Eure Hoheit ihnen Gunst erweist."

„So?" forschte der Prinz und versank in Nachdenken.

Er dachte an die gestrige Szene im Tempel der Astoreth und verglich sie mit ähnlichen Erscheinungen im Tempel der Hathor.

Man rief mich, sprach er zu sich, hier wie dort. Dort jedoch war meine Zelle sehr eng und hatte dicke Mauern. Hier aber konnte der Rufer, das heißt Kama, sich hinter einer Säule verbergen und flüstern. Schließlich war es hier sehr dunkel, in meiner Zelle aber war es hell.

Plötzlich wandte er sich an Thutmosis: „Wann war das?"

„Wann dein gnädiger Sohn geboren wurde? Angeblich ist es bereits zehn Tage her. Mutter und Kind sind gesund und sehen ausgezeichnet aus. Bei der Geburt war Menes, der Arzt deiner ehrwürdigen Mutter und des achtbaren Herihor, zugegen."

„Na, na ...", murmelte der Prinz und versank wieder in Nachdenken. Man griff nach mir hier wie dort gleich geschickt ... war irgendein Unterschied dabei? Mir scheint, ja. Hier war ich darauf vorbereitet, etwas Seltsames zu erleben, dort nicht. Hier aber wurde mir mein Ebenbild gezeigt, was man dort nicht vermochte ... Sehr klug sind die Priester! Ich bin neugierig, wer mich so gut nachahmte, ein Gott oder ein Mensch? Oh, sehr klug sind die Priester, und ich weiß nicht einmal, wem man mehr glauben sollte: unseren oder den phönizischen?

„Höre, Thutmosis", sagte er laut. „Sie sollen beide hierherkommen! Ich muß doch meinen Sohn sehen. Endlich wird niemand mehr das Recht haben, auf mich herabzusehen."

„Soll sich die geachtete Sara mit ihrem Sohn gleich auf den Weg machen?"

„Laß sie erst dann reisen, wenn es ihnen ihre Gesundheit erlaubt. Im Umkreis des Palastes gibt es viele bequeme Häuser. Man soll ein ruhiges und kühles Gebäude unter Bäumen herrichten, weil doch die Zeit der Hitze kommt. Laßt auch mich der Welt meinen Sohn zeigen!"

Und wieder verfiel er in Sinnen, was sogar Thutmosis zu beunruhigen begann.

Ja, klug sind sie! dachte Ramses. Daß sie das Volk betrügen, und sogar ziemlich plump, wußte ich schon lange. Armer heiliger

Apis! Wieviel Stiche muß er während der Prozessionen erleiden, wenn die Bauern vor ihm auf den Bäuchen liegen! Doch daß sie mich beschwindeln, hätte ich nie angenommen. Götterstimmen, unsichtbare Hände, der mit siedendem Pech begossene Mensch, das alles war nur das Vorspiel! Dann folgte das Lied Pentuers: vom Verlust an Boden und Bevölkerung, von den Beamten, den Phöniziern, und all das nur – um mir den Krieg zu verleiden.

„Thutmosis", rief er plötzlich.

„Ich liege zu deinen Füßen!"

„Man muß die Regimenter aus den Seestädten langsam hierher zusammenziehen; ich will sie besichtigen und ihnen ihre Treue lohnen."

„Und wir, der Adel – sind wir dir nicht treu?" fragte Thutmosis verwirrt.

„Adel und Heer sind eins."

„Und die Nomarchen, die Beamten?"

„Du weißt, Thutmosis, daß selbst die Beamten treu sind", sprach der Prinz, „was sage ich! Sogar die Phönizier. Es gibt an gewissen anderen Stellen allerdings auch Verräter."

„Bei den Göttern, leiser!" raunte Thutmosis und spähte ängstlich in den Nebenraum.

„Oho!" lachte der Prinz. „Du fürchtest die Lauscher? Es ist also auch für dich kein Geheimnis mehr, daß uns Verräter umgeben?"

„Ich weiß, von wem Eure Hoheit spricht", antwortete Thutmosis, „weil Ihr immer voreingenommen wart."

„Gegen wen?"

„Gegen wen? Ich kann es mir denken, doch habe ich geglaubt, daß du nach deiner Versöhnung mit Herihor und deinem langen Aufenthalt im Tempel ..."

„Was soll das heißen, im Tempel? Dort habe ich mich genauso wie im ganzen übrigen Lande immer wieder von dem einen überzeugen müssen, daß der beste Boden, die tüchtigste Bevölkerung und unermeßliche Reichtümer nicht dem Pharao gehören!"

„Leiser! Leiser!" flüsterte Thutmosis.

„Ich schweige doch immer, immer zeige ich ein lächelndes Gesicht. Erlaube mir also, daß ich wenigstens zu dir offen spreche. Übrigens hätte ich sogar im Höchsten Rat des Recht, darüber zu reden, daß in diesem Ägypten, das unteilbar meinem Vater gehört, ich, sein Nachfolger und Statthalter, hundert

Talente von irgendeinem tyrischen Fürstlein borgen mußte. Ist das nicht eine Schande?"

„Wieso kommst du gerade heute darauf?" flüsterte Thutmosis, der das gefährliche Gespräch möglichst rasch zu beenden suchte.

„Wieso?" wiederholte der Prinz und schwieg, um wieder in Nachdenken zu verfallen.

Es hätte noch nicht viel zu bedeuten, dachte er, wenn man nur mich betrügen würde! Ich bin erst der Thronfolger und brauche noch nicht in alle Geheimnisse eingeweiht zu sein. Aber wer kann mir beweisen, daß sie nicht auf dieselbe Art mit meinem ehrwürdigen Vater verfahren? Über dreißig Jahre hat er ihnen unbegrenzt vertraut, sich vor ihren Wundern gebeugt, den Göttern reichlich geopfert, nur – um zu erleben, daß sein Vermögen und seine Macht in die Hände ehrgeiziger Filous geraten! Und niemand hat ihm die Augen geöffnet... denn der Pharao kann doch nicht, wie ich, des Nachts in die phönizischen Tempel schleichen, und schließlich läßt man auch nur gewisse Leute vor das Antlitz Seiner Heiligkeit.

Wer gibt mir nun heute die Gewißheit, daß das Priestertum nicht danach trachtet, den Thron zu stürzen, wie Hiram behauptete? Mein Vater hat mich gewarnt, als er sagte, die Phönizier seien dann wahrheitsliebende Menschen, wenn es in ihrem eigenen Interesse läge. Sicher haben sie ein Interesse daran, nicht aus Ägypten vertrieben und der Herrschaft der Assyrer preisgegeben zu werden. Assyrien gleicht einer Herde gereizter Löwen! Wo die vorüberkommen, bleibt nichts außer Trümmern und Leichen, wie nach einer Feuersbrunst!

Plötzlich horchte er auf. Von fern her drang Flöten- und Hörnerklang.

„Was bedeutet das?" fragte er Thutmosis.

„Eine große Neuigkeit!" erwiderte der Höfling lächelnd. „Die Asiaten begrüßen einen vornehmen Pilger aus Babylon."

„Aus Babylon? Wen?"

„Er heißt Sargon."

„Sargon?" unterbrach ihn der Prinz. „Sargon! Hahaha!" lachte Ramses. „Wer ist das denn?"

„Er soll ein hoher Würdenträger am Hofe des Königs Assar sein. Er führt zehn Elefanten, eine Herde der herrlichsten Wüstenrosse und eine Menge Sklaven und Dienerschaft mit."

„Wozu ist er denn hierhergekommen?"

„Sich vor der wunderbaren Göttin Astoreth zu verneigen, die ganz Asien verehrt“, erwiderte Thutmosis.

„Hahaha!“ lachte der Prinz und dachte an die Voraussage Hirams von der Ankunft des assyrischen Gesandten. „Sargon ... haha! ... der Verwandte des Königs Assar wäre plötzlich so fromm geworden, daß er sich auf eine unbequeme, monatelange Reise begibt, um die Göttin Astoreth in Pi-Bast zu ehren ... er kann doch in Ninive größere Götter und weisere Priester finden ... hahaha!“

Thutmosis blickte den Prinzen erstaunt an.

„Was hast du, Ramses?“

„Das ist ein Wunder“, sprach der Prinz, „wie es sicher die Chroniken keines Tempels je beschrieben haben. Stell dir nur einmal vor, Thutmosis, im selben Augenblick, da du dich am intensivsten mit der Frage beschäftigst, wie du den Dieb, der dich unablässig bestiehlt, fangen kannst, in diesem Moment streckt der Halunke wieder die Hände nach deinem Eigentum aus, vor deinen Augen, vor tausend Zeugen ... hahaha! ... Sargon – der fromme Pilger!“

„Ich verstehe nichts“, murmelte Thutmosis verwirrt.

„Du brauchst auch nichts zu verstehen“, erwiderte der Statthalter. „Merke dir nur, daß Sargon hierhergekommen ist – zur heiligen Astoreth – zu frommen Übungen ...“

„Mir scheint, daß es sich bei allem, worüber du sprichst“, flüsterte Thutmosis, „um sehr gefährliche Dinge handelt.“

„Darum sprich auch mit niemandem darüber.“

„Daß ich schweigen werde, davon bist du sicherlich überzeugt, aber ob du, Prinz, dich nicht selber verraten wirst ... du bist unberechenbar wie der Blitz!“

Der Thronfolger legte ihm die Hände auf die Schultern.

„Sei beruhigt“, sagte er und blickte ihn fest an, „wenn ihr mir die Treue haltet, ihr, der Adel und das Heer, dann werdet ihr absonderliche Dinge erleben, und ... dann werden für euch die schweren Zeiten vorüber sein!“

„Du weißt, daß wir bereit sind, auf deinen Befehl sogar zu sterben“, antwortete Thutmosis, die Hand auf der Brust.

Auf seinem Antlitz lag ein so ungewöhnlicher Ernst, daß der Prinz erkannte, übrigens nicht zum erstenmal, welch tüchtiger Mann in diesem übermütigen Stutzer steckte, ein Mann, dessen Schwert und Klugheit man vertrauen konnte.

Von Stund an führte Ramses nie wieder mit Thutmosis derartige Gespräche, doch der treue Freund und Diener erriet, daß mit der Ankunft Sargons große Staatsgeheimnisse verbunden waren, die von den Priestern eigenmächtig entschieden werden sollten. Schließlich munkelten seit geraumer Zeit die ganze ägyptische Aristokratie, die Nomarchen, die höheren Beamten und Heerführer sehr leise, wahrhaftig sehr leise untereinander, daß wichtige Ereignisse bevorstünden. Die Phönizier hatten ihnen nämlich unter dem Eid der Verschwiegenheit von den Verhandlungen mit Assyrien erzählt, durch die Phönizien untergehen und Ägypten mit Schande bedeckt würde, ja, durch die es einst sogar selbst Assyrien untertan sein würde.

Die Empörung unter der Aristokratie war riesengroß, doch niemand verriet sich. Im Gegenteil, am Hofe des Thronfolgers wie auch bei den Nomarchen Unterägyptens amüsierte man sich ausgezeichnet. Man hätte glauben können, daß mit der Hitze ein Rausch aufgekommen wäre, ein Rausch der Feste und der verderbten Sinnenfreuden. Es gab keinen Tag mehr ohne Spiele, Bankette, Triumphzüge, keine Nacht ohne Illuminationen und Lärmen. Nicht nur in Pi-Bast, sondern auch in den übrigen Städten kam die Mode auf, die Straßen mit Fackeln, Musik und vor allem mit vollen Krügen zu beleben. Man drang in die Häuser ein und zog die schlafenden Bürger zu Saufgelagen heraus, und da die Ägypter einen großen Hang zum Feiern hatten, amüsierte sich jeder, der auch nur einen Funken Leben in sich trug.

Während der ganzen Zeit, in der sich Ramses im Tempel der Hathor aufgehalten hatte, verbrachten die von panischem Schrekken erfaßten Phönizier ganze Tage im Gebet und versagten allen auch den geringsten Kredit. Doch nach Hirams Gespräch mit dem Statthalter ließen die Phönizier plötzlich Frömmigkeit und Vorsicht fahren und gewährten den ägyptischen Herren reichlichere Anleihen denn je zuvor.

Solcher Fülle an Gold und Waren wie jetzt in Unterägypten – und vor allem zu so niedrigem Prozentsatz – konnten sich auch die ältesten Leute nicht entsinnen.

Der gestrenge und kluge Stand der Priester verfolgte aufmerksam das tolle Treiben der höchsten sozialen Klassen. Aber er täuschte sich in der Beurteilung der Dinge. Der heilige Mentezufis, der alle paar Tage einen Bericht an Herihor sandte, teilte ihm nur fortlaufend mit, daß der Thronfolger der religiösen Übungen im Tempel der Hathor überdrüssig sei und sich jetzt gemeinsam mit der gesamten Aristokratie bis zur Bewußtlosigkeit vergnüge.

Der ehrwürdige Minister antwortete nicht einmal auf die Berichte, was bewies, daß er das Treiben des Prinzen für natürlich, ja vielleicht sogar für nützlich hielt.

Bei diesem Stand der Dinge gewann Ramses viel Freiheit. Fast jeden Abend, wenn die vom Wein berauschten Höflinge das Bewußtsein verloren, verließ der Prinz heimlich den Palast. Im dunklen Burnus eines Offiziers lief er durch die leeren Straßen aus der Stadt und drang in den Garten des Astoreth-Tempels.

Dort suchte er seine Bank gegenüber dem kleinen Palast Kamas auf und schaute, unter den Bäumen verborgen, zu den brennenden Fackeln hin, lauschte dem Gesang der Anbeter der Priesterin und träumte von ihr.

Die Mondsichel wurde immer schmaler, bald würde Neumond sein. Die Nächte waren grau, die Lichteffekte verschwanden, und doch sah Ramses immer noch die Helle jener ersten Nacht, hörte die leidenschaftlichen Lieder des Griechen.

Zuweilen sprang er von der Bank auf, um geradewegs zur Wohnung Kamas zu eilen; aber er schämte sich. Er fand, daß es sich für einen Thronfolger nicht gehöre, im Hause der Priesterin zu erscheinen, die jeder Pilger, der dem Tempel ein reiches Opfer brachte, besuchen konnte. Was noch verwunderlicher war – er fürchtete, daß ihm der Anblick einer von Krügen und unglücklichen Verehrern umgebenen Kama das wunderbare Bild der Mondnacht verwischen könne.

Damals, als Dagon sie geschickt hatte, um den Zorn des Prinzen zu verscheuchen, erschien sie Ramses als ein recht anziehendes, junges Mädchen, um dessentwillen man jedoch nicht den Kopf zu verlieren brauchte. Aber als er zum erstenmal in seinem Leben, er, der Heerführer und Statthalter, vor dem Hause des Weibes harren mußte, als ihn die Nacht zum Träumer werden ließ, als er die glühenden Liebeserklärungen eines anderen Mannes hörte, da ergriff auch ihn zum erstenmal ein sonderbares Gefühl: ein Gemisch von Sehnsucht, Verlangen und Eifersucht.

Wenn er Kama auf jeden Wink hin hätte besitzen können, wäre sie ihm rasch verleidet gewesen, ja, vielleicht hätte er sich nicht einmal um sie bemüht.

Doch der Tod, der die Schwelle ihres Schlafgemaches hütete,

der verliebte Sänger und schließlich die demütigende Distanz zwischen ihm, dem hohen Würdenträger, und einer Priesterin, all das war Ramses bisher unbekannt gewesen und lockte ihn daher.

Darum schlich er seit zehn Tagen fast allabendlich mit verhülltem Gesicht in den Garten der Göttin Astoreth.

Eines Abends, als er auf einem Bankett in seinem Palast viel Wein getrunken hatte, verließ Ramses das Fest mit dem festen Vorsatz, heute, trotz ihrer Verehrer, in die Wohnung der Kama einzudringen. – Mochten die ruhig unter dem Fenster singen!

Er schritt rasch durch die Stadt; aber in den Gärten, die zum Tempel gehörten, verlangsamte er seine Schritte, denn wieder ergriff ihn Scham.

Hat man jemals gehört, dachte er, daß der Nachfolger des Pharao Frauen nachläuft wie ein armer Schreiber, der nirgends zehn Drachmen geborgt bekommt? Alle sind zu mir gekommen, also muß auch sie kommen.

Schon wollte er umkehren.

Aber Kama kann ja nicht kommen, sagte er sich, weil man sie töten würde.

Er blieb zögernd stehen.

Wer würde sie töten? Hiram, der an nichts glaubt, oder Dagon, der selber nicht mehr weiß, wer er ist? Aber es gab hier eine Menge anderer Phönizier und hunderttausend fanatische und wilde Pilger. In den Augen dieser Dummköpfe beginge Kama, falls sie mich besuchte, Tempelschändung.

So wandte er sich wieder zu dem kleinen Palast der Priesterin. Nicht im geringsten dachte er daran, daß ihm hier Gefahr drohen könnte. Ihm, der, ohne das Schwert zu ziehen, allein mit seinem Blick die ganze Welt sich zu Füßen zu zwingen vermochte. Er, Ramses – und Gefahr!

Als der Prinz unter den Bäumen hervortrat, bemerkte er, daß das Haus heller erleuchtet war als sonst und daß dort größerer Trubel herrschte. In den Räumen und auf der Terrasse wogte es von Gästen, und rings um den kleinen Palast wimmelte eine Menschenmenge.

Was ist das für eine Bande? grübelte der Prinz.

Das war keine gewöhnliche Versammlung. In der Nähe des Hauses stand ein riesiger Elefant, der auf dem Rücken eine vergoldete Sänfte mit purpurnen Vorhängen trug. Neben dem großen Tier wieherte und stampfte es, dort wartete ein Dutzend ungeduldiger Rosse mit starken Hälsen und Fesseln, mit aufgebundenen Schwänzen und mit einer Art metallenen Helmen auf den Köpfen.

Zwischen den unruhigen, fast wilden Tieren tummelten sich einige Dutzend Menschen, wie Ramses sie noch nie gesehen hatte. Sie hatten zottiges Haar, große Bärte und trugen spitze Mützen mit Ohrenklappen. Die einen waren in lange Gewänder aus derbem Stoff gekleidet, die bis zu den Knöcheln reichten, andere hatten kurze Joppen und Hosen an und noch andere sogar Schaftstiefel. Alle aber waren mit Schwertern, Bogen und Lanzen bewaffnet.

Beim Anblick dieser Fremdlinge, die stark und plump wirkten, ordinär lachten, nach Talg stanken und in einer ihm unbekannten, harten Sprache redeten, empörte sich der Prinz wie ein Löwe, der beim Anblick eines fremden Tieres – auch wenn er nicht hungrig ist – zum Sprunge ansetzt. So empfand Ramses, obwohl ihm diese Menschen nichts getan hatten, ihnen gegenüber einen furchtbaren Haß aufsteigen. Ihre Sprache, ihre Kleidung, ihr Geruch, sogar ihre Pferde brachten ihn in Wut. Das Blut stieg ihm zu Kopfe, und er griff nach dem Schwert, um sich auf sie zu stürzen und sie samt ihren Tieren niederzustrecken. Doch faßte er sich wieder.

Seth hat mich behext! dachte er.

In dem Augenblick ging ein nackter Ägypter, der nur ein Tuch auf dem Kopf und einen Lendenschurz trug, an ihm vorüber. Der Prinz fühlte, wie ihm der Mann lieb, ja hier sogar teuer wurde, weil er ein Ägypter war. Er nahm einen goldenen Ring, der mehr als zehn Drachmen wert sein mochte, aus dem Beutel und reichte ihn dem Sklaven.

„Sag", fragte er, „was sind das für Menschen?"

„Assyrer", flüsterte der Ägypter, und Haß glomm in seinen Augen.

„Assyrer", wiederholte der Prinz. „Das also sind Assyrer? Und was machen sie hier?"

„Ihr Herr Sargon bewirbt sich um die Priesterin, die heilige Kama, und sie beschützen ihn. Oh, daß die Pest sie verschlinge, diese Schweinesöhne!"

„Du kannst gehen."

Der nackte Mann verbeugte sich tief und lief davon, wahrscheinlich zur Küche.

Das also sind Assyrer? überlegte der Prinz und betrachtete

die seltsamen Gestalten, lauschte ihrer verhaßten, wenn auch ihm unverständlichen Sprache. Also sind die Assyrer schon am Nil, um sich mit uns zu verbrüdern oder uns zu betrügen, und ihr Würdenträger Sargon wirbt um Kama.

Er machte sich auf den Heimweg. Seine Verträumtheit wich der Glut einer neuen, wenn auch erst erwachenden Leidenschaft. Er, ein edler und sanftmütiger Mensch, fühlte plötzlich einen tödlichen Haß gegenüber den Erzfeinden, auf die er zum erstenmal gestoßen war.

Wenn er früher nach dem Verlassen des Hathor-Tempels und dem Gespräch mit Hiram an einen Krieg mit Asien gedacht hatte, so war das nur eine Überlegung gewesen. Ägypten brauchte Menschen und der Pharao Schätze; da nun ein Krieg die leichteste Art war, beides zu erwerben, und er außerdem Ramses' Ruhmbedürfnis entsprach, so hatte der Prinz ihn herbeigesehnt.

Doch im Augenblick kümmerten Ramses weder Schätze noch Sklaven oder Ruhm, denn in ihm tönte die übermächtige Stimme des Hasses. Die Pharaonen hatten so lange mit den Assyrern gekämpft, beide Völker so viel Blut vergossen, der Kampf hatte so tiefe Wurzeln in die Herzen geschlagen, daß der Prinz allein schon beim Anblick der assyrischen Krieger zum Schwert griff. Es schien, als ob alle Geister der gefallenen Krieger, all ihre Mühen und Leiden in der Seele des königlichen Nachkommen wiedererstanden seien und nach Vergeltung schrien.

Als Ramses in den Palast zurückgekehrt war, rief er Thutmosis.

Der eine war betrunken, der andere rasend.

„Weißt du, was ich eben gesehen habe?“ fragte der Prinz seinen Liebling.

„Vielleicht einen Priester ...“, flüsterte Thutmosis.

„Assyrer!!! O Götter! Was habe ich dabei empfunden! Was ist das für ein gemeines Volk! Ihren Leib wickeln sie von Kopf bis Fuß in Wolle, so daß sie wie wilde Tiere aussehen! Sie stinken nach ranzigem Talg! Und was haben sie für eine Sprache, was für Bärte, Haare!“

Wutschnaubend, fiebernd eilte er im Raum auf und ab.

„Ich hatte geglaubt“, sprach Ramses, „daß ich die Diebereien der Schreiber und die Heucheleien der Nomarchen verachte, daß ich die listigen und ehrgeizigen Priester hasse ... mir waren Juden widerwärtig, und die Phönizier hatte ich gefürchtet... Aber heute weiß ich, daß all das nur Spielerei war, erst jetzt weiß ich, was Haß ist; jetzt erst, nachdem ich die Assyrer sah und hörte, verstehe ich, weshalb der Hund die Katze zerreißt, die ihm über den Weg läuft."

„An die Juden und Phönizier bist du gewöhnt, Hoheit, die Assyrer aber hast du zum erstenmal getroffen", wandte Thutmosis ein.

„Was sind schon die Phönizier!" fuhr der Prinz wie im Selbstgespräch fort. „Phönizier, Philister, Saschu, Libyer, sogar Äthiopier, sie gleichen Mitgliedern unserer Familie. Wenn sie keinen Tribut zahlen, zürnen wir ihnen; tun sie es aber, so vergessen wir.

Doch ein Assyrer, das ist etwas so Fremdes, etwas so Feindseliges, daß ich... daß ich nicht glücklich sein werde, solange ich nicht hunderttausend abgehackte Hände zähle."

Thutmosis hatte Ramses noch nie in einer solchen Verfassung gesehen.

VIII

Einige Tage später sandte der Prinz seinen Liebling zu Kama mit der Aufforderung, ihn zu besuchen. Sie erschien sofort in einer dicht verhangenen Sänfte.

Ramses empfing die Priesterin in einem besonderen Raum.

„Ich bin eines Abends vor deinem Hause gewesen", sagte er.

„O Astoreth!" rief die Priesterin aus. „Womit habe ich diese allerhöchste Gnade verdient? Und was hat dich, gnädiger Herr, daran gehindert, deine Sklavin zu rufen?"

„Weil dort irgendwelche Viecher herumstanden. Anscheinend Assyrer."

„Also hat sich Eure Hoheit abends bemüht? Nie hätte ich auch nur daran zu denken gewagt, daß unser Thronfolger lediglich ein paar Schritte von mir entfernt unter freiem Himmel weilen könnte."

Der Prinz errötete. Wie erstaunt würde sie sein, wenn sie erführe, daß er sogar an zehn Abenden unter ihrem Fenster gestanden hatte! Vielleicht aber wußte sie davon, dem halben Lächeln ihrer Lippen und den heuchlerisch gesenkten Augen nach zu urteilen.

„Also empfängst du jetzt die Assyrer bei dir, Kama?" fragte Ramses.

„Sargon ist ein großer Magnat!" rief Kama. „Er ist ein Verwandter des Königs Assar, der unserer Göttin fünf Talente geopfert hat."

„Und du vergiltst ihm das, Kama", höhnte der Thronfolger. „Und da er ein so freigebiger Magnat ist, werden dich die ägyptischen Götter nicht mit dem Tode bestrafen."

„Was sagst du, Herr?" stammelte sie und faltete ihre Hände. „Weißt du denn nicht, daß ein Asiate mich – selbst wenn er mich in der Wüste träfe – nicht anrühren würde, selbst dann nicht, wenn ich mich freiwillig hingäbe? Sie fürchten die Götter."

„Warum also besucht dich dieser stinkende ... nein – dieser fromme Assyrer?"

„Er will mich überreden, in den Tempel der babylonischen Astoreth zu fahren."

„Wirst du das tun?"

„Ich werde reisen, wenn du es befiehlst, Herr", antwortete Kama und bedeckte ihr Gesicht mit dem Schleier.

Der Prinz ergriff schweigend ihre Hände. Seine Lippen bebten.

„Berühre mich nicht, Gebieter", flüsterte sie gerührt. „Du bist Herr und Schutz für mich und alle Phönizier hier im Lande, doch ... sei barmherzig ..."

Der Statthalter ließ sie los und wanderte im Raum auf und ab. „Ein heißer Tag, nicht wahr?" sagte er. „Angeblich gibt es Länder, in denen im Monat Mehir vom Himmel ein weißer Flaum fällt, der sich über einem Feuer in Wasser verwandelt und Kälte bringt. O Kama, bitte deine Götter, daß sie mir ein wenig von diesen Flaumfedern schicken! Obwohl – selbst wenn sie ganz Ägypten damit bedeckten und wenn all der Flaum sich in Wasser verwandelte, so könnte er mein Herz doch nicht kühlen."

„Weil du dem göttlichen Amon gleichst; du bist die menschliche Gestalt der Sonne", erwiderte Kama. „Die Dunkelheit flieht, wo du dein Antlitz hinwendest, und unter dem Strahl deiner Blicke sprießen Blumen."

Und wieder näherte sich Ramses der Priesterin.

„Aber sei barmherzig", flüsterte sie. „Du bist doch der gute Gott und kannst also deiner Priesterin nicht wehe tun."

Der Prinz rückte wieder von ihr weg und schüttelte sich, als wolle er eine Last abwerfen. Kama blinzelte unter ihren gesenkten Lidern hervor und lächelte unmerklich.

Als ihr das Schweigen zu lange dauerte, fragte sie: „Du hast mich rufen lassen, Gebieter. Ich bin gekommen und warte darauf, daß du mir deinen Willen kundtust."

„Aha!" Der Prinz kam zu sich. „Sage mir nur eines, Priesterin: Wer war der Mann, der mir so ähnlich sah und den ich damals in eurem Tempel gesehen habe?"

Kama legte den Finger auf die Lippen.

„Ein heiliges Geheimnis", flüsterte sie.

„Das eine ist Geheimnis, das andere ist verboten", erwiderte Ramses. „Laß mich wenigstens wissen, ob jener ein Mensch oder ein Geist ist!"

„Ein Geist."

„Und doch hat dieser Geist unter deinem Fenster gesungen?"

Kama lächelte.

„Ich will die Geheimnisse eures Tempels nicht verletzen", fuhr der Prinz fort.

„Herr, das hast du auch Hiram versprochen", warf die Priesterin ein.

„Gut! Gut!" unterbrach der verärgerte Statthalter. „Deshalb werde ich weder mit Hiram noch mit irgendeinem anderen Menschen über das Wunder sprechen, sondern nur mit dir allein. Kama, sage jenem Geist oder Menschen, er solle so schnell wie möglich Ägypten verlassen und sich niemandem zeigen. Denn, siehst du ... in keinem Staate darf es zwei Thronfolger geben."

Plötzlich schlug er sich an die Stirn. Bisher hatte er nämlich nur so gesprochen, um Kama in Verlegenheit zu bringen, jetzt aber kam ihm ein ernster Gedanke.

„Ich bin neugierig", meinte er, Kama scharf beobachtend, „weshalb deine Landsleute mir mein lebendiges Ebenbild gezeigt haben. Wollen sie mich warnen, daß sie für mich einen Doppelgänger haben? Wirklich, mich wundert das."

Kama warf sich ihm zu Füßen.

„O Herr!" raunte sie. „Du, der du unseren höchsten Talisman auf der Brust trägst, wie kannst du nur erwägen, daß die Phönizier dir schaden könnten. Bedenke nur ... falls dir einmal eine Gefahr drohte oder du deine Feinde täuschen wolltest, wäre dir ein solcher Doppelgänger nicht von Nutzen? Nur das wollten dir die Phönizier in ihrem Tempel zeigen."

Der Prinz überlegte und zuckte die Achseln.

„Ja", sprach er vor sich hin, „falls ich Schutz brauchte! Aber glauben denn die Phönizier, daß ich nicht selbst Rat wüßte?

Dann hätten sie sich ja einen schlechten Schirmherrn erwählt."

„Herr", flüsterte Kama, „ist dir denn nicht bekannt, daß Ramses der Große außer seiner eigenen Gestalt zwei andere für seine Feinde besaß? Jene zwei königlichen Schatten fielen, er selbst aber lebte."

„Genug jetzt", unterbrach der Prinz. „Damit die Völker Asiens sehen, daß ich ihnen gnädig gesonnen bin, Kama, bestimme ich fünf Talente für die Festspiele zu Ehren der Astoreth und einen kostbaren Pokal für ihren Tempel. Noch heute wirst du beides in Empfang nehmen."

Mit einem Kopfnicken verabschiedete er die Priesterin.

Nach ihrem Fortgehen stürmten neue Gedanken auf Ramses ein.

In der Tat – die Phönizier sind listig. Wenn dieses mein lebendes Ebenbild ein Mensch ist, könnten sie mir mit ihm ein großes Geschenk machen. Ich wäre einst imstande, Wunder zu tun, wie sie bisher kein Mensch in Ägypten erlebt hat. Der Pharao wohnt in Memphis, und zu gleicher Zeit erscheint er in Theben oder Tanis! Der Pharao rückt mit seiner Armee auf Babylon vor, die Assyrer versammeln dort ihre Hauptstreitkräfte, und gleichzeitig erobert derselbe Pharao mit einer anderen Armee Ninive. Ich denke, daß die Assyrer darüber recht erstaunt wären.

Und wieder erwachte in ihm ein dumpfer Haß gegen die mächtigen Asiaten, und wieder sah er im Geiste seinen Triumphwagen über ein Schlachtfeld fahren, das von assyrischen Leichen und ganzen Körben voller abgehackter Hände bedeckt war.

Nun war der Krieg seiner Seele so nötig geworden wie das Brot dem Körper, denn er würde durch ihn nicht nur Ägypten reich machen, die Schatzkammern füllen und ewigen Ruhm ernten, sondern auch seinen ihm bisher unbekannten und gegenwärtig so allmächtigen Drang befriedigen und Assyrien vernichten.

Solange er die Krieger mit den wirren Bärten nicht gesehen, hatte er auch nicht über sie nachgedacht, doch jetzt störten sie ihn. Die Welt war ihm zu eng – mit ihnen zusammen. Sie oder er – einer mußte die Erde verlassen.

Welche Rolle nun spielten in seiner gegenwärtigen Verfassung Hiram und Kama? Darüber gewann er selbst keine Klarheit. Er fühlte nur, daß er Krieg mit Assyrien führen mußte, so wie der

Zugvogel fühlt, daß er im Monat Pachono nach Norden fliegen muß.

Die Kriegsleidenschaft ergriff von dem Prinzen rasch Besitz. Er sprach weniger, lächelte seltener. Bei den Banketten saß er in Nachdenken versunken und verbrachte immer häufiger seine Zeit bei der Truppe und mit der Aristokratie. Als deutlich wurde, daß der Statthalter die Waffenträger begünstigte, eilten die adlige Jugend und sogar ältere Männer zu den Regimentern. Das erregte die Aufmerksamkeit des heiligen Mentezufis, der an Herihor folgenden Brief sandte:

„Seitdem die Assyrer nach Pi-Bast gekommen sind, ist der Thronfolger von einem Fieber ergriffen und sein Hof sehr kriegerisch gestimmt. Man trinkt und würfelt wie ehemals; doch alle haben ihre feinen Gewänder und Perücken abgelegt und bewegen sich nun, ungeachtet der Hitze, in Soldatenhelmen und Kaftanen.

Ich fürchte, daß dieses Soldatspielen den würdigen Sargon beleidigen könnte."

Hierauf antwortete Herihor umgehend:

„Es schadet nicht, daß unser verweichlichter Adel das Soldatentum liebgewonnen hat, seit die Assyrer dort sind, da diese so einen besseren Eindruck von uns bekommen werden. Der allergnädigste Statthalter, den offensichtlich die Götter erleuchtet haben, hat erraten, daß es gerade jetzt gut ist, mit den Schwertern zu klirren, wo wir die Gesandten eines so kriegerischen Volkes bei uns haben.

Ich bin überzeugt, daß die tapfere Haltung unserer Jugend Sargon zu denken geben und ihn bei Verhandlungen nachgiebiger stimmen wird."

Es geschah zum erstenmal, seit Ägypten Ägypten war, daß ein junger Prinz die wachsamen Priester zu täuschen vermochte. Allerdings hatte Ramses die Phönizier hinter sich und kannte den verratenen Geheimvertrag mit Assyrien, was die Priester nicht im entferntesten ahnten.

Außerdem ließen sich die frommen Würdenträger durch die Sprunghaftigkeit des Thronfolgers täuschen. Alle entsannen sich noch gut, wie unbedacht er sich im vergangenen Jahr von den Manövern bei Pi-Bailos entfernt und zu Sara begeben hatte und mit welcher Intensität er sich in letzter Zeit nacheinander Banketten, Verwaltungsarbeiten und dann frommer Einkehr gewidmet hatte, um wieder zu Banketten und Feiern zurückzukehren.

So hätte auch außer Thutmosis niemand geglaubt, daß dieser launenhafte Jüngling einen Plan besaß, ein Ziel, das er mit unüberwindlicher Hartnäckigkeit verfolgte.

Man brauchte auch dieses Mal nicht lange auf einen neuen Beweis für die Sprunghaftigkeit des Prinzen zu warten.

Trotz der Hitze kam Sara mit dem ganzen Hofe und ihrem Sohn nach Pi-Bast. Sie war ein wenig abgespannt, das Kind etwas matt und müde, doch sahen beide sehr hübsch aus.

Der Prinz war entzückt. Er bestimmte für Sara im schönsten Teil des Palastgartens ein Haus und verbrachte fast ganze Tage an der Wiege seines Sohnes.

Bankette, Manöver und düstere Gedanken lagen ihm nicht mehr im Sinn, die Herren seines Gefolges mußten allein trinken und feiern; sehr schnell schnallten sie wieder die Schwerter ab und kleideten sich wie früher in elegante Gewänder. Dieser Kleidungswechsel war auch angebracht, da der Prinz jeweils einige Adlige in Saras Wohnung führte, um ihnen den Sohn zu zeigen, seinen Sohn.

„Schau, Thutmosis“, sagte er einmal zu seinem Liebling, „was für ein schönes Kind! Wirklich: das Blütenblatt einer Rose. Nun, und daraus soll einst ein Mann werden, ein ganzer Mann – aus diesem kleinen Dingelchen! Dieses rosige Küchlein wird einst laufen und sprechen, ja sogar in den Priesterschulen lernen.

Siehst du die Händchen, Thutmosis?“ rief Ramses begeistert. „Merke dir, wie klein sie jetzt sind, damit du später von ihnen erzählen kannst, später, wenn ich ihm ein Regiment schenken und ihm befehlen werde, mir meine Streitaxt nachzutragen. Und das ist mein Sohn, mein leiblicher Sohn!“

Es ist deshalb nicht verwunderlich, daß die Höflinge bei solchen Worten des Prinzen bedauerten, nicht Kindermädchen, ja nicht einmal Ammen zu sein bei diesem Kind, das zwar keine dynastischen Rechte besaß, aber immerhin der erste Sohn des künftigen Pharao war. Doch diese Idylle endete sehr rasch, weil sie nicht den Interessen der Phönizier entsprach.

Eines Tages erschien im Palast der würdige Hiram mit einem ganzen Gefolge von Kaufleuten, Sklaven sowie armen Ägyptern, die von ihm Almosen erhielten, und sagte zum Thronfolger: „Du unser gnädiger Herr! Zum Beweis, daß Euer Herz sich auch uns Asiaten voller Gunst zuwendet, habt ihr uns fünf Talente geschenkt, damit wir zu Ehren der göttlichen Astoreth Spiele abhalten können. Euer Wille wird erfüllt. Die Spiele sind vorbereitet, und wir kommen jetzt, Euch um die Ehre Eurer Anwesenheit zu bitten." Damit kniete der weißhaarige tyrische Fürst vor Ramses nieder und reichte ihm auf einem goldenen Tablett einen goldenen Schlüssel zur Zirkusloge.

Ramses nahm die Einladung gern an, und die heiligen Priester Mefres und Mentezufis hatten nichts dagegen, daß der Prinz an den Feierlichkeiten zu Ehren der Göttin Astoreth teilnehmen wollte.

„Vor allem entspricht Astoreth", sagte der würdige Mefres zu Mentezufis, „unserer Isis und der chaldäischen Istar. Außerdem gehört es sich, da wir den Asiaten erlaubt haben, in unserem Lande einen Tempel zu erbauen, daß wir uns ihren Göttern gegenüber hin und wieder wohlwollend zeigen."

„Wir haben sogar die Pflicht, nach dem Abschluß unseres Vertrages mit Assyrien den Phöniziern eine kleine Aufmerksamkeit zu erweisen!" meinte der würdige Mentezufis lachend.

Der Zirkus, zu dem sich der Statthalter gemeinsam mit dem Nomarchen und den höchsten Offizieren am Nachmittag um vier Uhr begab, war im Garten des Tempels der Astoreth errichtet worden. Er befand sich auf einem runden Platz, den ein Zaun von doppelter Mannesgröße umgab. Rings um die Abzäunung waren viele Logen und Bänke amphitheatralisch angeordnet.

Das Gebäude hatte kein Dach, dafür waren über den Logen farbige Zeltplanen in Form von Falterflügeln gespannt, die mit duftenden Wassern besprengt und zur Kühlung für die Zuschauer bewegt wurden.

Als der Statthalter in seiner Loge erschien, begrüßten ihn die im Zirkus versammelten Asiaten und Ägypter mit lauten Rufen. Bald darauf begann das Schauspiel mit dem Umzug von Musikanten, Sängern und Tänzerinnen.

Der Prinz blickte sich um. Ihm zur Rechten befand sich die Loge Hirams und der vornehmsten Phönizier, zur Linken die der phönizischen Priester und Priesterinnen, unter denen, auf einem der ersten Plätze, Kama durch ihre Schönheit und kostbare Kleidung die Aufmerksamkeit auf sich lenkte. Sie trug ein hauchzartes, fast durchsichtiges und mit bunten Stickereien verziertes Gewand, goldene Arm- und Beinreifen und um ihre Stirn ein Band mit einer kunstvoll aus edlen Steinen gearbeiteten Lotosblüte.

Nachdem Kama und die übrigen phönizischen Priester sich

vor dem Prinzen tief verneigt hatten, wandte sie sich ihrer linken Loge zu und begann ein lebhaftes Gespräch mit einem gutaussehenden Fremdling mit graumeliertem Haar. Dieser Mann und seine Begleiter trugen ihre Bärte und ihr Haupthaar in eine Unzahl von Zöpfen geflochten.

Ramses, der fast geradewegs von der Wiege seines Sohnes in den Zirkus gekommen war, befand sich so lange in fröhlicher Laune, bis er sah, daß Kama mit einem fremden Manne sprach. Da verfinsterte sich seine Miene.

„Weißt du nicht", fragte er Thutmosis, „wer der Mann ist, den die Priesterin umschmeichelt?"

„Es ist jener vornehme babylonische Pilger, der würdige Sargon."

„Aber er ist ja ein Greis!" rief der Prinz.

„Er wird gewiß älter sein als wir beide zusammen, aber er ist ein schöner Mann."

„Kann so ein Barbar denn schön sein?" empörte sich der Statthalter. „Ich bin sicher, daß er nach Talg stinkt."

Beide verstummten: der Prinz vor Zorn, Thutmosis aus Furcht, weil er sich erdreistet hatte, einen Menschen zu rühmen, der seinem Herrn nicht gefiel.

Indessen folgte in der Arena eine Schaunummer der anderen. Der Reihe nach traten Turner, Schlangenbeschwörer, Tänzer, Hexenmeister und Narren auf, die bald lebhafte Beifallsrufe der Zuschauer ernteten.

Der Statthalter aber blieb finster. In seiner Seele erwachten wieder die vorübergehend eingeschläferten Leidenschaften: der Haß gegen die Assyrer und die Eifersucht auf Kama.

Wie kann diese Frau, dachte er bei sich, einem alten, schwarzäugigen Manne schmeicheln, der ein Gesicht hat wie aus gegerbtem Leder, einen Bart, der dem eines Ziegenbocks gleicht.

Nur einmal wandte der Prinz der Vorstellung selbst größere Aufmerksamkeit zu.

Etliche nackte Chaldäer betraten die Arena. Der älteste pflanzte drei kurze Lanzen mit den Spitzen nach oben in die Erde und schläferte mit Hilfe geheimnisvoller Handbewegungen den jüngsten ein, den die anderen danach hoch nahmen und so auf die Lanzenspitzen legten, daß die eine seinen Kopf, die zweite den Rücken und die dritte die Beine stützte.

Der Schlafende war steif wie ein Klotz. Der Greis beschrieb noch einige Gesten und zog dann die Lanze, die die Beine stützte, fort. Nach einer Weile nahm er auch die Rückenstütze und schließlich auch die letzte Lanze beiseite.

Und es geschah am hellen Tage vor etlichen tausend Zeugen, daß der schlafende Chaldäer waagerecht und frei ein paar Ellen über der Erde in der Luft schwebte. Endlich drückte ihn der Greis zu Boden und weckte ihn.

Im Zirkus herrschte Verwunderung; niemand wagte zu schreien oder Beifall zu klatschen; nur aus einigen Logen wurden Blumen geworfen.

Ramses war nicht minder erstaunt. Er neigte sich Hiram zu und flüsterte: „Könnt ihr dieses Wunder auch im Tempel der Astoreth vollbringen?"

„Zwar kenne ich nicht alle Geheimnisse unserer Priester", antwortete der Fürst verwirrt, „aber ich weiß, daß die Chaldäer sehr durchtrieben sind."

„Aber wir haben alle gesehen, daß der Jüngling in der Luft schwebte."

„Wenn man uns nicht behext hat", murmelte Hiram mürrisch und verlor seine gute Laune.

Nach einer kurzen Pause, während der in den Logen der Würdenträger frische Blumen, gekühlter Wein und Kuchen gereicht wurden, begann der wichtigste Teil der Vorstellung: der Stierkampf.

Unter dem Klang von Fanfaren, Trommeln und Flöten führte man einen mächtigen Stier, dem man die Augen verbunden hatte, in die Arena. Dann liefen etliche nackte Männer mit Lanzen herbei und einer, der mit einem kurzen Schwert bewaffnet war.

Auf ein von Ramses gegebenes Zeichen flohen die Treiber, und einer der Bewaffneten riß dem Stier das Tuch herunter. Das Tier stand einige Augenblicke benommen, dann lief es hinter den Lanzenträgern her, die es mit Stichen reizten.

Dieser unsinnige Kampf zog sich etliche Minuten hin. Die Leute reizten den Stier, und er bäumte sich auf, schäumend, blutüberströmt, und raste durch das ganze Rund seinen Feinden nach, ohne jedoch einen erreichen zu können.

Endlich fiel er unter dem Gelächter der Zuschauer.

Der gelangweilte Prinz schaute statt auf die Arena zur Loge der phönizischen Priester hinüber und sah, daß Kama noch näher zu Sargon herangerückt war und mit ihm eine lebhafte Unterhaltung führte. Der Assyrer verschlang sie mit seinen Blicken, sie aber flüsterte lächelnd und verschämt mit ihm und neigte sich so zu ihm hin, daß ihr Haar die Zotteln des Barbaren streifte. Manchmal wandte sie sich dann mit gespieltem Zorn wieder von ihm ab.

Ramses schmerzte das Herz. Es widerfuhr ihm zum erstenmal, daß eine Frau einem anderen Manne vor ihm den Vorzug gab. Dazu noch einem alten Mann, einem Assyrer!

Da durchlief ein Raunen die Menge. In der Arena befahl der mit dem Schwert bewaffnete Mann, ihm die Linke auf die Brust zu fesseln. Ein zweiter Stier wurde hereingeführt.

Als einer der Bewaffneten dem Tier das Tuch von den Augen riß, wandte es sich um und sah in die Runde, als wolle es seine Gegner zählen. Als es die ersten Stiche abbekam, zog es sich an den Zaun zurück, um sich den Rücken zu decken. Dann senkte es den Kopf und verfolgte von unten her die Bewegungen der Angreifer.

Anfänglich schlichen sich die Bewaffneten vorsichtig von der Seite heran, doch als das Tier unbeweglich blieb, wurden sie kühner und liefen ganz dicht an ihm vorbei.

Der Stier senkte den Kopf noch tiefer, doch stand er wie in die Erde gewurzelt. Die Zuschauer begannen zu lachen. Plötzlich aber verwandelte sich ihre Fröhlichkeit in einen Entsetzensschrei. Der schwere Stier sprang jäh vorwärts, traf einen Lanzenträger und wirbelte ihn mit einem einzigen Stoß seiner Hörner hoch empor.

Der Mann landete mit zerschmetterten Knochen auf der Erde, und das Tier galoppierte auf die andere Seite der Arena, um wiederum in Verteidigungsstellung stehenzubleiben.

Die Lanzenträger umringten es von neuem und reizten es; inzwischen liefen die Zirkusdiener in die Arena, um den Verwundeten, der schrecklich stöhnte, fortzuschaffen. Der Stier stand trotz der ständigen, zahlreichen Lanzenstiche bewegungslos; als aber die drei Diener den ohnmächtig gewordenen Kämpfer auf die Schulter hoben, kam er mit Sturmesgeschwindigkeit auf sie zu gerast, warf sie zu Boden und stampfte wütend auf ihnen herum.

Unter den Zuschauern entstand Verwirrung. Die Frauen weinten, die Männer fluchten und warfen, was gerade jeder zur Hand hatte, auf den Stier: Knüppel, Messer, sogar Bretter von den Bänken.

Da lief der Mann mit dem Schwert auf das rasende Tier zu. Doch die Lanzenträger verloren den Kopf und unterstützten ihn nicht genügend, so daß der Stier auch ihn zu Boden warf und den anderen nachraste.

Es kam zu einer bisher im Zirkus nie erlebten Szene. In der Arena lagen fünf Menschen. Die anderen flohen vor dem Tier, ohne sich richtig zu verteidigen. Das Publikum brüllte vor Zorn und Angst. Plötzlich verstummte alles. Die Zuschauer standen auf und beugten sich vor. Der entsetzte Hiram wurde blaß und breitete die Arme aus. Aus den Logen der Würdenträger sprangen zwei Männer in die Arena: Prinz Ramses mit blankem Schwert und Sargon mit einer kurzen Axt.

Der Stier sauste mit gesenkten Hörnern und hoch erhobenem Schwanz im Kreise und wirbelte eine Staubwolke auf. Er raste geradewegs auf den Prinzen zu, doch – wie vor der Majestät des Königssohnes zurückschreckend – wich er Ramses aus, stürzte sich auf Sargon und ... brach auf der Stelle zusammen! Der geschickte und ungeheuer starke Assyrer hatte ihn mit einem einzigen Axthieb zwischen die Augen zu Boden gestreckt.

Das Publikum heulte vor Freude und warf Blumen auf Sargon und sein Opfer. Ramses stand indessen mit blankem Schwert erstaunt und erzürnt da und sah zu, wie Kama ihren Nachbarn Blumen entriß, um sie dem Assyrer zuzuwerfen.

Sargon nahm die Beifallsbezeigungen des Publikums gleichgültig hin. Er stieß den Stier mit dem Fuß, um sich zu überzeugen, ob er noch lebe, und näherte sich dann dem Prinzen bis auf wenige Schritte. Er verneigte sich mit der Würde eines großen Herrn und sagte einige Worte in seiner Sprache.

Ramses' Blick vernebelte sich. Gern hätte er das Schwert in die Brust des Siegers gestoßen; aber er beherrschte sich, überlegte eine Weile, nahm die goldene Kette von seinem Nacken und reichte sie Sargon.

Der Assyrer verneigte sich zum zweitenmal, küßte die Kette und legte sie an. Der Prinz jedoch wandte sich mit fleckigen Wangen dem Pförtchen zu, durch das die Schauspieler die Arena betraten, und verließ unter den Zurufen des Volkes, tief gedemütigt, den Zirkus.

IX

Der Monat Tot (Ende Juni–Anfang Juli) war gekommen. In der Stadt Pi-Bast und ihrer Umgebung wurde der Zustrom der Bevölkerung der Hitze wegen geringer. Doch am Hofe des Ramses belustigte man sich immer noch und sprach über die Vorfälle im Zirkus.

Die Höflinge lobten den Mut des Prinzen, die Ungeschickten bewunderten Sargons Stärke, die Priester raunten mit ernsten Mienen, daß sich der Thronfolger in den Kampf mit dem Stier keinesfalls hätte einmischen sollen. Dazu wären andere da, bezahlte Leute, die sich keineswegs der öffentlichen Achtung erfreuten.

Ramses hörte entweder das Gerede gar nicht, oder er schenkte ihm einfach keine Beachtung. In seiner Erinnerung an das Schauspiel hafteten nur zwei Episoden: der Assyrer entriß ihm den Sieg über den Stier und – warb um Kama, die seine Kurschneiderei sehr freundlich hinnahm.

Da es sich nicht gehörte, die phönizische Priesterin zu sich zu rufen, sandte er ihr eines Tages einen Brief, in dem er mitteilte, daß er sie zu sehen wünsche, und fragte, wann sie ihn empfangen wolle. Durch denselben Boten antwortete Kama, daß sie ihn am selben Abend erwarten werde.

Kaum waren die ersten Sterne aufgegangen, als der Prinz – seiner Meinung nach unbemerkt – den Palast verließ.

Der Tempelgarten der Astoreth war fast leer, besonders in der Nähe des Schlößchens der Priesterin. Das lag still da, und nur wenige winzige Lichter waren zu sehen.

Als der Prinz schüchtern anklopfte, öffnete ihm die Priesterin selbst. Im dunklen Gang küßte sie seine Hände und flüsterte, daß sie gestorben wäre, wenn ihm das rasende Tier damals im Zirkus ein Leid zugefügt hätte.

„Doch jetzt mußt du wohl beruhigt sein", antwortete der Thronfolger zornig, „da mich dein Geliebter gerettet hat."

Als sie die erleuchtete Kemenate betraten, bemerkte der Prinz, daß Kama weinte.

„Was soll das heißen?" fragte Ramses.

„Das Herz meines Herrn hat sich von mir gewandt", antwortete sie, „und vielleicht mit Recht."

Der Thronfolger lachte bitter.

„So bist du also bereits seine Geliebte? Oder sollst du es erst werden, du heilige Jungfrau?"

„Seine Geliebte? Niemals! Aber vielleicht werde ich die Frau dieses schrecklichen Menschen werden."

Ramses sprang vom Sessel empor.

„Träume ich?" rief er. „Oder hat Seth mich verflucht? Du,

eine Priesterin, die du das Feuer vor dem Altar der Astoreth hütest und unter Todesdrohungen jungfräulich bleiben mußt, du willst eine Ehe eingehen? Wahrhaftig, die phönizische Verlogenheit ist noch übler, als die Menschen annehmen!"

„Höre mich an, Herr", sagte sie und trocknete ihre Tränen. „Verdamme mich, wenn ich es verdient habe. Sargon will mich zu seiner Frau machen, zu seiner ersten Frau. Nach unseren Gesetzen kann eine Priesterin in außergewöhnlichen Fällen heiraten, doch nur einen Mann aus königlichem Geschlecht, und Sargon ist ein Verwandter des Königs Assar."

„Wirst du ihn heiraten?"

„Wenn es der Höchste Rat der tyrischen Priester befiehlt – was soll ich dann beginnen?" erwiderte sie und brach erneut in Tränen aus.

„Aber was kann dem Rat an Sargon liegen?" fragte der Prinz.

„Offenbar sehr viel", seufzte Kama. „Die Assyrer sollen angeblich Phönizien besetzen, und Sargon soll Phöniziens Satrap werden."

„Du bist wahnsinnig!" rief der Prinz.

„Ich sage, was ich weiß. Zum zweitenmal bereits ertönt in unserem Tempel das Gebet, von Phönizien Unglück abzuwenden ... das erstemal beteten wir, bevor du zu uns kamst, Gebieter."

„Warum denn jetzt wieder?"

„Weil nach sicheren Informationen der chaldäische Priester Istubar in Ägypten eingetroffen ist und Briefe mitbrachte, in denen König Assar Sargon zu seinem Gesandten ernennt und ihn bevollmächtigt, jenen Vertrag mit euch abzuschließen, der die Abtretung Phöniziens vorsieht."

„Aber ich ...", unterbrach der Prinz.

Er wollte sagen: ich weiß nichts, doch er hielt inne. Er lachte und erwiderte: „Kama, ich schwöre dir bei meinem Vater: solange ich am Leben bin, wird Assyrien nicht Phönizien besetzen! Genügt das?"

„O Herr! Herr!" rief sie und warf sich ihm zu Füßen.

„Nun wirst du wohl nicht mehr die Frau dieses Tölpels werden?"

„Ph!" Sie schüttelte sich. „Wie kannst du jetzt noch danach fragen!"

„Du wirst mein", flüsterte der Prinz.

„So willst du also meinen Tod?" erwiderte sie entsetzt. „Nun, wenn du es wünschst, ich bin bereit!"

„Du sollst leben“, raunte er leidenschaftlich, „leben und mir gehören.“

„Das ist nicht möglich.“

„Und der Höchste Rat der tyrischen Priester?“

„Kann mich doch nur verheiraten ...“

„Du wirst in mein Haus kommen ...“

„Und wenn ich das täte, ohne deine Gattin zu sein, müßte ich sterben ... Aber ich bin sogar dazu bereit, die morgige Sonne nicht mehr zu erleben.“

„Sei ruhig“, antwortete der Prinz ernst, „wenn jemand meine Gunst besitzt, wird ihm keiner etwas zuleide tun!“

Kama kniete wieder vor ihm nieder.

„Wie willst du das verhindern?“ fragte sie und faltete die Hände.

Ramses war maßlos erregt. Er hatte schon so weit seine Stellung und seine Pflichten vergessen, daß er bereit war, der Priesterin die Ehe zu versprechen. Vor diesem Schritt aber hielt ihn nicht so sehr die Vernunft, als vielmehr ein dumpfer Instinkt zurück.

„Was willst du tun? Was willst du tun?“ flüsterte Kama und verzehrte ihn mit Blicken und küßte seine Füße.

Der Prinz hob sie auf, setzte sie ein wenig von sich entfernt nieder und erwiderte lächelnd: „Ich werde es dir gleich erklären. Mein letzter Lehrer, bevor ich volljährig wurde, war ein alter Priester, der eine Menge wunderbarer Geschichten kannte: aus dem Leben von Göttern, Königen, Priestern, ja sogar von niederen Beamten und Bauern.

Dieser Greis, der seiner Frömmigkeit und seiner Weisheit wegen berühmt war, liebte – ich weiß nicht, warum – keine Frauen. Er fürchtete sie sogar. So beschrieb er denn am häufigsten die Tücke der Weiber. Einmal, um mir zu beweisen, welch mächtige Gewalt sie über das männliche Geschlecht besäßen, erzählte er mir folgende Geschichte:

Ein armer junger Schreiber, der auch nicht einen kupfernen Uten in der Tasche hatte, sondern nur einen einzigen Gerstenfladen, wanderte von Theben nach Unterägypten, um dort einen Erwerb zu suchen. Man hatte ihm gesagt, in jenem Teil des Landes wohnten die reichsten Herren und Kaufleute und wenn er Glück hätte, würde er eine Stellung finden, in der er großes Vermögen erwerben könnte. So wanderte er am Nilufer entlang – das Schiff konnte er nicht bezahlen – und überlegte: Wie unvernünftig sind doch die Menschen, die von ihren Vätern ein Talent, zwei Talente, sogar zehn Talente erben und, anstatt ihr Vermögen durch Handeln oder Geldgeschäfte zu vergrößern, es für Nichtigkeiten vergeuden! Ja, wenn ich eine Drachme hätte, nun, eine Drachme ist zuwenig ... aber besäße ich ein Talent oder gar ein paar Acker Land, so würde ich meinen Besitz von Jahr zu Jahr vergrößern und wäre an meinem Lebensabend so reich wie der reichste Nomarch.

‚Doch', seufzte er, ‚wie es scheint, sind die Götter nur den Dummen geneigt; mich aber erfüllt von der Perücke bis zu den bloßen Fersen Weisheit. Und wenn in meinem Herzen auch nur ein Körnchen Dummheit verborgen sein sollte, so beruht sie darin, daß ich unfähig wäre, ein Vermögen zu vergeuden, ja daß ich nicht einmal wüßte, wie man so etwas Gottloses beginnt.'

Als der arme Schreiber so hin und her überlegte, kam er an einer Lehmhütte vorbei. Da saß ein Mensch, nicht jung und nicht alt, dessen Blick bis auf den Grund der Herzen zu schauen vermochte. Der Schreiber, klug wie ein Storch, bemerkte sofort, daß dies ein Gott sein müsse, und er sagte, sich verneigend: ‚Ich grüße dich, ehrwürdiger Besitzer dieses schönen Hauses, und es tut mir leid, daß ich weder Wein noch Fleisch mein eigen nenne, um dir davon abzugeben – zum Zeichen, daß ich dich verehre und daß alles, was ich habe, auch dir gehört.'

Amon, denn er war es selbst, gefiel die Höflichkeit des jungen Schreibers. Er sah ihn also an und fragte: ‚Woran hast du denn vorhin gedacht? Ich lese nämlich auf deiner Stirn Weisheit, und ich gehöre zu denen, die – wie das Rebhuhn Weizenkörner sucht – Worte der Wahrheit sammeln.'

Der Schreiber seufzte.

‚Ich dachte an mein Elend und an die leichtsinnigen Reichen, die für nichts und wieder nichts ihr Vermögen verschwenden.'

‚Und du würdest das nicht tun?' fragte der Gott in Menschengestalt.

‚Sieh mich an, Herr', rief der Schreiber. ‚Mein Gewand ist zerrissen, und ich habe unterwegs die Sandalen verloren. Doch Papyrus und Schreibzeug trage ich stets bei mir wie das eigene Herz, denn immer, wenn ich aufstehe oder mich schlafen lege, wiederhole ich mir, daß eine arme Weisheit besser ist als dummer Reichtum.

Wenn ich nun so veranlagt bin, wenn ich mich in zwei Schriften auszudrücken und die verwickeltsten Rechnungen zu lösen vermag, wenn ich alle Pflanzen und Tiere kenne, die unter dem Himmel leben, – meinst du denn, daß ich bei meiner Weisheit fähig wäre, ein Vermögen zu vergeuden?‘

Der Gott überlegte und sagte: ‚Deine Rede fließt so rasch wie der Nil bei Memphis; doch wenn du wirklich so klug bist, so schreibe mir auf zweierlei Weise: Amon.‘

Der Schreiber holte seine Farbe und den Pinsel hervor und schrieb in kurzer Zeit auf die Tür der Hütte auf zwei Arten: Amon, und zwar so deutlich, daß sogar die stummen Geschöpfe verharrten, um dem Herrn zu huldigen.

Der Gott war damit zufrieden und fragte: ‚Falls du im Rechnen ebenso geschickt bist wie in der Schrift, so berechne mir folgendes: Wenn ich für ein Rebhuhn vier Hühnereier erhalte, wieviel Hühnereier muß ich dann für sieben Rebhühner bekommen?‘

Der Schreiber sammelte Steinchen, legte sie in verschiedenen Reihen nieder, und ehe die Sonne unterging, antwortete er, daß Amon für sieben Rebhühner – achtundzwanzig Hühnereier zuständen.

Der allmächtige Gott lächelte zufrieden, weil er einen Weisen von so ungewöhnlichen Fähigkeiten getroffen hatte, und rief: ‚Ich sehe, du hast vorhin, als du von deiner Klugheit sprachst, nicht übertrieben. Wenn du dich nun in der Tugend ebenso auszeichnest, werde ich dich bis ans Ende deines Lebens glücklich machen und dafür sorgen, daß deine Söhne deinen Schatten nach dem Tode in einem schönen Grab unterbringen. Nun sage mir: Welche Art Reichtum wünschst du dir, welchen Reichtum, den du nicht nur nicht verschwenden, sondern auch noch vergrößern würdest?“

Der Schreiber fiel der barmherzigen Gottheit zu Füßen und erwiderte: ‚Wenn ich nur diese Hütte und vier Maß Land besäße, so wäre ich reich.‘

‚Gut‘, sprach der Gott, ‚doch schau dich zuerst um, ob dir das genügt.‘

Er führte ihn in die Hütte und sprach: ‚Hier hast du vier Kapuzen und Schurze, zwei Tücher für schlechtes Wetter und zwei Paar Sandalen; da hast du einen Herd, hier die Bank, um darauf zu schlafen, einen Mörser, den Weizen zu zerstampfen, und einen Trog für den Teig.‘

‚Doch – was ist das?‘ fragte der Schreiber und wies auf eine mit einem Tuch verhüllte Figur.

‚Es ist das einzige', erwiderte der Gott, ‚was du nicht berühren darfst, weil du sonst deinen gesamten Besitz wieder verlierst.'

‚Ei!' schrie der Schreiber, ‚das kann meinetwegen über tausend Jahre dort stehen, und ich werde nicht daran rühren. Doch sagt, was sehe ich dort drüben für ein Vorwerk?'

Er beugte sich aus dem Fenster.

‚Du hast recht, das ist ein Vorwerk, und zwar ein sehr schönes. Zu ihm gehören ein geräumiges Haus, fünfzig Maß Land, ein Dutzend Stück Vieh und zehn Sklaven. Wenn du das lieber haben willst ...'

Der Schreiber warf sich dem Gott zu Füßen. ‚Gibt es denn unter der Sonne einen Menschen, der nicht an Stelle eines Gerstenfladens lieber ein Weizenbrot äße?'

Als Amon das hörte, sprach er eine Beschwörung, und im selben Augenblick befanden sich beide in einem prächtigen Gutshaus.

‚Hier hast du', sprach der Gott, ‚ein geschnitztes Bett, fünf Tischchen und zehn Sessel, bestickte Gewänder, Krüge und Becher für den Wein, eine Öllampe und eine Sänfte.'

‚Und was ist das dort?' fragte der Schreiber und zeigte auf eine Figur, die unter einem Musselin verborgen im Winkel stand.

‚Dieses eine', erwiderte der Gott, ‚berühre nicht, denn sonst verlierst du das ganze Vermögen.'

‚Selbst wenn ich zehntausend Jahre leben würde', rief der Schreiber, ‚ich täte das nicht! Ich finde nämlich, daß nach der Weisheit das Beste der Reichtum ist.

Doch was sehe ich dort draußen? fragte er nach einer Weile und wies auf einen riesigen, von einem Garten umgebenen Palast.

‚Das ist ein fürstliches Gut', erwiderte der Gott. ‚Ein Palast, fünfhundert Maß Land, hundert Sklaven, und ein paar hundert Stück Vieh. Das ist ein großes Gut. Doch wenn du glaubst, daß deine Weisheit dafür ausreicht ...'

Der Schreiber warf sich von neuem mit Freudentränen Amon zu Füßen.

‚O Herr!' rief er. ‚Wo gäbe es denn einen Wahnsinnigen, der anstatt eines Bechers Bier nicht lieber ein Faß Wein nähme?'

‚Deine Worte sind eines Weisen würdig, der die schwierigsten Rechnungen zu lösen vermag', erwiderte Amon. Er sprach eine mächtige Beschwörung aus, und schon befanden sich beide im Palast.

‚Hier hast du', sprach der Gott, ‚den Speisesaal mit vergoldeten Ruhebänken und Sesseln, sowie mit Tischen voller Intarsien. Darunter liegen: die Küche für fünf Köche, die Speisekammer, wo du alle Arten Fleisch, Fisch und Gebäcke vorfindest, schließlich ein Keller mit dem besten Wein; hier hast du noch ein Schlafgemach mit einem beweglichen Dach, das die Sklaven während deines Schlafes dir zur Kühlung fächeln können. Ich lenke deine Aufmerksamkeit auf die Ruhestatt aus Zedernholz, die auf vier kunstvoll in Bronze gegossenen Löwenklauen steht. Hier ist deine Kleiderkammer voller leinener und wollener Gewänder, und da sind Truhen, mit Ringen, Ketten und Reifen bis an den Rand gefüllt.'

‚Was ist denn das?' fragte der Schreiber plötzlich, auf eine Figur zeigend, die unter einem mit Gold- und Purpurfäden bestickten Schleier stand.

‚Davor eben mußt du dich am meisten hüten', antwortete der Gott. ‚Wenn du das berührst, geht dein riesiges Gut verloren, und wahrlich, ich sage dir, es gibt nicht viele solche Güter in Ägypten. Ich möchte dir nämlich noch sagen, daß in der Schatzkammer zehn Talente in Gold und Edelsteinen liegen.'

‚Mein Herrscher!' schrie der Schreiber auf, ‚erlaube mir, in diesem Palast an hervorragender Stelle dein heiliges Standbild aufzustellen, vor dem ich dreimal täglich Weihrauch streuen will.'

‚Aber meide jenes dort!' mahnte Amon und wies auf die verschleierte Gestalt.

‚Ich müßte erst den Verstand verlieren und übler als ein Wildschwein sein, dem Wein nicht mehr als Spülicht bedeutet', rief der Schreiber. ‚Meinetwegen kann die Figur hunderttausend Jahre lang büßen; ich aber werde sie nicht berühren, wenn du es mir verbietest.'

‚Bedenke, daß du sonst alles verlierst', rief der Gott und verschwand.

Der beglückte Schreiber begann in seinem Palast herumzuwandern und aus den Fenstern hinauszuschauen. Er betrachtete den Schatz und wog das Gold in den Händen: es war schwer. Er betrachtete die Edelsteine: sie waren echt. Er befahl, Speisen zu bringen. Sofort kamen Sklaven herbeigelaufen und badeten, schoren und kleideten ihn in dünne Gewänder.

Er aß und trank sich satt wie nie zuvor; denn es war für ihn ein Hochgenuß, an den köstlichen Speisen seinen Hunger zu stillen. Er entzündete Weihrauch vor dem Standbild Amons und schmückte es mit frischen Blumen. Dann setzte er sich ans Fenster.

Auf dem Hof wieherte ungeduldig ein vor einen geschnitzten Wagen gespanntes Pferdepaar. Etwas weiter ab beruhigten einige mit Bogen und Netzen ausgerüstete Menschen jagdeifrige Hetzhunde.

Vor dem Speicher empfing gerade ein Schreiber Korn von den Landwirten, und ein zweiter Schreiber nahm vor den Ställen vom Aufseher der Hirten die Abrechnung entgegen.

In der Ferne sah man einen Olivenhain, einen kleinen Weinberg, weite Weizenfelder und überall Dattelpalmen.

Wirklich, sagte sich da der Schreiber, heute bin ich reich, so reich, wie es mir zukommt. Und mich wundert eines: daß ich so viele Jahre in Armut und Elend ausharren konnte. Ich muß auch zugeben, fuhr er in Gedanken fort, daß ich nicht weiß, ob ich das riesige Vermögen zu vergrößern vermag, denn ich brauche nichts mehr und werde auch gar keine Zeit haben, irgendwelchen Spekulationsgeschäften nachzujagen.

Bald wurde es ihm aber in den Räumen langweilig. Darum besichtigte er den Garten, fuhr auf die Felder und sprach mit den Dienern. Sie warfen sich vor ihm auf den Bauch, obwohl sie so gut gekleidet waren, daß er es noch gestern für äußerst ehrenvoll gehalten hätte, ihnen die Hände küssen zu dürfen. Als er sich dann schließlich wieder langweilte, kehrte er in den Palast zurück und besichtigte die Vorräte seiner Speisekammer und des Kellers und die Geräte und Möbel in den Gemächern.

Das ist ja alles sehr schön, murmelte er, doch schöner noch wären Geräte aus purem Gold und mit Edelsteinen besetzte Krüge.

Seine Augen wandten sich unwillkürlich dem Winkel zu, in dem die unter einem Schleier verborgene Gestalt stand und seufzte.

Seufze nur, seufze! dachte er und ergriff das Weihrauchgefäß, um vor dem Standbild Amons zu räuchern.

Das ist ein guter Gott, sagte er sich, der den Wert der Weisen, sogar der barfüßigen, zu schätzen weiß und ihnen Gerechtigkeit widerfahren läßt. Was für ein herrliches Gut hat er mir geschenkt! Nun, allerdings habe ich ihn auch geehrt, indem ich in zweierlei Schrift den Namen Amon auf die Tür jener Hütte schrieb. Und wie herrlich habe ich ihm ausgerechnet, wieviel Hühnereier man für sieben Rebhühner erhält! Meine Lehrmeister hatten schon recht, als sie behaupteten, daß die Weisheit sogar den Mund der Götter öffne.

Wieder sah er in die Ecke. Die schleierumhüllte Gestalt seufzte von neuem.

‚Ich bin doch neugierig', murmelte der Schreiber, ‚warum Freund Amon mir verboten hat, dieses Gebilde in der Ecke anzurühren. Nun, für so ein Vermögen hatte er schon das Recht, mir Bedingungen zu stellen. Wenn nun aber der Palast mein Eigentum ist und ich alles, was sich hier befindet, benutzen darf – weshalb sollte ich jenes Gebilde dort nicht einmal berühren?

Das sagt man so hin: nicht berühren! Schließlich wird man es doch anschauen dürfen.'

Er näherte sich der Figur, lüftete den Schleier und ... erblickte etwas sehr Schönes. Es ähnelte einem edlen, jungen Knaben, aber es war keiner. Bis zu den Knien reichten dem Geschöpf die Haare, es hatte zarte Züge und einen Blick voller Süße.

‚Was bist du?' fragte der Schreiber die Gestalt.

‚Ich bin eine Frau', antwortete sie mit dünnem Stimmchen, daß es ihm wie ein phönizisches Stilett tief ins Herz drang.

Eine Frau? dachte der Schreiber, so etwas habe ich in der Priesterschule nicht gelernt. Eine Frau? wiederholte er. ‚Ja, und was ist das, was du hier hast?'

‚Das sind meine Augen.'

‚Augen? Was siehst du denn schon mit so zarten Augen, die unter dem geringsten Lichtstrahl zerfließen könnten?'

‚Meine Augen sind nicht dazu da, damit ich mit ihnen schaue, sondern nur, damit du in sie hineinschaust', antwortete die Frau.

‚Sonderbare Augen!' sprach der Schreiber vor sich hin und schritt im Zimmer auf und ab.

Von neuem blieb er vor der Figur stehen und fragte:

‚Und was hast du hier?'

‚Das ist mein Mund.'

‚Bei den Göttern! Du wirst verhungern!' rief er. ‚Du kannst dich doch mit einem so kleinen Mund nicht satt essen!'

‚Er ist auch nicht zum Essen da', antwortete die Frau, ‚sondern nur dazu, damit du ihn küßt.'

‚Küßt?' fragte der Schreiber. ‚Auch das hat man mich in der Priesterschule nicht gelehrt. Und das hier ... was ist das?'

‚Dies sind meine Händchen.'

‚Händchen? Gut, daß du nicht Hände sagtest, denn du könntest ja nicht mit ihnen arbeiten, nicht einmal Schafe melken.'

‚Meine Händchen sind auch nicht zur Arbeit da.‘

‚Nun, wozu denn sonst?‘ wunderte sich der Schreiber und spreizte ihre Finger.

Wie ich es jetzt mit deinen tue, Kama“, sagte der Thronfolger und liebkoste dabei die zierlichen Hände der Priesterin.

„‚Wozu also dienen dir solche Hände?‘ fragte der Schreiber.

‚Dazu, daß ich mit ihnen deinen Nacken umschlinge.‘

‚Du willst sagen: dich am Genick packe?‘ schrie der Schreiber erschrocken, denn die Priester hatten ihn immer so ergriffen, wenn er Prügel bekommen sollte.

‚Nicht am Genick‘, rief die Frau, ‚oh, nur so ...‘

Und sie umfaßte ihn“, fuhr Ramses fort, „umschlang mit ihren Händen seinen Nacken, schau, so ...“ (dabei legte er die Arme der Priesterin um seinen Hals), „und sie preßte ihn so an ihre Brust ...“ (nun schmiegte er sich an Kama).

„Herr, was tust du?“ flüsterte Kama, „das ist mein Tod.“

„Sei ruhig“, antwortete der Prinz, „ich zeige dir ja nur, was jenes Geschöpf mit dem Schreiber getan hat.

Plötzlich erbebte die Erde, der Palast verschwand, es verschwanden die Hunde, die Pferde und Sklaven. Die Weinberge verwandelten sich in Distelfelder, die Ölbäume in Dornen und die Weizenäcker in Wüste.

Als der Schreiber in den Armen seiner Geliebten erwachte, sah er, daß er wieder genauso bettelarm war wie zuvor. Aber er trauerte seinem verlorenen Reichtum nicht lange nach, denn er hatte ein Weib, das ihn liebte und liebkoste!“

„So verschwand also alles bis auf sie!“ rief Kama naiv.

„Der barmherzige Amon hatte ihm die Frau zum Trost gelassen“, sagte der Prinz.

„Oh, so war Amon nur den Schreibern gegenüber barmherzig“, erwiderte Kama. „Was aber soll die Geschichte bedeuten?“

„Rate mal! Schließlich hast du gehört, was der arme Schreiber alles für einen Kuß des Weibes aufgab.“

„Aber er hätte wohl nicht dem Thron entsagt!“ sprach die Priesterin.

„Wer weiß? Wenn man ihn sehr darum gebeten hätte ...“, flüsterte Ramses leidenschaftlich.

„Nein!“ rief Kama und entwand sich seiner Umarmung. „Dem Thron darf er nicht entsagen, was würde sonst aus den Versprechungen werden, die er Phönizien gemacht hat?“

Beide schauten einander in die Augen, lange ... lange. Da

war dem Prinzen zumute, als hätte er eine Wunde im Herzen. Gleichzeitig glaubte er zu spüren, wie in ihm ein Gefühl erstarb; nicht die Leidenschaft, sie blieb, aber – die Achtung vor Kama, der Glaube an sie.

Sonderbar sind diese Phönizierinnen, dachte der Thronfolger, sie können einem völlig den Kopf verdrehen, aber trauen darf man ihnen auf keinen Fall.

Ramses war müde und verabschiedete sich von Kama. Er schaute sich zögernd im Raume um, als fiele es ihm sehr schwer, sich von der Priesterin zu trennen.

Als er davonging, murmelte er vor sich hin: „Und doch wirst du mir gehören, und die phönizischen Götter werden dich nicht mit dem Tode bestrafen, wenn ihnen ihre Tempel und Priester etwas wert sind."

Kaum hatte Ramses Kamas Haus verlassen, als in ihr Zimmer ein junger Grieche von auffallender Schönheit und ebenso auffallender Ähnlichkeit mit dem ägyptischen Thronfolger stürzte. In seinen Zügen malte sich rasende Wut.

„Lykon", rief Kama erschrocken, „was tust du hier?"

„Elende Schlangenbrut!" erwiderte der Grieche mit wohltönender Stimme. „Noch ist kein Monat vergangen seit dem Abend, an dem du mir geschworen hast, daß du mich liebst und mit mir nach Griechenland fliehen willst, und schon wirfst du dich einem anderen an den Hals. Sind denn die Götter gestorben, oder haben sie ihre Gerechtigkeit aufgegeben?"

„Wahnsinniger Eifersüchtiger", rief die Priesterin, „du willst mich wohl umbringen?"

„Du kannst sicher sein, daß ich dich und nicht deine steinerne Göttin töten werde ... Mit diesen meinen Händen", rief er, die Hände wie Krallen nach ihr ausstreckend, „erwürge ich dich, wenn du eines anderen Geliebte wirst."

„Wessen?"

„Weiß ich's denn? Sicherlich beider: des alten Assyrers und Ramses', dem ich den Schädel mit einem Stein zertrümmere, wenn er sich hier blicken läßt. Ein Prinz! Kann alle Weiber Ägyptens haben und begehrt noch fremdblütige Priesterinnen, die für Priester da sind, nicht für Fremde."

Kama hatte sich bereits wieder gefaßt.

„Bist du etwa kein Fremder für uns?" rief sie hochmütig.

„Ich kann für euch kein Fremder sein, wenn ich meine Stimme, die mir die Götter geschenkt haben, eurem Tempeldienst leihe.

Und wie oft habt ihr mich als Doppelgänger des Prinzen dazu benutzt, die dummen Asiaten zu betrügen, ihnen weiszumachen, daß der ägyptische Thronfolger sich insgeheim zu eurem Glauben bekenne?"

„Leise! Leise!" zischte die Priesterin und schloß ihm mit der Hand die Lippen.

Es mußte in ihrer Berührung etwas Zauberhaftes sein, da sich der Grieche beruhigte und leiser sprach: „Höre, Kama. In Kürze wird in der Sebennytischen Mündung ein griechisches Schiff einlaufen, das mein Bruder führt. Versuche zu erreichen, daß dich der Erzpriester nach Pi-Uto sendet, von wo aus wir endlich in den Norden Griechenlands entfliehen könnten, an irgendeinen Ort, der noch nie einen Phönizier gesehen hat."

„Er wird sehr schnell welche zu sehen bekommen, wenn ich mich dort verberge", unterbrach ihn die Priesterin.

„Falls dir auch nur ein Haar gekrümmt wird", flüsterte der rasende Grieche, „schwöre ich, daß Dagon ... daß alle hiesigen Phönizier ihre Köpfe verlieren oder in den Bergwerken verrecken werden! Dann sollen sie sehen, was ein Grieche vermag."

„Ich aber sage dir", erwiderte die Priesterin, „daß ich mich nicht eher von hier fortrühren werde, bevor ich zwanzig Talente besitze. Ich habe aber erst acht."

„Wo willst du hernehmen, was dir noch fehlt?"

„Sargon und der Statthalter werden sie mir geben."

„Mit Sargon bin ich einverstanden, doch den Prinzen mag ich nicht!"

„Dummer Lykon, begreifst du denn nicht, weshalb mir der Jüngling ein wenig gefällt? Er erinnert mich an dich!"

Der Grieche war völlig besänftigt.

„Na, na!" brummte er. „Ich weiß ja: wenn ein Weib zwischen einem Thronfolger und einem Sänger wie mir zu wählen hat, so habe ich es nicht nötig, mich zu ängstigen. Aber ich bin eifersüchtig und jähzornig. Ich bitte dich also, daß du ihm nur so selten wie möglich erlaubst, sich dir zu nähern."

Er küßte sie, schlüpfte aus dem Hause und verschwand im dunklen Garten. Kama drohte mit geballter Faust hinter ihm her.

„Niederträchtiger Wicht!" zischte sie. „Mit deinem Gesang könntest du nicht einmal mein Sklave sein!"

X

Als Ramses am nächsten Morgen kam, um seinen Sohn zu sehen, fand er Sara in Tränen aufgelöst. Er fragte nach dem Grund. Zuerst antwortete sie, sie hätte gar nichts und wäre nur traurig, schließlich – warf sie sich laut weinend Ramses zu Füßen.

„Herr ... du mein Herr!" flüsterte sie. „Ich weiß, daß du mich nicht mehr liebst, aber tue mir wenigstens den Gefallen und setze dich nicht Gefahren aus."

„Wie kommst du denn darauf, daß ich dich nicht mehr liebe?" fragte der Prinz erstaunt.

„Du hast drei neue Weiber in deinem Hause ... Töchter bedeutender Familien."

„Ah, also darum geht es!"

„Und einer vierten wegen bringst du dich in Gefahr ... wo sie noch dazu eine durchtriebene Phönizierin ist."

Der Prinz war verwirrt. Was konnte Sara von Kama wissen und woraus erraten, daß sie durchtrieben war?

„Wie der Staub in die Truhe dringt, so gelangen auch böse Nachrichten in die ruhigsten Häuser", meinte Ramses. „Wer hat dir von der Phönizierin erzählt?"

„Weiß ich denn, wer? Eine böse Prophezeiung und mein Herz."

„Also gibt es auch schon Prophezeiungen?"

„Furchtbare! Eine alte Priesterin soll in einer Kristallkugel gesehen haben, daß wir alle durch die Phönizier zugrunde gehen werden, auf jeden Fall aber ich und mein Sohn!" brach es aus Sara heraus.

„Und du, die an den Einzigen glaubt, an Jehova, du läßt dich von Altweibermärchen schrecken? Vielleicht ist sie eine Intrigantin? Wo bleibt da dein allmächtiger Gott?"

„Mein Gott ist nur der meine, jene aber sind die deinen, also muß ich sie achten."

„Was sagt die Alte denn über die Phönizier?" fragte Ramses.

„Sie hat mir schon vor langer Zeit – noch in Memphis – prophezeit und mir dringend geraten, mich vor einer Phönizierin in acht zu nehmen", antwortete Sara. „Und hier reden alle von einer phönizischen Priesterin. Was weiß ich denn, vielleicht bilde ich mir alles nur in meiner großen Besorgnis ein. Man sagt sogar, Herr, daß du ohne ihren Zauber damals nicht in die Arena gesprungen wärest. Ach, wenn dich der Stier getötet hätte ... Noch jetzt bleibt mir fast das Herz stehen, wenn ich an das Unglück denke, das dir hätte widerfahren können!"

„Lache darüber, Sara", unterbrach der Prinz sie heiter, „jeder, den ich zu den Meinen rechne, steht so hoch, daß ihn keine Furcht erreichen sollte ... um so weniger dummes Gerede."

„Aber das Unglück? Gibt es denn einen Berg, der so hoch wäre, daß der Pfeil des Leides einen dort oben nicht erreichen könnte?"

„Deine Mutterschaft hat dich erschöpft, Sara", sagte der Prinz, „und die Hitze verwirrt dein Denken, darum machst du dir unnütze Sorgen. Bleibe ruhig und wache über meinen Sohn. – Ein Mensch!" sprach er nachdenklich, „wer er auch sei, ein Phönizier oder ein Grieche, kann nur ihm ebenbürtigen Geschöpfen schaden, doch nicht uns, die wir die Götter dieser Welt sind."

„Was sprichst du von einem Griechen? Welcher Grieche?" fragte Sara beunruhigt.

„Sagte ich ‚ein Grieche'? Davon weiß ich nichts, vielleicht ist mir etwas Ähnliches entschlüpft, oder du hast dich verhört."

Er küßte Sara und seinen Sohn und verabschiedete sich von ihnen. Doch seine Unruhe hatte er nicht vertrieben.

Man muß eben stets bedenken, dachte Ramses, daß in Ägypten kein Geheimnis verborgen bleibt. Zum Beispiel beobachten die Priester mich und meine Höflinge sogar dann, wenn sie betrunken sind oder es auch nur vortäuschen. Über Kama aber wachen die Schlangenaugen der Phönizier. Wenn sie die Priesterin bisher nicht vor mir verborgen haben, so scheinen sie ihre Tugend nicht sonderlich zu hüten. Vor wem sollten sie es übrigens tun? Etwa vor mir, dem sie die Betrügereien ihrer Tempel selber enthüllt haben! Kama wird mir gehören. Die Phönizier haben ein viel zu großes Interesse daran, sich mein Wohlwollen zu erhalten.

Nach ein paar Tagen erschien der heilige Priester Mentezufis, der Mitarbeiter des würdigen Herihor im Kriegsministerium, beim Thronfolger. Als Ramses das blasse Gesicht und die gesenkten Augen des Propheten sah, erriet er, daß auch er schon von der Phönizierin wußte und als ägyptischer Priester ihm vielleicht sogar Vorwürfe machen würde.

Doch Mentezufis berührte dieses Mal nicht die Herzensangelegenheiten des Prinzen.

Er begrüßte ihn mit würdiger Miene, nahm den ihm angewiesenen Platz ein und begann: „Aus dem memphisschen Palast des Herrn der Ewigkeit erreichte mich die Nachricht, daß dieser Tage der große chaldäische Priester Istubar, der Hofastrolog und Rat Seiner Liebden, des Königs Assar, nach Pi-Bast gekommen sei."

Der Prinz wollte Mentezufis eigentlich gleich den wahren Zweck der Reise Istubars mitteilen, aber er biß sich auf die Lippen und schwieg.

„Der angesehene Istubar", fuhr der Priester fort, „hat Dokumente mitgebracht. Sie bescheinigen, daß der würdige Sargon, der Blutsverwandte und Satrap Seiner Liebden, des Königs Assar, von diesem zum Gesandten und zum Beauftragten dieses mächtigen Königs bei uns bevollmächtigt wurde."

Der Thronfolger hätte fast laut aufgelacht. Der Ernst, mit dem Mentezufis einen Teil des Schleiers von dem Geheimnis zu lüften geruhte, das dem Prinzen seit langem schon bekannt war, erfüllte Ramses mit Heiterkeit und – Verachtung.

Dieser Schwätzer ahnt also nicht im geringsten, daß ich ihre Schliche kenne ...

„Der würdige Sargon und der ehrbare Istubar", sprach Mentezufis, „begeben sich nach Memphis, um die Füße Seiner Heiligkeit zu küssen. Geruht jedoch, Hoheit, als Statthalter beide Würdenträger nebst ihrem Gefolge gnädigst zuvor zu empfangen."

„Sehr gern", erwiderte Ramses, „und bei dieser Gelegenheit werde ich sie fragen, wann uns Assyrien den schuldigen Tribut bezahlen wird."

„Eure Hoheit will das tatsächlich tun?" rief der Priester und sah ihm starr in die Augen.

„Unbedingt! Unsere Schatzkammer braucht Gelder."

Mentezufis erhob sich plötzlich und sagte feierlich, wenn auch leise: „Statthalter unseres Herrn und Herr über unser Leben, im Namen Seiner Heiligkeit verbiete ich dir, mit irgend jemandem über Tribute zu sprechen, vor allen Dingen nicht mit Sargon, Istubar oder einem Mann aus ihrem Gefolge."

Der Prinz wurde blaß.

„Priester!" rief er, sich ebenfalls erhebend, „mit welchem Recht sprichst du zu mir im Ton eines Vorgesetzten?"

Mentezufis öffnete sein Gewand und löste von seinem Hals ein Kettchen, an dem einer der Ringe des Pharao hing.

Der Statthalter betrachtete und küßte ihn ehrfürchtig, gab

ihn dem Priester zurück und erwiderte: „Ich werde dem Befehl Seiner Heiligkeit, meines Herrn und Vaters, nachkommen."

Beide setzten sich wieder, und Ramses fragte nun den Priester: „Erklärt mir bitte, Euer Würden, warum Assyrien nicht den Tribut zahlen soll, der den Pharao mit einem Schlag seiner finanziellen Sorgen entheben würde?"

„Weil wir nicht über die Kräfte verfügen, Assyrien zur Bezahlung des Tributes zu zwingen", erwiderte Mentezufis kühl. „Wir haben hundertundzwanzigtausend Soldaten, Assyrien hingegen etwa dreihunderttausend. Ich sage das Eurer Hoheit – als einem hohen Staatsbeamten – ganz im Vertrauen."

„Ich verstehe. Doch warum hat das Kriegsministerium, dem du dienst, unsere tapfere Armee um sechzigtausend Mann verringert?"

„Um die Einnahmen des Hofes Seiner Heiligkeit um zwölftausend Talente zu vergrößern", sprach der Priester.

„Aha! Dann sagt mir, Euer Würden", fuhr der Prinz fort, „zu welchem Zweck begibt sich Sargon zu Füßen des Pharao?"

„Ich weiß es nicht."

„So! Doch warum soll ich das nicht wissen, ich, der Thronfolger?"

„Weil es Staatsgeheimnisse gibt, die nur einige Würdenträger kennen dürfen."

„Und die vielleicht sogar nicht einmal mein allerehrwürdigster Vater kennt?"

„Gewiß", erwiderte Mentezufis, „es gibt Dinge, die nicht einmal Seine Heiligkeit erfahren dürfte, wenn er nicht die höchsten Priesterweihen besäße."

„Sonderbar!" sprach der Prinz nach einigem Nachdenken. „Ägypten ist Eigentum des Pharao, und trotzdem können in diesem Staate Dinge geschehen, die dem Pharao unbekannt sind? Erklärt mir das, Euer Würden."

„Ägypten ist vor allem, ja sogar einzig und allein, das Eigentum Amons", sagte der Priester. „Es ist deshalb unabänderlich, daß nur diejenigen die großen Geheimnisse kennen dürfen, denen Amon seinen Willen und seine Pläne enthüllt."

Als der Prinz das hörte, war ihm, als wälze man ihn auf einem dolchgespickten Bett herum und lege noch Feuer darunter. Mentezufis wollte sich erheben, doch der Statthalter hielt ihn zurück.

„Noch ein Wort", sprach er sanft. „Wenn Ägypten so schwach ist, daß man nicht einmal über den assyrischen Tribut sprechen darf ...“ Er schöpfte Atem. „Wenn es so elend ist“, fuhr er fort, „welche Gewähr dafür gibt es, daß die Assyrer uns nicht überfallen?“

„Davor kann man sich durch Verträge schützen“, erwiderte der Priester.

Der Thronfolger winkte ab.

„Es gibt keine Verträge für die Schwachen!“ sagte er. „Grenzen werden nicht durch silberne Tafeln geschützt, die mit Übereinkommen beschrieben sind, hinter denen keine Lanzen und Schwerter stehen.“

„Und wer hat Eurer Hoheit gesagt, daß wir die nicht hätten?“

„Du selbst. Hundertzwanzigtausend Mann müssen vor dreihunderttausend weichen. Nun, und wenn die Assyrer einmal eindringen würden, bliebe von Ägypten nur eine Wüste übrig.“

Mentezufis' Augen blitzten.

„Wenn sie bei uns einfielen“, rief er, „so würden nicht einmal ihre Gebeine ihr Land wiedersehen! Wir würden den gesamten Adel, die Arbeitsbrigaden, ja sogar die Verbrecher aus den Bergwerken bewaffnen und dazu die Schätze aus allen Tempeln herausholen. Dann sähe sich die assyrische Armee fünfhunderttausend ägyptischen Kriegern gegenüber.“

Ramses war hingerissen von dem Patriotismus des Priesters. Er ergriff dessen Hand und fragte: „Wenn wir also ein so großes Heer aufstellen können, weshalb fallen wir dann nicht über Babylon her? Der große Krieger Nitager bittet uns ja schon seit langen Jahren darum! Ist denn Seine Heiligkeit nicht in Sorge über den offenen Unruheherd in Assyrien? Lassen wir ihnen Zeit, Kräfte zu sammeln, so wird der Kampf schwerer. Wenn wir aber selbst beginnen ...“

Der Priester unterbrach ihn.

„Weißt du eigentlich, Prinz, was ein Feldzug bedeutet, in dem man durch die Wüste ziehen muß? Wer garantiert uns, daß nicht die Hälfte der Armee und der Träger den Schwierigkeiten erliegen wird, bevor wir den Euphrat erreichen?“

„Mit einer Schlacht würden wir das wieder wettmachen“, warf Ramses ein.

„Eine Schlacht!“ wiederholte der Priester. „Ramses, weißt du denn überhaupt, was eine Schlacht ist?“

„Ich hoffe!“ erwiderte der Thronfolger und schlug stolz an sein Schwert.

Mentezufis zuckte die Schultern.

„Ich aber sage dir, Herr, daß du das nicht ermessen kannst. Im Gegenteil, du hast darüber von den Manövern her eine ganz falsche Vorstellung, denn dort warst du immer der Sieger, obwohl du manchmal der Besiegte hättest sein müssen."

Die Stirn des Prinzen umwölkte sich. Der Priester steckte eine Hand in sein Gewand und fragte plötzlich: „Ratet, Hoheit, was ich hier halte?"

„Wieso?" fragte der Prinz verwundert.

„Rate schnell und gut", drängte der Priester, „denn wenn du dich irrst, gehen zwei deiner Regimenter verloren."

„Du hältst den Ring", erwiderte der Thronfolger belustigt.

Mentezufis öffnete die Hand. Darin lag ein Stück Papyrus.

„Und was habe ich jetzt darin?" fragte der Priester wieder.

„Den Ring."

„Nein, das Amulett der göttlichen Hathor", sprach der Priester. „Siehst du, Herr", fuhr er fort, „so ist es mit einer Schlacht. Während des Kampfes schwebt in jedem Augenblick über uns die Hand des Schicksals, und wir müssen möglichst schnell die in ihr verborgenen Überraschungen erraten. Wir irren oder erraten, doch wehe dem, der sich häufiger irrt als errät! Und hundertmal wehe dem, gegen den sich das Geschick wendet und ihn zu Fehlern zwingt!"

„Und doch glaube ich, ja, ich fühle es hier", rief der Thronfolger und schlug sich bei diesen Worten an die Brust, „daß Assyrien zertreten werden muß!"

„O daß der Gott Amon durch deinen Mund spräche!" rief der Priester. „... es ist auch so", fuhr er fort, „Assyrien wird besiegt werden, vielleicht sogar durch dich, Herr. Doch nicht gleich ... nicht gleich."

Mentezufis verabschiedete sich von ihm. Der Prinz blieb allein. Er war im Innersten aufgewühlt, seine Gedanken jagten einander.

So hatte Hiram also recht damit: sie betrügen uns, dachte Ramses. Jetzt bin ich auch davon überzeugt, daß unsere Priester mit den chaldäischen einen Vertrag abgeschlossen haben, den Seine Heiligkeit bestätigen muß. Er muß! Hat man jemals von einer solchen Gemeinheit gehört?

Er, der Herr der westlichen Welt, muß einen von Intriganten ersonnenen Vertrag unterschreiben!

Ramses rang nach Atem.

Außerdem hatte sich der heilige Mentezufis verraten. Ägypten konnte also im Notfall eine Armee von einer halben Million aufstellen? Von einer solchen Macht habe ich nicht einmal zu träumen gewagt. Und sie glauben, daß ich mich vor ihren Märchen über das Schicksal, das uns Rätsel zu lösen befiehlt, fürchten werde. Wenn ich nur zweihunderttausend Soldaten hätte, die wie unsere griechischen und libyschen Regimenter ausgebildet wären, so würde ich es wagen, alle Rätsel des Himmels und der Erde zu lösen.

Der ehrwürdige Prophet Mentezufis, der sich inzwischen wieder in seiner Zelle befand, murmelte vor sich hin: „Er ist ein Feuerkopf, ein Frauenjäger, ein Abenteurer, aber ein Charakter. Nach dem schwachen gegenwärtigen Pharao wird er uns hoffentlich an die Zeiten Ramses' des Großen erinnern. Wenn sich in zehn Jahren der ungünstige Stand der Sterne verändert hat, wird er reif genug sein und Assyrien zermalmen. Von Ninive mögen nur Trümmer übrigbleiben. Das heilige Babylon aber wird die ihm gebührende Bedeutung gewinnen und ein allerhöchster Gott, der Gott der ägyptischen und chaldäischen Propheten, die Libysche Wüste bis an den heiligen Fluß Ganges beherrschen.

Wenn sich unser Jüngling nur nicht durch seine nächtlichen Spaziergänge zu der phönizischen Priesterin lächerlich macht! Falls er im Garten der Astoreth gesehen würde, könnte das Volk meinen, daß der Thronfolger dem phönizischen Glauben sein Ohr schenkt. In Unterägypten aber fehlt nicht mehr viel, bis die Einwohner sich von den alten Göttern lossagen. Was für ein Völkergewirr lebt doch dort!"

Einige Tage später teilte der würdige Sargon dem Prinzen offiziell mit, daß er das Amt des assyrischen Gesandten bekleide. Er bat darum, sich dem Thronfolger vorstellen zu dürfen und von einem ägyptischen Gefolge in aller Sicherheit und mit allen Ehren vor das Antlitz Seiner Heiligkeit des Pharao geleitet zu werden.

Der Prinz zögerte mit der Antwort zwei Tage lang und gewährte Sargon erst nach Ablauf weiterer zwei Tage eine Audienz. Der Assyrer, der an die östliche Langsamkeit in Reisen und Geschäften gewöhnt war, zeigte sich darüber keineswegs betrübt und vertrieb sich die Zeit. Er trank vom Morgen bis zum Abend, würfelte mit Hiram und anderen asiatischen Reichen. Sowie er sich aber unbeobachtet fühlte, schlich er wie Ramses zu Kama.

Als älterer und praktischer Mann brachte er der Priesterin bei jedem Besuch reiche Geschenke mit. Er warb um sie etwa in dieser Form: „Kama, was sitzt du in Pi-Bast herum und magerst dabei ab? Solange du noch jung bist, macht dir zwar der Dienst vor dem Altar der Göttin Astoreth Freude; doch wenn du alt wirst, erwartet dich ein elendes Los. Man wird dir deine kostbaren Gewänder herunterreißen, dich durch eine jüngere ersetzen. Dann wirst du dir eine Handvoll gerösteter Gerste mit Wahrsagen oder mit der Pflege von Wöchnerinnen verdienen müssen. Wenn mich die Götter zur Strafe als Weib erschaffen hätten, so wollte ich lieber selbst Wöchnerin sein, als auch nur eine von ihnen zu pflegen.

Deshalb rate ich dir als kluger Mann, verlasse den Tempel und komm in meinen Harem. Ich würde für dich zehn Talente in Gold, vierzig Kühe und hundert Maß Weizen zahlen. Die Priester werden wohl anfänglich die Strafe der Götter fürchten, um mehr aus mir herauszupressen. Da ich aber auch nicht eine Drachme dazulegen werde, sondern höchstens ein paar Lämmlein, werden sie also einen Gottesdienst abhalten, bei dem ihnen die himmlische Astoreth erscheinen und dich vom Gelöbnis befreien wird, falls ich noch eine goldene Kette oder einen Pokal drauflege."

Wenn Kama diese Vorschläge hörte, biß sie sich vor Lachen auf die Lippen. Sargon fuhr fort: „Wenn du dann mit mir nach Ninive kommst, wirst du dort als große Dame leben. Ich schenke dir einen Palast, Pferde, eine Sänfte, Dienerinnen und Sklaven. In einem Monat kannst du dort mehr duftende Essenzen verbrauchen, als ihr hier in einem ganzen Jahr der Göttin opfert. Und wer weiß – vielleicht gefällst du König Assar so sehr, daß er dich in seinen Harem nehmen möchte. Dann wärest du noch glücklicher dran, und ich würde wiederbekommen, was ich für dich ausgegeben habe."

Am Tage der Audienz mit Sargon erschienen vor dem Palast des Thronfolgers ägyptische Soldaten und eine schaulustige Menschenmenge.

Gegen Mittag, zur Zeit der größten Hitze, traf das assyrische Gefolge ein. An der Spitze schritten mit Schwertern und Knüppeln bewaffnete Polizisten, ihnen folgten etliche nackte Schnellläufer und drei Reiter, die beiden Trompeter und der Herold. An jeder Straßenecke bliesen die Trompeter, und dann rief der Herold mit gewaltiger Stimme: „Es nähert sich Sargon, der Gesandte und Bevollmächtigte des mächtigen Königs Assar, der Blutsverwandte des Königs, Herr über große Güter, Sieger in Schlachten und Statthalter einer Provinz. Volk, erweise ihm die gebührenden Ehren als Freund Seiner Heiligkeit, des Herrschers von Ägypten!“

Hinter den Trompetern ritten ein Dutzend assyrische Reiter mit spitzen Helmen und in Joppen und enganliegende Hosen gekleidet. Ihre zottigen, ausdauernden Pferde trugen auf Kopf und Brust einen Schuppenpanzer aus Messing.

Dann folgte die Fußtruppe in Helmen und bis zur Erde reichenden Mänteln. Eine Abteilung war mit schweren Keulen, die nächste mit Bogen, die dritte mit Lanzen und Schilden bewaffnet. Außerdem trug jeder Soldat Schwert und Panzer.

Hinter den Soldaten kamen Sargons Pferde, Wagen und Sänften, die von der Dienerschaft in weißen, roten und grünen Gewändern umgeben waren. Nun erschienen Elefanten mit Sänften auf dem Rücken. In der einen saß Sargon, in der zweiten der chaldäische Priester Istubar.

Den Zug beschlossen wiederum Soldaten zu Fuß und zu Pferde sowie eine assyrische Kapelle mit Fanfaren, Trommeln, Becken und schrillen Flöten.

Umgeben von ägyptischen Priestern, Offizieren und Edelleuten in farbiger und kostbarer Kleidung, erwartete Ramses den Abgesandten in einem großen, nach allen Seiten offenen Audienzsaal. Der Thronfolger war fröhlich, da er wußte, daß die Assyrer Geschenke mitbrachten, die in den Augen des ägyptischen Volkes als Tributleistung gelten konnten. Doch als er auf dem Hof die mächtige Stimme des Herolds vernahm, der Sargons Macht rühmte, umwölkte sich seine Stirn, und bei der Behauptung, König Assar sei ein Freund des Pharao, ergriff Ramses der Zorn. Er blähte die Nüstern wie ein gereizter Stier, sein Blick flammte. Als das die Offiziere und Edelleute sahen, nahmen sie eine drohende Haltung ein und rückten die Schwerter zurecht. Der heilige Mentezufis bemerkte ihre Unzufriedenheit und rief: „Im Namen Seiner Heiligkeit befehle ich dem Adel und den Offizieren, daß sie den würdigen Sargon mit der Ehrerbietung empfangen, die dem Abgesandten eines so mächtigen Königs gebührt.“

Der Thronfolger runzelte die Brauen und schritt ungeduldig auf der Estrade vor seinem Statthaltersessel auf und ab. Doch die gehorsamen Offiziere und der Adel beruhigten sich, da sie genau wußten, daß mit Mentezufis, dem Mitarbeiter des Kriegsministers, nicht gut zu scherzen war.

Indessen stellten sich auf dem Hof die riesigen, schwer bewaffneten assyrischen Soldaten den halbnackten und gewandten ägyptischen Soldaten gegenüber in drei Reihen auf. Beide Seiten betrachteten einander wie eine Herde Tiger eine Herde Nashörner. Im Herzen der einen wie der anderen glomm der alte Haß, doch bändigte sie der Befehl.

In dem Augenblick stampften die Elefanten herein, es ertönten ägyptische und assyrische Fanfaren, alle Soldaten hoben die Waffen empor, das Volk warf sich zur Erde nieder, und die assyrischen Würdenträger Sargon und Istubar verließen ihre Sänften.

Im Saal bestieg Ramses seinen Sitz unter dem Baldachin, und der Herold trat herein.

„Allerwürdigster Gebieter!“ wandte er sich an den Thronfolger. „Der Gesandte und Bevollmächtigte des großen Königs Assar, der berühmte Sargon, und sein Gefährte, der fromme Prophet Istubar, wünschen dich zu begrüßen und dir, Statthalter und Nachfolger des Pharao, der ewig leben möge, ihre Ehrerbietung zu erweisen!“

„Bitte die Würdenträger, einzutreten und mein Herz durch ihren Anblick zu erfreuen“, erwiderte der Prinz.

Mit Geklirr und Gerassel betrat Sargon in einem langen, grünen und dicht mit Gold bestickten Gewand den Saal. Neben ihm schritt in schneeweißem Mantel der fromme Istubar, hinter ihnen aber trugen elegante assyrische Herren Geschenke für den Prinzen.

Sargon näherte sich dem Podest des Throns und sagte in assyrischer Sprache, was der Dolmetscher sofort in Ägyptisch wiederholte: „Ich, Sargon, Heerführer, Satrap und Blutsverwandter des mächtigen Königs Assar, komme, um dich, Statthalter des mächtigen Pharao, zu begrüßen und dir zum Zeichen der ewigen Freundschaft Geschenke darzubringen.“

Der Thronfolger stützte die Hände auf die Knie und saß unbeweglich wie eine Statue seiner königlichen Ahnen.

„Dolmetscher“, rief Sargon, „hast du dem Prinzen meine höfliche Begrüßung schlecht übersetzt?“

Mentezufis neigte sich zu Ramses.

„Herr“, flüsterte er, „der würdige Sargon wartet auf eine gnädige Antwort.“

„Also antworte ihm“, empörte sich der Prinz, „daß ich nicht verstehe, mit welchem Recht er zu mir wie zu seinesgleichen spricht.“

Mentezufis wurde verlegen, was den Prinzen, dem die Lippen zu beben und die Augen wieder zu funkeln begannen, noch mehr erzürnte.

Doch der Chaldäer Istubar, der Ägyptisch verstand, raunte rasch Sargon zu: „Werfen wir uns aufs Antlitz!"

„Weshalb soll ich mich niederwerfen?" fragte Sargon empört.

„Tu es sofort, wenn du nicht die Gnade unseres Königs und vielleicht auch den Kopf verlieren willst." Und Istubar warf sich, so lang er war, auf den Boden. Sargon neben ihn.

„Weshalb soll ich vor diesem Jüngelchen auf meinem Bauch liegen?" knurrte der Gesandte.

„Weil er der Statthalter ist", erwiderte Istubar.

„Bin ich denn etwa nicht auch der Statthalter meines Herrn?"

„Aber er wird König werden und du nicht."

„Worum streiten die Gesandten des allmächtigen Königs Assar?" fragte der wieder versöhnte Prinz den Dolmetscher.

„Ob sie Eurer Hoheit auch die Geschenke zeigen sollen, die für den Pharao bestimmt sind, oder ob sie nur die Eurigen abgeben sollen", erwiderte der Gefragte geschickt.

„Ich will die Geschenke für meinen heiligen Vater sehen", sagte der Prinz, „und erlaube den Gesandten, sich zu erheben."

Sargon erhob sich, rot vor Zorn und Anstrengung, und setzte sich mit untergeschlagenen Beinen auf den Fußboden.

„Ich habe nicht geahnt", rief er, „daß ich, der Verwandte und Bevollmächtigte des großen Assar, mit meinen Gewändern den Staub vom Boden des ägyptischen Statthalters wischen müßte!"

Mentezufis, der Assyrisch verstand, befahl sofort, ohne Ramses zu fragen, zwei mit Teppichen bedeckte Bänke zu bringen, auf denen alsbald der bebende Sargon und der ruhige Istubar Platz nahmen.

Nachdem Sargon verschnauft hatte, befahl er, einen großen gläsernen Pokal und ein stählernes Schwert hereinzubringen und zwei Pferde mit goldenen Geschirren vor den Saaleingang zu führen. Als seine Befehle ausgeführt worden waren, erhob er sich und sagte mit einer Verneigung zu Ramses: „Mein Gebieter, König Assar, sendet dir, Prinz, ein Paar wunderbare Pferde, die dich nur zu Siegen tragen mögen; er schickt dir einen Kelch, aus dem dir immer Freude ins Herz fließen soll, und ein Schwert, wie du es nur in der Rüstkammer des mächtigsten Herrschers findest."

Er zog die ziemlich lange Waffe, die wie Silber glänzte, aus der Scheide und bog die Klinge in der Hand. Sie krümmte sich wie ein Bogen und wurde sofort wieder gerade.

„Wirklich! Das ist ein wundervolles Schwert!" rief Ramses.

„Wenn du erlaubst, Statthalter, zeige ich dir an ihr noch einen anderen Vorzug", sprach Sargon, der seinen Zorn vergessen hatte, da er sich mit den für jene Zeiten ausgezeichneten assyrischen Waffen hervortun konnte.

Auf sein Verlangen zog einer der ägyptischen Offiziere sein Bronzeschwert und hielt es wie zum Angriff. Da hob Sargon das Stahlschwert, schlug zu und schnitt ein Stück der Waffe des Gegners mit einem Hieb ab.

Durch den Saal lief ein Gemurmel des Staunens. Die Wangen des Prinzen aber röteten sich.

Dieser Fremdling, dachte er, hat mir im Zirkus den Stier vorweggenommen, will sich mit Kama verheiraten und zeigt mir eine Waffe, die unsere Schwerter wie Holzspäne spaltet!

Sein Haß gegen König Assar, gegen die Assyrer überhaupt und ganz besonders gegen Sargon wuchs.

Trotzdem bemühte er sich, Herr seiner selbst zu bleiben, und bat den Gesandten in aller Höflichkeit, ihm die Geschenke für den Pharao zu zeigen.

Alsbald wurden riesige Kisten aus duftendem Holz gebracht. Höhere assyrische Beamte entnahmen ihnen Ballen von gemusterten Stoffen, Kelche, Krüge, stählerne Waffen, Hohlgehörn vom Steinbock, goldene, mit Edelsteinen besetzte Wehren und Panzer.

Das prächtigste Geschenk jedoch war ein aus Silber und Gold gefertigtes Modell des Palastes von König Assar. Es bestand aus vier aufeinandergetürmten Gebäuden, von denen ein jedes dicht von Säulen umstanden und an Stelle von einem Dach von einer Terrasse gekrönt war. Jeden Eingang bewachten Löwen oder geflügelte Stiere mit Menschenköpfen. Zu beiden Seiten der Treppen standen Statuen von Untertanen des Königs, die Gaben trugen, auf beiden Seiten der Brücke waren in den verschiedensten Stellungen geschnitzte Pferde zu sehen. Sargon hob eine Wand des Modells zur Seite, und es wurden mit kostbaren Geräten angefüllte Räume sichtbar. Besondere Bewunderung aber erregte der Audienzsaal, in dem sich Figuren befanden, die den König auf hohem Throne sowie seine Höflinge, Soldaten und ihm huldigende Untertanen darstellten.

Das ganze Modell war mannshoch und doppelt so lang. Die Ägypter flüsterten untereinander, daß dieses Geschenk hundertfünfzig Talente wert wäre.

Als die Ballen und Kisten wieder hinausgetragen worden waren, lud der Statthalter beide Gesandten und ihr Gefolge zu einem Bankett, bei dem die Gäste reichlich beschenkt wurden. Als Sargon an einem der Weiber des Thronfolgers Gefallen fand, trieb Ramses seine Höflichkeit so weit, sie dem Gesandten zu schenken – versteht sich, mit ihrem Einverständnis und Erlaubnis ihrer Mutter.

Er benahm sich also höflich und großzügig, doch seine Stirn blieb umwölkt. Als Thutmosis ihn fragte: „Hat König Assar nicht einen schönen Palast?“, antwortete der Prinz: „Dessen Trümmer auf dem Schutt Ninives würden mir besser gefallen.“

Die Assyrer waren während des Banketts sehr enthaltsam. Trotz des Überflusses an Wein tranken sie nur wenig und sprachen kaum. Sargon brach auch nicht einmal in überlautes Gelächter aus, was sonst seine Art war; er hielt die Augen hinter den Wimpern verborgen und erwog manches zutiefst in seinem Herzen.

Nur die beiden Priester, der Chaldäer Istubar und der Ägypter Mentezufis, zeigten sich gelassen, wie Menschen, denen das Wissen um die Zukunft und die Macht gegeben ist, über sie zu bestimmen.

XI

Nach dem Empfang beim Statthalter blieb Sargon noch in Pi-Bast und wartete auf die Briefe des Pharao aus Memphis. Inzwischen liefen unter den Offizieren und dem Adel von neuem merkwürdige Gerüchte um.

Die Phönizier erzählten – natürlich unter dem Siegel der größten Verschwiegenheit –, daß die Priester den Assyrern nicht nur den rückständigen Tribut geschenkt und sie außerdem ein für allemal von der Zahlung befreit, sondern darüber hinaus mit Assyrien einen langjährigen Friedensvertrag abgeschlossen hätten, um dem neuen Verbündeten einen Krieg im Norden zu erleichtern.

Der Pharao, sagten die Phönizier, sei gefährlich erkrankt, als er von diesen Zugeständnissen an die Barbaren erfahren habe. Prinz Ramses sei traurig, doch beide hätten den Priestern nachgeben müssen, weil sie der Haltung von Adel und Truppe nicht sicher wären.

Das empörte die ägyptische Aristokratie am meisten.

„Wie ist das zu erklären", raunten die Edelleute untereinander. „Sollte uns denn die Dynastie nicht mehr vertrauen? So haben es die Priester also darauf abgesehen, Ägypten mit Schande zu bedecken und zu ruinieren? Denn eines ist klar: wenn Assyrien irgendwo im fernen Norden Krieg führt, so muß es gerade jetzt überfallen werden, damit man die Schatzkammern des Königs und der Aristokratie mit der eroberten Beute auffüllen kann."

Dieser und jener von den jungen Herren erkühnte sich, den Statthalter zu fragen, was er von den assyrischen Barbaren halte. Der Prinz schwieg, seine blitzenden Augen und die zusammengepreßten Lippen aber verrieten unmißverständlich seine Gedanken.

„Natürlich", flüsterten die Herren, „die Dynastie ist von den Priestern umgarnt worden und vertraut darum dem Adel nicht mehr. Ägypten droht ein großes Unglück."

Der geheime Zorn führte schnell zu geheimen Beratungen, die sogar den Charakter einer Verschwörung anzunehmen schienen. Obwohl sehr viele Menschen daran teilnahmen, wußte die selbstsichere oder verblendete Priesterkaste nichts davon, während Sargon der Sache kein Gewicht beimaß, obwohl er den Haß ahnte.

Er erkannte auch, daß Prinz Ramses ihm nicht gewogen war, doch schrieb er dies dem Vorfall im Zirkus zu, ja mehr noch der Eifersucht um Kama. Auf seine Sicherheit als Gesandter bauend, trank und feierte er und schlich fast jeden Abend zu der phönizischen Priesterin, die seine Kur und seine Geschenke immer freundlicher aufnahm.

So war die Stimmung in den höchsten Kreisen, als eines Nachts der heilige Mentezufis in die Gemächer des Thronfolgers stürmte und erklärte, daß er sofort mit Ramses sprechen müsse.

Die Höflinge erklärten, eine der Frauen sei beim Prinzen, und sie würden sich nicht erdreisten, ihren Herrn zu stören. Als aber Mentezufis immer stärker drängte, riefen sie endlich den Thronfolger.

Der Prinz erschien nach einem Augenblick und war sogar nicht einmal erzürnt.

„Was ist denn los?“ fragte er den Priester. „Haben wir Krieg, daß Euer Gnaden sich zu solch später Stunde zu mir bemühen?“

Mentezufis schaute Ramses aufmerksam an und atmete tief auf.

„Prinz, seid Ihr während des ganzen Abends nicht ausgegangen?“ fragte er.

„Auch nicht einen Schritt.“

„Kann ich darauf mein Priesterwort geben?“

Der Thronfolger war erstaunt.

„Mir scheint“, erwiderte er stolz, „daß dein Wort wohl nicht mehr nötig ist, da ich das meine gab. Was ist denn überhaupt passiert?“

Sie begaben sich in ein abgelegenes Gemach.

„Weißt du, Herr“, sprach der aufgeregte Priester, „was sich, vielleicht vor einer Stunde, zugetragen hat? Irgendwelche Burschen haben Seine Würden Sargon überfallen und mit Knüppeln verprügelt.“

„Welche Burschen? Wo?“

„Vor der Villa der phönizischen Priesterin Kama“, fuhr Mentezufis fort und ließ das Antlitz des Thronfolgers nicht aus den Augen.

„Tapfere Jungs“, erwiderte Ramses und zuckte dabei die Schultern. „Einen solchen Athleten zu überfallen! Ich nehme an, daß so mancher Knochen zerknackt wurde.“

„Einen Gesandten zu überfallen! Bedenke, gnädiger Herr, einen Gesandten, den die Majestäten Assyriens und Ägyptens schützen“, sprach der Priester.

„Hoho!“ lachte der Prinz auf. „Also schickt König Assar seine Gesandten sogar zu den phönizischen Tänzerinnen?“

Mentezufis wurde verwirrt. Plötzlich schlug er sich vor die Stirn und rief, ebenfalls lachend: „Schau, Prinz, was bin ich doch für ein Einfaltspinsel und wie wenig mit politischen Gepflogenheiten vertraut. Ich habe ja ganz vergessen, daß Sargon, wenn er sich in den Nächten vor dem Hause eines verdächtigen Weibes herumtreibt, kein Gesandter, sondern ein gewöhnlicher Mensch ist!“

Nach einer Weile aber sagte er: „Auf jeden Fall war das nicht gut. Sargon könnte auf uns böse sein.“

„O Priester, Priester!“ sprach der Prinz und schüttelte den Kopf. „Du vergißt eine weit wichtigere Sache, nämlich, daß Ägypten weder die gute noch die schlechte Meinung nicht nur Sargons, sondern sogar König Assars zu fürchten und gar keinen großen Wert auf dessen Antipathie oder Sympathie zu legen braucht."

Mentezufis war so verwirrt von der Richtigkeit der Bemerkung des königlichen Jünglings, daß er sich verneigte und murmelte: „Die Götter haben dich, Prinz, mit der Weisheit eines Erzpriesters beschenkt. Ihr Name sei gelobt! Ich wollte schon befehlen, die jungen Draufgänger zu suchen und zu verurteilen; doch jetzt möchte ich lieber deinen Rat hören, denn du bist der Klügste unter den Weisen!

Sag mir also, Herr, was wir mit Sargon und den dreisten Kerlen beginnen sollen?"

„Vor allen Dingen den morgigen Tag abwarten", erwiderte der Thronfolger. „Als Priester weißt du am besten, daß der göttliche Schlaf oft gute Ratschläge bringt."

„Und wenn mir bis morgen nichts einfällt?" fragte Mentezufis.

„Ich werde Sargon jedenfalls besuchen und mich bemühen, den kleinen Zwischenfall aus seinem Gedächtnis zu löschen."

Der Priester verabschiedete sich von Ramses mit der größten Ehrerbietung. Auf dem Heimwege aber dachte er: Ich lasse mir das Herz dafür aus der Brust reißen, daß der Prinz an der Geschichte unbeteiligt war. Er hat weder selbst geprügelt noch jemanden dazu aufgewiegelt, ja nicht einmal etwas von dem Zwischenfall gewußt. Wer so kühl und treffend die Dinge beurteilt, ist nicht mitschuldig. Ich kann also unbesorgt die Untersuchung einleiten, und wenn wir den zottigen Barbaren nicht zu beruhigen vermögen, so werde ich die Raufbolde dem Gericht ausliefern. Ein schöner Freundschaftsvertrag, der damit beginnt, daß man den Gesandten mißhandelt!

Am nächsten Tag lag der herrliche Sargon bis zum Mittag auf einer Filzmatratze, was schließlich oft genug, nämlich nach jedem Saufgelage, geschah. Auf einem niedrigen Diwan neben ihm saß der fromme Istubar mit zur Decke erhobenen Augen und murmelte Gebete.

„Istubar", seufzte der Würdenträger, „bist du sicher, daß niemand von unserem Hofe von meinem Unglück weiß?"

„Wer kann es wissen, wenn dich doch niemand gesehen hat?"

„Außer Ägyptern!" ächzte Sargon.

„Von den Ägyptern wissen nur Mentezufis sowie der Prinz Bescheid und die Wahnsinnigen, die gewiß lange an deine Fäuste denken werden."

„Vielleicht ein wenig... vielleicht! Doch scheint mir, daß der Thronfolger unter ihnen war und ich ihm die Nase zerschlagen, wenn nicht gar gebrochen habe."

„Die Nase des Thronfolgers ist heil, und ich versichere dir, daß er nicht dabei war."

„Wenn das stimmt", stöhnte Sargon, „müßte der Prinz einige von ihnen pfählen, da ich doch schließlich Gesandter bin! Mein Leib ist heilig."

„Ich rate dir aber, den Zorn aus deinem Herzen zu verbannen und dich nicht einmal zu beklagen. Wenn die Strolche nämlich vor Gericht kämen, so erführe die ganze Welt, daß sich der Gesandte des ehrwürdigsten Königs Assar mit den Phöniziern abgibt und – was noch schlimmer ist – sie sogar mitten in der Nacht besucht. Was wirst du antworten, wenn dich dein Todfeind, der Kanzler Lik-Bagus, fragt: ‚Sargon, mit welchen Phöniziern hast du dich getroffen, und worüber hast du mit ihnen mitten in der Nacht vor ihrem Tempel gesprochen?'"

Sargon seufzte, wenn man die Töne, die dem Knurren eines Löwen ähnelten, Seufzer nennen kann.

Da stürzte ein assyrischer Offizier herein. Er kniete nieder, berührte mit der Stirn den Fußboden und meldete Sargon: „Du Augenlicht unseres Herrn! An der Vortreppe warten ägyptische Edelleute und Würdenträger unter Führung des Thronfolgers selbst. Er will dich offensichtlich besuchen, um dir zu huldigen."

Noch ehe Sargon etwas anordnen konnte, erschien der Prinz in der Tür. Er stieß den riesigen Assyrer, der Wache hielt, beiseite und näherte sich rasch der Liegestatt des Gesandten, der mit weitaufgerissenen Augen verwirrt dalag und nicht wußte, was er beginnen sollte: nackt, wie er war, in eine andere Kammer eilen oder unter die Decke schlüpfen?

Auf der Schwelle erschienen mehrere assyrische Offiziere. Sie waren erstaunt über das Eindringen des Thronfolgers, das jeder Etikette hohnsprach. Doch Istubar gab ihnen ein Zeichen, und sie verschwanden wieder hinter dem Vorhang.

Der Prinz war allein gekommen; sein Gefolge hatte er im Hof zurückgelassen.

„Sei gegrüßt", sagte er, „Gesandter des großen Königs und Gast des Pharao. Ich komme, dich zu besuchen und zu fragen, ob du irgend etwas brauchst? Wenn du Zeit und Lust hast, so lade ich dich ein, in meiner Begleitung und auf einem Pferd aus dem Stall meines Vaters durch die Stadt zu reiten. Unser Gefolge wird dich umgeben, wie es sich für den Gesandten des mächtigen Assar, der ewig leben möge, gebührt!"

Sargon hörte ihn im Liegen an, doch begriff er auch nicht ein Wort. Als ihm dann Istubar die Rede des Prinzen übersetzte, geriet der Gesandte in solche Begeisterung, daß er seinen Schädel immer wieder auf die Filzmatte schlug und mehrfach die Worte „Assar" und „Ramses" wiederholte.

Er beruhigte sich endlich und entschuldigte sich bei dem Prinzen wegen des elenden Zustandes, in dem ihn ein so hervorragender und würdiger Gast angetroffen hatte. Dann sagte er noch: „Nimm es mir nicht übel, Hoheit, daß ich Erdenwurm und Fuß des Thrones meines Herrn auf so ungewöhnliche Weise meine Freude über dein Kommen zeige. Aber ich habe mich doppelt gefreut; einmal, weil mir überirdische Ehren erwiesen werden, und zum anderen, weil ich in meinem dummen und niederträchtigen Herzen gedacht hatte, du, Herr, wärst der Urheber meines gestrigen Mißgeschickes gewesen. Es kam mir nämlich so vor, als hätte ich unter den Prügeln auf meinem Rücken deinen Knüppel, der wirklich kräftig zu schlagen verstand, gefühlt."

Der ruhige Istubar übersetzte dem Prinzen alles Wort für Wort, worauf der Thronfolger mit wirklich königlicher Würde erwiderte: „Du hast dich geirrt, Sargon. Wenn du nicht selbst deinen Irrtum eingesehen hättest, würde ich sofort befehlen, dir fünfzig Stockhiebe zu verabreichen, damit du stets daran denkst, daß Männer wie ich niemals einen einzelnen bei Nacht und mit einer ganzen Horde überfallen."

Ehe noch der erlauchte Istubar die Antwort zu Ende übersetzt hatte, war Sargon bereits zum Prinzen gekrochen, umfaßte seine Beine und rief: „Großer Herr! Großer König! Gelobt sei Ägypten, daß es solch einen Herrscher besitzt!"

Darauf antwortete der Prinz: „Ich werde dir noch mehr sagen, Sargon. Ich versichere dir, daß keiner meiner Höflinge an dem Überfall beteiligt war. Ein Athlet wie du muß nämlich so manchem den Schädel zertrümmert haben, doch meine Leute sind alle gesund."

„Er hat sehr klug die Wahrheit gesagt!" flüsterte Sargon Istubar zu.

„Obgleich also", fuhr der Prinz fort, „diese abscheuliche Tat nicht durch meine oder meines Hofes Schuld geschah, fühle ich mich verpflichtet, deinen Ärger über die Stadt, in der man dich so unwürdig behandelte, zu vertreiben. Darum habe ich dein Schlafgemach persönlich aufgesucht, und deshalb steht auch dir zu jeder Zeit, sooft du mich besuchen willst, mein Haus offen. Nun bitte ich dich, von mir ein kleines Geschenk anzunehmen."

Der Prinz griff in seine Tunika und holte eine mit Rubinen und Saphiren besetzte Kette hervor.

Der riesenhafte Sargon war so gerührt, daß er weinte. Das ergriff den Prinzen, vermochte aber nicht, Istubars Gleichmut zu erschüttern. Der Priester wußte, daß Sargon als Gesandter eines weisen Königs Tränen, Freuden- und Zornesausbrüche jederzeit bereit hatte.

Der Statthalter blieb noch eine Weile sitzen und verabschiedete sich dann von dem Gesandten. Als er fortging, dachte er insgeheim, daß die Assyrer trotz ihres Barbarentums keine schlechten Menschen seien, da sie Großmut zu empfinden vermochten.

Sargon jedoch war so erheitert, daß er sofort Wein zu bringen befahl, und trank, trank, vom Mittag bis zum Abend.

Eine ganze Weile nach Sonnenuntergang verließ der Priester Istubar das Gemach des Gesandten für kurze Zeit und kehrte alsbald, jedoch auf geheimen Wegen, zurück. Er brachte zwei in dunkle Mäntel gehüllte Männer mit. Als sie die Kapuzen aus den Gesichtern schoben, erkannte Sargon in dem einen den Erzpriester Mefres und in dem anderen Mentezufis.

„Wir bringen dir, würdiger Bevollmächtigter, eine gute Neuigkeit", sprach Mefres.

„Oh, daß auch ich euch eine solche mitteilen könnte!" rief Sargon. „Setzt euch, heilige und würdige Männer, und wenn ich auch gerötete Augen habe, so sprecht zu mir, als wäre ich vollkommen nüchtern... denn ich besitze, selbst wenn ich betrunken bin, Verstand, vielleicht dann sogar noch mehr. Stimmt das, Istubar?"

„So sprecht", unterstützte ihn der Chaldäer.

„Heute", ergriff Mentezufis das Wort, „erhielt ich einen Brief vom allerwürdigsten Minister Herihor. Er schreibt uns, daß Seine Heiligkeit der Pharao – der ewig leben möge! – eure Gesandtschaft in seinem wundervollen Palast bei Memphis erwartet und wohl geneigt sei, mit euch einen Vertrag zu schließen."

Sargon taumelte auf der Filzmatratze, doch war sein Blick beinahe klar.

„Ich werde fahren", erwiderte er, „um bei Seiner Heiligkeit dem Pharao – der ewig leben möge! – im Namen meines Herrn das Siegel auf den Vertrag zu drücken, wenn er nur auf Ziegeln in Keilschrift geschrieben ist... denn eure Schrift verstehe ich nicht... Ich werde, wenn es nötig ist, den ganzen Tag vor Seiner Heiligkeit – der ewig leben möge! – dazu auf dem Bauche liegen. Aber, wie ihr das Abkommen einhalten werdet... hahaha!... das weiß ich schon nicht mehr!" endete er mit polterndem Lachen.

„Wie kannst du es wagen, Diener des großen Assar, am guten Willen unseres Herrschers zu zweifeln?" rief Mentezufis.

Sargon wurde etwas nüchterner.

„Ich spreche nicht von Seiner Heiligkeit", erwiderte er, „sondern vom Thronfolger."

„Er ist ein Jüngling von großer Weisheit, der sich selbstverständlich dem Willen seines Vaters und des Höchsten Rates der Priester beugen wird", rief Mefres.

„Hahaha!" lachte von neuem der betrunkene Barbar. „Euer Prinz... – O ihr Götter, renkt mir alle Gelenke aus, wenn ich nicht die Wahrheit spreche – ich wünschte, Assyrien besäße einen solchen Thronfolger.

Unser assyrischer Thronfolger ist ein Weiser, ein Priester. Er blickt, ehe er einen Krieg beginnt, zunächst einmal zu den Sternen auf und dann den Hühnern unter die Schwänze. Eurer aber würde prüfen, wieviel Truppen er aufstellen kann, und erkunden, wo der Feind lagert. Dem spränge er ins Genick wie der Adler dem Hammel. Das ist ein Heerführer! Das ist ein König! Er gehört nicht zu denen, die dem Rat der Priester folgen... er wird sein eigenes Schwert um Rat fragen, und ihr werdet seinen Befehlen nachkommen müssen.

Und deshalb, obwohl ich den Vertrag mit euch unterschreibe, werde ich meinem Herrn erzählen, daß außer dem kranken König und den weisen Priestern hier noch ein junger Thronfolger lebt, der Löwe und Stier in einer Person ist... der Honig auf den Lippen und Blitze im Herzen hat."

„Damit wirst du Unwahres berichten", warf Mentezufis ein, „denn wenngleich Ramses ein wenig impulsiv und ein wenig übermütig ist wie andere Jungen in seinem Alter auch, so achtet er doch den Rat der Weisen und der höchsten Würdenträger im Lande."

Sargon schüttelte den Kopf.

„O ihr Weisen! Schriftgelehrte! Sternkundige!" höhnte er. „Ich bin ein einfacher General, der nicht einmal seinen Namen zu ritzen versteht und darum einen Stempel braucht ... ihr seid Weise, ich bin ein Tropf, aber – beim Barte meines Königs – ich würde nicht mit euch und all eurer Weisheit tauschen.

Denn ihr seid Menschen, denen sich zwar die Welt der Ziegel und Papyri geöffnet hat, doch die wirkliche, auf der wir alle leben, verschlossen bleibt. Ich bin ein ungebildeter Mann! Doch habe ich eine Hundenase, und wie der Hund auf große Entfernung den Bären wittert, so erkenne ich mit meiner geröteten Nase den Helden.

Ihr werdet dem Prinzen raten! Er aber hat euch heute schon behext wie die Schlange die Tauben. Ich betrüge mich wenigstens nicht selbst. Obwohl Ramses mir gegenüber so gütig ist wie mein eigener Vater, fühle ich doch durch mein dickes Fell hindurch, daß er mich und meine Assyrer haßt wie der Tiger den Elefanten ... Haha! gebt ihm doch eine Armee, dann steht er mit ihr in drei Monaten vor Ninive! Wenn ihm nur auf dem Marsch Soldaten geboren würden, anstatt umzukommen."

„Selbst wenn du die Wahrheit sagtest", unterbrach Mentezufis, „und wenn Ramses auf Ninive marschieren wollte, so wird er es dennoch nicht tun."

„Wer soll ihn davon abhalten, wenn er Pharao wird?"

„Wir!"

„Ihr ... ihr! Hahaha!" lachte Sargon. „Ihr glaubt wohl, der Jüngling ahnt von unserem Vertrag nichts ... doch ich ... aber ich ... Hahaha! Ich lasse mich häuten und auf den Pfahl spießen, wenn er nicht schon alles weiß.

Blieben die Phönizier so ruhig, wenn sie nicht sicher wären, daß der junge ägyptische Löwe sie vor dem assyrischen Stier schützen wird?"

Mentezufis und Mefres blickten einander verstohlen an. Das barbarische Genie erschreckte sie fast, da er so kühn aussprach, was sie überhaupt nicht in Betracht gezogen hatten.

Und wirklich, was würde denn eintreten, wenn der Thronfolger ihre Absichten kannte und sie sogar durchkreuzen wollte?

Doch der bisher schweigsam gebliebene Istubar entriß sie ihrer augenblicklichen Sorge.

„Sargon", mahnte er, „du mischst dich in fremde Angelegenheiten. Deine Aufgabe ist es, mit den Ägyptern einen Vertrag zu schließen, den unser Gebieter wünscht. Doch was ihr Thronfolger weiß oder nicht weiß, was er tun und was er nicht tun wird, das geht dich nichts an. Wenn der Höchste, ewig lebende Rat der Priester es uns zusichert, so wird der Vertrag eingehalten werden. Auf welche Weise das geschieht, nun, das ist nicht unsere Sache."

Der trockene Ton, in dem Istubar sprach, dämpfte die übermütige Laune des assyrischen Bevollmächtigten. Sargon nickte und murmelte: „Es wäre aber schade um den Jungen! Er ist ein großer Krieger und ein großzügiger Mann."

XII

Nach dem Besuch bei Sargon gingen die beiden sorgfältig in ihre Burnusse gehüllten heiligen Männer Mefres und Mentezufis gedankenschwer nach Hause.

„Wer weiß", sprach Mentezufis, „ob der Säufer Sargon in bezug auf den Thronfolger nicht recht hat?"

„In diesem Fall würde Istubar recht behalten", antwortete Mefres hart.

„Wir wollen lieber nicht voreingenommen sein, sondern erst einmal den Prinzen ausforschen", erwiderte Mentezufis.

„Tut das, Euer Gnaden."

Tatsächlich erschienen am nächsten Morgen beide Priester mit sehr ernsten Mienen beim Thronfolger und baten ihn um eine vertrauliche Unterredung.

„Was ist geschehen?" fragte Ramses. „Hat Seine Würden Sargon wieder eine nächtliche Mission erfüllt?"

„Leider geht es uns diesmal nicht um Sargon", antwortete Erzpriester Mefres. „Aber ... im Volk gehen Gerüchte um, daß Ihr, allergnädigster Herr, enge Verbindung mit den ungläubigen Phöniziern unterhaltet."

Nach diesen Worten konnte sich der Prinz bereits denken, was der Besuch der Propheten bedeutete, und – sein Blut begann zu kochen. Doch gleichzeitig erkannte er, daß dies erst der Auftakt war zu dem Spiel zwischen ihm und dem Priesterstand, und wie es sich für einen königlichen Sohn gebührte, faßte er sich sofort. Sein Gesicht nahm den Ausdruck neugieriger Naivität an.

„Die Phönizier sind gefährliche Menschen, die geborenen Staatsfeinde!" ergänzte Mefres.

Der Thronfolger lächelte.

„Wenn ihr heiligen Männer", antwortete er, „mir Geld borgen würdet und in euren Tempeln hübsche Mädchen hättet, so würde ich öfter mit euch zusammenkommen. So aber muß ich mich, der Not gehorchend, mit den Phöniziern anfreunden."

„Es wird behauptet, daß Eure Hoheit jene Phönizierin bei Nacht besucht."

„Ich muß das tun, solange das Mädchen nicht Vernunft annimmt und in mein Haus übersiedelt. Sorgt euch aber nicht, denn ich trage stets mein Schwert bei mir, und wenn mir jemand in den Weg treten würde..."

„Aber Eure Hoheit hat doch wegen der Phönizierin den Bevollmächtigten des assyrischen Königs verabscheuen gelernt."

„Durchaus nicht ihretwegen, sondern weil Sargon nach Talg stinkt. Was wollt ihr überhaupt? Ihr heiligen Väter seid doch nicht die Aufseher meiner Weiber; ich glaube auch nicht, daß der würdige Sargon euch die seinigen anvertraut hat. Also?"

Mefres wurde so verwirrt, daß ihm das Blut zu Kopf stieg und sogar sein geschorener Schädel errötete.

„Ihr habt recht, Eure Hoheit", antwortete er, „daß uns eure Liebschaften nicht kümmern sollten. Aber... da ist noch etwas nicht in Ordnung: das Volk wundert sich, daß der listige Hiram Euch so leicht einhundert Talente geborgt hat, sogar ohne Pfand."

Dem Prinzen bebten die Lippen, doch er sprach weiterhin ruhig: „Es ist nicht meine Schuld, wenn Hiram meinem Wort mehr vertraut, als es die ägyptischen Reichen tun! Er weiß, daß ich eher auf meine vom Ahn ererbte Wehr verzichte, als ihm sein Geld schuldig zu bleiben. Es scheint auch, daß er nicht einmal um die Zinsen besorgt ist, da er mich gar nicht an sie erinnert.

Ich denke nicht daran, euch vorzuenthalten, daß die Phönizier geschickter sind als die Ägypter. Unsere Wucherer würden – ehe sie mir einhundert Talente borgten – ein strenges Gesicht machen, mich dann einen Monat lang warten lassen und schließlich ein gewaltiges Pfand und noch viel höhere Zinsen verlangen. Die Phönizier aber, die die Herzen der Prinzen besser kennen, geben uns einfach das Geld, sogar ohne Richter und Zeugen."

Der Erzpriester war derart verärgert über den ruhigen Spott des Thronfolgers, daß er schwieg und die Lippen zusammenkniff. Mentezufis sprang für ihn ein und fragte plötzlich: „Was würdet Ihr, Eure Hoheit, dazu sagen, wenn wir mit den

Assyrern einen Vertrag schließen und ihnen Nordasien nebst Phönizien abtreten?"

Bei diesen Worten bohrte er förmlich seine Augen in das Gesicht des Thronfolgers. Doch Ramses antwortete sehr ruhig: „Ich würde sagen, daß nur Verräter dem Pharao einen solchen Vertrag aufschwätzen könnten."

Beide Priester fuhren auf. Mefres reckte die Hände empor, Mentezufis ballte die Fäuste.

„Wenn es aber die Sicherheit des Staates verlangte?" drängte Mentezufis.

„Was wollt ihr von mir?" brauste der Prinz auf. „Ihr mischt euch in meine Geld- und Weibergeschichten, umgebt mich mit Spionen, erdreistet euch, mir Vorwürfe zu machen, und jetzt stellt ihr mir gar noch verfängliche Fragen? Ich sage euch, daß ich – selbst, wenn ihr mich vergiften wolltet – einen solchen Vertrag nicht unterschreiben würde. Zum Glück hängt das nicht von mir, sondern von Seiner Heiligkeit ab, dessen Willen wir nachkommen müssen."

„Was würdet Ihr aber tun, Hoheit, wenn Ihr der Pharao wärt?"

„Das, was die Ehre und das Interesse des Staates verlangten."

„Daran zweifle ich nicht", sprach Mentezufis. „Doch was hält Eure Hoheit für das Interesse des Staates? Wo sollen wir Richtlinien suchen?"

„Wozu ist Euer Höchster Rat da?" rief der Prinz diesmal in gespieltem Zorn. „Ihr sagt, daß er sich ausschließlich aus Weisen zusammensetzt. Dann mögen sie doch diesen Vertrag verantworten, den ich als Weg zur Schande und zum Untergang Ägyptens betrachten würde."

„Woher wollt Ihr wissen, Hoheit", erwiderte Mentezufis, „daß Euer göttlicher Erzeuger nicht so verfuhr?"

„Wozu fragt ihr mich danach? Was ist das für ein Verhör? Wer gibt euch das Recht, mir auf den Grund meines Herzens spähen zu wollen?"

Ramses spielte so überzeugend den Empörten, daß sich schließlich beide Priester zufriedengaben.

„Prinz", ließ sich Mefres vernehmen, „du hast gesprochen, wie es sich für einen guten Ägypter gehört. So ein Vertrag würde uns ja auch schmerzen; doch zuweilen verlangt die Sicherheit des Staates, daß wir uns vorübergehend den Umständen beugen."

„Was zwingt euch dazu?" rief der Prinz. „Haben wir eine große Schlacht verloren, oder besitzen wir kein Heer mehr?"

„Die Ruderer des Bootes, auf dem Ägypten über den Fluß der Ewigkeit fährt, sind die Götter", erwiderte in feierlichem Ton der Erzpriester, „Steuermann aber ist der Höchste Herr aller Geschöpfe. Manchmal halten sie an oder wenden das Boot, um Strudel zu umschiffen, die wir nicht einmal bemerken. In solchen Fällen müssen wir geduldig und gehorsam sein, wofür uns früher oder später ein über alle menschlichen Begriffe reicher Lohn zuteil werden wird."

Nach dieser Bemerkung verließen die Priester den Prinzen, davon überzeugt, daß er trotz seines Unmuts über den Vertrag ihn doch einhalten und Ägypten die notwendige Zeit des Friedens sichern würde. Nach ihrem Fortgang ließ Ramses Thutmosis zu sich rufen. Jetzt, wo er mit dem Liebling allein war, brach der lange zurückgehaltene Zorn und Ärger hervor. Der Prinz warf sich auf den Diwan, wand sich wie eine Schlange, schlug mit den Fäusten gegen die Stirn und weinte.

Der erschreckte Thutmosis wartete, bis der Wutanfall vorbei war. Dann reichte er dem Prinzen mit Wasser gemischten Wein, besprengte ihn mit erfrischenden Essenzen, setzte sich schließlich zu ihm und fragte nach der Ursache der unmännlichen Verzweiflung.

„Setz dich", sprach der Thronfolger, ohne sich zu erheben. „Heute bin ich sicher, daß unsere Priester mit Assyrien einen schändlichen Vertrag abgeschlossen haben ... ohne Krieg! Kannst du dir denken, wieviel wir dabei verlieren?"

„Dagon sagte mir", erwiderte Thutmosis, „daß Assyrien Phönizien an sich reißen will. Doch die Phönizier sind nicht mehr so ängstlich, weil König Assar an der nordöstlichen Grenze Krieg führt. Dort wohnen zahlreiche und sehr tapfere Völker, also weiß man noch nicht, welches Ende der Feldzug nehmen wird. Auf alle Fälle werden die Phönizier noch für einige Jahre Ruhe haben, was ihnen zur Vorbereitung ihrer Verteidigung und auch zur Suche nach Verbündeten genügen sollte."

Der Prinz winkte ungeduldig ab.

„Siehst du", unterbrach er Thutmosis, „sogar Phönizien wird sich bewaffnen und mit ihm vielleicht auch all unsere Nachbarstaaten. Auf jeden Fall verlieren wir zumindest den rückständigen Tribut aus Asien, der – kannst du dir das vorstellen – über hunderttausend Talente ausmacht!

Einhunderttausend Talente", wiederholte der Prinz. „O Götter! eine solche Summe würde doch die Schatzkammer des

Pharao sofort füllen ... Und wenn wir noch dazu Assyrien zur rechten Zeit überfallen, finden wir allein in Ninive, im Palast Assars, unerschöpfliche Schätze. Jetzt überlege einmal, wieviel Sklaven wir gewinnen könnten: eine halbe, ach, eine ganze Million riesige, starke und so wilde Menschen, daß die Knechtschaft in Ägypten mit allerschwerster Arbeit an den Kanälen oder in den Bergwerken ihnen wie Spielerei vorkommen würde.

Die Fruchtbarkeit unseres Bodens könnte im Verlauf weniger Jahre um ein Vielfaches zunehmen, unser Volk würde aufatmen, und ehe noch der letzte Sklave stürbe, hätte unser Staat schon seine frühere Macht und seinen Reichtum wiedererlangt.

Aber all das machen uns die Priester zunichte mit Hilfe einiger beschriebener Silbertäfelchen und etlicher Ziegel, die mit pfeilartigen Zeichen bedeckt sind und durch niemand von den Unseren entziffert werden können."

Nachdem Thutmosis die Klagen des Prinzen angehört hatte, erhob er sich, untersuchte aufmerksam die benachbarten Räume, ob niemand darin lausche, und setzte sich dann wieder zu Ramses, um ihm zuzuraunen: „Sei guten Mutes, Herr! Soviel ich weiß, haben sämtliche Nomarchen, die gesamte Aristokratie und alle höheren Offiziere etwas von dem Vertrag gehört und sind empört. Gib uns also nur ein Zeichen, und wir zerschlagen die Steine, auf denen der Vertrag geschrieben wurde, auf Sargons, ja, sogar Assars Schädel."

„Das wäre aber Empörung gegen Seine Heiligkeit!" antwortete leise der Prinz.

Thutmosis blickte betrübt drein.

„Ich möchte nicht, daß dir dein Herz blutet, aber ... dein den höchsten Göttern gleicher Vater ist schwerkrank."

„Das ist nicht wahr!" fuhr der Prinz auf.

„Es ist wahr, doch verrate nicht, daß du es weißt. Seine Heiligkeit ist vom irdischen Dasein sehr erschöpft und wünscht nun zu gehen. Nur die Priester halten ihn fest. Dich aber rufen sie nicht nach Memphis, damit sie noch den Vertrag mit Assyrien ungehindert unterschreiben können."

„So sind sie doch Verräter!" zischte der Prinz wütend.

„Deshalb kannst du doch den Vertrag brechen, wenn du nach deinem Vater – der ewig leben möge! – die Regierung antrittst."

Der Prinz versank in Nachdenken.

„Es ist leichter", sagte er, „einen Vertrag zu unterschreiben als ihn zu brechen."

„Auch ihn zu brechen ist nicht schwer!" lächelte Thutmosis. „Gibt es denn in Asien keine ungehorsamen Stämme, die in unsere Grenzen einfallen? Wacht denn der göttliche Nitager nicht mit seiner Armee, um sie abzuwehren und den Krieg in ihre Länder zu tragen? Glaubst du nicht, daß sich in Ägypten Menschen finden werden, die das Schwert erheben und ihre Schätze für einen Krieg hingeben? Wir alle werden das tun, weil ein jeder etwas gewinnen und für seine Zukunft sorgen kann. Die Schätze allerdings liegen in den Tempeln ... und im Labyrinth!"

„Wer wird sie dort herausholen?" gab der Prinz zu bedenken.

„Wer? Jeder Nomarch, jeder Offizier, jeder Edelmann wird es tun, wenn er dazu nur den Befehl des Pharao erhält, und ... die jungen Priester werden uns den Weg in die Verstecke zeigen."

„Das wagen sie nicht. Die Strafe der Götter ..."

Thutmosis winkte verächtlich ab.

„Sind wir denn Bauern oder Hirten, daß wir uns vor Göttern fürchten, über die die Juden, Phönizier und Griechen spotten und über die jeder Söldner straflos lästert?

Die Priester haben den Unsinn über die Götter erdacht, an die sie selber nicht glauben. Sie inszenieren auch die ‚Wunder', über die sie lachen. Du weißt doch, daß man in den Tempeln nur den Einzigen anerkennt.

Allein der Bauer bezeigt immer noch wie früher Ehrfurcht vor den Götzen. Die Arbeiter aber zweifeln schon an der Allmacht eines Osiris, Horus und Seth. Die Schreiber betrügen die Götter in den Abrechnungen, die Priester bedienen sich ihrer als Kette und Schloß, um ihre Schätze zu sichern.

Oho! Die Zeiten sind vorüber", fuhr Thutmosis fort, „in denen man in Ägypten alles glaubte, was aus den Tempeln kam. Heute lästern wir über die phönizischen Götter, die Phönizier über unsere, und doch wird niemand vom Blitz zerschmettert."

Der Statthalter betrachtete Thutmosis aufmerksam.

„Wie kommst du auf solche Gedanken?" fragte er. „Es ist noch nicht lange her, da bist du blaß geworden, wenn man nur die Priester erwähnte."

„Weil ich allein stand. Doch heute, da ich weiß, daß der gesamte Adel genauso denkt wie ich, ist mir leichter ums Herz."

„Wer aber hat dem Adel und dir von dem Vertrag mit Assyrien erzählt?"

„Dagon und andere Phönizier", erwiderte Thutmosis. „Sie erboten sich sogar, wenn die Zeit kommt, asiatische Stämme aufzuwiegeln, damit unsere Truppen einen Grund hätten, die Grenzen zu überschreiten. Wenn wir erst einmal auf dem Wege nach Ninive sind, werden die Phönizier und ihre Verbündeten sich mit uns vereinigen ... und du wirst eine Armee haben, wie sie Ramses der Große nicht besaß!"

Dem Thronfolger mißfiel dieser Eifer der Phönizier; doch er sagte nichts. Statt dessen fragte er: „Aber was wird geschehen, wenn die Priester von eurem Geschwätz erfahren. Gewiß wird dann keiner von euch dem Tode entgehen!"

„Nichts werden sie erfahren", erwiderte Thutmosis heiter, „sie vertrauen zu sehr auf ihre Macht. Die Spione bezahlen sie schlecht, und sie haben sich in ganz Ägypten durch ihre Gier und ihren Stolz unbeliebt gemacht. Deshalb auch warten die Aristokratie, die Truppen, die Schreiber, die Arbeiter, sogar die niederen Priester nur auf ein Zeichen, um in die Tempel einzudringen, die Schätze herauszuholen und vor den Thron niederzulegen. Wenn ihnen ihre Reichtümer fehlen, so verlieren die heiligen Männer jede Macht. Sie werden sogar aufhören, Wunder zu arrangieren, weil auch hierzu goldene Ringe nötig sind."

Der Prinz lenkte das Gespräch auf andere Dinge. Endlich bedeutete er Thutmosis, daß er gehen könne.

Als er allein war, überlegte er.

Er wäre entzückt gewesen über diese Stimmung unter dem Adel und begeistert von den kriegerischen Instinkten der höchsten Stände, wenn das nicht so plötzlich gekommen wäre und wenn nicht hinter allem die Phönizier steckten.

Das aber ermahnte den Thronfolger zur Vorsicht; er begriff nämlich, daß es besser war, wenn es um Ägypten ging, dem Patriotismus der einheimischen Priester zu vertrauen als der Freundschaft der Phönizier.

Und er entsann sich auch der Worte seines Vaters, wonach die Phönizier wahrheitsliebend und treu wären, wenn es in ihren Interessen liege. Zweifellos hatten die Phönizier das größte Interesse daran, der Herrschaft der Assyrer nicht preisgegeben zu werden. Und man konnte im Kriegsfalle auf sie als Verbündete rechnen, da sich eine Niederlage Ägyptens unmittelbar auf Phönizien auswirken würde.

Andererseits nahm Ramses nicht an, daß die Priester, obgleich sie einen so unbegreiflichen Vertrag schlossen, einen Verrat begingen. Nein, sie waren keine Verräter, sondern – träge Beamte. Sie wünschten den Frieden, um in Ruhe ihre Schätze vergrößern und ihre Macht erweitern zu können. Sie wollten keinen Krieg, weil er die Macht des Pharao stärken und sie selbst zu großen Aufgaben zwingen würde.

Obwohl dem jungen Prinzen die Erfahrung fehlte, verstand er, daß er vorsichtig sein mußte. Er durfte nichts übereilen, niemanden verdammen, aber auch keinem Menschen allzusehr vertrauen. Er hatte sich bereits zu dem Krieg mit Assyrien entschlossen; nicht, weil der Adel und die Phönizier ihn wünschten, sondern nur, weil Ägypten Schätze und Sklaven brauchte.

Nun, da er sich zu einem Kriege entschlossen hatte, wollte er überlegt handeln, die Priesterkaste allmählich dafür gewinnen und sie erst im Falle ihres Widerstandes – mit Hilfe der Truppen und des Adels – zerschlagen.

Eben damals, als der heilige Mefres und Mentezufis sich über die Prophezeiung Sargons, daß der Thronfolger den Priestern nicht gehorchen, sondern sie zum Gehorsam zwingen würde, lustig gemacht hatten, schon damals war Ramses' Plan fertig, auf welche Weise er sie im Notfall zwingen würde. Das Weitere aber überließ er der Zukunft.

Die Zeit ist der beste Ratgeber! meinte er in Gedanken.

Er war so ruhig und zufrieden wie ein Mensch, der nach langem Zögern weiß, was er tun soll, und der an die eigene Kraft glaubt. Um noch die letzte Spur der jüngsten Aufregung zu löschen, ging er zu Sara.

Das Spiel mit dem Söhnchen ließ ihn immer rasch seine Sorgen vergessen und erfüllte sein Herz mit Licht und Freude.

Er durchschritt den Garten, betrat das Haus seiner ersten Geliebten und fand sie – wieder in Tränen aufgelöst.

„O Sara", rief er, „wenn du den Nil in deiner Brust trügest, so würdest du auch seine Wasser in Tränen verströmen können!"

„Ich werde schon nicht mehr ...", erwiderte sie, doch flossen ihre Zähren noch reichlicher.

„Was ist denn?" fragte der Prinz. „Hast du dir wieder eine Wahrsagerin kommen lassen, die dich mit Phönizierinnen schreckt?"

„Nicht die Phönizierinnen fürchte ich, sondern alle Phönizier!" sagte sie. „Ach, Herr, du weißt nicht, was das für niederträchtige Menschen sind."

„Meinst du etwa, daß sie Kinder verbrennen?“ Der Thronfolger brach in Lachen aus.

„Glaubst du das nicht?“ fragte sie und blickte ihn aus großen Augen an.

„Märchen! Ich weiß doch von Fürst Hiram, daß es Märchen sind.“

„Hiram?“ schrie Sara. „Hiram, das ist doch der größte Verbrecher! Frage meinen Vater, und er wird dir erzählen, wie Hiram junge Mädchen aus anderen Ländern auf seine Schiffe lockt und sie von dannen fährt, um sie zu verkaufen. Bei uns war einmal eine hellhaarige Sklavin, die Hiram entführt hatte. Sie verzehrte sich in Sehnsucht nach ihrem Lande und konnte nicht einmal sagen, wo ihre Heimat liegt. Und sie starb! So ist Hiram, solch ein Schuft ist auch Dagon, und so sind sie alle, diese Halunken.“

„Das ist zwar möglich, doch was kümmert es uns?“ fragte der Prinz.

„Sehr viel“, sprach Sara. „Du, Herr, hörst heute auf die Ratschläge der Phönizier. Indessen haben unsere Juden aber entdeckt, daß Phönizien zwischen Ägypten und Assyrien Krieg hervorrufen will ... angeblich haben sich sogar die hervorragendsten phönizischen Kaufleute und Wucherer mit furchtbaren Schwüren dazu verpflichtet.“

„Wozu brauchen sie denn Krieg?“ fragte der Prinz mit gespielter Gleichgültigkeit.

„Wozu!“ rief Sara. „Sie werden euch und den Assyrern Waffen, Waren und Nachrichten liefern und sich für alles zehnfach bezahlen lassen. Sie wollen die Gefangenen und Verwundeten von beiden Seiten berauben. Euch und den assyrischen Söldnern werden sie Beute und Sklaven abkaufen. Ist denn das wenig? Ägypten und Assyrien ruinieren sich, Phönizien aber wird dabei neue Reichtümer horten.“

„Wer hat dich solche Weisheiten gelehrt?“ lächelte der Prinz.

„Ich höre doch, wie mein Vater, unsere Verwandten und Bekannten darüber raunen und sich ängstlich umschauen, ob sie auch niemand belauscht. Und letzten Endes, kenne ich die Phönizier vielleicht nicht? Vor dir, Herr, liegen sie auf den Bäuchen; du siehst nicht ihre heuchlerischen Blicke. Aber ich habe so manches Mal ihre Augen grün vor Gier oder gelb vor Zorn gesehen. O hüte dich, Herr, vor den Phöniziern wie vor Giftschlangen.“

Ramses betrachtete Sara und verglich unwillkürlich ihre aufrichtige Liebe mit der Berechnung der Phönizierin, ihre Zärtlichkeitsausbrüche mit der hinterhältigen Kälte Kamas.

Wahrlich! dachte er, die Phönizier sind ein giftiges Gewürm. Doch wenn Ramses der Große sich im Kriege eines Löwen bedient hat, weshalb sollte ich gegen die Feinde Ägyptens nicht eine Giftschlange gebrauchen?

Und je intensiver er sich Kamas Durchtriebenheit vorstellte, um so stärker begehrte er sie. Heldische Seelen suchen zuweilen die Gefahr.

Er verließ Sara und erinnerte sich plötzlich – warum nur? –, daß Sargon ihn der Teilnahme an dem Überfall verdächtigt hatte.

Der Prinz schlug sich vor die Stirn.

„Hat vielleicht mein Doppelgänger den Gesandten verprügelt? Doch wer hätte ihn wohl dazu angestiftet? Sicher die Phönizier. Und wenn sie bereit waren, meinen Ruf durch eine so schmutzige Sache zu schädigen, so hat Sara recht, wenn sie sagt, sie seien niederträchtige Menschen, vor denen ich mich hüten sollte!"

Wieder packte ihn Zorn, und Ramses beschloß, die Frage sofort zu entscheiden. Da gerade die Dämmerung hereinbrach, ging der Prinz – ohne vorher nach Hause zu gehen – direkt zu Kama.

Es kümmerte ihn wenig, daß er erkannt werden könnte; für den Fall der Gefahr hatte er ja sein Schwert bei sich.

Im kleinen Palast der Priesterin brannte Licht, aber es war niemand von der Dienerschaft in der Vorhalle zu sehen.

Bisher, dachte Ramses, hat Kama ihre Dienerschaft fortgeschickt, wenn ich sie besuchen sollte. Ob sie heute ahnt, daß ich komme, oder einen glücklicheren Geliebten als mich empfängt?

Er stieg die Treppe empor, blieb vor dem Gemach der Phönizierin stehen und schob plötzlich den Vorhang beiseite.

Im Raum befanden sich Kama und Hiram und tuschelten über irgend etwas.

„Oh! Ich komme wohl ungelegen", lachte der Thronfolger. „Was – auch Ihr, Fürst, bemüht Euch um die Frau, die unter Todesdrohung Männern keine Gunst schenken darf?"

Hiram und die Priesterin sprangen von ihren niederen Sitzen auf.

„Offensichtlich", rief der Phönizier, sich verneigend, „hat dich ein guter Geist hierhergetrieben, da wir gerade über dich sprechen."

„Bereitet ihr eine Überraschung für mich vor?" fragte der Statthalter.

„Vielleicht! Wer weiß?" erwiderte Kama und sah ihn herausfordernd an.

Doch Ramses erwiderte kühl: „Oh, wenn nur diejenigen, die mir weiterhin Überraschungen bereiten wollen, nicht ihren eigenen Hals dem Beil oder dem Stricke aussetzen. Das würde sie weit mehr erstaunen als ihre Taten mich."

Kamas Lächeln erstarb auf den halbgeöffneten Lippen; Hiram wurde blaß und fragte demütig:

„Womit haben wir den Zorn unseres Herrn und Beschützers verdient?"

„Ich will die Wahrheit wissen", sagte der Prinz. Er setzte sich und blickte Hiram drohend an. „Ich will wissen, wer den Überfall auf den assyrischen Gesandten veranlaßt und meinen Doppelgänger darein verwickelt hat?"

„Siehst du, Kama", wandte sich der erschrockene Hiram an die Priesterin, „ich habe dir schon oft gesagt, daß die dreiste Vertraulichkeit dieses Schurken für dich schwere Folgen haben kann. Nun hast du es! Wir brauchten nicht einmal lange darauf zu warten."

Die Phönizierin warf sich dem Prinzen zu Füßen.

„Ich werde alles sagen", rief sie klagend, „nur, zürne den Phöniziern nicht, Herr! Erschlage mich, fessele mich, sie aber sind nicht schuldig."

„Wer hat Sargon überfallen?"

„Lykon, der Grieche, der in unserem Tempel singt", erwiderte die immer noch kniende Phönizierin.

„Aha! Der Mann, der damals vor deinem Hause gesungen hat? Mein Doppelgänger?"

Hiram neigte den Kopf und legte die Hand aufs Herz.

„Wir haben diesem Menschen reichlich für seine Ähnlichkeit mit Euch gezahlt, denn wir glaubten, daß er Euch im Falle eines Unglücks nützlich sein könnte."

„Sehr nützlich war er mir!" unterbrach der Thronfolger ironisch. „Wo ist er? Ich will diesen ausgezeichneten Sänger sehen, ihn, mein lebendiges Ebenbild."

Hiram breitete ratlos die Arme aus.

„Der Lump ist geflohen, doch wir werden ihn finden", antwortete er, „wenn er sich nicht in eine Fliege oder in einen Regenwurm verwandelt hat."

„Wirst du mir verzeihen, Herr?“ flüsterte die Phönizierin und schmiegte sich an die Knie des Prinzen.

„Frauen verzeiht man viel“, antwortete der Thronfolger.

„Und Ihr, werdet Ihr Euch nicht an mir rächen?“ fragte sie ängstlich Hiram.

„Phönizien“, erwiderte der Greis langsam und deutlich, „vergißt das größte Verbrechen jedem, der die Gnade unseres Herrn, Ramses – der ewig leben möge! –, besitzt.

Was aber Lykon betrifft“, wandte er sich an den Thronfolger, „so bekommt Ihr ihn, Herr, ob tot oder lebendig.“

Hiram verneigte sich tief und verließ den Raum, so daß die Priesterin und der Prinz miteinander allein zurückblieben. Ramses stieg alles Blut zu Kopf. Er umfaßte die kniende Kama und flüsterte: „Hast du gehört, was der würdige Hiram sagte? Phönizien wird dir das größte Verbrechen vergessen! Wirklich, der Mensch ist mir ergeben. Und da er dies gesagt hat – welche Ausrede kannst du noch finden?“

Kama küßte seine Hände und flüsterte: „Du hast mich errungen ... ich bin deine Sklavin ... doch heute laß mich in Frieden ... achte das Haus, das der Göttin Astoreth gehört.“

„So wirst du also in meinen Palast ziehen?“ fragte der Prinz.

„O ihr Götter, was sagst du da? Seit die Sonne am Himmel auf- und niedersteigt, geschah es noch nie, daß eine Priesterin der Astoreth ... Doch es sei! Phönizien, o Herr, gibt dir einen solchen Beweis der Achtung und der Verbundenheit, wie ihn noch nie einer seiner Söhne erhielt.“

„Na also“, sagte Ramses und zog sie an sich.

„Nur nicht heute und nicht hier“, flehte Kama.

XIII

Als er von Hiram erfahren hatte, daß ihm die Phönizier die Priesterin schenkten, wollte der Thronfolger sie so schnell wie möglich in seinem Hause haben. Nicht darum, weil er ohne sie nicht hätte leben mögen, sondern nur, weil sie für ihn etwas Neues war.

Doch Kama zögerte ihr Kommen hinaus und bat den Prinzen, sie noch eine Weile in Frieden zu lassen, bis der Strom der Pilger schwächer würde, zumindest – bis die bedeutendsten Besucher Pi-Bast verließen.

Wenn sie nämlich sofort die Geliebte des Prinzen geworden wäre, hätten sich die Einnahmen des Tempels verringert und der Priesterin hätte womöglich Gefahr gedroht.

„Unsere Weisen und Großen", sagte Kama zu Ramses, „werden mir den Verrat verzeihen, der Pöbel aber wird die Rache der Götter über mein Haupt beschwören, und du, Herr, weißt, daß die Götter lange Arme haben."

„Oh, daß sie sie nur nicht verlieren, wenn sie unter mein Dach greifen!" erwiderte der Prinz.

Doch er drängte nicht, da zu der Zeit seine Aufmerksamkeit von anderen Dingen in Anspruch genommen wurde.

Die assyrischen Gesandten Sargon und Istubar waren bereits zur Unterzeichnung des Vertrages nach Memphis gefahren. Gleichzeitig verlangte der Pharao von Ramses einen Reisebericht.

Der Prinz befahl den Schreibern, alles genau zu schildern, was sich zugetragen hatte: die Besichtigung der Fabriken und Ländereien, die Unterhaltungen mit den Handwerkern, die Gespräche mit den Nomarchen und Beamten. Thutmosis sollte den Bericht überbringen.

„Vor dem Antlitz des Pharao", sagte der Prinz, „sei du mein Herz und mein Mund. Und halte dich noch an folgendes:

Wenn der allerwürdigste Herihor fragt: ‚Was hält Ramses für die Ursache der Armut Ägyptens?', so antworte dem Minister, er möge sich an seinen Gehilfen Pentuer wenden, denn meine Ansichten deckten sich mit dessen Ausführungen im Tempel der göttlichen Hathor.

Wenn Herihor wissen will, was ich über den Vertrag mit Assyrien denke, so antworte, ich hielte es für meine Pflicht, den Befehlen unseres Herrn nachzukommen."

Thutmosis nickte, zum Zeichen, daß er verstanden habe.

„Wenn du aber allein und unbelauscht vor dem Antlitz meines Vaters – der ewig leben möge! – stehst, so falle ihm in meinem Namen zu Füßen und sage:

‚O Herr, dein Sohn und Diener, der edle Ramses, dem du Leben und Macht geschenkt hast, glaubt:

Schuld am Elend unseres Landes sind der Verlust von fruchtbarem Boden, den die Wüste verschlungen hat, und das Zusammenschrumpfen unserer Bevölkerung, die an Arbeit und Entbehrungen zugrunde geht.

Einen nicht geringeren Schaden als die Sterblichkeit und die

Wüste aber fügen die Priester deiner Schatzkammer zu. Ihre Tempel sind mit Gold und Edelsteinen angefüllt, außerdem besitzen die heiligen Väter und Propheten die besten Güter, die tüchtigsten Bauern und Arbeiter und weit mehr Land als der göttliche Pharao.

Das bestellt dir dein Sohn und Diener Ramses, der während der ganzen Reise die Augen immer offenhielt wie ein Fisch und die Ohren wie ein aufmerksamer Esel gespitzt hat!'"

Der Prinz machte eine Pause, während Thutmosis die Worte in Gedanken wiederholte.

„Wenn aber", sprach der Statthalter weiter, „Seine Heiligkeit fragt, was ich über die Assyrer denke, so wirf dich ihm zu Füßen und antworte: ‚Dein Diener Ramses erkühnt sich zu meinen, daß die Assyrer große und kräftige Kerle sind und auch ausgezeichnete Waffen haben, doch sieht man ihnen an, wie schlecht sie gedrillt sind.

Mit Sargon besuchten uns doch die besten assyrischen Krieger: Bogenschützen, Taxtträger, Lanzenträger, und doch gab es auch nicht sechs, die gleichmäßig in einer Reihe zu marschieren vermochten. Dazu tragen sie ihre Lanzen schief, ihre Schwerter sind schlecht an der Hüfte befestigt, und die Äxte halten sie wie Zimmerleute oder Schlächter. Ihre Kleidung ist schwer, ihre dicken Sandalen erhitzen die Füße, und ihre Schilde werden ihnen trotz ihrer Stärke wenig nützen, weil die Soldaten ungeschickt sind!'"

„Du sprichst die Wahrheit", rief Thutmosis, „dasselbe habe ich bemerkt und auch von unseren Offizieren gehört. Sie behaupten, daß eine assyrische Truppe, wie wir sie hier sahen, einen schwächeren Widerstand leisten würde als libysche Horden."

„Erzähle auch unserem Herrn, der uns das Leben schenkt", fuhr Ramses fort, „wie sich der gesamte Adel und das ägyptische Heer über die Nachricht empören, daß die Assyrer Phönizien besetzen könnten; denn Phönizien ist ja Ägyptens Hafen, und die Phönizier sind die besten Seeleute unserer Flotte. Sage schließlich, daß ich von den Phöniziern gehört habe – was Seine Heiligkeit noch besser wissen muß –, Assyrien sei heute schwach. Es führt nämlich Krieg im Norden und Osten und hat das ganze westliche Asien gegen sich. Wenn wir es also jetzt überfielen, dann könnten wir große Schätze und eine Menge Sklaven erobern, die unseren Bauern bei der Arbeit helfen würden.

Schließe jedoch damit, daß die Weisheit meines Vaters größer ist als die aller anderen Menschen und daß ich deshalb so verfahren werde, wie er es mir befiehlt – wenn er nur nicht Phönizien an Assar ausliefert –, denn dann sind wir verloren. Phönizien ist das erzene Tor zu unseren Schätzen. Wo aber gibt es einen Menschen, der dem Dieb seine Tür öffnen würde?"

Thutmosis begab sich im Monat Paophi (Juli–August) nach Memphis.

Der Nil schwoll mächtig an, weshalb der Zustrom der asiatischen Pilger in den Tempel der Astoreth abebbte. Die einheimische Bevölkerung aber arbeitete geschäftig auf den Feldern, um schnellstens Weintrauben, Flachs und Baumwolle zu ernten.

Mit einem Wort, es wurde ruhiger in der Gegend, und die den Tempel der Astoreth umgebenden Gärten waren fast leer.

Frei von Festen und Staatsgeschäften, widmete sich nun der Prinz seiner Liebe zu Kama. Eines Tages hielt er mit Hiram eine geheime Beratung ab. Der Fürst opferte in Ramses' Auftrag dem Tempel der Astoreth zwölf Talente in Gold, eine wundervolle Malachitstatuette der Göttin, fünfzig Kühe und einhundertfünfzig Maß Weizen. Dies war eine so fürstliche Gabe, daß der Erzpriester des Tempels selbst zum Statthalter kam, um sich vor ihm auf den Bauch zu werfen und für die Gnade zu danken, die – wie er sagte – alle die Göttin Astoreth verehrenden Völker Ramses in alle Ewigkeiten nicht vergessen würden.

Als der Thronfolger mit dem Tempel ins reine gekommen war, ließ er den Obersten der Polizei von Pi-Bast zu sich rufen und verhandelte mit ihm über eine Stunde. Einige Tage später wurde die ganze Stadt durch eine außerordentliche Neuigkeit erschüttert.

Kama, die Priesterin der Astoreth, war geraubt, irgendwohin entführt worden und wie ein Sandkorn in der Wüste verschwunden!

Dieser unerhörte Vorfall hatte sich folgendermaßen ereignet:

Der Erzpriester des Tempels schickte Kama in die am See Menzaleh gelegene Stadt Sabne-Chetam mit Opfern für die dortige Kapelle der Astoreth. Die Priesterin machte sich nachts in einem Nachen auf die Reise, um der sommerlichen Hitze und der Neugier und den Huldigungen der Bevölkerung zu entgehen.

Gegen Morgen, als die vier Ruderer ermüdet und ein wenig eingenickt waren, schossen plötzlich aus dem Ufergestrüpp Boote heran, die von Griechen und Hethitern geführt waren, umringten den Nachen der Priesterin und raubten Kama. Der Überfall geschah so rasch, daß die phönizischen Ruderer keinerlei Widerstand leisteten; der Priesterin aber wurde offenbar ein Knebel in den Mund geschoben, denn sie konnte nicht einmal aufschreien.

Nach ihrer gotteslästerlichen Tat verschwanden die Hethiter und Griechen rasch im Dickicht, später entkamen sie aufs Meer. Um sich aber vor einer Verfolgung zu sichern, hatten sie gleich das überfallene Boot umgekippt.

In Pi-Bast summte es wie in einem Bienenkorb. Die ganze Bevölkerung sprach von nichts anderem mehr. Man glaubte sogar, die Täter zu kennen. Die einen verdächtigten den Assyrer Sargon, der Kama die Heirat angeboten hatte, wenn sie den Tempel verlassen und mit ihm nach Ninive gehen wollte. Andere hielten den Griechen Lykon, den Sänger der Astoreth, der seit langem in Leidenschaft für Kama entbrannt war, für den Entführer. Lykon war auch so reich, daß er es sich erlauben konnte, griechische Räuber zu mieten, und so gottlos, daß er gewiß nicht gezögert hätte, die Priesterin zu rauben.

Selbstverständlich wurde im Tempel der Astoreth sofort eine Beratung der reichsten und frommsten Gläubigen einberufen. Der Rat beschloß vor allem, Kama von ihren Verpflichtungen als Priesterin zu entbinden, um sie damit im Fall einer Vergewaltigung vor dem Tode zu retten.

Das war eine gottgefällige und weise Anordnung. Wenn nämlich jemand eine Priesterin gewaltsam raubte und sie gegen ihren Willen entweihte, so konnte man sie doch nicht dafür bestrafen ...

Einige Tage später wurde unter Hörnerklang den Gläubigen im Tempel der Astoreth bekanntgegeben, daß die Priesterin Kama gestorben sei und niemand – falls ein ihr ähnliches Weib gesehen würde – das Recht habe, sich an ihr zu rächen, ja nicht einmal ihr Vorwürfe zu machen. Die Priesterin hatte nicht die Göttin verlassen, sondern sei von bösen Geistern entführt worden, wofür diese Unholde bestraft werden würden.

Am selben Tage erschien der würdige Hiram bei Ramses und überreichte ihm in einer goldenen Kapsel ein mit vielen Stempeln und Unterschriften von Priestern und bedeutenden Phöniziern versehenes Pergament.

Das war der Spruch des geistlichen Gerichts der Astoreth, das Kama von ihren Gelübden entband und den Fluch des Himmels von ihr nahm, wenn sie nun ihrem Priesteramt entsagte.

Mit diesem Dokument begab sich der Prinz bei Sonnenuntergang in ein einsam gelegenes Haus in seinem Garten. Er öffnete auf geheime Weise die Tür und betrat über die Treppe einen kleinen Raum.

Beim Licht einer geschmiedeten Lampe, in der duftendes Öl brannte, erblickte der Prinz Kama.

„Endlich!“ rief er und reichte ihr die goldene Kapsel. „Da hast du alles, was du wolltest.“

Die Phönizierin fieberte; ihre Augen brannten. Sie riß die Kapsel an sich, betrachtete sie und warf sie auf den Boden.

„Glaubst du, daß sie aus reinem Gold besteht?“ fragte sie. „Ich gebe mein Halsband darum, wenn sie nicht kupfern und nur beidseitig mit dünnem Goldblech bedeckt ist!“

„Du hast eine eigentümliche Art, mich zu begrüßen!“ sagte der Prinz erstaunt.

„Weil ich die Brüder kenne“, antwortete sie. „Sie fälschen nicht nur Gold, sondern auch Rubine und Saphire.“

„Weib“, unterbrach der Thronfolger, „sie umschließt jedenfalls das Dokument, das deine Sicherheit garantiert!“

„Was kümmert mich schon meine Sicherheit!“ erwiderte sie. „Ich langweile und fürchte mich. Ich sitze hier schon vier Tage wie im Gefängnis.“

„Fehlt dir etwas?“

„Mir fehlen Licht ... Luft ... Lachen ... Gesang ... Menschen. O rachsüchtige Göttin, wie schwer hast du mich gestraft!“

Der Prinz horchte erstaunt auf. In dem rasenden Weib konnte er nicht jene Kama wiedererkennen, die er im Tempel gesehen hatte, die Frau, der das leidenschaftliche Lied des Griechen galt.

„Morgen“, sagte er, „wirst du in den Garten gehen können ... und wenn wir nach Memphis fahren oder nach Theben, dann wirst du dich vergnügen wie nie zuvor. Schau mich an! Liebe ich dich denn nicht, und genügt einem Weib nicht die Ehre, mir zu gehören?“

„Ja“, erwiderte sie übelgelaunt. „Aber du hattest schon vier Frauen vor mir.“

„Wenn ich dich aber am meisten liebe!“

„Wenn du mich am meisten liebtest, würdest du mich zur Ersten machen, mich in den Palast bringen, den die ... Jüdin Sara bewohnt, und mir eine Wache geben, nicht ihr. Dort vor dem Standbild der Astoreth war ich die Erste. Wer immer der Göttin kniend huldigte, sah zu mir auf ... Und hier? Die Soldaten trommeln und pfeifen auf den Flöten, die Beamten kreuzen die

Arme über der Brust und neigen die Köpfe vor dem Hause der Jüdin."

„Vor meinem erstgeborenen Sohn", unterbrach der Prinz ungeduldig, „und der ist kein Jude."

„Er ist doch ein Jude!" schrie Kama.

Ramses sprang auf.

„Bist du wahnsinnig?" sagte er, plötzlich ruhig werdend. „Weißt du nicht, daß mein Sohn kein Jude sein kann?"

„Und ich sage dir, daß er einer ist!" schrie sie und schlug mit der Faust auf den Tisch. „Er ist genauso ein Jude wie sein Ahn, wie seine Onkel und heißt Isaak."

„Was sagst du, Phönizierin? Willst du, daß ich dich davonjage?"

„Gut, tu es doch, falls eine Lüge über meine Lippen gekommen ist. Wenn ich aber die Wahrheit gesagt habe, so treibe die andere davon, die Jüdin mitsamt ihrem Balg – und gib mir den Palast. Ich will, ich verdiene es, die Erste in deinem Hause zu sein, weil jene dich betrügt und deiner spottet. Ich aber habe deinetwegen meiner Göttin entsagt und mich ihrer Rache ausgesetzt!"

„Beweise mir deine Behauptung, und der Palast wird dein. – Nein, das ist eine Lüge!" murmelte der Prinz. „Sara kann nicht solch ein Verbrechen begehen ... mein erstgeborener Sohn!"

„Isaak! Isaak!" schrie Kama. „Geh zu ihr und überzeuge dich!"

Ramses lief, kaum seiner Sinne mächtig, von Kama fort und eilte dem Hause zu, in dem Sara wohnte. Trotz der sternklaren Nacht verfehlte er den Weg und irrte eine ganze Weile im Garten umher. Die kühle Luft ernüchterte ihn jedoch, und er fand den Weg wieder und betrat ziemlich ruhig Saras Heim.

Trotz der späten Abendstunde waren alle noch wach. Sara wusch mit eigenen Händen die Windeln des Sohnes, und ihre Dienerschaft verkürzte sich die Zeit mit Essen, Trinken und Musik.

Als Ramses, blaß vor Erregung, auf der Schwelle stehenblieb, schrie Sara auf.

Doch bald beruhigte sie sich wieder.

„Sei gegrüßt, Herr", sprach sie, trocknete die feuchten Hände und verneigte sich tief vor ihm.

„Sara, auf welchen Namen hört dein Sohn?" fragte er.

Bestürzt griff sie sich an den Kopf.

„Auf welchen Namen hört dein Sohn?" wiederholte er.

„Du weißt es, Herr, er heißt ‚Seti‘ ...“, erwiderte sie mit kaum vernehmbarer Stimme.

„Sieh mir in die Augen.“

„O Jehova!“ flüsterte Sara.

„Jetzt sehe ich, daß du lügst. Ich weiß es nun: Mein Sohn, der Sohn des ägyptischen Thronfolgers, heißt Isaak – und ist ein Jude – ein gemeiner Jude!“

„Gott! O Gott! Barmherzigkeit!“ rief sie und warf sich Ramses zu Füßen.

Der empörte Prinz sprach nicht einmal laut; sein Gesicht war aschfahl.

„Ich bin gewarnt worden“, sprach er, „keine Jüdin in mein Haus zu nehmen. Mein Herz krampfte sich zusammen, als ich das Vorwerk von Juden wimmeln sah ... aber ich habe den Abscheu unterdrückt, weil ich dir vertraute. Du aber hast mir zusammen mit deinen Juden meinen Sohn gestohlen, du Kinderdiebin!“

„Die Priester haben befohlen, daß er als Jude getauft werden soll“, flüsterte die schluchzende Sara zu seinen Füßen.

„Die Priester? Welche?“

„Der ehrwürdigste Herihor ... der ehrwürdigste Mefres ... sie sagten, es sei notwendig, weil dein Sohn der erste jüdische König werden müsse.“

„Die Priester? Mefres?“ wiederholte der Prinz. „Jüdischer König? Aber ich habe dir doch gesagt, daß dein Sohn Befehlshaber meiner Bogenschützen und mein Schreiber werden könnte. Ich habe dir das gesagt! Und du Elende dachtest vielleicht, daß der Titel des Judenkönigs der Würde meines Bogenschützen oder Schreibers gleichkäme? Mefres ... Herihor! Den Göttern sei Dank, daß ich endlich weiß, welches Schicksal diese Würdenträger meiner Nachkommenschaft wünschen.“

Er überlegte eine Weile und biß sich auf die Lippen. Plötzlich rief er mit gewaltiger Stimme: „He! Diener! Soldaten!“

Im nächsten Augenblick füllte sich der Raum. Weinend erschienen Saras Dienerinnen, der Schreiber und Verwalter ihres Hauses, die Sklaven und endlich noch etliche Soldaten mit ihren Offizieren an der Spitze.

„Tod!“ schrie Sara herzzerreißend.

Sie warf sich über die Wiege, riß den Sohn an sich, ging in den Winkel der Kemenate und rief: „Erschlagt mich! Doch ihn gebe ich nicht her!“

Ramses lächelte.

„Hauptmann“, rief er dem Offizier zu. „Nimm das Weib mit ihrem Kind und geleite es in das Haus, in dem meine Sklaven wohnen. Diese Jüdin ist nicht mehr eure Gebieterin, sondern wird in Zukunft derjenigen dienen, die ihre Stelle einnehmen soll.

Und du, Verwalter“, wies er den Beamten an, „sorge dafür, daß die Jüdin morgen früh nicht vergißt, die Füße ihrer künftigen Herrin zu waschen, die nun hierherkommen wird. Wenn Sara sich aber störrisch anstellt, soll man sie auf Befehl ihrer Herrin auspeitschen.

Führt das Weib in das Gesindehaus.“

Der Offizier und der Verwalter näherten sich Sara, dann blieben sie stehen; denn sie wagten nicht, sie zu berühren. Das war aber auch nicht nötig. Sie wickelte das wimmernde Kindchen in ein Tuch und verließ den Raum, indem sie flüsterte: „Gott Abrahams, Isaaks und Jakobs, sei uns barmherzig!“

Sie verneigte sich tief vor dem Prinzen, aus ihren Augen flossen stille Tränen. Noch aus dem Vorraum hörte Ramses ihre süße Stimme: „Gott Abrahams, Isaa ...“

Als sich alle beruhigt hatten, befahl der Statthalter dem Offizier und dem Verwalter: „Geht mit den Fackeln zum Haus unter den Feigenbäumen! ...“

„Ich verstehe“, erwiderte der Verwalter.

„... und führt sofort das Weib, das dort wohnt, hierher.“

„So wird es geschehen.“

„Sie wird von Stund an eure Gebieterin sein und die Herrin der Jüdin Sara, die ihr jeden Morgen die Füße zu waschen, sie mit Wasser zu bedienen und ihr den Spiegel vorzuhalten hat. Das ist mein Wille und mein Befehl.“

„Es wird geschehen“, erwiderte der Verwalter.

„Morgen früh wirst du mir berichten, ob die neue Dienerin gehorsam ist.“

Als er diese Anordnung getroffen hatte, kehrte der Statthalter nach Hause zurück. Doch er schlief die ganze Nacht nicht. In seinem Innersten war die Flamme der Rache entbrannt.

Er wußte, daß er die elende Jüdin Sara, die sich ihn zu betrügen erdreistete, ohne die Stimme zu heben, zermalmt hatte. Er hat sie bestraft wie ein König, der mit einem Zucken seiner Augenwimpern Menschen aus der höchsten Höhe in den Abgrund der Sklaverei stürzt. Doch Sara war nur das Werkzeug der Priester gewesen. Der Thronfolger aber besaß zuviel Gerechtigkeitsgefühl, um nach ihrer Bestrafung den eigentlichen Schuldigen zu verzeihen.

Seine Wut steigerte sich um so mehr, als die Priester für ihn unantastbar waren. Der Prinz konnte Sara mit dem Kind mitten in der Nacht ins Gesindehaus treiben, aber nicht Herihor seiner Macht oder Mefres seines Erzpriestertums entkleiden. Sara hatte zu seinen Füßen wie ein zertretener Wurm gelegen; aber Herihor und Mefres, die ihm den erstgeborenen Sohn entrissen hatten, standen durch ihr Priestertum – o Schande! – selbst über ihm, dem zukünftigen Pharao.

Niemand vermag zu sagen, zum wievielten Male in dem einen Jahr Ramses an all das Unrecht dachte, das ihm durch die Priester widerfahren war. In der Schule hatten sie ihn mit Knüppeln geschlagen, bis ihm die Haut auf dem Rücken platzte, oder ihn hungern lassen, bis ihm fast das Bauchfell an das Rückgrat gewachsen war.

Während der Manöver des vergangenen Jahres verdarb ihm Herihor den ganzen Plan und wälzte dann die Schuld auf den Prinzen, ja brachte ihn um die Führung des Korps. Derselbe Herihor schürte die Ungnade Seiner Heiligkeit, als Ramses Sara ins Haus nahm, so daß der Prinz nicht eher wieder zu Ehren kam, bis er mehrere Monate in freiwilliger Verbannung zugebracht hatte.

Damals, als er Führer des Korps und Statthalter wurde, schien es, daß die Priester aufhörten, ihn gängeln zu wollen. Doch gerade jetzt versuchten sie es wieder mit doppelten Kräften. Sie hatten ihn zum Statthalter gemacht, wozu? Um ihn vom Pharao fernzuhalten und einen schändlichen Vertrag mit Assyrien zu schließen. Sie hatten ihn gezwungen, als Büßer in den Tempel zu gehen, hatten ihn dort mit Hilfe von ‚Wundern' und Schreckgespenstern betrogen und ihn völlig falsch informiert.

Dann mischten sie sich in seine Vergnügungen ein, in seine Liebschaften, in seine Beziehungen zu den Phöniziern, in seine Schulden, und endlich, um ihn zu demütigen, machten sie aus seinem erstgeborenen Sohn einen Juden und damit ihn, den Thronfolger, vor ganz Ägypten lächerlich!

Gibt es denn einen Bauern, einen Sklaven, einen Gefangenen in den Bergwerken, einen einzigen Ägypter, der nicht das Recht hätte zu sagen: Ich bin besser als du, Statthalter, da keiner meiner Söhne ein Jude ist?

Ramses fühlte bei diesem Schimpf, daß er sich nicht sofort zu rächen vermochte. Darum beschloß er, die Rache noch hinauszuschieben. In der Priesterschule hatte er Selbstbeherrschung gelernt, bei Hofe Geduld und Heuchelei; diese Eigenschaften mußten ihm als Schild und Wehr im Kampf mit den Priestern dienen. Vorläufig wird er sie in die Irre führen. Ist aber erst der rechte Augenblick gekommen, so wird er zuschlagen, daß sie sich nicht wieder davon erholen.

Draußen begann der Morgen zu dämmern, da erst schlief der Thronfolger fest ein. Nach dem Erwachen sah er als ersten Menschen den Verwalter des Palastes, in dem Sara nun dienen sollte.

„Was ist mit der Jüdin?" fragte der Prinz.

„Dem Befehl Eurer Hoheit gehorchend, hat sie die Füße ihrer neuen Herrin gewaschen", erwiderte der Beamte.

„Hat sie sich störrisch angestellt?"

„Sie war demütig, doch nicht geschickt genug, so daß die erzürnte Herrin sie mit dem Fuß zwischen die Augen getreten hat."

Der Prinz fuhr auf.

„Und was tat Sara darauf?" fragte er rasch.

„Sie warf sich zur Erde nieder. Als die neue Herrin ihr dann fortzugehen befahl, ging sie leise weinend hinaus."

Der Prinz lief im Zimmer auf und ab.

„Wie hat sie die Nacht verbracht?"

„Die neue Herrin?"

„Nein!" unterbrach der Thronfolger. „Ich frage nach Sara."

„Sara ist gehorsam mit dem Kind in die Gesindestube gegangen. Dort haben die Dienerinnen ihr aus Mitleid eine frische Matte abgetreten, aber Sara legte sich nicht schlafen, sondern blieb die ganze Nacht sitzen, mit dem Kind im Schoß."

„Und das Kind?" fragte der Prinz.

„Das Kind ist gesund. Heute morgen, als die Jüdin ging, um ihrer neuen Herrin zu dienen, badeten andere Weiber das Kleine in warmem Wasser, und die Frau des Hirten, die ebenfalls einen Säugling hat, stillte es."

Der Prinz blieb vor dem Verwalter stehen.

„Es ist schlecht", sagte der Prinz, „wenn die Kuh, anstatt ihr Kälbchen zu säugen, vor dem Pfluge geht und mit der Peitsche geschlagen wird. Wenn die Jüdin auch ein großes Vergehen begangen hat, so will ich nicht, daß ihr unschuldiger Balg darunter leidet. Deshalb soll Sara nicht mehr die Füße der neuen Herrin waschen und von ihr zwischen die Augen getreten werden. Gib ihr im Gesindehaus ein eigenes Zimmer, ein paar Möbel und

Nahrung, wie sie einer jungen Mutter gebühren. Sie soll in Ruhe ihr Kind nähren."

„O daß du ewig leben mögest, du unser Gebieter!" erwiderte der Verwalter und lief rasch, die Befehle des Statthalters auszuführen.

Die ganze Dienerschaft liebte Sara nämlich und hatte im Verlauf der wenigen Stunden schon genug Gelegenheit gehabt, die zornige und kreischende Kama hassen zu lernen.

XIV

Die phönizische Priesterin machte Ramses nicht sehr glücklich. Als er sie das erstemal in ihrem neuen kleinen Palast besuchen kam, erwartete er, mit Entzücken und Dankbarkeit begrüßt zu werden. Statt dessen empfing ihn Kama beinahe zornig.

„Was soll das heißen?" rief sie. „Schon nach einem halben Tag hast du die elende Jüdin wieder in Gnaden aufgenommen?"

„Wohnt sie denn nicht im Gesindehaus?" erwiderte der Prinz.

„Mein Verwalter hat mir aber gesagt, daß sie mir nicht mehr die Füße waschen wird."

Als Ramses das hörte, spürte er förmlich einen schlechten Geschmack im Mund.

„Du bist, wie ich sehe, nicht zufrieden", sagte er.

„Und ich werde es auch nicht sein", brach sie los, „solange ich die Jüdin nicht gedemütigt habe ... solange sie mir nicht dienend zu meinen Füßen kniet und dabei vergessen lernt, daß sie einst dein Erstes Weib und Herrin dieses Hauses gewesen ist ... solange meine Dienerschaft nicht aufhört, mich ängstlich und mißtrauisch anzustarren, während sie die Sara voller Mitleid betrachtet!"

Die Phönizierin gefiel Ramses immer weniger.

„Kama", sagte er, „bedenke, was ich dir sage. Wenn in meinem Hause ein Diener eine Hündin, die ihre Jungen säugt, mit den Füßen in die Schnauze treten sollte, würde ich ihn fortjagen. Du aber hast ein Weib und eine Mutter mit dem Fuß zwischen die Augen getreten. In Ägypten wird eine Mutter gebührend geachtet. Denn ein guter Ägypter ehrt auf Erden vor allem dreierlei: die Götter, den Pharao und die Mutter."

„Weh mir!" rief Kama und warf sich über das Bett. „Das ist nun mein Lohn dafür, daß ich mich von meiner Göttin losgesagt habe. Noch vor einer Woche legte man mir Blumen zu Füßen und streute Weihrauch um mich, und heute ..."

Der Prinz schlich sich leise aus dem Zimmer und besuchte die Phönizierin erst nach ein paar Tagen.

Aber sie hatte wieder schlechte Laune.

„Ich flehe dich an, Herr", schrie sie, „kümmere dich etwas mehr um mich! Denn die Dienerschaft beginnt schon, mich mit Nichtachtung zu behandeln, die Soldaten schauen finster drein, und ich habe Angst, daß man mir in der Küche die Speisen vergiften könnte."

„Ich war mit der Truppe beschäftigt", erwiderte der Prinz, „daher konnte ich dich nicht besuchen."

„Das stimmt nicht!" erwiderte Kama wütend. „Du bist gestern an meiner Treppe vorbei zum Gesindehaus hinübergegangen, wo die Jüdin wohnt! Du wolltest mir zeigen ..."

„Genug!" unterbrach sie der Thronfolger. „Ich war weder vor deiner Treppe noch vor dem Haus. Wenn du mich also gesehen zu haben glaubst, so heißt das, daß sich dein Geliebter, der niederträchtige Grieche, nicht nur in Ägypten aufhält, sondern sogar frech genug ist, sich in meinem Garten herumzutreiben."

Die Phönizierin horchte bestürzt auf.

„O Astoreth!" schrie sie plötzlich, „rette mich! O Erde, verberge mich! Wenn der elende Lykon zurückgekommen ist, droht mir großes Unheil!"

Der Prinz lachte, doch er hatte keine Lust, die Klagen der Expriesterin anzuhören.

„Bleib unbesorgt", sagte er im Fortgehen, „und wundere dich nicht, wenn man dir in diesen Tagen deinen Lykon gefesselt wie einen Schakal vorführt. Der Frechling hat meine Geduld nun erschöpft."

Als er in seinem Haus angekommen war, ließ der Prinz sofort Hiram und den Polizeichef von Pi-Bast zu sich rufen. Er erzählte den beiden, daß sein Doppelgänger Lykon, der Grieche, sich in der Nähe des Palastes herumtreibe, und befahl, ihn festzunehmen. Hiram schwor, wenn die Phönizier sich mit der Polizei verbänden, müsse der Grieche in ihre Hände fallen. Der Polizeichef aber schüttelte den Kopf.

„Du zweifelst?" fragte ihn der Prinz.

„Ja, Herr. In Pi-Bast wohnen sehr viele fromme Asiaten, nach deren Auffassung eine Priesterin, die den Altar verließ, den

Tod verdient. Wenn der Grieche sich nun verpflichtet hätte, Kama zu töten, so würden sie ihm helfen, sich zu verbergen, und ihm die Flucht erleichtern."

„Was sagt Ihr dazu, Fürst?" fragte der Thronfolger Hiram.

„Der würdige Oberst der Polizei spricht weise", erwiderte der Greis.

„Ihr habt doch Kama von dem Fluch, der auf ihr lastete, befreit!" rief Ramses.

„Für die Phönizier", erwiderte Hiram, „bürge ich, daß sie Kama nicht anrühren und den Griechen verfolgen werden. Doch was soll man mit den anderen Gläubigen der Astoreth beginnen?"

„Ich erkühne mich zu behaupten", rief der Polizeichef, „daß dem Weib vorläufig keine Gefahr droht. Wenn sie jetzt tapfer wäre, so könnten wir sie gebrauchen, um den Griechen herbeizulocken und ihn hier im Palast Eurer Hoheit zu fangen!"

„Geh also zu ihr", sprach Ramses, „und erzähle ihr den Plan, den du erdacht hast! Wenn du den Schuft fängst, schenke ich dir zehn Talente."

Als der Thronfolger sie verabschiedet hatte, sagte Hiram zu dem Obersten: „Hochachtbarer, ich weiß, daß dir beide Schriften bekannt sind und du auch die Weisheit der Priester besitzt. Wenn du willst, hörst du durch die Wände und siehst in der Dunkelheit. Darum kennst du die Gedanken des Bauern, der mit dem Eimer arbeitet, des Handwerkers, der Sandalen auf den Markt bringt, und des großen Herrn, der sich im Kreise seiner Diener geborgen fühlt wie das Kind im Mutterschoß."

„Du sprichst die Wahrheit", erwiderte der Beamte, „wenn du sagst, daß mir die Götter die wunderbare Gabe des Hellsehens geschenkt haben."

„Deshalb auch", fuhr Hiram fort, „dank deiner überirdischen Fähigkeiten, hast du gewiß schon erraten, daß dir der Tempel der Astoreth zwanzig Talente aussetzen wird, wenn du den Elenden, der sich erdreistet, die Gestalt des Prinzen, unseres Herrn, anzunehmen, gefangennimmst. Außerdem aber wird dir der Tempel auf jeden Fall zehn Talente zahlen, wenn von der Ähnlichkeit des elenden Lykon mit dem Thronfolger in Ägypten nichts bekannt wird. Es ist nämlich eine ärgerliche und unwürdige Sache, wenn ein gewöhnlicher Sterblicher an eine Person erinnert, die von den Göttern abstammt.

Mag also alles, was du über den elenden Lykon und unsere

Verfolgung dieses Ketzers hörst, Geheimnis unserer Herzen bleiben."

„Ich verstehe", erwiderte der Beamte. „Es kann nämlich vorkommen, daß so ein Verbrecher sein Leben verliert, ehe wir ihn dem Gericht übergeben."

„Du sagst es", sprach Hiram und drückte ihm die Hand. „Jederlei Hilfe aber, die du von den Phöniziern brauchst, sollst du bekommen."

Sie trennten sich wie zwei Freunde, die ein großes Wild jagen und wissen, daß es nicht darum geht, wessen Speer trifft, sondern darum, daß die Beute gut getroffen werde und nicht in andere Hände falle.

Nach etlichen Tagen besuchte Ramses wieder Kama. Aber er traf sie in einem Zustand an, der an Wahnsinn grenzte. Sie verbarg sich hungernd, ungekämmt, sogar ungewaschen in der dunkelsten Kammer ihres Palastes und erteilte ihrer Dienerschaft die widersprechendsten Befehle. Das eine Mal befahl sie allen, sich zu versammeln, dann jagte sie sie wieder davon. Bei Nacht rief sie die Militärwache herein, im nächsten Augenblick aber floh sie vor ihr auf den Dachboden und schrie, daß die Soldaten sie erschlagen wollten.

Nach diesen Vorfällen schwand die Liebe aus dem Herzen des Prinzen, und es blieb nur das Gefühl großer Sorge zurück. Er griff sich an den Kopf, als ihm der Verwalter und der Offizier des Palastes davon berichteten, und murmelte: „Ich hätte der Astoreth dieses Weib nicht nehmen sollen. Nur eine Göttin konnte ihre Launen in Geduld ertragen!"

Trotzdem begab er sich zu Kama und fand sie elend, zerzaust und zitternd.

„Wehe mir!" rief sie. „Ich lebe unter lauter Feinden! Meine Zofe will mich vergiften, die Friseuse will mir eine schwere Krankheit beibringen ... die Soldaten warten nur auf eine Gelegenheit, um ihre Lanzen und Schwerter in meine Brust zu stoßen; in der Küche aber, davon bin ich überzeugt, kocht man mit Hexenkräutern. Alle trachten mir nach dem Leben."

„Kama", unterbrach sie der Prinz.

„Nenne mich nicht so!" flüsterte sie erschrocken, „denn das bringt mir Unglück."

„Wie kommst du nur auf solche Gedanken?"

„Ja, denkst du denn, ich sehe nicht die fremden Menschen, die am hellen Tage um den Palast schleichen und verschwinden, bevor ich die Dienerschaft rufen kann? Und höre ich nicht des Nachts das Raunen durch die Wände?"

„Das bildest du dir nur ein."

„O ihr Verfluchten! Verfluchten!" schrie sie weinend. „Alle behauptet ihr, es sei Einbildung. Und doch hat mir vor kurzem eine verbrecherische Hand einen Schleier in den Schlafraum geworfen, den ich auch einen halben Tag lang getragen habe, bevor ich erkannte, daß er nicht mir gehört, ja daß ich niemals einen ähnlichen besessen habe."

„Wo ist der Schleier geblieben?" fragte der Prinz, nun auch beunruhigt.

„Ich habe ihn verbrannt, aber vorher noch zeigte ich ihn meinen Dienerinnen."

„Wenn er dir auch nicht gehört hat – was ist denn daran so Schreckliches?"

„Noch nichts. Doch wenn ich den Lappen ein paar Tage lang im Hause behalten hätte, so würde ich mich gewiß vergiftet haben oder einer unheilbaren Krankheit verfallen sein; ich kenne die Asiaten und ihre Schliche!"

Der gelangweilte und verärgerte Prinz verließ sie bald, trotz ihres Flehens, zu bleiben. Als er dann die Zofe nach dem Schleier fragte, bestätigte sie, er habe Kama nicht gehört. Es müsse ihn jemand unterschoben haben.

Der Thronfolger befahl, die Wachen innerhalb und außerhalb des Palasts zu verdoppeln, und kehrte verzweifelt in seine Wohnung zurück.

Niemals hätte ich geglaubt, dachte er, daß ein einziges schwaches Weib so viel Verwirrung anrichten könnte! Die Unruhe von vier gefangenen Hyänen reicht an die der Phönizierin nicht heran.

Daheim fand der Prinz Thutmosis vor, der gerade aus Memphis zurückgekommen war und sich kaum Zeit genommen hatte, nach der Reise zu baden und sich umzukleiden.

„Was bringst du mir?" fragte der Prinz seinen Günstling und sah, daß er ihm keine guten Neuigkeiten brachte. „Hast du Seine Heiligkeit gesehen?"

„Ja, ich sah den Sonnengott Ägyptens", erwiderte Thutmosis, „und er sagte mir folgendes: . . ."

„Sprich!" forderte der Thronfolger.

Thutmosis kreuzte die Arme über der Brust und neigte das Haupt. „Seine Heiligkeit sagte: ‚Vierunddreißig Jahre hindurch habe ich den schweren Wagen Ägyptens gezogen, und ich bin so ermattet, daß ich mich nun nach meinen großen Ahnen sehne, die im westlichen Lande wohnen. Bald werde ich diese Erde verlassen, und dann wird mein Sohn Ramses den Thron besteigen und mit dem Reiche verfahren, wie es ihm die Vernunft gebietet.'"

„Das sagte mein heiliger Vater?"

„Das sind seine Worte, getreulich wiederholt", erwiderte Thutmosis. „Etliche Male betonte der Gebieter, er hinterlasse dir keinerlei Befehle für die Zukunft. Du sollst Ägypten so regieren, wie du es für richtig hältst."

„O Heilige! Dann ist seine Krankheit wirklich so schwer? Warum erlaubt er mir nicht, zu ihm zu kommen?" fragte der Prinz betrübt.

„Du mußt bleiben, weil deine Anwesenheit hier wichtig sein könnte."

„Doch der Vertrag mit Assyrien?" fragte der Thronfolger.

„... wurde in dem Sinne geschlossen, daß Assyrien ohne Behinderung von unserer Seite im Osten und Norden Krieg führen kann. Dagegen ist die phönizische Frage zurückgestellt worden, bis du den Thron besteigst."

„O Gesegneter! O heiliger Herrscher!" rief der Prinz, „vor welch schrecklichem Erbe hast du mich bewahrt."

„Diese Klausel also blieb zurückgestellt", sagte Thutmosis. „Gleichzeitig aber ist etwas Schlimmes geschehen. Um Assyrien zu beweisen, daß er ihm in der Kriegführung mit den Völkern des Nordens nicht hinderlich sein will, hat Seine Heiligkeit nämlich befohlen, unsere Armee um zwanzigtausend gedungene Söldner zu verringern."

„Was sagst du?" schrie der Thronfolger.

Thutmosis nickte betrübt.

„Ich spreche die Wahrheit", antwortete er, „und es sind sogar schon vier libysche Regimenter aufgelöst worden."

„Aber das ist doch Wahnsinn!" heulte Ramses förmlich auf und rang die Hände. „Weshalb schwächen wir uns so, und wohin werden diese Menschen gehen?"

„Das ist es ja. Sie haben sich schon in die Libysche Wüste gewendet und werden dort entweder die Libyer überfallen, was uns Sorgen bereiten würde, oder sie werden sich mit ihnen verbünden und gemeinsam an unseren westlichen Grenzen einfallen."

„Davon habe ich noch nie etwas gehört! Was haben sie angestellt? Wann war das? Keine einzige Nachricht darüber ist bisher zu uns gelangt!" rief der Prinz.

„Weil die entlassenen Soldaten von Memphis aus in die Wüste gezogen sind und Herihor jedem verboten hat, darüber zu sprechen."

„So wissen nicht einmal Mefres und Mentezufis Bescheid?" fragte der Statthalter.

„Doch", erwiderte Thutmosis.

„Sie sind informiert – und ich nicht!"

Der Prinz beruhigte sich schnell, doch er wurde blaß, und auf seinem jugendlichen Antlitz spiegelte sich furchtbarer Haß. Er ergriff seinen Vertrauten an beiden Händen, drückte sie kräftig und flüsterte: „Höre! Bei den heiligen Häuptern meines Vaters und meiner Mutter; beim Gedenken Ramses' des Großen; bei allen Göttern – wenn es welche gibt – schwöre ich: Wenn sich die Priester unter meiner Regierung nicht meinem Willen unterwerfen, werde ich sie zermalmen!"

Thutmosis hörte das mit Schrecken.

„Sie oder ich!" endete der Prinz. „Ägypten kann nicht von zwei Herren regiert werden."

„Gewöhnlich hatte es nur einen: den Pharao", murmelte der Vertraute.

„So wirst du mir treu sein?"

„Ich, der ganze Adel und das Heer, das schwöre ich dir!"

„Genug", schloß der Thronfolger. „Von mir aus mögen sie jetzt die Söldnerregimenter entlassen, Traktate unterschreiben und sich vor mir verstecken wie die Fledermäuse, ja, mögen sie uns alle zu täuschen versuchen. Aber es kommt die Zeit...

Thutmosis, jetzt ruhst du dich nach der Reise aus und kommst heute abend zu mir zu einem Bankett. Diese Menschen haben mich so gebunden, daß ich mich nur noch vergnügen darf; das werde ich also auch tun.

Doch einst werde ich ihnen zeigen, wer Ägyptens Herrscher ist: sie oder ich!"

Von dem Tage an begannen wieder die Feste. Der Prinz schien sich vor der Truppe zu schämen und hielt offenbar deshalb mit ihr keine Übungen mehr ab. Statt dessen wimmelte es in seinem Palast von Edelleuten, Offizieren, Artisten und Sängerinnen; in den Nächten fanden Orgien statt, bei denen sich das Lärmen der trunkenen Kumpane und das ekstatische Lachen der Weiber mit Harfentönen mischten.

Zu einem Fest hatte Ramses auch Kama geladen. Sie aber sagte ab. Der Prinz ärgerte sich darüber. Thutmosis bemerkte das und sagte:

„Herr, ich habe gehört, daß Sara deine Gunst verloren hat."

„Erinnere mich nicht an die Jüdin", erwiderte der Thronfolger. „Du weißt doch sicherlich, was sie mit meinem Sohn gemacht hat?"

„Gewiß", sagte der Günstling, „doch scheint mir, daß es nicht durch ihre Schuld geschah. In Memphis raunt man, deine ehrwürdige Mutter, Frau Nikotris, und der würdige Minister Herihor hätten deinen Sohn darum zum Juden gemacht, damit er einst über die Israeliten herrsche."

„Aber die Israeliten haben keinen König, sondern nur Priester und Richter", unterbrach der Prinz.

„Noch nicht, doch möchten sie einen König haben; denn auch ihnen ist die Priesterschaft über."

Der Thronfolger winkte verächtlich ab.

„Der Kutscher Seiner Heiligkeit", erwiderte er, „bedeutet mehr als alle Könige, um wieviel mehr noch als ein israelitischer König, den es noch nicht gibt."

„Saras Schuld ist aber nicht sehr groß", wandte Thutmosis ein.

„Darum sollst du auch wissen, daß ich es dereinst den Priestern gründlich heimzahlen werde."

„In dem Fall ist auch die Priesterschaft nicht schuldig. Der würdige Herihor zum Beispiel veranlaßte das, um den Ruhm und die Macht deiner Dynastie zu vergrößern. Schließlich hat er mit Wissen der Frau Nikotris gehandelt."

„Weshalb aber mischt sich Mefres in meine Angelegenheiten?" fragte der Prinz. „Er soll doch lieber sein Augenmerk auf die Tempel beschränken und nicht versuchen, das Schicksal der Nachkommen des Pharao zu beeinflussen."

„Mefres ist ein Greis, der schon wunderlich wird. Der ganze Hof Seiner Heiligkeit spottet heute über die eigenartigen Andachtsübungen des Erzpriesters, denen ich allerdings noch nie zugesehen habe."

„Oh, das ist interessant, was tut er denn?"

„Er hält mehrmals täglich strenge Gottesdienste im geheimsten Teil des Tempels ab und befiehlt seinen Priestern, zu beobachten, ob ihn die Götter während der Gebete nicht in die Luft erheben."

„Hahaha!" lachte der Thronfolger. „Das alles geschieht hier

in Pi-Bast sozusagen vor unseren Augen, und ich wußte wieder nichts davon!"

„Es ist ein Geheimnis der Priester."

„Ein Geheimnis, über das in Memphis jedermann spricht. Hahaha! Im Zirkus habe ich einen chaldäischen Zauberer gesehen, der in der Luft schwebte."

„Auch ich habe das erlebt", meinte Thutmosis. „Das war jedoch ein Kunststück. Mefres dagegen will wirklich auf den Flügeln seiner Frömmigkeit über der Erde schweben."

„Eine unerhörte Torheit!" sprach der Prinz. „Was sagen die anderen Priester dazu?"

„Angeblich wird in unseren heiligen Papyri erwähnt, daß in früheren Zeiten bei uns Propheten mit dieser Gabe lebten. Darum wundern sich die Priester nicht über Mefres' Versuche. Und weil – wie du weißt – bei uns die Untertanen sehen, was die Vorgesetzten gesehen haben wollen, so behaupten die heiligen Männer, Mefres schwebe tatsächlich während des Gebetes einige Fingerbreit hoch über der Erde."

„Hahaha! Über dieses große Geheimnis amüsiert sich der ganze Hof, und wir ahnen nicht einmal, welche Wunder vor unseren Augen geschehen, als wären wir dumme Bauern oder Kanalarbeiter. O elendes Los eines ägyptischen Thronfolgers!" lachte der Prinz.

Als er sich wieder beruhigt hatte, befahl er auf Thutmosis' wiederholtes Bitten, Sara mit dem Kind aus der Gesindekammer in den kleinen Palast zu bringen, den Kama in den ersten Tagen bewohnt hatte.

Die Dienerschaft des Thronfolgers war von der Anordnung ihres Herrn entzückt, und alle Diener, Sklaven und sogar die Schreiber begleiteten Sara mit Musik und Freudenrufen zu ihrem neuen Wohnsitz.

Die Phönizierin hörte den Lärm und fragte nach der Ursache.

Als man ihr nun antwortete, daß Sara wieder die Gunst des Thronfolgers besäße und aus dem Gesindehaus in den kleinen Palast übergesiedelt sei, schickte die wütende Expriesterin nach Ramses.

Der Prinz kam.

„So behandelst du mich?" brüllte Kama völlig unbeherrscht. „So also? Hast du mir nicht versprochen, daß ich deine Erste Frau sein würde? Doch ehe der Mond noch über die Mitte des Himmels ging, hast du dein Versprechen gebrochen! Denkst du vielleicht, daß die Rache der Astoreth nur Priesterinnen erreicht und Prinzen nicht?"

„Sage deiner Astoreth", erwiderte der Thronfolger ruhig, „sie möge niemals Prinzen drohen, weil auch sie sonst in die Dienerkammer verbannt werden könnte."

„Ich verstehe!" rief Kama. „Ich soll in die Kammer gehen, vielleicht sogar ins Gefängnis, und du wirst inzwischen die Nächte bei deiner Jüdin verbringen! So lohnst du mir, daß ich deinetwegen die Götter aufgegeben und den Fluch auf mein Haupt herabbeschworen habe, daß ich auch nicht eine ruhige Stunde erlebe, deinetwegen meine Jugend, mein Leben, sogar meine Seele hingegeben habe!"

Der Prinz gestand sich insgeheim ein, daß Kama tatsächlich seinetwegen viel aufgegeben hatte, und fühlte Reue.

„Ich war nicht bei Sara und werde nicht zu ihr gehen", erwiderte er. „Doch was schadet es dir, daß das unglückliche Weib wieder seine Bequemlichkeit hat und das Kind nähren kann?"

Die Phönizierin erbebte. Sie reckte die geballten Fäuste, ihre Haare sträubten sich, in ihren Augen aber entbrannte das schmutzige Feuer des Hasses.

„So antwortest du mir? Die Jüdin ist unglücklich, weil du sie aus dem Palast getrieben hast; ich aber muß zufrieden sein, obwohl die Götter mich aus allen ihren Tempeln verstoßen haben! Meine Seele aber, die Seele der Priesterin, die in Tränen und Ängsten vergeht, bedeutet dir nicht mehr als dieses jüdische Balg, dieses Kind, das ... ach, daß es doch schon verreckte! Ach, daß es ..."

„Schweig!" schrie der Prinz und schloß ihr den Mund.

Erschrocken wich sie zurück.

„Also darf ich mich nicht einmal mehr über mein Elend beklagen?" fragte sie. „Doch wenn du so sehr um das Kind besorgt bist, weshalb hast du mich dann aus dem Tempel geraubt und mir versprochen, dein Erstes Weib zu werden?

Paß auf", und wieder erhob sie ihre Stimme, „daß Ägypten – wenn es von meinem Los erfährt – dich nicht einen Ketzer heißt!"

Der Prinz schüttelte den Kopf und lächelte. Schließlich setzte er sich und sprach: „Wirklich, mein Lehrer hatte recht, als er mich vor den Frauen warnte: Ihr gleicht einem reifen Pfirsich in den Augen eines Menschen, dem der Durst die Zunge dörrt; doch nur zum Schein. Wehe dem Törichten, der es wagt, die schöne Frucht aufzubeißen: statt der kühlenden Süße findet er ein Nest voller Wespen, die ihm nicht nur die Lippen, sondern auch das Herz verwunden."

„Du beklagst dich noch? Nicht einmal diese Schande ersparst du mir, nachdem ich dir meine Würde als Priesterin und meine Unschuld geopfert habe?"

Der Thronfolger konnte nur immer den Kopf schütteln und lächeln.

„Ich hätte nie gedacht", meinte er nach einer Weile, „daß das Märchen, das sich die Bauern vor dem Einschlafen erzählen, in Erfüllung gehen würde. Doch heute erlebe ich es ja. Hör also zu, Kama. Und vielleicht überdenkst du alles und zwingst mich nicht, das Wohlwollen, das ich dir schenkte, zurückzunehmen."

„Jetzt möchte er mir Märchen erzählen!" erwiderte die Priesterin voller Bitterkeit. „Schon einmal hast du mir ein Märchen erzählt. Und es ist mir übel bekommen, daß ich darauf gehört habe."

„Dieses aber wird dir sicherlich nützen, wenn du es nur verstehen willst."

„Wird darin etwas von jüdischen Bankerten erzählt?"

„Auch von Priesterinnen, höre nur aufmerksam zu:

Es trug sich vor langer Zeit in dieser Stadt Pi-Bast* zu. Eines Tages erblickte der Fürst Satni auf dem Platz vor dem Tempel Ptah ein sehr schönes Weib. Sie war schöner als alle, die er je zuvor gesehen hatte, und was noch wichtiger war, sie trug sehr viel goldenen Schmuck.

Dem Fürsten gefiel die Frau außerordentlich. Er fragte, wer sie sei, und als man ihm sagte, daß sie die Tochter des Erzpriesters von Pi-Bast wäre, schickte er seinen Pferdeknecht mit folgendem Angebot zu ihr: ‚Ich schenke dir zehn goldene Ringe, wenn du eine Stunde mit mir zusammen verbringst!'

Der Pferdeknecht ging also zu der schönen Tbubui und wiederholte ihr die Worte des Fürsten Satni. Sie hörte ihn wohlwollend an und antwortete, wie es sich für eine gut erzogene Jungfrau geziemt: ‚Ich, die Tochter des Erzpriesters, bin unschuldig und kein verworfenes Mädchen. Wenn also der Fürst das Vergnügen haben will, mich kennenzulernen, so soll er in mein Haus kommen. Es wird dort alles bereit sein, und ich werde auf diese Weise nicht den Klatschereien der Weiber aus der ganzen Nachbarschaft ausgesetzt sein.'

* Authentisch.

Fürst Satni besuchte also das Fräulein Tbubui im oberen Stockwerk in ihren Zimmern, deren Wände mit Lapislazuli und blaßgrüner Emaille ausgelegt waren. Dort standen viele mit königlichem Leinen bezogene Betten und nicht wenig einbeinige Tischchen, beladen mit goldenen Pokalen. Ein Kelch wurde mit Wein gefüllt und dem Fürsten gereicht. Tbubui sprach: ‚Bitte sehr, trink doch!' Darauf erwiderte der Fürst: ‚Du weißt, daß ich nicht gekommen bin, um Wein zu trinken.' Dennoch setzten sie sich zum Tafeln nieder. Tbubui trug ein langes, undurchsichtiges, hoch bis zum Hals geschlossenes Gewand.

Als der berauschte Fürst sie aber küssen wollte, stieß sie ihn von sich und sagte: ‚Dieses Haus wird dein Haus sein. Denke jedoch daran, daß ich kein Straßenmädchen, sondern eine unschuldige Frau bin. Wenn du also willst, daß ich dein Weib werde, so schwöre mir Treue und überschreibe mir dein Vermögen.'

‚So möge denn der Schreiber kommen', rief der Fürst. Als dieser herbeigeführt wurde, befahl Satni, einen Ehevertrag zu schreiben sowie eine Schenkungsurkunde, in der er all sein Geld, seine bewegliche Habe und seine Landgüter auf den Namen der Tbubui eintragen ließ.

Eine Stunde später benachrichtigte die Dienerschaft den Fürsten, daß ihn seine Kinder unten erwarteten. Da verließ Tbubui ihn, kam aber rasch wieder in einem Gewand aus durchsichtiger Gaze. Satni wollte sie an sich ziehen, doch sie schob ihn fort und sprach: ‚Dieses Haus wird das deine. Da ich aber keine Dirne bin, sondern ein unschuldiges Mädchen, so müssen deine Kinder in einer Urkunde auf das Vermögen verzichten, damit sie später nicht mit meinen Söhnen und Töchtern prozessieren.'

Satni rief seine Kinder nach oben und befahl ihnen, die Verzichturkunde zu unterschreiben, was sie auch taten.

Doch als er sich – von dem langen Widerstand ganz benommen – Tbubui nähern wollte, wies sie ihn wiederum zurück.

‚Dieses Haus wird das deine', rief sie. ‚Aber ich bin nicht die erste beste, sondern eine reine Jungfrau. Wenn du mich also liebst, so befiehl, deine Kinder zu töten, damit sie einst meinen Kindern nicht ihre Habe rauben können.' "

„Was für eine lange Geschichte!" unterbrach Kama ungeduldig.

„Gleich ist sie zu Ende", erwiderte der Thronfolger. „Weißt du, Kama, was Satni antwortete:

‚Wenn du es verlangst, so soll das Verbrechen geschehen.‘

Tbubui ließ sich das nicht zweimal sagen. Sie befahl, die Kinder vor den Augen des Vaters zu morden, und warf dann die blutigen Glieder durch das Fenster den Hunden und Katzen zu. Erst dann durfte Satni ihr Gemach betreten und auf ihrem Ebenholzbett, das mit Elfenbein ausgelegt war, ruhen."

„Tbubui tat gut daran, den Versicherungen der Männer nicht zu trauen", rief die Phönizierin ärgerlich.

„Doch Satni", erwiderte der Thronfolger, „tat noch etwas Besseres: er erwachte – denn alles war nur ein schrecklicher Traum gewesen.

Du aber, Kama, bedenke, daß es die sicherste Art ist, einen Mann aus der Verblendung der Liebe zu wecken, wenn man seinem Sohn Böses wünscht."

„Sei ruhig, Herr, ich werde dir mein Mißgeschick und deinen Sohn nie mehr vorhalten", antwortete die Phönizierin betrübt.

„Ich will dir dann meine Gunst auch nicht entziehen, und du wirst glücklich werden", schloß Ramses.

XV

Unter der Einwohnerschaft der Stadt Pi-Bast begannen bereits bedrohliche Gerüchte über die Libyer umzugehen. Es wurde erzählt, daß die von den Priestern entlassenen barbarischen Söldner auf dem Weg in ihre Heimat anfänglich bettelten, dann stahlen, endlich zu rauben begannen, ägyptische Dörfer niederbrannten und die Bevölkerung ermordeten.

Auf diese Weise wurden im Verlauf einiger Tage folgende Städte überfallen und zerstört: Chinensu, Pimat und Kasa südlich vom Moerissee. Dasselbe Schicksal ereilte auch eine Karawane ägyptischer Pilger und Händler, die aus der Oase Uit-Mehe zurückkehren wollte. Die ganze westliche Grenze des Reiches war in Gefahr, und selbst aus Terenuthis flohen die Einwohner. Denn auch dort drangen vom Meer her libysche Banden vor. Angeblich wurden sie von dem grausamen Führer Musawasa gesandt, der einem Gerücht zufolge in der ganzen Wüste gegen Ägypten den heiligen Krieg führen wollte.

Deshalb wurden auch die Einwohner von Pi-Bast von Furcht und Schrecken ergriffen, wenn des Abends am westlichen Himmel ein Streifen allzulange rot blieb. Die Menschen sammelten sich auf den Straßen, manche stiegen auf die flachen Dächer oder kletterten auf Bäume und verkündeten von oben, daß sie Feuer über Menuf oder Sechem sähen. Manche sahen auch trotz der hereinbrechenden Dämmerung fliehende Einwohner oder libysche Banden, die in langen schwarzen Reihen auf Pi-Bast zu marschierten.

Trotz der Empörung der Bevölkerung rührten sich die Verwalter des Nomos nicht; denn die zentrale Regierung hatte sie zu keinerlei Maßnahmen angehalten.

Prinz Ramses beobachtete die Unruhe der Massen und die Gleichgültigkeit der Würdenträger von Pi-Bast. Rasende Wut erfaßte ihn, weil er keinerlei Anweisungen aus Memphis erhielt und offenbar weder Mefres noch Mentezufis mit ihm über die das Reich bedrohenden Übergriffe sprechen wollten.

Da die beiden Priester sich nicht meldeten, ja, da es sogar den Anschein hatte, als bemühten sie sich, eine Unterredung mit ihm zu vermeiden, suchte der Statthalter sie ebenfalls nicht auf und traf auch keinerlei Kriegsvorbereitungen.

Schließlich begab er sich auch nicht mehr zu den bei Pi-Bast stehenden Regimentern, versammelte jedoch statt dessen die ganze adlige Jugend im Palast, feierte mit ihr zusammen und erstickte seine Empörung gegen die Priester und seine Sorge um das Schicksal des Reiches in seinem Herzen.

„Du wirst es erleben", sagte er einmal zu Thutmosis, „die frommen Propheten werden es dahin kommen lassen, daß Musawasa Unterägypten erobert und wir nach Theben fliehen müssen, wenn nicht sogar nach Sunnu, falls uns nicht von dort die Äthiopier vertreiben."

„Du sagst die Wahrheit", erwiderte Thutmosis, „wenn du meinst, daß unsere Priester wie Verräter handeln."

Am ersten Tage des Monats Hathor (August–September) fand im Palast des Thronfolgers das größte Bankett statt. Es begann am Nachmittag um zwei Uhr, und ehe die Sonne unterging, waren alle betrunken. Männer und Weiber wälzten sich auf dem weinüberschwemmten Fußboden, der mit Blumen und den Scherben zerbrochener Krüge übersät war.

Der Prinz blieb der Nüchternste. Noch lag er nicht, sondern saß auf einem Sessel. Er hielt zwei hübsche Tänzerinnen auf den Knien, von denen ihm die eine Wein einflößte, während die zweite kräftige Duftessenzen über sein Haupt goß.

In dem Augenblick trat der Adjutant in den Saal und näherte sich über einige betrunkene Kumpane hinweg dem Thronfolger.

„Gnädiger Gebieter", flüsterte er, „die Heiligen Mefres und Mentezufis wünschen Euch sofort zu sprechen."

Der Thronfolger stieß die Mädchen von sich und torkelte mit gerötetem Gesicht und in beflecktem Kaftan in sein Zimmer im oberen Stockwerk.

Bei seinem Anblick schauten Mefres und Mentezufis einander an.

„Was wollt ihr, Ehrwürdige?" fragte der Prinz und ließ sich schwer in einen Sessel fallen.

„Ich weiß nicht, ob Eure Hoheit uns anhören können", erwiderte Mentezufis verwirrt.

„Ah, ihr denkt, ich bin betrunken?" rief der Prinz. „Habt keine Sorge ... heutzutage ist ganz Ägypten so toll oder so dumm, daß eigentlich die Säufer immer noch den meisten Verstand haben."

Die Priester blickten finster drein, doch Mentezufis begann: „Eure Hoheit wissen, daß unser Herr und der Höchste Rat beschlossen haben, zwanzigtausend gedungene Söldner zu entlassen."

„Na, eigentlich weiß ich es nicht", unterbrach der Thronfolger. „Denn ihr habt ja nicht geruht, zu diesem weisen Beschluß meinen Rat einzuholen oder mich wenigstens davon zu benachrichtigen, daß schon vier Regimenter aufgelöst sind und die entlassenen Soldaten aus Hunger unsere Städte überfallen."

„Es scheint mir, daß Eure Hoheit über die Befehle Seiner Heiligkeit des Pharao urteilen", warf Mentezufis ein.

„Nicht Seiner Heiligkeit!" rief der Prinz und stampfte mit dem Fuß auf, „sondern all der Verräter, die die Krankheit meines Vaters und Gebieters ausnutzen und das Reich den Assyrern und Libyern verschachern wollen!"

Die Priester erstarrten. Derartige Ausdrücke hatte noch kein Ägypter den Geweihten gegenüber gebraucht.

„Erlaubt, Prinz, daß wir in einigen Stunden wiederkommen ... wenn Ihr Euch beruhigt habt", sagte Mefres.

„Das ist nicht nötig. Ich weiß, was sich an unserer Westgrenze abspielt ... oder besser, nicht ich weiß es, sondern meine Köche, die Stallburschen und Abwäscherinnen sind darüber informiert. Vielleicht, ehrwürdige Väter, wollt ihr jetzt auch mich in eure Pläne einweihen?"

Mentezufis machte ein gleichgültiges Gesicht und sprach: „Die Libyer haben sich empört und sammeln Banden, um in Ägypten einzufallen."

„Ich verstehe."

„Im Auftrage Seiner Heiligkeit und des Höchsten Rates soll Eure Hoheit die Truppen aus Unterägypten sammeln und die Empörer vernichten."

„Wo ist der Befehl?"

Mentezufis zog aus seinem Gewand ein mit Stempeln versehenes Pergament hervor und überreichte es dem Prinzen.

„So bin ich also von Stunde an Oberster Befehlshaber in dieser Provinz?" fragte der Thronfolger.

„Es ist so."

„Und ich habe das Recht, mit euch Kriegsrat zu halten?"

„Gewiß", erwiderte Mefres, „noch in diesem Augenblick..."

„Setzt euch", unterbrach der Prinz.

Beide Priester kamen dem Befehl nach.

„Ich frage euch, weil das zu wissen für meine Pläne notwendig ist: Warum sind die libyschen Regimenter aufgelöst worden?"

„Es werden noch mehr aufgelöst werden", griff Mentezufis das Stichwort auf. „Der Höchste Rat will sich zwanzigtausend der teuersten Söldner entledigen, um dem Schatz Seiner Heiligkeit jährlich die viertausend Talente zu sichern, ohne die dem Königlichen Hof Mangel droht."

„Was selbst dem miserabelsten ägyptischen Priester niemals widerfahren könnte!" warf der Prinz ein.

„Ihr vergeßt, Eure Hoheit, daß es sich nicht gehört, einen Priester als ‚miserabel' zu bezeichnen", erwiderte Mentezufis. „Die Tatsache, daß keinem von uns Mangel droht, ist das Verdienst unserer enthaltsamen Lebensweise."

„Dann trinken sicherlich die Götzenbilder den Wein, den man täglich in die Tempel trägt, und die steinernen Götter schmücken ihre Weiber mit Gold und Edelsteinen", höhnte der Prinz. „Aber lassen wir es bei eurer Enthaltsamkeit! Der Rat der Priester entläßt nicht deshalb zwanzigtausend Soldaten und öffnet Banditen die Tore Ägyptens, um die Schatzkammern des Pharao zu füllen..."

„Sondern..."

„... nur, um König Assar zu schmeicheln. Und da Seine Heiligkeit sich damit nicht einverstanden erklärt hat, den Assyrern

Phönizien abzutreten, wollt ihr das Reich auf andere Weise schwächen: durch die Entlassung der Söldner, wodurch zweifellos ein Krieg an unserer westlichen Grenze heraufbeschworen wird."

„Die Götter seien meine Zeugen, daß Ihr uns in Erstaunen versetzt, Hoheit!" rief Mentezufis.

„Die Schatten der Pharaonen würden sich weit mehr wundern, wenn sie hörten, daß in demselben Ägypten, in dem man die Gewalt des Pharao beschneidet, ein chaldäischer Betrüger das Geschick des Reiches beeinflußt."

„Ich traue meinen Ohren nicht!" erwiderte Mentezufis. „Was sagt da Eure Hoheit von einem Chaldäer?"

Der Statthalter lachte höhnisch.

„Ich spreche von Beroes. – Wenn du, heiliger Mann, nichts von ihm gehört hast, so frage doch den ehrwürdigen Mefres. Falls er ihn auch vergessen haben sollte, wendet euch an Herihor und Pentuer.

Da habt ihr das große Geheimnis eurer Tempel! Ein fremder Vagabund, der sich wie ein Dieb in Ägypten einschlich, zwingt den Mitgliedern des Höchsten Rates einen so schändlichen Vertrag auf, wie wir ihn erst nach verlorenen Schlachten, nach dem Verlust aller Regimenter und beider Hauptstädte unterschreiben dürften.

Und man bedenke, daß dies ein Mensch tat, der gewiß ein Spion des Königs Assar war! Unsere Weisen aber ließen sich so von seiner Beredsamkeit bezaubern, daß sie, da der Pharao ihnen nicht erlaubt hat, auf Phönizien zu verzichten, wenigstens die Regimenter auflösen und Krieg an der westlichen Grenze entfachen wollen.

Ist das nicht unerhört?" rief Ramses, der sich nicht mehr beherrschen konnte. „Wo jetzt der günstigste Zeitpunkt wäre, die Armee auf dreihunderttausend Mann zu verstärken und mit ihr gegen Ninive vorzugehen – da entlassen die frommen Wahnwitzigen zwanzigtausend Mann und zünden das eigene Haus an!"

Mefres lauschte steif und blaß der höhnischen Rede. Endlich fand er seine Stimme wieder: „Ich weiß nicht, gnädiger Herr, aus welcher Quelle Ihr Eure Nachrichten schöpft. O daß sie ebenso rein wäre wie die Herzen der Mitglieder des Höchsten Rates! Nehmen wir jedoch an, daß Ihr recht habt und ein chaldäischer Priester den Rat zur Unterschrift des schwerwiegenden Vertrages mit Assyrien geneigt zu machen vermochte.

Selbst wenn das geschehen wäre, woher wollt Ihr denn wissen, daß der Priester nicht von den Göttern gesandt war, um uns vor dem über Ägypten schwebenden Unheil zu warnen?"

„Seit wann genießen die Chaldäer solches Vertrauen bei euch?" fragte der Prinz.

„Die chaldäischen Priester sind die älteren Brüder der Ägypter", sprach Mentezufis.

„Dann ist vielleicht auch der assyrische König Gebieter über den Pharao?" höhnte der Prinz.

„Lästert nicht, Hoheit!" fuhr Mefres streng dazwischen. „Ihr forscht leichtsinnig heiligsten Geheimnissen nach, und das ist sogar für Mächtigere gefährlich!"

„Gut, ich werde nicht weiterstöbern. Woran jedoch kann man erkennen, ob der Chaldäer ein Abgesandter der Götter oder ein Spion des Königs Assar ist?"

„An den Wundern", erwiderte Mefres. „Wenn sich auf Euren Befehl, Prinz, dieser Raum mit Geistern füllt und unsichtbare Mächte Euch in die Höhe heben, dann müßten wir erkennen, daß Ihr ein Werkzeug der Unsterblichen seid, und auf Euren Rat hören."

Ramses zuckte die Schultern.

„Auch ich habe Geister gesehen: Sie wurden von einem jungen Mädchen vorgeführt ... außerdem konnte ich im Zirkus einen schwebenden Hexenmeister bewundern."

„Nur die dünnen Schnüre, die seine vier Gehilfen mit den Zähnen hielten, habt Ihr wohl nicht bemerkt?" warf Mentezufis ein.

Der Prinz lachte abermals auf, und als er sich entsann, was ihm Thutmosis über die Gottesdienste des Mefres erzählt hatte, rief er spöttisch: „Zu Zeiten des Königs Cheops wollte ein Erzpriester unbedingt in der Luft schweben! Er betete zu den Göttern und befahl seinen Untergebenen, indessen aufzupassen, ob ihn nicht unsichtbare Kräfte emporhöben. Und – was sagt ihr dazu, heilige Männer: Von dieser Zeit an gab es auch nicht einen Tag, an dem die Propheten dem Erzpriester nicht versicherten, daß er emporschwebe; zwar nicht hoch, nur einen Fingerbreit über dem Boden ... Doch ... was habt Ihr, Euer Würden?" fragte er plötzlich Mefres.

Als der Erzpriester seine eigene Geschichte hörte, wankte er auf seinem Stuhl und wäre gefallen, wenn Mentezufis ihn nicht gehalten hätte.

Ramses wurde verlegen. Er reichte dem Greis Wasser zum

Trinken, rieb ihm die Stirn und die Schläfen mit Essig ein und fächelte ihm Kühlung zu. Alsbald kam der heilige Mefres wieder zu sich. Er stand auf und sagte zu Mentezufis: „Wir können nun sicherlich gehen?"

„Ich denke auch."

„Und was soll ich tun?" fragte der Prinz, der spürte, daß etwas Übles geschehen war.

„Den Pflichten des Obersten Heerführers nachkommen", erwiderte Mentezufis kühl.

Beide Priester verneigten sich zeremoniell vor dem Prinzen und gingen. Der Statthalter war bereits völlig nüchtern geworden und fühlte sich stark bedrückt. Ihm wurde klar, daß er zwei schwerwiegende Fehler begangen hatte: Er hat den Priestern verraten, daß er ihr großes Geheimnis kannte, und Mefres unbarmherzig verhöhnt.

Ein Jahr seines Lebens hätte er dafür gegeben, das ganze Gespräch aus ihrem Gedächtnis löschen zu können. Aber dazu war es zu spät.

Es hilft nichts, dachte er. Ich habe mich verraten und mir Todfeinde geschaffen. Das läßt sich nicht mehr ändern. Der Kampf beginnt für mich im ungünstigsten Augenblick. Aber laßt uns abwarten. Es hat schon so manch ein Pharao mit dem Priestertum einen Strauß ausgefochten und gesiegt, auch wenn er keine starken Verbündeten hatte.

Doch bedrückte ihn die Gefährlichkeit seiner Lage so stark, daß er in dieser Minute beim heiligen Haupt seines Vaters schwor, nie wieder größere Mengen Wein zu trinken.

Er befahl, Thutmosis zu rufen.

Der Vertraute erschien auf der Stelle und ganz nüchtern.

„Wir haben Krieg, und ich bin der Oberste Heerführer."

Thutmosis verneigte sich bis zur Erde.

„Und niemals mehr werde ich mich betrinken", fügte der Prinz hinzu, „weißt du, warum?"

„Ein Heerführer sollte sich vor Wein und berauschenden Düften hüten", erwiderte Thutmosis.

„Ich habe es vergessen – und vor den Priestern aus der Schule geplaudert."

„Was denn?" rief Thutmosis erschrocken.

„Daß ich sie hasse und ihre Wunder verspotte..."

„Das schadet nichts. Sie zählen gewiß nie auf die Liebe der Menschen."

„... und daß ich ihre politischen Geheimnisse kenne“, fügte der Prinz hinzu.

„Ei!“ zischte Thutmosis, „das war wirklich nicht nötig.“

„Das macht nichts“, meinte Ramses. „Sende sofort Schnelläufer zu den Regimentern, um die Befehlshaber für morgen früh zum Kriegsrat zu laden. Befiehl, die Alarmsignale anzuzünden, damit alle Truppen Unterägyptens von morgen an zur westlichen Grenze marschieren. Begib dich zum Nomarchen und befiehl ihm zu veranlassen, daß bei ihm und in den anderen Nomen Kleidung und Waffen gesammelt werden.“

„Es wird schwierig sein, den Nil zu überqueren“, warf Thutmosis ein.

„Deshalb soll man auch alle Nachen und Schiffe auf den Nebenarmen beschlagnahmen, um das Heer überzusetzen. Man muß auch die Nomarchen auffordern, daß sie sich um die Aufstellung von Reserveregimentern bemühen.“

Indes kehrten Mefres und Mentezufis in ihre Wohnung beim Tempel Ptah zurück.

Als sie sich allein in ihrer Zelle befanden, hob der Erzpriester die Hände zum Himmel und rief: „Dreifaltigkeit der unsterblichen Götter: Osiris, Isis und Horus – rettet Ägypten vor dem Untergang! Seit die Welt besteht, hat noch kein Pharao die Götter so gelästert wie heute dieser Bube! Was sage ich – kein Pharao? Kein Feind Ägyptens, kein Hethiter, Phönizier oder Libyer würde es gewagt haben, die Unantastbarkeit der Priester zu verhöhnen!“

„Der Wein macht den Menschen durchsichtig“, erwiderte Mentezufis.

„In diesem jungen Herzen verbirgt sich ein Schlangennest... der Thronfolger tritt die Priesterkaste in den Staub, spottet der Wunder, glaubt nicht an die Götter!“

„Am meisten jedoch beunruhigt mich“, meinte nachdenklich Mentezufis, „woher er von euren Verhandlungen mit Beroes erfahren hat. Denn daß er darüber Bescheid weiß, könnte ich beschwören.“

„Da wurde ein furchtbarer Verrat verübt“, murmelte Mefres und faßte sich an den Kopf.

„Sehr merkwürdig! Ihr wart zu vieren?“

„Nein, von Beroes' Mission wußten auch die Oberste Priesterin der Isis, zwei Priester, die ihm den Weg in den Tempel Seths wiesen, und der Priester, der ihn am Tor empfing... halt...

der hat dann die ganze Zeit über im unterirdischen Gewölbe gesessen . . . wenn er nun gelauscht hat?"

„Auf jeden Fall hat er das Geheimnis nicht an den Buben, sondern an einen ernster zu nehmenden Mann verkauft. Das aber ist gefährlich!"

Der Erzpriester des Tempels Ptah, der heilige Sem, klopfte an die Tür der Zelle.

„Friede sei mit euch", sprach er beim Eintritt.

„Segen deinem Herzen."

„Ich kam, weil ihr so laut sprecht, als wäre ein Unglück geschehen. Ihr macht euch doch nicht etwa über den Krieg mit den elenden Libyern Sorgen?" fragte Sem.

„Was hältst du eigentlich von unserem Thronfolger?" unterbrach ihn Mentezufis.

„Ich glaube, daß er gewiß sehr zufrieden ist, mit dem Oberbefehl betraut worden zu sein. Er ist ein geborener Held! Wenn ich ihn sehe, muß ich immer an den Löwen Ramses' des Großen denken . . . dieser Knabe ist bereit, sich allein auf alle libyschen Banden zu stürzen, und wirklich – er könnte sie vernichten."

„Dieser Knabe", zischte Mefres, „kann all unsere Tempel stürzen und Ägypten von der Erdoberfläche tilgen."

Der heilige Sem nestelte rasch das goldene Amulett hervor, das er auf der Brust trug, und flüsterte:

„Entweichet, böse Worte, in die Wüste . . . geht dorthin und fügt den Gerechten keinen Schaden zu! Was sagt Ihr da, Euer Würden!" rief er laut in vorwurfsvollem Ton.

„Der ehrwürdige Mefres spricht die Wahrheit", ließ sich Mentezufis vernehmen. „Kopf und Magen würden dich schmerzen, wenn menschliche Lippen die Gotteslästerungen wiederholen könnten, die wir heute von diesem Jüngling zu hören bekamen."

„Scherze nicht, Prophet!" empörte sich der Erzpriester Sem. „Eher würde ich glauben, daß Wasser brennt und Wind löscht, als daß ich Ramses für fähig hielte, über die Götter zu lästern!"

„Er stellte sich dabei betrunken", sagte Mefres boshaft.

„Und wennschon. Ich gebe zu, daß der Prinz ein Leichtfuß und Bummler ist, aber kein Gotteslästerer!"

„Das haben auch wir geglaubt", sprach Mentezufis. „Wir wähnten so sicher, seinen Charakter zu kennen, daß wir sogar darauf verzichteten, ihn nach seinem Verlassen des Tempels der Hathor zu überwachen."

„Dir hat das Gold für die Bezahlung der Spitzel leid getan!" schrie Mefres, „nun siehst du, welche Folgen diese Nachlässigkeit hat!"

„Was ist denn nun eigentlich geschehen?" fragte Sem ungeduldig.

„Kurz gesagt, der Kronprinz spottet über die Götter."

„Och!"

„Kritisiert die Befehle des Pharao."

„Nanu?"

„Die Mitglieder des Höchsten Rates bezeichnet er als Verräter."

„Aber, aber!"

„Und er hat durch irgend jemanden von der Ankunft Beroes' erfahren, ja sogar von dessen Zusammentreffen mit Mefres, Herihor und Pentuer im Tempel Seths."

Erzpriester Sem griff sich mit beiden Händen an den Kopf und hastete in der Zelle auf und ab.

„Unmöglich!" murmelte er. „Unmöglich! Gewiß hat jemand den Jüngling behext. Vielleicht gar die phönizische Priesterin, die er aus dem Tempel entführte?"

Mentezufis schien diese Bemerkung so treffend, daß er Mefres anblickte. Der gereizte Erzpriester ließ sich aber auf nichts ein.

„Wir werden sehen", erwiderte er. „Zunächst müssen wir jedoch gründlich untersuchen, was der Prinz seit seiner Rückkehr aus dem Tempel der Hathor getrieben hat. Er hatte zuviel Freiheit, zuviel Verbindung mit Ungläubigen und Feinden Ägyptens. Du aber, würdiger Sem, wirst uns helfen."

Diesem Beschluß zufolge befahl Erzpriester Sem, gleich am nächsten Morgen das Volk zu einem feierlichen Gottesdienst in den Tempel Ptah zu laden.

So erschienen an den Straßenecken, auf den Plätzen, sogar auf den Feldern die Herolde der Priester und riefen mit Posaunen und Flöten alles Volk zusammen. Und als sich eine genügende Menge von Hörern versammelt hatte, teilten sie mit, daß im Tempel Ptah drei Tage lang Gebete und Prozessionen abgehalten werden würden, auf daß ein guter Gott die ägyptischen Schwerter segne und die Libyer unterdrücke. Ihren Führer Musawasa aber möge er mit Aussatz, Blindheit und Wahnsinn schlagen.

Es geschah so, wie es die Priester wollten. Vom frühen Morgen bis in die späte Nacht hinein drängte sich das gemeine Volk um die Mauern der Tempel; die Aristokratie und die reichen

Bürger versammelten sich in der äußeren Vorhalle. Die Priester aber opferten dem Gotte Ptah und verrichteten ihre Gebete in der heiligsten Kapelle.

Dreimal täglich erschien eine feierliche Prozession, in der in einer goldenen, von Vorhängen verdeckten Gondel das ehrwürdige Bild der Gottheit herumgetragen wurde. Dann warf sich das Volk nieder und bekannte sich laut zu seinen Sünden; die vielen in der Menge verstreuten Propheten erleichterten ihm durch entsprechende Fragen die Reue. Dasselbe geschah in der Vorhalle des Tempels. Da die ehrsamen und reichen Menschen es aber nicht liebten, sich selbst laut anzuklagen, so zogen die heiligen Väter die Bußfertigen beiseite und erteilten ihnen leise Ratschläge und Ermahnungen.

Mittags war der Gottesdienst am feierlichsten. Zu dieser Zeit nämlich zogen die nach Westen marschierenden Truppen vorüber, um den Segen des Erzpriesters zu erhalten und die Kraft ihrer Amulette zu erneuern, die die Eigenschaft hatten, feindliche Stöße abzuschwächen.

Zuweilen ertönte im Tempel Donnerschlag. Nachts aber blitzte es über den Pylonen. Das geschah zum Zeichen, daß die Gottheit ein Gebet erhörte oder mit den Priestern sprach.

Als nach Beendigung der Feierlichkeiten die drei Würdenträger Sem, Mefres und Mentezufis zu einer vertraulichen Beratung zusammenkamen, war alles bereits geklärt.

Die Gottesdienste hatten dem Tempel gegen vierzig Talente Einnahmen gebracht, aber es wurden sechzig Talente ausgegeben für Geschenke oder zur Bezahlung von Schulden verschiedener Personen aus der Aristokratie und den höheren Militärkreisen.

Außerdem waren folgende Nachrichten gesammelt worden:

In der Truppe ging das Gerücht um, daß Prinz Ramses nach seiner Thronbesteigung Krieg mit Assyrien beginnen würde, der allen Teilnehmenden große Beute brächte. Man sagte, daß der niedrigste Soldat aus diesem Feldzug mit mindestens tausend Drachmen zurückkäme.

Das Volk raunte: Wenn der Pharao nach dem Siege aus Ninive zurückkehrt, wird er alle Bauern mit Sklaven beschenken und für eine Reihe von Jahren Ägypten von Steuern befreien.

Die Aristokratie indessen meinte, daß der neue Pharao vor allem den Priestern alle Güter, die zur Deckung aufgenommener Kredite Eigentum der Tempel geworden waren, abnehmen und dem Adel zurückgeben würde. Man sagte auch, daß der zukünftige Pharao eigenmächtig, ohne den Höchsten Rat der Priester, regieren werde.

Und schließlich herrschte in allen sozialen Schichten die Überzeugung, daß Prinz Ramses – um sich der Hilfe der Phönizier zu versichern – sich zur Göttin Istar bekannt habe und ihr besondere Verehrung erweise. Auf alle Fälle war es sicher, daß der Thronfolger einmal bei Nacht den Tempel der Istar besucht und dort Wunder erlebt hatte. Schließlich gingen unter den reichen Asiaten Gerüchte um, daß Ramses dem Tempel große Geschenke gemacht und dafür die Priesterin erhalten hätte, die ihn in seinem neuen Glauben bestärken sollte.

All diese Nachrichten hatten der höchst achtbare Sem und seine Priester gesammelt. Die heiligen Väter Mefres und Mentezufis jedoch teilten ihm eine andere Neuigkeit mit, die aus Memphis zu ihnen gelangt war:

Der Priester Osochor, der in den Kellergewölben des Seth-Tempels den chaldäischen Priester und Wundertäter Beroes empfangen hatte, verheiratete zwei Monate später seine Tochter, beschenkte sie mit reichem Schmuck und kaufte den Neuvermählten ein großes Gut. Da Osochor aber durchaus nicht über bedeutende Einnahmen verfügte, kam der Verdacht auf, daß er die Unterredung zwischen Beroes und den ägyptischen Würdenträgern belauscht, das Geheimnis an die Phönizier verkauft und von ihnen dafür ein großes Vermögen erhalten hatte.

Als Erzpriester Sem das hörte, sagte er: „Wenn der heilige Beroes wirklich Wunder zu tun vermag, so fragt vor allen Dingen ihn, ob tatsächlich Osochor das Geheimnis verraten hat."

„Das ist schon geschehen", erwiderte Mefres. „Der heilige Mann sagte aber, daß er darüber schweigen wolle. Er fügte auch noch hinzu: ‚Auch wenn wirklich jemand die Verhandlungen belauscht und darüber den Phöniziern berichtet hat, so kann dadurch trotzdem weder Ägypten noch Chaldäa irgendwelchen Schaden erleiden. Wenn man also den Schuldigen findet, soll man ihm Barmherzigkeit erweisen.'"

„Ein Heiliger! Wirklich, das ist ein heiliger Mann!" flüsterte Sem.

„Und wie beurteilt Ehrwürden das Verhalten des Kronprinzen?" fragte Mefres ihn.

„Ich sage dasselbe, was Beroes meint. Der Thronfolger wird Ägypten keinen Schaden zufügen. Man soll also nachsichtig sein."

„Der Jüngling verhöhnt die Götter und verlacht die Wunder, er betritt fremde Tempel, worüber das Volk empört ist. Das sind keine Kleinigkeiten!“ sagte Mefres bitter. Er konnte nicht vergessen, daß Ramses so grob über seine frommen Übungen gespottet hatte.

Erzpriester Sem aber liebte Ramses und erwiderte daher mit gutmütigem Lächeln: „Welcher Bauer in Ägypten wäre nicht froh, einen Sklaven zu besitzen und seine schwere Arbeit gegen süße Muße einzutauschen?

Und gibt es denn auf der Welt einen Menschen, der nicht davon träumte, keine Steuern zahlen zu müssen? Für das Geld nämlich, das er an die Staatskasse zahlt, könnte er für sich selbst, für seine Frau und die Kinder schöne Kleidung anschaffen und so manches Vergnügen genießen.“

„Müßiggang und Verschwendung verderben den Charakter“, ließ sich Mentezufis hören.

„Und welcher Soldat“, fuhr Sem fort, „wünscht sich nicht einen Krieg, der ihm tausend Drachmen Beute verspricht?

Weiter frage ich euch, Väter: Welcher Pharao, welcher Nomarch, welcher Edelmann zahlt gern seine Schulden und betrachtet den Reichtum der Tempel nicht mit scheelen Augen?“

„Das ist ein gottloses Begehren!“ murmelte Mefres.

„Und zum Schluß“, sprach Sem, „welcher Thronfolger träumte nicht davon, die Macht der Priester zu beschränken? Welcher Pharao wollte sich nicht zu Beginn seiner Herrschaft dem Einfluß des Höchsten Rates entziehen?“

„Deine Worte sind weise“, rief Mefres. „Doch worauf willst du eigentlich hinaus?“

„Ihr solltet den Thronfolger nicht vor dem Höchsten Rat anklagen. Denn es gibt kein Gericht, das den Prinzen deshalb verdammen würde, weil die Bauern froh wären, keine Steuern zu zahlen, oder die Soldaten Krieg wünschen. Im Gegenteil: euch könnte sogar ein Vorwurf treffen. Wenn ihr nämlich Tag für Tag dem Prinzen nachspioniert und sein kleines Über-die-Stränge-Schlagen verhindert hättet, nie käme es jetzt zu dieser Pyramide von Anklagen, die überdies unbegründet sind.

Das Übel besteht nicht darin, daß die Menschen der Sünde geneigt sind, denn das waren sie immer. Doch gefährlich ist es, wenn wir nicht auf sie aufpassen. Unser heiliger Fluß, die Mutter Ägyptens, würde sehr schnell alle Kanäle verschlammen, wenn ihn die Ingenieure nicht ständig überwachten.“

„Ehrwürden, was sagst du aber zu den Beschimpfungen, die sich der Prinz im Gespräch mit uns erlaubt hat? Verzeihst du ihm das schändliche Höhnen über Wunder?" fragte Mefres. „Überdies hat dieser Jüngling meine Frömmigkeit schwer beleidigt."

„Wer mit einem Betrunkenen spricht, beleidigt sich selbst", erwiderte Sem. „Schließlich hattet ihr nicht das Recht, über solche wichtigen Dinge mit dem berauschten Prinzen zu sprechen ... Ihr habt sogar einen Fehler gemacht, als ihr einen Betrunkenen zum Heerführer ernanntet! Ein Führer muß nämlich nüchtern sein."

„Ich verneige mich vor deiner Weisheit", rief Mefres, „doch stimme ich weiterhin dafür, vor dem Höchsten Rat Klage gegen den Thronfolger zu erheben."

„Ich aber stimme dagegen", erwiderte Sem energisch, „der Rat muß natürlich von allen Vergehen des Statthalters erfahren, doch nicht in Form einer Klage, sondern nur eines gewöhnlichen Berichtes."

„Auch ich bin gegen eine Klage", sagte Mentezufis.

Als der Erzpriester Mefres sah, daß er zwei Stimmen gegen sich hatte, zog er seine Forderung zurück. Doch die Schmach, die Ramses ihm angetan hatte, vergaß er ihm nicht.

XVI

Nach dem Rat der Astrologen sollte das Hauptquartier am siebenten Tage des Hathor aus Pi-Bast aufbrechen. Dieser Tag wäre nämlich „gut, gut, gut". Die Götter im Himmel und die Menschen auf der Erde freuten sich des Sieges Ras über die Feinde; wer gar in dieser Stunde das Licht der Welt erblickte, der würde erst in hohem Alter und reich an Ehren sterben.

Dieser Tag wäre auch günstig für schwangere Frauen und für Stoffhändler, ungünstig jedoch für Kröten und Mäuse. Von dem Augenblick an, da Ramses zum Obersten Heerführer ernannt worden war, stürzte er sich fieberhaft in die Arbeit. Er empfing jedes eintreffende Regiment persönlich, besichtigte Waffen, Kleidung und die Heerlager. Er begrüßte die Rekruten und spornte sie an, zum Verderben des Feindes und zum Preis des Pharao fleißig zu exerzieren. Er präsidierte bei jedem Kriegsrat, war bei der Vernehmung eines jeden Spions zugegen, und sowie Nachrichten eintrafen, zeichnete er mit eigener Hand die Bewegungen der ägyptischen Truppen und die Stellungen des Feindes in die Karte ein.

Er ritt so schnell von Ort zu Ort, daß man ihn überall erwartete, doch tauchte er trotzdem so plötzlich auf wie der Habicht, der auf das Hühnervolk niederstößt. War er morgens im Süden von Pi-Bast, um die Verpflegung zu kontrollieren, so erschien er bereits eine Stunde später im Norden der Stadt und entdeckte, daß im Regiment Jeb einhundertfünfzig Leute fehlten. Gegen Abend erreichte er die Vorhut des Heeres, war beim Übergang über einen Nilarm zugegen und hielt Heerschau über zweihundert Streitwagen.

Der heilige Mentezufis, der als Bevollmächtigter Herihors die Kriegskunst gut beherrschte, kam nicht aus dem Staunen heraus.

„Ihr wißt, ihr Achtbaren", sagte er zu Sem und Mefres, „daß ich den Thronfolger seit der Zeit nicht mehr liebe, da ich seine Bösartigkeit und Heimtücke entdeckt habe. Doch Osiris sei mein Zeuge: Dieser Jüngling ist der geborene Heerführer. Ich werde euch etwas Bedeutungsvolles verraten: Wir versammeln unsere Kräfte drei oder vier Tage früher an der Grenze, als man es hätte vermuten können. Die Libyer haben bereits vor dem Schwirren unserer Pfeile den Krieg verspielt!"

„Desto gefährlicher wird so ein Pharao für uns", bemerkte Mefres mit der Verbissenheit, die Greisen eigen ist.

Gegen Abend des sechsten Tages Hathor badete Prinz Ramses und erklärte dann seinem Stabe, daß sie am nächsten Morgen zwei Stunden vor Sonnenaufgang aufbrechen würden.

„Jetzt aber will ich mich ausschlafen", schloß er.

Das war jedoch leichter gesagt als getan.

In der ganzen Stadt wimmelte es von Soldaten. Vor dem Palast des Thronfolgers lagerte ein Regiment, das aß, trank, sang und lärmte.

Der Prinz begab sich in den entferntesten Raum, doch auch hier war es ihm nicht möglich, sich niederzulegen. Alle paar Minuten kam irgendein Adjutant gelaufen und brachte einen unbedeutenden Bericht oder verlangte Befehle in Angelegenheiten, die der Regimentskommandeur an Ort und Stelle hätte entscheiden können. Es wurden Spione vorgeführt, die keine neuen Nachrichten brachten. Dann meldeten sich vornehme Herren mit kleinen Gefolgschaften, die dem Prinzen ihre Dienste als Freiwillige anbieten wollten. Phönizische Kaufleute drängten sich vor, die Lieferungen für die Truppen übernehmen wollten, Lieferanten, die sich über Forderungen der Generale beschwerten.

Es fehlte auch nicht an Wahrsagern und Astrologen, die im letzten Augenblick vor dem Abmarsch dem Prinzen Horoskope zu stellen wünschten, und an Zauberern, die nie versagende Amulette gegen Geschosse zu verkaufen hatten.

All diese Leute drangen einfach in das Gemach des Prinzen ein. Ein jeder von ihnen glaubte nämlich, daß der Kriegsverlauf von ihm abhängig und unter diesen Umständen jede Etikette aufgehoben sei.

Der Thronfolger fertigte die Besucher geduldig ab. Doch als hinter den Astrologen eine seiner Frauen in das Zimmer eindrang und Ramses vorwarf, er liebe sie offensichtlich nicht, weil er sich nicht von ihr verabschiedet habe, und als eine Viertelstunde später unter dem Fenster das Weinen einer anderen Geliebten vernehmbar wurde, da war seine Geduld zu Ende. Er rief Thutmosis und befahl ihm: „Setz dich hierher und tröste, falls du Lust hast, die Weiber meines Hauses. Ich will mich irgendwohin in den Garten zurückziehen, weil ich sonst nicht einschlafen kann und morgen wie ein aus dem Wasser gezogenes Huhn aussehen werde."

„Wo soll ich dich im Notfall suchen?" fragte Thutmosis.

„Oho, oho!" lachte Ramses, „nirgends. Ich finde mich allein ein, wenn zum Wecken geblasen wird."

Der Prinz warf sich einen langen Mantel mit Kapuze über und schlich in den Garten.

Doch auch dort tummelten sich Soldaten, Köche und Diener des Thronfolgers. Im Palast und seiner Umgebung nämlich gab es keine Disziplin mehr, wie das vor einem Feldzug üblich ist. Darum ging Ramses in den dichtesten Teil des Parkes und warf sich unter einem dicht mit Wein umrankten Altan zufrieden auf eine Bank.

„Hier werden mich weder Priester noch Weiber finden", brummte er.

Bald schlief er fest wie ein Stein.

Seit einigen Tagen schon fühlte sich die Phönizierin Kama krank. Ihr war schlecht, und ihre Gelenke schmerzten. Außerdem juckte ihr Gesicht, besonders die Stirn über den Brauen.

Diese geringfügigen Beschwerden beunruhigten sie so sehr,

daß sie sogar vergaß, einen Meuchelmord zu fürchten; dafür saß sie jetzt dauernd vor dem Spiegel und ließ den Dienern völlig freien Lauf, um nur ungestört zu sein. Sie dachte weder an Ramses noch an die gehaßte Sara; ihre ganze Aufmerksamkeit galt ausschließlich den Flecken auf der Stirn, die ein ungetrübtes Auge nicht einmal zu erkennen vermochte.

„Flecke ... ja, das sind Flecke", flüsterte sie angsterfüllt vor sich hin. „Zwei ... drei ... O Astoreth, du wirst doch nicht deine Priesterin auf solche Weise strafen? Lieber sterben ... Ach, Unsinn ... Wenn ich die Stirn mit den Fingern streiche, werden die roten Flecke dunkler. Offensichtlich hat mich etwas gestochen, oder ich habe mich mit unreinem Öl gesalbt. Ich will mich waschen, und morgen wird alles wieder gut."

Der Morgen kam, doch die Flecke waren immer noch da.

Sie rief die Dienerin.

„Sieh mich an!" verlangte Kama.

Aber sie setzte sich in die dunkelste Ecke.

„Hör zu und schau genau hin", sprach sie mit erstickter Stimme. „Siehst ... siehst du auf meinem Gesicht Flecke? Doch ... komm nicht näher!"

„Ich sehe nichts", erwiderte die Dienerin.

„Auch nicht unter dem linken Auge? Oder über den Brauen?" fragte die Phönizierin immer gereizter.

„Geruht bitte, Euer göttliches Antlitz dem Licht zuzuwenden", bat die Dienerin.

Natürlich brachte diese Bitte Kama zur Raserei.

„Fort, du Elende", rief sie, „und laß dich nicht wieder sehen."

Als die Dienerin davonlief, stürzte ihre Gebieterin fiebernd zu ihrem Schminktisch, öffnete ein paar Salbentöpfchen und malte mit dem Pinsel rosige Farbe auf ihr Gesicht.

Am Abend, da sie immer noch Gelenkschmerzen hatte und, was noch schlimmer war, von wachsender Unruhe verzehrt wurde, befahl sie, den Arzt zu rufen. Als er ihr dann gemeldet wurde, blickte sie in den Spiegel. Da packte sie ein neuer, wahnsinnsgleicher Anfall. Sie warf den Spiegel zu Boden und schrie unter Tränen, daß sie keinen Arzt brauche.

Im Laufe des sechsten Hathor nahm sie den ganzen Tag über nichts zu sich und wollte auch niemanden sehen.

Als nach Sonnenuntergang eine Sklavin die Lampe brachte, legte sich Kama auf das Bett und hüllte ihren Kopf in einen Schal. Sie befahl der Dienerin, sich sofort wieder hinauszuscheren, und setzte sich dann fern vom Leuchter in einen Sessel. Dort verbrachte sie etliche Stunden in quälendem Halbschlaf.

„Das sind gar keine Flecke", stammelte sie vor sich hin, „und wenn es welche sind, so ist es doch kein ... kein ... kein Aussatz!

Götter!" schrie Kama und warf sich auf die Erde. „Das kann nicht sein, daß ich ... O ihr Götter, rettet, helft! Ich kehre in den Tempel zurück. Mein Leben lang will ich dafür büßen!"

Dann beruhigte sie sich wieder und dachte bei sich:

Da sind keine Flecke. Seit einigen Tagen schon reibe ich die Haut; darum ist sie gerötet. Woher auch sonst? Wer hat jemals gehört, daß eine Priesterin, das Weib eines Thronfolgers, am Aussatz erkranken könnte? O Götter! Das gab es ja noch nie, solange die Erde besteht. Nur bei Fischern, Gefangenen und den elenden Juden. Oh, diese gemeine Jüdin! Schlagt doch sie mit Aussatz, ihr himmlischen Mächte!

Im selben Augenblick verdunkelte ein Schatten das Fenster, das sich im ersten Stock befand, dann hörte Kama ein Rascheln, und plötzlich schwang sich Prinz Ramses über die Brüstung in das Zimmer.

Kama erstarrte. Jäh griff sie sich an den Kopf, und in ihren Augen spiegelte sich grenzenloses Grauen.

„Lykon?" flüsterte sie und preßte die Hände an die Schläfen. „Lykon, du hier? Du bist verloren! Man verfolgt dich!"

„Ich weiß", erwiderte der Grieche mit höhnischem Lächeln. „Alle Phönizier und die gesamte Polizei Seiner Heiligkeit machen Jagd auf mich. Trotzdem bin ich jetzt bei dir – und war auch schon bei deinem Gebieter."

„Du warst beim Prinzen?"

„Ja, in seiner eigenen Kammer ... und ich würde ihn erdolcht haben, wenn ihn nicht böse Geister entführt hätten. Offenbar ist dein Geliebter zu einem anderen Weibe gegangen und nicht zu dir."

„Was willst du hier? Flieh!" flüsterte Kama.

„Nur mit dir", erwiderte er. „Auf der Straße wartet ein Wagen, mit dem wir zum Nil fahren, und dort liegt meine Barke am Ufer."

„Du bist wahnsinnig geworden! Die Stadt und alle Straßen wimmeln von Truppen."

„Ebendarum vermochte ich in den Palast einzudringen, und wir können beide leichter entschlüpfen", sagte Lykon. „Such alle

Wertsachen zusammen – ich komme bald zurück und nehme dich mit."

„Wo gehst du jetzt hin?"

„Ich will deinen Herrn suchen", erwiderte er, „und nicht fortgehen, ohne ihm ein Andenken zu hinterlassen."

„Du bist toll!"

„Schweig!" unterbrach er, blaß vor Zorn. „Willst du ihn immer noch schützen?"

Die Phönizierin wankte und ballte die Fäuste. In ihren Augen aber blitzten Funken, die Böses verhießen.

„Und wenn du ihn nicht findest?" fragte sie.

„So erschlage ich einige seiner schlafenden Soldaten, zünde den Palast an – schließlich – weiß ich denn, was ich noch tun werde? Ohne Denkzettel gehe ich jedenfalls nicht weg!"

Der Blick der Phönizierin war so furchtbar, daß Lykon zusammenfuhr.

„Was hast du?" fragte er.

„Nichts. Höre. Noch nie hast du dem Prinzen so ähnlich gesehen wie heute! Wenn du jetzt etwas Gutes tun willst..." Sie näherte ihr Gesicht seinem Ohr und flüsterte.

Der Grieche lauschte verwundert.

„Weib", rief er, „aus dir sprechen die bösen Geister! Ja, der Verdacht wird auf ihn fallen!"

„Das ist besser als der Dolch", antwortete sie lachend, „nicht wahr?"

„Nie wäre ich auf so einen Gedanken gekommen! Vielleicht lieber beide?"

„Nein! Sie soll leben! Das wird meine Rache sein..."

„Welch heimtückische Seele!" flüsterte Lykon. „Doch du gefällst mir; wir werden ihnen königlich heimzahlen."

Er trat zurück ans Fenster und verschwand. Kama neigte sich hinaus und lauschte fiebernd. Sie vergaß alles um sich herum.

Etwa eine Viertelstunde, nachdem Lykon sie verlassen hatte, ertönte vom Feigenhain her ein durchdringender Frauenschrei. Ein paarmal wiederholte er sich, dann wurde es still.

Grauen packte die Phönizierin statt der erhofften Freude. Sie warf sich auf die Knie und starrte mit irren Augen in den dunklen Garten. Unten ertönten gedämpfte, schnelle Schritte. Die hölzerne Säule der Vortreppe knarrte, und im Fenster erschien Lykon in dunklem Mantel. Er atmete heftig, und seine Hände zitterten.

„Wo sind die Kleinodien?“ flüsterte er.

„Laß mich in Ruh“, erwiderte sie.

Der Grieche packte sie am Genick.

„Elende!“ rief er. „Begreifst du denn nicht, daß man dich, ehe die Sonne aufgeht, einsperren und nach ein paar Tagen erwürgen wird?“

„Ich bin krank.“

„Wo sind die Kleinodien?“

„Unter dem Bett.“

Lykon eilte in die Kammer, zog beim Schein des Leuchters eine schwere kleine Truhe hervor, warf Kama einen Mantel über und zerrte sie am Arm.

„Komm mit! Wo ist die Tür, durch die dein ... dein Geliebter hereinzukommen pflegt?“

„Laß mich ...“

Der Grieche beugte sich über sie und raunte:

„Aha! Du denkst, ich lasse dich hier? Heute schätze ich dich zwar nicht mehr als eine Hündin, die den Geruch verlor, doch du mußt mit mir gehen, denn dein Herr soll erfahren, daß es einen Stärkeren gibt als ihn. Er hat der Göttin die Priesterin gestohlen, ich aber nehme ihm die Geliebte.“

„Ich sage dir doch: Ich bin krank!“

Der Grieche zog einen schmalen Dolch hervor und setzte ihn an ihren Nacken. Sie erschauerte und flüsterte:

„Ich komme schon.“

Durch eine Geheimtür gelangten sie in den Garten. Vom Palast her drang zu ihnen der Lärm von Soldaten, die Feuer entfachten. Unter den Bäumen schimmerten Lichter; von Zeit zu Zeit eilten Diener des Thronfolgers vorüber. Am Tor wurden sie von der Wache angehalten.

„Wer seid ihr?“

„Thebaner“, erwiderte Lykon.

Ohne Zwischenfall erreichten sie die Straße und verschwanden in den Gassen des Fremdenviertels von Pi-Bast.

Zwei Stunden vor Sonnenaufgang ertönten in der Stadt Hörner und Trommeln.

Thutmosis lag noch in tiefem Schlaf, als Prinz Ramses ihm den Mantel fortzog und mit lustigem Lachen ausrief: „Steh auf, wachsamer Heerführer! Die Regimenter marschieren bereits.“

Thutmosis richtete sich im Bett hoch und rieb sich die verschlafenen Augen.

„Ach, du bist es, Herr?“ fragte er gähnend. „Hast du ausgeschlafen?“

„Wie nie in meinem Leben!“ erwiderte der Prinz.

„Ich hätte gern noch mehr geschlafen.“

Beide badeten, legten ihre Kaftane und Halbpanzer an und bestiegen ihre Pferde, die von den Stallburschen gehalten wurden und ungeduldig an den Zügeln zerrten.

Bald verließ der Thronfolger mit dem ganzen Gefolge die Stadt und überholte die träge auf der Straße marschierenden Heereskolonnen. Der Nil war weit über die Ufer getreten, und Ramses wollte beim Überqueren der Kanäle und Furten zugegen sein.

Als die Sonne aufging, hatte der letzte Troßwagen schon längst die Stadt verlassen, und der würdige Nomarch von Pi-Bast sagte zu seiner Dienerschaft: „Jetzt gehe ich schlafen – und wehe dem, der mich vor dem Abendschmaus weckt! Selbst die göttliche Sonne ruht nach jedem Tag, ich aber habe mich seit dem ersten Hathor nicht mehr zur Ruhe niedergelegt.“

Noch ehe er seine Wachsamkeit zu Ende rühmen konnte, trat ein Polizeioffizier ein und bat ihn in einer sehr wichtigen Angelegenheit um eine Unterredung unter vier Augen.

„Daß Euch die Erde verschlinge!“ murmelte der würdige Herr.

Doch bedeutete er dem Offizier, näher zu treten, und fragte ihn ärgerlich: „Könnt Ihr nicht ein paar Stunden warten? Der Nil läuft doch nicht davon.“

„Es ist ein großes Unglück geschehen“, erwiderte der Offizier. „Der Sohn des Thronfolgers wurde erschlagen.“

„Was? Wer?“ schrie der Nomarch.

„Der Sohn der Jüdin Sara.“

„Wer erschlug ihn? Wann?“

„Heute nacht.“

„Aber wer kann das getan haben?“

Der Offizier senkte das Haupt und breitete ratlos die Arme aus.

„Ich frage, wer ihn getötet hat?“ wiederholte der mehr bestürzte als erzürnte Würdenträger.

„Geruhe selbst, Herr, die Untersuchung durchzuführen. Meine Lippen können nicht wiederholen, was meine Ohren hörten.“

Das Entsetzen des Nomarchen wuchs. Er befahl, Saras Dienerschaft vorzuführen, und sandte gleichzeitig nach dem Erzpriester

Mefres. Mentezufis war nämlich als Vertreter des Kriegsministers mit dem Prinzen gezogen.

Der erstaunte Mefres kam. Der Nomarch wiederholte ihm die Nachricht über die Ermordung des Thronfolgerkindes und berichtete auch, daß der Polizeioffizier nicht den Mut fände, mehr zu erzählen.

„Gibt es Zeugen?" fragte der Erzpriester.

„Sie warten auf die Befehle Eurer Würden, heiliger Vater."

Saras Türhüter wurde vorgeführt.

„Hast du gehört", fragte ihn der Nomarch, „daß das Kind deiner Herrin getötet worden ist?"

Der Mann warf sich zur Erde nieder und antwortete:

„Ich habe sogar den an der Wand zerschmetterten Leichnam des Kindes gesehen und unsere Herrin, die schreiend in den Garten lief, aufgehalten."

„Wann ist das geschehen?"

„Nach Mitternacht. Nachdem der allergnädigste Kronprinz zu unserer Herrin gekommen war", erwiderte der Wächter.

„Wie denn, Prinz Ramses ist heute nacht bei eurer Herrin gewesen?" fragte Mefres.

„Du sagst es, großer Prophet."

„Das ist sonderbar!" flüsterte Mefres dem Nomarchen zu.

Die zweite Zeugin war Saras Köchin, die dritte eine Dienstmagd. Beide behaupteten, daß nach Mitternacht der Kronprinz in Saras Zimmer hinaufgegangen sei. Er blieb dort eine Weile, lief aber plötzlich schnell in den Garten. Bald darauf erschien Frau Sara und schrie furchtbar.

„Ramses hat aber die ganze Nacht über nicht sein Zimmer im Palast verlassen", rief der Nomarch.

Der Polizeioffizier schüttelte den Kopf und erklärte, im Vorzimmer warteten einige Palastbedienstete.

Sie wurden gerufen, der heilige Mefres stellte ihnen Fragen, und es stellte sich heraus, daß der Thronfolger nicht im Palast geschlafen hatte. Er war aus seiner Kammer vor Mitternacht in den Garten gegangen und erst zurückgekehrt, als die ersten Hörner zum Wecken bliesen.

Nachdem die Zeugen wieder hinausgeführt und die beiden Würdenträger wieder allein geblieben waren, warf sich der Nomarch stöhnend auf den Boden und verkündete Mefres, daß er schwer erkrankt sei und lieber das Leben verlieren wolle, als die Untersuchung zu leiten.

Der Erzpriester war sehr blaß und bewegt, doch erwiderte er, man müsse den Mordfall klären. Er befahl dem Nomarchen im Namen des Pharao, sofort mit ihm zusammen Saras Wohnung aufzusuchen.

Zum Garten des Thronfolgers war es nicht weit, und die zwei Würdenträger befanden sich bald am Tatort.

Als sie das Zimmer im ersten Stock betraten, erblickten sie Sara. Sie kniete an der Wiege, als nähre sie den Säugling. Die Wand und der Fußboden waren blutbefleckt.

Dem Nomarchen wurde so schwach zumute, daß er sich setzen mußte. Mefres aber blieb ruhig. Er näherte sich Sara, berührte ihre Schulter und sprach:

„Herrin, wir kommen im Namen Seiner Heiligkeit hierher."

Sara sprang wie vom Blitz getroffen auf; als sie Mefres erkannte, rief sie mit furchtbarer Stimme: „Fluch euch! Ihr wolltet einen jüdischen König haben, da habt ihr ihn! Oh, weshalb mußte ich Unglückliche auch auf euren verräterischen Rat hören!"

Sie wankte und fiel wieder stöhnend über die Wiege. „Mein Söhnchen ... mein kleiner Seti! ... Er war so schön, so klug ... eben noch streckte er mir die Händchen entgegen ... Jehova", schrie sie, „gib ihn mir wieder! Ist es doch in deiner Macht. Götter Ägyptens: Osiris! Horus! Isis! Isis! Du warst doch selbst Mutter! ... Es kann nicht sein – im Himmel muß man mein Flehen erhören ... solch kleines Kind ... eine Hyäne hätte mit ihm Erbarmen gehabt."

Der Erzpriester hob sie auf. Das Zimmer füllte sich mit Angehörigen der Polizei und der Dienerschaft.

„Sara", sagte der Erzpriester, „im Namen Seiner Heiligkeit, des Herrschers von Ägypten, fordere ich dich auf und befehle, daß du mir antwortest: Wer hat deinen Sohn ermordet?"

Sie starrte wie irre vor sich hin und rieb sich die Stirn. Der Nomarch reichte ihr Wasser mit Wein, und eines der anwesenden Weiber besprengte sie mit Essig.

„Im Namen Seiner Heiligkeit", wiederholte Mefres, „befehle ich dir, den Namen des Mörders zu nennen."

Die Anwesenden zogen sich zur Tür zurück, der Nomarch verschloß mit verzweifelter Gebärde seine Ohren.

„Wer der Mörder ist?" rief Sara mit erstickender Stimme und heftete ihren Blick auf Mefres' Gesicht. „Wer der Mörder ist, willst du wissen? Ich kenne euch Priester! Ich kenne eure Gerechtigkeit!"

„Also wer?“ drängte Mefres.

„Ich!“ schrie Sara mit unmenschlicher Stimme. „Ich erschlug meinen Sohn, weil ihr aus ihm einen Juden gemacht habt.“

„Du lügst!“ zischte der Erzpriester.

„Ich! Ich!“ wiederholte Sara. „He, ihr Leute, seht und hört mich an“, wandte sie sich an die Anwesenden. „Ich bin die Mörderin! Ich! Ich! Ich!“ schrie Sara und schlug sich an die Brust.

Bei dieser entschiedenen Selbstanklage kam der Nomarch wieder zu sich und betrachtete Sara mitleidig; die Frauen schluchzten, der Türhüter wischte sich die Tränen ab. Nur der heilige Mefres kniff die welken Lippen zusammen. Endlich erklärte er nachdrücklich: „Diener Seiner Heiligkeit! Ich übergebe euch das Weib. Führt sie in das Gerichtsgebäude.“

„Aber gebt mir meinen Sohn mit!“ schrie Sara und warf sich über die Wiege.

„Ja ... ja, armes Weib“, sagte der Nomarch und verhüllte das Antlitz. Die Würdenträger verließen die Kammer. Der Polizeioffizier befahl, eine Sänfte zu bringen, und führte Sara mit allergrößter Ehrerbietung hinab. Die Unglückliche nahm das blutbefleckte Bündel aus der Wiege und bestieg widerstandslos die Sänfte.

Die ganze Dienerschaft folgte ihr zum Gerichtsgebäude.

Als die beiden hohen Würdenträger wieder durch den Garten heimkehrten, sagte der Nomarch erschüttert: „Das Weib tut mir leid!“

„Sie wird zu Recht bestraft – für ihre Lüge“, erwiderte der Erzpriester.

„Euer Würden glaubt ...“

„Ich bin überzeugt, daß die Götter den wirklichen Mörder finden und bestrafen werden.“

Am Gartentor vertrat ihnen der Verwalter von Kamas Palast den Weg und rief: „Die Phönizierin ist nicht da! Sie ist in dieser Nacht verschwunden!“

„Ein neues Unglück“, flüsterte der Nomarch.

„Ängstige dich nicht“, meinte Mefres, „sie wird gewiß dem Prinzen gefolgt sein.“

Aus all diesen Bemerkungen entnahm der würdige Nomarch, daß Mefres den Prinzen haßte, und das Herz stockte ihm. Wenn man nämlich Ramses nachzuweisen vermochte, daß er den eigenen Sohn erschlagen hatte, könnte er niemals den väterlichen

Thron besteigen, und das harte Joch der Priester würde noch stärker auf Ägypten lasten.

Die Niedergeschlagenheit des Würdenträgers verstärkte sich noch, als ihm am Abend mitgeteilt wurde, die beiden Ärzte aus dem Tempel der Hathor, die den Leichnam des Kindes untersuchten, erklärten, als Mörder käme nur ein Mann in Frage. Er habe zweifellos mit der Rechten den Knaben an beiden Beinen gepackt und ihm den Schädel an der Wand zerschmettert. Saras Hand aber konnte nicht beide Beinchen umfassen. Außerdem waren auf ihnen die Spuren von großen Fingern erkennbar.

Nach diesem Untersuchungsergebnis begab sich Erzpriester Mefres in Begleitung des Erzpriesters Sem in das Gefängnis zu Sara und beschwor sie bei allen ägyptischen und fremden Göttern, ihre falsche Selbstanklage zurückzuziehen und den Verbrecher zu beschreiben.

„Wir werden deinen Worten glauben", versprach Mefres, „und dich sofort freilassen."

Sara aber zeigte sich von diesem Beweise der Wohlgesonnenheit nicht gerührt, sondern schrie zornig: „Schakale! Sind euch zwei Opfer nicht genug, daß ihr noch ein weiteres verlangt? Ich Unglückliche habe es getan! Denn wer könnte sonst so nichtswürdig sein, ein Kind zu erschlagen? ... Ein kleines Kindchen, das niemandem je etwas zuleide tat."

„Du verstocktes Weib, weißt du denn, was dir droht?" fragte der heilige Mefres. „Drei Tage lang wirst du den Leichnam deines Kindes in den Armen halten, dann aber für fünfzehn Jahre ins Gefängnis gehen müssen."

„Nur drei Tage", flüsterte sie, „und ich will mich doch für alle Ewigkeit nicht von meinem kleinen Seti trennen ... und ich möchte nicht ins Gefängnis, sondern ihm ins Grab folgen. Mein Gebieter wird befehlen, uns zusammen zu begraben."

Als die Erzpriester Sara verließen, sprach der gottesfürchtige Sem: „Ich habe Mütter, die ihre Kinder ermordeten, gesehen und zu verurteilen gehabt – doch keine sah dieser hier ähnlich."

„Weil sie nicht die Mörderin ist!" erwiderte Mefres zornig.

„Also wer?"

„Der Mann, den die Dienerschaft sah, als er in Saras Haus eindrang und einen Augenblick später floh. Der Jüngling, welcher gegen den Feind auszog und die phönizische Priesterin Kama, die den Altar geschändet hat, mit sich nahm. Der endlich", schloß Mefres empört, „der Sara aus dem Hause trieb und sie zur Sklavin machte, weil ihr Sohn zum Juden geworden war."

„Schrecklich sind deine Worte!" erwiderte Sem erschüttert.

„Schrecklicher ist das Verbrechen, und es wird trotz der Verstocktheit des dummen Weibes aufgeklärt werden."

Der heilige Mann konnte nicht ahnen, wie schnell sich seine Prophezeiung erfüllen würde.

Das aber geschah auf folgende Weise:

Noch bevor der Prinz mit der Truppe Pi-Bast, ja nur den Palast verlassen hatte, war der Polizeichef bereits über den Kindermord, Kamas Flucht und auch darüber informiert gewesen, daß Saras Dienerschaft in der Nacht Ramses in Saras Haus eintreten sah. Der Polizeichef war ein scharfsinniger Mensch; er erriet sofort den Mörder und eilte, statt am Tatort die Untersuchung zu führen, aus der Stadt, um die Schuldigen zu fangen, nachdem er Hiram darüber unterrichtet hatte.

Und während Mefres sich bemühte, Sara Aussagen zu entlocken, jagten schon die tüchtigsten Agenten der Polizei von Pi-Bast sowie alle Phönizier unter Hirams Anführung dem Griechen Lykon und der Priesterin Kama nach.

In der dritten Nacht nach dem Ausmarsch der Truppen kehrte der Polizeichef in die Stadt zurück und brachte einen großen, mit einem Tuch verhangenen Käfig mit, in dem ein Weib aus Leibeskräften schrie. Ohne sich schlafen zu legen, ließ er den Offizier rufen, der die Untersuchung leitete, und hörte aufmerksam seinen Bericht an.

Bei Sonnenaufgang wurden die beiden Erzpriester Sem und Mefres und der Nomarch von Pi-Bast eingeladen, den Polizeichef aufzusuchen. Sie fanden sich alle drei zusammen. Der Polizeichef verneigte sich tief vor den Würdenträgern und bat sie, ihm alles zu erzählen, was sie über den Mordfall wüßten.

Der Nomarch wurde blaß und erklärte, nichts zu wissen. Beinahe dasselbe wiederholte Erzpriester Sem und bemerkte dazu, daß er Sara für unschuldig halte. Als aber die Reihe an den heiligen Mefres kam, sagte der: „Ich weiß nicht, ob Euer Würden gehört haben, daß in derselben Nacht eines der Weiber des Prinzen, die Expriesterin Kama, geflohen ist."

Der Polizeichef stellte sich erstaunt.

„Ich weiß ebenfalls nicht", fuhr Mefres fort, „ob man Euer Würden berichtet hat, daß der Thronfolger damals nicht im Palast schlief, sondern in Saras Haus gesehen wurde. Der Türhüter und zwei Dienerinnen erkannten ihn, da die Nacht ziemlich hell war."

Die Verwunderung des Polizeichefs schien sich ins unermeßliche zu steigern.

„Es ist sehr schade", schloß der Erzpriester, „daß Euer Würden Pi-Bast ein paar Tage fern waren."

Der Angesprochene verneigte sich sehr tief vor Mefres und wandte sich an den Nomarchen.

„Würde Euer Gnaden so gütig sein, mir zu sagen, wie der Prinz an jenem Abend gekleidet war?"

„Er trug einen weißen Kaftan und einen purpurnen, mit goldenen Fransen gesäumten Schurz. Ich entsinne mich gut, da ich einer der letzten war, die an jenem Abend mit dem Prinzen sprachen."

Der Polizeichef klatschte in die Hände, und Saras Türhüter betrat die Kanzlei.

„Hast du den Prinzen in der Mordnacht gesehen?"

„Ja, ich öffnete Seiner Hoheit, der ewig leben möge, die Pforte."

„Entsinnst du dich auch, wie er gekleidet war?"

„Er trug einen gelb und schwarz gestreiften Kaftan, eine ebenso gemusterte Kopfbedeckung und einen kleinen Schurz in Blau und Rot."

Nun wunderten sich die beiden Priester und der Nomarch.

Als dann der Reihe nach Saras beide Dienerinnen hereingeführt wurden und genauestens die Beschreibung wiederholten, erstrahlten die Augen des Nomarchen vor Freude, während sich im Gesicht des heiligen Mefres Bestürzung spiegelte.

„Ich schwöre", rief der würdige Nomarch, „daß der Prinz einen weißen Kaftan und einen mit Gold umsäumten Purpurschurz getragen hat."

„Nun aber", sprach der Polizeichef, „geruht bitte, mir zum Gefängnis zu folgen. Dort werden wir noch einen Zeugen vorfinden."

Sie schritten die Treppe hinab zu einem kleinen unterirdischen Saal, wo unter dem Fenster ein großer, mit Tüchern verhangener Käfig stand. Der Polizeichef schob mit einem Stock die Stoffbahnen auseinander und die Anwesenden erblickten ein in der Ecke liegendes Weib.

„Das ist ja Frau Kama!" rief der Nomarch.

Es war wirklich Kama. Sie war krank und sah sehr verändert

aus. Als sie sich beim Anblick der Würdenträger erhob und im Licht stand, erblickten die Besucher kupferfarbene Flecke auf ihrem Antlitz. Ihre Augen glänzten irre.

„Kama“, sagte der Polizeichef. „Die Göttin Astoreth hat dich mit Aussatz gestraft.“

„Nein, nicht die Göttin!“ stöhnte sie mit veränderter Stimme. „Die niederträchtigen Asiaten haben mir einen vergifteten Schleier untergeschoben. Oh, ich Unglückliche!“

„Kama“, sagte der Polizeichef, „unsere hervorragendsten Erzpriester, die heiligen Sem und Mefres, wollen sich deines Elends erbarmen. Wenn du die Wahrheit sagst, werden sie für dich beten, und – vielleicht befreit dich der allmächtige Osiris von deinem Unglück. Noch ist es Zeit, die Krankheit beginnt erst; unsere Götter aber vermögen viel.“

Die kranke Frau warf sich auf die Knie, preßte ihr Gesicht an die Gitterstäbe und bat mit gebrochener Stimme: „Erbarmt euch meiner ... Ich habe mich von den phönizischen Göttern losgesagt und will bis an mein Lebensende nun den großen Göttern Ägyptens dienen. Nur helft mir ...“

„Antworte, doch sprich die Wahrheit“, forderte der Polizeichef. „Dann werden dir die Götter gewiß nicht ihre Gnade versagen. Wer hat das Kind der Jüdin Sara erschlagen?“

„Der Verräter Lykon, der Grieche! Er war der Sänger unseres Tempels und behauptete, mich zu lieben ... jetzt hat er mich verlassen und meinen Schmuck mitgenommen, der Schuft!“

„Warum hat Lykon das Kind ermordet?“

„Er wollte den Prinzen erschlagen, doch als er ihn nicht im Palast finden konnte, lief er zu Saras Haus und ...“

„Wie konnte denn der Verbrecher in das bewachte Haus gelangen?“

„Weißt du denn nicht, Herr, daß Lykon dem Prinzen ähnelt? Sie sind einander ähnlich wie zwei Blätter derselben Palme.“

„Wie war Lykon in der Nacht gekleidet?“ fragte der Polizeichef weiter.

„Er trug einen gelb und schwarz gestreiften Kaftan, eine ebenso gemusterte Kopfbedeckung und einen Schurz in Rot und Blau. Quält mich nicht länger, gebt mir meine Gesundheit wieder. Habt Mitleid. Ich werde euren Göttern treu sein. Geht ihr schon wieder davon? Oh, ihr Unbarmherzigen!“

„Armes Weib“, sagte der Erzpriester Sem. „Ich werde dir einen mächtigen Wundertäter hierhersenden und vielleicht ...“

„Oh, möge dich Astoreth segnen... nein, es mögen euch eure allmächtigen und barmherzigen Götter ihren Segen schenken", murmelte die so furchtbar geplagte Phönizierin.

Die Würdenträger verließen das Gefängnis und kehrten in die Kanzlei zurück. Da der Nomarch sah, daß Erzpriester Mefres immer noch die Augen gesenkt hielt und die Lippen fest aufeinandergepreßt hatte, fragte er ihn: „Heiliger Mann, freust du dich nicht über die wunderbare Entdeckung, die unser berühmter Polizeichef gemacht hat?"

„Ich habe keinen Grund, mich zu freuen", erwiderte Mefres rauh. „Statt einfacher zu werden, wird die Sache immer verwickelter. Sara behauptet ja weiterhin, das Kind selbst erschlagen zu haben, die Phönizierin aber spricht, als leiere sie eine eingelernte Aussage herunter."

„So glaubst du also nicht, Ehrwürden...?" fragte der Polizeichef.

„Weil ich niemals zwei einander so ähnliche Menschen gesehen habe, daß man den einen für den anderen halten konnte, und weil ich nie gehört habe, daß in Pi-Bast ein Doppelgänger unseres Thronfolgers – der ewig leben möge – existierte!"

„Dieser Mensch", sprach der Polizeichef, „lebte hier aber tatsächlich, und zwar im Tempel der Astoreth. Der tyrische Fürst Hiram kannte ihn, und unser Statthalter hat ihn mit eigenen Augen gesehen. Vor kurzer Zeit erst befahl mir Ramses, seinen Doppelgänger gegen eine hohe Belohnung zu fangen."

„Hoho!" rief Mefres. „Ich sehe, daß dir höchste Staatsgeheimnisse nicht fremd sind. Gestatte jedoch, daß ich so lange an der Existenz dieses Lykon zweifle, bis ich ihn selbst gesehen habe!"

Erzürnt verließ er die Kanzlei. Ihm folgte achselzuckend der heilige Sem.

Als ihre Schritte im Korridor verhallt waren, fragte der Nomarch: „Was nun?"

„Wirklich", erwiderte der Polizeichef, „die heiligen Propheten beginnen sich heute schon in Dinge einzumischen, die niemals in ihrem Machtbereich lagen."

„Und wir müssen das dulden!" flüsterte der Nomarch.

„Vorläufig noch", seufzte der Polizeichef. „Aber soweit ich die Herzen der Menschen kenne, empören sich alle Soldaten und Beamten Seiner Heiligkeit und die gesamte Aristokratie über die Willkür der Priester. Alles muß ein Ende haben."

„Du sprichst ein großes Wort", antwortete der Nomarch und drückte ihm die Hand. „Mir sagt eine innere Stimme, daß ich dich noch als Oberbefehlshaber der Polizei an der Seite Seiner Heiligkeit sehen werde."

Wieder waren ein paar Tage vergangen. Die Balsamierer bewahrten den Leichnam des Kindes vor der Verwesung. Sara jedoch blieb immer noch im Gefängnis, wartete auf ihre Aburteilung und war überzeugt, daß man sie verdammen werde.

Kama harrte ebenfalls im Gefängnis in ihrem Käfig; man fürchtete sich vor ihr, weil sie vom Aussatz befallen war. Allerdings hatte der Wundarzt sie besucht, Gebete gesprochen und ihr allheilendes Wasser zu trinken gegeben. Trotzdem wich das Fieber nicht, und die kupfernen Flecke über den Brauen und auf den Wangen traten immer deutlicher hervor. Deshalb erließ die Kanzlei des Nomarchen den Befehl, Kama in die östliche Wüste zu bringen, wo sich, von aller Welt abgeschieden, eine Kolonie der Aussätzigen befand.

Eines Abends erschien der Polizeichef im Tempel Ptah und erklärte, mit den Erzpriestern sprechen zu wollen. Er brachte zwei Agenten und einen Mann mit, der von Kopf bis Fuß in einen Sack gehüllt war.

Nach einer Weile wurde ihm geantwortet, daß ihn die Erzpriester in der heiligen Kammer vor dem Standbild der Gottheit erwarteten.

Er ließ die Agenten am Tor zurück, packte den Verhüllten am Arm und ließ sich von einem Priester in die heilige Kammer führen. Als er dort eintrat, erblickte er Mefres und Sem. Sie waren in ihre Erzpriestergewänder gekleidet und trugen silberne Harnischplatten auf der Brust.

Da warf er sich vor ihnen nieder und sprach: „Hier führe ich euch, heilige Männer, den Verbrecher Lykon vor. Wollt ihr sein Antlitz sehen?"

Als sie sich einverstanden erklärten, erhob sich der Polizeichef und riß dem Gefangenen den Sack vom Körper. Die beiden Erzpriester schrien vor Erstaunen auf, der Grieche war dem Thronfolger wirklich so ähnlich, daß man einer Täuschung zum Opfer fallen mußte.

„Du bist also Lykon, der Sänger des heidnischen Astoreth-Tempels?" fragte der heilige Sem den gefesselten Griechen.

Lykon lächelte verächtlich.

„Und du hast das Kind des Prinzen ermordet?" fügte Mefres hinzu.

Der Grieche wurde blau vor Wut und versuchte, die Fesseln zu zerreißen.

„Ja", rief er, „ich habe den Welpen erschlagen, weil ich den Vater, diesen Wolf, nicht finden konnte! Ach – daß ihn doch die Blitze des Himmels erschlagen mögen!"

„Du Verbrecher, was hat dir denn der Prinz überhaupt getan?" fragte Sem empört.

„Was er mir getan hat? Er hat mir Kama gestohlen und ihr eine unheilbare Krankheit beigebracht. Ich war frei und hätte mit meinem Vermögen unbehindert von dannen ziehen können. Aber ich beschloß, mich zu rächen, und – hier habt ihr mich nun. Sein Glück ist nur, daß eure Götter stärker sind als mein Haß. Heute noch könnt ihr mich erschlagen ... je schneller, desto besser."

„Er ist ein großer Verbrecher", murmelte Erzpriester Sem.

Mefres schwieg und blickte in die zornglühenden Augen des Griechen. Er bewunderte seinen Mut und überlegte. Plötzlich sagte er zum Polizeichef: „Du kannst gehen, würdiger Mann. Lykon gehört uns."

„Ich habe ihn aber gefangen und will mir dafür die Belohnung beim Thronfolger einlösen."

Mefres stand auf und zog die goldene Medaille aus seinem Ornat hervor.

„Im Namen des Höchsten Rates, dessen Mitglied ich bin", sprach er, „befehle ich dir, uns diesen Menschen auszuliefern. Denke daran, daß seine Existenz größtes Staatsgeheimnis ist. – Es ist sicher hundertmal besser für dich, wenn du gänzlich vergißt, ihn hiergelassen zu haben."

Der Polizeichef warf sich wiederum zur Erde nieder, verbarg seine Wut und ging hinaus.

Wenn unser Herr erst Pharao geworden ist, wird er euch das heimzahlen, dachte er. Und ihr könnt gewiß sein, daß auch ich euch das nicht vergessen werde!

Die vor dem Tor wartenden Agenten fragten ihn: „Wo ist der Gefangene?"

„Auf ihm ruht jetzt die Hand der Götter."

„Und unsere Belohnung?" wandte der ältere Agent schüchtern ein.

„Auch auf eurer Belohnung ruht die Hand der Götter", sagte

der Polizeichef. „Stellt euch also vor, von diesem Gefangenen nur geträumt zu haben, und ihr werdet euch in eurem Dienst und eurer Gesundheit sicherer fühlen."

Die Agenten ließen schweigend die Köpfe hängen, schworen aber im Herzen den Priestern Rache, da sie von ihnen um so eine schöne Belohnung geprellt worden waren.

Nach dem Fortgehen des Polizeichefs rief Mefres etliche Priester und flüsterte dem ältesten etwas ins Ohr. Die Priester umringten den Griechen und führten ihn aus der heiligen Kammer. Lykon widersetzte sich nicht.

„Ich denke", sagte Sem, „daß dieser Mörder dem Gericht übergeben werden muß."

„Niemals!" erwiderte Mefres entschieden. „Auf diesem Mann lastet ein ungleich schwereres Verbrechen: er ist dem Thronfolger ähnlich."

„Und was willst du mit ihm tun, Ehrwürdiger?"

„Ich werde ihn für den Höchsten Rat in Verwahrung nehmen", antwortete Mefres. „In einem Lande, wo der Thronfolger heidnische Tempel besucht und aus ihnen Weiber entführt, wo ein gefährlicher Krieg droht und wo die Macht der Priester durch Empörung gefährdet wird, kann uns Lykon nützlich sein."

Am nächsten Tag, gegen Mittag, besuchten Erzpriester Sem, der Nomarch und der Polizeichef Sara im Gefängnis. Die Unglückliche hatte seit Tagen jede Nahrung verweigert und war so geschwächt, daß sie sich nicht einmal beim Anblick so vieler Würdenträger von der Bank erhob.

„Sara", sprach der Nomarch, den sie seit langem kannte, „wir bringen dir eine gute Nachricht."

„Eine Nachricht?" wiederholte sie mit teilnahmsloser Stimme. „Mein Sohn lebt nicht mehr, da habt ihr die Nachricht! Meine Brust fließt vor Milch über, doch meinem Herzen entströmt noch weit mehr Trauer."

„Sara", sprach der Nomarch, „du bist frei; denn du bist keine Mörderin."

Ihre starren Züge belebten sich. Sie sprang von der Bank auf und schrie: „Doch ... ich ... ich allein!"

„Paß auf, Sara, der Mörder deines Sohnes ist ein Grieche namens Lykon, der Geliebte der Phönizierin Kama ..."

„Was sagst du?" kam es flüsternd über ihre Lippen, und sie packte den Nomarchen an den Händen. „Oh, diese Phönizierin! Ich wußte, daß sie uns Verderben bringen würde. Aber was für ein Grieche? Ich kenne keinen Griechen. Was schließlich konnte jener Mann gegen meinen Sohn haben?"

„Ich weiß es nicht", fuhr der Nomarch fort. „Der Grieche lebt nicht mehr. Doch paß auf, Sara, dieser Mensch war dem Prinzen Ramses so ähnlich, daß du ihn für unseren Gebieter gehalten hast... Darum wolltest du dich lieber selbst anklagen als deinen und unseren Herrn verraten."

„Also war es nicht Ramses?" rief sie und faßte sich an den Kopf. „Und ich Elende ließ einen fremden Mann meinen Sohn aus der Wiege nehmen ... Ha! ... Ha! ... Ha!"

Ihr Lachen wurde immer leiser. Plötzlich, wie hingemäht, stürzte sie auf die Erde, zuckte ein paarmal mit den Armen – und ihr ersterbendes Lachen wurde zu ihrem letzten Atemzug. In ihren Zügen aber blieb der Ausdruck unergründlichen Leides zurück, den sogar der Tod nicht auszulöschen vermochte.

XVII

Eine Mauer von kahlen, mehrere hundert Meter hohen und von Hohlwegen durchfurchten Kalkhügeln bildete in einer Länge von über hundert Meilen die westliche Grenze Ägyptens. Sie verlief im Abstand von einer Meile, zuweilen auch von einem Kilometer längs des Nils.

Wenn jemand auf einen der Hügel gestiegen wäre und sich nach Norden gewandt hätte, so würde sich ihm ein sonderbarer Anblick geboten haben. Rechts unten wurde eine schmale, grüne Wiese vom Nil durchschnitten, links hingegen dehnte sich eine unermeßliche sandgelbe Ebene mit verstreuten weißen oder ziegelroten Flecken.

Die Einförmigkeit des Bildes, die aufreizend eintönige Farbe des Sandes, die Hitze, vor allem aber die scheinbar grenzenlose Unendlichkeit – das sind heute noch die typischen Merkmale der Libyschen Wüste, die westlich von Ägypten liegt.

Bei näherer Betrachtung jedoch würde sie weniger eintönig erscheinen. Ihr Sand bildet eine Reihe von Wällen, die riesigen Wasserwogen ähneln. Die Fläche erinnert an ein in der Bewegung erstarrtes Meer.

Wer jedoch den Mut hätte, über dieses Meer eine oder zwei Stunden oder einen ganzen Tag lang immer nach Westen zu wandern, würde das Bild verändert finden. Am Horizont sähe er Hügel, zuweilen auch Felsen und Schluchten von merkwürdigen Formen. Der Sand unter den Füßen verwandelt sich in eine einförmige Fläche, und daraus tauchen – kleinen Inseln ähnlich – Kalkfelsen auf.

Ja, es sind wirklich Inseln mitten im Sandmeer. Neben den Kalkhügeln sieht man Täler mit Flußbetten und ausgetrockneten Bächen, etwas weiter ab liegt eine Ebene und mitten darin ein See mit geschwungenen Uferlinien und eingesunkenem Grund.

Doch auf den Ebenen wie auf den Hügeln wächst kein Grashalm, in den Seen und in den Flußbetten gibt es keinen Tropfen Wasser. Diese Landschaft, aus der alles Wasser entwich, alle Feuchtigkeit verdunstete, in der es keine Vegetation gibt und deren fruchtbare Bodenschicht in Staub zerfiel, ist tot.

Hier geschah ein Unglück, das furchtbarste, das man sich denken kann. Die Natur starb, und es blieb von ihr nur das Skelett, das die Hitze bis auf den letzten Rest zerfallen läßt, und Staub, den der heiße Wind von Ort zu Ort treibt.

Hinter diesem toten Land erstreckt sich ein neues Sandmeer, aus dem hie und da spitze Hügel aufragen, die zuweilen die Höhe von einem Stockwerk erreichen. Die Gipfel solcher Hügel sind von verstaubten Blattbüscheln gekrönt, von denen man nur schwer sagen könnte, ob sie leben; sie vermögen lediglich nicht zu welken.

An jenen Stellen versiegte das Wasser noch nicht, sondern versickerte nur vor der Glut in die Erde und erhielt so dem Boden ein wenig Feuchtigkeit. In diese trostlose Gegend war der Same einer Tamarinde gefallen, und unter großen Schwierigkeiten wuchs eine Pflanze hervor.

Doch der Herrscher der Wüste, der Typhon, erspähte sie und deckte sie langsam mit Sand zu. Je mehr das Pflänzlein in die Höhe strebt, um so höher steigt auch der erstickende Sand. Die in die Wüste verschlagene Tamarinde erinnert an einen Ertrinkenden, der vergeblich die Hände gen Himmel reckt.

Und das unermeßliche gelbe Meer mit seinen Sandwellen ergießt sich um den Schiffbrüchigen der Pflanzenwelt, der nicht sterben kann. Plötzlich erhebt sich eine Felswand mit torähnlichen Spalten.

Unglaublich! Hinter einem dieser Tore liegt ein weites, grünes Tal voller Palmen, mit einem klaren, blauen See. Dort weiden sogar Schafe, Rinder und Pferde; am Fuße der Felsen breitet sich ein Städtchen aus, auf ihren Gipfeln aber schimmern weiß die Mauern von Tempeln.

Es ist eine Oase, eine fruchtbare Insel im sandigen Ozean.

Zu Zeiten der Pharaonen gab es sehr viele, vielleicht einige Dutzend solcher Oasen. Sie bildeten entlang der westlichen Grenze Ägyptens eine Kette von Wüsteninseln, lagen vom Nil zehn, fünfzehn oder zwanzig geographische Meilen entfernt und bedeckten ein Dutzend oder sogar einige Dutzend Quadratkilometer Boden.

Die von arabischen Poeten besungenen Oasen waren in Wirklichkeit niemals die Vorhallen des Paradieses, vielmehr führten ihre gepriesenen „Seen" warmes, stinkiges und salziges Wasser aus unterirdischen Quellen. Man müßte sie sogar als Sümpfe bezeichnen. Ihre Pflanzenwelt war mit der ägyptischen nicht zu vergleichen. Trotzdem erschienen diese Eilande den Wanderern in der Wüste als Wunder, da sie dort ein wenig Grün für das Auge, ein bißchen Kühle, Feuchtigkeit und auch Datteln fanden.

Die Bevölkerung dieser Inseln war sehr verschiedenartig; sie lebte dort zu etlichen Hunderten oder Tausenden, je nach der Größe der Oase. Es waren alles Abenteurer sowie deren ägyptische, libysche oder äthiopische Nachkommen. In die Wüste zogen sich nämlich nur Menschen zurück, die nichts mehr zu verlieren hatten: Gefangene aus den Bergwerken, von der Polizei verfolgte Verbrecher, von den Lasten der Fronarbeit gequälte Bauern oder Arbeiter, die der Arbeit die Gefahr vorzogen.

Zum überwiegenden Teil gingen die Flüchtlinge in der Wüste elend zugrunde. Einigen nur gelang es, nach unbeschreiblichen Strapazen eine Oase zu erreichen, wo sie ein ärmliches, doch freies Leben führten, immer bereit, in Ägypten einzufallen, um sich zu bereichern.

Zwischen der Wüste und dem Mittelmeer zog sich auch ein sehr langer, wenn auch nicht breiter Küstenstreifen fruchtbarer Erde hin, der von den verschiedensten Stämmen, die die Ägypter Libyer nannten, bewohnt wurde. Manche von ihnen betrieben Landwirtschaft, andere Fischfang und Seefahrt; doch gab es dort immer eine Horde von dunklen Elementen, die Diebstahl, Krieg und Raub einer systematischen Arbeit vorzogen. Diese Banditenbevölkerung schmolz zwar ständig durch Armut, Elend oder kriegerische Abenteuer zusammen, wurde aber durch den laufenden Zustrom von Szardans (Sardiniern) und Szakalusz'

(Siziliern) – die zu jener Zeit noch größere Barbaren und Banditen waren als die geborenen Libyer – wieder aufgefrischt.

Da Libyen an die Westgrenze Unterägyptens stieß, plünderten die Barbaren häufig das Land Seiner Heiligkeit und wurden dafür grausam bestraft. Als sich jedoch die Pharaonen oder, besser gesagt, die Priester davon überzeugen mußten, daß ein Krieg mit Libyen zu nichts führte, entschlossen sie sich zu anderen Maßnahmen. Den vornehmen libyschen Familien erlaubten sie, sich in den Sümpfen von Unterägypten anzusiedeln, während sie die Banditen und Abenteurer für ihr Heer warben und an ihnen ausgezeichnete Soldaten hatten.

So sicherte sich das Reich den Frieden an der westlichen Grenze. Um vereinzelte libysche Räuber in Schach zu halten, genügten die Polizei, eine Feldwache und etliche reguläre Regimenter, die am kanopischen Arm des Nils stationiert waren.

Dieser Zustand dauerte nahezu hundertachtzig Jahre. Den letzten Krieg hatte Ramses III. mit Libyen geführt und während seines Feldzuges bergehoch Hände von Gefallenen abgeschnitten und dreizehntausend Sklaven nach Ägypten gebracht. Seit dieser Zeit fürchtete niemand mehr einen Überfall von seiten der Libyer, und erst gegen Ende der Herrschaft Ramses' XII. entzündete die sonderbare Politik der Priester von neuem in jener Gegend die Kriegsfackel.

Sie loderte auf aus folgenden Gründen:

Seine Würden Herihor, Kriegsminister und Erzpriester, konnte infolge des Widerstandes Seiner Heiligkeit des Pharao mit Assyrien keinen Vertrag über die Teilung Asiens schließen. Da er jedoch entsprechend den Warnungen Beroes' danach trachtete, mit den Assyrern einen längeren Frieden zu halten, versicherte Herihor Sargon, daß Ägypten ihnen in ihrem Kriege gegen die Asiaten im Osten und Norden nicht hinderlich sein würde.

Als aber der Bevollmächtigte des Königs Assar den Versicherungen nicht zu glauben schien, beschloß Herihor, ihm einen greifbaren Beweis seiner Wohlgesonnenheit zu geben, und erteilte darum den Befehl zur sofortigen Auflösung des zwanzigtausend Mann starken, hauptsächlich aus Libyern bestehenden Söldnerheeres.

Für die entlassenen, immer treu gewesenen Soldaten bedeutete dieser Beschluß ein Unglück, das beinahe einem Todesurteil gleichkam. Für Ägypten ergab sich die Gefahr eines Krieges mit Libyen, das diese vielen Menschen, die nur an Exerzierübungen und Bequemlichkeit, nicht aber an Arbeit und Not gewöhnt waren, keinesfalls aufnehmen konnte. Doch Herihor und die anderen Priester kümmerten sich nicht um Kleinigkeiten, wenn es um die großen Interessen des Reiches ging.

Die Entlassung der libyschen Söldner brachte sogar zunächst sehr viel Nutzen.

Vor allem unterschrieben Sargon und seine Begleiter einen vorläufigen Vertrag mit Ägypten auf zehn Jahre, für die Zeitdauer also, die den Prophezeiungen der chaldäischen Priester zufolge für das heilige Land Ägypten sonst unheilvoll verlaufen würde.

Zum anderen bedeutete diese Maßnahme eine Einsparung von viertausend Talenten, was immerhin sehr wichtig war.

Zum dritten war der Krieg mit Libyen ein Zugeständnis an die heldischen Instinkte des Thronfolgers und konnte seine Aufmerksamkeit für lange Zeit von den asiatischen Angelegenheiten an der Ostgrenze ablenken. Seine Würden Herihor und der Höchste Rat vermuteten sehr weise, es dürften etliche Jahre vergehen, bis die Libyer, in Partisanenkämpfen aufgerieben, um Frieden bitten würden.

Der Plan war vernünftig, doch machten seine Urheber einen Fehler. Sie ahnten nicht, daß Ramses das Zeug zu einem genialen Feldherrn hatte.

Die aufgelösten libyschen Regimenter gelangten sehr schnell und auf ihrem Wege plündernd in ihr Vaterland; um so leichter, als Herihor befohlen hatte, ihnen keine Hindernisse in den Weg zu legen. Die ersten Vertriebenen erzählten ihren Landsleuten auf libyscher Erde die unerhörtesten Dinge.

Nach ihren Behauptungen, die ihnen von Wut und persönlichen Interessen eingegeben wurden, wäre Ägypten zur Zeit so geschwächt wie während des Eindringens der Hyksos vor neunhundert Jahren. Die Schatzkammer des Pharao stünde so leer, daß der göttergleiche Herrscher sogar die Libyer entlassen mußte, die doch den besten Teil, wenn nicht gar das Rückgrat der Armee bildeten. Ein Heer existierte jetzt kaum noch, außer einer Handvoll Bewaffneter an der östlichen Grenze. Aber auch sie konnten kaum noch Soldaten genannt werden.

Außerdem, hieß es, herrschten zwischen Seiner Heiligkeit und den Priestern Unstimmigkeiten. Die Arbeiter würden nicht entlohnt, die Bauern förmlich mit Steuern erdrosselt, dadurch seien die Volksmassen – wenn sie nur Hilfe fänden – zur Empörung bereit. Damit nicht genug: Die Nomarchen, die einstmals unabhängige Herrscher waren und sich von Zeit zu Zeit an ihre Rechte erinnerten, erkannten die gegenwärtige Schwäche der Regierung und planten, den Pharao und den höchsten Priesterrat zu stürzen!

Diese Nachrichten flogen wie ein Vogelschwarm über die libysche Küste und fanden sofort Glauben. Die Banditen und Barbaren waren zu einem Überfall immer bereit, um so mehr, als die Exsöldner und die Exoffiziere Seiner Heiligkeit ihnen versicherten, daß es leicht sei, Ägypten auszuplündern. Die reichen und vernünftigen Libyer glaubten ebenfalls den vertriebenen Legionären; seit vielen Jahren war es ihnen nämlich schon kein Geheimnis mehr, daß der ägyptische Adel verarmte, der Pharao keine Macht mehr besaß und die Bauern und Arbeiter über ihr Elend murrten.

So begeisterte sich ganz Libyen. Die vertriebenen Soldaten und Offiziere wurden als Verkünder guter Nachrichten begrüßt, und da das Land arm war und keine Vorräte besaß, um die Gäste zu bewirten, so beschloß man den sofortigen Krieg mit Ägypten, um sich der Ankömmlinge möglichst schnell wieder zu entledigen.

Sogar der listige und weise libysche Fürst Musawasa ließ sich von der allgemeinen Strömung mitreißen. Ihn jedoch überzeugten nicht die Rückkehrer, sondern ernste und würdige Menschen, aller Wahrscheinlichkeit nach Agenten des Höchsten ägyptischen Rates.

Diese Würdenträger, die angeblich mit der Situation in Ägypten unzufrieden und auf den Pharao wie auf die Priester erzürnt waren, kamen vom Meere her nach Libyen, verbargen sich vor dem Pöbel und vermieden Verbindungen mit den vertriebenen Soldaten. Musawasa aber erklärten sie unter dem Siegel der größten Verschwiegenheit und mit Beweisen in den Händen, daß er gerade jetzt in Ägypten einfallen müsse.

„Du wirst dort“, sagten sie, „unermeßliche Schätze und Speicher für dich, deine Leute und die Kinder eurer Kindeskinder finden.“

Musawasa, obwohl er ein listiger Heerführer und Diplomat war, ging ihnen auf den Leim. Als energischer Mann erklärte er sofort den heiligen Krieg gegen Ägypten und warf, da er Tausende tapferer Krieger zur Hand hatte, das erste Korps unter Führung seines Sohnes, des zwanzigjährigen Tehenna, gen Osten.

Der alte Barbar verstand das Kriegshandwerk und wußte, daß, wer da siegen will, schnell handeln und die ersten Schläge führen müsse.

Die libyschen Vorbereitungen dauerten nicht lange. Die Exsoldaten Seiner Heiligkeit kamen zwar ohne Waffen, doch verstanden sie ihren Beruf. Zu jenen Zeiten war es nicht schwer, eine Waffe zu beschaffen. Ein paar Riemchen oder Schnüre für eine Schleuder, eine Lanze oder ein angespitzter Stock, eine Axt oder ein schwerer Knüppel, ein Beutel voller Steine, ein zweiter mit Datteln – das war alles.

So betraute also Musawasa seinen Sohn Tehenna mit zweitausend Exsoldaten und gegen viertausend libyschen Strauchdieben und befahl ihm, eiligst in Ägypten einzufallen, zu rauben, was er vorfände, und Reserven für die eigentliche Armee zu schaffen. Er selbst aber sandte Boten zu den Oasen und rief alle, die nichts zu verlieren hatten, unter seine Standarten.

Seit langem hatte in der Wüste nicht mehr eine derartige Bewegung geherrscht. Aus jeder Oase erschienen Horden auf Horden heruntergekommener Kerle, die, obwohl sie fast nackt waren, wie Landstreicher aussahen.

Aus den Reden seiner Ratgeber, die noch vor einem Monat Offiziere Seiner Heiligkeit gewesen waren, folgerte Musawasa ganz richtig, daß sein Sohn – ehe er auf stärkere ägyptische Kräfte stoßen würde – zunächst etliche hundert Dörfer und Städtchen von Terenuthis bis Senti-Nofer plündern könne. Schließlich wurde ihm mitgeteilt, daß auf die erste Nachricht von dem Kriegszug der Libyer nicht nur alle Arbeiter aus der großen Glashütte geflohen seien, sondern daß sich sogar die Truppen, die die kleinen Festungen in Sochet-Hemau an den Natronseen verteidigen sollten, zurückgezogen hätten.

Das war eine gute Kunde für die Barbaren; die Glashütte bedeutete nämlich eine wichtige Einnahmequelle für die Schatzkammer des Pharao.

Und da beging Musawasa einen Fehler, denselben, den der Höchste Rat der Priester begangen hatte: er ahnte nicht Ramses' kriegerisches Genie. Es trat nun etwas Außergewöhnliches ein: Bevor noch das erste libysche Korps die Natronseen erreichte, befand sich dort schon eine doppelt so starke Armee des Thronfolgers.

Man kann den Libyern nicht einmal Unvorsichtigkeit vorwerfen. Tehenna und sein Stab schufen einen guten Nachrichtendienst. Ihre Spione waren mehrfach in Melcatis, Naucratis, Sai, Menuf Terenuthis gewesen und hatten die kanopischen und bolbitinischen Arme des Nils überquert. Nirgends aber trafen sie auf Truppen, die von der Überschwemmung zweifellos behindert worden waren, sondern sie sahen überall die einheimische Bevölkerung der Grenzdörfer auf panischer Flucht.

Sie überbrachten also ihrem Anführer die günstigsten Nachrichten. Währenddessen jedoch erreichte die Armee des Prinzen Ramses trotz der Überschwemmung acht Tage nach ihrem Aufbruch den Rand der Wüste und verschwand – mit Wasser und Lebensmitteln versehen – zwischen den Hügeln der Natronseen.

Wenn Tehenna sich wie ein Adler über die Stellungen seiner Banden hätte erheben können, wäre er zu Tode erschrocken gewesen bei der Entdeckung, daß in allen Hohlwegen der Umgebung ägyptische Regimenter versteckt lagen und sein Korps in jedem Augenblick umzingeln konnten.

XVIII

Seit der Stunde, da die Truppen Unterägyptens Pi-Bast verlassen hatten, empfing und beantwortete der den Prinzen begleitende Prophet Mentezufis täglich einige Depeschen.

Eine Korrespondenz führte er mit dem Minister Herihor. Mentezufis sandte Rapporte nach Memphis und berichtete darin über den Vormarsch der Truppen und die Tätigkeit des Thronfolgers, für die er seine Bewunderung nicht verheimlichte; der würdige Herihor seinerseits bemerkte, daß man Ramses jedwede Freiheit lassen möge. Falls er die erste Schlacht verlieren sollte, wäre der Höchste Rat darüber nicht sehr betrübt.

„Eine kleine Niederlage“, schrieb Herihor, „wäre eine Lehre zu Vorsicht und Demut für den Prinzen, der sich schon heute, obwohl er noch nichts geleistet hat, den erfahrensten Kriegern gleich dünkt.“

Als nun Mentezufis antwortete, daß man eine Niederlage kaum annehmen könne, gab ihm Herihor zu verstehen, der Triumph dürfe dann aber nicht zu groß sein.

„Der Staat“, meinte er, „würde nichts dabei verlieren, wenn

sich die Krieger und der hitzige Thronfolger ein paar Jahre lang an der Westgrenze die Zeit vertreiben. Ramses wird in der Kriegskunst Erfahrungen sammeln, und die faul gewordenen und frechen Soldaten werden eine für sie geeignete Beschäftigung finden."

Eine zweite Korrespondenz führte Mentezufis mit dem heiligen Vater Mefres. Sie erschien ihm noch wichtiger. Mefres – den der Prinz einmal schwer beleidigt hatte – bezichtigte den Thronfolger ohne Umschweife des Kindermordes. Und als im Laufe einer Woche Ramses' Unschuld erwiesen wurde, verhielt sich der Erzpriester noch gereizter und hörte nicht auf zu behaupten, der Prinz wäre zu allem fähig, da er ein Feind der heimatlichen Götter und ein Verbündeter der elenden Phönizier sei.

Der Mord an Saras Kind schien in den ersten Tagen so eindeutig klar, daß sogar der Höchste Rat aus Memphis bei Mentezufis anfragte, was er davon halte. Er aber antwortete, er beobachte den Prinzen ständig, könne jedoch durch nichts den Verdacht bestätigt finden, daß Ramses der Mörder sei.

Solche Geheimdepeschen umkreisten den Prinzen wie eine Schar Raubvögel, während er dem Feind Kundschafter entgegenschickte, sich mit den Heerführern beriet oder seine Truppen zu schnellerem Vormarsch anfeuerte.

Am vierzehnten Tage konzentrierte sich die gesamte Armee des Thronfolgers südlich der Stadt Terenuthis. Zur großen Freude des Prinzen kam Patrokles mit den griechischen Regimentern und gleichzeitig der Priester Pentuer, der von Herihor zum zweiten Wächter beim Obersten Heerführer bestimmt worden war.

Ramses war von der Anwesenheit der vielen Priester im Lager (es gab nämlich auch noch andere) keineswegs erbaut, er beschloß jedoch, sie gar nicht zu beachten, und fragte sie während des Kriegsrates nie nach ihrer Meinung.

Da Herihor es befohlen hatte, drängte sich Mentezufis auch nicht dem Prinzen auf. Pentuer beschäftigte sich mit der Organisation der ärztlichen Hilfe für die Verwundeten.

Der Krieg begann.

Ramses verbreitete mit Hilfe seiner Agenten in vielen Grenzdörfern das Gerücht, daß die Libyer in riesigen Heerscharen heranzögen und plündern und morden würden. Demzufolge floh die erschreckte Bevölkerung nach Osten und – stieß auf die ägyptischen Regimenter. Der Prinz nahm die Männer als Lastträger für den Nachschub auf und schickte die Frauen und Kinder in das Innere des Landes.

Dann sandte der Oberste Heerführer den sich nähernden Libyern Spione entgegen, um ihre Zahl und Marschordnung zu erfahren. Die Kundschafter kehrten bald zurück. Sie brachten genaue Angaben über den Standort und sehr übertriebene Nachrichten über die Stärke der feindlichen Truppen. Irrtümlich, doch mit großem Nachdruck behaupteten sie, an der Spitze der libyschen Banden ritte Musawasa selbst in Begleitung seines Sohnes Tehenna.

Der Kronprinz errötete vor Freude bei dem Gedanken, in seinem ersten Feldzug einem so erfahrenen Gegner wie Musawasa gegenüberzustehen.

Er überschätzte also die Gefahr und verdoppelte seine Vorsichtsmaßnahmen. Um aber ganz sicherzugehen, wandte er noch folgende List an. Er schickte Vertraute zu den Libyern, die sich dort als Flüchtlinge ausgeben und im feindlichen Lager Musawasa die besten Kräfte abziehen sollten, nämlich die entlassenen libyschen Söldner.

„Sagt ihnen", sprach Ramses zu seinen Agenten, „sagt ihnen, ich hätte Beile gegen die Dreisten, doch Barmherzigkeit für die Demütigen. Wenn sie in der Schlacht ihre Waffen fortwerfen und Musawasa verlassen, werde ich sie wieder in das Heer Seiner Heiligkeit aufnehmen und befehlen, ihnen den rückständigen Sold auszuzahlen, als wären sie niemals aus ägyptischen Diensten ausgeschieden."

Patrokles und die anderen Generale fanden dieses Mittel sehr vernünftig; die Priester schwiegen; Mentezufis sandte eine Depesche an Herihor und erhielt innerhalb von vierundzwanzig Stunden Antwort.

Die Gegend um die Natronseen war ein mehrere Dutzend Kilometer langes Tal zwischen zwei Hügelketten, die von Südosten nach Nordwesten verliefen. Es war nirgends breiter als zehn Kilometer, an manchen Stellen jedoch bedeutend enger, beinah ein Hohlweg.

Über die ganze Länge des Tales zogen sich etwa zehn sumpfige und mit bittersalzigem Wasser angefüllte Seen hin. Hier wuchsen spärliche Kräuter und Sträucher, die immer wieder vom Sande begraben wurden oder so welk waren, daß kein Tier sie ins Maul nehmen wollte. Zu beiden Seiten ragten zerrissene Kalkhöhen empor oder riesige Dünen, in denen man versinken konnte.

Das ganze Landschaftsbild in seinen gelben und weißen Farbtönen trug den Charakter furchtbarer Todesstarre, was durch die Hitze und Stille noch verstärkt wurde. Kein Vogel ließ sich hier hören, und wenn es einmal raschelte, so höchstens nur von einem niederrollenden Stein.

Etwa in der Mitte des Tales befanden sich zwei Gebäudegruppen, die etliche Kilometer voneinander entfernt lagen: im Osten ein kleines Fort, im Westen Glashütten, die von libyschen Händlern mit Feuerung beliefert wurden. Beide Ortschaften waren jetzt von ihren Bewohnern und den Arbeitern verlassen. Das Korps Tehennas hatte die Aufgabe, diese beiden Punkte, die der Armee Musawasas den Weg nach Ägypten sichern sollten, einzunehmen und zu besetzen.

Die Libyer rückten langsam von der Stadt Glaukus gen Süden vor und befanden sich am Abend des vierzehnten Hathor am Eingang des Tales der Natronseen. Sie waren überzeugt, es ohne Hindernis in zwei Märschen bewältigen zu können. Am gleichen Tage rückte die ägyptische Armee bei Sonnenuntergang in die Wüste. Sie erreichte nach einem Marsch von vierzig Kilometern zwölf Stunden später, also am folgenden Morgen, die Hügel zwischen dem kleinen Fort und den Glashütten und verbarg sich in den zahlreichen Hohlwegen.

Wenn jemand in jener Nacht den Libyern erzählt hätte, im Tal der Natronseen seien plötzlich Palmen und Weizen gewachsen, so wären sie darüber weniger verwundert gewesen als über die Tatsache, daß die ägyptische Armee ihnen den Weg abgeschnitten hatte.

Nach einer kurzen Rast, während der die Priester einige Brunnen mit trinkbarem Wasser entdeckt und ausgegraben hatten, begann die ägyptische Armee die nördlich des Tales gelegenen Hügel zu besetzen.

Der Plan des Thronfolgers war einfach. Er wollte die Libyer von ihrer Heimat abschneiden und nach Norden in die Wüste abdrängen, wo sie der Hitze und dem Hunger zum Opfer fallen würden.

Darum stellte er die Armee nördlich des Tales auf und teilte seine Gruppe in drei Korps. Den rechten Flügel, der am weitesten gegen Libyen vorgeschoben war, befehligte Patrokles. Er mußte dem Feind den Rückzug zur Stadt Glaukus abschneiden.

Mit dem linken, Ägypten am nächsten postierten Flügel unter Mentezufis' Kommando sollte dem Gegner der Vormarsch versperrt werden. Das mittlere Korps, das in der Nähe der Glashütten stand, führte der Thronfolger selbst. Bei ihm befand sich auch Pentuer.

Am Morgen des fünfzehnten Hathor ritten gegen sieben Uhr früh einige Dutzend Libyer in scharfem Trab durch das Tal. Einen Augenblick lang rasteten sie in der Nähe der Hütten, spähten in die Runde und kehrten – da sie nichts Verdächtiges bemerkt hatten – zu ihrer Truppe zurück.

Um zehn Uhr vormittags, als die glühende Hitze den Menschen Schweiß und Blut auszusaugen schien, sagte Pentuer zum Thronfolger: „Die Libyer sind bereits ins Tal eingedrungen und passieren gerade die Abteilung von Patrokles. In einer Stunde werden sie hier sein."

„Woher weißt du das?" fragte der Prinz erstaunt.

„Die Priester wissen alles!" erwiderte Pentuer lächelnd.

Dann erklomm er vorsichtig einen Felsen, holte aus seinem Beutel einen blinkenden Gegenstand hervor und begann in der Richtung, in der die Truppe des heiligen Mentezufis lag, mit der Hand Zeichen zu geben.

„Auch unser drittes Korps ist nun bereits benachrichtigt", erklärte er dann.

Der Prinz kam aus dem Staunen nicht heraus, er fragte: „Ich habe bessere Augen als du, und mein Gehör ist gewiß nicht schlechter als deines, trotzdem sehe und höre ich nichts. Wie konntest du also den Feind erspähen und dich mit Mentezufis verständigen?"

Pentuer forderte den Prinzen auf, zu einem entfernten Hügel hinüberzuschauen, auf dessen Gipfel Schlehensträucher schimmerten. Ramses sah hin und beschattete plötzlich seine Augen mit der Hand; in den Büschen blinkte es nämlich grell auf.

„Was blendet meinen Blick?" schrie er verblüfft. „Man kann ja blind werden!"

„Von dort aus benachrichtigt uns der dem würdigen Patrokles assistierende Priester durch Blinkzeichen", erwiderte Pentuer. „Ihr seht also, Hoheit, daß auch wir im Kriege nützlich sein können."

Er verstummte. Aus der Tiefe des Tales drang ein Geräusch herauf, anfänglich leise, dann immer deutlicher. Sofort sprangen die an den Boden geduckten ägyptischen Soldaten hoch, prüften ihre Waffen und flüsterten miteinander. Doch ein kurzer Befehl der Offiziere beruhigte sie, und gleich herrschte wieder Totenstille auf den nördlichen Felsen.

Indessen verstärkte sich das Geräusch aus der Tiefe zu einem Lärm. Man konnte schon Stimmengewirr von Tausenden von Menschen, Gesang, Flötenklang, Wagenknarren, Pferdewiehern und Kommandorufe unterscheiden. Ramses' Herz begann heftig zu klopfen; er wollte seine Neugier nicht mehr zügeln und erklomm einen Felsenvorsprung, von dem aus er einen bedeutenden Teil des Tales zu überblicken vermochte.

Von gelben Sandwolken umhüllt, schob sich das libysche Korps langsam voran, es wirkte wie eine meilenlange Schlange, deren Leib von himmelblauen, weißen und roten Flecken bedeckt war.

An der Spitze führte ein Dutzend Reiter die Pferde. Nur einer saß in weißem Umhang auf seinem Hengst wie auf einer Bank und ließ seine Beine nach links hinunterhängen. Den Reitern folgte eine Schar Schleuderer in grauen Kitteln und in einer Sänfte ein Würdenträger, über den man einen großen Schirm hielt. Dahinter marschierten eine Abteilung Lanzenträger in blauen und roten Blusen, hinter ihnen eine große Horde beinahe nackter Keulenträger, dann wieder Schleuderer und Lanzenträger, nochmals Schleuderer, und zum Schluß kam eine Abteilung von rotgekleideten Soldaten mit Sensen und Äxten. Sie gingen meist zu vieren in einer Reihe. Doch trotz des Geschreies der Offiziere wurde diese Ordnung dauernd gestört; die aufeinanderfolgenden Viererreihen drängten sich in Haufen zusammen.

Singend und schwatzend kroch die libysche Schlange langsam an die breiteste Stelle des Tales, vorüber an den Hütten und Seen. Plötzlich entstand eine noch größere Unordnung. Die Vorausmarschierenden hielten an – man hatte ihnen nämlich gesagt, daß an diesem Ort eine Rastpause eingelegt werden würde –, während die hinteren Reihen ihre Schritte beschleunigten, um das Ziel schneller zu erreichen und sich ausruhen zu können. Etliche liefen aus dem Glied, warfen ihre Waffen beiseite und stürzten sich in den See oder schöpften mit der Hand das stinkende Wasser; andere setzten sich auf die Erde, holten Datteln aus ihren Beuteln hervor oder tranken aus ihren tönernen Flaschen Essigwasser.

Hoch über dem Lager kreisten ein paar Geier.

Ramses wurde bei diesem Anblick von unbeschreiblichem Mitleid und von Grauen gepackt. Vor seinen Augen kreisten bunte Ringe, er verlor die Nerven. Einen Augenblick lang wollte er lieber auf den Thron verzichten, als miterleben zu müssen, was unweigerlich eintreten würde. Er schob sich langsam von dem Felsvorsprung zurück und starrte mit irren Blicken vor sich hin.

Da näherte sich ihm Pentuer und zerrte ihn kräftig am Arm.

„Kommt zu Euch!" rief er, „Patrokles wartet auf Befehle!"

„Patrokles?" stammelte der Prinz und sah sich um.

Vor ihm stand der junge Priester, blaß, aber ruhig. Und ein paar Schritte weiter wartete, ebenfalls bleich, Thutmosis mit der Befehlspfeife in seinen bebenden Händen. Hinter dem Hügel lugten Soldaten hervor. Auf ihren Gesichtern spiegelte sich tiefe Erregung.

„Ramses", mahnte Pentuer, „die Truppe wartet ..."

Der Prinz blickte mit verzweifelter Entschlossenheit den Priester an und flüsterte heiser:

„Anfangen ..."

Pentuer reckte seinen glänzenden Talisman in die Höhe und beschrieb damit einige Zeichen in der Luft. Thutmosis pfiff leise, das Signal wurde in den anderen Hohlwegen rechts und links aufgegriffen und weitergegeben, und die ägyptischen Schleuderer begannen die Hügel zu erklettern.

Es war gegen zwölf Uhr mittags.

Ramses erholte sich allmählich von den ersten Eindrücken und sah sich aufmerksam um. Er beobachtete seinen Stab, die Abteilungen der Lanzen- und Axtträger, die von erfahrenen Offizieren befehligt wurden, schließlich die träge auf die Felsen kletternden Schleuderer, und er war überzeugt, daß auch nicht einer von diesen Leuten sich in der furchtbaren Glut rühren wollte, geschweige denn kämpfen oder gar umkommen.

Plötzlich erklang vom Gipfel eines Hügels eine dröhnende Stimme, die fast gewaltiger scholl als Löwengebrüll: „Soldaten Seiner Heiligkeit des Pharao! Zertretet die libyschen Hunde! Die Götter sind mit euch!"

Der übernatürlich wirkenden Stimme antworteten zwei nicht weniger machtvolle Echos: der langgezogene Schlachtruf der ägyptischen Armee und der riesige Lärm der Libyer.

Ramses, der sich nicht mehr zu verbergen brauchte, erstieg die Hügelkuppe, von der aus er den Feind gut beobachten konnte. Vor ihm zog sich – wie aus der Erde gestampft – eine lange

Kette ägyptischer Schleuderer. Ein paar hundert Schritt vor ihnen lag, von Staubwolken umgeben, das libysche Lager. Hörner, Flöten und die Flüche der Barbarenoffiziere, die zur Ordnung riefen, drangen herauf. Die Sitzenden sprangen hoch, die Trinkenden ergriffen die Waffen und liefen zu ihren Einheiten. Die chaotischen Massen ordneten sich wieder in Reihen. All das geschah unter Geschrei und Tumult.

Indessen schleuderten die ägyptischen Schützen wie auf dem Exerzierplatz etliche Geschosse in der Minute. Die Zehnerführer wiesen ihren Gruppen lohnende Ziele, und die Soldaten überschütteten den Feind innerhalb kurzer Zeit mit einem Hagel von bleiernen Kugeln und Steinen. Der Prinz sah, wie die Haufen der Libyer nach jedem Geschoßregen auseinanderstoben und sehr häufig manch einer auf der Stelle liegenblieb.

Trotzdem formierten sich die libyschen Reihen und zogen sich aus der Reichweite der Geschosse zurück. An ihre Stelle rückten jedoch die Schleuderer vor und begannen den Ägyptern mit der gleichen Schnelligkeit und Ruhe zu antworten. Zuweilen hörte man in ihren Reihen Lachen und Freudenrufe – dann war ein ägyptischer Schleuderer gefallen.

Bald brummten und pfiffen Steine über die Köpfe des Prinzen und seines Gefolges hinweg. Ein geschickt geschleuderter Brokken traf einen Adjutanten an der Schulter und zerschmetterte ihm das Schlüsselbein. Ein zweiter riß einem anderen Adjutanten den Helm vom Kopf, ein dritter sauste vor den Füßen des Prinzen nieder, zerschellte am Felsen und überschüttete das Antlitz des Thronfolgers mit glutheißen Splittern.

Die Libyer lachten laut und schrien etwas; wahrscheinlich fluchten sie ihm.

Furcht, vor allem aber Bedauern und Erbarmen flohen im Handumdrehen aus Ramses' Herzen. Schon sah er nicht mehr die Menschen vor sich, denen Leid und Tod drohten, sondern er betrachtete sie nur noch wie wilde Tiere, die man ausrotten oder bezwingen mußte. Mechanisch griff er zum Schwert, um die auf den Befehl wartenden Lanzenträger selbst ins Gefecht zu führen, doch hielt ihn Verachtung zurück. Er sollte sich mit dem Blut dieser Bande beflecken? Wozu hatte er Soldaten?

Inzwischen dauerte der Kampf an, und die tapferen libyschen Schleuderer begannen schreiend, ja sogar singend vorzugehen. Auf beiden Seiten brummten die Geschosse wie Maikäfer oder summten wie ein Bienenschwarm. Zuweilen prallten sie krachend in der Luft aufeinander, und alle paar Minuten zog sich von dieser oder jener Armee ein Krieger stöhnend zurück oder fiel tot um. Den anderen verdarb das jedoch nicht die Laune; sie kämpften weiter voll wilder Schadenfreude, die allmählich in wütenden Zorn und Selbstvergessenheit überging.

Plötzlich erklangen vom fernen rechten Flügel her Hörnerstimmen und vielfache Rufe. Der unerschrockene Patrokles, der schon seit dem frühen Morgen betrunken war, griff die Nachhut des Feindes an.

„Auf der ganzen Linie angreifen!" rief der Prinz.

Sofort wiederholte das eine, das zweite... das zehnte Horn diesen Befehl, und im selben Augenblick strömten die ägyptischen Hundertschaften aus allen Hohlwegen hervor. Die über die Hügel verteilten Schleuderer verdoppelten ihre Anstrengungen, während sich die vierfachen Reihen der ägyptischen Lanzen- und Axtträger den Libyern gegenüber im Tal ohne Hast formierten und langsam vorrückten.

„Das Zentrum verstärken!" rief der Thronfolger.

Das Horn wiederholte den Befehl. Hinter die beiden Kolonnen der ersten Linie wurden zwei weitere dirigiert. Ehe noch die Ägypter das befohlene Manöver unter dem ununterbrochenen Hagel der Geschosse beendet hatten, bildeten bereits die alles nachahmenden Libyer gegenüber dem ägyptischen Hauptkorps acht Reihen.

„Die Reserven vorschieben!" rief der Prinz. „Sieh nach", wandte er sich an einen der Adjutanten, „ob der linke Flügel bereit ist."

Der Offizier lief zu den Schleuderern hinüber, um das Tal besser übersehen zu können, fiel plötzlich hin, gab aber mit der Hand Zeichen.

Ein anderer Adjutant übernahm den Auftrag, kehrte bald zurück und meldete, daß beide Flügel der Abteilung des Thronfolgers bereitständen.

Aus der Richtung, wo Patrokles' Truppen kämpften, verstärkte sich der Schlachtenlärm, und mit einemmal quoll über den Hügeln dichter schwarzer Rauch auf. Ein Offizier brachte dem Prinzen von Pentuer die Nachricht, daß die griechischen Regimenter den Troß der Libyer angezündet hätten.

„Zerschlagt das Zentrum!" befahl Ramses.

Ein Dutzend Hörner blies eins nach dem anderen das Signal zum Angriff. Als sie verstummten, hörte man aus der mittleren

Kolonne Kommandos, den rhythmischen Wirbel der Trommeln und das Geräusch der langsam im Gleichschritt marschierenden Fußtruppe:

Eins ... zwei! ... eins ... zwei! ... eins ... zwei!

Jetzt wurde auf dem rechten und linken Flügel der Befehl wiederholt; neuer Trommelwirbel kam hinzu, und die Flügelkolonnen gingen vor: eins ... zwei! ... eins ... zwei!

Die libyschen Schleuderer überschütteten zwar die marschierenden Ägypter weiter mit Steinen, zogen sich aber langsam zurück. Obwohl überall Soldaten fielen, drangen die Kolonnen Seiner Heiligkeit ständig voran, langsam und diszipliniert: eins ... zwei! ... eins ... zwei!

Die immer dichter werdenden gelben Staubwolken markierten den Weg der ägyptischen Bataillone. Die Krieger konnten bereits nicht mehr ihre Steine schleudern, und es entstand zeitweilig eine gewisse Stille, so daß man nur das Stöhnen und Ächzen der Verletzten vernahm.

„Selten sind sie beim Exerzieren so gut marschiert!" rief der Prinz seinem Stabe zu.

„Heute fürchten sie keinen Stock", knurrte ein alter Offizier.

Der Abstand zwischen den Staubwolken der Ägypter und der Libyer verringerte sich mit jeder Sekunde; aber die Barbaren verharrten unerschüttert, und hinter ihren Linien erhob sich eine neue Staubwolke. Wahrscheinlich kamen der mittleren libyschen Kolonne Reserven zu Hilfe, denn es drohte jetzt der stärkste Angriff.

Der Thronfolger eilte den Hügel hinab und bestieg sein Roß; aus den Hohlwegen strömten die letzten ägyptischen Reserveformationen und warteten auf Befehle. Der Fußtruppe folgten etliche hundert asiatische Reiter auf kleinen, aber ausdauernden Pferden.

Der Prinz eilte den zum Angriff vorrückenden Truppen nach und fand hundert Schritt weiter einen neuen Hügel, der nicht hoch war, aber den Blick über das gesamte Schlachtfeld freigab. Das Gefolge, die asiatischen Reiter und die Reservekolonnen eilten Ramses nach.

Der Prinz spähte ungeduldig zum linken Flügel hinüber, von dort sollte Mentezufis kommen. Er war aber nicht zu sehen. Die Libyer standen unerschüttert, und die Lage wurde immer ernster.

Ramses' Korps war zwar das stärkste, hatte aber dafür auch fast die gesamte libysche Streitmacht vor sich. Zahlenmäßig hielten sich beide Seiten das Gleichgewicht. Der Prinz zweifelte nicht am Sieg, doch er war beunruhigt. Ein so tapferer Gegner würde der eigenen Armee zweifellos hohe Verluste beibringen.

Schließlich hatte eine Schlacht auch ihre Launen. Über die Truppen, die bereits zum Angriff vorgegangen waren, besaß der Oberste Heerführer keine Macht mehr. Er hielt sie nicht mehr in der Hand. Ihm blieben nur noch ein Reserveregiment und eine Handvoll Reiter. Wenn also eine der ägyptischen Kolonnen geschlagen würde oder der Feind unversehens neue Verstärkungen erhielte ...

Der Prinz rieb sich die Stirn; in dem Augenblick spürte er als Oberster Heerführer die Last der Verantwortung. Er glich einem Spieler, der um den ganzen Einsatz die Würfel warf und sich fragte, wie sie fallen werden.

Die Ägypter hatten nur noch einige Dutzend Schritt bis zu den libyschen Kolonnen. Ein Kommando ... Hörner ... die Trommeln wirbelten hastiger, und die Truppe ging im Laufschritt vor: eins-zwei-drei! ... eins-zwei-drei! ... Aber auch auf der Seite des Feindes erklangen die Hörner, zwei Reihen Speere wurden gesenkt, die Trommeln dröhnten ... Im Laufschritt! Neue Staubwirbel stiegen auf und bildeten alsbald eine einzige riesige Wolke ... Gebrüll, Krachen der Speere, Klirren der Klingen, zuweilen ein erschütterndes Stöhnen, das sofort wieder im allgemeinen Lärm unterging ...

Ramses erkannte auf der ganzen Kampflinie weder Menschen noch Waffen, ja nicht einmal mehr die Kolonnen, sondern nur noch die gewaltige, schlangenförmig sich hinziehende gelbe Staubwolke. Dichte Wirbel bezeichneten die Orte, an denen die Kolonnen aufeinandergestoßen waren, wo man klare Sicht hatte, klaffte eine Lücke.

Nach einigen Minuten teuflischen Lärms bemerkte der Thronfolger, daß auf dem linken Flügel die Staubmassen langsam zurückwichen.

„Den linken Flügel verstärken!" rief er.

Die Hälfte der Reservetruppen eilte in die bezeichnete Richtung und verschwand im dichten Gewühl. Die gefährdete Stelle war offenbar bald wieder gesichert, während der rechte Flügel träge vorankam. Das Zentrum aber, das stärkste und wichtigste Glied in der Kette, verhielt immer noch auf der Stelle.

„Die Mitte stärken!" rief der Prinz.

Die andere Hälfte des Reserveregiments ging vor und verschwand in der Staubwolke. Das Geschrei schwoll für eine Weile an, aber man konnte keine Vorwärtsbewegung erkennen.

„Tapfer kämpfen diese Elenden!“ sagte ein alter Offizier aus dem Gefolge zu Ramses. „Höchste Zeit, daß Mentezufis eintrifft.“

Der Prinz rief den Kommandeur der asiatischen Reiter herbei. „Sieh dort rechts“, sagte er, „dort muß eine Lücke sein. Reite vorsichtig hin, damit du unsere Soldaten nicht zerstampfst, und falle aus der Flanke über die mittlere Kolonne dieser Hunde her ...“

„Sie werden wohl an der Kette liegen, denn sie stehen dort ziemlich fest“, erwiderte der Asiate lachend.

Er ließ gegen zwanzig Reiter beim Prinzen zurück, sprengte mit den übrigen davon und rief: „Ewig lebe unser Heerführer!“

Es herrschte eine unbeschreibliche Glut. Der Prinz strengte Auge und Ohr aufs äußerste an, um die Staubwolke zu durchdringen. Er wartete, wartete ... Plötzlich schrie er freudig auf; die mittlere Wolke wankte und schob sich ein wenig vor.

Wieder verhielt sie etwas, und wieder schob sie sich vor und ging langsam, sehr langsam vorwärts.

Der Schlachtenlärm brodelte unbeschreiblich, so daß man nicht ergründen konnte, was er bedeutete: Zorn, Wut, Sieg oder Niederlage.

Plötzlich bog sich der rechte ägyptische Flügel auf eine sonderbare Weise zurück. Hinter ihm erschien eine neue Staubwolke. Da kam Pentuer zu Pferde herbeigeeilt und rief: „Patrokles fällt den Libyern in den Rücken!“

Das Getümmel auf dem rechten Flügel vergrößerte sich und näherte sich immer mehr dem Zentrum des Schlachtfeldes. Es war bald offensichtlich, daß sich die Libyer zurückzogen und daß sogar ihre Hauptkräfte von Verwirrung erfaßt wurden.

Der gesamte Stab des Prinzen verfolgte fieberhaft erregt die Bewegungen des gelben Staubes. Nach etlichen Minuten griff die Verwirrung auch auf den linken Flügel über. Dort begannen die Libyer bereits zu fliehen.

„Ich will die Morgensonne nicht mehr sehen, wenn das nicht der Sieg ist!“ rief ein alter Offizier.

Von der Gruppe der Priester, die vom höchsten Hügel aus den Verlauf des Kampfes beobachtete, kam ein Melder geeilt und brachte die Nachricht, daß auf dem linken Flügel die Truppen des Mentezufis aufgetaucht wären und somit die Libyer von drei Seiten umzingelt seien.

„Sie wären bestimmt schon wie die Antilopen geflohen“, keuchte der atemlose Bote, „wenn der Sand sie nicht daran gehindert hätte.“

„Sieg! Ewig lebe unser Feldherr!“ schrie Pentuer.

Es war erst kurz nach zwei Uhr.

Die asiatischen Reiter begannen gellend zu singen und ihre Pfeile zu Ehren des Prinzen in die Luft zu schießen. Die Stabsoffiziere stiegen von ihren Pferden und küßten Hände und Füße des Thronfolgers. Schließlich hoben sie ihn aus dem Sattel hoch empor und riefen: „Hier ist der gewaltige Heerführer! Er hat die Feinde Ägyptens vernichtet! Amon selbst steht ihm zur Rechten und zur Linken; wer also könnte ihm widerstehen?“

Währenddessen erklommen die sich immer weiter zurückziehenden Libyer die südlichen Sandhügel, die Ägypter blieben ihnen auf den Fersen. Jetzt tauchten aus der Staubwolke ständig neue Meldereiter auf und eilten zu Ramses.

„Mentezufis hat ihre Nachhut gefangengenommen!“ schrie der eine.

„Zweihundert Soldaten haben sich ergeben!“ rief der zweite.

„Patrokles hat ihnen den Rückzug abgeschnitten!“

„Wir konnten drei libysche Standarten erobern: den Hammel, den Löwen und den Widder!“

In der Nähe des Stabes drängten sich immer mehr blut- und staubbedeckte Menschen: „Lebe ewig, Ramses! Lebe ewig, du unser Feldherr!“

Der Prinz war so erregt, daß er abwechselnd lachte und weinte. Er sagte zu seinem Gefolge: „Die Götter waren gnädig ... ich fürchtete vorhin schon, daß wir verlieren würden ... schrecklich ist das Los des Heerführers, der das Schwert nicht ziehen, ja sogar nichts sehen kann und doch alles zu verantworten hat.“

„Lebe ewig, siegreicher Führer!“ riefen alle Anwesenden.

„Ein schöner Sieg!“ lachte der Prinz. „Ich weiß nicht einmal, wie wir ihn überhaupt errungen haben.“

„Er gewinnt eine Schlacht und wundert sich noch darüber!“ rief jemand aus dem Gefolge.

„Ich sage euch, daß ich nicht einmal weiß, wie eine Schlacht aussieht“, rechtfertigte sich der Prinz.

„Beruhige dich“, erwiderte Pentuer. „Du hast die Truppen so

klug aufgestellt, daß der Feind vernichtet werden mußte. Wie das jedoch im einzelnen geschah, ist nicht mehr deine Sache, das ging nur die Regimenter an."

„Ich habe nicht einmal das Schwert gezogen! Nicht einen Libyer habe ich gesehen!" jammerte der Prinz.

Auf den südlichen Hügeln dröhnte und lärmte es noch, im Tal aber senkte sich der Staub. Hie und da konnte man wie durch einen Nebelschleier Haufen ägyptischer Soldaten erkennen, die ihre Speere schon wieder geschultert trugen.

Der Thronfolger wandte das Pferd in jene Richtung und ritt über das verlassene Schlachtfeld, auf dem eben noch der Kampf der mittleren Kolonnen getobt hatte. Dieser Platz, etliche hundert Schritt breit, war von tiefen Löchern durchfurcht und mit den Leibern Verwundeter und Gefallener bedeckt. Anfangs traf der Prinz auf lange Reihen durcheinanderliegender Ägypter und Libyer, später begegnete er nur noch feindlichen Soldaten.

An einigen Stellen aber lagen jeweils zwei Tote nebeneinander. Der Sand war von Blutflecken braun gefärbt; Ramses sah schreckliche Wunden: dem einen Krieger waren beide Hände abgeschnitten worden, dem anderen hatte man das Haupt vom Rumpf getrennt, dem dritten hingen die Eingeweide heraus. Einige wälzten sich in Zuckungen, ihren sandgefüllten Mündern entrangen sich Flüche, manche flehten um den Gnadenstoß.

Der Thronfolger ritt schnell an ihnen vorüber und sah sich nicht um, obwohl verschiedene Verwundete ihm zu Ehren noch schwache Huldigungsrufe ausstießen.

Bald traf er auf die ersten Gefangenen. Sie warfen sich vor ihm nieder und flehten um Erbarmen.

„Verkündet den Besiegten und Demütigen Gnade!" befahl Ramses seinem Gefolge.

Etliche Reiter eilten in verschiedenen Richtungen davon. Alsbald ertönte ein Horn und nach ihm eine weithin hallende Stimme: „Auf Befehl Seiner Hoheit, des Prinzen und Obersten Kriegsherrn, sollen die Verwundeten und Gefangenen nicht erschlagen werden!"

Zur Antwort erklang ein wirres Geschrei; es kam sicher von den Gefangenen.

„Auf Befehl des Obersten Heerführers", rief in singendem Ton eine andere Stimme aus der entgegengesetzten Richtung, „sollen die Verwundeten und Gefangenen nicht erschlagen werden!"

Inzwischen war auf den südlichen Hügeln der Kampf abgeebbt, und die beiden größten Formationen der Libyer legten vor den griechischen Regimentern ihre Waffen nieder.

Der tapfere Patrokles konnte sich infolge der Hitze, wie er selbst sagte, oder der erhitzenden Getränke wegen, was andere meinten, kaum noch auf dem Pferd halten. Er wischte sich die tränenden Augen und wandte sich an die Gefangenen und rief: „Ihr räudigen Hunde, die ihr eure sündigen Pfoten gegen die Truppe Seiner Heiligkeit erhoben habt – daß euch die Würmer fressen! Wie ein frommer Ägypter es mit den Läusen unter dem Fingernagel macht, so will ich euch zerquetschen, wenn ihr nicht sofort antwortet: Wo ist euer Anführer, dem der Aussatz die Nüstern zerfressen und die Froschaugen aussaugen möge!"

In diesem Augenblick ritt der Thronfolger herbei. Der General grüßte ihn mit Ehrerbietung, unterbrach aber nicht sein Gebrüll.

„Ich will Riemen aus eurer Haut schneiden ... euch auf Pfähle spießen, wenn ich nicht sofort erfahre, wo dieses giftige Gewürm ist, diese Ausgeburt einer Wildsau, die man in die Kloake wirft!"

„Dort ist unser Führer!" rief ein Libyer und zeigte auf einen berittenen Haufen, der sich langsam in die Wüste entfernte.

„Was ist das?" fragte der Prinz.

„Der elende Musawasa flieht!" polterte Patrokles, so stark schwankend, daß er fast vom Pferde gestürzt wäre.

Ramses strömte alles Blut zu Kopf.

„Musawasa macht sich aus dem Staube? He! Mir nach, wer ein gutes Pferd hat!"

„Ho!" rief Patrokles lachend, „jetzt wird dieser Hammeldieb blöken!"

Pentuer vertrat dem Prinzen den Weg.

„Eure Hoheit darf nicht die Fliehenden verfolgen!"

„Was?" schrie der Thronfolger. „Während des ganzen Kampfes habe ich gegen niemanden die Hand erhoben, und jetzt soll ich auch noch auf den libyschen Anführer verzichten? Was würden denn wohl die Soldaten, die ich gegen Speere und Äxte vorgeschickt habe, dazu sagen?"

„Die Armee darf nicht ohne Oberbefehlshaber bleiben."

„Ja, sind denn Patrokles, Thutmosis und schließlich Mentezufis nicht genug? Wozu bin ich denn Heerführer, wenn ich nicht den Feind jagen darf? Die Gegner haben nur ein paar hundert Schritt Vorsprung, und ihre Pferde sind erschöpft!"

„In einer Stunde kehren wir mit ihnen zurück ... wir brauchen nur die Hand auszustrecken ...", flüsterten die asiatischen Reiter.

„Patrokles! Thutmosis! Ich überlasse euch das Heer", rief der Thronfolger. „Ruht euch aus, ich werde bald wieder zurück sein!"

Er spornte das Pferd an und galoppierte schwer durch den Sand; ihm folgten etwa zwanzig Reiter und Pentuer.

„Wozu kommst du mit, Prophet?" fragte der Prinz. „Schlafe dich lieber aus, du hast uns heute wichtige Dienste geleistet."

„Vielleicht kann ich noch nützlich sein", erwiderte Pentuer.

„Bleibe! Ich befehle es dir!"

„Der Höchste Rat hat mir befohlen, Eure Hoheit keinen Augenblick zu verlassen."

Der Thronfolger schüttelte sich zornig.

„Und wenn wir in einen Hinterhalt geraten?" fragte er.

„Auch dort werde ich Euch nicht verlassen, Herr", antwortete der Priester.

XIX

In seiner Stimme war so viel Wohlwollen, daß der Prinz erstaunt verstummte und ihm mitzukommen gestattete.

Nur wenige hundert Schritt vor ihnen floh der Feind, als sie die Verfolgung aufnahmen. Doch obwohl Fliehende und Verfolger mit der Peitsche und mit aufmunternden Zurufen ihre Pferde zu schnellem Lauf antrieben, kamen sie nur langsam und unter größten Schwierigkeiten voran. Vom Himmel herab sengte furchtbare Sonnenglut. In Mund, Nase und vor allem in die Augen drang der feine, doch scharfe Wüstenstaub, bei jedem Schritt gab der glühende Sand unter den Füßen der Pferde nach. Ringsum lastete eine bedrückende Stille.

„So wird es doch nicht ewig bleiben", murmelte der Thronfolger.

„Es wird immer schlimmer werden", antwortete Pentuer. „Seht, Hoheit, die Pferde des Gegners versinken bis zum Sprunggelenk im Sand."

Der Prinz lachte; denn sie ritten gerade über etwas härteren Boden und kamen darum schneller voran. Bald jedoch versperrte ihnen ein Sandmeer den Weg, und sie mußten wieder im Schneckentempo reiten.

Die Menschen waren schweißübergossen, die Tiere von Schaum bedeckt.

„Heiß!“ flüsterte der Thronfolger.

„Höre, Herr“, sagte darauf Pentuer, „das ist heute kein guter Tag für eine Verfolgung in der Wüste. Schon am Morgen sind die Insekten sehr unruhig gewesen und dann in Lethargie verfallen. Auch mein Priestermesser ist nur schwer in seine tönerne Scheide geglitten, was auf ungewöhnliche Hitze deutet. Beides: die Glut und die Lethargie der Insekten scheinen einen Sturm anzukündigen. Kehren wir lieber um. Wir haben jetzt schon das Lager aus den Augen verloren und können nicht einmal mehr den Lärm unserer Soldaten hören.“

Ramses betrachtete den Priester beinahe mit Verachtung.

„Und du denkst, Prophet, daß ich nach meinem Versprechen, Musawasa zu fangen, aus Furcht vor Hitze und Sturm ohne ihn zurückkehren werde?“

Sie ritten weiter. Zeitweilig wurde der Boden wieder härter, wodurch sie den Fliehenden auf Steinwurfweite näher kamen.

„He! Ihr da!“ rief der Thronfolger. „Ergebt euch!“

Die Libyer schauten sich nicht einmal um und wateten mit höchster Anstrengung weiter. Einen Augenblick lang konnte man glauben, sie schon einzuholen. Bald jedoch geriet die Abteilung des Thronfolgers wieder in tiefen Sand, während die Fliehenden schneller trabten und hinter einer Bodenwelle verschwanden.

Die Asiaten fluchten, der Prinz biß die Zähne zusammen.

Schließlich sanken die Pferde der Ägypter immer tiefer ein und wurden matter; die Reiter mußten absteigen und zu Fuß weitergehen. Plötzlich lief einer der Asiaten rot an und stürzte in den Sand. Ramses befahl, über ihn eine Decke zu breiten, und sagte: „Wir nehmen ihn auf dem Rückweg mit.“

Mit großer Mühe erreichten sie den Gipfel des Sandhügels und erspähten wieder die Libyer. Aber auch deren Weg wurde vom Tode gezeichnet. Zwei Pferde fielen ihnen um.

Das Lager der ägyptischen Truppen war hinter den Bodenwellen endgültig verschwunden, und hätten Pentuer und die Asiaten sich nicht nach der Sonne zu orientieren vermocht, so wären sie verloren gewesen.

Aus dem Gefolge des Prinzen stürzte ein zweiter Reiter. Blutiger Schaum kam aus seinem Mund. Man ließ auch ihn mit seinem Pferd zurück. Dann stießen sie auf eine Felsengruppe, in der die Libyer verschwunden waren.

„Herr“, mahnte Pentuer, „da kann ein Hinterhalt drohen...“

„Mag der Tod dort lauern und mich holen!“ erwiderte der Thronfolger mit veränderter Stimme.

Der Priester blickte ihn verwundert an; solche Hartnäckigkeit hätte er in Ramses nie vermutet.

Es war nicht mehr weit bis zu den Felsen, der Weg aber war unbeschreiblich schwierig. Man mußte sich nicht nur selbst mühsam voranschleppen, sondern auch noch die Pferde nachziehen. Alle wateten bis über die Knöchel im Sand; und es gab auch Stellen, wo sie bis über die Knie einsanken.

Vom Himmel herab aber sengte immer noch die Sonne, die furchtbare Wüstensonne, von der jeder einzelne Strahl nicht nur brannte und blendete, sondern regelrecht stach. Die zähesten Asiaten fielen vor Erschöpfung um; dem einen schwollen die Zunge und die Lippen, dem zweiten rauschte es im Kopf, und schwarze Ringe kreisten vor seinen Augen, den nächsten übermannte der Schlaf; alle fühlten sie Schmerzen in den Gliedern und verloren schließlich sogar jedes Gefühl für die Glut. Und hätte man einen gefragt: ist es heiß hier draußen? – so hätte er nicht zu antworten vermocht.

Der Boden wurde wieder härter, und Ramses' Gefolge erreichte endlich die Felsen. Der Prinz, der noch am muntersten von allen war, hörte Pferde schnaufen, wandte sich in diese Richtung und erblickte im Schatten eines Hügels eine Gruppe von Liegenden. Sie lagen so, wie sie gerade hingefallen waren. Es waren die Libyer.

Einer von ihnen, ein zwanzigjähriger Jüngling, trug ein gesticktes Purpurhemd, eine goldene Kette auf der Brust und ein reichverziertes Schwert. Er schien völlig bewußtlos; seine Augen waren verdreht, und vor seinem Mund stand Schaum. Ramses erkannte in ihm den Anführer. Er näherte sich dem Jüngling, riß die Kette von seiner Brust und nahm ihm das Schwert ab.

Ein alter Libyer, der etwas weniger ermüdet schien als die anderen, sagte: „Ägypter, wenn du auch gesiegt hast, so achte den Fürstensohn, der unser Oberster Heerführer war.“

„Ist er Musawasas Sohn?“ fragte der Prinz.

„Du sagst es“, antwortete der Libyer. „Das ist Tehenna, der Sohn Musawasas, unser Anführer, der es sogar wert wäre, ein ägyptischer Fürst zu sein.“

„Und wo ist Musawasa?"

„In Glaukus. Er sammelt eine große Armee, die uns rächen wird."

Die anderen Libyer sagten kein Wort; sie würdigten die Besieger nicht einmal eines Blickes. Auf Befehl des Prinzen entwaffneten die Asiaten ihre Gegner ohne Schwierigkeiten und setzten sich dann selbst in den Schatten des Felsens.

In diesem Augenblick gab es weder Feind noch Freund, sondern nur zu Tode Ermattete; der Tod lauerte auf alle, aber sie wollten nur ausruhen.

Als Pentuer sah, daß Tehenna immer noch ohnmächtig war, kniete er bei ihm nieder, neigte sich über sein Gesicht, und zwar so, daß niemand sehen konnte, was er tat. Alsbald begann Tehenna zu atmen, sich zu bewegen und öffnete die Augen; dann setzte er sich auf, rieb die Stirn wie ein Mensch, der aus tiefem Schlaf erwacht, aber noch nicht ganz munter ist.

„Tehenna, Führer der Libyer", rief Ramses, „du und deine Leute, ihr seid Gefangene Seiner Heiligkeit des Pharao."

„Töte mich lieber auf der Stelle, als mir die Freiheit zu rauben", knurrte Tehenna.

„Wenn dein Vater Musawasa sich demütigt und mit Ägypten Frieden schließt, wirst du noch frei und glücklich werden."

Der Libyer wandte sich ab und legte sich hin – ihm war nun alles gleich. Ramses setzte sich zu ihm, aber auch er fiel sofort in tiefe Lethargie. Wahrscheinlich schlief er ein.

Nach einer Viertelstunde erwachte er und fühlte sich etwas erfrischt. Er blickte über die Wüste und schrie begeistert auf. Am Horizont sah er grün bewachsenes Land, Wasser, dichte Palmenhaine und ein Städtchen mit Tempeln.

Ringsum schliefen alle – Asiaten und Libyer. Nur Pentuer, der auf einem Felsbrocken stand, schirmte die Augen mit der Hand und spähte in die Ferne.

„Pentuer! Pentuer!" rief Ramses. „Siehst du diese Oase?"

Er sprang auf und lief zu dem Priester, dessen Antlitz sorgenvoll war.

„Siehst du die Oase?"

„Das ist keine Oase", erwiderte Pentuer, „sondern der in der Wüste irrende Geist eines Landes, das es nicht mehr auf der Erde gibt. Aber das dort – dort – das ist Wirklichkeit!" fügte er hinzu und wies mit der Hand in südlicher Richtung.

„Die Berge?" fragte der Prinz.

„Seht schärfer hin."

Der Prinz spähte. Plötzlich sagte er: „Es scheint mir, daß sich diese dunkle Masse erhebt – meine Augen sind müde geworden."

„Das ist der Typhon", flüsterte der Priester, „nur die Götter können uns noch retten."

Tatsächlich fühlte Ramses über sein Gesicht einen Hauch streichen, der ihm inmitten der Wüstenglut nur noch lau erschien. Dieser anfänglich sehr zarte Hauch wurde immer kräftiger, immer wärmer, und gleichzeitig erhob sich der dunkle Streifen am Himmel erstaunlich schnell höher und höher.

„Was sollen wir tun?" fragte der Prinz.

„Diese Felsen", erwiderte Pentuer, „schützen uns davor, verweht zu werden, aber nicht vor Staub und Hitze, die immer dichter, immer stärker, und in einem Tag oder zwei ..."

„Also weht der Typhon so lange?"

„Zuweilen drei bis vier Tage ... manchmal bricht er nur für ein paar Stunden aus und fällt plötzlich wie der Geier, den der Pfeil traf, zurück; doch das geschieht sehr selten."

Die Miene des Prinzen verdüsterte sich, doch er verlor keineswegs den Mut. Der Priester aber sprach weiter und zog dabei ein kleines grünes Fläschchen aus seinem Gewand hervor: „Hier hast du ein Elixier ... es muß einige Tage für dich ausreichen ... Sooft du Müdigkeit oder Furcht fühlst, trinke einen Tropfen davon. Auf diese Weise wirst du dich stärken und alles überstehen."

„Und du ... und die anderen?"

„Mein Schicksal liegt in der Hand des Einzigen, und was die übrigen anbelangt ... sie sind keine Thronfolger!"

„Ich will diesen Saft nicht!" protestierte der Prinz und wies Pentuers Hand mit dem Fläschchen von sich.

„Ihr müßt ihn nehmen!" schrie Pentuer. „Bedenkt, daß das ägyptische Volk seine ganze Hoffnung auf Euch gesetzt hat ... Sein Segen gilt Euch."

Die schwere Wolke hatte schon die Hälfte des Himmels bedeckt, und der heiße Sturm brauste so heftig, daß sich der Prinz und der Priester unter dem Felsen verbergen mußten.

„Das ägyptische Volk? Sein Segen?" wiederholte Ramses.

Plötzlich rief er: „Das warst du! Du hast vor einem Jahr eines Nachts aus dem Garten zu mir gesprochen, damals, kurz nach den Manövern!"

„Ja, an dem Tage, wo du dich des Bauern, der sich aus Verzweiflung erhängte, erbarmt hast", erwiderte der Priester.

„Und du hast auch mein Vorwerk und die Jüdin Sara vor dem Pöbel gerettet, der sie steinigen wollte?"

„Ja, das habe ich getan", bestätigte Pentuer, „und du, Herr, befreitest bald darauf die unschuldigen Bauern aus dem Gefängnis und erlaubtest Dagon nicht, das Volk mit neuen Steuern zu quälen. Für deine Liebe zu diesem Volk", sprach der Priester, „für die Barmherzigkeit, die du ihm immer bewiesen hast, segne ich dich noch heute. Vielleicht wirst nur du allein hier alles überleben. Dann denke immer daran, daß dich das unterdrückte ägyptische Volk, das von dir seine Erlösung erwartet, gerettet hat."

Plötzlich wurde es dunkel. Von Süden her fiel ein heißer Sandregen, und es brach ein so heftiger Sturm los, daß ein Pferd, das an ungeschützter Stelle stand, umgeworfen wurde. Die Asiaten und die libyschen Gefangenen erwachten alle. Ein jeder drängte sich angstvoll noch tiefer unter den Felsen und schwieg.

In der Natur geschah Furchtbares. Nacht sank über die Erde, und am Himmel jagten einander in rasender Hast rote und schwarze Sandwolken. Es war, als ob der Sand der ganzen Wüste lebendig würde, emporstiege und mit der Geschwindigkeit eines aus der Schleuder geschnellten Steines durch die Lüfte sauste.

Die Hitze entsprach der Temperatur in einem Dampfbad; an den Händen und im Gesicht platzte die Haut, die Zunge verdorrte, der Atem stach in der Brust. Die kleinen Sandkörnchen brannten wie Funken.

Pentuer näherte mit Gewalt das Fläschchen den Lippen des Prinzen. Ramses trank ein paar Tropfen und spürte eine wunderbare Verwandlung: Schmerz und Hitze quälten ihn nicht mehr, die Gedanken wurden wieder freier.

„Und das kann ein paar Tage dauern?"

„Vier", erwiderte der Priester.

„Und ihr Weisen, ihr Vertrauten der Götter, besitzt keine Mittel, Menschen aus so einem Sturm zu retten?"

Pentuer überlegte und sprach: „Es gibt auf der Welt nur einen Weisen, der gegen die bösen Geister ankämpfen könnte... doch er ist nicht hier!"

Der Typhon tobte schon eine halbe Stunde mit unbegreiflicher Kraft. Zuweilen ließ er etwas nach, die schwarzen Wolkenwände rissen auseinander, und man sah am Himmel eine blutrote Sonne stehen, die ein böses rötliches Licht über die Erde warf.

Doch bald erhob sich der heiße, erstickende Sturm wieder mächtiger, die Staubwolken wurden dichter, sie schlossen sich, das schemenhafte Licht erlosch, und in der Luft schwirrte und klirrte es von Geräuschen, wie menschliche Ohren sie sonst nie zu hören bekommen.

Es war kurz vor Sonnenuntergang, doch die Heftigkeit des Sturms und die unerträgliche Hitze nahmen immer noch zu. Von Zeit zu Zeit erschien am Horizont ein riesiger, blutroter Fleck, als ob sich die ganze Welt entflamme.

Plötzlich bemerkte der Prinz, daß Pentuer nicht mehr bei ihm war. Er lauschte angestrengt und hörte eine Stimme rufen: „Beroes! Beroes! Wenn nicht du, wer sollte uns helfen? Beroes! Im Namen des Einzigen und Allmächtigen, der nicht Anfang, nicht Ende hat, rufe ich dich ..."

Im Norden der Wüste tönte Donnergrollen. Der Prinz erschauerte; für einen Ägypter war Donnergrollen nämlich eine beinahe so seltene Erscheinung wie das Auftauchen eines Kometen.

„Beroes! Beroes!" wiederholte der Priester mit mächtiger Stimme.

Der Thronfolger starrte in die Richtung, aus der das Rufen kam, und erblickte eine dunkle menschliche Gestalt mit erhobenen Armen. Aus Haupt und Fingern, ja sogar aus dem Gewande sprangen alle Augenblicke grellblaue Funken.

„Beroes! Beroes!"

Das anhaltende Grollen kam näher, und aus den Sandwolken zuckte ein Blitz hervor, der die Wüste mit rotem Licht übergoß.

Neues Grollen und ein neuer Blitz.

Der Prinz bemerkte, daß die Heftigkeit des Sturmes und die Hitze nachließen. Der hoch in den Lüften zusammengeballte Sand fiel zur Erde nieder, der Himmel färbte sich aschgrau, dann rötlich und bald milchfarben. Dann wurde alles ruhig, doch nach einer Weile erschütterte erneut ein Donner die Wüste, und ein kühler Windhauch wehte von Norden her.

Die erschöpften Asiaten und Libyer kamen wieder zu sich.

„Krieger des Pharao", rief plötzlich der alte Libyer, „hört ihr das Rauschen in der Wüste?"

„Ein neuer Sturm?"

„Nein, es regnet!"

Wirklich, vom Himmel fielen erst ein paar kühle Tropfen, dann immer mehr, bis schließlich die von Blitzen begleitete Flut herniederstürzte.

Die Soldaten des Prinzen und ihre Gefangenen wurden von einer tollen Freude erfaßt. Die Menschen, die noch vor einem Augenblick unter Glut und Durst geschmachtet hatten, achteten weder auf Blitz noch Donner. Sie tummelten sich wie die Kinder in den Regenströmen. Wenn sie auch vor Dunkelheit nichts mehr sehen konnten, fingen sie doch das Wasser in ihren Helmen und ledernen Säcken auf, wuschen sich und ihre Pferde und tranken vor allem, tranken!

„Es ist ein Wunder", rief Prinz Ramses. „Ohne diesen gesegneten Regen wären wir in der heißen Umklammerung des Typhons in der Wüste umgekommen."

„Es kommt zuweilen vor", erzählte der alte Libyer, „daß der südliche Sandwind die über dem Meere irrenden Winde reizt und so den Regenguß hervorruft."

Ramses war von diesen Worten peinlich berührt; er schrieb den plötzlichen Wetterumschwung nämlich Pentuers Gebeten zu. Darum fragte er den Libyer: „Hat aber schon jemand erlebt, daß aus einer menschlichen Gestalt Funken sprühen?"

„Das ist im Sandsturm immer so", bekam er zur Antwort. „Wir haben ja auch diesmal Funken gesehen, die nicht nur aus den Menschen, sondern auch aus den Pferden sprühten."

Der Gefangene erklärte das mit solcher Selbstsicherheit, daß Ramses sich daraufhin seinem Reiteroffizier näherte und ihm zuraunte: „Paßt mir auf die Libyer auf."

Kaum hatte er ausgesprochen, da brodelte es in der Dunkelheit, und nach einer Weile erklang Hufschlag; als die Wüste von Blitzen erhellt wurde, sah man einen Mann zu Pferde fliehen.

„Bindet die Elenden!" schrie der Prinz. „Und erschlagt sie sofort, wenn sich nur einer widersetzt. Wehe dir, Tehenna, wenn dieser Schuft deine Brüder hierherruft! Dann sollt ihr zur Strafe unter schwersten Qualen sterben!"

Trotz des Regens, der Blitze und der Finsternis fesselten die ägyptischen Soldaten schnell ihre Gefangenen, die übrigens keinerlei Widerstand leisteten.

Vielleicht warteten sie auf einen Befehl Tehennas. Der aber war so entmutigt, daß er an Flucht nicht einmal dachte.

Langsam legte sich das Unwetter, und nach der Hitze des Tages wurde es in der Wüste durchdringend kalt. Die Wassersäcke waren gefüllt, Menschen und Pferde hatten genug getrunken; Datteln und Fladen waren ausreichend vorhanden, also herrschte gute Stimmung. Das Donnergrollen entfernte sich, die Blitze wurden immer schwächer, am nördlichen Himmel trieben die Wolken auseinander, hie und da glänzten Sterne.

Pentuer näherte sich Ramses und flüsterte: „Laßt uns zum Lager zurückkehren. Wir können es in ein paar Stunden erreichen, bevor der Geflohene den Feind hierherführt."

„Wie aber sollen wir in dieser Dunkelheit den Weg finden?" fragte der Prinz.

„Habt ihr Fackeln?" wandte sich der Priester an die Asiaten.

Fackeln oder lange, mit Brennstoff getränkte Schnüre waren vorhanden, aber kein Feuer. Das hölzerne Feuerzeug, das man sonst zum Anzünden benutzte, war nämlich durchnäßt.

„Nun müssen wir doch bis zum Morgen warten", sagte der Prinz ungeduldig.

Pentuer antwortete nicht. Er zog ein kleines Gerät aus seinem Beutel, ergriff eine Brennschnur und ging beiseite. Nach einer Weile hörte man ein leises Zischen, und die Fackel flammte auf.

„Dieser Priester ist ein großer Zauberer!" brummte der alte Libyer.

„Du hast heute schon das zweite Wunder vor meinen Augen vollbracht", sagte der Prinz, „Pentuer, kannst du es mir erklären?"

Der Priester schüttelte den Kopf.

„Frage nicht nach allem, Herr. Ich werde dir antworten, soweit mein Wissen reicht. Doch verlange niemals, daß ich dir die Geheimnisse unserer Tempel verrate."

„Selbst dann nicht, wenn ich dich zu meinem Berater ernenne?"

„Auch dann nicht. Ich will niemals zum Verräter werden. Und selbst wenn ich dazu kühn genug wäre, so würde mich die Strafe abschrecken."

„Die Strafe?" wiederholte der Prinz. „Aha! Ich entsinne mich eines Menschen im Keller des Hathor-Tempels, über den die Priester siedendes Pech gossen. Haben sie das wirklich getan? Und ist dieser Mann tatsächlich unter Qualen gestorben?"

Pentuer schwieg, als hätte er die Frage nicht vernommen, und zog langsam aus seinem Wunderbeutel die kleine Statue einer Gottheit mit ausgebreiteten Armen hervor. Sie hing an einer Schnur; der Priester ließ sie pendeln, murmelte Gebete und paßte dabei gut auf. Die Statue schwebte nach einer gewissen Zahl von Drehungen und Wendungen ruhiger und hing schließlich gänzlich still.

Ramses sah beim Schein der Fackeln erstaunt zu.

„Was tust du da?“ fragte er den Priester.

„Ich kann Eurer Hoheit nur sagen, daß der Gott mit einer Hand auf den Stern Eshmun* weist, der zur Nachtzeit die phönizischen Schiffe über das Meer geleitet.“

„Also haben auch die Phönizier diesen Gott?“

„Sie kennen ihn nicht einmal. Der Gott, der immer mit einer Hand auf den Stern Eshmun deutet, ist nur uns und den chaldäischen Priestern bekannt. Mit seiner Hilfe kann aber jeder Prophet am Tage wie in der Nacht, bei gutem Wetter und Sturm seinen Weg über das Meer oder durch die Wüste finden.“

Auf Befehl des Prinzen, der mit lodernder Fackel neben Pentuer schritt, folgten ihnen Ägypter und Gefangene nach Nordwesten. Die an der Schnur pendelnde Götterstatue schwankte zwar, doch ihre ausgestreckte Hand wies trotzdem ständig auf den heiligen Stern, den Beschützer aller Verirrten.

Die Pferde an den Zügeln haltend, gingen sie rasch voran. Es wurde so kalt, daß sogar die Asiaten in die Hände hauchten und die Libyer zitterten.

Da knisterte und klirrte plötzlich etwas unter ihren Füßen. Pentuer blieb stehen, beugte sich hinab und sagte: „Hier hat der Regen auf dem Boden eine flache Pfütze gebildet. Aus dem Wasser aber ... schau, gnädiger Gebieter, was daraus wurde.“

Er hob eine Art gläserne Tafel auf, die ihm in den Händen schmolz, und zeigte sie dem Prinzen.

„Wenn es sehr kalt ist, verwandelt sich Wasser nämlich in ein durchsichtiges Gestein.“

Die Asiaten bestätigten die Worte des Priesters und fügten hinzu, daß weit im Norden das Wasser sehr oft zu Stein würde und der Dampf zu weißem Salz, das jedoch nach nichts schmecke, nur in den Fingern kribbele und Schmerz verursache, wenn man es an die Zähne hielte.

Ramses' Bewunderung für Pentuers Weisheit stieg.

Indessen klärte sich der Himmel im Norden immer mehr auf, so daß endlich das Sternbild des Bären und mit ihm der Stern Eshmun sichtbar wurden. Der Priester barg unter Gebeten den guten Gott in seinen Beutel, befahl, die Fackeln zu löschen, die

* Polarstern.

glimmende Schnur aber sorgfältig aufzuheben, damit man an ihrer Asche immer die Zeit abmessen könne.

Der Prinz ermahnte seine Abteilung zur Wachsamkeit und ging mit dem Priester ein paar Dutzend Schritt voraus.

„Pentuer", sagte er dann, „ich ernenne dich von Stund an zu meinem Ratgeber, für jetzt und auch für später, wenn es den Göttern gefällt, mir die Krone von Ober- und Unterägypten zu geben."

„Womit habe ich diese Gnade verdient?"

„Du hast vor meinen Augen vieles vollbracht, was von deiner großen Weisheit und von deiner Macht über die Geister zeugt. Darüber hinaus aber bist du bereit gewesen, mir das Leben zu retten. Wenn du auch beschlossen hast, mir vieles zu verheimlichen ..."

„Verzeih, gnädiger Herr", unterbrach der Priester, „falls du Verräter brauchen solltest, so wirst du sie für Gold und Edelsteine sogar unter den Priestern finden. Ich aber will nicht zu jenen gehören. Bedenke doch: Wenn einer selbst die Götter verriete – wie könntest du ihm dann vertrauen?"

Ramses überlegte.

„Das hast du weise gesagt. Aber mir ist unbegreiflich, wie mir ein Priester in seinem Herzen wohlgesonnen sein kann. Vor einem Jahr hast du mich gesegnet, und heute bist du mir nicht von der Seite gewichen, um mir große Dienste zu leisten."

„Die Götter haben mir verraten, daß du, Herr, das unglückliche ägyptische Volk aus Not und Erniedrigung retten kannst."

„Was interessiert dich das?"

„Ich stamme aus dem Volk ... mein Vater und meine Brüder haben Tag für Tag Wasser aus dem Nil geschöpft und Prügel bekommen."

„Wie kann ich denn da helfen?" fragte der Thronfolger.

Pentuer wurde lebhaft.

„Dein Volk", sprach er bewegt, „muß zuviel schuften, zuviel Steuern zahlen, Not leiden und Verfolgung erdulden. Schwer ist das Los des Bauern!

Der Wurm frißt einen Teil seiner Ernte, das Nashorn einen anderen; auf den Feldern richten Mäuse Schaden an, Heuschrecken fallen ein, das Vieh zertritt Getreide, die Sperlinge stehlen Körner. Was dann noch auf die Tenne kommt, stehlen Diebe. O Not des Bauern! Und dann legt der Schreiber am Ufer an und verlangt die Steuern. Er hat mit Stöcken bewaffnete

Ägypter und Palmenruten tragende Mohren mitgebracht. Sie fordern: ‚Gib das Korn heraus!' – ‚Ich habe keins.' Dafür schlagen sie ihn, werfen den armen Bauern nieder, fesseln und schleudern ihn kopfüber in den Kanal, wo er ertrinkt. Sein Weib und seine Kinder hatten sie bereits vor seinen Augen festgenommen und gebunden. Die Nachbarn fliehen, um ihr Korn zu retten."*

„Ich habe das auch schon beobachtet", erwiderte der Prinz nachdenklich, „und sogar so einen Schreiber fortgejagt. Aber kann ich denn überall zugegen sein, um Unrecht zu verhindern?"

„Herr, Ihr könnt befehlen, die Menschen nicht unnötig zu quälen, die Steuern herabzusetzen und den Bauern Ruhetage zu gestatten. Schließlich steht es in Eurer Macht, jeder Familie einen Streifen Land zu schenken, dessen Ertrag nur ihr gehört, damit sie ihren Lebensunterhalt davon zu bestreiten vermag. Sonst werden sich unsere Bauern nämlich weiterhin von Lotos, Papyrus und verreckten Fischen nähren müssen, und am Ende geht Euer Volk zugrunde. Doch wenn Ihr ihm Eure Gnade erweist, wird es aufblühen."

„Ja, ich will ihm helfen!" rief der Prinz. „Ein guter Landwirt läßt sein Vieh weder hungern noch über seine Kräfte arbeiten, geschweige denn zu Unrecht prügeln. Das muß sich ändern!"

Pentuer verhielt den Schritt.

„Versprecht Ihr mir das, Hoheit?"

„Ich schwöre es!" erwiderte Ramses.

„Dann kann auch ich Euch etwas schwören – daß Ihr nämlich der berühmteste Pharao sein werdet, demgegenüber der Ruhm Ramses' des Großen verblassen wird!" rief Pentuer, seiner nicht mehr Herr.

Der Prinz versank in Nachdenken.

„Was können wir zwei allein gegen die Priester ausrichten, die mich hassen?"

„Sie fürchten Euch, Herr", erwiderte Pentuer. „Sie fürchten, daß Ihr zu früh Krieg mit Assyrien beginnt."

„Was kann es ihnen denn schaden, wenn wir siegen?"

Der Priester neigte den Kopf und breitete die Arme aus, doch er schwieg.

„Dann will ich es dir sagen!" schrie der erregte Prinz. „Sie wünschen keinen Krieg, weil sie fürchten, daß ich ihn gewinnen und mit Schätzen und Sklaven zurückkehren werde ... denn sie wollen jeden Pharao wie ein schwaches Werkzeug in ihren

* Authentisch.

Händen haben, wie ein nutzloses Gerät, das sie fortwerfen können, wann es ihnen gefällt.

Doch mit mir werden sie das nicht erreichen! Entweder tue ich, was ich will, wozu ich als Sohn und Erbe von Göttern ein Recht habe, oder ... ich gehe lieber zugrunde."

Pentuer wich zurück und flüsterte eine Beschwörung.

„Sprecht nicht so, würdiger Gebieter", flehte er verwirrt, „damit die bösen, über der Wüste kreisenden Geister nicht Eure Worte vernehmen. Denkt daran, Herr: Ein Wort gleicht einem von der Schleuder geschnellten Stein; trifft er gegen eine Wand, so prallt er ab und fällt auf Euch selbst zurück."

Der Prinz winkte verächtlich ab.

„Ganz egal", erwiderte er. „Ein Leben, in dem fast jeder meine Macht schmälern kann, hat keinen Wert ... hindern mich die Götter nicht, so die Wüstenstürme; tun es nicht die bösen Geister, so sind die Priester zur Stelle ... und das Ganze nennt sich die Macht eines Pharao? Ich will nach eigenem Ermessen handeln und nur meinen ewigen Ahnen Rechenschaft ablegen, nicht aber vor jedem geschorenen Schädel, der da angeblich die Absichten der Götter erklärt, in Wirklichkeit aber die Macht an sich reißt und seine Schatzkammer mit meinem Vermögen füllt!"

Plötzlich ertönte ein paar Dutzend Schritt von ihnen entfernt ein merkwürdiger Schrei, ein Mittelding zwischen Wiehern und Blöken, und ein riesiger Schatten huschte vorüber. Er schnellte dahin wie ein Pfeil, und man konnte erkennen, daß er einen langen Hals und einen gehöckerten Rumpf hatte.

Im Gefolge des Prinzen entstand ein Gemurmel des Entsetzens.

„Das ist ein Greif. Wir haben deutlich seine Flügel gesehen", sagten die Asiaten.

„In der Wüste wimmelt es von Ungeheuern!" flüsterte der alte Libyer.

Ramses war verwirrt; auch ihm schien der vorüberhuschende Schatten einen Schlangenkopf und etwas Ähnliches wie kurze Flügel gehabt zu haben.

Darum fragte er den Priester: „Gibt es in der Wüste wirklich Ungeheuer?"

„Gewiß hausen an solch unbewohnten Orten böse Geister von merkwürdigster Gestalt. Ich halte diesen Schatten aber für ein Tier, das einem gesattelten Pferd ähnelt, aber größer ist und schneller läuft. Die Einwohner der Oasen behaupten, es brauche überhaupt kein Wasser oder jedenfalls nur sehr selten. Wenn das stimmt, könnten die kommenden Generationen dieses sonderbare Wesen, das heute nur Schrecken erregt, benutzen, um die Wüste zu durcheilen."

„Ich würde solch eine Mißgeburt nicht besteigen!" meinte der Prinz kopfschüttelnd.

„Dasselbe haben unsere Ahnen über die Pferde gesagt, mit denen die Hyksos in Ägypten einfielen. Heute sind sie unserer Armee unentbehrlich geworden. Die Zeit ändert das menschliche Urteil sehr!" erklärte Pentuer.

Am Himmel verschwanden die letzten Wolken, und die Nacht wurde klar. Obwohl der Mond nicht schien, war es so hell, daß man gegen den weißen Sand die Konturen jedes Gegenstandes erkennen konnte, mochte er noch so klein oder sogar weit entfernt sein.

Die durchdringende Kälte ließ nach. Eine Zeitlang marschierte die Gruppe schweigend und versank bis an die Knöchel im Sand. Plötzlich begann unter den Asiaten von neuem ein Tumult, und Rufe ertönten: „Ein Sphinx! Schaut nur, ein Sphinx! Nun werden wir der Wüste nicht mehr lebend entkommen!"

Tatsächlich sah man vor einem weißen Kalkhügel die deutliche Silhouette eines Sphinx: einen Löwenkörper, ein riesiges Haupt unter der ägyptischen Mütze und ein beinahe menschliches Profil.

„Beruhigt euch, Barbaren", beschwichtigte der alte Libyer. „Das ist doch kein Sphinx, sondern nur ein Löwe. Er wird euch nichts tun, weil er gerade frißt."

„Wahrhaftig, das ist ein Löwe!" bestätigte der Prinz stehenbleibend. „Doch wie sehr ähnelt er einem Sphinx!"

„Er ist doch auch der Vater unserer Sphinxe", warf halblaut der Priester ein. „Sein Antlitz ähnelt dem eines Menschen und seine Mähne einer Perücke."

„Auch unser großer Sphinx bei den Pyramiden?"

„Viele hundert Jahre vor Menes, als es noch keine Pyramiden gab, hatte sich dort ein Felsen gebildet, der einem liegenden Löwen glich – als wollten die Götter auf diese Weise die Grenze zur Wüste bezeichnen.

Die damaligen heiligen Priester befahlen den Steinmetzmeistern, jenes Gestein sorgfältig zu bearbeiten. Die Handwerker aber, die häufiger Menschen als Löwen gesehen hatten, formten ein menschliches Antlitz, und so wurde der erste Sphinx geboren ..."

„... dem wir heute göttliche Ehre erweisen", lächelte der Prinz.

„Und mit Recht", sprach der Priester. „Die ersten Umrisse dieses Werkes haben nämlich die Götter geformt; und die Menschen vollendeten es in göttlicher Erleuchtung. Unser Sphinx erinnert in seiner Riesengröße und Rätselhaftigkeit an die Wüste. Er hat die Gestalt der in der Wüste irrenden Geister und erschreckt die Menschen, wie sie die Wüste erschreckt. Er ist also ein wahrer Sohn der Götter und der Vater der Furcht."

„Und doch hat alles seinen irdischen Ursprung", erwiderte der Prinz. „Der Nil entspringt nicht im Himmel, sondern in den Bergen hinter Äthiopien. Die Pyramiden, von denen mir Herihor sagte, sie seien das Ebenbild unseres Staates, sind nach dem Vorbild felsiger Gipfel errichtet. Aber auch unsere Tempel mit ihren Pylonen und Obelisken, mit ihrer Dunkelheit und ihrer Kühle – erinnern sie nicht an die Höhlen und Berge, die sich am Nil hinziehen? Sooft ich mich auf der Jagd in den östlichen Felsgebirgen verirrt hatte, immer wieder fand ich Gesteinsbildungen, die unseren Tempelbauten ähnelten. Manchmal habe ich sogar an ihren rauhen Wänden Hieroglyphen entdeckt, die von den rauhen Händen der Stürme und Unwetter geschrieben worden waren."

„Da habt Ihr den Beweis, Hoheit, daß unsere Tempel nach einem Plan gebaut wurden, den die Götter selbst gezeichnet hatten", sprach der Priester. „Und wie der kleine, in die Erde gesenkte Samen himmelhohe Palmen zu gebären vermag, so läßt der Anblick eines Felsens, einer Höhle, eines Löwen, sogar des Lotos in der Seele eines frommen Pharao Befehle zum Bau von Alleen, mit Sphinxen gesäumt, Tempeln und ihren gewaltigen Säulen reifen. Das sind göttliche Werke, nicht menschliche – und glücklich ist der Herrscher, der in den irdischen Dingen den göttlichen Gedanken zu entdecken und ihn auf verständliche Art den kommenden Generationen zu überliefern vermag."

„Nur muß solch ein Herrscher über Macht und ein großes Vermögen verfügen", warf Ramses bissig ein, „und darf nicht von den Vorschriften der Priester abhängig sein."

Vor ihnen lag ein langgestreckter Sandhügel, auf dem in diesem Augenblick ein paar Reiter erschienen.

„Unsere oder Libyer?" rief der Prinz.

Vom Hügel her erklang ein Hornsignal, das aus dem Gefolge des Prinzen beantwortet wurde. Die Berittenen näherten sich, so rasch es der tiefe Sand zuließ. Als sie nah genug herangekommen waren, rief einer von ihnen:

„Ist dort der Thronfolger?"

„Er ist hier und gesund", antwortete Ramses.

Sie sprangen von den Pferden und warfen sich nieder.

„O Erpatre", rief ihr Anführer. „Deine Soldaten zerreißen ihre Gewänder und bestreuen ihre Häupter mit Asche, weil sie glauben, daß du umgekommen bist. Die ganze Reiterei ist über die Wüste ausgeschwärmt, um deine Spuren zu suchen, und erst uns Unwürdigen haben die Götter erlaubt, dich als erste zu begrüßen."

Der Prinz ernannte ihn zum Hundertschaftsführer und befahl ihm, am nächsten Morgen Auszeichnungen für seine Untergebenen vorzuschlagen.

XX

Eine halbe Stunde später kam die ägyptische Armee in Sicht, und bald befand sich die kleine Abteilung des Prinzen im Feldlager. Ringsum erklangen Hörner, die Soldaten griffen zu den Waffen und traten unter viel Geschrei in Reihen an. Offiziere warfen sich Ramses zu Füßen, hoben ihn – wie am Vortage nach dem Sieg – auf ihre Schultern und trugen ihn so an den angetretenen Abteilungen vorüber. Die Hänge der Schlucht hallten wider von den lauten Rufen: „Lebe ewig, Sieger! Die Götter schützen dich!"

Umgeben von Fackelträgern, näherte sich der heilige Mentezufis. Als der Thronfolger ihn erblickte, riß er sich von den Offizieren los und eilte dem Priester entgegen.

„Weißt du schon, heiliger Vater", rief Ramses, „wir haben den libyschen Anführer Tehenna gefangengenommen!"

Mentezufis erwiderte streng: „Eine kümmerliche Beute, derentwegen der Oberste Heerführer seine Armee nicht hätte verlassen dürfen; besonders dann nicht, wenn jeden Augenblick ein neuer Feind heranziehen kann."

Der Prinz sah die volle Berechtigung des Vorwurfs ein, doch gerade deshalb wurde er von Zorn gepackt. Er ballte die Fäuste, seine Augen blitzten.

„Im Namen Eurer Mutter, schweigt, Herr!" flüsterte Pentuer hinter ihm.

Diese unerwartete Warnung durch seinen Ratgeber verwunderte den Thronfolger so, daß er sich im selben Augenblick wieder faßte. Er begriff nun, daß es am besten sei, sich zu seinen Fehlern zu bekennen.

„Euer Würden spricht die Wahrheit", antwortete Ramses. „Die Armee sollte weder den Führer, noch sollte der Führer die Armee verlassen. Ich aber habe geglaubt, daß du, heiliger Mann, mich hier vertreten würdest, zumal du der engste Mitarbeiter des Kriegsministers bist."

Diese ruhige Antwort besänftigte Mentezufis, und der Priester erinnerte den Prinzen auch nicht mehr an die Manöver des vergangenen Jahres, wo Ramses genauso die Truppe verlassen hatte und deshalb beim Pharao in Ungnade gefallen war.

Da näherte sich mit mächtigem Geschrei Patrokles. Der griechische Kommandeur war wieder betrunken und rief schon von weitem dem Prinzen zu: „Hör mal, Thronfolger, was der heilige Mentezufis angerichtet hat. Du hast allen libyschen Soldaten für ihre Rückkehr in die Armee Seiner Heiligkeit Gnade versprochen. Zu mir sind viele von ihnen übergelaufen, und nur dadurch konnte ich den linken Flügel des Feindes zerschmettern. Der würdige Mentezufis aber hat befohlen, alle zu erschlagen. Annähernd eintausend Gefangene sind dabei umgekommen – alles unsere Exsoldaten, die begnadigt werden sollten!"

Dem Prinzen strömte zum zweitenmal alles Blut zu Kopfe, doch Pentuer raunte wieder: „Schweigt, bei den Göttern, schweigt!"

Patrokles aber hatte keinen Berater, also schrie er weiter: „Seit diesem Augenblick haben wir ein für allemal das Vertrauen der Fremden und – unserer eigenen Leute verloren; denn am Ende muß sich auch die Disziplin in unserer Armee lockern, wenn die Soldaten erkennen, daß sich Verräter in die Heerführung drängen."

„Elender Söldner", erwiderte Mentezufis kalt. „Du erkühnst dich, so über das Heer und die Vertreter Seiner Heiligkeit zu sprechen? Solange die Welt besteht, hat man noch keine ähnliche Gotteslästerung gehört! Und ich fürchte, daß die Götter diese Beleidigung rächen werden."

Patrokles lachte polternd.

„Solange ich unter Griechen schlafe, fürchte ich nicht die Rache der nächtlichen Götter... und wenn ich wache, tun mir die Götter des Tages nichts."

„Geh schlafen, geh!... unter deine Griechen, Säufer!" rief Mentezufis, „daß deinetwegen nicht der Blitz unser Haupt trifft."

„Auf dich, du Geizhals, wird kein Blitz hinabstoßen, da er deinen rasierten Schädel für etwas anderes halten muß!" erwiderte der unbedachte Grieche. Als er jedoch sah, daß der Prinz ihn nicht unterstützte, zog er sich zurück.

Da fragte Ramses den Priester: „Heiliger Mann, hast du wirklich befohlen, die Gefangenen entgegen meinem Versprechen zu erschlagen?"

„Eure Hoheit war nicht im Feldlager anwesend", erwiderte Mentezufis. „Also trifft Euch auch keine Verantwortung dafür. Ich aber halte mich an unsere Kriegsrechte, die verräterische Söldner auszurotten befehlen. Soldaten, die Seiner Heiligkeit gedient hatten, sollen auf der Stelle erschlagen werden – so lautet das Gesetz."

„Wenn ich aber hier gewesen wäre?"

„Als Oberster Heerführer und Sohn des Pharao könnt Ihr gewisse Gesetze aufheben, denen ich aber gehorchen muß", erwiderte Mentezufis.

„Konntest du denn nicht auf meine Rückkehr warten?"

„Das Gesetz befiehlt ‚auf der Stelle' zu töten. Diesen Befehl habe ich befolgt."

Der Prinz war so verblüfft, daß er das Gespräch abbrach und sich in sein Zelt begab. Erst dort sagte er, auf einen Sessel sinkend, zu Thutmosis: „Ich bin ja heute schon ein Sklave der Priester! Sie ermorden die Gefangenen, sie drohen meinen Offizieren, sie achten nicht einmal mein Versprechen. Habt ihr denn Mentezufis nicht widersprochen, als er die Unglücklichen zu töten befahl?"

„Er schob das Kriegsrecht und die neuen Befehle Herihors vor."

„Aber eigentlich bin ich doch hier der Heerführer, wenn ich auch für einen halben Tag fortgeritten bin."

„Du hast zwar den Oberbefehl ausdrücklich Patrokles und mir übertragen, doch als der heilige Mentezufis kam, mußten wir vor ihm zurücktreten, weil er höher steht als wir."

Dem Prinzen ging durch den Sinn, daß Tehennas Gefangennahme mit zuviel Unglück erkauft worden war. Gleichzeitig wurde ihm die volle Berechtigung der Vorschrift bewußt, die dem Heerführer verbietet, seine Truppe zu verlassen. Er mußte sich selbst eingestehen, daß er unrecht hatte, aber das verletzte seinen Stolz noch mehr und schürte seinen Haß gegen die Priester.

„So bin ich denn schon gefangen", murmelte er, „ehe ich noch Pharao geworden bin. O daß mein heiliger Vater ewig leben möge! Ich muß also heute schon beginnen, mich zu befreien, vor allem jedoch – schweigen ... Pentuer hat recht: Schweigen, immer schweigen und den Zorn, wie kostbare Edelsteine, in der Schatzkammer des Nie-vergessen-Dürfens aufbewahren. Erst wenn sich genug angesammelt hat ... o ihr Propheten, dann werde ich's euch heimzahlen!"

„Hoheit, du fragst ja gar nicht nach dem Ergebnis der Schlacht?" forschte Thutmosis.

„Aha, eben ... wie ist es?"

„Über zweitausend Gefangene, mehr als dreitausend Tote und kaum ein paar hundert geflohene Feinde."

„Wie groß war denn die libysche Armee?" rief der Prinz erstaunt.

„Sechs- bis siebentausend Mann."

„Das kann nicht sein. Ist es denn möglich, daß in so einem Scharmützel fast die gesamte Truppe aufgerieben wurde?"

„Es ist so. In diesem schrecklichen Kampf war es so", antwortete Thutmosis. „Du hast die Libyer von allen Seiten umzingeln lassen, die Soldaten gaben ihnen den Rest, nun ... und der würdige Mentezufis auch ... Von so einer Niederlage der Feinde Ägyptens künden nicht einmal die Grabsteine der berühmtesten Pharaonen."

„Geh schon schlafen, Thutmosis, ich bin müde", unterbrach der Prinz, weil er fühlte, daß ihm der Hochmut zu Kopf zu steigen begann.

So einen Sieg also habe ich errungen! Unmöglich! dachte Ramses. Er warf sich auf die Felle, konnte aber trotz der fürchterlichen Müdigkeit nicht einschlafen.

Erst vierzehn Stunden waren vergangen, seit er das Signal zum Beginn der Schlacht gegeben hatte ... erst vierzehn Stunden ... unmöglich!

Und er sollte sie tatsächlich gewonnen haben? Dabei hatte er nur einen gelben, dichten Nebel gesehen, aus dem unermeßlicher Lärm drang. Jetzt noch sah er förmlich die Staubwolken vor Augen, hörte das Kampfgetümmel, fühlte die Glut – und es war doch alles schon vorbei.

Dann aber drängte sich vor sein geistiges Auge wieder die weite Wüste, die er unter höchsten Anstrengungen durchquert hatte. Er und seine Männer besaßen zwar die besten Pferde der ganzen Armee, und doch krochen sie langsam wie die Schildkröten vorwärts. Und welche Glut! Unmöglich, daß ein Mensch eine solche Hitze aushalten konnte!

Dann brach der Typhon aus, vernebelte die Welt, brannte, biß, würgte... Aus der Gestalt Pentuers sprühten blaue Funken. Über ihren Häuptern grollte ihm bisher unbekannter Donner. Dann kamen die stille Nacht in der Wüste... der dahineilende Greif, die dunkle Silhouette des Sphinx am Kalkhügel.

Ich habe so viel gesehen, so viel erlebt, überlegte Ramses, ich hörte vom Bau unserer Tempel und sogar von der Geburt des großen Sphinx, dessen Alter man nicht mehr zu schätzen vermag, und... all das soll sich im Verlauf von vierzehn Stunden zugetragen haben?

Noch ein letzter Gedanke blitzte im Hirn des Prinzen auf: Ein Mensch, der so viel erlebt hat, wird nicht lange leben.

Es überlief ihn kalt vom Kopf bis zu den Füßen, und er sank in tiefen Schlaf.

Am anderen Morgen erwachte er ein paar Stunden nach Sonnenaufgang. Seine Augen brannten, alle Glieder schmerzten, er hustete ein wenig, doch seine Gedanken waren klar und sein Herz voller Mut.

Im Zelteingang erschien Thutmosis.

„Was gibt's?" fragte Ramses.

„Die Kundschafter von der libyschen Grenze bringen sonderbare Nachrichten", antwortete der Günstling. „Unserem Hohlweg nähert sich eine große Menschenmenge; aber es ist kein Heer, sondern es kommen wehrlose Frauen und Kinder. Sie werden von Musawasa und den vornehmsten Libyern geführt."

„Was mag das bedeuten?"

„Es sieht so aus, als wollten sie um Frieden bitten."

„Nach einer einzigen Schlacht?" wunderte sich der Prinz.

„Doch was für einer! Außerdem vergrößert die Angst in ihren Augen unser Heer... sie fühlen sich schwach und fürchten unseren Überfall und ihren Tod."

„Wir müssen auf der Hut sein. Am Ende ist das eine Kriegslist!“ erwiderte der Prinz nach einigem Überlegen. „Und wie steht es mit den Unseren?“

„Gesund, gesättigt, ausgeruht und fröhlich, nur ...“

„Nun?“

„Patrokles ist in dieser Nacht gestorben“, flüsterte Thutmosis.

„Woran?“ rief der Prinz und sprang auf.

„Die einen sagen, er hätte sich zu Tode gesoffen, die anderen ... das sei die Strafe der Götter ... Sein Gesicht war blau angelaufen, und vor seinem Mund stand Schaum.“

„Wie bei jenem Sklaven in Atribis, entsinnst du dich? Er hieß Bakura und stürmte damals in den Bankettsaal, um sich über den Nomarchen zu beklagen ... Es ist klar, daß er sich ebenfalls zu Tode gesoffen hatte ... nicht wahr?“

Thutmosis senkte den Kopf.

„Wir müssen sehr vorsichtig sein, mein Gebieter“, murmelte er.

„Wir wollen uns Mühe geben“, erwiderte der Prinz ruhig. „Ich werde mich sogar nicht einmal über Patrokles' Tod wundern; denn könnte man es wohl merkwürdig finden, daß ein Säufer, der die Götter – bah! – und sogar die Priester beleidigte, danach gestorben ist?“

Doch Thutmosis spürte in diesen höhnenden Worten die Drohung.

Der Prinz liebte den treuen Patrokles sehr. Er konnte vielleicht manches Unrecht verzeihen, das ihm selbst zugefügt wurde, doch den Tod des griechischen Kommandeurs würde er niemals vergessen.

Am Vormittag trafen aus Ägypten ein frisches thebanisches Regiment und außerdem etliche tausend Menschen im Heerlager ein. Sie führten Hunderte von Eseln mit, die große Proviantvorräte und Zelte trugen. Zur gleichen Zeit kamen wiederum Kundschafter und berichteten, der nahende Zug der waffenlosen Libyer vergrößere sich immer mehr.

Auf Befehl des Thronfolgers durchsuchten Reiterabteilungen nach allen Richtungen die Umgebung, ob sich nirgends die feindliche Armee verberge. Sogar die Priester bestiegen den Gipfel des höchsten Hügels und hielten dort in einer kleinen mitgebrachten Kapelle Amons einen Gottesdienst ab.

Als sie wieder in das Lager zurückgekehrt waren, versicherten sie dem Thronfolger, es zögen tatsächlich mehrere tausend waffenlose Libyer heran, aber mindestens im Umkreis von drei Meilen befände sich keine feindliche Armee. Ramses lachte über diesen Bericht.

„Ich habe ein gutes Auge", sagte er, „doch bei dieser Entfernung würde ich auch keine Armee erkennen können."

Die Priester berieten miteinander und baten dann den Prinzen, keinem uneingeweihten Menschen zu verraten, was sie ihm zeigen wollten.

Ramses schwor. Da errichteten die Priester auf einem Hügel den Altar Amons und begannen ihr Gebet. Und als der Prinz sich gewaschen, die Sandalen abgelegt und dem Gott eine goldene Kette und Weihrauch geopfert hatte, führten sie Ramses in einen engen, völlig dunklen Schrein und bedeuteten ihm, auf die Wand zu blicken.

Nach einer Weile wurden fromme Gesänge angestimmt, und es erschien auf der inneren Wand des Schreins ein heller Kreis. Alsbald trübte sich die Fläche, und Ramses erblickte eine Sandebene mit Felsen und Stellungen der Asiaten.

Die Priester begannen lebhafter zu singen, und das Bild veränderte sich. Ein anderer Teil der Wüste wurde sichtbar und eine Menschenmenge, die nicht größer zu sein schien als ein Ameisenhaufen. Trotzdem konnte man die Bewegungen, die Kleidung, ja sogar die Gesichter der Menschen so deutlich erkennen, daß der Prinz sie hätte genau beschreiben können.

Die Verwunderung des Thronfolgers fand keine Grenzen. Er wischte sich die Augen und betastete das sich bewegende Bild ... plötzlich wandte er den Kopf, der Ausschnitt verschwand, und alles war dunkel.

Als er aus der Kapelle heraustrat, fragte ihn der Oberste Priester: „Nun, Erpatre, glaubst du jetzt an die Macht der ägyptischen Götter?"

„Ihr seid tatsächlich so weise Menschen, daß euch die ganze Welt opfern und huldigen sollte. Wenn ihr auch noch in die Zukunft zu sehen vermögt, wird euch nichts widerstehen können."

Daraufhin betrat einer der Priester die Kapelle, betete, und bald vernahm man von dort eine Stimme: „Ramses! Das Los des Reiches ist entschieden: Ehe der zweite Vollmond kommt, wirst du Pharao sein."

„Götter!" rief der Prinz erschüttert. „Ist denn mein Vater so schwer krank?"

Er warf sich in den Sand. Da fragte ihn ein Priester, ob er noch etwas erfahren wolle.

„Fragt Vater Amon", erwiderte Ramses, „ob meine Pläne in Erfüllung gehen werden."

Nach einer Weile sprach die Stimme aus der Kapelle: „Wenn du nicht Krieg mit dem Osten beginnst, den Göttern Opfer darbringst und ihre Diener achtest, wird dir ein Leben in ruhmvoller Herrschaft zuteil werden."

Nach diesen Wundern, die am hellen Tage unter freiem Himmel geschehen waren, kehrte der Prinz erregt in sein Zelt zurück.

Nichts kann den Priestern widerstehen! dachte er voller Unruhe.

Im Zelt wartete Pentuer.

„Sage mir, mein Berater", fragte Ramses, „könnt ihr Priester in den Herzen der Menschen lesen und ihre geheimsten Absichten enthüllen?"

Pentuer schüttelte den Kopf.

„Eher", erwiderte er, „wird der Mensch erblicken, was im Inneren eines Felsens vorgeht, als ein fremdes Herz erforschen. Das fremde Herz ist sogar dem Blick der Götter verschlossen, und erst der Tod kann es enthüllen."

Der Prinz atmete tief auf, doch er wurde seine Unruhe nicht los. Als er gegen Abend den Kriegsrat zusammenrufen mußte, lud er dazu Mentezufis und Pentuer ein.

Niemand erwähnte den plötzlich verstorbenen Patrokles; vielleicht darum, weil es dringendere Dinge gab. Es waren nämlich im Namen Musawasas libysche Abgesandte eingetroffen, um Gnade für Tehenna zu erflehen. Sie boten Ägypten ihre Unterwerfung und ewigen Frieden an.

Ein Libyer sprach: „Böse Menschen haben unser Volk betrogen, als sie behaupteten, Ägypten sei schwach und sein Pharao nur der Schatten eines Herrschers. Gestern mußten wir uns davon überzeugen, wie stark euer Arm ist, und wir halten es für vernünftiger, uns zu unterwerfen und Tribut zu zahlen, als viele Menschen dem sicheren Tod und unser Vermögen preiszugeben."

Nachdem der Kriegsrat diese Rede angehört hatte, befahl man den Libyern, das Zelt zu verlassen; Prinz Ramses aber fragte den heiligen Mentezufis unvermittelt nach seiner Meinung, was sogar die Generale in Erstaunen versetzte.

„Noch gestern", sprach der würdige Prophet, „hätte ich geraten, Musawasas Bitte nicht stattzugeben, den Krieg auf libyschem Boden fortzuführen und das Nest der Räuber zu vernichten. Heute jedoch habe ich aus Memphis so wichtige Nachrichten erhalten, daß ich für Barmherzigkeit mit den Besiegten stimmen werde."

„Ist mein heiliger Vater krank?" fragte der Prinz ergriffen.

„Er ist krank, doch ehe wir mit den Libyern zu Ende gekommen sind, sollte Eure Hoheit nicht daran denken."

Und als der Thronfolger traurig den Kopf senkte, fügte Mentezufis hinzu: „Ich fühle mich verpflichtet, noch etwas zu sagen. Gestern, Durchlauchter Prinz, habe ich mich erdreistet, dir vorzuwerfen, um einer solch armseligen Beute willen wie Tehennas Gefangennahme dürfe ein Heerführer seine Armee nicht verlassen. Heute aber sehe ich, daß dies ein Irrtum war; wenn du Tehenna nämlich nicht gefangen hättest, wäre Musawasa heute noch nicht bereit zu kapitulieren. Deine Klugheit, Oberster Heerführer, war größer als die Berechtigung unserer Kriegsgesetze."

Mentezufis' Reue stimmte den Prinzen nachdenklich.

Weshalb spricht er so? überlegte Ramses. Offenbar weiß nicht nur Amon, daß mein heiliger Vater krank ist.

In der Seele des Thronfolgers erwachten wieder die alten Gefühle: Verachtung für die Priester und Zweifel an ihren Wundern.

Nicht die Götter haben mir prophezeit, daß ich bald Pharao sein werde, sondern die entsprechende Nachricht stammt aus Memphis. Die Priester haben mich in der Kapelle also wieder betrogen. Wenn sie das aber in diesem Fall taten, wer bürgt mir dann dafür, daß die Bilder, die ich in dem Schrein zu sehen bekam, nicht auch nur Täuschung waren?

Da Ramses immer noch schwieg – was man seiner Trauer über die Krankheit des Pharao zuschrieb – und die Generale nicht den Mut fanden, nach Mentezufis' entschiedenen Worten ihre Meinung zu äußern, wurde der Kriegsrat beendet. Man faßte einmütig den Beschluß, von den Libyern einen möglichst großen Tribut zu verlangen, ihnen eine ägyptische Besatzung zu schicken und den Krieg abzubrechen.

Jetzt rechneten schon alle mit dem Tod des Pharao. Wenn Ägypten seinem Herrscher ein würdiges Begräbnis bereiten wollte, mußte es Frieden haben.

Als sie nach dem Kriegsrat das Zelt verließen, fragte der

Prinz Mentezufis: „Der tapfere Patrokles ist in dieser Nacht gestorben; gedenken die heiligen Männer, seine Gebeine zu ehren?"

„Er war ein Barbar und ein großer Sünder", erwiderte der Priester, „aber er hat Ägypten so hervorragende Dienste geleistet, daß man ihm ein Fortleben über das Grab hinaus verbürgen sollte. Wenn Ihr also erlaubt, Hoheit, so schicken wir noch heute den Leib dieses Mannes nach Memphis, damit man ihn dort mumifiziert und danach zur ewigen Ruhe in die königlichen Grabmäler von Theben geleitet."

Der Prinz war sofort einverstanden, sein Verdacht aber nahm zu.

Gestern, dachte er, hat Mentezufis mich wie einen faulen Schüler getadelt, und ich danke den Göttern, daß er mir nicht noch meinen Buckel mit dem Prügel verdroschen hat; heute aber spricht er mit mir wie ein gehorsamer Sohn mit seinem Vater und kriecht dabei fast auf dem Bauch. Ist es vielleicht ein Zeichen dafür, daß die Stunde meiner Machtübernahme und damit die Zeit der Abrechnung nahe ist?

Mit diesen Gedanken wuchs des Prinzen Stolz. Sein Herz aber wurde von immer stärkerem Groll erfüllt. Er blieb still wie ein Skorpion, der sich im Sande verborgen hält und jeden unvorsichtigen Fuß mit seinem giftigen Stachel verletzt.

XXI

In der Nacht meldete die Wache, daß die um Gnade flehenden Libyer bereits den Hohlweg erreicht hätten. Über der Wüste schwebte der Widerschein ihrer Lagerfeuer.

Bei Sonnenaufgang erklangen die Hörner, und die gesamte ägyptische Armee postierte sich bewaffnet an der breitesten Stelle des Tales. Auf Befehl des Prinzen, der die Libyer noch mehr erschrecken wollte, wurden unter die Soldaten friedliche Lastenträger gemischt und unter die Reiterei Eseltreiber auf ihren Tieren geschmuggelt. Darum schien an jenem Tage die ägyptische Armee so zahlreich an Soldaten wie die Wüste an Sand, und die Libyer wurden ängstlich wie Tauben, über denen ein Geier schwebt.

Um neun Uhr morgens fuhr vor dem Zelt des Prinzen sein goldener Streitwagen vor. Die mit Straußenfedern geschmückten

Pferde waren so ungeduldig, daß ein jedes von ihnen durch zwei Reitknechte gehalten werden mußte.

Ramses trat aus dem Zelt, bestieg den Wagen und ergriff selbst die Zügel, während sein Ratgeber Pentuer an seiner Seite Platz nahm. Einer der Generale spannte über Ramses einen großen, grünen Schirm auf. Hinter und neben dem Wagen schritten griechische Offiziere in vergoldeten Panzern. In einigem Abstand hinter dem Gefolge des Prinzen marschierte eine kleine Gardeabteilung, die Tehenna, den Sohn des libyschen Fürsten Musawasa, in ihrer Mitte führte.

Etliche hundert Schritt von den Ägyptern entfernt, am Ausgang des glaukonischen Engpasses, stand ein trauriges Häuflein Libyer, das den Sieger um Gnade anflehte.

Als Ramses mit seinem Gefolge den Hügel erreichte, auf dem er die feindliche Gesandtschaft empfangen wollte, brach die Armee zu seinen Ehren in solch ein Gebrüll aus, daß der listige Musawasa betrübt den libyschen Ältesten zuflüsterte: „Wirklich, ich sage euch, das ist der Schrei eines Heeres, das seinen Führer liebt!"

Da sagte einer der unruhigen libyschen Fürsten, ein großer Bandit, zu Musawasa: „Meinst du nicht auch, daß wir klüger daran täten, auf die Schnelligkeit unserer Pferde zu vertrauen als auf die Gnade des Pharaosohnes? Er soll einem wütenden Löwen gleichen, der selbst eine streichelnde Hand zerreißt; wir aber gleichen den Lämmlein, die man vom Euter der Mutter fortgerissen hat."

„Tu, was du willst", erwiderte Musawasa. „Du hast ja die ganze Wüste vor dir. Ich aber bin von meinem Volk geschickt worden, um seine Sünden zu sühnen. Vor allem jedoch ist mein Sohn Tehenna dem Zorn des Prinzen ausgeliefert, falls ich Ramses nicht zu besänftigen vermag."

Da kamen zwei Asiaten zu den Libyern herangaloppiert. Sie teilten ihnen mit, daß ihr Gebieter sie erwarte.

Musawasa seufzte bitter und ging auf den Hügel zu, auf dem der Sieger stand. Noch nie hatte er einen so schweren Gang angetreten! Das rauhe Büßergewand bedeckte häßlich seinen Rükken; auf sein mit Asche bestreutes Haupt sengte quälend die Sonnenglut hernieder; seine bloßen Füße zerschnitt der scharfe Kies, und sein Herz schnürte sich zusammen vor Trauer.

Er war kaum einige hundert Schritt weit gegangen, da hatte er schon etliche Male haltmachen und ausruhen müssen. Er mußte sich auch oft umschauen, um zu prüfen, ob die nackten Sklaven, die Geschenke für den Prinzen trugen, nicht goldene Ringe oder, was noch schlimmer wäre, Edelsteine stahlen. Musawasa wußte nämlich als erfahrener Mann, daß die Menschen gerne fremdes Unglück ausnützen.

Ich danke den Göttern, tröstete sich der listige Barbar in seinem Elend, daß ich mich wenigstens nur vor einem Mann demütigen muß, dessen Haupt schon morgen das Abzeichen der Pharaonenwürde tragen kann. Die Herrscher Ägyptens sind großmütig, besonders im Augenblick des Sieges. Wenn es mir also gelingt, Ramses zu rühren, so wird er meine Stellung in Libyen stärken und mir erlauben, große Steuern einzutreiben. Es ist ja ein wahres Wunder gewesen, daß der Thronfolger Tehenna persönlich gefangengenommen hat; er wird ihm kein Leid antun, sondern ihn sogar noch mit Gnadenbeweisen überschütten.

So überlegte Musawasa und schaute sich weithin um, denn selbst ein nackter Sklave hätte ja einen gestohlenen Edelstein verbergen können, im Mund nämlich oder durch Verschlucken.

Dreißig Schritt vor dem Wagen des Thronfolgers warfen sich Musawasa und die ihn begleitenden vornehmen Libyer auf ihre Bäuche und blieben im Sand liegen, bis ihnen der Adjutant des Prinzen aufzustehen befahl. Sie gingen einige Schritte vor und warfen sich wieder nieder. Das taten sie dreimal, und jedesmal mußte Ramses ihnen befehlen, sich zu erheben.

Indessen flüsterte Pentuer dem Thronfolger zu: „Zeigt durch Euer Mienenspiel weder Strenge noch Freude. Beherrscht Euch wie der Gott Amon, der seine Feinde verachtet und sich nicht über jeden kleinen Triumph freut."

Endlich standen die gedemütigten Libyer vor dem Angesicht des Prinzen. Er blickte von seinem goldenen Wagen auf sie nieder wie ein strenges Nilpferd auf die Entlein, die nirgends eine Stelle finden, um sich vor ihm zu verbergen.

„Du bist also", sagte Ramses plötzlich, „Musawasa, der kluge Führer der Libyer?"

„Ich bin es, dein Diener", erwiderte der Gefragte und warf sich wieder auf die Erde.

Man befahl ihm aufzustehen, und dann fragte der Prinz: „Wie konntest du eine so schwere Sünde begehen und die Hand gegen das Land der Götter erheben? Hattest du denn deinen sonst so klugen Verstand verloren?"

„Herr", erwiderte der listige Libyer, „das Leid verwirrte den fortgejagten Soldaten Seiner Heiligkeit die Sinne. So liefen sie in ihr eigenes Unglück und rissen mich und die Meinen mit. Nur die Götter wissen, wie lange dieser häßliche Krieg noch gedauert hätte, würde nicht in deiner Gestalt an der Spitze der Armee des ewig lebenden Pharao Amon selbst gestanden haben. Unerwartet wie der Wüstensturm bist du auf uns herabgestoßen. Und wie der Stier das Röhricht zerstampft, hast du den verblendeten Feind zermalmt, so daß all unsere Völker begreifen mußten: Selbst die starken libyschen Regimenter können nur dann siegen, wenn sie von dir geführt werden."

„Du sprichst weise, Musawasa", sagte der Prinz, „und hast gut daran getan, der Armee des göttlichen Pharao entgegenzukommen, ehe sie gegen euer Land vormarschierte. Aber ich wüßte gern, wieweit eure Demut aufrichtig ist."

„Heitere dein Antlitz auf, großer ägyptischer Held"*, antwortete Musawasa darauf. „Wir treten als Untertanen vor dich hin, damit dein Name in Libyen strahlen soll als unsere Sonne, wie du bereits die Sonne von neun Völkern bist.

Befiehl nur deinen Untergebenen Gerechtigkeit gegenüber dem besiegten und nunmehr von deiner Macht beherrschten Volk. Mögen deine Würdenträger uns gewissenhaft und gerecht regieren, dir nichts Falsches über uns berichten und damit deine Ungnade gegen uns und unsere Kinder erwecken. Befiehl ihnen, Statthalter des gütigen Pharao, uns nach deinem Willen zu regieren und unsere Freiheit, unser Vermögen, unsere Sprache und die Sitten unserer Väter und Urväter zu achten.

Deine Gesetze seien für alle Völker, die dir untertan, gleich, mögen deine Beamten nicht zu den einen allzu nachsichtig und zu den anderen allzu streng sein. Sie sollen die Steuern für dich erheben, aber nicht im geheimen Gelder eintreiben, die nicht in deine Schatzkammern fließen, sondern nur deine Diener und die Diener deiner Diener bereichern.

Befiehl, daß uns und unseren Kindern kein Unrecht zugefügt werde, denn du bist unser Gott und Herrscher in alle Ewigkeit. Laß wie die Sonne dein Licht, das Kraft und Leben spendet, gleichmäßig für alle strahlen. Wir flehen um deine Gnade, wir libyschen Untertanen, wir werfen uns vor dir nieder, Nachfolger des großen und gewaltigen Pharao."

So sprach der listige libysche Fürst Musawasa, und als er geendet hatte, warf er sich von neuem mit dem Bauch auf die

* Inschrift auf dem Grabmal des Pharao Horem-hep, 1470 v. Chr.

Erde. Als der Thronfolger diese klugen Worte hörte, leuchteten seine Augen auf, und seine Nüstern blähten sich wie die eines jungen Hengstes, der nach ausgiebiger Fütterung auf die Weide zu den Stuten läuft.

„Steh auf, Musawasa", sprach der Prinz, „und lausche meiner Antwort. Dein Schicksal und das deiner Völker hängt nicht von mir ab, sondern von dem gnädigen Herrn, der so hoch über uns allen steht wie der Himmel über der Erde. Ich rate dir also, mit den libyschen Ältesten nach Memphis aufzubrechen, euch dort vor dem Herrscher und Gott dieser Welt auf euer Antlitz zu werfen und eure demütige Rede, die ich eben angehört habe, zu wiederholen.

Ich weiß nicht, welchen Erfolg eure Bitten haben werden. Da die Götter sich aber niemals von den Reumütigen und Flehenden abwenden, ahne ich, daß ihr nicht schlecht aufgenommen werdet.

Jetzt aber zeigt mir die Geschenke, die für Seine Heiligkeit bestimmt sind, damit ich beurteile, ob sie das Herz des allmächtigen Pharao zu rühren vermögen."

In dem Augenblick gab Mentezufis dem auf dem Wagen des Prinzen stehenden Pentuer ein Zeichen. Und als der Priester hinabstieg und sich dem heiligen Manne mit Ehrerbietung näherte, flüsterte Mentezufis: „Ich fürchte, der Triumph könnte unserem Herrn zu sehr zu Kopfe steigen. Meinst du nicht auch, daß es klug wäre, die Feierlichkeit auf irgendeine Weise zu unterbrechen?"

„Im Gegenteil", erwiderte Pentuer, „unterbrecht sie nicht. Ich bürge euch dafür, daß Ramses dabei kein frohes Gesicht machen wird."

„Willst du ein Wunder vollbringen?"

„Könnte ich das? Ich werde ihm lediglich zeigen, daß in dieser irdischen Welt große Freude und großes Leid nah beieinanderliegen."

„Tu, was du willst", sprach Mentezufis. „Denn die Götter haben dir so große Weisheit geschenkt, wie sie eines Mitglieds des Höchsten Rates würdig ist."

Hörner und Pauken ertönten, und der Triumphzug begann.

An der Spitze schritten, von mächtigen Libyern bewacht, die nackten Sklaven mit den Gaben. Sie trugen goldene und silberne Götterstatuen, mit Balsam gefüllte Schatullen, emaillierte Geschirre, Gewebe, Geräte und schließlich goldene Schüsseln voller

Rubine, Saphire und Smaragden. Die Köpfe der Sklaven waren rasiert, ihre Münder mit breiten Bändern verschlossen, damit keiner einen kostbaren Stein stehlen konnte.

Prinz Ramses stützte beide Arme auf den Wagenrand und blickte von der Höhe des Hügels auf die Libyer und auf sein Heer hinab wie der goldköpfige Adler auf bunte Rebhühner. Stolz erfaßte ihn von Kopf bis Fuß, und alle fühlten, daß keiner mächtiger sein konnte als dieser siegreiche Heerführer.

Mit einemmal verloren die Augen des Prinzen ihren Glanz, sein Antlitz spiegelte enttäuschtes Staunen. Der hinter ihm stehende Pentuer flüsterte nämlich: „Gebieter, neigt Euer Ohr. Seit Ihr die Stadt Pi-Bast verlassen habt, haben sich dort böse Ereignisse zugetragen. Euer Weib, die Phönizierin Kama, ist mit dem Griechen Lykon geflohen ..."

„Mit Lykon?" fragte der Prinz.

„Bewegt Euch nicht, Herr, und zeigt nicht Euren Tausenden von Sklaven, daß Ihr am Tage des Sieges traurig seid."

Im selben Moment zog zu ihren Füßen eine sehr lange Reihe von Libyern vorüber, die in Körben Früchte und Brot und in riesigen Krügen Wein und Öl für das Heer trugen. Bei diesem Anblick erhob sich unter den ägyptischen Soldaten ein Freudengemurmel, doch Ramses bemerkte das nicht, er war zu sehr mit Pentuers Nachricht beschäftigt.

„Die Götter", flüsterte der Prophet, „haben die verräterische Phönizierin bereits bestraft."

„Konnte man sie wieder einfangen?" fragte der Prinz.

„Sie wurde gefangen, mußte aber in die östlichen Kolonien geschickt werden – sie ist an Aussatz erkrankt."

„O Götter!" flüsterte Ramses. „Wenn ich mich nun angesteckt habe!"

„Bleibt ruhig, Herr; das hätte sich schon herausgestellt."

Der Prinz erschauerte. Wie leicht konnten die Götter einen Menschen von den höchsten Höhen der Ehren in den tiefsten Abgrund des Elends stürzen!

„Und dieser niederträchtige Lykon?"

„Er ist ein großer Verbrecher", sprach Pentuer. „Ein Verbrecher, wie es selten einen auf dieser Erde gegeben hat."

„Ich kenne ihn, er ähnelt mir wie mein Spiegelbild", murmelte Ramses.

Jetzt kamen Libyer heran, die seltene Tiere mit sich führten. Voran lief ein einhöckriges Kamel mit weißem Haar. Es war eines der ersten, die man in der Wüste gefangen hatte. Es folgten zwei Nashörner, eine Herde edler Rosse und ein gezähmter Löwe in einem Käfig. Dann trug man noch viele bunte Vögel vorbei, Äffchen und kleine Hunde, die für die Damen des Hofes bestimmt waren. Am Schluß wurden große Ochsen- und Hammelherden für den Bedarf des Heeres getrieben. Der Prinz gönnte der vorbeiziehenden Menagerie kaum einen Blick und fragte den Priester:

„Ist Lykon auch gefangen worden?"

„Nun will ich Euch das Schlimmste berichten, unglücklicher Herr", flüsterte Pentuer. „Denkt jedoch daran, daß die Feinde Ägyptens Eure Trauer nicht bemerken sollten."

Der Thronfolger bewegte sich.

„Euer anderes Weib, die Jüdin Sara ..."

„Ist sie auch geflohen?"

„... nein, im Gefängnis gestorben."

„O ihr Götter! Wer wagte, Sara ins Gefängnis zu werfen?"

„Sie hat sich selbst des Mordes an deinem Sohn bezichtigt."

„Was?"

Gewaltiges Geschrei erhob sich zu Füßen des Prinzen. Es marschierten die in der Schlacht gefangenen Libyer vorüber, an ihrer Spitze aber der niedergedrückte Tehenna.

Ramses wurde in diesem Augenblick von solchem Schmerz durchdrungen, daß er Tehenna zunickte und rief: „Geh hin zu deinem Vater Musawasa, damit er dich wohlbehalten in seine Arme nehmen kann."

Auf diese Worte hin brachen alle Libyer und das gesamte Heer in hallende Huldigungsrufe aus; doch der Prinz hörte sie nicht.

„Mein Sohn lebt nicht mehr?" fragte er den Priester. „Sara hat sich selbst des Kindesmordes bezichtigt? Ist sie denn wahnsinnig geworden?"

„Der verruchte Lykon ist der Mörder."

„O Götter, gebt mir Kraft!" ächzte Ramses.

„Herr, beherrscht Euch, wie es einem siegreichen Führer ansteht."

„Kann man denn einen solchen Schmerz überwinden! O ihr unbarmherzigen Götter!"

„Lykon hat das Kind erschlagen, Sara aber klagte sich selbst an, um Euch zu retten; denn sie hatte in jener Nacht Euch für den Mörder gehalten."

„Und ich, ich habe sie aus meinem Hause gejagt! Ich habe sie zur Dienerin der Phönizierin gemacht!“ flüsterte der Prinz.

Jetzt erschienen ägyptische Söldner. Sie trugen Körbe, die mit den abgehackten Händen der gefallenen Libyer gefüllt waren.

Bei diesem Anblick verhüllte Ramses sein Antlitz und weinte bitterlich.

Sofort umringten die Generale seinen Wagen, um ihren Herrn zu trösten. Der heilige Prophet Mentezufis jedoch stellte den Antrag – der ohne Überlegen angenommen wurde –, daß von Stund an das ägyptische Heer niemals mehr den im Kampf gefallenen Feinden die Hände abhacken solle.

Mit diesem unvorhergesehenen Beschluß endete der erste Triumph des ägyptischen Thronfolgers. Die Tränen aber, die er scheinbar wegen der abgehackten Hände vergossen hatte, brachten ihm bei den Libyern mehr Achtung ein als die siegreiche Schlacht. Niemand wunderte sich mehr darüber, daß bald rings um die Lagerfeuer ägyptische und libysche Soldaten beisammensaßen, ihr Brot miteinander teilten und Wein aus demselben Becher tranken. An Stelle des Krieges und des Hasses, die jahrelang fortdauern sollten, trat ein tiefes Gefühl des Friedens und Vertrauens ein.

Ramses befahl Musawasa, Tehenna und den vornehmsten Libyern, sofort nach Memphis zu reisen. Er wies ihnen eine Eskorte zu, weniger, um sie zu bewachen, sondern um sie und die mitzuführenden Schätze zu schützen. Er selbst aber zog sich in sein Zelt zurück und zeigte sich stundenlang niemandem. Er benahm sich wie ein Mensch, dem das Leid zum liebsten Gefährten wurde, und empfing darum nicht einmal Thutmosis.

Gegen Abend erschien unter Anführung des Kalipos eine Abordnung griechischer Offiziere beim Prinzen. Als der Thronfolger sie nach ihren Wünschen fragte, antwortete der Offizier: „Herr, wir bitten dich, den Leib unseres Freundes und deines Dieners Patrokles nicht den Priestern auszuliefern, sondern nach griechischer Sitte verbrennen zu lassen.“

Der Prinz wunderte sich.

„Ist euch denn nicht bekannt“, fragte er, „daß die Priester aus dem Leichnam des Patrokles eine erstrangige Mumie machen wollen, um sie bei den Gräbern der Pharaonen beizusetzen? Kann denn in dieser Welt einem Menschen eine größere Ehrung widerfahren?“

Die Griechen zögerten verlegen, endlich antwortete Kalipos, seinen ganzen Mut zusammennehmend: „O Herr, erlaube, daß wir unsere Herzen öffnen. Wir wissen zwar, daß es für den Menschen besser ist, mumifiziert als verbrannt zu werden, da seine Seele dann nicht sofort in das Land der Ewigkeit eingeht, sondern tausend Jahre auf dieser Erde leben und sich an ihrer Schönheit erfreuen kann ... Doch die ägyptischen Priester – o daß meine Worte deine Ohren nicht beleidigen mögen! – haßten Patrokles. Wer also bürgt uns dafür, daß die Priester ihn nicht darum einbalsamieren, um seine Seele auf Erden festzuhalten und sie zu quälen? Und was wären wir wert, wenn wir bei diesem Verdacht nicht alles versuchten, die Seele unseres Landsmannes und Kommandeurs zu beschützen?“

Das Erstaunen des Prinzen wuchs. Er sagte: „Tut, was ihr für nötig haltet.“

„Und wenn sie uns den Leib nicht ausliefern wollen?“

„Bereitet nur den Scheiterhaufen vor, alles Weitere veranlasse ich selbst.“

Die Griechen gingen. Ramses schickte nach Mentezufis.

XXII

Der Priester betrachtete verstohlen den Thronfolger und fand ihn sehr verändert. Ramses war blaß, in den paar Stunden beinahe abgemagert, seine Augen hatten den Glanz verloren und lagen tief in den Höhlen.

Als Mentezufis hörte, worum es den Griechen ging, zögerte er nicht einen Augenblick, den Leichnam des Patrokles herauszugeben.

„Die Griechen haben recht“, sprach der heilige Mann, „wenn sie meinen, daß wir den Schatten des Patrokles nach seinem Tode martern könnten. Aber sie sind töricht, wenn sie annehmen, daß irgendein ägyptischer oder chaldäischer Priester ein derartiges Verbrechen begehen würde. Sie mögen den Leib ihres Landsmannes holen, wenn sie glauben, daß er nach ihren Totenbräuchen glücklicher wird.“

Der Prinz sandte sofort einen Offizier mit entsprechendem Befehl fort, Mentezufis aber hielt er zurück. Offenbar wollte er ihm etwas sagen, aber er zauderte noch.

Nach längerem Schweigen fragte Ramses plötzlich: „Gewiß

weißt du, heiliger Prophet, daß eine meiner Frauen, nämlich Sara, gestorben ist und ihr Sohn ermordet wurde?“

Mentezufis erwiderte: „Der Mord ist in der Nacht vor unserem Aufbruch aus Pi-Bast geschehen.“

Der Prinz sprang auf.

„Beim ewigen Amon!“ schrie er. „So lange ist das her, und ihr habt mir nichts davon gesagt? Nicht einmal, daß ich des Kindermordes beschuldigt war?“

„Herr“, sprach der Priester, „der Oberste Heerführer darf am Vortage der Schlacht weder an Vater noch Kind noch sonst jemanden denken, außer an seine Armee und seine Feinde. Durften wir Euch in solch bedeutsamer Stunde mit derartigen Nachrichten beunruhigen?“

„Das ist wahr“, antwortete der Prinz nach einigem Nachdenken. „Ich weiß nicht, ob ich mein Heer gut lenken könnte, wenn man uns jetzt überfallen würde. Ich kann mir überhaupt nicht vorstellen, wie ich jemals wieder meine Ruhe finden soll.

Solch ein kleines, schönes Kind! Das arme Weib, das sich für mich geopfert hat, obwohl ich ihm schweres Unrecht zugefügt hatte! Nie hätte ich gedacht, daß sich ein ähnliches Unglück ereignen und daß ein Menschenherz es ertragen kann.“

„Die Zeit heilt alle Wunden. Die Zeit und das Gebet“, flüsterte der Priester.

Der Prinz nickte. Im Zelt herrschte wiederum eine solche Stille, daß man den in der Sanduhr rinnenden Sand zu hören vermeinte.

Der Thronfolger erwachte plötzlich aus tiefem Nachdenken. „Erkläre mir, heiliger Vater – falls das nicht zu den großen Geheimnissen gehört –, den Unterschied zwischen dem Verbrennen und dem Mumifizieren eines Toten. Obwohl ich davon in der Schule gehört habe, begreife ich nicht, warum die Griechen auf die Beisetzung so großen Wert legen.“

„Wir legen noch weit größeren, ja den allergrößten Wert darauf“, erwiderte der Priester. „Unsere Totenstädte, die den ganzen Rand der westlichen Wüste einnehmen, zeugen davon wie die Pyramiden, die die Gräber der Pharaonen des alten Reiches sind. Und auch die Mnemonen, diese riesigen, in Felsen gehauenen Gräber für die Könige unserer Epoche, beweisen das.

Beisetzung und Grab sind etwas Großes, ja das Wichtigste für den Menschen. Denn während wir in leibhaftiger Gestalt nur fünfzig oder hundert Jahre leben, überdauern unsere Schatten Zehntausende von Jahren, bis sie vollkommen geläutert sind.

Die barbarischen Assyrer lachen über uns, weil wir uns der Toten mehr annehmen als der Lebenden; doch sie würden über die Vernachlässigung ihrer Verstorbenen weinen, wären ihnen wie uns die Geheimnisse des Todes und des Grabes bekannt."

Ein Schauer überlief den Prinzen.

„Du erschreckst mich", sagte er. „Hast du vergessen, daß auch zwei meiner Lieben, die nicht mehr unter den Lebenden weilen, nicht nach dem ägyptischen Ritual beigesetzt worden sind?"

„Im Gegenteil, man ist dabei, sie zu mumifizieren, so daß Sara und Euer Sohn alles haben werden, was ihnen auf ihrer langen Wanderung von Nutzen sein könnte."

„Wirklich?" fragte Ramses, augenscheinlich getröstet.

„Ich bürge dafür", erwiderte der Priester, „daß alles Notwendige getan wird, damit Ihr, Hoheit, wenn auch Ihr einmal Eures Lebens auf Erden müde geworden seid, sie alle beide wieder glücklich vorfindet."

Als der Thronfolger das hörte, war er sehr ergriffen.

„So glaubst du also, heiliger Mann, daß ich meinen Sohn einst treffen werde und auch Sara sagen kann: Ich weiß, daß ich zu streng zu dir war?"

„Ich bin dessen genauso sicher wie der Tatsache, daß ich Euch hier vor mir sehe, Hoheit."

„Sprich ... erzähle darüber mehr!" rief der Prinz. „Der Mensch achtet der Gräber nicht, solange er nicht einen Teil seines eigenen Lebens zu Grabe trägt. Mir aber ist eben das genau zu dem Zeitpunkt widerfahren, als ich dachte, außer dem Pharao gäbe es keinen Mächtigeren als mich!"

„Herr, Ihr habt nach dem Unterschied zwischen Verbrennen und Mumifizieren gefragt. Es ist derselbe wie zwischen dem Vernichten eines Gewandes und seiner Aufbewahrung in einer Kammer. Wird es aufbewahrt, so kann es noch manches Mal von Nutzen sein, und wenn man nur eines besitzt, wäre es Wahnsinn, es zu verbrennen."

„Das verstehe ich nicht", murmelte der Prinz, „ihr lehrt das nicht einmal in der höheren Schule."

„Doch dem Nachfolger des Pharao können wir es sagen.

Eure Hoheit weiß", fuhr der Priester fort, „daß sich das

menschliche Wesen aus drei Teilen zusammensetzt: aus dem Leib, dem göttlichen Funken und dem Schatten – dem ‚Ka', der den Leib und den göttlichen Funken miteinander vereint.

Wenn der Mensch stirbt, dann trennen sich sein Schatten und der Funke vom Leibe. Hätte der Mensch sündenlos gelebt, so würde sein göttlicher Funke zusammen mit dem Schatten sofort zu den Göttern eingehen, in ein ewiges Leben. Doch jeder Mensch sündigt, befleckt sich auf dieser Welt. Darum muß sich sein Schatten Ka läutern – zuweilen sogar Tausende von Jahren hindurch. Er wird dadurch rein, daß er unsichtbar auf unserer Erde unter den Menschen umherirrt und gute Taten vollbringt. Die Schatten der Verbrecher aber freveln sogar im jenseitigen Leben und richten dadurch sich sowie den in ihnen enthaltenen göttlichen Funken endgültig zugrunde.

Eurer Hoheit ist es gewiß kein Geheimnis, daß dieser Schatten Ka dem Menschen vollkommen gleicht, nur sieht er aus, als ob er aus sehr zartem Nebel gewoben wäre. Der Schatten besitzt Haupt, Glieder und Rumpf, kann gehen, sprechen, Gegenstände werfen oder aufheben, kleidet sich wie ein Mensch, ja er muß sich merkwürdigerweise in den ersten paar hundert Jahren nach dem Tode von Zeit zu Zeit sogar stärken. Später aber genügt ihm der Anblick von Speisen.

Seine stärkste Kraft jedoch schöpft der Schatten aus seinem Leib, der auf der Erde verblieben ist. Wenn wir nun den Leib in das Grab senken, so verwest er schnell, und der Schatten müßte sich von Staub und Fäulnis nähren. Verbrennen wir den Körper, so bleibt dem Schatten nur Asche zur Stärkung. Mumifizieren wir jedoch den Leib, das heißt, balsamieren wir ihn für Tausende von Jahren, so bleibt der Schatten Ka immer gesund und stark und verbringt die Zeit seiner Läuterung in Frieden, ja sogar in Annehmlichkeit."

„Erstaunlich!" flüsterte der Thronfolger.

„Über das Leben nach dem Tode haben die Priester durch jahrtausendelange Forschungen sehr viele wichtige Einzelheiten erfahren. Man überzeugte sich davon, daß der Schatten Ka riesigen Hunger hat, wenn im Leibe des Verstorbenen die Eingeweide verbleiben; denn er braucht soviel Nahrung wie der lebendige Mensch. Mangelt es ihm jedoch an Speise, so stürzt er sich auf die Lebenden und saugt ihnen das Blut aus. Entfernt man aber die Eingeweide aus dem Leichnam, wie wir das tun, so kommt der Schatten fast ohne Nahrung aus; sein eigener balsamierter und mit stark duftenden Kräutern gefüllter Leib genügt ihm für Millionen Jahre.

Man hat auch festgestellt: wenn das Grab des Verstorbenen leer ist, so sehnt sich der Schatten nach der Welt und treibt sich unnötig auf der Erde umher. Wenn man jedoch in das Grab des Toten Kleidung, Geräte, Waffen, Geschirr und Werkzeuge legt, die dem Verstorbenen lieb waren, und die Wände mit Malereien bedeckt, auf denen Bankette, Jagden, Gottesdienste, Schlachten und andere Szenen dargestellt sind, an denen der Tote teilgenommen hatte, wenn man ihm außerdem noch kleine Statuen mitgibt, die Personen aus seiner Familie, der Dienerschaft, seinen Pferden, Hunden und Vieh nachgebildet sind – dann zieht der Schatten nicht unnötig in die Welt hinaus, weil er in seinem Totenhaus ein eigenes Heim findet.

Endlich wissen wir, daß viele Schatten – selbst wenn sie geläutert sind – nicht in das Land des ewigen Glückes eintreten können, weil sie dazu nicht die notwendigen Gebete, Beschwörungen und Gespräche mit den Göttern kennen. Wir beugen dem vor, indem wir die Mumien in Papyri hüllen, auf denen die Sentenzen aufgeschrieben stehen, und ihnen außerdem ‚das Totenbuch' in den Sarg legen.

Mit einem Wort: Unser Bestattungsritual sichert dem Schatten Stärke, schützt ihn vor Unbequemlichkeiten und Sehnsucht nach der Erde, erleichtert ihm das Eingehen zu den Göttern und bewahrt uns Menschen vor den Schäden, die uns die Schatten zufügen könnten. Darum unsere große Sorge um die Verstorbenen, deshalb errichten wir ihnen förmlich Paläste mit prächtig geschmückten Wohnungen."

Der Prinz überlegte und sagte schließlich: „Ich verstehe, daß ihr den ohnmächtigen und wehrlosen Schatten eine große Gnade erweist, wenn ihr sie auf diese Art mit allem verseht. Doch ... wer kann mir beweisen, daß es überhaupt Schatten gibt?

Daß wasserlose Wüsten existieren, weiß ich, weil ich sie sehe, in ihrem Sande versunken bin und ihre Glut gespürt habe. Daß es Länder gibt, in denen das Wasser zu Stein wird und der Nebel zu weißem Flaum, weiß ich auch, weil glaubwürdige Zeugen mir das bestätigt haben.

Doch woher wißt ihr von den Schatten, die niemand gesehen hat, und von ihrem Leben nach dem Tode, da doch nie ein Mensch aus dem Jenseits zurückgekehrt ist?"

„Ihr irrt, Hoheit", erwiderte der Priester. „Die Schatten sind den Menschen schon so manches Mal erschienen und haben ihnen sogar ihre Geheimnisse erzählt.

Man kann zehn Jahre in Theben wohnen, ohne einen Regen zu erleben; man kann hundert Jahre auf Erden wandeln und keinem Schatten begegnen. Doch wer durch Hunderte von Jahren in Theben oder Tausende von Jahren auf Erden leben würde, könnte so manchen Regen und manchen Schatten erblicken!"

„Ja, wer hat denn schon Tausende von Jahren gelebt?" fragte der Prinz.

„Es lebte, lebt und wird immer leben der heilige Stand der Priester", erwiderte Mentezufis. „Er ist es, der sich vor dreißigtausend Jahren am Nil angesiedelt und diese ganze lange Zeit hindurch Himmel und Erde erforscht hat. Er schuf unsere Weisheit und zeichnete den Plan aller Felder, Dämme, Kanäle, Pyramiden und Tempel."

„Das stimmt", unterbrach der Prinz, „der Stand der Priester ist weise und mächtig, doch – wo sind die Schatten? Wer sah sie und sprach mit ihnen?"

„So erfahre, Herr, daß in jedem lebenden Menschen ein Schatten wohnt; und wie es Menschen gibt, die durch riesige Kräfte oder einen alles durchdringenden Blick hervorragen, so gibt es auch andere, die die ungewöhnliche Gabe besitzen, zu Lebzeiten ihren eigenen Schatten von sich zu lösen.

Unsere geheimen Bücher strotzen von allerglaubwürdigsten Erzählungen über diese Dinge. So mancher Prophet schon konnte sich in einen totenähnlichen Schlaf versenken. Dann löste sich sein Schatten vom Körper und versetzte sich in einem Augenblick nach Tyros, Ninive oder Babylon, beobachtete dort, lauschte den uns wichtigen Beratungen und – nachdem der Prophet wieder erwacht war – erstattete darüber genauestens Bericht. So mancher böse Zauberer sandte auf diese Weise seinen Schatten in das Haus eines von ihm gehaßten Menschen, stürzte dort die Möbel um oder vernichtete sie und erschreckte die ganze Familie.

Es ist vorgekommen, daß ein vom Schatten des Zauberers angegriffener Mensch sich mit seinem Speer oder Schwert wehrte. Dann zeigten sich blutige Spuren in dem betroffenen Hause, und der Zauberer trug die Wunde an seinem Körper, die man seinem Schatten zugefügt hatte. Oftmals erschien auch der Schatten eines lebendigen Menschen gleichzeitig mit diesem zusammen, nur ein paar Schritte von ihm entfernt."

„Solche Schatten kenne ich", flüsterte der Prinz ironisch.

„Ich muß noch hinzufügen", fuhr Mentezufis fort, „daß nicht nur Menschen, sondern auch Tiere, Pflanzen, Steine, Gebäude und Gegenstände genau solche Schatten besitzen, allerdings – wie sonderbar! – ist der Schatten eines leblosen Gegenstandes nicht tot, sondern lebendig; er bewegt sich von Ort zu Ort, denkt sogar und offenbart sich mit Hilfe verschiedener Zeichen, am häufigsten durch Klopfen.

Wenn ein Mensch stirbt, lebt sein Schatten weiter und erscheint manchen anderen Menschen. In unseren Büchern sind Tausende von solchen Vorfällen beschrieben. Einige Schatten verlangten Speise, andere wandelten in der Wohnung umher, arbeiteten im Garten oder jagten in den Bergen mit den Schatten ihrer Hunde und Katzen. Noch andere Schatten bedrohten die Menschen, vernichteten ihr Hab und Gut, saugten ihr Blut aus, ja sie verführten sogar die Lebenden zu Ausschweifungen. Aber es gab auch gute Schatten: Mütter, die für die Kinder sorgten, gefallene Soldaten, die vor dem Hinterhalt des Feindes warnten, Priester, die uns bedeutsame Geheimnisse entdeckten.

Noch unter der achtzehnten Dynastie erschien der Schatten des Pharao Cheops – der für die Ausbeutung der Menschen beim Bau seiner Pyramide büßt – in den nubischen Goldbergwerken, erbarmte sich der Qualen der dort arbeitenden Gefangenen und zeigte ihnen eine neue Wasserquelle."

„Du erzählst interessante Dinge, heiliger Mann", sprach Ramses, „gestatte also, daß auch ich dir etwas erzähle. Eines Nachts wurde mir in Pi-Bast ‚mein Schatten' gezeigt. Er ähnelte mir vollkommen und war sogar genau wie ich gekleidet. Bald jedoch überzeugte ich mich, daß es kein Schatten war, sondern ein lebendiger Mensch, ein gewisser Lykon – der verruchte Mörder meines Sohnes.

Er begann seine Frevel damit, daß er die Phönizierin Kama bedrohte. Ich setzte darauf eine Belohnung für seine Gefangennahme aus. Doch unsere Polizei ließ ihn nicht nur entschlüpfen, sondern unter ihren Augen gelang es ihm sogar, Kama zu entführen und ein unschuldiges Kind zu töten.

Heute habe ich erfahren, daß man Kamas habhaft werden konnte; doch ich weiß nicht, wo dieser Verbrecher geblieben ist.

Sicher befindet er sich auf freiem Fuß, ist gesund, froh und reich an gestohlenen Schätzen, vielleicht bereitet er sogar ein neues Verbrechen vor."

„Diesen Verruchten verfolgen so viele Menschen, daß er letzten Endes gefangen werden muß", sagte Mentezufis. „Falls er aber einmal in unsere Hände fällt, wird ihm Ägypten den Kummer heimzahlen, den er unserem Thronfolger bereitet hat. Glaube mir, Herr, du kannst ihm im voraus alle Verbrechen verzeihen, denn die Strafe wird hoch genug ausfallen."

„Lieber möchte ich ihn selbst in meinen Händen haben", erwiderte der Prinz. „Immerhin kann einem so ein ‚Schatten'* gefährlich werden."

Von dem Resultat seiner Ausführungen nicht sehr erbaut, verabschiedete sich der heilige Mentezufis. Nach ihm betrat Thutmosis das Zelt mit der Mitteilung, daß die Griechen bereits den Scheiterhaufen für ihren verstorbenen Kommandeur aufbauten und daß sich ein Dutzend Libyerinnen als Klageweiber für das Leichenbegängnis gemeldet hätten.

„Wir werden an der Totenfeier teilnehmen", entschied der Thronfolger. „Weißt du übrigens, daß man meinen Sohn erschlagen hat? Ein solch kleines Kind! Wenn ich ihn trug, lachte er und streckte seine Händchen nach mir aus! Unbegreiflich, wieviel Niedertracht in einem Menschenherzen Platz findet! Wenn dieser elende Lykon sich an meinem eigenen Leben vergriffen hätte, könnte ich das noch verstehen, ja sogar verzeihen ... aber ein Kind morden ..."

„Und wie Sara sich für dich geopfert hat, weißt du das auch, Herr?" fragte Thutmosis.

„Ja, wie mir scheint, war sie das treueste meiner Weiber, und ich bin schlecht zu ihr gewesen. Doch wie ist es möglich", rief der Prinz, mit der Faust auf den Tisch schlagend, „daß man den elenden Lykon immer noch nicht gefangen hat? Die Phönizier haben es mir geschworen ... dem Polizeichef versprach ich eine Belohnung ... Dahinter muß etwas stecken!"

Thutmosis näherte sich dem Prinzen und flüsterte: „Zu mir ist ein Gesandter von Hiram gekommen. Er fürchtet den Zorn der Priester und verbirgt sich, bis er Ägypten gefahrlos verlassen kann. Hiram hat angeblich vom Polizeichef in Pi-Bast erfahren,

* Bemerkenswert ist es, daß die Theorie der „Schatten", auf die sich die außerordentliche Fürsorge der Ägypter um die Verstorbenen wahrscheinlich stützt, in unserer Zeit in Europa wieder auflebt. Sie wird ausführlich erläutert von Adolf d'Assier im Buche „Essai sur l'humanité posthume et le spiritisme, par un positiviste".

daß ... Lykon gefangen wurde ... Doch still!“ mahnte Thutmosis verängstigt.

Der Prinz wurde vom Zorn gepackt, beruhigte sich aber bald wieder. „Gefangen?“ wiederholte er. „Warum tust du so geheimnisvoll?“

„Weil der Polizeichef Lykon dem heiligen Mefres ausliefern mußte. Der Erzpriester hat sich bei seiner Forderung auf den Höchsten Rat berufen.“

„Aha! Aha!“ rief der Thronfolger. „So brauchen also der ehrenwerte Mefres und der Höchste Rat einen Doppelgänger für mich! Aha! Meinem Kind und Sara wollen sie ein schönes Begräbnis bereiten ... balsamieren ihre Leiber ein ... doch den Mörder verbergen sie an einem sicheren Ort. Aha!

Und der heilige Mentczufis ist ein großer Weiser. Er hat mir heute alle Geheimnisse des Lebens nach dem Tode enthüllt und das ganze Beisetzungsritual dazu, als wäre ich selbst ein Priester, zumindest dritten Grades. Doch über Lykons Gefangennahme und die Tatsache, daß Mefres diesen Mörder verbirgt, verlor er kein Wort! Offenbar sind den heiligen Vätern in bezug auf meine Person kleine Heimlichkeiten wichtiger als die großen Geheimnisse des jenseitigen Lebens. Aha!“

„Ich finde, Herr, daß dich das nicht wundern sollte“, meinte Thutmosis. „Wie du weißt, hegen die Priester bereits den Verdacht, daß du ihnen nicht geneigt seiest, und sind eben vorsichtig ... um so mehr ... “

„Was: um so mehr?“

„Als Seine Heiligkeit sehr krank ist, sehr krank ...“

„Aha! Mein Vater ist krank, und ich muß indessen an der Spitze des Heeres die Wüste bewachen, damit der Sand nicht aus ihr entflieht. Gut, daß du mich erinnerst! Ja, Seine Heiligkeit muß schwer krank sein, da die Priester sehr zärtlich mit mir umgehen ... sie zeigen mir alles und sprechen mit mir über jedes von mir gewünschte Thema, außer über die Tatsache, daß Mefres Lykon verbirgt.

Thutmosis“, fragte Ramses plötzlich, „glaubst du auch heute noch, daß ich auf das Heer rechnen kann?“

„Wenn du es befiehlst, gehen wir sogar in den Tod!“

„Und bürgst du auch für den Adel?“

„Wie für das Heer.“

„Gut“, erwiderte der Thronfolger. „Nun können wir Patrokles die letzte Ehre erweisen.“

XXIII

Während der wenigen Monate, da Prinz Ramses als Statthalter von Unterägypten wirkte, ging es mit der Gesundheit seines heiligen Vaters immer mehr bergab. Und so nahte der Tag, an dem der Herr der Ewigkeit, der die Freude in den Herzen erweckt, der Herrscher Ägyptens und aller Länder, die nur die Sonne beschien, den Platz zwischen seinen ehrenwerten Vorfahren in den thebanischen Katakomben einnehmen sollte.

Er war noch nicht allzu alt, der Göttergleiche, der seinen Untertanen das Leben gewährte und die Macht besaß, den Männern die Weiber zu nehmen, wenn sein Herz es verlangte. Doch die über dreißig Jahre lange Regierungszeit hatte ihn so ermüdet, daß er nun ausruhen und seine Jugend und Schönheit wiederfinden wollte im Lande des Westens, wo jeder Pharao sorgenfrei ewig über die Völker herrscht, die so glücklich sind, daß niemals einer von dort zurückkehrt.

Vor einem halben Jahr noch hatte der heilige Gebieter alle Tätigkeiten ausgeübt, die seine hohe Stellung erforderte, von der die Sicherheit und das Wohlergehen der ganzen sichtbaren Welt abhängig waren.

Morgens, wenn kaum der erste Hahn krähte, weckten die Priester den Pharao mit der Hymne der aufgehenden Sonne. Er erhob sich von seinem Lager und badete in einer vergoldeten Wanne in Rosenwasser. Danach wurde sein göttlicher Leib mit unschätzbar edlen Balsamen gesalbt, während die Priester zur Vertreibung böser Geister Gebete murmelten.

Dergestalt durch die Propheten gereinigt und beweihräuchert, schritt der Herr in die Kapelle, riß das tönerne Siegel von der Tür und betrat ganz allein das Sanktuarium, wo auf einem Bett aus Elfenbein die wundertätige Figur des Gottes Osiris ruhte, dem in jeder Nacht Arme, Beine und Haupt abfielen, die ihm einst von dem bösen Gott Seth abgeschnitten worden waren; nach dem Gebet des Pharao wuchsen alle Glieder von selbst wieder an.

Wenn Seine Heiligkeit sich davon überzeugt hatte, daß Osiris wieder ganz war, nahm er die Statue vom Bett, badete sie, bekleidete sie mit kostbaren Gewändern, setzte sie auf den Malachitthron und opferte ihr Weihrauch. Dies war eine überaus wichtige Zeremonie. Wenn nämlich eines Morgens die göttlichen Glieder des Osiris nicht wieder zusammengewachsen wären, hätte es bedeutet, daß Ägypten, wenn nicht gar der ganzen Welt, ein großes Unglück drohte.

Nachdem Seine Heiligkeit den Gott wiederbelebt und angekleidet hatte, ließ er die Tür der Kapelle offenstehen, damit sich durch sie der Segen über das ganze Land ergieße. Gleichzeitig bestimmte er die Priester, die den ganzen Tag über das Sanktuarium zu bewachen hatten, und zwar nicht so sehr vor der Böswilligkeit als vielmehr vor dem Leichtsinn der Menschen. Manchmal geschah es nämlich, daß ein unvorsichtiger Sterblicher dem allerheiligsten Ort zu nahe kam und sich damit unsichtbaren Schlägen aussetzte, die ihm das Bewußtsein, ja zuweilen sogar das Leben raubten.

Nach der Abhaltung des Gottesdienstes schritt der Herr, von singenden Priestern umgeben, in den großen Speisesaal, wo ein Sessel und ein Tischchen für ihn und neunzehn andere Tischchen vor neunzehn Standbildern aufgebaut waren, die alle früheren neunzehn Dynastien darstellten. Wenn sich dann der Herrscher niederließ, eilten kleine Knaben und Mädchen mit Weinkrügen und silbernen Tellern herbei, auf denen Fleisch und Kuchen lagen. Der aufsichtführende Priester kostete vom ersten Teller und vom ersten Krug, die dann dem Pharao kniend gereicht wurden; die anderen Geschirre aber stellte man vor die Standbilder seiner Vorfahren hin.

Wenn nun der Herrscher seinen Hunger gestillt und den Saal verlassen hatte, durften Fürsten und Priester die für die seligen Ahnen bestimmten Gerichte aufessen.

Aus dem Speisesaal begab sich der Herr in den nicht weniger großen Audienzsaal. Hier warfen sich vor ihm die höchsten Würdenträger des Reiches und die nächsten Familienmitglieder nieder, wonach der Minister Herihor, der Oberste Schatzmeister, der Oberste Richter und der Oberste Chef der Polizei ihm ihre Berichte erstatteten. Die einzelnen Rapporte wurden von religiöser Musik und Tänzen unterbrochen, inzwischen überschüttete man den Thron mit Kränzen und Blumensträußen.

Nach der Audienz begab sich Seine Heiligkeit in ein Seitengemach und ruhte sich eine Weile auf Kissen aus. Dann opferte er den Göttern Wein und Weihrauch und erzählte den Priestern seine Träume, die von den Weisen gedeutet wurden. Danach richtete sich Seine Heiligkeit bei seinen Entscheidungen.

Manchmal jedoch, wenn der Pharao nichts geträumt hatte oder die Traumdeutung ihm nicht richtig zu sein schien, lächelte er gutmütig und erteilte seine Anweisungen nur nach eigenem Ermessen. Diese Anweisungen waren Gesetze, die niemand ändern durfte, es sei denn nur in unwesentlichen Details bei der Ausführung.

In den Nachmittagsstunden zeigte sich Seine Heiligkeit in einer Sänfte auf dem Hof seiner dort angetretenen treuen Garde, danach betrat er die Terrasse und blickte in die vier Himmelsrichtungen, um ihnen seinen Segen zu erteilen. Dann wurden auf den Spitzen der Pylonen Fahnen angebracht, und gewaltige Fanfarenklänge ertönten weithin. Wer immer sie hörte, in der Stadt oder auf dem Felde, Ägypter oder Barbar, jeder warf sich zur Erde nieder, auf daß auch sein Haupt mit einem Krümchen der höchsten Gnade bedacht würde.

Zu dieser Zeit einen Menschen oder Vieh zu schlagen war nicht erlaubt; der über dem Buckel erhobene Stock wurde aus der Hand geworfen. Und wenn ein zum Tode verurteilter Verbrecher nachweisen konnte, daß er in der Stunde verurteilt worden war, in der sich der Herr von Himmel und Erde gezeigt hatte, so milderte man seine Strafe. Vor dem Pharao nämlich schreitet die Macht und hinter ihm die Barmherzigkeit.

Wenn der Herrscher über alle Kreaturen unter der Sonne sein Volk beglückt hatte, begab er sich in seine Gärten unter die Palmen und Sykomoren. Hier saß er lange, ließ sich von seinen Weibern huldigen und schaute dem Spiel der Kinder seines Hauses zu. Wenn eines von ihnen durch Schönheit oder Geschicklichkeit seine Aufmerksamkeit erregte, rief er es zu sich und fragte: „Wer bist du, mein Kleiner?"

„Ich bin der Prinz Binotris, der Sohn Seiner Heiligkeit", antwortete dann zum Beispiel der Knabe.

„Und wie heißt deine Mutter?"

„Meine Mutter ist Frau Ameces, ein Weib Seiner Heiligkeit."

„Was kannst du denn schon alles?"

„Ich kann schon bis zehn zählen und schreiben: Möge unser Vater und Gott, der heilige Pharao Ramses, ewig leben!"

Der Herr der Ewigkeit lächelte gütig und berührte mit seiner zarten, beinahe durchsichtigen Hand die widerspenstigen Locken des Knaben. Dann aber wurde das Kind erst wahrhaft zum Prinzen, wobei Seine Heiligkeit immer noch auf rätselhafte Weise lächelte.

Wen nämlich die göttliche Hand einmal berührt hatte, dem

konnte nie in seinem Leben Mißgeschick widerfahren, und er mußte über die anderen erhoben werden.

Mittags begab sich der Herrscher in einen zweiten Speisesaal und teilte mit den Göttern aller Nomen von Ägypten, deren Statuen an den Wänden entlang standen, das Mahl. Was die Götter nicht aßen, kam den Priestern und den höchsten Höflingen zugute.

Gegen Abend empfing Seine Heiligkeit den Besuch von Frau Nikotris, der Mutter des Thronfolgers, sah religiösen Tänzen zu und hörte sich ein Konzert an. Dann ging er wieder ins Bad und betrat gereinigt die Kapelle des Osiris, um die wunderbare Gottheit zu entkleiden und schlafen zu legen.

Nachdem er dies getan hatte, verschloß und versiegelte er die Tür der Kapelle und schritt, von der Prozession der Priester umringt, in sein Schlafgemach.

Die Priester murmelten in der Nachbarkammer bis zum Sonnenaufgang leise Gebete zur Seele des Pharao, die während des Schlafes unter den Göttern weilt. Sie baten dabei um glückliche Erledigung der zeitweiligen Staatsangelegenheiten, um Schutz für Ägyptens Grenzen und die Gräber der Könige, daß kein Dieb sich erdreiste, sie zu betreten und die ewige Ruhe der ruhmbedeckten Herrscher zu stören. Die Gebete der Priester waren jedoch nicht immer wirksam – gewiß infolge ihrer nächtlichen Müdigkeit. Die Schwierigkeiten im Staate wuchsen ständig, und die heiligen Gräber wurden bestohlen; man raubte daraus nicht nur Kostbarkeiten, sondern sogar die Mumien von Pharaonen.

Das lag daran, daß sich im Lande verschiedene Fremdlinge und Heiden niedergelassen hatten; von ihnen lernte nun das Volk Nichtachtung gegenüber den ägyptischen Göttern und den heiligsten Stätten.

Die Ruhe des Gebieters über alle Gebieter wurde einmal um Mitternacht unterbrochen. Zu dieser Stunde nämlich weckten die Astrologen Seine Heiligkeit und teilten ihm mit, in welchem Viertel sich der Mond gerade befände, welche Planeten am Horizont leuchteten, welche Konstellation über den Äquator ginge, und ob sich am Himmel überhaupt etwas Besonderes ereignete. Zuweilen nämlich zogen Wolken, fielen häufiger als gewöhnlich Sternschnuppen, oder es liefen feurige Bälle über die Erde hin.

Der Herrscher hörte sich den Bericht der Astrologen an.

Wenn sie ihm eine ungewöhnliche Erscheinung gemeldet hatten, beruhigte er sie und befahl, alle Beobachtungen in die Tafeln einzutragen, die monatlich den Priestern des Sphinxtempels, den größten Weisen Ägyptens, geschickt wurden. Diese Männer zogen daraus Schlüsse, verkündeten aber die wichtigsten davon niemandem, höchstens ihren Kollegen, den chaldäischen Priestern in Babylon.

Von Mitternacht an konnte Seine Heiligkeit, wenn er es wollte, bis zum ersten Hahnenschrei schlafen.

Ein solch frommes und arbeitsames Leben hatte noch vor einem halben Jahr der gute Gott geführt, dieser Spender von Obhut, Leben und Gesundheit, der Tag und Nacht über Erde und Himmel wacht, über die sichtbare wie die unsichtbare Welt. Doch seit einem halben Jahr widerstrebten der Seele des ewig Lebenden immer häufiger irdische Dinge wie auch seine eigene leibliche Hülle. Es gab Tage, an denen er nichts aß, und Nächte, in denen er überhaupt nicht schlief. Zuweilen zeigte während der Audienz sein sanftes Antlitz den Ausdruck tiefsten Schmerzes, und häufig, immer häufiger geschah es, daß er in Ohnmacht fiel.

Die bestürzte Königin Nikotris, der ehrwürdige Herihor und die Priester fragten den Herrscher wiederholt, ob ihm etwas fehle. Doch der Pharao zuckte die Schultern, schwieg und kam weiter seinen beschwerlichen Pflichten nach.

Da gaben ihm die Hofärzte unmerklich stärkere Mittel, die ihm zur Wiedererlangung seiner Kräfte verhelfen sollten. In Wein und Speisen wurde ihm zunächst Asche von Pferd und Stier, später vom Löwen, Nashorn und Elefanten gemischt; doch die mächtigen Arzneien schienen keinerlei Erfolg zu haben. Seine Heiligkeit wurde so oft ohnmächtig, daß man es bereits aufgab, ihm Berichte zu erstatten.

Eines Tages flehten der würdige Herihor, die Königin und die Priester gemeinsam den Gebieter auf den Knien an, eine Untersuchung seines göttlichen Leibes zu gestatten. Der Pharao war einverstanden, die Ärzte untersuchten und beklopften ihn, doch außer einer ungewöhnlichen Abmagerung entdeckten sie keinerlei bedrohliche Symptome.

„Was fühlen Eure Heiligkeit?" fragte zum Schluß der weiseste Arzt.

Der Pharao lächelte.

„Ich fühle", erwiderte er, „daß es für mich Zeit wird, zum Vater der Sonne zurückzukehren."

„Das kann Eure Heiligkeit nicht ohne größten Schaden für seine Völker", warf Herihor rasch ein.

„Ich hinterlasse euch meinen Sohn Ramses, der Löwe und Adler in einer Person ist", sprach der Gebieter. „Und wahrlich, wenn ihr auf ihn hört, wird er Ägypten so regieren, wie man es seit Weltbeginn noch nicht erlebt hat."

Den heiligen Herihor und die anderen Priester überlief es kalt bei dieser Prophezeiung. Sie wußten, daß der Thronfolger Löwe und Adler in einer Person war und daß sie ihm gehorchen mußten. Sie wollten jedoch noch viele Jahre ihren gütigen Gebieter behalten, dessen Herz voller Milde war wie der Nordwind, der den Feldern Regen und den Menschen Kühlung bringt.

Deshalb warfen sich alle wie ein Mann zur Erde nieder und blieben stöhnend so lange auf ihren Bäuchen liegen, bis der Pharao sich einverstanden erklärte, eine Kur zu versuchen.

Da trugen ihn die Ärzte für den ganzen Tag hinaus in den Garten unter duftende Nadelhölzer, speisten ihn mit gehacktem Fleisch, reichten ihm kräftige Brühen, Milch und alten Wein. Diese guten Mittel kräftigten Seine Heiligkeit für etwa eine Woche; bald jedoch überkam ihn eine neue Schwäche. Um sie zu überwinden, ließ man den Gebieter frisches Blut von Kälbern trinken, die von Apis stammten. Doch auch das Blut half nicht lange, und man mußte sich ratsuchend an den Erzpriester im Tempel des bösen Gottes Seth wenden.

Unter allgemeinem Erschauern betrat der finstere Priester das Schlafgemach Seiner Heiligkeit, betrachtete den Kranken und empfahl eine schreckliche Arznei.

„Man muß", sprach er, „dem Pharao täglich einen Becher Blut von unschuldigen Kindern zu trinken geben."

Die anwesenden Priester und Würdenträger erstarrten bei diesem Rat. Dann begannen sie sich zuzuraunen, daß Bauernkinder dafür am besten geeignet wären; die Kinder der Priester und der großen Herren verlören nämlich schon als Säuglinge die Unschuld.

„Wenn Seine Heiligkeit nur jeden Tag frisches Blut bekommt", erwiderte der grausame Priester, „so ist mir völlig gleich, wessen Kinder das sind."

Der mit geschlossenen Augen auf seinem Bette liegende Herrscher hatte den gräßlichen Rat und das ängstliche Raunen seines Hofes gehört. Und als einer der Ärzte Herihor schüchtern fragte, ob man anfangen solle, die entsprechenden Kinder auszusuchen, richtete der Pharao seine klugen Augen auf die Anwesenden und sprach: „Das Krokodil frißt seine Kleinen nicht, der Schakal und die Hyäne opfern für ihre Jungen das eigene Leben, und ich soll das Blut ägyptischer Kinder trinken, die doch meine Kinder sind? Niemals hätte ich vermutet, daß sich jemand erdreisten würde, mir eine so nichtswürdige Arznei zu empfehlen."

Der Priester des bösen Gottes warf sich auf die Erde und erklärte, daß noch niemals jemand in Ägypten Kinderblut getrunken habe, daß aber die höllischen Mächte auf diese Art angeblich die Gesundheit wiedergeben. Wenigstens wende man in Assyrien und Phönizien dieses Mittel an.

„Schäme dich", erwiderte der Pharao, „im Palast der ägyptischen Herrscher an so ekelhafte Dinge zu erinnern. Weißt du denn nicht, daß die Assyrer und Phönizier blöde Barbaren sind? Bei uns aber wird nicht einmal der dümmste Bauer glauben, daß unschuldig vergossenes Blut jemandem nützen könne."

So sprach der unsterbliche Mann. Die Höflinge wandten schamrot ihre Gesichter ab, der Erzpriester Seths indessen schlich sich aus dem Raum.

Da nahm Herihor, um das verlöschende Leben des Herrschers zu retten, seine Zuflucht zum letzten Mittel und sagte dem Pharao, daß sich in einem der Thebanischen Tempel der Chaldäer Beroes, der weiseste Priester aus Babylon und unvergeßliche Wundertäter, aufhalte.

„Für Eure Heiligkeit", sprach Herihor, „ist er ein fremder Mensch und hat nicht das Recht, unserem Gebieter einen so bedeutsamen Rat zu erteilen. Doch gestattet ihm, Euch anzuschauen, denn ich bin sicher, daß er für Eure Krankheit eine Arznei finden wird. Keinesfalls aber würde er Eure Heiligkeit mit gottlosen Worten beleidigen."

Der Pharao unterlag auch diesmal der Überredungskunst des getreuen Dieners, und nach zwei Tagen kam – auf geheimnisvolle Art herbeigerufen – Beroes nach Memphis.

Der weise Chaldäer gab, ohne den Pharao erst gründlich zu untersuchen, folgenden Rat: „Man muß in Ägypten einen Menschen finden, dessen Gebete bis zum Thron des Allerhöchsten gelangen. Wenn jener dann für den Pharao inbrünstig betet, wird der Herrscher wieder gesund werden und viele Jahre leben."

Als der Gebieter diese Worte hörte, betrachtete er den Kreis der ihn umgebenden Priester und sprach: „Ich sehe hier so viele heilige Männer, daß ich gesund werden müßte, wenn nur einer von ihnen an mich denken wollte."

Und er lächelte kaum merklich.

„Wir sind alle nur Menschen", sprach der wundertätige Beroes, „darum können sich unsere Seelen nicht immer zum Thron des Ewigen aufschwingen. Ich will jedoch Eurer Heiligkeit ein unfehlbares Mittel verraten, um denjenigen zu entdecken, der am innigsten und mit dem größten Erfolg beten kann."

„Gewiß, suche ihn, damit er mir in der letzten Stunde meines Lebens als Freund diene."

Nach der zustimmenden Antwort des Gebieters verlangte der Chaldäer eine Kammer, die nur eine Tür hatte und von niemandem bewohnt wurde. Er befahl, Seine Heiligkeit am selben Tage eine Stunde vor Sonnenuntergang dorthin zu bringen.

Zur bezeichneten Zeit kleideten die vier höchsten Priester den Pharao in ein neues leinenes Gewand, sprachen über seinem Haupt das große Gebet, das entschieden alle bösen Mächte verjagt, und trugen ihn in einer schlichten Sänfte aus Zedernholz in jene leere Kammer, in der nur ein einziger kleiner Tisch stand.

Dort wartete Beroes bereits und betete, nach Osten gewandt.

Als die Priester gegangen waren, verschloß der Chaldäer die schwere Tür, schlug eine Purpurschärpe über die Schulter und legte vor den Pharao eine gläserne schwarze Kugel auf den Tisch. In die linke Hand nahm Beroes ein scharfes Stilett aus babylonischem Stahl, in die Rechte einen mit geheimnisvollen Zeichen bedeckten Stab und beschrieb mit ihm in der Luft einen Kreis um sich selbst und den Pharao. Dann wandte er sich der Reihe nach in die vier Himmelsrichtungen und flüsterte: „Amorul, Taneha, Latisten, Rabur, Adonay... habe Mitleid mit mir und läutere mich, himmlischer, gütiger und barmherziger Vater... Schenke deinem unwürdigen Diener deinen heiligen Segen und halte mit deinem allmächtigen Arm die widerspenstigen, aufrührerischen Geister auf, damit ich in Frieden deine heiligen Werke erkenne..."

Er brach ab und wandte sich dem Pharao zu:

„Mer-amen-Ramses, Erzpriester Amons, siehst du in dieser schwarzen Kugel einen Funken?"

„Ja, ich erkenne ein weißes Fünkchen, das sich wie die Biene über der Blüte zu bewegen scheint."

„Mer-amen-Ramses, löse deine Augen nicht von diesem Funken. Schaue weder nach rechts noch nach links oder auf irgend etwas, was sich seitlich zeigen sollte."

Und wieder flüsterte er: „Baralanensis, Baldachiensis, durch die mächtigen Fürsten Genio, Lachiadae, die Minister des höllischen Reiches, rufe ich euch wie durch die Macht der höchsten Majestät, mit der ich betraut bin, ich beschwöre euch und befehle ..."

An dieser Stelle erschauerte der Pharao vor Abscheu und Ekel.

„Mer-amen-Ramses, was siehst du?" fragte der Chaldäer.

„Hinter der Kugel lugt ein furchtbares Haupt hervor. Feuerrote Haare sträuben sich ... ein grünliches Antlitz ... die Augäpfel sind verdreht, so daß nur das Weiße zu sehen ist ... der Mund steht weit offen, als wolle er schreien."

„Das ist die Furcht", sprach Beroes und richtete die Spitze seines Stiletts über die Kugel.

Plötzlich neigte sich der Pharao bis zur Erde.

„Genug!" rief er. „Weshalb quälst du mich so? Der müde Leib will ruhen, die Seele in das Land des ewigen Lichts entweichen ... doch ihr erlaubt mir nicht, zu sterben, sondern entdeckt noch neue Qualen. Ach! Ich mag nicht!"

„Was siehst du?"

„Von der Decke herab schweben zwei riesige Spinnenbeine. Schrecklich ... sie sind ja so dick wie Palmenstämme, rauhbehaart und enden in Haken ... Ich fühle, daß über meinem Haupt eine ungeheuer große Spinne schwebt und mich in ihr Netz aus Schiffstauen einspinnt."

Beroes richtete das Stilett aufwärts.

„Mer-amen-Ramses", mahnte er, „betrachte immerfort nur den Funken und schaue nicht zur Seite.

Hier ist das Zeichen, das ich in eurer Gegenwart erhebe", flüsterte er weiter. „Ich bin mit Gottes Hilfe mächtig gewappnet, voraussehend und unerschrocken und rufe euch durch die Beschwörung: Aye, Saraye, Aye, Saraye! Im Namen des allmächtigen und ewig lebenden Gottes ..."

Im selben Augenblick erschien auf den Zügen des Pharao ein friedliches Lächeln.

„Mir scheint", sprach der Gebieter, „daß ich Ägypten sehe ...

das ganze Ägypten ... Ja, das ist der Nil ... dort die Wüste ... hier Memphis ... da Theben."

Tatsächlich erblickte er Ägypten, das ganze Ägypten, das aber nicht größer zu sein schien als die Allee, die durch den Garten seines Palastes lief. Das Bild hatte jedoch eine sonderbare Eigenschaft: Wenn der Pharao einen Punkt eingehender betrachtete, wuchs sich dieser zu natürlicher Größe aus.

Die Sonne ging bereits unter und überflutete die Erde mit golddurchwebtem Purpurlicht. Die Tagvögel begaben sich zur Ruhe, die Nachtvögel erwachten in ihren Verstecken. In der Wüste heulten Hyänen und Schakale, und der dösende Löwe streckte den mächtigen Leib, bevor er auf Raub auszog.

Der Nilfischer zog eilig die Netze ein, die großen Frachtbarken legten am Ufer an. Der ermüdete Landmann nahm den Eimer, mit dem er den ganzen Tag über Wasser geschöpft hatte, vom Kran; ein anderer kehrte langsam mit dem Pflug in seine Lehmhütte zurück. In den Städten wurden die Lichter angezündet, in den Tempeln versammelten sich die Priester zur Abendandacht. Auf den Straßen legte sich der Staub, und das Kreischen der Wagenräder verstummte. Vom Gipfel der Pylonen herab ertönten klagende Stimmen, die das Volk zum Gebet riefen.

Einen Augenblick später erblickte der Pharao erstaunt einen Schwarm silbriger Vögel, der sich über die Erde erhob. Sie kamen aus den Tempeln, Palästen, Straßen, Fabriken, aus den Nilbarken, den dörflichen Hütten, sogar aus den Bergwerken geflogen. Anfänglich stürmte ein jeder von ihnen pfeilschnell in die Höhe, doch bald stieß er unter dem Himmel auf einen anderen silbergefiederten Vogel, der ihm den Weg versperrte, schlug mit ganzer Kraft auf ihn ein – und beide fielen tot zur Erde herab.

Das waren die einander widerstreitenden Gebete der Menschen, die sich gegenseitig daran hinderten, zum Throne des Ewigen zu gelangen.

Der Pharao lauschte angestrengt. Zunächst hörte er nichts als Flügelrauschen; bald jedoch konnte er einzelne Worte unterscheiden.

So vernahm er einen Kranken, der da betete und seine Genesung erflehte; gleichzeitig hörte er den Arzt darum bitten, daß sein Patient möglichst lange krank bleiben möge. Ein Wirt bat Amon, über seinen Stall und seine Speicher schützend zu wachen;

ein Dieb aber reckte seine Arme zum Himmel und verlangte, ohne Hindernis die fremde Kuh aus dem Stall führen und seinen Sack mit fremdem Korn füllen zu können.

Ihre Gebete zersplitterten wie die Steine aus der Schleuder.

Der Wanderer in der Wüste warf sich betend in den Sand, er wünschte sich einen Wind von Mitternacht her, der ihm einen Tropfen Wasser bringen sollte; der Segler auf dem Meere berührte betend mit der Stirn das Deck, damit noch eine Woche lang die Winde von Osten her wehten. Der Landmann wollte, daß der Sumpf rascher nach der Überschwemmung trockne; der arme Fischer wünschte, die Sümpfe möchten niemals austrocknen.

All diese Gebete zerstörten einander und erreichten nie das göttliche Ohr Amons.

Der größte Lärm herrschte über den Steinbrüchen, wo die an Ketten geschmiedeten Verbrecher mit Keilen, die in Wasser getaucht wurden, riesige Felsen zertrümmerten. Dort flehte eine Gruppe Tagesarbeiter die Nacht herbei, damit sie sich schlafen legen könnten, während die von den Aufsehern geweckte Gruppe der Nachtarbeiter sich an die Brust schlug, mit der sehnlichen Bitte, die Sonne solle nie untergehen. Da beteten Händler, die abgesplitterte und behauene Steine kauften, es möchten immer viele Verbrecher in den Steinbrüchen arbeiten, wogegen die Lebensmittellieferanten auf den Bäuchen lagen und stöhnten, die Pest solle die Arbeiter ausrotten und damit den Lieferanten zu größerem Verdienst verhelfen.

So gelangten auch die Gebete der Menschen aus den Bergwerken nicht zum Himmel hinauf.

An der westlichen Grenze erspähte der Pharao zwei kampfbereite Armeen. Beide flehten Amon um die Vernichtung des Feindes. Die Libyer wünschten den Ägyptern Schmach und Tod, die Ägypter fluchten den Libyern.

Die Gebete der einen wie der anderen stießen wie zwei Habichtschwärme aufeinander und stürzten auf die Wüste nieder. Amon bemerkte sie nicht einmal.

Und wo immer der Pharao auch seine müden Augen hinwandte, überall war es dasselbe. Der Bauer betete um Ruhe und Verringerung der Steuern; die Schreiber um Erhöhung der Steuern und daß die Arbeit nie ein Ende nähme. Die Priester flehten zu Amon um ein langes Leben für Ramses XII. und um die Vernichtung der Phönizier, die ihnen ihre Geldgeschäfte verdarben; die Nomarchen forderten den Gott auf, die Phönizier zu schützen und Ramses XIII. rascher den Thron besteigen zu lassen, da er der Willkür der Priester Einhalt gebieten würde. Löwen, Schakale und Hyänen ächzten vor Hunger und Gier nach frischem Blut; Hirsche, Rehe und Hasen verließen furchterfüllt ihre Verstecke mit dem einzigen Wunsch, wenigstens für einen Tag noch am Leben zu bleiben, obwohl die Erfahrung lehrte, daß auch in dieser Nacht ein Dutzend von ihnen zugrunde gehen mußte, damit die Raubtiere nicht ausstarben.

Und so herrschte auf der ganzen Welt Zwiespalt. Jeder wollte für sich das, was den anderen mit Furcht erfüllte; jeder bat um das eigene Glück, ohne danach zu fragen, ob er dem Nächsten damit Schaden zufüge.

Eben dadurch erreichten diese Gebete nicht ihr Ziel, und der göttliche Amon, den keine Erdenstimme erreichte, stützte die Hände auf die Knie und vertiefte sich immer mehr in die Ergründung seiner eigenen Göttlichkeit. Die Erde aber wurde immer häufiger vom blinden Zufall beherrscht.

Plötzlich hörte der Pharao eine Weiberstimme: „Nichtsnutz! Kleines Nichtsnutzlein! Komm in die Hütte zurück, du Schlingel, es ist schon Zeit zum Beten."

„Gleich, gleich!" antwortete eine Kinderstimme.

Der Herrscher spähte in diese Richtung und erblickte die ärmliche Lehmhütte eines Schreibers, der den Viehstand notierte. Der Hausherr schrieb gerade beim Glanz der Abendsonne den Schluß seines Registers, während sein Weib mit einem Stein Weizen für Fladen zerrieb und vor dem Hause ein sechsjähriger Bub wie ein junges Böcklein lachend und froh umherhüpfte.

Man sah ihm an, daß ihn die duftgeschwängerte Abendluft berauschte.

„Nichtsnutz! Nichtsnutzlein! Gleich kommst du mir zum Gebet hierher!" rief wieder das Weib.

„Ja doch, gleich, gleich!"

Und wieder lief er davon und freute sich wie toll.

Als die Mutter schließlich sah, daß die Sonne im Wüstensand verschwand, legte sie ihren Stein beiseite, ging hinaus und fing den umherhüpfenden Buben wie ein Füllen ein. Er sträubte sich, doch mußte er der Übermacht der mütterlichen Kraft erliegen. Die Mutter aber zog ihn schnell in die Lehmhütte, setzte ihn auf den Fußboden und hielt ihn mit der Hand fest, damit er nicht von neuem entschlüpfe.

„Tanz nicht umher", sprach sie, „schlage die Beine unter und sitz gerade, falte die Händchen und hebe sie empor ... Ach, ungezogenes Kind!"

Der Bub wußte, daß er dem Gebet nicht entgehen würde, um aber recht bald wieder hinauszukommen, reckte er die Hände zum Himmel, hob fromm die Augen empor und betete mit dünnem, ein wenig schrillem Stimmchen atemlos: „Ich danke dir, guter Gott Amon, daß du den Vater heute vor allem Bösen bewahrt und der Mutter Weizen zum Fladen gegeben hast – und was noch? – daß du Himmel und Erde schufst und ihr den Nil gabst, dem wir unser Brot verdanken – und was noch? – Aha, ich weiß schon! Ich danke dir auch, daß es draußen so schön ist, daß die Blumen blühen, die Vögel singen und die Palmen süße Datteln tragen. Und für all die guten Dinge, die du uns geschenkt hast, sollen dich alle so liebhaben wie ich und dich noch besser preisen, als ich es kann, denn ich bin noch klein und noch nicht klug. Nun, schon genug!"

„Böses Kind!" knurrte der über sein Register gebeugte Viehschreiber. „Ein böses Kind, das Amon so nachlässig preist."

Doch der Pharao erblickte in der Zauberkugel etwas Wunderbares: Siehe da, das Gebet des übermütigen Buben stieg wie eine Lerche gen Himmel, stieg, mit den Flügeln schlagend, immer höher und höher bis zum Throne, wo der ewige Amon mit den Händen auf den Knien tief über die eigene Allmacht nachdachte.

Dann stieg es noch höher, bis zum Haupt des Gottes und sang ihm mit dünnem Kinderstimmchen ins Ohr: „Und für die guten Dinge, die du uns geschenkt hast, sollen dich alle so liebhaben wie ich."

Auf diese Worte hin öffnete die in sich versunkene Gottheit die Augen, und es fiel aus ihnen ein Strahl des Glückes über die Welt. Vom Himmel bis zur Erde entstand eine unermeßliche Stille. Aller Schmerz, alle Furcht und alles Unrecht vergingen. Der schwirrende Pfeil blieb in der Luft hängen, der Löwe verhielt seinen Sprung auf die Hirschkuh, der erhobene Stock sauste nicht auf den Buckel des Sklaven nieder, der Kranke vergaß sein Leid, der in der Wüste Verirrte seinen Hunger, der Gefangene seine Ketten. Das Unwetter beruhigte sich, die Meereswoge, im Begriffe, ein Schiff zu verschlingen, verharrte; und auf der ganzen Welt herrschte ein solcher Frieden, daß die Sonne, die schon hinter dem Horizont verschwunden war, noch einmal ihr strahlendes Haupt erhob.

Der Pharao kam zu sich. Vor sich sah er den kleinen Tisch, darauf die schwarze Kugel und daneben den Chaldäer Beroes.

„Mer-amen-Ramses", fragte der Priester, „hast du einen Menschen gefunden, dessen Gebet zum Thron des Ewigen gelangt war?"

„Ja", erwiderte der Pharao.

„Ist er ein Fürst, ein Ritter, ein Prophet oder vielleicht nur ein gewöhnlicher Einsiedler?"

„Es ist ein kleiner sechsjähriger Bub, der Amon um nichts gebeten hat, sondern für alles dankte."

„Und weißt du, wo er wohnt?" fragte der Chaldäer.

„Ich weiß es, doch ich will nicht die Kraft seiner Gebete für mich stehlen. Die Welt, Beroes, ist ein riesiger Strudel, in dem die Menschen vom Unglück wie Sandkörner umhergewirbelt werden. Das Kind aber schenkt mit seinem Gebet den Menschen etwas, was ich nicht vermag: eine kurze Weile des Vergessens und Frieden ... Verstehst du, Chaldäer?"

Beroes schwieg.

XXIV

Am einundzwanzigsten Tag des Hathor traf bei Sonnenaufgang im Lager an den Natronseen aus Memphis der Befehl ein, daß drei Regimenter nach Libyen abmarschieren und als Besatzung in den Städten verbleiben, die übrigen Regimenter der ägyptischen Armee aber zusammen mit dem Prinzen zurückkehren sollten.

Die Krieger begrüßten diese Anordnung mit Freudenrufen; der mehrtägige Aufenthalt in der Wüste begann ihnen bereits über zu werden. Trotz des Nachschubs aus Ägypten und aus dem unterworfenen Libyen war die Verpflegung knapp; das Wasser aus den Brunnen, die man schnell gegraben hatte, ging zur Neige; die Sonnenglut dörrte den Leib, und der gelbrote Sand reizte Lunge und Augen. Die Soldaten erkrankten an Dysentrie und bösartigen Entzündungen der Augenwimpern.

Ramses befahl, das Feldlager abzubrechen. Drei Regimenter mit gebürtigen Ägyptern sandte er nach Libyen und trug den Soldaten auf, mit der Bevölkerung milde zu verfahren und sich niemals einzeln herumzutreiben. Die eigentliche Armee aber führte er nach Memphis und ließ nur eine kleine Besatzung im Fort und in den Glashütten zurück.

Um neun Uhr morgens waren bereits trotz der Hitze beide Heeresteile auf dem Marsch, der eine nach Norden, der andere nach Süden.

Da näherte sich der heilige Mentezufis dem Thronfolger und sagte: „Es wäre gut, wenn Eure Hoheit Memphis schneller erreichen würden. Auf halbem Weg stehen frische Pferde bereit."

„So ist mein Vater also schwer krank?" rief Ramses.

Der Priester neigte den Kopf.

Der Prinz übertrug Mentezufis den Oberbefehl und bat ihn, die bereits getroffenen Anordnungen in keiner Weise zu ändern, ohne sich zuvor mit den weltlichen Generalen zu beraten. Er selbst aber ritt in Begleitung Pentuers, Thutmosis' und zwanzig der besten asiatischen Reiter in gestrecktem Galopp nach Memphis.

Nach fünf Stunden hatten sie die Hälfte des Weges zurückgelegt und fanden, wie Mentezufis gesagt hatte, frische Pferde und ein neues Gefolge vor. Der Prinz ritt mit seinen beiden Gefährten und der neuen Eskorte nach kurzem Aufenthalt weiter.

„Weh mir!" stöhnte der elegante Thutmosis. „Nicht genug, daß ich seit fünf Tagen nicht gebadet und kein Rosenöl mehr gesehen habe, da muß ich außerdem auch noch an einem Tage eine solch anstrengende Strecke durchreiten! Ich bin überzeugt, daß mich an unserem Ziel auch nicht eine Tänzerin beachten wird."

„Bist du etwas Besseres als wir?" fragte der Prinz.

„Ich bin schwächlicher", seufzte Thutmosis. „Du, Prinz, scheinst wie ein Hyksos an das Reiten gewöhnt zu sein, Pentuer könnte sogar auf einem glühenden Schwert reiten. Ich aber bin so zart ..."

Gegen Sonnenuntergang erreichten sie einen hohen Hügel, der eine ungewöhnliche Aussicht bot. Weithin dehnte sich vor ihnen das grüne Tal Ägyptens, auf dessen Hintergrund gleich einer Reihe roter Flammen die Dreiecke von Pyramiden leuchteten. Rechts daneben schienen auch die Spitzen der Pylonen des in bläulichen Dunst gehüllten Memphis aufzuflammen.

„Weiter, los!" drängte der Prinz.

Sekunden später nahm die gelbrote Wüste sie wieder auf, und die Schnur der Pyramiden glänzte weiter, bis schließlich alles in der blassen Dämmerung verschwamm.

Als die Nacht hereinbrach, erreichten die Reisenden das

riesige Land der Verstorbenen, das sich über mehrere Dutzend Kilometer auf der linken Flußseite an den Hügeln hinzog.

Hier wurden während des Alten Reiches die Ägypter für ewige Zeiten beigesetzt, die Könige in riesigen Pyramiden, die einfachen Leute in Lehmhügeln. So ruhten hier Millionen Mumien, nicht nur von Menschen, sondern auch von Hunden, Katzen, Vögeln, mit einem Wort – alle Geschöpfe, die den Menschen zu Lebzeiten lieb gewesen waren.

Zu Ramses' Zeiten verlegte man den Friedhof der Könige und der Würdenträger nach Theben, und in der Nähe der Pyramiden wurden nur Landleute und Handwerker aus der nächsten Umgebung beigesetzt.

Zwischen den verstreuten Gräbern stieß der Prinz mit seinem Gefolge auf eine Gruppe von Menschen, die wie Schatten vorüberhuschten.

„Wer seid ihr?" fragte der Anführer der Eskorte.

„Arme Diener des Pharao. Wir kommen von den Gräbern unserer Verstorbenen zurück, denen wir einige Rosen, Bier und Fladen gebracht haben."

„Habt ihr nicht zufällig in fremde Gräber geschaut?"

„O Gott!" rief einer von ihnen, „wären wir denn einer solchen Grabschändung fähig? Nur die durchtriebenen Thebaner – daß ihnen die Hände verdorren! – beunruhigen die Verstorbenen, um deren Eigentum in den Schenken zu versaufen."

„Was bedeutet das Feuer dort im Norden?" mischte sich der Prinz ein.

„Herr, du mußt wohl von weit her kommen, wenn du das nicht weißt", wurde ihm geantwortet. „Morgen kehrt ja unser Thronfolger mit seinem siegreichen Heer zurück. Ein großer Feldherr! In einer einzigen Schlacht hat er die elenden Libyer besiegt. Das Volk aus Memphis ist ihm entgegengezogen, um ihn feierlich zu begrüßen. Dreißigtausend Menschen! Das wird ein Geschrei werden!"

„Ich verstehe", flüsterte der Prinz Pentuer zu. „Der heilige Mentezufis hat mich vorausgeschickt, damit ich keinen Triumphzug erlebe ... aber lassen wir es für heute genug sein."

Die Pferde waren ermüdet, und man mußte eine kleine Rastpause einlegen. So schickte der Prinz etliche Reiter voraus, damit sie Flußbarken bestellten; das übrige Gefolge aber blieb unter einem Palmenhain, der damals zwischen der Pyramidengruppe und dem Sphinx wuchs.

Damit befanden sie sich am nördlichen Rand des unermeßlichen Friedhofes. Auf einer Fläche von ungefähr einem Quadratkilometer, auf der Wüstenpflanzen wucherten, lagen viele Gräber und kleine Pyramiden, über die die drei größten Pyramiden hinwegragten: die des Cheops, des Khefren und des Mykerin, sowie der Sphinx. Diese riesenhaften Bauten sind kaum etliche hundert Schritt voneinander entfernt. Die drei Pyramiden stehen in einer Reihe von Nordost nach Südwest. Östlich dieser Linie, nahe am Nil, liegt der Sphinx, zu dessen Füßen sich der unterirdische Horus-Tempel hinzog.

Die Pyramiden, diese Werke von Menschenhänden, und besonders die des Cheops, erschrecken geradezu durch ihre Größe. Die Cheopspyramide ist ein spitzer, fünfunddreißig Stock hoher Steinhügel (137 Meter), sie steht auf einer quadratischen Basis, deren jede Seite dreihundertundfünfzig Schritt (227 Meter) lang ist. Sie bedeckt eine Fläche von zehn Morgen, und ihre vier dreieckigen Wände würden eine Fläche von siebzehn Morgen bedecken. Zu ihrem Bau wurde eine solche Menge Steine gebraucht, daß man daraus eine übermannshohe Mauer hätte errichten können, die einen halben Meter breit und zweitausendfünfhundert Kilometer lang wäre.

Als sich das Gefolge des Prinzen unter den armseligen Bäumchen niedergelassen hatte, gingen einige Soldaten Wasser suchen, andere zogen ihre getrockneten Fladen hervor, Thutmosis dagegen warf sich auf die Erde und schlief ein. Der Prinz und Pentuer wandelten inzwischen im Gespräch auf und ab.

Die Nacht war ziemlich hell, so daß man auf der einen Seite die riesigen Silhouetten der Pyramiden und auf der anderen die Figur des Sphinx erkennen konnte.

„Ich bin hier schon zum vierten Male“, sprach der Thronfolger, „und immer wieder wird mein Herz von Staunen und Trauer erfüllt. Als ich noch Schüler der höheren Schule war, glaubte ich, nach meiner Thronbesteigung etwas Würdigeres, noch Würdigeres als diese Pyramide des Cheops errichten zu können. Heute aber muß ich über meine Kühnheit lachen, wenn ich nur daran denke, daß dieser große Pharao beim Bau seines Grabmals eintausendsechshundert Talente* allein für Gemüse für seine Arbeiter bezahlt hat. Woher sollte ich eintausendsechshundert Talente oder auch nur die Menschen nehmen!“

„Seid auf Cheops nicht neidisch, Gebieter“, erwiderte der

* Etwa zehntausend Francs.

Priester. „Andere Pharaonen haben bessere Werke hinterlassen; Stauseen, Kanäle, Heerstraßen, Tempel und Schulen."

„Kann man denn diese Bauten mit den Pyramiden vergleichen?"

„Gewiß nicht", antwortete der Priester eilig, „in meinen und des ganzen Volkes Augen ist jede Pyramide ein Verbrechen und das größte die des Cheops."

„Du läßt dich hinreißen", wies ihn der Prinz zurecht.

„Durchaus nicht. Jener Pharao ließ sein großes Grab in dreißig Jahren erbauen, in deren Verlauf einhunderttausend Menschen jährlich drei Monate lang arbeiteten. Und welchen Nutzen hat die Arbeit gebracht? Wem Nahrung, Heilung, Kleidung gegeben? Dafür aber gingen Jahr für Jahr bei diesem Werk zehn- oder zwanzigtausend Menschen zugrunde... das heißt – das Grab des Cheops hat eine halbe Million Tote gekostet – und wieviel Blut, Tränen, Schmerzen – wer vermag das aufzuzählen?

Deshalb wundert Euch nicht darüber, Herr, daß der ägyptische Bauer bis zum heutigen Tage mit Schaudern gen Westen blickt, wo am Horizont die blutigroten oder schwarzen Dreiecke der Pyramiden auftauchen. Sie sind Zeugen seiner Qualen und nutzloser Arbeit.

Es ist nicht auszudenken, daß es immer so sein wird, solange diese Zeugen der menschlichen Eitelkeit nicht zu Staub zerfallen! Doch wann wird das endlich eintreten? Seit dreitausend Jahren schrecken sie uns durch ihren Anblick, und immer noch sind ihre Wände glatt und die riesigen Inschriften lesbar."

„In jener Nacht in der Wüste hast du aber anders gesprochen", unterbrach ihn der Prinz.

„Weil ich sie nicht sah. Aber wenn ich sie wie jetzt vor Augen habe, umringen mich die schluchzenden Seelen der zu Tode gequälten Bauern und flüstern: ‚Sieh, was man uns angetan hat! Und wie haben unsere Glieder dabei geschmerzt und unsere Herzen sich nach Ruhe gesehnt!...'"

Dieser Ausbruch berührte Ramses unangenehm.

„Mein heiliger Vater", sagte er nach einer Weile, „hat das anders erklärt. Als wir vor fünf Jahren hier waren, erzählte mir der göttliche Gebieter folgende Geschichte:

Zu Zeiten des Pharao Thutmosis I. kamen die äthiopischen Abgesandten, um sich über die Höhe des von ihnen zu zahlenden Tributes zu einigen. Das war ein hartnäckiges Volk! Sie sagten, der eine verlorene Krieg bedeute ihnen nicht viel, in einem zweiten könnte ihnen das Geschick vielleicht hold sein. So feilschten sie ein paar Monate lang.

Vergebens zeigte der weise König, sie sanft belehrend, ihnen unsere Heerstraßen und Kanäle. Sie antworteten darauf, sie hätten in ihrem Lande, wo sie nur wollten, Wasser umsonst. Vergeblich öffnete er ihnen die Schatzkammern der Tempel: Sie sagten, ihre Erde berge weit mehr Gold und Edelsteine als ganz Ägypten. Vergeblich führte ihnen der Gebieter sein Heer vor, sie behaupteten, es gäbe unvergleichlich mehr Äthiopier als Soldaten Seiner Heiligkeit.

Da führte der Pharao sie an diesen Ort, auf dem wir stehen, und zeigte ihnen die Pyramiden.

Die äthiopischen Gesandten gingen um sie herum, lasen die Inschriften und schlossen am nächsten Tage den Vertrag, den man von ihnen forderte.

Da ich diese Geschichte nicht verstand", fuhr Ramses fort, „erklärte mein heiliger Vater sie mir.

‚Sohn', sagte er, ‚diese Pyramiden sind ewige Zeugen der übermenschlichen Macht Ägyptens. Wenn ein Mann sich eine Pyramide erbauen wollte, würde er einen kleinen Steinhaufen zusammentragen und nach ein paar Stunden seine Arbeit aufgeben und sich fragen: Wozu? Zehn, hundert, tausend Menschen hätten einige Steine mehr herbeigeschafft, sie unordentlich hingeschüttet und ebenfalls nach einigen Tagen aufgehört – denn wozu sollten sie weiterbauen? Wenn aber der ägyptische Pharao und das ägyptische Reich sich vornehmen, einen Steinhaufen zu sammeln, so treiben sie Hunderttausende von Menschen zusammen und lassen sie zehn, zwanzig, dreißig oder mehr Jahre hindurch bauen, so lange, bis die Arbeit beendet ist.

Es geht nämlich nicht darum, ob die Pyramiden nötig sind, sondern darum, daß der Wille des Pharao, wenn er einmal ausgesprochen ist, auch erfüllt werde.'

Ja, Pentuer, diese Pyramide ist nicht das Grab des Cheops, sondern die Verkörperung seines Willens, der so viel Vollstrecker besitzt wie kein König auf Erden und eine solche Ordnung und Beharrlichkeit im Handeln aufweist, wie das nur Götter vermögen.

Noch in der Schule lehrte man mich, der menschliche Wille sei eine große Kraft unter der Sonne. Und doch kann er allein nicht einmal einen Stein aufheben. Wie groß ist also der Wille des Pharao, der einen Steinberg errichten ließ, nur weil es ihm so gefiel, weil er es so wollte, und wäre es ohne Sinn."

„Willst du denn auf eine ähnliche Weise deine Macht beweisen?" fragte Pentuer ihn plötzlich.

„Nein", erwiderte der Prinz ohne Zaudern. „Da die Pharaonen schon einmal ihre Kraft bezeugt haben, können sie nun barmherzig sein. Es sei denn, daß jemand versuchte, sich ihren Befehlen zu widersetzen."

Und doch zählt dieser Jüngling erst dreiundzwanzig Jahre! dachte der Priester beunruhigt.

Sie wandten sich dem Fluß zu und schritten einige Zeit schweigend dahin.

„Leg dich nieder, Herr", rief der Priester. „Schlafe. Wir haben eine ziemliche Strecke zurückgelegt."

„Könnte ich denn einschlafen?" erwiderte der Prinz. „Da umgeben mich Tausende von Bauern, die deiner Meinung nach beim Bau der Pyramiden umgekommen sind – als wenn sie ohne diese Pyramiden hätten ewig leben können! Dann wieder muß ich an meinen heiligen Vater denken, der vielleicht in diesem Augenblick im Sterben liegt... Die Bauern leiden! Die Bauern vergießen ihr Blut! Wer will mir beweisen, daß mein göttlicher Vater auf seinem kostbaren Lager nicht mehr leidet als deine Bauern, die glühende Steine schleppen?

Die Bauern! Immer die Bauern... Für dich, Priester, verdient immer nur der Mitleid, den die Läuse fressen. Eine ganze Reihe von Pharaonen haben sich zu Grabe gelegt, die einen starben unter Schmerzen eines natürlichen Todes, andere wurden ermordet. Du aber denkst niemals an sie, sondern nur an die Bauern, deren einziges Verdienst es ist, daß sie andere Bauern geboren, Nilschlamm geschöpft oder ihren Rindern Gerstenklöße ins Maul gestopft haben.

Und mein Vater? Und ich? Hat man mir nicht den Sohn und ein Weib aus meinem Hause gemordet? Hat mich der Typhon in der Wüste geschont, oder schmerzen meine Glieder nicht nach langer Reise?... Sind mir nicht die Geschosse der libyschen Schleuderer um den Kopf geschwirrt? Besitze ich etwa einen Vertrag mit der Krankheit oder dem Schmerz oder dem Tode, daß sie mit mir gnädiger verfahren als mit deinen Bauern?

Blicke dorthin: die Asiaten schlafen, und in ihrer Brust wohnt Stille; ich aber, ihr Herr, habe ein Herz voller Sorgen und Unruhe. Frage einen hundertjährigen Bauern, ob er in seinem ganzen Leben so viel Bitternis erfahren hat wie ich im Verlauf einiger Monate als Statthalter und Heerführer."

Vor ihnen tauchte langsam aus der Tiefe der Nacht ein eigenartiger Schatten auf. Es war ein fünfzig Schritt langer, drei Stockwerke hoher Bau, dessen Seiten von merkwürdigen fünfstöckigen Türmen flankiert wurden.

„Betrachtet doch den Sphinx!" sprach der gereizte Prinz. „Ein Werk der Priester! Sooft ich ihn sah, am Tage wie bei Nacht, immer hat mich die Frage gequält: Wozu?

Den Sinn der Pyramiden verstehe ich. Ein mächtiger Pharao wollte seine Stärke zeigen, oder vielleicht wollte er auch – was mir vernünftiger erscheinen würde – sich ein ewiges Leben in Frieden sichern, das kein Feind und kein Dieb stören könnte. Aber dieser Sphinx! Natürlich ist das unser heiliger Priesterstand. Welch großes und weises Haupt, darunter aber – Löwenklauen . . .

Ein abscheuliches Denkmal voller Zweideutigkeit, das damit zu prahlen scheint, weil wir uns unter ihm wie die Heuschrecken ausnehmen. Er ist weder Mensch noch Tier, noch Fels. Welche Bedeutung hat er also? Und sein Lächeln . . . Du bewunderst die Dauerhaftigkeit der Pyramiden: der Sphinx lächelt; du gehst mit den Toten Zwiegespräche halten: er lächelt. Ob die Felder Ägyptens grünen oder der Typhon seine feurigen Rappen freiläßt, ob der Sklave in der Wüste Freiheit sucht oder Ramses der Große die besiegten Völker zusammentreibt: er hat für alles ein und dasselbe steinerne Lächeln.

Neunzehn königliche Dynastien vergingen wie ein Schatten, er aber lächelte, und er würde sogar dann noch lächeln, wenn der Nil versiegte und Ägypten unter Sand begraben würde.

Er ist ein Ungeheuer, um so mehr, als er ein sanftes menschliches Antlitz hat! Niemals fühlt er Leid über die Vergänglichkeit der bis zum Überfluß mit Not und Elend bedachten Welt."

„Herr, Ihr habt das Antlitz der Götter vergessen", warf Pentuer ein, „oder kennt Ihr keine Mumien? Alle Unsterblichen betrachten die vergänglichen Dinge mit derselben Ruhe. Sogar der Mensch, wenn er selber vergangen ist."

„Die Götter erhören zuweilen unsere Bitten", meinte Ramses. „Doch der Sphinx wird von nichts ergriffen. Er ist nicht Sinnbild des Mitleids, sondern ein einziges Höhnen. Auch wenn ich wüßte, daß er in seinem Munde eine Prophezeiung für mich verbirgt oder einen Rat, so würde ich mich dennoch nicht erdreisten, ihn zu befragen. Ich glaube, er würde mit unerbittlicher Ruhe etwas Furchtbares aussprechen. So ist er, das Werk und Symbol der Priester: schlimmer als ein Mensch, denn er hat einen Löwenleib; schlimmer als ein Tier, denn er besitzt ein Menschenhaupt; schlimmer als ein Fels, denn in ihm schlummert unverständliches Leben."

In dem Augenblick drangen an ihr Ohr stöhnende, gedämpfte Stimmen, deren Ursprung nicht zu ergründen war.

„Er singt wohl?" fragte der Prinz erstaunt.

„Das Geräusch kommt aus dem unterirdischen Tempel", erwiderte der Priester. „Doch warum beten sie um diese Zeit?"

„Frage besser, warum beten sie überhaupt, wo sie doch niemand hört?"

Pentuer orientierte sich schnell und ging dem Gesang nach. Der Prinz fand einen Stein mit einer Stütze und ließ sich ermüdet nieder. Er verschränkte die Hände hinter dem Genick, lehnte sich zurück und betrachtete das riesige Antlitz des Sphinx. Trotz der Dämmerung waren die übermenschlichen Züge, denen die Abendschatten Charakter und Leben verliehen, deutlich erkennbar. Der Prinz aber fühlte, je länger er in dieses Antlitz schaute, daß er vorhin voreingenommen und in seiner Abneigung ungerecht gewesen war.

Aus der Miene des Sphinx sprach nicht Grausamkeit, eher Resignation. In seinem Lächeln war kein Hohn enthalten, eher Melancholie. Er spottete nicht des Elends und der Nichtigkeit der Menschen, er schien sie nämlich gar nicht wahrzunehmen.

Seine ausdrucksvollen Augen blickten über den Nil in eine Ferne, die sich menschlichen Blicken hinter dem Horizont entzieht. Beobachtete er das beunruhigende Anwachsen der assyrischen Monarchie? Das aufdringliche Hasten der Phönizier, die Geburt Griechenlands oder vielleicht den Keim der zukünftigen Ereignisse am Jordan? – Wer konnte das erraten!

Der Prinz war dessen sicher, daß der Sphinx etwas betrachtete, über etwas nachdachte und auf etwas wartete mit seinem friedlichen Lächeln, das eines überirdischen Geschöpfes würdig war. Und außerdem schien es Ramses, daß, wenn sich dieses Etwas am Horizont zeigte, der Sphinx gewiß aufstände und ihm entgegenginge.

Was sollte das aber sein und wann? Es war ein Geheimnis, dessen Bedeutsamkeit sich im Antlitz des Unvergänglichen deutlich spiegelte. Seit Jahrhunderten hatte der Sphinx bisher auch nicht für einen Augenblick die Lider gesenkt, sondern schaute nur, schaute immer nur.

Indessen fand Pentuer ein Kellerfenster, aus dem der klagende Wechselgesang der Priester drang:

Chor I: „Erhebe dich strahlend wie Isis, stehe gleich Sotis zu Beginn des immerwährenden Jahres am morgendlichen Firmament."

Chor II: „Gott Amon-Ra weilte stets zu meiner Rechten wie zu meiner Linken. Er selbst hat die Herrschaft über die ganze Welt in meine Hände gelegt und mir geholfen, meine Feinde zu vernichten."

Chor I: „Jung warst du noch und trugst geflochtenes Haar, doch geschah in Ägypten nichts ohne deinen Befehl, und es wurde kein Grundstein zu einem Bau gelegt ohne deine Gegenwart."

Chor II: „Ich bin zu dir gekommen, Herrscher aller Götter, großer Gott, Gebieter der Sonne. Tum verheißt mir, daß die Sonne aufgehen wird und daß ich ihr gleichen werde, der Nil verspricht, daß ich zum Thron des Osiris gelange und ihn für alle Zeiten innehaben werde."

Chor I: „Du bist in Frieden und von den Göttern geehrt heimgekehrt, du Herrscher zweier Welten, Ra-Mer-amen-Ramses. Ich versichere dir ewige Herrschaft, Könige werden zu dir kommen und dir huldigen."

Chor II: „O du, du, Osiris-Ramses! Ewig lebender Himmelssohn, den die Göttin Nut gebar. Möge deine Mutter dich mit dem Geheimnis des Himmels umhüllen und veranlassen, daß du ein Gott wirst, o du, Osiris-Ramses."*

„Also ist der heilige Gebieter bereits verschieden!" murmelte Pentuer.

Er verließ das Fenster und näherte sich dem Orte, an dem der Prinz in Träumen versunken saß.

Der Priester kniete vor ihm nieder, neigte tief sein Antlitz und rief: „Seid gegrüßt, Pharao, Herrscher der Welt!"

„Was sagst du?" rief der Prinz aufspringend.

„Der einzige und allmächtige Gott schenke Euch Weisheit und Kraft und Eurem Volke Glück!"

„Steh auf, Pentuer... Also bin ich... also wäre ich..."

Plötzlich packte er den Priester bei der Schulter und wandte ihn dem Sphinx zu.

* Grabinschriften.

„Sieh ihn an", forderte er.

Doch weder im Antlitz noch in der Haltung des Kolosses war irgendeine Veränderung vor sich gegangen. Ein Pharao trat über die Schwelle der Ewigkeit, der zweite erschien sonnengleich, aber das steinerne Antlitz des Gottes oder Ungeheuers blieb ungerührt. Auf den Lippen dauerte das sanfte Lächeln an, über alle irdische Macht und allen Ruhm hinweg, in Erwartung der unbekannten Zukunft.

Bald kamen vom Nil her die beiden Boten mit der Nachricht, daß die Barken bereitlägen.

Pentuer rief der schlafenden Eskorte zu:

„Erwacht! Erwacht!"

Die wachsamen Asiaten sprangen sofort auf und zäumten die Pferde. Auch Thutmosis erhob sich, laut gähnend.

„Brr!" murrte er. „Was für eine Kälte! Der Schlaf ist eine gute Sache! Kaum bin ich ein bißchen eingenickt, und schon kann ich wieder reiten, meinetwegen bis ans Ende der Welt – nur nicht wieder zu den Natronseen. Brr! Den Geschmack des Weines habe ich vergessen, und ich glaube, mir sind, wie dem Schakal, Haare auf den Händen gewachsen ... und bis zum Palast sind es noch zwei Stunden.

Glücklich sind die Bauern! Da schläft so ein Lump um diese Zeit noch, hat kein Bedürfnis zu baden und geht nicht an die Arbeit, bevor ihn sein Weib mit Gerstenbrei gefüttert hat. Ich, großer Herr, aber muß mich wie ein Dieb bei Nacht in der Wüste herumtreiben und habe dabei nicht einmal einen Tropfen Wasser, um meine Lippen zu netzen."

Die Pferde standen bereit, Ramses bestieg seinen Hengst. Da näherte sich ihm Pentuer, ergriff das Roß des Herrschers am Zügel und führte es.

„Was soll das bedeuten?" fragte Thutmosis erstaunt.

Bald aber eilte auch er herbei und führte Ramses' Pferd von der anderen Seite. So gingen sie alle schweigend und über des Priesters Benehmen erstaunt; sie ahnten, daß etwas Bedeutsames geschehen war.

Nach etlichen hundert Schritten endete plötzlich die Wüste, und vor den Reisenden zog sich zwischen den Feldern die Straße entlang.

„Besteigt die Pferde!" sagte Ramses. „Wir müssen eilen."

„Seine Heiligkeit befiehlt, die Pferde zu besteigen!" rief Pentuer.

Die Anwesenden erstarrten. Doch Thutmosis gewann schnell seine Geistesgegenwart zurück, legte die Hand an das Schwert und rief: „Ewig lebe unser allmächtiger Herrscher, der Pharao Ramses!"

„Er lebe ewig!" heulten die Asiaten und klirrten mit ihren Waffen.

„Ich danke euch, meine treuen Soldaten", antwortete Seine Heiligkeit.

Einen Augenblick später galoppierten die Reiter dem Strom zu.

AtV **Dokument und Essay**

Band 59

Wladimir Purischkewitsch
Wie ich Rasputin ermordete

Ein Tagebuch

Aus dem Russischen von Hartmut Herboth
Mit einem Nachwort von Gregor Ziolkowski

Deutsche Erstveröffentlichung

126 Seiten
9,80 DM
ISBN 3-7466-0065-0

Grigori Rasputin – einfacher russischer Bauer oder Dämon? Wüstling oder Heiliger? Man sagte ihm übersinnliche Fähigkeiten ebenso wie übermäßige erotische Kräfte nach. Für Wladimir Purischkewitsch, Abgeordneter der Reichsduma, waren Rasputin und sein Einfluß auf den letzten russischen Zaren, Nikolai II., und dessen Frau die Hauptursache für die Misere Rußlands um 1916.
Zusammen mit Felix Fürst Jussupow faßte er deshalb den Entschluß, Rasputin zu beseitigen.

AtV

Band 105

Rosemarie Schuder
Der Sohn der Hexe

Roman über Johannes Kepler

Erstmals als Taschenbuch

352 Seiten
16,80 DM
IBSN 3-7466-0116-9

Johannes Kepler, einer der großen Begründer der neuzeitlichen Wissenschaft, versucht, seine Mutter vor der Hinrichtung als Hexe zu retten. Das erschütternde Erleben des berühmten Astronomen und Mathematikers und das Leiden seiner einfachen Mutter in der Zeit des Dreißigjährigen Krieges sind zum Sinnbild von Menschen geworden, die für Toleranz eintreten.

AtV

Band 147

Rosemarie Schuder
In der Mühle des Teufels

Roman um Johannes Kepler

Erstmals als Taschenbuch

338 Seiten
16,80 DM
ISBN 3-7466-0157-6

Wie verhält sich ein Wissenschaftler, der begreift, daß seine Arbeit der Perfektionierung des Tötens dient? Dieser Frage geht Rosemarie Schuder in ihrem zweiten Roman über Johannes Kepler nach. Keplers wissenschaftliche Erkenntnisse stehen wie die Galileis im Widerspruch zur herrschenden Lehre, doch bleibt ihm der Widerruf erspart. Seine persönliche Tragödie ist von anderer Aktualität: Sein Werk wird auf fatale Weise mißbraucht.

AtV

Band 107

Grigori Kanowitsch
Kerzen im Wind

Roman

Aus dem Russischen von Waltraud Ahrndt

640 Seiten
28,80 DM
ISBN 3-7466-0118-5

Gegenwärtig leben noch knapp 10 000 Juden in Litauen, und es werden ständig weniger. Der jüdische Schriftsteller Grigori Kanowitsch, der sich seit der Perestroika auch politisch stark für die Juden in Litauen engagiert, hat bereits vor Jahren begonnen, der vom Aussterben bedrohten ostjüdischen Kultur ein Denkmal zu setzen. In seinem ersten Roman „Kerzen im Wind" (1979), gehalten in der Stimmung und Farbigkeit Chagallscher Bilder, erzählt er die Geschichte des Waisenjungen Daniel, der vor dem zweiten Weltkrieg zusammen mit seinem Vormund, dem Totengräber Josef, in einem kleinen litauischen Marktflecken wohnt und nach der deutschen Besetzung mit anderen Juden des Ortes den leidvollen Weg ins Ghetto antreten muß.

AtV

Band 173

Grigori Kanowitsch
Tränen und Gebete der Einfältigen

Historischer Roman

Aus dem Russischen von Waltraud Ahrndt

339 Seiten
16,80 DM
ISBN 3-7466-0178-9

1863. In einem litauischen Marktflecken taucht ein merkwürdiger Mann auf, der sich als Sendbote Gottes ausgibt. Er sammle, so sagt er, alle Sünden der Juden, um sie am Tag des Jüngsten Gerichts vor Gott auszubreiten. Eine geheimnisvolle Kraft geht von diesem Mann aus. So wird der Fremde zur Verkörperung alles Unterdrückten, Vermißten, Ersehnten.

AtV

Band 208

Miguel Otero Silva
Der Tod des Honorio

Roman

Aus dem Spanischen von
Christel Dobenecker

Erstmals als Taschenbuch

233 Seiten
16,80 DM
ISBN 3-7466-0213-0

Ein spannendes, anrührendes Buch, handelnd von menschlicher Bewährung in extremen Situationen, vom Triumph der Humanität über den allgegenwärtigen Terror.
Der Ort ist eine Gefängniszelle irgendwo in Venezuela. Die Vorgänge, geprägt von schäbigem Verrat und inniger Liebe, liegen Jahre zurück. – Sie wiederholen sich täglich und an vielen Plätzen der Welt.

AtV

Band 151

Jussuf al-Kaid
Masri, der Mann aus dem Delta

Roman

Aus dem Arabischen von Doris Kilias

Deutsche Erstveröffentlichung

175 Seiten
15,80 DM
ISBN 3-7466-0162-2

Ein Gemeindevorsteher erhält nach fast zwei Jahrzehnten Land zurück, das ihm durch die Bodenreform genommen wurde. Endlich ist er wieder im Besitz seiner Würde, Freude und Glück erfüllen ihn. Am nächsten Tag trifft der Einberufungsbefehl für seinen Sohn ein. Wenn er diesen faulen und dummen Burschen nicht vor dem Militärdienst bewahrt, wird die Mutter, seine dritten Frau, ein peinliches Geheimnis enthüllen. Ein Ersatzmann muß gefunden werden. Nur einer käme in Frage: Masri, der einzige Sohn des Dorfwächters, angesehen wegen seiner Intelligenz, aber zu arm, um eine höhere Schule zu besuchen. Damit die Familie überleben kann, läßt sich Masri auf ein unheilvolles Geschäft ein.

AtV

Band 123

Fjodor Dostojewski
Der Doppelgänger

Ein Petersburger Poem

Aus dem Russischen von Georg Schwarz

197 Seiten
14,80 DM
ISBN 3-7466-0133-9

Ein krankhaftes Verlagen nach Karriere, Sicherheit und Glück beherrscht den Petersburger Titularrat Goljadkin, der doch so erfolglos und unterwürfig ist. Da ersteht aus seinem Bewußtsein sein Doppelgänger, dem einfach alles gelingt.
„Ich habe nichts Ernsthafteres in der Literatur zustande gebracht als diese Idee", schrieb Dostojewski über seine berühmte Erzählung.

AtV

Band 1022

Iwan Turgenjew
Aufzeichnungen eines Jägers

Aus dem Russischen von Herbert Wotte

448 Seiten
17,80 DM
ISBN 3-7466-1022-2

„Geben Sie mir die Hand, lieber Leser, und machen Sie eine Ausfahrt mit mir. Das Wetter ist herrlich; sanft blaut der Maihimmel…“
Die Jahreszeiten wechseln, das Wetter schlägt um, die Wege werden unpassierbar, aber auch dann ist der Jäger unterwegs nach Beute und Abenteuer.

Bolesław Prus

PHARAO

Roman

Drittes Buch

Aus dem Polnischen von
Kurt Harrer

Aufbau Taschenbuch Verlag

Titel der Originalausgabe
Faraon

ISBN 3-7466-1030-3

1. Auflage 1994
Aufbau Taschenbuch Verlag Berlin

Reihengrundlayout Sabine Müller, FAB Verlag, Berlin
Umschlaggestaltung Bert Hülpüsch, Berlin
Druck Elsnerdruck, Berlin
Printed in Germany

DRITTES BUCH

I

Man weiß nicht, ob die Propheten des unterirdischen Sphinxtempels den neuen Herrscher Ägyptens bei den Pyramiden gesehen und seine zu erwartende Ankunft auf irgendeine Weise im königlichen Palast angemeldet hatten. Als Ramses sich dem Hohlweg näherte, befahl jedenfalls der allerehrwürdigste Erzpriester Herihor, die Palastwache zu wecken, und während der Pharao über den Nil setzte, versammelten sich bereits alle Priester, Generale und zivilen Würdenträger im großen Saale.

Genau bei Sonnenaufgang ritt Ramses XIII. an der Spitze seines kleinen Gefolges in den Hof des Palastes ein, wo die Dienerschaft sich vor ihm niederwarf und die Garde beim Klang von Hörnern und Trommeln die Waffen erhob.

Nachdem Seine Heiligkeit die Truppe begrüßt hatte, begab er sich ins Bad und wusch sich in balsamduftendem Wasser. Dann erlaubte er, seine göttlichen Haare zu ordnen, doch als ihn der Friseur untertänigst fragte, ob er befehle, Haupt und Bart zu rasieren, erwiderte der Herrscher: „Nein, das ist nicht nötig. Ich bin kein Priester, sondern Soldat."

Diese Worte erzählte man sich schon im nächsten Augenblick im Audienzsaal. Nach einer Stunde machten sie im Palast die Runde, gegen Mittag wiederholte man sie in der Stadt Memphis, und am Abend waren sie in allen Tempeln des Reiches von Tami-n-hor und Sabne-Chetam im Norden bis nach Sunnu und Pilak im Süden bekannt.

Über diese Worte wurden die Nomarchen, der Adel, das Heer, das Volk und die Fremdlinge geradezu toll vor Freude, und die heilige Kaste der Priester widmete sich um so eifriger ihren Trauerzeremonien für den verstorbenen Pharao.

Als Seine Heiligkeit das Bad verließ, kleidete er sich in ein kurzes, schwarz-gelb gestreiftes Soldatenhemd, zog darüber einen goldenen Brustpanzer, band an die Füße Riemensandalen und bedeckte sein Haupt mit einem flachen Stachelhelm; dann gürtete er das stählerne assyrische Schwert um, das er schon bei der Schlacht an den Natronseen getragen hatte, und betrat, von einem großen Gefolge der Generale umgeben, scheppernd und klirrend den Audienzsaal.

Dort trat ihm der Erzpriester Herihor in den Weg. Neben ihm standen die heiligen Erzpriester Sem, Mefres und andere, hinter ihm die Großrichter von Memphis und Theben, ein Dutzend Nomarchen der nächstgelegenen Nomen, der Oberste Schatzmeister, die Vorsteher des Getreidehauses, des Viehhauses, der Kleiderkammern, des Hauses der Sklaven und auch der Gold- und Silberbewahrer sowie eine Reihe anderer Würdenträger.

Herihor verneigte sich vor Ramses und sprach gerührt: „Gebieter! Eurem ewig lebenden Vater gefiel es, zu den Göttern einzugehen, wo ihm immerwährendes Glück zuteil werden wird. Nun habt Ihr die Pflicht, das verwaiste Reich zu lenken.

Seid also gegrüßt, Gebieter und Herrscher der Welt und – ewig lebe Seine Heiligkeit, der Pharao Cham-sam-merer-amen-Ramses-ses-neter-hog-an!"

Die Anwesenden wiederholten eifrig diesen Huldigungsruf. Man erwartete, daß der neue Pharao irgendeine Spur von Rührung oder Verwirrung zeigen würde. Zum Erstaunen aller jedoch runzelte Ramses nur die Brauen und erwiderte: „Nach dem Willen meines heiligen Vaters und den Gesetzen Ägyptens übernehme ich die Herrschaft und werde sie zum Ruhme des Reiches und zum Glück des Volkes ausüben."

Plötzlich aber wandte er sich Herihor zu, blickte ihm scharf in die Augen und fragte: „Auf der Inful Eurer Würden sehe ich die goldene Schlange. Weshalb hast du das Symbol der königlichen Macht angelegt?"

Darauf trat Totenstille ein. Der kühnste Mensch in Ägypten hätte nie vermutet, daß der junge Herrscher seine Regentschaft mit einer derartigen Frage an die mächtigste Person im Reich beginnen würde, eine Person, die vielleicht noch mächtiger war als seinerzeit der verstorbene Pharao.

Doch hinter dem jungen Gebieter standen ein Dutzend Generale, im Hof sprühten die Funken vom Erz der Garderegimenter, und über den Nil setzte bereits von den Natronseen die Armee, die vom Triumph berauscht und in ihren Heerführer verliebt war.

Herihor wurde wachsbleich und vermochte aus seiner förmlich zusammengeschnürten Kehle auch nicht einen Ton hervorzubringen.

„Ich frage Euer Würden", wiederholte der Pharao ruhig, „mit welchem Recht du die königliche Schlange trägst."

„Es ist die Inful Eures Ahns, des heiligen Amenhotep", erwiderte Herihor leise. „Der Höchste Rat befahl mir, sie bei bedeutsamen Ereignissen anzulegen."

„Mein heiliger Ahn", sprach der Pharao, „war der Vater der Königin und erhielt gnädig das Recht, seine Inful mit dem Uräus zu schmücken; soviel mir aber bekannt ist, befindet sich sein feierliches Gewand unter den Reliquien des Amon-Tempels."

Herihor hatte sich bereits gefaßt.

„Geruhet, Eure Heiligkeit, daran zu denken, daß Ägypten einen ganzen Tag lang keinen rechtmäßigen Herrscher hatte. Währenddessen mußte jemand den Gott Osiris wecken und zum Schlafe niederlegen, dem Volke Segen erteilen und den königlichen Ahnen huldigen.

In dieser so schweren Zeit befahl mir der Höchste Rat, die heilige Reliquie anzulegen, damit die Regierung des Reiches und der Götterdienst nicht versäumt wurden. Jetzt aber, wo wir wieder einen rechtmäßigen und mächtigen Herrscher haben, lege ich die wundertätige Reliquie ab."

Damit nahm Herihor die mit dem Uräus geschmückte Inful vom Haupt und reichte sie dem Erzpriester Mefres.

Das drohende Gesicht des Pharao hellte sich wieder auf, er wandte sich dem Thron zu.

Plötzlich vertrat ihm der heilige Mefres den Weg und sprach, sich bis zur Erde verneigend: „Geruht, heiliger Herr und Gebieter, eine untertänigste Bitte anzuhören."

Doch weder in seiner Stimme noch in seinen Augen war Demut, als er dann aufrecht weitersprach: „Durch mich spricht der Höchste Rat aller Erzpriester."

„Bitte", erwiderte der Pharao.

„Es ist Eurer Heiligkeit bekannt, daß ein Pharao, der nicht die Weihen eines Erzpriesters besitzt, die höchsten Opferzeremonien nicht ausführen und den wundertätigen Osiris weder an- noch auskleiden darf."

„Ich verstehe, ich bin ein Pharao, der die Würden eines Erzpriesters nicht innehat."

„Aus diesem Grunde", sprach Mefres weiter, „bittet der

Höchste Rat Eure Heiligkeit untertänigst darum, einen Erzpriester zu bestimmen, der Euch in der Ausübung der religiösen Gebräuche vertreten kann."

Bei dieser entschlossenen Rede zitterten und wanden sich die Erzpriester und die zivilen Würdenträger, als stünden sie auf glühenden Steinen, während die Generale wie unbeabsichtigt ihre Schwerter zurechtrückten. Doch der heilige Mefres blickte sie mit unverhohlener Verachtung an und heftete von neuem seinen kalten Blick auf das Antlitz des Pharao.

Der Herr der Welt zeigte jedoch auch diesmal keinerlei Befangenheit.

„Gut", antwortete er, „daß mich Euer Würden an diese bedeutsame Pflicht erinnert haben. Das Kriegshandwerk und die Regierungsgeschäfte gestatten es mir nicht, mich mit den Gebräuchen unserer heiligen Religion zu beschäftigen, also muß ich dafür einen Stellvertreter bestimmen."

Der Pharao sah sich unter den Versammelten um.

Zur Linken Herihors stand der heilige Sem. Ramses schaute in sein sanftes und aufrichtiges Antlitz und fragte plötzlich: „Wer und was bist du, Ehrwürden?"

„Ich heiße Sem und bin der Erzpriester des Ptah-Tempels in Pi-Bast."

„Ich ernenne dich zu meinem Stellvertreter in religiösen Angelegenheiten", sprach der Herrscher, mit dem Finger auf ihn weisend.

Durch die Reihen der Versammelten lief ein Raunen der Bewunderung. Es wäre selbst nach gründlichen Überlegungen und Beratungen schwer gewesen, für dieses hohe Amt einen würdigeren Priester zu wählen.

Herihor erblaßte noch mehr, Mefres preßte die bläulichen Lippen zusammen und senkte die Lider.

Einen Augenblick später ließ sich der neue Pharao auf dem Thron nieder, der auf geschnitzten Figuren stand, die Fürsten und Könige von neun Völkern darstellten.

Dann überreichte Herihor dem Gebieter auf einem goldenen Tablett die weiß-rote, von einer goldenen Schlange umwundene Krone. Der Herrscher setzte sie schweigend aufs Haupt; die Anwesenden warfen sich zur Erde nieder. Dies war noch nicht die feierliche Krönung, sondern erst die Übernahme der Herrschaft. Nachdem die Priester den Pharao beweihräuchert und ihre Hymne an Osiris gesungen hatten, damit er Ramses seinen Segen schenke, durften die zivilen und militärischen Würdenträger die unterste Thronstufe küssen. Dann ergriff der Gebieter einen goldenen Löffel, opferte den zu beiden Seiten seines Thrones stehenden Götterstatuen Weihrauch und wiederholte dabei die Gebete, die ihm der heilige Sem laut vorsprach.

„Was habe ich jetzt zu tun?“ fragte der Herrscher.

„Zeigt Euch dem Volke!“ erwiderte Herihor.

Durch die vergoldeten, weit geöffneten Türen trat Seine Heiligkeit über marmorne Stufen auf die Terrasse, hob die Hände und wandte sich der Reihe nach den vier Himmelsrichtungen zu. Fanfaren ertönten, und auf den Gipfeln der Pylonen erschienen die Fahnen. Wer auf dem Acker war, auf dem Hofe oder auf der Straße, warf sich nieder; der über dem Rücken von Vieh oder einem Sklaven erhobene Knüppel verharrte, und alle an diesem Tage verurteilten Staatsverbrecher wurden begnadigt.

Als der Herrscher die Terrasse verließ, fragte er: „Habe ich noch etwas zu erledigen?“

„Nach einer Stärkung haben Eure Heiligkeit noch Staatsangelegenheiten zu entscheiden“, ließ sich Herihor vernehmen.

„Also kann ich erst einmal ausruhen“, sprach der Pharao. „Wo ist der Leichnam meines heiligen Vaters?“

„Den Balsamierern übergeben“, flüsterte Herihor.

Die Augen des Pharao füllten sich mit Tränen, und seine Lippen bebten. Doch er beherrschte sich und blickte stumm zur Erde. Es wäre unziemlich gewesen, wenn die Diener die Rührung des mächtigen Herrschers hätten sehen können.

Um den Gebieter abzulenken, bemerkte Herihor: „Wollen Eure Heiligkeit geruhen, die ihm gebührende Huldigung der Königin-Mutter zu empfangen?“

„Ich? Ich soll die Huldigung meiner Mutter entgegennehmen?“ fragte der Pharao mit erstickter Stimme.

Da er sich unbedingt beruhigen wollte, fügte er mit erzwungenem Lächeln hinzu: „Hast du vergessen, Ehrwürden, was der weise Eney spricht? Vielleicht wiederholt uns der heilige Sem diese schönen Worte über die Mutter.“

„Denke daran“, zitierte Sem, „daß sie dich geboren und auf jegliche Weise genährt hat.“

„Sprich weiter, sprich weiter!“ drängte Ramses, immer noch um Beherrschung kämpfend.

„Wenn du das vergißt, so hebt sie ihre Hände zu Gott, und er wird ihre Klage hören. Lange trug sie dich unter ihrem Herzen wie eine große Last und gebar dich nach dem Ablauf deiner Monate. Sie trug dich dann auf ihrem Rücken und legte drei Jahre lang ihre Brust in deinen Mund. So erzog sie dich, ohne sich vor deiner Unsauberkeit zu ekeln. Als du aber in die Schule gingst und in den Schriften zu lesen lerntest, stand sie täglich vor deinen Vorgesetzten mit dem Brot und dem Bier ihres Herdes."*

Der Pharao seufzte tief und sprach ruhiger: „Ihr seht also: es gehört sich nicht, daß meine Mutter kommt, mich zu begrüßen, es ist richtiger, wenn ich zu ihr gehe."

Und er schritt durch eine Reihe von Sälen, die mit Marmor, Alabaster und Holz verkleidet, mit grellen Farben bemalt und mit Plastiken und Gold verziert waren. Hinter ihm ging sein riesiges Gefolge. Als er sich aber dem Vorzimmer seiner Mutter näherte, gab er ein Zeichen, ihn allein zu lassen.

Er durchschritt das Vorzimmer, verhielt einen Augenblick vor der Tür, klopfte dann an und trat leise ein.

In der Kammer mit den kahlen Wänden, in der zum Zeichen der Trauer an Stelle von Möbeln nur ein niedriger Diwan und ein zerbrochener Krug mit Wasser standen, saß auf einem Stein die Mutter des Pharao, die Königin Nikotris. Sie trug ein rauhes Hemd, war barfuß, hatte die Stirn mit Nilschlamm beschmiert und Asche auf ihr wirres Haar gestreut.

Beim Anblick ihres Sohnes neigte sich die ehrwürdige Herrin, um sich ihm zu Füßen zu werfen. Ramses aber nahm sie in seine Arme und sagte unter Tränen: „Mutter, wenn du dich vor mir zur Erde neigst, werde ich vor dir gewiß unter die Erde versinken müssen."

Die Königin drückte sein Haupt an ihre Brust, wischte ihm mit dem Ärmel ihres rauhen Hemdes die Tränen ab, reckte die Hände empor und flüsterte dann: „Mögen alle Götter, der Geist deines Vaters und der deines Ahns dich in ihren Schutz nehmen und dich segnen. O Isis, nie habe ich mit Opfern für dich gegeizt, heute aber bringe ich dir mein größtes. Ich übergebe dir mein liebes Kind – möge mein königlicher Sohn ganz zu dem deinen werden; sein Ruhm und seine Macht aber ... sollen dein göttliches Erbe vergrößern."

Der Herrscher umarmte und küßte die Königin viele Male; endlich setzte er sie auf den Diwan und nahm selbst auf dem Stein Platz.

* Authentisch.

„Hat mein Vater irgendwelche Befehle hinterlassen?“ fragte er.

„Er bat nur, du solltest seiner stets gedenken; dem Höchsten Rat aber hat er folgendes gesagt: ‚Ich hinterlasse euch einen Nachfolger, der Löwe und Adler in einer Person ist; hört auf ihn – und er wird Ägypten zu einer noch nie dagewesenen Macht führen.‘“

„Meinst du, daß die Priester mir gehorchen werden?“

Da rief die Mutter: „Denke daran: das Wappen des Pharao ist die Schlange. Sie bedeutet die Vernunft, die schweigen kann und tödlich sticht, wenn es keiner vermutet. Wenn du die Zeit zu deinem Verbündeten machst, wirst du alles überwinden.“

„Herihor ist maßlos frech. Heute hat er sich erdreistet, die Inful des heiligen Amenhotep anzulegen. Natürlich befahl ich ihm, sie abzusetzen, und ich werde ihn aus der Regierung entfernen – ihn und etliche Mitglieder des Höchsten Rates.“

Die Königin schüttelte das Haupt.

„Ägypten ist dein“, sprach sie, „und die Götter haben dir große Weisheit geschenkt. Wenn das nicht der Fall wäre, würde ich mich vor einem Zwist mit Herihor sehr ängstigen.“

„Ich will mich nicht mit ihm streiten, sondern ihn fortjagen.“

„Ägypten ist dein“, wiederholte Nikotris, „doch fürchte ich mich vor einem Kampf mit den Priestern. Es stimmt zwar, daß dein übermäßig sanfter Vater diesen Menschen zuviel nachsah, doch man darf sie nicht mit Strenge zur Verzweiflung bringen. Überlege schließlich: wer soll dir ihren Rat ersetzen? Sie wissen alles, was auf Erden und im Himmel geschah, was ist und was sein wird; sie kennen die geheimsten Gedanken der Menschen und lenken die Herzen wie der Wind die Blätter am Baum. Ohne sie wirst du nicht wissen, was in Tyros, in Ninive, ja nicht einmal, was in Memphis und Theben geschieht.“

„Ich verstoße nicht die Weisheit, doch verlange ich Gehorsam“, erwiderte der Pharao. „Ich weiß, daß der Verstand der Priester groß ist, doch er muß überwacht werden, damit er nicht betrügt, und er muß gelenkt werden, damit er nicht das Reich ruiniert. Sag doch selbst, Mutter: Was haben sie im Laufe von dreißig Jahren aus Ägypten gemacht? Das Volk leidet Not oder empört sich, das Heer ist klein, die Schatzkammer leer, während das nahe Assyrien erstarkt und uns heute schon Verträge aufzwingt!“

„Tu, was du willst, doch denke stets an das Symbol des Pharao, die Schlange. Sie bedeutet Schweigen und Vernunft.“

„Du sprichst die Wahrheit, Mutter, doch glaube mir, in gewissen Fällen ist Kühnheit angebracht. Bereits heute weiß ich, daß die Priester an einen jahrelangen Krieg mit Libyen glaubten. Ich habe ihn im Verlauf von wenigen Tagen gewonnen. Das jedoch ist mir nur gelungen, weil ich an einem Tag einen tollen, doch entschiedenen Schritt unternahm. Wäre ich dem Feind nicht in die Wüste entgegengeeilt – was doch eine große Unvernunft war –, so stünden heute die Libyer vor Memphis."

„Ich weiß, daß du Tehenna verfolgt hast und der Typhon euch überraschte", sprach die Königin. „O unvorsichtiges Kind ... dachtest du denn nicht an mich?"

Der Gebieter lächelte.

„Sei ruhigen Herzens", antwortete er. „Wenn der Pharao kämpft, so steht ihm Amon selbst zu seiner Linken wie zu seiner Rechten. Wer aber kann sich mit diesem Gott messen?"

Noch einmal umarmte er die Königin und ging.

II

Das riesige Gefolge Seiner Heiligkeit wartete immer noch im Vorraum, es war aber wie in zwei Teile gespalten. Auf der einen Seite sah man Herihor, Mefres und einige der älteren Erzpriester, auf der anderen alle Generale, alle zivilen Beamten und eine überwiegende Anzahl der jüngeren Priester.

Der Adlerblick des Pharao bemerkte das sofort, und sein Herz war voll von stolzer Freude.

Nun habe ich – ohne das Schwert zu ziehen – einen Sieg errungen! dachte er.

Die zivilen und militärischen Würdenträger distanzierten sich immer entschiedener, immer deutlicher von Herihor und Mefres. Niemand zweifelte mehr daran, daß diese beiden Erzpriester, die bisher Mächtigsten im Reich, nicht die Gunst des neuen Pharao besaßen.

Nun begab sich der Gebieter in den Speisesaal, wo er angesichts der großen Anzahl der bedienenden Priester und der vielen Schüsseln stutzte.

„Das soll ich alles essen?" fragte er, sein Erstaunen nicht verbergend.

Darauf erklärte der die Küche beaufsichtigende Priester dem Pharao, daß die Speisen, die Seine Heiligkeit nicht zu sich nehme, als Opfer für die Dynastie gedacht seien. Dabei wies er auf die Reihen der Statuen im Saal.

Der Gebieter betrachtete die Skulpturen, die allerdings so aussahen, als hätte man ihnen nichts gereicht; danach wandte er seinen Blick den Priestern zu, deren frischer Teint von guter Kost zeugte, und verlangte dann Bier sowie einfaches Soldatenbrot und Knoblauch.

Der Oberpriester erstarrte fast zur Salzsäule, wiederholte aber einem jüngeren Priester den Befehl. Dieser zögerte, gab jedoch ebenfalls die Anordnung an die Burschen und Mädchen weiter. Die Burschen – so schien es im ersten Augenblick – trauten ihren Ohren nicht; alsbald aber eilten sie durch den ganzen Palast.

Eine Viertelstunde später kamen sie verängstigt zurück und raunten den Priestern zu, daß sie nirgends einfaches Soldatenbrot und Knoblauch finden könnten.

Der Pharao lächelte und befahl, es dürfe von Stund an niemals mehr in seiner Küche an einfachen Gerichten mangeln. Dann aß er ein Täubchen, ein Stück Fisch, eine Weizensemmel und trank Wein dazu.

Im Geiste gestand er sich ein, die Speisen seien gut zubereitet und der Wein köstlich.

Er wurde jedoch den Gedanken nicht los, daß die Hofküche außerordentliche Summen verschlingen müsse.

Nachdem der Herrscher zu Ehren der Ahnen Weihrauch entzündet hatte, begab er sich in das königliche Kabinett, um die Berichte anzuhören.

Als erster sprach Herihor.

Er verneigte sich vor dem Pharao viel tiefer, als er es bei der Begrüßung getan, und gratulierte ihm sehr gerührt zu dem Sieg über die Libyer.

„Eure Heiligkeit!“ sprach er, „Ihr habt Euch auf die Libyer gestürzt wie der Typhon auf die armseligen Zelte der Reisenden in der Wüste, bei sehr geringen eigenen Verlusten eine große Schlacht gewonnen und mit einem Streich Eures göttlichen Schwertes einen Krieg entschieden, dessen Ende wir gewöhnlichen Sterblichen nicht abzusehen vermochten.“

Der Pharao fühlte seine Abneigung gegen Herihor schwächer werden.

„Deshalb“, fuhr der Erzpriester fort, „fleht der Höchste Rat Eure Heiligkeit an, den tapferen Regimentern zehn Talente Belohnung auszusetzen. Ihr selbst jedoch, Oberster Heerführer, gestattet, daß Eurem Namen nunmehr ein neuer Titel hinzugefügt werde: ‚Der Siegreiche!'"

Herihor spekulierte auf die Jugend des Pharao und hatte dabei den Bogen der Lobhudelei überspannt. Ramses erwachte aus seinem Rausch und entgegnete plötzlich: „Welchen Beinamen würdet Ihr mir geben, wenn ich die assyrische Armee vernichtete und die Tempel mit den Schätzen Ninives und Babylons füllte?"

Also denkt er immer noch daran! dachte der Erzpriester erschrocken.

Wie zur Bestätigung dieser Befürchtungen wechselte der Pharao sofort das Thema und fragte nun: „Wie stark ist doch unser Heer?"

„Hier bei Memphis?"

„Nein, in ganz Ägypten."

„Eure Heiligkeit hatte zehn Regimenter", antwortete der Erzpriester. „Der würdige Nitager an der Ostgrenze befehligt fünfzehn, zehn befinden sich zur Zeit im Süden – da es in Nubien unruhig zu werden beginnt –, und fünf stehen in den Garnisonen, die über das ganze Land verteilt sind."

„Zusammen vierzig", stellte nach kurzem Überlegen der Pharao fest. „Wieviel Mann werden das insgesamt sein?"

„Gegen sechzigtausend."

Ramses sprang von seinem Sitz auf.

„Sechzig anstatt hundertzwanzig?" schrie er. „Was soll das bedeuten? Was habt ihr mit meinem Heer gemacht?"

„Wir verfügen nicht über genug Mittel, um eine größere Anzahl von Soldaten unterhalten zu können."

„O Götter!" sprach der Pharao, sich an den Kopf fassend. „In einem Monat werden uns die Assyrer überfallen! Wir sind ja wehrlos!"

„Mit Assyrien haben wir einen vorläufigen Vertrag", warf Herihor ein.

„Ein Weib könnte so antworten, doch kein Kriegsminister", empörte sich der Herrscher. „Was bedeutet ein Vertrag, hinter dem keine Armee steht? Die Hälfte der Truppen König Assars würde genügen, um uns heute zu überwältigen."

„Seid beruhigt, heiliger Gebieter. Auf die erste Nachricht von einem Verrat der Assyrer hin könnten wir eine halbe Million Krieger zu unseren Waffen rufen."

Der Pharao lachte ihm ins Gesicht.

„Was? Woher denn? Du bist wahnsinnig, Priester! Du vergräbst dich in Papyri. Ich aber diene seit sieben Jahren im Heere, und es gab kaum einen Tag, wo ich nicht Exerzierübungen oder Manöver abgehalten habe. Auf welche Weise willst du denn in wenigen Monaten eine Armee von einer halben Million aufstellen?"

„Der ganze Adel würde herbeieilen."

„Was kümmert mich dein Adel! Die Edelleute sind keine Soldaten. Zu einer Armee von einer halben Million gehören wenigstens hundertfünfzig Regimenter. Wir aber haben, wie du selbst sagst, nur vierzig. Wo und wie sollen Menschen, die heute Vieh hüten, den Acker pflügen, Krüge töpfern oder auf ihren Gütern saufen und faulenzen, wo und wie, frage ich, sollen sie das Kriegshandwerk erlernen? Die Ägypter lassen sich schwer zu Soldaten erziehen; ich weiß das, denn ich erlebe es täglich. Der Libyer, der Grieche, der Hethiter – sie alle schießen schon als Kinder mit dem Bogen oder schleudern den Stein und können ausgezeichnet Keule und Streitaxt handhaben; in einem Jahr schon können sie ordentlich marschieren. Der Ägypter aber marschiert erst nach dreijährigem mühevollem Exerzieren einigermaßen. Es stimmt zwar, daß er nach einer Ausbildungszeit von zwei Jahren mit Schwert und Speer umzugehen vermag, doch er kann erst nach vierjähriger Übung Geschosse gutgezielt schleudern.

So könntet Ihr also in einer so kurzen Frist keine Armee von der Stärke einer halben Million, sondern nur eine Bande aufstellen, die im Handumdrehen von einer anderen Bande – nämlich der assyrischen – zerschmettert werden würde. Denn wenn auch die assyrischen Regimenter armselig und schlecht gedrillt sind, so kann doch jeder Soldat Steine schleudern und Pfeile schießen, hauen und stechen; vor allem aber besitzt er den Instinkt des wilden Tieres, was dem sanften Ägypter gänzlich abgeht. Wir vermögen den Feind nur zu schlagen, wenn wir unsere disziplinierten und geübten Regimenter wie Sturmböcke einsetzen. Der Gegner müßte so erst die Hälfte unserer Soldaten erschlagen, bevor eine unserer Kolonnen ins Wanken geraten würde. Doch wenn wir keine Kolonnen haben, so besitzen wir auch keine ägyptische Armee."

„Ein weises Wort spricht Eure Heiligkeit", antwortete Herihor dem schwer atmenden Pharao. „Allein die Götter vermögen so klar zu urteilen. Auch ich weiß, daß Ägypten nur über geringe Kräfte verfügt und wir zu einer Aufrüstung viele Jahre brauchen. Eben aus diesem Grunde will ich mit Assyrien einen Vertrag schließen."

„Ihr habt ihn doch schon geschlossen."

„Einen vorläufigen. Sargon sah nämlich, daß Euer Vater schwer krank war, und er scheute sich außerdem vor Eurer Heiligkeit. Daher hat er den Abschluß des eigentlichen Vertrages bis zu Eurer Thronbesteigung hinausgeschoben."

Jetzt übermannte den Pharao der Zorn.

„Was?" rief er. „Also rechnen sie wirklich damit, Phönizien einstreichen zu können, und glauben, daß ich diesen Schandvertrag unterschreiben werde? Ihr seid alle von bösen Geistern besessen!"

Die Audienz war beendet. Herihor warf sich diesmal nieder. Auf dem Rückweg aber erwog er in seinem Herzen: Seine Heiligkeit hat meinen Bericht angehört – also weist er meine Dienste nicht ab. Ich habe ihm gesagt, daß er den Vertrag mit Assyrien unterschreiben muß – also liegt die schwerste Aufgabe hinter mir. Ehe Sargon wieder zu uns kommt, wird Ramses sich's überlegen.

Doch er gleicht tatsächlich einem Löwen, ja sogar einem entfesselten Elefanten. Dabei wurde er nur deshalb Pharao, weil er der Enkel eines Erzpriesters ist! Er hat noch nicht begriffen, daß dieselben Hände, die ihn so erhöht haben ...

In der Vorhalle blieb der würdige Herihor zögernd stehen und ging dann nach plötzlichem Entschluß zur Königin Nikotris.

Im Garten hielten sich weder Frauen noch Kinder auf. Aus den verschiedenen kleinen Palästen klang Stöhnen. Das waren die Weiber, die dem Hause des verstorbenen Pharao angehörten und ihn, der gen Westen von dannen gegangen war, beweinten.

Ihre Trauer schien echt zu sein.

Unterdessen betrat der Oberste Richter das Kabinett des neuen Herrschers.

„Was hast du mir zu sagen, Ehrwürden?" fragte der Gebieter.

„Vor einigen Tagen hat sich bei Theben etwas Ungewöhnliches ereignet", erzählte der Richter. „Ein Bauer ermordete sein Weib und seine drei Kinder und ertränkte sich selbst in einem heiligen Weiher."

„War er wahnsinnig geworden?"

„Er hat es wahrscheinlich aus Hunger getan."

Der Pharao versank in Nachdenken.

„Ein eigenartiges Unglück", sprach er, „doch ich wollte etwas anderes wissen. Was sind gegenwärtig die häufigsten Vergehen?"

Der Oberste Richter zögerte.

„Sage es geradeheraus", drängte Ramses ungeduldig, „und verheimliche mir nichts. Ich weiß, daß Ägypten in einen Sumpf geraten ist. Ich will es herausziehen, also muß ich alle Übel kennen."

„Die häufigsten ... die gewöhnlichsten Vergehen sind Empörungen ... doch nur der Pöbel begehrt auf", beeilte sich der Richter zu versichern.

„Berichte!"

„In Kosem rebellierte eine Maurer- und eine Steinmetzbrigade wegen ihrer schlechten Lebensbedingungen. In Sechem erschlug das Landvolk einen Schreiber, der Steuern eintrieb. In Melcatis und Pi-Hebit zerstörten ebenfalls Bauern die Häuser der phönizischen Pächter. Bei Kasa wollten die Arbeiter nicht den Kanal ausbessern und behaupteten, daß ihnen dafür Lohn aus dem Staatsschatz zustünde. Die Gefangenen in den Porphyrgruben verprügelten ihre Aufseher und wollten nach der Küste entfliehen!"

„Diese Nachrichten überraschen mich durchaus nicht", sprach der Pharao. „Was denkst du nun darüber?"

„Vor allem muß man die Schuldigen bestrafen."

„Ich finde aber, daß man erst einmal den Arbeitenden geben muß, was ihnen zusteht", sagte Ramses. „Ein hungriger Ochse legt sich nieder, ein hungriges Pferd taumelt zunächst und verreckt dann. Kann man also verlangen, daß ein hungriger Mensch widerstandslos arbeitet?"

„Mithin, Eure Heiligkeit ..."

„Pentuer wird einen Rat bilden, der diese Angelegenheiten untersucht", unterbrach ihn der Pharao. „Ich befehle, inzwischen niemanden zu bestrafen."

„Aber dann wird eine allgemeine Empörung ausbrechen!" rief der Richter erschrocken.

Der Pharao stützte das Kinn in die Hände, überlegte und entschied: „Dann sollen die Gerichte weiter verfahren wie bisher, nur ... so milde wie möglich.

Pentuer aber muß noch heute eine Kommission zusammenstellen.

In der Tat!" fügte er nach einer Weile hinzu. „Es ist leichter, in einer Schlacht einen Entschluß zu fassen als in dieser Unordnung, die in Ägypten herrscht."

Nachdem der Oberste Richter gegangen war, ließ der Pharao Thutmosis rufen. Er befahl ihm, in seinem Namen das von den Natronseen zurückkehrende Heer zu begrüßen und zwanzig Talente unter die Offiziere und Soldaten zu verteilen.

Dann schickte der Gebieter nach Pentuer, empfing aber inzwischen den Großschatzmeister.

„Ich will wissen", sprach Ramses, „über welche Mittel wir zur Zeit verfügen."

„Im Augenblick befinden sich in unseren Speichern, Ställen, Lagern und Truhen Waren im Werte von zwanzigtausend Talenten. Außerdem gehen täglich Steuern ein."

„Dazu ereignen sich an jedem Tag Empörungen", ergänzte der Pharao. „Wie hoch belaufen sich durchschnittlich unsere Einnahmen und Ausgaben?"

„Für das Heer geben wir jährlich zwanzigtausend Talente aus, für die Hofhaltung Seiner Heiligkeit zwei- bis dreitausend Talente monatlich."

„Nun? Was weiter? Und die öffentlichen Arbeiten?"

„Werden zur Zeit unentgeltlich ausgeführt", sprach der Oberste Schatzkämmerer und senkte das Haupt.

„Und die Einnahmen?"

„Wir haben so viel, wie wir ausgeben", murmelte der Beamte.

„Also verfügen wir jährlich über vierzigtausend oder fünfzigtausend Talente", stellte der Pharao fest. „Wo bleibt nun der Rest?"

„Als Pfand bei den Phöniziern, bei einigen Bankiers und Kaufleuten und endlich bei einigen Priestern."

„Hm", meinte der Gebieter. „Wie steht es mit dem unantastbaren Schatz der Pharaonen in Gold, Platin, Silber und Edelsteinen? Wie hoch ist sein Wert?"

„Er wurde bereits vor zehn Jahren angegriffen und ist heute völlig ausgegeben."

„Wofür? An wen?"

„Für die Bedürfnisse des Hofes", antwortete der Schatzkämmerer, „für Geschenke an die Nomarchen und Tempel."

„Dem Hof standen Einnahmen aus den laufenden Steuern zur Verfügung. Wie ist es da möglich, daß die Schatzkammer meines Vaters für Geschenke erschöpft wurde?"

„Osiris-Ramses, der Vater Eurer Heiligkeit, war ein großzügiger Herrscher und brachte große Opfer dar."

„Angenommen ... Wie große? Ich will es endlich einmal wissen!" drängte der Pharao ungeduldig.

„Die einzelnen Belege dafür befinden sich in den Archiven, ich entsinne mich nur der Gesamtsumme."

„Sprich!"

„Osiris-Ramses schenkte zum Beispiel während seiner glücklichen Herrschaft den Tempeln gegen hundert Städte, hundertzwanzig Schiffe, zwei Millionen Stück Vieh, zwei Millionen Sack Korn, hundertzwanzigtausend Pferde, achtzigtausend Sklaven, Bier und Wein gegen zweihunderttausend Faß, drei Millionen Laibe Brot, ungefähr dreißigtausend Gewänder, etwa dreihunderttausend Krüge Honig, Öl und Weihrauch, außerdem tausend Talente in Gold, dreitausend in Silber, zehntausend in gegossener Bronze, fünfhundert Talente in dunkler Bronze, sechs Millionen Blütenkränze, eintausendzweihundert Götterstatuetten und vielleicht dreihunderttausend Edelsteine. Anderer Ziffern entsinne ich mich im Augenblick nicht, aber es ist alles notiert worden."

Der Pharao hob lachend die Hände empor, doch übermannte ihn alsbald der Zorn, und er rief, mit der Faust auf den Tisch schlagend: „Unmöglich, daß eine Handvoll Priester soviel Bier, Brot, Kränze und Gewänder verbraucht, wo sie doch eigene Einkommen haben! Riesige Summen, die ein paar hundertmal den Bedarf dieser Heiligen übersteigen."

„Eure Heiligkeit geruhte zu vergessen, daß die Priester Zehntausende von Armen unterstützen, ebensoviel Kranke heilen und ein Dutzend Regimenter auf Kosten der Tempel unterhalten."

„Wozu brauchen sie Regimenter? ... Die Pharaonen benutzen sie doch nur zu Kriegszeiten. Was die Kranken anbelangt, so bezahlt fast jeder seine Behandlung selbst oder arbeitet ab, was er dem Tempel für seine Heilung schuldet. Und die Armen? Sie arbeiten doch für den Tempel: Sie bringen den Göttern das Wasser, nehmen an den Feierlichkeiten teil und werden vor allem gebraucht, wenn Wunder gezeigt werden. Sie sind die Menschen, die vor den Toren der Tempel ihren Verstand wiedererlangen, ihre Sehkraft oder ihr Gehör; ihnen heilen plötzlich die Wunden, ihre gelähmten Beine und Arme werden jäh wieder gebrauchsfähig. Das Volk aber, wenn es derartige

Wunder vorgeführt bekommt, betet um so eifriger und opfert den Göttern um so reichlicher. Die Armen sind gewissermaßen die Rinder und Schafe der Tempel: sie bringen ihnen puren Gewinn."

„Deshalb auch", wagte der Schatzkämmerer einzuwerfen, „geben die Priester nicht alle Opfergelder aus, sondern sparen sie auf und vergrößern den Fonds."

„Wofür?"

„Für einen möglichen Notstand des Reiches."

„Wer hat diesen Fonds gesehen?"

„Ich selbst", sprach der Würdenträger. „Die Schätze, die im Labyrinth gehortet worden sind, vergrößern sich von Geschlecht zu Geschlecht, damit im Falle ..."

„Ich weiß", unterbrach der Pharao, „damit die Assyrer reiche Beute vorfinden, wenn sie das so schön von den Priestern verwaltete Ägypten erobern!

Ich danke dir, Oberster Schatzkämmerer. Ich wußte, daß es um die finanzielle Situation Ägyptens schlecht steht, aber ich habe nicht vermutet, wie sehr das Reich ruiniert ist. Im Lande jagt eine Empörung die andere, das Heer ist zu schwach, der Pharao in Not – doch der Schatz im Labyrinth vergrößert sich von Geschlecht zu Geschlecht!

Wenn nur jede Dynastie, ach, nur eine Dynastie den Tempeln so viele Geschenke spenden würde, wie es mein Vater tat, müßte das Labyrinth bereits neunzehntausend Talente Gold, gegen sechzigtausend Talente Silber und Unmengen an Korn, Vieh, Land, Sklaven und Städten sowie eine Unzahl von Gewändern und Edelsteinen bergen. Der beste Rechenmeister würde das kaum zusammenzählen können!"

Der Großkämmerer verließ den Pharao sehr niedergeschlagen. Auch Ramses war unzufrieden. Nach einigem Überlegen gestand er sich nämlich ein, daß er mit seinen Würdenträgern zu offen gesprochen hatte.

III

Die Wache des Vorzimmers meldete Pentuer. Der Priester warf sich vor dem Pharao nieder und fragte nach seinen Befehlen.

„Nicht befehlen will ich dir, sondern dich bitten", sprach der Herrscher. „Du weißt, daß zur Zeit in Ägypten Empörungen an der Tagesordnung sind. Empörungen von Bauern, Handwerkern, sogar von Gefangenen! Aufruhr vom Meer bis zu den Bergwerken hin! Es fehlt nur, daß auch noch meine Soldaten rebellierten und – beispielsweise – Herihor zum Pharao ausriefen!"

„Ewig möge Eure Heiligkeit leben", erwiderte der Priester. „In Ägypten gibt es keinen Menschen, der sich nicht für dich aufopfern und deinen Namen segnen würde."

„Ach, wenn sie wüßten", sprach Ramses zornig, „wie machtlos und arm der Pharao ist, dann würde jeder Nomarch Alleinherrscher über sein Nomos sein wollen! Ich glaubte, mächtig zu werden beim Erbe der doppelten Krone. Doch schon am ersten Tage muß ich mich davon überzeugen, daß ich nur ein Schatten der früheren Herrscher Ägyptens bin! Denn was vermag ein Pharao ohne Vermögen, ohne Heer, vor allem aber ohne treue Diener? Ich gleiche einer Götterstatue, die man beweihräuchert und der man Opfer darbringt; die Götterbilder aber sind machtlos, und von den Opfern mästen sich die Priester. Doch richtig – du hältst ja zu ihnen!"

„Es schmerzt mich", antwortete Pentuer, „daß Eure Heiligkeit am ersten Tage seiner Herrschaft so spricht. Wenn das in Ägypten laut würde ..."

„Wem soll ich denn sagen, wie mir zumute ist?" unterbrach der Gebieter. „Du bist mein Berater und wolltest mir das Leben retten – doch sicherlich nicht, um zu verbreiten, was in meinem königlichen Herzen vorgeht? Aber du hast recht ..."

Der Gebieter ging im Raume auf und ab und sagte nach einer Weile in weitaus ruhigerem Ton: „Ich ernenne dich zum Obersten einer Kommission, die alle Ursachen der ständigen Empörungen in meinem Reich untersuchen soll. Ich will, daß man nur die Schuldigen bestraft und den Unglücklichen Gerechtigkeit widerfahren läßt."

„Gottes Gnade möge Euch begleiten!" flüsterte der Priester. „Ich will Euren Befehl befolgen, Gebieter. Doch ich kenne die Ursachen der Empörungen bereits ohne Untersuchung."

„Sprich!"

„Manches Mal habe ich zu Eurer Heiligkeit darüber gesprochen; das arbeitende Volk leidet Hunger, muß zuviel arbeiten und zu hohe Steuern zahlen. Wer früher von Sonnenaufgang bis Sonnenuntergang arbeitete, muß heute eine Stunde vor Sonnenaufgang beginnen und kann erst eine Stunde nach Sonnenuntergang mit seiner Arbeit aufhören. Es ist noch nicht lange her, daß jeder Ägypter alle zehn Tage die Gräber von Mutter und Vater besuchen, mit ihren Schatten sprechen und Opfer darbringen konnte. Doch heute geht niemand mehr dorthin, weil er dazu keine Zeit hat.

Früher aß der Landmann drei Weizenfladen pro Tag, heute reicht es ihm nicht zu einem Gerstenfladen. Früher wurden die Arbeiten an den Kanälen, Gräben und Straßen als Steuer angerechnet; heute muß man die Steuern zahlen und die öffentlichen Arbeiten umsonst ausführen; das sind die Ursachen der Empörungen."

„Ich bin der ärmste Edelmann im Reich!" rief der Pharao und raufte sich die Haare. „Jeder Bauer gibt seinem Vieh anständiges Futter und gönnt ihm Ruhe, doch mein Vieh ist ewig hungrig und matt!

Was soll ich tun, sage du es mir; denn du hast mich gebeten, das Los des Landvolkes zu bessern!"

„Befiehlst du, Herr, daß ich dir antworte?"

„Ich bitte ... ich befehle ... schließlich – wie du magst, nur sprich weise."

„Gesegnet sei deine Herrschaft, du wahrer Sohn des Osiris!" erwiderte der Priester. „Und dies sollst du tun:

Vor allen Dingen befiehl, die öffentlichen Arbeiten so zu bezahlen wie früher."

„Das versteht sich."

„Verkünde, daß Landarbeit nur von Sonnenaufgang bis Sonnenuntergang ausgeübt werden darf. Schenke – wie es früher unter den göttlichen Dynastien üblich war – dem Volk jeden siebenten Tag zum Ausruhen; nicht den zehnten, sondern den siebenten. Nimm den Herren das Recht, ihre Bauern anderen zu vermieten, und verbiete den Schreibern, sie zu schlagen und willkürlich zu quälen.

Endlich aber übereigne den zehnten oder wenigstens den zwanzigsten Teil des Landes den Bauern, damit ihnen diesen Boden niemand fortnehmen oder pfänden kann. Die Familie eines Bauern soll wenigstens so viel Erde besitzen wie der Fußboden dieses Raumes, dann werden sie nicht mehr hungern. Selbst wenn du den Bauern den Wüstensand schenkst, wirst du erleben, daß dort in einigen Jahren Gärten entstehen werden."

„Schön und gut", meinte der Pharao. „Doch du sagst, was du in deinem Herzen siehst, aber nicht in der Welt. Selbst die besten Pläne der Menschen lassen sich nicht immer verwirklichen."

„Eure Heiligkeit, ich habe schon ähnliche Reformen und ihre Auswirkungen erlebt", entgegnete Pentuer. „Bei einigen Tempeln werden verschiedene Versuche gemacht: man heilt Kranke, man lehrt Kinder, man züchtet Vieh und Pflanzen, schließlich versucht man, die Menschen zu bessern.

Laß dir die Resultate berichten:

Wenn man einem faulen und mageren Landmann gut zu essen gab und an jedem siebenten Tag Ruhe gönnte, so wurde dieser Mensch kräftig, arbeitsfreudig und bearbeitete mehr Boden als zuvor. Ein bezahlter Arbeiter ist fröhlicher und kann mehr leisten als ein Sklave, selbst wenn man diesen mit eisernen Stäben prügelte. Satte Menschen bekommen mehr Kinder als hungrige und von der Arbeit erschöpfte; die Nachkommen freier Menschen sind gesund und kräftig, die der Sklaven aber schwächlich, finster und zu Diebstahl und Lüge geneigt.

Schließlich überzeugte man sich davon, daß ein von seinem Eigentümer bestelltes Land anderthalbmal mehr Ertrag an Korn und Gemüse einbringt als der Boden, der nur von Sklaven bestellt wird.

Und etwas noch Interessanteres kann ich Eurer Heiligkeit erzählen: Bei Musik arbeiten Mensch und Vieh besser, schneller und werden nicht so rasch müde wie sonst!

Alles das hat man in unseren Tempeln geprüft."

Der Pharao lächelte.

„So soll ich also auf meinen Gütern und in den Bergwerken Musikbegleitung einführen", meinte er. „Wenn nun die Priester sich von diesen Wundern, die du mir berichtet hast, überzeugen konnten, weshalb verfahren sie auf ihren Gütern nicht so mit den Bauern?"

Pentuer ließ den Kopf hängen und seufzte: „Weil nicht alle Priester weise und edlen Herzens sind."

„Das ist es!" rief der Gebieter aus. „Jetzt aber sage du mir als Bauernsohn und Mann, der weiß, daß es unter den Priestern Lumpen und Dummköpfe gibt – sage mir: Weshalb willst du mir nicht im Kampf gegen sie dienen? Du weißt doch, daß ich nicht das Los der Landleute zu bessern vermag, bevor ich die Priester Gehorsam lehre."

Pentuer rang die Hände.

„Herr", erwiderte er, „der Kampf mit dem Priestertum ist eine gottlose und gefährliche Sache! So manch ein Pharao fing ihn an, ohne ihn zu Ende zu führen."

„Weil ihn nicht Weise wie du unterstützten!" fuhr Ramses auf. „Ich werde wirklich nie verstehen können, warum sich weise und anständige Priester mit einer Bande von Schurken, die die Mehrzahl dieser Kaste bilden, verbinden!"

Pentuer schüttelte den Kopf und sagte langsam: „Seit dreißigtausend Jahren hat der heilige Priesterstand Ägypten gehütet und gepflegt und zu dem gemacht, was es heute ist: Ein leuchtendes Vorbild für die ganze Welt. Und warum ist das den Priestern trotz ihrer Mängel gelungen? Weil sie die Leuchter sind, in denen das Licht der Welt brennt.

Der Leuchter kann schmutzig sein, sogar stinken, trotzdem bewahrt er das göttliche Feuer, ohne das unter den Menschen Finsternis und Wildheit herrschen würden.

Eure Heiligkeit spricht vom Kampf mit dem Priestertum. Wie würde sich das für mich selbst auswirken? Wenn Ihr ihn verliert, werde ich unglücklich, weil Ihr das Los des Landmannes nicht verbessert habt; gewinnt Ihr ihn aber – o daß ich dies nicht erleben müßte! Ihr würdet dann den Leuchter zerbrechen und dieses Feuer, die Flamme der Weisheit, die seit Tausenden von Jahren über Ägypten und der Welt brennt, womöglich auslöschen. Das also sind die Gründe, derentwegen ich mich in einen Kampf mit dem heiligen Priesterstand nicht einmischen will. Ich fühle, daß die Gefahr nahe ist, und ich leide darunter, weil ein Wurm, wie ich es bin, dem nicht vorzubeugen vermag. Aber ich kann mich nicht in ihn einlassen, denn ich müßte entweder dich oder Gott, den Schöpfer der Weisheit, verraten."

Während dieser Erklärung ging der Pharao nachdenklich im Raume auf und ab.

„Gut!" sprach er ohne Zorn. „Handle, wie du willst. Du bist kein Soldat, also kann ich dir nicht Mangel an Mut vorwerfen. Du kannst aber nicht weiter mein Ratgeber bleiben. Ich bitte dich jedoch, einen Rat zu bilden, der untersucht, was wir besprochen haben, und mich laufend über deine Schlußfolgerungen unterrichtet."

Pentuer kniete zum Abschied nieder.

„Auf jeden Fall", fügte der Pharao hinzu, „versichere ich dir, daß ich das göttliche Licht nicht löschen will. Mögen die Priester die Weisheit in ihren Tempeln pflegen, sie sollen aber nicht mein Heer ruinieren, keine schändlichen Verträge abschließen und – nichts von den königlichen Schätzen stehlen!" sprach er mit Nachdruck.

„Rechnen sie vielleicht darauf, daß ich wie ein Bettler vor ihren Toren stehen werde, um mir finanzielle Mittel zu erbitten, damit ich das durch ihre dummen und verbrecherischen Ratschläge ruinierte Reich wieder hochbringen kann? Haha! Pentuer, ich würde nicht einmal Gott um etwas anflehen, was mir zusteht und mein Recht ist.

Du kannst gehen."

Der Priester entfernte sich rückwärts unter Verneigungen, selbst an der Tür warf er sich noch einmal zur Erde nieder.

Der Pharao blieb allein zurück.

Die sterblichen Menschen, dachte er, sind wie Kinder. Herihor ist klug und weiß genau, daß Ägypten im Kriegsfall eine halbe Million Soldaten braucht und daß dieses Heer erst ausgebildet werden muß. Trotzdem hat er Anzahl und Stärke der Regimenter verringert.

Der Großschatzkämmerer ist ebenfalls klug, doch er findet es ganz natürlich, daß alle Schätze der Pharaonen in das Labyrinth gebracht wurden.

Endlich Pentuer. Welch ein merkwürdiger Mensch! Er will die Bauern mit Nahrung, Land und unfaßbar vielen Feiertagen beschenken. Gut, das würde aber meine Einkünfte verringern, die sowieso schon nicht ausreichen. Und als ich ihn bat, mir zu helfen, den Priestern die königlichen Schätze abzunehmen, nannte er das Gottlosigkeit und Verlöschen des Lichtes in Ägypten! – Ein sonderbarer Mensch. – Am liebsten würde er das ganze Reich auf den Kopf stellen, wenn es um das Wohl der Landleute geht, doch er hätte nicht den Mut, einen Erzpriester zu packen und ins Gefängnis zu werfen. Mit der größten Ruhe rät er mir, auf die Hälfte meiner Einkünfte zu verzichten, doch ich bin überzeugt, daß er sich nicht erkühnen würde, auch nur einen kupfernen Uten aus dem Labyrinth herauszutragen.

Der Pharao lächelte und meditierte weiter:

Jedermann will glücklich sein, doch wenn du allen zum Glück verhelfen willst, wird jeder deine Hand festhalten wie ein Mensch, dem man einen kranken Zahn zieht. – Und deshalb muß ein Herrscher fest bleiben. Darum tat mein göttlicher Vater nicht gut daran, die Bauern zu vernachlässigen und den Priestern grenzenloses Vertrauen zu schenken. Ein schweres Erbe hat er mir hinterlassen, aber ich werde schon fertig damit.

Die Situation an den Natronseen war auch schwierig, schwieriger noch als hier. Im Palast umgeben mich nur Schwätzer und Angsthasen, dort standen mir wehrhafte und todesmutige Menschen gegenüber.

Eine Schlacht öffnet uns die Augen weiter als zehn Jahre friedlicher Regentschaft. Wer sich vornimmt, einen Widerstand zu brechen, hat Erfolg, wer aber zögert, muß nachgeben!

Die Dämmerung sank hernieder. Im Palast wurden die Wachen gewechselt und in den Sälen die Fackeln entzündet. Doch in die Gemächer des Pharao einzutreten, wagte niemand ohne Befehl.

Von den Anstrengungen der Reise und den darauf folgenden Erlebnissen ermüdet, warf sich der Gebieter in einen Sessel. Es kam ihm vor, als sei er schon Hunderte von Jahren Pharao, und er konnte sich nicht mehr vorstellen, daß seit der Stunde, da er bei den Pyramiden gelagert hatte, noch kein Tag vergangen war.

Ein Tag! ... Unmöglich! ...

Dann kam ihm in den Sinn, daß sich vielleicht im Herzen des Nachfolgers die Geister der verblichenen Pharaonen niederließen. Sicherlich war es so, denn könnte ihm sonst wie einem alten Manne zumute sein? ... Und weshalb schien ihm das Regieren des Reiches heute einfach zu sein, während ihm noch vor ein paar Monaten die Furcht zu schaffen machte, des Regierens nicht fähig zu sein? Ein Tag? wiederholte er im Geiste – und dabei ist mir, als weilte ich schon tausend Jahre an diesem Ort!

Plötzlich vernahm er eine gedämpfte Stimme:

„Mein Sohn! Mein Sohn ..."

Der Pharao fuhr von seinem Sitz auf.

„Wer ist hier?" rief er.

„Ich bin es, ich ... Hast du mich schon vergessen?"

Der Herrscher konnte nicht herausfinden, woher die Stimme kam: von oben, von unten, oder vielleicht aus der großen Statue des Osiris, die im Winkel stand.

„Mein Sohn", fuhr die Stimme fort, „achte und ehre die Zeichen der Götter, wenn du ihren Segen und ihren Beistand erlangen willst. O ehre die Götter, denn ohne ihre Hilfe wird die größte irdische Macht zu Staub und Schatten! O achte die Götter, wenn du willst, daß die Bitternis deiner Fehler mir den Aufenthalt im glücklichen Lande des Westens nicht vergifte."

Die Stimme schwieg. Ramses befahl, Licht zu bringen. Die eine Tür des Raumes war verschlossen, vor der zweiten stand eine Wache. Kein Fremder konnte hier ungesehen eintreten.

Zorn und Unruhe zerrissen das Herz des Pharao. Was war das? Hatte tatsächlich der Schatten seines Vaters zu ihm gesprochen? Oder war dies nur ein neuer Schwindel der Priester? Wenn aber die Priester aus der Ferne und unbehindert von starken Mauern zu ihm sprechen konnten, vermochten sie auch, ihn zu belauschen. Dann aber glich er, der Herr der Welt, einem von allen Seiten umstellten wilden Tier.

Zwar waren Horcher im königlichen Palast ständig zu befürchten, doch der Pharao hatte geglaubt, daß wenigstens dieses Kabinett vor ihnen sicher sei und die Frechheit der Priester an der Schwelle des höchsten Herrschers haltmachen würde.

Wenn es aber ein Geist gewesen war?

Ramses mochte nicht zu Abend essen, sondern begab sich zur Ruhe. Er meinte, nicht einschlafen zu können, aber die Müdigkeit übermannte seine gereizten Sinne.

Ein paar Stunden später wurde er durch Glockenklang und Licht geweckt. Es war bereits Mitternacht, und der Priester-Astrologe erschien, um dem Herrscher über den Stand der Himmelskörper Bericht zu erstatten. Der Pharao hörte ihn an, fragte aber zum Schluß: „Ehrenwerter Prophet, könntest du nicht von nun an deine Beobachtungen dem würdigen Sem mitteilen? Er ist doch mein Vertreter in allen Angelegenheiten, die die Religion betreffen."

Der Priester-Astrologe wunderte sich sehr über die Gleichgültigkeit des Pharao gegenüber den Vorgängen am Himmel.

„Eure Heiligkeit geruht also, auf die Zeichen, die die Sterne den Herrschern geben, zu verzichten?"

„Geben sie Zeichen?" fragte der Pharao. „So sage mir, welche Prophezeiungen sie heute für mich haben!"

Der Astrologe hatte diese Frage offenbar erwartet; er antwortete nämlich, ohne zu überlegen: „Der Horizont ist gegenwärtig verdüstert. Der Herr der Welt hat noch nicht den wahren Weg gefunden, der zur Erkenntnis des göttlichen Willens führt. Doch früher oder später wird er ihn finden und durch ihn ein langes Leben und eine glückliche, ruhmvolle Herrschaft."

„Aha! Ich danke dir, heiliger Mann. Da ich nun weiß, was ich suchen muß, werde ich mich an die Zeichen halten, dich aber will ich nun doch bitten, dich in Zukunft mit dem würdigen Sem zu verständigen. Er ist mein Vertreter. Und wenn du einmal etwas Interessantes aus den Sternen liest, so wird er mir das am Morgen erzählen."

Der Priester verließ kopfschüttelnd das Schlafgemach.

„Sie haben mich aus dem Schlaf gerissen!" murrte Ramses.

„Die allerehrwürdigste Königin Nikotris", ließ sich plötzlich der Adjutant hören, „befahl mir vor einer Stunde, Eure Heiligkeit um Gehör zu bitten."

„Jetzt? Um Mitternacht?" fragte der Pharao.

„Sie sagte mir, daß Eure Heiligkeit um Mitternacht geweckt würden."

Der Herrscher überlegte und antwortete dem Adjutanten, daß er die Königin im goldenen Saal erwarten werde. Er glaubte, dort von niemandem belauscht zu werden.

Der Gebieter warf sich einen Mantel über, legte seine Sandalen an und befahl, den goldenen Saal gut zu beleuchten. Dann ging er hinaus und gebot der Dienerschaft zurückzubleiben.

Er fand seine Mutter bereits im Saal vor. Zum Zeichen der Trauer hatte sie sich in grobes Tuch gehüllt. Als sie den Pharao erblickte, wollte sich die ehrwürdige Frau wieder auf die Knie werfen, ihr Sohn aber hob sie auf und drückte sie an sich.

„Ist dir etwas Bedeutsames widerfahren, Mutter, daß du dich in dieser Stunde hierher bemühst?" fragte er.

„Ich habe nicht geschlafen, sondern gebetet", erwiderte sie. „O mein Sohn, deine Weisheit erriet, daß etwas Außergewöhnliches vorgefallen ist! Ich habe die göttliche Stimme deines Vaters vernommen."

„Wirklich?" fragte der Pharao und fühlte Zorn aufsteigen.

„Dein unsterblicher Vater", fuhr die Königin fort, „sagte mir betrübt, daß du einen falschen Weg beschreitest. Du verzichtest verächtlich auf die Weihen eines Erzpriesters und behandelst die Gottesdiener nicht angemessen.

‚Wer bleibt bei Ramses', sprach dein göttlicher Vater, ‚wenn er sich den Unwillen der Götter zuzieht und die Priesterschaft ihn verläßt? Sage ihm ... sage ihm', wiederholte der ehrwürdige Schatten, ‚daß er auf diese Weise Ägypten, sich und die Dynastie ins Unglück stürzen wird.'"

„Oho!" rief der Pharao. „Also droht man mir bereits am ersten Tage meiner Herrschaft? Höre, Mutter, der Hund bellt am lautesten, wenn er sich fürchtet. Darum sind die Drohungen tatsächlich eine üble Prophezeiung – aber nur für die Priester!"

„Dein Vater hat das jedoch gesagt", mahnte die Nikotris besorgt.

„Mein unsterblicher Vater“, entgegnete der Pharao, „und der heilige Ahn Amenhotep kennen als reine Seelen mein Herz und den katastrophalen Zustand Ägyptens. Da ich aber das Reich wieder zu Glanz und Ruhm führen will, indem ich den Betrügereien ein Ende mache, werden sie alle beide meine Absichten billigen.“

„Also glaubst du nicht, daß es der Geist deines Vaters war, der dir raten wollte?“ fragte sie mit steigender Bestürzung.

„Ich weiß es nicht. Doch kann ich getrost annehmen, daß in verschiedenen Winkeln unseres Palastes Geisterstimmen erklingen, die nur ein böser Scherz der Priester sind. Einzig und allein sie fürchten sich vor mir, niemals aber Götter und Geister. Es sind also keine Stimmen aus dem Jenseits, Mutter.“

Die Königin wurde nachdenklich. Offensichtlich war sie von den Worten ihres Sohnes stark beeindruckt. Sie hatte in ihrem Leben viele Wunder erlebt, und einige von ihnen waren ihr recht verdächtig erschienen.

„In diesem Falle“, sprach sie unter Seufzen, „bist du unvorsichtig, mein Sohn! Am Nachmittag hat mich Herihor aufgesucht. Er war sehr unzufrieden über seine Audienz bei dir. Er sagte, daß du die Priester vom Hofe entfernen willst.“

„Wozu brauche ich sie denn? Vielleicht um den Aufwand in Küche und Keller zu vergrößern? Oder ist mir an ständigen Beobachtern und Lauschern gelegen?“

„Das ganze Land wird sich empören, wenn die Priester verbreiten, daß du gottlos seist“, wandte Nikotris ein.

„Das Land empört sich bereits, doch daran sind die Priester schuld“, entgegnete der Pharao. „Und auch von der Frömmigkeit des ägyptischen Volkes beginne ich eine andere Vorstellung zu bekommen. Mutter, wenn du wüßtest, wieviel Prozesse in Unterägypten wegen Gotteslästerungen und in Oberägypten wegen Grabschändungen geführt werden, so wäre auch dir klar, daß unserem Volke die Angelegenheiten der Priester schon lange nicht mehr heilig sind.“

„Das ist der Einfluß der Fremdlinge, die Ägypten überfluten“, rief die Königinmutter aus, „besonders der Phönizier.“

„Es ist ganz gleich, wessen Einfluß; genug, daß die meisten Menschen in Ägypten weder Götterstatuen noch Priester für überirdische Wesen halten. Wenn du noch dazu den Adel, die Offiziere, die Soldaten hören könntest, verstündest du, daß es an der Zeit ist, die königliche Macht an Stelle der indirekten

Priesterherrschaft aufzurichten, wenn in diesem Lande nicht jegliche Autorität verlorengehen soll."

„Ägypten ist dein", seufzte die Königin. „Deine Weisheit ist ungewöhnlich groß. Handle also nach deinem Gutdünken. Doch gehe vorsichtig zu Werke, oh, sehr vorsichtig! Selbst ein erschlagener Skorpion kann den unvorsichtigen Sieger immer noch verwunden."

Sie umarmten einander, und der Pharao kehrte in seinen Schlafraum zurück.

Doch diesmal konnte er wirklich nicht einschlafen. Er sah nun ganz klar, daß zwischen ihm und den Priestern ein Kampf begonnen hatte – oder eigentlich etwas Abscheuliches, das nicht einmal die Bezeichnung „Kampf" verdiente und wogegen ein Heerführer wie er sich im ersten Augenblick nicht zu helfen wußte. Denn wo stand der Feind? Gegen wen sollte hier seine getreue Armee vorgehen? Etwa gegen die gesamte heuchlerische Priesterkaste? Oder gar gegen die Sterne, die kündeten, daß der Pharao noch nicht den Weg der Wahrheit betreten habe? Was und wen sollte man also bekämpfen?

Vielleicht jene Geisterstimmen, die irgendwoher aus der Dämmerung drangen? Am Ende die eigene Mutter, die ihn so bestürzt darum bat, die Priester nicht zu vertreiben?

Der Pharao wand sich im Bewußtsein seiner Machtlosigkeit auf seinem Lager.

Plötzlich kam ihm in den Sinn: Was kümmert mich ein Feind, der wie Schlamm in der Faust durch die Finger rinnt? Mögen sie in den leeren Sälen schwätzen, mögen sie meiner „Gottlosigkeit" wegen zürnen. Ich werde befehlen, und wer sich erdreistet, nicht zu gehorchen, ist mein Feind, und gegen den bediene ich mich der Polizei, des Gerichtes und meines Heeres.

IV

So starb nun im Monat Hathor, nach vierunddreißig Jahren Regentschaft, Pharao Mer-amen-Ramses XII., Herrscher zweier Welten, Gebieter der Ewigkeit, Spender des Lebens und jeglicher Freuden.

Er starb, weil er fühlte, daß sein Leib verfiel und zu nichts nutze war. Er starb, weil er Sehnsucht nach der ewigen Heimat hatte und danach verlangte, die Regierung des irdischen Reiches in jüngere Hände legen zu können. Er starb endlich, weil er es so wollte, weil es sein eigener Wille war. Der göttliche Geist flog empor gleich einem Habicht, der lange über der Erde kreist und am Ende in den Himmelshöhen dem Auge entschwindet.

So wie sein Leben der Aufenthalt eines unsterblichen Wesens im Reiche alles Vergänglichen war, so bedeutete sein Tod auch nur eines der Momente übermenschlicher Existenz.

Er war stets bei Sonnenaufgang erwacht und hatte sich, auf die Schultern zweier Propheten gestützt und vom Chor der Priester begleitet, zur Kapelle des Osiris begeben. Auch an seinem Todestag weckte er wie gewöhnlich die Gottheit, wusch und kleidete sie, opferte und hob die Hände zum Gebet.

Währenddem sangen die Priester:

Chor I: „Ehre sei Dir, der Du Dich am Horizont erhebst und über den Himmel wandelst."

Chor II: „Die Straße Deines Heils ist das Wohlergehen der Menschen, deren Angesicht von Deinen Strahlen getroffen wird."

Chor I: „O könnte ich wie Du, ohne anzuhalten, gehen, o Sonne!"

Chor II: „Großer Wanderer in den Weiten, der Du keinen Gebieter hast und für den hundert Millionen Jahre nur einen Augenblick bedeuten."

Chor I: „Du gehst unter, doch Du dauerst fort. Du mehrst die Stunden, die Tage und Nächte und beharrst in Deinen eigenen Gesetzen."

Chor II: „Du erleuchtest die Erde, Du bietest Dich selbst dar, wenn Du in Ras Gestalt am Horizont aufgehst."

Chor I: „O aufgehender Stern, groß durch Deine Helligkeit, Du formst Deine Glieder allein."

Chor II: „Und von niemandem geboren, gebärst Du Dich selbst am Horizont."

An dieser Stelle ließ sich der Pharao vernehmen:

„O Strahlender am Himmel! Laß mich eingehen in die Ewigkeit zu den ehrwürdigen und vollkommenen Schatten der jenseitigen Heimat, laß mich gemeinsam mit ihnen, am Morgen wie am Abend, Deinen Schein betrachten, wenn Du Dich mit Deiner Mutter Nut vereinst. Wendest Du aber Dein Antlitz gen Westen, so mögen sich meine Hände zum Gebete falten – zu Ehren des hinter den Bergen entschlummernden Lebens."*

* Authentisch.

So sprach der Gebieter mit erhobenen Händen, von Weihrauch umgeben. Plötzlich verstummte er und fiel in die Arme der ihm dienenden Priester zurück.

Er lebte nicht mehr.

Die Nachricht vom Tode des Pharao durcheilte wie ein Blitz den Palast. Die Dienerschaft ließ ihre Arbeit liegen, die Wächter hörten auf, die Sklaven zu bewachen, man hatte die Gardesoldaten alarmiert und alle Eingänge besetzt.

Auf dem Haupthof versammelte sich eine Menschenmenge: Köche, Kellermeister, Reitknechte, die Frauen Seiner Heiligkeit und deren Kinder. Die einen fragten: Ist es wahr? Die anderen wunderten sich, daß die Sonne immer noch am Firmament stand; alle aber klagten zum Himmel empor: „O Gebieter! O unser Vater! O Geliebter! Ist es denn wahr, daß du uns verlassen hast? O ja, er geht schon nach Abydos! Gen Westen, gen Westen, in das Land der Gerechten! Der Ort, den du liebgewonnen hast, stöhnt und weint dir nach!"*

Ein schreckliches Geheul ertönte von allen Höfen und aus dem ganzen Park. Es hallte von den östlichen Bergen wider, flog auf den Schwingen des Windes über den Nil und trug Entsetzen in die Stadt Memphis.

Indessen setzten die Priester unter Gebeten den Leib des Verstorbenen in eine kostbare, geschlossene Sänfte. Acht Priester stellten sich an die Tragestangen, vier ergriffen Fächer aus Straußenfedern, andere Weihrauch, und sie waren im Begriffe aufzubrechen.

In diesem Augenblick kam die Königin Nikotris herbeigeeilt. Als sie den schon in der Sänfte ruhenden Toten erblickte, warf sie sich ihm zu Füßen.

„O mein Gemahl! O mein Bruder! O mein Geliebter!" rief sie unter heftigem Schluchzen. „O Geliebter, bleibe bei uns, bleibe in deinem Hause, verlasse diese Erdenstätte nicht!"

„In Frieden, in Frieden gen Westen", sangen die Priester. „O großer Herrscher, gehe in Frieden gen Westen ..."

„O welches Leid!" klagte die Königin. „Du eilst zur Fähre, um ans andere Ufer zu gelangen! O Priester, o Propheten, verweilt doch! Ihr könnt in euer Heim zurückkehren, er aber zieht von dannen in das Land der Ewigkeit."

„In Frieden, in Frieden gen Westen!" sang der Chor der Priester. „So es Gott gefällt, sehen wir dich wieder, wenn

* Authentisch.

der Tag der Ewigkeit gekommen ist, o Herrscher, denn du begibst dich in jenes Reich, das alle Menschen untereinander verbindet."*

Auf ein Zeichen des würdigen Herihor rissen die Dienerinnen Nikotris von den Füßen des Pharao los und führten sie mit Gewalt in ihre Kemenate.

Die von den Priestern getragene Sänfte setzte sich in Bewegung. In ihr saß der wie zu Lebzeiten gekleidete Pharao. Sein Gefolge umgab ihn. Zur Rechten und zur Linken, vor und hinter ihm schritten Generale, Schatzkämmerer, Richter, Oberschreiber, Beilträger, Bogenschützen und vor allem viele Priester aller Grade.

Draußen warf sich die Dienerschaft stöhnend und jammernd zu Boden, das Heer aber hob die Waffen zum Gruß, Fanfaren erklangen, als grüße man den lebendigen König.

Und wirklich: man trug den Gebieter wie in seinem Leben zur Fähre. Als die Priester den Nil erreichten, stellten sie die Sänfte mit Ramses XII. auf das vergoldete Schiff unter den Purpurbaldachin wie zu Lebzeiten.

Da streute man Blumen über die Sänfte. Ihr gegenüber stellte man die Statue Anubis' auf, und das königliche Schiff wandte sich dem anderen Nilufer zu, begleitet vom lauten Weinen der Diener und der Frauen des Hofes.

Zwei Stunden vom Palast entfernt, jenseits des Nils und hinter dem Kanal, den fruchtbaren Feldern und Palmenhainen lag zwischen Memphis und der „Hochebene der Mumien" ein eigenartiges Stadtviertel. All seine Bauten waren den Verstorbenen geweiht, und nur Kolchiten und Paraschisten, die die Leiber der Verstorbenen balsamierten, wohnten dort.

Dieser Stadtteil war gewissermaßen die Vorhalle des eigentlichen Friedhofes, die Brücke, die die Gemeinschaft der Lebenden mit dem Ort der ewigen Ruhe verband. Hierher brachte man die Verstorbenen und mumifizierte sie; hier einigten sich die Familien mit den Priestern über den Preis der Beisetzung. Hier schrieb man die heiligen Bücher und die Papyrirollen für die Toten, hier wurden die Särge, Geräte, Gefäße und Figuren für ihre Gräber hergestellt.

Dieses Stadtviertel, das von Memphis ein paar tausend Schritt entfernt lag, war von einer langen Mauer umgeben, die hier und da von Toren durchbrochen wurde. Der Zug, der die Leiche des

* Authentisch.

Pharao mit sich führte, hielt vor dem prächtigsten Tor, und einer der Priester klopfte an.

„Wer ist da?" fragte man von innen.

„Osiris Mer-amen-Ramses, der Gebieter zweier Welten kommt zu euch und verlangt, für die ewige Reise ausgestattet zu werden", antwortete der Priester.

„Ist es denn möglich, daß die Sonne Ägyptens erloschen wäre? Daß der gestorben ist, der selber Atem und Leben war?"

„Er hat es gewollt", erwiderte der Priester. „So nehmt denn den Gebieter mit der ihm gebührenden Achtung auf und erweist ihm – wie es sich gehört – jeden Dienst, damit euch im gegenwärtigen wie im jenseitigen Leben keine Strafe ereile."

„Wir werden so verfahren", antwortete die Stimme von innen.

Daraufhin ließen die Priester die Sänfte am Tor zurück und eilten rasch davon, um nicht den unreinen Hauch der angehäuften Leichen zu spüren zu bekommen. Es blieben nur die weltlichen Beamten unter Anführung des Höchsten Richters und des Obersten Schatzkämmerers zurück.

Nach einer längeren Wartezeit öffnete sich das Tor, und ein Dutzend Menschen traten heraus. Sie trugen Priestergewänder, und ihre Gesichter waren verhüllt.

Bei ihrem Anblick sprach der Richter: „Wir übergeben euch den Leib unseres und eures Gebieters. Behandelt ihn, wie es die Religion vorschreibt, und vernachlässigt nichts, damit dieser große Tote nicht durch euer Verschulden in jener Welt keinen Frieden finde."

Der Schatzkämmerer fügte hinzu: „Verwendet Gold, Silber, Malachit, Jaspis, Smaragde, Türkise und die kostbarsten Balsame für diesen unseren Gebieter, damit es ihm an nichts fehle und er alles von bester Güte erhält. Das sagt euch der Großschatzmeister. Wenn sich aber ein Schuft fände, der an Stelle der edlen Metalle elende Fälschungen verwenden wollte und statt edler Steine phönizisches Glas, so soll er daran denken, daß ihm zur Strafe die Hände abgehackt und die Augen ausgebrannt werden."

„Alles wird geschehen, wie ihr es verlangt", antwortete ein vermummter Priester.

Danach hoben andere die Sänfte auf und schritten mit ihr in das Totenviertel, während sie sangen: „Du gehst in Frieden nach Abydos! Mögest du in Frieden eingehen in den Westen Thebens! Gen Westen, gen West, in das Land der Gerechten!"

Das Tor schloß sich, und der Höchste Richter, der Schatzkämmerer und die sie begleitenden Beamten wandten sich der Fähre und dem Palaste zu.

Währenddessen trugen die verhüllten Priester die Sänfte in ein riesiges Gebäude, wo man nur königliche Leiber balsamierte und die Leiber der höchsten Würdenträger, die besondere Gnade des Pharao genossen hatten. Sie blieben im Vorsaal stehen, wo sich ein goldenes Boot auf Rädern befand, und hoben den Leichnam aus der Sänfte.

„Seht!" rief einer der Verhüllten. „Da waren schon Diebe am Werk! Der Pharao ist doch vor der Kapelle des Osiris gestorben und müßte demnach Paradekleidung tragen ... und hier – oh! An Stelle der goldenen Armreifen – Messingspangen, auch die Kette ist aus Messing, und in den Ringen befinden sich falsche Steine ..."

„Tatsächlich", bestätigte ein anderer. „Ich wüßte gern, wer das auf dem Gewissen hat: die Priester oder die Schreiber."

„Sicher die Priester! O daß diesen Lumpen die Hände verdorrten! Und einer von den Schurken erdreistet sich noch, uns zu ermahnen!"

„Nicht sie haben uns ermahnt. Es war der Schatzkämmerer."

„Alle sind sie Diebe."

So unterhielten sich die Balsamierer miteinander, während sie den Verstorbenen seiner königlichen Gewänder entledigten. Dann legten sie ihm einen goldbestickten Schlafrock an und trugen den Leichnam in das Boot.

„Den Göttern sei Dank", meinte einer der Verhüllten, „daß wir schon einen neuen Gebieter haben. Der wird mit dem Priestertum aufräumen; was ihre Hände gestohlen haben, muß gewiß ihr Maul zurückgeben."

„Uu! Man sagt, daß er ein strenger Herrscher sein wird", sprachen andere. „Er ist den Phöniziern freundlich gesonnen und gibt sich gern mit Pentuer ab. Der entstammt aber nicht einem Priestergeschlecht, sondern ist der Sohn von solchen armen Schluckern, wie wir es sind; und das Heer, erzählt man, würde sich verbrennen und einschmelzen lassen für den neuen Pharao."

„Und er hat erst in diesen Tagen ruhmvoll die Libyer geschlagen."

„Wo ist er denn, der neue Pharao?" fragte ein anderer. „In der Wüste! Deshalb fürchte ich, daß ihn, ehe er nach Memphis zurückkehrt, ein Unglück ereilt."

„Wer kann ihm was antun, wenn er das Heer bei sich hat! Ich will kein anständiges Begräbnis mehr erleben, wenn der junge Gebieter nicht mit den Priestern aufräumt wie der Büffel mit dem Weizen."

„O du Dummkopf!" meinte ein Balsamierer, der bisher geschwiegen hatte. „Der Pharao soll mit den Priestern fertig werden?!"

„Warum nicht?"

„Hast du vielleicht jemals erlebt, daß ein Löwe eine Pyramide zerreißt?"

„Das ist Gewäsch!"

„Oder ein Stier sie zertrampelt?"

„Versteht sich, daß er sie nicht zertrampeln kann."

„Oder ein Sturm die Pyramide einreißt?"

„Du hast es heute aber auf Ausfragerei abgesehen!"

„Nun also, und ich sage dir, eher beschädigen ein Löwe, ein Stier oder ein Sturm eine Pyramide, als daß der Pharao die Priester überwindet... selbst wenn dieser Herrscher Löwe, Stier und Sturm in einer Person wäre."

„He, ihr dort!" rief man ihnen zu. „Ist die Leiche fertig?"

„Gleich, gleich, der Unterkiefer fällt noch herab", antwortete man aus dem Vorsaal.

„Ganz egal, gebt sie nur schnell her, denn Isis muß in einer Stunde in die Stadt gehen."

Nach einer Weile war der Tote in einem goldenen Boot mit Seilen auf den Innenbalkon hochgehievt worden.

Aus der Vorhalle gelangte man in einen großen blau bemalten Saal, der mit goldenen Sternen geschmückt war. Entlang der einen Längswand war eine bogenförmige Galerie angebracht – ihre beiden Enden befanden sich eine Etage, ihre Mitte eineinhalb Etage hoch.

Der Saal stellte das Himmelsgewölbe dar, die Galerie die Bahn der Sonne am Firmament. Der verstorbene Pharao war Osiris, der Sonnengott, der von Ost nach West über den Himmel zieht.

Zu ebener Erde stand die Menge der Priester und Priesterinnen.

Während sie auf die Feier warteten, unterhielten sie sich über nebensächliche Dinge.

„Fertig!" rief jemand vom Balkon herab.

Die Gespräche verstummten. Oben erklang der eherne Ton

des Bronzebeckens dreimal, und auf der Galerie erschien der goldene Nachen des Sonnengottes mit dem Toten.

Unten erklang die Hymne an die Sonne:

„Da erscheint er in der Wolke, um den Himmel von der Erde zu trennen und sie später miteinander zu vereinen, er, der überall Gegenwärtige, er, der einzig Lebendige, er, der wahre Ewige."

Der Nachen schob sich allmählich die bogenförmige Galerie hinauf und erreichte dann endlich den höchsten Punkt.

Da erschien unten an der Galerie, als Göttin Isis verkleidet, eine Priesterin mit dem Sohn Horus. Sie begann ebenfalls langsam aufwärts zu steigen. Sie stellte den Mond dar, wie er der Sonne nachwandelt.

Nun sank der Nachen dem Westen zu. In der Tiefe aber erklang von neuem der Chor:

„Gott ist lebendig in allen Dingen; der Geist Schu in allen Göttern. Er ist der Leib des lebenden Menschen, der Schöpfer des früchtetragenden Baumes, der Urheber der lebenspendenden Überschwemmungen. Ohne ihn atmet keine Kreatur auf dem irdischen Gefilde."*

Der Nachen entschwand am westlichen Ende der Galerie. Isis und Horus erreichten den oberen Teil. Da eilte eine Gruppe von Priestern zum Nachen hin, holte den Leib des Pharao heraus und legte ihn auf einen Marmortisch zur Ruhe nieder, wie es allabendlich mit der Götterstatue des Osiris im Palast des Pharao gehalten wurde.

Jetzt näherte sich dem Leichnam ein als Gott Typhon verkleideter Paraschist. Er trug eine furchtbare Maske und eine rothaarige zottelige Perücke; seinen Rücken bedeckte ein Wildschweinfell, in der Hand hielt er ein äthiopisches Steinmesser. Mit ihm trennte er schnell die Sohlen des Toten ab.

„Was tust du dem Schlafenden an, Bruder Typhon?" fragte Isis vom Balkon herunter.

„Ich kratze meinem Bruder Osiris die Füße ab, damit er den Himmel nicht mit irdischem Staub beschmutze", antwortete der als Typhon verkleidete Paraschist. Er ergriff dann einen gebogenen Haken, schob ihn in die Nase des Verstorbenen und zog das Gehirn heraus. Dann schnitt er ihm den Bauch auf und holte rasch die Eingeweide, das Herz und die Lunge heraus.

Indessen brachten die Helfer des Typhon vier große Urnen

* Authentisch.

herbei, die mit den Skulpturköpfen der Götter Hape, Emset, Duamutf und Quebhsneuf verziert waren. In jedes dieser Gefäße legten sie ein inneres Organ des Verstorbenen.

„Was machst du dort, Bruder Typhon?“ fragte Isis wieder.

„Ich reinige meinen Bruder Osiris von irdischen Dingen, damit er schöner werde“, antwortete der Paraschist.

Neben dem Marmortisch stand ein Bassin mit Natronwasser. Nachdem die Paraschisten den Leichnam gereinigt hatten, warfen sie ihn in den Tümpel, wo er siebzig Tage lang wässern sollte.

Inzwischen hatte Isis die ganze Galerie zurückgelegt und betrat den Raum, in dem der Paraschist den königlichen Leib geöffnet und gereinigt hatte. Sie blickte auf den Marmortisch, und da sie sah, daß er leer war, fragte sie erschrocken:

„Wo ist mein Bruder? Wo ist mein göttlicher Gemahl?“

Da grollte ein Donner, Fanfaren und erzene Becken ertönten, der als Typhon verkleidete Paraschist aber brach in Lachen aus und rief: „Schöne Isis, die du mit den Sternen die Nächte erhellst, dein Gatte ist nicht mehr! Nie wieder wird sich der strahlende Osiris im goldenen Boot niederlassen, nie wieder wird am Firmament die Sonne erscheinen. Das habe ich verhindert, ich, Seth, und ihn so tief verborgen, daß ihn kein Gott und auch nicht alle Götter gemeinsam wiederfinden werden!“

Bei diesen Worten zerriß die Göttin ihre Gewänder, jammerte und raufte sich die Haare.

Wieder erklangen Fanfaren, Donner und Glockengeläut. Unter den Priestern und Priesterinnen erhob sich ein Murmeln, steigerte sich zu Schreien, Fluchen, und – plötzlich stürzten sich alle auf Typhon, laut rufend: „Verfluchter Geist der Finsternis, der du die Wüstenstürme entfachst, das Meer aufwühlst, das Tageslicht verdunkelst! Versinke im Abgrund, aus dem dich selbst Gottvater nicht zu erlösen vermag! Verfluchter! Verfluchter Seth! Dein Name sei Schrecken und Ekel!“

So fluchend fielen alle mit Fäusten und Prügeln über Typhon her; der rothaarige Gott aber floh und lief endlich aus dem Saal hinaus.

Drei neue Beckenschläge, und die Feier war zu Ende.

„Genug jetzt!“ rief der älteste Priester einer Gruppe von jüngeren zu, die wirklich miteinander zu raufen begannen. „Du, Isis, magst in die Stadt gehen, die anderen aber begeben sich zu den übrigen Verstorbenen, die auf unsere Arbeit warten. Vernachlässigt nicht die gewöhnlichen Toten, denn man weiß nicht, wie man uns für den Pharao bezahlen wird."

„Gewiß nicht hoch!" warf ein Balsamierer ein. „Man sagt, daß die königliche Schatzkammer leer sei und die Phönizier ihre Kredite zu stoppen drohen, falls sie nicht neue Rechte zugestanden bekommen."

„Wenn doch der Tod eure Phönizier ausrotten würde! Bald wird man bei ihnen um einen Gerstenfladen betteln müssen, so haben sie alles an sich gerissen."

„Wenn sie dem Pharao aber kein Geld geben, bekommen wir nichts für die Beisetzung."

Allmählich verstummten die Gespräche, und die Anwesenden verließen den Himmelssaal. Nur an dem kleinen Bassin, in dem die Gebeine des Pharao gewässert wurden, blieb eine Wache zurück.

Diese Feier, die die Legende wiedergab, wie Osiris, der Sonnengott, durch Typhon, den Gott der Nacht und des Verbrechens, erschlagen wurde, diente dazu, den Leib des Pharao zu öffnen, zu reinigen und ihn somit für die eigentliche Balsamierung vorzubereiten.

Siebzig Tage lang lag der Leichnam im Natronwasser – angeblich zum Andenken daran, daß der böse Typhon den Leichnam des Bruders in die Natronseen versenkt hatte. Täglich kam morgens und abends die als Isis verkleidete Priesterin in den Himmelssaal und fragte jammernd und sich die Haare raufend die Anwesenden, ob niemand ihren göttlichen Gatten und Bruder gesehen habe.

Nach Ablauf der Trauerzeit erschien dort Horus, der Sohn und Nachfolger des Osiris, mit seinem Gefolge, und – erst dann erblickten alle das Wasserbassin.

„Vielleicht sollte man hier die Leiche meines Vaters und Bruders suchen?" fragte Horus.

Sie suchten, fanden sie – und zogen dann unter gewaltigen Freudenbezeigungen der Priester bei Musik den Leichnam des Pharao aus dem stärkenden Bad.

Der Leib wurde in ein Steinrohr gelegt, durch das mehrere Tage lang heiße Luft strömte, und dann, nachdem er getrocknet war, übergab man ihn den Balsamierern.

Jetzt begannen die wichtigsten Zeremonien, die die höchsten Priester der Totenstadt an dem Verstorbenen vornahmen.

Man legte den Leib des Toten mit dem Kopf nach Süden,

wusch ihn mit heiligem Wasser und spülte sein Inneres mit Palmwein aus. Auf dem mit Asche bestreuten Fußboden ließen sich die Klageweiber nieder und beweinten, sich die Haare raufend und die Gesichter zerkratzend, den Verstorbenen. Rings um das Totenbett versammelten sich die als Götter verkleideten Priester: die nackte Isis mit der Pharaonenkrone, der junge Horus, Anubis mit dem Schakalkopf, Thot mit einem Ibiskopf und mit Schreibtafeln in den Händen und noch viele andere mehr.

Unter der Aufsicht dieser ehrwürdigen Zuschauer begannen die Spezialisten bei fortwährenden Gebeten das Innere des Verstorbenen mit stark duftenden Kräutern und Spänen auszufüllen und gossen sogar Harz hinein. Dann setzten sie ihm in Bronze gefaßte Glasaugen ein.

Danach wurde der gesamte Leib mit Natronpulver bestreut.

Nun trat ein Priester dazu und erklärte den Anwesenden, daß der Körper des Verstorbenen der Leib des Osiris sei und daß seine Eigenheiten mit denen des Gottes identisch wären.

„Die wundertätigen Eigenschaften seiner linken Schläfe entsprechen denen der Schläfe des Gottes Tum, sein rechtes Auge, dessen Strahlen die Dunkelheit zu durchdringen vermögen, ist ebenfalls das Auge des Gottes Tum. Sein linkes Auge kann wie das des Horus alle lebenden Geschöpfe ausrotten; die obere Lippe entspricht der Lippe der Isis, die untere der Lippe Nephtys'. Der Hals des Verstorbenen ist eine Göttin, die Arme sind göttliche Seelen, die Finger himmlische Schlangen, nämlich die Söhne der Göttin Selkit. Seine Lenden sind zwei Federn Amons, sein Rückgrat das des Sibus, der Bauch indessen ist der Gott Nue."

Ein anderer Priester sprach: „Einen Mund bekam ich zum Reden, Beine zum Gehen, Arme, um meine Feinde zu Boden zu werfen. Ich bin auferstanden, ich existiere, ich öffne den Himmel; und ich erfülle, was man mir in Memphis befahl."

Währenddessen legte man um den Hals des Verstorbenen einen aus Edelsteinen geformten Skarabäus, auf dem die Inschrift stand:

„O Herz, mein Herz, das ich von der Mutter erhielt, das ich besaß, als ich auf Erden weilte, o Herz, erhebe dich nicht gegen mich und lege kein schlechtes Zeugnis ab am Tage des Gerichts."*

* Authentisch.

Dann umwickelten die Priester jeden Arm, jedes Bein, jeder Finger des Verstorbenen mit Binden, auf denen Gebete und Beschwörungen niedergeschrieben waren. Diese Bänder wurden mit Leim und Balsam angeklebt. Auf Brust und Hals aber legte man Handabschriften des „Totenbuches" mit Meditationen, die die Priester über dem Leichnam laut beteten:

„Ich bin der, den kein Gott hindert.

Wer ist das?

Er ist Tum auf seinem Schild, er ist Ra auf seinem Schild, der sich im Osten des Himmels erhebt.

Ich bin das Gestern und kenne das Morgen.

Wer ist das?

Das Gestern ist Osiris, das Morgen Ra an dem Tage, da er die Feinde des Höchsten Herrn vernichten und seinen Sohn Horus weihen wird. Mit anderen Worten: an dem Tage, wenn dem Sarg des Osiris sein Vater Ra begegnet. Er wird die Götter auf Befehl des Osiris, des Herrn des Berges Amenthes, besiegen.

Wer ist das?

Amenthes ist die Schöpfung der göttlichen Seelen auf Befehl des Osiris, des Herrn über den Berg Amenthes. Mit anderen Worten: Amenthes ist die durch Ra verursachte Erregung; jeder Gott, der dorthin kommt, führt einen Kampf. Ich kenne den großen Gott, der dort wohnt.

Ich komme aus meinem Lande, aus meiner Stadt, ich vernichte das Böse, beseitige das Schlechte, ich weise den Schmutz von mir. Ich gelange in das Land der Himmelsbewohner, ich trete ein durch das mächtige Tor.

O ihr Gefährten, reicht mir die Hand, da ich einer der Eurigen werde."

Als schon jedes Glied des Verstorbenen mit Gebetsbinden und mit Amuletten versehen war, als er bereits einen genügenden Vorrat von Meditationen besaß, die ihm ermöglichten, sich in der Heimat der Götter zurechtzufinden, mußten die Priester nun an das Dokument denken, das ihm das Tor in jenes Land öffnete.

Denn zwischen Grabhügel und Himmel warten auf den Toten zweiundvierzig schreckliche Richter, die unter dem Vorsitz des Osiris sein irdisches Leben prüfen würden. Erst wenn das Herz des Verstorbenen, auf der Waage des Rechtes gewogen, sich der Göttin der Wahrheit gleich erwies; wenn der Gott Thot, der in seine Täfelchen die Taten des Verstorbenen einritzt, sie als gut anerkannte, erst dann nimmt Horus die Seele bei der Hand und führt sie vor den Thron Osiris'.

Damit der Verblichene sich vor dem Gericht verteidigen könne, mußte seine Mumie in Papyri gehüllt werden, auf der eine allgemeine Beichte geschrieben stand. Während er in dieses Dokument gewickelt wurde, sprachen die Priester betont und deutlich, damit der Tote nichts vergesse:

„Herrscher über alle Wahrheit, ich bringe Euch die reine Wahrheit.

Ich habe keinem Menschen in verräterischer Weise Übles getan. – Ich habe keinen meiner Nahestehenden unglücklich gemacht. – Keinen Übermut, auch kein beleidigendes Wort habe ich mir im Hause der Wahrheit erlaubt. – Mit dem Bösen hielt ich nie Gemeinschaft. – Ich tat nichts Böses. – Ich befahl meinen Untertanen nicht, über ihre Kräfte zu arbeiten. – Niemand wurde durch meine Schuld verschüchtert, arm, leidend oder unglücklich. – Ich tat nichts, was die Götter verachtet hätten. – Ich quälte keinen Sklaven. – Ich ließ ihn nicht hungern. – Ich erzwang ihm keine Tränen. – Ich tötete nicht. – Ich befahl keinen Meuchelmord. – Ich log nicht. – Ich raubte den Tempeln keinen Besitz. – Ich verringerte nicht die den Göttern geweihten Einnahmen. – Ich stahl den Mumien weder Brot noch Binden. – Ich sündigte nicht an dem Priester meines Kreises. – Ich stahl ihm nichts von seinem Eigentum. – Ich benutzte keine falsche Waage. – Ich riß keinen Säugling von der Brust seiner Mutter. – Ich beging nichts Grausames. – Ich fing keine den Göttern geweihten Vögel im Netz. – Ich hemmte nicht die heiligen Wasser des steigenden Nils. – Ich änderte nicht den Lauf der Kanäle. – Das Feuer löschte ich nicht zur unrechten Stunde. – Ich bestahl nicht die Götter um die Opfer, die sie sich aussuchten – ich bin rein ... ich bin rein ... ich bin rein ..."*

Wenn der Verstorbene dank dem Totenbuch nun schon in der ewigen Heimat eingeführt war und darüber Bescheid wußte, wie er sich vor dem Gericht der zweiundvierzig Götter zu verantworten hatte, dann versahen ihn die Priester noch mit einem Vorwort zu diesem Buche und erklärten ihm mündlich dessen unermeßliche Wichtigkeit.

Dazu mußten sich die Balsamierer entfernen, und es kam der

* Kapitel 75 des Totenbuches. Es ist eines der bedeutsamsten Dokumente des Altertums.

Erzpriester dieser Stadt und flüsterte dem Verstorbenen ins Ohr: „Wisse, daß du, wenn du dieses Buch besitzt, zu den Lebendigen gehören und unter den Göttern große Bedeutung gewinnen wirst. Wisse darum, daß dank dieses Buches niemand wagen wird, sich dir zu widersetzen. Die Götter selbst werden sich dir nähern und dich umarmen, weil du zu ihrem Kreis gehören wirst.

Wisse darum, daß dieses Buch dich erkennen läßt, was zu Anbeginn war. Kein Mensch hat es verkündet, kein Auge gesehen, kein Ohr gehört. Das Buch ist die pure Wahrheit, doch niemand hat es je gekannt. So sollst allein du es sehen und derjenige, der dich mit ihm versah. Füge dem Buch keinen Kommentar hinzu, den dir dein Gedächtnis oder deine Vorstellung eingeben könnten. Es wurde in dem Saal geschrieben, in dem man die Verstorbenen balsamiert. Es ist das große Geheimnis, das sonst kein Sterblicher in der Welt kennt.

Dieses Buch wird dir in der Unterwelt der Geister als Nahrung dienen. Es ermöglicht deiner Seele den Aufenthalt auf Erden, verhilft ihr zu ewigem Leben und verhindert, daß jemand über dich Gewalt erlangt."*

Man hüllte den königlichen Leib in kostbare Gewänder, versah das Antlitz mit einer goldenen Maske, steckte dem Leichnam Ringe und Reifen an und kreuzte seine Hände auf der Brust. Unter dem Haupt bettete man ihm eine Stütze aus Elfenbein, worauf die Ägypter zu schlafen pflegten. Endlich wurde der Leib in drei Särge eingeschlossen: in einen aus Papyri, die mit Schriften bedeckt waren, in einen vergoldeten Zedernholzsarg und in einen marmornen. Die Form der beiden ersten entsprach genau der Gestalt des Verstorbenen; sogar das geschnitzte Antlitz war ähnlich, nur lächelnd.

Nach dreimonatigem Aufenthalt in der Stadt der Toten war die Mumie des Pharao zur feierlichen Beisetzung bereit. Man trug sie in den königlichen Palast zurück.

V

Siebzig Tage lang, während die ehrwürdigen Gebeine von Natronwasser durchtränkt wurden, trauerte Ägypten.

Die Tempel waren geschlossen, Prozessionen wurden nicht

* Totenbuch, Kapitel 148.

abgehalten. Jede Musik verstummte, kein Bankett fand statt, die Tänzerinnen wurden zu Klageweibern und rauften sich, anstatt zu tanzen, die Haare, was ihnen gleichfalls Einkünfte brachte.

Man trank keinen Wein, aß kein Fleisch. Die höchsten Würdenträger gingen barfuß und in rauhe Gewänder gehüllt. Niemand rasierte sich (mit Ausnahme der Priester), selbst die überaus Reinlichen wuschen sich nicht einmal, sondern beschmierten ihre Gesichter mit Schmutz und bestreuten ihr Haar mit Asche.

Vom Mittelmeer bis zum ersten Katarakt des Nils, von der Libyschen Wüste bis zur Halbinsel Sinai herrschten Stille und Trauer. Die Sonne Ägyptens war verloschen, der Gebieter, der Freude und Leben gespendet hatte, war, seine Diener verlassend, nach Westen gegangen.

In den höheren Schichten wurden Gespräche über die allgemeine Trauer, die sogar die Natur zu teilen schien, zur großen Mode.

„Hast du bemerkt", fragte ein Würdenträger den anderen, „daß die Tage kürzer und dunkler geworden sind?"

„Ich wagte nicht, es dir zu sagen", erwiderte der Gefragte, „aber es ist tatsächlich der Fall. Ich habe sogar bemerkt, daß nachts weniger Sterne leuchten und der Vollmond kürzer, der Neumond aber länger als gewöhnlich währte."

„Die Hirten sagen, daß das Vieh auf der Weide nicht fressen will; es brüllt nur."

„Ich aber hörte von den Jägern, die betrübten Löwen stürzten sich nicht mehr auf die Rehe, weil sie kein Fleisch mögen."

„Eine schreckliche Zeit! Komm heut abend zu mir und laß uns ein Glas von dem Trauertrunk leeren, den mein Kellermeister ersonnen hat."

„Aha, du hast sicher schwarzes sidonisches Bier."

„Die Götter mögen uns davor bewahren, in dieser Zeit erheiternde Getränke zu uns zu nehmen! Der Trank, den mein Kellermeister erfand, ist kein Bier, ich würde ihn eher mit einem Wein vergleichen, der mit Moschus und duftenden Kräutern versetzt ist."

So trauerten die Würdenträger siebzig Tage lang.

Ein erstes Aufatmen der Freude erfaßte ganz Ägypten, als man aus der Stadt der Toten mitteilte, daß der Leib des Herrschers aus dem Natronbad genommen worden sei und die Balsamierer und Priester die Zeremonien an ihm vornähmen.

An dem Tage schor man sich zum erstenmal wieder die Haare, entfernte den Schmutz aus den Gesichtern, und wer Lust hatte, wusch sich. Es gab nun keinen Grund mehr zur Trauer. Horus hatte nämlich den Leichnam des Osiris gefunden, der Herrscher Ägyptens gewann dank der Kunst der Balsamierer wieder das Leben, und dank den Gebeten der Priester und dem „Totenbuch" wurde er den Göttern gleich.

Von diesem Augenblick an hieß der selige Pharao Mer-amen-Ramses nunmehr amtlich „Osiris"; inoffiziell hatte man ihn bereits unmittelbar nach seinem Tode schon so genannt.

Der angeborene Frohsinn des ägyptischen Volkes siegte über die Trauer, insbesondere bei den Truppen, Handwerkern und Landleuten. Die Freude nahm zuweilen unter dem gemeinen Volk unziemliche Formen an.

Irgendwoher kamen Gerüchte auf, wonach der neue Pharao, den das ganze Volk bereits instinktiv liebte, das Los der Landleute, der Arbeiter, ja sogar der Sklaven bessern wolle.

Aus dem Grunde geschah etwas bis dahin Unerhörtes: Anstatt friedlich zu trinken und über ihren Beruf oder familiäre Dinge zu sprechen, erdreisteten sich in den Schenken die Maurer, Tischler und Töpfer nicht nur, über die Steuern zu klagen, sondern sogar über die Herrschaft der Priester zu wettern. Die Landleute indessen erzählten einander – anstatt sich in der arbeitsfreien Zeit Gebeten zu widmen und an die Ahnen zu denken –, wie gut es wäre, wenn jeder von ihnen etliche Acker Boden als Eigentum besäße und sich an jedem siebenten Tage ausruhen könnte! Vom Heer und besonders von den Regimentern mit ausländischen Söldnern spricht man besser erst gar nicht. Diese Menschen bildeten sich ein, dem hervorragendsten Stand Ägyptens anzugehören. Falls sie das aber noch nicht täten, würde es nach einem bevorstehenden glücklichen Kriege der Fall sein.

Die Nomarchen, der Landadel und vor allem die Erzpriester der verschiedenen Tempel hingegen widmeten sich intensiv den feierlichen Trauerzeremonien für den verstorbenen Gebieter, ohne Rücksicht darauf, daß man sich doch nun freuen durfte.

Wenn man die Sache genau nimmt, hatte der neue Herrscher bisher niemandem etwas zuleide getan. So gründete sich die Betrübnis der Würdenträger lediglich auf Gerüchte, dieselben Gerüchte, die das gemeine Volk erfreuten. Die Nomarchen und der Adel erschauerten bei der Vorstellung, daß ihre Knechte fünfzig Tage im Jahr bummeln würden und, was noch schlimmer war, eigenes Land besitzen könnten, wenn auch nur so wenig, daß es zur Errichtung eines Grabes genügt. Die Priester wurden blaß und bissen die Zähne zusammen, wenn sie an die Staatsführung Ramses' XIII. dachten und an die Art, in der sie von ihm behandelt worden waren.

Im königlichen Palast waren tatsächlich gewaltige Veränderungen vor sich gegangen.

Der Pharao war in den Seitenflügel gezogen, in dem fast ausschließlich Generale wohnten. In den Kellerräumen hatte er die griechischen Söldner untergebracht, im ersten Stock die Garde und in den Zimmerfluchten, die entlang der Mauer lagen, die Äthiopier. Die Asiaten hielten rund um den Palast Wache, bei den Räumen Seiner Heiligkeit lag das Quartier der Schwadron, deren Soldaten Ramses bei Tehennas Verfolgung in der Wüste begleitet hatten.

Nicht genug damit: Seine Heiligkeit schenkte den Libyern seine Gunst wieder, ließ keinen von ihnen bestrafen, ja, er vertraute ihnen sogar.

Allerdings verblieb das Priesterkorps im Hauptpalast und pflegte unter Führung des würdigen Sem weiter die religiösen Gebräuche. Da jedoch die Priester dem Pharao bei Frühstück, Mittagessen und Abendbrot nicht Gesellschaft leisteten, erhielten sie nur noch sehr bescheidene Kost.

Umsonst erinnerten die heiligen Männer daran, daß sie die Vertreter von neunzehn Dynastien und eine ganze Anzahl Götter zu nähren hätten. Der Schatzkämmerer, der die Absicht des Pharao erriet, erwiderte den Priestern, für die Götter und die Ahnen genügten Blumen und Weihrauch. Die Propheten selbst aber sollten, wie die Sitte es gebiete, Gerstenfladen essen und dazu Wasser oder Bier trinken. Zur Bekräftigung berief sich der Schatzkämmerer auf das Beispiel des Erzpriesters Sem, der wie ein Büßer lebte. Was aber noch schlimmer war, er sagte den Priestern, Seine Heiligkeit halte sich gemeinsam mit den Generalen eine einfache Soldatenküche.

Infolgedessen dachten die Palastpriester insgeheim darüber nach, ob sie nicht besser daran täten, das geizige Königshaus zu verlassen und in die eigenen Unterkünfte neben den Tempeln überzusiedeln, wo sie leichtere Pflichten und weniger Hunger hätten.

Vielleicht hätten sie das sogar auch getan, wenn ihnen nicht der allerehrwürdigste Herihor und auch Mefres auszuharren befohlen hätten.

Doch auch die Stellung Herihors bei dem neuen Gebieter konnte man nicht günstig nennen. Jener bis vor kurzem noch allmächtige Minister, der kaum die königlichen Räume verließ, saß heute einsam in seinem Palast und bekam den neuen Pharao oft ganze Dekaden lang nicht zu Gesicht. Noch war er Kriegsminister, doch Befehle erteilte er kaum mehr. Alle militärischen Belange erledigte der Pharao selbst. Er las persönlich die Rapporte der Generale, entschied selbst in zweifelhaften Fragen, und seine Adjutanten holten sich aus dem Kriegsministerium die notwendigen Dokumente.

Wenn Seine Würden Herihor zuweilen von dem Herrscher gerufen wurde, dann sicherlich nur, um Vorwürfe anhören zu müssen.

Alle Würdenträger gaben zu, daß der neue Pharao sehr viel arbeite.

Ramses XIII. erhob sich vor Sonnenaufgang, badete und opferte der Statue des Osiris Weihrauch. Gleich danach hörte er die Berichte des Höchsten Richters an, des Oberschreibers über die Scheuern und Ställe im ganzen Land, des Höchsten Schatzkämmerers und endlich des Haus- und Hofmeisters seiner Paläste. Dieser Mann hatte am meisten auszustehen: es verging nämlich kein Tag, an dem ihm der Gebieter nicht vorwarf, daß der Unterhalt des Hofes zuviel koste, weil sich dort zu viele Menschen aufhielten.

Tatsächlich wohnten im königlichen Palast einige hundert Frauen des verstorbenen Pharao mit ihren vielen Kindern und ihrer Dienerschaft. Der Hausmeister jagte der ständigen Ermahnungen wegen Tag um Tag ein Dutzend Personen davon und beschränkte den anderen die Ausgaben. Infolgedessen erschienen nach Ablauf eines Monats alle Damen des Hofes schreiend und weinend in der Wohnung der Königin Nikotris, um Hilfe zu erbitten.

Die ehrwürdige Frau begab sich sofort zu dem Herrscher, warf sich vor ihm nieder und bat ihn, sich der Frauen seines Vaters zu erbarmen und sie nicht Mangel leiden zu lassen.

Der Pharao hörte sie mit gerunzelter Stirn an und befahl dem Hofmeister, die Sparsamkeit nicht weiterzutreiben. Zugleich jedoch sagte er seiner Mutter, daß nach der Beisetzung des Vaters jene Frauen aus dem Palast entfernt und auf den Gütern untergebracht werden würden.

„Unser Hof", sprach er, „kostet jährlich gegen dreißigtausend Talente, also um die Hälfte mehr als die gesamte Armee. Solch eine Summe kann ich nicht ausgeben, ohne mich und das Reich zu ruinieren."

„Handle, wie du willst", erwiderte die Königin, „Ägypten gehört dir. Ich fürchte aber, daß du dir die vom Hofe vertriebenen Menschen dadurch zu Feinden machst."

Da nahm der Herrscher schweigend seine Mutter bei der Hand, führte sie ans Fenster und wies auf den Wald der Lanzen des auf dem Hofe exerzierenden Fußvolkes.

Diese Geste des Pharao hatte unerwarteten Erfolg. Die Augen der Königin, die noch eine Weile zuvor in Tränen geschwommen waren, blitzten stolz auf. Plötzlich neigte sie sich und küßte die Hände ihres Sohnes, wobei sie gerührt sagte: „Wahrlich, du bist der Sohn Isis' und Osiris', und gut tat ich daran, dich der Göttin zu weihen – endlich hat Ägypten einen wahren Herrscher!"

Seit der Zeit wandte sich Nikotris niemals wieder mit solchen Bitten an den Sohn. Wenn sie jedoch um ihre Fürsprache gebeten wurde, antwortete sie: „Ich bin die Dienerin Seiner Heiligkeit und rate euch, den Befehlen des Gebieters bedingungslos nachzukommen. Alles, was er tut, entspringt nämlich einer göttlichen Erleuchtung. Und wer widersetzt sich denn den Göttern?"

Nach dem Frühstück pflegte sich der Pharao mit den Angelegenheiten des Kriegsministeriums und mit Finanzfragen zu beschäftigen, gegen drei Uhr nachmittags fuhr er gewöhnlich, von einem großen Gefolge begleitet, zu den bei Memphis stationierten Truppen und sah beim Exerzieren zu.

Natürlich waren die größten Veränderungen in den militärischen Angelegenheiten des Reiches vor sich gegangen.

Im Verlauf von nicht ganz zwei Monaten formierte Seine Heiligkeit fünf neue Regimenter oder, besser gesagt, er stellte die während der vorhergehenden Regierung aufgelösten Regimenter wieder auf. Ramses entfernte alle dem Trunk und dem Würfelspiel ergebenen Offiziere sowie diejenigen, die ihre Soldaten quälten.

In die Ämter des Kriegsministeriums, in denen nur Priester gearbeitet hatten, führte er seine fähigsten Adjutanten ein, die sich in den wichtigen, die Armee betreffenden Dokumenten sehr schnell zurechtfanden. Er befahl, eine Liste aufzustellen über alle Männer im Reich, die jemals Soldaten gewesen waren. Er eröffnete zwei neue Offiziersschulen für Knaben vom zwölften Lebensjahr an und führte den vernachlässigten Brauch wieder ein, wonach die soldatische Jugend erst nach einem dreistündigen Marsch in Linien und Kolonnen ihr Frühstück erhielt.

Schließlich wurde keinem Truppenteil erlaubt, in Dörfern zu wohnen, sondern nur in Kasernen oder im Lager. Jedes Regiment erhielt seinen eigenen Übungsplatz, auf dem man den ganzen Tag über aus den Schleudern Steine schnellte oder mit dem Bogen nach hundert bis zweihundert Schritt entfernten Zielen schoß.

Es kam auch eine Verfügung heraus, die die Sippen der Soldaten betraf. Jedes männliche Mitglied mußte sich unter der Leitung von Offizieren und Unteroffizieren der regulären Armee im Schleudern von Geschossen üben. Dem Befehl leistete man sofort Folge, weshalb auch Ägypten schon zwei Monate nach dem Tode Ramses' XII. wie ein Heerlager aussah.

Jetzt begannen sogar die Kinder in Stadt und Land, die bisher nur Schreiber und Priester gespielt hatten, die Älteren nachzuahmen und Soldat zu spielen. So sausten denn auch über jedem Platz und in jedem Garten vom Morgen bis zum Abend Steine und Pfeile; die Gerichte wurden mit Klagen auf Körperverletzung überschüttet.

Und es geschah, daß Ägypten wie ausgewechselt war und trotz der Trauer reges Leben herrschte. All das hatte der neue Herrscher verursacht.

Der Pharao selbst empfand Stolz, als er sah, daß sein ganzes Reich seine königlichen Befehle befolgte.

Doch es kamen Augenblicke, da auch er betrübt war.

Am selben Tage, an dem die Balsamierer den Leib Ramses' XII. aus dem Natronbad nahmen, berichtete der Großschatzkämmerer dem Pharao: „Ich weiß nicht, was ich tun soll. Unser Schatz beträgt nur noch zweitausend Talente, und für das Begräbnis des verstorbenen Gebieters brauchen wir wenigstens eintausend."

„Wieso zweitausend?" wunderte sich der Herrscher. „Als ich die Regierung antrat, sagtest du, daß wir zwanzigtausend haben."

„Wir mußten achtzehntausend ausgeben."

„In zwei Monaten?"

„Wir hatten gewaltige Ausgaben."

„Das ist wahr," erwiderte der Pharao, „aber es fließen ja täglich Steuern ein."

„Steuern!" rief der Schatzmeister. „Sie haben sich aus irgendwelchen Gründen wieder verringert und fließen nicht in der Höhe ein, die ich erwartet habe. Und auch sie sind ausgegeben worden. Geruht, Eure Heiligkeit, daran zu denken, daß wir fünf neue Regimenter besitzen. Gegen achttausend Menschen also haben ihre Arbeit aufgegeben und leben jetzt auf Staatskosten."

Der Pharao überlegte: „Wir müssen eine neue Anleihe aufnehmen. Ich werde mich mit Herihor und Mefres verständigen, damit wir sie von den Tempeln bekommen."

„Ich habe schon nachgefragt – die Tempel geben uns nichts."

„Die Propheten sind beleidigt!" lächelte der Pharao. „Dann müssen wir die Heiden rufen. Schicke Dagon zu mir."

Gegen Abend erschien der phönizische Bankier. Er warf sich vor dem Gebieter auf die Erde und bot ihm einen goldenen, mit Edelsteinen besetzten Pokal dar.

„Nun kann ich in Frieden scheiden!" rief Dagon, „denn mein gnädigster Herr hat den Thron bestiegen."

„Ehe du jedoch stirbst", sprach der Pharao zu dem Knienden, „beschaffst du mir einige tausend Talente."

Der Phönizier war erschüttert oder mimte vielleicht auch nur große Verwirrung.

„Befehlt mir lieber, im Nil Perlen zu suchen, Eure Heiligkeit", erwiderte er, „dann werde ich wenigstens sofort umkommen, und mein Gebieter wird mich nicht bösen Willens beschuldigen. Aber heute solch eine Summe aufzutreiben ..."

Ramses XIII. war erstaunt.

„Wieso?" fragte er. „Also hätten die Phönizier kein Geld für mich?"

„Unser Blut und unser Leben wie das unserer Kinder geben wir Eurer Heiligkeit gern", rief Dagon, „doch Geld ... wo sollen wir Geld hernehmen?

Früher gewährten uns die Tempel Anleihen zu fünfzehn oder zwanzig Prozent jährlich. Doch seit der Zeit, da Eure Heiligkeit noch als Thronfolger im Tempel der Hathor bei Pi-Bast weilte, versagten uns die Priester jeden Kredit gänzlich.

Wenn sie könnten, würden sie uns gleich aus Ägypten vertreiben, und noch lieber würden sie uns ausrotten. Ach, was müssen wir durch sie leiden! Die Landleute arbeiten, wie sie wollen und wann sie wollen. Steuern zahlen sie soviel, wie ihnen aus der Nase tropft. Wenn man einen schlägt, empören sie sich, wenn aber ein unglücklicher Phönizier die Gerichte um Hilfe bittet, dann verliert er entweder seinen Prozeß, oder er muß schrecklich bezahlen.

Unsere Stunden auf dieser Erde sind gezählt!" klagte Dagon unter Tränen.

Das Antlitz des Pharao verfinsterte sich.

„Ich will mich mit diesen Dingen befassen", erwiderte er, „und die Gerichte werden euch Gerechtigkeit widerfahren lassen. Inzwischen jedoch brauche ich von euch gegen fünftausend Talente."

„Woher sie nehmen, mein Gebieter?" jammerte Dagon. „Zeigt uns Händler, Eure Heiligkeit, und wir werden ihnen all unsere bewegliche und unbewegliche Habe verkaufen, um nur Euren Befehlen Folge leisten zu können.

Wo aber gibt es solche Kaufleute? Sicher unter den Priestern, die unsere Güter ganz billig abschätzen und noch dazu nicht in bar bezahlen werden."

„So schickt nach Tyros, nach Sidon", meinte der Herrscher. „Jede dieser Städte könnte ja nicht nur fünftausend, sondern hunderttausend Talente borgen."

„Tyros und Sidon!" wiederholte Dagon. „Heute sammelt ganz Phönizien Gold und Edelsteine, um sich von den Assyrern loszukaufen. Jetzt schon treiben sich in unserem Lande die Gesandten des Königs Assar herum. Sie sagen, daß gegen reichliches Lösegeld jährlich ihr König und die Satrapen uns nicht unterdrücken, sondern einen noch größeren Verdienst zukommen lassen werden als den, welchen wir heute durch die Gnade Eurer Heiligkeit in Ägypten erlangen."

Der Herrscher erblaßte und biß die Zähne aufeinander. Der Phönizier lenkte ein und ergänzte rasch: „Wozu soll ich schließlich Eurer Heiligkeit mit meinem dummen Geschwätz die Zeit stehlen? Gegenwärtig hält sich Fürst Hiram hier in Memphis auf. Er wird Euch vielleicht alles besser erklären können, weil er ein Weiser ist und Mitglied des Höchsten Rates unserer Städte."

Ramses zeigte sich lebhaft interessiert.

„Ah, schick mir Hiram rasch her!" befahl er. „Denn du, Dagon, sprichst nicht wie ein Bankier, sondern wie ein Klageweib mit mir."

Der Phönizier neigte noch einmal die Stirn zu Boden und fragte:

„Könnte nicht der würdige Hiram sofort hierherkommen? Gewiß, es ist schon sehr spät, doch er fürchtet sich vor den Priestern und möchte Eure Heiligkeit lieber bei Nacht aufsuchen."

Der Pharao biß sich auf die Lippen, stimmte aber dem Vorschlag zu. Er sandte sogar Thutmosis mit dem Bankier, damit er Hiram durch einen geheimen Eingang in den Palast führe.

VI

Gegen zehn Uhr abends stand Hiram, in das dunkle Gewand eines memphisschen Händlers gekleidet, vor dem Pharao.

„Warum kommst du so heimlich geschlichen, Ehrwürden?" fragte Ramses ihn, unangenehm berührt. „Ist denn mein Palast ein Gefängnis oder das Haus von Aussätzigen?"

„Ach, Eure Heiligkeit!" stöhnte der greise Phönizier. „Seit dem Augenblick, da Ihr der Gebieter Ägyptens geworden seid, gelten alle als Verbrecher, die Euch zu besuchen wagen und nicht über das berichten wollen, worüber Ihr zu sprechen geruht."

„Wem müßt ihr meine Worte wiederholen?" fragte der Gebieter.

Hiram hob Augen und Arme empor.

„Eure Heiligkeit kennt seine Feinde!" erwiderte er.

„Es ist ja auch ganz gleich", sprach der Pharao, „weißt du, Ehrwürden, warum ich dich rufen ließ? Ich will ein paar tausend Talente borgen."

Hiram ließ ein Zischen hören und taumelte derart auf seinen Füßen, daß Ramses ihm erlaubte, sich in seiner Anwesenheit niederzusetzen, was immerhin die höchste Ehrung bedeutete.

Nachdem sich Hiram bequem zurechtgesetzt und ein wenig verschnauft hatte, sagte er: „Wozu sollte Eure Heiligkeit borgen, wo Ihr doch große Schätze besitzen könntet?"

„Ich weiß, wenn ich Ninive erobere", unterbrach der Pharao. „Das liegt noch in weiter Ferne, ich brauche aber heute Geld."

„Ich spreche nicht vom Krieg", erwiderte Hiram, „sondern von einer Möglichkeit, die Euch sofort große Summen und eine ständige jährliche Einnahme einbringen wird."

„Auf welche Weise?"

„Erlaubt uns, Eure Heiligkeit, einen Kanal zu graben, der das Mittelmeer mit dem Roten Meer verbindet."

Der Pharao sprang von seinem Sitz auf.

„Du scherzt, alter Mann!" rief er. „Wer wird so ein Werk ausführen und dadurch Ägypten gefährden? Das Meer würde uns ja überschwemmen ..."

„Welches Meer? Auf keinen Fall das Rote oder das Mittelmeer", erwiderte Hiram in aller Ruhe. „Ich weiß, daß die ägyptischen Priester und Ingenieure dieses Projekt geprüft und berechnet haben, daß es ein sehr gutes Geschäft, ja das beste von der Welt wäre, nur – sie wollen es selbst verwirklichen, oder besser, sie wünschen nicht, daß es der Pharao verwirklicht."

„Wo hast du die Beweise dafür?" fragte Ramses.

„Ich besitze keine Beweise, aber ich werde Eurer Heiligkeit einen Priester schicken, der das gesamte Projekt an Hand von Plänen und Berechnungen erklären kann."

„Wer ist dieser Priester?"

Hiram überlegte und sagte nach einer kleinen Weile:

„Verspricht mir Eure Heiligkeit tiefste Verschwiegenheit? – Er wird Euch, mein Gebieter, größere Dienste leisten als ich selbst. Er kennt viele Geheimnisse und ... viele Nichtswürdigkeiten der Priester."

„Ich verspreche dir zu schweigen", erwiderte der Pharao.

„Dieser Priester heißt Samentu. Er dient im Tempel Seths bei Memphis und ist ein großer Weiser, nur ... er braucht Geld und ist sehr ehrgeizig. Da ihn aber die Priester nicht hochkommen lassen, würde er auf Befehl Seiner Heiligkeit ... helfen, die Priesterclique zu stürzen; denn er kennt viele Geheimnisse, oh, sehr viele."

Ramses versank in tiefes Nachdenken. Ihm war klar, daß dieser Priester ein großer Verräter war, aber er begriff auch, welch wichtige Dienste er ihm leisten konnte.

„Gut", entschied der Pharao, „ich werde über diesen Samentu nachdenken. Aber jetzt nehmen wir erst einmal an, daß man so einen Kanal bauen könnte. Was würde ich davon haben?"

Hiram hob die linke Hand und begann an deren Fingern aufzuzählen: „Vor allem", sprach er, „wird Phönizien Eurer Heiligkeit fünftausend Talente des rückständigen Tributs bezahlen.

Zweitens – weitere fünftausend Talente für das Recht, die Arbeiten ausführen zu dürfen.

Drittens – wenn mit den Arbeiten begonnen wird, zahlen wir

jährlich eintausend Talente Steuern und soviel Talente, soviel uns Ägypten Zehnerschaften von Arbeitern liefert.

Viertens – wir versprechen Eurer Heiligkeit für jeden ägyptischen Ingenieur ein Talent pro Jahr.

Fünftens – wenn die Arbeiten beendet sind und Eure Heiligkeit gibt uns den Kanal auf hundert Jahre in Pacht, so werden wir dafür jährlich eintausend Talente bezahlen.

Sind das etwa keine lohnenden Gewinne?“ fragte Hiram.

„Aber jetzt, aber heute“, rief der Pharao, „würdet ihr mir denn gleich jene fünftausend Talente Tribut entrichten?“

„Wenn der Vertrag sofort geschlossen wird, besiegeln wir ihn mit zehntausend und legen noch gegen dreitausend für drei Jahre im voraus dazu.“

Ramses XIII. überlegte. Schon mehrmals hatten die Phönizier ägyptischen Herrschern den Bau des Kanals vorgeschlagen, waren aber stets auf den unüberwindlichen Widerstand der Priester gestoßen. Die ägyptischen Weisen erklärten den Pharaonen, der Kanal würde das Reich durch Überschwemmungen vom Mittelmeer und vom Roten Meer her gefährden.

Aber Hiram behauptete, eine solche Katastrophe wäre ausgeschlossen und die Priester wüßten das genau.

Nach einer langen Weile des Schweigens ließ sich der Pharao vernehmen: „Ihr versprecht also, ein Jahrhundert lang alljährlich tausend Talente zu zahlen. Ihr behauptet, daß der Kanal durch den Wüstensand das beste Geschäft von der Welt sei. Ich verstehe das nicht, und ich gestehe, daß ich befürchte...“

Die Augen des Phöniziers glühten.

„Gebieter“, erwiderte er, „ich werde Euch alles sagen; aber ich beschwöre Euch bei Eurer Krone und beim Schatten Eures Vaters, niemandem das Geheimnis zu verraten. Es ist das größte Geheimnis der chaldäischen und ägyptischen Priester, ja sogar der phönizischen. Von ihm hängt die Zukunft der Welt ab!“

„Na, na, Hiram!“ erwiderte der Pharao lächelnd.

„Euch, König“, fuhr der Phönizier fort, „haben die Götter Weisheit, Energie und Edelmut geschenkt. Also seid Ihr der Unsere. Ihr allein dürft als einziger der irdischen Machthaber eingeweiht werden, denn nur Ihr vermögt, Großes zu vollbringen. Deshalb auch werdet Ihr eine Macht erringen, wie sie noch kein Mensch besaß.“

Der Pharao fühlte die Süße des Stolzes im Herzen, doch er beherrschte sich und sagte: „Rühme mich nicht für Taten, die ich noch nicht vollbracht habe, sondern sage mir lieber: welchen Nutzen bringt der Kanalbau Phönizien und meinem Reich?"

Hiram machte es sich in seinem Sessel bequemer und begann mit gedämpfter Stimme: „Vernimm denn, daß es im Osten, Süden und Norden von Assyrien und Babylon weder Wüsten noch Sümpfe gibt, die von sonderbaren Ungeheuern bewohnt werden, sondern riesige Länder und Reiche. Sie sind so groß, daß das durch seine Märsche berühmte Fußvolk Seiner Heiligkeit nahezu zwei Jahre ununterbrochen gen Osten marschieren müßte, um deren Grenzen zu erreichen."

Ramses hob die Brauen wie ein Mensch, der jemandem zwar zu lügen erlaubt, ihn aber durchschaut.

Hiram zuckte leicht mit den Schultern und meinte: „Im Osten und Süden von Babylon, am großen Meer, wohnen gegen hundert Millionen Menschen, die von mächtigen Königen regiert werden, weisere Priester haben als Ägypten, alte Bücher, geübte Handwerker. Diese Völker können nicht nur ebenso schöne Gewebe, Geräte und Gefäße herstellen wie die Ägypter, sondern besitzen seit undenklichen Zeiten unter- und überirdische Tempel, größer, prächtiger und reicher als die Ägyptens."

„Sprich weiter, erzähle!" forderte der Pharao auf. Man konnte aus seinen Zügen nicht erkennen, ob er durch die Beschreibung neugierig geworden oder über die Lüge empört war.

„In diesen Ländern gibt es Perlen, kostbare Edelsteine, Gold, Kupfer, es gibt die sonderbarsten Getreidearten, Blumen und Früchte und schließlich Wälder, in denen man ganze Monate lang zwischen Bäumen umherirren kann, die dicker sind als Eure Tempelsäulen und höher als Palmen. Die Bevölkerung dieser Gegenden ist bescheiden und sanftmütig, und wenn Eure Heiligkeit dorthin zwei Regimenter zu Schiff entsenden würde, könntet Ihr ein Gebiet erobern, größer als ganz Ägypten und reicher an Schätzen als das Labyrinth.

Wenn Eure Heiligkeit es erlaubt, will ich Euch morgen Gewebeproben schicken, Hölzer und Bronzen und auch zwei Körnchen wunderbarer Balsame. Wenn man diese verschluckt, öffnen sich vor einem die Tore der Ewigkeit, und man kann ein Glück erfahren, dessen sonst allein die Götter teilhaftig werden."

„Ich bin neugierig auf die Gewebe und Waren", meinte der Pharao. „Die Balsame aber interessieren mich weniger. Wir werden uns der Ewigkeit der Götter nach unserem Tode genug erfreuen können."

„Weit östlich von Assyrien", sprach Hiram, „liegen noch größere Länder mit einer Bevölkerungszahl gegen zweihundert Millionen."

„Wie leicht Ihr doch mit Millionen um Euch werft!" lächelte der Pharao.

Hiram legte die Hand aufs Herz und rief: „Ich schwöre bei den Seelen meiner Ahnen und bei meiner Ehre, daß ich die Wahrheit sage!"

Der Pharao wurde erregt. Dieser Schwur machte ihn stutzig.

„Sprich ... sprich weiter", befahl er.

„Diese Länder sind sehr eigenartig. Sie werden von Menschen mit Schlitzaugen und gelber Haut bewohnt. Dort gibt es nur einen Herrscher, den sogenannten ‚Sohn des Himmels'. Er regiert mit Hilfe von Weisen, die jedoch keine Priester sind und auch nicht jene Macht besitzen wie die Priester in Ägypten.

Dabei sind diese Völker den Ägyptern ähnlich. Sie ehren die Verstorbenen und kümmern sich sehr um die Gebeine ihrer Toten. Sie gebrauchen eine Schrift, die sehr an die Eurer Priester erinnert. Doch sie tragen lange Gewänder aus Geweben, die bei uns gänzlich unbekannt sind, und Sandalen, die an kleine Bänkchen erinnern. Ihre Köpfe bedecken sie mit spitzen Kästchen. Auch die Dächer ihrer Häuser sind spitz und an den Rändern nach oben gebogen. Diese außergewöhnlichen Völker haben ein fruchtbareres Getreide als den ägyptischen Weizen und stellen daraus einen Trank her, der stärker als Wein ist. Sie besitzen auch eine Pflanze, deren Blätter den Gliedern Stärke und dem Geist Heiterkeit verleihen und sogar erlauben, ohne Schlaf munter zu bleiben. Ihr Papier verzieren sie mit verschiedenfarbigen Bildern, und sie stellen eine Art Ton her, der nach dem Brennen durchsichtig wie Glas wird und wie Metall klingt.

Wenn Eure Heiligkeit es erlaubt, werde ich also morgen Proben von den Erzeugnissen jenes Volkes senden."

„Du erzählst Wunder, Hiram", sprach der Pharao. „Ich sehe jedoch keinen Zusammenhang zwischen diesen Merkwürdigkeiten und dem Kanal, den ihr graben wollt."

„Ich werde mich kurz fassen", erwiderte der Phönizier. „Durch den Kanal könnten die gesamte phönizische und die ägyptische Flotte auf das Rote Meer segeln, von dort weiter und – im Verlauf von ein paar Monaten jene reichen Länder erreichen, zu denen man auf dem Landwege kaum gelangen kann.

Eure Heiligkeit!" sprach er mit blitzenden Augen, „denkt an

die Schätze, die wir dort finden werden, an Gold, Edelsteine, Getreide, Hölzer! Ich schwöre, Gebieter", fuhr er erregt fort, „daß es Euch dann leichter fallen wird, Gold zu erhalten als heute Kupfer. Das Holz wird billiger sein als Stroh und ein Sklave billiger als eine Kuh.

Erlaubt nur, den Kanal zu graben, und vermietet uns fünfzigtausend Eurer Soldaten."

Ramses begeisterte sich nun auch.

„Fünfzigtausend Soldaten", wiederholte er. „Und wieviel gebt ihr mir dafür?"

„Ich sagte es Eurer Heiligkeit bereits – eintausend Talente jährlich für das Recht, die Arbeit auszuführen, und fünftausend für die Arbeiter, die wir selbst ernähren und entlohnen werden."

„Und sie mir mit der Arbeit zugrunde richten?"

„Die Götter mögen uns davor bewahren!" rief Hiram. „Das wäre ein schlechtes Geschäft, wenn die Arbeiter zugrunde gingen. Die Soldaten Eurer Heiligkeit werden am Kanal nicht mehr arbeiten als heute an den Befestigungen oder an den Heerstraßen. Welcher Ruhm aber winkt Euch, Gebieter! Welche Einnahmen! Welcher Nutzen für Ägypten! – Der ärmste Landmann wird eine Holzhütte besitzen, etliche Stück Vieh, Geräte und womöglich einen Sklaven dazu. Kein Pharao bisher hat das Reich zu solchem Glanz geführt und ein so unermeßliches Werk vollbracht!

Denn was sind die toten und nutzlosen Pyramiden gegenüber dem Kanal, der uns ermöglichen wird, die Schätze der ganzen Welt heranzuschaffen?"

„Nun", fügte der Pharao hinzu, „und ein fünfzigtausend Mann starkes Heer an der östlichen Grenze ..."

„Natürlich!" rief Hiram. „Angesichts solch einer starken Truppenkonzentration, deren Unterhalt Eure Heiligkeit nichts kostet, wird sich Assyrien nicht erdreisten, die Hand nach Phönizien auszustrecken."

Der Plan war so berauschend und versprach so viel Nutzen, daß Ramses XIII. ganz benommen war. Doch er blieb Herr seiner selbst.

„Hiram", sprach er, „du machst prächtige Versprechungen, so prächtige, daß ich fürchte, du könntest mir weniger günstige Folgen verbergen. Deshalb muß ich erst gründlich darüber nachdenken und – mich mit den Priestern beraten."

„Sie werden dazu niemals gutwillig ihr Einverständnis geben!"

rief der Phönizier. „Obwohl – die Götter mögen mir die Lästerung verzeihen –, obwohl ich sicher bin, daß die Priester, wenn sie heute die größte Macht des Reiches besäßen, uns in einigen Monaten zu diesem Bau auffordern würden."

Ramses blickte ihn mit kühler Verachtung an.

„Alter", rief er, „überlasse die Sorge um den Gehorsam der Priester mir. Du selbst aber beweise die Wahrheit deiner Behauptungen. Ich wäre ein schlechter König, wenn ich nicht die Hindernisse beseitigen könnte, die meinem Willen und den Interessen des Reiches entgegenstehen."

„Wahrhaftig, Ihr seid ein großer Herrscher, mein Gebieter", flüsterte Hiram und verneigte sich bis zur Erde.

Es war schon spät in der Nacht. Der Phönizier verabschiedete sich vom Pharao und verließ gemeinsam mit Thutmosis den Palast. Am anderen Tage aber sandte er durch Dagon eine Truhe mit den versprochenen Proben aus den unbekannten Ländern.

Der Gebieter fand darin Götterstatuetten vor, Gewebe und indische Ringe, kleine Stücke Opium, eine Handvoll Reis, Teeblätter, ein paar Porzellanschalen, die mit Malereien verziert waren, und ein Dutzend Farb- und Tuschzeichnungen auf Papier.

Er betrachtete alles mit der größten Aufmerksamkeit und gab zu, daß ihm etwas Derartiges bisher unbekannt gewesen war. Er kannte weder Reis noch Papier, geschweige Bilder von Menschen, die spitze Hüte trugen und schräge Augen besaßen. Er zweifelte nicht mehr an der Existenz jener Länder, in denen alles anders war als in Ägypten: die Berge, Bäume, Häuser, Brücken, Schiffe ...

Sie bestehen gewiß schon seit Jahrhunderten, dachte er. Unsere Priester wissen das, sie kennen ihren Reichtum, doch sie erwähnen nichts davon. Offenbar besteht die Priesterkaste aus Verrätern, die die Macht der Pharaonen verringern und sie arm machen wollen, um sie desto leichter stürzen zu können.

Euch, meine Ahnen und meine Nachfolger jedoch – sprach er im Geiste –, rufe ich zu Zeugen, daß ich diesen Niederträchtigkeiten ein Ende bereiten werde. Ich will die Weisheit fördern, die Hinterlist aber ausrotten und Ägypten Zeit geben, sich zu erholen.

Während er das überlegte, hob er den Blick und bemerkte Dagon, der auf Befehle wartete.

„Deine Truhe ist sehr interessant", sagte er zu dem Bankier, „aber ... sie ist nicht das, was ich von euch wollte."

Der Phönizier näherte sich ihm auf Zehenspitzen und flüsterte niederkniend: „Wenn Eure Heiligkeit geruht, den Vertrag mit dem würdigen Hiram zu unterschreiben, so werden Tyros und Sidon Euch all ihre Schätze zu Füßen legen!"

Ramses runzelte die Brauen. Die Frechheit der Phönizier, die sich erdreisteten, ihm Bedingungen zu stellen, gefiel ihm nicht. Deshalb erwiderte er kalt: „Ich werde es mir überlegen und Hiram meine Antwort zukommen lassen. Du kannst gehen, Dagon."

Nachdem der Bankier gegangen war, überlegte Ramses weiter. In seiner Seele regte sich Widerspruch:

Diese Händler halten mich für einen der Ihren. Bah! ... Sie sind so dreist, mir von weitem einen Beutel mit Gold zu zeigen, um einen Vertrag zu erzwingen! Ich weiß nicht, ob ihnen jemals ein Pharao eine solche Vertraulichkeit gestattet hat.

Ich muß das ändern. Menschen, die sich vor den Gesandten Assyriens in den Staub werfen, dürfen nicht von mir verlangen: Unterschreibe, dann bekommst du ... Diese dummen phönizischen Ratten, die sich einmal in den königlichen Palast eingeschlichen haben, halten ihn gleich für ihren eigenen Stall!

Je länger er über alles nachdachte, je genauer er sich an Hirams und Dagons Betragen erinnerte, desto stärkerer Zorn packte ihn.

Wie können sie es nur wagen, mir Bedingungen zu stellen?

„He! Thutmosis!" schrie er.

Im Nu stand der Günstling vor ihm.

„Was befiehlst du, mein Gebieter?"

„Schicke einen der jüngeren Offiziere zu Dagon, um ihm mitzuteilen, daß er nicht mehr mein Bankier sei. Er ist zu dumm für eine so hohe Ehre."

„Und wem soll nun diese Würde zuteil werden?"

„Im Augenblick weiß ich das noch nicht. Man wird wohl jemanden unter den ägyptischen oder griechischen Kaufleuten aussuchen müssen. Im äußersten Falle – werde ich mich an die Priester halten."

Diese Äußerung kursierte durch alle königlichen Paläste und gelangte noch vor Ablauf einer Stunde nach Memphis. In der ganzen Stadt erzählte man, daß die Phönizier beim Pharao in Ungnade gefallen seien, und gegen Abend begann das Volk bereits die Geschäfte der verhaßten Fremdlinge zu demolieren.

Die Priester atmeten auf. Herihor besuchte sogar den heiligen Mefres und sagte zu ihm: „Mein Herz fühlte längst, daß sich unser Gebieter von diesen blutsaugerischen Heiden abwenden wird. Ich denke, wir müßten ihm dafür unsere Dankbarkeit zeigen."

„Und vielleicht die Türen unserer Schatzkammern öffnen?" fragte der heilige Mefres schroff. „Übereilt Euch nicht, Euer Würden. Ich habe den Jüngling bereits durchschaut. Wehe uns, wenn wir ihm erst einmal erlauben, über uns Macht zu erlangen."

„Doch wenn er mit den Phöniziern bräche?"

„So gewinnt er selbst dabei, weil er ihnen nicht mehr seine Schulden bezahlen muß", sprach Mefres.

„Meiner Meinung nach", erklärte Herihor nach einigem Überlegen, „ist das der Moment, in dem wir die Gunst des jungen Pharao wiedererlangen können. Im Zorn ist er zwar unbeherrscht, doch er vermag auch dankbar zu sein. Ich habe das bereits erlebt."

„Jedes Entgegenkommen wäre jetzt fehl am Platz", beharrte der verbohrte Mefres. „Erstens ist der Prinz noch nicht Pharao, weil er noch nicht im Tempel gekrönt wurde, und zweitens wird er niemals ein wirklicher Pharao werden, da er die Weihen des Erzpriesters verachtet, und schließlich: Nicht wir brauchen seine Gunst, sondern er braucht die der Götter, die er auf Schritt und Tritt beleidigt!"

Vor Wut atemlos geworden, verschnaufte Mefres und sprach dann weiter: „Er war einen Monat lang im Tempel der Hathor, hat dort die höchsten Weisheiten vernommen und ... ließ sich bald darauf mit den Phöniziern ein. Bah! ... Er besuchte den Tempel der Astarte und entführte daraus eine Priesterin, was gegen die Grundsätze aller Religionen verstößt.

Außerdem höhnte er öffentlich über meine Frömmigkeit, verschwor sich mit ebensolchen Leichtfüßen, wie er selbst einer ist, und stahl mit Hilfe der Phönizier Staatsgeheimnisse. Als er dann den Thron bestieg – nein, das ist falsch ausgedrückt: Kaum hatte er die ersten Stufen des Thrones betreten, so verunglimpft er schon die Priester, hetzt das Landvolk und die Soldaten auf und erneuert seine Gelübde an seine phönizischen Freunde.

Hast du, würdiger Herihor, das alles vergessen? Erkennst du denn nicht die Gefahren, die uns von diesem Grünschnabel drohen? Denn er hält ja das Steuer des Staatsschiffes, das zwischen Wirbeln und Felsen treibt, in seiner Hand. Wer bürgt mir, daß der Tollkopf, der gestern die Phönizier zu sich gerufen und sich heute mit ihnen überworfen hat, nicht morgen etwas tut, was das Reich dem Ruin entgegenführt!"

„Was willst du also?" fragte Herihor, ihm scharf in die Augen blickend.

„Wir haben nun einmal keinen Grund, ihm Dankbarkeit zu erweisen und damit unsere Schwäche zu zeigen. Gerade jetzt, wo er um jeden Preis Geld haben will, geben wir ihm keins!"

„Und ... und was soll dann werden?" fragte Herihor.

„Dann soll er eben ohne Geld das Reich regieren und die Armee vergrößern", erwiderte der erzürnte Mefres.

„Wenn aber seine ausgehungerte Armee die Tempel plündert?" fragte Herihor wieder.

„Hahaha!" brach Mefres in Lachen aus.

Plötzlich wurde er ernst, verneigte sich und sagte ironisch:

„Das ist Eure Angelegenheit, Euer Würden. Ein Mensch, der so lange wie Ihr das Reich regiert hat, müßte auf eine solche Gefahr vorbereitet sein."

„Nehmen wir an", sprach Herihor langsam, „nehmen wir an, ich wäre es. – Aber vermag Euer Würden, der Ihr der Älteste der Erzpriester seid, der Schändung der Priesterkaste und Tempel vorzubeugen?"

Eine kleine Weile blickten sich beide in die Augen.

„Du fragst, ob ich es kann?" sprach Mefres. „Ob ich es kann? Ich will es nicht einmal. Die Götter haben in meine Hände den Blitz gegeben, der jeden Tempelschänder vernichtet."

„Pst!" flüsterte Herihor. „So möge es also geschehen!"

„Mit oder ohne Einverständnis des Höchsten Rates der Priester", ergänzte Mefres. „Wenn das Schiff kentert, ist es nicht an der Zeit, mit den Ruderern zu rechten."

Sie schieden trübsinnig voneinander. Am selben Abend berief der Pharao sie zu sich.

Zur bezeichneten Stunde erschienen sie einzeln. Sie verneigten sich tief vor dem Gebieter und stellten sich in verschiedene Ecken.

Haben sie sich gestritten? überlegte Ramses. Das schadet nicht.

Einen Augenblick später traten der heilige Sem und der Prophet Pentuer ein. Dann nahm Ramses auf seinem Thron Platz, wies den vier Priestern niedrige Taburette an, die ihm gegenüber standen und sprach: „Heilige Väter! Ich habe euch bisher zu keiner Beratung gerufen, da alle meine Befehle ausschließlich militärische Angelegenheiten betrafen."

„Ihr hattet das Recht dazu, Eure Heiligkeit", warf Herihor ein.

„Ich tat, was ich konnte, um in dieser kurzen Zeit die Verteidigungskräfte des Reiches zu stärken. Ich habe zwei neue Offiziersschulen eröffnet und fünf aufgelöste Regimenter neu aufgestellt."

„Du hattest das Recht, es zu tun, Gebieter", ließ sich Mefres hören.

„Von anderen militärischen Verbesserungen will ich nicht sprechen, da euch, heilige Männer, diese Dinge nicht interessieren."

„Es ist dein Recht, Gebieter", sagten Mefres und Herihor gleichzeitig.

„Doch handelt es sich nun um etwas anderes", sprach der Pharao, der mit der Zustimmung der beiden Würdenträger, von denen er Opposition erwartet hatte, zufrieden war. „Es naht der Tag der Beisetzung meines göttlichen Vaters, aber im Staatsschatz befindet sich kein ausreichender Fonds mehr."

Mefres erhob sich von seinem Taburett.

„Osiris Mer-amen-Ramses", sagte er, „war ein gerechter Herrscher, der seinem Volk einen langjährigen Frieden und den Göttern Lob und Preis sicherte. Erlaube also, Eure Heiligkeit, daß die Beisetzung dieses frommen Pharao auf Kosten der Tempel stattfinde."

Ramses XIII. war erstaunt und gerührt durch diese Huldigung für seinen Vater. Er schwieg eine Weile, als könne er keine Antwort finden; endlich erklärte er: „Ich bin euch für diese Ehrung meines göttergleichen Vaters sehr dankbar. Ich stimme einer solchen Beisetzung zu und wiederhole, daß ich euch dafür danke..."

Er hielt inne, stützte den Kopf in eine Hand und überlegte, als kämpfe er mit sich selbst. Plötzlich hob er das Haupt. Sein Gesicht war belebt, die Augen blitzten.

„Ich bin über den Beweis eurer Wohlgesonnenheit gerührt, heilige Väter. Wenn euch das Andenken meines Vaters so teuer ist, werdet ihr sicher auch mir geneigt sein."

„Hat denn Eure Heiligkeit jemals daran gezweifelt?" fragte der Erzpriester Sem.

„Du sagst die Wahrheit", fuhr der Pharao fort, „ich habe euch zu Unrecht verdächtigt, mir gegenüber voreingenommen zu sein. Aber ich will das wiedergutmachen, indem ich mit euch offen spreche."

„Mögen die Götter Eure Heiligkeit segnen", murmelte Herihor.

„Mein göttlicher Vater hatte infolge seines Alters, seiner Krankheit und vielleicht auch seiner Priesterpflichten nicht so viel Kraft und Zeit, um sich den Angelegenheiten des Reiches zu widmen, wie ich es kann. Ich bin jung, gesund, frei, also will und werde ich allein regieren. Wie ein Heerführer seine Armee auf eigene Verantwortung und nach seinem eigenen Plan lenken muß, so will ich das Reich lenken; das ist mein ausdrücklicher Wille, und davon gehe ich nicht ab.

Doch ich weiß, daß ein noch so erfahrener Herrscher nicht ohne treue Diener und kluge Berater auskommen kann. Deshalb werde ich euch zuweilen in verschiedenen Angelegenheiten nach eurer Meinung fragen."

„Dazu sind wir der Höchste Rat beim Thron Eurer Heiligkeit", warf Herihor ein.

„Jawohl", sprach immer noch lebhaft der Pharao, „ich werde eure Dienste in Anspruch nehmen, ja sogar sofort, in diesem Augenblick."

„Befiehl, Gebieter", sagte Herihor.

„Ich will das Los des ägyptischen Volkes bessern. Da aber in derartigen Angelegenheiten ein allzu rasches Handeln Schaden anrichten kann, beginne ich erst einmal mit einer Kleinigkeit: Nach sechs Arbeitstagen soll der siebente zum Ruhetag werden!"

„So war es unter neunzehn Dynastien. Das Gesetz ist ebenso alt wie Ägypten selbst", ließ sich Pentuer vernehmen.

„An jedem siebenten Tag Ruhe, das ergibt fünfzig Feiertage im Jahr für jeden Arbeiter – und es bedeutet für seinen Herrn einen Verlust von fünfzig Drachmen. Auf eine Million Arbeiter gerechnet, verliert das Reich gegen zehntausend Talente jährlich", sprach Mefres. „Wir haben das in den Tempeln bereits durchkalkuliert!" ergänzte er.

„So ist es", erwiderte Pentuer lebhaft. „Verluste wird es geben, aber nur im ersten Jahr. Denn wenn das Volk seine Kräfte durch entsprechende Erholung stärkt, so wird es in den kommenden Jahren alles reichlich wieder aufholen."

„Du sprichst die Wahrheit", meinte Mefres, „doch man muß

erst einmal auf jeden Fall zehntausend Talente für das erste Jahr haben. Ich denke, daß auch die Summe von zwanzigtausend Talenten nichts schaden würde."

„Du hast recht, würdiger Mefres", erklärte der Pharao, „bei den Veränderungen, die ich in meinem Reiche vornehmen will, sind zwanzig- oder dreißigtausend Talente keine zu große Summe. Darum", fügte er rasch hinzu, „brauche ich von euch, heilige Männer, Hilfe."

„Wir sind bereit, mit Gebeten und Prozessionen jedes Vorhaben Eurer Heiligkeit zu unterstützen", versicherte Mefres.

„Warum nicht? Betet also und fordert auch das Volk dazu auf. Gebt aber außerdem dem Reich dreißigtausend Talente", sprach der Pharao.

Die Erzpriester schwiegen. Ramses wartete eine Weile und wandte sich schließlich an Herihor: „Du schweigst, Euer Würden?"

„Ihr habt doch selbst gesagt, daß der königliche Schatz nicht einmal für die Beisetzung des Osiris Mer-amen-Ramses ausreicht. Ich weiß also nicht, wo wir dreißigtausend Talente hernehmen sollten."

„Und die Schatzkammern des Labyrinths?"

„Beherbergen die Schätze der Götter, die man nur im Augenblick der größten Not des Reiches anrühren darf", erwiderte Mefres.

Ramses XIII. wurde von Wut übermannt.

„Und wenn nicht für die Bauern", rief er, mit der Faust auf die Sessellehne schlagend, „so brauche ich diese Summe eben für mich!"

„Eure Heiligkeit", erwiderte Mefres, „kann im Verlauf eines Jahres mehr als dreißigtausend Talente gewinnen und Ägyptens Bevölkerung doppelt soviel."

„Auf welche Weise?"

„Auf eine sehr einfache", sprach Mefres. „Befiehl, die Phönizier aus dem Reich zu vertreiben."

Es hatte den Anschein, daß sich der Gebieter auf den frechen Erzpriester stürzen würde: er wurde blaß, seine Lippen bebten, und seine Augen traten aus ihren Höhlen hervor. Doch im selben Augenblick zügelte er sich und sagte in erstaunlich ruhigem Ton: „Genug jetzt! Wenn ihr mir nur solche Ratschläge zu geben vermögt, kann ich gut und gern darauf verzichten! Die Phönizier haben unsere Unterschriften dafür bekommen, daß wir ihnen die aufgenommenen Anleihen getreulich zurückzahlen! Ist dir das nicht in den Sinn gekommen, Mefres?"

„Entschuldigt, Eure Heiligkeit, aber im Augenblick beschäftigen mich andere Gedanken. Eure Ahnen, Gebieter, haben nicht auf Papyri geschrieben, sondern in Bronze und Stein einhauen lassen, daß ihre Geschenke an die Götter und Tempel den Göttern und den Tempeln gehören und ewig gehören sollen."

„Und euch", höhnte der Pharao.

„Ebensoviel uns", erwiderte der Erzpriester dreist, „wie das Reich Euch gehört, Herrscher. Wir hüten die Schätze und mehren sie; doch sie zu vergeuden, haben wir kein Recht."

Zornschnaubend verließ Ramses den Saal und begab sich in sein Kabinett. Seine Lage wurde ihm grausam klar.

Er zweifelte nicht mehr daran, daß die Erzpriester ihn abgrundtief haßten. Das waren dieselben von Stolz verblendeten Würdenträger, die ihm im vergangenen Jahr nicht das Menfe-Korps gegönnt hatten und ihn erst dann zum Statthalter werden ließen, als sie sein freiwilliges Fernbleiben vom Palast für Demut hielten; dieselben, die jede seiner Bewegungen kontrolliert, über ihn Bericht erstattet hatten, die jedoch nicht einmal für nötig gehalten hatten, ihm, dem Thronfolger, etwas über den Vertrag mit Assyrien zu sagen; dieselben, die ihn im Tempel der Hathor betrogen und an den Natronseen die Gefangenen, denen er Gnade versprach, ermordet hatten.

Der Pharao erinnerte sich genau an die Verbeugungen Herihors, an die Blicke des Mefres und den Tonfall ihrer Stimmen. Durch den Mantel der Höflichkeit konnte man in jedem Augenblick von neuem ihren Stolz und ihre Mißachtung erkennen. Er brauchte Geld, sie aber versprachen ihm Gebete und erdreisteten sich zu sagen, daß er nicht alleiniger Herrscher Ägyptens sei.

Der junge Gebieter lächelte unwillkürlich; es kamen ihm die gedungenen Hirten in den Sinn, die dem Eigentümer des Viehs erklären, er habe kein Recht, über die Herden nach eigenem Gutdünken zu verfügen.

Doch neben der lächerlichen Seite der Angelegenheit gab es auch eine bedrohliche. In der Schatzkammer befanden sich nur noch etwa eintausend Talente, die nach den bisherigen Erfahrungen sieben bis zehn Tage ausreichen würden. Was aber dann? Wie werden sich die Beamten, die Dienerschaft und vor allem das Heer verhalten, wenn sie keinen Lohn bekommen und sogar Hunger leiden müssen?

Die Erzpriester kannten die Lage des Pharao; wenn sie ihm also nicht zu Hilfe kamen, so wollten sie ihn vernichten – und das im Verlauf weniger Tage – noch vor der Beisetzung seines Vaters!

Ramses erinnerte sich eines Vorfalls aus seiner Kindheit.

In seiner Priesterschule hatte man am Festtag der Göttin Muth neben anderen Künstlern den berühmtesten Narren Ägyptens auftreten lassen.

Dieser spielte damals einen unglücklichen Helden. Wenn er befahl, gehorchte man ihm nicht, auf seine Zornesausbrüche antwortete man mit Gelächter; und als er, um die Spötter zu strafen, zum Beil griff, zerbrach es in seinen Händen.

Zum Schluß ließ man einen Löwen auf ihn los. Als nun der wehrlose Held die Flucht ergriff, zeigte es sich, daß ihn nur ein Schwein in einem Löwenfell verfolgte.

Die Schüler und Lehrer lachten Tränen über dieses Abenteuer. Der kleine Prinz aber saß finster da; ihm tat der Mensch, der nach Großem strebte und schmachbedeckt Niederlagen erlitt, sehr leid.

An diese Szene und an das Gefühl, das er seinerzeit empfunden hatte, mußte der Pharao heute wieder denken.

„So einen Mann wollen sie aus mir machen!“ sprach er vor sich hin.

Verzweiflung packte ihn; er fühlte, wenn das letzte Talent ausgegeben war, mußten seine Herrschaft und damit sein Leben ein Ende nehmen. Plötzlich aber blieb Ramses mitten im Raum stehen und überlegte.

Was kann mir also drohen? Nur der Tod. Dann gehe ich zu meinen berühmten Ahnen, zu Ramses dem Großen ein. Ihnen kann ich doch nicht sagen, daß ich widerstandslos zugrunde gegangen bin! Nach den Mißgeschicken im irdischen Leben wäre mir ewige Schande gewiß.

Wie denn? Der Sieger von den Natronseen sollte vor einer Handvoll Heuchler zurückweichen, mit denen ein einziges asiatisches Regiment nicht viel Mühe haben würde? Nur weil Mefres und Herihor Ägypten und den Pharao beherrschen wollen, soll sein Heer Hunger leiden, sollen Millionen Landleute nicht besser leben dürfen?

Haben denn nicht meine eigenen Ahnen die Tempel errichtet und mit ihrer Beute angefüllt? Und wer hat die Schlachten gewonnen? Die Priester oder die Soldaten? Wer also besitzt ein

Anrecht auf die Schätze: die Priester oder der Pharao mit seiner Armee?

Der junge Herrscher zuckte die Schultern und rief Thutmosis zu sich. Trotz der späten Nachtstunde erschien der Favorit sofort.

„Weißt du es schon?“ fragte Ramses: „Die Priester haben mir eine Anleihe versagt, obwohl meine Schatzkammer leer ist!“

Thutmosis reckte sich.

„Befiehlst du, sie ins Gefängnis abzuführen?“ antwortete er.

„Würdest du das tun?“

„Es gibt in Ägypten keinen Offizier, der zögern würde, dem Befehl seines Gebieters und Heerführers zu gehorchen.“

„In dem Falle“, sprach der Pharao langsam, „in dem Falle braucht man niemanden gefangenzunehmen. Zuviel Macht habe ich auf meiner Seite und zuviel Verachtung für sie. Das Aas, das der Mensch auf der Straße findet, schließt er nicht in eine eisenbeschlagene Truhe ein, sondern umgeht es.“

„Aber Hyänen sperrt man besser in einen Käfig“, flüsterte Thutmosis.

„Es ist noch zu früh“, erwiderte Ramses. „Ich muß mich diesen Menschen gegenüber wenigstens bis zur Beisetzung meines Vaters beherrschen, sonst wären sie imstande, an seiner ehrwürdigen Mumie eine Schurkerei zu begehen und den Frieden seiner Seele zu stören. Du aber geh morgen zu Hiram und richte ihm aus, daß er mir jenen Priester senden soll, von dem wir gesprochen haben.“

„Das wird geschehen. Ich muß Eure Heiligkeit jedoch daran erinnern, daß das Volk heute in Memphis die Häuser der Phönizier überfallen hat.“

„Oho? Das war unnötig.“

„Es scheint mir auch“, fuhr Thutmosis fort, „daß seit der Zeit, da Eure Heiligkeit Pentuer befohlen hat, die Lebensbedingungen der Scharwerker und Arbeiter zu untersuchen, die Nomarchen und der Adel von den Priestern aufgewiegelt werden. Sie behaupten, daß du den Adel zugunsten der Scharwerker ruinieren willst.“

„Und der Adel glaubt das?“

„Einige ja. Andere erzählen im Gegenteil, dies sei eine Intrige der Priester gegen Eure Heiligkeit.“

„Wenn ich das Los der Scharwerker aber wirklich verbessern wollte?“ fragte der Pharao.

„Du wirst tun, Gebieter, was dir gefällt“, entgegnete Thutmosis.

„Oh, solch eine Antwort verstehe ich!“ rief Ramses XIII. fröhlich. „Bleibe ruhig und sage dem Adel, daß er nicht nur nichts verlieren wird, wenn er meine Befehle befolgt, sondern daß sein Wohlstand und seine Bedeutung noch wachsen werden. Die Reichtümer Ägyptens müssen endlich unwürdigen Händen entrissen und treuen Dienern gegeben werden.“

Der Pharao verabschiedete den Günstling und begab sich zufrieden zur Ruhe. Seine vorübergehende Verzweiflung schien ihm jetzt nur noch belächelnswert.

Am nächsten Tag wurde Seiner Heiligkeit in der Mittagszeit gemeldet, daß eine Deputation phönizischer Kaufleute gekommen sei.

„Wollen sie sich wegen des Überfalls auf ihre Häuser beklagen?“ fragte der Pharao.

„Nein“, antwortete der Adjutant. „Sie kommen, um zu huldigen.“

In der Tat erschienen unter Anführung Rabsuns ein Dutzend Phönizier mit Geschenken. Als der Pharao eintrat, warfen sie sich auf die Erde nieder. Dann erklärte Rabsun, sie wollten nach altem Brauch dem Herrscher eine geringe Gabe zu Füßen legen, da er ihr Leben und ihr Eigentum schütze.

Nun häuften sie auf die Tische goldene Schüsseln, Ketten und mit Edelsteinen angefüllte Pokale. Rabsun aber stellte auf die Stufen des Thrones ein Tablett mit Papyri nieder, auf denen sich die Phönizier verpflichtet hatten, das Heer mit allem Notwendigen (im Wert von zweitausend Talenten) zu versorgen.

Das war ein bedeutendes Geschenk: die Gaben der Phönizier waren dreitausend Talente wert.

Der Pharao antwortete den getreuen Kaufleuten gnädig und versprach ihnen seinen Schutz. Beglückt verabschiedeten sie sich.

Ramses XIII. atmete auf: der Bankrott und damit die Notwendigkeit, Gewaltmaßnahmen gegen die Priester anzuwenden, war um weitere zehn Tage hinausgeschoben.

Am Abend erschien, wiederum von Thutmosis begleitet, der würdige Hiram im Kabinett Seiner Heiligkeit. Diesmal klagte er nicht über Müdigkeit, sondern warf sich nieder und fluchte mit jammernder Stimme dem dummen Dagon.

„Ich habe erfahren“, sagte er, „daß dieser Aussätzige sich erdreistete, Eure Heiligkeit an unseren Vertrag über den Kanal zum Roten Meer zu erinnern. Möge er umkommen! Möge ihn der Aussatz verzehren! Mögen seine Kinder Schweinehirten und seine Enkel Juden werden!

Herrscher, befehlt nur, und alle Reichtümer, die Phönizien besitzt, werden wir Euch ohne Quittung und Vertrag zu Füßen legen. Sind wir denn Assyrer oder ... Priester", setzte er flüsternd hinzu, „daß uns nicht das Wort eines so gewaltigen Machthabers genügte?"

„Wenn ich aber wirklich eine große Summe verlangte?" fragte der Pharao.

„Welche?"

„Zum Beispiel ... dreißigtausend Talente."

„Sofort?"

„Nein, im Verlauf eines Jahres."

„Eure Heiligkeit wird sie bekommen", erwiderte Hiram ohne Zögern.

Diese Großzügigkeit verblüffte Ramses.

„Aber ich werde euch ein Pfand geben müssen ..."

„Eure Heiligkeit gibt uns nur der Form halber die Bergwerke zum Pfand, um nicht den Verdacht der Priester zu wecken. Wenn sie nicht wären, gäbe sich ganz Phönizien ohne Pfand und Quittung in Eure Hände."

„Aber der Kanal? Muß ich den Vertrag gleich unterschreiben?" fragte der Pharao.

„Durchaus nicht. Eure Heiligkeit wird mit uns einen Vertrag schließen, wann es Euch beliebt."

Ramses war zumute, als ob er emporschwebe. In diesem Augenblick erst spürte er die Süße der königlichen Macht – und dies dank den Phöniziern!

„Hiram!" sprach er, bereits nicht mehr Herr über sich. „Euch, den Phöniziern, gebe ich somit bereits heute die Erlaubnis zum Bau des Kanals, der das Mittelmeer mit dem Roten Meer verbinden soll."

Der Greis warf sich dem Pharao zu Füßen.

„Ihr seid der größte König, den man je auf Erden sah!" rief er.

„Vorläufig darfst du mit niemandem darüber sprechen, denn meine Feinde liegen auf der Lauer. Zum Unterpfand für mein Versprechen aber gebe ich dir hier meinen königlichen Ring."

Er nahm den mit einem Zauberstein verzierten Reif, in den

der Name Horus eingraviert war, vom Finger und steckte ihn an den Ringfinger des Phöniziers.

„Das Vermögen ganz Phöniziens steht Euch zur Verfügung!" wiederholte Hiram tiefgerührt. „Ihr werdet ein Werk vollbringen, das Euren Namen mit Ruhm verbrämen wird, solange die Sonne auf- und untergeht."

Der Pharao drückte Hirams graues Haupt an die Brust und befahl ihm, sich niederzusetzen.

„So sind wir also Verbündete", sprach Ramses nach einer Weile, „und ich hoffe, daß daraus für Ägypten und Phönizien Nutzen sprießen wird."

„Für die ganze Welt!" beteuerte Hiram.

„Sag mir aber, Fürst, warum du mir so voll vertraust."

„Ich kenne den edlen Charakter Eurer Heiligkeit. Wärt Ihr nicht Pharao, so würdet Ihr nach wenigen Jahren der hervorragendste phönizische Kaufmann und der Oberste unseres Rates sein."

„Gut", erwiderte Ramses. „Um aber mein Versprechen halten zu können, muß ich zunächst einmal die Priester in meine Hand bekommen. Das bedeutet einen Kampf, dessen Ausgang ungewiß ist."

Hiram lächelte.

„Herr", sagte er, „wenn wir so nichtswürdig wären, Euch heute zu verlassen, wo Eure Schatzkammer leer ist und Eure Feinde aufsässig sind, würdet Ihr den Kampf verlieren! Denn ein mittelloser Mensch verliert leicht den Mut. Von einem armen König wenden sich seine Armee und die Untertanen und die Würdenträger ab.

Wenn Ihr aber unser Gold, unsere Kundschafter und Euer Heer und die Generale habt, so werdet Ihr mit den Priestern nur so viel Kummer haben wie der Elefant mit dem Skorpion. Kaum setzt Ihr den Fuß auf sie, so sind sie schon zermalmt. Aber schließlich ist das nicht meine Sache. Im Garten wartet der Erzpriester Samentu, den Eure Heiligkeit hierher befohlen hat. Ich entferne mich, denn jetzt ist seine Zeit gekommen. Aber ich werde Euch selbstverständlich das Geld verschaffen, Eure Heiligkeit kann über eine Summe von dreißigtausend Talenten verfügen."

Hiram warf sich wiederum nieder und entfernte sich mit dem Versprechen, Samentu auf der Stelle zu schicken.

Eine halbe Stunde später erschien der Erzpriester. Wie es

einem Diener Seths anstand, war sein rothaariger Bart und das zottelige Haar ungeschoren; sein Gesicht war hart, doch seine Augen zeugten von großer Klugheit. Er verneigte sich ohne übermäßige Demut und hielt dem bis in die Tiefe seiner Seele dringenden Blick des Pharao ruhig stand.

„Setze dich", befahl der Herrscher.

Der Erzpriester ließ sich auf dem Fußboden nieder.

„Du gefällst mir", sprach Ramses. „Du hast die Figur und die Gesichtszüge der Hyksos, die in meiner Armee die tapfersten Soldaten sind."

Dann fragte er unvermittelt: „Und du hast damals über den Vertrag unserer Priester mit den Assyrern berichtet?"

„Ja", erwiderte Samentu, ohne den Blick zu senken.

„Warst du an dieser niederträchtigen Zusammenkunft beteiligt?"

„Nein. Ich habe sie aber belauscht. In den Tempeln sowie in den Palästen Eurer Heiligkeit sind die Mauern von Kanälen durchbohrt, so daß man sogar auf den Spitzen der Pylonen hören kann, was in den Kellergewölben gesprochen wird."

„Vermag man auch aus den Kellern zu den in den oberen Räumen weilenden Personen zu sprechen?" forschte der Pharao.

„Ja, und den Rat der Götter zu spielen", antwortete der Priester.

Der Pharao lächelte. Seine Vermutung, daß nicht der Geist seines Vaters zu ihm und zu seiner Mutter gesprochen hatte, sondern die Priester, bestätigte sich also.

„Weshalb hast du den Phöniziern das große Staatsgeheimnis anvertraut?" fragte Ramses.

„Weil ich den Abschluß des schändlichen Vertrages, der uns genauso schaden würde wie den Phöniziern, verhindern wollte."

„Dazu hättest du aber jemanden von den würdigen Ägyptern warnen können."

„Wen?" fragte der Priester. „Diejenigen, die Herihor gegenüber machtlos sind, oder die anderen, die mich an ihn verraten und damit einem qualvollen Tode ausgesetzt hätten? Ich habe es Hiram gesagt, weil er mit ägyptischen Würdenträgern verkehrt, die ich niemals zu sehen bekomme."

„Und warum haben wohl Herihor und Mefres einen solchen Vertrag geschlossen?" forschte der Pharao.

„Sie sind meiner Meinung nach Menschen von schwachem Verstand und haben sich darum von Beroes, dem großen chaldäischen Priester, einschüchtern lassen. Er sagte ihnen nämlich, daß über Ägypten zehn Jahre lang ein böses Verhängnis schwebe. Wenn wir im Verlauf dieser Zeit einen Krieg mit Assyrien begännen, würden wir infolgedessen besiegt werden."

„Und sie glaubten das?"

„Angeblich hat Beroes ihnen Wunder gezeigt und sich sogar von der Erde gelöst. Zweifellos ist das eine verwunderliche Fähigkeit, aber ich verstehe nicht, weshalb wir Phönizien aufgeben sollten, weil Beroes über der Erde schweben kann."

„Also glaubst du auch nicht an Wunder?"

„Es kommt darauf an", erwiderte Samentu. „Es scheint, daß Beroes wirklich Ungewöhnliches vermag; unsere Priester jedoch betrügen sowohl das Volk wie auch die Herrscher."

„Du haßt die Priesterkaste?"

Samentu breitete die Arme aus.

„Sie können mich nicht leiden, und was noch schlimmer ist, sie verachten mich angeblich darum, weil ich Seth diene. Aber was sind denn schon ihre Götter, denen man mit Hilfe von Schnüren Kopf und Arme bewegen muß? Oder was sind sie schon für Priester, die Frömmigkeit, Enthaltsamkeit und Keuschheit heucheln, dabei aber zehn Weiber besitzen, jährlich mehr als ein Dutzend Talente ausgeben, die Opfer von den Altären stehlen und nur um eine Kleinigkeit klüger sind als die Schüler höherer Lehranstalten?"

„Nimmst du von den Phöniziern Gaben an?"

„Von wem sollte ich sonst welche bekommen? Nur die Phönizier verehren Seth wahrhaftig und fürchten, daß er ihre Schiffe versenkt. Bei uns hingegen achten ihn nur die Armen. Wenn ich allein von ihren Opfern leben sollte, würde ich Hungers sterben – ich und meine Kinder."

Obwohl dieser Priester die Geheimnisse der Tempel verriet, hielt der Pharao ihn doch für keinen bösen Menschen. Auch schien er weise zu sein und die Wahrheit zu sprechen.

Ramses fragte weiter: „Hast du schon etwas über den Kanal gehört, der das Mittelmeer mit dem Roten Meer verbinden soll?"

„Ich kenne das Projekt. Schon seit etlichen hundert Jahren arbeiten unsere Ingenieure an den Berechnungen dafür."

„Und warum ist der Bau bisher nicht begonnen worden?"

„Weil die Priester fürchten, daß fremde Völker nach Ägypten eindringen, unsere Religion untergraben und damit die Einkünfte der Priesterkaste schmälern könnten."

„Ist auch das wahr, was Hiram über die im fernen Osten lebenden Völker berichtet hat?"

„Ganz und gar. Seit langem schon wissen wir von ihnen, und es vergehen keine zehn Jahre, ohne daß wir aus jenen Ländern irgendeinen Edelstein, eine Zeichnung oder etwas anderes erhielten."

Der Pharao überlegte wiederum und fragte dann plötzlich: „Wirst du mir treu dienen, wenn ich dich zu meinem Berater ernenne?"

„Ich werde Eurer Heiligkeit auf Leben und Tod untertan sein, doch ... wenn ich Berater des Thrones wäre, würden sich die Priester, die mich hassen, empören."

„Glaubst du nicht, daß man sie stürzen könnte?"

„Doch, sehr leicht sogar!" erwiderte Samentu.

„Auf welche Weise kann man das erreichen?"

„Man müßte sich der Schatzkammern des Labyrinths bemächtigen", begann der Priester.

„Würdest du hinfinden?"

„Ich habe bereits viele Fingerzeige und werde es schon schaffen, weil ich weiß, wo ich nach weiteren Anhaltspunkten zu suchen habe."

„Und was weiter?" fragte der Pharao.

„Man müßte Herihor und Mefres ihrer geheimen Verbindung mit Assyrien wegen einen Hochverratsprozeß anhängen."

„Und Beweise?"

„Finden wir mit Hilfe der Phönizier", versicherte der Priester.

„Würde daraus nicht eine Gefahr für Ägypten entstehen?"

„Keineswegs. Vor vierhundert Jahren stürzte der Pharao Amenhotep IV. die Herrschaft der Priester und führte den Glauben an einen einzigen Gott – Re Harmachis – ein. Es versteht sich, daß er bei jener Gelegenheit die Schätze aus den Tempeln der anderen Götter für sich herausholte. Damals haben sich weder das Volk noch das Heer oder der Adel für die Priester eingesetzt. Was sollte uns heute hindern, da der alte Glaube kaum noch aufrichtige Anhänger besitzt?"

„Wer hat damals Amenhotep geholfen?" fragte der Pharao.

„Ein einfacher Priester, Ey."

„Der dann nach dem Tode des Pharao Erbe seines Thrones wurde", sagte Ramses, dem Priester scharf in die Augen blickend.

Doch Samentu antwortete ruhig: „Dieser Vorfall beweist,

daß Amenhotep ein unfähiger Herrscher gewesen ist, der mehr auf das Ansehen Res als auf das des Reiches bedacht war."

„Du bist wirklich ein Weiser", rief Ramses.

„Eurer Heiligkeit zu Diensten."

„Ich ernenne dich zu meinem Berater", sprach der Pharao. „Darum brauchst du mich nicht mehr heimlich zu besuchen, sondern wirst bei mir wohnen."

„Verzeih, Gebieter, doch solange die Mitglieder des Höchsten Rates nicht im Gefängnis sitzen, würde meine Anwesenheit im Palast mehr Schaden bringen als Nutzen.

Ich werde also Eurer Heiligkeit gern dienen und raten, doch – insgeheim ..."

„Und wirst du durch das Labyrinth den Weg zum Schatz finden?"

„Ich hoffe, daß es mir gelingt, ehe Ihr, Gebieter, aus Theben zurückkehrt.

Wenn wir aber erst die Schätze in Euren Palast bringen und das Gericht Herihor und Mefres – die Eure Heiligkeit später begnadigen können – verurteilt hat, dann werde ich mit Eurer Erlaubnis offen auftreten und aufhören, ein Priester Seths zu sein, was jetzt noch die Menschen von mir abschreckt."

„Und du denkst, daß alles gut gehen wird?"

„Ich setze mein Leben ein!" rief der Priester. „Das Volk liebt Eure Heiligkeit, also kann man es leicht gegen die verräterischen Würdenträger aufwiegeln. Das Heer gehorcht Euch wie keinem der Pharaonen seit den Zeiten Ramses' des Großen. Wer also kann sich noch widersetzen? Außerdem hat Eure Heiligkeit die Phönizier hinter sich und Geld – die größte Macht der Welt!"

Als Samentu sich vom Pharao verabschiedete, erlaubte der Gebieter ihm, seine königlichen Füße zu küssen, und schenkte ihm eine schwere goldene Kette und einen mit Saphiren verzierten Reif.

Selten errang ein Würdenträger in langen Jahren treulichen Dienstes eine so hohe Gunst.

Der Besuch und das Versprechen Samentus erfüllten das Herz des Pharao mit neuem Mut.

Wenn es gelänge, den Schatz des Labyrinths zu gewinnen! Mit einem kleinen Teil davon würde man den Adel von den phönizischen Schulden befreien, das Los der Landleute verbessern und die verpfändeten Güter des Hofes auslösen können.

Und mit welchen Bauvorhaben würde sich der Staat bereichern können!

Ja, der Fonds des Labyrinths könnte alle Sorgen des Pharao beseitigen. Was nützte es auch, daß die Phönizier ihm eine große Anleihe anboten? Eine Anleihe mußte man doch einmal mit Zinsen zurückzahlen und früher oder später den Rest der königlichen Güter verpfänden. Das hieße also den Ruin nur hinausschieben, aber nicht verhindern.

VII

In der Mitte des Monats Famenut (Januar) wurde es Frühling. In ganz Ägypten grünte der aufgehende Weizen. Auf den schwarzen Ackerflächen aber wimmelte es von Landleuten, die Lupine, Saubohnen, Feuerbohnen und Gerste anbauten. In der Luft schwebte ein Geruch von Pomeranzenblüten. Das Wasser fiel schnell und gab täglich mehr Boden frei.

Die Vorbereitungen zur Beisetzung Osiris Mer-amen-Ramses' waren beendet.

Die ehrwürdige Mumie des Königs hatte man bereits in einer weißen Truhe verschlossen, auf deren plastisch geformtem Deckel die Züge des Verstorbenen täuschend ähnlich wiedergegeben waren. Der Pharao schien mit Emailleaugen zu blicken, das göttliche Antlitz zeigte den Ausdruck sanfter Trauer; nicht, weil er die Welt verließ, sondern der Menschen wegen, die noch den Plagen des irdischen Lebens ausgesetzt blieben.

Auf dem Kopf hatte das Ebenbild des Pharao eine weiß und saphirfarben gestreifte ägyptische Haube, um den Hals Edelsteinketten, auf der Brust das Bild eines mit ausgebreiteten Armen knienden Menschen, an den Beinen Götterstatuetten, kleine Skulpturen von heiligen Vögeln und Augen, die in keinem Antlitz saßen und so aussahen, als blickten sie aus leerem Raum hervor.

Die Gebeine des Königs ruhten auf einem kostbaren Lager in einer kleinen Zedernholzkapelle, deren Wände mit Inschriften bedeckt waren, die das Leben und die Taten des Verstorbenen priesen. Über dem Toten schwebte ein wunderbar geformter Geier mit einem Menschenkopf. Bei dem Lager wachte Tag und Nacht ein Priester, der als Anubis – der Gott der Beisetzung mit dem Schakalkopf – verkleidet war.

Außerdem hatte man einen schweren Basaltsarkophag, den Außensarg, schon bereitgestellt. Auf ihm waren ebenfalls Gestalt und Züge des verstorbenen Pharao nachgebildet, und auch er war mit Inschriften und Darstellungen von betenden Menschen, heiligen Vögeln und Skarabäen geschmückt.

Am siebzehnten Famenut wurde die Mumie zusammen mit ihrer Kapelle und dem Sarkophag aus der Totenstadt in den königlichen Palast übergeführt und im großen Saal aufgestellt.

Dort versammelten sich bald Priester, die Trauerhymnen sangen, Höflinge und Diener des verstorbenen Königs, vor allem aber seine Weiber, die so laut jammerten, daß ihre Schreie bis ans andere Ufer des Nils drangen.

„O Gebieter! O unser Gebieter!“ riefen sie. „Warum verläßt du uns? Du Schöner, du Guter ... Der du so gern mit uns gesprochen hast! Nun schweigst du! Warum? Du hast doch unsere Gesellschaft geliebt; heute aber bist du uns so fern.“

Unterdessen sangen die Priester:

Chor I: „Ich bin Tum, der Einzige.“

Chor II: „Ich bin Re in seinem ersten Glanze.“

Chor I: „Ich bin der Gott, der sich selbst erschafft.“

Chor II: „Der sich selbst seinen Namen gibt, niemand unter den Göttern kann ihn zurückhalten.“

Chor I: „Ich kenne den Namen des großen Gottes, der dort weilt.“

Chor II: „Denn ich bin der große Vogel Benu, der versuchet, was da ist.“*

Nach zwei Tagen des Jammerns und des Gottesdienstes fuhr ein großer, wie ein Boot geformter Wagen vor dem Palast vor. Bug und Heck waren mit Hammelköpfen und Straußenfächern geschmückt, über dem kostbaren Baldachin erhoben sich ein Adler und die Schlange Uräus, das Symbol der pharaonischen Macht.

Auf diesen Wagen legte man die geheiligte Mumie, ungeachtet des verzweifelten Widerstandes der höfischen Frauen. Die einen hielten sich am Sarge fest, andere beschworen die Priester, ihnen den guten Gebieter nicht zu entreißen, noch andere zerkratzten sich das Antlitz und rauften die Haare, ja, sie schlugen sogar auf die Leichenträger ein. Es herrschte ein schreckliches Geschrei.

Endlich setzte sich der Wagen mit dem göttlichen Leichnam

* Das Totenbuch.

in Bewegung. Die weite Strecke vom Palast bis zum Nil war von einer riesigen Menschenmenge dicht umlagert. Alle Zuschauer hatten sich mit Nilschlamm beschmiert, zerkratzt, in Trauertücher gehüllt und erhoben ihre klagenden Stimmen. Zwischen ihnen verstreut standen nach der Vorschrift des Trauerrituals den ganzen Weg entlang Chöre.

Chor I: „Nach Westen, zum Heim des Osiris, nach Westen gehst du, der du der beste aller Menschen warst, der du die Lüge haßtest."

Chor II: „Nach Westen! Nimmer wird wieder ein Mensch erblühen, der so die Wahrheit liebte und den die Lüge derartig anwiderte."

Chor der Fuhrleute: „Nach Westen, Ochsen, die ihr den Trauerwagen zieht, nach Westen! ... Euer Gebieter folgt euch."

Chor III: „Nach Westen, nach Westen, in das Land der Gerechten! Der Ort, den du liebgewannst, jammert und weint dir nach."

Die Menschenmenge: „Ziehe in Frieden nach Abydos! Ziehe in Frieden nach Abydos! Mögest du in Frieden den Thebanischen Westen erreichen!"

Chor der Klageweiber: „O unser Gebieter! O unser Herr, wenn du nach Westen fortgehst, weinen selbst die Götter."

Chor der Priester: „Er ist glücklich, der Weiseste, da ihm das Schicksal erlaubt, in dem Grabe auszuruhen, das er sich selbst bereitet hat."

Chor der Fuhrleute: „Nach Westen, Ochsen, die ihr den Trauerwagen zieht, nach Westen! Euer Gebieter folgt euch."

Die Menschenmenge: „Gehe in Frieden gen Abydos, gehe in Frieden gen Abydos, dem Westlichen Meere zu!"*

Alle paar hundert Schritt stand eine Abteilung Soldaten, die den verblichenen Gebieter mit dumpfem Trommelwirbel begrüßte und ihn mit dem durchdringenden Klang von Fanfaren verabschiedete. Das war keine Beisetzung, sondern ein Triumphzug in das Land der Götter.

In einigem Abstand folgte dem Wagen Ramses XIII., von seinen Generalen umgeben. Hinter ihm schritt, von zwei Damen des Hofes gestützt, die Königin Nikotris. Weder der Sohn noch die Mutter weinten, da ihnen bekannt war (wovon das gemeine Volk nichts wußte), daß der verstorbene Gebieter bereits bei Osiris weilte und mit seinem Aufenthalt im Vaterland des

* Authentisch.

Glückes so zufrieden war, daß er nicht auf die Erde zurückkehren wollte.

Nach einem mehrstündigen Marsch, den unaufhörliches Schreien begleitete, verhielt der Trauerzug am Ufer des Nils.

Hier hob man den Leichnam vom Wagen und trug ihn auf ein vergoldetes Schiff hinüber, das mit Schnitzereien und Malereien verziert war und weiße und purpurne Segel hatte.

Die Frauen des Hofes versuchten noch einmal, den Priestern die Mumie zu entreißen; noch einmal erklangen alle Chöre und die gesamte Musik des Heeres. Dann betrat Nikotris das Totenschiff; ein Dutzend Priester folgten ihr. Das Volk begann Sträuße und Kränze zu werfen, und die Ruder wurden eingetaucht.

Ramses XII. hatte zum letztenmal seinen Palast verlassen, um über den Nil zu seinem Grab in Theben zu gelangen. Auf dieser Fahrt sollte er als sorgsamer Herrscher alle am Wege gelegenen berühmten Ortschaften besuchen, um von ihnen Abschied zu nehmen.

Die Reise zog sich sehr lange hin. Bis nach Theben waren es gegen hundert Meilen. Man schiffte flußaufwärts. Die Mumie mußte über ein Dutzend Tempel besuchen und an den feierlichen Gottesdiensten teilnehmen.

Ein paar Tage nach der Abreise Ramses' XII. zur ewigen Ruhe machte sich Ramses XIII. auf den Weg, um durch seinen Anblick die in Trauer erstorbenen Herzen der Untertanen wieder zu beleben, ihre Huldigungen zu empfangen und den Göttern Opfer darzubringen.

Dem Verstorbenen waren – jeder auf seinem eigenen Schiff – alle Erzpriester, viele Oberpriester, die reichsten Gutsbesitzer und ein großer Teil der Nomarchen gefolgt. Deshalb fürchtete der neue Pharao voller Bitterkeit, daß sein eigenes Gefolge sehr dürftig ausfallen würde.

Es kam jedoch anders. Ramses XIII. begleiteten alle Generale, sehr viele Beamte, sehr viele Angehörige des niederen Adels und die gesamte niedere Geistlichkeit, was den Pharao mehr wunderte als erfreute.

Das war erst der Anfang. Als nämlich das Schiff des jungen Gebieters auf den Nil hinausfuhr, kam ihm eine so riesige Masse von größeren und kleineren, dürftigen und schmucken Nachen entgegen, daß das Wasser fast verdeckt war. In ihnen saßen nackte Bauern- und Handwerkerfamilien, gut angezogene Kaufleute, Phönizier in grellbunten Gewändern, geschickte griechische Segler, ja sogar Assyrer und Hethiter.

Diese Menge schrie nicht, nein, sie brüllte, sie freute sich nicht, sondern raste. Jeden Augenblick drang eine Deputation auf das königliche Schiff, um das Deck, das der Fuß des Gebieters berührt hatte, zu küssen und Gaben darzubringen: ein Häufchen Getreide, ein Stückchen Gewebe, einen einfachen tönernen Topf, ein paar Vögel, vor allem aber Blumen. Deshalb mußte man auch, ehe der Pharao noch Memphis passiert hatte, sein Schiff etliche Male von den Geschenken entladen, damit es nicht der Überbelastung wegen unterging.

Die jüngeren Priester raunten einander zu, daß außer Ramses dem Großen noch kein Pharao mit so gewaltiger Begeisterung begrüßt worden sei.

Ähnlich verlief die ganze Reise von Memphis bis nach Theben. Die Begeisterung des Volkes verstärkte sich sogar noch, statt schwächer zu werden. Die Landleute ließen ihre Feldarbeit liegen, die Handwerker verließen ihre Werkstätten, um dem neuen Herrscher zuzujubeln, über dessen Zukunftspläne bereits Legenden umliefen. Man erwartete gewaltige Änderungen, obwohl niemand davon eine klare Vorstellung besaß. Es stand lediglich fest, daß die Strenge der Beamten nachgelassen hatte, die Phönizier nicht mehr so rücksichtslos wie früher die Steuern eintrieben und daß das sonst so demütige ägyptische Volk sich den Priestern gegenüber kühner zu verhalten begann.

„Der Pharao braucht es nur zu erlauben", sprach man in den Schenken, auf den Feldern und auf den Märkten, „dann werden wir sofort die heiligen Männer zur Rechenschaft ziehen. Sie sind nämlich daran schuld, daß wir große Abgaben zahlen müssen und die Wunden auf unseren Rücken niemals heilen!"

Sieben Meilen südlich von Memphis lag zwischen den zerklüfteten libyschen Bergen das Land Piom oder Fayum, das von Menschenhänden eigenartig gestaltet worden war.

Einst hatte sich dort nur ein eingesunkenes, von kahlen Bergen amphitheatralisch umgebenes Wüstental befunden. Erst der Pharao Amenemhat beschloß dreitausendfünfhundert Jahre vor unserer Zeitrechnung das kühne Projekt, dieses Tal in fruchtbares Land zu verwandeln.

Zu diesem Zweck ließ er den östlichen Teil der Senke abtrennen und mit einem mächtigen Damm versehen. Der Damm erreichte die Höhe eines einstöckigen Hauses, war zu ebener

Erde etwa hundert Schritt stark und erstreckte sich über vierzig Kilometer.

So entstand ein Staubecken, das gegen drei Milliarden Kubikmeter Wasser fassen konnte und eine Fläche von dreihundert Quadratkilometern bedeckte. Dieses Reservoir diente dazu, vierhunderttausend Morgen Land zu bewässern, und entzog außerdem beim Steigen des Nils dem Fluß so viel Wassermengen, daß dadurch in einem großen Teil Ägyptens einer plötzlichen Überschwemmung vorgebeugt wurde.

Dies war der sogenannte Moerissee, den man zu den Weltwundern zählte. Mit seiner Hilfe gelang es, jenes Wüstental in das fruchtbare Land Piom zu verwandeln, wo an zweihunderttausend Einwohner in Wohlstand lebten. In dieser Provinz wurden neben Palmen und Weizen die schönsten Rosen gezogen, deren Öl in ganz Ägypten und über dessen Grenzen hinaus Absatz fand.

Der Moerissee war mit einem anderen Wunder ägyptischer Ingenieurarbeit verbunden, dem Joseph-Kanal.

Diese zweihundert Schritt breite Wasserstraße war mehrere Dutzend Meilen lang und verlief im Abstand von zwei Meilen parallel zum Westufer des Nils. Sie diente zur Bewässerung der Felder an den libyschen Bergen und führte dem Moerissee Wasser zu.

Rings um das Land Piom erhoben sich etliche alte Pyramiden und eine Menge kleinerer Gräber. An seiner Ostgrenze indessen, in der Nähe des Nils, lag das berühmte Labyrinth (Lope-rohunt). Es war ebenfalls von Amenemhat erbaut worden und hatte die Form eines riesigen Hufeisens, das eine Bodenfläche von eintausend Schritt Länge und sechshundert Schritt Breite bedeckte.

Dieses Bauwerk barg die größte Schatzkammer Ägyptens. Dort ruhten die Mumien von vielen berühmten Pharaonen, hervorragenden Priestern, Heerführern und Baumeistern sowie die Leichname von verehrten Tieren, vor allem von Krokodilen. Hier lagerte endlich auch das im Verauf von Jahrhunderten angesammelte Vermögen des ägyptischen Reiches, von dem man sich heute nur schwer eine Vorstellung machen kann.

Das Labyrinth war weder von außen unzugänglich noch besonders scharf bewacht, sondern nur von einer kleinen Abteilung der Priestertruppen und etlichen erprobten ehrlichen Priestern behütet. Die Sicherung des Schatzes beruhte eigentlich darauf, daß – mit Ausnahme jener wenigen Personen – niemand wußte, wo man ihn in dem zweistöckigen Labyrinth überhaupt suchen sollte. Es gab ein überirdisches und ein unterirdisches Stockwerk, und jedes zählte über eintausendfünfhundert Räume.

Jeder Pharao, jeder Erzpriester, schließlich jeder Großschatzkämmerer und Oberste Richter hatte die Pflicht, sofort, nachdem er sein Amt angetreten hatte, den Staatsschatz in Augenschein zu nehmen. Dennoch konnte keiner der Würdenträger später wieder dorthin finden, ja, er vermochte nicht einmal festzustellen, wo der Schatz lag: im Hauptgebäude oder in einem Seitenflügel, über oder unter der Erde.

Viele glaubten, daß der Schatz unter der Erde verborgen wäre, und zwar weit hinter dem eigentlichen Labyrinth. Andere meinten, er läge unter dem Grund des Sees, damit er im Notfall vom Wasser überschwemmt werden könne. Schließlich beschäftigte sich kein Würdenträger des Reiches gern mit dieser Frage; denn es war allgemein bekannt, daß der tempelschänderische Versuch, sich an dem göttlichen Vermögen zu vergreifen, mit dem Tode gesühnt werden mußte.

Vielleicht hätte aber ein Nichteingeweihter den Weg dorthin entdecken können. Doch drohten irdischer und ewiger Tod dem Menschen mitsamt seiner Familie, der ein derartiges Geheimnis aufzudecken vermochte.

Als Ramses XIII. in jene Gegend gelangte, besuchte er vor allen Dingen die Provinz Fayum. Sie glich in ihrer Struktur einer riesigen und tiefen Schüssel, deren Boden der See, deren Rand aber die Berge bildeten. Wohin sich auch das Auge wandte, überall stieß es auf saftiges Grün, bunte Blumen, auf Palmenhügel und Feigen- und Tamarindenhaine, in denen von Sonnenaufgang bis -untergang Vogelsang und frohe Menschenstimmen ertönten.

Dies war vielleicht der glücklichste Winkel Ägyptens.

Das Volk empfing den Pharao mit grenzenloser Begeisterung. Es überschüttete ihn und seine Begleiter mit Blumen, schenkte ihm etliche Krüge voll von kostbarsten Duftessenzen und Gold und Edelsteine im Wert von zehn Talenten.

Zwei Tage lang verweilte der Gebieter in der entzückenden Gegend, wo die Freude aus den Blumen zu sprießen, in der Luft zu wehen und aus dem Spiegel des Sees aufzutauchen schien. Doch man erinnerte ihn daran, daß er das Labyrinth besuchen müsse.

Seufzend verließ Ramses Piom und schaute sich noch unterwegs mehrmals um. Bald aber fesselte ihn der Anblick eines riesigen grauen Gebäudes, das majestätisch auf einer Erhöhung stand.

Am Tor des uralten Lope-ro-hunt begrüßten ihn eine Gruppe Priester von asketischem Aussehen und ein kleiner Truppenteil. Jeder Soldat war völlig kahl geschoren.

„Diese Menschen sehen wie Priester aus!" rief Ramses.

„Jeder von ihnen hat auch die niederen Weihen erhalten, die Hundertschaftsführer sogar die höheren", antwortete der Erzpriester des Gebäudes.

Als der Pharao die Gesichter dieser sonderbaren Soldaten, die kein Fleisch aßen und im Zölibat lebten, aufmerksam betrachtete, erkannte er darin Scharfsinn und ruhige Energie. Er bemerkte auch, daß seine geheiligte Person an diesem Ort keinerlei Eindruck hervorrief.

Ich bin sehr neugierig, auf welche Weise Samentu hierher gelangen wird! dachte der Gebieter.

Ihm war klar, daß man diese Menschen weder schrecken noch bestechen konnte. Von ihnen strahlte eine solche Selbstsicherheit aus, als hätte jeder einzelne unbesiegbare Geisterregimenter zu seiner Verfügung.

Wir wollen abwarten, dachte Ramses, ob sich meine Griechen und Asiaten von diesen gottesfürchtigen Männern aus der Fassung bringen lassen. Zum Glück sind sie aber so wild, daß sie sich wohl in diesen feierlichen Mienen nicht auszukennen vermögen.

Auf die Bitte der Priester blieb das Gefolge Ramses' XIII. vor dem Tor zurück, sozusagen unter Aufsicht der Soldaten mit den kahlgeschorenen Köpfen.

„Darf ich mein Schwert auch nicht mitnehmen?" fragte der Pharao.

„Es wird uns keinen Schaden zufügen", erwiderte der Oberste Aufseher.

Dem jungen Pharao zuckte es in den Fingern, dem frommen Mann für diese Antwort wenigstens eins mit der flachen Klinge zu versetzen. Doch er beherrschte sich.

Der Pharao und die Priester überquerten nun einen riesigen Hof, schritten dort zwischen zwei Reihen Sphinxen hindurch und betraten dann das Hauptgebäude. Hier, in einer sehr ausgedehnten, doch ein wenig dämmerigen Vorhalle befanden sich acht Türen. Der Wächter fragte: „Durch welche Tür will Eure Heiligkeit zum Schatz gelangen?"

„Durch jene, die uns am raschesten dorthin führt."

Jeder der fünf Priester nahm zwei Bündel Fackeln, doch nur einer fachte Licht an. Neben ihn trat der Oberste Wächter, der eine lange, mit eingeritzten Zeichen bedeckte Perlenschnur in der Hand hielt. Umringt von den drei übrigen Priestern, folgte Ramses.

Der Erzpriester mit der Perlenschnur wandte sich nach rechts und betrat einen großen Saal, dessen Wände und Säulen mit Inschriften und Malereien übersät waren. Von dort gelangten sie in einen engen Korridor, der aufwärts in einen zweiten Saal mit vielen Türen führte. Hier schob sich vor ihnen eine Tafel im Fußboden beiseite und gab eine Öffnung frei, durch die sie nach unten stiegen, wo sie wieder durch einen engen Korridor in eine Kammer gelangten, die aber keine Türen besaß.

Dort berührte der Führer eine der Hieroglyphen, und eine Wand wich vor ihnen zurück.

Ramses wollte sich die Richtung, in der sie gingen, merken, doch bald ließ seine Aufmerksamkeit nach. Er nahm nur wahr, daß sie rasch große Säle durchschritten, kleine Kammern, enge Korridore, daß sie häufig aufwärts kletterten, oft nach unten stiegen, daß einige Säle eine Unzahl von Türen besaßen, während in anderen keine einzige vorhanden war. Der Pharao bemerkte aber, wie der Führer bei jedem neuen Eingang eine Perle seines langen Rosenkranzes weiterschob und zuweilen beim Schein der Fackel die Zeichen auf den Perlen mit den Zeichen an den Wänden verglich.

„Wo befinden wir uns jetzt", fragte der Pharao plötzlich, „unter oder über der Erde?"

„In der Macht der Götter", erwiderte sein Nachbar.

Nach einiger Zeit unaufhaltsamer Wanderung sprach der Pharao von neuem: „Aber wir sind ja schon hier gewesen! Wie mir scheint, sogar zweimal!"

Die Priester schwiegen, der Fackelträger leuchtete der Reihe nach die Wände ab. Ramses betrachtete sie und gestand sich ein, daß sie hier wohl noch nicht gewesen waren.

In einer kleinen Kammer ohne Türen senkte man die Fackel, und der Pharao bemerkte auf der Erde verdorrte, schwarze, in vermoderte Gewänder gehüllte Gebeine.

„Dies", sprach der Wächter des Gebäudes, „ist der Leichnam

eines Phöniziers, der zu Zeiten der sechzehnten Dynastie in das Labyrinth einzudringen versuchte und bis hierher gelangte."

„Erschlug man ihn?" fragte der Pharao.

„Er ist verhungert."

Schon eine halbe Stunde waren sie gegangen, als der die Fackel tragende Priester eine Korridornische erhellte, in der ebenfalls verdorrte Gebeine lagen.

„Dies ist der Leichnam eines nubischen Priesters, der zu Lebzeiten des Großvaters Eurer Heiligkeit hier einzudringen versuchte."

Der Pharao fragte nicht, was mit ihm geschehen war. Er hatte das Gefühl, sich in einem Abgrund zu befinden. Ihm war zumute, als laste der ganze Bau mit seinem vollen Gewicht auf ihm. Er versuchte nicht mehr, sich in den Hunderten von Korridoren, Sälen und Kammern zu orientieren. Es interessierte ihn auch nicht mehr, durch welche Wunder die steinernen Wände vor ihm zurückwichen oder die Fußböden sich öffneten.

Samentu wird nichts erreichen, dachte er, oder zugrunde gehen, wie diese beiden, von denen ich ihm berichten muß.

Noch nie hatte er solch eine Niedergeschlagenheit, solch ein Gefühl der Ohnmacht und der Nichtigkeit gespürt. Zuweilen fürchtete er, daß die Priester ihn in einer der engen türlosen Kammern zurücklassen wollten. Dann erfaßte ihn Verzweiflung: er griff zum Schwert und war bereit, sie in Stücke zu hauen. Doch er besann sich sofort darauf, daß er ohne ihre Hilfe nie wieder hinauskäme, und er ließ den Kopf hängen.

Oh, nur einen Augenblick das Tageslicht sehen! Wie schrecklich mußte es sein, hier zu sterben, inmitten dieser dreitausend Kammern, in Dämmerlicht oder Dunkelheit!

Heldische Seelen erleben mitunter Augenblicke tiefer Verzweiflung, von denen sich ein einfacher Mensch keine Vorstellung machen kann.

Es dauerte beinahe eine Stunde, bis sie schließlich in einen niedrigen Saal eintraten, dessen Decke auf achteckigen Säulen ruhte. Die drei den Pharao umringenden Priester verschwanden, wobei Ramses bemerkte, daß einer von ihnen sich an eine Säule lehnte und von ihr gleichsam verschluckt wurde.

Nach einer Weile öffnete sich in einer der Wände ein enger Spalt. Die Priester kehrten an ihre Plätze zurück, ihr Anführer aber befahl, vier Fackeln zu entzünden. Dann schritten sie zu jener Öffnung und drängten sich vorsichtig hindurch.

„Da sind die Kammern", erklärte der Aufseher des Baues.

Die Priester entzündeten rasch die an den Säulen und Wänden befestigten Fackeln, und Ramses erblickte eine Reihe riesiger Gemächer, die mit verschiedensten Erzeugnissen von unschätzbarem Wert angefüllt waren. Zu dieser Sammlung hatte jede Dynastie, wenn nicht ein jeder Pharao, das Teuerste und Seltenste aus seinem Besitz beigetragen.

Da befanden sich Wagen, Nachen, Ruhebetten, Tische, Truhen und Throne, die aus purem Gold bestanden oder mit goldenen Tafeln beschlagen und mit Elfenbein, Perlmutt und bunten Hölzern so prächtig inkrustiert waren, daß die Kunsthandwerker zur Anfertigung dieser Kostbarkeiten gewiß Dutzende von Jahren gebraucht haben mußten. Da gab es Waffen, Schilde und Panzer, die von Edelsteinen glänzten, Krüge, Schüsseln und Löffel aus purem Gold, kostbare Gewänder und Baldachine.

All das war seit Jahrtausenden dank der Trockenheit und Reinheit der Luft unverändert geblieben.

Unter dem Auserlesensten bemerkte der Pharao das silberne Modell des assyrischen Palastes, das Sargon Ramses XII. überbracht hatte. Der Erzpriester nannte dem Pharao die Stifter der einzelnen Geschenke und betrachtete dabei aufmerksam dessen Gesicht. Doch statt Bewunderung las er daraus Unzufriedenheit.

„Sage mir, Ehrwürden", sprach der Pharao plötzlich, „welchen Nutzen diese im Dunkeln verschlossenen Schätze haben sollen."

„Sie bedeuten eine unermeßliche Reserve für den Fall, daß Ägypten einmal in Not geriete", erwiderte der Erzpriester. „Für einige dieser Helme, Wagen oder Schwerter könnten wir uns die Gunst aller assyrischen Satrapen erkaufen. Vielleicht würde selbst König Assar nicht widerstehen, wenn wir ihm Zierat für seinen Thronsessel oder Geräte für seine Waffenkammer lieferten."

„Ich glaube, er würde es vorziehen, alles mit dem Schwert zu erobern, als von uns mit ein paar Schätzen abgespeist zu werden", bemerkte Ramses.

„Sie mögen es nur versuchen!" sprach der Priester.

„Ich verstehe ... ihr besitzt sicherlich Vorrichtungen, mit deren Hilfe ihr die Schätze vernichten könnt. Dann aber würden sie keinem mehr nützen."

„Das ist nicht meine Angelegenheit", entgegnete der Oberste Wärter. „Wir bewachen, was man uns übergab, und tun, was man uns befahl."

„Wäre es nicht besser, einen kleinen Teil der Kostbarkeiten zur Stärkung der Reichskasse zu verwenden, um Ägypten aus seiner gegenwärtigen finanziellen Notlage zu befreien?“ fragte der Pharao.

„Das hängt nicht von uns ab.“

Ramses runzelte die Brauen. Er betrachtete eine Weile einzelne Gegenstände, aber ohne größeres Interesse. Endlich sprach er von neuem: „Gut. Diese kunstvollen Erzeugnisse können dazu dienen, die Gunst der assyrischen Würdenträger zu gewinnen. Wenn jedoch ein Krieg mit Assyrien ausbrechen würde – womit sollten wir dann Getreide, Menschen und Waffen von Völkern erwerben, die solche Seltenheiten nicht zu schätzen wissen?“

„Wir könnten die anderen Schatzkammern öffnen!“ antwortete der Erzpriester.

Und auch dieses Mal verschwanden die Priester: zwei im Innern von Säulen, während ein dritter eine Leiter erklomm und an einer geschnitzten Wandfigur herumfingerte.

Wieder wich eine Geheimtür zur Seite, und Ramses betrat die eigentliche Schatzkammer.

Sie war ebenfalls ein riesiges Gemach und mit einer unschätzbaren Menge wertvoller Metalle gefüllt. Hier standen tönerne Fässer voller Goldsand, in Ziegelform geschmiedete Goldbarren und bündelweise Goldstäbe. Die Silberbarren bildeten an einer Wand eine Mauer, die etliche Ellen breit war und bis an die Decke reichte.

In Nischen und auf steinernen Tischen lagen Edelsteine aller Farben: Rubine, Topase, Smaragde, Saphire, Diamanten, endlich haselnußgroße Perlen, darunter sogar einige Exemplare von der Größe eines Taubeneies. Für so manches dieser Kleinode hätte man eine ganze Stadt kaufen können.

„Das ist unser Vermögen für den Fall eines Unglücks“, sprach der Oberaufseher.

„Auf welches Unglück wartet ihr?“ fragte der Pharao. „Das Volk ist arm, der Adel und der Hof sind verschuldet, die Armee hat man um die Hälfte verringert, der Pharao besitzt kein Geld. Hat Ägypten sich jemals in einer schlechteren Situation befunden?“

„Ja, als es von den Hyksos erobert wurde.“

„In zehn Jahren“, entgegnete Ramses, „können uns sogar die Israeliten besiegen, wenn ihnen nicht die Libyer und Äthiopier zuvorkommen. Dann aber werden diese schönen Steine, in

Splitter zerschlagen, zur Verzierung von Juden- und Negersandalen dienen."

„Seid beruhigt, Eure Heiligkeit. Im äußersten Notfall werden nicht nur die Schatzkammern verschwinden, sondern mit ihnen zusammen sogar das ganze Labyrinth mit all seinen Wächtern – ohne eine Spur zu hinterlassen."

Ramses begriff endlich, daß er Fanatiker vor sich hatte, die nur an das eine dachten: die Schatzkammern niemandem preiszugeben. Der Pharao ließ sich auf einem Stoß Goldbarren nieder und sprach: „Also bewahrt ihr dieses Vermögen für schlechte Zeiten auf?"

„Ihr sprecht die Wahrheit, heiliger Gebieter."

„Gut. Doch wer wird euch Wächter überzeugen, wann das notwendig ist?"

„Dazu muß eine außerordentliche Versammlung von gebürtigen Ägyptern einberufen werden, in der folgende Männer Sitz und Stimme haben: der Pharao, dreizehn Priester mit höheren Weihen, dreizehn Nomarchen, dreizehn Edelleute, dreizehn Offiziere und je dreizehn Kaufleute, Handwerker und Landleute."

„Und solch einer Versammlung würdet ihr die Schätze ausliefern?" fragte der Pharao.

„Wir würden die notwendige Summe herausgeben, wenn ein einstimmiger Beschluß der gesamten Versammlung vorliegt und ..."

„Und?"

„Wenn die Amon-Statue in Theben den Beschluß bestätigt."

Ramses ließ, um seine große Zufriedenheit zu verbergen, den Kopf sinken. Er hatte schon einen Plan.

Solch eine Versammlung kann ich zusammenrufen und sie zur Einmütigkeit überreden, sagte er sich. Ich glaube auch, daß die göttliche Amon-Statue den Beschluß bestätigen wird, wenn ich ihre Priester mit meinen Asiaten umstelle.

„Ich danke euch, fromme Männer", sagte er laut, „daß ihr mir diese Kostbarkeiten gezeigt habt, wenngleich ich trotz deren Existenz der ärmste König der Welt bin. Jetzt aber bitte ich euch, mich auf dem kürzesten und bequemsten Weg hinauszuführen."

„Wir wünschen Eurer Heiligkeit", erwiderte der Wächter, „daß Ihr später einmal dem Labyrinth viele Reichtümer hinzufügen könnt. Was jedoch unseren Rückweg anbetrifft, so gibt es nur einen. Nur diesen einen Weg können wir benutzen."

Einer der Priester reichte Ramses ein paar Datteln, ein zweiter eine Flasche mit Wein, der mit einem Stärkungsmittel gewürzt war; danach gewann der Pharao seine Kräfte wieder und schritt froh voran.

„Viel würde ich darum geben“, sagte er lachend, „wenn ich mir alle Windungen dieses sonderbaren Weges merken könnte!“

Der führende Priester hielt an.

„Ich versichere Eurer Heiligkeit“, sprach er, „daß wir diesen Weg selbst weder verstehen noch uns nach der Erinnerung orientieren können, obwohl jeder von uns ihn ein dutzendmal gegangen ist.“

„Aber wie findet ihr dann hierher?“

„Wir benutzen gewisse Hinweise, doch wenn uns einer davon verlorenginge, würden wir augenblicklich zum Hungertode verdammt sein.“

Endlich erreichten sie die Vorhalle und von ihr aus den Hof. Der Pharao schaute sich um und atmete einige Male tief auf.

„Ich möchte auch nicht für alle Schätze des Labyrinths sie selbst bewachen!“ rief er. „Schrecken engt mir die Brust, wenn ich daran denke, daß man in diesen dunklen Gewölben umkommen könnte!“

„Man kann sich ihnen aber auch verbunden fühlen“, entgegnete der Erzpriester lächelnd.

Der Pharao dankte jedem seiner Führer und schloß:

„Ich würde euch gern eine Gunst erweisen. Sprecht also.“

Die Priester hörten ihm gleichgültig zu, nur ihr Oberster antwortete: „Gebieter, verzeiht mir die Kühnheit, doch ... wonach könnten wir verlangen? Unsere Feigen und Datteln sind so süß wie die aus Euerm Garten, das Wasser ist so gut wie das aus Euerm Brunnen. Wenn uns indessen der Reichtum lockte – haben wir denn nicht mehr davon als alle Könige der Welt zusammen?“

Sie sind unbestechlich, überlegte der Pharao. Ich werde ihnen aber den Beschluß der Versammlung und das Urteil Amons vorweisen.

VIII

Der Pharao und sein Gefolge verließen Piom und reisten zehn Tage lang nilaufwärts nach Süden. Ein Schwarm von Booten umgab Ramses, er wurde mit Jubelrufen begrüßt und mit Blumen überschüttet.

An den Ufern entlang standen auf den grünen Feldern in schier endloser Reihe bäuerliche Lehmhütten, wuchsen Feigen- und Palmenhaine. Stündlich tauchte vor ihren Augen eine Gruppe weißer Häuser irgendeines Städtchens auf oder eine größere Stadt mit bunten Gebäuden und den gewaltigen Pylonen der Tempel.

Im Westen zeichneten sich verschwommen die Umrisse der libyschen Berge ab; von Osten her trat die arabische Bergkette immer näher an den Fluß heran, und man konnte die steilen, zerrissenen Felsen von grauer, gelber oder rosiger Farbe erkennen, die in ihrer Form an Festungsruinen oder von Riesen erbaute Tempel erinnerten. Mitten auf dem Nil traf man auf kleine Inseln, die gestern erst aus dem Wasser aufgetaucht zu sein schienen und heute bereits mit einem üppigen Pflanzenwuchs bedeckt und von zahlreichen Vogelschwärmen belebt waren. Wenn das Gefolge des Pharao heranfuhr, stoben die erschreckten Vögel auf, und ihre Schreie mischten sich, während sie über den Schiffen kreisten, mit den lauten Jubelrufen des Volkes. Ein klarer Himmel wölbte sich über den Reisenden, und es flutete eine gleißende Lichtfülle hernieder, so daß die schwarze Erde zu leuchten schien und die Steine Regenbogenfarben annahmen.

Dem Pharao verging die Zeit wie im Fluge. Anfänglich störten ihn die unaufhörlichen Rufe ein wenig, doch dann gewöhnte er sich so sehr an sie, daß er ihnen keine Beachtung mehr schenkte. Er konnte dabei Dokumente lesen, Beratungen abhalten, ja sogar schlafen.

Dreißig bis vierzig Meilen von Piom entfernt lag am linken Nilufer die große Stadt Siut, in der Ramses XIII. ein paar Tage verweilte. Man mußte sich dort etwas länger aufhalten, weil die Mumie des verstorbenen Königs noch in Abydos weilte, wo am Grabe des Osiris feierliche Gebete gesprochen wurden.

Siut war eine der reicheren Städte von Oberägypten. Hier wurden die berühmten Geschirre aus weißem und schwarzem Ton angefertigt und Leinen gewebt; hier befand sich auch der Hauptmarktplatz, auf den man aus den in der Wüste verstreuten Oasen Waren brachte. Hier endlich stand der berühmte Tempel des Anubis, des Gottes mit dem Schakalkopf.

Am zweiten Tage des Aufenthalts an diesem Ort meldete sich bei Seiner Heiligkeit der Priester Pentuer, der Oberste der

Kommission, die die Lebensbedingungen der Bevölkerung prüfte.

„Bringst du Neuigkeiten?" fragte der Gebieter.

„Ganz Ägypten segnet Eure Heiligkeit. Alle, mit wem ich auch gesprochen habe, glauben zuversichtlich, daß Eure Herrschaft das Reich zu Ruhm und Wohlstand führen wird."

„Ich will", entgegnete der Pharao, „daß meine Untertanen glücklich werden, das Volk aufatmen kann, daß Ägypten wie einst wieder acht Millionen Einwohner besitzt und den Boden wiedergewinnt, den ihm die Wüste entrissen hat. Ich möchte, daß der arbeitende Mensch sich an jedem siebenten Tag ausruhen darf und jeder Landmann ein Stück Boden zum Eigentum bekommt."

Pentuer warf sich vor dem gütigen Gebieter nieder.

„Erhebe dich", sprach Ramses. „Ich will dir jedoch nicht verhehlen, daß ich Stunden tiefster Trauer durchgemacht habe. Ich sehe das Unglück meines Volkes, möchte ihm helfen, und – zur gleichen Zeit erklärt man mir, daß der Staatsschatz erschöpft ist. Du selbst weißt es am besten. Ich kann mich nicht an derartige Verbesserungen heranwagen, wenn ich nicht etliche zehntausend Talente in bar besitze. Heute aber bin ich beruhigt: Ich habe einen Weg gefunden, die notwendigen Mittel aus dem Labyrinth herauszubekommen."

Pentuer blickte den Herrscher erstaunt an.

„Der Wächter des Schatzes erläuterte mir, was ich zu tun habe", fuhr der Pharao fort. „Ich muß eine allgemeine Versammlung mit je dreizehn Angehörigen jedes Standes einberufen. Wenn sie alle einmütig erklären, daß Ägypten in Not ist, wird mir das Labyrinth Schätze ausliefern.

O Götter!" fügte er hinzu. „Für ein paar Kleinodien, ach, für eine einzige dieser Kostbarkeiten dort, könnte man dem Volk fünfzig Ruhetage im Jahr gewähren! Niemals vermöchte man, sie nützlicher zu verwenden!"

Pentuer schüttelte den Kopf.

„Herr", sprach er, „sechs Millionen Ägypter, vor allem aber meine Freunde und ich, werden zustimmen. Doch ... täuscht Euch nicht, Eure Heiligkeit! Denn hundert der höchsten Würdenträger des Reiches würden sich dem widersetzen, und dann gibt das Labyrinth nichts heraus."

„So wollen sie mich also zum Bettler vor einem Tempel machen?" brauste der Pharao auf.

„Nein“, erwiderte der Priester. „Sie fürchten sicher, daß der Schatz, einmal angebrochen, bald erschöpft werden könnte. Sie würden später die treuesten Diener Eurer Heiligkeit verdächtigen, daß sie von jenen Geldern beschenkt worden seien. Dann aber wird ihnen der Neid zuraunen: Weshalb solltet ihr euch nicht ebenfalls schadlos halten? Nicht Abneigung gegen Euch, Gebieter, sondern das gegenseitige Mißtrauen, der Geiz, die Habgier wird sie zum Widerstand treiben.“

Der Pharao beruhigte sich bei diesen Worten, ja er lächelte sogar.

„Wenn es sich so verhält, lieber Pentuer, werde ich nicht die Ruhe verlieren. In diesem Augenblick habe ich ganz genau begriffen, warum Amon die Herrschaft den Pharaonen überträgt und ihnen übermenschliche Macht verliehen hat; nämlich eben dazu, damit hundert auch der ‚allerwürdigsten‘ Schurken nicht das Reich dem Untergang entgegentreiben können.“

Ramses erhob sich von seinem Sitz und sprach weiter: „Sage meinem Volk, es möge arbeiten und geduldig sein. Bestelle den mir ergebenen Priestern, daß sie den Göttern dienen und die Weisheit, diese Sonne der Welt, verbreiten sollen. Jene widersetzlichen und mißtrauischen Würdenträger aber überlasse mir. Wehe ihnen, wenn sie mein Herz erzürnen!“

„Herr“, rief der Priester, „ich bin Euer treuer Diener.“

Als er sich verabschiedet hatte und davonging, war sein Gesicht von Sorge gezeichnet.

Fünfzehn Meilen flußaufwärts von Siut erreichen die wild zerklüfteten arabischen Felsen beinahe den Nil; die libyschen Berge jedoch entfernen sich so weit von ihm, daß jenes Tal wohl das breiteste von Ägypten ist.

Dort lagen dicht nebeneinander zwei ehrwürdige Städte: Thinis und Abydos, der Geburtsort von Menes, dem ersten Pharao Ägyptens. Dort auch wurden vor hunderttausend Jahren die heiligen Gebeine des Gottes Osiris, den sein Bruder Typhon auf verräterische Weise ermordet hatte, ins Grab gelegt.

Zum Andenken an jene bedeutungsvollen, uralten Ereignisse erbaute der Pharao Seti den Tempel, zu dem aus ganz Ägypten Pilger wallfahrteten. Jeder Rechtgläubige mußte wenigstens einmal im Leben diese gesegnete Erde mit seiner Stirn berühren. Wahrhaft glücklich indessen war derjenige, dessen Mumie nach Abydos reisen und – wenn auch nur von weitem – im Umkreis des Tempels verweilen durfte.

Die Mumie Ramses' XII. blieb dort ein paar Tage lang; denn er war ein Herrscher gewesen, der sich durch Frömmigkeit ausgezeichnet hatte. Es ist auch nichts Verwunderliches daran, daß Ramses XIII. kurz vor seiner Krönung dem Grabe des Osiris seine Huldigung darbrachte.

Der Tempel Setis gehörte weder zu den ältesten noch zu den prächtigsten im Lande, doch er zeichnete sich durch die Reinheit des ägyptischen Stiles aus. Seine Heiligkeit Ramses XIII. besuchte ihn und opferte dort in Begleitung des Erzpriesters Sem.

Die Äcker, die zum Tempel gehörten, bedeckten eine Fläche von hundertfünfzig Morgen; darauf befanden sich Fischteiche, Blumengärten, Obst- und Gemüsegärten und endlich die Häuser oder, besser, die Villen der Priester. Überall wuchsen Palmen, Feigen, Pomeranzen, Pappeln und Akazien, die entweder in den Haupthimmelsrichtungen laufende Alleen oder regelmäßig mit fast gleich hohen Bäumen bepflanzte Haine bildeten.

Sogar die Pflanzen entwickelten sich unter den sorgsamen Augen der Priester nicht naturgemäß, indem sie unregelmäßige, jedoch malerische Gruppen bildeten, sondern sie waren zu geraden Linien, parallel verlaufenden Reihen oder zu geometrischen Figuren angeordnet.

Palmen, Tamarinden, Zypressen und Myrten erinnerten in ihrer Anordnung an ausgerichtete Soldatenreihen. Der Rasen glich einem geschorenen Teppich mit Blumengemälden in prächtigen Farbnuancen. Wenn das Volk von oben her die Anlagen der Tempel betrachtete, so erblickte es dort blühende Bilder von Göttern oder heiligen Tieren, ein Weiser entdeckte sogar in Hieroglyphen „geschriebene" Aphorismen.

Den mittleren Teil der Gärten bildete ein Rechteck von neunhundert Meter Länge und dreihundert Meter Breite. Es wurde von einer nicht sehr hohen Mauer umgeben, die ein sichtbares Tor und mehr als zehn verborgene Pförtchen durchbrachen. Durch das Tor betrat das fromme Volk den mit Steinplatten ausgelegten und das Heiligtum des Osiris umschließenden Hof. Erst in der Mitte stand der Tempel, ein rechteckiges, vierhundertfünfzig Schritt langes und hundertfünfzig Schritt breites Gebäude.

Von dem Tor aus, das für das Volk bestimmt war, führte zum Tempel hin eine Allee von steinernen Sphinxen mit Löwenleibern und Menschenhäuptern. Sie standen zu zehn in zwei

Reihen und blickten einander in die Augen. Nur die höchsten Würdenträger durften zwischen ihnen hindurchgehen.

Am Ende der Sphinxallee – immer noch dem öffentlichen Tor gegenüber – ragten zwei Obeliske, schlanke, hohe, vierseitige Granitsäulen, auf denen die Geschichte des Pharao Seti niedergeschrieben war.

Erst hinter ihnen erhob sich das mächtige Tempeltor, das zu beiden Seiten von riesigen Pylonen flankiert wurde. Sie ähnelten zwei untersetzten Türmen, auf ihren Wänden waren einige Gemälde: die Siege Setis; Seti, den Göttern Opfer darbringend.

Dieses Tor durften Landleute nicht mehr durchschreiten, sondern nur reiche Bürger und privilegierte Klassen, die dann in das Peristyl gelangten, in einen von einem Säulengang umgebenen Hof, der zehntausend fromme Beter faßte.

Den ersten Saal, das Hippostyl, durften nur noch Adlige betreten; die Decke dieses Raumes ruhte auf zwei Säulenreihen. Hier konnten gegen zweitausend Menschen am Gottesdienst teilnehmen. Dieser Saal war die letzte erlaubte Stätte für weltliche Personen. Die höchsten Würdenträger, die aber keine Weihen erhalten hatten, durften hier beten und von diesem Ort aus auf das verschleierte Standbild des Gottes schauen, das sich im Saal der „göttlichen Offenbarung" befand.

Dahinter lag die Kammer der „Opfertische", wo die Priester die von den Gläubigen dargebrachten Gaben für die Götter niederlegten. Daran grenzte die Kammer der „Erholung", wo sich der Gott vor oder nach einer Prozession ausruhte; dann erst kam das Sanktuarium, die Wohnung des Gottes.

Diese Kapelle baute man gewöhnlich sehr klein und dunkel, zuweilen wurde sie aus einem einzigen Stein gehauen. Sie lag inmitten von anderen Kapellen, die mit Gewändern und Geräten, Geschirren und Kleinodien des Gottes angefüllt waren, der in seinem unzugänglichen Versteck schlief, badete, sich mit Balsam salbte, speiste und trank und anscheinend sogar die Besuche junger und schöner Frauen empfing.

Das Sanktuarium durften nur der Erzpriester und der regierende Pharao – falls er geweiht worden war – betreten. Ein gewöhnlicher Sterblicher konnte, wenn er dort eindrang, das Leben verlieren.

Die Wände und Säulen jedes Saales waren mit Inschriften und Malereien bedeckt. In den Kolonnaden des Peristyls sah man die Namen und Porträts aller Pharaonen: von Menes, dem ersten Herrscher Ägyptens, bis zu Ramses XII. Im Hippostyl, dem Adelssaal, hatten Künstler auf anschauliche Weise Geographie und Wirtschaft Ägyptens und der von Ägypten unterjochten Völker dargestellt. Im Saal der „Offenbarung“ befanden sich ein Kalender und die Resultate der astronomischen Beobachtungen; in den Kammern der „Opfertische“ und der „Erholung“ stellten die Bilder religiöse Gebräuche dar, und im Sanktuarium konnte man Vorschriften für die Beschwörung überirdischer Wesen und die Beherrschung von Naturerscheinungen finden.

Doch waren diese Vorschriften derart verwickelt formuliert, daß sogar die Priester zur Zeit Ramses' XII. sie nicht mehr entschlüsseln konnten. Erst dem Chaldäer Beroes sollte es gelingen, diese Weisheit wiederzuerwecken.

Nachdem sich Ramses XIII. im Regierungspalast von Abydos zwei Tage lang ausgeruht hatte, machte er sich auf den Weg zum Tempel. Er trug ein weißes Hemd, einen goldenen Panzer, einen orangefarben und blau gestreiften Schurz, ein stählernes Schwert an der Seite und einen goldenen Helm auf dem Haupt. Er bestieg seinen Wagen, dessen Pferde mit Straußenfedern geschmückt waren und von Nomarchen geführt wurden. So fuhr er langsam, von seinem Gefolge umgeben, zum Hause des Osiris.

Wo immer er auch hinblickte: auf die Felder, den Fluß, die Dächer der Häuser oder auf die Wipfel der Feigenbäume und Tamarinden – überall drängten sich Menschen, und es erscholl ein unendlicher Jubel, der an Gewittergrollen erinnerte.

Beim Tempel hielt der Pharao die Pferde an und stieg vor dem öffentlichen Tor ab, was dem einfachen Volk sehr gefiel und die Priester freute. Zu Fuß durchschritt er die Allee der Sphinxe, wurde dann von den heiligen Männern begrüßt und verbrannte danach vor den Statuen Setis am großen Tor Weihrauch.

Im Peristyl machte der Erzpriester Seine Heiligkeit auf die kunstvollen Porträts der Pharaonen aufmerksam und zeigte ihm die für sein Bild vorgesehene Stelle. Im Hippostyl erklärte er Ramses die geographischen Karten und die statistischen Tafeln. In der Kammer der „göttlichen Offenbarung“ opferte der Pharao der riesigen Statue des Osiris Weihrauch, und der Erzpriester bezeichnete ihm einige den Planeten geweihte Säulen, geweiht dem Merkur, der Venus, dem Mond, dem Mars, dem Jupiter und dem Saturn. Sie alle standen rings um die Statue des Sonnengottes.

„Du hast mir gesagt“, sprach Ramses, „daß es sechs Planeten gibt, indessen sehe ich sieben Säulen.“

„Die siebente stellt die Erde dar, die gleichfalls ein Planet ist“, flüsterte der Erzpriester.

Der erstaunte Pharao verlangte weitere Aufklärung; doch der Weise schwieg und bedeutete durch Gesten, daß sein Mund für weitere Auskünfte versiegelt sei.

In der Kammer der „Opfertische“ erklang eine leise, schöne Musik, zu der Priesterinnen einen feierlichen Tanz aufführten. Der Pharao legte seinen Goldhelm und seinen wertvollen Panzer ab, opferte beides Osiris, und verlangte, daß sie im Tempelschatz verbleiben und nicht in das Labyrinth geschafft werden sollten.

Als Gegengabe schenkte der Erzpriester dem Herrscher die schönste, erst fünfzehnjährige Tänzerin, die mit diesem Schicksal sehr zufrieden zu sein schien.

In der Kammer der „Erholung“ nahm der Pharao auf dem Thron Platz. Sem, sein Vertreter in religiösen Dingen, betrat inzwischen unter den Klängen von Musik und von Weihrauchwolken umgeben das Sanktuarium, um den Gott zu holen.

Eine halbe Stunde später erschien unter betäubendem Glokkenklang im Dämmerlicht der Kammer der goldene Nachen. Er war mit Schleiern verhüllt, die sich zuweilen bewegten, als säße hinter ihnen ein lebendes Wesen.

Die Priester warfen sich nieder, Ramses aber spähte aufmerksam auf die fast durchsichtigen Gewebe. Da hob sich leicht ein Zipfel, und der Pharao erblickte ein Kind von ungewöhnlicher Schönheit, das ihn mit so klugen Augen betrachtete, daß der Herrscher Ägyptens fast so etwas wie Furcht verspürte.

„Das ist Horus“, flüsterten die Priester. „Horus, die aufgehende Sonne. Er ist Sohn und Vater des Osiris und der Gemahl seiner Mutter, die seine Schwester ist.“

Die Prozession begann, aber nur im Tempelinneren. Voran schritten Harfenspieler und Tänzerinnen, dann kam ein weißer Stier mit einem goldenen Schild zwischen den Hörnern. Ihm folgten zwei Priesterchöre und die den Gott tragenden Erzpriester, dann wieder Chöre und schließlich der Pharao in einer von acht Priestern getragenen Sänfte.

Als die Prozession alle Säle und Hallen des Tempels durchschritten hatte, kehrten der Gott und Ramses in die Kammer der „Erholung“ zurück. Da hob sich der den heiligen Nachen verhüllende Schleier zum zweitenmal, und das schöne Kind lächelte dem Pharao zu.

Nun brachte Sem den Nachen und den Gott in die Kapelle zurück.

Vielleicht sollte ich doch Erzpriester werden? überlegte der Herrscher, dem das Kind so sehr gefiel, daß er es gern recht oft gesehen hätte.

Doch als er aus dem Tempel trat und dort die Sonne und die unermeßliche Menge des jubelnden Volkes erblickte, gestand er sich ein, daß er nichts verstand: Weder woher jenes Kind stammte, das keinem ägyptischen glich, noch woher diese übermenschliche Weisheit in seinem Blick rührte, geschweige, was all das zu bedeuten hatte.

Plötzlich kam ihm sein ermordetes Söhnchen in den Sinn, das ebenso schön hätte werden können; und der Herrscher Ägyptens weinte vor hunderttausend Untertanen.

„Er ist bekehrt! Der Pharao ist bekehrt!“ sprachen die Priester. „Kaum war er in das Heiligtum des Osiris eingetreten, da rührte sich bereits sein Herz!“

Ein paar Stunden später wurden ein Blinder und zwei Gelähmte, die an der Mauer des Tempels beteten, wieder gesund. Also beschloß der Rat der Priester, diesen Tag zu den Tagen der Wunder zu zählen und an einer Außenwand des Gebäudes ein Bild anzubringen, das den weinenden Pharao und die geheilten Krüppel darstellte.

Spät am Nachmittag kehrte Ramses in seinen Palast zurück, um die Berichte anzuhören. Als alle Würdenträger das Kabinett des Gebieters wieder verlassen hatten, kam Thutmosis und meldete: „Der Priester Samentu möchte Eurer Heiligkeit huldigen.“

„Gut. Führe ihn herein.“

„Er fleht dich an, ihn im Zelt, inmitten des Heerlagers zu empfangen, weil – wie er behauptet – die Mauern des Palastes sehr hellhörig wären ...“

„Ich bin neugierig, was er will“, sprach der Pharao und erklärte den Höflingen, daß er die Nacht im Lager zubringen würde.

Vor Sonnenuntergang fuhr Ramses mit Thutmosis zu seinen getreuen Truppen und fand dort das königliche Zelt vor, das auf Anordnung des Günstlings von Asiaten bewacht wurde.

Am Abend kam Samentu, in einen Pilgermantel gehüllt, begrüßte ehrfürchtig Seine Heiligkeit und flüsterte: „Ich glaube, mir ist auf dem ganzen Wege ein Mann gefolgt und in der Nähe des göttlichen Zeltes stehengeblieben. Vielleicht ist er ein Spion der Erzpriester."

Auf den Befehl des Pharao lief Thutmosis hinaus und fand tatsächlich einen fremden Offizier.

„Wer bist du?" fragte er.

„Eunana, der Hundertschaftsführer aus dem Regiment der Isis ... der unglückliche Eunana. Erinnert sich Euer Würden nicht an mich? Vor länger als einem halben Jahr hatte ich während der Manöver bei Pi-Bailos die heiligen Skarabäen entdeckt."

„Ach, du bist das!" unterbrach Thutmosis. „Dein Regiment steht doch nicht in Abydos?"

„Das Wasser der Wahrheit fließt aus Eurem Munde. Wir sind in der elenden Gegend um Mena stationiert, wo uns die Priester befahlen, den Kanal auszubessern – als ob wir Juden oder Bauern wären!"

„Wie bist du hierhergekommen?"

„Ich habe mir von meinen Vorgesetzten ein paar Tage Urlaub erbeten", entgegnete Eunana. „Rasch, wie ein dürstender Hirsch zur Quelle, bin ich dank der Flinkheit meiner Beine hierhergelaufen."

„Was willst du?"

„Seine Heiligkeit um Barmherzigkeit bitten, denn die Blankschädel wollen mich nur darum niemals befördern, weil ich für das Soldatenleben zu empfindlich bin."

Verstimmt kehrte Thutmosis ins Zelt zurück und berichtete dem Pharao von seiner Unterhaltung mit Eunana.

„Eunana?" wiederholte der Gebieter. „Stimmt, ich entsinne mich. Er hat uns der Skarabäen wegen Kummer bereitet, aber auch fünfzig Prügel von Herihors Gnaden erhalten. Du sagst, daß er sich über die Priester beklagt? Bringe ihn her!"

Der Pharao befahl Samentu, sich in den Nebenraum des Zeltes zurückzuziehen, und ließ durch seinen Favoriten Eunana holen.

Bald darauf erschien der unglückliche Offizier. Er warf sich nieder und seufzte, auf den Knien liegend: „Jeden Tag bete ich zu Re Harmachis bei seinem Auf- und Untergang und zu Amon und Re und Ptah wie auch zu den anderen Göttern und Göttinnen. Oh, möget Ihr gesund bleiben, Herrscher Ägyptens! Oh, möget Ihr am Leben bleiben! Oh, möge es Euch gut gehen, und möge ich zumindest den Glanz Eurer Fersen betrachten dürffen."*

„Was will er?" fragte der Pharao Thutmosis, womit er zum erstenmal die Etikette befolgte.

„Seine Heiligkeit geruht zu fragen: Was du willst", sprach Thutmosis.

Der heuchlerische Eunana wandte sich, noch immer kniend, an den Günstling und sagte: „Du, Euer Würden, bist Ohr und Auge des Gebieters, der uns Freude und Leben schenkt. So antworte ich dir wie vor dem Gericht des Osiris: Zehn Jahre bereits diene ich im Priester-Regiment der göttlichen Isis; sechs Jahre lang habe ich an den östlichen Grenzen gekämpft. Meine gleichaltrigen Kameraden sind schon Oberste, ich aber bin immer noch Hundertschaftsführer und bekomme ständig auf Anordnung der gottesfürchtigen Priester Prügel. Weshalb nun widerfährt mir solches Unrecht?

Am Tage wende ich mein Herz den Büchern zu, in der Nacht aber lese ich; weil nur ein Tor wie eine fliehende Gazelle die Bücher verläßt; ein Tor, der einem geprügelten Esel gleicht, oder einem Tauben, zu dem man mit den Händen reden muß. Trotz meines Wissens bin ich nicht überheblich, sondern lasse mich gern beraten, weil jeder von jedem etwas lernen kann; die ehrwürdigen Weisen aber verehre ich aus Herzensgrund!"

Der Pharao bewegte sich ungeduldig, doch hörte er weiter zu. Er wußte, daß die meisten Ägypter Schwatzhaftigkeit den Vorgesetzten gegenüber für ihre Pflicht hielten.

„So bin ich", sagte Eunana. „In fremden Häusern schaue ich mich nicht nach den Weibern um. Der Dienerschaft gebe ich zu essen, was ihr gebührt, und wenn es um mich geht, ich streite mich nicht bei der Zuteilung. Ich gebe mich immer zufrieden, begegne meinen Vorgesetzten mit Ehrfurcht und setze mich nicht, wenn ein älterer Mensch steht. Ich bin nicht aufdringlich und betrete kein fremdes Haus ungebeten. Ich bin auch verschwiegen, weil ich weiß, daß wir für diejenigen taub sind, die zu viele Worte gebrauchen.

Die Weisheit vergleicht den Leib des Menschen mit einem Speicher, den verschiedenartigste Antworten füllen. Deshalb wähle ich stets eine gute und gebe sie auch, die schlechte da-

* Authentisch.

gegen behalte ich in mir. Üble Nachrede verbreite ich nicht weiter, was aber Gesandtschaften anbelangt, so führe ich diese immer gut aus.*

Und was habe ich davon?“ klagte Eunana mit erhobener Stimme. „Ich leide Hunger, gehe in Lumpen gehüllt und kann nicht auf dem Rücken liegen, weil er so furchtbar zerschlagen ist. Ich las in den Büchern, daß die Priesterkaste früher Tapferkeit und Umsicht belohnte. Wirklich! So muß es einst gewesen sein, doch es ist sehr lange her. Denn die heutigen Priester wenden dem Umsichtigen den Rücken, Tapferkeit und Stärke aber treiben sie aus den Offiziersknochen aus.“

„Ich werde noch bei der Rede dieses Menschen einschlafen“, murmelte der Pharao.

„Eunana“, drängte Thutmosis, „du hast Seine Heiligkeit davon überzeugt, daß du in den Büchern erfahren bist; nun sage aber kurz und bündig, was du willst!“

„Ein Pfeil trifft nicht so schnell ins Ziel, wie meine Bitte die göttlichen Fersen Seiner Heiligkeit erreichen wird“, erwiderte Eunana. „Mir ist der Dienst bei den Blankschädeln so zuwider geworden, die Priester haben mein Herz mit solcher Bitternis erfüllt, daß ich mich mit meinem eigenen gefürchteten Schwert durchbohren will, wenn ich nicht zu der Truppe des Pharao versetzt werde.

Ich will lieber ein Unteroffizier, ja sogar ein einfacher, gemeiner Soldat Seiner Heiligkeit sein als Hundertschaftsführer im Regiment der Priester; ein Schwein oder ein Hund kann bei ihnen dienen, nicht aber ein rechtgläubiger Ägypter!“

Die letzte Phrase sprach Eunana mit solch rasender Wut, daß der Pharao auf griechisch zu Thutmosis sagte: „Nimm ihn zur Garde. Ein Offizier, der die Priester nicht liebt, kann uns von Nutzen sein.“

„Seine Heiligkeit, der Herr beider Welten, befahl, dich in seine Garde aufzunehmen“, wiederholte Thutmosis.

„Meine Gesundheit und mein Leben gehören unserem Gebieter Ramses, der ewig leben möge!“ rief Eunana und küßte den Teppich unter den königlichen Füßen.

Als der beglückte Eunana, alle paar Schritte sich niederwerfend und den Herrscher segnend, rückwärts aus dem Zelt hinausgegangen war, meinte der Pharao:

„Sein Geschwätz war zum Speien. Ich werde meine Soldaten

* Authentisch.

und Offiziere lehren müssen, sich kurz auszudrücken und nicht wie gelehrte Schreiber zu schwatzen."

„Wenn er nur diesen Fehler hätte!" murmelte Thutmosis, auf den Eunana einen unangenehmen Eindruck gemacht hatte.

Ramses rief Samentu zu sich.

„Bleibe ruhig", sprach er zu dem Priester. „Dieser Offizier, der dir nachging, hat dich nicht verfolgt. Er ist zu dumm, um derartige Aufträge auszuführen. Doch führt er eine schwere Hand, wenn es not tut! Nun", ergänzte der Pharao, „jetzt sage mir, was dich zu derartiger Vorsicht veranlaßt."

„Ich habe den ganzen Weg in die Schatzkammer des Labyrinths beinahe heraus", antwortete Samentu.

Der Pharao schüttelte das Haupt.

„Das ist eine schwierige Sache!" flüsterte er. „Eine Stunde lang bin ich durch die verschiedenen Säle und Korridore gelaufen wie eine Maus, hinter der die Katze her ist, und ich gestehe offen, daß ich diesen Weg nicht nur nicht wiederfände, sondern mich nicht einmal allein hineinwagen würde. Der Tod im Sonnenlicht mag erträglich sein, doch in diesen Löchern, wo sich selbst ein Maulwurf verirren würde ... brrr!"

„Und doch müssen wir den Weg finden und ihn meistern!" rief Samentu.

„Wenn uns aber die Wächter selbst die notwendige Menge der Schätze herausgeben?" fragte der Pharao.

„Das tun sie nicht, solange Mefres, Herihor und deren Helfershelfer leben. Glaubt mir, Gebieter, daß es diesen Würdenträgern darum geht, Euch wie einen Säugling in Windeln zu wickeln."

Der Pharao erblaßte vor Wut.

„O daß ich sie nicht an Ketten schmieden lasse! Auf welche Weise willst du den Weg entdecken?"

„Ich habe hier in Abydos im Grabe des Osiris den ganzen Plan des Weges zum Schatz gefunden", antwortete der Priester.

„Woher wußtest du, daß er sich hier befand?"

„Darüber haben mich einige Inschriften im Tempel Seths aufgeklärt."

„Wann hast du den Plan gefunden?"

„Als die Mumie des ewig lebenden Vaters Eurer Heiligkeit im Tempel des Osiris weilte", entgegnete Samentu. „Ich begleitete die ehrwürdigen Gebeine, und als ich in der Kammer der ‚Erholung' Nachtwache hielt, betrat ich das Sanktuarium."

„Du solltest General, nicht Erzpriester sein", rief Ramses lachend. „Du kennst also den Weg ins Labyrinth?"

„Ich ahnte ihn seit langem. Jetzt habe ich die Kennzeichen gesammelt, nach denen ich mich zu richten habe."

„Kannst du mir das erklären?"

„Gewiß. Ich werde Eurer Heiligkeit bei Gelegenheit sogar den Plan zeigen.

Der Weg", fuhr Samentu fort, „führt im Zickzack viermal durch das ganze Labyrinth; er beginnt in der obersten Etage und endet nach zahlreichen Windungen im tiefsten Gewölbe unter der Erde. Deshalb ist er so lang."

„Wie aber findest du von einem Saal in den andern, da es so viele Türen gibt?"

„Auf jeder Tür, die zum Ziel führt, befindet sich ein Teil des Spruches:

‚Wehe dem Verräter, der das höchste Staatsgeheimnis zu finden versucht und die tempelschänderische Hand aufhebt gegen das Eigentum der Götter. Sein Leichnam wird zu Aas werden, seine Seele wird keinen Frieden finden, sondern an dunklen Orten umherirren, zerfleischt von den eigenen Sünden.'"

„Und diese Inschrift schreckt dich nicht?"

„Schreckt Eure Heiligkeit der Anblick libyscher Lanzen? Drohungen verfangen beim gemeinen Volk, nicht bei mir. Ich kann noch furchtbarere Flüche und Beschwörungen schreiben."

Der Pharao überlegte.

„Du hast recht", sprach er. „Die Lanze schadet niemals demjenigen, der sie abzuwehren vermag, und ein Irrweg blendet nicht den Weisen, der die Worte der Wahrheit kennt.

Wie aber willst du erreichen, daß die Steine in den Wänden vor dir zurückweichen und die Säulen sich in Pforten verwandeln?"

Samentu zuckte verächtlich die Schultern.

„In meinem Tempel", antwortete er, „gibt es gleichfalls unsichtbare Eingänge, die man noch schwerer öffnen kann als die im Labyrinth. Wer die Worte des Geheimnisses kennt, der trifft überallhin, wie Ihr schon richtig gesagt habt, Eure Heiligkeit."

Der Pharao stützte das Haupt in die Hand und überlegte noch immer. „Es würde mir leid tun", sprach er, „wenn dir auf diesem Wege etwas zustoßen sollte."

„Im schlimmsten Falle finde ich den Tod, doch wer vermag ihm zu entgehen? Nicht einmal die Pharaonen! Und ist nicht schließlich Eure Heiligkeit in den Kampf bei den Natronseen gezogen, obwohl Ihr nicht sicher wart, ob Ihr von dort zurückkehren würdet?

Denke auch nicht, Gebieter", fuhr der Priester fort, „daß ich den ganzen Weg zurücklegen muß, auf dem die Besucher das Labyrinth durchwandern. Ich werde Abkürzungen finden und während eines einzigen Gebetes zu Osiris meine Strecke zurückgelegt haben, wogegen Ihr auf Eurem Gang dreißig Gebete hättet sprechen müssen."

„Gibt es denn andere Eingänge?"

„Zweifellos, und ich muß sie finden", versicherte Samentu. „Ich werde doch nicht, wie Eure Heiligkeit, bei Tage und durch das Haupttor hineingehen."

„Wie sonst?"

„In der Außenmauer gibt es unsichtbare Pforten, die ich kenne und die von den weisen Wächtern des Labyrinths nie bewacht werden. Auf dem Hof befinden sich nachts nur wenige Posten. Sie vertrauen dem Schutz der Götter oder der Furcht des Pöbels so sehr, daß sie meistens schlafen. Außerdem begeben sich die Priester zwischen Sonnenuntergang und -aufgang dreimal zum Gebet in den Tempel. Ihre Soldaten beten unter freiem Himmel. Ehe sie noch ihre Andacht verrichtet haben, werde ich bereits im Gebäude sein."

„Und wenn du dich verirrst?"

„Ich besitze den Plan."

„Er kann aber falsch sein?" gab der Pharao besorgt zu bedenken.

„Und wenn Eure Heiligkeit die Schätze des Labyrinths nicht gewinnt? Wenn die Phönizier es sich anders überlegen und die versprochene Anleihe nicht geben? Wenn das Heer hungern müßte und das Volk sich um seine Hoffnungen betrogen sähe?

Glaubt mir, mein Gebieter", fuhr der Priester fort, „daß ich in den Gängen des Labyrinths ungefährdeter sein werde als Ihr in Euerm Staat."

„Doch die Dunkelheit, diese furchtbare Dunkelheit! Und die Mauern, die man nicht durchbrechen kann, und die Tiefe und die Hunderte von Wegen, auf denen man sich ja verirren muß. Glaube mir, Samentu, daß der Kampf mit den Menschen ein Kinderspiel ist gegen den mit Schatten und Ungewißheit!"

Samentu lächelte.

„Eure Heiligkeit", erwiderte er, „kennt nicht mein Leben.

Bereits mit fünfundzwanzig Jahren war ich ein Priester des Osiris."

„Du?" wunderte sich Ramses.

„Ja. Und ich werde gleich erzählen, warum ich in die Dienste Seths trat. Ich wurde auf die Halbinsel Sinai geschickt, um dort eine kleine Kapelle für die Bergleute zu bauen. Der Bau zog sich sechs Jahre hin. Ich aber trieb mich indessen, da ich viel freie Zeit hatte, in den Bergen herum und besuchte dort die Höhlen.

Was habe ich dort nicht alles gesehen! Unterirdische Gänge, durch die man stundenlang wanderte; enge, schmale Pforten, die man nur auf dem Bauch kriechend passieren konnte, Hallen – so groß, daß in jeder ein Tempel Platz hätte. Ich sah unterirdische Flüsse und Seen, Kristallpaläste, völlig dunkle Höhlen, in denen man die eigene Hand nicht vor Augen sah, andere so hell, als schiene darin eine zweite Sonne.

Wie viele Male habe ich mich in unzähligen Durchgängen verirrt, wie oft erlosch mir die Fackel, wie häufig stürzte ich in einen unsichtbaren Abgrund! Es kam vor, daß ich einige Tage unter der Erde zubrachte, mich von gerösteter Gerste nährte und die Feuchtigkeit von den nassen Felsen leckte, ungewiß, ob ich je wieder an das Tageslicht zurückkehren würde.

Dafür sammelte ich dort Erfahrungen, mein Auge wurde geschärft, und ich habe diese höllische unterirdische Welt liebgewonnen. Und wenn ich heute an die kindischen Verstecke des Labyrinths denke, könnte ich lachen. Die Gebäude der Menschen sind Maulwurfshügel im Vergleich zu den unermeßlichen Bauten, die die stillen und unsichtbaren Erdgeister errichteten.

Einmal jedoch stieß ich auf etwas Furchtbares, das mich veranlaßte, meinen Götterdienst zu wechseln.

Westlich vom Bergwerk in Sinai liegt ein Gewirr von Engpässen und Gebirgszügen, in dem oft unterirdische Donner grollen, so daß die Erde bebt und zuweilen Flammen zucken. Ich hatte mich für längere Zeit dorthin begeben und entdeckte – durch einen unscheinbaren Spalt eine ganze Anzahl miteinander verbundener riesiger Höhlen, unter deren Wölbungen die größte Pyramide hätte Platz finden können. Als ich da umherirrte, bemerkte ich einen starken Modergeruch, der so ekelhaft war, daß ich zunächst fliehen wollte. Ich überwand mich jedoch, betrat jene Höhle und sah . . .

Gebieter, stellt Euch einen Menschen vor, dessen Beine und

Arme um die Hälfte kürzer sind als unsere, dick, plump und mit Krallen an den Enden. Fügt dieser Gestalt in Eurer Vorstellung einen breiten, an den Seiten abgeflachten Schweif hinzu, der auf der Oberseite wie ein Hahnenkamm gezackt ist; denkt Euch noch einen sehr langen Hals mit einem Hundekopf, kleidet endlich das Ungeheuer in einen auf dem Rücken mit krummen Haken bedeckten Panzer.

Und nun stellt Euch vor, daß diese Figur auf Beinen steht, sich mit Brust und Händen auf den Felsen stützt."

„Etwas sehr Häßliches", sagte der Pharao. „Ich hätte das gleich erschlagen."

„Es war nicht häßlich", sprach der Priester und schüttelte sich, „und bedenkt, Herr, daß dieses Ungeheuer so hoch wie ein Obelisk war."

Ramses XIII. machte eine Geste der Unzufriedenheit.

„Samentu", sprach er, „mir scheint, du hast deine Höhlen im Traume besucht."

„Ich schwöre beim Leben meiner Kinder", rief der Priester, „daß ich die Wahrheit spreche! Das Ungeheuer in der Echsenhaut und mit dem stacheligen Panzer hätte, wenn es lang auf der Erde läge, zusammen mit dem Schweif gegen fünfzig Schritt gemessen. Trotz Furcht und Abscheu kehrte ich etliche Male in seine Höhle zurück und betrachtete es sehr aufmerksam."

„Lebte es denn?"

„Nein. Es war bereits tot, sehr lange schon, doch es war wie unsere Mumien erhalten. Die trockene Luft, vielleicht auch irgendwelche mir unbekannten Erdsalze hatten das bewirkt.

Es war meine letzte Entdeckung dort", fuhr Samentu fort. „Ich bin nicht mehr in Höhlen gestiegen. Doch dachte ich viel darüber nach. Osiris, sagte ich mir, erschafft große Wesen: Löwen, Elefanten, Pferde; Seth indessen gebiert die Schlange, die Fledermaus, das Krokodil. Das Ungeheuer, das ich traf, muß ein Geschöpf Seths sein, da es alles übertrifft, was wir unter der Sonne kennen; also ist Seth ein stärkerer Gott als Osiris.

Darum bekehrte ich mich zu ihm. In Ägypten diente ich von Stund an in seinem Tempel. Als ich jedoch den Priestern von meiner Entdeckung erzählte, erklärten sie mir, daß sie noch viel mehr solche Ungeheuer kennen."

Samentu schwieg eine Weile, dann sprach er weiter: „Wenn Eure Heiligkeit einmal unseren Tempel besuchen möchte, werde ich Euch in den Gräbern sonderbare und schreckliche Wesen zeigen: Gänse mit Echsenköpfen und den Flügeln einer Fledermaus; Eidechsen, die Schwänen ähneln, doch größer als Strauße sind; ein Krokodil, das dreimal so lang ist wie die einheimischen im Nil; eine Kröte von der Größe eines Hundes.

Das sind entweder Mumien oder Skelette, die man in Höhlen fand und in unseren Gräbern aufbewahrt. Das Volk denkt, daß wir ihnen huldigen und sie anbeten. In Wirklichkeit aber untersuchen wir nur ihren Bau und bewahren sie vor dem Verwesen."

„Ich will dir das glauben, wenn ich es selbst gesehen habe", erwiderte der Pharao. „Doch sage mir, woher könnten deiner Meinung nach derartige Geschöpfe stammen?"

„Mein Gebieter", sprach der Priester, „die Welt, in der wir leben, unterliegt ständig großen Veränderungen. Wir finden in Ägypten, tief in der Erde verborgen, Trümmer und Ruinen von Städten und Tempeln. Es gab eine Zeit, da Unterägypten ein Meeresarm war und der Nil die gesamte Breite unseres Tales bedeckte. Noch früher war hier, wo jetzt unser Reich ist, das Meer. Unsere Ahnen hingegen bewohnten das Land, das heute im Westen von der Wüste bedeckt ist.

Vor Zehntausenden von Jahren aber gab es nicht solche Menschen wie uns, sondern affenähnliche Geschöpfe, die bereits Hütten bauten, Feuer unterhielten und mit Keulen und Steinen kämpften. Damals kannte man weder Pferde noch Stiere; doch Elefanten, Nashörner und Löwen, die bei gleicher Gestalt die heutigen Tiere drei- oder viermal an Größe übertrafen.

Selbst die riesigen Elefanten sind nicht die ältesten Ungeheuer. Lange vor ihnen lebte ein eigenartiges Gewürm: fliegende, schwimmende und laufende Drachen. Vor jenen aber gab es auf der Welt nur Schnecken und Fische, vor diesen nur Pflanzen, die wir heute nicht mehr kennen."

„Und noch früher?" fragte Ramses.

„War die Erde leer und hohl, der Geist Gottes aber schwebte über den Wassern."

„Ich habe davon schon etwas gehört", sprach der Pharao. „Doch ich will es erst glauben, wenn du mir die Mumien der Ungeheuer zeigst, die in euerm Tempel ruhen sollen."

„Mit Erlaubnis Eurer Heiligkeit will ich meine Erzählung zu Ende führen", sprach Samentu. „Damals, als ich in der Höhle in Sinai jenen riesigen Leichnam erblickte, überkam mich Angst, und ich wäre ein paar Jahre hindurch in keine Höhle gegangen.

Doch als mir die Priester Seths erklärten, woher solch sonderbare Wesen stammen, schwand mein Grauen, und es wuchs die Neugier. Heute gibt es für mich keine interessantere Beschäftigung, als in unterirdischen Höhlen umherzuirren und in der Dunkelheit Wege zu suchen. Aus diesem Grunde wird mir das Labyrinth nicht mehr Mühe bereiten als ein Spaziergang im königlichen Garten."

„Samentu", sprach der Gebieter, „ich schätze deinen übermenschlichen Mut und deine Weisheit sehr. Du hast mir so viel Wissenswertes erzählt, daß ich selbst Lust bekomme, die Höhlen anzuschauen, und vielleicht werde ich einmal mit dir zusammen nach Sinai fahren. Aber ich befürchte trotzdem, daß du dich im Labyrinth nicht zurechtfinden wirst. Darum will ich für alle Fälle die notwendige Versammlung einberufen, die mich ermächtigen soll, etwas aus dem Schatz zu entnehmen."

„Das kann nicht schaden", antwortete der Priester. „Doch meine Arbeit wird trotzdem nötig sein, weil Mefres und Herihor mit der Herausgabe des Schatzes nicht einverstanden sein werden."

„Bist du sicher, daß es dir gelingen wird?" fragte der Pharao hartnäckig.

„Seit Ägypten Ägypten ist", sprach Samentu eindringlich, „gab es keinen Menschen, der so viel Mittel besaß wie ich, um siegreich zu bleiben in diesem Kampf, der für mich nur ein Spiel bedeutet.

Die einen schreckt die Finsternis, die ich liebe, ja, in der ich sogar zu sehen vermag. Andere können sich in den zahlreichen Kammern und Korridoren nicht orientieren, ich kann das mit Leichtigkeit. Noch andere kennen nicht die Geheimnisse, um die verborgenen Türen zu öffnen, womit ich durchaus vertraut bin.

Selbst wenn ich nicht mehr wüßte als das, was ich eben aufgezählt habe, würde ich im Verlauf eines oder zweier Monate den Weg ins Labyrinth dennoch entdecken. Aber ich besitze einen ganz genauen Plan der Durchgänge und kenne die Losungsworte, die mich von einem Saal zum anderen führen werden. Was also könnte mir im Wege stehen?"

„Doch kennt auch dein Herz Zweifel – du hast dich nämlich vor dem Offizier gefürchtet, der dir nachzugehen schien."

Der Priester zuckte mit den Schultern.

„Ich fürchte nichts und niemanden", entgegnete er ruhig. „Ich bin lediglich vorsichtig. Ich rechne mit allem und bin sogar darauf vorbereitet, gefangen zu werden."

„Furchtbare Qualen würden dich erwarten!" flüsterte Ramses.

„Nein, keineswegs. Unmittelbar aus den unterirdischen Gewölben des Labyrinths öffne ich mir das Tor in jenes Land, in dem ewiges Licht herrscht."

„Und du wirst mir nichts nachtragen?"

„Wofür denn?" fragte der Priester. „Ich strebe ein großes Ziel an: Im Reich die Stelle Herihors einzunehmen!"

„Ich schwöre, daß ich dir dazu verhelfen will!"

„Wenn ich nicht umkomme", erwiderte Samentu. „Da man aber nun eben mal zu den Berggipfeln über Abgründe steigen muß, ist es bedeutungslos, wenn auf der Wanderung mein Fuß strauchelt und ich abstürze. Ihr, Gebieter, werdet für die Zukunft meiner Kinder sorgen."

„So gehe denn", sprach der Pharao. „Du bist würdig, der Erste meiner Würdenträger zu sein."

IX

Als Ramses XIII. Abydos verließ, fuhr er flußaufwärts zu den Städten Tan-ta-ren (Dendera) und Kaneh, die einander beinahe gegenüberlagen: die eine auf dem östlichen, die andere auf dem westlichen Ufer des Nils.

In Tan-ta-ren gab es zwei bedeutende Stätten: den Weiher, in dem man Krokodile hielt, und den Hathor-Tempel, der eine höhere Schule besaß. Hier lehrte man Medizin, fromme Lieder, Abhaltung der Gottesdienste und schließlich Astronomie.

Der Pharao besuchte beide Sehenswürdigkeiten. Er ärgerte sich, als man ihn hieß, den heiligen Krokodilen, die er als stinkendes und dummes Gewürm betrachtete, Weihrauch zu opfern. Als aber eines der Tiere sich zu sehr vordrängte und den Gebieter mit den Zähnen am Gewand packte, schlug Ramses ihm mit dem bronzenen Löffel so stark auf den Schädel, daß es für eine Weile die Augen schloß und die Pfoten von sich streckte. Dann zog es sich zurück und kroch ins Wasser, als verstünde es, daß der junge Herrscher nicht einmal Vertraulichkeiten von den Göttern liebte.

„Vielleicht habe ich damit eine Gotteslästerung begangen?" fragte Ramses den Erzpriester.

Der Würdenträger schielte umher, ob niemand lausche, und antwortete: „Hätte ich gewußt, daß Eure Heiligkeit so handelt, würde ich Euch eine Keule und keinen Weihrauchlöffel gereicht haben. Dieses Krokodil ist das unerträglichste Vieh im ganzen Tempel, einmal riß es ein Kind fort..."

„Und fraß es?"

„Die Eltern waren zufrieden!" antwortete der Priester.

„Sage mir", fragte der Pharao nach einigem Überlegen, „wie ist es möglich, daß ihr, weise Menschen, Tieren huldigt, die ihr in der Abwesenheit von Zuschauern züchtigt!"

Der Erzpriester blickte sich noch einmal um, und da er sah, daß niemand in der Nähe war, antwortete er: „Gebieter, Ihr werdet doch nicht im Ernst die Bekenner des Einzigen Gottes für fähig halten, an die Heiligkeit von Tieren zu glauben. Wir tun das nur für den Pöbel. Der Stier Apis, den die Priester scheinbar verehren, ist der schönste Stier von ganz Ägypten und unser Zuchtbulle. Die Ibisse und Störche reinigen unsere Felder vom Aas; dank der Katzen vernichten die Mäuse nicht unsere Getreidevorräte. Den Krokodilen aber haben wir das gute Wasser im Nil zu verdanken, an dem wir uns ohne ihr Vorhandensein vergiften würden.

Doch das leichtsinnige und beschränkte gemeine Volk versteht nicht den Nutzen dieser Tiere und würde sie im Verlauf eines Jahres ausrotten, wenn wir dem nicht durch religiöse Zeremonien vorbeugten.

Das ist das Geheimnis unserer den Tieren geweihten Tempel und unserer Gebete. Wir weihräuchern vor allem, was das Volk notwendigerweise achten soll, weil es daraus Nutzen hat."

Im Tempel der Hathor durchschritt der Pharao rasch die Höfe der Medizinschule und hörte ohne großen Eifer die Prophezeiungen der Astrologen an. Als ihm aber der Erzpriester-Astrologe eine goldene Tafel mit den Zeichnungen der Himmelskarte zeigte, fragte der Gebieter: „Wie oft gehen eure Prophezeiungen, die ihr aus den Sternen lest, in Erfüllung?"

„Zuweilen erfüllen sie sich."

„Und wenn ihr den Menschen aus den Bäumen, den Steinen oder dem Lauf des Wassers wahrsagen wolltet, würde auch das in Erfüllung gehen?"

Der Erzpriester wurde verwirrt.

„Eure Heiligkeit möge uns nicht für Betrüger halten. Wir prophezeien den Menschen die Zukunft, weil es für sie von Bedeutung ist und weil sie von der Astronomie nichts weiter verstehen."

„Und was versteht ihr davon?"

„Wir kennen die Struktur des Himmelsgewölbes und die Bewegung der Gestirne."

„Was bringt das für Nutzen?"

„Die Dienste, die wir Ägypten geleistet haben, waren nicht gering. Wir bezeichnen die notwendigen oder günstigen Himmelsrichtungen für den Bau von Gebäuden und Kanälen. Ohne die Hilfe unserer Lehre könnte sich kein Schiff, das die Meere überquert, vom Ufer entfernen. Schließlich berechnen wir den Kalender und die zu erwartenden Erscheinungen am Himmel voraus. So werden wir beispielsweise in Kürze eine Sonnenfinsternis erleben."

Doch Ramses hörte ihm nicht mehr zu; er wandte sich um und ging.

Wie kann man, überlegte der Pharao, dieses Kinderspiels wegen einen Tempel erbauen und solche Unwichtigkeiten in goldene Tafeln einritzen? Die heiligen Männer wissen vor lauter Müßiggang nicht mehr, wie sie sich die Zeit vertreiben sollen!

Bald darauf verließ der Herrscher Tan-ta-ren und setzte an das andere Ufer des Nils zur Stadt Kaneh über.

Dort gab es keinen berühmten Tempel, keine beweihräucherten Krokodile und keine goldenen Sterntafeln. Statt dessen blühte das Töpferhandwerk und der Handel. Von der Stadt aus führten zwei Trakte nach Koser und Berenice, beides Häfen am Roten Meer. Es gab auch eine Straße in die Porphyrberge, woher man Statuen und große Bausteinblöcke holte.

Auch in Kaneh wimmelte es von Phöniziern, die den Herrscher mit großer Begeisterung begrüßten und ihm verschiedene Kostbarkeiten im Wert von zehn Talenten schenkten.

Trotzdem blieb der Pharao kaum einen Tag dort; ihn erreichte nämlich aus Theben die Nachricht, daß die ehrwürdige Mumie Ramses' XII. sich bereits im Luxor-Palast befände und daß es Zeit zur Beisetzung sei.

Damals war Theben eine riesige Stadt mit etwa zwölf Quadratkilometer Ausdehnung. Sie besaß den größten Amon-Tempel Ägyptens sowie viele öffentliche und private Gebäude. Die Hauptstraßen waren breit, gerade und mit Steinplatten ausgelegt, die Ufer des Nils mit Grünanlagen bepflanzt und die Häuser vier bis fünf Stockwerke hoch.

Da jeder Tempel und jeder Palast ein riesiges Tor mit Pylonen besaß, nannte man Theben die Stadt „der hundert Tore". Eigentlich war sie eine sehr bedeutende Industrie- und Handelsstadt und gleichsam die Schwelle zur Ewigkeit. Am westlichen Ufer des Nils lagen nämlich in den Bergen unzählige Gräber von Priestern, Würdenträgern und Königen.

Seine Pracht verdankte Theben zwei Pharaonen: Amenophis III. oder Memnon, der eine „tönerne Stadt vorfand, doch eine steinerne zurückließ", und Ramses II., der die von Amenophis begonnenen Bauten vollenden und vervollkommnen ließ.

Am Ostufer des Nils, am südlichen Stadtrand, befand sich ein Stadtviertel mit riesigen königlichen Gebäuden: Palästen, Villen, Tempeln, auf deren Trümmern sich heute das Städtchen Luxor erhebt. Hier warteten die Gebeine des Pharao auf die letzte Zeremonie.

Als Ramses XIII. eintraf, strömte ganz Theben zusammen, um ihn zu begrüßen; nur die Greise und Krüppel blieben in den Häusern zurück und in dunklen Winkeln die Diebe. Hier schirrte zum erstenmal das Volk die Pferde vom königlichen Wagen ab und spannte sich selbst davor. Hier hörte der Pharao auch zum erstenmal Schreie und Verwünschungen gegen die Priester – was ihn erfreute – sowie auch Rufe, daß jeder siebente Tag Feiertag sein möge, was ihn wieder stutzig machte. Er wollte ja den arbeitenden Ägyptern wirklich ein solches Geschenk machen, doch er hatte nicht gewußt, daß seine Absichten bereits laut geworden waren und daß das Volk darauf wartete.

Der Weg des Herrschers durch die dicht gedrängte Menge, der nur eine Meile lang war, dauerte ein paar Stunden. Der königliche Wagen mußte sehr oft anhalten und konnte erst wieder weiterfahren, wenn die Garde Seiner Heiligkeit die Leute, die sich vor den Wagen warfen, von der Erde aufgehoben hatte.

Als der Pharao endlich die Palastgärten erreichte, wo er eine kleine Villa bezog, war er derart ermüdet, daß er sich an diesem Tage nicht mehr mit Staatsangelegenheiten beschäftigte. Am folgenden Morgen opferte er vor der Mumie seines Vaters, die im königlichen Hauptgebäude stand, Weihrauch und sagte Herihor, daß die Gebeine zu den Gräbern übergeführt werden könnten.

Das geschah jedoch nicht gleich.

Aus dem Palast brachte man den Toten in den Ramses-Tempel, wo er einen Tag lang ruhte. Danach geleitete man mit gewaltigem Pomp die Mumie in den Amon-Ra-Tempel.

Die Einzelheiten der Beisetzungszeremonie waren die gleichen wie in Memphis, wenn auch unvergleichlich pompöser.

Die königlichen Paläste, die am rechten Nilufer auf der Südseite der Stadt lagen, waren mit dem Amon-Ra-Tempel, der sich im nördlichen Stadtteil befand, durch einen einzigartigen Weg verbunden. Es war eine zwei Kilometer lange, sehr breite Allee, die nicht nur von riesigen Bäumen, sondern auch noch von einer Doppelreihe von Sphinxen umsäumt war. Die einen trugen auf Löwenleibern Menschenhäupter, andere Hammelköpfe. Es waren Hunderte von Statuen.

Zu beiden Seiten der Prachtstraße drängten sich ungezählte Menschen aus Theben und der Umgebung; auf dem Damm schob sich das Trauergefolge voran. Dort schritten die Musikkapellen verschiedener Regimenter, die Gruppen der Klageweiber, Sängerchöre, alle Handwerkerinnungen und Kaufmannsgilden, Deputationen aus einigen Dutzend Nomen mit ihren Göttern und Fahnen, die Abordnungen von einem Dutzend Staaten, die mit Ägypten in Verbindung standen, dann wieder Musik, Klageweiber und Priesterchöre.

Auch diesmal fuhr die königliche Mumie in einem goldenen Nachen, der jedoch unvergleichlich kostbarer war als in Memphis. Der Wagen, der ihn trug, war mit acht Paar weißen Stieren bespannt, zwei Stockwerke hoch und verschwand fast unter den Bergen von Blumen und Kränzen, unter Straußenfedern und kostbaren Geweben. Dichte Weihrauchwolken umgaben ihn und ließen Ramses XII. seinem Volk wie einen in Wolken schwebenden Gott erscheinen. Von den Pylonen aller Tempel Thebens dröhnten donnerähnliche Schläge: das gewaltige und ergreifende Grollen der erzenen Becken.

Obgleich die Allee der Sphinxe frei und breit war, obgleich der Umzug unter Führung ägyptischer Generale – also in größter Ordnung – stattfand, brauchte er doch drei Stunden, um jene zwei Kilometer vom Palast zum Tempel Amons zurückzulegen.

Erst als man die Mumie Ramses' XII. dort hineingetragen hatte, verließ Ramses XIII. auf einem goldenen, von einem Paar feuriger Rosse gezogenen Wagen den Palast. Das Volk, das sich während der Prozession ruhig verhalten hatte, brach beim Anblick des geliebten Herrschers in ein so unbeschreibliches

Jubelgeschrei aus, daß das Donnern und Grollen, das von den Tempeln kam, dadurch übertönt wurde.

Es gab einen Augenblick, da die Menge sich von ihrer Begeisterung so weit hinreißen ließ, daß sie in die Mitte der Allee laufen und den Gebieter umringen wollte. Ramses aber hielt diese lebendige Flut mit einem einzigen Zeichen seiner Hand auf und verhinderte so die Gotteslästerung.

Im Verlauf von zehn Minuten hatte der Pharao den Weg zurückgelegt und hielt vor den riesigen Pylonen des herrlichsten Tempels von Ägypten.

Während Luxor im Süden der Stadt das Viertel der königlichen Paläste war, bildete das auf der nördlichen Seite der Stadt liegende Karnak das Viertel der Götter. Der Mittelpunkt Karnaks war der Amon-Ra-Tempel.

Der Bau allein bedeckte vier Morgen Bodenfläche, die ihn umgebenden Gärten und Weiher jedoch erstreckten sich über vierzig Morgen. Vor dem Tempel standen zwei zehn Stockwerke hohe Pylonen. Der von einem säulengestützten Gang umgebene Hof nahm nahezu zwei Morgen ein. Der Säulensaal, in dem sich die privilegierte Kaste versammelte, maß einen Morgen. Das Ganze war kein Gebäude mehr, sondern bereits eine Stadt.

Das Hippostyl war einhundertfünfzig Schritt lang und fünfundsiebzig Schritt breit. Seine Decke ruhte auf einhundertvierunddreißig Säulen. Die zwölf Mittelpfeiler hatten einen Umfang von fünfzehn Schritt und waren fünf bis sechs Stockwerke hoch!

Die Statuen im Tempel, neben den Pylonen und am heiligen Weiher hatten entsprechende Ausmaße.

In dem riesigen Tor erwartete der Erzpriester des Tempels, der würdige Herihor, den Pharao. Von einem stattlichen Priesterstabe umgeben, begrüßte Herihor den Herrscher beinahe stolz und sah ihn nicht an, während er vor ihm Weihrauch entzündete. Danach führte er den Pharao über den Hof zum Hippostyl und befahl, die Deputationen in den Bereich der Tempelmauern eintreten zu lassen.

In der Mitte des Hippostyls befand sich der Nachen mit der Mumie des verstorbenen Herrschers, zu beiden Seiten des Nachens standen zwei gleich hohe Throne einander gegenüber. Auf dem einen ließ sich Ramses XIII. nieder, von Generalen und Nomarchen umgeben, auf dem zweiten Herihor, den die Priester umringten. Danach überreichte der Erzpriester Mefres Herihor die Inful Amenhoteps. So erblickte der junge Pharao zum zweitenmal die goldene Schlange, das Symbol der königlichen Herrschaft, auf dem Haupt seines Gegners.

Ramses erblaßte vor Zorn und dachte: Hoffentlich werde ich dir nicht mit dem Uräus zusammen auch deinen Kopf abnehmen müssen!

Er schwieg aber, denn er wußte, daß Herihor in diesem größten ägyptischen Tempel den Göttern und Mächtigen gleich war, oder vielleicht sogar mehr galt als selbst der Pharao.

Während das Volk in den Vorhof strömte und hinter den Purpurschleiern, die den übrigen Tempel von den Sterblichen trennten, Harfen und leiser Gesang ertönten, betrachtete Ramses den Saal. Dieser mächtige Wald aus Pfeilern, die von oben bis unten mit Malereien bedeckt waren, die geheimnisvolle Beleuchtung und die Decke, die irgendwo unter dem Himmel schwebte – all das bedrückte ihn.

Was bedeutet es schon, überlegte er, eine Schlacht an den Natronseen zu gewinnen? Solch einen Bau zu errichten, das ist ein Werk! Und sie haben ihn errichtet!

In dem Augenblick begriff er die Macht der Priester. Würden denn er und sein Heer, ja sogar das ganze Volk diesen Tempel zu stürzen vermögen? Und wenn es schon schwer war, solch einen Bau zu schaffen – würde es denn leichter sein, mit den Bauherren die Kräfte zu messen?

Aus diesen unangenehmen Meditationen riß ihn die Stimme des Erzpriesters Mefres.

„Eure Heiligkeit", sprach der Greis, „du allerehrwürdigster Vertreter der Götter" (hier verneigte er sich vor Herihor), „ihr Nomarchen, Schreiber, Ritter und gemeines Volk! Der allerwürdigste Erzpriester dieses Tempels, Herihor, berief euch hierher, damit wir nach alter Sitte die irdischen Taten des verstorbenen Pharao richten und ihm das Recht der Beisetzung absprechen oder zuerkennen."

In Ramses wallte Wut auf. Nicht genug, daß man ihn an diesem Ort geringschätzte, nein, da brachte man noch sogar die Dreistigkeit auf, über die Taten seines Vaters zu rechten, über seine Beisetzung zu entscheiden!

Doch er beruhigte sich. Dies war nur eine Formalität, genauso alt wie die ägyptische Dynastie. Es ging ja nicht in Wirklichkeit um ein Gericht, sondern um das Lob des Verstorbenen.

Auf ein Zeichen von Herihor setzten sich die Erzpriester auf niedrige Stühle. Aber weder die Nomarchen noch die den Thron des Ramses umringenden Generale folgten dem Beispiel: für sie gab es nämlich keine Sitze.

Der Pharao prägte sich auch diese Beleidigung ins Gedächtnis; aber er war schon so weit Herr über sich, daß man nicht erkennen konnte, ob er die Mißachtung der ihm Nahestehenden bemerkt hatte.

Währenddessen sprach der heilige Mefres über das Leben des verblichenen Gebieters.

„Ramses XII.", sagte er, „beging keine der zweiundvierzig Sünden, also wird das Gericht der Götter ein gnädiges Urteil über ihn fällen. Da außerdem die königliche Mumie dank der großen Sorgfalt der Priester mit allen Amuletten, Gebeten, Vorschriften und Beschwörungen versehen wurde, so unterliegt es keinem Zweifel, daß der verstorbene Pharao bereits bei den Göttern weilt, neben Osiris Platz genommen hat und selbst Osiris geworden ist.

Die göttliche Natur Ramses' XII. erwies sich bereits im irdischen Leben. Er herrschte dreißig Jahre lang, erhielt der Nation tiefen Frieden und erbaute oder vollendete viele Tempel. Außerdem war er selbst Erzpriester und übertraf die frömmsten Priester an Gottesfurcht. Unter seiner Herrschaft stand die Verehrung der Götter und die Erhöhung des heiligen Standes der Priester an erster Stelle. Dafür liebten ihn auch die himmlischen Mächte. Einer der thebanischen Götter, Chonsu, geruhte sogar, auf die Bitte des Pharao hin sich in das Land Buchten zu begeben und dort den bösen Geist aus der königlichen Tochter auszutreiben."

Mefres machte eine Pause, dann sprach er weiter: „Da ich euch, Würdenträger, bewiesen habe, daß Ramses XII. ein Gott war, werdet ihr fragen, mit welchem Ziel dieses höhere Wesen die ägyptische Erde betrat und viele Jahrzehnte auf ihr zubrachte?

Es wollte die Welt bessern, die durch das Nachlassen des Glaubens sehr verdorben ist.

Wer ist heute noch wahrhaft fromm, wer folgt demütig dem Willen der Götter?

Im fernen Norden lebt die große assyrische Nation, die nur an die Kraft des Schwertes glaubt und, statt Weisheit und Frömmigkeit zu pflegen, alles tut, um andere Völker zu unterjochen. Etwas näher wohnen die Phönizier, deren Gott das Gold und deren Gottesdienst Wucher und Betrug ist. Andere Völker schließlich, wie die Hethiter im Osten, die Libyer im Westen, die Äthiopier im Süden und die Griechen am Mittelmeer, sind Barbaren und Räuber. Anstatt zu arbeiten, stehlen sie, und anstatt ihr Wissen zu vermehren, trinken, würfeln oder schlafen sie wie das ermüdete Vieh.

In der ganzen Welt gibt es nur eine wirklich fromme und weise Nation – die ägyptische; doch seht, was auch hier vorgeht: Durch den Zustrom von ungläubigen Fremdlingen beginnt unsere Religion zu verfallen. Der Adel und die Würdenträger spotten beim Weintrinken der Götter und des ewigen Lebens, das Volk aber bewirft die heiligen Statuen mit Schmutz und bringt den Tempeln kaum noch Opfer dar.

An die Stelle der Gottesfurcht trat Völlerei, statt Weisheit herrscht Ausschweifung. Jeder möchte eine riesige Perücke tragen, sich mit seltenen Balsamen salben, goldbestickte Hemden und Schurze besitzen, sich mit Ketten und Reifen voller kostbarer Edelsteine schmücken. Weizenbrot genügt niemandem mehr: man möchte Kuchen mit Milch und Honig; mit Bier wäscht man sich die Füße und löscht den Durst mit fremdländischen Weinen.

Darum ist der ganze Adel verschuldet, das Volk wird geprügelt und mit Arbeit überlastet; hier und dort kommt es zu Empörungen. Was sage ich: hier und dort? Seit einiger Zeit hören wir in Ägypten den Schrei: ‚Gebt uns alle sechs Tage einen Ruhetag! Prügelt uns nicht ohne Gerichtsurteil! Gebt uns einen Acker Land zu eigen!'

Das würde zum Untergang des Reiches führen. Rettung dagegen gibt es nur in der Religion, die uns lehrt, daß das Volk arbeiten soll, die heiligen Männer, die des göttlichen Willens Kundigen, ihm die Tätigkeit zuweisen müssen, der Pharao aber und seine Würdenträger darüber zu wachen haben, daß es die Arbeit ehrlich verrichtet.

Das lehrt uns die Religion; nach diesen Grundsätzen regierte der den Göttern gleiche Osiris-Ramses XII. das Reich. Wir Erzpriester wollen ihm darum in seinen Grabstein und in die Tempel in Anerkennung seiner Frömmigkeit die Inschrift setzen:

‚Stier Horus', starker Apis, der die Kronen des Königreiches verband, goldener Sperber, Beherrscher des Schwertes, Sieger über neun Nationen, König von Ober- und Unterägypten, Beherrscher zweier Welten, Sohn der Sonne, Amen-mer-Ramessu, geliebt von Amon-Ra, Gebieter und Herrscher von Thebais,

Sohn des Amon-Ra, angenommener Sohn des Horus und leiblicher Sohn des Hormach, König Ägyptens, Beherrscher Phöniziens, der über neun Nationen regiert.'"*

Als die Versammelten den Vorschlag mit Zurufen bestätigten, kamen hinter dem Vorhang Tänzerinnen hervorgelaufen und führten vor dem Sarkophag einen heiligen Tanz auf. Die Priester aber entzündeten Weihrauch. Danach hob man die Mumie aus dem Boot und trug sie in das Sanktuarium Amons, in das einzutreten Ramses XIII. kein Recht hatte.

Bald darauf ging die Andacht zu Ende, und man verließ wieder den Tempel.

Als der junge Pharao in den Luxor-Palast zurückkehrte, war er so tief in Gedanken versunken, daß er kaum die unermeßliche Menschenmenge bemerkte und ihre Rufe hörte.

Ich kann mein eigenes Herz nicht betrügen, sprach Ramses zu sich selbst. Die Erzpriester mißachten mich, was bisher noch keinem Pharao widerfahren war; bah!, sie zeigen mir sogar, auf welche Weise ich ihre Gunst gewinnen könnte. Sie wollen das Reich regieren, ich aber soll darüber wachen, daß ihre Befehle ausgeführt werden. Das wird ganz anders aussehen: Ich befehle, ihr aber müßt gehorchen, und entweder gehe ich zugrunde, oder ich werde meinen königlichen Fuß auf eure Nacken setzen.

Zwei Tage lang verblieb die ehrwürdige Mumie Ramses' XII. im Tempel Amon-Ras, an einem so göttlichen Ort, daß mit Ausnahme von Herihor und Mefres nicht einmal die Erzpriester dort eintreten durften. Vor dem Verstorbenen leuchtete nur ein einziges Licht, dessen Flamme auf eine wunderbare Weise genährt wurde und darum niemals verlöschte. Über dem Toten schwebte das Symbol der Seele, der Sperber mit dem Menschenkopf. Ob das eine Maschine oder wirklich ein lebendes Wesen war, wußte niemand. Gewiß ist nur, daß die Priester, die den Mut hatten, verstohlen hinzublicken, sehen konnten, daß jenes Wesen ohne Stütze in der Luft schwebte und dabei Lippen und Augen bewegte.

Nun folgte der zweite Teil der Beisetzung: Der Tote sollte in seinem goldenen Nachen an das linke Nilufer gebracht werden. Umringt von einem riesigen Gefolge von Priestern, Klageweibern, Soldaten und Einwohnern, inmitten von Weihrauch, Musik, Klagen und Gesang wurde die Mumie durch die Hauptstraße Thebens gefahren.

* Authentische Grabinschrift.

Das war sicherlich die schönste Straße im ägyptischen Reich: breit, glatt und von Bäumen gesäumt. Ihre vier-, sogar fünfstöckigen Häuser waren von oben bis unten mit Mosaiken geschmückt oder mit farbigen Reliefs bedeckt. Es sah aus, als hingen an den Bauten riesige farbige Teppiche oder kolossale Gemälde, die die Arbeit der Kaufleute, Handwerker und Seeleute sowie auch ferne Länder und Völker darstellten.

Mit einem Wort, das war keine Straße, sondern eher eine einzigartige Bildergalerie: barbarisch in bezug auf die Zeichnung, grell in der Farbe. Der Trauerzug legte zwei Kilometer von Norden nach Süden zurück. Etwa in der Mitte der Stadt hielt er an und wandte sich dann nach Westen, dem Nil zu.

Dort lag mitten im Fluß eine große Insel, zu der eine Pontonbrücke führte. Um Unfälle zu vermeiden, formierten die die Prozession kommandierenden Generale noch einmal das Gefolge in Viererreihen und befahlen, sehr langsam vorzurücken und nicht im Gleichschritt zu gehen. Darum spielten die Musikkapellen, die an der Spitze der einzelnen Gruppen schritten, Lieder in verschiedenen Takten. In ein paar Stunden hatte die Prozession die erste Brücke passiert. Dann überquerte sie die Insel, danach die zweite Brücke und befand sich endlich auf dem linken, westlichen Ufer des Nils.

Wenn man die östliche Hälfte Thebens eine Stadt der Götter und Könige nennen kann, so war die westliche eine Erinnerungsstätte mit Tempeln und Gräbern.

Das Gefolge stieg vom Nil her den Mittelweg bergauf. Zur Linken stand ein Tempel, der die Siege Ramses' III. verherrlichte. Seine Wände waren mit den Bildern der besiegten Völker bedeckt: mit Darstellungen von Hethitern, Amoritern, Philistern, Äthiopiern, Arabern und Libyern. Unter ihnen standen zwei Kolossalstatuen Amenhoteps II., deren Höhe – obwohl die Gestalten sitzend dargestellt waren – fünf Stockwerken entsprach. Die eine zeichnete sich durch eine sonderbare Eigenschaft aus: wenn die Strahlen der aufgehenden Sonne auf sie fielen, begann sie zu tönen und zu klingen wie eine Harfe, deren Saiten gezupft werden.

Näher am Wege, immer noch zur Linken, befand sich Ramessemu, ein nicht sehr großer, doch schöner Tempel Ramses' II. Seine Vorhalle bewachten vier aufrecht stehende Statuen mit den königlichen Insignien in den Händen. Auf dem Hof stand eine vier Stockwerk hohe Plastik Ramses' II.

Der Weg führte ständig bergauf, und immer deutlicher konnte man sehr steil abfallende, wie ein Schwamm durchlöcherte Höhen erkennen: das waren die Gräber von vornehmen Ägyptern. Am Eingang zu diesem Gräberfeld lag zwischen steilaufragenden Felsen der originelle Tempel der Königin Hatasu. Er war vierhundertundfünfzig Schritt lang. Aus dem Vorhof, der von einer Mauer umgeben war, gelangte man über Stufen in einen weiten, von Säulen umstandenen Hof, unter dem sich der unterirdische Tempel befand. Aus dem Säulenhof gelangte man ebenfalls über eine Treppe in den in einen Felsen gehauenen Tempel, der unterirdische Gänge besaß.

Der Tempel umfaßte also zwei Bereiche, einen unteren und einen höher gelegenen, von denen wiederum jeder zweifach unterteilt war. Die Stufen waren riesengroß gebaut und statt mit Geländern mit zwei Reihen Sphinxen versehen; den Aufgang zu jeder Treppe bewachten zwei kauernde Statuen.

Neben dem Tempel der Hatasu verband ein düsterer tiefer Hohlweg die Gräber der Vornehmen mit den königlichen Gräbern. Zwischen den beiden Beerdigungsstätten befand sich das Felsengrab des Erzpriesters Retemenoph, das mit seinen unterirdischen Gewölben und Hallen eine Fläche von zwei Morgen einnahm.

Der Weg durch die Schlucht wurde so steil, daß die Menschen den Zugtieren helfen und den Trauernachen schieben mußten. Das Trauergefolge kletterte über einen schmalen, ausgehauenen Grat. Endlich hielt es auf einem geräumigen Platz, mehr als ein Dutzend Stockwerke hoch über der Schlucht.

Hier befand sich das Tor zum unterirdischen Grab des Pharao, das er sich in den dreißig Jahren seiner Herrschaft hatte erbauen lassen. Es war ein ganzer Palast, mit Gelassen für den Gebieter, die Familie und die Dienerschaft, mit einem Speiseraum, einem Schlafgemach, einem Bad, mit Kapellen, die verschiedenen Göttern geweiht waren, und einem Brunnen, auf dessen Grund sich eine Nische befand, in der die Mumie des Pharao bis in alle Ewigkeit ruhen sollte.

Bei hellem Fackelschein erkannte man die mit Gebeten und Bildern bedeckten Wände der Gemächer, die alle Beschäftigungen und Vergnügungen des Verstorbenen wiedergaben: Jagd, Tempel- und Kanalbauten, Triumphzüge, Feierlichkeiten zu Ehren der Götter, Kämpfe des Heeres mit Feinden, die Arbeit des Volkes.

Nicht genug damit: diese Räume waren nicht nur mit Geräten, Geschirren, Wagen und Wehren, Blumen, Brot, Fleisch und Wein vollgestellt, es befanden sich darin auch eine große Anzahl Statuen; nämlich zahlreiche Skulpturen Ramses' XII., seiner Priester, Minister, Frauen, Soldaten und Sklaven. Der Gebieter konnte natürlich auch in jener Welt kostbare Geräte, auserlesene Speisen und treue Diener nicht entbehren.

Als der Trauerwagen am Eingang hielt, hoben die Priester die königliche Mumie aus dem Sarkophag und stellten sie, mit dem Rücken an den Fels gelehnt, auf die Erde. Sodann verbrannte Ramses XIII. vor seinem toten Vater Weihrauch, Königin Nikotris indessen umarmte die Mumie und klagte: „Ich bin deine Schwester, dein Weib Nikotris, verlasse mich nicht, o Großer! Wünschst du wirklich, mein guter Vater, daß ich mich entferne? Wenn ich gehe, bleibst du allein, denn wer wird bei dir sein?"*

Dann opferte der Erzpriester Herihor der Mumie Weihrauch, Mefres aber vergoß Wein und rief:

„Wir opfern dies deinem Doppelgänger, Osiris-Mer-amen-Ramses, Herrscher in Ober- und Unterägypten, dessen Stimme vor dem großen Gott gerecht ist."

Nun erschollen die Priesterchöre, und es erhob sich von neuem das Jammern der Klageweiber.

Chor I: „Klaget, klaget, weinet, weinet, weinet ohne Ende, so laut ihr nur könnt!"

Klageweiber: „Oh, würdiger Pilger, der du deine Schritte in das Land der Ewigkeit lenkst, wie rasch entreißt man dich uns!"

Chor II: „Wie schön ist das, was ihm widerfährt! Da er Chonsu von Theben so sehr liebte, erlaubte ihm der Gott, den Westen zu erreichen."

Klageweiber: „O du, den so viele Diener umringten, jetzt wirst du in dem Lande der Einsamkeit weilen ... O du, der du zarte Gewänder trugst und reine Unterkleider liebtest, liegst nun im gestrigen Gewande!"

Chor I: „In Frieden, in Frieden gen Westen, oh, unser Gebieter, gehe in Frieden. Wir werden dich wiedersehen, wenn der Tag der Ewigkeit kommen wird, weil du dahingehst in das Land, das alle Menschen miteinander vereint."*

Jetzt begannen die Abschlußzeremonien.

* Authentisch.

Man führte den Stier und die Antilope herbei, die Ramses XIII. beide töten sollte. Das tat aber sein Vertreter, der Erzpriester Sem. Niedere Priester zerlegten schnell die Tiere, und Herihor und Mefres ergriffen die Keulen und hielten sie der Mumie an den Mund. Doch der Tote wollte nicht essen, denn er war noch nicht wieder zum Leben erwacht, und seine Lippen blieben geschlossen.

Darum wusch Mefres sie mit heiligem Wasser, beräucherte sie mit Balsamen und Alaun und sprach dazu: „Da steht mein Vater, da steht Osiris-Mer-amen-Ramses. Ich bin dein Sohn, ich bin Horus, ich komme zu dir, um dich zu läutern und zum Leben zu erwecken. Ich lege deine Gebeine zurück, ich füge zusammen, was zerschnitten war, dieweil ich Horus bin, der Rächer meines Vaters. Du wirst auf dem Throne des Re sitzen und den Göttern Befehle erteilen. Denn du bist Re, der von Nut abstammt, die Re zeugt an einem jeden Morgen, der Mer-amen-Ramses täglich – wie Re – zeugt.“*

Während des Gebetes berührte der Erzpriester Mund, Brust, Arme und Beine der Mumie.

Nun ließen sich von neuem die Chöre vernehmen.

Chor I: „Osiris-Mer-amen-Ramses wird von nun an alles speisen und trinken, was die Götter speisen und trinken. Er sitzt an ihrer Seite und ist gesund und stark wie sie.“

Chor II: „Er ist aller seiner Glieder mächtig; verhaßt ist es ihm, hungrig zu sein und nicht speisen zu können und für seinen Durst keinen Trunk vorzufinden.“

Chor I: „O Götter, gebt Osiris-Mer-amen-Ramses tausendmal tausend Krüge Wein, Tausende von Gewändern, Brote und Stiere.“

Chor II: „O ihr, die ihr auf Erden lebt, die ihr an diesem Wege vorübergehen werdet – wenn euch das Leben lieb, der Tod aber zuwider ist, wenn ihr danach verlangt, daß eure Würden auf eure Nachfahren übergehen, so sprecht dieses Gebet zu dem hier beigesetzten Leichnam.“

Mefres: „O ihr Großen, ihr Propheten, ihr Fürsten, Schreiber und Pharaonen, ihr anderen Menschen, die ihr Millionen Jahre nach mir leben werdet, wenn einer von euch an die Stelle meines Namens den seinen setzte, bestraft ihn Gott mit der Austilgung von dieser Erde.“*

Nach dieser Beschwörung entzündeten die Priester Fackeln,

* Authentisch.

ergriffen die königliche Mumie, legten sie wieder in die Truhe und mit ihr in den steinernen Sarkophag, der in seinen Grundzügen der menschlichen Gestalt nachgebildet war. Dann trugen sie, ungeachtet des Schreiens, der Verzweiflung und des Widerstandes der Klageweiber, die Last zu Grabe.

Bei Fackelschein durchschritten sie etliche Hallen und Gemächer und hielten endlich in dem Raum, in dem sich der Brunnen befand. Sie senkten den Sarkophag hinunter und stiegen ihm nach. Im Kellergewölbe schoben sie ihn in die Nische und vermauerten rasch die Öffnung so gut, daß selbst das geübteste Auge den Eingang zum Grab nicht mehr hätte erkennen können. Dann stiegen sie wieder nach oben und vermauerten mit derselben Sorgfalt den Eingang zum Brunnen.

All das führten die Priester ohne Zeugen aus, und sie taten es so sorgfältig, daß die Mumie Ramses' XII. bis zum heutigen Tage in ihrer geheimen Behausung ebenso sicher vor Dieben wie auch vor unserer Neugier verborgen geblieben ist. Im Verlauf von neunundzwanzig Jahrhunderten sind viele königliche Grabstätten beraubt worden. Diese aber blieb unberührt.

Während der Zeit, in der die eine Gruppe der Priester die Gebeine des frommen Pharao verbarg, lud eine andere Gruppe die Anwesenden zu einem Festschmaus in den nun erleuchteten Gewölben ein.

Den Speisesaal betraten Ramses XIII., die Königin Nikotris, die Erzpriester Herihor, Mefres und Sem sowie mehrere zivile und militärische Würdenträger. Mitten im Raum standen Tische, mit Speisen, Wein und Blumen überladen, an der Wand saß die aus Porphyr gemeißelte Statue des verstorbenen Herrschers. Es war, als blicke er melancholisch lächelnd auf die Anwesenden und lade sie zum Essen ein.

Das Bankett begann mit einem heiligen Tanz, den eine der schönsten Priesterinnen mit ihrem Gesang begleitete.

„Nützt die Tage des Glücks, weil das Leben nur einen Augenblick währt. Nützt das Glück, weil ihr im Grabe in Ewigkeit den ganzen Tag lang ruhen werdet."*

Nach der Priesterin erschien ein Prophet und sang unter Harfenbegleitung ein Rezitativ:

„Die Welt unterliegt dauerndem Wechsel und ständiger Erneuerung. Es ist eine weise Schicksalsfügung, ein bewunderns-

* Authentisch.

werter Beschluß des Osiris, daß im selben Maße, wie die Körper der Toten dem Verfall anheimfallen und verlorengehen, nach ihnen andere Körper erstehen und leben.

Die Pharaonen, jene Götter, die vor uns waren, ruhen in ihren Pyramiden; ihre Mumien und Doppelgänger blieben. Obwohl die Paläste, die jene erbaut haben, zu Staub verwittert sind . . .

Verzweifle also nicht, sondern fröne deinen Begierden und dem Glück und zerquäle nicht dein Herz, bis auch für dich der Tag kommt, da du flehen wirst, Osiris aber, der Gott, dessen Herz nicht mehr schlägt, dein Bitten und Flehen nicht zu erhören geruhen wird . . .

Das Klagen der ganzen Welt gibt dem Menschen, der im Grabe liegt, nicht mehr die Freude zurück; genieße die Tage des Glückes mit allen Sinnen. Wahrlich, es gibt keinen Menschen, der seine Habe in jene Welt mit hinübernehmen könnte – wahrlich, kein Mensch ist je von dorther zurückgekehrt!"*

Der Leichenschmaus war zu Ende, und die würdige Versammlung machte sich, nachdem sie noch einmal die Statue des Verstorbenen beweihräuchert hatte, auf den Rückweg nach Theben. Im Grabtempel blieben nur Priester, um dem Gebieter regelmäßig Opfer darzubringen, sowie eine Wache, die das Grab vor tempelschänderischen Dieben schützte.

Von da an war Ramses XII. in seinem geheimen Gemach allein. Durch ein kleines, im Fels verborgenes Fensterchen drang nur trübes Dämmerlicht zu ihm herein; und statt Straußenfedern rauschten über dem Gebieter die Flügel großer Fledermäuse, statt Musik ertönte nachts das Heulen der Hyänen und zuweilen die mächtige Stimme des Löwen, der dem Pharao in seinem Grab aus der Wüste einen Gruß entbot.

X

Nach der Beisetzung des Pharao kehrte Ägypten wieder zu seinem Alltag und Ramses XIII. zu den Staatsgeschäften zurück.

Der neue Herrscher besuchte im Monat Epifi (April–Mai) die hinter Theben an den Ufern des Nils gelegenen Städte. Er weilte in Sni, einer Stadt voll fleißiger Handwerker und mit regem Handel, in der sich der Tempel Knephs oder „die Seele

* Authentisch.

der Welt“ befand, er besuchte Edfu. Der Tempel dieser Stadt mit seinen zehn Stockwerke hohen Pylonen barg eine riesige Bibliothek Papyri und hatte auf den Wänden Inschriften und Malereien, als wäre er eine Enzyklopädie der damaligen Geographie, Astronomie und Theologie. Ramses suchte die Steinbrüche in Chennu auf, in Nubi oder Kom Ombo opferte er Horus, dem Gott des Lichtes, und Sebek, dem Geist der Finsternis. Der Pharao war auf der Insel Jebu, die zwischen den schwarzen Felsen wie ein Smaragd aussah und die „Hauptstadt der Elefanten“ hieß; hier nämlich konzentrierte sich der Elfenbeinhandel, hier wuchsen übrigens auch die besten Datteln. Endlich besuchte der Herrscher die Stadt Syene, die am ersten Katarakt des Nils lag, und besichtigte die riesigen Granit- und Syenitbergwerke, in denen die Felsen mit wassergetränkten Keilen gespalten wurden – hier meißelte man neun Stockwerke hohe Obeliske.

Wo sich der neue Gebieter Ägyptens zeigte, überall begrüßten ihn seine Untertanen mit ungeheurer Begeisterung. Sogar den in den Bergwerken arbeitenden Verbrechern, deren Leiber nicht vernarbende Prügelwunden trugen, wurde eine große Freude zuteil: sie bekamen auf Veranlassung des Pharao drei arbeitsfreie Tage.

Ramses XIII. konnte zufrieden und stolz sein. Kein Pharao – nicht einmal auf einem Triumphzug – war so empfangen worden wie er auf seiner friedlichen Fahrt. Selbst die Nomarchen, Schreiber und Erzpriester beugten sich seiner Macht, weil sie sahen, wie sehr das Volk dem neuen Pharao verbunden war. Sie raunten einander zu: „Das gemeine Volk gleicht einer Rinderherde, wir aber den umsichtigen und fleißigen Immen. Ehren wir also den neuen Gebieter, auf daß wir uns fernerhin unserer Gesundheit erfreuen können und unsere Häuser vor der Vernichtung bewahren.“

Auf diese Weise verstummte die Opposition der Würdenträger, die noch vor wenigen Monaten sehr stark gewesen war, und machte einer unbegrenzten Demut Platz. Die gesamte Aristokratie, die ganze Priesterkaste, sie alle warfen sich huldigend vor Ramses XIII. in den Staub – nur Mefres und Herihor blieben ungebeugt.

Es war nicht ohne Grund. Als der Pharao aus Syene nach Theben zurückgekehrt war, brachte ihm der Großschatzkämmerer schon am ersten Tage folgende Hiobsbotschaft:

„Alle Tempel haben uns die Kredite gekündigt und flehen Eure Heiligkeit untertänigst an, ihnen im Verlauf von zwei Jahren die geliehenen Summen zurückzuzahlen."

„Ich verstehe", erwiderte der Herrscher. „Das ist das Werk des heiligen Mefres! Wieviel sind wir ihnen schuldig?"

„Gegen fünfzigtausend Talente."

„Fünfzigtausend Talente sollen wir im Verlauf von zwei Jahren zurückzahlen!" wiederholte der Pharao. „Und was gibt es außerdem?"

„Die Steuern laufen nicht planmäßig ein", berichtete der Schatzkämmerer. „Seit drei Monaten erhalten wir kaum den vierten Teil dessen, was uns gebührt."

„Woran liegt das?"

Der Schatzkämmerer war verwirrt.

„Ich hörte", sprach er, „daß irgendwelche Leute den Bauern erklären, sie brauchten unter der Regierung Eurer Heiligkeit keine Steuern zu zahlen."

„Oho, ho, ho!" lachte Ramses. „Diese Leute ähneln wohl stark dem würdigen Herihor! Was denn, will er mich Hungers sterben lassen? Womit deckt ihr denn die laufenden Ausgaben?" fragte er dann.

„Auf Befehl Hirams borgen uns die Phönizier", antwortete der Schatzkämmerer. „Wir haben bereits achttausend Talente bekommen."

„Ihr gebt ihnen doch Quittungen?"

„Quittungen und Pfänder", seufzte der Schatzkämmerer. „Sie sagen zwar zuerst, das sei nur eine Formsache; dann aber siedeln sie sich auf den Gütern Eurer Heiligkeit an und nehmen den Bauern, was sich nehmen läßt."

Noch berauscht von den Kundgebungen des Volkes und der Demut der Würdenträger, zürnte der Pharao Herihor und Mefres nicht einmal mehr. Die Zeit des Zürnens war vorüber, der Augenblick zum Handeln war gekommen, und Ramses legte sich noch am selben Tage einen Plan zurecht.

Am nächsten Morgen rief er seine Vertrauten zu sich: den Erzpriester Sem, den Propheten Pentuer, den Günstling Thutmosis und den Phönizier Hiram. Als sie sich alle eingefunden hatten, sprach er: „Ihr wißt sicher, daß die Tempel von mir die Rückgabe der Gelder verlangen, die sich mein ewig lebender Vater von ihnen geliehen hatte. Jede Schuld ist heilig, und die an die Götter würde ich gern als erste zahlen. Aber meine Schatzkammer ist leer, nicht einmal die Steuern gehen regelmäßig ein.

Daher bin ich der Meinung, daß das Reich in Gefahr ist, und sehe mich gezwungen, mich um Mittel aus den im Labyrinth aufbewahrten Schätzen zu bemühen."

Die beiden Priester wurden unruhig.

„Ich weiß", fuhr der Pharao fort, „daß nach unseren heiligen Gesetzen mein Befehl nicht genügt, um die Keller des Labyrinths zu öffnen. Aber die Priester dort haben mir erklärt, was ich zu tun habe. Ich muß je dreizehn Vertreter aller Stände Ägyptens zusammenrufen und von ihnen die Bestätigung meines Vorhabens erlangen."

An dieser Stelle lächelte der Pharao und schloß:

„Ich habe euch gerufen, damit ihr mir behilflich seid, diese Versammlung der Stände einzuberufen. Somit befehle ich euch folgendes:

Du, würdiger Sem, wählst dreizehn Priester und dreizehn Nomarchen aus; du, frommer Pentuer, holst aus verschiedenen Nomen dreizehn Landwirte und dreizehn Handwerker herbei; Thutmosis bringt dreizehn Offiziere und dreizehn Edelleute, und Fürst Hiram bemüht sich um dreizehn Kaufleute.

Ich wünsche, diese Versammlung so bald wie möglich in meinem Palast in Memphis zusammentreten zu sehen und ohne Zeitvergeudung und unnützes Geschwätz ihre Zustimmung zu erhalten, damit mir das Labyrinth die notwendigen Mittel herausgibt."

„Ich erdreiste mich, Eure Heiligkeit daran zu erinnern", wandte der Erzpriester Sem ein, „daß auf dieser Versammlung der würdige Herihor und der würdige Mefres anwesend sein müssen und daß ihnen das Recht zusteht, ja, daß sie sogar die Pflicht haben, sich der Herausgabe des Schatzes aus dem Labyrinth zu widersetzen."

„Gut, ich bin einverstanden", erwiderte der Pharao lebhaft. „Sie werden ihre Gründe sagen, ich die meinen. Und die Versammlung wird entscheiden, ob ein Reich ohne Geld bestehen kann und ob es vernünftig ist, Schätze in Gewölben zurückzuhalten, während der Staat von finanzieller Not bedrängt ist."

„Mit einigen Saphiren aus dem Labyrinth könnten alle Schulden an Phönizien bezahlt werden!" rief Hiram. „Ich werde gleich zu den Kaufleuten eilen und nicht nur dreizehn, sondern dreizehntausend herbeischaffen, die für die Befehle Eurer Heiligkeit stimmen."

Damit warf sich der Phönizier vor dem Herrscher zur Erde nieder und verabschiedete sich.

Als Hiram gegangen war, sprach der Erzpriester Sem: „Ich weiß nicht, ob es gut war, zu dieser Beratung einen Fremdling zu laden."

„Es mußte sein!" rief der Pharao. „Denn er besitzt nicht nur großen Einfluß auf unsere Kaufleute, sondern, was viel wichtiger ist, er gibt uns heute Geld. Ich wollte ihn davon überzeugen, daß ich meine Schulden nicht vergesse und Mittel habe, sie zu tilgen."

Das darauffolgende Schweigen nutzte Pentuer und sprach: „Wenn Eure Heiligkeit es erlaubt, so reise ich gleich ab, um mich um die Landleute und Handwerker zu bemühen. Sie würden alle für unseren Gebieter stimmen. Doch muß man aus der Menge die Klügsten wählen."

Er nahm Abschied vom Pharao und ging.

„Und du, Thutmosis?" fragte Ramses.

„Mein Herr und Gebieter", rief der Günstling, „ich bin der Adligen und des Heeres so sicher, daß ich, statt über sie zu sprechen, mich erdreiste, dir eine eigene Bitte vorzutragen."

„Willst du Geld?"

„Durchaus nicht. Ich will mich verehelichen."

„Du?" rief der Pharao. „Welches Weib – bei den Göttern! – hat ein derartiges Glück verdient?"

„Die schöne Hebron, die Tochter des ehrwürdigsten Nomarchen von Theben, Anteph", erwiderte Thutmosis lachend. „Wenn Eure Heiligkeit geruhten, für mich bei dieser ehrwürdigen Familie zu werben ... dann ... dann – ich wollte sagen, dann würde meine Liebe zu Euch noch größer werden, aber ich sage es nicht, denn da müßte ich ja lügen ..."

Der Pharao klopfte ihm auf die Schulter.

„Na, na! Versprich mir nichts, wessen ich gewiß bin", sagte er. „Ich will morgen zu Anteph fahren, und ich bin überzeugt, daß ich dir in wenigen Tagen die Hochzeit ausrichten werde. Und nun geh zu deiner Hebron!"

Als Seine Heiligkeit nun mit Sem allein zurückblieb, fragte er: „Dein Antlitz ist umwölkt, zweifelst du daran, daß sich dreizehn Priester bereit fänden, meinen Befehlen nachzukommen?"

„Ich bin überzeugt", antwortete Sem, „fast alle Priester und Nomarchen werden tun, was für das Glück Ägyptens und die Zufriedenheit Eurer Heiligkeit vonnöten ist. Vergeßt aber nicht, Gebieter: Wenn es um den Schatz des Labyrinths geht, trifft die letzte Entscheidung Amon."

„Die Amon-Statue in Theben?"

„Ja."

Der Pharao winkte verächtlich mit der Hand.

„Amon, – das bedeutet: Herihor und Mefres; daß sie nicht zustimmen werden, weiß ich. Aber es kümmert mich nicht."

„Eure Heiligkeit irrt", erwiderte Sem ernst. „Es ist wahr, daß die Götterstatuen sehr oft tun, was ihre Erzpriester wollen, aber ... nicht immer! In unseren Tempeln, Gebieter, geschehen zuweilen außergewöhnliche und geheimnisvolle Dinge. Manchmal auch sagen die Statuen der Götter, was sie selbst wünschen."

„Dann bin ich beruhigt", erklärte der Pharao. „Die Götter kennen den Zustand des Reiches und lesen in meinem Herzen. Ich will, daß Ägypten glücklich wird, und da ich nur dieses Ziel erstrebe, wird kein kluger und guter Gott mich daran hindern wollen."

„Oh, mögen die Worte Eurer Heiligkeit in Erfüllung gehen!" flüsterte der Erzpriester.

„Du willst mir wohl noch etwas sagen?" fragte Ramses, als er sah, daß sein Vertreter in religiösen Dingen noch zögerte.

„So ist es, Gebieter. Ich habe die Pflicht, dich daran zu erinnern, daß jeder Pharao sofort nach der Übernahme der Herrschaft und der Beisetzung seines Vorgängers an die Errichtung zweier Bauten denken muß: an ein Grab für sich und an einen Tempel für die Götter."

„Ich weiß!" rief der Gebieter. „Daran habe ich schon oft gedacht. Weil ich aber kein Geld besitze, eilt es mir nicht mit dem Auftrag. Denn, verstehst du", fügte er lebhaft hinzu, „wenn ich baue, dann nur etwas Großes, was Ägypten zwingen würde, mich nicht schnell zu vergessen."

„Wünscht Eure Heiligkeit eine Pyramide?"

„Nein. Ich würde doch keine größere Pyramide als die des Cheops und keinen stattlicheren Tempel als den Amon-Tempel in Theben errichten lassen können. Mein Reich ist zu schwach, um solche Riesenwerke auszuführen. Ich muß also etwas völlig Neues schaffen und gestehe dir, daß unsere Bauten mich bereits langweilen. Sie alle ähneln einander wie die Menschen und unterscheiden sich einer vom anderen höchstens durch ihre Maße wie ein Erwachsener von einem Kind."

„Also?" fragte der Erzpriester erstaunt.

„Ich habe mit dem Griechen Dion, unserem hervorragendsten Architekten, gesprochen. Er lobte meinen Plan. Deshalb will ich als Grab für mich einen runden Turm mit Außenstufen bauen lassen, solch einen, wie es ihn in Babel gab. Ich errichte diesen Tempel nicht für Osiris oder Isis, sondern für den Einzigen Gott, an den alle glauben: die Ägypter, die Chaldäer, die Phönizier und die Juden. Außerdem will ich, daß dieser Tempel dem Palast des Königs Assar ähnelt, dessen Modell Sargon meinem Vater gebracht hatte."

Der Erzpriester schüttelte den Kopf.

„Das ist ein großes Vorhaben, mein Gebieter", erwiderte er, „aber man kann es nicht verwirklichen. Die babylonischen Türme sind ihrer Bauweise wegen nicht dauerhaft und stürzen leicht ein, während unsere Gebäude Jahrhunderte überdauern müssen. Dem Einzigen Gott kann man keinen Tempel erbauen, da Er weder Gewänder noch Speise, noch Trank benötigt, denn Seine Wohnung ist die ganze Welt. Wie also könnte Er in einem Tempel Raum finden? Wo wäre der Priester, der sich erkühnte, Ihm Opfer zu bringen?"

„Ha, so bauen wir eben ein Heiligtum für Amon-Ra!" schlug der Pharao vor.

„Es darf nur nicht dem Palast des Königs Assar ähneln. Das ist ein assyrisches Bauwerk, uns aber, den Ägyptern, steht es nicht an, Barbaren nachzuahmen."

„Ich verstehe dich nicht", unterbrach ihn der Herrscher ein wenig verärgert.

„Hört mich an, Gebieter", bat Sem. „Denkt an die Schnecken, von denen jede eine andere Schale hat: die eine gerollt, doch flach, die zweite gerollt, doch länglich, noch eine andere einem Häuschen ähnlich. Genauso errichtet jede Nation Bauten, die ihrer Eigenart entsprechen.

Geruht auch daran zu denken, daß die ägyptischen Bauwerke so verschieden sind von den assyrischen wie die Ägypter von den Assyrern.

Bei uns bildet die Grundform jedes Gebäudes ein Pyramidenstumpf, die beständigste aller Formen, so, wie Ägypten das beständigste aller Reiche ist. Bei den Assyrern besteht die Grundform aus einem Würfel, der leicht verwittert.

Die eitlen und leichtfertigen Assyrer türmen ihre Würfel aufeinander zu vielstöckigen Gebäuden, unter deren Last die Erde nachgibt. Der fromme und vernünftige Ägypter indessen reiht seine Pyramiden hintereinander, so daß sich jeder Teil des Komplexes unmittelbar auf die Erde stützt.

Darum sind unsere Bauten langgestreckt und unverwüstlich, die assyrischen aber hoch und mürbe wie ihr Reich, das sich heute zwar schnell entwickelt, in ein paar Jahrhunderten aber in Trümmern liegen wird.

Der Assyrer ist ein lärmender Prahler, so stellt er auch in seinen Bauten alles nach außen zur Schau: die Säulen, Bilder und Plastiken. Der bescheidene Ägypter hingegen bringt die schönsten Bildwerke und Säulen im Innern der Tempel unter, wie der Weise, der seine erhabenen Gedanken, Gefühle und Wünsche in der Tiefe des Herzens verbirgt. Bei uns ist alles, was schön ist, verborgen, bei ihnen dagegen ist alles für das Auge gemacht. Wenn der Assyrer könnte, würde er gar seinen Magen aufschneiden, um der Welt zu zeigen, welch einzigartige Speisen er gerade genießt."

„Sprich, sprich weiter!" drängte Ramses.

„Es bleibt nicht mehr viel zu sagen übrig", meinte Sem. „Ich will nur noch deine Aufmerksamkeit auf die allgemeinen Formen unserer und der assyrischen Bauten lenken.

Als ich vor Jahren in Ninive weilte und die trotzig aufragenden assyrischen Türme betrachtete, erinnerten sie mich an übermütige Rosse, die ihre Zügel zerreißen und sich aufbäumen, doch bald stürzen müssen.

Versucht nur, Eure Heiligkeit, einmal von einem höher gelegenen Ort aus einen ägyptischen Tempel zu betrachten. Woran erinnert er? ... An einen Menschen, der betend auf der Erde liegt.

Die beiden Pylonen entsprechen zwei zum Himmel gereckten Händen. Zwei Mauern umgeben den Hof wie Arme. Der ‚Säulensaal oder der himmlische Saal' ist der Kopf; der Saal der ‚göttlichen Offenbarung' und die Kammer der ‚Opfertische' bilden die Brust, und das geheime Heiligtum des Gottes – ist das Herz des frommen Ägypters.

Unsere Tempel lehren uns, wie wir sein sollen.

‚Deine Hände sollen mächtig sein wie die Pylonen', sagen sie uns, ‚und deine Arme so stark wie Mauern. In deinem Kopf muß Verstand wohnen, der so weit und reich ist wie die Vorhalle des Tempels, deine Seele sei so rein wie die Säle der »Offenbarung« und des »Opfers«, im Herzen aber trage Gott – o Ägypter!'

Die assyrischen Bauten dagegen sprechen zu ihrem Volke: ,Erhebe dich über die Völker, Assyrer, trage den Kopf höher als andere! Nichts Großes wirst du in der Welt vollbringen, doch lasse wenigstens viele Trümmer zurück.'

Gebieter, hättest du denn den Mut", schloß der Erzpriester, „bei uns assyrische Bauten zu errichten und damit die Nation nachzuahmen, vor der sich Ägypten ekelt und die es verachtet?"

Ramses überlegte. Trotz Sems Vortrag war er zunächst noch überzeugt, daß die assyrischen Paläste schöner seien als die ägyptischen. Aber er haßte die Assyrer so, daß er bald doch schwankend wurde.

„Dann will ich also lieber noch die Bauten des Tempels und meines Grabes aufschieben. Ihr aber, ihr Weisen, die ihr mir wohlgeneigt seid, arbeitet bitte Vorschläge für Projekte aus, die meinen Namen den fernsten Generationen überliefern würden."

Übermenschlicher Stolz erfüllt die Seele dieses Jünglings! dachte der Erzpriester und verabschiedete sich vom Pharao betrübt.

XI

Indessen brach Pentuer nach Unterägypten auf, um einerseits je dreizehn Delegierte des Bauern- und des Handwerkerstandes für den Pharao ausfindig zu machen und andererseits das arbeitende Volk zu ermuntern, die Erleichterungen, die der neue Herrscher versprochen hatte, zu verlangen. Seiner Überzeugung nach war es nämlich am wichtigsten, das Unrecht und die Korruption, unter denen die arbeitende Klasse litt, zu beseitigen.

Dennoch blieb Pentuer Priester. Er wünschte nicht nur den Fortbestand seiner Kaste, sondern hätte sich auch nicht freiwillig von ihr gelöst.

Um nun seine Treue zu beweisen, suchte Pentuer zum Abschied Herihor auf.

Der einstmals mächtige Würdenträger empfing ihn lächelnd.

„Ein seltener Gast ... ein seltener Gast!" rief er. „Seit der Zeit, da du Berater Seiner Heiligkeit hättest werden können, läßt du dich nicht mehr bei mir blicken. Und nicht nur du allein! Doch was auch immer kommen mag, ich werde deine Dienste nicht vergessen, – selbst wenn du mich noch mehr meiden solltest."

„Ich bin weder Berater unseres Gebieters, noch meide ich Euer Würden, deren Gnade ich verdanke, was ich heute bin", entgegnete Pentuer.

„Ich weiß, ich weiß!" unterbrach Herihor. „Du hast das hohe Amt abgelehnt, um nicht gegen unsere Lehren arbeiten zu müssen. Ich weiß, ich weiß! Obwohl es vielleicht schade ist, daß du nicht Berater des übermütigen Jünglings geworden bist, der uns scheinbar regiert. Gewiß würdest du nicht zugelassen haben, daß er sich mit Verrätern umgibt, die ihn zugrunde richten werden."

Pentuer, der keine Lust verspürte, sich über so heikle Fragen zu unterhalten, erzählte Herihor den Zweck seiner Reise nach Unterägypten.

„Warum auch nicht?" sprach Herihor, „Ramses XIII. soll ruhig eine Versammlung aller Stände einberufen, er hat ein Recht dazu.

Aber", ergänzte er plötzlich, „es tut mir leid, daß du dich da hineinmischst. Du hast dich stark verändert. Entsinnst du dich, was du während jener Manöver bei Pi-Bailos zu meinem Adjutanten gesagt hattest? Ich will dich daran erinnern: Du erklärtest, daß man die Ausschweifungen der Pharaonen begrenzen müsse. Heute aber unterstützt du selbst die kindischen Anmaßungen des hemmungslosesten Herrschers, den Ägypten jemals gehabt hat."

„Ramses XIII.", unterbrach ihn Pentuer, „will das Los des Volkes verbessern. Ich wäre also dumm und niederträchtig, wenn ich, ein Bauernsohn, ihm dabei nicht helfen würde."

„Du fragst aber nicht danach, ob das uns, der Priesterkaste, schadet?"

Pentuer wunderte sich.

„Ihr gewährt doch selbst den zu den Tempeln gehörenden Landleuten große Erleichterungen!" rief er. „Schließlich besitze ich sogar Eure Erlaubnis."

„Was? Wessen?" fragte Herihor.

„Erinnert Euch der Nacht, Ehrwürden, in der wir im Tempel Seths den allerheiligsten Beroes begrüßten. Mefres sagte damals, daß Ägypten infolge der gegenwärtigen Situation des Priesterstandes vom Verfall bedroht sei, ich hatte behauptet, das Elend des Volkes sei die Ursache der Mißstände im Reich. Darauf habt Ihr, soweit ich mich entsinne, geantwortet: ‚Möge sich Mefres um die Priester kümmern und Pentuer um die Besserung der Lebenslage der Landleute. Ich indessen werde einem unheilvollen Krieg zwischen Ägypten und Assyrien vorbeugen ...‘“

„Na also“, unterbrach der Erzpriester, „du bist also verpflichtet, zu uns und nicht zu Ramses zu halten.“

„Will er denn Krieg mit Assyrien?“ erwiderte Pentuer energisch. „Hindert er vielleicht die Priester, die Weisheit zu pflegen? Er will dem Volk den siebenten Tag als Ruhetag geben, später aber jede Bauernfamilie mit einem kleinen Stückchen Boden beschenken. Ehrwürden, Ihr könnt nicht behaupten, der Pharao wolle damit etwas Böses: man hat doch auf den Gütern der Tempel festgestellt, daß ein freier Bauer, der einen Acker besitzt, unvergleichlich besser arbeitet als ein Sklave.“

„Ich habe natürlich nichts gegen Erleichterungen für das gemeine Volk!“ rief Herihor. „Doch ich bin überzeugt, daß Ramses nichts für das Volk tun wird.“

„Bestimmt nicht, wenn ihr ihm das notwendige Geld dazu versagt.“

„Selbst wenn wir ihm eine Pyramide aus Gold und Silber gäben und eine zweite von Edelsteinen, so wird er nichts ausrichten, weil er ein übermütiger Bube ist, den der assyrische Gesandte Sargon stets einen Grünschnabel nannte.“

„Der Pharao hat große Fähigkeiten.“

„Doch er weiß nichts, er kann nichts!“ ereiferte sich Herihor. „Kaum weilte er kurze Zeit an der Hohen Schule, da entschlüpfte er ihr auch wieder, so schnell es ging. Deshalb auch ist er heute in Regierungsangelegenheiten blind. Er gleicht einem Kind, das keck die Figuren führt, dabei aber keine Ahnung vom Brettspiel hat.“

„Und doch regiert er.“

„Was ist das für ein Regieren, Pentuer!“ erwiderte der Erzpriester lächelnd. „Er eröffnet neue Kriegsschulen, vermehrt die Anzahl der Regimenter, bewaffnet das ganze Volk, verspricht dem Pöbel Feiertage. Aber wie führt er das aus? Du hältst dich von ihm fern, du kannst es also nicht wissen. Ich aber versichere dir, daß er bei seinen Befehlen nie überlegt: Durch wen und wie müssen sie ausgeführt werden? Welche Mittel habe ich überhaupt zur Verfügung? Welche Folgen können eintreten?

Du glaubst, er sei der Regierende. In Wirklichkeit regiere ich, immer noch ich, der von ihm Verstoßene! Ich bewirke, daß heute weniger Steuern eingehen, ich beuge auch der Empörung der Bauern vor, die sonst längst ausgebrochen wäre; ich verhindere, daß sie ihre Arbeiten an den Kanälen, an den Dämmen und auf den Straßen einstellen. Ich habe schließlich Assyrien schon zweimal davon abgehalten, uns den Krieg zu erklären, den dieser Wahnsinnige durch seine militärischen Anordnungen heraufbeschwört.

Ramses regiert! Er stiftet nur Verwirrung. Du hast ja auch eine Probe davon in Unterägypten erlebt: er trank, feierte, poussierte ständig mit neuen Mädchen und – beschäftigte sich scheinbar mit der Verwaltung der Nomen. Aber nichts, absolut nichts hatte er begriffen. Was dabei das schlimmste ist: er ließ sich mit den Phöniziern ein, mit dem bankrotten Adel und mit Verrätern verschiedener Schattierungen, die ihn zugrunde richten werden."

„Aber der Sieg an den Natronseen?" fragte Pentuer.

„Ich gestehe ihm Energie und Kenntnis der Kriegskunst zu", entgegnete Herihor, „die besitzt er. Doch sage selbst, hätte Ramses die Schlacht an den Natronseen ohne deine Hilfe und die anderer Priester gewinnen können? Ich weiß doch, daß ihr ihn über jede Bewegung der libyschen Banden unterrichtet habt. Jetzt aber überlege: Wäre es Ramses – sogar mit eurer Hilfe – gelungen, zum Beispiel Nitager zu besiegen? Nitager ist ein Meister; Ramses erst ein Geselle."

„Wohin mag Euer Haß noch führen?" fragte Pentuer.

„Haß?" wiederholte der Erzpriester. „Könnte ich denn einen Grünschnabel hassen, der noch dazu so umstellt ist wie ein Hirsch im Hohlweg von Jägern! Aber ich muß zugeben: seine Herrschaft ist für Ägypten so schädlich, daß – wenn Ramses einen fähigen Bruder besäße oder Nitager jünger wäre – wir den gegenwärtigen Pharao bereits beseitigt hätten!"

„Ehrwürden wäre dann gewiß sein Nachfolger geworden!" fuhr Pentuer auf.

Herihor war durchaus nicht beleidigt und erwiderte achselzuckend: „Du bist außerordentlich dumm geworden, seit du auf eigene Faust Politik machst. Wenn kein Pharao da wäre, hätte ich natürlich die Pflicht, als Erzpriester des Thebanischen Amon und Oberster des Höchsten Rates der Priester seine Nachfolge anzutreten. Doch wozu sollte ich das erstreben? Besitze ich nicht seit mehr als zehn Jahren größere Macht als die Pharaonen? Oder handle ich heute – ich, ein fortgejagter Kriegsminister – nicht im Reich nach eigenem Gutdünken? Dieselben Erzpriester,

Schatzkämmerer, Richter, Nomarchen, ja sogar die Generale, die mich jetzt meiden, müssen doch jeden geheimen Befehl des Höchsten Rates befolgen, der mit meinem Siegel versehen ist. Gibt es denn in Ägypten einen Menschen, der solche Befehle nicht befolgt? Würdest selbst du wagen, dich ihnen zu widersetzen?"

Pentuer ließ den Kopf hängen. Wenn trotz des Todes Ramses' XII. der geheime Höchste Rat der Priester bestehenblieb, mußte Ramses XIII. entweder unterliegen oder mit ihm einen Kampf auf Leben und Tod ausfechten.

Der Pharao hatte das ganze Volk, das gesamte Heer, viele Priester und die Mehrzahl der zivilen Würdenträger hinter sich. Der Rat konnte kaum auf ein paar tausend Anhänger zählen, verfügte aber über unermeßliche Schätze und eine sehr kluge Organisation. Ungleiche Kräfte standen einander gegenüber, doch das voraussichtliche Ergebnis des Kampfes war sehr bedenklich.

„Ihr habt also beschlossen, den Pharao zu vernichten!" flüsterte Pentuer.

„Durchaus nicht. Wir wollen nur das Reich retten."

„Was soll Ramses XIII. denn eigentlich tun?"

„Das weiß ich noch nicht", antwortete Herihor. „Aber ich weiß, was sein Vater tat.

Ramses XII. begann seine Regierung genauso unerfahren und selbstherrlich; doch als es ihm an Geld fehlte und ihn seine eifrigsten Anhänger zu mißachten begannen, wandte er sich an die Götter. Er umgab sich mit Priestern, lernte von ihnen, bah!, er verehelichte sich sogar mit der Tochter des Erzpriesters Amenhotep. Nach zehn Jahren schon war es so weit, daß er selbst Erzpriester wurde, und nicht nur ein frommer, sondern sogar ein sehr gelehrter."

„Wenn aber der Pharao dieses Beispiel nicht nachahmen wird?" fragte Pentuer.

„Dann werden wir ohne ihn auskommen", entschied Herihor. Nach einer Weile fuhr er fort: „Höre mich an, Pentuer. Ich weiß nicht nur, was dein Pharao tut, sondern sogar, was er denkt. Da er übrigens noch nicht feierlich gekrönt wurde, ist er für uns bedeutungslos. Ich weiß, daß er die Priester zu seinen Dienern machen will und sich – zum unumschränkten Alleinherrscher über Ägypten.

Doch solch eine Absicht ist töricht, ja sogar verräterisch.

Nicht die Pharaonen – was du ja gut weißt – schufen Ägypten, sondern die Götter und die Priester. Nicht die Pharaonen vermögen die Wasser des Nils bei Überschwemmungen zu messen und zu regulieren, nicht die Pharaonen haben das Volk säen, Früchte ernten und Vieh züchten gelehrt, nicht die Pharaonen heilen kranke Bürger und wachen über die Sicherheit des Reiches vor äußeren Feinden.

Stelle dir doch einmal vor, welche Folgen es hätte, wenn unser Stand Ägypten der Willkür der Pharaonen preisgeben würde! Der Weiseste von ihnen besäße höchstens die Erfahrungen von einigen Jahrzehnten, der Priesterstand aber forschte und lernte durch Zehntausende von Jahren. Der mächtigste Herrscher hat nur ein Paar Augen und nur ein Paar Hände, wir hingegen haben Tausende von Augen und Händen in allen Nomen und sogar fremden Reichen.

Kann sich also ein Pharao mit uns vergleichen? Wer sollte da im Fall von Meinungsverschiedenheiten nachgeben: wir oder er?"

„Was aber soll ich jetzt machen?" fragte Pentuer.

„Tu, was dir der Jüngling befiehlt – wenn du nur nicht die heiligen Geheimnisse verrätst. Das übrige aber ... überlasse der Zeit. Ich wünsche ehrlich, daß sich dieser Ramses XIII. besänne, und nehme sogar an, daß er es täte, wenn ... er sich nicht mit abscheulichen Verrätern verbündet hätte, über denen schon heute die rächende Hand der Götter schwebt."

Pentuer verabschiedete sich voll trüber Ahnungen von dem Erzpriester. Doch er behielt seine Zuversicht, denn er wußte: was auch immer er zur Verbesserung der Lebensbedingungen des Volkes erreichte, würde erhalten bleiben, selbst, wenn der Pharao sich der Macht der Priester beugen sollte.

In dieser schlimmen Lage, überlegte er, müssen wir tun, was wir können und was unsere Aufgabe ist. Einst werden sich die Verhältnisse zum Besseren wenden, und unsere Saat wird Früchte tragen.

Trotzdem beschloß er, auf seine Agitation im Volk zu verzichten. Im Gegenteil, er wollte sogar die Ungeduldigen beruhigen, damit sie dem Pharao nicht noch mehr Sorgen verursachten.

Ein paar Wochen später passierte Pentuer die Grenze Unterägyptens und merkte sich die vernünftigsten Landleute und Handwerker, unter denen er Delegierte aussuchen konnte.

Überall unterwegs traf er auf Anzeichen höchster Empörung; die Landleute wie die Handwerker verlangten jeden siebenten Tag als Ruhetag und forderten für alle öffentlichen Arbeiten die früher übliche Bezahlung. Nur den Ermahnungen der Priester verschiedener Tempel war es zu verdanken, daß nicht ein allgemeiner Aufstand ausbrach, zumindest aber, daß die Arbeiten nicht unterbrochen wurden.

Gleichzeitig fiel Pentuer einiges auf, was er einen Monat zuvor noch nicht bemerkt hatte.

Vor allem teilte sich das Volk in zwei Parteien. Die einen waren Anhänger des Pharao und Feinde der Priester, die anderen empörten sich gegen die Phönizier. Die einen versuchten zu beweisen, daß die Priester dem Pharao die Schätze des Labyrinths herausgeben müßten, die anderen raunten, der Herrscher begünstige die Fremdlinge zu sehr.

Am merkwürdigsten jedoch war ein Gerücht, dessen Urheber dem jungen Priester zunächst rätselhaft waren: bei Ramses XIII., hieß es, machten sich Anzeichen von Wahnsinn bemerkbar wie bei seinem älteren Halbbruder, der ebendeshalb von der Thronfolge ausgeschlossen worden war. – Darüber sprachen die Priester, die Schreiber und sogar die Landleute.

„Wer erzählt euch nur solche Lügen?“ fragte Pentuer einen ihm bekannten Ingenieur.

„Das ist keine Lüge“, erwiderte der Gefragte, „sondern die traurige Wahrheit. In den Thebanischen Palästen hat man den Pharao nackt im Garten umherlaufen sehen. Eines Abends aber stieg Seine Heiligkeit unter dem Fenster der Königin Nikotris auf einen Baum und unterhielt sich von dorther mit ihr.“

Pentuer versicherte ihm, erst vor einem halben Monat den Pharao, der sich der besten Gesundheit erfreue, persönlich gesehen zu haben. Doch der Ingenieur glaubte ihm nicht.

Das ist bereits Herihors Werk, überlegte Pentuer. Schließlich können nur die Priester so rasch Nachrichten aus Theben erhalten.

Für einen Augenblick verlor er die Lust, sich mit der Auswahl der Delegierten zu beschäftigen. Doch er gewann seine Energie wieder, indem er sich immer wieder vor Augen führte: was das Volk heute gewinnt, wird es morgen nicht wieder verlieren; es sei denn, daß sich irgend etwas Außergewöhnliches ereignet.

Hinter Memphis, nördlich von den Pyramiden und dem Sphinx, befand sich dicht am Saum der Wüste ein kleiner Tempel der Göttin Nut. Dort wohnte der alte Priester Menes, der größte Sternkundige Ägyptens, der zugleich auch Ingenieur war.

Wenn im Reich ein großes Gebäude oder ein neuer Kanal gebaut wurde, begab sich Menes zum Bauplatz und steckte die Richtung ab. Im übrigen lebte er ärmlich und einsam in seinem Tempel, verfolgte des Nachts den Lauf der Gestirne und arbeitete tagsüber an sonderbaren Geräten.

Seit einigen Jahren war Pentuer nicht mehr an diesem Ort gewesen, deshalb machten ihn auch die Verkommenheit und Ärmlichkeit stutzig. Die Ziegelmauer verfiel, im Garten verdorrten die Bäume, auf dem Hof lungerten eine magere Ziege und ein paar Hühner herum.

Beim Tempel traf er niemanden an. Erst als Pentuer zu rufen begann, kam ein greiser Mann aus dem Pylonen hervor. Er war barfuß, trug auf dem Kopf eine schmutzige Kappe wie ein Landmann und um die Hüften einen zerfetzten Schurz. Seinen Rücken bedeckte ein abgeschabtes Pantherfell. Trotzdem machte seine Gestalt einen würdevollen Eindruck, und aus seinem Antlitz leuchtete Weisheit. Er blickte den Gast scharf an und sprach: „Entweder scheint es mir nur so, oder du bist wirklich Pentuer?"

„Ich bin es", entgegnete der junge Priester und umarmte den Greis herzlich.

„Ho! Ho!" rief Menes. „Ich sehe, daß du dich in der Welt der Vornehmen verändert hast! Deine Haut ist glatt, deine Hände sind weißer geworden, und du trägst eine goldene Kette um den Hals. Auf solch einen Zierat müßte die Göttin des blauen Ozeans, die Mutter Nut, lange warten."

Pentuer wollte das Geschmeide ablegen, doch Menes hielt ihn lächelnd davon ab.

„Laß gut sein", sprach er. „Wenn du wüßtest, welche Edelsteine wir am Himmel besitzen, würdest du dich mit deinem goldenen Opfer nicht beeilen. Was denn, bist du zu uns gekommen, um dich hier niederzulassen?"

Pentuer schüttelte den Kopf.

„Nein", antwortete er, „ich kam nur, um mich vor dir, göttlicher Lehrer, zu verneigen."

„Dann aber zieht es dich wieder zum Hofe?" lächelte der Greis. „Oh, ihr ... wenn ihr wüßtet, was ihr damit verliert, die Weisheit der Paläste wegen aufzugeben, dann wärt ihr die traurigsten Menschen."

„Du bist allein, Lehrer?"

„Wie die Palme in der Wüste; besonders heute, da mein Taubstummer mit dem Korb nach Memphis gegangen ist, um etwas für die Mutter Re und ihren Priester zu erbetteln."

„Ist dir das nicht peinlich?"

„Mir?" rief Menes. „In der Zeit, da wir uns nicht gesehen haben, konnte ich den Göttern etliche Geheimnisse entreißen, die ich nicht für die beiden Kronen Ägyptens hergeben würde!"

„Willst du mir darüber erzählen?" fragte Pentuer.

„Gewiß – da du verschwiegen bist! Vor einem Jahr habe ich die Berechnungen der Erdgröße abschließen können."

„Was bedeutet das?"

Menes blickte um sich und senkte die Stimme.

„Dir ist doch bekannt", fragte er, „daß die Erde nicht flach wie ein Tisch ist, sondern eine riesige Kugel, auf deren Oberfläche sich Meere, Länder und Städte befinden?"

„Das ist bekannt", bestätigte Pentuer.

„Aber nicht allen", erwiderte Menes. „Und es war überhaupt nicht bekannt, wie groß diese Kugel ist."

„Und du weißt das?" fragte Pentuer geradezu erschrocken.

„Gewiß. Unser Fußvolk kann täglich ungefähr dreizehn ägyptische Meilen* marschieren. Die Erdkugel nun ist so riesengroß, daß unser Heer sie erst in fünf Jahren umschreiten würde!"

„O Götter!" rief Pentuer. „Fürchtest du dich nicht, Vater, an derartige Dinge zu denken?"

Menes zuckte mit den Schultern.

„Den Erdumfang zu berechnen – was soll daran Schreckliches sein?" entgegnete er. „Ob man die Größe der Pyramiden mißt oder die der Erde, das ist alles eins. Ich habe Schwierigeres vollbracht, zum Beispiel die genaue Entfernung von unserem Tempel bis zum Palast des Pharao gemessen, ohne dazu den Nil zu überqueren."

„O Graus!" flüsterte Pentuer.

„Was für ein Graus? Aber ich habe etwas entdeckt, wovor ihr euch bestimmt fürchten werdet ... aber sprich darüber zu niemandem. Im Monat Paophi (Juli–August) werden wir eine Sonnenfinsternis erleben; am Tage wird es Nacht werden, und ich will Hungers sterben, wenn ich mich in meiner Rechnung auch nur um den zwanzigsten Teil einer Stunde geirrt habe."

Pentuer berührte das Amulett, das er auf der Brust trug, und sprach ein Gebet. Dann sagte er: „Ich las in den Heiligen Bü-

* Drei geographische Meilen.

chern, daß schon so manches Mal zum Schrecken der Menschen mittags die Nacht hereingebrochen war. Doch wie das zustande kommt, verstehe ich nicht."

„Siehst du die Pyramiden?" fragte Menes plötzlich, in die Wüste weisend.

„Ich sehe sie."

„Nun halte die Hand vor die Augen: Siehst du jetzt noch die Pyramiden? Natürlich nicht. Die Sonnenfinsternis entsteht aus diesem Grunde: zwischen die Sonne und uns schiebt sich der Mond. Er verdeckt den Vater des Lichtes und läßt es Nacht werden."

„Und das wird bei uns geschehen?" fragte Pentuer.

„Im Monat Paophi. Ich habe das dem Pharao berichtet, weil ich glaubte, daß er zum Dank für diese Nachricht unserem vernachlässigten Tempel ein Opfer spenden würde. Er aber las meinen Brief, lachte darüber und befahl meinem Boten, die Neuigkeit Herihor zuzutragen."

„Und Herihor?"

„Gab uns dreißig Maß Gerste. In ganz Ägypten weiß allein er die Weisheit zu schätzen, der junge Pharao aber ist leichtsinnig."

„Sprich nicht so streng über ihn, Vater", wandte Pentuer ein, „Ramses XIII. will das Los der Landleute und Handwerker erleichtern, ihnen jeden siebenten Tag als Ruhetag geben, verbieten, sie ohne Gerichtsurteil zu prügeln und sie vielleicht sogar noch mit Land beschenken."

„Ich aber sage dir, daß er ein Bruder Leichtfuß ist", entgegnete der erzürnte Menes. „Vor zwei Monaten schickte ich ihm einen großen Plan, der zeigte, wie man den Landleuten die Arbeit erleichtern kann ... er aber lachte mich nur aus! Er ist ein Hohlkopf und ein eitler Mensch!"

„Du bist voreingenommen. Doch erkläre mir deinen Plan, vielleicht helfe ich dir, ihn auszuführen."

„Eigentlich ist es schon ein großes, vollendetes Werk."

Menes erhob sich von der Bank, und dann schritten beide dem Weiher im Garten zu, wo eine völlig unter Ranken verborgene Laube stand.

In ihr befand sich ein großes, auf eine waagerechte Achse gesetztes Rad mit einer Anzahl von Eimern auf seiner Peripherie. Menes trat in das Innere des Rades und begann die Beine zu bewegen: das Rad drehte sich, die Eimer aber schöpften Wasser aus dem Weiher und gossen es in einen höherstehenden Trog.

„Ein interessantes Gerät!" rief Pentuer.

„Kannst du dir vorstellen, was es für das ägyptische Volk bedeutet?“ fragte Menes.

„Nein.“

„Wenn dieses Rad nun aber fünf- oder zehnmal größer wäre, in seinem Innern statt eines Menschen ein Paar Stiere liefen?“

„Mir dämmert etwas“, rief Pentuer. „Aber noch ist mir deine Absicht nicht ganz klar.“

„Ach, es ist so einfach!“ erklärte Menes. „Mit Hilfe des Rades vermögen Stiere oder Pferde Wasser aus dem Nil zu schöpfen und in immer höher gelegene Kanäle zu befördern. Dann könnten eine halbe Million Menschen, die heute an den Eimern arbeiten, ausruhen. Jetzt siehst du, daß die Weisheit mehr für das menschliche Glück erreicht als die Pharaonen!“

Pentuer schüttelte den Kopf.

„Wieviel Holz wäre dazu nötig!“ rief er. „Wieviel Stiere! Wieviel Futter! Es scheint mir, Vater, daß dein Plan nicht den siebenten Ruhetag ersetzen kann!“

„Ich sehe“, antwortete Menes achselzuckend, „daß dir deine Ämter nicht zum Nutzen gereicht haben; aber obwohl du deine Geistesschärfe verloren hast, die ich einst an dir bewunderte, werde ich dir noch etwas zeigen. Vielleicht bekehrst du dich dann wie einstmals wieder zur Weisheit und verspürst den Wunsch, wenn ich sterbe, an der Verbesserung und Verbreitung meiner Erfindungen zu arbeiten.“

Sie kehrten zum Pylonen zurück. Menes legte etwas Feuerung unter den Kupferkessel. Er blies die Flammen an, und bald begann das Wasser zu sieden.

Aus dem Kessel ragte senkrecht ein Rohr heraus, das von einem schweren Stein bedeckt war. Als das Wasser zischte, sagte Menes: „Stell dich in jene Nische und paß auf!“

Er drehte den am Rohr befestigten Riegel, und sofort flog der schwere Stein in die Luft, die Kammer aber füllte sich mit heißen Dampfwolken.

„Ein Wunder!“ schrie Pentuer.

Doch er beruhigte sich bald und fragte: „Inwiefern verbessert nun dieser Stein das Los des Volkes?“

„Der Stein kann das natürlich nicht“, antwortete bereits ungeduldig der Weise. „Doch wahrlich, ich sage dir und bitte dich, daran zu denken: es kommt zunächst die Zeit, da Pferde und Stiere die Arbeit der Menschen ersetzen werden, dann aber werden Pferde und Stiere durch das kochende Wasser ersetzt.“

„Was nützt das aber den Bauern?“ drängte Pentuer.

„Weh mir!“ rief Menes, sich an den Kopf fassend. „Ich weiß nicht: bist du alt geworden oder dumm? Die Sorge um deine Bauern vernebelt dir ja schon die Sinne! Wollten die Weisen nur Rücksicht auf das Landvolk nehmen, dann sollten sie lieber Bücher und das Rechenbrett beiseite werfen und Hirten werden.“

„Eine jede gute Sache muß Nutzen bringen“, wandte der eingeschüchterte Pentuer ein.

„Ihr Höflinge“, sprach Menes bitter, „meßt stets mit zweierlei Maß: Wenn euch ein Phönizier einen Rubin oder einen Saphir bringt, fragt ihr nicht danach, was er für Nutzen bringt, sondern ihr kauft den Edelstein und verschließt ihn in eurer Truhe. Wenn aber ein Weiser mit einer Erfindung zu euch kommt, die die Zustände auf der Welt zum Guten zu ändern vermag, so fragt ihr gleich: Was für ein Nutzen entsteht daraus. Ihr fürchtet wohl, daß der Forscher eine Handvoll Gerste für einen Gegenstand verlangen könnte, dessen Bedeutung euer Verstand nicht zu begreifen vermag.“

„Du zürnst, Vater? Ich wollte dich gewiß nicht kränken!“

„Ich zürne nicht, sondern bin traurig. Noch vor zwanzig Jahren waren wir in diesem Tempel fünf Priester, die an Entdekkungen neuer Geheimnisse arbeiteten. Heute bin ich allein zurückgeblieben. Und bei Gott!, ich kann weder einen Nachfolger finden noch irgendeinen Menschen, der mich versteht.“

„Vater, ich würde hier bestimmt bis zum Tode bleiben, um deine göttlichen Gedanken kennenzulernen“, sagte Pentuer. „Aber darf ich mich denn heute im Tempel einschließen, wo sich die Geschicke des Reiches und das Glück des gemeinen Volkes entscheiden? Meine Teilnahme nämlich ...“

„... wird das Schicksal von einigen Millionen Menschen beeinflussen!“ unterbrach Menes spöttisch. „Oh, ihr großen Kinder mit Inful und Würdenträgerkette! Wenn ihr nur Wasser aus dem Nil schöpfen dürft, ist es euch gleichgültig, ob ihr das Anschwellen und das Absinken des Stromes bestimmen könntet. Wahrlich, genauso denkt ein der Herde nachlaufendes Schaf, das sich einbildet, sie voranzutreiben.“

„Bedenke bitte, mein Lehrer: Der junge Pharao besitzt ein edelmütiges Herz; er will dem Volk den siebenten Tag als Ruhetag geben, ein gerechtes Gericht und sogar Grund und Boden.“

Menes schüttelte den Kopf.

„All das“, sprach er, „sind vergängliche Dinge. Die jungen

Pharaonen werden alt, das Volk aber ... das Volk hatte schon so manches Mal einen siebenten Ruhetag und Land – und verlor wieder beides. Ach, wenn sich nur das ändern würde! Wieviel Dynastien und Priester haben seit dreitausend Jahren in Ägypten gelebt, wieviel Städte und Tempel sanken in Trümmer, bah!, sogar neue Erdschichten sind entstanden. Alles hat sich geändert, ausgenommen, daß zwei mal zwei vier ist und ein Dreieck die Hälfte eines Vierecks, daß der Mond die Sonne verdecken kann und kochendes Wasser einen Stein in die Luft schleudert. In der vergänglichen Welt ist allein die Weisheit von Dauer. Und wehe dem, der um der wie die Wolken vergänglichen Dinge willen die ewigen Dinge verläßt! Sein Herz wird niemals Frieden finden, sein Denken wird wie ein Nachen im Sturm ewig schwanken."

„Die Götter sprechen durch deinen Mund, mein Lehrer", erwiderte nach einigem Nachdenken Pentuer, „aber kaum einer unter Millionen kann ihr Gefäß sein, und es ist gut so. Denn was würde geschehen, wenn die Bauern die Nächte hindurch zu den Sternen aufblickten, die Soldaten Berechnungen anstellten, die Würdenträger und Pharaonen aber, anstatt zu regieren, Steine mit Hilfe kochenden Wassers schleuderten? Ehe der Mond einmal die Erde umkreiste, müßten alle Hungers sterben. Kein Rad und auch kein Kessel könnte das Land vor dem Einfall der Barbaren schützen und auch keinem Geschädigten zu seinem Recht verhelfen. Also", schloß Pentuer, „wenngleich die Weisheit notwendig und ewig ist wie Sonne, Blut und Atem, so können wir doch nicht alle Weise sein."

Auf diese Worte antwortete Menes nichts mehr.

Ein paar Tage lang blieb Pentuer im Tempel der Göttin Nut und ergötzte sich an dem Anblick des Sandmeeres und des fruchtbaren Niltals. Gemeinsam mit Menes forschte er in den Sternen, betrachtete das Schöpfrad, ging zuweilen zu den Pyramiden. Er bewunderte das Genie und die Bescheidenheit seines Lehrers. Im Geiste aber sagte er sich:

Menes ist zweifellos ein Gott in Menschengestalt. Nur deshalb kümmert ihn sein irdisches Leben nicht. Sein Wasserschöpfrad indessen wird in Ägypten kaum Anwendung finden, denn zunächst fehlt uns dazu das Holz, zum anderen müßte man gegen hunderttausend Stiere haben. Wo aber finden wir für sie, und sei es in Oberägypten, das Futter?

XII

Während Pentuer reiste, um Delegierte auszusuchen, hielt sich Ramses XIII. in Theben auf und verheiratete dort seinen Günstling Thutmosis. Zuerst fuhr der Herrscher zweier Welten, von einem prächtigen Gefolge umgeben, auf seinem goldenen Wagen zum Palast des würdigsten Anteph, des Nomarchen von Theben. Der Würdenträger lief dem Gebieter bis vor das Tor entgegen, streifte sich die kostbaren Sandalen von den Füßen und half Ramses auf Knien beim Aussteigen.

Für diese Huldigung reichte ihm der Pharao die Hand zum Kuß und erklärte, Anteph wäre von Stund an sein Freund und habe das Recht, in Sandalen sogar den Thronsaal zu betreten.

In dem riesigen Palastsaal des Nomarchen sagte der Gebieter in Anwesenheit des ganzen Gefolges: „Ich weiß, würdiger Anteph, daß deine ehrwürdigen Ahnen in den schönsten Gräbern wohnen und auch du, ihr Nachfahr, der vornehmste der ägyptischen Nomarchen bist. Wie dir gewiß bekannt ist, nimmt an meinem Hofe und im Heer wie auch in meinem königlichen Herzen mein Günstling und Kommandeur der Garde, Thutmosis, den ersten Platz ein.

Nach der Meinung der Weisen handelt ein reicher Mann, der den teuersten Edelstein nicht auch in den schönsten Ring setzt, schlecht daran. Da nun dein Geschlecht, Anteph, mir das teuerste und Thutmosis mir der Liebste ist, gedenke ich, euch miteinander zu verbinden, indem deine Tochter, die schöne und kluge Hebron, Thutmosis zum Gemahl nimmt."

Hierauf erwiderte der würdige Anteph: „Eure Heiligkeit, Herrscher der lebenden und der westlichen Welt! Wie ganz Ägypten Euch gehört, so sind auch dieses Haus und alle seine Bewohner Euer Eigentum. Da Ihr nun von Herzen wünscht, daß meine Tochter Hebron die Gemahlin Eures Günstlings Thutmosis wird, so möge es geschehen."

Daraufhin erzählte der Pharao Anteph, Thutmosis bekomme jährlich zwanzig Talente aus dem königlichen Schatz ausgezahlt und besitze außerdem große Güter in verschiedenen Nomen. Der würdige Anteph indessen erklärte, daß seine einzige Tochter Hebron fünfzig Talente jährlich bekommen werde sowie das Nutzungsrecht der Güter ihres Vaters in jenen Nomen, in denen sich der königliche Hof für längere Zeit aufhalten würde.

Da Anteph keinen Sohn hatte, so mußte einst sein gesamtes riesiges und schuldenfreies Vermögen zusammen mit dem Amt des Nomarchen von Theben an Thutmosis übergehen, wenn Seine Heiligkeit damit einverstanden war.

Nach Abschluß der Vereinbarungen trat Thutmosis ein und dankte Anteph zunächst dafür, daß er solch einem Habenichts wie ihm seine Tochter zum Weibe gegeben und sie so prächtig erzogen habe. Dann besprach man, daß die Trauungszeremonie innerhalb der nächsten Tage stattfinden solle. Thutmosis hatte als Kommandeur der Garde keine Zeit für allzulange Vorfeierlichkeiten.

„Ich wünsche dir Glück, mein Sohn", schloß Anteph lächelnd, „und viel Geduld. Meine geliebte Tochter Hebron ist mit ihren zwanzig Jahren die erste Modedame von Theben und gewöhnt, ihren Willen durchzusetzen.

Bei Gott! Ich sage dir, daß meine Herrschaft über Theben immer an der Gartenpforte meiner Tochter ihr Ende fand, und ich fürchte, dein Generalsrang wird auch keinen größeren Eindruck auf sie machen."

Nach dieser Einleitung lud der edle Anteph seine Gäste zu einem herrlichen Bankett ein, in dessen Verlauf die schöne Hebron mit einem großen Gefolge von Gefährtinnen erschien.

Im Speisesaal standen eine Menge Tische für jeweils zwei oder vier Personen und auf einer Erhebung ein größerer Tisch für den Pharao. Um Anteph und seinen Günstling zu ehren, näherte sich Seine Heiligkeit Hebron und bat sie zu sich.

Fräulein Hebron war wirklich schön, und sie machte den Eindruck einer erfahrenen Frau, was in Ägypten keine Seltenheit war. Ramses bemerkte schnell, daß die Verlobte ihren zukünftigen Gatten kaum beachtete, dafür aber ihn, den Pharao, mit ausdrucksvollen Blicken bedachte.

Auch das war in Ägypten nicht verwunderlich.

Als die Gäste an den Tischen Platz genommen hatten, die Musik ertönte und die Tänzerinnen den Gästen Wein und Blumen brachten, sagte Ramses: „Je länger ich dich anschaue, Hebron, um so mehr wundere ich mich. Wenn hier ein Fremder wäre, so hielte er dich sicher für eine Göttin oder Erzpriesterin, niemals aber für eine glückliche Verlobte."

„Ihr irrt, Gebieter", erwiderte sie. „In diesem Augenblick bin ich wohl glücklich, aber nicht über meine Verlobung."

„Warum nicht?" fragte der Pharao.

„Die Ehe lockt mich nicht. Ich würde lieber Erzpriesterin der Isis werden anstatt Gattin."

„Weshalb gehst du dann eine Ehe ein?"

„Meinem Vater zuliebe, der unbedingt einen Erben haben will. In der Hauptsache aber, weil Ihr es so wollt, Gebieter."

„Gefällt dir Thutmosis denn nicht?"

„Das will ich nicht sagen. Thutmosis ist schön, der erste Modeherr in Ägypten, er singt gut und erwirbt Auszeichnungen bei den Spielen, und seine Stellung als Befehlshaber der Garde Eurer Heiligkeit gehört zu den ersten im Lande.

Trotzdem – wären nicht die Bitten meines Vaters und Euer Befehl, Gebieter, so würde ich nicht sein Weib werden und werde es auch nicht sein! Thutmosis genügen mein Vermögen und der Titel meines Vaters, das übrige findet er bei den Tänzerinnen."

„Weiß er denn schon von seinem Unglück?"

Hebron lächelte.

„Er weiß es seit langem: Selbst wenn ich nicht die Tochter Antephs, sondern des letzten Paraschisten wäre, würde ich mich keinem Menschen hingeben, den ich nicht liebe. Ich könnte nur einen Höherstehenden lieben."

„Ist das dein Ernst?" wunderte sich Ramses.

„Ich bin bereits zwanzig, also umgeben mich seit sechs Jahren Verehrer. Ihren Wert habe ich rasch erkannt. Heute schon höre ich lieber die Gespräche der gelehrten Priester als Gesänge und Liebeserklärungen der jungen Edelleute."

„Dann gebe ich ja auf keinen Fall den richtigen Gesellschafter für dich ab, Hebron, denn ich bin weder einer unserer adligen Modejünglinge, noch besitze ich die Weisheit der Priester."

„O Herr, Ihr seid etwas Größeres", erwiderte sie stark errötend. „Ein siegreicher Heerführer, ungestüm wie ein Löwe, rasch wie ein Geier. Vor Euch werfen sich Millionen nieder, Staaten erbeben... Wir wissen doch, welchen Schrecken in Tyros und Ninive allein Euer Name weckt. Die Götter könnten Euch Eure Macht neiden."

Ramses wurde verwirrt.

„O Hebron, Hebron, wenn du wüßtest, welche Unruhe du in mein Herz senkst."

„Deshalb", sprach sie, „gehe ich die Ehe mit Thutmosis ein. Ich werde Eurer Heiligkeit näher sein und Euch wenigstens alle paar Tage einmal sehen, Herr."

Nach diesen Worten stand sie auf und ging davon.

Das bemerkte Anteph und eilte sofort verängstigt zu Ramses.

„O Gebieter!" rief er. „Hat meine Tochter etwas Unpassendes gesagt? Sie ist unbeherrscht wie eine Löwin."

„Beruhige dich", erwiderte der Pharao. „Hebron ist ein weises und ernsthaftes Mädchen. Sie ging hinaus, weil sie bemerkte, daß der Wein Eurer Würden allzu stark die Gäste erheitert."

Tatsächlich herrschte im Speisesaal großer Lärm. Thutmosis gab seine Rolle als Vizehausherr auf und wurde selber zum ausgelassensten Zecher.

„Ich will Eurer Heiligkeit im Vertrauen sagen", flüsterte Anteph, „daß sich der arme Thutmosis vor Hebron sehr in acht nehmen muß."

Dieses erste Bankett zog sich bis zum Morgen. Zwar fuhr der Pharao bald fort, doch die anderen blieben. Erst lagen sie in den Sesseln herum, später auf dem Fußboden, bis Anteph sie am Ende wie tote Gegenstände in ihre Häuser fahren lassen mußte.

Ein paar Tage später fand die Vermählungsfeierlichkeit statt.

Die Erzpriester Herihor und Mefres, die Nomarchen der Nachbarnomen und die höchsten Würdenträger der Stadt Theben trafen sich in Antephs Palast. Später kam Thutmosis auf einem zweirädrigen Wagen in Begleitung von Gardeoffizieren vorgefahren. Als letzter Gast erschien Seine Heiligkeit Ramses XIII.

Den Gebieter begleiteten der Großschreiber, die beiden Befehlshaber der Bogenschützen und der Reiterei, der Oberste Richter, der Großschatzkämmerer, der Erzpriester Sem und die Generaladjutanten.

Als sich die prächtige Versammlung im Ahnensaal des allerwürdigsten Anteph eingefunden hatte, erschien Hebron in weißen Gewändern und mit einem zahlreichen Gefolge von Freundinnen und Dienerinnen. Da erklärte ihr Vater – nachdem er vor den Statuen Amons und seines Vaters und vor dem Pharao Weihrauch verbrannt hatte – seine Tochter Hebron für mündig und schenkte ihr ihre Mitgift. Dabei überreichte er ihr in einer goldenen Kapsel die entsprechende gerichtliche Urkunde.

Nach einem kurzen Imbiß bestieg die Braut eine von acht Beamten des Nomos getragene Sänfte. Vor ihr schritten Musikkapellen und Sänger, Würdenträger umringten sie, und eine große Menschenmenge schloß sich an. Dieser ganze Hochzeitszug begab sich durch die schönsten Straßen Thebens zum Amon-Tempel.

Es waren so viel Zuschauer erschienen wie zur Beisetzung Ramses' XII.

Am Tempel blieb das Volk vor der Mauer zurück. Das junge Paar, der Pharao und die Würdenträger betraten die Säulenhalle. Hier streute Herihor vor der verschleierten Amon-Statue Weihrauch, die Priesterinnen führten einen heiligen Tanz auf, und Thutmosis las von einem Papyrus ab:

„Ich, Thutmosis, Kommandeur der Garde Seiner Heiligkeit Ramses' XIII., nehme dich, Hebron, die Tochter des Thebanischen Nomarchen Anteph, zum Weibe. Ich gebe dir sofort die Summe von zehn Talenten für deine Einwilligung. Für deine Kleidung setze ich jährlich drei Talente, für häusliche Ausgaben monatlich ein Talent aus. Von den Kindern, die wir bekommen wollen, soll der älteste Sohn mein Vermögen erben, das ich heute besitze und in Zukunft noch vergrößern werde. Für den Fall, daß ich mich von dir scheiden lassen und eine andere zur Frau nehmen sollte, verpflichte ich mich, dir vierzig Talente auszuzahlen. Unser Sohn müßte, wenn er das Gut übernimmt, dir außerdem jährlich fünfzehn Talente geben. Kinder, die ich mit einem anderen Weibe zeugen würde, hätten keinen Anspruch auf das Vermögen unseres erstgeborenen Sohnes."*

Jetzt trat der Oberste Richter vor und verlas in Hebrons Namen die Urkunde, in der die junge Frau versprach, ihren Gemahl gut zu beköstigen und zu kleiden, sich um sein Haus, die Familie, die Dienerschaft, die Sklaven und das Inventar zu kümmern und dem Ehegatten die Verwaltung ihres Gutes, das sie von ihrem Vater erhalten hatte, anzuvertrauen.

Nach dem Verlesen der Urkunde reichte Herihor Thutmosis einen Pokal mit Wein.

Der junge Gemahl trank die Hälfte aus, Hebron netzte ihre Lippen, wonach beide vor dem Purpurschleier Weihrauch opferten.

Als sie den Thebanischen Amon-Tempel verließen, begaben sich das junge Paar und sein prächtiges Gefolge durch die Sphinxallee in den königlichen Palast. Die Menschenmenge und die Soldaten begrüßten sie mit Hochrufen und streuten ihnen Blumen auf den Weg.

Bisher hatte Thutmosis in den Gemächern des Pharao ge-

* Authentisch.

wohnt. Doch an diesem Tage schenkte ihm der Herrscher eine schöne Villa in der Tiefe des Gartens. Sie stand inmitten eines dichten Feigen-, Myrten- und Baobabewäldchens vor den Augen der Menschen verborgen, wie abgeschnitten von aller Welt. Dort konnten die jungen Eheleute ihre glücklichen Tage verbringen. In diesem friedlichen Winkel erschienen so selten Menschen, daß nicht einmal die Vögel vor ihnen flohen.

Als die Neuvermählten mit den Gästen in ihrer neuen Wohnung eingetroffen waren, folgte die endgültige Hochzeitszeremonie.

Thutmosis nahm Hebron bei der Hand und führte sie zu einem vor einer Isis-Statue brennenden Feuer. Dort goß Mefres über das Haupt der jungen Frau eine Kelle heiligen Wassers, Hebron berührte mit der Hand die Flammen, und Thutmosis teilte mit ihr ein Stückchen Brot und streifte ihr seinen Ring auf den Finger zum Zeichen, daß sie von Stund an Herrin von Haus und Hof, der Dienerschaft, des Viehs und der Sklaven des jungen Ehemannes sei.

Währenddessen sangen die Priester Hochzeitshymnen und trugen die Statue der göttlichen Isis durch das ganze Haus. Die Priesterinnen aber führten wieder heilige Tänze auf.

Der Tag endete mit Schauspielen und einem großen Bankett. Alle bemerkten, daß Hebron stets in Gesellschaft des Pharao blieb, während sich Thutmosis von ihr fernhielt und nur die Gäste bewirtete.

Als die ersten Sterne blinkten, verließ der heilige Herihor das Festgelage, kurz nach ihm schlichen sich etliche der höchsten Würdenträger davon. Gegen Mitternacht versammelten sich in den unterirdischen Gewölben des Amon-Tempels folgende ehrwürdige Männer: die Erzpriester Herihor, Mefres und Mentezufis, der Oberste Richter von Theben sowie die Nomarchen von Abs, Horti und Emsuch.

Mentezufis untersuchte die dicken Säulen, verschloß die Tür und löschte alles Licht bis auf eine Lampe vor der Statue des Horus. Die Würdenträger setzten sich auf die drei steinernen Bänke, und der Nomarch von Abs sprach:

„Wenn man mir befehlen würde, den Charakter Seiner Heiligkeit Ramses' XIII. zu beschreiben, so wäre ich dazu nicht imstande."

„Ein Verrückter!" warf Mefres ein.

„Ob er verrückt ist, weiß ich nicht", sagte Herihor. „Auf

jeden Fall haben wir es mit einem sehr gefährlichen Menschen zu tun. Assyrien hat uns schon zweimal an den endgültigen Vertrag erinnert; heute aber beginnt es, wie ich höre, sich wegen unserer Aufrüstung zu beunruhigen."

„Das ist noch nicht so schlimm wie die Tatsache, daß dieser Gottlose die Schätze des Labyrinths antasten will", ließ sich Mefres vernehmen.

Der Nomarch von Emsuch hielt die Versprechungen des Pharao für das Gefährlichste:

„Die Einkünfte des Reiches wie auch unsere eigenen werden stark zusammenschmelzen, wenn das gemeine Volk an jedem siebenten Tag nicht zu arbeiten braucht und Ramses die Landleute gar noch dazu mit Grund und Boden beschenken sollte."

„Er ist dazu fest entschlossen", flüsterte der Oberste Richter.

„Wirklich?" fragte der Nomarch von Horti. „Mir scheint, daß er nur Geld haben will. Wenn man ihm also etwas von den Schätzen des Labyrinths abließe..."

„Das darf nicht sein", unterbrach Herihor. „Dem Reich droht keine Gefahr, sondern nur dem Pharao, das ist ein Unterschied. Der Deich bleibt so lange stark, wie ihn auch nicht ein noch so kleines Rinnsal Wasser durchdringt, also wird das Labyrinth nur voller Schätze bleiben, wenn wir keinen einzigen Goldbarren antasten. Wen unterstützen wir denn letzten Endes durch die Schätze der Götter und des Reiches? Einen Jüngling, der den Glauben verachtet, die Priester demütigt und das Volk rebellisch macht. Ist er nicht schlimmer als Assar? Der ist zwar durch und durch ein Barbar, doch er fügt uns keinen Schaden zu."

„Es ist unerhört, daß sich der Pharao so auffällig an die Gemahlin seines Günstlings herangemacht hat. Und das bereits am Tage der Hochzeit", sprach der Richter nachdenklich.

„Hebron ist schuld, sie legt es darauf an!" wandte der Nomarch von Horti ein.

„Jedes Weib lockt alle Männer", entgegnete der Nomarch von Emsuch. „Doch der Mensch hat seinen Verstand erhalten, um die Sünde meiden zu können."

„Der Pharao gilt aber als Gemahl aller ägyptischen Frauen", murmelte der Nomarch von Abs. „Schließlich gehören Sünden vor das Gericht der Götter, uns aber hat nur das Reich zu kümmern."

„Gefährlich, gefährlich!" meinte der Nomarch von Emsuch

kopfschüttelnd. „Ohne Zweifel ist das gemeine Volk schon frech geworden, so daß man stündlich mit Aufruhr rechnen muß. Dann werden kein Erzpriester und kein Nomarch mehr ihrer Herrschaft und ihres Eigentums, ja nicht einmal ihres Lebens sicher sein."

„Eine Empörung kann ich meistern", erklärte Herihor.

„Wie denn?"

Darauf antwortete Mefres: „Wir vermögen einer Empörung bereits vorzubeugen, indem wir die Klügeren unter dem gemeinen Volk darüber aufklären, daß derjenige, der ihnen große Erleichterungen verspricht, ein Wahnsinniger ist."

„Er ist der gesündeste Mensch unter der Sonne!" flüsterte der Nomarch von Horti. „Man muß sich nur bemühen, ihn zu verstehen."

„Ein Wahnsinniger! Ein Wahnsinniger!" wiederholte Mefres. „Sein älterer Halbbruder ahmt bereits einen Affen nach und säuft mit den Paraschisten, und er selbst wird jeden Augenblick auch damit beginnen."

„Das ist eine üble und alberne Weise, einen gesunden Menschen zu einem Wahnsinnigen zu stempeln", nahm der Nomarch von Horti wieder das Wort. „Wenn das Volk hinter diese Lüge kommt, wird es uns nichts mehr glauben. Dann wäre es erst unmöglich, einen Aufstand aufzuhalten."

„Wenn ich behaupte, daß Ramses wahnsinnig ist, muß ich das natürlich beweisen können", bestätigte Mefres. „Paßt also auf."

Die Würdenträger rückten unruhig auf den Bänken.

„Sagt doch einmal selbst, ob ein Mensch von gesundem Verstand, noch dazu ein Thronfolger, es wagen würde, öffentlich, in Gegenwart etlicher tausend Asiaten, mit einem Stier zu kämpfen? Oder treibt sich etwa ein vernünftiger ägyptischer Prinz nachts in einem phönizischen Tempel herum? Würde ein normaler Mann sein Erstes Weib grundlos zur Sklavin gemacht haben, was sogar zu ihrem und des Kindes Tod geführt hat?"

Unter den Anwesenden entstand ein Gemurmel des Entsetzens.

„All das", sprach der Erzpriester, „haben wir in Pi-Bast erlebt; ich und Mentezufis waren außerdem Zeugen der Saufgelage, auf denen der schon halb wahnsinnige Thronfolger die Götter lästerte und die Priester beleidigte."

„So war es", bestätigte Mentezufis.

„Und was haltet ihr davon", rief Mefres in immer größerer Erregung, „verläßt ein Mensch von gesundem Verstande, ein Oberster Heerführer, seine Armee, um ein paar libyschen Banditen nachzujagen?

Ich übergehe dabei sogar noch eine Menge anderer Symptome, zum Beispiel die Idee, den Bauern Feiertage und Grund und Boden zu geben, und frage euch nur: Kann ich einen Menschen als normal bezeichnen, der ohne Grund so viele verbrecherische Unsinnigkeiten rein zum Vergnügen begangen hat?"

Die Anwesenden schwiegen, der Nomarch von Horti war betrübt.

„Man wird sich das wohl überlegen müssen", mahnte der Oberste Richter, „damit nicht einem Menschen Unrecht geschieht."

Hier nahm Herihor das Wort.

„Der heilige Mefres läßt Ramses Gnade widerfahren", sagte er scharf, „wenn er ihn für einen Wahnsinnigen hält. Sonst nämlich müßten wir den Jüngling für einen Verräter halten."

Die Anwesenden bewegten sich unruhig.

„Ja, der sogenannte Ramses XIII. ist ein Verräter, denn er beauftragt nicht nur Spione und Diebe, den Weg zu den Schätzen des Labyrinths zu suchen, er verweigert nicht nur den Vertrag mit Assyrien, den Ägypten unbedingt braucht ..."

„Eine schwere Anklage!" rief der Richter.

„... sondern er verhandelt – hört nur! – mit den niederträchtigsten Phöniziern über den Bau eines Kanals zwischen dem Roten Meer und dem Mittelmeer! Die Verwirklichung dieses Projekts aber bedeutet eine große Bedrohung für Ägypten, weil unser Land dadurch in einem Augenblick von gewaltigen Wassermassen überschwemmt werden könnte!

Hier geht es bereits nicht mehr um die Schätze des Labyrinths, sondern um unsere Tempel und Häuser, um sechs Millionen zwar dummer, jedoch unschuldiger Menschen und schließlich um unser und unserer Kinder Leben."

„Wenn es so ist!" seufzte der Nomarch von Horti.

„Ich und der würdige Mefres bürgen dafür und versichern, daß dieser Mensch für Ägypten unzählige, nie dagewesene Gefahren heraufbeschworen hat. Also haben wir euch, ehrwürdige Männer, zusammengerufen, um zu beratschlagen, wie wir unser Vaterland retten können. Aber wir müssen schnell handeln, denn die bösen Absichten dieses Mannes sind gefährlich, unberechenbar und jäh wie der Wüstensturm. Mögen die Götter verhüten, daß wir wie von einem Typhon vernichtet werden!"

In dem dämmerigen Gewölbe wurde es für ein paar Augenblicke still.

„Was soll man hier raten?" ließ sich der Nomarch von Emsuch vernehmen. „Wir leben abgeschieden in unseren Nomen, weit ab vom Hofe, und kennen nicht die Pläne dieses Wahnsinnigen, können sie uns nicht einmal vorstellen, geschweige daran glauben.

Deshalb denke ich, daß es am besten sein wird, Euch, würdigen Männern, Herihor und Mefres, die Angelegenheit zu überlassen. Ihr habt die Krankheit entdeckt und werdet auch über eine Arznei nachdenken und sie anzuwenden wissen. Wenn Euch jedoch die Last der Verantwortung beunruhigt, so nehmt den Obersten Richter zur Hilfe."

„Ja! Ja! So soll es geschehen!" bestätigten die erregten Würdenträger.

Mentezufis entzündete eine Fackel und legte vor der Statue des Gottes einen Papyrus auf den Tisch, auf dem folgendes geschrieben stand: Angesichts der Gefahr, die dem Reich droht, wird die Gewalt des Geheimen Rates in die Hände Herihors übertragen, dem Mefres und der Höchste Richter zur Hilfe beigegeben werden.

Diese Urkunde wurde durch die Unterschriften der anwesenden Würdenträger bestätigt, in einer Schatulle eingeschlossen und in einem Versteck unter dem Altar verborgen.

Außerdem verpflichtete sich jeder der sieben Teilnehmer unter Eid, allen Befehlen Herihors nachzukommen und für die Verschwörung je zehn Würdenträger zu werben. Herihor indessen versprach, Beweise zu bringen, daß Assyrien auf einen Vertrag dränge, den der Pharao nicht unterschreiben wolle, und daß Ramses statt dessen mit den Phöniziern über den Bau des Kanals verhandle und auf verräterische Weise versuche, in das Labyrinth einzudringen.

„Mein Leben und meine Ehre liegen in euern Händen", schloß Herihor; „wenn meine Behauptungen sich als unwahr erweisen sollten, so verurteilt mich zum Tode und verbrennt meine Leiche."

Jetzt zweifelte niemand mehr daran, daß der Erzpriester die reine Wahrheit sagte. Kein Ägypter hätte nämlich seinen Leib dem Feuer und damit seine Seele dem endgültigen Verlöschen ausgesetzt.

Nach der Hochzeit verbrachte Thutmosis mit Hebron einige Tage in seiner neuen Villa. Jeden Abend aber ging er in die Kaserne der Garde, wo er in Gesellschaft von Offizieren und Tänzerinnen die Nächte sehr lustig verbrachte.

Aus seinem Benehmen schlossen die Gefährten, daß Thutmosis Hebron nur ihrer Mitgift wegen geheiratet habe, was schließlich niemanden verwunderte.

Nach fünf Tagen kam Thutmosis zum Pharao und erklärte, seinen Dienst wieder aufnehmen zu wollen. Von Stund an besuchte er seine Gemahlin nur noch bei Tage, nachts wachte er vor dem Schlafgemach des Herrschers.

Eines Abends sagte der Pharao zu ihm: „Dieser Palast hat so viel Winkel, aus denen man mich heimlich beobachten und belauschen kann, daß ich auf Schritt und Tritt überwacht werde. Selbst zu meiner ehrwürdigen Mutter sprechen wieder geheimnisvolle Stimmen, die in Memphis bereits verstummt waren, als ich die Priester davongejagt hatte. Darum kann ich niemanden bei mir empfangen, sondern muß den Palast verlassen, um mich an einem sicheren Ort mit meinen Vertrauten zu beraten."

„Soll ich Eurer Heiligkeit nachgehen?" fragte Thutmosis, als er bemerkte, daß sich der Pharao nach seinem Mantel umsah.

„Nein, du mußt hierbleiben und darüber wachen, daß niemand mein Gemach betritt. Laß keinen Menschen ein, selbst meine Mutter nicht oder den Schatten meines ewig lebenden Vaters. Sag, ich schliefe und wolle auf keinen Fall gestört werden."

„Ich werde deinen Befehl strengstens befolgen", erwiderte Thutmosis und legte dem Pharao seinen Mantel mit der Kapuze an.

Dann löschte er das Licht im Schlafgemach. Der Herrscher ging durch den Seitenkorridor hinaus.

Als Ramses den Garten betrat, blieb er stehen und blickte sich aufmerksam um. Nachdem er sich orientiert hatte, schritt er rasch Thutmosis' kleinem Palast zu.

Nach etlichen Minuten vertrat ihm in der schattigen Allee jemand den Weg und fragte: „Wer da?"

„Nubien", antwortete der Pharao.

„Libyen", entgegnete der Frager und zog sich schnell, wie erschreckt, zurück.

Es war ein Offizier der Garde. Ramses betrachtete ihn aufmerksam und rief: „Ach, Eunana! Was willst du hier?“

„Ich mache einen Rundgang durch die Gärten. Ich tue das jede Nacht ein paarmal, da sich zuweilen Diebe einschleichen.“

Der Pharao überlegte und sprach: „Du handelst vernünftig. Doch denke daran: Die erste Pflicht eines Gardisten ist Verschwiegenheit. Spitzbuben treibe also davon. Wenn du aber achtbare Personen triffst, so halte sie nicht an und schweige, schweige immer, selbst dann, wenn ... dir der Erzpriester Herihor begegnete.“

„O Gebieter!“ rief Eunana. „Befiehl mir nur nicht, bei Nacht Herihor oder Mefres gar noch zu huldigen. Ich fürchte, daß bei ihrem Anblick mein Schwert von allein aus der Scheide springen würde.“

Ramses lächelte.

„Dein Schwert ist das meine“, erwiderte er, „und darf nur dann aus der Scheide heraus, wenn ich es befehle.“

Er nickte Eunana zu und ging weiter.

Nachdem der Pharao eine Viertelstunde lang auf verschlungenen Wegen umhergeirrt war, erreichte er eine im Gebüsch verborgene Laube. Er glaubte ein Rascheln zu hören und fragte leise: „Hebron?“

Da sprang ihm eine gleichfalls in einen dunklen Mantel gehüllte Gestalt entgegen. Sie lehnte sich stürmisch an Ramses und hängte sich ihm an den Hals. „Du bist es, Gebieter? Du bist es? Wie lange habe ich warten müssen!“

Der Pharao fühlte, daß sie ihm aus den Armen glitt. Er hob sie hoch und trug sie in die Laube. In dem Augenblick fiel sein Mantel herab, Ramses zog ihn noch einen Moment mit, dann aber ließ er ihn liegen.

Am nächsten Tag ließ die ehrwürdige Nikotris Thutmosis zu sich rufen. Der Günstling des Pharao erschrak, als er die Königin erblickte. Sie sah erschreckend blaß aus; ihre Augen lagen tief eingesunken, und ihr Blick war beinahe irre.

„Setz dich“, sprach sie und wies ihm neben ihrem Sessel einen Stuhl an.

Thutmosis zögerte.

„Setz dich! Und ... und ... schwöre mir, daß du niemandem wiederholen wirst, was ich dir sage.“

„Beim Schatten meines Vaters“, versicherte er.

„Höre!“ flüsterte Nikotris. „Ich bin dir stets fast eine Mutter gewesen. Wenn du also das Geheimnis verraten solltest, würden dich die Götter bestrafen, nein ... nur einen Teil des Unglücks über dein Haupt kommen lassen, das über meinem Geschlecht schwebt."

Thutmosis lauschte bestürzt.

Ist sie wahnsinnig geworden? überlegte er mit Schaudern.

„Schau durch dieses Fenster auf jenen Baum. Weißt du, wen ich heute nacht darauf gesehen habe?"

„Ist denn der Halbbruder Seiner Heiligkeit nach Theben gekommen?"

„Er nicht", flüsterte Nikotris schluchzend. „Ramses hat dort oben gesessen!"

„Auf dem Baum? Heute nacht?"

„Ja! Das Licht der Fackel fiel voll auf sein Antlitz und seine Gestalt. Er trug einen Kaftan mit weißen und blauen Streifen, sein Blick war irr. Er lachte wild wie sein unglücklicher Bruder und sprach: ‚Sieh, Mutter, ich kann fliegen, was weder Seti noch Ramses der Große, noch Cheops vermochten. Schau, wie mir die Flügel wachsen!'

Dabei reckte er mir seine Hand entgegen. Ohnmächtig vor Schmerz berührte ich sie durch das Fenster, betastete sein von kaltem Schweiß übergossenes Antlitz. Endlich ließ er sich vom Baum hinabgleiten und floh."

Thutmosis lauschte entsetzt. Plötzlich schlug er sich vor die Stirn.

„Das war nicht Ramses", erwiderte er entschieden, „sondern sein Doppelgänger, der niederträchtige Grieche Lykon. Er hat ihm damals den Sohn erschlagen und befindet sich heute in der Gewalt der Erzpriester. Welch gemeine List dieser Schurken Herihor und Mefres!"

Ein Hoffnungsstrahl huschte über das Antlitz der Königin, doch nur für einen Augenblick.

„Ich sollte meinen eigenen Sohn nicht erkennen?"

„Lykon muß ihm außerordentlich ähnlich sehen", sprach Thutmosis. „Das ist das Werk der Priester. Diese Verruchten! Selbst der Tod wäre zu milde für sie."

„Also hat der Pharao heute nacht zu Hause geschlafen?" fragte die Herrin plötzlich.

Thutmosis wurde verwirrt und senkte die Augen.

„Ja oder nein?"

„Ja", antwortete der Günstling mit unsicherer Stimme.

„Du lügst! Doch sage mir wenigstens, ob er einen Kaftan mit weißen und blauen Streifen trug?“

„Ich entsinne mich nicht“, flüsterte Thutmosis.

„Du lügst ja wieder! – Und dieser Mantel? Behaupte nur, daß er nicht meinem Sohn gehört. Mein Sklave hat ihn unter jenem Baum gefunden.“

Nikotris sprang auf und holte aus der Truhe einen braunen Kapuzenmantel hervor. Sofort erinnerte sich Thutmosis daran, daß der Pharao nach Mitternacht ohne Mantel zurückgekehrt war und sogar erklärt hatte, ihn irgendwo im Garten verloren zu haben.

Er zauderte, überlegte. Schließlich aber entgegnete er entschlossen: „Nein, Königin. Das war nicht der Pharao, sondern Lykon. Es handelt sich bestimmt um ein Verbrechen der Priester, was ich Seiner Heiligkeit sofort berichten muß!“

„Wenn Ramses es aber gewesen ist?“ fragte die Gebieterin von neuem, obwohl in ihren Augen schon ein Hoffnungsfunken glomm.

Thutmosis geriet in Verwirrung. Sein Verdacht auf Lykon war vernünftig und konnte richtig sein; doch fehlte es nicht an Beweisen, daß Nikotris Ramses gesehen haben konnte. Er war nach Mitternacht in seine Wohnung zurückgekehrt, hatte einen weiß und blau gestreiften Kaftan getragen und seinen Mantel verloren. Auch war sein Bruder bereits wahnsinnig, und endlich – sollte sich das Herz einer Mutter so sehr irren können?

Da, mit einem Male, erwachte in der Seele des Thutmosis schlangengleich heimtückisch der Zweifel.

Zum Glück begann im selben Maße, in dem er wankend wurde, die Königin Mut zu fassen.

„Gut, daß du mich an diesen Lykon erinnert hast. Ich entsinne mich. Seinetwegen verdächtigte Mefres Ramses des Kindermordes, heute aber bedient er sich vielleicht dieses Elenden, um den Pharao in Verruf zu bringen.

Auf jeden Fall verliere niemandem gegenüber auch nur ein Wort. Wenn Ramses ... wenn er wirklich solch einem Unglück verfallen sein sollte, wäre das vielleicht nur vorübergehend. Es ist unmöglich, ihn durch die Verbreitung derartiger Gerüchte zu demütigen, ja, es ist sogar ausgeschlossen, ihm das zu sagen. Wenn es sich aber um ein Verbrechen der Priester handelt, müssen wir ebenfalls vorsichtig sein – obwohl Menschen, die zu solchen Betrügereien greifen, nicht stark sein können.“

„Ich werde das aufklären", unterbrach Thutmosis, „doch wenn ich mich überzeuge ..."

„Aber sage Ramses nichts, ich beschwöre dich beim Schatten deiner Väter!" rief Nikotris, die Hände faltend. „Der Pharao würde ihnen nicht verzeihen, sondern sie vor Gericht stellen. Das gäbe auf jeden Fall ein Unglück. Entweder würde man die höchsten Priester des Reiches zum Tode verurteilen oder sie freisprechen. Was aber dann?

Den Lykon aber suche, verfolge und erschlage ihn mitleidlos wie ein Raubtier, wie eine Schlange."

Thutmosis verabschiedete sich von der merklich ruhiger gewordenen Frau; doch seine eigenen Befürchtungen wuchsen.

Wenn dieser niederträchtige Grieche Lykon noch lebte – überlegte der Favorit –, dann müßte er, statt auf Bäumen herumzukriechen und sich der Königin zu zeigen, doch lieber fliehen wollen. Ich selbst würde ihm zur Flucht verhelfen und ihn mit Reichtümern überschütten, wenn er mir die Wahrheit gestehen und Zuflucht vor diesen Schurken suchen wollte. Doch woher hätte er dann den Kaftan, den Mantel? Warum sollte sich Nikotris, eine Mutter, geirrt haben?

Seit der Zeit mied Thutmosis den Pharao und wagte nicht, ihm in die Augen zu sehen. Da auch Ramses sich unbehaglich fühlte, schien es Außenstehenden, daß sich ihr herzliches Verhältnis zueinander abgekühlt hätte.

Doch eines Abends rief der Gebieter wieder seinen Günstling.

„Ich muß", sprach er, „mit Hiram wichtige Dinge besprechen und gehe also aus. Wache hier bei meinem Schlafgemach. Falls mich irgend jemand sehen möchte, lasse ihn nicht ein."

Als Ramses in den Geheimkorridoren des Palastes verschwand, wurde Thutmosis wieder von Unruhe erfaßt.

Vielleicht – überlegte er – haben ihn die Priester mit einem Tollwasser vergiftet, und da er einen Ausbruch der Krankheit nahen fühlt, flieht er aus seinem Hause. Na, ich werde abwarten.

Der Pharao kehrte lange nach Mitternacht in sein Gemach zurück – mit einem fremden Soldatenmantel angetan.

Thutmosis überlief ein Schauer, und er konnte bis zum Morgen nicht schlafen, da er erwartete, von der Königin gerufen zu werden. Nikotris aber rief ihn nicht. Doch während des morgendlichen Appells der Garde bat der Offizier Eunana seinen Kommandeur um eine kurze Unterredung.

Als sie miteinander in einem abgelegenen Raum allein waren, warf Eunana sich Thutmosis zu Füßen und flehte ihn an, niemandem zu wiederholen, was er ihm sagen werde.

„Was ist geschehen?“ fragte Thutmosis und spürte seinen Herzschlag stocken.

„Gestern habe ich im Garten einen Menschen gesehen, der nackt umherlief und mit unmenschlicher Stimme schrie.

Man führte ihn zu mir und, Herr, erschlage mich! ...“

Eunana warf sich erneut nieder.

„... dieser nackte Mensch ... dieser ... ich kann es nicht sagen ...“

„War wer?“ fragte Thutmosis entsetzt.

„War ...“, ächzte Eunana. „... ich nahm meinen Mantel und bedeckte die heilige Nacktheit. Als ich ihn zum Palast führen wollte ... befahl mir der Pharao zu bleiben und zu schweigen ... zu schweigen.“

„Wohin ging er dann?“

„Ich weiß es nicht, denn ich habe ihm nicht nachgeblickt, und das ist auch den Soldaten verboten. Er verschwand irgendwo im Dickicht des Gartens. Ich schärfte meinen Leuten ein, daß ... sie nichts gesehen, nichts gehört hätten. Wenn aber doch jemand irgend etwas gesehen oder gehört haben sollte, würde er sofort erdrosselt werden.“

Thutmosis hatte sich inzwischen wieder gefaßt.

„Ich weiß nicht“, sprach er kühl, „was ich dazu sagen soll. Dein Bericht ist mir unverständlich. Doch denke daran, daß ich selbst einmal nackt umhergelaufen bin, als ich zuviel Wein getrunken hatte, und diejenigen, die mich gesehen haben, reichlich belohnte ... Die Bauern, Eunana, die Bauern und die Arbeiter gehen immer unbekleidet, die Großen indessen nur dann, wenn es ihnen so gefällt. Und falls ich oder irgendein anderer Würdenträger Lust verspürte, auf dem Kopf zu stehen, so sollte sich ein kluger und frommer Offizier nicht darüber wundern.“

„Ich verstehe“, erwiderte Eunana und sah seinem Kommandeur scharf in die Augen. „Also werde ich nicht nur meinen Soldaten deine Worte wiederholen, sondern gleich heute nacht selbst nackend in den Gärten umherlaufen, damit sie sehen, daß Vorgesetzte machen können, was sie wollen ...“

Obwohl nur wenige Personen den Pharao oder seinen Doppelgänger im Zustand des Wahnsinns gesehen hatten, verbreitete sich die Nachricht von den sonderbaren Vorfällen sehr rasch.

Schon nach ein paar Tagen raunten alle Einwohner Thebens, von den Paraschisten und Wasserträgern bis zu den Kaufleuten und Schreibern, einander zu, daß Ramses XIII. von demselben Unglück betroffen worden sei, das dazu geführt hatte, seine älteren Brüder von der Thronfolge auszuschließen.

Die Furcht und die Achtung vor dem Pharao waren so groß, daß man nicht wagte, laut darüber zu sprechen, besonders nicht vor fremden Menschen. Trotzdem wußten es alle, alle mit Ausnahme von Ramses.

Das Merkwürdigste aber war, daß sich das Gerücht sehr rasch im ganzen Reich verbreitete; ein Beweis für seine Übermittlung durch die Tempel. Nur die Priester vermochten, sich in einigen zehn Stunden über ganz Ägypten hinweg miteinander zu verständigen.

Niemand erwähnte das gräßliche Gerücht unmittelbar vor Thutmosis. Doch der Kommandeur der Pharaonengarde spürte auf Schritt und Tritt die Wirkung der unheilvollen Kunde. Aus dem Benehmen vertrauter Menschen erriet er, daß die Dienerschaft, die Sklaven, die Soldaten, die Hoflieferanten über den Wahnsinn des Gebieters sprachen, sofort aber verstummten, wenn ein Vorgesetzter sie hören konnte.

Endlich entschloß sich der gereizte und erschütterte Thutmosis zu einer Aussprache mit dem Thebanischen Nomarchen.

Als er in den Palast kam, fand er Anteph auf seinem Ruhebett vor, in einem Zimmer, dessen eine Hälfte wie ein Garten mit sonderbaren und merkwürdigen Pflanzen geschmückt war. In der Mitte des Raumes sprühte eine Rosenwasserfontäne; in den Winkeln standen Götterstatuen, auf Wandgemälden waren die hervorragendsten Taten des Nomarchen dargestellt. Ein schwarzer Sklave fächelte Anteph mit einem Fächer aus Straußenfedern Kühlung zu; auf dem Fußboden saß der Schreiber des Nomos und las einen Bericht vor.

Thutmosis' Miene war so bekümmert, daß der Nomarch sofort Schreiber und Sklaven wegschickte, sich erhob und alle Winkel des Raumes untersuchte, um zu prüfen, ob niemand sie belausche.

„Würdigster Vater der Herrin Hebron, meiner ehrenwerten Gemahlin", sprach Thutmosis. „Aus deinem Benehmen erkenne ich, daß du errätst, worüber ich sprechen will."

„Der Nomarch von Theben muß immer vorsichtig sein", entgegnete Anteph. „Ich kann mir natürlich denken, daß der Kommandeur der Garde Seiner Heiligkeit mich nicht aus einem nichtigen Grund heraus aufsuchen würde."

Sie sahen sich gegenseitig in die Augen. Endlich setzte sich Thutmosis neben seinen Schwiegervater und fragte ihn flüsternd: „Hast du die niederträchtigen Gerüchte gehört, die die Feinde des Reiches über unseren Herrscher verbreiten?"

„Wenn es um meine Tochter Hebron geht", sagte der Nomarch hastig, „so erkläre ich dir, daß du jetzt ihr Gebieter bist und dich nicht mehr bei mir über sie beklagen kannst."

Thutmosis winkte nachlässig ab und sprach: „Nichtswürdige Menschen verbreiten, der Pharao sei wahnsinnig geworden. Hast du davon gehört, mein Vater?"

Anteph nickte und schüttelte den Kopf, was ebensogut Bestätigung wie Verneinung bedeuten konnte. Endlich sagte er: „Die Torheit ist groß wie das Meer, das alles aufnehmen kann."

„Dies ist keine Torheit, sondern ein Frevel der Priester, die einen Doppelgänger Seiner Heiligkeit in ihrer Gewalt haben und zu bösen Schurkenstreichen benutzen."

Und er erzählte dem Nomarchen die Geschichte des Griechen Lykon und seiner Verbrechen in Pi-Bast.

„Von jenem Mörder habe ich gehört", antwortete Anteph. „Wo aber hast du Beweise dafür, daß Mefres Lykon in Pi-Bast gefangenhielt, ihn nach Theben brachte und hier in die königlichen Gärten ließ, um ihn den wahnsinnigen Pharao spielen zu lassen?"

„Ebendeshalb frage ich Euer Würden um Rat. Ich bin der Kommandeur der Garde und muß über Ehre und Sicherheit unseres Gebieters wachen."

„Was tun? Was tun?" murmelte Anteph. „Ha! Vor allem aufpassen, daß die gottlosen Gerüchte nicht die Ohren des Pharao erreichen."

„Warum?"

„Weil sonst ein großes Unglück geschieht. Wenn unser Gebieter davon hört, wird ihn der Zorn packen, ein schrecklicher Zorn, der sich natürlich gegen Herihor und Mefres wenden würde. Vielleicht schilt Ramses sie nur aus, wahrscheinlich aber wird er sie einsperren oder sogar hinrichten lassen. Was er aber auch unternähme – er könnte den beiden Erzpriestern nichts nachweisen. Und was dann? Bei uns in Ägypten opfert man den Göttern zwar nicht mehr gern, doch wird sich unser Volk hinter die scheinbar unschuldigen Priester stellen. Was soll dann werden? Ich denke" – dabei näherte er seinen Mund Thutmosis' Ohr –, „das wäre das Ende der Dynastie."

„Wozu rätst du mir nun?"

„Immer nur zu dem einen!" rief Anteph. „Suche Lykon, beweise, daß Mefres und Herihor ihn verborgen gehalten und ihm befohlen haben, den wahnsinnigen Pharao zu spielen. Das mußt du tun, wenn du die Gunst deines Herrn behalten willst. Beweise, soviel Beweise wie möglich! Wir leben nicht in Assyrien: Ohne das Höchste Gericht kann man den Erzpriestern nichts anhaben; kein Richter aber wird sie ohne greifbare Beweise verurteilen!

Du mußt schließlich auch in Betracht ziehen, daß man dem Pharao vielleicht irgendein berauschendes Gift eingegeben hat. Das wäre immerhin einfacher, als einen Menschen in die Nacht hinauszuschicken, der weder die Losung noch den Palast oder den Garten kennt. Von Lykon hat mir damals ein zuverlässiger Mann erzählt, nämlich Hiram. Aber ich kann mir nicht vorstellen, wie der Grieche hier in Theben derartig sonderbare Szenen spielen sollte."

„Na!" unterbrach Thutmosis. „Aber wo ist Hiram eigentlich?"

„Gleich nach eurer Hochzeit nach Memphis gefahren. In diesen Tagen soll er schon in Hiten eingetroffen sein."

Thutmosis stutzte und überlegte:

In jener Nacht, in der man einen nackten Menschen zu Eunana führte, hatte der Pharao mir erklärt, sich mit Hiram treffen zu wollen. Da der Fürst aber nicht in Theben war – hat Seine Heiligkeit also schon in dieser Stunde nicht mehr gewußt, was er sprach!

Thutmosis war völlig benommen. Er wußte nicht, was er in dieser unerhörten Lage machen, ja nicht einmal mehr, was er darüber denken sollte. Sosehr er auch noch bei der Unterhaltung mit der Königin Nikotris überzeugt gewesen war, Lykon sei im Auftrage der Erzpriester im Garten erschienen, heute konnte er seine Zweifel nicht mehr überwinden.

Wenn das schon Thutmosis so ging, dem Günstling des Herrschers, der ihn täglich sah, was mußte sich dann erst in den Herzen fremder Menschen abspielen? Die eifrigsten Anhänger des Pharao und seiner Absichten konnten wankend werden, wenn sie von allen Seiten hörten, daß der Herrscher wahnsinnig sei.

Das war der erste Schlag, den die Priester Ramses XIII. versetzten, und er hatte unberechenbare Folgen.

Thutmosis schwankte nicht nur, sondern er litt auch. Unter der Hülle des Leichtsinns verbarg sich in ihm ein edler und energischer Charakter. Er war verzweifelt, seinem geliebten Herrscher nicht sofort helfen zu können, und kam sich wie der Kommandant einer Festung vor, der tatenlos zusehen mußte, wie sie vom Feind unterminiert wurde.

Die Sorge um Ramses beschäftigte Thutmosis so sehr, daß er schließlich auf eine kühne Idee kam. Er fragte bei Gelegenheit den Erzpriester Sem: „Hat Euer Würden das Gerücht über unseren Gebieter gehört?"

„Der Pharao ist jung, also können über ihn sehr verschiedenartige Gerüchte umgehen", entgegnete Sem und sah Thutmosis verwundert an. „Doch geht mich das nichts an. Ich vertrete Seine Heiligkeit in religiösen Angelegenheiten, so gut ich kann, und kümmere mich um nichts anderes."

„Ich weiß, daß Euer Würden ein treuer Diener des Pharao ist", sprach Thutmosis. „Und ich habe nicht die Absicht, mich in die Geheimnisse der Priester einzumischen. Doch muß ich Eure Aufmerksamkeit auf eine Kleinigkeit lenken:

Mir ist mit Sicherheit bekannt, daß der heilige Mefres einen gewissen Lykon versteckt hält. Jener Grieche ist ein zweifacher Verbrecher, nämlich der Mörder des Pharaonen-Sohnes und außerdem ein Doppelgänger Seiner Heiligkeit.

Möge also der würdige Mefres nicht Schande auf den ehrwürdigen Stand der Priester laden und recht bald den Mörder dem Gericht ausliefern. Wenn nämlich wir diesen Lykon finden, so schwöre ich, daß Mefres nicht nur sein Amt, sondern auch seinen Kopf verlieren wird. In unserem Reich darf man sich nicht ungestraft schützend vor den Mörder stellen und Menschen verbergen, die dem höchsten Herrscher verblüffend ähnlich sehen!"

Sem, in dessen Anwesenheit Mefres Lykon dem Polizeichef abgenommen hatte, wurde verwirrt. Vielleicht aus Furcht, eventuell als Mitwisser beschuldigt zu werden. Trotzdem erwiderte er: „Ich will den heiligen Mefres wegen dieser Verdächtigung warnen. Weiß jedoch Euer Würden, daß Menschen, die jemanden eines Verbrechens bezichtigen, sich dafür verantworten müssen?"

„Ich weiß es, und ich nehme die Verantwortung auf mich; denn ich bin meiner Sache so sicher, daß ich mich um die Folgen meines Verdachtes durchaus nicht sorge. Die Sorge überlasse ich dem ehrwürdigen Mefres und wünsche ihm, daß ich mich nicht gezwungen sehen muß, von Warnungen zu Taten überzugehen."

Die Unterhaltung hatte Erfolg: Von Stund an begegnete niemand mehr dem Doppelgänger des Pharao.

Die Gerüchte aber verstummten nicht. Nur Ramses XIII. blieb ahnungslos; denn nicht einmal Thutmosis unterrichtete den Gebieter, da er ein allzu heftiges Vorgehen gegen die Priester befürchtete.

XIII

Zu Beginn des Monats Paophi (Juli–August) kehrten Seine Heiligkeit, die Königin Nikotris und der Hof aus Theben in den Palast bei Memphis zurück.

Am Ende der Reise auf dem Nil verfiel Ramses XIII. oft in tiefes Nachdenken und sagte einmal zu Thutmosis: „Ich habe etwas Sonderbares beobachtet! Das Volk versammelt sich auf beiden Ufern noch dichter als bei unserer Hinreise. Doch höre ich bedeutend weniger Jubelrufe; mir fahren auch nicht so viele Nachen nach, und es werden nur selten Blumen geworfen."

„Göttliche Wahrheit fließt aus deinem Munde, Gebieter", antwortete Thutmosis. „Das Volk sieht wirklich ermüdet aus, wahrscheinlich der schrecklichen Hitze wegen."

„Du sprichst weise", lobte ihn der Pharao, und sein Antlitz hellte sich wieder auf.

Doch Thutmosis glaubte nicht an seine eigenen Worte. Er fühlte – und – was schlimmer war – das ganze Gefolge des Königs spürte, daß die Liebe des Volkes zu seinem Herrscher sich merklich abgekühlt hatte.

War das die Folge des unheilvollen Gerüchtes, oder steckte dahinter irgendein neuer Schurkenstreich? Thutmosis wußte es nicht. Er war sich jedoch darüber klar, daß Ramses dies alles den Priestern zu verdanken hatte.

O der dumme Pöbel! dachte der Favorit voll grenzenloser Verachtung. Vor kurzem noch wären sie sogar freiwillig ertrunken, um nur das Antlitz Seiner Heiligkeit zu sehen, heute aber fällt es ihnen schon schwer, ihm durch Rufe zu huldigen. Haben sie schon den versprochenen Ruhetag vergessen und auch das Land, das sie zum Eigentum erhalten sollen?

Sofort nach seiner Ankunft im Palast befahl der Pharao, die Delegierten zusammenzurufen, die über die Verwendung der

Schätze des Labyrinths abstimmen sollten. Gleichzeitig trug er den ihm ergebenen Beamten und der Polizei auf, die Agitation gegen die Priester und für den Ruhetag zu beginnen.

Bald ging es in Unterägypten wieder lebhaft zu wie in einem Bienenstock. Die Bauern verlangten nicht nur den Feiertag, sondern forderten auch für die öffentlichen Arbeiten ihre Entlohnung, und zwar in barem Geld. Die Handwerker fluchten in den Schenken und auf der Straße den Priestern, die die heilige Macht des Pharao beschränken wollten. Die Verbrechen häuften sich, doch die Täter wollten sich nicht vor den Gerichten verantworten. Die Schreiber wurden kleinlaut, und keiner wagte, einen Menschen zu schlagen, weil er wußte, daß dieser sich das nicht gefallen lassen würde. Seltener brachte man den Tempeln Opfer dar, und die die Grenzen der Nomen bewachenden Götter wurden immer öfter mit Steinen und Schmutz beworfen, ja sogar umgeworfen.

Schrecken erfaßte die Priester und deren Anhänger. Umsonst ließen die Richter auf den Märkten und Landstraßen verkünden, daß im Sinne der althergebrachten Gesetze weder Bauern noch Handwerker, ja nicht einmal die Kaufleute auf Gerüchte hören dürften, die sie von ihrer Arbeit abhielten. Der Pöbel aber bewarf die Büttel unter Lärmen und Lachen mit verfaulten Äpfeln und Dattelkernen.

Da eilte die Aristokratie in den Palast, warf sich dem Pharao zu Füßen und flehte ihn um Hilfe an: „Uns ist zumute, als öffne sich unter unseren Füßen die Erde und das Ende der Welt sei nahe. Die Elemente sind entfesselt, wir sind fassungslos! Wenn du, Gebieter, uns nicht rettest, sind die Stunden unseres Lebens gezählt."

„Meine Schatzkammer ist leer, mein Heer zu klein, die Polizei hat seit langem keinen Sold zu sehen bekommen", erwiderte der Pharao. „Wenn ihr also einen dauerhaften Frieden und Sicherheit haben wollt, so müßt ihr mir zu den notwendigen Mitteln verhelfen!

Da eure Unruhe jedoch mein königliches Herz bekümmert, werde ich tun, was ich vermag, und ich habe die Hoffnung, daß es mir gelingt, wieder Ordnung zu schaffen."

Seine Heiligkeit befahl nun, Militär zusammenzuziehen und an den wichtigsten Punkten des Landes zu stationieren. Zur gleichen Zeit schickte er Nitager den Befehl, das Gros seiner Truppen an der Ostgrenze einem Vertreter zu überlassen, selbst aber mit den fünf besten Regimentern nach Memphis zu marschieren.

Der Gebieter beabsichtigte damit weniger die Aristokratie vor dem Pöbel zu schützen, als vielmehr größere Kräfte für den Fall zur Hand zu haben, daß die Erzpriester Oberägypten und die zu den Tempeln gehörenden Regimenter aufwiegeln sollten.

Am 10. Paophi herrschte im königlichen Palast und seiner Umgebung große Bewegung. Es versammelten sich die Delegierten, die dem Pharao das Recht zugestehen sollten, aus dem Labyrinth Schätze zu entnehmen, sowie eine Menge Zuschauer, die wenigstens den Ort sehen wollten, an dem eine für Ägypten so außergewöhnliche Feierlichkeit stattfand.

Die Prozession der Delegierten begann am Morgen. Voran schritten nackte Bauern mit weißen Kappen und Hüftgürteln. Jeder hielt ein grobes Tuch in Händen, um in Gegenwart des Pharao den Rücken bedecken zu können. Ihnen folgten die Handwerker, die wie die Landleute gekleidet waren und sich von ihnen nur durch dünnere und schmalere, buntbestickte Schurze unterschieden.

Dann kamen Kaufleute, von denen einige Perücken, alle jedoch lange Hemden und Überwürfe trugen. An ihnen konnten die Zuschauer bereits kostbare Arm- und Beinreifen sowie Fingerringe bewundern. Dahinter marschierten Offiziere in Kappen und Kaftanen, die gestreift waren, schwarz und gelb, blau und weiß oder blau und rot. Zwei trugen statt der Kaftane Brustpanzer aus Messing.

Nach einer längeren Pause erschienen dreizehn Edelleute mit großen Perücken und weißen, bis auf die Erde reichenden Gewändern. Ihnen nach schritten die Nomarchen in purpurbesetzten Kleidern und mit Kronen auf den Häuptern.

Den Umzug beschlossen Priester mit rasierten Köpfen und Wangen, in Pantherfellen, die sie über den Rücken und die Schulter gehängt trugen.

Die Delegierten betraten den großen Saal im Palast des Pharao, wo sieben Bänke hintereinander bereitstanden: die niedrigste für die Bauern, die höchste für die Priester.

Alsbald erschien in einer Sänfte Seine Heiligkeit Ramses XIII., vor dem sich die Delegierten auf die Erde niederwarfen. Als der Herr beider Welten auf dem hohen Thron Platz genommen hatte, erlaubte er seinen treuen Untertanen, sich zu erheben und auf die Bänke zu setzen. Danach traten die Erzpriester Herihor und Mefres ein und ließen sich auf zwei niedrigeren Thronen nieder; auch der Wächter des Labyrinths erschien mit einer Schatulle in den Händen. Ein prächtiges Gefolge von Generalen umringte den Pharao, hinter dem zwei höhere Beamte mit Wedeln aus Pfauenfedern standen.

„Rechtgläubige Ägypter!“ begann der Herrscher beider Welten. „Es ist euch bekannt, daß mein Hof, mein Heer und meine Beamten sich in Not befinden und mein Staatsschatz erschöpft ist. Über die Ausgaben für meine geheiligte Person spreche ich nicht, da ich mich wie ein Soldat kleide und beköstige, während jeder General und Großschreiber mehr Dienerschaft und Frauen besitzt als ich.“

Unter den Versammelten entstand ein beifälliges Gemurmel.

„Bisher war es üblich“, fuhr Ramses fort, „daß aus solchen Gründen dem arbeitenden Volk höhere Steuern auferlegt wurden. Ich jedoch, der ich mein Volk und sein Elend kenne, möchte es nicht mit neuen Lasten bedrücken, sondern wäre froh, wenn ich ihm gewisse Erleichterungen verschaffen könnte.“

„Ewig lebe unser Gebieter!“ wurde von einigen der niedrigen Bänke her gerufen.

„Zum Glück für Ägypten“, sprach der Pharao weiter, „hat unser Reich Schätze, mit deren Hilfe man die Armee stärken, die Beamten entschädigen, das Volk beschenken, ja sogar alle Schulden – sowohl an die Tempel wie auch an die Phönizier – bezahlen könnte.

Jene Schätze, die von meinen ruhmvollen Ahnen zusammengetragen wurden, liegen im Gewölbe des Labyrinths. Sie dürfen jedoch nur dann angegriffen werden, wenn ihr Rechtgläubigen alle einmütig anerkennt, daß Ägypten in Not ist und daß ich als Pharao das Recht habe, über die Schätze meiner Vorfahren zu verfügen.“

„Wir erkennen es an! Wir flehen dich an, Gebieter, zu nehmen, was nötig ist!“ rief man von allen Bänken.

„Würdiger Herihor!“ wandte sich der Herrscher an den Erzpriester. „Hat der heilige Stand der Priester in dieser Angelegenheit etwas zu sagen?“

„Recht wenig“, erwiderte der Gefragte und erhob sich. „Nach den uralten Gesetzen kann der Schatz des Labyrinths nur dann angerührt werden, wenn das Reich keinerlei andere Mittel besitzt. Doch das ist heute nicht der Fall. Wenn nämlich die Regierung die Schulden bei den Phöniziern, die aus unlauterem Wucher entstanden sind, streichen würde, so könnte man nicht nur die Schatzkammer Eurer Heiligkeit füllen, sondern es würde auch das heutzutage für die Phönizier schwer arbeitende Volk aufatmen können."

Auf den Bänken der Delegierten wurde wieder beifälliges Gemurmel laut.

„Dein Rat, heiliger Mann, ist weise", sprach der Pharao ruhig, „doch nicht minder gefährlich. Wenn meine Schatzkämmerer, die würdigen Nomarchen und der Adel erst einmal aufhören, ihre Schulden zu begleichen, so beschränkten sie sich dabei gewiß nicht nur auf die Phönizier, sondern könnten morgen bereits ihre Schulden beim Pharao und den Tempeln vergessen. Ob dann nicht sogar das gemeine Volk sich nach dem Beispiel der Großen das Recht anmaßen würde, seine Verpflichtungen uns gegenüber zu vernachlässigen, ja am Ende zu leugnen?"

Der Hieb war so heftig, daß der allerwürdigste Herihor auf seinem Sessel zusammensank und verstummte.

„Und du, Oberster Aufseher des Labyrinths, willst du etwas dazu bemerken?" fragte der Pharao.

„Ich habe hier", erwiderte der Priester, „eine Schatulle mit weißen und schwarzen Steinen. Jeder Delegierte erhält zwei und soll einen davon in den Krug werfen. Wer dafür ist, daß Eure Heiligkeit aus dem Labyrinth Geld entnehmen möge, legt einen schwarzen Stein hinein; wer meint, daß man das Eigentum der Götter nicht anrühren darf, muß einen weißen wählen."

„Gib dazu nicht dein Einverständnis, Gebieter", raunte der Schatzkämmerer dem Herrscher zu. „Jeder Delegierte soll lieber klar sagen, wofür er sich entscheidet."

„Achten wir die alten Bräuche", mahnte Mefres.

„Mögen sie die Steine in den Krug werfen", entschied Ramses, „mein Herz ist rein, mein Wille aber unbeugsam."

Der heilige Mefres und Herihor wechselten einen Blick miteinander.

Der Oberste Wächter des Labyrinths schritt in Begleitung zweier Generale durch die Bankreihen und händigte den Delegierten je zwei Steinchen aus: ein schwarzes und ein weißes. Die einfachen Leute waren sehr verwirrt, als sie diese großmächtigen Würdenträger so nahe vor sich erblickten. Einige Bauern warfen sich auf die Erde nieder, sie wagten kaum, die Steine zu nehmen. Nur unter größten Schwierigkeiten vermochte man ihnen verständlich zu machen, daß sie nur einen Stein in den Krug werfen dürften – einen schwarzen oder einen weißen.

„Ich möchte aber sowohl den Göttern als auch Seiner Heiligkeit gerecht werden“, murmelte ein greiser Hirte. Schließlich gelang es den Würdenträgern doch, den Bauern verständlich zu machen, was man von ihnen wollte.

Nun konnte die Abstimmung beginnen. Jeder Delegierte trat an den Krug heran und ließ sein Steinchen fallen, aber so, daß die anderen nicht sahen, welche Farbe es hatte.

Währenddessen flüsterte der hinter dem Thron kniende Schatzkämmerer dem Herrscher zu: „Jetzt ist alles verloren! Wenn sie offen abstimmen würden, wäre uns Einstimmigkeit gewiß gewesen. Die Hände mögen mir verdorren, wenn sich im Krug nicht an die zwanzig weiße Steinchen finden!“

„Beruhige dich, mein treuer Diener“, entgegnete Ramses lächelnd. „Ich habe mehr Regimenter in meiner Hand, als Stimmen gegen uns sein werden.“

„Doch wozu das? Wozu?“ seufzte der Schatzkämmerer. „Man wird uns doch ohne einstimmigen Beschluß nicht das Labyrinth öffnen.“

Ramses lächelte noch immer.

Die Prozession der Delegierten war zu Ende. Der Wächter des Labyrinths hob den Krug und schüttete den Inhalt in ein goldenes Becken. Auf einundneunzig Stimmen entfielen dreiundachtzig schwarze Steinchen und nur acht weiße.

Die Generale und Beamten erschraken, die Erzpriester blickten triumphierend auf die Versammlung; doch bald wurden sie von Unruhe ergriffen. Ramses' Gesichtsausdruck war nämlich heiter.

Niemand hatte den Mut, laut zu verkünden, daß das Projekt Seiner Heiligkeit gescheitert war, aber der Pharao sprach völlig ruhig: „Rechtgläubige Ägypter, meine guten Diener! Ihr habt meinem Befehl Folge geleistet, und meine Gnade ist euch gewiß. Für zwei Tage lang seid ihr als Gäste meines Hauses geladen. Wenn ihr dann eure Geschenke erhalten habt, kehrt zurück zu euern Familien und Beschäftigungen. Friede und Segen seien mit euch!“

Nach diesen Worten verließ der Gebieter mit seinem Gefolge zusammen den Saal. Die Erzpriester Herihor und Mefres blickten einander furchtsam an.

„Er war durchaus nicht betrübt“, murmelte Herihor.

„Ich sagte ja doch, daß er eine wütende Bestie ist!" erwiderte Mefres. „Er wird selbst vor Gewaltanwendung nicht zurückschrecken, und wenn wir ihm nicht zuvorkommen..."

„Die Götter werden uns und ihre Stätten schützen."

Am Abend versammelten sich im Gemach Ramses' XIII. seine treuesten Diener: der Großschatzkämmerer, der Großschreiber, Thutmosis und Kalipos, der Kommandeur der Griechen.

„O Gebieter", stöhnte der Schatzkämmerer, „warum handeltet Ihr nicht wie Eure ewig lebenden Ahnen? Wenn die Delegierten ihre Stimme offen abgegeben hätten, besäßen wir bereits das Anrecht auf die Schätze im Labyrinth!"

„Seine Würden spricht die Wahrheit", bestätigte der Oberschreiber.

Der Pharao schüttelte den Kopf.

„Ihr irrt. Selbst wenn ganz Ägypten schreien würde: Bewilligt dem Staatsschatz die Mittel des Labyrinths! – so gäben die Erzpriester sie trotzdem nicht heraus."

„Wozu also haben wir die Bevölkerung mit der Einberufung der Delegierten beunruhigt? Dieses Ereignis hat den Pöbel, der heute einem steigenden und brodelnden Strom gleicht, sehr aufsässig und dreist gemacht."

„Ich fürchte mich nicht vor dem Ansteigen dieses Flusses", sprach der Gebieter. „Meine Regimenter werden ein guter Deich für ihn sein. Indessen habe ich einen tatsächlichen Nutzen von der Versammlung. Sie zeigt mir die Ohnmacht meiner Gegner. Dreiundachtzig Stimmen waren für uns, nur acht für sie! Das bedeutet: Wenn sie auf ein Korps rechnen können, so kann ich auf zehn rechnen!

Gebt euch keinen Täuschungen hin", fuhr der Pharao fort. „Der Kampf zwischen mir und den Erzpriestern hat bereits begonnen. Sie sind die Festung, die wir aufgefordert haben, sich zu ergeben. Da sie abgelehnt haben, müssen wir stürmen."

„Lebe ewig!" riefen Thutmosis und Kalipos.

„Befiehl, Gebieter", sagte der Großschreiber.

Ramses sprach weiter: „Du, Schatzkämmerer, verteilst einhundert Talente unter die Polizei, die Offiziere, die Arbeitsbrigaden und die Gemeindeältesten der Nomen Seft, Nehachent, Neha-pechu, Sebt-Het, Aa, Ament und Ka. In denselben Orten wirst du den Schenk- und Herbergswirten Gerste, Weizen und Wein – wie es gerade zur Hand ist – ausgeben, damit an das gemeine Volk unentgeltlich Lebensmittel und Speisen verteilt werden können. Du mußt das sofort veranlassen, damit am 20. Paophi die Vorräte dort sind, wo sie benötigt werden."

Der Schatzkämmerer verneigte sich bis zur Erde.

„Du, Schreiber, notiere dir und befiehl, morgen in den Hauptstädten aller Nomen zu verkünden, daß Barbaren aus der westlichen Wüste mit großen Kräften die göttliche Provinz Fayum überfallen wollen.

Du, Kalipos, entsendest vier griechische Regimenter nach Süden. Zwei sollen beim Labyrinth lagern, zwei bei Hanes vorgehen. Falls die thebanische Miliz der Priester dort eintreffen sollte, so drängt sie ab und laßt sie nicht nach Fayum. Wenn aber das Volk aus Empörung über die Priester das Labyrinth bedroht, dann mögen deine Griechen es besetzen."

„Und falls die Wächter Widerstand leisten?" fragte Kalipos.

„So wäre das Meuterei", entschied der Pharao und sprach weiter: „Du, Thutmosis, schickst drei Regimenter nach Memphis und läßt sie in der Nähe der Tempel des Ptah, der Isis und des Horus in Stellung bringen. Wenn das empörte Volk die Gebäude stürmen will, sollen die Regimentsführer die Tore öffnen, den Pöbel aber nicht an die heiligen Orte gelangen lassen und die Erzpriester schützen.

Sowohl im Labyrinth wie in den Tempeln von Memphis werden einige Priester dem Heer mit grünen Zweigen entgegengehen. Die Regimentskommandeure haben diese Männer nach der Losung zu fragen und sich von ihnen beraten zu lassen."

„Wenn aber jemand wagte, Widerstand zu leisten?" fragte Thutmosis.

„Nur Feinde befolgen nicht den Befehl des Pharao", erwiderte Ramses.

„Die Tempel und das Labyrinth müssen vom Heer am 23. Paophi eingenommen sein", fuhr der Pharao zum Großschreiber gewendet fort. „Demzufolge kann sich das Volk in Memphis wie in Fayum bereits am Achtzehnten sammeln; zunächst nur in kleinen Gruppen, dann immer zahlreicher. Falls also kurz vor dem Zwanzigsten kleine Unruhen entstehen sollten, so braucht man sie nicht mehr zu unterbinden; die Tempel dürfen jedoch erst am Zweiundzwanzigsten und Dreiundzwanzigsten gestürmt werden. Wenn das Heer sie dann besetzt hat, muß sich alles beruhigen."

„Wäre es nicht besser, Herihor und Mefres gefangenzunehmen?" fragte Thutmosis.

„Wozu? Mir geht es nicht um sie, sondern allein um die Tempel und das Labyrinth. Schließlich kehrt Hiram, der die Briefe Herihors an die Assyrer abgefangen hat, am Zwanzigsten zurück. Wir werden also erst am 21. Paophi Beweise in Händen haben, daß die Erzpriester Verräter sind, und es dem Volk dann bekanntgeben können!"

„Also muß ich nach Fayum reisen?" fragte Kalipos.

„O nein, du und Thutmosis, ihr beide werdet mit den auserwählten Regimentern an meiner Seite bleiben. Ich brauche doch Reserven für den Fall, daß die Erzpriester uns einen Teil des Volkes abspenstig machen!"

„Fürchtest du nicht Verrat, Gebieter?" fragte Thutmosis.

Der Pharao winkte geringschätzig ab.

„Verrat gleicht dem Wasser, das langsam aus einem lecken Faß tröpfelt. Die Erzpriester erraten wohl schon zum Teil meine Absichten, aber ich kenne auch ihre Pläne. Da ich ihnen jedoch mit der Sammlung der Streitkräfte zuvorgekommen bin, sind sie bereits jetzt die Schwächeren. Man kann nicht im Verlauf von zehn Tagen Regimenter aufstellen."

„Und – Wunder?" fragte Thutmosis.

„Es gibt keine Zauberei, der man nicht mit dem Beil ein jähes Ende bereiten kann", rief Ramses lachend aus.

In diesem Augenblick wollte Thutmosis dem Pharao von den üblen Streichen Lykons im Auftrage der Erzpriester erzählen, doch auch jetzt hielt ihn die Befürchtung zurück, daß Ramses vor Zorn die gerade zur Zeit so notwendige Gelassenheit und Ruhe verlieren könnte. Vor der Schlacht darf ein Heerführer an nichts anderes denken als nur an den Kampf. Für die Abrechnung mit Lykon aber würde es dann immer noch früh genug sein, wenn die Priester im Gefängnis säßen.

Auf ein Zeichen Seiner Heiligkeit blieb Thutmosis noch im Gemach, die drei anderen Würdenträger verließen nach tiefen Verneigungen den Gebieter.

Der Großschreiber atmete tief auf, als er sich mit dem Schatzkämmerer in der Vorhalle befand. „Endlich, endlich wird die Herrschaft der Blankschädel ein Ende haben!"

„Es ist wirklich höchste Zeit", bestätigte der Schatzkämmerer. „In den letzten zehn Jahren hat jeder Prophet mehr bedeutet als ein Nomarch von Theben oder Memphis."

„Ich denke, daß Herihor in aller Stille einen Nachen bereithält, um vor dem 23. Paophi auszureißen", meinte Kalipos.

„Was würde dem schon geschehen?" sprach der Schreiber. „Seine Heiligkeit verzeiht den Erzpriestern gewiß, wenn sie sich demütigen."

„Und er könnte ihnen vielleicht sogar auf Fürsprache der Königin Nikotris ihre Güter belassen", ergänzte der Schatzkämmerer. „Auf jeden Fall wird im Reich endlich wieder Ordnung herrschen."

„Mir scheint nur, daß Seine Heiligkeit allzu umfangreiche Vorbereitungen trifft", sprach der Schreiber. „Ich würde alles durch die griechischen Regimenter erledigen, ohne den Pöbel dabei in Anspruch zu nehmen."

„Er ist eben jung, liebt Trubel und Lärm", meinte der Schatzkämmerer.

„Man merkt doch gleich, daß ihr keine Soldaten seid!" sagte Kalipos. „Wenn es nämlich um einen Kampf geht, muß man alle Kräfte bereithalten, weil es immer irgendeine Überraschung geben kann."

„Gewiß, wenn wir nicht die Masse des Volkes hinter uns hätten", sprach der Schreiber. „Doch was könnte jetzt noch Unerwartetes eintreten? Die Götter werden nicht herabsteigen, um das Labyrinth zu verteidigen."

„So sprichst du, Ehrwürden, weil du ruhig bist", sagte Kalipos, „weil du weißt, daß der Oberste Heerführer wacht und alles vorauszuahnen versucht. Sonst würde dir vielleicht eine Gänsehaut über das Fell laufen."

„Ich erwarte keine Überraschungen", beharrte der Schreiber, „es sei denn, daß die Erzpriester von neuem das Gerücht verbreiten, der Pharao sei verrückt geworden."

„Sie werden die verschiedensten Kunstkniffe anwenden", sprach gähnend der Großschatzkämmerer. „Doch wirklich – ihre Kraft reicht nicht aus. Auf jeden Fall danke ich den Göttern, daß sie mich in das königliche Lager gestellt haben. Nun, laßt uns schlafen gehen."

Inzwischen öffnete Thutmosis im Gemach des Pharao eine Geheimtür und führte Samentu herein. Der Herrscher empfing den Erzpriester des Seth mit großer Freude, reichte ihm die Hand zum Kusse und drückte sein Haupt an die Brust.

„Friede sei mit dir, mein treuer Diener", sprach Ramses. „Was bringst du?"

„Ich war schon zweimal im Labyrinth", antwortete der Priester.

„Du kennst bereits den Weg?"

„Ich kannte ihn schon früher, aber jetzt habe ich wieder etwas anderes entdeckt. Der Schatz kann versinken, die Menschen dabei töten und die Edelsteine, den größten Reichtum, vernichten."

Der Pharao runzelte die Brauen.

„Darum", fuhr Samentu fort, „geruht, Eure Heiligkeit, ein Dutzend zuverlässiger Leute zu bestimmen. Mit ihnen werde ich in der Nacht vor dem Aufstand in das Labyrinth eindringen und die Räume besetzen, die neben dem Schatz liegen, besonders die oberen."

„Wirst du sie führen?"

„Ja. Aber ich will zuvor noch einmal allein in das Labyrinth gehen, um endgültig zu überprüfen, ob ich die Vernichtung der Schätze nicht sogar ohne fremde Hilfe verhindern kann. Selbst die treuesten Menschen sind nicht immer zuverlässig, und wenn ich sie hineinführe, könnten diese Wachhunde aufmerksam werden."

„Falls sie dich nicht bereits beobachten", warf der Pharao ein.

„Glaubt mir, Gebieter", erwiderte der Priester und legte die Hand aufs Herz, „um mich aufzuspüren, müßten sie schon Wunder tun. Ihre Verblendung ist geradezu kindlich. Sie ahnen bereits, daß jemand in das Labyrinth eindringen will, doch diese Dummköpfe verdoppeln ihre Wachen vor den sichtbaren Pforten. Indessen habe ich allein im Verlauf eines Monats drei geheime Eingänge entdeckt, die sie vergessen haben oder von denen sie überhaupt nichts wissen.

Es müßte sie schon ein Geist vor mir warnen und ihnen den Raum zeigen, in dem ich mich gerade befinde – und das bei dreitausend Räumen und Korridoren!"

„Der würdige Samentu spricht die Wahrheit", sagte Thutmosis. „Und mir scheint, daß wir diesem Erzpriestergewürm gegenüber die Vorsicht schon zu weit treiben."

„Sage das nicht, Kommandeur", warnte der Priester. „Ihre Kräfte stehen zwar im Verhältnis zu denen Seiner Heiligkeit wie eine Handvoll Sand gegenüber den Tempeln. Aber Herihor und Mefres sind sehr klug und könnten gegen uns gewisse Waffen und Kniffe anwenden, daß es uns die Sprache verschlägt. Unsere Tempel bergen viele Geheimnisse, die sogar die Weisen stutzig machen, die Seelen des gemeinen Volkes aber erstarren lassen."

„Erzähl uns doch etwas darüber", forderte ihn der Pharao auf.

„Ich sage Euch gleich, daß die Soldaten Eurer Heiligkeit in

den Tempeln gewiß allerhand Merkwürdiges erleben. Mal werden ihnen die Lichter verlöschen, dann wieder werden ihnen Flammen und abscheuliche Ungeheuer erscheinen. Bald wird ihnen eine Mauer den Weg versperren oder sich vor ihren Füßen ein Abgrund öffnen. In einigen Korridoren können plötzlich Wasserfluten hervorbrechen, in anderen unsichtbare Hände Steine schleudern. Welch Donner aber, welche Stimmen werden rings um sie ertönen!"

„In jedem Tempel dienen mir wohlgesonnene jüngere Priester, im Labyrinth aber wirst du sein", sprach der Pharao.

„Und unsere Äxte!" warf Thutmosis ein. „Ein schlechter Soldat, der vor Feuer oder Gespenstern zurückweicht oder damit Zeit verliert, geheimnisvollen Stimmen zu lauschen."

„Du sprichst mutig, Kommandeur!" rief Samentu. „Wenn ihr nur tapfer vorwärts dringt, so verschwinden die Gespenster, die Stimmen verstummen, und die Flammen hören auf, euch zu sengen.

Jetzt noch ein letztes Wort, Gebieter", wandte sich der Priester an Ramses. „Wenn ich umkommen sollte ..."

„Sprich nicht so!" unterbrach ihn der Pharao lebhaft.

„Wenn ich umkommen sollte", beharrte Samentu mit wehmütigem Lächeln, „wird ein junger Priester Seths mit einem Ring zu Eurer Heiligkeit kommen. Dann möge das Heer das Labyrinth besetzen, die Wächter verjagen und nicht mehr den Bau verlassen, weil jener Jüngling wahrscheinlich im Verlauf eines Monats, vielleicht aber auch schon früher, mit Hilfe der Hinweise, die ich ihm überlasse, den Weg zu den Schätzen finden wird.

Doch, Herr", sprach er niederkniend, „um das eine flehe ich dich an: Wenn du siegst, räche mich, vor allem aber verzeihe Herihor und Mefres nie. Du weißt nicht, was das für Feinde sind! Wenn sie die Oberhand gewinnen, werden sie nicht nur dich umbringen, sondern auch deine Dynastie stürzen."

„Als Sieger sollte ich mich aber dennoch großmütig zeigen", entgegnete der Herrscher finster.

„Keine Großmut! Kein Verzeihen! Keine Gnade!" rief Samentu. „Solange die beiden Erzpriester leben, drohen Euch und auch mir der Tod, Schmach, sogar Schändung unserer Leichen.

Man kann einen Löwen zähmen, den Phönizier, den Libyer und den Äthiopier bestechen ... man vermag selbst einen chaldäischen Priester zu erweichen ...

... Doch einen ägyptischen Propheten, der Luxus und Macht kennengelernt hat, wirst du nie gewinnen. Nur der Tod, der ihre oder der deine, kann dem Kampf ein Ende bereiten."

„Du sagst die Wahrheit, Samentu", antwortete Thutmosis. „Zum Glück wird nicht Seine Heiligkeit, sondern werden wir, die Soldaten, den Streit zwischen den Priestern und dem Pharao entscheiden."

XIV

Am 12. Paophi trafen in Memphis beunruhigende Nachrichten aus verschiedenen ägyptischen Tempeln ein.

Im Horus-Tempel war ein Altar zusammengestürzt, im Tempel der Isis weinte eine Statue der Göttin. Beim Thebanischen Amon und am Grabe des Osiris in Dendera fielen die Prophezeiungen sehr schlecht aus. Aus diesen unfehlbaren Anzeichen schlossen die Priester, daß Ägypten noch vor dem Monatsende von einem großen Unglück bedroht sei.

Darum befahlen die Erzpriester Herihor und Mefres, Prozessionen um die heiligen Stätten zu veranstalten und Opfer darzubringen.

Gleich am nächsten Tage, am 13. Paophi, fand in Memphis eine Prozession statt: Der Gott Ptah und die Göttin Isis wurden aus ihren Tempeln herausgeholt und zum Zentrum der Stadt getragen. Doch nur wenige Gläubige, in der Hauptsache Weiber, begleiteten sie, mußten sich aber bald zurückziehen. Die ägyptischen Bürger verspotteten sie nämlich, die Andersgläubigen vergaßen sich sogar so weit, die heiligen Nachen der Götter mit Steinen zu bewerfen.

Die Polizei schritt nicht dagegen ein, ja einige Polizisten beteiligten sich sogar an diesen schweren Gotteslästerungen. Von mittags an begannen unbekannte Menschen der Menge zu erzählen, daß die Priester keinerlei Erleichterungen für die Arbeitenden zulassen und einen Aufstand gegen den Pharao entfesseln wollten. Gegen Abend rotteten sich vor den Tempeln Arbeitergruppen zusammen und fluchten unter Pfeifen und Lärmen auf die Priester. Dabei warfen sie Steine gegen die Tore, und ein Verbrecher schlug in aller Öffentlichkeit der den Tempel behütenden Horus-Statue die Nase ab.

Ein paar Stunden nach Sonnenuntergang versammelten sich die Erzpriester und ihre treuesten Anhänger im Ptah-Tempel:

der würdige Herihor, Mefres, Mentezufis, drei Nomarchen und der Höchste Richter von Theben.

„Schreckliche Zeiten!" stöhnte der Richter. „Ich weiß ganz sicher, daß der Pharao den Pöbel zum Überfall auf die Tempel aufhetzen lassen will."

„Ich habe gehört", sprach der Nomarch von Sebes, „Nitager soll den Befehl erhalten haben, so schnell wie möglich mit neuen Truppen herbeizueilen – als wenn nicht schon genügend Soldaten hier wären!"

„Seit gestern ist der Verkehr zwischen Unter- und Oberägypten unterbrochen", berichtete der Nomarch von Aa. „Auf den Straßen steht Militär, und die Galeeren Seiner Heiligkeit revidieren jedes Schiff auf dem Nil."

„Ramses XIII. ist keine ‚Heiligkeit', weil er die Krone nicht aus den Händen der Götter erhalten hat!" verbesserte Mefres trocken.

„Das alles wären noch Geringfügigkeiten", meinte der Höchste Richter. „Schlimmer ist der Verrat. Leider hat sich mein Verdacht bestätigt, daß viele der jüngeren Priester dem Pharao geneigt sind und ihm alles zutragen."

„Einige von ihnen haben sich sogar verpflichtet, dem Heer die Besetzung der Tempel zu erleichtern", ergänzte Herihor.

„Das Militär soll in die Tempel eindringen?" rief der Nomarch von Sebes entsetzt.

„Ja, das hat Ramses für den Dreiundzwanzigsten befohlen", bestätigte Herihor.

„Und Euer Würden spricht darüber so ruhig?" fragte der Nomarch von Ament.

Herihor zuckte mit den Schultern, die Nomarchen blickten einander an.

„Das kann ich nicht mehr verstehen!" rief geradezu zornig der Nomarch von Aa. „Die Tempel haben kaum ein paar hundert Soldaten, die Priester treiben Verrat, der Pharao schneidet uns von Theben ab und hetzt das Volk auf, der würdige Herihor aber spricht im Plauderton, als lade er uns zu einem Bankett ein. Entweder müssen wir uns verteidigen, wenn wir das überhaupt noch können, oder ..."

„... uns Seiner Heiligkeit unterwerfen", ergänzte Mefres ironisch. Dann fuhr er ernsthaft fort: „Dazu werdet ihr immer noch Zeit haben!"

„Wir möchten aber erfahren, wie wir uns verteidigen sollen", drängte der Nomarch von Sebes und bekam darauf von Herihor zur Antwort: „Die Götter werden ihre Gläubigen schützen."

Der Nomarch von Aa rang die Hände.

„Wenn ich ehrlich sein soll – auch mich wundert Euer Gleichmut", ließ sich der Oberste Richter vernehmen. „Fast das ganze gemeine Volk ist gegen uns."

„Der Pöbel wendet sich wie die Spreu auf dem Felde nach dem Winde", sprach Herihor.

„Und das Heer?"

„Welches Heer fiele nicht vor Osiris nieder?"

„Ich weiß", unterbrach ungeduldig der Nomarch von Aa, „doch sehe ich weder Osiris eingreifen noch den Wind aufkommen, der uns den Pöbel zutreiben soll. Der Pharao hingegen hat schon heute durch Versprechungen die Sympathie des Volkes gewonnen, morgen aber wird er es sogar noch beschenken."

„Stärker als Versprechen und Geschenke ist die Furcht", erwiderte Herihor.

„Wovor sollten sie sich schon fürchten? Etwa vor unseren dreihundert Soldaten?"

„Sie werden sich vor Osiris fürchten."

„Wo ist er denn?" fragte der erregte Nomarch von Aa.

„Ihr alle werdet ihn sehen. Glücklich aber ist, wer an diesem Tage erblinden würde."

Diese Worte sprach Herihor mit solch unerschütterlicher Ruhe, daß die Versammelten zunächst verstummten.

Erst nach einer geraumen Weile forschte nochmals der Oberste Richter: „Was aber sollen wir tun?"

„Der Pharao", erklärte Herihor, „will, daß das Volk die Tempel am Dreiundzwanzigsten überfällt; wir aber müssen erreichen, daß er schon am 20. Paophi angreift."

„Oh, ihr ewig lebenden Götter!" rief der Nomarch von Aa, die Hände emporreckend. „Wozu sollen wir Unglück auf unsere Häupter herabbeschwören? Und noch dazu drei Tage früher?"

„Hört auf Herihor", verlangte Mefres entschieden. „Bemüht euch also, mit allen Mitteln zu erreichen, daß der Überfall am Morgen des 20. Paophi zustande kommt."

„Wenn sie uns aber wirklich erschlagen?" fragte der verwirrte Richter.

„Falls die Beschwörungen Herihors erfolglos bleiben sollten, werde ich die Götter zu Hilfe rufen", erwiderte Mefres, und in seinen Augen flammten böse Funken auf.

„Ha! Ihr Erzpriester kennt die Geheimnisse, die ihr uns nicht enthüllen dürft", sagte der Großrichter. „Wir wollen also tun, was ihr befehlt. Doch bedenkt, daß unser und unserer Kinder Blut über euer Haupt kommt."

„Wir wissen, was wir verantworten können!" riefen gleichzeitig beide Erzpriester, und Herihor fügte noch hinzu: „Seit zehn Jahren regieren wir das Reich, und niemandem von euch ist während dieser Zeit ein Unrecht widerfahren. Jedes Versprechen haben wir gehalten. Bleibt also noch einige Tage geduldig und treu, damit ihr die Stärke der Götter kennenlernt und belohnt werdet."

Daraufhin verließen die Nomarchen die Erzpriester, ohne jedoch ihre Unruhe zu verbergen. Herihor und Mefres blieben miteinander allein zurück.

Nach längerem Schweigen murmelte Herihor: „Ja, Lykon war gut, solange er den Wahnsinnigen spielte, doch wenn man ihn erst als Ramses unterschieben könnte!"

„Da die eigene Mutter des Pharao zweifelte", erwiderte Mefres, „muß der Grieche schon ein verblüffend ähnlicher Doppelgänger sein. Und auf dem Thron zu sitzen, ein paar Worte zu seiner Umgebung zu sprechen, das wird er doch sicherlich fertigbringen. Schließlich werden wir stets bei ihm sein."

„Lykon ist ein schrecklich dummer Komödiant!" stöhnte Herihor, sich die Stirn reibend.

„Doch wiederum klüger als Millionen anderer Menschen, da er die Gabe des Zweiten Gesichts besitzt, womit er dem Reich große Dienste leisten kann."

„Immer wieder erzählst du mir von Lykons Hellseherei. Ich möchte mich endlich selbst davon überzeugen."

„Willst du?" fragte Mefres. „So laß uns gehen. Aber – bei den Göttern – Herihor, was du sehen wirst, vergiß am besten wieder."

Sie begaben sich in die Kellergewölbe des Tempels Ptah und standen bald in einem schwach erhellten Raum. Herihor erblickte dort einen Mann, der an einem Tisch saß und aß. Er trug einen Kaftan der Pharaonengarde.

„Lykon", sagte Mefres, „der höchste Würdenträger des Reiches will sich von den Fähigkeiten, mit denen dich die Götter beschenkten, überzeugen."

Der Grieche schob sein Eßgeschirr fort und maulte: „Verflucht sei der Tag, an dem meine Sohlen euer Land betraten!

Ach – ich würde lieber in den Bergwerken arbeiten und mit Knüppeln geprügelt werden."

„Dazu wird immer noch Zeit sein", sagte Herihor streng.

Der Grieche verstummte und begann plötzlich zu beben, als er in Mefres' Händen eine Kugel aus dunklem Kristall erblickte. Er wurde blaß, sein Blick trübte sich, auf seiner Stirn perlten Schweißtropfen. Seine Augen waren sofort auf einen Punkt geheftet, als wäre er an die Kristallkugel geschmiedet.

„Er schläft schon", sprach Mefres. „Ist das nicht verwunderlich?"

„Wenn er nicht simuliert."

„Kneife, stich, brenne ihn doch."

Herihor zog aus seinem weißen Gewand ein Stilett hervor und holte aus, als wolle er Lykon zwischen die Augen stechen. Doch der Grieche bewegte sich nicht; nicht einmal seine Wimpern zuckten.

„Blicke hierher", befahl Mefres und näherte ihm dabei das Kristall. „Siehst du jenen, der Kama entführte?"

Lykon sprang von seinem Sitz auf, ballte die Fäuste, und auf seinen Lippen erschien Schaum.

„Laßt mich!" rief er mit röchelnder Stimme. „Laßt mich los, damit ich mich an seinem Blut satt trinke."

„Wo ist er jetzt?" fragte Mefres.

„Im kleinen Palast, auf der dem Fluß zugewandten Seite ... ein schönes Weib ist bei ihm", flüsterte Lykon.

„Ja, Hebron, die Gemahlin des Thutmosis", lächelte Herihor. „Gib zu, Mefres, um das zu erfahren, braucht man keinen Menschen mit dem Zweiten Gesicht!"

Mefres kniff seine schmalen Lippen zusammen.

„Wenn das Ehrwürden nicht überzeugt, so werde ich etwas anderes ermitteln. – Lykon, wo ist jetzt der Verräter, der den Weg in die Schatzkammern des Labyrinths sucht?"

Der hypnotisierte Grieche starrte angestrengt in das Kristall und antwortete nach einer Weile: „Ich sehe ihn ... er hat sich in das Tuch eines Bettlers gehüllt."

„Wo ist er?"

„Er liegt auf dem Hof der letzten Herberge vor dem Labyrinth. Gegen Morgen wird er dort sein."

„Wie sieht er aus?"

„Er hat einen roten Bart und rote Haare", antwortete Lykon.

„Bist du nun überzeugt?" fragte Mefres.

„Ehrwürden hat eine gute Polizei", antwortete Herihor.

„Dafür aber bewachen die Aufseher das Labyrinth sehr schlecht!“ sprach Mefres zornig. „Noch heute nacht werde ich mit Lykon dorthin fahren, um jene Priester zu warnen. Wenn es mir aber gelingt, den Schatz der Götter zu retten, so wirst du, Ehrwürden, mir erlauben, sein Wächter zu werden.“

„Wie Ehrwürden will“, entgegnete Herihor anscheinend gleichgültig. Insgeheim aber dachte er: Endlich beginnt der fromme Mefres Zähne und Klauen zu zeigen. Er selbst möchte *nur* Wächter des Labyrinths werden und seinen Zögling Lykon *nur* zum Pharao machen!

Wahrlich, um die Gier meiner Helfer stillen zu können, müßten die Götter erst zehn Ägypten erschaffen!

Beide Würdenträger verließen nun das unterirdische Gewölbe. Herihor kehrte bei Nacht zu Fuß in seine Wohnung im Isis-Tempel zurück. Mefres aber befahl, zwei von Pferden getragene Sänften bereitzuhalten. In die eine legten junge Priester den schlafenden Lykon, der einen Sack auf dem Kopf hatte, die zweite bestieg der Erzpriester selbst. Von einer Handvoll Reiter umgeben, reiste Mefres in flottem Tempo nach Fayum.

*

In der Nacht vom 14. zum 15. Paophi betrat der Erzpriester Samentu durch den nur ihm bekannten Korridor das Labyrinth, wie er das dem Pharao versprochen hatte. In den Händen hielt er ein Bündel Fackeln, von denen nur eine brannte, auf dem Rücken trug er einen kleinen Korb mit Werkzeug.

Samentu gelangte sehr leicht von Saal zu Saal, von Korridor zu Korridor. Mit einem Griff schob er gewisse steinerne Tafeln in Säulen und Wänden beiseite und öffnete die dort verborgenen Geheimtüren. Zuweilen schwankte er, verglich dann aber die geheimnisvollen Zeichen auf den Wänden mit denen auf den Perlen, die er an einer Schnur um den Hals trug.

Nach einem halbstündigen Weg befand er sich in der Schatzkammer, wo er wiederum eine Steintafel im Fußboden beiseite schob und durch die Öffnung in den tiefer gelegenen Saal gelangte. Der war niedrig, und seine Decke ruhte auf vielen stämmigen Säulen.

Samentu setzte den Korb ab, entzündete zwei Fackeln und begann bei ihrem Licht die Inschriften auf den Wänden zu lesen.

„Trotz meines unbedeutenden Aussehens“, lautete eine, „bin ich der wahre Sohn Gottes, da mein Zorn furchtbar ist.

Draußen im Freien verwandle ich mich in eine Feuersäule und rufe Blitze hervor. Im geschlossenen Raum bewirke ich Donner und Vernichtung; und es gibt keine Mauer, die meiner Gewalt widerstände.

Zu besänftigen vermag mich nur geweihtes Wasser, das mich machtlos macht. Doch mein Zorn wird ebensogut aus der Flamme wie aus dem geringsten Funken geboren.

Durch meine Gewalt windet sich alles und zerfällt. Ich gleiche dem Typhon, der die höchsten Bäume entwurzelt und Steine emporschleudert."

„Jeder Tempel hat eben seine Geheimnisse, die die anderen nicht kennen!" murmelte Samentu.

Er öffnete eine Säule und entnahm ihr einen kleinen Topf. Der Deckel des Gefäßes war mit Wachs verschlossen; das Gefäß besaß eine Öffnung, durch die eine lange und dünne Schnur lief, die irgendwo im Innern der Säule endete.

Samentu schnitt davon ein Stückchen ab, hielt es an die Fackel und sah, daß es sehr rasch und zischend abbrannte.

Jetzt löste er vorsichtig mit dem Messer den Deckel ab und erblickte den Inhalt: ein Gemisch aus Sand und kleinen, aschgrauen Steinen. Als er einige von ihnen an die Fackel hielt, schoß im selben Augenblick eine große Stichflamme empor, die Steine verschwanden, während dichter Rauch und ein unangenehmer Geruch zurückblieben.

Nun schichtete Samentu eine Handvoll des graufarbenen Sandes auf den Boden, bettete ein Stückchen der Schnur, die er beim Topf gefunden hatte, hinein, und bedeckte alles mit einem schweren Stein. Dann näherte er die Fackel, die Schnur erglomm, und nach einem Augenblick sprang inmitten einer Feuergarbe der Stein in die Höhe.

„Da hätte ich schon den Göttersohn!" rief Samentu lächelnd. „Die Schatzkammer wird nicht versinken."

Er ging von Säule zu Säule, öffnete die Geheimfächer und holte aus ihnen die Töpfe heraus. An jedem hing eine lange Schnur, die Samentu durchschnitt. Die Töpfe selbst stellte er beiseite.

„Nun", sprach der Priester. „Seine Heiligkeit könnte mir die Hälfte der Schätze schenken, zumindest aber meinen Sohn zum Nomarchen machen! Das wird er auch gewiß tun; denn er ist ein großmütiger Herrscher. Mir selbst gebührte zum Lohn wenigstens der Amon-Tempel in Theben."

Nachdem Samentu das untere Gemach gesichert hatte, kehrte er in die Schatzkammer zurück und betrat von ihr aus den oberen Saal. Dort standen gleichfalls Inschriften auf den Wänden und zahlreiche mit demselben Explosivstoff versehene Säulen.

Samentu durchschnitt wieder alle Schnüre, holte sämtliche Töpfe heraus und barg etwa eine Messerspitze voll des grauen Sandes in einem Läppchen.

Dann setzte er sich ermüdet nieder.

Sechs Fackeln waren bereits heruntergebrannt; die Nacht mußte sich ihrem Ende nähern.

Nie hätte ich vermutet, dachte der Eindringling, daß die Priester hier ein so sonderbares Material besitzen. Damit könnte man doch die assyrischen Festungen zerstören! Na, auch wir weihen nicht unsere Schüler in all unsere Geheimnisse ein.

Samentu war ermattet. Er begann zu träumen. Jetzt war er sicher, bald der höchste Würdenträger im Reiche und mächtiger zu werden als Herihor.

Was würde er dann tun? Seinen Nachkommen wichtige Erkenntnisse und ein Vermögen hinterlassen und sich bemühen, allen Tempeln ihre Geheimnisse zu entreißen, was seine Macht ins Grenzenlose steigern, Ägypten aber den Vorrang über Assyrien sichern müßte.

Der junge Pharao spottet der Götter – um so leichter wird er es durchsetzen können, daß in Zukunft nur ein Gott verehrt werden wird, zum Beispiel Osiris, und daß die Phönizier, Juden, Griechen und Libyer in einem Reiche, unter der Führung Ägyptens, vereint werden.

Dann wird er mit dem Kanalbau, der das Mittelmeer mit dem Roten Meer verbinden soll, beginnen. Wenn man am Kanal entlang Festungen errichtete und viel Militär zusammenzöge, fiele der gesamte Handel mit den unbekannten Völkern des Ostens und Westens in die Hände der Ägypter.

Man müßte auch eine eigene Flotte und ägyptische Seeleute haben ... vor allem aber Assyrien, das mit jedem Jahr gefährlicher wird, zermalmen. Dem Luxus und der Habgier der Priester müßte man Einhalt gebieten. Mochten sie weise sein und im Überfluß leben, aber dem Reiche dienen, anstatt, wie gegenwärtig, das Volk zu tyrannisieren.

Schon im Monat Hathor – träumte er weiter – werde ich die Politik bestimmen! Der junge Gebieter liebt die Frauen und das Heer zu sehr, um sich intensiv der Regentschaft widmen zu können. Wenn Ramses aber keinen Sohn bekäme, dann würde mein Sohn, mein Sohn . . .

Er schreckte hoch. Noch eine Fackel war niedergebrannt, und es war höchste Zeit, die unterirdische Stätte zu verlassen.

Samentu hob seinen Korb auf und verließ den Saal über der Schatzkammer.

Ich brauche keine Helfer, stellte er lächelnd fest. Ich habe alles allein sichergestellt, ich allein, der verachtete Priester Seths!

Er hatte bereits viele Räume und Korridore durchquert, als er plötzlich stehenblieb, da er auf dem Fußboden des Saales, den er gerade betrat, einen schmalen Lichtstreifen wahrzunehmen glaubte. Da packte ihn ein so furchtbarer Schauder, daß er die Fackel löschte. Doch der Strahl auf dem Fußboden war verschwunden.

Samentu lauschte angestrengt. Aber er hörte nur das Klopfen des Pulses in den eigenen Schlafen.

„Ich habe mich getäuscht!" murmelte er.

Mit zitternden Händen zog der Priester aus seinem Korb ein kleines Gefäß hervor, in dem ein Feuerschwamm glomm, und entzündete damit von neuem die Fackel.

Ich bin sehr müde, dachte er.

Er sah sich im Saal um und näherte sich der Wand mit der Geheimtür. Er drückte auf einen Nagel, die Tür öffnete sich nicht. Ein zweiter, dritter Druck . . . nichts . . .

„Was bedeutet das?" murmelte er erstaunt.

Schon hatte er den Lichtstrahl vergessen. Welch unerhörtes Mißgeschick! Hunderte von verborgenen Türen hatte er in seinem Leben geöffnet und so viele schon hier im Labyrinth, daß er den augenblicklichen Widerstand nicht zu begreifen vermochte.

Da ergriff ihn von neuem Panik. Er lief von Wand zu Wand und tastete alle verborgenen Türen ab. Endlich gab eine nach. Samentu atmete tief auf und betrat einen riesigen Saal, der – wie üblich – mit Säulen überfüllt war. Die Fackel erhellte nur einen Bruchteil des Raumes, der übrige Teil verlor sich in undurchdringlicher Finsternis.

Diese Finsternis, der Säulenwald, vor allem die Feststellung, daß ihm dieser Saal noch unbekannt war, das alles gab dem Priester neuen Mut. In ihm erwachte der Funke einer kindlichen Hoffnung. Er glaubte, da er diesen Ort nicht kenne, würde ihn auch kein anderer kennen und aufspüren.

Er beruhigte sich ein wenig und merkte, daß ihm die Beine den Dienst versagten. So setzte er sich.

Doch sprang er sofort wieder auf und sah sich um, als wolle er prüfen, ob ihm tatsächlich irgendwoher Gefahr drohe. Aus welchem dunklen Winkel würden sie kommen, um sich auf ihn zu stürzen?

Samentu war wie kein anderer in Ägypten mit unterirdischen Gängen, mit Dunkelheit und Irrwegen vertraut. Er hatte in seinem Leben schon viele Ängste durchstanden. Aber das, was er jetzt erlebte, war ihm völlig neu und so schrecklich, daß der Priester sich fürchtete, es beim richtigen Namen zu nennen.

Schließlich riß er sich unter größter Anstrengung zusammen und sagte sich: Wenn ich wirklich Licht gesehen hätte, wenn tatsächlich jemand die Türen verschlossen hätte, wäre ich ausgeliefert. Was aber dann?

Tod! raunte eine Stimme in seinem Innern.

Tod?

Schweiß trat ihm auf die Stirn. Sein Atem stockte. Und wieder packte ihn wahnsinnige Angst. Er hastete durch den Saal und suchte, mit den Fäusten an die Wände schlagend, einen Ausgang. Er vergaß völlig, wo er sich befand und wie er hierhergekommen war; er verlor die Richtung, ja sogar die Möglichkeit, sich mit Hilfe der Perlen zu orientieren.

Gleichzeitig war ihm zumute, als ob er aus zwei Menschen bestände: der eine wär fast wahnsinnig, der andere ruhig und gefaßt. Der vernünftige schien zu sagen, daß alles Täuschung sein könne, daß ihn niemand entdeckt habe, niemand nach ihm suche und er von hier wieder herauskommen würde, wenn er nur überlegt handelte. Doch der andere, der wahnsinnige, hörte nicht auf die Stimme der Vernunft und besiegte ständig seinen Gegenspieler.

Oh, wenn man sich nur in einer Säule verbergen könnte! Dann mochten sie suchen. Außerdem spürte sicherlich niemand nach ihm, es würde ihn auch niemand finden, und er könnte nach kurzem Schlaf wieder die Herrschaft über sich selbst gewinnen.

Was kann mir hier zustoßen? Wenn ich mich nur beruhige, werden sie mich im ganzen Labyrinth vergeblich jagen. Um mir alle Wege abzuschneiden, dazu brauchte man etliche tausend Menschen, und um den Saal zu finden, in dem ich mich aufhalte – da müßte erst ein Wunder geschehen!

Doch angenommen, sie fangen mich – was ist schon dabei!

Dann nehme ich dieses Fläschchen hier, setze es an meine Lippen und entfliehe in einem Augenblick dorthin, wo mich niemand mehr fangen kann, nicht einmal die Götter.

Trotz dieser Überlegungen ergriff Samentu von neuem solche Furcht, daß er zum zweitenmal die Fackel auslöschte und sich zitternd, mit klappernden Zähnen, an eine der Säulen drängte.

Wie konnte ich ... wie konnte ich hier eindringen! Hatte ich denn etwa nichts zu essen gehabt, kein Lager, um mich darauf auszuruhen? – Es ist klar, daß ich entdeckt bin. Das Labyrinth wird doch von einer Menge von Aufsehern bewacht, die wachsam sind wie Hunde! Nur ein Kind oder ein Tor kann glauben, sie betrügen zu können.

Vermögen! Macht! – Wo gibt es einen Schatz, für den es sich lohnte, auch nur einen Tag seines Lebens hinzugeben? Und ich, ein Mann in den besten Jahren, habe mein ganzes Leben gewagt ...

In diesem Moment glaubte er, ein dumpfes Klopfen zu hören. Er sprang auf und erblickte in der Tiefe des Saales einen Lichtschimmer!

Einen wirklichen Lichtschimmer, keine Täuschung. In einer fernen Wand, irgendwo am Ende des Raumes, stand eine Tür offen, durch die gerade etliche bewaffnete Männer mit Fackeln vorsichtig eintraten.

Bei ihrem Anblick fühlte der Priester in Glieder, Herz und Kopf Kälte eindringen. Er wußte nun, daß er nicht nur entdeckt, sondern auch verfolgt und umstellt war.

Wer hatte ihn verraten? Nur ein Mensch kam in Frage: der junge Priester Seths, den er ziemlich genau in seinen Plan eingeweiht hatte. Der Verräter allein hätte wohl einen Monat lang nach dem Weg ins Labyrinth suchen müssen. Doch wenn er sich mit den Wächtern verständigte, konnten sie gemeinsam Samentu an einem Tage aufspüren.

Jetzt spürte der Erzpriester, was der Mensch nur angesichts des Todes erlebt: Er fürchtete sich nicht mehr. Seine Angst löste sich in nichts auf. Er gewann nicht nur seine Beherrschung zurück, sondern fühlte sich unendlich erhaben über alles, was da lebte. In kürzester Zeit wird ihm keine ... keine Gefahr mehr drohen!

Wie Blitze zuckten Gedanken durch seinen Kopf. Er überdachte sein Leben: Arbeit, Gefahr, Hoffnung und Ehrgeiz – und all das erschien ihm nichtig. Denn was würde es schon ändern, wenn er in dieser Situation der Pharao persönlich wäre oder die Edelsteine aller königlichen Schatzkammern der Welt besäße?

All das war nichtig, ach – eitel Täuschung. Eins nur blieb groß und wahr – der Tod.

Inzwischen hatten die Fackelträger aufmerksam die Säulen und Winkel abgesucht und waren bereits bis in die Mitte des riesigen Saales gelangt. Der Priester sah die Spitzen ihrer Speere glänzen und merkte, daß sie unschlüssig, ängstlich und unwillig vorgingen. Ein paar Schritte hinter ihnen, nur von einer Fackel beleuchtet, folgte eine zweite Gruppe von Menschen.

Samentu fühlte ihnen gegenüber keine Feindseligkeit, sondern ihn beschäftigte nur die Neugier, wer ihn verraten haben konnte. Doch auch das berührte ihn nicht sehr stark; unvergleichlich bedeutsamer erschien ihm die Frage: Warum muß der Mensch sterben, und wozu wurde er geboren? Denn dem Tod gegenüber reduziert sich das ganze Leben, selbst wenn es lang und reich an Erfahrungen gewesen ist, zu einem einzigen schmerzhaften Augenblick.

Warum das? Wozu das?

Die Stimme eines Bewaffneten riß Samentu aus seinen Überlegungen.

„Hier ist niemand, und hier kann niemand sein!"

Die Priestersoldaten blieben stehen. Samentu fühlte plötzlich, daß er diese Männer, die nicht weitergehen wollten, liebte, und sein Herz schlug heftig.

Langsam, sich streitend, kam die zweite Gruppe näher.

„Wie konnte Euer Würden auch nur annehmen, daß jemand hier hereingekommen wäre?" sprach eine zornbebende Stimme. „Die Eingänge sind doch alle bewacht, besonders jetzt. Selbst wenn jemand gewagt hätte, hier einzudringen, würde er elend verhungern."

„Aber Euer Würden, beobachtet doch das Benehmen Lykons", entgegnete eine zweite Stimme. „Sieht er nicht so aus, als spüre er die Nähe des Feindes?"

Lykon? überlegte Samentu. Ach, das ist jener Grieche, der dem Pharao ähnelt. Was sehe ich? Mefres hat ihn hierhergeführt!

In diesem Augenblick stürzte der Hypnotisierte vorwärts und blieb vor der Säule, hinter der sich der Gesuchte verborgen hielt, stehen. Die Bewaffneten folgten, und der Schein ihrer Fackel erhellte die dunkle Gestalt des Priesters.

„Wer ist hier?“ schrie der Anführer heiser.

Samentu trat vor. Sein Anblick machte einen so starken Eindruck, daß die Fackelträger zurückwichen. Er hätte, ohne angehalten zu werden, mitten durch die Gruppe der Wächter hindurchgehen können; doch der Priester dachte nicht mehr an Flucht.

„Was nun? Hat sich mein Hellseher geirrt?“ rief Mefres, die Hand ausstreckend. „Da ist der Verräter!“

Samentu näherte sich ihm lächelnd und sprach: „An diesem Ausruf habe ich dich erkannt, Mefres. Wenn du nicht betrügen kannst, bist du nur ein Dummkopf.“

Die Anwesenden standen wie erstarrt; Samentu fuhr mit ruhiger Ironie fort: „Im Augenblick bist du allerdings Betrüger und Tor zugleich. Ein Betrüger darum, weil du den Wächtern des Labyrinths eingeredet hast, dieser Schurke besäße die Gabe des Zweiten Gesichts; ein Tor aber bist du, weil du denkst, daß sie dir glauben. Sage lieber gleich, daß sich im Tempel des Ptah ein genauer Plan des Labyrinths befindet.“

„Das ist eine Lüge!“ schrie Mefres.

„Frage diese Männer, wem sie glauben: dir oder mir. Ich bin hier, weil ich die Pläne im Tempel des Osiris fand, du kamst durch die Gnade des unsterblichen Ptah“, schloß Samentu lachend.

„Fesselt den Verräter und Lügner!“ kreischte Mefres.

Samentu wich ein paar Schritte zurück. Rasch zog er das Fläschchen aus seinem Gewand, hob es an die Lippen und sprach: „Mefres, du wirst bis zu deinem Tode ein Tor bleiben. Geist besitzt du nur dann, wenn es um Geld geht.“

Er trank das Gift aus und sank zu Boden.

Die Bewaffneten stürzten herzu, richteten ihn auf, doch glitt er ihnen aus den Händen.

„Möge er hierbleiben wie die andern“, entschied der Oberste Wächter des Labyrinths.

Dann verließen alle den Saal, die Geheimtür wurde sorgfältig verschlossen, und bald darauf traten sie alle aus dem Gewölbe des Labyrinths an das Tageslicht.

Als sich der würdige Mefres auf dem Hof befand, befahl er seinen Priestern, die von Pferden getragenen Sänften bereitzumachen, und fuhr unverzüglich mit dem schlafenden Lykon zurück nach Memphis.

Die Wächter des Labyrinths waren von den ungewöhnlichen

Vorfällen noch ganz benommen. Sie blickten einander an und schauten dann der Eskorte des Mefres nach, die langsam in einer gelben Staubwolke verschwand.

„Ich kann nicht fassen", stammelte der erzpriesterliche Wächter des Labyrinths, „daß es in unseren Tagen einem Menschen gelungen ist, in die unterirdischen Gewölbe einzudringen."

„Euer Würden vergißt etwas, heute waren es sogar drei", zischte einer der jüngeren Priester und maß ihn dabei mit scheelen Blicken.

„Ah ... ah ... wirklich!" entgegnete der Erzpriester. „Haben mir die Götter denn die Sinne verwirrt?"

Er rieb sich die Stirn und umklammerte das Amulett auf seiner Brust.

„Und zwei sind geflohen", mahnte der jüngere Priester den Vorgesetzten. „Der Komödiant Lykon und der heilige Mefres."

„Warum hast du mich daran nicht früher erinnert, dort im Gewölbe unter der Erde?" tobte der Erzpriester.

„Ich habe das Ende nicht voraussehen können."

„Weh mir!" rief der Oberste Wächter. „Ich sollte nicht Vorsteher, sondern höchstens Türhüter dieses Baues sein! Wir sind gewarnt worden, daß jemand in das Labyrinth eindringen will. Ich habe das nicht verhindert, sondern sogar die zwei Gefährlichsten entfliehen lassen, die jeden herbringen werden, der ihnen paßt! O weh!"

„Verzweifelt nicht, Ehrwürden", beschwichtigte ein anderer Priester. „Unser Gesetz ist eindeutig. Schickt vier bis sechs unserer Leute nach Memphis und gebt ihnen das Urteil mit. Das übrige wird dann ihre Sache sein."

„Ach, ich habe ja geradezu den Verstand verloren!" klagte der Erzpriester.

„Was geschehen ist, ist geschehen", unterbrach ihn nicht ohne Ironie der jüngere Priester, „das eine aber bleibt gewiß: Menschen, die nicht nur den Zugang zu den Gewölben gefunden haben, sondern darin wie im eigenen Hause umherzuwandeln vermochten, dürfen nicht am Leben bleiben!"

„Sucht also sechs unserer Milizsoldaten aus."

„Es ist wahr, man muß damit ein Ende machen!" bekräftigten die Wächter.

„Wer weiß, ob Mefres nicht im Einverständnis mit dem allerehrwürdigsten Herihor gehandelt hat?" raunte einer.

„Genug!" rief der Erzpriester. „Wenn wir Herihor im Labyrinth finden sollten, werden wir genauso nach dem Gesetz handeln. Aber wir dürfen nicht irgend jemanden unbegründet verdächtigen. Die Schreiber schreiben jetzt die Urteile für Mefres und Lykon, die Ausgewählten reiten ihnen auf schnellstem Wege nach, die Miliz aber soll die Wachen verstärken. Auch das Innere des Baues muß durchsucht werden, und es gilt zu ermitteln, auf welchem Wege Samentu eingedrungen ist... obwohl ich glaube, daß sich nicht so bald Nachahmer finden werden."

Ein paar Stunden später ritten sechs Männer nach Memphis.

XV

Am 18. Paophi bereits herrschte in Ägypten ein Chaos. Der Verkehr zwischen Ober- und Unterägypten war unterbrochen, der Handel ruhte, auf dem Nil kreuzten nur Wachtschiffe, über die Chausseen strebten Truppen den Städten zu, die bedeutende Tempel besaßen.

Nur die leibeigenen Bauern der Priester arbeiteten auf den Feldern. Auf den Gütern des Adels, der Nomarchen, besonders aber des Pharao war der Flachs noch nicht gerauft, der Klee stand unberührt, und es fand sich niemand, den Wein zu pflükken. Die Bauern faulenzten, sie trieben sich in Banden umher, sangen, aßen, tranken und randalierten gegen die Priester oder gegen die Phönizier.

In den Städten blieben die Geschäfte geschlossen, und die beschäftigungslosen Handwerker diskutierten ganze Tage hindurch über die Umgestaltung des Reiches. Das war für Ägypten bereits nichts Neues mehr, schien aber diesmal so bedrohliche Ausmaße anzunehmen, daß die Steuereinnehmer und sogar die Richter sich zu verbergen begannen, zumal die Polizei gegen die Ausfälle des gemeinen Volkes keinesfalls einschritt.

Eines muß noch erwähnt werden: der Überfluß an Speisen und Wein. In den Schenken und Garküchen, besonders in den phönizischen, konnte in Memphis wie in der Provinz jedermann gegen eine sehr niedrige Bezahlung oder auch ganz umsonst essen und trinken, was und wieviel er wollte. Man sagte, Seine Heiligkeit wolle auf diese Weise dem Volke einen ganzen Monat lang ein Fest geben.

Da die Verbindung im Lande unterbrochen war, wußte man

kaum, was in der Nachbarstadt vorging. Nur der Pharao, noch besser aber die Priester waren sich über die allgemeine Lage im Lande klar.

Die Situation war vor allem durch die Trennung zwischen dem Oberen oder Thebanischen und dem Unteren oder Memphisschen Ägypten gekennzeichnet. In Theben hatten die Anhänger der Priester, in Memphis die des Pharao das Übergewicht. In Theben erzählte man, daß Ramses XIII. wahnsinnig geworden sei und Ägypten an die Phönizier verschachern wolle; in Memphis behauptete man, die Priester beabsichtigten, den Pharao zu vergiften und die Assyrer ins Land zu holen.

Im Norden wie im Süden fühlte sich das einfache Volk instinktiv zu Ramses hingezogen. Aber das Volk war eine schwankende, passive Kraft. Wenn ein Redner der Regierung sprach, waren die Bauern bereit, über die Tempel herzufallen und die Priester zu schlagen; doch wenn eine Prozession erschien, warfen sie sich demütig nieder und erschauerten bei Prophezeiungen von Plagen, die noch im selben Monat Ägypten heimsuchen würden.

Der bestürzte Adel und die Nomarchen hatten sich fast alle in Memphis eingefunden, um den Pharao um Hilfe gegen die aufsässigen Bauern zu bitten. Da Ramses XIII. ihnen aber nur Geduld anempfahl und den Pöbel nicht auseinandertreiben ließ, begannen die Magnaten, sich mit den Anhängern der Priester zu beraten.

Herihor hüllte sich zwar in Schweigen oder riet höchstens, gleichfalls geduldig zu bleiben, doch die anderen Erzpriester redeten den Herren ein, daß Ramses wahnsinnig sei und es darum notwendig wäre, ihm die Gewalt aus den Händen zu nehmen.

In Memphis selbst gab es zwei Parteien: die Gottlosen, die soffen und lärmten und die Mauern der Tempel, ja sogar die Statuen mit Schmutz bewarfen, und die Frommen, in der Mehrzahl Greise und Frauen, die auf der Straße beteten, laut Unglück prophezeiten und die Götter um Rettung anflehten. Die Gottlosen trieben tagtäglich ihr Unwesen, unter den Frommen gewannen tagtäglich ein Kranker oder ein Krüppel ihre Gesundheit wieder.

Sonderbarerweise fügten beide Parteien trotz der entfesselten Leidenschaften einander keinen Schaden zu. Sie ließen sich nicht zu irgendwelchen Gewalttaten hinreißen. Das kam daher, daß jede mit anderen Zielen und nach einem anderen, in höheren Kreisen überlegten Plan Unruhe stiftete.

Der Pharao, der noch nicht über alle Truppen und über sämtliche Beweise gegen die Priester verfügte, gab nicht das Zeichen zum entscheidenden Angriff gegen die Tempel, und auch die Priester schienen noch auf etwas zu warten. Es war jedoch unverkennbar, daß sie sich bereits weniger schwach fühlten als in den ersten Augenblicken nach der Abstimmung der Delegierten. Ramses XIII. wurde nachdenklich, als man ihm von allen Seiten zutrug, die leibeigenen Bauern der Priester beteiligten sich fast gar nicht an den Unruhen, sondern arbeiteten.

Was hat das zu bedeuten? fragte sich der Pharao. Glauben die Blankschädel, daß ich nicht den Mut hätte, die Tempel anzugreifen, oder besitzen sie vielleicht mir unbekannte Verteidigungsmittel?

Am 19. Paophi teilte die Polizei dem Herrscher mit, in der vergangenen Nacht habe das Volk angefangen, den Mauerring um den Tempel des Horus zu zerstören.

„Auf Euren Befehl?" fragte der Pharao den Polizeichef.

„Nein, aus eigenem Antrieb."

„Haltet sie sanft zurück ... haltet sie zurück", sprach der Gebieter. „In einigen Tagen werden sie machen können, was ihnen gefällt, aber jetzt sollen sie noch nicht zu stürmisch vorgehen."

Ramses XIII. wußte als Heerführer und Sieger der Schlacht an den Natronseen: Wenn die Massen einmal zum Angriff vorgehen, sind sie durch nichts aufzuhalten; sie müßten denn erschlagen werden. Falls sich nun die Tempel nicht verteidigten, würde der Pöbel sie besetzen. Wenn die Priester sich aber zur Wehr setzen?

Dann würde das Volk fliehen, und man müßte statt dessen Militär vorschicken, das zur Zeit noch nicht in genügender Stärke zur Verfügung stand.

Außerdem war Hiram noch nicht mit den Briefen, die den Verrat Herihors und Mefres' bewiesen, aus Pi-Bast zurückgekommen. Vor allem aber sollten die dem Pharao hörigen Priester erst am 23. Paophi dem Heer Hilfe leisten. Auf welche Weise könnte man sie auch benachrichtigen, da die vielen Tempel, in denen sie dienten, so weit voneinander entfernt lagen? Und gebot nicht die Vorsicht, Botschaften, die sie verraten könnten, zu vermeiden?

Aus diesen Gründen wünschte Ramses XIII. keinen vorzeitigen Angriff des Volkes auf die Tempel.

Doch die Empörung des Volkes wuchs. In der Nähe des Isis-Tempels wurden etliche fromme Menschen, die Unheil prophezeiten oder auf wundersame Weise gesundeten, erschlagen. Neben dem Ptah-Tempel stürzte sich der Pöbel auf eine Prozession, verprügelte die Priester und zerstörte die heilige Barke, in der die Götterstatue getragen wurde. Fast zur gleichen Zeit berichteten Stafetten aus den Städten Sechem und Anu, das Volk dringe dort in die Tempel ein und habe sogar in Cherau das Sanktuarium geschändet.

Gegen Abend kam in den Palast Seiner Heiligkeit eine Abordnung der Priester wie Diebe geschlichen. Die ehrwürdigen Propheten warfen sich dem Gebieter weinend zu Füßen und flehten ihn an, die Götter und die Tempel zu schützen.

Diese durchaus unerwartete Bitte seiner Feinde erfüllte das Herz des Pharao mit großer Freude und noch größerem Stolz. Er befahl den Abgeordneten aufzustehen und antwortete gnädig, seine Regimenter wären immer bereit, die Tempel zu verteidigen, wenn sie dort eingelassen würden.

„Ich zweifle nicht daran", sprach er, „daß die Rebellen zurückweichen werden, wenn die Stätten der Götter von Militär besetzt werden."

Die Priester zögerten.

„Wie Eure Heiligkeit weiß," entgegnete der älteste von ihnen, „darf kein Militär das Gelände hinter den Mauern betreten. Wir müssen also erst die Erzpriester nach ihrer Meinung fragen."

„Gewiß, beratet euch", sagte der Gebieter. „Ich kann keine Wunder tun und von fern aus meinem Palast die Tempel verteidigen."

Die Delegierten verließen den Pharao betrübt. Ramses berief darauf sofort einen Geheimen Rat ein. Er glaubte, die Priester würden sich seinem Willen fügen. Es kam ihm nicht einmal in den Sinn, daß die Delegation ihn vielleicht in Herihors Auftrag irreführen sollte.

Als sich die zivilen und militärischen Würdenträger in seinem Kabinett versammelt hatten, ergriff Ramses voller Stolz das Wort: „Ich wollte zwar ursprünglich erst am 23. Paophi die Memphisschen Tempel besetzen lassen, doch denke ich jetzt, daß wir sie bereits morgen einnehmen sollten."

„Unsere Truppen sind noch nicht versammelt", wandte Thutmosis ein.

„Und wir warten noch auf Herihors Briefe an Assyrien", mahnte der Großschreiber.

„Das ist nicht so wichtig!" entgegnete der Pharao. „Wir werden dem Volk morgen mitteilen, daß Herihor und Mefres Verräter sind, den Nomarchen und Priestern aber zeigen wir in einigen Tagen, wenn Hiram aus Pi-Bast zurückkehrt, die Beweise."

„Der neue Befehl Eurer Heiligkeit weicht völlig von dem ursprünglichen Plan ab", sprach Thutmosis. „Morgen können wir das Labyrinth noch nicht besetzen. Wenn nun die Tempel von Memphis Widerstand leisten sollten, so haben wir nicht einmal Sturmböcke, um die Tore aufzubrechen."

„Thutmosis", antwortete der Gebieter, „ich brauchte zwar über meine Befehle nicht Aufschluß zu geben, aber ich will euch überzeugen, daß ich in meinem Herzen den Ablauf der Ereignisse eher im voraus einzuschätzen vermag und darum weiß, was not tut.

Wenn das Volk bereits heute die Tempel überfällt, wird es morgen in sie eindringen wollen. Falls wir es nicht unterstützen, könnte es zurückgeschlagen werden. Darum würde es in drei Tagen die Lust zu kühnen Taten verloren haben.

Wenn nun die Priester schon heute eine Delegation entsendet haben, fühlen sie sich schwach. In einigen Tagen hingegen kann sich die Zahl ihrer Anhänger aus der Bevölkerung vermehren.

Begeisterung und Angst ähneln dem Wein im Kruge: Je mehr man vergießt, desto weniger bleibt zurück. Nur derjenige kann sich satt trinken, der zur rechten Zeit seinen Becher hinhält. Wenn also das Volk heute zum Sturm bereit ist, die Feinde aber verschüchtert sind, so nützen wir das aus, weil uns in kurzer Zeit das Glück verlassen, ja sich sogar gegen uns wenden könnte."

„Auch die Lebensmittel sind fast verbraucht", meinte der Schatzkämmerer. „In drei Tagen muß das gemeine Volk wieder an die Arbeit gehen, denn wir werden nichts mehr haben, womit wir es umsonst füttern können."

Der Pharao wandte sich an Thutmosis: „Ich selbst hatte dem Polizeichef befohlen, den Pöbel zurückzuhalten. Wenn sich das aber als unmöglich erweist, müssen wir die Bewegung für uns ausnutzen. Ein erfahrener Segler kämpft weder mit der Strömung noch mit dem Wind, sondern er bedient sich beider."

In diesem Augenblick trat ein Kurier mit der Mitteilung ein, daß sich das Volk auf die Fremdlinge stürze. Es überfiel die

Griechen, Syrier, vor allem die Phönizier. Viele Geschäfte waren ausgeraubt und etliche Menschen bereits erschlagen worden.

„Das ist der Beweis", rief der empörte Herrscher, „daß man die Menge nicht von einem gewiesenen Wege ablenken soll! Die Truppen sollen sich morgen in der Nähe der Tempel bereit halten und sofort dort eindringen, wenn das Volk versucht, hineinzugelangen oder sich zurückzuziehen.

Zwar ist es üblich, die Trauben im Monat Paophi zu ernten, doch möchte ich den Gärtner sehen, der die Früchte an den Rebstöcken ließe, wenn sie schon einen Monat früher reiften.

Ich wiederhole: Ich wollte den Aufstand bis zum Abschluß unserer Vorbereitungen hinausschieben. Wenn man ihn aber nicht mehr aufhalten kann – so nützen wir den günstigen Wind und hissen wir alle Segel! Morgen müssen Herihor und Mefres gefangengenommen und in den Palast gebracht werden. Mit dem Labyrinth aber werden wir in einigen Tagen fertig."

Die Mitglieder des Rates erkannten an, daß der Entschluß des Pharao gut sei. Seine Entschiedenheit und Weisheit bewundernd, gingen sie auseinander. Sogar die Generale erklärten, es wäre besser, eine passende Gelegenheit auszunützen, als sie verstreichen zu lassen.

Es war bereits Nacht geworden. Ein zweiter Kurier meldete, es wäre der Polizei gelungen, die Fremden vor weiteren Übergriffen zu schützen. Das Volk aber sei außer Rand und Band, und niemand wisse, wozu es sich morgen hinreißen lassen werde.

Von der Stunde an kam ein Kurier nach dem anderen. Die einen berichteten über mit Äxten und Knüppeln bewaffnete große Bauernmassen, die von allen Seiten Memphis zustrebten. Andere teilten mit, das Volk in der Gegend von Peme, Sechem und On liefe von den Feldern weg und rufe, daß am nächsten Tag die Welt untergehen würde. Ein weiterer Kurier brachte einen Brief von Hiram, der sein baldiges Kommen ankündigte. Der nächste teilte mit, die Tempelregimenter schlichen nach Memphis und – was noch wichtiger war – aus Oberägypten zögen starke Abteilungen von Einwohnern und Soldaten heran, die den Phöniziern, ja sogar Seiner Heiligkeit feindlich gesonnen wären.

Bis sie kommen, überlegte der Pharao, werde ich bereits die Erzpriester in meiner Gewalt haben und endlich über die Regimenter Nitagers verfügen können. Sie haben sich um einige Tage verspätet.

Schließlich wurde noch gemeldet, daß hie und da auf den Straßen von den Soldaten verkleidete Priester gefangen wurden, die versucht hatten, in den Palast Seiner Heiligkeit einzudringen.

„Führt sie zu mir", befahl der Pharao lachend. „Ich will wissen, wie Menschen aussehen, die Böses gegen mich im Schilde führen."

Gegen Mitternacht verlangte die ehrwürdige Königin Nikotris, bei Seiner Heiligkeit empfangen zu werden.

Sie war blaß und bebte. Den Offizieren befahl sie, das königliche Gemach zu verlassen, und sprach, als sie mit dem Pharao allein war, unter Tränen: „Mein Sohn, ich bringe dir eine sehr böse Prophezeiung."

„Ich würde lieber genaue Nachrichten über die Stärke und die Absichten meiner Feinde hören."

„Die Statue der Göttin Isis in meiner Betkammer hat sich heute abend mit dem Gesicht zur Wand gedreht, das Wasser in der heiligen Zisterne aber wurde rot wie Blut."

„Das beweist", entgegnete der Pharao, „daß sich im Innern des Palastes Verräter befinden. Doch sie sind nicht allzu gefährlich, wenn sie nur Wasser trüben und Statuen umwenden können."

„Unsere ganze Dienerschaft", fuhr Nikotris fort, „das ganze Volk ist überzeugt, daß ein großes Unglück Ägypten heimsuchen wird, falls deine Truppen in die Tempel eindringen."

„Ein größeres Unglück ist die Frechheit der Priester. Da sie durch die Gnade meines ewig lebenden Vaters in den Palast kommen durften, fühlen sie sich heute hier als Eigentümer. Aber – bei den Göttern! – darf ich denn nicht einmal mehr meine königlichen Rechte verlangen?"

„Sei wenigstens ... wenigstens barmherzig. Behaupte dein Recht, doch erlaube deinen Soldaten nicht, die heiligen Stätten zu schänden oder den Priestern etwas zuleide zu tun. Vergiß nicht, daß die gnädigen Götter Ägypten mit Freude beschenken, die Priester aber trotz ihrer Fehler – wer hätte keine! – deinem Lande unvergleichliche Dienste leisten. Bedenke nur, daß du durch ihre Vertreibung die Weisheit, die unser Reich weit über andere Völker erhebt, vernichten würdest."

Der Pharao faßte seine Mutter an den Händen, küßte sie und erwiderte unter Lachen: „Frauen müssen immer übertreiben! Mutter, du sprichst zu mir, als wäre ich der Anführer der wilden Hyksos und nicht der Pharao. Will ich denn den Priestern Böses zufügen? Hasse ich denn ihre Weisheit, selbst solch eine fruchtlose wie die Beobachtung des Laufes der Gestirne am Himmel, die auch ohne uns am Firmament wandeln und uns nicht um einen Uten reicher machen?

Mich ärgern weder der Verstand der Priester noch ihre Frömmigkeit. Mich dauert das Elend Ägyptens, das fast vor Hunger verdorrt und sich vor jeder geringfügigen assyrischen Drohung fürchtet. Und dabei wollen die Priester trotz ihrer Weisheit nicht meine königlichen Pläne unterstützen, sondern leisten auf die frechste Art und Weise Widerstand.

Mutter, gestatte mir also, sie davon zu überzeugen, daß ich der Herr meines Erbes bin. Ich könnte mich nicht an Demütigen rächen, doch auf den Nacken von Rebellen werde ich meinen Fuß zu setzen wissen.

Sie ahnen das bereits, wollen es nur noch nicht wahrhaben, und da sie sich schwach fühlen, möchten sie mich mit Prophezeiungen irgendwelcher Plagen schrecken. Das ist ihre letzte Waffe und Zuflucht. Wenn sie erleben, daß ich mich vor ihren Gespenstern nicht fürchte, werden sie sich demütigen. In dem Falle lasse ich es nicht zu, auch nur einen Stein aus ihren Tempeln zu reißen und auch nur einen einzigen Ring aus ihren Schätzen zu rauben. Ich kenne sie! Heute, wo ich nicht in ihrer Nähe weile, spielen sie sich groß auf. Doch wenn ich erst offen und mit Waffengewalt den Kampf eröffne, müssen sie sich unterwerfen, und die ganzen Wirren werden mit Frieden und allgemeinem Wohlergehen enden."

Die Königin umfaßte die Beine des Herrschers und verließ ihn beruhigt, nachdem sie Ramses beschworen hatte, die Götter zu achten und sich ihrer Diener zu erbarmen.

Gleich danach rief der Pharao Thutmosis zu sich und sagte zu ihm: „Morgen werden meine Truppen also die Tempel besetzen. Verkünde jedoch den Obersten, es sei mein Wille, daß die heiligen Stätten nicht angetastet werden und niemand seine Hand gegen die Priester erhebt."

„Auch nicht gegen Mefres und Herihor?" fragte Thutmosis.

„Nicht einmal gegen diese beiden", erwiderte der Pharao. „Sie werden genügend bestraft sein, wenn ich sie ihrer heutigen Stellungen enthebe und sie lediglich in den Tempeln der Gelehrten sitzen dürfen, um zu beten und neue Weisheiten zu erforschen."

„Was Eure Heiligkeit befiehlt, wird geschehen ... obwohl ..."

Zum Zeichen, daß er keinerlei Vorhaltungen hören wolle, hob

Ramses den Finger in die Höhe. Dann aber wechselte er das Thema und fragte lächelnd: „Entsinnst du dich der Manöver bei Pi-Bailos? Zwei Jahre sind seitdem vergangen! Weißt du noch, wie ich mich damals über die Dreistigkeit und die Gier der Priester geärgert hatte? Du hast zu jener Zeit bestimmt auch nicht geglaubt, daß ich so rasch mit ihnen abrechnen würde.

Doch die arme Sara ... mein kleines Söhnchen ... wie schön war das Kind!"

Über die Wangen des Pharao rollten zwei Tränen.

„Wenn ich nicht ein Sohn der barmherzigen und gutmütigen Götter wäre, so würden meine Feinde morgen schwere Stunden erleben. Wieviel Erniedrigungen fügten sie mir zu, wie viele Male haben mir durch ihre Schuld Tränen die Augen verschleiert."

XVI

Am 20. Paophi ging es in Memphis wie an einem Feiertag zu. Jede Arbeit ruhte, selbst die der Lastenträger. Die ganze Bevölkerung trat auf die Plätze und Straßen hinaus oder drängte sich um die Tempel, besonders um den des Ptah, der am stärksten befestigt war. Dort hatten sich sowohl die geistlichen als auch weltliche Würdenträger unter Führung von Herihor und Mefres versammelt.

In der Nähe der Tempel standen die Truppen in ungezwungener Haltung, damit sich die Soldaten mit dem Volk verständigen konnten.

Zwischen ihnen und der einfachen Bevölkerung pendelten unzählige Händler umher, die Brotkörbe, Ledersäcke und Weinkrüge trugen und ihre Waren kostenlos feilboten. Wenn sie nach der Herkunft der Spenden gefragt wurden, so antworteten die einen, daß Seine Heiligkeit der Spender sei, die anderen sagten: „Eßt und trinkt, rechtgläubige Ägypter, da wir nicht wissen, ob wir den morgigen Tag erleben!"

Das waren die Händler der Priester.

Auch wimmelte es von Agenten. Manche behaupteten laut, daß die Priester sich gegen den Gebieter empörten und ihn sogar vergiften wollten, weil er dem Volk den siebenten Tag als Ruhetag versprochen hatte. Andere raunten, der Pharao sei wahnsinnig geworden und habe sich mit den Ausländern verschworen, die heiligen Stätten und ganz Ägypten zu vernichten.

Jene wollten das Volk aufwiegeln, die Tempel, wo die Priester mit den Nomarchen über die Unterdrückung der Handwerker und Bauern berieten, zu überfallen, diese warnten vor einem Angriff, da dann ein großes Unglück geschehen würde.

Trotzdem waren plötzlich – woher und durch wen, war nicht festzustellen – an der Mauer des Tempels Ptah etliche mächtige Balken und Steinhaufen zur Stelle.

Die soliden memphisschen Kaufleute in der Menschenmenge zweifelten keinen Augenblick daran, daß die Unruhen künstlich erzeugt worden waren. Die niederen Schreiber, die Polizisten, die Offiziere der Arbeiterbrigaden und die verkleideten Zehnerschaftsführer der Soldaten gaben sich offen zu erkennen und verheimlichten auch keineswegs, daß sie das Volk zum Sturm auf die Tempel aufstacheln wollten. Auf der Gegenseite konnten die Paraschisten, Bettler, Tempeldiener und niederen Priester ihre Absichten nicht verhehlen, und wer Augen hatte, der sah, daß auch sie die Bevölkerung zu Gewalttaten aufhetzten.

Die vernünftigen memphisschen Bürger waren über dieses Verhalten der Anhänger der Priester sehr erstaunt. Allgemein jedoch flaute die Begeisterung des Volkes ab. Die Ägypter konnten nicht verstehen, worum es hier ging und wer in Wirklichkeit die Empörung schürte. Das Chaos wuchs noch, da halbirre Geißler nackt durch die Straßen liefen, ihre Körper bis aufs Blut peitschten und laut riefen: „Wehe Ägypten! Der Unglaube hat überhandgenommen, und die Stunde des Jüngsten Gerichts ist gekommen! Es werden Ereignisse eintreten, die die Macht der Götter über die Ungläubigen beweisen!"

Die Soldaten verhielten sich ruhig und warteten, bis das Volk in die Tempel eindringen würde. Einerseits befolgten sie damit einen Befehl aus dem königlichen Palast; andererseits vermuteten die Offiziere Hinterhalte in den Tempeln und wollten, daß lieber das gemeine Volk darin umkäme als ihre Soldaten, die sowieso noch genug zu kämpfen haben würden.

Doch die Menge zögerte trotz des Geschreies der Redner und des Freiweins. Die Bauern blickten auf die Handwerker, die Handwerker auf die Bauern, und alle erwarteten etwas.

Plötzlich, gegen ein Uhr mittags, strömte aus einer Seitenstraße auf den Tempel Ptah zu eine betrunkene, mit Äxten und Stangen bewaffnete Bande von Fischern, griechischen Matrosen, Hirten, libyschen Vagabunden, ja sogar von Gefangenen aus den turrenischen Bergwerken. Voran stürmte ein riesiger Arbeiter mit einer Fackel. Vor dem Tor des Tempels blieb er stehen und rief mit dröhnender Stimme der Volksmenge zu: „Wißt ihr denn, ihr Rechtgläubigen, worüber hier die Erzpriester und Nomarchen beraten? Sie wollen Seine Heiligkeit zwingen, den Arbeitern pro Tag einen Gerstenfladen abzuziehen, den Bauern aber eine neue Steuer von einer Drachme für jedes Familienmitglied aufzuerlegen.

Deshalb sage ich euch, daß ihr eine Torheit und Niederträchtigkeit begeht, wenn ihr hier müßig abwartet! Ihr müßt endlich diese Tempelratten fangen und sie dem Pharao ausliefern, unserem Gebieter, dessen Sturz die Verschwörung dieser Gottlosen zum Ziel hat! Falls unser Herrscher dem Priesterklüngel unterliegen sollte – wer wird dann für das ehrliche Volk sorgen?"

„Er spricht die Wahrheit!" rief man aus der Menge.

„Der Pharao wird befehlen, uns den siebenten Tag als Ruhetag zu geben."

„Und uns mit Land beschenken."

„Er hatte schon immer ein mildes Herz für die einfachen Leute! Wißt ihr noch, wie er vor zwei Jahren die Bauern befreite, die unschuldig des Überfalls auf das Vorwerk der Jüdin bezichtigt worden waren?"

„Ich selbst habe gesehen, wie er einmal einen Schreiber schlug, weil der von den Bauern ungerechte Abgaben eintrieb!"

„Ewig lebe unser Gebieter Ramses XIII., der Beschützer der Bedrängten!"

„Seht nur", ließ sich von fern eine Stimme hören, „das Vieh kehrt allein von der Weide zurück, als ob es Abend würde."

„Was interessiert uns jetzt das Vieh! Los, auf die Priester!"

„He, ihr da!" schrie der Riese vor dem Tor des Tempels. „Öffnet uns gutwillig, damit wir uns überzeugen, worüber die Erzpriester mit den Nomarchen verhandeln!"

„Macht auf! Sonst brechen wir das Tor auf!"

„Sonderbar", sprach jemand in der Ferne. „Die Vögel gehen schlafen, aber es ist doch erst Mittag."

„Was geschieht da Unheilvolles unter dem Himmel!"

„O Götter, die Nacht bricht herein, dabei habe ich noch keinen Salat für das Mittagessen gepflückt", wunderte sich ein Mädchen.

Doch alle Bemerkungen gingen unter im Lärmen der betrunkenen Bande und im Krachen der Balken, die gegen das kupferne Tempeltor gerammt wurden.

Wenn die Menge von den Gewalttaten der Angreifer weniger abgelenkt worden wäre, hätte sie schon bemerken müssen, daß in der Natur etwas Ungewöhnliches vorging. Die Sonne schien. Am Himmel war auch nicht ein Wölkchen zu sehen, und trotzdem wurde das Tageslicht schwächer, und es wehte ein kühler Wind.

„Noch einen Balken her!" riefen die Stürmenden. „Das Tor wankt schon!"

„Kräftig! Noch einmal!"

Das Stimmengewirr der Zuschauer schwoll an und erinnerte an das Grollen eines fernen Unwetters. Hier und da vereinten sich kleine Gruppen mit den Angreifenden. Schließlich aber rückte die gesamte Menschenmenge gegen den Tempel vor.

Obwohl es Mittag war, verstärkte sich die Dämmerung ständig; in den Gärten des Ptah-Tempels begannen die Hähne zu krähen. Doch die Wut der Menge war bereits so groß, daß nur wenige diese Veränderung bemerkten.

„Seht!" rief ein Bettler. „Der Tag des Gerichtes bricht an! O Götter ..." Er wollte weitersprechen, blieb aber jäh – von einem herniedersausenden Prügel getroffen – auf der Stelle liegen.

Nackte, doch bewaffnete Männer erkletterten die Tempelmauern.

Die Offiziere riefen die Soldaten unter die Waffen; denn sie waren überzeugt, bald den Sturm des gemeinen Volkes unterstützen zu müssen.

„Was bedeutet das?" raunten die Soldaten, den Himmel betrachtend. „Keine Wolken weit und breit, doch sieht die Welt wie während eines Unwetters aus."

„Vorwärts! Stürmt!" schrie man vor dem Tempel.

Das Donnern der Balken dröhnte immer häufiger.

Da erschien plötzlich auf der Terrasse über dem Tor inmitten eines Gefolges von Priestern und weltlichen Würdenträgern Herihor. Der ehrwürdige Erzpriester trug einen goldenen Ornat und die königliche Inful Amenhoteps.

Herihor blickte über die riesigen Volksmassen hin, beugte sich den Empörern entgegen und sprach: „Wer ihr auch seid, Rechtgläubige oder Heiden – im Namen der Götter fordere ich euch auf: Laßt den Tempel in Frieden!"

Das Gemurmel der Menge verstummte, nur noch die schweren Balkenstöße waren zu hören. Bald aber ruhten auch die Sturmböcke.

„Öffnet das Tor!“ rief von unten her der Riese. „Wir wollen uns überzeugen, ob ihr nicht Verrat gegen unseren Gebieter schmiedet!“

„Mein Sohn“, entgegnete Herihor, „wirf dich in den Staub nieder und flehe die Götter an, dir deine Tempelschändung zu verzeihen.“

„Bitte lieber du die Götter um Schutz!“ schrie der Anführer der Bande und schleuderte nach dem Erzpriester einen Stein. Gleichzeitig sprühte aus dem Fenster des Pylonen der dünne Strahl einer Flüssigkeit auf das Gesicht des Riesen herab. Er wankte, zuckte mit den Armen und stürzte zu Boden.

Die ihm am nächsten Stehenden brachen in Schreckensrufe aus, worauf die Entfernteren, die nicht sahen, was geschehen war, mit Lachen und Flüchen antworteten.

„Brecht doch das Tor auf!“ wurde gerufen, und ein Steinhagel prasselte auf Herihor und sein Gefolge.

Der Erzpriester reckte beide Arme gen Himmel. Als die Menge sich wieder beruhigte, rief er mit starker Stimme: „Götter! Unter euren Schutz stelle ich die heiligen Orte, gegen die Verräter und Gotteslästerer ihre Hand erheben.“

Im nächsten Augenblick ertönte irgendwo aus der Höhe her eine übermenschliche Stimme: „Ich wende mein Antlitz ab von dem verfluchten Volk, und Finsternis komme über die Erde!“

Da geschah etwas Furchtbares: Während die Stimme sprach, verlor die Sonne ihren Schein; beim letzten Wort aber wurde es nachtdunkel. Am Himmel funkelten Sterne. An der Stelle der Sonne erschien ein schwarzer, von einem flammenden Ring umgebener Kreis.

Ein einziger Schrei des Entsetzens entrang sich den Hunderttausenden. Die Stürmenden warfen die Balken fort, die Bauern warfen sich zur Erde nieder.

„Der Tag des Jüngsten Gerichts und des Todes ist gekommen!“ rief eine klagende Stimme an einem Straßenende.

„O Götter! Gnade! Heiliger Mann, wende das Furchtbare von uns ab!“ schrie die Menge.

„Wehe den Heeren, die dem Befehl gottloser Anführer folgen!“ rief die unheimliche Stimme vom Tempel her.

Zur Antwort warf sich die ganze Menschenmenge in den Staub. In zwei Regimentern entstand Verwirrung. Die Reihen lösten sich auf, Soldaten warfen die Waffen fort und rasten wie von Sinnen dem Flusse zu. Die einen verletzten sich an den

Hauswänden, da sie blind durch die Dunkelheit liefen; andere stürzten auf das Pflaster und wurden von ihren Kameraden zu Tode getreten. In wenigen Minuten lagen ringsumher verstreut Lanzen und Äxte, und am Eingang der Straße türmten sich Berge von Verwundeten und Toten. Keine verlorene Schlacht hatte je mit einer solchen Niederlage geendet.

„Götter, Götter!" ächzten und jammerten die zu Tode erschrockenen Menschen. „Erbarmt euch der Unschuldigen!"

„Osiris!" rief Herihor von der Terrasse, „erbarme dich und zeige dem unglücklichen Volk dein Antlitz!"

„Zum letztenmal erhöre ich die Gebete meiner Priester, dieweil ich barmherzig bin!" antwortete die Stimme vom Tempel her.

Sofort wich die Finsternis, und die Sonne gewann ihren hellen Schein zurück.

Geschrei, Weinen, Gebete ertönten erneut aus der Menge. Die freudetrunkenen Menschen begrüßten die Wiedergeburt der Sonne. Wildfremde Leute umarmten sich gegenseitig, etliche Menschen starben, alle Lebenden aber rutschten auf Knien dem Tempel zu, um seine gesegneten Mauern zu küssen.

Über dem Tor aber stand der allerwürdigste Herihor. Starr blickte er in den Himmel. Zwei Priester stützten seine heiligen Arme, mit denen er die Finsternis vertrieb und sein Volk vor dem Untergang rettete.

Mit geringen Abweichungen spielten sich in ganz Unterägypten ähnliche Szenen ab. In jeder Stadt versammelte sich am 20. Paophi vom Morgen an das Volk vor den Tempeln, und in jeder Stadt stürmte eine Bande mittags gegen die heiligen Tore vor.

Überall erschien gegen ein Uhr der Erzpriester des Tempels mit einem Gefolge, fluchte den Heiden, und es wurde finster. Wenn dann aber die Menge in großer Verwirrung floh oder sich auf die Erde niederwarf, beteten die Erzpriester zu Osiris, auf daß er sein Antlitz zeige, und das Tageslicht kehrte wieder auf die Erde zurück.

Auf diese Weise erschütterten unter Ausnutzung der Sonnenfinsternis die Anhänger der weisen Priester auch in Unterägypten die Autorität Ramses' XIII. Durch ein Ereignis von der Dauer weniger Minuten war die Regierung des Pharao an den Rand eines Abgrundes geraten – ohne es zu ahnen. Allein durch großen Verstand und genaue Kenntnis der Situation wäre noch

Rettung möglich gewesen. Daran aber fehlte es im königlichen Palast, wo gerade im schwersten Augenblick die allgewaltige Herrschaft des Zufalls begann.

Am 20. Paophi erhob sich Seine Heiligkeit bei Sonnenaufgang. Um dem Schauplatz der Ereignisse näher zu sein, begab er sich aus dem Hauptgebäude in eine Villa, die kaum eine Stunde Fußweg weit von Memphis entfernt lag. Dort konnte man von der einen Seite aus die Kasernen der asiatischen Truppen erblicken, von der anderen den kleinen Palast des Thutmosis und seiner Gemahlin, der schönen Hebron. Ramses wurde dorthin von den ihm getreuen Würdenträgern begleitet sowie vom ersten Garderegiment, dem der Pharao vollkommen vertraute.

Ramses XIII. war vorzüglicher Laune. Er badete, verzehrte mit bestem Appetit sein Frühstück und ließ sich von den vielen Boten, die einer nach dem anderen viertelstündlich aus Memphis eintrafen, Bericht erstatten.

Ihre Meldungen waren eintönig bis zum Übelwerden. Die Erzpriester und etliche Nomarchen hätten sich unter Anführung von Herihor und Mefres in den Ptah-Tempel eingeschlossen. Das Heer sei voller Zuversicht und das Volk empört. Alle segneten den Pharao und warteten auf den Befehl zum Sturm.

Als um neun Uhr der vierte Kurier dasselbe wiederholte, runzelte der Pharao die Brauen. „Worauf warten sie denn noch?“ fragte er. „Sie sollen sofort angreifen!“

Der Läufer antwortete, daß die organisierte Bande, die an der Spitze der Massen das kupferne Tor aufbrechen und in den Tempel eindringen sollte, noch nicht zur Stelle sei.

Das mißfiel dem Gebieter. Er schüttelte den Kopf und beauftragte dann einen Offizier, nach Memphis zu eilen, um den Sturm zu beschleunigen.

„Warum dieses Zögern?“ fragte Ramses. „Ich glaubte, mein Heer würde mich mit der Nachricht wecken, daß es den Tempel erobert habe. In derartigen Fällen verbürgt nur rasches Handeln den Erfolg.“

Der Offizier ritt davon.

Doch änderte sich die Situation vor dem Ptah-Tempel nicht. Das Volk wartete auf irgend etwas, die zum Stürmen Bestimmten waren noch immer nicht eingetroffen.

Man konnte den Eindruck bekommen, daß die Ausführung der Befehle von irgend jemandem systematisch sabotiert wurde.

Gegen neun Uhr morgens traf beim Pharao die Sänfte der Königin Nikotris ein. Die ehrwürdige Frau drang geradezu gewaltsam in das Gemach ihres Sohnes ein und warf sich ihm weinend zu Füßen.

„Was willst du, Mutter?“ rief Ramses, und es gelang ihm nur schwer, seine Ungeduld zu verbergen. „Hast du vergessen, daß Frauen nicht in einen Befehlsstand gehören?“

„Heute weiche ich dir nicht von der Seite, ich verlasse dich auf keinen Fall, auch nicht für einen Augenblick!“ rief sie. „Du bist zwar der Sohn der Isis, die dich mit ihrem Schutz umgibt, aber ich würde trotzdem vor Unruhe vergehen ...“

„Was soll mir schon drohen?“ fragte der Pharao achselzuckend.

„Ein Priester, der den Lauf der Gestirne beobachtet“, stammelte weinend die Königin, „hat einer Dienerin gegenüber geäußert, wenn heute ... wenn der heutige Tag für dich glücklich verläuft, würdest du hundert Jahre leben und herrschen!“

„Ah, wo ist denn dieser Wahrsager?“

„Nach Memphis geflohen.“

Der Pharao überlegte, dann sagte er lachend: „Genau wie uns damals die Libyer an den Natronseen mit Geschossen überschütteten, machen es gegenwärtig die Priester mit Drohungen! Bleibe ruhig, Mutter. Geschwätz ist nicht so gefährlich wie Pfeile und Steine!“

Ein neuer Kurier aus Memphis meldete, daß die Situation unverändert günstig sei, die Hauptbande aber immer noch nicht bereit wäre.

Zornesröte verdunkelte das schöne Antlitz des Pharao. Thutmosis, der den Herrscher beruhigen wollte, sagte: „Der Pöbel gleicht eben keiner Truppe, er ist nicht diszipliniert genug, sich zur befohlenen Stunde zu versammeln; wenn er marschiert, zieht er träge dahin wie Schlamm und gehorcht keinem Kommando. Hätte man die Regimenter mit der Besetzung der Tempel beauftragt, so wäre der Befehl bereits ausgeführt.“

„Was sagst du da, Thutmosis?“ rief die Königin. „Wer hätte je so etwas gehört – eine ägyptische Truppe ...“

„Du hast vergessen“, sprach Ramses, „daß ich ausdrücklich befohlen habe, die Soldaten sollen die Tempel nicht überfallen, sondern sie nur vor Übergriffen schützen.“

„Dadurch verzögert sich die Aktion!“ entgegnete Thutmosis ungeduldig.

„Das nennt sich königlicher Ratgeber!“ brauste die Königin auf. „Der Herrscher handelt klug, als Verteidiger der Götter aufzutreten. Ihr aber, statt ihn stets zu besänftigen, wollt ihn zu Gewalttaten aufstacheln!“

Thutmosis strömte alles Blut zu Kopfe. Zum Glück wurde er gerade von einem Adjutanten herausgerufen, der ihm mitteilte, daß man am Tor einen Greis festgenommen habe, der unbedingt Seine Heiligkeit persönlich sprechen wolle.

Der Adjutant knurrte: „Heute ‚muß jeder dringend‘ zum Pharao, als ob unser Herrscher Herbergswirt wäre.“

Thutmosis kam in den Sinn, daß zu Zeiten Ramses' XII. niemand gewagt hätte, mit solchen Worten über den Pharao zu sprechen ... doch er ließ sich das nicht anmerken.

Der greise Besucher aber war der phönizische Fürst Hiram. Er trug einen staubbedeckten Soldatenmantel und sah ermüdet und aufgeregt aus.

Thutmosis befahl, ihn einzulassen. Als sie beide miteinander allein waren, sagte der Favorit: „Euer Würden will gewiß baden und sich umkleiden, ehe ich Euch Gehör bei Seiner Heiligkeit verschaffe!“

Hirams graue Brauen sträubten sich, und seine Augen röteten sich noch mehr.

„Nach allem, was ich erlebt habe“, entgegnete er hart, „ist jede weitere Audienz beim Pharao für mich sinnlos.“

„Du hast aber doch die Briefe der Erzpriester an Assyrien mitgebracht?“

„Wozu braucht ihr sie noch, wo ihr euch mit den Priestern versöhnt habt?“

„Was schwätzt Euer Würden?“ empörte sich Thutmosis.

„Ich weiß, was ich sage“, erwiderte Hiram. „Viele Tausende von Talenten habt ihr den Phöniziern abgenommen, um angeblich den Priestern die Macht über Ägypten zu entreißen. Heute aber beraubt und ermordet ihr uns dafür. Höre, was von hier bis zum ersten Katarakt des Nils vor sich geht. Überall hetzt euer Pöbel uns Phönizier wie die Hunde, weil die Priester es befohlen haben.“

„Du bist wahnsinnig geworden, Phönizier! In diesem Augenblick erstürmt unser Volk den Ptah-Tempel von Memphis.“

Hiram winkte ab.

„Es wird ihn nicht erobern“, erwiderte er. „Entweder betrügt ihr uns, oder ihr werdet selbst betrogen. Vor allem wolltet ihr doch das Labyrinth und seine Schatzkammern erstürmen, und zwar erst am 23. Paophi. Indessen verschwendet ihr heute eure Kräfte beim Ptah-Tempel; das Labyrinth wird euch darum verlorengehen.

Was geht hier vor? Wo ist da Verstand?" fuhr der empörte Phönizier fort. „Wozu der Sturm auf leere Bauten? Ihr überfallt sie wohl, damit sie ihre Wachen beim Labyrinth verstärken!"

„Auch das Labyrinth werden wir besetzen", unterbrach Thutmosis.

„Nichts werdet ihr erobern, nichts! Das Labyrinth konnte nur ein einziger Mann einnehmen, den der heutige Aufruhr in Memphis daran hindern wird."

Thutmosis blieb jäh stehen.

„Worum geht es dir?" fragte er Hiram kurz.

„Um die Unordnung, die bei euch herrscht; darum, daß ihr bereits keine Regierung mehr seid, sondern ein undisziplinierter Haufen von Offizieren und Würdenträgern, den die Priester treiben, wann und wohin sie wollen. Seit drei Tagen herrscht in ganz Unterägypten ein so schreckliches Durcheinander, daß der Pöbel uns schlägt, uns, die Phönizier, eure einzigen Freunde. Warum aber konnte es dazu kommen? Weil die Regierungsgewalt euren Händen entglitten ist und die Priester sie an sich gerissen haben."

„Du sprichst so, weil du die Lage nicht genau kennst", entgegnete Thutmosis. „Es stimmt, daß uns die Priester in die Quere kommen und Überfälle auf die Phönizier anstiften, doch die Herrschaft liegt nach wie vor fest in den Händen des Pharao. Der allgemeine Ablauf der Ereignisse entspricht seinen Befehlen."

„Auch der Überfall auf den Ptah-Tempel?" fragte Hiram.

„Ja, ich selbst war bei jener geheimen Beratung zugegen, als der Pharao befahl, die Tempel bereits heute einzunehmen anstatt am Dreiundzwanzigsten."

„Nun, Kommandeur der Garde, dann erkläre ich dir, daß ihr verloren seid; denn ich weiß mit Sicherheit, daß der heutige Sturm auch auf der Sitzung der Erzpriester und einiger Nomarchen vom 13. Paophi im Ptah-Tempel beschlossen wurde."

„Wozu sollten sie einen Überfall auf sich selbst beschlossen haben?" fragte Thutmosis höhnisch.

„Sie müssen daran ein bestimmtes Interesse haben; jedenfalls aber habe ich mich leider bereits davon überzeugen müssen, daß sie ihre Geschäfte besser zu führen verstehen als ihr."

Da erschien wieder der Adjutant und rief Thutmosis zu Seiner Heiligkeit.

„Einen Augenblick noch ...", sprach Hiram. „Eure Soldaten haben den Priester Pentuer, der dem Pharao etwas Wichtiges zu sagen hat, unterwegs festgenommen."

Thutmosis griff sich an den Kopf und beauftragte sofort mehrere Offiziere, Pentuer zu suchen. Dann eilte er zum Pharao und kehrte nach einer kurzen Weile zurück, um den Phönizier zu Seiner Heiligkeit zu holen.

Als Hiram das königliche Gemach betrat, traf er dort die Königin Nikotris, den Großschatzkämmerer, den Großschreiber und etliche Generale. Ramses XIII. schritt erregt im Saal auf und ab.

„Da ist das Unglück des Pharao und Ägyptens!" rief die Königin und wies dabei auf den Phönizier.

„Ehrwürdige Gebieterin", erwiderte der unbeirrbare Fürst unter Verneigung, „die Zukunft wird erweisen, wer ein treuer und wer ein schlechter Diener Seiner Heiligkeit war."

Ramses XIII. blieb plötzlich vor Hiram stehen.

„Hast du Herihors Briefe an Assyrien?" fragte er.

Der Phönizier nestelte aus seinem Gewand ein kleines Päckchen hervor und übergab es schweigend dem Pharao.

„Das ist es, was ich brauche!" rief der Herrscher triumphierend. „Verkündet sofort dem Volk, daß die Erzpriester das Reich verraten haben."

„Mein Sohn", flehte da die Königin, „beim Schatten deines Vaters, bei unseren Göttern beschwöre ich dich, noch ein paar Tage abzuwarten! Mit Geschenken der Phönizier muß man sehr vorsichtig sein."

„Eure Heiligkeit", ließ sich Hiram vernehmen, „kann diese Briefe sogar verbrennen. Mir liegt nichts an ihnen."

Der Pharao überlegte, verbarg das Päckchen in seinem Kaftan und fragte: „Was hast du in Unterägypten gehört?"

„Überall werden die Phönizier überfallen. Unsere Häuser sind zerstört, das Mobiliar gestohlen und ein paar Dutzend Menschen bereits getötet worden."

„Ich weiß es schon! Das ist das Werk der Priester", sprach der Gebieter.

„Sage lieber, mein Sohn, die Folgen der Gottlosigkeit und

des Wuchers der Phönizier“, mischte sich wieder die Königin ein.

Hiram wandte sich von Nikotris ab und berichtete: „Seit drei Tagen befindet sich der Polizeichef von Pi-Bast mit zwei Gehilfen in Memphis. Sie sind dem Mörder und Betrüger Lykon bereits auf der Spur.“

„Lykon, der in phönizischen Tempeln erzogen wurde!“ rief Königin Nikotris.

„Lykon“, sprach Hiram, „den Erzpriester Mefres der Polizei und den Gerichten entrissen hatte. Lykon, der nackt in den Thebanischen Gärten herumlief und einen wahnsinnigen Pharao mimte.“

„Was sagst du da?“ schrie Ramses.

„Eure Heiligkeit, fragt doch die allerehrwürdigste Königin, denn sie hat ihn selbst gesehen.“

Verwirrt starrte Ramses seine Mutter an.

„Ja“, bestätigte sie, „ich habe diesen Schurken gesehen, aber ich habe es dir nicht berichtet, um dir den Schmerz zu ersparen. Ich muß jedoch betonen, daß niemand Lykon einen Auftrag von den Erzpriestern nachweisen kann. Ebensogut können sich die Phönizier seiner bedient haben.“

Hiram lächelte höhnisch.

„Mutter! Mutter!“ sagte Ramses vorwurfsvoll. „Stehen deinem Herzen denn die Priester näher als dein eigener Sohn?“

„Du bist mein Kind und mein teuerster Gebieter“, sprach die Königin erregt. „Doch ich kann nicht dulden, daß ein fremder Mensch, ein Heide, den heiligen Stand der Priester verleumdet, dem wir schließlich beide entstammen.

O, Ramses!“ rief sie und warf sich auf die Knie. „Treibe die schlechten Ratgeber fort, die dich zur Schändung der Tempel drängen und aufstacheln, die Hand gegen den Nachfolger deines Ahns Amenhotep zu erheben! Noch ist es Zeit, noch ist es Zeit zur Versöhnung, zur Rettung Ägyptens!“

Plötzlich betrat in zerrissenem Gewand Pentuer das Gemach.

„Na, und was bringst du?“ fragte sonderbar ruhig der Pharao.

„Heute, vielleicht jetzt gleich“, berichtete erschüttert der Priester, „wird eine Sonnenfinsternis eintreten.“

Der Pharao wich erstaunt zurück.

„Was kümmert mich eine Sonnenfinsternis, noch dazu in diesem Augenblick?“

„Herr“, sprach Pentuer, „ich habe genauso gedacht, bis ich in den alten Chroniken Beschreibungen darüber fand. Sie ist eine so schreckenerregende Erscheinung, daß man das ganze Volk darauf vorbereiten sollte."

„Aha. Das ist der Grund!" murmelte Hiram.

„Warum hast du uns nicht früher benachrichtigt?" fragte Thutmosis den Priester.

„Die Soldaten hielten mich zwei Tage lang gefangen. Die Bevölkerung werden wir nun nicht mehr aufklären können, doch verständigt schnellstens die Truppen vor dem Palast, damit wenigstens sie nicht in Panik verfallen."

Der Pharao klatschte in die Hände.

„Ach, welch Unheil!" seufzte er leise und fügte laut hinzu: „Was wird da geschehen, und wann soll diese Finsternis eintreten?"

„Mitten am Tage wird es Nacht werden", schilderte der Priester. „Angeblich soll die Finsternis so lange dauern, wie man zum Zurücklegen von fünfhundert Schritten braucht, und mittags beginnen, hat Menes gesagt."

„Menes?" wiederholte der Pharao. „Der Name kommt mir bekannt vor, doch . . ."

„Er hatte vor einiger Zeit Eure Heiligkeit in einem Brief darauf aufmerksam gemacht. Aber benachrichtigt erst schnell die Truppe!"

Bald erklangen Hornsignale, die Garde und die Asiaten eilten zu den Waffen. Der Pharao erschien mit seinem Stabe, teilte den Soldaten mit, daß die Sonnenfinsternis zu erwarten sei, und fügte hinzu, sie sollten sich nicht ängstigen, da sie bestimmt bald wieder vorüberginge, er selbst aber bei ihnen bliebe.

„Lebe ewig!" antworteten die Bewaffneten.

Zur gleichen Zeit wurden etliche der tüchtigsten Reiter nach Memphis geschickt.

Die Generale stellten sich an die Spitze der Kolonnen, der Pharao wandelte nachdenklich im Hofe auf und ab, die zivilen Würdenträger flüsterten leise mit Hiram, Königin Nikotris aber, die allein im Raum verblieben war, warf sich vor der Statue des Osiris auf die Knie.

Es war nach ein Uhr mittags, und schon wurde das Sonnenlicht schwächer.

„Wird es wirklich Nacht werden?" fragte der Pharao Pentuer.

„Gewiß, doch nur sehr kurz."

„Wo bleibt die Sonne?"

„Sie verbirgt sich hinter dem Mond."

Ich muß den Weisen, die den Lauf der Gestirne verfolgen, wieder meine Aufmerksamkeit und meine Gunst zuwenden", gestand der Herrscher sich insgeheim ein.

Die Dämmerung nahm rasch zu. Die Pferde der Asiaten wurden unruhig, Vogelscharen fielen in den Garten ein und ließen sich mit lautem Gezwitscher auf alle Bäume nieder.

„Laßt euch hören", rief Kalipos den Griechen zu.

Trommelwirbel erklangen, Pfeifen schrillten, und das griechische Regiment sang zu dieser Begleitung ein lustiges Liedchen über die Tochter eines Priesters, die sich so sehr vor Gespenstern fürchtete, daß sie nur in der Kaserne schlafen konnte.

Plötzlich fiel ein unheimlicher Schatten auf die gelben libyschen Hügel und bedeckte mit Blitzesschnelle Memphis, den Nil und die Palastgärten. Nacht umhüllte die Erde, am Himmel aber stand eine kohlschwarze, von einem Flammenreifen umringte Kugel.

Ein unermeßlicher Lärm übertönte das Lied des griechischen Regiments. Das waren die Asiaten, die unter ihrem Kriegsgeschrei eine Wolke von Pfeilen gen Himmel schossen, um den bösen Geist, der die Sonne fressen wollte, zu vertreiben.

„Du hast gesagt, daß dieses schwarze Rund der Mond sei?" fragte der Pharao Pentuer.

„Menes behauptet es."

„Er ist ein großer Weiser! Und die Finsternis wird gleich zu Ende sein?"

„Bestimmt."

„Wenn sich nun aber der Mond vom Himmel löst und zur Erde herniederfällt?"

„Das ist nicht möglich. Da – dort kommt die Sonne wieder zum Vorschein!" rief Pentuer froh.

Alle Regimenter brachten laute Heilrufe auf Ramses XIII. aus.

Der Pharao umarmte Pentuer.

„Wahrlich", sprach der Herrscher, „wir haben ein sonderbares Ereignis erlebt. Doch möchte ich es nicht ein zweites Mal erleben. Wenn ich nicht Soldat wäre, hätte ich mich bestimmt gefürchtet."

Hiram näherte sich Thutmosis und raunte ihm zu: „Euer Würden, sendet sofort Boten nach Memphis! Ich fürchte, die Erzpriester könnten euch eine böse Überraschung bereitet haben."

„Meinst du?“

Hiram nickte.

„Die Priesterkaste hat lange genug das Reich regiert und neunzehn seiner Dynastien begraben, um Vorfälle wie das heutige Ereignis nicht zu nutzen.“

Der Pharao dankte den Soldaten für ihre Disziplin und kehrte in das Haus zurück. Er war immer noch nachdenklich, sprach völlig ruhig, sogar sanft, aber auf seinem schönen Antlitz malte sich Unsicherheit.

Tatsächlich spielte sich in seiner Seele ein schwerer Kampf ab. Er begriff endlich, daß die Priester über eine undefinierbare Macht verfügten, die er nicht nur bei seinen Berechnungen außer acht gelassen, sondern über die er nicht einmal nachgedacht hatte.

Die Bedeutung der Priester, die den Lauf der Gestirne verfolgten, war in seinen Augen in wenigen Minuten unermeßlich gestiegen, und der Pharao sagte sich, daß er diese sonderbare Wissenschaft kennenlernen müsse, mit deren Hilfe man auf solch furchtbare Weise menschliche Absichten zu durchkreuzen vermochte.

Ein Bote nach dem andern eilte aus dem Palast nach Memphis, um zu erkunden, was sich dort während der Sonnenfinsternis ereignet hatte.

Doch die Kuriere kamen nicht zurück, und die Ungewißheit breitete ihre schwarzen Schwingen über das königliche Gefolge. Daß beim Ptah-Tempel etwas Schlimmes geschehen war, bezweifelte niemand, doch wagte keiner, sich darüber Gedanken zu machen. Es schien, als freuten sich der Pharao und seine Vertrauten jeder Minute, die noch ohne Nachricht verging.

Währenddessen setzte sich Königin Nikotris zu dem Herrscher und flüsterte ihm zu: „Erlaube mir zu handeln, Ramses. Frauen haben unserem Reiche schon so manchen Dienst geleistet. Erinnere dich nur der Königin Nikotris aus der sechsten Dynastie, oder Makaras, der wir unsere Flotte auf dem Roten Meer verdanken! Unserem Geschlecht mangelt es weder an Verstand noch an Energie, vertraue also meiner Tatkraft. Wenn der Tempel des Ptah nicht erobert und den Priestern kein Leid zugefügt worden ist, werde ich dich mit Herihor versöhnen. Du wirst seine Tochter zum Weibe nehmen, und deine Herrschaft wird überall gerühmt werden. Denke daran, daß dein Ahn, der heilige Amenhotep, gleichfalls Erzpriester und Statthalter des

Pharao war, und wer weiß, ob du heute überhaupt regieren würdest, wenn der heilige Stand der Priester nicht gewünscht hätte, eigenes Fleisch und Blut auf den Thron zu setzen... und wie dankst du ihnen für deine Macht?"

Der Pharao hörte ihr zu und mußte dabei ständig denken, daß die Weisheit der Priester eine gewaltige Kraft und der Kampf mit ihnen schwer sei!

Erst um drei Uhr erschien der erste Bote aus Memphis, nämlich der Adjutant des Regiments, das vor dem Ptah-Tempel gestanden hatte. Er meldete dem Pharao, daß die heilige Stätte nicht erobert worden sei, weil die Götter gezürnt hätten; das Volk wäre geflohen, die Priester triumphierten, und sogar im Heer sei während jener schrecklichen, wenn auch kurzen Nacht Verwirrung entstanden. Dann aber zog der Adjutant Thutmosis beiseite und erklärte ihm ohne Umschweife, daß die Truppe demoralisiert sei und infolge der panikartigen Flucht soviel Verwundete und Tote zu beklagen wären wie nach einer Schlacht.

„Wie verhält sich die Truppe jetzt?" fragte Thutmosis bestürzt.

„Es gelang uns natürlich, die Soldaten zu sammeln und wieder in die Hand zu bekommen, doch kommt es gar nicht mehr in Frage, sie gegen die Tempel einzusetzen, zumal sich die Priester der Pflege der Verwundeten widmen. Jetzt ist jeder Soldat beim Anblick eines Blankschädels und Pantherfells bereit, sich demütig auf die Erde niederzuwerfen, und es wird lange Zeit vergehen, ehe einer wagte, das heilige Tor zu durchschreiten."

„Und die Priester?"

„Segnen die Soldaten, bewirten sie mit Speise und Trank und erklären, die Truppe sei am Sturm auf die Tempel unschuldig, weil dies das Werk der Phönizier gewesen wäre."

„Und ihr laßt es zu, daß die Regimenter demoralisiert werden?" rief Thutmosis.

„Uns hat ja Seine Heiligkeit befohlen, die Priester gegen das gemeine Volk zu schützen", verteidigte sich der Adjutant. „Wenn man uns erlaubt hätte, die Tempel zu besetzen, wären wir seit zehn Uhr morgens schon drin und die Erzpriester säßen in den Löchern."

In diesem Augenblick meldete der diensthabende Offizier Thutmosis, daß wieder ein Priester aus Memphis mit Seiner Heiligkeit zu sprechen begehrte.

Thutmosis betrachtete den Gast. Er hatte ein recht jugendliches Gesicht, das wie aus Holz geschnitzt wirkte. Der Mann behauptete, Samentu schickte ihn zum Pharao.

Ramses empfing sofort diesen Priester, der sich vor ihm auf die Erde niederwarf und dem Herrscher einen Ring übergab, bei dessen Anblick der Pharao erblaßte.

„Was hat das zu bedeuten?" fragte der Gebieter.

„Samentu lebt nicht mehr."

Ramses verschlug es die Sprache. Endlich aber fragte er: „Wie ist das geschehen?"

„Wie es scheint, ist Samentu in einem der Säle des Labyrinths entdeckt worden und hat sich selbst vergiftet, um weiteren Qualen zu entgehen. Ich hörte, daß Mefres ihn mit Hilfe eines Griechen, der Eurer Heiligkeit sehr ähnlich sehen soll, entdeckt hat."

„Wieder Mefres und Lykon!" rief Thutmosis zornig. „Herr", wandte er sich an den Pharao, „wirst du dich denn niemals von diesen Verrätern befreien?"

Seine Heiligkeit berief wiederum den Geheimen Rat in sein Gemach. Er lud Hiram sowie den Priester, der mit dem Ring des Samentu gekommen war, mit dazu ein. Pentuer wollte an der Beratung nicht teilnehmen. Die ehrwürdige Königin Nikotris aber erschien ungebeten.

„Ich sehe", flüsterte Hiram Thutmosis zu, „daß nach der Vertreibung der Priester in Ägypten die Weiber zu regieren beginnen werden!"

Als sich die Würdenträger versammelt hatten, erteilte der Pharao dem Gesandten Samentus das Wort. Der junge Priester wollte nichts über das Labyrinth sagen. Statt dessen verbreitete er sich ausführlich darüber, daß der Tempel Ptah gar nicht verteidigt würde und ein paar Dutzend Soldaten genügten, um alle, die sich darin verbargen, zu fangen.

„Dieser Mensch ist ein Verräter!" schrie die Königin. „Kein Priester würde euch aufrichtigen Herzens zu Gewalttaten an seinen Genossen zu überreden versuchen!"

Im Antlitz des Gesandten zuckte auch nicht ein Muskel.

„Ehrwürdige Herrin", erwiderte er, „da Mefres meinen Gönner und Lehrer Samentu ums Leben gebracht hat, wäre ich ein Hund, wenn ich ihn nicht rächen wollte. Tod um Tod!"

„Der junge Mann gefällt mir!" flüsterte Hiram.

Tatsächlich ging durch die Versammlung ein befreites Aufatmen. Die Generale richteten sich auf, die zivilen Würdenträger betrachteten neugierig den Priester, sogar die Züge des Pharao belebten sich.

„Höre nicht auf ihn, mein Sohn!“ flehte die Königin.

„Was meinst du?“ fragte der Pharao plötzlich den Vertrauten Samentus. „Wie würde dein heiliger Lehrer jetzt handeln, wenn er noch lebte?“

„Ich bin überzeugt“, erwiderte der Priester energisch, „daß Samentu im Tempel des Ptah den Göttern Weihrauch opfern, doch die Verräter und Mörder strafen würde.“

„Ich aber wiederhole, daß du selbst ein ruchloser Verräter bist!“ rief die Königin.

„Ich erfülle nur meine Pflicht“, entgegnete er unerschüttert.

„Wahrlich, dieser Mann ist gewiß ein Schüler Samentus!“ mischte sich Hiram ein. „Er allein sieht klar, wie wir handeln müssen.“

Die militärischen und zivilen Würdenträger gaben Hiram recht, der Oberschreiber aber bekräftigte noch: „Da wir schon den Kampf mit den Priestern begonnen haben, müssen wir ihn auch konsequent ausfechten, zumal wir heute Briefe besitzen, die beweisen, daß Herihor insgeheim mit den Assyrern verhandelt hat, was ein großer Verrat am Reiche ist.“

„Er führt die Politik Ramses' XII.“, warf die Königin ein.

„Ich aber bin Ramses XIII.“, antwortete bereits ungeduldig der Pharao.

Thutmosis erhob sich.

„Mein Gebieter“, bat er, „erlaube mir zu handeln. Es wäre zu gefährlich, diesen Zustand der Unsicherheit andauern zu lassen, und es wäre gleichzeitig ein Verbrechen wie auch eine Torheit, die Gelegenheit nicht zu nutzen. Da der Priester sagt, daß der Tempel nicht verteidigt wird, erlaube mir, mit einer Handvoll Leute, die ich selbst aussuchen will, hinzureiten.“

„Ich mache mit!“ rief Kalipos. „Nach meinen Erfahrungen ist ein triumphierender Feind der schwächste. Wenn wir also gleich in den Ptah-Tempel eindringen ...“

„Ihr braucht den Tempel nicht zu stürmen, sondern könnt euch dort offiziell als Bevollmächtigte des Pharao ausgeben, die auf seinen Befehl die Verräter gefangennehmen sollen“, erklärte der Oberschreiber. „Dazu bedarf es keines großen Aufwandes an Bewaffneten. Wie oft stürzt sich ein einzelner Polizist auf eine Diebesbande und verhaftet soviel Verbrecher, wie er will.“

Da sagte die Königin: „Mein Sohn weicht dem Druck eurer Ratschläge, aber er wünscht keine Gewaltmaßnahmen, er verbietet euch ..."

„Ha, wenn es so ist", rief der junge Priester Seths, „dann will ich Seiner Heiligkeit noch etwas sagen."

Er schöpfte mehrmals tief Atem, dennoch sprach er mit erstickender Stimme: „In den Straßen von Memphis verkünden die Anhänger der Priester, daß ..."

„Sag es offen heraus!" rief der Pharao dazwischen.

„... daß Eure Heiligkeit wahnsinnig sei, daß Ihr weder die erzpriesterlichen noch die königlichen Weihen erhalten hättet und daß man Euch darum bedenkenlos stürzen könne."

„Das eben habe ich befürchtet", flüsterte die Königin.

Der Pharao sprang auf.

„Thutmosis!" rief er mit einer Stimme, aus der alle seine wiedergewonnene Energie klang. „Nimm Truppen, soviel du willst, dringe in den Tempel des Ptah ein und führe mir die des Hochverrats verdächtigen Erzpriester Herihor und Mefres herbei. Wenn sie sich rechtfertigen können, soll ihnen nichts geschehen; sonst aber ..."

„Hast du dir das genau überlegt?" unterbrach die Königin.

Diesmal antwortete ihr der empörte Pharao nicht, die Würdenträger aber riefen: „Tod den Verrätern! Seit wann muß in Ägypten der Pharao getreue Diener aufgeben, um sich die Gunst von Schurken zu erbetteln?!"

Ramses XIII. übergab Thutmosis den bewußten Packen der Briefe Herihors an Assyrien und erklärte feierlich: „Bis zur Zerschlagung der Priesterverschwörung übertrage ich meine Regierungsgewalt dem Kommandeur der Garde, Thutmosis. Jetzt gehorcht ihm. Auch du, ehrwürdige Mutter, wende dich solange mit deinen Bemerkungen an meinen Freund."

„Weise und gerecht handelt der Gebieter!" rief der Oberschreiber. „Dem Pharao steht es nicht an, sich mit Verschwörern herumzuschlagen. Ohne einen energischen Befehlshaber aber würden wir in Gefahr schweben."

Alle Würdenträger verneigten sich vor Thutmosis. Die Königin Nikotris warf sich stöhnend ihrem Sohn zu Füßen.

Thutmosis begab sich in Begleitung der Generale auf den Hof hinaus. Er befahl dem ersten Garderegiment, sich zu formieren, und erklärte: „Ich brauche ein paar Dutzend Männer, die bereit wären, für den Ruhm unseres Gebieters zu sterben!"

Es meldeten sich sofort mehr Soldaten und Offiziere als nötig. An ihre Spitze trat Eunana.

„Seid ihr zu sterben bereit?" fragte Thutmosis.

„Wir fallen mit dir für Seine Heiligkeit!" versicherte Eunana.

„Ihr werdet nicht fallen, sondern die schurkischen Verbrecher gefangennehmen", entgegnete Thutmosis. „Soldaten, die an dieser Expedition teilnehmen, will ich zu Offizieren und die Offiziere um zwei Ränge höher befördern. Das sage ich euch, der ich auf Befehl des Pharao von Stund an Oberster Heerführer bin."

„Lebe ewig!"

Der Favorit befahl, fünfundzwanzig zweirädrige Wagen der schweren Reiterei anzuspannen und darauf die Freiwilligen nach Memphis zu befördern. Er selbst und Kalipos bestiegen ihre Pferde, und bald verschwand die Truppe in einer Staubwolke.

Als Hiram das aus dem Fenster des königlichen Hauses mit angesehen hatte, verneigte er sich vor dem Pharao und flüsterte: „Jetzt erst glaube ich, daß Eure Heiligkeit mit den Erzpriestern nicht im Bunde gewesen ist."

„Warst du toll?" brauste der Gebieter auf.

„Verzeih, Herrscher, doch der heutige Überfall auf die Tempel ist von den Priestern ausgeheckt worden. Auf welche Weise sie dabei Eure Heiligkeit hineingezogen haben, verstehe ich nicht."

Es war bereits fünf Uhr nachmittags.

XVII

Zur selben Zeit, auf die Minute genau, benachrichtigte der auf dem Pylonen des Ptah-Tempels von Memphis wachende Priester die im Saal beratenden Erzpriester und Nomarchen, daß vom Palast des Pharao Zeichen gegeben wurden.

„Wie es scheint, will uns Seine Heiligkeit um Frieden bitten", sprach lachend einer der Nomarchen.

„Ich zweifle daran!" erwiderte Mefres.

Herihor trat auf die Plattform des Pylonen hinaus. Die Signale aus dem Palast galten nämlich ihm persönlich. Bald darauf kehrte er zurück und sagte zu den Versammelten: „Unser junger Priester hat sich sehr gut bewährt. Thutmosis naht mit ein paar

Dutzend Freiwilligen, um uns gefangenzunehmen oder zu erschlagen."

„Und du wirst es noch wagen, Ramses in Schutz zu nehmen?" schrie Mefres.

„Ich muß und werde ihn schützen, da ich es der Königin feierlich geschworen habe. Denn ohne die Hilfe der ehrwürdigen Tochter des heiligen Amenhotep wäre unsere Lage heute ungünstiger."

„Na, ich habe nicht geschworen!" entgegnete Mefres und verließ den Versammlungssaal.

„Was will er tun?" fragte einer der Nomarchen.

„Ach, dieser kindisch gewordene Greis!" versetzte Herihor achselzuckend.

Gegen sechs Uhr abends näherte sich die Gardeabteilung ungehindert dem Tempel Ptah, und Thutmosis klopfte an das Tor, das sofort geöffnet wurde.

Als der Oberste Heerführer den Hof des Tempels betrat, wunderte er sich, daß ihm Herihor mit der Inful Amenhoteps und nur in Begleitung von Priestern entgegentrat.

„Was willst du, mein Sohn!" fragte der Erzpriester den Favoriten, der durch die unerwartete Situation ein wenig verwirrt war. Aber er hatte sich rasch wieder gefaßt.

„Herihor, Erzpriester des Thebanischen Amon! Auf Grund der Briefe, die du an Sargon, den assyrischen Satrapen, geschrieben hast und die ich bei mir trage, bist du des Landesverrates angeklagt und mußt dich vor dem Pharao rechtfertigen."

„Wenn der junge Herr", erwiderte ruhig Herihor, „über die Ziele der Politik des ewig lebenden Ramses XII. etwas erfahren will, so möge er sich an unseren Höchsten Rat wenden, von dem er Aufklärung erhalten wird."

„Ich fordere dich auf, unverzüglich mit mir zu kommen, wenn du nicht willst, daß ich dich dazu zwinge!" rief Thutmosis.

„Mein Sohn, flehe die Götter an, dich vor Anwendung der Gewalt und vor verdienter Strafe zu bewahren."

„Kommst du mit?" fragte Thutmosis unbeirrt.

„Ich werde Ramses auf diesem Hof erwarten", erwiderte Herihor.

„Also bleib hier, Verräter!" schrie Thutmosis.

Er zog das Schwert und stürzte sich auf den Erzpriester. Im selben Augenblick hob der hinter dem Heerführer stehende Eunana die Streitaxt und traf mit ganzer Kraft Thutmosis zwischen dem Nacken und dem rechten Schlüsselbein, so daß das Blut nach allen Seiten spritzte. Der Günstling des Pharao stürzte, fast zur Hälfte gespalten, zur Erde.

Etliche Soldaten liefen mit gesenkten Speeren auf Eunana zu, doch sie fielen nach kurzem Kampf mit den eigenen Kameraden; denn drei Viertel der Freiwilligen standen im Solde der Priester.

„Es lebe der heilige Herihor, unser Gebieter!" rief Eunana, die blutige Axt schwenkend.

„Er lebe ewig!" wiederholten die Soldaten und Priester, und alle warfen sich auf die Erde nieder.

Der allerehrwürdigste Herihor hob die Hände empor und segnete sie.

Mefres verließ den Hof und begab sich in das unterirdische Gewölbe, in dem Lykon hauste. Gleich auf der Schwelle zog der Erzpriester die Kristallkugel aus dem Gewand, bei deren Anblick der Grieche in großen Zorn fiel.

„Daß euch die Erde verschlinge! O daß eure Leichname nie Ruhe fänden!" fluchte Lykon mit immer leiser werdender Stimme.

Am Ende verstummte er und schlief ein.

„Nimm diesen Dolch", befahl Mefres, „und geh in den Palastgarten, verbirg dich dort im Feigengestrüpp und warte auf den, der dir Kama gestohlen und sie verführt hat."

Lykon knirschte in ohnmächtiger Wut mit den Zähnen.

„Wenn du ihn aber erblickst, wache auf", schloß Mefres. Dann warf er dem Griechen einen Offiziersmantel mit Kapuze über, flüsterte ihm die Losung ins Ohr und führte ihn durch eine Geheimpforte auf die leere Straße.

Danach eilte Mefres mit der Gewandtheit eines Jünglings auf die Plattform des Pylonen und begann mit etlichen verschiedenfarbigen Fähnchen in der Richtung des Pharaonenpalastes zu signalisieren. Offensichtlich bemerkte und verstand man ihn, da auf dem pergamentartigen Antlitz des Erzpriesters ein böses Lächeln erschien.

Mefres legte die Fähnchen zurück und stieg langsam wieder die Stufen hinab. Als er das erste Stockwerk erreichte, umringten ihn plötzlich drei Männer in braunen Überwürfen, die ihre schwarz und weiß gestreiften Kaftane verhüllten.

„Das ist der ehrwürdigste Mefres", sagte einer von ihnen.

Alle drei knieten nieder vor dem Erzpriester, der mechanisch die Hände hob, als wolle er sie segnen, doch plötzlich ließ er sie sinken und fragte: „Wer seid ihr?"

„Wächter des Labyrinths."

„Warum vertretet ihr mir den Weg?" rief Mefres. Gleichzeitig begannen ihm die Hände und die schmalen Lippen zu beben.

„Wir brauchen dich nicht daran zu erinnern, heiliger Mann, daß du vor einigen Tagen im Labyrinth warst, dessen Wege du genauso gut kennst wie wir Eingeweihten. Du bist zu weise, um unsere Gesetze für derartige Fälle nicht zu kennen."

„Was soll das heißen?" schrie Mefres. „Seid ihr Mörder, gesandt von Her..."

Er konnte nicht mehr aussprechen. Einer der Männer ergriff ihn bei den Händen, ein zweiter warf ihm ein Tuch über den Kopf, und der dritte besprengte sein Gesicht mit einer durchsichtigen Flüssigkeit. Mefres zuckte ein paarmal und stürzte zu Boden. Noch einmal bespritzten sie ihn. Als er tot war, legten ihn die Wächter in eine Nische, steckten ihm einen Papyrus in die starre Hand und verschwanden in den Korridoren des Pylonen.

Drei genauso gekleidete Männer verfolgten Lykon fast von dem Augenblick an, da er aus dem Tempel auf die leere Straße hinausgeschlüpft war.

Diese Häscher hatten sich zunächst in der Nähe der Geheimpforte verborgen und Lykon zuerst anstandslos passieren lassen. Doch bald beobachtete einer von ihnen an den Bewegungen des Griechen Verdächtiges, und sie gingen ihm alle nach.

Sonderbar! Der eingeschläferte Lykon, als spüre er die Verfolger, bog plötzlich in eine belebte Straße ein, dann auf einen Platz, der voll von Menschen war, und eilte nun durch die Fischerstraße dem Nil zu. Hier fand er in einem Winkel einen kleinen Nachen, sprang hinein und ruderte mit unerhörter Geschwindigkeit zum anderen Flußufer hinüber. Schon war er ein paar hundert Schritt vom Ufer entfernt, als ihm ein Boot mit einem Fährmann und drei Reisenden nachsetzte.

Kaum waren sie abgestoßen, erschien eine zweite Barke, in der zwei Fährleute und wiederum drei Reisende saßen.

Verbissen jagten beide Fahrzeuge Lykon nach.

In dem mit nur einem Ruderer besetzten Boot saßen die Wächter des Labyrinths und beobachteten scharf ihre Rivalen, soweit ihnen das die Dämmerung, die nach Sonnenuntergang rasch einbrach, erlaubte.

„Was mögen das für Menschen sein?“ raunten sie. „Neulich schon schlichen sie um den Tempel herum, heute aber verfolgen sie Lykon. Wollen sie ihn etwa vor uns schützen?“

Der kleine Nachen des Griechen stieß an das andere Ufer. Der hypnotisierte Mann sprang an Land und eilte den Palastgärten zu. Zuweilen wankte er, blieb stehen und griff sich an den Kopf; doch bald hastete er wieder weiter, als zöge ihn eine unbegreifliche Kraft.

Die Wächter des Labyrinths landeten ebenfalls am anderen Ufer, doch waren ihnen ihre Konkurrenten zuvorgekommen.

Und es begann ein einzigartiger Wettlauf. Lykon sauste wie ein Schnelläufer dem königlichen Palast zu. Ihm nach jagten drei unbekannte Männer und hinter ihnen die drei Wächter des Labyrinths.

Ein paar hundert Schritt vor dem Garten stießen beide Verfolgergruppen aufeinander. Es war bereits Nacht, eine helle und klare Nacht.

„Wer seid ihr, Männer?“ fragte ein Wächter des Labyrinths die Unbekannten.

„Ich bin der Polizeichef von Pi-Bast und verfolge mit zwei Hundertschaftsführern einen großen Verbrecher.“

„Wir sind Wächter des Labyrinths und verfolgen diesen Menschen ebenfalls.“

Die Hände an den Schwertern und Dolchen, maßen beide Gruppen einander mit Blicken.

„Was wollt ihr mit ihm tun?“ fragte endlich der Polizeichef.

„Wir haben sein Todesurteil in der Tasche.“

„Die Leiche aber laßt ihr liegen!“

„Mit allem, was er anhat.“

Die Polizisten flüsterten miteinander.

„Wenn ihr die Wahrheit sprecht“, sagte schließlich der Polizeichef, „werden wir euch nicht hinderlich sein, sondern ihn euch sogar für eine Weile überlassen, falls er uns in die Hände fällt.“

„Schwört es!“

„Wir schwören.“

„Na, dann können wir zusammen gehen.“

Sie vereinten sich, doch der Grieche war ihren Augen entschwunden.

„Der Verfluchte!“ rief der Polizeichef. „Wieder ist er entwischt!“

„Er wird sich wieder einfinden“ entgegnete ein Wächter des Labyrinths, „und vielleicht sogar auf demselben Weg zurückkehren.“

„Was hat er wohl im königlichen Garten zu suchen?“ fragte der Polizeichef.

„Die Erzpriester bedienen sich seiner für ihre Interessen. Doch er wird garantiert in den Tempel zurückkehren, ganz bestimmt!“ sagte der Wächter.

So beschlossen sie, abzuwarten und dann gemeinsam zu handeln.

„Wir schlagen uns schon die dritte Nacht um die Ohren!“ murrte einer der Polizisten.

Sie wickelten sich in ihre Burnusse und legten sich ins Gras nieder.

Gleich nachdem Thutmosis fortgeritten war, verließ die Königin Nikotris schweigend, mit zornig zusammengekniffenen Lippen das Gemach ihres Sohnes. Als Ramses sie beruhigen wollte, unterbrach sie ihn scharf: „Ich verabschiede mich von Seiner Heiligkeit und bitte die Götter darum, dich morgen noch als Pharao begrüßen zu können.“

„Zweifelst du daran, Mutter?“

„An allem kann man zweifeln, wenn der eigene Sohn auf den Rat von Wahnsinnigen und Verrätern hört!“

Erzürnt gingen beide auseinander.

Schnell gewann Seine Heiligkeit seine gute Laune zurück und unterhielt sich heiter mit den Würdenträgern. Doch schon um sechs Uhr begann ihn Unruhe zu quälen.

„Thutmosis hätte uns einen Boten schicken müssen“, sprach der Gebieter. „Ich bin sicher, daß sich die Angelegenheit so oder so bereits entschieden hat.“

„Das ist nicht gewiß“, entgegnete der Großschatzkämmerer. „Vielleicht haben sie noch keine Schiffe zum Übersetzen gefunden oder sind im Tempel auf Widerstand gestoßen.“

„Wo ist eigentlich der junge Priester?“ fragte plötzlich Hiram.

„Der Priester? Der Abgesandte des verstorbenen Samentu?“ wiederholten die Würdenträger verwirrt. „Ja, wo ist er denn geblieben?“

Man beauftragte Soldaten, den Garten nach ihm zu durchsuchen. Die Männer liefen alle Pfade ab, aber sie fanden den Priester nicht.

Dieser Vorfall verstimmte die Würdenträger. Jeder saß jetzt schweigend, unruhig und in Gedanken versunken.

Gegen Sonnenuntergang betrat ein Kammerdiener des Pharao den Raum und flüsterte ihm zu, daß Frau Hebron schwer erkrankt sei und um den Besuch Seiner Heiligkeit flehe.

Die Würdenträger blickten einander an, da ihnen das Verhältnis zwischen dem Gebieter und der schönen Hebron bekannt war. Als nun der Pharao seine Absicht bekanntgab, in den Garten zu gehen, protestierten sie nicht dagegen. Der Garten war der dicht ausgestellten Wachen wegen genauso ungefährlich wie der Palast. Auch hielt es keiner für angebracht, auch nur von fern über den Pharao zu wachen, da alle wußten, daß Ramses es zu gewissen Zeiten nicht liebte, wenn man sich um ihn kümmerte.

Als der Herrscher im Korridor verschwunden war, sagte der Oberschreiber zum Schatzkämmerer: „Die Zeit schleicht dahin wie Wagen in der Wüste. Vielleicht hat Hebron Nachrichten von Thutmosis?"

„In diesem Augenblick", erwiderte der Schatzkämmerer, „erscheint mir seine Expedition mit ein paar Dutzend Menschen gegen den Ptah-Tempel als eine unbegreifliche Tollheit."

„Hat denn der Pharao vernünftiger gehandelt, als er an den Natronseen Tehenna nachjagte?" mischte sich Hiram ein. „Mut vermag eben mehr als eine ganze Armee."

„Doch dieser junge Priester ..."

„Er kam ohne unser Wissen und ging ohne unser Wissen", sprach der Phönizier. „Ein jeder von uns benimmt sich schließlich gegenwärtig wie ein Verschwörer."

Der Schatzkämmerer schüttelte den Kopf.

Ramses durcheilte den Weg von seinem Palast zum Haus des Thutmosis. Als er dort eintraf, warf Hebron sich ihm weinend an die Brust.

„Ich vergehe vor Furcht!" rief sie.

„Ängstigst du dich um Thutmosis?"

„Ach, was kümmert mich der?" entgegnete Hebron und schürzte verächtlich ihre Lippen. „Nur du gehst mich etwas an, nur an dich denke ich, um dich ängstige ich mich!"

„Deine Angst und dein Kummer seien gesegnet, da sie mich wenigstens für ein paar Augenblicke der Langeweile entreißen", sprach der Pharao lachend. „Götter! Was für ein schwerer Tag ist das heute! Wenn du unsere Beratungen gehört und dazu die Mienen unserer Berater gesehen hättest! Zu allem Überfluß noch gefiel es der ehrwürdigen Königin, unsere Versammlung mit ihrer Gegenwart zu beehren. Niemals hätte ich vermutet, daß die Pharaonenwürde mir so zusetzen könnte."

„Sag das nicht zu laut", warnte Hebron. „Was wirst du beginnen, wenn es Thutmosis nicht gelingt, den Tempel in seine Gewalt zu bekommen?"

„Ich nehme ihm das Oberkommando wieder ab, verstecke meine Krone in einer Truhe und setze einen Offiziershelm auf, denn der Aufstand wird sicher zusammenbrechen, wenn ich persönlich an die Spitze des Heeres trete."

„Welcher Aufstand?" fragte Hebron.

„Ach, es ist ja wahr, wir haben ja sogar zwei!" lachte Ramses auf. „Der Pöbel rebelliert gegen die Priester, die Priester rebellieren gegen mich."

Er riß Hebron in seine Arme und führte sie zur Ruhebank, wobei er ihr zuraunte: „Wie schön du heute bist! Sooft ich dich sehe – immer erscheinst du mir ganz anders und mit jedem Mal schöner!"

„Laß mich", flüsterte sie. „Manchmal fürchte ich, daß du mich beißen könntest!"

„Beißen ... nein ... aber dich totküssen. Du weißt nicht einmal, wie schön du bist!"

„Nach den Ministern und Generalen ... nun laß ..."

„Wenn ich bei dir bin, wünsche ich mir immer, mich in einen Granatbaum verwandeln zu können. Soviel Äste der Baum hat, soviel Arme möchte ich haben, um dich an mich zu pressen; soviel Hände mein eigen nennen, wie er Blätter trägt, und soviel Lippen besitzen, wie er Blüten führt, um dir gleichzeitig Augen, Mund und Brüste zu küssen."

„Für einen Herrscher, dessen Thron bedroht ist, hast du erstaunlich freie Gedanken."

„Auf dem Pfühl sorge ich mich nicht um den Thron. Solange ich ein Schwert habe, werde ich auch die Macht behaupten."

„Dein Heer ist zerschlagen", sprach Hebron, sich wehrend.

„Morgen erwarte ich neue Regimenter, und übermorgen werde ich die zersprengten sammeln. Ich sage es dir noch einmal: Laß dir nicht von Nichtigkeiten den Kopf schwer machen. Ein Augenblick voller Zärtlichkeit ist mehr wert als ein Jahr der Herrschaft."

Eine Stunde nach Sonnenuntergang verließ der Pharao Hebrons Wohnung und kehrte langsam in seinen Palast zurück. Er war verträumt, schläfrig und dachte, daß die Erzpriester eigentlich große Toren wären, ihm Widerstand zu leisten. Seit Ägypten bestand, hatte es doch nie einen besseren Herrscher als ihn gegeben ...

Plötzlich schlüpfte aus einem Feigengestrüpp ein Mann in dunklem Mantel hervor und vertrat dem Pharao den Weg. Um ihn genauer betrachten zu können, beugte sich der Herrscher vor und rief dann plötzlich aus:

„Ach, du bist es, Schurke? Komm mit auf die Wache!"

Ramses packte Lykon am Genick; der Grieche zischte und kniete nieder. Da fühlte der Pharao jäh einen brennenden Schmerz in der linken Bauchseite. „Du beißt noch?" rief er.

Mit beiden Händen würgte Ramses den Griechen, und als er das Knacken der gebrochenen Halswirbel hörte, stieß er ihn angeekelt beiseite.

Lykon wand sich in tödlichen Zuckungen und brach zusammen.

Der Pharao trat ein paar Schritte zurück. Seine Hand tastete über seinen Leib und fand einen Dolchgriff.

„Er hat mich ja verwundet!"

Er zog die schmale Klinge heraus und preßte die Hand auf die Wunde.

Ich bin neugierig – kam es ihm in den Sinn –, ob einer meiner Berater ein Pflaster hat ...

Er fühlte eine Ohnmacht nahen und beschleunigte seine Schritte.

Dicht vor dem Palast lief ihm ein Offizier entgegen und rief: „Thutmosis lebt nicht mehr! Der Verräter Eunana hat ihn erschlagen!"

„Eunana?" murmelte der Pharao. „Und was ist mit den anderen?"

„Beinahe alle Freiwilligen, die Thutmosis begleiteten, waren mit den Priestern verschworen."

„Na, dann muß ich selbst damit ein Ende machen!" sprach der Gebieter. „Alarmiert die asiatischen Regimenter."

Hornsignale ertönten, und die Asiaten eilten mit ihren Pferden vor die Kasernen.

„Gebt mir auch ein Roß", befahl der Pharao.

Doch es wurde ihm schwindlig, und er verbesserte sich: „Nein, bringt mir eine Sänfte. Ich will mich nicht anstrengen."

Plötzlich sank er in die Arme seiner Offiziere.

„Beinahe hätte ich vergessen...", sprach er mit verlöschender Stimme, „bringt mir Helm und Schwert... das stählerne Schwert... von den Seen... Wir reiten nach Memphis..."

Mit Fackeln stürzten Würdenträger und Diener aus dem Palast herbei. Das Gesicht des Pharao wurde aschgrau, seine Augen verschleierten sich. Er reckte die Hand, als suche er die Waffe, bewegte die Lippen, und dann verschied unter allgemeinem Schweigen der Gebieter zweier Welten: der irdischen und der westlichen.

XVIII

Seit dem Tode Ramses' XIII. bis zum Tage seiner Beisetzung regierte als Erzpriester des Thebanischen Amon und Statthalter des verblichenen Pharao der allerehrwürdigste San-amen-Herihor.

Seine Herrschaft während dieser paar Monate wirkte sich für Ägypten sehr günstig aus. Herihor befriedigte den aufbegehrenden Pöbel und erlaubte dem arbeitenden Volk, wie es zu alten Zeiten üblich war, am siebenten Tage zu ruhen. Unter den Priestern führte er eine straffe Disziplin ein. Die Fremden umgab er mit seinem Schutz, besonders die Phönizier, und er schloß mit Assyrien einen Vertrag, ohne aber Phönizien abzutreten, das weiterhin ein Vasallenstaat Ägyptens blieb.

Im Verlauf dieser kurzen Regierungszeit wurde wahre Gerechtigkeit geübt, und niemand wagte, einen ägyptischen Bauern zu prügeln, da dieser sich an das Gericht wenden konnte, wenn er dafür Zeit und Zeugen fand.

Herihor sorgte auch für die Bezahlung der Schulden, die die königlichen wie die Staatsgüter belasteten. Zu dem Zweck bewog er die Phönizier, auf einen Teil der Rückzahlungssummen zu verzichten. Für die Deckung der restlichen Schulden aber entnahm er dem Labyrinth die riesige Summe von dreißigtausend Talenten.

Diesen Mitteln war es zu verdanken, daß innerhalb von drei Monaten im Reich Frieden und Wohlstand entstanden. Die Bevölkerung sagte dazu: „Gesegnet sei die Regierung des Statthalters San-amen-Herihor! Wahrlich, die Götter haben ihn zum Herrscher bestimmt, auf daß er Ägypten von den durch Ramses XIII., den Bruder Leichtfuß und Weiberjäger, verursachten Plagen befreie."

Einige Monate genügten, um das Volk vergessen zu lassen, daß alle Werke Herihors nur die Erfüllung der Absichten des jungen und edlen Pharao waren!

Im Monat Tobi (Oktober–November), als man die Mumie Ramses' XIII. bereits in die königliche Gruft gelegt hatte, trat im Tempel des Thebanischen Amon eine große Versammlung der höchsten Würdenträger zusammen. Fast alle Erzpriester, Nomarchen und Generale fanden sich dort ein, darunter auch der ruhmreiche greise Heerführer der Ostarmee, Nitager.

In demselben riesigen Säulensaal, in dem ein halbes Jahr zuvor die Priester über Ramses XII. richteten und Ramses XIII. unverhohlen ihren Unwillen zeigten, versammelten sich wiederum die Würdenträger, um unter Herihors Leitung die wichtigste Staatsangelegenheit zu entscheiden. So nahm am 25. Tobi, genau zur Mittagszeit, Herihor mit der Inful Amenhoteps auf dem Throne Platz, und die Beratung begann.

Sie dauerte erstaunlich kurz, als hätte ihr Resultat von vornherein festgestanden.

„Erzpriester, Nomarchen und Heerführer!" sprach Herihor. „Wir haben uns hier einer traurigen und bedeutsamen Angelegenheit wegen versammelt. Mit dem Tode des ewig lebenden Ramses XIII., dessen kurze und stürmische Regierung auf so unglückselige Weise endete..."

Hier seufzte der Erzpriester auf.

„... ist nicht nur der Pharao, sondern auch die ruhmvolle zwanzigste Dynastie erloschen."

Ein Raunen wurde im Saal vernehmbar.

„Die Dynastie ist noch nicht erloschen", widersprach rauh der mächtige Nomarch von Memphis. „Es lebt doch die ehrwürdige Nikotris, ihr also gebührt der Thron."

Nach kurzem Schweigen antwortete Herihor: „Meine allerehrwürdigste Gemahlin, die Königin Nikotris..."

Da hub ein Geschrei an und wollte ein paar Minuten lang nicht verstummen. Als es endlich wieder still wurde, sprach Herihor ruhig und nachdrücklich weiter: „Meine allerehrwürdigste Gemahlin, die Königin Nikotris, ist in ihrem Schmerz über den Tod ihres Sohnes untröstlich und hat auf den Thron verzichtet."

„Halt!" rief der Nomarch von Memphis. „Der ehrwürdigste Statthalter erklärt, die Königin sei seine Gemahlin. Das ist völlig neu für uns und muß sofort überprüft werden."

Auf ein Zeichen Herihors wies der oberste Thebanische Richter eine Urkunde vor, die bestätigte, daß zwei Tage zuvor zwischen dem allerehrwürdigsten Erzpriester San-amen-Herihor und der Königin Nikotris, der Witwe Ramses' XII. und der Mutter Ramses' XIII., die Ehe geschlossen worden war.

Da entstand Grabesstille unter den Anwesenden. Herihor aber fuhr fort: „Da meine Gemahlin, die einzige Erbin des Thrones, auf ihre Rechte verzichtet hat und somit die Herrschaft der zwanzigsten Dynastie ein Ende fand, müssen wir einen neuen Herrscher wählen.

Dieser Herrscher muß ein reifer, energischer und in Regierungsangelegenheiten erfahrener Mann sein. Aus dem Grunde rate ich euch, für diese höchste Stellung ..."

„Herihor!" schrie ein Würdenträger.

„... den ruhmreichen Nitager zu wählen", schloß Herihor.

Nitager saß eine lange Weile mit geschlossenen Augen und lächelte. Endlich stand er auf und sprach: „Es wird gewiß nie an Menschen fehlen, die den Titel des Pharao erstreben. Vielleicht fänden wir dazu sogar weit mehr Leute als nötig. Zum Glück haben die Götter selbst die gefährlichen Rivalen beseitigt und uns den würdigsten Mann als Herrscher gewiesen. Ich glaube, wohlbedacht zu handeln, wenn ich, statt die mir gnädig angebotene Krone anzunehmen, antworte: Ewig lebe Seine Heiligkeit San-amen-Herihor, der erste Pharao der neuen Dynastie!"

Mit wenigen Ausnahmen wiederholten die Anwesenden diesen Ruf, und sofort brachte der Oberste Richter auf einem goldenen Tablett zwei Kronen: die weiße von Oberägypten und die rote von Unterägypten. Eine ergriff der Erzpriester des Osiris, die zweite der Erzpriester des Horus, sie überreichten beide Herihor, der die goldene Schlange küßte und sich die Kronen aufsetzte.

Dann huldigten die Anwesenden Herihor. Diese Zeremonie zog sich ein paar Stunden hin. Danach wurde eine entsprechende Urkunde geschrieben, die Teilnehmer an der Wahl drückten ihre Siegel darauf, und von diesem Augenblick an galt San-amen-Herihor als der rechtmäßige Pharao, Gebieter beider Welten sowie Herr über Leben und Tod seiner Untertanen.

Gegen Abend kehrte Seine Heiligkeit ermüdet in seine Erzpriestergemächer zurück, wo er Pentuer vorfand. Der Priester war abgemagert, und auf seinem hageren Antlitz malten sich seelische Qualen und Trauer.

Als Pentuer sich vor ihm niederwarf, hob der Gebieter ihn

auf und sprach lächelnd: „Du hast meine Wahl weder besiegelt noch mir gehuldigt, und ich fürchte, daß ich dich einst im Tempel Ptah werde belagern müssen! Kannst du dich nicht entschließen, bei mir zu bleiben? Willst du lieber zu Menes?"

„Verzeiht, Eure Heiligkeit", antwortete der Priester, „aber das Hofleben ist mir so über geworden, daß ich heute den einzigen Wunsch habe, mein Wissen zu erweitern."

„Kannst du Ramses nicht vergessen?" fragte Herihor. „Dabei kanntest du ihn nur kurze Zeit, wogegen du bei mir etliche Jahre gearbeitet hast."

„Verdammt mich nicht, Eure Heiligkeit, aber Ramses XIII. war der erste Pharao, der das Elend des ägyptischen Volkes mitfühlte."

Herihor lächelte.

„O ihr Gelehrten!" sprach er kopfschüttelnd. „Du hast doch erst seine Aufmerksamkeit auf die Lebensbedingungen des gemeinen Volkes gelenkt, und jetzt trauerst du um ihn, obwohl er für deine Bauern nichts getan hat. Du hast etwas erreicht, nicht er.

Trotz all eurer Klugheit seid ihr komische Leute, du wie auch Menes. Dieser Priester hält sich für den friedlichsten Menschen Ägyptens, obwohl letzten Endes er die Dynastie gestürzt und mir den Weg zur Macht geebnet hat!

Ohne seine genaue Voraussage der Sonnenfinsternis würden ich und der inzwischen verstorbene Mefres vielleicht jetzt in den Bergwerken Steine brechen.

Nun geh schon, geh, und grüße den heiligen Mann von mir. Denke auch daran, daß ich dankbar zu sein vermag, was für den Erfolg eines Herrschers überaus wichtig ist. Bestelle Menes, ich werde jede seiner Bitten erfüllen, außer der einen: auf den Thron zu verzichten. Du selbst aber komm zu mir zurück, wenn du dich ausgeruht hast. Ich will für dich eine hervorragende Stellung frei halten." Herihor legte seine Hand auf das demütig geneigte Haupt des Priesters.

EPILOG

Im Monat Mehir (November–Dezember) kam Pentuer in jenem Tempel hinter Memphis an, wo Menes an seinem großen Werk über Himmel und Erde saß.

Der greise, in Gedanken versunkene Weise erkannte Pentuer wiederum nicht sofort. Als er sich endlich entsann, umarmte er ihn und fragte: „Na, gehst du wieder zu den Bauern, um die Herrschaft des Pharao zu stärken?"

„Ich will bei dir bleiben und dir dienen", antwortete Pentuer.

„Hoho!" rief Menes und betrachtete ihn aufmerksam. „Hoho! Hast du wirklich schon genug von höfischem Leben und höfischer Würde? Gesegnet sei der Tag! Wenn du vom Gipfel meines Pylonen die Welt zu betrachten beginnst, wirst du dich überzeugen, wie nebensächlich und häßlich alles ist."

Da Pentuer nicht antwortete, ging Menes wieder an seine Beschäftigung. Als er nach etlichen Stunden zurückkehrte, fand er den Schüler noch an derselben Stelle vor. Er saß dort unbeweglich und starrte zum fernen Palast des Pharao hinüber.

Menes reichte ihm einen Gerstenfladen, einen Becher Milch und ließ ihn in Frieden.

So blieb es einige Tage lang. Pentuer aß nicht viel und sprach noch weniger. Zuweilen fuhr er nachts hoch, bei Tage aber hockte er reglos und starrte irgendwo ins Leere.

Das gefiel Menes nicht. So ließ er sich eines Tages neben Pentuer auf einem Stein nieder und fragte: „Bist du völlig wahnsinnig geworden, oder beherrschen die Geister der Finsternis dein Herz nur vorübergehend?"

Pentuer wandte ihm seine glanzlosen Augen zu.

„Blicke einmal um dich", riet der Greis. „Wir leben zur Zeit in der lieblichsten Jahreszeit. Die Nächte sind lang und sternklar, die Tage kühl, die Erde wird von Blumen und Gras bedeckt. Das Wasser ist klarer als Kristall, die Wüste liegt ruhig da, und in der Luft hört man es singen, zwitschern und summen. Wenn der Lenz die tote Erde so verzaubert – wie versteinert muß deine Seele sein, dieses Wunder nicht zu spüren! Wach auf! Du gleichst ja einem Leichnam inmitten der lebendigen Natur! Du erinnerst an einen vertrockneten Schlammhaufen und beleidigst geradezu den Duft der Narzissen und Veilchen."

„Meine Seele ist krank."

„Was fehlt dir?"

„Je länger ich darüber nachdenke, um so stärker fühle ich die Gewißheit: Wenn ich Ramses XIII. nicht verlassen, sondern ihm ununterbrochen treu gedient hätte, wäre dieser Edelste der Pharaonen heute noch am Leben.

Hunderte von Verrätern umgaben ihn; doch nicht ein einziger guter Mensch zeigte ihm den rettenden Weg!"

„Und du glaubst tatsächlich, daß du ihn hättest retten können?" fragte Menes. „O Eitelkeit eines halbwissenden Weisen! Kein noch so großer Verstand kann den Falken schützen, der unter die Krähen gefallen ist, und du wolltest wie ein Gott das Schicksal eines Menschen ändern?"

„Mußte Ramses denn untergehen?"

„Gewiß. Vor allem war er ein kriegerischer Pharao; das heutige Ägypten aber verabscheut Soldaten. Es will lieber goldene Reifen als ein Schwert, und sei es aus Stahl. Unsere heutige Bevölkerung zieht einen guten Sänger oder Tänzer einem unerschrockenen Soldaten vor. Man verlangt mehr nach Gewinn und Weisheit als nach Krieg.

Wenn im Monat Mehir Oliven reiften oder im Monat Tot Veilchen erblühten, so müßten die einen wie die anderen als verspätete Frucht oder verfrühte Blüte eingehen. Du aber wünschst dir für die Epoche der Amenhoteps und Herihors einen Pharao, der in die Zeit der Hyksos gehört. Alles auf der Welt hat seine vorbestimmte Reifezeit und muß unter anderen Bedingungen umkommen. Ramses XIII. lebte zu einer falschen Zeit, darum mußte er weichen."

„Und du glaubst, daß keine Macht ihn hätte retten können?" fragte Pentuer.

„Ich kenne keine solche Macht. Ramses konnte sich seiner Epoche und seiner Stellung nicht anpassen, außerdem ist das Reich im Verfall begriffen, und so glich der Jüngling einem jungen Blatt am morschen Stamm."

„So ruhig sprichst du über den Verfall des Reiches?“ wunderte sich Pentuer.

„Ich verfolge ihn seit einigen Jahrzehnten, und meine Vorgänger in diesem Tempel haben ihn auch schon beobachtet. Ich konnte mich wohl daran gewöhnen!“

„Besitzt ihr das Zweite Gesicht?“

„Durchaus nicht, aber Erkenntnisse. Aus der Bewegung des Fähnchens ersiehst du, von welcher Seite der Wind weht, am Wasserstand des Brunnens am Nil kannst du feststellen, ob der Fluß anschwillt oder fällt. Wir aber lesen seit Jahrhunderten von jenem Sphinx die jeweilige Situation des Reiches ab.“ Und Menes wies mit der Hand zu den Pyramiden.

„Darüber weiß ich nichts“, murmelte Pentuer.

„Lies die alten Chroniken unserer Tempel. Sooft Ägypten blühte und gedieh, war sein Sphinx heil und erhob sich hoch über die Wüste. Wenn aber das Reich sich dem Verfall zuneigte, dann zeigten sich Risse, und es bröckelte das steinerne Bildnis, und der Sand reichte ihm bis an die Füße.

Seit ein paar Jahrhunderten bröckelt der Sphinx ab. Je höher der Sand rings um ihn steigt, desto tiefere Risse erscheinen auf seinem Leib und um so mehr verfällt das Reich.“

„Wird es zugrunde gehen?“

„Durchaus nicht. Wie auf die Nacht der Tag folgt und auf den Tiefstand des Wassers das Anschwellen des Nils, so erblüht stets nach Zeiten des Niederganges neues Leben. Eine uralte Geschichte! Von manchen Bäumen fallen im Monat Mehir die Blätter ab, damit im Monat Pachono neue sprießen können. Ägypten gleicht wahrlich einem tausendjährigen Baum, und die Dynastien entsprechen seinen Zweigen. Vor unseren Augen entsprießt der einundzwanzigste Zweig. Weshalb also sollen wir uns betrüben? Die Pflanze lebt ja auch, wenn die alten Zweige abfallen!“

Pentuer wurde nachdenklich; seine Augen blickten nicht mehr starr.

Nach ein paar weiteren Tagen sagte Menes zu Pentuer: „Unsere Lebensmittel werden knapp. Wir müssen dem Nil zu wandern, um uns für einige Zeit zu versorgen.“

Beide schnallten sich große Körbe auf den Rücken und brachen schon am frühen Morgen auf, um die Dörfer an den Ufern abzugehen. Gewöhnlich hielten sie vor den Hütten der Bauern an, sangen fromme Lieder, und Menes klopfte dann an die Türen und bat: „Barmherzige Seelen, rechtgläubige Ägypter, schenkt den Dienern der Göttin der Weisheit ein Almosen!“

Sie bekamen – am häufigsten von den Weibern – hier eine Handvoll Weizen, dort Gerste, einen Fladen oder einen gedörrten Fisch. Zuweilen jedoch stürzten sich böse Hunde auf sie, oder die Kinder von Heiden bewarfen sie mit Steinen und Schmutz.

Sonderbar war der Anblick dieser demütigen Bettler, von denen der eine jahrelang die Geschicke des Reiches beeinflußt, der andere aber durch seine Kenntnis der tiefsten Geheimnisse der Natur den Lauf der Geschichte geändert hatte.

In den reichen Dörfern nahm man sie besser auf. In einem Hause, wo gerade Hochzeit gefeiert wurde, gab man ihnen zu essen, bewirtete sie mit Bier und erlaubte ihnen, in den Wirtschaftsgebäuden zu übernachten.

Weder ihre rasierten Wangen und Schädel noch ihre abgeschabten Pantherfelle imponierten den Einwohnern. Das Volk in Unterägypten, wo Angehörige verschiedenster Glaubensrichtungen beisammen wohnten, zeichnete sich nicht durch Frömmigkeit aus. Die Priester der Göttin der Weisheit aber, deren sich das Reich so wenig annahm, mißachtete man dort ganz und gar.

In der Scheune lagen auf frischen Schilfbündeln Menes und Pentuer und lauschten der Hochzeitsmusik, dem Grölen der Betrunkenen und dem Streit einiger Gäste.

„Schrecklich“, sagte Pentuer. „Kaum ein paar Monate sind seit dem Tod des Gebieters vergangen, dieses Wohltäters der Bauern, und schon haben sie ihn vergessen! Wahrlich, die Dankbarkeit der Menschen währt nicht lange.“

„Willst du denn etwa, daß sich das Volk bis ans Ende aller Ewigkeiten das Haupt mit Asche bestreut?“ fragte Menes. „Hören denn die Wasser des Nils gleich zu fließen auf, wenn ein Krokodil ein Weib oder ein Kind packt? Sie fluten ungeachtet der Leichen weiter, sogar ohne Rücksicht auf das Fallen oder Steigen des Stromes.

Genauso verhält es sich mit dem Leben des Volkes. Wenn eine Dynastie ausstirbt und die nächste zu regieren beginnt, ob das Reich von Aufständen oder von Kriegen erschüttert wird oder ob Wohlstand blüht – immer muß das Volk essen, trinken, schlafen, heiraten und arbeiten, wie der Baum bei Regen und bei Dürre wächst. Laß sie also springen, wenn sie gesunde Beine haben, weinen oder singen, wenn ihr Herz überströmt.“

„Du wirst aber zugeben, daß sich ihre Freude merkwürdig ausnimmt, wenn man sich deine gestrigen Worte über den Niedergang des Reiches vergegenwärtigt."

„Das ist durchaus nicht merkwürdig, denn das Volk bildet das Reich. Jederzeit trauern Menschen oder freuen sich, und es gibt keine Stunde, da nicht zugleich einer lacht und ein anderer stöhnt. Der ganze Ablauf der Geschichte beruht eben darauf: Wenn mehr Freude unter den Menschen ist, sagen wir, das Reich blühe; wenn aber vorwiegend Tränen fließen, nennen wir das Niedergang.

Man soll sich nicht an Worte klammern, sondern auf die Menschen schauen. In diesem Haus herrscht Freude – hier blüht das Reich. Darum hast du kein Recht, zu seufzen, daß es verfalle. Du mußt dich nur darum bemühen, daß es immer mehr und mehr glückliche Menschen gibt."

Als die Weisen von ihrem Bettelgang in den Tempel zurückgekehrt waren, führte Menes Pentuer auf den Gipfel des Pylonen. Er zeigte ihm dort eine große Marmorkugel, auf der er durch goldene Punkte die Konstellation etlicher hundert Sterne markiert hatte, und er befahl ihm, die halbe Nacht den Lauf des Mondes am Himmel zu verfolgen.

Pentuer machte sich gern an diese Arbeit, und heute überzeugte er sich zum ersten Male in seinem Leben mit eigenen Augen davon, daß sich im Verlauf etlicher Stunden das Sternenzelt nach Westen wandte, der Mond aber gen Osten wanderte.

Von diesen Erscheinungen hatte Pentuer bisher nur erzählen hören. Als er sie nun zum erstenmal selbst beobachtete, erschütterte es ihn so sehr, daß er sich niederwarf und weinte.

Vor seiner Seele eröffnete sich eine neue Welt, deren Schönheit ihn so stark beeindruckte, weil er weise war.

Wieder vergingen einige Tage. Da kam zu den beiden Gelehrten ein reicher Pächter und bat sie, ihm das Feld abzustecken und einen Kanal zu graben. Er bot ihnen für die Dauer der Arbeit freie Kost an sowie als Bezahlung eine Ziege mit einem jungen Zicklein.

Da sie Milch brauchten, erklärte sich Menes einverstanden, und beide gingen an die Arbeit. Sie nivellierten den Boden, markierten und gruben den Kanal.

Bei der schweren Arbeit wurde Pentuer wieder lebhafter, ja, wenn sie allein waren, plauderte er sogar mit Menes. Nur bei der Berührung mit anderen Menschen verfiel er in Melancholie, ihr Lachen und ihr Singen schienen sein Leid zu vergrößern.

Die Priester schliefen nicht im Dorf, sondern auf freiem Felde, inmitten blühender Wiesen, von wo aus sie dem Schall froher Menschenstimmen lauschen konnten, ohne sich dem fröhlichen Kreis der Bauern zugesellen zu müssen.

Eines Tages machte man früher Feierabend; es war nämlich ein armer Priester mit einem kleinen Jungen in das Dorf gekommen. Sie gingen von Haus zu Haus und bettelten um Almosen. Der Bub spielte traurige Melodien auf der Flöte, in den Pausen aber sang der Priester mit kräftiger Stimme ein halb weltliches, halb geistliches Lied.

Menes und Pentuer, die auf einem Hügel lagen, betrachteten den vom Sonnenuntergang förmlich entflammten Himmel, gegen dessen goldenen Saum sich die schwarzen Dreiecke der Pyramiden und die braunen Stämme und dunkelgrünen Kronen der Palmen abzeichneten. Indessen zog der Priester von Hütte zu Hütte, sang sein Lied und machte nach jeder Strophe eine längere Pause.

„Wie friedvoll ist jener gerechte Prinz! Die schöne Bestimmung ging in Erfüllung. Seit den Tagen Res vergehen die alten Körper, ihre Stelle aber nehmen junge ein. Jeden Morgen geht die Sonne auf, und jeden Abend verbirgt sie sich im Westen. Die Männer zeugen, die Weiber empfangen, jede Brust atmet die frische Luft. Doch alle, alle, die geboren wurden, alle müssen ausnahmslos an jenen Ort wandern, der den Menschen vorbestimmt ist.“*

„Wozu?“ fragte Pentuer plötzlich. „Wenn das Leben wenigstens wirklich nur zu dem Zweck geschaffen worden wäre, die Achtung der Götter und der Tugend zu pflegen. Aber es ist nicht so. Ein hinterlistiger Wüterich, eine Mutter, die den Mörder ihres Sohnes heiratet, eine Geliebte, die während ihrer Zärtlichkeiten auf Verrat sinnt – sie alle leben in Wohlstand und besitzen Macht. Die Weisen aber welken, zu Untätigkeit verdammt, dahin, und die Tapferen und Edlen gehen unter und geraten in Vergessenheit.“

„Mache dir einen frohen Tag, o Prinz“, sang der Priester, „da dir gewiß nicht viele davon zuteil werden! Gönne dir den köstlichen Wohlgeruch von Duftsalben und Weihrauch, schmücke mit Lotoskränzen deine Glieder und den Leib deiner geliebten

* Authentisches Lied.

Schwester, deren Gesellschaft dir ein Herzensbedürfnis ist. Singt und vergnügt euch. Werft die Sorgen von euch und genießt die Freude, denn bald kommt der Tag, da ihr von hinnen scheiden müßt, in das Land des ewigen Schweigens."

„Salben für die Nase, Lotoskränze für die Glieder, und dann ... Schweigen!" murmelte Pentuer. „Wahrlich, der Narr, der einen Ritter mimt, hat mehr Sinn als das ganze Leben, in dem jeder einzelne von uns etwas vorgaukelt, was für ihn völlig unnütz ist. Ah – dieser irdische Traum soll eine einzige Kette von Freuden sein? Wem der Hunger nicht in den Eingeweiden wühlt, dessen Herz wird von Gier oder Unruhe vergiftet. Wenn wir uns aber einmal auf uns selbst besinnen, foltert der Gedanke an das Land des ewigen Schweigens unsere Menschenseele."

„Feiere den frohen Tag, o Nefarhotep, du Mann mit reinen Händen! Ich weiß alles, was deinen Ahnen widerfuhr. Ihre Bauten, ihre Mauern zerfielen, ihre Städte sind nicht mehr, nach ihrem Tode erlosch auch ihr Andenken. Niemand kehrt von jenseits zurück, um mit der Kunde über ihr Verbleiben unsere Herzen zu trösten. Und so wird es bleiben, bis ihr selbst ihnen gen Westen folgt."

„Hast du schon einmal ein ruhiges Meer gesehen?" fragte Menes Pentuer. „Nicht wahr, es ist so langweilig wie die Vorstellung eines Traumes, in dem man nicht träumt? Erst wenn der Sturm die glatte Fläche pflügt, eine Welle abgrundtief stürzt und die nächste in die Höhe strebt, wenn auf den Wassern Lichter spielen und aus der Tiefe herauf drohende oder wimmernde Laute dringen, erst dann wird das Meer schön.

Ebenso der Strom. Solange er gleichmäßig in einer Richtung fließt, sieht er tot aus; doch wenn er sich nach links und nach rechts windet, ist er schön. Auch im Gebirge wirkt der Anblick von eintönig und glatt hochstrebenden Wänden langweilig; zackige Gipfel und tiefe Schluchten dagegen sind schön."

„Umkränze dein Haupt mit Myrten, umhülle dich mit feinem Linnen und salbe dich mit den göttlichen Gaben", sang der Priester. „Kleide dich, so schön du es vermagst, und verschließe dein Herz der Melancholie. Genieße die Wollust, solange du auf Erden weilst, und meide Tränen der Trauer, bis auch für dich einst der Tag der Klagen kommt."

„So ist es auch mit dem menschlichen Leben", fuhr Menes fort. „Die Freuden gleichen den Wellen und Berggipfeln, die Leiden den Tiefen und Schluchten. Erst sie alle miteinander gestalten das Leben so schön, wie die zerrissene Kette der östlichen Gebirgszüge gemeißelt ist, die wir bewundernd betrachten."

„Doch jener, dessen Herz nicht mehr schlägt", sang der Priester, „hört weder die Klagen, noch kümmert ihn mehr fremde Trauer. So feiere bewußt die Tage der Freude und versuche, ihre Zahl zu vermehren."

„Hörst du?" fragte Pentuer, in die Richtung des Dorfes weisend. „Den, dessen Herz nicht mehr schlägt, kümmert nicht mehr fremde Trauer, er erfreut sich nicht einmal des eigenen Lebens, selbst wenn es noch so schön dargestellt ist. Was nützt also all das Schnitzen und Meißeln, für das man mit Schmerzen und blutigen Tränen zahlt?"

Die Nacht brach herein. Menes wickelte sich in seinen Umhang und entgegnete: „Sooft dich derartige Gedanken befallen, geh in einen unserer Tempel. Betrachte seine Wände mit den vielen Gemälden, auf denen Menschen, Tiere, Bäume, Ströme, Sterne abgebildet sind, also die Schöpfungen auf der Welt, in der wir leben.

Ein einfältiger Mensch hat für derartige Darstellungen keinen Sinn. Vielleicht wird so mancher fragen: Wozu taugen sie? Wozu dieser riesige Arbeitsaufwand? Der Weise aber nähert sich den Bildwerken mit Ehrfurcht, denn er vermag aus ihnen die Geschichte vergangener Zeiten abzulesen oder die Geheimnisse der Weisheit."